Elogios para 2666

"*2666* es un logro tan consumado como desearía ser cualquier novela de novecientas páginas... Bolaño no sólo ha coronado de manera sublime una feroz ambición sino que además ha establecido un hito que define las posibilidades de la novela como forma en este mundo nuestro, cada vez más aterrador y post-nacional".
—*The New York Times Book Review*

"Bolaño era un escritor colmado de talentos y su prosa mantiene en vilo a quien la lee. Sabía cómo tener al lector pendiente de la siguiente página... Hay pocas novelas que consiguen cautivarnos como *2666*".
—*Newsweek*

"Es la novela más extraña que he leído en mi vida. Su extensión intimida. La complejidad de su narrativa exige una inmersión total... *2666* aguantará la prueba del tiempo".
—*The Charlotte Observer*

"Una obra maestra que el lector no podrá dejar... Un libro duro, que obliga a seguir, página a página, una farsa oscura e hilarante... Hay que imaginar a Cormac McCarthy junto a Gabriel García Márquez, junto a Don DeLillo y junto al genial borracho que nos cuenta todas esas historias raras en el bar del hotel en México".
—*Men's Journal*

"La última novela de Bolaño es una locura, larga y abierta, espantosa en ocasiones y bellísima en otras. Seguirá teniendo un potente influjo en el lector mucho después de haberla acabado".
—*San Francisco Chronicle*

"Cada escena es poderosa y realista. Sin embargo, el efecto en su totalidad es alucinante y onírico... la obra de un artista extraordinario que se enfrenta a realidades fundamentales, su lectura nos compensará por toda la atención que le prestemos".
—*O, The Oprah Magazine*

"Un compendio, en episodios individuales, de las cualidades que hicieron de Bolaño un gran escritor... el lector quedará impresionado por su alcance y por la energía desplegada".
—*The New Yorker*

"No hay duda de que Bolaño es un gran escritor... *2666* es una obra épica por donde discurren susurros y pequeños detalles, llena de estructuras ocultas y de intuiciones que parecen demasiado efímeras, o demasiado terribles para quedar plasmadas en palabras. Exige de los lectores una especie de sumisión abyecta, a su tenaz vocación de extraña, a su arte insistente de lo macabro, incluso a su tedio ocasional, algo a lo que sólo las más grandes obras pueden aspirar o pueden merecer". —*Slate*

"Puede que *2666* sea la primera gran novela del siglo XXI... Estamos ante un ejemplo de exuberancia trágica, de metafísica a la velocidad de la luz. Por fin, un libro propio de los tiempos".
—*The News and Observer* (Raleigh)

"Una obra de ficción absolutamente singular... enigmática, desenfadada en su profundidad, periodísticamente estilizada y real, real, muy real... Un libro magnífico y rico —que leeremos y releeremos". —*Death & Taxes*

"Magistral". —*Library Journal*

"No es aventurado predecir que este año ninguna novela tendrá un efecto tan perdurable en el lector como ésta".
—*Publishers Weekly* (reseña destacada)

"Una gran novela de novelas, sin duda la mejor de su producción, tan prematuramente interrumpida". —*El País*

"Una novela abierta como *Los detectives salvajes*, inacabable, más que inacabada". —*Diario de Girona*

"Lo que aquí se persigue y se alcanza es la novela total, que ubica al autor de *2666* en el mismo equipo que Cervantes, Sterne, Melville, Proust, Musil y Pynchon". —*Qué Leer*

Roberto Bolaño

2666

Roberto Bolaño nació en Santiago, Chile, en 1953. Pasó gran parte de su vida en México y en España, donde murió a la edad de cincuenta años. Es autor de numerosas obras de ficción, no ficción y poesía. Su libro *Los detectives salvajes* ganó el Premio Rómulo Gallegos de Novela y fue uno de los mejores libros del año para *The Washington Post*, *Los Angeles Times* y *The New York Times*. En 2008, recibió postumamente el Premio de Ficción del National Book Critics Circle por *2666*.

También de Roberto Bolaño

La literatura nazi en América

Estrella distante

Llamadas telefónicas

Los detectives salvajes

Amuleto

Monsieur Pain

Nocturno de Chile

Putas asesinas

Amberes

El gaucho insufrible

La universidad desconocida

El secreto del mal

El Tercer Reich

2666

2666

Roberto Bolaño

Vintage Español

Una división de Random House, Inc.

Nueva York

PRIMERA EDICIÓN VINTAGE ESPAÑOL, SEPTIEMBRE 2009

Información de catalogación de publicaciones disponible en la Biblioteca del Congreso de los Estados Unidos.

Vintage ISBN: 978-0-307-47595-4

Diseño del libro de Julio Vivas

www.grupodelectura.com

Impreso en los Estados Unidos de América
10 9 8 7 6 5 4 3 2

Para Alexandra Bolaño y Lautaro Bolaño

Un oasis de horror en medio de
un desierto de aburrimiento.

CHARLES BAUDELAIRE

ÍNDICE

Nota de los herederos del autor 11
La parte de los críticos 13
La parte de Amalfitano 209
La parte de Fate 293
La parte de los crímenes. 441
La parte de Archimboldi 793
Nota a la primera edición, por Ignacio Echevarría. 1121

NOTA DE LOS HEREDEROS DEL AUTOR

Ante la posibilidad de una muerte próxima, Roberto dejó instrucciones de que su novela *2666* se publicara dividida en cinco libros que se corresponden con las cinco partes de la novela, especificando el orden y periodicidad de las publicaciones (una por año) e incluso el precio a negociar con el editor. Con esta decisión, comunicada días antes de su muerte por el propio Roberto a Jorge Herralde, creía dejar solventado el futuro económico de sus hijos.

Después de su muerte y tras la lectura y estudio de la obra y del material de trabajo dejado por Roberto que lleva a cabo Ignacio Echevarría (amigo al que indicó como persona referente para solicitar consejo sobre sus asuntos literarios), surge otra consideración de orden menos práctico: el respeto al valor literario de la obra, que hace que de forma conjunta con Jorge Herralde cambiemos la decisión de Roberto y que *2666* se publique primero en toda su extensión en un solo volumen, tal como él habría hecho de no haberse cumplido la peor de las posibilidades que el proceso de su enfermedad ofrecía.

La parte de los críticos

La primera vez que Jean-Claude Pelletier leyó a Benno von Archimboldi fue en la Navidad de 1980, en París, en donde cursaba estudios universitarios de literatura alemana, a la edad de diecinueve años. El libro en cuestión era *D'Arsonval*. El joven Pelletier ignoraba entonces que esa novela era parte de una trilogía (compuesta por *El jardín*, de tema inglés, *La máscara de cuero*, de tema polaco, así como *D'Arsonval* era, evidentemente, de tema francés), pero esa ignorancia o ese vacío o esa dejadez bibliográfica, que sólo podía ser achacada a su extrema juventud, no restó un ápice del deslumbramiento y de la admiración que le produjo la novela.

A partir de ese día (o de las altas horas nocturnas en que dio por finalizada aquella lectura inaugural) se convirtió en un archimboldiano entusiasta y dio comienzo su peregrinaje en busca de más obras de dicho autor. No fue tarea fácil. Conseguir, aunque fuera en París, libros de Benno von Archimboldi en los años ochenta del siglo XX no era en modo alguno una labor que no entrañara múltiples dificultades. En la biblioteca del departamento de literatura alemana de su universidad no se hallaba casi ninguna referencia sobre Archimboldi. Sus profesores no habían oído hablar de él. Uno de ellos le dijo que su nombre le sonaba de algo. Con furor (con espanto) Pelletier descubrió al cabo de diez minutos que lo que le sonaba a su profesor era el pintor italiano, hacia el cual, por otra parte, su ignorancia también se extendía de forma olímpica.

Escribió a la editorial de Hamburgo que había publicado *D'Arsonval* y jamás recibió respuesta. Recorrió, asimismo, las pocas librerías alemanas que pudo encontrar en París. El nombre de Archimboldi aparecía en un diccionario sobre literatura alemana y en una revista belga dedicada, nunca supo si en broma o en serio, a la literatura prusiana. En 1981 viajó, junto con tres amigos de facultad, por Baviera y allí, en una pequeña librería de Munich, en Voralmstrasse, encontró otros dos libros, el delgado tomo de menos de cien páginas titulado *El tesoro de Mitzi* y el ya mencionado *El jardín*, la novela inglesa.

La lectura de estos dos nuevos libros contribuyó a fortalecer la opinión que ya tenía de Archimboldi. En 1983, a los veintidós años, dio comienzo a la tarea de traducir *D'Arsonval*. Nadie le pidió que lo hiciera. No había entonces ninguna editorial francesa interesada en publicar a ese alemán de nombre extraño. Pelletier empezó a traducirlo básicamente porque le gustaba, porque era feliz haciéndolo, aunque también pensó que podía presentar esa traducción, precedida por un estudio sobre la obra archimboldiana, como tesis y, quién sabe, como primera piedra de su futuro doctorado.

Acabó la versión definitiva de la traducción en 1984 y una editorial parisina, tras algunas vacilantes y contradictorias lecturas, la aceptó y publicaron a Archimboldi, cuya novela, destinada a priori a no superar la cifra de mil ejemplares vendidos, agotó tras un par de reseñas contradictorias, positivas, incluso excesivas, los tres mil ejemplares de tirada abriendo las puertas de una segunda y tercera y cuarta edición.

Para entonces Pelletier ya había leído quince libros del autor alemán, había traducido otros dos, y era considerado, casi unánimemente, el mayor especialista sobre Benno von Archimboldi que había a lo largo y ancho de Francia.

Entonces Pelletier pudo recordar el día en que leyó por primera vez a Archimboldi y se vio a sí mismo, joven y pobre, viviendo en una *chambre de bonne*, compartiendo el lavamanos, en donde se lavaba la cara y los dientes, con otras quince personas que habitaban la oscura buhardilla, cagando en un horrible y poco higiénico baño que nada tenía de baño sino más bien de retrete o pozo séptico, compartido igualmente con los quince residentes de la buhardilla, algunos de los cuales ya habían retornado a provincias, provistos de su correspondiente título universitario, o bien se habían mudado a lugares un poco más confortables en el mismo París, o bien, unos pocos, seguían allí, vegetando o muriéndose lentamente de asco.

Se vio, como queda dicho, a sí mismo, ascético e inclinado sobre sus diccionarios alemanes, iluminado por una débil bombilla, flaco y recalcitrante, como si todo él fuera voluntad hecha carne, huesos y músculos, nada de grasa, fanático y decidido a llegar a buen puerto, en fin, una imagen bastante normal de estudiante en la capital pero que obró en él como una droga, una droga que lo hizo llorar, una droga que abrió, como dijo un cursi poeta holandés del siglo XIX, las esclusas de la emoción y de algo que a primera vista parecía autoconmiseración pero que no lo era (¿qué era, entonces?, ¿rabia?, probablemente), y que lo llevó a pensar y a repensar, pero no con palabras sino con imágenes dolientes, su período de aprendizaje juvenil, y que tras una larga noche tal vez inútil forzó en su mente dos conclusiones: la primera, que la vida tal como la había vivido hasta entonces se había acabado; la segunda, que una brillante carrera se abría delante de él y que para que ésta no perdiera el brillo debía conservar, como único recuerdo de aquella buhardilla, su voluntad. La tarea no le pareció difícil.

Jean-Claude Pelletier nació en 1961 y en 1986 era ya catedrático de alemán en París. Piero Morini nació en 1956, en un pueblo cercano a Nápoles, y aunque leyó por primera vez a Benno von Archimboldi en 1976, es decir cuatro años antes que Pelletier, no sería sino hasta 1988 cuando tradujo su primera novela del autor alemán, *Bifurcaria bifurcata*, que pasó por las librerías italianas con más pena que gloria.

La situación de Archimboldi en Italia, esto hay que remarcarlo, era bien distinta que en Francia. De hecho, Morini no fue el primer traductor que tuvo. Es más, la primera novela de Archimboldi que cayó en manos de Morini fue una traducción de *La máscara de cuero* hecha por un tal Colossimo para Einaudi en el año 1969. Después de *La máscara de cuero* en Italia se publicó *Ríos de Europa*, en 1971, *Herencia*, en 1973, y *La perfección ferroviaria* en 1975, y antes se había publicado, en una editorial romana, en 1964, una selección de cuentos en donde no escaseaban las historias de guerra, titulada *Los bajos fondos de Berlín*. De modo que podría decirse que Archimboldi no era un completo desconocido en Italia, aunque tampoco podía decirse que fuera un autor de éxito o de mediano éxito o de escaso éxito sino más bien de nulo éxito, cuyos libros envejecían en los anaqueles más mohosos de las librerías o se saldaban o eran olvidados en los almacenes de las editoriales antes de ser guillotinados.

Morini, por supuesto, no se arredró ante las pocas expectativas que provocaba en el público italiano la obra de Archimboldi y después de traducir *Bifurcaria bifurcata* dio a una revista de Milán y a otra de Palermo sendos estudios archimboldianos, uno sobre el destino en *La perfección ferroviaria* y otro sobre los múltiples disfraces de la conciencia y la culpa en *Letea*, una novela de apariencia erótica, y en *Bitzius*, una novelita de menos de cien páginas, similar en cierto modo a *El tesoro de Mitzi*, el libro que Pelletier encontró en una vieja librería muniquesa, y cuyo argumento se centraba en la vida de Albert Bitzius, pastor de Lützelflüh, en el cantón de Berna, y autor de sermones, además de escritor bajo el seudónimo de Jeremias Gotthelf. Ambos ensayos fueron publicados y la elocuencia o el poder de seducción desplegado por Morini al presentar la figura de Archimboldi derribaron los obstáculos y en 1991 una segunda traducción de Piero Morini, esta vez de *Santo Tomás*, vio la luz en Italia. Por aquella época Morini trabajaba dando clases de literatura alemana en la Universidad de Turín y ya los médicos le habían detectado una esclerosis múltiple y ya había sufrido un aparatoso y extraño accidente que lo había atado para siempre a una silla de ruedas.

Manuel Espinoza llegó a Archimboldi por otros caminos. Más joven que Morini y que Pelletier, Espinoza no estudió, al menos durante los dos primeros años de su carrera universitaria, filología alemana sino filología española, entre otras tristes razones porque Espinoza soñaba con ser escritor. De la literatura alemana sólo conocía (y mal) a tres clásicos, Hölderlin, porque a los dieciséis años creyó que su destino estaba en la poesía y devoraba todos los libros de poesía a su alcance, Goethe, porque en el último año del instituto un profesor humorista le recomendó que leyera *Werther*, en donde encontraría un alma gemela, y Schiller, del que había leído una obra de teatro. Después frecuentaría la obra de un autor moderno, Jünger, más que nada por simbiosis, pues los escritores madrileños a los que admiraba y, en el fondo, odiaba con toda su alma hablaban de Jünger sin parar. Así que se puede decir que Espinoza sólo conocía a un autor alemán y ese autor era Jünger. Al principio, la obra de éste le pareció magnífica, y como gran parte de sus libros estaban traducidos al español, Espinoza no tuvo problemas en encontrarlos y leerlos todos. A él le hubiera gustado que no fuera tan fácil. La gente a la que frecuentaba, por otra parte, no sólo eran devotos de Jünger sino que algunos de ellos también eran sus traductores, algo que a Espinoza le traía sin cuidado, pues el brillo que él codiciaba no era el del traductor sino el del escritor.

El paso de los meses y de los años, que suele ser callado y cruel, le trajo algunas desgracias que hicieron variar sus opiniones. No tardó, por ejemplo, en descubrir que el grupo de jungerianos no era tan jungeriano como él había creído sino que, como todo grupo literario, estaba sujeto al cambio de las estaciones, y en otoño, efectivamente, eran jungerianos, pero en invierno se transformaban abruptamente en barojianos, y en primavera en orteguianos, y en verano incluso abandonaban el bar donde se reunían para salir a la calle a entonar versos bucólicos en honor de Camilo José Cela, algo que el joven Espinoza, que en el fondo era un patriota, hubiera estado dispuesto a aceptar sin reservas de haber habido un espíritu más jovial, más carnavalesco en tales manifestaciones, pero que en modo alguno podía tomarse tan en serio como se lo tomaban los jungerianos espurios.

Más grave fue descubrir la opinión que sus propios ensayos narrativos suscitaban en el grupo, una opinión tan mala que en alguna ocasión, durante una noche en vela, por ejemplo, se llegó a preguntar seriamente si esa gente no le estaba pidiendo entre líneas que se fuera, que dejara de molestarlos, que no volviera más.

Y aún más grave fue cuando Jünger en persona apareció por Madrid y el grupo de los jungerianos le organizó una visita a El Escorial, extraño capricho del maestro, visitar El Escorial, y cuando Espinoza quiso sumarse a la expedición, en el rol que fuera, este honor le fue denegado, como si los jungerianos simuladores no le consideraran con méritos suficientes como para formar parte de la guardia de corps del alemán o como si temieran que él, Espinoza, pudiera dejarlos mal parados con alguna salida de jovenzuelo abstruso, aunque la explicación oficial que se le dio (puede que dictada por un impulso piadoso) fue que él no sabía alemán y todos los que se iban de picnic con Jünger sí lo sabían.

Ahí se acabó la historia de Espinoza con los jungerianos. Y ahí empezó la soledad y la lluvia (o el temporal) de propósitos a menudo contradictorios o imposibles de realizar. No fueron noches cómodas ni mucho menos placenteras, pero Espinoza descubrió dos cosas que lo ayudaron mucho en los primeros días: jamás sería un narrador y, a su manera, era un joven valiente.

También descubrió que era un joven rencoroso y que estaba lleno de resentimiento, que supuraba resentimiento, y que no le hubiera costado nada matar a alguien, a quien fuera, con tal de aliviar la soledad y la lluvia y el frío de Madrid, pero este descubrimiento prefirió dejarlo en la oscuridad y centrarse en su aceptación de que jamás sería un escritor y sacarle todo el partido del mundo a su recién exhumado valor.

Siguió, pues, en la universidad, estudiando filología española, pero al mismo tiempo se matriculó en filología alemana. Dormía entre cuatro y cinco horas diarias y el resto del día lo invertía en estudiar. Antes de terminar filología alemana escribió un ensayo de veinte páginas sobre la relación entre Werther y la música, que fue publicado en una revista literaria madrileña y en una revista universitaria de Gottingen. A los veinticinco años había terminado ambas carreras. En 1990, alcanzó el doctorado en literatura alemana con un trabajo sobre Benno von Archimboldi que una editorial barcelonesa publicaría un año después. Para entonces Espinoza era un habitual de congresos y mesas redondas sobre literatura alemana. Su dominio de esta lengua era si no excelente, más que pasable. También hablaba inglés y francés. Cómo Morini y Pelletier, tenía un buen trabajo y unos ingresos considerables y era respetado (hasta donde esto es posible) tanto por sus estudiantes como por sus colegas. Nunca tradujo a Archimboldi ni a ningún otro autor alemán.

Aparte de Archimboldi una cosa tenían en común Morini, Pelletier y Espinoza. Los tres poseían una voluntad de hierro. En realidad, otra cosa más tenían en común, pero de esto hablaremos más tarde.

Liz Norton, por el contrario, no era lo que comúnmente se llama una mujer con una gran voluntad, es decir no se trazaba planes a medio o largo plazo ni ponía en juego todas sus energías para conseguirlos. Estaba exenta de los atributos de la voluntad. Cuando sufría el dolor fácilmente se traslucía y cuando era feliz la felicidad que experimentaba se volvía contagiosa. Era incapaz de trazar con claridad una meta determinada y de mantener una continuidad en la acción que la llevara a coronar esa meta. Ninguna meta, por lo demás, era lo suficientemente apetecible o deseada como para que ella se comprometiera totalmente con ésta. La expresión «lograr un fin», aplicada a algo personal, le parecía una trampa llena de mezquindad. A «lograr un fin» anteponía la palabra «vivir» y en raras ocasiones la palabra «felicidad». Si la voluntad se relaciona con una exigencia social, como creía William James, y por lo tanto es más fácil ir a la guerra que dejar de fumar, de Liz Norton se podía decir que era una mujer a la que le resultaba más fácil dejar de fumar que ir a la guerra.

Una vez, en la universidad, alguien se lo dijo, y a ella le encantó, aunque no por ello se puso a leer a William James, ni antes ni después ni nunca. Para ella la lectura estaba relacionada directamente con el placer y no directamente con el conocimiento o con los enigmas o con las construcciones y laberintos verbales, como creían Morini, Espinoza y Pelletier.

Su descubrimiento de Archimboldi fue el menos traumático o poético de todos. Durante los tres meses que vivió en Berlín, en 1988, a la edad de veinte años, un amigo alemán le prestó una novela de un autor que ella desconocía. El nombre le causó extrañeza, ¿cómo era posible, le preguntó a su amigo, que existiera un escritor alemán que se apellidara como un italiano y que sin embargo tuviera el *von*, indicativo de cierta nobleza, precediendo al nombre? El amigo alemán no supo qué contestarle. Probablemente era un seudónimo, le dijo. Y también añadió, para sumar más extrañeza a la extrañeza inicial, que en Alemania no eran comunes los nombres propios masculinos terminados en vocal. Los nombres propios femeninos sí. Pero los nombres propios masculinos ciertamente no. La novela era *La ciega* y le gustó, pero no hasta el grado de salir corriendo a una librería a comprar el resto de la obra de Benno von Archimboldi.

Cinco meses después, ya instalada otra vez en Inglaterra, Liz Norton recibió por correo un regalo de su amigo alemán. Se trataba, como es fácil adivinar, de otra novela de Archimboldi. La leyó, le gustó, buscó en la biblioteca de su college más libros del alemán de nombre italiano y encontró dos: uno de ellos era el que ya había leído en Berlín, el otro era *Bitzius*. La lectura de este último sí que la hizo salir corriendo. En el patio cuadriculado llovía, el cielo cuadriculado parecía el rictus de un robot o de un dios hecho a nuestra semejanza, en el pasto del parque las oblicuas gotas de lluvia se deslizaban hacia abajo pero lo mismo hubiera significado que se deslizaran hacia arriba, después las oblicuas (gotas) se convertían en circulares (gotas) que eran tragadas por la tierra que sostenía el pasto, el pasto y la tierra parecían hablar, no, hablar no, discutir, y sus palabras ininteligibles eran como telarañas cristalizadas o brevísimos vómitos cristalizados, un crujido apenas audible, como si Norton en lugar de té aquella tarde hubiera bebido una infusión de peyote.

Pero la verdad es que sólo había bebido té y que se sentía abrumada, como si una voz le hubiera repetido en el oído una oración terrible, cuyas palabras se fueron desdibujando a medida que se alejaba del college y la lluvia le mojaba la falda gris y las rodillas huesudas y los hermosos tobillos y poca cosa más, pues Liz Norton antes de salir corriendo a través del parque no había olvidado coger su paraguas.

La primera vez que Pelletier, Morini, Espinoza y Norton se vieron fue en un congreso de literatura alemana contemporánea celebrado en Bremen, en 1994. Antes, Pelletier y Morini se habían conocido durante las jornadas de literatura alemana celebradas en Leipzig en 1989, cuando la DDR estaba agonizando, y luego volvieron a verse en el simposio de literatura alemana celebrado en Mannheim en diciembre de ese mismo año (y que fue un desastre, con malos hoteles, mala comida y pésima organización). En el encuentro de literatura alemana moderna, celebrado en Zurich en 1990, Pelletier y Morini coincidieron con Espinoza. Espinoza volvió a ver a Pelletier en el balance de literatura europea del siglo XX celebrado en Maastricht en 1991 (Pelletier llevaba una ponencia titulada «Heine y Archimboldi: caminos convergentes», Espinoza llevaba una ponencia titulada «Ernst Jünger y Benno von Archimboldi: caminos divergentes») y se podría decir, con poco riesgo de equivocación, que a partir de ese momento no sólo se leían mutuamente en las revistas especializadas sino que también se hicieron amigos o que creció entre ellos algo similar a una relación de amistad. En 1992, en la reunión de literatura alemana de Augsburg, volvieron a coincidir Pelletier, Espinoza y Morini. Los tres presentaban trabajos archimboldianos. Durante unos meses se había hablado de que el propio Benno von Archimboldi pensaba acudir a esta magna reunión que congregaría, además de a los germanistas de siempre, a un nutrido grupo de escritores y poetas alemanes, pero a la hora de la verdad, dos días antes de la reunión, se recibió un telegrama de la editorial hamburguesa de Archimboldi excusando la presencia de éste. Por lo demás, la reunión fue un fracaso. A juicio de Pelletier lo único interesante fue una conferencia pronunciada por un viejo profesor berlinés sobre la obra de Arno Schmidt (he ahí un nombre propio alemán terminado en vocal) y poca cosa más, juicio compartido por Espinoza y, en menor medida, por Morini.

El tiempo libre que les quedó, que fue mucho, lo dedicaron a pasear por los, en opinión de Pelletier, parvos lugares interesantes de Augsburg, ciudad que a Espinoza también le pareció parva, y que a Morini sólo le pareció un poco parva, pero parva al fin y al cabo, empujando, ora Espinoza, ora Pelletier, la silla de ruedas del italiano, cuya salud en aquella ocasión no era muy buena, sino más bien parva, por lo que sus dos compañeros y colegas estimaron que un poco de aire fresco no le iba a sentar mal, más bien todo lo contrario.

En el siguiente congreso de literatura alemana, celebrado en París en enero de 1992, sólo asistieron Pelletier y Espinoza. Morini, que también había sido invitado, se encontraba por aquellos días con la salud más quebrantada de lo habitual, por lo que su médico le desaconsejó, entre otras cosas, viajar, aunque el viaje fuera corto. El congreso no estuvo mal y pese a que Pelletier y Espinoza tenían la agenda completa encontraron un hueco para comer juntos en un restaurancito de la rue Galande, cerca de Saint-Julien-le-Pauvre, en donde, aparte de hablar de sus respectivos trabajos y aficiones, se dedicaron, durante los postres, a especular con la salud del melancólico italiano, una salud mala, una salud quebradiza, una salud infame que sin embargo no le había impedido empezar un libro sobre Archimboldi, un libro que, según explicó Pelletier que le había dicho el italiano en el otro lado del teléfono, no sabía si en serio o en broma, podía ser el gran libro archimboldiano, el pez guía que iba a nadar durante mucho tiempo al lado del gran tiburón negro que era la obra del alemán. Ambos, Pelletier y Espinoza, respetaban los estudios de Morini, pero las palabras de Pelletier (pronunciadas como en el interior de un viejo castillo o como en el interior de una mazmorra excavada bajo el foso de un viejo castillo) sonaron como una amenaza en el apacible restaurancito de la rue Galande y contribuyeron a poner punto final a una velada que se había iniciado bajo los auspicios de la cortesía y de los deseos satisfechos.

Nada de esto agrió la relación que Pelletier y Espinoza mantenían con Morini.

Se volvieron a encontrar los tres en la asamblea de literatura de lengua alemana celebrada en Bolonia, en 1993. Y también participaron los tres en el número 46 de la revista *Estudios Literarios*, de Berlín, un monográfico dedicado a la obra de Archimboldi. No era la primera vez que colaboraban con la revista berlinesa. En el número 44 había aparecido un texto de Espinoza sobre la idea de Dios en la obra de Archimboldi y Unamuno. En el número 38 Morini publicó un artículo sobre el estado de la enseñanza de la literatura alemana en Italia. Y en el 37 Pelletier dio a la luz una perspectiva de los escritores alemanes del siglo XX más importantes en Francia y en Europa, texto que concitó, dicho sea de paso, más de una protesta e incluso algún exabrupto.

El número 46, sin embargo, es el que nos importa, pues allí no sólo quedaron patentes los dos grupos archimboldianos antagónicos, el de Pelletier, Morini y Espinoza contra el de Schwarz, Borchmeyer y Pohl, sino también porque en ese número apareció publicado un texto de Liz Norton, brillantísimo según Pelletier, bien argumentado según Espinoza, interesante según Morini, y que además (y sin que nadie se lo pidiera) se alineaba con las tesis del francés, del español y del italiano, a quienes citaba en varias ocasiones, demostrando que conocía perfectamente bien sus trabajos y monografías aparecidos en revistas especializadas o en editoriales minoritarias.

Pelletier pensó en escribirle una carta, pero al final no lo hizo. Espinoza llamó por teléfono a Pelletier y le preguntó si no sería conveniente ponerse en contacto con ella. Inseguros, quedaron en preguntárselo a Morini. Morini se abstuvo de decir nada. De Liz Norton lo único que sabían era que daba clases de literatura alemana en una universidad de Londres. Y que no era, como ellos, catedrática.

El congreso de literatura alemana de Bremen fue agitado. Sin que los estudiosos alemanes de Archimboldi se lo esperaran, Pelletier, secundado por Morini y Espinoza, pasó al ataque como Napoleón en Jena y no tardaron en desbandarse hacia las cafeterías y tabernas de Bremen las derrotadas banderas de Pohl, Schwarz y Borchmeyer. Los jóvenes profesores alemanes asistentes al acto, al principio perplejos, tomaron partido, aunque con todas las reservas del caso, por Pelletier y sus amigos. El público, gran parte del cual eran universitarios que habían viajado en tren o en furgonetas desde Gottingen, también optó por las encendidas y lapidarias interpretaciones de Pelletier, sin ningún tipo de reserva, entregado con entusiasmo a la visión dionisíaca, festiva, de exégesis de último carnaval (o penúltimo carnaval) defendida por Pelletier y Espinoza. Dos días después Schwarz y sus adláteres contraatacaron. Contrapusieron a la figura de Archimboldi la de Heinrich Böll. Hablaron de responsabilidad. Contrapusieron a la figura de Archimboldi la de Uwe Johnson. Hablaron de sufrimiento. Contrapusieron a la figura de Archimboldi la de Günter Grass. Hablaron de compromiso cívico. Incluso Borchmeyer contrapuso a la figura de Archimboldi la de Friedrich Durrenmatt y habló de humor, lo que a Morini le pareció el colmo de la desvergüenza. Entonces apareció, providencial, Liz Norton y desbarató el contraataque como un Desaix, como un Lannes, una amazona rubia que hablaba un alemán correctísimo, tal vez demasiado de prisa, y que disertó acerca de Grimmelshausen y de Gryphius y de muchos otros, incluso de Theophrastus Bombastus von Hohenheim, a quien todo el mundo conoce mejor por el nombre de Paracelso.

Esa misma noche cenaron juntos en una estrecha y alargada taberna ubicada cerca del río, en una calle oscura flanqueada por viejos edificios hanseáticos, algunos de los cuales parecían oficinas abandonadas de la administración pública nazi, a la que arribaron bajando unas escaleras mojadas por la llovizna.

El local no podía ser más atroz, pensó Liz Norton, pero la velada fue larga y agradable y la actitud de Pelletier, Morini y Espinoza, nada envarada, contribuyó a que Norton se sintiera a sus anchas. Por supuesto, ella conocía la mayoría de sus trabajos, pero lo que la sorprendió (agradablemente, por cierto) fue que ellos también conocieran algunos trabajos suyos. La conversación se desarrolló en cuatro fases: primero se rieron del rapapolvo que Norton había administrado a Borchmeyer y del espanto creciente de Borchmeyer ante las acometidas cada vez más despiadadas de Norton, después hablaron de futuros encuentros, en especial de uno muy extraño que iba a celebrarse en la Universidad de Minnesotta, en donde pensaban reunirse más de quinientos profesores, traductores y especialistas en literatura alemana y sobre el cual Morini tenía fundadas sospechas de que se trataba de un bulo, luego hablaron de Benno von Archimboldi y de su vida de la que tan poco se sabía: todos, empezando por Pelletier y terminando por Morini, que pese a ser de común el más callado aquella noche se mostró locuaz, explicaron anécdotas y cotilleos, compararon por undécima vez vagas informaciones ya sabidas y especularon, como quien vuelve a dar vueltas alrededor de una película querida, sobre el secreto del paradero y de la vida del gran escritor, finalmente, mientras caminaban por las calles mojadas y luminosas (eso sí, de una luminosidad intermitente, como si Bremen fuera una máquina a la que sólo de tanto en tanto recorrieran vívidas y breves descargas eléctricas) hablaron de sí mismos.

Los cuatro eran solteros y eso les pareció un signo alentador. Los cuatro vivían solos, aunque a veces Liz Norton compartía su piso de Londres con un hermano aventurero que trabajaba en una ONG y que sólo un par de veces al año volvía a Inglaterra. Los cuatro estaban dedicados a sus carreras, aunque Pelletier, Espinoza y Morini eran doctores y los dos primeros, además, dirigían sus respectivos departamentos, mientras que Norton estaba recién preparando su doctorado y no esperaba llegar a jefa del departamento de alemán de su universidad.

Esa noche, antes de quedarse dormido, Pelletier no recordó los rifirrafes del congreso sino que pensó en él mismo caminando por las calles adyacentes al río y en Liz Norton que caminaba a su lado mientras Espinoza empujaba la silla de ruedas de Morini y los cuatro se reían de los animalitos de Bremen, que los observaban u observaban sus sombras en el asfalto, montados armoniosamente, cándidamente, en sus respectivos lomos.

A partir de ese día y de esa noche no pasaba una semana sin que se llamaran regularmente, los cuatro, sin reparar en la cuenta telefónica y en ocasiones a las horas más intempestivas.

A veces era Liz Norton la que llamaba a Espinoza y le preguntaba por Morini, con quien había hablado el día anterior y a quien había notado un poco depresivo. Ese mismo día Espinoza telefoneaba a Pelletier y le informaba de que según Norton la salud de Morini había empeorado, a lo que Pelletier respondía llamando de inmediato a Morini, preguntándole sin ambages por el estado de su salud, riéndose con él (pues Morini procuraba nunca hablar en serio sobre este tema), intercambiando algún detalle sin importancia sobre el trabajo, para después telefonear a la inglesa, a las doce de la noche, por ejemplo, tras dilatar el placer de la llamada con una cena frugal y exquisita, y asegurarle que Morini, dentro de lo que cabía esperar, estaba bien, normal, estabilizado, y que aquello que Norton había tomado por depresión no era más que el estado natural del italiano, sensible a los cambios climáticos (tal vez en Turín hacía un mal día, tal vez Morini aquella noche había soñado vaya uno a saber qué clase de sueño horrible), cerrando de tal manera un ciclo que al día siguiente o al cabo de dos días tornaba a recomenzar con una llamada de Morini a Espinoza, sin pretexto alguno, una llamada para saludarlo, simplemente, una llamada para hablar un rato, y que se consumía, indefectiblemente, en cosas sin importancia, observaciones sobre el clima (como si Morini y el mismo Espinoza estuvieran haciendo suyas algunas de las costumbres dialogales británicas), recomendaciones de películas, comentarios desapasionados sobre libros recientes, en fin, una conversación telefónica más bien soporífera o cuando menos desganada pero que Espinoza escuchaba con un raro entusiasmo o con fingido entusiasmo o con cariño, en cualquier caso con civilizado interés, y que Morini desgranaba como si en ello le fuera la vida, y a la que seguía, al cabo de dos días o de unas horas, una llamada más o menos en los mismos términos que Espinoza le hacía a Norton, y que ésta le hacía a Pelletier, y que éste devolvía a Morini, para volver a recomenzar, días después, transmutada en un código hiperespecializado, significado y significante en Archimboldi, texto, subtexto y paratexto, reconquista de la territorialidad verbal y corporal en las páginas finales de *Bitzius,* que para el caso era lo mismo que hablar de cine o de los problemas del departamento de alemán o de las nubes que pasaban incesantes, de la mañana a la noche, por sus respectivas ciudades.

Volvieron a encontrarse en el coloquio de literatura europea de posguerra celebrado en Avignon a finales de 1994. Norton y Morini fueron como espectadores, aunque el viaje fue sufragado por sus respectivas universidades, y Pelletier y Espinoza presentaron trabajos críticos sobre la importancia de la obra de Archimboldi. El trabajo del francés estuvo centrado en la insularidad, en la ruptura que parecía ornar la totalidad de los libros de Archimboldi en relación con la tradición alemana, no así con cierta tradición europea. El trabajo del español, uno de los más amenos que Espinoza escribió jamás, giró en torno al misterio que velaba la figura de Archimboldi, de quien virtualmente nadie, ni su editor, sabía nada: sus libros aparecían sin fotos en la solapa o en la contraportada; sus datos biográficos eran mínimos (escritor alemán nacido en Prusia en 1920), su lugar de residencia era un misterio, aunque en cierta ocasión su editor, en un desliz, confesó ante una periodista del *Spiegel* haber recibido uno de los manuscritos desde Sicilia, nadie de sus colegas aún vivos lo había visto jamás, no existía ninguna biografía suya en alemán pese a que la venta de sus libros iba en línea ascendente tanto en Alemania como en el resto de Europa e incluso en los Estados Unidos, que gusta de los escritores desaparecidos (desaparecidos o millonarios) o de la leyenda de los escritores desaparecidos, y en donde su obra empezaba a circular profusamente, ya no sólo en los departamentos de alemán de las universidades sino en los campus y fuera de los campus, en las vastas ciudades que amaban la literatura oral o visual.

Por las noches Pelletier, Morini, Espinoza y Norton se iban a cenar juntos, a veces acompañados por uno o dos profesores de alemán a quienes conocían desde hacía tiempo y que solían retirarse a sus hoteles a hora temprana o que permanecían hasta el final de las veladas pero en un discreto segundo plano, como si entendieran que la figura de cuatro ángulos que componían los archimboldianos era impenetrable y también, a esa hora de la noche, susceptible de volverse violentamente contra cualquier injerencia ajena. Al final siempre quedaban ellos cuatro caminando por las calles de Avignon con la misma despreocupada felicidad con que habían caminado por las renegridas y funcionariales calles de Bremen y como caminarían por las variopintas calles que el futuro les tenía reservadas, Morini empujado por Norton, con Pelletier a su izquierda y Espinoza a su derecha, o Pelletier empujando la silla de ruedas de Morini, con Espinoza a su izquierda y Norton, delante de ellos, caminando hacia atrás y riéndose con la plenitud de sus veintiséis años, una risa magnífica que ellos no tardaban en imitar aunque ciertamente hubieran preferido no reírse y sólo mirarla, o bien los cuatro alineados y detenidos junto al murete de un río historiado, es decir de un río que ya no era salvaje, hablando de su obsesión alemana sin interrumpirse entre ellos, ejercitando y degustando la inteligencia del otro, con largos intervalos de silencio que ni siquiera la lluvia podía alterar.

Cuando Pelletier volvió de Avignon a finales de 1994, cuando abrió la puerta de su piso de París y dejó la maleta en el suelo y cerró la puerta, cuando se sirvió un vaso de whisky y descorrió las cortinas y vio el paisaje de siempre, un fragmento de la place de Breteuil y el edificio de la UNESCO al fondo, cuando se quitó la americana y dejó el vaso de whisky en la cocina y escuchó los mensajes en el contestador, cuando sintió sueño, pesadez en los párpados, pero en lugar de meterse en la cama y dormirse se desnudó y se dio una ducha, cuando encendió el ordenador arropado en una bata blanca que le llegaba casi hasta los tobillos, sólo entonces se dio cuenta de que extrañaba a Liz Norton y de que hubiera dado todo lo que tenía por estar con ella en aquel momento, no sólo conversando sino también en la cama, por decirle que la quería y por escuchar de su boca que su amor era correspondido.

Algo similar experimentó Espinoza, con dos ligeras diferencias respecto a Pelletier. La primera fue que no esperó hasta llegar a su piso de Madrid para sentir la necesidad de estar junto a Liz Norton. Ya en el avión supo que ella era la mujer ideal, la que siempre había buscado, y empezó a sufrir. La segunda fue que en las imágenes ideales de la inglesa que pasaban a velocidad supersónica por su cabeza mientras su avión volaba a 700 kilómetros por hora rumbo a España había más escenas de sexo, no muchas, pero más que las imaginadas por Pelletier.

Por el contrario, Morini, que viajó en tren de Avignon a Turín, dedicó las horas de viaje a la lectura del suplemento cultural de *Il Manifesto*, y después se durmió hasta que un par de revisores (que lo ayudarían a bajar al andén en su silla de ruedas) le avisaron que ya habían llegado.

Sobre lo que pasó por la cabeza de Liz Norton es mejor no decir nada.

La amistad entre los archimboldianos, sin embargo, se mantuvo con los mismos ropajes de siempre, imperturbable, sujeta a un destino mayor al que los cuatro obedecían aunque eso significara poner en segundo plano sus deseos personales.

En 1995 se encontraron en el diálogo sobre literatura alemana contemporánea celebrado en Amsterdam, en el marco de un diálogo mayor que se desarrolló en el mismo edificio (aunque en diferentes aulas) y que comprendía la literatura francesa, la inglesa y la italiana.

De más está decir que la mayor parte de los asistentes a tan curiosos diálogos se decantaron por la sala donde se discutía sobre literatura inglesa contemporánea, sala vecina a la de la literatura alemana y separada de ésta por una pared que evidentemente no era de piedra, como las de antes, sino de frágiles ladrillos recubiertos por una fina capa de yeso, al grado de que los gritos y aullidos y sobre todo los aplausos que arrancaba la literatura inglesa se oían en la literatura alemana como si ambas conferencias o diálogos fueran uno solo o como si los ingleses se estuvieran burlando, cuando no boicoteando continuamente a los alemanes, por no decir nada del público, cuya asistencia masiva al diálogo inglés (o angloindio) era notablemente superior al escaso y grave público que acudía al diálogo alemán. Lo que, en el cómputo final, fue altamente provechoso, pues es bien sabido que una charla entre pocos, donde todos se escuchan y reflexionan y nadie grita, suele ser más productiva, y en el peor de los casos más relajada, que un diálogo masivo, que corre el riesgo permanente de convertirse en un mitin o, por la necesaria brevedad de las intervenciones, en una sucesión de consignas tan pronto formuladas como desaparecidas.

Pero antes de entrar en el punto culminante de la cuestión, o del diálogo, hay que precisar algo no poco baladí a tenor de los resultados. Los organizadores, los mismos que dejaron afuera la literatura contemporánea española o polaca o sueca, por falta de tiempo o de dinero, en un penúltimo capricho destinaron la mayor parte de los fondos a invitar a cuerpo de rey a estrellas de la literatura inglesa, y con el dinero que quedó trajeron a tres novelistas franceses, un poeta y un cuentista italiano, y tres escritores alemanes, los dos primeros, novelistas de Berlín occidental y oriental, ahora reunificados, ambos de cierto vago prestigio (y que llegaron en tren a Amsterdam y no levantaron ninguna protesta cuando fueron alojados en un hotel de sólo tres estrellas), y el tercero, un ser un tanto borroso de quien nadie sabía nada, ni siquiera Morini, que sabía bastante de literatura alemana contemporánea, dialogante o no dialogante.

Y cuando este borroso escritor, que era suavo, durante su charla (o diálogo) se puso a recordar su periplo como periodista, como armador de páginas culturales, como entrevistador de todo tipo de creadores reacios a las entrevistas, y luego se puso a rememorar la época en que había ejercido como promotor cultural en ayuntamientos periféricos o, ya de plano, olvidados, pero interesados por la cultura, de pronto, sin venir a cuento, apareció el nombre de Archimboldi (influido tal vez por la charla anterior dirigida por Espinoza y Pelletier), a quien había conocido, precisamente, mientras ejercía de promotor cultural de un ayuntamiento frisón, al norte de Wilhelmshaven, frente a las costas del Mar del Norte y las islas Frisias Orientales, un sitio donde hacía frío, mucho frío, y más que frío humedad, una humedad salina que te calaba los huesos, y sólo había dos maneras de pasar el invierno, una, bebiendo hasta coger una cirrosis, y dos, en la sala de actos del ayuntamiento, escuchando música (por regla general de cuartetos de cámara de aficionados), o hablando con escritores que venían de otros lugares y a quienes se les pagaba muy poco, una habitación en la única pensión del pueblo y unos cuantos marcos que cubrían el viaje de ida y vuelta en tren, esos trenes tan distintos de los actuales trenes alemanes, pero en donde la gente, tal vez, era más locuaz, más educada, más interesada en el prójimo, en fin, que tras el pago y descontando los gastos de transporte, el escritor se iba de aquellos lugares y volvía a su hogar (que en ocasiones sólo era un cuarto de hotel en Frankfurt o Colonia) con algo de dinero y puede que algún libro vendido, en el caso de aquellos escritores o poetas, sobre todo poetas, que tras leer algunas páginas y contestar a las preguntas de los ciudadanos de aquel lugar instalaban, como quien dice, su tenderete, y sacaban unos pocos marcos extra, una actividad bastante apreciada por aquel entonces, pues si a la gente le gustaba lo que el escritor leía, o si la lectura conseguía emocionarlos o entretenerlos o hacerlos pensar, pues entonces también compraban uno de sus libros, a veces para tenerlo como recuerdo de aquella agradable velada, mientras por las callejuelas del pueblito frisón el viento silbaba y cortaba la carne de tan frío que era, a veces para leer o releer algún poema o algún relato, ya en su domicilio particular, semanas después de acabado el evento, en ocasiones a la luz de un quinqué porque no siempre había electricidad, ya se sabe, la guerra había acabado hacía poco y las heridas sociales y económicas estaban abiertas, en fin, más o menos igual a como se hace una lectura literaria en la actualidad, con la salvedad de que los libros expuestos en el tenderete eran libros autoeditados y ahora son las editoriales las que montan el tenderete, y uno de esos escritores que un día llegó al pueblo en donde el suavo ejercía de promotor cultural fue Benno von Archimboldi, un escritor de la talla de Gustav Heller o Rainer Kuhl o Wilhelm Frayn (escritores que Morini buscaría después en su enciclopedia de autores alemanes, sin éxito), y que no trajo libros, y que leyó dos capítulos de una novela en curso, su segunda novela, la primera, recordaba el suavo, la había publicado en Hamburgo aquel año, aunque de ésa no leyó nada, sin embargo esa primera novela existía, dijo el suavo, y Archimboldi, como anticipándose a las sospechas, había llevado un ejemplar consigo, una novelita que andaba por las cien páginas, tal vez más, ciento veinte, ciento veinticinco, y él llevaba la novelita en el bolsillo de su chaqueta, y, cosa extraña, el suavo recordaba con mayor nitidez la chaqueta de Archimboldi que la novela embutida en un bolsillo de esa chaqueta, una novelita con la tapa sucia, arrugada, que había sido de color marfil intenso, o amarillo trigal empalidecido, o dorado en fase de invisibilidad, pero que ahora ya no tenía ningún color ni ningún matiz, sólo el nombre de la novela y el nombre del autor y el sello editorial, la chaqueta, sin embargo, era inolvidable, una chaqueta de cuero negro, con el cuello alto, capaz de brindar una protección eficaz contra la nieve y la lluvia y el frío, holgada, para poder usar con jerseys gruesos o con dos jerseys sin que se notara que uno los llevaba, con bolsillos horizontales a cada lado, y una hilera de cuatro botones cosidos como con hilo de pescar, ni muy grandes ni muy pequeños, una chaqueta que evocaba, no sé por qué, a las que usaban algunos policías de la Gestapo, aunque en esa época las chaquetas de cuero negro estaban de moda y todo el que tenía dinero para comprar una o había heredado una se la ponía sin pararse a pensar qué evocaba la chaqueta, y ese escritor que había llegado a ese pueblo frisón era Benno von Archimboldi, el joven Benno von Archimboldi, a la edad de veintinueve o treinta años, y había sido él, el suavo, quien lo había ido a esperar a la estación del tren y el que lo había llevado a la pensión, mientras hablaban del clima, tan malo, y después lo había acompañado al ayuntamiento en donde Archimboldi no había instalado ningún tenderete y había leído dos capítulos de una novela aún no finalizada, y luego había cenado con él en la taberna del pueblo, junto a la maestra y a una señora viuda que prefería la música o la pintura antes que la literatura, pero que, puesta en la tesitura de no tener música ni pintura, no le hacía ascos ni mucho menos a una velada literaria, y fue esta señora, precisamente, la que llevó de alguna manera el peso de la conversación durante la cena (salchichas y patatas, acompañadas de cerveza: ni la época, evocó el suavo, ni los fondos del ayuntamiento estaban para mayores dispendios), aunque tal vez decir el peso de la conversación no fuera muy acertado, la batuta, el timón de la conversación, y los hombres que estaban alrededor de la mesa, el secretario del alcalde, un señor que se dedicaba a la venta de pescado en salazón, un viejo maestro que se dormía a cada rato, incluso mientras empuñaba el tenedor, y un empleado del ayuntamiento, un chico muy simpático y gran amigo del suavo, de nombre Fritz, asentían o se cuidaban de llevar la contraria a aquella temible viuda cuyos conocimientos artísticos estaban por encima de todos, incluso del mismo suavo, y que había viajado por Italia y Francia e incluso en uno de sus viajes, un crucero inolvidable, había llegado a Buenos Aires, en 1927 o 1928, cuando esta ciudad era un emporio de la carne y los barcos frigoríficos salían del puerto cargados de carne, un espectáculo digno de contemplar, cientos de barcos que llegaban vacíos y que salían cargados con toneladas de carne con destino a todo el mundo, y cuando ella, la señora, aparecía en la cubierta, de noche, por ejemplo, adormilada o mareada o adolorida, bastaba con apoyarse en la barandilla y dejar que los ojos se acostumbraran y entonces la visión del puerto era estremecedora y se llevaba de golpe los restos de sueño o los restos de mareo o los restos de dolor, sólo había espacio en el sistema nervioso para rendirse incondicionalmente a aquella imagen, el desfile de los inmigrantes que como hormigas subían a las bodegas de los barcos la carne de miles de vacas muertas, los movimientos de los palets cargados con la carne de miles de terneras sacrificadas, y el color vaporoso que iba tiñendo cada rincón del puerto, desde que amanecía hasta que anochecía e incluso durante los turnos de noche, un color rojo de bistec poco hecho, de chuletón, de filete, de costillar apenas repasado en una barbacoa, qué horror, menos mal que eso la señora, que entonces no era viuda, sólo lo vivió durante la primera noche, luego desembarcaron y se alojaron en uno de los hoteles más caros de Buenos Aires, y fueron a la ópera y luego a una estancia en donde su marido, un jinete experto, aceptó echar una carrera con el hijo del dueño de la estancia, que perdió, y luego con un peón de la estancia, hombre de confianza del hijo, un gaucho, que también perdió, y luego con el hijo del gaucho, un gauchito de dieciséis años, flaquito como una caña y de ojos vivaces, tan vivaces que cuando la señora lo miró el gauchito bajó la cabeza y luego la subió un poquito y la miró con una malicia que ofendió a la señora, pero qué mocoso más insolente, mientras su marido se reía y le decía en alemán: has conseguido impresionar al niño, una broma que a la señora no le hacía ni pizca de gracia, y luego el gauchito se subía a su caballo y echaban a correr, qué bueno era el gauchito galopando, con qué pasión se agarraba, diríase que se pegaba al cuello de su caballo, y sudaba y lo fueteaba, pero al final la carrera la ganaba el marido, no en balde había sido capitán de un regimiento de caballería, y el dueño de la estancia y el hijo del dueño de la estancia se levantaban de sus asientos y aplaudían, buenos perdedores, y también aplaudía el resto de los invitados, buen jinete el alemán, extraordinario jinete, aunque cuando el gauchito llegaba a la meta, es decir junto al porche de la estancia, la expresión de su cara no delataba en él a un buen perdedor, al contrario, se le veía más bien disgustado, molesto, con la cabeza gacha, y mientras los hombres, hablando en francés, se desperdigaban por el porche en busca de una copa de champán helado, la señora se acercaba al gauchito que se había quedado solo, sujetando a su caballo con la mano izquierda –por el fondo del largo patio se alejaba el padre del gauchito rumbo a los establos con el caballo que había montado el alemán–, y le decía, en una lengua incomprensible, que no se entristeciera, que había hecho una carrera muy buena pero que su marido también era muy bueno y tenía más experiencia, palabras que al gauchito le sonaban como la luna, como el paso de las nubes que tapan la luna, como una lentísima tormenta, y entonces el gauchito miraba a la señora desde abajo con una mirada de rapaz, dispuesto a enterrarle un cuchillo a la altura del ombligo y luego subir hasta los pechos, abriéndola en canal, mientras su mirada de carnicerito inexperto brillaba con un extraño fulgor, según recordaba la señora, lo que no le impidió seguirlo sin protestar cuando el gauchito la cogió de una mano y la empezó a conducir hacia el otro lado de la casa, un sitio en donde se levantaba una pérgola de hierro labrado y arriates de flores y árboles que la señora no había visto en su vida o que en aquel instante creyó que no había visto en su vida, e incluso una fuente vio en el parque, una fuente de piedra en cuyo centro, sostenido tan sólo en una patita, danzaba un querube criollo de rasgos risueños, mitad europeo y mitad caníbal, perennemente mojado por los tres chorros de agua que manaban a sus pies, y esculpido en una sola pieza de mármol negro, que la señora y el gauchito admiraron largamente, hasta que llegó una prima lejana del dueño de la estancia (o una concubina que el dueño de la estancia había perdido en uno de los tantos pliegues de su memoria), que en un inglés perentorio e indiferente le dijo que hacía rato su marido la andaba buscando, y entonces la señora procedió a abandonar el parque encantado del brazo de la prima lejana, y el gauchito la llamó, o eso creyó ella, y cuando se volvió él le dijo unas pocas palabras sibilantes, y la señora le acarició la cabeza y le preguntó a la prima qué había dicho el gauchito mientras sus dedos se perdían entre las cerdas gruesas de sus cabellos, y la prima pareció dudar un momento pero la señora, que no toleraba mentiras ni medias verdades, le exigió una traducción inmediata y veraz, y la prima le dijo: el gauchito ha dicho... el gauchito ha dicho... que el patrón... preparó todo para que su marido ganara las dos últimas carreras, y después la prima calló y el gauchito se alejó por el otro extremo del parque arrastrando de las riendas su caballo, y la señora se reintegró a la fiesta pero ya no pudo dejar de pensar en lo que el gauchito le había confesado en el último momento, almita de Dios, y por más que pensaba seguían siendo un enigma las palabras del gauchito, un enigma que duró el resto de la fiesta, y que la atormentó mientras daba vueltas en su cama sin poder dormir, y que la embruteció al día siguiente durante un largo paseo a caballo y durante una parrillada, y que la acompañó en su regreso a Buenos Aires, y durante los días que permaneció en el hotel o saliendo a recepciones sociales en la embajada de Alemania o en la embajada de Inglaterra o en la embajada de Ecuador, y que sólo se resolvió cuando el barco hacía días que navegaba de vuelta a Europa, una noche, a las cuatro de la mañana, en que la señora salió a dar un paseo por cubierta, sin saber ni importarle en qué paralelo ni longitud se encontraban, rodeada o semirrodeada por 106.200.000 kilómetros cuadrados de agua salada, justo entonces, mientras la señora desde la primera cubierta de los pasajeros de primera clase encendía un cigarrillo, con la vista clavada en esa extensión de mar que no veía pero que oía, el enigma, milagrosamente, se aclaró, y precisamente ahí, en ese punto de la historia, dijo el suavo, la señora, la otrora rica y poderosa e inteligente (al menos a su manera) señora frisona, se calló, y un silencio religioso, o peor aún, supersticioso, se adueñó de aquella triste taberna alemana de posguerra, en donde poco a poco todos se fueron sintiendo cada vez más incómodos, y se apresuraron a rebañar sus restos de salchichas y patatas y a vaciar las últimas gotas de sus jarras de cerveza, como si temieran que de un momento a otro la señora fuera a ponerse a aullar como una erinia y estimaran prudente el estar preparados para salir a la calle afrontando el frío con el estómago lleno hasta llegar a sus casas.

Y entonces la señora habló. Dijo:

–¿Alguien es capaz de resolver el enigma?

Dijo eso pero no miraba ni se dirigía a ninguno del pueblo.

–¿Alguien sabe cuál es la resolución del enigma? ¿Alguien es capaz de comprender? ¿Hay, acaso, un hombre en este pueblo que me diga aunque sea al oído la solución del enigma?

Todo esto lo dijo mirando su plato, en donde su salchicha y su ración de patatas permanecían casi intactas.

Y entonces Archimboldi, que había permanecido con la cabeza baja y comiendo mientras la señora hablaba, dijo, sin subir el tono de voz, que había sido un acto de hospitalidad, que el dueño de la estancia y su hijo confiaban en que la primera carrera la iba a perder el marido de la señora, así que prepararon una segunda y una tercera carrera trucadas, para que el antiguo capitán de caballería ganase. La señora entonces lo miró a los ojos y se rió y le preguntó por qué había ganado su marido la primera carrera.

–¿Por qué?, ¿por qué? –dijo la señora.

–Porque en el último minuto el hijo del dueño de la estancia –dijo Archimboldi–, que seguramente cabalgaba y tenía una montura mejor que el marido de la señora, experimentó aquello que conocemos por piedad. Es decir, optó, impelido por la fiesta que él y su padre se habían sacado de la manga, por el derroche. Todo había que derrocharlo, incluida su victoria a caballo, y de alguna manera todo el mundo comprendió que así debía ser, incluida la mujer que la fue a buscar al parque, menos el gauchito.

–¿Eso fue todo? –preguntó la señora.

–Para el gauchito no. Yo creo que si llega usted a estar más rato con él, la hubiera matado, que a su vez también habría sido un acto de derroche, pero ciertamente no en la dirección que pretendía el dueño de la estancia y su hijo.

Después la señora se levantó, dio las gracias por la velada y se marchó.

–Unos minutos más tarde –dijo el suavo–, yo acompañé a Archimboldi a su pensión. A la mañana siguiente, cuando lo fui a buscar para llevarlo al tren, ya no estaba.

Extraordinario suavo, dijo Espinoza. Lo quiero para mí, dijo Pelletier. Procurad no agobiarlo, procurad no parecer demasiado interesados, dijo Morini. Hay que tratar a este hombre con pinzas, dijo Norton. Es decir, hay que tratarlo con cariño.

Todo lo que tenía que decir el suavo, sin embargo, ya lo había dicho, y aunque lo mimaron y lo invitaron a comer al mejor restaurante de Amsterdam y lo halagaron y hablaron con él de hospitalidad y de derroche y de la suerte de los promotores culturales perdidos en pequeños ayuntamientos de provincia, no hubo manera de sacarle nada interesante, aunque los cuatro se cuidaron de grabar cada una de sus palabras, como si hubieran encontrado a su Moisés, detalle que al suavo no le pasó desapercibido y que más bien contribuyó a agudizar su timidez (algo tan poco usual en un ex promotor cultural de provincia, según Espinoza y Pelletier, que creían que el suavo básicamente era un bandido), sus reservas, su discreción rayana en una quimérica *omertà* de viejo nazi que huele al lobo.

Quince días después Espinoza y Pelletier se tomaron un par de días de permiso y se fueron a Hamburgo a visitar al editor de Archimboldi. Los recibió el director editorial, un tipo flaco, más que alto espigado, de unos sesenta años, de nombre Schnell, que significa rápido, aunque Schnell era más bien lento. Tenía el pelo lacio y de color castaño oscuro, salpicado en las sienes por algunas canas, lo que contribuía a acentuar una apariencia juvenil. Cuando se levantó para estrecharles las manos tanto Espinoza como Pelletier pensaron que se trataba de un homosexual.

–El maricón es lo más parecido que hay a una anguila –dijo después Espinoza, mientras paseaban por Hamburgo.

Pelletier le reprochó su observación de marcado tinte homofóbico, aunque en el fondo estuvo de acuerdo, Schnell tenía algo de anguila, de pez que se mueve en aguas oscuras y barrosas.

Por supuesto, poco pudo decirles que no supieran ya. Schnell nunca había visto a Archimboldi, el dinero, cada vez mayor, que redituaban sus libros y traducciones, lo depositaba en un número de cuenta de un banco suizo. Una vez cada dos años se recibían instrucciones suyas a través de cartas cuyo remitente solía ser de Italia, aunque en los archivos de la editorial también había cartas con sellos de correo griegos y españoles y marroquíes, cartas que, por otra parte, iban dirigidas a la dueña de la editorial, la señora Bubis, y que él, naturalmente, no había leído.

–En la editorial sólo quedan dos personas, aparte de la señora Bubis, por supuesto, que conocieron personalmente a Benno von Archimboldi –les dijo Schnell–. La jefa de prensa y la jefa de correctores. Cuando yo entré a trabajar aquí Archimboldi hacía mucho que ya había desaparecido.

Pelletier y Espinoza pidieron hablar con ambas mujeres. La oficina de la jefa de prensa estaba llena de fotos, no necesariamente de autores de la editorial, y de plantas, y lo único que les dijo del escritor desaparecido fue que era una buena persona.

–Un hombre alto, muy alto –les dijo–. Cuando caminaba junto con el difunto señor Bubis parecían una ti. O una li.

Espinoza y Pelletier no entendieron lo que quería decir y la jefa de prensa les dibujó en un papelito la letra ele seguida de la letra i. O tal vez más indicado sería una le. Así.

Y volvió a dibujar sobre el mismo papelito lo siguiente:

Le

–La ele es Archimboldi, la e es el difunto señor Bubis.

Luego la jefa de prensa se rió y los observó durante un rato, recostada en su silla giratoria, en silencio. Más tarde hablaron con la jefa de correctores. Ésta tenía más o menos la misma edad que la jefa de prensa pero su carácter no era tan jovial.

Les dijo que sí, que en efecto había conocido a Archimboldi hacía muchos años, pero que ya no recordaba su rostro ni sus maneras ni ninguna anécdota sobre él que valiera la pena contarles. No recordaba la última vez que estuvo en la editorial. Les recomendó que hablaran con la señora Bubis y luego, sin decir nada, se enfrascó en la revisión de una galerada, en contestar preguntas de los otros correctores, en hablar por teléfono con gente que tal vez, pensaron con piedad Espinoza y Pelletier, eran traductores. Antes de marcharse, inasequibles al desaliento, volvieron a la oficina de Schnell y le hablaron de los encuentros y coloquios archimboldianos que se preveían para el futuro. Schnell, atento y cordial, les dijo que podían contar con él para lo que se les ofreciera.

Como no tenían nada que hacer salvo esperar la salida del avión que los llevaría de vuelta a París y Madrid, Pelletier y Espinoza se dedicaron a pasear por Hamburgo. El paseo los llevó indefectiblemente al barrio de las putas y de los peep-shows, y entonces ambos se pusieron melancólicos y se dedicaron a contarse el uno al otro historias de amores y desengaños. Por supuesto, no dieron nombres ni fechas, se hubiera podido decir que hablaban en términos abstractos, pero de todas maneras, pese a la exposición aparentemente fría de desgracias, la conversación y el paseo sólo contribuyó a sumirlos aún más en ese estado melancólico, a tal grado que al cabo de dos horas ambos sintieron que se estaban ahogando.

Volvieron al hotel en taxi y sin pronunciar palabra.

Una sorpresa los esperaba allí. En la recepción había una nota dirigida a ambos y firmada por Schnell en donde les explicaba que tras su conversación matutina había decidido hablar con la señora Bubis y que ésta aceptaba recibirlos. A la mañana siguiente Espinoza y Pelletier se presentaron en el domicilio de la editora, en el tercer piso de un viejo edificio de la zona alta de Hamburgo. Mientras esperaban se dedicaron a observar las fotos enmarcadas que colgaban de una pared. En las otras dos paredes había un lienzo de Soutine y otro de Kandinsky, y varios dibujos de Grosz, de Kokoschka y de Ensor. Pero Espinoza y Pelletier parecían mucho más interesados en las fotos, en donde casi siempre había alguien a quien ellos despreciaban o admiraban, pero que en cualquier caso habían leído: Thomas Mann con Bubis, Heinrich Mann con Bubis, Klaus Mann con Bubis, Alfred Döblin con Bubis, Hermann Hesse con Bubis, Walter Benjamin con Bubis, Anna Seghers con Bubis, Stefan Zweig con Bubis, Bertolt Brecht con Bubis, Feuchtwanger con Bubis, Johannes Becher con Bubis, Arnold Zweig con Bubis, Ricarda Huch con Bubis, Oskar Maria Graf con Bubis, cuerpos y rostros y vagas escenografías perfectamente enmarcadas. Los retratados observaban con la inocencia de los muertos, a quienes ya no les importa ser observados, el entusiasmo apenas contenido de los profesores universitarios. Cuando apareció la señora Bubis ambos estaban con las cabezas pegadas intentando descifrar si aquel que aparecía junto a Bubis era Fallada o no.

En efecto, era Fallada, les dijo la señora Bubis, vestida con una blusa blanca y una falda negra. Al darse la vuelta, Pelletier y Espinoza encontraron a una mujer mayor, con una figura similar, según confesaría Pelletier mucho después, a Marlene Dietrich, una mujer que a pesar de los años conservaba intacta su determinación, una mujer que no se aferraba a los bordes del abismo sino que caía al abismo con curiosidad y elegancia. Una mujer que caía al abismo *sentada*.

–Mi marido conoció a todos los escritores alemanes y los escritores alemanes querían y respetaban a mi marido, aunque luego unos pocos dijeran cosas horribles sobre él, algunas incluso inexactas –dijo la señora Bubis con una sonrisa.

Hablaron de Archimboldi y la señora Bubis hizo traer pastas y té, aunque ella se tomó un vodka, algo que sorprendió a Espinoza y Pelletier, no por el hecho de que la señora empezara a beber tan temprano, sino por no haberles ofrecido una copa a ellos, copa que, por otra parte, hubiera sido rechazada.

–La única persona en la editorial que conocía a la perfección la obra de Archimboldi –dijo la señora Bubis– fue el señor Bubis, que le publicó todos sus libros.

Pero ella se preguntaba (y de paso les preguntaba a ellos) hasta qué punto alguien puede conocer la obra de otro.

–A mí, por ejemplo, me apasiona la obra de Grosz –dijo indicando los dibujos de Grosz colgados de la pared–, ¿pero conozco realmente su obra? Sus historias me hacen reír, por momentos creo que Grosz las dibujó para que yo me riera, en ocasiones la risa se transforma en carcajadas, y las carcajadas en un ataque de hilaridad, pero una vez conocí a un crítico de arte a quien le gustaba Grosz, por supuesto, y que sin embargo se deprimía muchísimo cuando asistía a una retrospectiva de su obra o por motivos profesionales tenía que estudiar alguna tela o algún dibujo. Y esas depresiones o esos períodos de tristeza solían durarle semanas. Este crítico de arte era amigo mío, aunque nunca habíamos tocado el tema Grosz. Una vez, sin embargo, le dije lo que me pasaba. Al principio no se lo podía creer. Luego se puso a mover la cabeza de un lado a otro. Luego me miró de arriba abajo como si no me conociera. Yo pensé que se había vuelto loco. Él rompió su amistad conmigo para siempre. Hace poco me contaron que aún dice que yo no sé nada sobre Grosz y que mi gusto estético es similar al de una vaca. Bien, por mí puede decir lo que quiera. Yo me río con Grosz, él se deprime con Grosz, ¿pero quién conoce a Grosz realmente?

»Supongamos –dijo la señora Bubis– que en este momento llaman a la puerta y aparece mi viejo amigo el crítico de arte. Se sienta aquí, en el sofá, a mi lado, y uno de ustedes saca un dibujo sin firmar y nos asegura que es de Grosz y que desea venderlo. Yo miro el dibujo y sonrío y luego saco mi chequera y lo compro. El crítico de arte mira el dibujo y *no* se deprime e intenta hacerme reconsiderar. Para él no es un dibujo de Grosz. Para mí es un dibujo de Grosz. ¿Quién de los dos tiene razón?

»O planteemos la historia de otra manera. Usted –dijo la señora Bubis señalando a Espinoza– saca un dibujo sin firmar y dice que es de Grosz e intenta venderlo. Yo no me río, lo observo fríamente, aprecio el trazo, el pulso, la sátira, pero nada en el dibujo concita mi goce. El crítico de arte lo observa cuidadosamente y, como es natural en él, se deprime y acto seguido hace una oferta, una oferta que excede sus ahorros y que, si es aceptada, lo sumirá en largas tardes de melancolía. Yo intento disuadirlo. Le digo que el dibujo me parece sospechoso porque no me provoca la risa. El crítico me responde que ya era hora de que viera la obra de Grosz con ojos de adulto y me felicita. ¿Quién de los dos tiene razón?

Después volvieron a hablar de Archimboldi y la señora Bubis les mostró una curiosísima reseña que había aparecido en un periódico de Berlín tras la publicación de *Lüdicke,* la primera novela de Archimboldi. La reseña, firmada por un tal Schleiermacher, intentaba fijar la personalidad del novelista con pocas palabras.

Inteligencia: media.
Carácter: epiléptico.
Cultura: desordenada.
Capacidad de fabulación: caótica.
Prosodia: caótica.
Uso del alemán: caótico.

Inteligencia media y cultura desordenada son fáciles de entender. ¿Qué quiso decir, sin embargo, con carácter epiléptico?, ¿que Archimboldi padecía epilepsia, que no estaba bien de la cabeza, que sufría ataques de naturaleza misteriosa, que era un lector compulsivo de Dostoievski? No había en el apunte ninguna descripción física del escritor.

–Nunca supimos quién era el tal Schleiermacher –dijo la señora Bubis–, incluso a veces mi difunto marido bromeaba diciendo que la nota la había escrito el propio Archimboldi. Pero tanto él como yo sabíamos que no había sido así.

Cerca del mediodía, cuando ya era prudente marcharse, Pelletier y Espinoza se atrevieron a realizar la única pregunta que juzgaban importante: ¿podía ella ayudarlos a entrar en contacto con Archimboldi? Los ojos de la señora Bubis se iluminaron. Como si estuviera presenciando un incendio, le dijo después Pelletier a Liz Norton. Pero no un incendio en su punto crítico, sino uno que, después de meses de arder, estuviera a punto de apagarse. La respuesta negativa se tradujo en un ligero movimiento de cabeza que hizo que Pelletier y Espinoza de pronto comprendieran la inutilidad de su ruego.

Aún se quedaron un rato más. De alguna parte de la casa llegaba en sordina la música de una canción popular italiana. Espinoza le preguntó si ella lo conocía, si alguna vez, mientras su marido vivía, había visto personalmente a Archimboldi. La señora Bubis dijo que sí y luego tarareó el estribillo final de la canción. Su italiano, según ambos amigos, era muy bueno.

–¿Cómo es Archimboldi? –dijo Espinoza.

–Muy alto –dijo la señora Bubis–, muy alto, un hombre de estatura verdaderamente elevada. Si hubiera nacido en esta época probablemente habría jugado al baloncesto.

Aunque por la manera en que lo dijo, lo mismo hubiera dado que Archimboldi fuera un enano. En el taxi que los llevó hasta el hotel los dos amigos pensaron en Grosz y en la risa cristalina y cruel de la señora Bubis y en la impresión que les había dejado aquella casa llena de fotos en donde, sin embargo, faltaba la foto del único escritor que a ellos les interesaba.

Y aunque ambos se resistían a admitirlo, consideraban (o intuían) que era más importante el relámpago que habían entrevisto en el barrio de las putas que la revelación, cualquiera que ésta fuera, que habían presentido en casa de la señora Bubis.

Dicho en una palabra y de forma brutal, Pelletier y Espinoza, mientras paseaban por Sankt Pauli, se dieron cuenta de que la búsqueda de Archimboldi no podría llenar jamás sus vidas. Podían leerlo, podían estudiarlo, podían desmenuzarlo, pero no podían morirse de risa con él ni deprimirse con él, en parte porque Archimboldi siempre estaba lejos, en parte porque su obra, a medida que uno se internaba en ella, devoraba a sus exploradores. Dicho en una palabra: Pelletier y Espinoza comprendieron en Sankt Pauli y después en la casa de la señora Bubis ornada con las fotografías del difunto señor Bubis y sus escritores, que querían hacer el amor y no la guerra.

Por la tarde, y sin permitirse más confidencias que las estrictamente necesarias, es decir las confidencias generales, diríase abstractas, compartieron otro taxi hasta el aeropuerto y mientras esperaban sus respectivos aviones hablaron del amor, de la necesidad del amor. Pelletier fue el primero en marcharse. Cuando Espinoza se quedó solo, su avión salía media hora más tarde, se puso a pensar en Liz Norton y en las probabilidades reales que tenía de conseguir enamorarla. La imaginó a ella y luego se imaginó a sí mismo, juntos, compartiendo un piso en Madrid, yendo al supermercado, trabajando ambos en el departamento de alemán, imaginó su estudio y el estudio de ella, separados por una pared, y las noches en Madrid a su lado, comiendo con amigos en buenos restaurantes y volviendo a casa, un baño enorme, una cama enorme.

Pero Pelletier se adelantó. Tres días después del encuentro con la editora de Archimboldi, apareció en Londres sin avisar y tras contarle a Liz Norton las últimas novedades la invitó a cenar en un restaurante de Hammersmith, que previamente le había recomendado un colega del departamento de ruso de la universidad, en donde comieron goulash y puré de garbanzos con remolacha y pescado macerado en limón con yogur, una cena con velas y violines, y rusos auténticos e irlandeses disfrazados de rusos, desde todo punto de vista desmesurada y desde el punto de vista gastronómico más bien pobretona y dudosa, que acompañaron con copas de vodka y una botella de vino de Burdeos y que a Pelletier le salió por un ojo de la cara, pero que valió la pena porque después Norton lo invitó a su casa, formalmente para hablar de Archimboldi y de las pocas cosas que sobre éste había revelado la señora Bubis, sin olvidar las despectivas palabras que había escrito el crítico Schleiermacher acerca de su primer libro, y después ambos se pusieron a reír y Pelletier besó a Norton en los labios, con mucho tacto, y la inglesa correspondió a su beso con otro mucho más ardiente, tal vez producto de la cena y del vodka y del Burdeos, pero que a Pelletier le pareció prometedor, y luego se acostaron y follaron durante una hora hasta que la inglesa se quedó dormida.

Aquella noche, mientras Liz Norton dormía, Pelletier recordó una tarde ya lejana en la que Espinoza y él vieron una película de terror en una habitación de un hotel alemán.

La película era japonesa y en una de las primeras escenas aparecían dos adolescentes. Una de ellas contaba una historia. La historia trataba de un niño que estaba pasando sus vacaciones en Kobe y que quería salir a la calle a jugar con sus amigos, justo a la hora en que daban por la tele su programa favorito. Así que el niño ponía una cinta de vídeo y lo dejaba listo para grabar el programa y luego salía a la calle. El problema entonces consistía en que el niño era de Tokio y en Tokio su programa se emitía en el canal 34, mientras que en Kobe el canal 34 estaba vacío, es decir era un canal en donde no se veía nada, sólo niebla televisiva.

Y cuando el niño, al volver de la calle, se sentaba delante del televisor y ponía el vídeo, en vez de su programa favorito veía a una mujer con la cara blanca que le decía que iba a morir.

Y nada más.

Y entonces llamaban por teléfono y el niño contestaba y oía la voz de la misma mujer que le preguntaba si acaso creía que aquello era una broma. Una semana después encontraban el cuerpo del niño en el jardín, muerto.

Y todo esto se lo contaba la primera adolescente a la segunda adolescente y a cada palabra que pronunciaba parecía morirse de la risa. La segunda adolescente estaba notablemente asustada. Pero la primera adolescente, la que contaba la historia, daba la impresión de que de un momento a otro iba a empezar a revolcarse en el suelo de risa.

Y entonces, recordaba Pelletier, Espinoza dijo que la primera adolescente era una psicópata de pacotilla y que la segunda adolescente era una gilipollas, y que aquella película hubiera podido ser buena si la segunda adolescente, en vez de hacer pucheritos y morritos y poner cara de angustia vital, le hubiera dicho a la primera que se callase. Y no de una forma suave y educada, sino más bien del tipo: «Cállate, hija de puta, ¿de qué te ríes?, ¿te pone caliente contar la historia de un niño muerto?, ¿te estás corriendo al contar la historia de un niño muerto, mamona de vergas imaginarias»?

Y cosas de ese tipo. Y Pelletier recordaba que Espinoza había hablado con tanta vehemencia, incluso imitando la voz y el porte que la segunda adolescente debía haber asumido ante la primera, que él creyó que lo más oportuno era apagar la tele e irse al bar con el español a beber una copa antes de retirarse cada uno a su habitación. Y también recordaba que entonces sintió cariño por Espinoza, un cariño que evocaba la adolescencia, las aventuras férreamente compartidas y las tardes de provincia.

Durante aquella semana el teléfono fijo de Liz Norton sonaba tres o cuatro veces cada tarde y el teléfono móvil dos o tres veces cada mañana. Las llamadas eran de Pelletier y Espinoza, y aunque ambos se cuidaban de disfrazarlas con pretextos archimboldianos, éstos se agotaban en menos de un minuto y luego los dos profesores pasaban directamente a tratar de aquello que realmente querían.

Pelletier hablaba de sus compañeros en el departamento de alemán, de un joven profesor y poeta suizo que lo atormentaba para que le fuera concedida una beca, del cielo de París (con evocaciones a Baudelaire, a Verlaine, a Banville), de los coches que al atardecer, con los faros ya encendidos, emprendían el regreso a casa. Espinoza hablaba de su biblioteca que revisaba en la más estricta soledad, de los tambores lejanos que a veces oía y que provenían de un piso de su misma calle en donde, según creía, se alojaba una banda de músicos africanos, de los barrios de Madrid, Lavapiés, Malasaña, los alrededores de la Gran Vía, por donde uno podía pasear a cualquier hora de la noche.

Durante aquellos días tanto Espinoza como Pelletier se olvidaron completamente de Morini. Sólo Norton lo llamaba de vez en cuando para sostener las mismas conversaciones de siempre.

Morini, a su manera, había entrado en un estado de invisibilidad total.

Pelletier rápidamente se acostumbró a viajar a Londres cada vez que le venía en gana, si bien hay que resaltar que, por una cuestión de proximidad y abundancia de medios de transporte, era el que más fácil lo tenía.

Estas visitas duraban sólo una noche. Pelletier llegaba poco después de las nueve, a las diez se encontraba con Norton en la mesa de un restaurante cuya reserva había realizado desde París, a la una de la mañana ya estaban juntos en la cama.

Liz Norton era una amante apasionada, aunque su pasión tenía un tiempo limitado. Poco imaginativa, durante el acto sexual se entregaba a todos los juegos que le sugiriera su amante, sin decidirse o molestarse jamás en ser ella quien llevara la iniciativa. La duración de estos actos sexuales no solía exceder las tres horas, algo que a veces entristecía a Pelletier, quien estaba dispuesto a follar hasta ver las primeras luces del alba.

Después del acto sexual, y esto era lo que más frustraba a Pelletier, Norton prefería hablar de temas académicos en lugar de examinar con franqueza lo que se estaba gestando entre ambos. Pelletier pensaba que la frialdad de Norton era una manera muy femenina de protegerse. Para romper barreras una noche se decidió a contarle sus propias aventuras sentimentales. Confeccionó una larga lista de mujeres a las que había conocido y las expuso a la mirada glacial o desinteresada de Liz Norton. Ella no pareció impresionarse ni quiso retribuir su confesión con una similar.

Por las mañanas, después de llamar un taxi, Pelletier se vestía sin hacer ruido para no despertarla y se marchaba al aeropuerto. Antes de salir la miraba, durante unos segundos, abandonada entre las sábanas, y a veces se sentía tan lleno de amor que se hubiera puesto a llorar allí mismo.

Una hora después el despertador de Liz Norton se ponía a sonar y ésta se levantaba de un salto. Se duchaba, ponía a calentar agua, se tomaba un té con leche, se secaba el pelo y luego se ponía a revisar morosamente su casa como si temiera que la visita nocturna hubiera sustraído alguno de sus objetos de valor. La sala y su habitación casi siempre estaban hechas un desastre y esto la molestaba. Con impaciencia retiraba las copas usadas, vaciaba los ceniceros, quitaba las sábanas y ponía sábanas limpias, volvía a colocar en los libreros los libros que Pelletier había retirado y abandonado en el suelo, colocaba las botellas en el botellero de la cocina y después se vestía y se marchaba a la universidad. Si tenía reunión con los colegas de su departamento, iba a la reunión, si no tenía reunión se encerraba en la biblioteca, a trabajar o a leer, hasta que llegaba la hora de su próxima clase.

Un sábado Espinoza le dijo que tenía que ir a Madrid, que él la invitaba, que Madrid en aquella época del año era la ciudad más hermosa del mundo y que además había una retrospectiva de Bacon que no se podía perder.

–Voy mañana –le dijo Norton, algo que Espinoza no esperaba, ciertamente, pues su invitación había obedecido más a un deseo que a la posibilidad real de que ella aceptara.

De más está decir que la certeza de verla aparecer por su casa al día siguiente puso a Espinoza en un estado de excitación creciente y de rampante inseguridad. Pasaron, sin embargo, un domingo magnífico (Espinoza se desvivió para que así fuera) y por la noche se acostaron juntos mientras trataban de oír los ruidos de los tambores vecinos, sin suerte, como si la banda africana justo ese día hubiera partido de gira por otras ciudades españolas. Tantas eran las preguntas que Espinoza hubiera deseado hacerle que a la hora de la verdad no le hizo ninguna. No hizo falta que lo hiciera. Norton le contó que era amante de Pelletier, aunque no fue ésa la palabra que empleó sino otra mucho más ambigua, como amistad, o tal vez dijo que mantenía un ligue, o algo parecido.

Espinoza hubiera querido preguntarle desde cuándo eran amantes, pero sólo le salió un suspiro. Norton dijo que ella tenía muchos amigos, sin explicitar si se refería a amigos-amigos o a amigos-amantes, que así había sido desde los dieciséis años, en que hizo el amor por primera vez con un tipo de treintaicuatro, un músico fracasado de Pottery Lane, y que ella lo veía así. Espinoza, que nunca había hablado en alemán de amor (o de sexo) con una mujer, los dos desnudos en la cama, quiso saber cómo lo veía ella, pues esa parte no la había entendido, pero sólo se limitó a asentir.

Después vino la gran sorpresa. Norton lo miró a los ojos y le preguntó si él pensaba que la conocía. Espinoza dijo que no lo sabía, tal vez en algunos aspectos sí y en otros no, pero que sentía un gran respeto por ella, además de admiración por su trabajo como estudiosa y crítica de la obra archimboldiana. Norton le dijo entonces que ella había estado casada y que ahora estaba divorciada.

–Jamás lo hubiera dicho –dijo Espinoza.

–Pues es verdad –dijo Norton–. Soy una mujer divorciada.

Cuando Liz Norton volvió a Londres Espinoza se quedó aún más nervioso de lo que había estado durante los dos días que Norton permaneció en Madrid. Por un lado, el encuentro había discurrido por unos cauces óptimos, de eso no cabía duda, en la cama, sobre todo, ambos parecían congeniar, hacer una buena pareja, armoniosa, como si se conocieran desde hacía tiempo, pero cuando el sexo se acababa y a Norton le entraban ganas de hablar todo cambiaba, la inglesa entraba en un estado hipnótico, como si no tuviera ninguna amiga con quien hacerlo, pensaba Espinoza, que en su fuero interno creía firmemente que esa clase de confesiones no están hechas para un hombre sino para que las escuche otra mujer: Norton hablaba de períodos menstruales, por ejemplo, hablaba de la luna y de películas en blanco y negro que podían transformarse en cualquier momento en películas de terror que deprimían enormemente a Espinoza, a tal grado que, terminadas las confidencias, tenía que hacer un esfuerzo sobrehumano para vestirse y salir a cenar, o salir a una reunión informal con amigos, del brazo de Norton, sin contar con el asunto Pelletier, que bien mirado le ponía los pelos de punta, ¿y ahora quién le dice a Pelletier que yo me acuesto con Liz?, cosas todas que descentraban a Espinoza y que, cuando estaba solo, le provocaban retortijones en el estómago y ganas de ir al baño, tal como le había explicado Norton que le ocurría a ella (¡pero por qué le permití que me hablara de eso!) cuando veía a su ex marido, un tipo de metro noventa y destino incierto, un suicida en potencia o un homicida en potencia, posiblemente un delincuente menor o un hooligan cuyo horizonte cultural se cifraba en canciones populares que cantaba junto con sus amigotes de infancia en algún pub, un gilipollas que creía en la televisión y cuyo espíritu enano y atrofiado era semejante al de cualquier fundamentalista religioso, en cualquier caso y hablando claro el peor marido que se podía echar encima una mujer.

Y aunque para tranquilizarse Espinoza se hizo el propósito de no avanzar más en la relación, al cabo de cuatro días, cuando ya estaba tranquilo, telefoneó a Norton y le dijo que quería verla. Norton le preguntó si en Londres o Madrid. Espinoza dijo que donde ella quisiera. Norton escogió Madrid. Espinoza se sintió el hombre más feliz de la tierra.

La inglesa llegó un sábado por la noche y se marchó el domingo por la noche. Espinoza la llevó en coche a El Escorial y luego fueron a un tablao flamenco. Le pareció que Norton estaba feliz y se alegró. La noche del sábado al domingo hicieron el amor durante tres horas, al cabo de las cuales Norton, en vez de ponerse a hablar como en la ocasión anterior, dijo que estaba agotada y se puso a dormir. Al día siguiente, después de ducharse, volvieron a hacer el amor y partieron a El Escorial. Durante el trayecto de vuelta Espinoza le preguntó si había visto a Pelletier. Norton dijo que sí, que Jean-Claude había estado en Londres.

–¿Cómo está? –dijo Espinoza.

–Bien –dijo Norton–. Le conté nuestra historia.

Espinoza se puso nervioso y se concentró en la carretera.

–¿Y qué opina? –dijo.

–Que es asunto mío –dijo Norton–, pero que en algún momento tendré que decidirme.

Sin hacer ningún comentario, Espinoza admiró la actitud del francés. Este Pelletier se comporta como los buenos, pensó. Norton le preguntó entonces qué opinaba él.

–Más o menos lo mismo –mintió Espinoza sin mirarla.

Durante un rato ambos permanecieron en silencio y después Norton empezó a hablar de su marido. Esta vez las atrocidades que contó no impresionaron a Espinoza en lo más mínimo.

Pelletier llamó a Espinoza por teléfono el domingo por la noche, justo después de que éste hubiera dejado a Norton en el aeropuerto. Fue directo al grano. Le dijo que sabía lo que Espinoza ya sabía. Espinoza le dijo que le agradecía la llamada y que, lo creyera o no, esa noche había pensado en llamarlo él y que no lo había hecho únicamente porque Pelletier se había adelantado. Pelletier le dijo que lo creía.

–¿Y qué hacemos ahora? –dijo Espinoza.

–Dejarlo todo en manos del tiempo –respondió Pelletier.

Después se pusieron a hablar –y se rieron bastante– de un congreso extrañísimo que se acababa de celebrar en Salónica y al que sólo había sido invitado Morini.

En Salónica Morini tuvo un amago de brote. Una mañana se despertó en la habitación de su hotel y no vio nada. Se había quedado ciego. Durante unos segundos tuvo pánico, pero al cabo de poco consiguió recuperar el control. Permaneció quieto, tirado en la cama, intentando volver a dormirse. Se puso a pensar en cosas agradables, probó con algunas escenas infantiles, con algunas películas, con rostros inmóviles, sin ningún resultado. Se incorporó en la cama y tanteó en busca de su silla de ruedas. La desplegó y con menos esfuerzos de los que preveía se sentó en ella. Después, muy lentamente, intentó orientarse hacia la única ventana del cuarto, una ventana que daba a un balcón desde el que se podía apreciar un cerro pelado, de color marrón amarillento, y un edificio de oficinas coronado por el anuncio comercial de una inmobiliaria que ofrecía chalets en una zona presumiblemente próxima a Salónica.

La urbanización (aún no construida) ostentaba el nombre de Residencias Apolo y la noche anterior Morini había estado observando el anuncio desde el balcón, con un vaso de whisky en la mano, mientras se encendía y se apagaba. Cuando por fin llegó hasta la ventana y la pudo abrir, sintió que se mareaba y que no tardaría en desmayarse. Primero pensó en buscar la puerta y tal vez pedir auxilio o dejarse caer en medio del pasillo. Después decidió que lo mejor era volver a la cama. Una hora después la luz que entraba por la ventana abierta y su propio sudor lo despertaron. Telefoneó a la recepción y preguntó si había algún mensaje para él. Le dijeron que no. Se desnudó en la cama y volvió a la silla de ruedas, ya desplegada, que estaba junto a él. Tardó media hora en ducharse y vestirse con ropa limpia. Después cerró la ventana, sin mirar hacia afuera, y salió de la habitación camino del congreso.

Volvieron a juntarse los cuatro en las jornadas de estudio de la literatura alemana contemporánea celebradas en Salzburgo en 1996. Espinoza y Pelletier parecían muy felices. Norton, por el contrario, llegó a Salzburgo disfrazada de mujer de hielo, indiferente a las ofertas culturales y a la belleza de la ciudad. Morini apareció cargado de libros y papeles que tenía que revisar, como si la convocatoria salzburguesa lo hubiera pillado en uno de sus momentos álgidos de trabajo.

A los cuatro los alojaron en el mismo hotel, a Morini y a Norton en la tercera planta, en las habitaciones 305 y 311, respectivamente. A Espinoza en la quinta, en la habitación 509. Y a Pelletier en la sexta, en la habitación 602. El hotel estaba literalmente tomado por una orquesta alemana y por una coral rusa y en los pasillos y escaleras se oía constantemente una algazara musical, con sus altos y bajos, como si los músicos no pararan de tararear oberturas o como si una estática mental (y musical) se hubiera instalado en el hotel. Algo que a Espinoza y a Pelletier no molestaba en lo más mínimo y que Morini parecía no notar, pero que a Norton la hizo exclamar que Salzburgo era una ciudad de mierda por cosas como ésta, y por otras que prefería callar.

Por descontado, ni Pelletier ni Espinoza visitaron a Norton en su habitación ni una sola vez, al contrario, la habitación que Espinoza visitó, una vez, fue la de Pelletier, y la habitación que Pelletier visitó, dos veces, fue la de Espinoza, entusiasmados como niños ante la noticia que había corrido más que como reguero de pólvora, como una bomba atómica, por los pasillos y las reuniones en *petit comité* de las jornadas, a saber, que Archimboldi aquel año era candidato al Nobel, algo que para los archimboldistas de todas partes era no sólo un motivo de inmensa alegría sino también un triunfo y una revancha. A tal grado que fue en Salzburgo, precisamente, en la cervecería El Toro Rojo, durante una noche llena de brindis, donde se firmó la paz entre los dos grupos principales de estudiosos archimboldianos, es decir entre la facción de Pelletier y Espinoza y la facción de Borchmeyer, Pohl y Schwarz, que a partir de entonces decidieron, respetando sus diferencias y sus métodos de interpretación, aunar esfuerzos y no volver a ponerse zancadillas, lo que expresado en términos prácticos quería decir que Pelletier ya no vetaría los ensayos de Schwarz en las revistas donde él tenía cierto ascendiente, y Schwarz ya no vetaría los trabajos de Pelletier en las publicaciones donde él, Schwarz, era considerado un dios.

Morini, que no compartía el entusiasmo de Pelletier y Espinoza, fue el primero en hacer notar que hasta ese momento Archimboldi no había recibido nunca, al menos que él supiera, un premio importante en Alemania, ni el de los libreros, ni el de los críticos, ni el de los lectores, ni el de los editores, suponiendo que este último premio existiera, por lo que cabía esperar, dentro de lo razonable, que, sabedores de que Archimboldi optaba al mayor premio de la literatura mundial, sus compatriotas, aunque sólo fuera para curarse en salud, le ofrecieran un premio nacional o un premio testimonial o un premio honorífico o por lo menos un programa de una hora en la televisión, algo que no sucedió y que llenó de indignación a los archimboldianos (esta vez unidos), quienes en lugar de deprimirse por el ninguneo al que seguían sometiendo a Archimboldi, redoblaron sus esfuerzos, endurecidos por la frustración y acicateados por la injusticia con que un Estado civilizado trataba no sólo, en su opinión, al mejor escritor alemán vivo sino también al mejor escritor europeo vivo, lo que produjo un alud de trabajos sobre la obra de Archimboldi e incluso sobre la persona de Archimboldi (de quien tan poco se sabía, por no decir que no se sabía nada), que a su vez produjo un número mayor de lectores, la mayoría hechizados no por la obra del alemán sino por la vida o la no-vida de tan singular escritor, lo que a su vez se tradujo en un movimiento boca a boca que hizo crecer considerablemente las ventas en Alemania (fenómeno al que no fue extraña la presencia de Dieter Hellfeld, la última adquisición del grupo de Schwarz, Borchmeyer y Pohl), lo que a su vez dio un nuevo empujón a las traducciones y a la reedición de las antiguas traducciones, lo que no hizo de Archimboldi un bestseller pero sí que lo aupó, durante dos semanas, al noveno lugar entre las diez obras de ficción más vendidas de Italia, y al duodécimo lugar, por igual espacio de dos semanas, entre las veinte obras de ficción más vendidas de Francia, y aunque en España no estuvo jamás en estas listas, hubo una editorial que compró los derechos de las pocas novelas que todavía tenían otras editoriales españolas y los derechos de todos sus libros no traducidos al español, y que inauguró de esta manera una especie de Biblioteca Archimboldi, que no fue un mal negocio.

En las islas Británicas, todo hay que decirlo, Archimboldi siguió siendo un autor de carácter marcadamente minoritario.

Por aquellos días de fervor, Pelletier encontró un texto escrito por el suavo al que tuvieron el placer de conocer en Amsterdam. En el texto el suavo reproducía básicamente lo que ya les había contado de la visita de Archimboldi al pueblo frisón y de la posterior cena con la señora viajera en Buenos Aires. El texto había sido publicado en el *Diario de la Mañana de Reutlingen* y contenía una variante: en éste el suavo reproducía un diálogo en clave de humor sardónico entre la señora y Archimboldi. Comenzaba ella preguntándole de dónde era. Archimboldi respondía que era prusiano. La señora le preguntaba si su nombre era de la nobleza rural prusiana. Archimboldi le respondía que era muy probable. La señora murmuraba entonces el nombre de Benno von Archimboldi, como si mordiera una moneda de oro para saber si era de oro. Acto seguido decía que no le sonaba y mencionaba de pasada otros nombres, por si Archimboldi los conocía. Éste decía que no, que de Prusia sólo había conocido los bosques.

–Sin embargo su nombre es de origen italiano –decía la señora.

–Francés –respondía Archimboldi–, de hugonotes.

La señora, ante esta respuesta, se reía. Antaño había sido muy hermosa, decía el suavo. Incluso entonces, en la penumbra de la taberna, parecía hermosa, aunque cuando se reía se le movía la dentadura postiza que tenía que volver a ajustar con una mano. Esta operación, no obstante, ejecutada por ella no carecía de elegancia. La señora se comportaba con los pescadores y con los campesinos con una naturalidad que sólo provocaba respeto y cariño. Hacía mucho tiempo que había enviudado. A veces salía a pasear a caballo por las dunas. Otras veces se perdía por los caminos vecinales azotados por el viento del Mar del Norte.

Cuando Pelletier comentó el artículo del suavo con sus tres amigos, una mañana mientras desayunaban en el hotel antes de salir a las calles de Salzburgo, la diferencia de opiniones e interpretaciones fue notable.

Según Espinoza y el mismo Pelletier el suavo probablemente había sido amante de la señora en la época en que Archimboldi fue a dar su lectura. Según Norton el suavo tenía una versión diferente del suceso dependiendo de su estado de ánimo y del tipo de auditorio y cabía en lo posible que ya ni siquiera él mismo recordara lo que verdaderamente se dijo y ocurrió en aquella memorable ocasión. Según Morini, el suavo era, de forma espantosa, el doble de Archimboldi, su hermano gemelo, la imagen que el tiempo y el azar van transformando en el negativo de una foto revelada, de una foto que paulatinamente se va haciendo más grande, más potente, de un peso asfixiante, sin por ello perder las ataduras con su negativo (que sufre un proceso a la inversa), pero que esencialmente es igual a la foto revelada: ambos jóvenes en los años del terror y la barbarie hitlerianos, ambos veteranos de la Segunda Guerra Mundial, ambos escritores, ambos ciudadanos de un país en bancarrota, ambos dos pobres diablos a la deriva en el momento en que se encuentran y (a su manera espantosa) se reconocen, Archimboldi como escritor muerto de hambre, el suavo como «promotor cultural» de un pueblo en donde lo menos importante, sin duda, era la cultura.

¿Cabía en lo posible, incluso, llegar a pensar que ese miserable y (por qué no) despreciable suavo fuera en realidad Archimboldi? No fue Morini quien formuló esta pregunta sino Norton. Y la respuesta fue negativa, puesto que el suavo, de entrada, era de baja estatura y complexión delicada, algo que no se correspondía en lo más mínimo con las características físicas de Archimboldi. Mucho más verosímil resultaba la explicación de Pelletier y Espinoza. El suavo como amante de la señora feudal, pese a que ésta hubiera podido ser su abuela. El suavo yendo cada tarde a la casa de la señora que había viajado a Buenos Aires a llenarse la panza con embutidos fríos y galletitas y tazas de té. El suavo masajeando la espalda de la viuda del ex capitán de caballería, mientras detrás de los vidrios de las ventanas se arremolinaba la lluvia, una lluvia frisona y triste que provocaba deseos de llorar y que aunque no hacía llorar al suavo sí lo empalidecía, lo empalidecía y lo arrastraba hasta la ventana más próxima en donde se quedaba mirando aquello que estaba más allá de las cortinas de lluvia enloquecida, hasta que la señora lo llamaba, perentoria, y el suavo daba la espalda a la ventana, sin saber por qué se había acercado a ella, sin saber qué era lo que esperaba encontrar, y que justo en ese momento, cuando ya no había nadie en la ventana y sólo parpadeaba una lamparilla de cristales coloreados en el fondo de la habitación, aparecía.

Así que en general los días en Salzburgo fueron agradables y aunque aquel año Archimboldi no obtuvo el Premio Nobel, la vida de nuestros cuatro amigos siguió deslizándose o fluyendo por el plácido río de los departamentos de alemán de las universidades europeas, no sin contabilizar algún que otro sobresalto que a la postre contribuía a añadirle una pizca de pimienta, una pizca de mostaza, un chorrito de vinagre a sus vidas aparentemente ordenadas, o que vistas desde el exterior así lo parecían, aunque cada uno, como todo hijo de vecino, arrastraba su cruz, una cruz curiosa, fantasmal y fosforescente en el caso de Norton, quien en más de una ocasión, y a veces bordeando el mal gusto, se refería a su ex marido como una amenaza latente dotándolo de vicios y defectos que parecían los propios de un monstruo, un monstruo violentísimo pero que nunca hacía acto de presencia, pura verbalización y nada de acción, aunque con su discurso Norton contribuía a corporeizar a ese ser que ni Espinoza ni Pelletier habían visto jamás, como si el ex de Norton sólo existiera en sus sueños, hasta que el francés, más agudo que el español, comprendió que esa perorata inconsciente, ese pliego de agravios interminable obedecía más que nada al deseo de castigo que se infligía Norton, avergonzada tal vez de haberse enamorado y casado con semejante imbécil. Por supuesto, Pelletier se equivocaba.

Por aquellos días Pelletier y Espinoza, preocupados por el estado actual de su común amante, mantuvieron dos largas conversaciones telefónicas.

La primera la hizo el francés y duró una hora y quince minutos. La segunda la realizó Espinoza, tres días después, y duró dos horas y quince minutos. Cuando ya llevaban hablando una hora y media Pelletier le dijo que colgara, que la llamada le iba a salir muy cara, y que él lo llamaría de inmediato, a lo que el español se opuso rotundamente.

La primera conversación telefónica, la que hizo Pelletier, empezó de manera difícil, aunque Espinoza esperaba esa llamada, como si a ambos les costara decirse lo que tarde o temprano iban a tener que decirse. Los veinte minutos iniciales tuvieron un tono trágico en donde la palabra destino se empleó diez veces y la palabra amistad veinticuatro. El nombre de Liz Norton se pronunció cincuenta veces, nueve de ellas en vano. La palabra París se dijo en siete ocasiones. Madrid, en ocho. La palabra amor se pronunció dos veces, una cada uno. La palabra horror se pronunció en seis ocasiones y la palabra felicidad en una (la empleó Espinoza). La palabra resolución se dijo en doce ocasiones. La palabra solipsismo en siete. La palabra eufemismo en diez. La palabra categoría, en singular y en plural, en nueve. La palabra estructuralismo en una (Pelletier). El término literatura norteamericana en tres. Las palabras cena y cenamos y desayuno y sándwich en diecinueve. La palabra ojos y manos y cabellera en catorce. Después la conversación se hizo más fluida. Pelletier le contó un chiste en alemán a Espinoza y éste se rió. Espinoza le contó un chiste en alemán a Pelletier y éste también se rió. De hecho, ambos se reían envueltos en las ondas o lo que fuera que unía sus voces y sus oídos a través de los campos oscuros y del viento y de las nieves pirenaicas y ríos y carreteras solitarias y los respectivos e interminables suburbios que rodeaban París y Madrid.

La segunda conversación, radicalmente más distendida que la primera, fue una conversación de amigos que intentan aclarar cualquier punto oscuro que se les hubiera pasado por alto, sin que por ello se convirtiera en una conversación de carácter técnico o logístico, al contrario, en aquella conversación salieron a relucir temas que sólo tocaban de forma tangencial a Norton, temas que nada tenían que ver con los vaivenes de la sentimentalidad, temas en los que era fácil entrar y de los que se salía sin la menor dificultad para retomar el tema principal, Liz Norton, a quien ambos reconocieron, ya casi al final de la segunda llamada, no como la erinia que había puesto fin a su amistad, mujer enlutada con las alas manchadas de sangre, ni como Hécate, que empezó cuidando a los niños como una *au pair* y terminó aprendiendo hechicería y transformándose en animal, sino como el ángel que había fortalecido esa amistad, haciéndolos descubrir algo que sospechaban, que daban por sentado, pero de lo que no estaban del todo seguros, es decir, que eran seres civilizados, que eran seres capaces de experimentar sentimientos nobles, que no eran dos brutos sumidos por la rutina y el trabajo regular y sedentario en la abyección, todo lo contrario, Pelletier y Espinoza se descubrieron generosos aquella noche, y tan generosos se descubrieron que si llegan a estar juntos hubieran salido a celebrarlo, deslumbrados por el resplandor de su propia virtud, un resplandor que ciertamente no dura mucho (pues toda virtud, salvo en la brevedad del reconocimiento, carece de resplandor y vive en una caverna oscura rodeada de otros habitantes, algunos muy peligrosos), y que a falta de celebración y jolgorio remataron con una promesa tácita de amistad eterna y, tras colgar sus respectivos teléfonos, sellaron, cada cual en su piso atestado de libros, bebiendo con suprema lentitud un whisky y mirando la noche detrás de sus ventanas, tal vez a la búsqueda, aunque sin saberlo, de aquello que el suavo había buscado al otro lado de la ventana de la viuda y no había encontrado.

Morini fue el último en enterarse, como no podía ser de otra manera, aunque en el caso de Morini las matemáticas sentimentales no siempre funcionaban.

Antes de que Norton se acostara por primera vez con Pelletier Morini ya había entrevisto esa posibilidad. No por la forma en que Pelletier se comportaba delante de Norton sino por el desasimiento de ésta, un desasimiento impreciso, que Baudelaire habría llamado spleen y que Nerval habría llamado melancolía, y que colocaba a la inglesa en una disposición excelente para comenzar una relación íntima con quien fuera.

Lo de Espinoza, por supuesto, no lo previó. Cuando Norton lo llamó por teléfono y le contó que estaba liada con ellos Morini se sorprendió (aunque no le hubiera sorprendido que Norton dijera que estaba liada con Pelletier y con un colega de la Universidad de Londres e incluso con un alumno), pero lo disimuló hábilmente. Después trató de pensar en otras cosas, pero no pudo.

Le preguntó a Norton si era feliz. Norton dijo que sí. Le contó que había recibido un e-mail de Borchmeyer con noticias frescas. Norton no pareció demasiado interesada. Le preguntó si sabía algo de su marido.

–Ex marido –dijo Norton.

No, no sabía nada, aunque la había llamado una antigua amiga para contarle que su ex estaba viviendo con otra antigua amiga. Le preguntó si había sido muy amiga. Norton no entendió la pregunta.

–¿Quién fue muy amiga?

–La que actualmente está viviendo con tu ex –dijo Morini.

–No vive con él, lo mantiene, que es diferente.

–Ah –dijo Morini, e intentó cambiar de tema pero no se le ocurrió nada.

Tal vez si le hablara de mi enfermedad, pensó con malevolencia. Pero eso nunca lo haría.

De los cuatro Morini fue el primero en leer, por aquellas mismas fechas, una noticia sobre los asesinatos de Sonora, aparecida en *Il Manifesto* y firmada por una periodista italiana que había ido a México a escribir artículos sobre la guerrilla zapatista. La noticia le pareció horrible. En Italia también había asesinos en serie, pero rara vez superaban la cifra de diez víctimas, mientras que en Sonora las cifras sobrepasaban con largueza las cien.

Después pensó en la periodista de *Il Manifesto* y le pareció curioso que hubiera ido a Chiapas, que queda en el extremo sur del país, y que hubiera terminado escribiendo sobre los sucesos de Sonora, que, si sus conocimientos geográficos no lo engañaban, quedaba en el norte, en el noroeste, en la frontera con los Estados Unidos. Se la imaginó viajando en autobús, una larga tirada desde México DF hasta la tierra desértica del norte. Se la imaginó cansada después de pasar una semana en los bosques de Chiapas. Se la imaginó hablando con el subcomandante Marcos. Se la imaginó en la capital de México. Allí alguien le contaría lo que estaba sucediendo en Sonora. Y ella, en vez de tomar el próximo avión a Italia, decidió coger un billete de autobús y embarcarse en un largo viaje hacia Sonora. Durante un instante Morini sintió el deseo irrefrenable de compartir el viaje con la periodista.

Me enamoraría de ella hasta la muerte, pensó. Una hora después ya había olvidado por completo el asunto.

Poco después le llegó un e-mail de Norton. Le pareció extraño que Norton le escribiera y no lo llamara por teléfono. A poco de leer la carta, sin embargo, comprendió que Norton necesitaba expresar de la manera más ajustada posible sus pensamientos y que por esa razón había preferido escribirle. En la carta le pedía perdón por lo que llamaba su egoísmo, un egoísmo que se materializaba en la autocontemplación de sus propias desgracias, reales o imaginarias. Después le decía que había resuelto, ¡por fin!, el contencioso que aún mantenía con su ex marido. Las nubes oscuras habían desaparecido de su vida. Ahora tenía deseos de ser feliz y de cantar (sic). También decía que probablemente hasta la semana anterior aún lo amaba y que ahora podía afirmar que esa parte de su historia quedaba definitivamente atrás. Con renovado entusiasmo vuelvo a centrarme en el trabajo y en aquellas cosas pequeñas, cotidianas, que hacen felices a los seres humanos, afirmaba Norton. Y también decía: quiero que seas tú, mi paciente Piero, el primero en saberlo.

Morini releyó la carta tres veces. Con desaliento pensó que Norton se equivocaba cuando afirmaba que su amor y su ex marido y todo lo que había vivido con él quedaba atrás. Nada queda atrás.

Pelletier y Espinoza, por el contrario, no recibieron ninguna confidencia en este sentido. Algo notó Pelletier que no notó Espinoza. Los desplazamientos Londres-París se hicieron más frecuentes que los desplazamientos París-Londres. Y una de cada dos veces Norton aparecía con un regalo, un libro de ensayos, un libro de arte, catálogos de exposiciones que él nunca vería, incluso una camisa o un pañuelo, eventos inéditos hasta entonces.

Por lo demás, todo siguió igual. Follaban, salían a cenar juntos, comentaban las últimas novedades en torno a Archimboldi, nunca hablaban de su futuro como pareja, cada vez que aparecía Espinoza en la conversación (y no era infrecuente el que no apareciera) el tono de ambos era estrictamente imparcial, de discreción y, sobre todo, de amistad. Algunas noches, incluso, se quedaban dormidos el uno en brazos del otro sin hacer el amor, algo que Pelletier estaba seguro de que no hacía con Espinoza. Y se equivocaba, pues la relación entre Norton y el español a menudo era una copia fiel de la que mantenía con el francés.

Diferían las comidas, mejores en París, difería el escenario y la escenografía, más modernos en París, y difería el idioma, pues con Espinoza hablaba mayormente en alemán y con Pelletier mayormente en inglés, pero en líneas generales eran más las semejanzas que las diferencias. Naturalmente, también con Espinoza había habido noches sin sexo.

Si su amiga más íntima (que no la tenía) le hubiera preguntado a Norton con cuál de sus dos amigos lo pasaba mejor en la cama, ésta no hubiera sabido qué responder.

A veces pensaba que Pelletier era un amante más cualificado. Otras veces pensaba que era Espinoza. Observado el asunto desde fuera, digamos desde un ámbito rigurosamente académico, se podría decir que Pelletier tenía más bibliografía que Espinoza, el cual solía confiar en estas lides más en el instinto que en el intelecto, y que tenía la desventaja de ser español, es decir de pertenecer a una cultura que muchas veces confundía el erotismo con la escatología y la pornografía con la coprofagia, equívoco que se hacía notar (por su ausencia) en la biblioteca mental de Espinoza, quien había leído por primera vez al marqués de Sade sólo para contrastar (y rebatir) un artículo de Pohl en donde éste veía conexiones entre *Justine* y *La filosofía en el boudoir* y una novela de la década del cincuenta de Archimboldi.

Pelletier, en cambio, había leído al divino marqués a los dieciséis años y a los dieciocho había hecho un *ménage à trois* con dos compañeras de universidad y su afición adolescente por los cómics eróticos se había transformado en un adulto y razonable y mesurado coleccionismo de obras literarias licenciosas de los siglos XVII y XVIII. Hablando en términos figurados: Mnemósine, la diosa-montaña y la madre de las nueve musas, estaba más cerca del francés que del español. Hablando en plata: Pelletier podía aguantar seis horas follando (y sin correrse) gracias a su bibliografía mientras que Espinoza podía hacerlo (corriéndose dos veces, y a veces tres, y quedando medio muerto) gracias a su ánimo, gracias a su fuerza.

Y ya que hemos mencionado a los griegos no estaría de más decir que Espinoza y Pelletier se creían (y a su manera perversa eran) copias de Ulises, y que ambos consideraban a Morini como si el italiano fuera Euríloco, el fiel amigo del cual se cuentan en la *Odisea* dos hazañas de diversa índole. La primera alude a su prudencia para no convertirse en cerdo, es decir alude a su consciencia solitaria e individualista, a su duda metódica, a su retranca de marinero viejo. La segunda, en cambio, narra una aventura profana y sacrílega, la de las vacas de Zeus u otro dios poderoso, que pacían tranquilamente en la isla del Sol, cosa que despertó el tremendo apetito de Euríloco, quien, con palabras inteligentes, tentó a sus compañeros para que las mataran y se diesen entre todos un festín, algo que enojó sobremanera a Zeus o al dios que fuera, quien maldijo a Euríloco por darse aires de ilustrado o de ateo o de prometeico, pues el dios en cuestión se sintió más molesto por la actitud, por la dialéctica del hambre de Euríloco que por el hecho en sí de comerse sus vacas, y por este acto, es decir, por este festín, el barco en el que iba Euríloco naufragó y murieron todos los marineros, que era lo que Pelletier y Espinoza creían que le pasaría a Morini, no de forma consciente, claro, sino en forma de certeza inconexa o intuición, en forma de pensamiento negro microscópico, o símbolo microscópico, que latía en una zona negra y microscópica del alma de los dos amigos.

Casi a finales de 1996 Morini tuvo una pesadilla. Soñó que Norton se zambullía en una piscina mientras Pelletier, Espinoza y él jugaban una partida de cartas alrededor de una mesa de piedra. Espinoza y Pelletier estaban de espaldas a la piscina, que al principio parecía ser una piscina de hotel, común y corriente. Mientras jugaban, Morini observaba las otras mesas, los parasoles, las tumbonas que se alineaban a cada lado. Más allá había un parque con setos de color verde oscuro, brillantes, como si acabara de llover. Poco a poco la gente se fue retirando del lugar, perdiéndose por las diferentes puertas que comunicaban el espacio abierto con el bar y con las habitaciones o pequeños departamentos del edificio, departamentos que Morini imaginó se componían de una habitación doble con cocina americana y baño. Al cabo de un rato ya no quedaba nadie afuera y ni siquiera pululaban los aburridos camareros que había visto antes. Pelletier y Espinoza seguían ensimismados en la partida. Junto a Pelletier vio un montón de fichas de casino, además de monedas de diversos países, por lo que supuso que él iba ganando. Espinoza, no obstante, no tenía cara de darse por vencido. En ese momento Morini miró sus cartas y se dio cuenta de que no tenía nada que hacer. Se descartó y pidió cuatro cartas, que dejó boca abajo sobre la mesa de piedra, sin mirarlas, y puso, no sin dificultad, su silla de ruedas en movimiento. Pelletier y Espinoza ni siquiera le preguntaron adónde iba. Impulsó la silla de ruedas hasta el borde de la piscina. Sólo entonces se dio cuenta de lo enorme que era. De ancho debía de medir por lo menos trescientos metros y de largo superaba, calculó Morini, los tres kilómetros. Sus aguas eran oscuras y en algunas zonas pudo observar manchas oleaginosas, como las que se ven en los puertos. De Norton, ni rastro. Morini lanzó un grito.

–Liz.

Creyó ver, en el otro extremo de la piscina, una sombra, y movió su silla de ruedas en esa dirección. El trayecto era largo. En una ocasión miró hacia atrás y ya no vio ni a Pelletier ni a Espinoza. Esa zona de la terraza había quedado cubierta por la niebla. Siguió avanzando. El agua de la piscina parecía que trepaba por los bordes, como si en alguna parte se estuviera gestando una borrasca o algo peor, aunque por donde avanzaba Morini todo estaba en calma y silencioso, y nada hacía presagiar un conato de tormenta. Poco después la niebla cubrió a Morini. Al principio intentó seguir avanzando, pero luego se dio cuenta de que corría el riesgo de caer con la silla de ruedas dentro de la piscina y prefirió no arriesgarse. Cuando sus ojos se acostumbraron vio una roca, como un arrecife oscuro e irisado que emergía de la piscina. No le pareció raro. Se acercó al borde y gritó otra vez el nombre de Liz, esta vez con miedo a no volver a verla nunca más. Le hubiera bastado un leve respingo en las ruedas para caer en el interior. Entonces se dio cuenta de que la piscina se había vaciado y de que su profundidad era enorme, como si a sus pies se abriera un precipicio de baldosas negras enmohecidas por el agua. En el fondo distinguió una figura de mujer (aunque resultaba imposible asegurarlo) que se dirigía hacia las faldas de la roca. Ya se disponía Morini a gritar otra vez y a hacerle señas cuando presintió que había alguien a sus espaldas. En un instante tuvo dos certidumbres: se trataba de un ser maligno, el ser maligno deseaba que Morini se volviera y viera su rostro. Con cuidado, retrocedió y siguió bordeando la piscina, procurando no mirar a quien lo seguía y buscando la escalera que acaso podría llevarlo hasta el fondo. Pero por supuesto la escalera, que la lógica le decía que debía estar en un ángulo, no aparecía nunca y tras deslizarse unos metros Morini se detenía y se daba la vuelta y enfrentaba el rostro del desconocido, aguantándose el miedo, un miedo que alimentaba la progresiva certeza de saber quién era la persona que lo seguía y que desprendía ese tufo de malignidad que Morini apenas podía soportar. En medio de la niebla aparecía entonces el rostro de Liz Norton. Una Norton más jóven, probablemente de veinte años o menos, que lo miraba con una fijeza y seriedad que obligaban a Morini a desviar la mirada. ¿Quién era la persona que vagaba por el fondo de la piscina? Morini todavía podía verla, una mancha diminuta que se aprestaba a escalar la roca convertida ahora en una montaña, y su visión, tan lejana, le anegaba los ojos en lágrimas y le producía una tristeza profunda e insalvable, como si estuviera viendo a su primer amor debatiéndose en un laberinto. O como si se viera a sí mismo, con unas piernas aún útiles, pero perdido en una escalada irremediablemente inútil. También, y no podía evitarlo, y era bueno que no lo evitara, pensaba que aquello se parecía a un cuadro de Gustave Moreau o a uno de Odilon Redon. Entonces volvía a mirar a Norton y ésta le decía:

–No hay vuelta atrás.

La frase no la oía con los oídos sino directamente en el interior de su cerebro. Norton ha adquirido poderes telepáticos, pensaba Morini. No es mala, es buena. No es malignidad lo que percibí, sino telepatía, se decía para torcer el rumbo de un sueño que en su fuero interno sabía inamovible y fatal. Entonces la inglesa repetía, en alemán, no hay vuelta atrás. Y, paradójicamente, le daba la espalda y se alejaba en dirección contraria a la de la piscina, y se perdía en un bosque apenas silueteado entre la niebla, un bosque del que se desprendía un resplandor rojo, y en ese resplandor rojo Norton se perdía.

Una semana después, tras haber interpretado el sueño al menos de cuatro maneras diferentes, Morini viajó a Londres. La decisión de emprender este viaje escapaba por completo a su rutina habitual, que era la de viajar únicamente a congresos y encuentros, en donde el billete de avión y el hotel estaban cubiertos por la organización. Ahora, por el contrario, no había ningún motivo profesional y tanto el hotel como el transporte salieron de su bolsillo. Tampoco se puede decir que acudiera a una llamada de auxilio de Liz Norton. Simplemente cuatro días antes habló con ella y le dijo que pretendía viajar a Londres, una ciudad que hacía mucho tiempo no visitaba.

Norton se mostró encantada con la idea y le ofreció su casa, pero Morini mintió diciéndole que ya había hecho la reserva en un hotel. Cuando llegó al aeropuerto de Gatwick Norton lo estaba esperando. Ese día desayunaron juntos, en un restaurante cercano al hotel de Morini, y por la noche cenaron en casa de Norton. Durante la cena, desabrida pero educadamente ponderada por Morini, hablaron de Archimboldi, de su prestigio creciente y de las innumerables lagunas que quedaban por aclarar, pero luego, a los postres, la conversación tomó un derrotero más personal, más propenso a las reminiscencias, y hasta las tres de la mañana, hora en que llamaron un taxi y en que Norton ayudó a bajar a Morini por el viejo ascensor de su piso y luego por un tramo de escalera de seis peldaños, todo fue, según recapituló el italiano, mucho más agradable de lo previsto.

Entre el desayuno y la cena Morini estuvo solo, al principio sin atreverse a salir de su habitación, aunque luego, impulsado por el aburrimiento, se decidió a dar una vuelta que se prolongó hasta Hyde Park, en donde vagó sin rumbo, sumido en sus pensamientos, sin fijarse ni ver a nadie. Algunas personas lo miraban con curiosidad porque nunca habían visto a un paralítico con tanta determinación y con un ritmo tan sostenido. Cuando por fin se detuvo se encontró delante de un, así llamado, Jardín Italiano, que no le pareció en modo alguno italiano, aunque vaya uno a saber, se dijo, a veces uno ignora olímpicamente lo que tiene delante de las narices.

De uno de los bolsillos de su americana sacó un libro y se puso a leer mientras recuperaba las fuerzas. Al poco rato oyó que alguien lo saludaba y luego el ruido que hace un cuerpo voluminoso al dejarse caer en un banco de madera. Devolvió el saludo. El desconocido tenía el pelo de un color rubio pajizo, encanecido y mal lavado, y debía de pesar por lo menos ciento diez kilos. Se quedaron mirándose un momento y el desconocido le preguntó si era extranjero. Morini dijo que italiano. El desconocido quiso saber si vivía en Londres y luego el título del libro que leía. Morini le contestó que no vivía en Londres y que el libro que leía se llamaba *Il libro di cucina di Juana Inés de la Cruz,* de Angelo Morino, y que estaba escrito, por supuesto, en italiano, aunque trataba sobre una monja mexicana. Sobre la vida y algunas recetas de cocina de la monja.

–¿Y a esa monja mexicana le gustaba cocinar? –preguntó el desconocido.

–En cierto modo sí, aunque también escribía poemas –dijo Morini.

–Desconfío de las monjas –dijo el desconocido.

–Pues esta monja era una gran poeta –dijo Morini.

–Desconfío de la gente que come siguiendo un libro de recetas –dijo el desconocido como si no lo hubiera oído.

–¿Y en quién confía usted? –le preguntó Morini.

–En la gente que come cuando tiene hambre, supongo –dijo el desconocido.

Luego pasó a explicarle que él, hacía tiempo, tuvo un trabajo en una empresa que se dedicaba a fabricar tazas, sólo tazas, de las normales y de esas que llevan escrito un eslogan o un lema o un chiste, como por ejemplo: *Ja ja ja, es la hora de mi coffee-break* o *Papi quiere a mami* o *La última del día o de la vida,* unas tazas con leyendas insulsas, y que un día, seguramente debido a la demanda, cambió radicalmente los lemas de las tazas y además empezó a incluir dibujos junto a los lemas, dibujos sin colorear al principio, pero luego, gracias al éxito de esta iniciativa, dibujos coloreados, de índole chistosa pero también de índole erótica.

–Incluso me aumentaron el sueldo –dijo el desconocido–. ¿Existen en Italia esas tazas? –dijo después.

–Sí –dijo Morini–, algunas con leyendas en inglés y otras con leyendas en italiano.

–Bueno, todo iba a pedir de boca –dijo el desconocido–. Los trabajadores trabajábamos más a gusto. Los encargados también trabajaban más a gusto y el jefe se veía feliz. Pero al cabo de un par de meses de estar produciendo esas tazas yo me di cuenta de que mi felicidad era artificial. Me sentía feliz porque veía a los otros felices y porque sabía que tenía que sentirme feliz, pero en realidad no estaba feliz. Todo lo contrario: me sentía más desdichado que antes de que me subieran el sueldo. Pensé que estaba pasando una mala época y traté de no pensar en ello, pero a los tres meses ya no pude seguir fingiendo que no pasaba nada. Se me agrió el humor, me había vuelto más violento que antes, cualquier tontería me enojaba, empecé a beber. Así que enfrenté el problema cara a cara y finalmente llegué a la conclusión de que no me gustaba fabricar ese determinado tipo de tazas. Le aseguro que por las noches sufría como un negro. Pensaba que me estaba volviendo loco y que no sabía lo que hacía ni lo que pensaba. Aún me dan miedo algunos pensamientos que tenía entonces. Un día me enfrenté con uno de los encargados. Le dije que estaba harto de fabricar esas tazas idiotas. El tipo era una buena persona, se llamaba Andy, y siempre intentaba dialogar con los trabajadores. Me preguntó si prefería hacer las tazas que hacíamos antes. Eso es, le dije. ¿Hablas en serio, Dick?, me dijo él. Muy en serio, le respondí. ¿Te dan más trabajo las tazas nuevas? En modo alguno, le dije, el trabajo es el mismo, pero antes las jodidas tazas no me herían como ahora me hieren. ¿Qué quieres decir?, dijo Andy. Pues que antes las tazas hijas de puta no me herían y ahora me están destrozando por dentro. ¿Y qué demonios las hace tan distintas, aparte de que ahora son más modernas?, dijo Andy. Justamente eso, le respondí, antes las tazas no eran tan modernas y aunque su intención fuera herirme no conseguían hacerlo, sus alfileretazos no los sentía, en cambio ahora las putas tazas parecen samuráis armados con esas jodidas espadas de samurái y me están volviendo loco. En fin, fue una conversación larga –dijo el desconocido–. El encargado me escuchó, pero no me entendió ni una sola palabra. Al día siguiente pedí mi liquidación y me marché de la empresa. Nunca más he vuelto a trabajar. ¿Qué le parece?

Morini dudó antes de contestarle.

Finalmente dijo:

–No sé.

–Es lo que opina casi todo el mundo: no saben –dijo el desconocido.

–¿Qué hace usted ahora? –preguntó Morini.

–Nada, ya no trabajo, soy un mendigo londinense –dijo el desconocido.

Parece como si me estuviera enseñando una atracción turística, pensó Morini pero se cuidó de expresarlo en voz alta.

–¿Y usted qué opina de ese libro? –dijo el desconocido.

–¿De qué libro? –dijo Morini.

El desconocido indicó con uno de sus gruesos dedos el ejemplar de la editorial Sellerio, de Palermo, que Morini sostenía delicadamente en una mano.

–Ah, me parece muy bueno –dijo.

–Léame algunas recetas –dijo el desconocido con un tono de voz que a Morini le pareció amenazante.

–No sé si tengo tiempo –dijo–, debo acudir a una cita con una amiga.

–¿Cómo se llama su amiga? –dijo el desconocido con el mismo tono de voz.

–Liz Norton –dijo Morini.

–Liz, bonito nombre –dijo el desconocido–. ¿Y cuál es el suyo, si no es una impertinencia preguntárselo?

–Piero Morini –dijo Morini.

–Qué curioso –dijo el desconocido–, su nombre es casi el mismo que el del autor del libro.

–No –dijo Morini–, yo me llamo Piero Morini y él se llama Angelo Morino.

–Si no le importa –dijo el desconocido–, léame al menos los nombres de algunas recetas. Yo cerraré los ojos y las imaginaré.

–De acuerdo –dijo Morini.

El desconocido cerró los ojos y Morini empezó a recitar lentamente y con entonación de actor algunos títulos de las recetas atribuidas a Sor Juana Inés de la Cruz:

Sgonfiotti al formaggio
Sgonfiotti alla ricotta
Sgonfiotti di vento
Crespelle
Dolce di tuorli di uovo
Uova regali
Dolce alla panna
Dolce alle noci
Dolce di testoline di moro
Dolce alle barbabietole
Dolce di burro e zucchero
Dolce alla crema
Dolce di mamey

Al llegar al *dolce di mamey* creyó que el desconocido se había dormido y empezó a alejarse del Jardín Italiano.

El día siguiente fue parecido al primero. Esta vez Norton lo fue a buscar al hotel y mientras Morini pagaba la cuenta ella guardó la única maleta del italiano en el portaequipajes de su coche. Cuando salieron a la calle siguieron la misma ruta que lo había llevado el día anterior a Hyde Park.

Morini se dio cuenta y observó en silencio las calles y luego la aparición del parque, que le pareció como una película de la selva, mal coloreada, tristísima, exaltante, hasta que el coche giró y se perdió por otras calles.

Comieron juntos en un barrio que Norton había descubierto, un barrio cercano al río, en donde antes hubo un par de fábricas y talleres de reparación de barcos y en donde ahora se levantaban, en las reformadas viviendas, tiendas de ropa y de alimentación y restaurantes de moda. Una boutique pequeña equivalía en metros cuadrados, calculó Morini, a cuatro casas de obreros. El restaurante, a doce o dieciséis. La voz de Liz Norton ponderaba el barrio y el esfuerzo de la gente que lo estaba reflotando.

Morini pensó que la palabra reflotar no era la indicada, pese a su aire marinero. Al contrario, mientras comían los postres tuvo deseos, otra vez, de llorar o, aún mejor, de desmayarse, de dejarse desvanecer, caer de su silla suavemente, con los ojos fijos en el rostro de Norton, y no volver nunca más en sí. Pero ahora Norton contaba una historia sobre un pintor, el primero que había venido a vivir al barrio.

Era un tipo joven, de unos treintaitrés años, conocido en el ambiente pero no lo que se suele llamar famoso. En realidad se vino a vivir aquí porque el alquiler del estudio le salía más barato que en otras partes. En aquella época el barrio no era tan alegre como ahora. Aún vivían viejos obreros que cobraban de la Seguridad Social, pero ya no había gente joven ni niños. Las mujeres brillaban por su ausencia: o bien se habían muerto o bien se la pasaban dentro de sus casas sin salir nunca a la calle. Sólo había un pub, tan en ruinas como el resto del barrio. En suma, se trataba de un lugar solitario y decadente. Pero esto parece ser que aguijoneó la imaginación y las ganas de trabajar del pintor. Éste también era un tipo más o menos solitario. O que se sentía bien en la soledad.

Así que el barrio no lo asustó, al contrario, se enamoró de él. Le gustaba volver por la noche y caminar calles y calles sin encontrar a nadie. Le gustaba el color de las farolas y la luz que se desparramaba por las fachadas de las casas. Las sombras que se desplazaban a medida que él se desplazaba. Las madrugadas de color ceniza y hollín. La gente de pocas palabras que se reunía en el pub, del que se hizo parroquiano. El dolor, o el recuerdo del dolor, que en ese barrio era literalmente chupado por algo sin nombre y que se convertía, tras este proceso, en vacío. La conciencia de que esta ecuación era posible: dolor que finalmente deviene vacío. La conciencia de que esta ecuación era aplicable a todo o casi todo.

El caso es que se puso a trabajar con más ganas que nunca. Un año después realizó una exposición en la galería Emma Waterson, una galería alternativa de Wapping, y su éxito fue tremendo. Inauguró algo que luego se conocería como *nuevo decadentismo* o *animalismo inglés*. Los cuadros de la exposición inaugural de esta escuela eran grandes, de tres metros por dos, y mostraban, entre una amalgama de grises, los restos del naufragio de su barrio. Como si entre el pintor y el barrio se hubiera producido una simbiosis total. Es decir que a veces parecía que el pintor pintaba el barrio y otras que el barrio pintaba al pintor con sus lúgubres trazos salvajes. Los cuadros no eran malos. Pese a todo, la exposición no hubiera tenido ni el éxito ni la repercusión que tuvo de no ser por el cuadro estrella, mucho más pequeño que los otros, la obra maestra que empujó a tantos artistas británicos, años después, por la senda del *nuevo decadentismo*. Éste, de dos metros por uno, era, bien mirado (aunque nadie podía estar seguro de mirarlo bien), una elipsis de autorretratos, en ocasiones una espiral de autorretratos (depende del lugar desde donde fuera contemplado), en cuyo centro, momificada, pendía la mano derecha del pintor.

Los hechos habían sucedido así. Una mañana, después de dos días de dedicación febril a los autorretratos, el pintor se había cortado la mano con la que pintaba. Acto seguido se había hecho un torniquete en el brazo y le había llevado la mano a un taxidermista a quien conocía y quien ya estaba al tanto de la naturaleza del nuevo trabajo que le esperaba. Luego se había dirigido al hospital, en donde cortaron la hemorragia y procedieron a suturar el brazo. En algún momento alguien le preguntó cómo sucedió el accidente. Él contestó que sin querer, mientras trabajaba, se había cortado la mano de un machetazo. Los médicos le preguntaron dónde estaba la mano cortada, pues siempre cabía la posibilidad de reimplantársela. Él dijo que de pura rabia y dolor, mientras se dirigía al hospital, la había arrojado al río.

Aunque los precios eran desorbitadamente altos, vendió toda la exposición. La obra maestra, se decía, se la quedó un árabe que trabajaba en la Bolsa, así como también cuatro de los cuadros grandes. Poco después el pintor enloqueció y su mujer, pues entonces ya se había casado, no tuvo más remedio que internarlo en una casa de reposo en los alrededores de Lausana o Montreaux.

Todavía está allí.

Los pintores, en cambio, comenzaron a instalarse en el barrio. Sobre todo porque era barato, pero también atraídos por la leyenda de aquel que había pintado el autorretrato más radical de los últimos años. Después llegaron los arquitectos y después algunas familias que compraron casas remodeladas y reconvertidas. Después aparecieron las tiendas de ropa, los talleres teatrales, los restaurantes alternativos, hasta convertirse en uno de los barrios más engañosamente baratos y a la moda de Londres.

–¿Qué te parece la historia?

–No sé qué pensar –dijo Morini.

El deseo de llorar o, en su defecto, de desmayarse proseguía, pero se aguantó.

El té lo tomaron en casa de Norton. Sólo en ese momento ésta se puso a hablar de Espinoza y Pelletier, pero de una manera casual, como si la historia con el francés y el español, de tan sabida, no fuera interesante ni conveniente para Morini (cuyo estado nervioso no le pasó inadvertido, aunque se cuidó de preguntarle nada, sabedora de que con preguntas rara vez se alivia la angustia), e incluso ni siquiera para ella.

La tarde fue muy agradable. Morini, sentado en un sillón desde donde se podía apreciar la sala de Norton con sus libros y sus reproducciones enmarcadas que colgaban de paredes blancas, con sus fotos y souvenirs misteriosos, con su voluntad expresada en cosas tan sencillas como escoger los muebles, de buen gusto, acogedores y nada ostentosos, e incluso con la visión de un trozo de la calle arbolada que la inglesa seguramente veía cada mañana antes de salir de casa, empezó a sentirse bien, como si una presencia múltiple de su amiga lo arropara, como si esa presencia fuera también una afirmación cuyas palabras, como un bebé, no entendía pero lo reconfortaban.

Poco antes de irse le preguntó por el nombre del pintor cuya historia acababa de oír y si tenía el catálogo de aquella dichosa y espantosa exposición. Se llama Edwin Johns, dijo Norton. Luego se levantó y buscó en una de las estanterías llenas de libros. Encontró un voluminoso catálogo y se lo tendió al italiano. Antes de abrirlo éste se preguntó si hacía bien al insistir con esa historia, precisamente ahora que se encontraba tan bien. Pero si no lo hago me moriré, se dijo, y abrió el catálogo que más que un catálogo era un libro de arte que cubría o intentaba cubrir toda la trayectoria profesional de Johns, cuya foto estaba en la primera página, una foto anterior a su automutilación, que mostraba a un joven de unos veinticinco años que miraba directamente a la cámara y sonreía con una media sonrisa que podía ser de timidez o burla. Tenía el pelo oscuro y lacio.

–Te lo regalo –oyó que decía Norton.

–Muchas gracias –se oyó contestar.

Una hora después marcharon juntos al aeropuerto y una hora después Morini volaba rumbo a Italia.

Por aquella época un crítico serbio hasta entonces insignificante, profesor de alemán en la Universidad de Belgrado, publicó en la revista que animaba Pelletier un curioso artículo que recordaba en cierta manera los hallazgos minúsculos que, muchos años atrás, había dado a la imprenta un crítico francés sobre el marqués de Sade y que consistían en un muestrario facsimilar de papeles sueltos que vagamente atestiguaban el paso del divino marqués por una lavandería, los *aide-mémoire* de su relación con cierto hombre de teatro, las minutas de un médico con los nombres de los medicamentos recetados, la compra de un jubón, en donde se especificaba la abotonadura y el color, etc., todo ello provisto de un gran aparato de notas de las cuales sólo podía extraerse una conclusión: Sade había existido, Sade había lavado sus ropas y había comprado ropas nuevas y había sostenido correspondencia con seres ya definitivamente borrados por el tiempo.

El texto del serbio se le parecía mucho. El personaje rastreado, en este caso, no era Sade sino Archimboldi, y su artículo consistía en una minuciosa y a menudo frustrante indagación que partía de Alemania, seguía por Francia, Suiza, Italia, Grecia, otra vez Italia, y terminaba en una agencia de viajes en Palermo, en donde Archimboldi al parecer había comprado un billete de avión con destino a Marruecos. Un anciano alemán, decía el serbio. Las palabras anciano y alemán utilizadas indistintamente como varitas mágicas para develar un secreto y al mismo tiempo como ejemplo de literatura crítica ultraconcreta, una literatura no especulativa, sin ideas, sin afirmaciones ni negaciones, sin dudas, sin pretensiones de guía, ni a favor ni en contra, sólo un ojo que busca los elementos tangibles y no los juzga sino que los expone fríamente, arqueología del facsímil y por lo mismo arqueología de la fotocopiadora.

A Pelletier le pareció un texto curioso. Antes de publicarlo les envió una copia a Espinoza, Morini y Norton. Espinoza dijo que aquello podía llevar a algo, y aunque investigar y escribir de esa manera le parecía un trabajo de ratón de biblioteca, de subalterno de un subordinado, creía, y así lo dijo, que era bueno que la ola archimboldiana contara también con esa clase de fanáticos sin ideas. Norton dijo que ella siempre había tenido la intuición (femenina) de que Archimboldi tarde o temprano acabaría en algún lugar del Magreb, y que lo único que valía la pena del texto del serbio era el billete reservado a nombre de Benno von Archimboldi, una semana antes de que el avión italiano comenzara su singladura hacia Rabat. A partir de ahora podemos imaginarlo perdido en una cueva del Atlas, dijo. Morini, por el contrario, no dijo nada.

Llegados a este punto es necesario aclarar algo para el buen (o mal) entendimiento del texto. Es verdad que hubo una reserva a nombre de Benno von Archimboldi. Sin embargo esa reserva no llegó a concretarse y a la hora de salida no apareció ningún Benno von Archimboldi en el aeropuerto. Para el serbio la cuestión estaba más clara que el agua. En efecto, Archimboldi hizo personalmente una reserva. Lo podemos imaginar en su hotel, probablemente alterado por algo, tal vez borracho, incluso puede que medio dormido, en la hora abismal y no carente de cierto aroma nauseabundo en que se toman las decisiones trascendentales, hablando con la chica de Alitalia y dando por error su *nom de plume* en lugar de hacer la reserva con el nombre con el que figuraba en su pasaporte, un error que luego, al día siguiente, enmendaría yendo personalmente a la oficina aérea y comprando un billete con su propio nombre. Eso explicaba la ausencia de un Archimboldi en el vuelo a Marruecos. Por supuesto, también cabían otras posibilidades: que a última hora y tras pensárselo dos veces (o cuatro) Archimboldi decidiera no emprender el viaje, o que a última hora decidiera viajar, pero no a Marruecos sino, por ejemplo, a los Estados Unidos, o que todo no fuera más que una broma o un malentendido.

En el texto del serbio se describía físicamente a Archimboldi. Era fácil apreciar que esta descripción procedía del retrato del suavo. Por supuesto, en el retrato del suavo Archimboldi era un joven escritor de la posguerra. El serbio lo único que hacía al respecto era envejecer a ese mismo joven que había aparecido por Frisia en 1949, con un único libro publicado, dejándolo convertido en un viejo de entre setentaicinco y ochenta años, con una voluminosa bibliografía detrás de sí, aunque básicamente con los mismos atributos, como si Archimboldi, al contrario de lo que ocurre con la mayoría de las personas, siguiera siendo el mismo. Nuestro escritor, a juzgar por su obra, es, qué duda cabe, un hombre obstinado, decía el serbio, obstinado como una mula, obstinado como un paquidermo, y si durante las horas más melancólicas de una tarde siciliana se propuso viajar a Marruecos, aunque cometiendo el desliz de no hacer la reserva con su nombre legal sino a nombre de Archimboldi, nada nos puede hacer abrigar la esperanza de que al día siguiente cambiara de idea y no se dirigiera personalmente a la agencia de viajes a comprar el billete esta vez con su nombre legal y con su pasaporte legal y no se embarcara, como uno más de los miles de alemanes viejos y solteros que cada día cruzaban solitarios los cielos rumbo a cualquier país del norte de África.

Viejo y soltero, pensó Pelletier. Uno más de los miles de alemanes viejos y solteros. Como la máquina soltera. Como el célibe que envejece de pronto o como el célibe que al volver de un viaje a la velocidad de la luz encuentra a los otros célibes envejecidos o convertidos en estatuas de sal. Miles, cientos de miles de máquinas solteras cruzando a diario un mar amniótico, en Alitalia, comiendo spaghetti al pomodoro y bebiendo chianti o licor de manzana, con los ojos semicerrados y la certeza de que el paraíso de los jubilados no está en Italia (y por lo tanto no puede estar en ningún lugar de Europa) y volando a los aeropuertos caóticos de África o de América, en donde yacen los elefantes. Los grandes cementerios a la velocidad de la luz. No sé por qué pienso esto, pensó Pelletier. Manchas en la pared y manchas en las manos, pensó Pelletier mirándose las manos. Jodido serbio de mierda.

Al final Espinoza y Pelletier tuvieron que admitir, cuando ya estaba publicado el artículo, que lo del serbio no se sostenía.

Hay que hacer investigación, crítica literaria, ensayos de interpretación, panfletos divulgativos si así la ocasión lo requiriera, pero no este híbrido entre fantaciencia y novela negra inconclusa, dijo Espinoza, y Pelletier estuvo en todo de acuerdo con su amigo.

Por aquellos días, principios de 1997, Norton experimentó un deseo de cambio. Tener vacaciones. Visitar Irlanda o Nueva York. Alejarse perentoriamente de Espinoza y Pelletier. Los citó a ambos en Londres. Pelletier, de alguna forma, intuyó que nada grave o bien nada irreversible ocurría y acudió a la cita con aire tranquilo, dispuesto a escuchar y hablar poco. Espinoza, por el contrario, se temió lo peor (que Norton los citara para decirles que prefería a Pelletier, pero asegurándole a él que su amistad seguiría incólume, incluso puede que invitándolo como padrino a su inminente boda).

El primero en aparecer por el piso de Norton fue Pelletier. Le preguntó si ocurría algo grave. Norton le dijo que prefería hablar del asunto cuando llegara Espinoza y así se ahorraría tener que repetir el mismo discurso dos veces. Como no tenían nada más importante que decirse, se pusieron a hablar del tiempo. Pelletier no tardó en rebelarse y cambió de tema. Norton entonces se puso a hablar de Archimboldi. El nuevo tema de conversación casi descompuso a Pelletier. Volvió a pensar en el serbio, volvió a pensar en ese pobre escritor viejo y solitario y posiblemente misántropo (Archimboldi), volvió a pensar en los años perdidos de su propia vida hasta que apareció Norton.

Espinoza se retrasaba. La vida entera es una mierda, pensó Pelletier con asombro. Y luego: si no hubiéramos formado un equipo ahora sería mía. Y luego: si no hubiera habido afinidad y amistad y almas gemelas y alianza ahora sería mía. Y un poco después: si no hubiera habido nada ni siquiera la habría conocido. Y: puede que la hubiera conocido pues nuestros intereses archimboldianos son de cada uno y no nacieron del conjunto de nuestra amistad. Y: puede también que ella me hubiera odiado, que me hubiera encontrado pedante, demasiado frío, arrogante, narcisista, un intelectual excluyente. El término intelectual excluyente le divirtió. Espinoza se retrasaba. Norton parecía muy tranquila. En realidad Pelletier también parecía muy tranquilo, pero distaba de estarlo.

Norton dijo que era normal que Espinoza llegara tarde. Los aviones sufren retrasos, dijo. Pelletier imaginó el avión de Espinoza envuelto en llamas derrumbándose sobre una pista del aeropuerto de Madrid con un estrépito de hierros retorcidos.

–Tal vez deberíamos poner la tele –dijo.

Norton lo miró y le sonrió. Nunca enciendo la tele, dijo sonriendo, extrañada de que Pelletier aún no lo supiera. Por supuesto, Pelletier lo sabía. Pero no había tenido suficiente presencia de ánimo para decir: veamos las noticias, veamos si no aparece en la pantalla algún avión siniestrado.

–¿Puedo encenderla? –dijo.

–Claro –dijo Norton, y Pelletier, mientras se inclinaba sobre los botones del aparato la vio de reojo, luminosa, tan natural, preparando una taza de té o moviéndose de una habitación a otra, poniendo en su lugar un libro que le acababa de enseñar, contestando una llamada telefónica que no era de Espinoza.

Encendió la tele. Hizo un recorrido por diferentes canales. Vio a un tipo barbudo y vestido con ropas pobres. Vio a un grupo de negros caminando por una pista de tierra. Vio a dos señores de traje y corbata hablando pausadamente, ambos con las piernas cruzadas, ambos mirando de tanto en tanto un mapa que aparecía y desaparecía a sus espaldas. Vio a una señora gordita que decía: hija... fábrica... reunión... médicos... inevitable, y luego sonreía con media sonrisa y bajaba la mirada. Vio la cara de un ministro belga. Vio los restos de un avión humeante a un costado de una pista de aterrizaje, rodeado de ambulancias y coches de bomberos. Llamó de un grito a Norton. Ésta aún hablaba por teléfono.

El avión de Espinoza se ha estrellado, dijo Pelletier sin volver a alzar la voz, y Norton en vez de mirar la pantalla del televisor lo miró a él. Le bastaron pocos segundos para darse cuenta de que el avión en llamas no era un avión español. Junto a los bomberos y los equipos de rescate se podía apreciar a pasajeros que se alejaban, algunos cojeando, otros cubiertos con mantas, los rostros demudados por el miedo o por el susto, pero aparentemente indemnes.

Veinte minutos después llegó Espinoza y durante la comida Norton le contó que Pelletier había creído que él viajaba en el avión siniestrado. Espinoza se rió pero miró a Pelletier de una forma extraña, que pasó desapercibida a Norton, pero que Pelletier captó al instante. La comida, por lo demás, fue triste, aunque la actitud de Norton era perfectamente normal, como si se los hubiera encontrado a ambos por casualidad y no los hubiera hecho ir expresamente a Londres. Lo que tenía que decirles lo adivinaron antes de que ella dijera nada: Norton quería suspender, al menos por un tiempo, las relaciones amorosas que sostenía con ambos. El motivo que adujo fue que necesitaba pensar y centrarse, luego dijo que no quería romper su amistad con ninguno de los dos. Necesitaba pensar, eso era todo.

Espinoza aceptó las explicaciones de Norton sin hacer ni una sola pregunta. A Pelletier, por el contrario, le habría gustado preguntarle si su ex marido tenía algo que ver con esta decisión, pero ante el ejemplo de Espinoza prefirió callarse. Después de comer salieron a pasear por Londres en el coche de Norton. Pelletier insistió en sentarse en el asiento de atrás, hasta que vio un relampagueo sarcástico en los ojos de Norton y entonces aceptó sentarse en donde fuera, que fue, precisamente, en el asiento posterior.

Mientras conducía por Cromwell Road Norton les dijo que tal vez lo más apropiado, aquella noche, sería acostarse con los dos. Espinoza se rió y dijo algo que pretendía ser gracioso, una continuación de la broma, pero Pelletier no estaba seguro de que Norton bromeara y aún estaba menos seguro de que él estuviera preparado para participar en un *ménage à trois.* Después fueron a esperar la caída del sol cerca de la estatua de Peter Pan en Kensington Gardens. Se sentaron en un banco al lado de un gran encino, el sitio preferido de Norton que desde pequeña sentía una gran atracción por aquel lugar. Al principio vieron a algunas personas tiradas en el césped pero poco a poco los alrededores se fueron quedando vacíos. Pasaban parejas o mujeres solas vestidas con cierta elegancia, aprisa, en dirección a la Serpentine Gallery o al Albert Memorial, y en dirección contraria hombres con periódicos arrugados o madres arrastrando el carrito de sus bebés se dirigían a Bayswater Road.

Cuando la penumbra comenzó a extenderse vieron a una pareja de jóvenes que hablaban en español y que se acercaron a la estatua de Peter Pan. La mujer tenía el pelo negro y era muy guapa y estiró la mano como si quisiera tocar la pierna de Peter Pan. El tipo que iba con ella era alto y tenía barba y bigote y sacó una libreta de un bolsillo y anotó algo en ella. Luego dijo en voz alta:

–Kensington Gardens.

La mujer ya no miraba la estatua sino el lago o más bien algo que se movía entre las hierbas y la maleza que separaban aquel caminito del lago.

–¿Qué es lo que ella mira? –dijo Norton en alemán.

–Parece una serpiente –dijo Espinoza.

–¡Aquí no hay serpientes! –dijo Norton.

Entonces la mujer llamó al tipo: Rodrigo, ven a ver esto, dijo. El joven no pareció oírla. Había guardado la libretita en un bolsillo de su chaqueta de cuero y contemplaba en silencio la estatua de Peter Pan. La mujer se inclinó y bajo las hojas algo reptó en dirección al lago.

–Pues parece, efectivamente, una serpiente –dijo Pelletier.

–Es lo que yo había dicho –dijo Espinoza.

Norton no les contestó pero se puso de pie para ver mejor.

Aquella noche Pelletier y Espinoza durmieron unas pocas horas en la sala de la casa de Norton. Aunque tenían a su disposición el sofá cama y la alfombra, no hubo manera de que pudieran conciliar el sueño. Pelletier trató de hablar, de explicarle a Espinoza lo del avión accidentado, pero Espinoza le dijo que no hacía falta que le explicara nada, que él lo comprendía todo.

A las cuatro de la mañana, de común acuerdo, encendieron la luz y se pusieron a leer. Pelletier abrió un libro sobre la obra de Berthe Morisot, la primera mujer que perteneció al grupo impresionista, pero al cabo de un rato le dieron ganas de estrellarlo contra la pared. Espinoza, por el contrario, sacó de su bolso de viaje *La cabeza,* la última novela que había publicado Archimboldi, y se puso a repasar las notas que había escrito en los márgenes de las hojas y que constituían el núcleo de un ensayo que pensaba publicar en la revista que dirigía Borchmeyer.

La tesis de Espinoza, tesis compartida por Pelletier, era que con esta novela Archimboldi daba por cerrada su aventura literaria. Después de *La cabeza,* decía Espinoza, ya no hay más Archimboldi en el mercado del libro, opinión que otro ilustre archimboldista, Dieter Hellfeld, consideraba demasiado arriesgada, basada tan sólo en la edad del escritor, pues lo mismo se había dicho de Archimboldi cuando éste publicó *La perfección ferroviaria* e incluso lo mismo dijeron unos profesores berlineses cuando apareció *Bitzius.* A las cinco de la mañana Pelletier se dio una ducha y luego preparó café. A las seis Espinoza estaba dormido otra vez pero a las seis y media volvió a despertarse con un humor de perros. A las siete menos quince llamaron a un taxi y arreglaron la sala.

Espinoza escribió una nota de despedida. Pelletier la miró de pasada y tras pensarlo unos segundos decidió dejar él también otra nota de despedida. Antes de marcharse le preguntó a Espinoza si no se quería duchar. Me ducharé en Madrid, contestó el español. Allí el agua es mejor. Es verdad, dijo Pelletier, aunque su respuesta le pareció estúpida y conciliadora. Después los dos se fueron sin hacer ruido y desayunaron, como ya lo habían hecho tantas veces, en el aeropuerto.

Mientras el avión de Pelletier lo llevaba de vuelta a París, éste, incomprensiblemente, se puso a pensar en el libro sobre Berthe Morisot que la noche anterior había deseado estampar sobre la pared. ¿Por qué?, se preguntó Pelletier. ¿Es que no le gustaba Berthe Morisot o lo que ésta en un momento dado podía representar? En realidad a él le gustaba Berthe Morisot. De golpe se dio cuenta de que aquel libro no lo había comprado Norton sino él, de que había sido él quien había viajado de París a Londres con el libro envuelto en papel de regalo, que las primeras reproducciones de Berthe Morisot que Norton vio en su vida fueron las que aparecían en aquel libro, con Pelletier al lado, acariciándole la nuca y comentándole cada cuadro de Berthe Morisot. ¿Se arrepentía ahora de haberle regalado ese libro? No, por supuesto que no. ¿Tenía algo que ver la pintora impresionista con su separación? Ésa era una idea ridícula. ¿Por qué entonces había deseado estampar el libro sobre la pared? Y más importante aún: ¿por qué pensaba en Berthe Morisot y en el libro y en la nuca de Norton y no en la posibilidad cierta de un *ménage à trois* que aquella noche había levitado como un brujo indio aullador en el piso de la inglesa sin llegar a materializarse jamás?

Mientras el avión de Espinoza lo llevaba de vuelta a Madrid, éste, al contrario que Pelletier, pensaba en lo que él creía la última novela de Archimboldi y en que si tenía razón, como creía tenerla, no iba a haber más novelas de Archimboldi, con todo lo que eso significaba, y también pensaba en un avión en llamas y en los deseos ocultos de Pelletier (muy moderno el jodido hijo de puta, pero sólo cuando le conviene), y de vez en cuando miraba por la ventanilla y les echaba un vistazo a los motores y se moría de ganas de estar de vuelta en Madrid.

Durante un tiempo Pelletier y Espinoza estuvieron sin llamarse por teléfono. Pelletier llamaba de vez en cuando a Norton, aunque las conversaciones con Norton cada vez eran más, ¿cómo decirlo?, afectadas, como si la relación se sostuviera únicamente gracias a los buenos modales, y tan a menudo como antes a Morini, con quien nada había cambiado.

Lo mismo le sucedía a Espinoza, aunque éste tardó un

poco más en darse cuenta de que lo de Norton iba en serio. Por supuesto, Morini percibió que algo había sucedido con sus amigos, pero por discreción o por pereza, una pereza torpe y al mismo tiempo dolorosa que a veces lo atenazaba, prefirió no darse por enterado, actitud que Pelletier y Espinoza agradecieron.

Incluso Borchmeyer, que en cierta manera temía al tándem que formaban el español y el francés, notó algo nuevo en la correspondencia que mantenía con ambos, insinuaciones veladas, ligeras retractaciones, mínimas dudas, pero elocuentísimas tratándose de ellos, sobre la metodología hasta entonces común.

Después vino una Asamblea de Germanistas en Berlín, un Congreso sobre Literatura Alemana del siglo XX en Sttutgart, un simposio sobre literatura alemana en Hamburgo y un encuentro sobre el futuro de la literatura alemana en Maguncia. A la asamblea de Berlín asistieron Norton, Morini, Pelletier y Espinoza, pero por una razón o por otra sólo una vez pudieron verse los cuatro, durante un desayuno, rodeados, además, por otros germanistas que luchaban denodadamente por la mantequilla y la mermelada. Al congreso asistieron Pelletier, Espinoza y Norton, y si bien Pelletier pudo hablar con Norton a solas (mientras Espinoza intercambiaba puntos de vista con Schwarz), cuando le tocó el turno a Espinoza de hablar con Norton, Pelletier se marchó discretamente con Dieter Hellfeld.

Esta vez Norton se dio cuenta de que sus amigos no querían hablar entre sí, en ocasiones ni siquiera verse, lo que no dejó de afectarla pues de alguna manera se sentía culpable del distanciamiento experimentado entre ambos.

Al simposio asistieron únicamente Espinoza y Morini, y procuraron no aburrirse, y ya que estaban en Hamburgo fueron de visita a la editorial Bubis y cumplimentaron a Schnell, pero no pudieron ver a la señora Bubis, a quien habían comprado un ramo de rosas, pues ésta se encontraba de viaje por Moscú. Esta mujer, les dijo Schnell, no sé de dónde saca tanta vitalidad, y luego soltó una risa satisfecha que a Espinoza y a

Morini les pareció excesiva. Antes de marcharse de la editorial le entregaron las rosas a Schnell.

Al encuentro sólo asistieron Pelletier y Espinoza y esta vez ya no les quedó más remedio que enfrentarse y poner las cartas sobre la mesa. Al principio, como es natural, ambos trataron de evitarse de forma cortés la mayor parte de las veces, o de forma abrupta en algunas contadas ocasiones, pero al final no les quedó más remedio que hablar. El acontecimiento tuvo lugar en el bar del hotel, a altas horas de la noche, cuando ya sólo quedaba un camarero, el más joven de todos los camareros, un chico alto y rubio y soñoliento.

Pelletier estaba sentado en un extremo de la barra y Espinoza en el otro. Después el bar empezó a vaciarse paulatinamente y cuando ya sólo quedaban ellos el francés se levantó y se acomodó al lado del español. Intentaron hablar del encuentro, pero al cabo de pocos minutos se dieron cuenta de que resultaba ridículo avanzar o fingir que avanzaban en esa dirección. Fue Pelletier, más ducho en el arte de las aproximaciones y de las confidencias, quien dio otra vez el primer paso. Preguntó por Norton. Espinoza confesó que no sabía nada. Luego dijo que a veces la llamaba por teléfono y que era como hablar con una desconocida. Esto último lo infirió Pelletier, pues Espinoza, que en ocasiones se expresaba mediante elipsis ininteligibles, no llamó desconocida a Norton sino que mencionó la palabra ocupada y después la palabra ausente. El teléfono en el departamento de Norton, durante un rato, los acompañó en la conversación. Un teléfono blanco que sostenía la mano blanca, el antebrazo blanco de una desconocida. Pero no era una desconocida. No en la medida en que ambos se habían acostado con ella. Oh cierva blanca, cervatilla, blanca cierva, susurró Espinoza. Pelletier supuso que citaba a un clásico, pero no hizo ningún comentario y le preguntó si iban a convertirse definitivamente en enemigos. La pregunta pareció sorprender a Espinoza, como si nunca hubiera pensado en esa posibilidad.

–Eso es absurdo, Jean-Claude –dijo, aunque Pelletier notó que lo decía tras pensarlo durante mucho tiempo.

Terminaron la noche borrachos y el camarero joven tuvo que ayudarlos a ambos a abandonar el bar. Del final de aquella velada Pelletier recordaba, sobre todo, la fuerza del camarero, que cargó con uno a cada lado hasta los ascensores del lobby, como si Espinoza y él fueran adolescentes de no más de quince años, dos adolescentes alfeñiques atrapados entre los brazos poderosos de aquel joven camarero alemán que se quedaba hasta la última hora, cuando todos los demás camareros veteranos ya se habían marchado a sus casas, un chico de campo a juzgar por su cara y su complexión física, o un obrero, y también recordaba algo así como un susurro que luego se dio cuenta de que era una especie de risa, la risa de Espinoza mientras era transportado por el camarero campesino, una risa bajita, una risa discreta, como si la situación no sólo fuera ridícula sino también una válvula de escape para sus inconfesadas penas.

Un día, cuando ya llevaban más de tres meses sin visitar a Norton, uno de ellos llamó por teléfono al otro y le sugirió un fin de semana en Londres. No se sabe si fue Pelletier quien llamó o si fue Espinoza. En teoría el autor de la llamada debería haber sido aquel que tenía el más alto sentido de la fidelidad, o el que tenía el más alto sentido de la amistad, que esencialmente es lo mismo, pero la verdad es que ni Pelletier ni Espinoza tenían un concepto muy grande de dicha virtud. Verbalmente, por descontado, la aceptaban, aunque con matices. En la práctica, por el contrario, ninguno de los dos creía en la amistad ni en la fidelidad. Creían en la pasión, creían en un híbrido de felicidad social o pública –ambos votaban socialista, aunque de tanto en tanto se abstenían–, creían en la posibilidad de la autorrealización.

Pero lo cierto es que uno de los dos llamó y el otro aceptó y un viernes por la tarde se encontraron en el aeropuerto de Londres, en donde tomaron un taxi que primero los llevó a un hotel y luego otro taxi, ya muy cercana la hora de la cena (habían reservado previamente una mesa para tres en Jane & Chloe), que los llevó al departamento de Norton.

Desde la acera, tras pagarle al taxista, contemplaron las ventanas iluminadas. Después, mientras el taxi se alejaba, vieron la sombra de Liz, la sombra adorada, y luego, como si un soplo de aire fétido irrumpiera en un anuncio de compresas, la sombra de un hombre que los dejó paralizados, Espinoza con un ramo de flores en la mano, Pelletier con un libro de Sir Jacob Epstein envuelto en un finísimo papel de regalo. Pero el teatro chinesco aéreo no acabó allí. En una ventana, la sombra de Norton movió los brazos, como si intentara explicar algo que su interlocutor no quería entender. En la otra ventana, la sombra del hombre, para horror de sus dos únicos y boquiabiertos espectadores, hizo un movimiento como de hulla-hop, o algo que a Pelletier y a Espinoza les pareció un movimiento de hulla-hop, primero las caderas, luego las piernas, el tronco, ¡incluso el cuello!, un movimiento en donde se dejaba entrever sarcasmo y burla, a menos que tras las cortinas el hombre se estuviera desnudando o derritiendo, lo que ciertamente no parecía ser el caso, un movimiento o una serie de movimientos, más bien, que denotaba no sólo sarcasmo sino también maldad, seguridad y maldad, una seguridad obvia, pues en el departamento él era el más fuerte, él era el más alto y el más musculoso y el que podía jugar al hulla-hop.

En la actitud de la sombra de Liz, sin embargo, había algo extraño. Hasta donde ellos la conocían, y creían conocerla bien, la inglesa no era de las que permiten desplantes, menos aún si éstos se producen en su propia casa. Por lo que cabía la posibilidad, decidieron, de que la sombra del hombre no estuviera, finalmente, jugando al hulla-hop ni insultando a Liz sino más bien riéndose, y no de ella sino con ella. Pero la sombra de Norton no parecía reírse. Después la sombra del hombre desapareció: tal vez se había acercado a mirar libros, tal vez al baño o a la cocina. Tal vez se había dejado caer en el sofá y aún se reía. Y acto seguido la sombra de Norton se acercó a la ventana, pareció empequeñecerse, y luego hizo a un lado las cortinas y abrió la ventana, con los ojos cerrados, como si necesitara respirar el aire nocturno de Londres, y luego abrió los ojos y miró hacia abajo, hacia el abismo, y los vio.

La saludaron como si el taxi acabara de dejarlos allí. Espinoza agitó su ramo de flores en el aire y Pelletier su libro y luego, sin quedarse a ver el rostro perplejo de Norton, se dirigieron a la entrada del edificio y esperaron a que Liz les franqueara el portal.

Lo daban todo por perdido. Mientras subían las escaleras, sin hablar, oyeron cómo se abría una puerta y aunque no la vieron ambos presintieron la presencia luminosa de Norton en el rellano. El piso olía a tabaco holandés. Apoyada en el vano de la puerta Norton los miró como si fueran dos amigos muertos hace mucho, cuyos fantasmas regresan del mar. El hombre que los aguardaba en la sala era menor que ellos, probablemente un tipo nacido en los setenta, a mediados de los setenta, y no en los sesenta. Llevaba un suéter de cuello alto, aunque el cuello parecía cedido, y bluejeans deslavazados y zapatillas deportivas. Daba la impresión de ser alumno de Norton o un profesor suplente.

Norton dijo que se llamaba Alex Pritchard. Un amigo. Pelletier y Espinoza le estrecharon la mano y sonrieron, incluso sabiendo que sus sonrisas serían lamentables. Pritchard, por el contrario, no sonrió. Dos minutos después estaban todos sentados en la sala bebiendo whisky y sin hablar. Pritchard, que bebía zumo de naranja, se sentó junto a Norton y le pasó un brazo por encima del hombro, un gesto que la inglesa, al principio, pareció no darle importancia (de hecho, el largo brazo de Pritchard se apoyaba en el respaldo del sofá y sólo sus dedos, alargados como los de una araña o un pianista, rozaban de tanto en tanto la blusa de Norton), pero a medida que el tiempo transcurría Norton se fue poniendo cada vez más nerviosa y sus viajes a la cocina o a su dormitorio se hicieron más frecuentes.

Pelletier ensayó algunos temas de conversación. Trató de hablar de cine, de música, de las últimas obras teatrales, sin recibir la ayuda ni siquiera de Espinoza, que en la mudez parecía rivalizar con Pritchard, si bien la mudez de éste, como mínimo, era la del observador, a partes iguales distraído e interesado, y la mudez de Espinoza era la del observado, sumido en la desdicha y la vergüenza. De repente, y sin que nadie pudiera decir a ciencia cierta quién lo inició, se pusieron a hablar de los estudios archimboldianos. Probablemente fue Norton, desde la cocina, la que mencionó el trabajo en común. Pritchard esperó a que ella volviera y luego, nuevamente su brazo extendido a lo largo del respaldo y sus dedos de araña sobre el hombro de la inglesa, dijo que la literatura alemana le parecía una estafa.

Norton se rió, como si alguien hubiera contado un chiste. Pelletier le preguntó qué conocía él, Pritchard, de la literatura alemana.

–En realidad, muy poco –dijo el joven.

–Pues entonces usted es un cretino –dijo Espinoza.

–O un ignorante, por lo menos –dijo Pelletier.

–En cualquier caso, un badulaque –dijo Espinoza.

Pritchard no entendió el significado de la palabra badulaque, que Espinoza pronunció en español. Tampoco Norton lo entendió y quiso saberlo.

–Badulaque –dijo Espinoza– es alguien inconsistente, también puede aplicarse esta palabra a los necios, pero hay necios consistentes, y badulaque se aplica sólo a los necios inconsistentes.

–¿Me está usted insultando? –quiso saber Pritchard.

–¿Se siente usted insultado? –dijo Espinoza, que empezó a sudar de forma copiosísima.

Pritchard bebió un sorbo de su zumo de naranja y dijo que sí, que en realidad se sentía insultado.

–Pues entonces tiene usted un problema, señor –dijo Espinoza.

–Típica reacción de un badulaque –añadió Pelletier.

Pritchard se levantó del sofá. Espinoza se levantó del sillón. Norton dijo ya basta, os estáis comportando como niños imbéciles. Pelletier se echó a reír. Pritchard se acercó a Espinoza y le golpeó el pecho con el dedo índice, que era casi tan largo como el dedo medio. Golpeó el pecho una, dos, tres, cuatro veces, mientras decía:

–Uno: no me gusta que me insulten. Dos: no me gusta que me tomen por necio. Tres: no me gusta que un español de mierda se burle de mí. Cuatro: si tienes algo más que decirme salgamos a la calle.

Espinoza miró a Pelletier y le preguntó, en alemán, por supuesto, qué podía hacer.

–No salgas a la calle –dijo Pelletier.

–Alex, márchate de aquí –dijo Norton.

Y como Pritchard en el fondo no tenía intención de pegarse con nadie, le dio un beso en la mejilla a Norton y se marchó sin despedirse de ellos.

Esa noche cenaron los tres en el Jane & Chloe. Al principio estaban algo alicaídos, pero la cena y el vino los animaron y al final volvieron a casa riéndose. No quisieron, sin embargo, preguntarle a Norton quién era Pritchard ni ella hizo ningún comentario destinado a iluminar la figura alargada de aquel joven malhumorado. Por el contrario, casi al final de la cena, a modo de explicación, hablaron de ellos mismos, de lo cerca que habían estado de estropear, acaso irremediablemente, la amistad que cada uno sentía por el otro.

El sexo, convinieron, era demasiado bonito (aunque casi enseguida se arrepintieron de haber utilizado este adjetivo) como para convertirse en el obstáculo de una amistad cimentada tanto en las afinidades emocionales como intelectuales. Pelletier y Espinoza se cuidaron, no obstante, de dejar en claro, allí, uno delante del otro, que lo ideal para ellos, y suponían que también para Norton, era que finalmente, y de forma no traumática *(soft-landing,* dijo Pelletier), ella se decidiera definitivamente por uno de los dos, o por ninguno, dijo Espinoza, en cualquier caso una decisión que quedaba en sus manos, en las de Norton, y que ella podía tomar cuando quisiera, en el momento en que más le acomodara, incluso no tomar nunca, postergarla y diferirla y retrasarla y dilatarla y prorrogarla y aplazarla hasta su lecho de muerte, a ellos les daba lo mismo, pues tan enamorados se sentían ahora, que Liz los mantenía en el limbo, como antes, cuando eran sus amantes o coamantes en activo, como la iban a amar después, cuando ella eligiera a uno, o después (un después sólo un poco más amargo, de amargura compartida, es decir de amargura en cierta forma mitigada), cuando ella, si así era su voluntad, no eligiera a ninguno. A lo cual Norton respondió con una pregunta, en la que era dable ver algo de retórica, pero una pregunta plausible al fin y al cabo: ¿qué sucedería si, mientras ella deshojaba la margarita, uno de ellos, Pelletier, por ejemplo, se enamoraba instantáneamente de una alumna más joven y más guapa que ella, y también más rica, y mucho más encantadora? ¿Debía ella considerar roto el pacto y desechar automáticamente a Espinoza? ¿O debía, por el contrario, quedarse con el español, puesto que no podía quedarse con nadie más? A lo que Pelletier y Espinoza respondieron que la posibilidad real de que su ejemplo se cumpliera era remotísima, y que ella, con o sin ejemplo, podía hacer lo que quisiera, incluso meterse monja, si ése era su deseo.

–Cada uno de nosotros lo que quiere es casarse contigo, vivir contigo, tener hijos contigo, envejecer contigo, pero ahora, en este momento de nuestras vidas, lo único que queremos es conservar tu amistad.

A partir de esa noche los vuelos a Londres se reanudaron. A veces aparecía Espinoza, otras veces Pelletier, y en algunas ocasiones aparecían ambos. Cuando esto sucedía solían alojarse en el hotel de siempre, un hotel pequeño e incómodo en Foley Street, cerca del Middlesex Hospital. Cuando abandonaban la casa de Norton, a veces solían dar un paseo por los alrededores del hotel, generalmente silenciosos, frustrados, de alguna forma agotados por la simpatía y el encanto que se obligaban a desplegar durantes estas visitas conjuntas. En no pocas ocasiones se quedaban quietos, detenidos junto al farol de la esquina, observando a las ambulancias que entraban o salían del hospital. Los enfermeros ingleses hablaban a gritos, aunque el sonido de sus vozarrones les llegaba en sordina.

Una noche, mientras contemplaban la entrada desacostumbradamente vacía del hospital, se preguntaron por qué, cuando venían juntos a Londres, ninguno de los dos se quedaba en el departamento de Liz. Por cortesía, probablemente, se dijeron. Pero ninguno de los dos creía ya en ese tipo de cortesía. Y también se preguntaron, al principio renuentes y al final con vehemencia, por qué no se acostaban los tres juntos. Aquella noche una luz verde y enfermiza salía de las puertas del hospital, un verde claro como de piscina, y un enfermero fumaba un cigarrillo, de pie, en medio de la acera, y entre los coches aparcados había uno con la luz encendida, una luz amarilla como de nido, pero no un nido cualquiera sino un nido posguerra nuclear, un nido en donde ya no tenían cabida las certezas sino el frío y el abatimiento y la desidia.

Una noche, mientras hablaba por teléfono con Norton desde París o desde Madrid, uno de ellos sacó a colación el tema. Para su sorpresa Norton le dijo que ella también, desde hacía tiempo, se había planteado esa posibilidad.

–No creo que te lo propongamos nunca –dijo el que hablaba por teléfono.

–Ya lo sé –dijo Norton–. Os da miedo. Esperáis que sea yo la que dé el primer paso.

–No lo sé –dijo el que hablaba por teléfono–, tal vez no sea tan simple como eso.

En un par de ocasiones volvieron a encontrarse a Pritchard. El joven larguirucho ya no se mostraba tan malhumorado como antes, si bien es cierto que los encuentros fueron casuales, sin tiempo para desplantes ni violencias. Espinoza llegaba al piso de Norton cuando Pritchard se iba, Pelletier se cruzó con él una vez en la escalera. Este último encuentro, sin embargo, aunque breve fue significativo. Pelletier saludó a Pritchard, Pritchard saludó a Pelletier, y cuando ya ambos se habían dado la espalda Pritchard se volvió y llamó a Pelletier con un siseo.

–¿Quieres un consejo? –le dijo. Pelletier lo miró alarmado–. Ya sé que no lo quieres, viejo, pero igual te lo voy a dar. Ten cuidado –dijo Pritchard.

–¿Cuidado de qué? –atinó a decir Pelletier.
–De la Medusa –dijo Pritchard–, guárdate de la Medusa.
Y luego, antes de seguir bajando la escalera, añadió:
–Cuando la tengas en las manos te va a explotar.
Durante un rato Pelletier se quedó inmóvil, oyendo los pasos de Pritchard en la escalera y luego el ruido de la puerta de la calle que se abría y se cerraba. Sólo cuando el silencio se hizo insoportable volvió a subir por la escalera, pensativo y a oscuras.

Nada le contó a Norton de su incidente con Pritchard, pero cuando estuvo en París le faltó tiempo para llamar a Espinoza por teléfono y narrarle este enigmático encuentro.
–Es extraño –dijo el español–. Parece un aviso, pero también una amenaza.
–Además –dijo Pelletier–, Medusa es una de las tres hijas de Forcis y Ceto, las llamadas Gorgonas, tres monstruos marinos. Según Hesíodo, Esteno y Euríale, las otras dos hermanas, eran inmortales. Medusa, por el contrario, era mortal.
–¿Has estado leyendo mitología clásica? –dijo Espinoza.
–Es lo primero que he hecho apenas llegué a casa –dijo Pelletier–. Escucha esto: cuando Perseo le cortó la cabeza a Medusa de su cuerpo salió Crisaor, el padre del monstruo Geríones, y el caballo Pegaso.
–¿El caballo Pegaso salió del cuerpo de Medusa? Joder –dijo Espinoza.
–Sí, Pegaso, el caballo alado, que para mí representa el amor.
–¿Para ti Pegaso representa el amor? –dijo Espinoza.
–Pues sí.
–Es raro –dijo Espinoza.
–Bueno, son las cosas del liceo francés –dijo Pelletier.
–¿Y tú crees que Pritchard sabe estas cosas?
–Es imposible –dijo Pelletier–, aunque vaya uno a saber, pero no, no creo.
–¿Entonces qué conclusión sacas?
–Pues que Pritchard me pone, nos pone, en guardia contra

un peligro que nosotros no vemos. O bien que Pritchard quiso decirme que sólo tras la muerte de Norton yo encontraré, nosotros encontraremos, el amor verdadero.

–¿La muerte de Norton? –dijo Espinoza.

–Claro, ¿es que no lo ves?, Pritchard se ve a sí mismo como Perseo, el asesino de Medusa.

Durante un tiempo, Espinoza y Pelletier anduvieron como espiritados. Archimboldi, que volvía a sonar como claro candidato al Nobel, los dejaba indiferentes. Sus trabajos en la universidad, sus colaboraciones periódicas con revistas de distintos departamentos de germánicas del mundo, sus clases e incluso los congresos a los que asistían como sonámbulos o como detectives drogados, se resintieron. Estaban pero no estaban. Hablaban pero pensaban en otra cosa. Lo único que les interesaba de verdad era Pritchard. La presencia ominosa de Pritchard que rondaba a Norton casi todo el tiempo. Un Pritchard que identificaba a Norton con Medusa, con la Gorgona, un Pritchard del que ellos, espectadores discretísimos, apenas sabían nada.

Para compensarlo empezaron a preguntar por él a la única persona que podía darles algunas respuestas. Al principio Norton se mostró renuente a hablar. Era profesor, tal como habían supuesto, pero no trabajaba en la universidad sino en una escuela de enseñanza secundaria. No era de Londres sino de un pueblo cercano a Bournemouth. Había estudiado en Oxford durante un año, y luego, incomprensiblemente para Espinoza y Pelletier, se había trasladado a Londres, en cuya universidad terminó sus estudios. Era de izquierdas, de una izquierda *posible,* y según Norton en alguna ocasión le había hablado de sus planes, que nunca se concretaban en una acción definida, de ingresar en el Partido Laborista. La escuela donde daba clases era una escuela pública con una buena porción de alumnos procedentes de familias de inmigrantes. Era impulsivo y generoso y no tenía demasiada imaginación, algo que Pelletier y Espinoza ya daban por sentado. Pero esto no los tranquilizaba.

–Un cabrón puede no tener imaginación y luego realizar un único acto de imaginación, en el momento más inesperado –dijo Espinoza.

–Inglaterra está llena de cerdos de esta especie –fue la opinión de Pelletier.

Una noche, mientras hablaban por teléfono desde Madrid a París, descubrieron sin sorpresa (la verdad es que sin un ápice de sorpresa) que ambos odiaban, y cada vez más, a Pritchard.

Durante el siguiente congreso al que asistieron («La obra de Benno von Archimboldi como espejo del siglo XX», un encuentro de dos días de duración en Bolonia, copado por los jóvenes archimboldianos italianos y por una hornada de archimboldianos neoestructuralistas de varios países de Europa) decidieron contarle a Morini todo lo que les había pasado en los últimos meses y todos los temores que abrigaban con respecto a Norton y Pritchard.

Morini, que estaba un poco más desmejorado que la última vez (aunque ni el español ni el francés se dieron cuenta), los escuchó pacientemente en el bar del hotel y en una trattoria cercana a la sede del encuentro y en un restaurante carísimo de la parte vieja de la ciudad y paseando al azar por las calles boloñesas mientras ellos empujaban su silla de ruedas sin dejar de hablar en ningún momento. Al final, cuando quisieron recabar su opinión sobre el embrollo sentimental, real o imaginario, en el que estaban metidos, Morini sólo preguntó si alguno de ellos, o ambos, le había preguntado a Norton si amaba o si se sentía atraída por Pritchard. Tuvieron que confesar que no, que por delicadeza, por tacto, por finura, por consideración a Norton, en fin, no se lo habían preguntado.

–Pues teníais que haber empezado por ahí –dijo Morini, que aunque se sentía mal, y mareado además por tantas vueltas, no dejó escapar ni un suspiro de queja.

(Y llegados a este punto hay que decir que es cierto el refrán que dice: cría fama y échate a dormir, pues la participación, ya no digamos el aporte, de Espinoza y Pelletier al encuentro «La obra de Benno von Archimboldi como espejo del siglo XX» fue en el mejor de los casos nula, en el peor catatónica, como si de pronto estuvieran desgastados o ausentes, envejecidos de forma prematura o bajo los efectos de un shock, algo que no pasó inadvertido para algunos de los asistentes acostumbrados a la energía que el español y el francés solían desplegar, a veces incluso sin miramientos, en este tipo de eventos, ni tampoco pasó inadvertida para la camada última de archimboldianos, chicos y chicas recién salidos de la universidad, chicos y chicas con un doctorado todavía caliente bajo el brazo y que pretendían, sin parar mientes en los medios, imponer su particular lectura de Archimboldi, como misioneros dispuestos a imponer la fe en Dios aunque para ello fuera menester pactar con el diablo, gente en general, digamos, racionalista, no en el sentido filosófico sino en el sentido literal de la palabra, que suele ser peyorativo, a quienes no les interesaba tanto la literatura como la crítica literaria, el único campo según ellos –o según algunos de ellos– en donde todavía era posible la revolución, y que de alguna manera se comportaban no como jóvenes sino como *nuevos* jóvenes, en la misma medida en que hay ricos y nuevos ricos, gente en general, repitámoslo, lúcida, aunque a menudo negada para hacer la O con un palito, y quienes, aunque advirtieron un estar y no estar, una presencia ausencia en el paso fugaz de Pelletier y Espinoza por Bolonia, fueron incapaces de apercibirse de lo que verdaderamente importaba: su absoluto aburrimiento por todo lo que se decía allí sobre Archimboldi, su forma de exponerse a las miradas ajenas, similar, en su falta de astucia, a los andares de las víctimas de los caníbales, que ellos, caníbales entusiastas y *siempre* hambrientos, no vieron, sus rostros de treintañeros abotargados por el éxito, sus visajes que iban desde el hastío hasta la locura, sus balbuceos en clave que sólo decían una palabra: *quiéreme,* o tal vez una palabra y una frase: *quiéreme, déjame quererte,* pero que nadie, evidentemente, entendía.)

Así que Pelletier y Espinoza, que pasaron por Bolonia como dos fantasmas, en su siguiente visita a Londres le preguntaron a Norton, diríase que resollantes, como si no hubieran dejado de correr o de trotar, en sueños o en la realidad, pero ininterrumpidamente, si ésta, la querida Liz que no había podido ir a Bolonia, amaba o quería a Pritchard.

Y Norton les dijo que no. Y luego les dijo que tal vez sí, que era difícil dar una respuesta concluyente a este respecto. Y Pelletier y Espinoza le dijeron que ellos necesitaban saberlo, es decir que necesitaban una confirmación definitiva. Y Norton les dijo que por qué ahora, precisamente, se interesaban por Pritchard.

Y Pelletier y Espinoza le dijeron, casi al borde de las lágrimas, que si no ahora, ¿cuándo?

Y Norton les preguntó si estaban celosos. Y entonces ellos le dijeron que hasta ahí podíamos llegar, que celosos en modo alguno, que tal como llevaban ellos su amistad acusarlos de tener celos casi era un insulto.

Y Norton les dijo que sólo era una pregunta. Y Pelletier y Espinoza le dijeron que no estaban dispuestos a responder a una pregunta tan cáustica o capciosa o mal intencionada. Y luego se fueron a cenar y los tres bebieron más de la cuenta, felices como niños, hablando de los celos y de las funestas consecuencias de éstos. Y también hablando de la inevitabilidad de los celos. Y hablando de la necesidad de los celos, como si los celos fueran necesarios en medio de la noche. Para no mencionar la dulzura y las heridas abiertas que en ocasiones, y bajo ciertas miradas, son golosinas. Y a la salida tomaron un taxi y siguieron discurseando.

Y el taxista, un paquistaní, durante los primeros minutos los observó por el espejo retrovisor, en silencio, como si no diera crédito a sus oídos, y luego dijo algo en su lengua y el taxi pasó por Harmsworth Park y el Imperial War Museum, por Brook Street y luego por Austral y luego por Geraldine, dando la vuelta al parque, una maniobra a todas luces innecesaria. Y cuando Norton le dijo que se había perdido y le indicó qué calles debía tomar para enderezar el rumbo el taxista permaneció, otra vez, en silencio, sin más murmullos en su lengua incomprensible, para luego reconocer que, en efecto, el laberinto que era Londres había conseguido desorientarlo.

Algo que llevó a Espinoza a decir que el taxista, sin proponérselo, coño, claro, había citado a Borges, que una vez comparó Londres con un laberinto. A lo que Norton replicó que mucho antes que Borges Dickens y Stevenson se habían referido a Londres utilizando ese tropo. Cosa que, por lo visto, el taxista no estaba dispuesto a tolerar, pues acto seguido dijo que él, un paquistaní, podía no conocer a ese mentado Borges, y que también podía no haber leído nunca a esos mentados señores Dickens y Stevenson, y que incluso tal vez aún no conocía lo suficientemente bien Londres y sus calles y que por esa razón la había comparado con un laberinto, pero que, por contra, sabía muy bien lo que era la decencia y la dignidad y que, por lo que había escuchado, la mujer aquí presente, es decir Norton, carecía de decencia y de dignidad, y que en su país eso tenía un nombre, el mismo que se le daba en Londres, qué casualidad, y que ese nombre era el de puta, aunque también era lícito utilizar el nombre de perra o zorra o cerda, y que los señores aquí presentes, señores que no eran ingleses a juzgar por su acento, también tenían un nombre en su país y ese nombre era el de chulos o macarras o macrós o cafiches.

Discurso que, dicho sea sin exagerar, pilló por sorpresa a los archimboldianos, los cuales tardaron en reaccionar, digamos que los improperios del taxista fueron soltados en Geraldine Street y que ellos pudieron articular palabra en Saint George's Road. Y las palabras que pudieron articular fueron: detenga de inmediato el taxi que nos bajamos. O bien: detenga su asqueroso vehículo que nosotros preferimos apearnos. Cosa que el paquistaní hizo sin demora, accionando, al tiempo que aparcaba, el taxímetro, y anunciando a sus clientes lo que éstos le adeudaban. Acto consumado o última escena o último saludo que Norton y Pelletier, tal vez aún paralizados por la injuriosa sorpresa, no consideraron anormal, pero que rebalsó, y con creces, el vaso de la paciencia de Espinoza, el cual, al tiempo que bajaba, abrió la puerta delantera del taxi y extrajo violentamente de éste a su conductor, quien no esperaba una reacción así de un caballero tan bien vestido. Menos aún esperaba la lluvia de patadas ibéricas que empezó a caerle encima, patadas que primero sólo le daba Espinoza, pero que luego, tras cansarse éste, le propinó Pelletier, pese a los gritos de Norton que intentaba disuadirlos, las palabras de Norton que decía que con violencia no se arreglaba nada, que, por el contrario, este paquistaní después de la paliza iba a odiar aún más a los ingleses, algo que por lo visto traía sin cuidado a Pelletier, que no era inglés, menos aún a Espinoza, los cuales, sin embargo, al tiempo que pateaban el cuerpo del paquistaní, lo insultaban en *inglés,* sin importarles en lo más mínimo que el asiático estuviera caído, hecho un ovillo en el suelo, patada va y patada viene, métete el islam por el culo, allí es donde debe estar, esta patada es por Salman Rushdie (un autor que ambos, por otra parte, consideraban más bien malo, pero cuya mención les pareció pertinente), esta patada es de parte de las feministas de París (parad de una puta vez, les gritaba Norton), esta patada es de parte de las feministas de Nueva York (lo vais a matar, les gritaba Norton), esta patada es de parte del fantasma de Valerie Solanas, hijo de mala madre, y así, hasta dejarlo inconsciente y sangrando por todos los orificios de la cabeza, menos por los ojos.

Cuando cesaron de patearlo permanecieron unos segundos sumidos en la quietud más extraña de sus vidas. Era como si, por fin, hubieran hecho el *ménage à trois* con el que tanto habían fantaseado.

Pelletier se sentía como si se hubiera corrido. Lo mismo, con algunas diferencias y matices, Espinoza. Norton, que los miraba sin verlos en medio de la oscuridad, parecía haber experimentado un orgasmo múltiple. Por Saint George's Road pasaban algunos coches, pero ellos eran invisibles a cualquiera que a aquella hora transitara a bordo de un vehículo. En el cielo no había ni una sola estrella. La noche, sin embargo, era clara: lo veían todo con detalle, incluso los contornos de las cosas más pequeñas, como si de pronto un ángel hubiese puesto sobre sus ojos unos lentes de visión nocturna. Sentían la piel tersa, suavísima al tacto, aunque en realidad los tres estaban sudando. Por un momento Espinoza y Pelletier creyeron que habían matado al paquistaní. Por la cabeza de Norton debió de pasar una idea parecida, pues se inclinó sobre el taxista y le buscó el pulso. Moverse, agacharse, le dolió como si los huesos de sus piernas estuvieran desencajados.

Un grupo de personas salió por Garden Row cantando una canción. Se reían. Tres hombres y dos mujeres. Sin moverse, giraron la cabeza en aquella dirección y esperaron. El grupo empezó a caminar hacia donde estaban ellos.

–El taxi –dijo Pelletier–, vienen a por el taxi.

Sólo en ese momento se dieron cuenta de que la luz interior del taxi estaba encendida.

–Vamos –dijo Espinoza.

Pelletier cogió a Norton por los hombros y la ayudó a levantarse. Espinoza se había sentado al volante y les daba prisa. A empujones, Pelletier metió a Norton en el asiento posterior y luego entró él. El grupo de Garden Row avanzaba directo hacia el rincón donde yacía el taxista.

–Está vivo, respira –dijo Norton.

Espinoza puso en marcha el coche y salieron de allí. Al otro lado del Támesis, en una callecita cercana a Old Marylebone, abandonaron el taxi y caminaron durante un rato. Quisieron hablar con Norton, explicarle lo que había sucedido, pero ella ni siquiera les permitió que la acompañaran hasta su casa.

Al día siguiente buscaron en la prensa, mientras se servían un copioso desayuno en el hotel, alguna noticia sobre el taxista paquistaní, pero en ninguna parte lo mencionaban. Después de desayunar salieron en busca de los periódicos sensacionalistas. Tampoco allí encontraron nada.

Llamaron por teléfono a Norton, la cual ya no parecía tan enojada como la noche anterior. Le aseguraron que era urgente que se vieran esa tarde. Que tenían algo importante que decirle. Norton les contestó que ella también tenía algo importante que decirles. Para matar el tiempo salieron a dar una vuelta por el barrio. Durante unos minutos se entretuvieron contemplando las ambulancias que entraban y salían del Middlesex Hospital, alucinando con cada enfermo y herido que ingresaba, en cada uno de los cuales creían ver los rasgos del paquistaní a quien habían triturado, hasta que se aburrieron y se fueron a pasear, con la conciencia más tranquila, por Charing Cross hasta el Strand. Se hicieron, como es natural, confidencias. Abrieron mutuamente sus corazones. Lo que más les preocupaba era que la policía los buscara y finalmente los atrapara.

–Antes de abandonar el taxi –confesó Espinoza– borré mis huellas con el pañuelo.

–Ya lo sé –dijo Pelletier–, te vi e hice lo mismo: borré mis huellas y las huellas de Liz.

Recapitularon, cada vez con menor énfasis, la concatenación de hechos que los arrastraron a pegarle, finalmente, al taxista. Pritchard, sin duda. Y la Gorgona, esa Medusa inocente y mortal, segregada del resto de sus hermanas inmortales. Y la amenaza velada o no tan velada. Y los nervios. Y la ofensa de aquel patán ignorante. Echaron de menos un aparato de radio, para enterarse de los sucesos de última hora. Hablaron de la sensación que ambos sintieron mientras golpeaban el cuerpo caído. Una mezcla de sueño y deseo sexual. ¿Deseo de follar a aquel pobre desgraciado? ¡En modo alguno! Más bien, como si se estuvieran follando a sí mismos. Como si escarbaran en sí mismos. Con las uñas largas y las manos vacías. Aunque si uno tiene las uñas largas tampoco se puede decir que tenga necesariamente las manos vacías. Pero ellos, en esa especie de sueño, escarbaban y escarbaban, desgajando tejidos y destrozando venas y dañando órganos vitales. ¿Qué buscaban? No lo sabían. Tampoco, a esas alturas, les interesaba.

Por la tarde vieron a Norton y le dijeron todo lo que sabían o temían de Pritchard. La Gorgona, la muerte de la Gorgona.

La mujer que explota. Ella los dejó hablar hasta que se les acabaron las palabras. Luego los tranquilizó. Pritchard era incapaz de matar una mosca, les dijo. Ellos pensaron en Anthony Perkins, que aseguraba ser incapaz de hacerle daño a una mosca y luego pasó lo que pasó, pero prefirieron no discutir y aceptaron, sin convencimiento, sus argumentos. Después Norton se sentó y les dijo que lo que no tenía explicación era lo que había pasado la noche anterior.

Le preguntaron, como para desviar su culpabilidad, si sabía algo del paquistaní. Norton dijo que sí. En el informativo local de una televisión había aparecido la noticia. Un grupo de amigos, probablemente la gente que ellos vieron salir de Garden Row, encontraron el cuerpo del taxista y llamaron a la policía. Tenía cuatro costillas rotas, conmoción cerebral, la nariz partida y había perdido toda la parte superior de la dentadura. Ahora estaba en el hospital.

–La culpa fue mía –dijo Espinoza–, sus insultos me hicieron perder los nervios.

–Lo mejor será que dejemos de vernos durante un tiempo –dijo Norton–, tengo que pensar detenidamente en esto.

Pelletier estuvo de acuerdo, pero Espinoza siguió echándose la culpa: que Norton dejara de verlo a él le parecía justo, no así que dejara de ver a Pelletier.

–Basta ya de decir tonterías –le dijo Pelletier en voz baja, y Espinoza sólo entonces se dio cuenta de que, en efecto, estaba diciendo sandeces.

Esa misma noche volvieron a sus respectivas casas.

Al llegar a Madrid Espinoza sufrió una pequeña crisis nerviosa. En el taxi que lo llevaba hasta su casa se puso a llorar, de forma discreta, tapándose los ojos con la mano, pero el taxista se dio cuenta de que lloraba y le preguntó qué le pasaba, si se sentía mal.

–Me siento bien –dijo Espinoza–, sólo un poco nervioso.

–¿Es usted de aquí? –dijo el taxista.

–Sí –dijo Espinoza–, soy madrileño.

Durante un rato ambos permanecieron sin decir nada. Luego el taxista volvió al ataque y le preguntó si le interesaba el fútbol. Espinoza dijo que no, que nunca le había interesado ni ese ni ningún otro deporte. Y añadió, como para no cortar de golpe la conversación, que anoche casi había matado a un hombre.

–No me diga –dijo el taxista.

–Pues sí –dijo Espinoza–, casi lo maté.

–¿Y eso por qué? –dijo el taxista.

–Por un pronto –dijo Espinoza.

–¿En el extranjero? –dijo el taxista.

–Sí –dijo Espinoza riéndose por primera vez–, fuera de aquí, fuera de aquí, y además el tipo tenía una profesión muy rara.

Pelletier, por el contrario, ni tuvo una pequeña crisis nerviosa ni habló con el taxista que lo llevó hasta su apartamento. Al llegar se duchó y se preparó un poco de pasta italiana con aceite de oliva y queso. Luego revisó su correspondencia electrónica, contestó algunas cartas y se fue a la cama con una novela de un joven autor francés, más bien intrascendente pero divertida, y con una revista de estudios literarios. Al poco rato se durmió y tuvo el siguiente y extrañísimo sueño: estaba casado con Norton y vivían en una amplia casa, cerca de un acantilado desde el que se veía una playa llena de gente en bañador que tomaba el sol o practicaba la natación sin alejarse, por otra parte, demasiado de la orilla.

Los días eran breves. Desde su ventana veía, casi sin cesar, puestas de sol y amaneceres. En ocasiones Norton se acercaba a donde estaba él y le decía algo, pero sin trasponer jamás el umbral de la habitación. La gente de la playa siempre estaba allí. A veces tenía la impresión de que por las noches no volvían a sus casas o que se iban, todos juntos, cuando estaba oscuro, para volver, en una larga procesión, cuando aún no había amanecido. Otras veces, si cerraba los ojos, podía sobrevolar la playa como una gaviota y podía ver a los bañistas de cerca. Los había de todos los tipos, aunque predominaban los adultos, treintañeros, cuarentañeros, cincuentañeros, y todos daban la impresión de estar concentrados en actividades nimias, como echarse aceite por el cuerpo, comer un sándwich, escuchar con más educación que interés la conversación de un amigo, de un pariente o de un vecino de toalla. En ocasiones, sin embargo, aunque con discreción, los bañistas se levantaban y contemplaban, no más de un segundo o dos, el horizonte, un horizonte calmo, sin nubes, de un azul transparente.

Cuando Pelletier abría los ojos reflexionaba sobre la actitud de los bañistas. Era evidente que esperaban algo, pero tampoco se podía decir que les fuera la vida en esa espera. Simplemente, cada cierto tiempo, adquirían una actitud más atenta, sus ojos vigilaban durante uno o dos segundos el horizonte, y luego volvían a integrarse en el flujo del tiempo de la playa, sin dejar entrever un quiebre o una vacilación. Ensimismado en la observación de los bañistas Pelletier olvidaba a Norton, confiado, tal vez, en su presencia en la casa, una presencia que atestiguaban los ruidos que de tanto en tanto procedían del interior, de las habitaciones que no tenían ventanas o cuyas ventanas daban al campo o a la montaña, no al mar ni a la playa rebosante. Dormía, eso lo descubrió cuando el sueño ya estaba muy avanzado, sentado en una silla, junto a su mesa de trabajo y la ventana. Y seguramente dormía pocas horas, incluso cuando el sol se ponía procuraba mantenerse despierto el máximo tiempo posible, con los ojos fijos en la playa, ahora un lienzo negro o el fondo de un pozo, por si veía alguna luz, el dibujo de una linterna, las llamas vacilantes de una hoguera. Perdía la noción del tiempo. Vagamente recordaba una escena confusa que lo avergonzaba y enfervorizaba a partes iguales. Los papeles que tenía sobre la mesa eran manuscritos de Archimboldi o como tales los había comprado, aunque al repasarlos se daba cuenta de que estaban escritos en francés y no en alemán. Junto a él había un teléfono que nunca sonaba. Los días cada vez eran más calurosos.

Una mañana, cerca del mediodía, vio a los bañistas que suspendían sus actividades y contemplaban, todos a la vez, como era usual, el horizonte. No pasaba nada. Pero entonces, por primera vez, los bañistas se daban la vuelta y empezaban a abandonar la playa. Algunos se deslizaban por una carretera de tierra que había entre dos cerros, otros marchaban a campo abierto, agarrándose a las matas y a las piedras. Unos pocos se perdían en dirección al desfiladero y Pelletier no los veía pero sabía que iniciaban una lenta escalada. Sobre la playa sólo quedaba un bulto, una mancha oscura que sobresalía de una fosa amarilla. Durante un instante Pelletier sopesaba la conveniencia de bajar a la playa y proceder a enterrar, con todas las precauciones que el caso exigía, el bulto en el fondo del agujero. Pero tan sólo de imaginar el largo camino que tenía que recorrer para llegar a la playa se ponía a sudar, y cada vez sudaba más, como si una vez abierta la espita no pudiera cerrarse.

Y entonces observaba un temblor en el mar, como si el agua también sudara, es decir, como si el agua se pusiera a hervir. Un hervor apenas perceptible que se desparramaba en ondas, hasta montarse en las olas que iban a morir a la playa. Y entonces Pelletier sentía que se estaba mareando y un ruido de abejas llegaba del exterior. Y cuando el ruido de abejas cesaba se instalaba un silencio aún peor en la casa y en las áreas circundantes. Y Pelletier gritaba el nombre de Norton y la llamaba, pero nadie acudía a su llamado, como si el silencio se hubiera tragado su llamada de auxilio. Y entonces Pelletier se ponía a llorar y veía que del fondo del mar metalizado emergía lo que quedaba de una estatua. Un trozo de piedra informe, gigantesco, desgastado por el tiempo y por el agua, pero en donde aún se podía ver, con total claridad, una mano, la muñeca, parte del antebrazo. Y esa estatua salía del mar y se elevaba por encima de la playa y era horrorosa y al mismo tiempo muy hermosa.

Durante unos días Pelletier y Espinoza se mostraron, cada uno por su lado, compungidos por el affaire con el taxista paquistaní, que daba vueltas alrededor de su mala conciencia como un fantasma o como un generador de electricidad.

Espinoza se preguntó si su comportamiento no revelaba lo que verdaderamente era, es decir un derechista xenófobo y violento. A Pelletier, por el contrario, lo que alimentaba su mala conciencia era el hecho de haber pateado al paquistaní cuando éste ya estaba en el suelo, lo que resultaba francamente antideportivo. ¿Qué necesidad había de hacerlo?, se preguntaba. El taxista ya había recibido su merecido y no hacía falta que él añadiera más violencia a la violencia.

Una noche ambos hablaron largamente por teléfono. Se expusieron sus respectivas aprensiones. Procedieron a reconfortarse. Pero al cabo de pocos minutos volvieron a lamentar el incidente, por más que en su fuero íntimo estuvieran convencidos de que el verdadero derechista y misógino era el paquistaní, de que el violento era el paquistaní, de que el intolerante y mal educado era el paquistaní, de que el que se lo había buscado era el paquistaní, una y mil veces. En estas ocasiones, la verdad, si el taxista se hubiera materializado ante ellos, seguramente lo habrían matado.

Durante mucho tiempo se olvidaron de sus viajes semanales a Londres. Se olvidaron de Pritchard y de la Gorgona. Se olvidaron de Archimboldi, cuyo prestigio crecía a espaldas suyas. Se olvidaron de sus trabajos, que escribían de forma rutinaria y desabrida y que más que trabajos suyos eran de sus discípulos o de profesores ayudantes de sus respectivos departamentos captados para la causa archimboldiana a base de vagas promesas de contratos fijos o subidas de sueldo.

En el curso de un congreso visitaron ambos, mientras Pohl daba una conferencia magistral sobre Archimboldi y la vergüenza en la literatura alemana de posguerra, un burdel en Berlín, en donde se acostaron con dos chicas rubias, muy altas y de largas piernas. Al salir, cerca de medianoche, estaban tan contentos que se pusieron a cantar como niños bajo el diluvio. La experiencia con las putas, algo nuevo en sus vidas, se repitió varias veces en distintas ciudades europeas y finalmente terminó por instalarse en la cotidianidad de sus respectivas ciudades.

Otros es posible que se hubieran acostado con alumnas. Ellos, que temían enamorarse o que temían dejar de amar a Norton, se decidieron por las putas.

En París, Pelletier las buscaba a través de Internet y sus resultados casi siempre fueron óptimos. En Madrid, Espinoza las encontraba leyendo los anuncios de relax de *El País*, que al menos en este punto le daba un servicio fiable y práctico, no como el suplemento cultural, en donde no se hablaba casi nunca de Archimboldi, y en donde campeaban héroes portugueses, igual que sucedía en el suplemento cultural del *ABC*.

–Ay –se quejaba Espinoza en sus conversaciones con Pelletier, buscando acaso algún consuelo–, en España siempre hemos sido provincianos.

–Es verdad –le contestaba Pelletier tras reflexionar su respuesta exactamente dos segundos.

En la singladura de las putas, por otra parte, tampoco salieron indemnes.

Pelletier conoció a una chica llamada Vanessa. Estaba casada y tenía un hijo. A veces se pasaba semanas enteras sin verlos. Según ella, su marido era un santo. Tenía algunos defectos, por ejemplo era árabe, marroquí concretamente, y también era flojo, pero en líneas generales, según Vanessa, se trataba de un tipo con buen rollo, que casi nunca se enojaba por nada y que cuando lo hacía, al contrario que el resto de los hombres, no se ponía violento ni mal educado sino melancólico, triste, apesadumbrado ante un mundo que de pronto se le revelaba demasiado grande e incomprensible. Cuando Pelletier le preguntó si el árabe sabía que hacía de puta, Vanessa dijo que sí, que lo sabía pero que no le importaba pues creía en la libertad de los individuos.

–Entonces es tu chulo –le dijo Pelletier.

Ante esta afirmación Vanessa contestó que era posible, que bien mirado sí era su chulo, pero un chulo distinto del resto de los chulos, que solían exigir demasiado de sus mujeres. El marroquí no le exigía nada. Había épocas, dijo Vanessa, en que ella también entraba en una suerte de pereza consuetudinaria, de languidez permanente, y entonces los tres pasaban apreturas económicas. El marroquí, durante aquellos días, se conformaba con lo que había y procuraba, con poca fortuna, realizar chapuzas que les permitían a los tres ir tirando. Era musulmán y a veces rezaba inclinado hacia La Meca, pero no cabía duda de que se trataba de un musulmán distinto. Según él Alá lo permitía todo o casi todo. Que alguien, conscientemente, le hiciera daño a un niño, eso no lo permitía. Que alguien abusara de un niño, que matara a un niño, que abandonara un niño a una muerte cierta, eso estaba prohibido. Todo lo demás era relativo y a la postre admitido.

En cierta ocasión, le contó Vanessa a Pelletier, viajaron a España. Ella, su hijo y el marroquí. En Barcelona se encontraron con el hermano pequeño del marroquí, que vivía con otra francesa, una chica gorda y alta. Eran músicos, le dijo el marroquí a Vanessa, pero lo cierto es que eran mendigos. Nunca como durante aquellos días vio al marroquí más feliz. Siempre se estaba riendo y contando historias y no se cansaba de caminar por los barrios de Barcelona, hasta llegar al extrarradio o a las montañas desde donde se veía toda la ciudad y el esplendor del Mediterráneo. Nunca, según Vanessa, había visto a un tipo con mayor vitalidad. Niños así de vitales sí que había visto. No muchos, pero unos cuantos. Pero adultos ninguno.

Cuando Pelletier le preguntó a Vanessa si su hijo era también hijo del marroquí la puta le respondió que no, y algo en su respuesta denotaba que la pregunta a ella le parecía ofensiva o hiriente, como una manera de menospreciar a su hijo. Éste era blanco, casi rubio, dijo, y había cumplido seis años cuando ella, si mal no recordaba, conoció al marroquí. En una época terrible de mi vida, dijo sin entrar en detalles. La aparición del marroquí tampoco podía denominarse una aparición providencial. Para ella, cuando lo conoció, era una mala época, pero él, literalmente, era un muerto de hambre.

A Pelletier le gustaba Vanessa y se vieron varias veces. Era una chica joven y alta, de nariz recta, como una griega, y mirada acerada y arrogante. Su desdén por la cultura, sobre todo por la cultura libresca, tenía un algo de liceano, algo en donde se mezclaban la inocencia y la elegancia, algo que concentraba, según creía Pelletier, lo inmaculado en grado tal que Vanessa podía permitirse el lujo de decir cualquier tipo de barbaridad sin que nadie se lo tuviera en cuenta. Una noche, después de hacer el amor, Pelletier se levantó desnudo y buscó entre sus libros una novela de Archimboldi. Después de dudar un rato se decidió por *La máscara de cuero,* pensando que Vanessa, con suerte, podía leerla como una novela de terror, podía sentirse atraída por la parte siniestra del libro. A ella, al principio, le sorprendió el regalo y después la emocionó, pues estaba acostumbrada a que sus clientes le regalaran ropa o zapatos o lencería. La verdad es que se puso muy feliz con el libro, más aún cuando Pelletier le explicó quién era Archimboldi y el papel que el escritor alemán tenía en su vida.

–Es como si me regalaras algo tuyo –dijo Vanessa.

Esta afirmación dejó a Pelletier un tanto confuso, pues por una parte efectivamente era así, Archimboldi era ya algo suyo, le pertenecía en la medida en que él, junto con unos pocos más, había iniciado una lectura diferente del alemán, una lectura que iba a *durar,* una lectura tan ambiciosa como la escritura de Archimboldi y que acompañaría a la obra de Archimboldi durante mucho tiempo, hasta que la lectura se agotara o hasta que se agotara (pero esto él no lo creía) la escritura archimboldiana, la capacidad de suscitar emociones y revelaciones de la obra archimboldiana, si bien por otra parte no era así, pues en ocasiones, sobre todo después de que él y Espinoza suspendieran sus vuelos a Londres y dejaran de ver a Norton, la obra de Archimboldi, es decir sus novelas y cuentos, era algo, una masa verbal informe y misteriosa, completamente ajena a él, algo que aparecía y desaparecía de forma por demás caprichosa, literalmente un pretexto, una puerta falsa, el alias de un asesino, una bañera de hotel llena de líquido amniótico en donde él, Jean-Claude Pelletier, terminaría suicidándose, porque sí, gratuitamente, aturdidamente, porque por qué no.

Tal como él esperaba, Vanessa nunca le dijo qué le había parecido el libro. Una mañana la acompañó hasta su casa. Vivía en un barrio obrero en donde no escaseaban los inmigrantes. Cuando llegaron su hijo estaba viendo la tele y Vanessa lo regañó porque no había ido a la escuela. El niño le dijo que se sentía mal del estómago y Vanessa le preparó de inmediato una infusión de hierbas. Pelletier la observó moverse por la cocina. La energía desplegada por Vanessa no tenía freno y el noventa por ciento se perdía en movimientos inútiles. La casa era un completo desorden, que atribuyó en parte al niño y al marroquí, pero del que básicamente era responsable Vanessa.

Al poco rato, atraído por los ruidos de la cocina (cucharas que se caían al suelo, un vaso roto, gritos dirigidos a nadie preguntando en dónde diablos estaba la hierba para la infusión), apareció el marroquí. Sin que nadie los presentara se estrecharon la mano. El marroquí era bajito y delgado. Pronto el niño iba a ser más alto y más fuerte que él. Llevaba un bigote poblado y se estaba quedando calvo. Después de saludar a Pelletier, aún medio dormido, se sentó en el sofá y se puso a contemplar los dibujos animados junto con el niño. Cuando Vanessa salió de la cocina Pelletier dijo que se tenía que marchar.

–No hay ningún problema –dijo ella.

Su respuesta le pareció contener cierta dosis de agresividad, pero luego recordó que Vanessa era así. El niño probó un sorbo de la infusión y dijo que le faltaba azúcar y ya no volvió a tocar el vaso humeante en donde flotaban unas hojas que a Pelletier le parecieron extrañas y sospechosas.

Esa mañana, mientras estaba en la universidad, se pasó los ratos muertos pensando en Vanessa. Cuando la volvió a ver no hicieron el amor, aunque le pagó como si lo hubieran hecho, y durante horas estuvieron hablando. Antes de quedarse dormido Pelletier había sacado algunas conclusiones: Vanessa estaba perfectamente preparada, tanto anímica como físicamente, para vivir en la Edad Media. Para ella el concepto «vida moderna» no tenía sentido. Confiaba mucho más en lo que veía que en los medios de comunicación. Era desconfiada y valiente, aunque su valor, contradictoriamente, la hacía confiar, por ejemplo, en un camarero, un revisor de tren, una colega en apuros, los cuales casi siempre traicionaban o defraudaban la confianza depositada en ellos. Estas traiciones la ponían fuera de sí y podían llevarla a situaciones de violencia impensables. También era rencorosa y se jactaba de decir las cosas a la cara, sin tapujos. Se consideraba a sí misma una mujer libre y tenía respuestas para todo. Lo que no entendía no le interesaba. No pensaba en el futuro, ni siquiera en el futuro de su hijo, sino en el presente, un presente perpetuo. Era bonita pero no se consideraba bonita. Más de la mitad de sus amigos eran inmigrantes magrebíes pero ella, que no llegó a votar jamás a Le Pen, veía en la inmigración un peligro para Francia.

–A las putas –le dijo Espinoza la noche en que Pelletier le habló de Vanessa– hay que follárselas, no servirles de psicoanalista.

Espinoza, al contrario que su amigo, no recordaba el nombre de ninguna. Por un lado estaban los cuerpos y las caras, por el otro lado, en una suerte de tubo de ventilación, circulaban las Lorenas, las Lolas, las Martas, las Paulas, las Susanas, nombres carentes de cuerpos, rostros carentes de nombres.

Nunca repetía. Conoció a una dominicana, a una brasileña, a tres andaluzas, a una catalana. Aprendió, desde la primera vez, a ser el hombre silencioso, el tipo bien vestido que paga e indica, a veces con un gesto, lo que quiere, y que luego se viste y se marcha como si nunca hubiera estado allí. Conoció a una chilena que se anunciaba como chilena y a una colombiana que se anunciaba como colombiana, como si ambas nacionalidades tuvieran un morbo añadido. Lo hizo con una francesa, con dos polacas, con una rusa, con una ucraniana, con una alemana. Una noche se acostó con una mexicana y ésa fue la mejor.

Como siempre, se metieron en un hotel y al despertar por la mañana la mexicana ya no estaba. Aquel día fue extraño. Como si algo hubiera reventado dentro de él. Se quedó largo rato sentado en la cama, desnudo, con los pies apoyados en el suelo, intentando recordar algo impreciso. Al meterse en la ducha se dio cuenta de que tenía una marca debajo de la ingle. Era como si alguien le hubiera succionado o puesto una sanguijuela en la pierna izquierda. El morado era grande como el puño de un niño. Lo primero que pensó fue que la puta le había hecho un chupón y trató de recordarlo, pero no pudo, las únicas imágenes que recordaba eran las de él encima de ella, las de sus piernas encima de sus hombros, y unas palabras vagas, indescifrables, que no supo si las pronunciaba él o la mexicana, probablemente algunas frases obscenas.

Durante unos días creyó que la había olvidado, hasta que una noche se descubrió a sí mismo buscándola por las calles de Madrid frecuentadas por putas o por la Casa de Campo. Una noche creyó verla y la siguió y le tocó el hombro. La mujer que se volvió era española y no se parecía en nada a la puta mexicana. Otra noche, en un sueño, creyó recordar lo que ella le había dicho. Se dio cuenta de que estaba soñando, se dio cuenta de que el sueño iba a acabar mal, se dio cuenta de que la posibilidad de olvidar sus palabras eran altas y que tal vez eso fuera lo mejor, pero se propuso hacer todo lo posible para recordarlas después de despertar. Incluso, en medio del sueño, cuyo cielo se movía como un remolino en cámara lenta, intentó forzar un despertar abrupto, intentó encender la luz, intentó gritar y que su propio grito lo trajera de vuelta a la vigilia, pero las bombillas de su casa parecían haberse fundido y en vez de un grito sólo oyó un gemido lejano, como el de un niño o una niña o tal vez un animal refugiado en una habitación aislada.

Al despertar, por supuesto, no recordaba nada, sólo que había soñado con la mexicana y que ésta estaba de pie en medio de un largo pasillo mal iluminado y que él la observaba sin que ella se diera cuenta. La mexicana parecía leer algo en la pared, graffitis o mensajes obscenos escritos con rotulador que ella deletreaba lentamente, como si no supiera leer en silencio. Durante unos días siguió buscándola, pero luego se cansó y se acostó con una húngara, con dos españolas, con una gambiana, con una senegalesa y con una argentina. Nunca más volvió a soñar con ella y finalmente consiguió olvidarla.

El tiempo, que todo lo mitiga, terminó por borrar de sus conciencias el sentimiento de culpabilidad que el violento suceso de Londres les había inoculado. Un día volvieron a sus respectivos trabajos frescos como lechugas. Reanudaron sus escritos y sus conferencias con un vigor inusitado, como si la época de las putas hubiese sido un crucero de descanso por el Mediterráneo. Aumentaron la frecuencia de sus contactos con Morini, a quien de alguna manera habían mantenido primero al margen de sus aventuras y luego, indisimuladamente, en el olvido. Encontraron al italiano un poco más desmejorado que de costumbre, pero igual de cálido, inteligente y discreto, lo que equivale a decir que el profesor de la Universidad de Turín no les hizo ni una sola pregunta, no los obligó a realizar ni una sola confidencia. Una noche, con no poca sorpresa para ambos, Pelletier le dijo a Espinoza que Morini era como un premio. El premio que los dioses les concedían a ellos dos. Tal afirmación no tenía agarradero y argumentarla hubiera sido incursionar directamente en los pantanosos terrenos de la cursilería, pero Espinoza, que pensaba lo mismo, aunque con otras palabras, le dio de inmediato la razón. La vida volvía a sonreírles. Viajaron a algunos congresos. Disfrutaron de los placeres de la gastronomía. Leyeron y fueron leves. Todo lo que a su alrededor se había detenido y crujía y se oxidaba volvió a entrar en movimiento. La vida de los demás se hizo visible, aunque sin exageraciones. Los remordimientos desaparecieron como las risas en una noche de primavera. Volvieron a llamar a Norton por teléfono.

Conmovidos aún por el reencuentro, Pelletier, Espinoza y Norton se dieron cita en un bar o en la cafetería mínima (liliputiense de verdad: dos mesas, y una barra en donde cabían, hombro con hombro, no más de cuatro clientes) de una heterodoxa galería sólo un poco más grande que el bar, que se dedicaba a la exhibición de cuadros pero también a la venta de libros usados y ropa usada y zapatos usados, sita en Hyde con Park Gate, muy cerca de la embajada de Holanda, país al que los tres dijeron admirar por su coherencia democrática.

Allí, según Norton, servían los mejores cócteles Margarita de todo Londres, algo que a Pelletier y Espinoza les traía sin cuidado aunque fingieron entusiasmarse. Por supuesto, eran los únicos clientes del establecimiento, cuyo único empleado o propietario daba toda la impresión, a aquella hora, de estar dormido o de haberse acabado de levantar, expresión que contrastaba con los semblantes de Pelletier y Espinoza, que pese a haberse levantado a las siete de la mañana y haber tomado un avión y haber tenido, cada uno por su lado, que soportar los respectivos retrasos de sus líneas aéreas, estaban frescos y lozanos, dispuestos a agotar un fin de semana londinense.

Al principio, eso es verdad, les costó hablar. Pelletier y Espinoza aprovecharon el silencio para observar a Norton: la encontraron tan bonita y atractiva como siempre. De vez en cuando su atención era atraída por los pasitos de hormiga del propietario de la galería, que descolgaba vestidos de un colgador y los llevaba hacia una habitación en el fondo, de donde volvía a salir con vestidos idénticos o muy similares, que depositaba en el sitio donde habían estado colgados los otros.

El mismo silencio, que no incomodaba a Pelletier y Espinoza, a Norton le resultaba abrumador y la empujó a relatar, con rapidez y algo de ferocidad, sus actividades docentes durante el período de tiempo en que no se habían visto. El tema era aburrido y pronto se agotó, lo que llevó a Norton a comentar todo lo que había hecho el día anterior y el anterior al anterior, pero una vez más se quedó sin nada que decir. Durante un rato, sonriendo como ardillas, los tres se dedicaron a los Margarita, pero el silencio empezó a hacerse cada vez más insoportable, como si en su interior, en el interregno de silencio, se estuvieran formando lentamente las palabras que se laceran y las ideas que laceran, lo que no es un espectáculo o una danza digna de contemplar con displicencia. Por lo que Espinoza consideró pertinente evocar un viaje a Suiza, un viaje en el que Norton no había participado y por lo tanto el relato tal vez consiguiera distraerla.

En su evocación Espinoza no excluyó ni las ordenadas ciudades ni los ríos que invitaban al estudio ni las laderas en primavera cubiertas de un vestido verde. Y luego habló de un viaje en tren, concluido ya el trabajo que había reunido allí a los tres amigos, hacia la campiña, hacia uno de los pueblos a medio camino entre Montreaux y las estribaciones de los Alpes berneses, en donde contrataron un taxi que los llevó, siguiendo una senda zigzagueante, pero escrupulosamente asfaltada, hacia una clínica de reposo que ostentaba el nombre de un político o un financiero suizo de finales del siglo XIX, la Clínica Auguste Demarre, inobjetable nombre tras el cual se escondía un civilizado y discreto manicomio.

La idea de ir a semejante lugar no era de Pelletier ni de Espinoza, sino de Morini, que vaya uno a saber cómo se había enterado de que allí vivía un pintor al que el italiano reputaba como uno de los más inquietantes de finales del siglo XX. O no. Tal vez el italiano no había dicho eso. En cualquier caso el nombre de este pintor era Edwin Johns y se había cortado la mano derecha, la mano con la que pintaba, la había embalsamado y la había pegado a una especie de autorretrato múltiple.

–¿Cómo es que nunca me contasteis esta historia? –lo interrumpió Norton.

Espinoza se encogió de hombros.

–Creo que te la conté –dijo Pelletier.

Aunque al cabo de pocos segundos se dio cuenta de que efectivamente no se la había contado.

Norton, para sorpresa de todos, lanzó una risotada impropia de ella y pidió otro Margarita. Durante un rato, lo que tardó el propietario, que seguía descolgando y colgando vestidos, en llevarles los cócteles, los tres permanecieron en silencio. Después, a ruegos de Norton, Espinoza tuvo que reanudar su historia. Pero Espinoza no quiso.

–Hazlo tú –le dijo a Pelletier–, tú también estabas allí.

La historia de Pelletier comenzaba entonces con los tres archimboldianos contemplando la verja de hierro negro que se alzaba para dar la bienvenida o impedir la salida (y algunas entradas inoportunas) del manicomio Auguste Demarre, o bien, unos segundos antes, con Espinoza y Morini ya en su silla de ruedas observando el portón de hierro y el vallado de hierro que se perdía a derecha e izquierda, oculto por una arboleda añosa y bien cuidada, mientras Espinoza, con medio cuerpo dentro del taxi, le pagaba al taxista al tiempo que convenía con él una hora prudencial para que subiera del pueblo a buscarlos. Después los tres se enfrentaron con la silueta del manicomio, que parcialmente se dejaba ver al final del camino, como una fortaleza del siglo XV, no en su trazado arquitectónico, sino en lo que su inercia inspiraba al observador.

¿Y qué inspiraba? Una sensación extraña. La certeza de que el continente americano, por ejemplo, no había sido descubierto, es decir de que el continente americano *jamás* había existido, lo que no era óbice, ciertamente, para un crecimiento económico sostenido o para un crecimiento demográfico normal o para la marcha democrática de la república helvética. En fin, dijo Pelletier, una de esas ideas extrañas e inútiles que se comparten durante los viajes, más aún si el viaje era manifiestamente inútil, como aquél probablemente lo fuera.

A continuación procedieron a pasar por todos los formulismos y trabas burocráticas de un manicomio suizo. Finalmente, sin haber visto en ningún momento a ninguno de los enfermos mentales que hacían su cura en el establecimiento, una enfermera de mediana edad y rostro inescrutable los condujo hasta un pequeño pabellón en los jardines de atrás de la clínica, que eran enormes y gozaban de una espléndida vista pero cuya inclinación topográfica era descendente, lo que a juicio de Pelletier, que era quien empujaba la silla de ruedas de Morini, no resultaba demasiado lenitivo para una naturaleza con perturbaciones graves o muy graves.

El pabellón, contra lo que esperaban, resultó ser un sitio acogedor, rodeado de pinos, con rosales en los pretiles, y en el interior sillones que imitaban el confort de la campiña inglesa, una chimenea, una mesa de roble, un estante de libros medio vacío (los títulos estaban casi todos en alemán y en francés, aunque había alguno en inglés), una mesa especial con un ordenador provisto de módem, un diván de tipo turco que desentonaba con el resto del mobiliario, un baño con wáter, lavamanos e incluso con una ducha con cortina de plástico duro.

–No viven mal –dijo Espinoza.

Pelletier prefirió acercarse a una ventana y contemplar el paisaje. Al fondo de las montañas creyó ver una ciudad. Tal vez fuera Montreaux, se dijo, o tal vez el pueblo en donde habían tomado el taxi. El lago, ciertamente, no se distinguía de ninguna manera. Cuando Espinoza se acercó a la ventana fue de la opinión de que aquellas casas eran del pueblo, jamás de Montreaux. Morini se quedó quieto en su silla de ruedas, con la vista fija en la puerta.

Cuando la puerta se abrió Morini fue el primero en verlo. Edwin Johns tenía el pelo lacio, aunque ya le comenzaba a ralear por la coronilla, la piel pálida, y no era demasiado alto aunque seguía siendo delgado. Iba vestido con un suéter gris de cuello alto y una delgada chaqueta de cuero. En lo primero que se fijó fue en la silla de ruedas de Morini, que le sorprendió agradablemente, como si evidentemente no esperara esta súbita materialización. Morini, por su parte, no pudo evitar mirarle el brazo derecho, donde la mano no existía, y su sorpresa, que esta vez no tuvo nada de agradable, fue mayúscula al constatar que del puño de la chaqueta, donde debía haber sólo un vacío, sobresalía ahora una mano, evidentemente de plástico, pero tan bien hecha que sólo un observador paciente y avisado sería capaz de percibir que era una mano artificial.

Detrás de Johns entró una enfermera, no la que los había atendido, sino otra, un poco más joven y mucho más rubia, que se sentó en una silla junto a una de las ventanas y sacó un librito de bolsillo, de muchas páginas, que empezó a leer desentendiéndose del todo de Johns y de los visitantes. Morini se presentó a sí mismo como filólogo de la Universidad de Turín y como admirador de la obra de Johns y luego procedió a presentar a sus amigos. Johns, que durante todo el rato había permanecido de pie y sin moverse, les extendió la mano a Espinoza y a Pelletier, quienes se la estrecharon con cuidado, y luego se sentó en una silla, junto a la mesa, y se dedicó a observar a Morini, como si en aquel pabellón sólo existieran ellos dos.

Al principio Johns hizo un ligero, casi imperceptible esfuerzo por entablar un diálogo. Preguntó si Morini había adquirido alguna de sus obras. La respuesta de Morini fue negativa. Dijo que no, después añadió que las obras de Johns eran demasiado caras para su bolsillo. Espinoza notó entonces que el libro al que la enfermera no le quitaba ojo era una antología de literatura alemana del siglo XX. Con el codo, avisó a Pelletier, y éste le preguntó a la enfermera, más por romper el hielo que por curiosidad, si estaba Benno von Archimboldi entre los antologados. En ese momento todos escucharon el canto o la llamada de un cuervo. La enfermera respondió afirmativamente. Johns se puso a bizquear y luego cerró los ojos y se pasó la mano ortopédica por la cara.

–El libro es mío –dijo–, yo se lo he prestado.

–Es increíble –dijo Morini–, qué casualidad.

–Pero naturalmente yo no lo he leído, no sé alemán.

Espinoza le preguntó por qué motivo, entonces, lo había comprado.

–Por la portada –dijo Johns–. Trae un dibujo de Hans Wette, un buen pintor. Por lo demás –dijo Johns–, no se trata de creer o no creer en las casualidades. El mundo entero es una casualidad. Tuve un amigo que me decía que me equivocaba al pensar de esta manera. Mi amigo decía que para alguien que viaja en un tren el mundo no es una casualidad, aunque el tren esté atravesando territorios desconocidos para el viajero, territorios que el viajero no volverá a ver nunca más en su vida. Tampoco es una casualidad para el que se levanta a las seis de la mañana muerto de sueño para ir al trabajo. Para el que no tiene más remedio que levantarse y añadir más dolor al dolor que ya tiene acumulado. El dolor se acumula, decía mi amigo, eso es un hecho, y cuanto mayor es el dolor menor es la casualidad.

–¿Como si la casualidad fuera un lujo? –preguntó Morini.

En ese momento, Espinoza, que había seguido el monólogo de Johns, vio a Pelletier junto a la enfermera, con el codo apoyado en el reborde de la ventana mientras con la otra mano, en un gesto cortés, ayudaba a ésta a buscar la página donde estaba el cuento de Archimboldi. La enfermera rubia sentada en la silla con el libro sobre el regazo y Pelletier, de pie a su lado, en una postura que no carecía de aplomo. Y el marco de la ventana y las rosas afuera y más allá el cesped y los árboles y la tarde que iba avanzando por entre los riscos y cañadas y solitarios peñascos. Las sombras que se desplazaban imperceptiblemente por el interior del pabellón creando ángulos donde antes no los había, inciertos dibujos que aparecían de pronto en las paredes, círculos que se difuminaban como explosiones sin sonido.

–La casualidad no es un lujo, es la otra cara del destino y también algo más –dijo Johns.

–¿Qué más? –dijo Morini.

–Algo que se le escapaba a mi amigo por una razón muy sencilla y comprensible. Mi amigo (tal vez sea una presunción de mi parte llamarlo aún así) creía en la humanidad, por lo tanto creía en el orden, en el orden de la pintura y en el orden de las palabras, que no con otra cosa se hace la pintura. Creía en la redención. En el fondo hasta es posible que creyera en el progreso. La casualidad, por el contrario, es la libertad total a la que estamos abocados por nuestra propia naturaleza. La casualidad no obedece leyes y si las obedece nosotros las desconocemos. La casualidad, si me permite el símil, es como Dios que se manifiesta cada segundo en nuestro planeta. Un Dios incomprensible con gestos incomprensibles dirigidos a sus criaturas incomprensibles. En ese huracán, en esa implosión ósea, se realiza la comunión. La comunión de la casualidad con sus rastros y la comunión de sus rastros con nosotros.

Entonces, justo entonces, Espinoza y también Pelletier oyeron o intuyeron que Morini formulaba en voz baja la pregunta que había ido a hacer, adelantando el torso hacia adelante, en una postura que los hizo temer que se fuera a caer de la silla de ruedas.

–¿Por qué se mutiló?

El rostro de Morini parecía atravesado por las últimas luces que rodaban por el parque del manicomio. Johns lo escuchó imperturbable. Por su actitud se hubiera dicho que sabía que el hombre de la silla de ruedas había ido a visitarlo para buscar, como tantos otros antes que él, una respuesta. Entonces Johns sonrió y formuló a su vez otra pregunta.

–¿Va usted a publicar esta entrevista?

–De ningún modo –dijo Morini.

–¿Entonces qué sentido tiene preguntarme una cosa así?

–Deseo escuchárselo decir a usted –susurró Morini.

Con un gesto que a Pelletier le pareció lento y ensayado, Johns levantó la mano derecha y la sostuvo a pocos centímetros de la cara expectante de Morini.

–¿Usted cree parecerse a mí? –dijo Johns.

–No, yo no soy un artista –respondió Morini.

–Yo tampoco soy un artista –dijo Johns–. ¿Usted cree parecerse a mí?

Morini movió la cabeza de un lado a otro y su silla de ruedas también se movió. Durante unos segundos Johns lo miró con una leve sonrisa dibujada en sus labios finísimos y sin sangre.

–¿Por qué cree usted que lo hice? –preguntó.

–No lo sé, sinceramente no lo sé –dijo Morini mirándolo a los ojos.

El italiano y el inglés estaban ahora rodeados de penumbra. La enfermera hizo el gesto de levantarse para encender las luces, pero Pelletier se llevó un dedo a los labios y no la dejó. La enfermera volvió a sentarse. Los zapatos de la enfermera eran blancos. Los zapatos de Pelletier y Espinoza eran negros. Los zapatos de Morini eran marrones. Los zapatos de Johns eran blancos y estaban hechos para correr grandes distancias, ya fuera en el pavimento de las calles de una ciudad como a campo través. Eso fue lo último que vio Pelletier, el color de los zapatos y su forma y su quietud, antes de que la noche los sumergiera en la nada fría de los Alpes.

–Le diré por qué lo hice –dijo Johns, y por primera vez su cuerpo abandonó la rigidez y el porte erguido, marcial, y se inclinó y se acercó a Morini y le dijo algo al oído.

Luego se levantó y se acercó a Espinoza y le dio la mano muy correctamente y luego hizo lo mismo con Pelletier y luego abandonó el pabellón y la enfermera salió detrás de él.

Al encender la luz, Espinoza les hizo notar, por si no se habían dado cuenta, que Johns no le había estrechado la mano a Morini ni al principio ni al final de la entrevista. Pelletier contestó que él sí se había dado cuenta. Morini no dijo nada. Al cabo de un rato llegó la primera enfermera y los acompañó a la salida. Mientras caminaban por el parque les dijo que un taxi los estaba esperando en la entrada.

El taxi los condujo hasta Montreaux, en donde pasaron la noche en el Hotel Helvetia. Los tres estaban muy cansados y decidieron no salir a cenar. Al cabo de un par de horas, sin embargo, Espinoza llamó a la habitación de Pelletier y le dijo que tenía hambre, que iba a salir a dar una vuelta a ver si encontraba algo abierto. Pelletier le dijo que lo esperara, que él lo acompañaría. Cuando se encontraron en el lobby Pelletier le preguntó si había llamado a Morini.

–Lo hice –dijo Espinoza–, pero nadie contesta al teléfono.

Decidieron que el italiano ya debía de estar durmiendo. Esa noche llegaron tarde al hotel y un poco achispados. A la mañana siguiente fueron a buscar a Morini a su habitación y no lo hallaron. El recepcionista del hotel les dijo que el cliente Piero Morini había cancelado su cuenta y abandonado el establecimiento a las doce de la noche del día anterior (mientras Pelletier y Espinoza cenaban en un restaurante italiano), según constaba en el ordenador. A esa hora había bajado a la recepción y ordenado que le llamaran a un taxi.

–¿Se marchó a las doce de la noche? ¿Adónde?

El recepcionista, naturalmente, no lo sabía.

Esa mañana, tras asegurarse de que Morini no estaba en ningún hospital de Montreaux y sus alrededores, Pelletier y Espinoza se fueron en tren hasta Ginebra. Desde el aeropuerto de Ginebra telefonearon a casa de Morini en Turín. Sólo oyeron el contestador automático, al que ambos insultaron efusivamente. Después cada uno tomó un avión hacia sus respectivas ciudades.

Nada más llegar a Madrid Espinoza telefoneó a Pelletier. Éste, que ya hacía una hora que estaba instalado en su casa, le dijo que no había ninguna novedad respecto a Morini. Durante todo el día, tanto Espinoza como Pelletier estuvieron dejando breves mensajes cada vez más resignados en el contestador del italiano. Al segundo día se pusieron nerviosos de verdad e incluso jugaron con la idea de volar de inmediato a Turín y, caso de no encontrar a Morini, poner el asunto en manos de la justicia. Pero no quisieron precipitarse ni hacer el ridículo y se quedaron quietos.

El tercer día fue idéntico al segundo: llamaron a Morini, se llamaron entre ellos, sopesaron diversas formas de actuación, sopesaron la salud mental de Morini, su grado innegable de madurez y sentido común, y no hicieron nada. Al cuarto día Pelletier llamó directamente a la Universidad de Turín. Habló con un joven austriaco que trabajaba temporalmente en el departamento de alemán. El austriaco no tenía idea de dónde podía hallarse Morini. Le pidió que se pusiera al aparato la secretaria del departamento. El austriaco le informó de que la secretaria había salido a desayunar y todavía no había vuelto. Pelletier llamó de inmediato a Espinoza y le contó la llamada telefónica con lujo de detalles. Espinoza le dijo que lo dejara probar suerte a él.

Esta vez no contestó al teléfono el austriaco sino un estudiante de filología alemana. El alemán del estudiante, sin embargo, no era óptimo, por lo que Espinoza se puso a hablar con él en italiano. Preguntó si la secretaria del departamento había vuelto. El estudiante le contestó que estaba solo, que todos, por lo visto, se habían marchado a desayunar y que no había nadie en el departamento. Espinoza quiso saber a qué hora desayunaban en la Universidad de Turín y cuánto solía durar un desayuno. El estudiante no entendió el deficiente italiano de Espinoza y éste tuvo que repetir la pregunta dos veces más, hasta ponerse un poco ofensivo.

El estudiante le dijo que él, por ejemplo, no desayunaba casi nunca, pero que eso no significaba nada, que cada persona tenía gustos diferentes. ¿Lo entendía o no lo entendía?

–Lo entiendo –dijo Espinoza haciendo rechinar los dientes–, pero es necesario que hable con alguna persona responsable del departamento.

–Hable conmigo –dijo el estudiante.

Espinoza entonces le preguntó si el doctor Morini había faltado a alguna de sus clases.

–A ver, déjeme pensar –dijo el estudiante.

Y luego Espinoza oyó que alguien, el mismo estudiante, susurraba Morini... Morini... Morini, con una voz que no parecía la suya sino más bien la voz de un mago, o más concretamente, la voz de una maga, una adivina de la época del Imperio Romano, una voz que llegaba como el goteo de una fuente de basalto pero que no tardaba en crecer y desbordarse con un ruido ensordecedor, el ruido de miles de voces, el estruendo de un gran río salido de cauce que contiene, cifrado, el destino de todas las voces.

–Ayer tenía que dar una clase y no vino –dijo el estudiante después de reflexionar.

Espinoza le dio las gracias y colgó. A media tarde llamó una vez más al domicilio de Morini y luego a Pelletier. No había nadie en ninguna de las dos casas y se tuvo que resignar a dejar sendos mensajes en el contestador automático. Luego se puso a meditar. Pero sus pensamientos sólo llegaron a lo que acababa de ocurrir, el pasado estricto, el pasado que ilusoriamente es casi presente. Recordó la voz del contestador de Morini, es decir la voz grabada del propio Morini que avisaba escueta pero educadamente que aquél era el número de Piero Morini y que procediera a dejar un mensaje, y la voz de Pelletier que en lugar de decir que aquél era el teléfono de Pelletier repetía su propio número, para que no cupiera duda, y luego instaba a quien llamaba a decir su nombre y dejar su número telefónico con la vaga promesa de llamarlo después.

Esa noche Pelletier llamó a Espinoza y decidieron de común acuerdo, tras despejarse mutuamente los presagios que pendían sobre ambos, dejar pasar unos días, no caer en un histerismo barato y recordar constantemente que, hiciera lo que hiciera, Morini era muy libre de hacerlo y en ese punto ellos nada podían (ni debían) hacer para evitarlo. Aquella noche, por primera vez desde que habían vuelto de Suiza, pudieron dormir tranquilos.

A la mañana siguiente ambos partieron hacia sus respectivas ocupaciones con el cuerpo descansado y el espíritu sereno, aunque a las once de la mañana, poco antes de salir a almorzar con unos colegas, Espinoza no se resistió y volvió a llamar al departamento de alemán de la Universidad de Turín, con el resultado estéril ya conocido. Más tarde Pelletier lo llamó desde París y le consultó sobre la conveniencia o no de poner a Norton al corriente.

Sopesaron los pros y los contras y decidieron resguardar la intimidad de Morini tras un velo de silencio al menos hasta que supieran algo más concreto acerca de él. Dos días después, casi como un acto reflejo, Pelletier llamó al piso de Morini y esta vez alguien descolgó el teléfono. Las primeras palabras de Pelletier expresaron el asombro que experimentó al oír la voz de su amigo al otro lado de la línea.

–No es posible –gritó Pelletier–, cómo es posible, es imposible.

La voz de Morini sonaba igual que siempre. Luego vinieron las felicitaciones, el alivio, el despertar de un sueño no sólo malo sino también incomprensible. En medio de la conversación Pelletier le dijo que tenía que avisar a Espinoza inmediatamente.

–¿No te vas a mover de allí? –preguntó antes de colgar.

–¿Adónde quieres que vaya? –dijo Morini.

Pero Pelletier no llamó a Espinoza sino que se sirvió un vaso de whisky y se dirigió a la cocina y luego al baño y luego a su estudio, dejando encendidas todas las luces de la casa. Sólo después llamó a Espinoza y le contó que había encontrado a Morini sano y salvo y que acababa de hablar con él por teléfono, pero que ya no podía seguir hablando. Tras colgar se bebió otro whisky. Media hora más tarde lo llamó Espinoza desde Madrid. En efecto, Morini estaba bien. No quiso decirle dónde se había metido durante aquellos días. Dijo que necesitaba descansar. Aclararse las ideas. Según Espinoza, que no había querido abrumarlo con preguntas, Morini daba la impresión de querer ocultar algo. ¿Pero qué?, Espinoza no tenía ni la más remota idea.

–En realidad sabemos muy poco de él –dijo Pelletier, que empezaba a hartarse de Morini, de Espinoza, del teléfono.

–¿Le preguntaste por el estado de su salud? –dijo Pelletier.

Espinoza dijo que sí y que Morini le había asegurado que estaba perfectamente.

–Ya nada podemos hacer –concluyó Pelletier con un tono de tristeza que no le pasó desapercibido a Espinoza.

Poco después colgaron y Espinoza cogió un libro y trató de leer, pero no pudo.

Norton entonces les dijo, mientras el empleado o el propietario de la galería seguía descolgando y colgando vestidos, que durante aquellos días en que desapareció, Morini había estado en Londres.

–Los dos primeros días los pasó solo, sin telefonearme ni una sola vez.

Cuando lo vi me dijo que se había dedicado a visitar museos y a pasear sin rumbo determinado por barrios desconocidos de la ciudad, barrios que vagamente recordaba de los cuentos de Chesterton pero que ya nada tenían que ver con Chesterton aunque la sombra del padre Brown aún perdurara en ellos, de una forma no confesional, dijo Morini, como si pretendiera desdramatizar hasta el hueso su errancia solitaria por la ciudad, pero la verdad es que ella más bien se lo imaginaba encerrado en el hotel, con las cortinas descorridas, observando hora tras hora un paisaje mezquino de traseras de edificios y leyendo. Después la llamó por teléfono y la invitó a comer.

Naturalmente, Norton se alegró de oírlo y de saberlo en la ciudad y a la hora oportuna apareció por la recepción, en donde Morini, sentado en su silla de ruedas, con un paquete sobre el regazo, capeaba con paciencia y desinterés el tráfico de clientes y visitas que convulsionaba el lobby con un muestrario móvil de maletas, rostros cansados, perfumes que seguían a los cuerpos como meteoritos, la actitud hierática y ansiosa de los botones, las ojeras filosóficas del jefe titular o suplente de la recepción acompañado siempre por un par de auxiliares que emanaban frescura, la misma frescura pronta al sacrificio que despedían (en forma de carcajadas fantasmas) algunas jóvenes y que Morini, por delicadeza, prefería no ver. Al llegar Norton se marcharon a un restaurante en Notting Hill, un restaurante brasileño y vegetariano que ella acababa de conocer.

Cuando Norton supo que Morini llevaba ya dos días en Londres le preguntó qué demonios había estado haciendo y por qué diablos no la había llamado. Morini le dijo entonces lo de Chesterton, dijo que se había dedicado a pasear, alabó las disposiciones urbanas para el buen tránsito de los minusválidos, todo lo contrario que Turín, una ciudad llena de obstáculos para las sillas de ruedas, dijo que había estado en algunas librerías de viejo, que había comprado algunos ejemplares que no nombró, mencionó dos visitas a la casa de Sherlock Holmes, Baker Street era una de sus calles preferidas, una calle que para él, un italiano de mediana edad, culto y baldado y lector de novelas policiacas, estaba fuera del tiempo o más allá del tiempo, amorosamente (aunque la palabra no era amorosa sino primorosa) preservada en las páginas del doctor Watson. Después fueron a casa de Norton y entonces Morini le entregó el regalo que le había comprado, un libro sobre Brunelleschi, con excelentes fotografías de fotógrafos de cuatro nacionalidades diferentes sobre los mismos edificios del gran arquitecto del Renacimiento.

–Son interpretaciones –dijo Morini–. El mejor es el francés –dijo–. El que menos me gusta es el americano. Demasiado aparatoso. Con demasiadas ganas de descubrir a Brunelleschi. De *ser* Brunelleschi. El alemán no está mal, pero el mejor, creo, es el francés, ya me dirás tú qué opinas.

Aunque nunca había visto el libro, que en el papel y la encuadernación ya era una joya por sí mismo, a Norton le pareció que había algo familiar en él. Al día siguiente se encontraron delante de un teatro. Morini tenía dos entradas, que había comprado en el hotel, y vieron una comedia mala, vulgar, que los hizo reír, a Norton más que a Morini, quien perdía el sentido de algunas frases dichas en argot londinense. Esa noche cenaron juntos y cuando Norton quiso saber qué había hecho Morini durante el día éste le confesó que visitar Kensington Gardens y los Jardines Italianos de Hyde Park y pasear sin rumbo fijo, aunque Norton, sin saber por qué, más bien se lo imaginó quieto en el parque, a veces estirando el cuello para divisar algo que se le escapaba, las más de las veces con los ojos cerrados, fingiendo dormir. Mientras cenaban Norton le explicó las cosas que no había entendido de la comedia. Sólo entonces Morini se dio cuenta de que la comedia era más mala de lo que creía. Su aprecio por el trabajo de los actores, sin embargo, subió mucho y de vuelta en su hotel, mientras se desnudaba parcialmente, sin bajar aún de la silla de ruedas, delante del televisor apagado que lo reflejaba a él y la habitación como figuras espectrales de una obra de teatro que la prudencia y el miedo aconsejaban no montar jamás, concluyó que tampoco la comedia era tan mala, que había estado bien, él también se había reído, los actores eran buenos, las butacas cómodas, el precio de las entradas no excesivamente caro.

Al día siguiente le dijo a Norton que tenía que marcharse. Norton lo fue a dejar al aeropuerto. Mientras esperaban Morini, adoptando un tono de voz casual, le dijo que creía saber por qué Johns se había cercenado la mano derecha.

–¿Qué Johns? –dijo Norton.

–Edwin Johns, el pintor que tú me descubriste –dijo Morini.

–Ah, Edwin Johns –dijo Norton–. ¿Por qué?

–Por dinero –dijo Morini.

–¿Por dinero?

–Porque creía en las inversiones, en el flujo de capital, quien no invierte no gana, esa clase de cosas.

Norton puso cara de pensárselo dos veces y luego dijo: puede ser.

–Lo hizo por dinero –dijo Morini.

Después Norton le preguntó (y fue la primera vez) por Pelletier y Espinoza.

–Preferiría que no supieran que he estado aquí –dijo Morini.

Norton lo miró interrogante y dijo que no se preocupara, que le guardaría el secreto. Luego le preguntó si la llamaría por teléfono cuando llegara a Turín.

–Por supuesto –dijo Morini.

Una azafata vino a hablar con ellos y al cabo de pocos minutos se alejó sonriendo. La cola de los pasajeros empezó a moverse. Norton le dio a Morini un beso en la mejilla y se marchó.

Antes de abandonar la galería, más que cabizbajos, pensativos, el propietario y único empleado de ésta les contó que pronto el establecimiento cerraría sus puertas. Con un vestido de lamé colgando del brazo, les dijo que la casa, de la que la galería formaba parte, había sido de su abuela, una señora muy digna y avanzada. Al morir la abuela la casa fue heredada por sus tres nietos, en teoría a partes iguales. Pero por entonces él, que era uno de los nietos, vivía en el Caribe, en donde además de aprender a hacer cócteles Margarita se dedicaba a labores de información y espionaje. A todos los efectos era una especie de desaparecido. Un espía hippie de costumbres más bien viciosas, fueron sus palabras. Cuando volvió a Inglaterra se encontró con que sus primos habían ocupado toda la casa. A partir de ese momento empezó a pleitear con ellos. Pero los abogados costaban caro y finalmente se tuvo que conformar con tres habitaciones, en donde puso su galería de arte. Pero el negocio no funcionaba: ni vendía cuadros, ni vendía ropa usada, y pocas personas iban a degustar sus cócteles. Este barrio es demasiado chic para mis clientes, dijo, ahora las galerías están en viejos barrios obreros remodelados, los bares en el tradicional circuito de bares y la gente de por aquí no compra ropa usada. Cuando Norton, Pelletier y Espinoza ya se habían levantado y se disponían a bajar la escalerilla de metal que conducía a la calle, el propietario de la galería les comunicó que, para colmo, en los últimos tiempos había empezado a aparecérsele el fantasma de su abuela. Esta confesión suscitó el interés de Norton y sus acompañantes.

¿La ha visto?, preguntaron. La he visto, dijo el propietario de la galería, al principio sólo oía ruidos desconocidos, como de agua y de burbujas de agua. Unos ruidos que nunca antes había escuchado en esta casa, si bien, al subdividirla para vender los pisos y, por lo tanto, al instalar nuevos servicios sanitarios, alguna razón lógica tal vez explicara los ruidos, aunque él nunca antes los hubiera oído. Pero después de los ruidos vinieron los gemidos, unos ayes que no eran precisamente de dolor sino más bien de extrañeza y frustración, como si el fantasma de su abuela recorriera su antigua casa y no la reconociera, reconvertida como estaba en varias casas más pequeñas, con paredes que ella no recordaba y muebles modernos que a ella le debían de parecer vulgares y espejos donde nunca antes hubo ningún espejo.

A veces el propietario, de tan deprimido que estaba, se quedaba a dormir en la tienda. No estaba deprimido, por supuesto, por los ruidos o gemidos del fantasma, sino por cómo le iba el negocio, al borde de la ruina. En esas noches podía oír los pasos con total claridad, los gemidos de su abuela, que se paseaba por el piso de arriba como si no entendiera nada del mundo de los muertos y del mundo de los vivos. Una noche, antes de cerrar la galería, la vio reflejada en el único espejo que había, en un rincón, un viejo espejo victoriano de cuerpo entero que estaba allí para que las clientas se probaran los vestidos. Su abuela miraba uno de los cuadros colgados en la pared y luego trasladaba la vista a la ropa que colgaba de los percheros y también miraba, como si aquello ya fuera el colmo, las dos únicas mesas del establecimiento.

Su gesto era de horror, dijo el propietario. Aquélla había sido la primera y la última vez que la había visto, aunque de tanto en tanto volvía a escucharla pasear por los pisos superiores, en donde seguramente se movía a través de las paredes que antes no existían. Cuando Espinoza le preguntó por la naturaleza de su antiguo trabajo en el Caribe, el propietario sonrió tristemente y les aseguró que no estaba loco, como cualquiera hubiera podido creer. Había sido espía, les dijo, de la misma forma en que otros trabajan en el censo o en algún departamento de estadística. Las palabras del propietario de la galería, sin que ellos pudieran precisar el porqué, los entristecieron muchísimo.

Durante un seminario en Toulouse conocieron a Rodolfo Alatorre, joven mexicano entre cuyas variopintas lecturas se encontraba la obra de Archimboldi. El mexicano, que disfrutaba de una beca para la creación y que pasaba sus días empeñado, al parecer vanamente, en escribir una novela moderna, asistió a algunas conferencias y luego se presentó a sí mismo a Norton y a Espinoza, quienes se lo sacaron de encima sin miramientos, y luego a Pelletier, quien lo ignoró soberanamente, pues Alatorre en nada se diferenciaba de la horda de jóvenes universitarios europeos más bien pesados que pululaban alrededor de los apóstoles archimboldianos. Para mayor vergüenza, Alatorre ni siquiera sabía hablar alemán, lo que lo descalificaba de antemano. El seminario de Toulouse, por otra parte, fue un éxito de público y entre aquella fauna de críticos y especialistas que se conocían de anteriores congresos y que, al menos exteriormente, parecían felices de volver a verse y deseosos de proseguir antiguas discusiones, el mexicano no tenía nada que hacer salvo marcharse a casa, algo que no quería hacer pues su casa era un cuarto desangelado de becario en donde sólo lo esperaban sus libros y manuscritos, o quedarse en un rincón y sonreír a diestra y siniestra fingiendo estar concentrado en problemas de índole filosófica, que es lo que finalmente hizo. Esta posición o esta toma de posición, no obstante, le permitió fijarse en Morini, que, recluido en su silla de ruedas y contestando distraídamente los saludos de los demás, ofrecía o eso le pareció a Alatorre un desamparo similar al suyo. Al cabo de poco rato, tras presentarse a Morini, el mexicano y el italiano deambulaban por las calles de Toulouse.

Primero hablaron de Alfonso Reyes, a quien Morini conocía pasablemente, y luego de Sor Juana, de quien Morini no podía olvidar aquel libro escrito por Morino, ese Morino que parecía ser él mismo, en donde se reseñaban las recetas de cocina de la monja mexicana. Luego hablaron de la novela de Alatorre, la novela que pensaba escribir y la única novela que ya había escrito, de la vida de un joven mexicano en Toulouse, de los días invernales que pese a ser cortos se hacían interminablemente largos, de los pocos amigos franceses que tenía (la bibliotecaria, otro becario de nacionalidad ecuatoriana a quien sólo veía de vez en cuando, el mozo de un bar cuya idea de México a Alatorre le parecía mitad estrambótica, mitad ofensiva), de los amigos que había dejado en el DF y a quienes, diariamente, escribía largos e-mails monotemáticos sobre su novela en curso y sobre la melancolía.

Uno de estos amigos del DF, según Alatorre, y esto lo dijo inocentemente, con esa pizca de fanfarronería poco astuta de los escritores menores, había conocido *hacía poco tiempo* a Archimboldi.

Al principio Morini, que no le prestaba demasiada atención y que se dejaba arrastrar por los sitios que Alatorre consideraba dignos de interés, y que efectivamente, sin ser paradas turísticas obligatorias, poseían un interés cierto, como si la vocación secreta y auténtica de Alatorre, más que la de novelista, fuera la de guía turístico, creyó que el mexicano, el cual, por lo demás, sólo había leído dos novelas de Archimboldi, fanfarroneaba o él lo había entendido mal o no sabía que Archimboldi estaba desaparecido desde siempre.

La historia que contó Alatorre, sucintamente, era ésta: su amigo, un ensayista y novelista y poeta llamado Almendro, un tipo de unos cuarenta y tantos años más conocido entre los amigos por el mote del Cerdo, había recibido una llamada telefónica a medianoche. El Cerdo, tras hablar un momento en alemán, se vistió y salió en su coche rumbo a un hotel cercano al aeropuerto de Ciudad de México. Pese a que no había mucho tráfico a esa hora, llegó al hotel pasada la una de la mañana. En el lobby del hotel encontró a un recepcionista y a un policía. El Cerdo sacó su identificación como alto funcionario del gobierno y luego subió con el policía a una habitación del tercer piso. Allí había dos policías más y un viejo alemán que estaba sentado en la cama, despeinado, vestido con una camiseta gris y pantalones vaqueros, descalzo, como si la llegada de la policía lo hubiera sorprendido durmiendo. Evidentemente el alemán, pensó el Cerdo, dormía vestido. Uno de los policías estaba mirando la tele. El otro fumaba reclinado en la pared. El policía que llegó con el Cerdo apagó la tele y les dijo que lo siguieran. El policía que estaba reclinado sobre la pared pidió explicaciones, pero el policía que había subido con el Cerdo le dijo que mantuviera la boca cerrada. Antes de que los policías abandonaran la habitación el Cerdo preguntó, en alemán, si le habían robado algo. El viejo dijo que no. Querían dinero, pero no habían robado nada.

–Eso está bien –dijo el Cerdo en alemán–, parece que estamos mejorando.

Luego preguntó a los policías a qué comisaría estaban adscritos y los dejó marchar. Cuando los policías se hubieron ido el Cerdo se sentó junto a la tele y le dijo que lo sentía. El viejo alemán se levantó de la cama sin decir nada y se metió en el lavabo. Era enorme, le escribió el Cerdo a Alatorre. Casi dos metros. O un metro noventaicinco. En cualquier caso: enorme e imponente. Cuando el viejo salió del baño el Cerdo se dio cuenta de que ahora estaba calzado y le preguntó si le apetecía salir a dar una vuelta por el DF o ir a tomar algo.

–Si tiene sueño –añadió–, dígamelo y me marcharé de inmediato.

–Mi avión sale a las siete de la mañana –dijo el viejo.

El Cerdo miró el reloj, eran las dos de la mañana pasadas, y no supo qué decir. Él, como Alatorre, conocía apenas la obra literaria del viejo, sus libros traducidos al español se publicaban en España y llegaban tarde a México. Hacía tres años, cuando dirigía una editorial, antes de convertirse en uno de los dirigentes culturales del nuevo gobierno, intentó publicar *Los bajos fondos de Berlín,* pero los derechos ya los tenía una editorial de Barcelona. Se preguntó cómo, quién le había dado al viejo su número de teléfono. Plantearse la pregunta, una pregunta que no pensaba responder de ninguna manera, ya lo hizo feliz, lo llenó de una felicidad que en cierta forma lo justificaba como persona y como escritor.

–Podemos salir –dijo–, yo estoy dispuesto.

El viejo se puso una chaqueta de cuero sobre la camiseta gris y lo siguió. Lo llevó a la plaza Garibaldi. Cuando llegaron no había mucha gente, la mayoría de los turistas había regresado a sus hoteles y sólo quedaban borrachos y noctámbulos, gente que iba a cenar y corros de mariachis que hablaban del último partido de fútbol. Por las bocacalles de la plaza se deslizaban sombras que en ocasiones se detenían y los escrutaban. El Cerdo se tanteó la pistola que desde que trabajaba en el gobierno solía llevar. Entraron en un bar y el Cerdo pidió tacos de carnita. El viejo bebió tequila y él se conformó con una cerveza. Mientras el viejo comía el Cerdo se puso a pensar en los cambios que da la vida. Menos de diez años atrás, si él hubiera entrado en ese mismo bar y se hubiera puesto a hablar en alemán con un viejo larguirucho como aquél, no habría faltado alguien que lo insultara o se sintiera, por los motivos más peregrinos, ofendido. La pelea inminente, entonces, hubiera acabado con el Cerdo pidiendo disculpas o dando explicaciones e invitando a una ronda de tequilas. Ahora nadie se metía con él, como si el hecho de llevar una pistola debajo de la camisa o trabajar en un alto puesto en el gobierno fuera un aura de santidad que los matones y los borrachos eran capaces de percibir desde lejos. Pinches mamones cobardes, pensó el Cerdo. Me huelen, me huelen y se cagan en los pantalones. Luego se puso a pensar en Voltaire (¿por qué Voltaire, chingados?) y luego se puso a pensar en una vieja idea que le rondaba desde hacía un tiempo por la cabeza, la de pedir una embajada en Europa, o al menos una agregaduría cultural, aunque con las conexiones que él tenía lo menos que podían darle era una embajada. Lo malo es que en una embajada sólo iba a tener un salario, el salario de embajador. Mientras el alemán comía el Cerdo puso sobre la balanza los pros y los contras de ausentarse de México. Entre los pros se hallaba, sin duda, el poder retomar su trabajo como escritor. Le seducía la idea de vivir en Italia o cerca de Italia y pasar largas temporadas en la Toscana y en Roma escribiendo un ensayo sobre Piranesi y sus cárceles imaginarias, que él veía extrapoladas, más que en las cárceles mexicanas, en el imaginario y en la iconografía de algunas cárceles mexicanas. Entre los contras estaba, sin duda, la lejanía física del poder. Alejarse del poder nunca es bueno, eso lo había descubierto muy temprano, antes de acceder al poder real, cuando dirigía la editorial que intentó publicar a Archimboldi.

–Oiga –le dijo de pronto–, ¿no se decía que a usted no lo había visto nadie?

El viejo lo miró y le sonrió educadamente.

Esa misma noche, después de que Pelletier, Espinoza y Norton volvieran a escuchar de labios de Alatorre la historia del alemán, llamaron por teléfono a Almendro, alias el Cerdo, quien no opuso ningún reparo en relatarle a Espinoza lo que en líneas generales Alatorre ya les había contado. La relación entre éste y el Cerdo era, en cierta manera, una relación maestro-alumno o una relación hermano mayor-hermano menor, de hecho había sido el Cerdo quien le consiguió la beca en Toulouse a Alatorre, lo que de alguna manera clarificaba el grado de aprecio que el Cerdo sentía por su hermanito, pues en su poder estaba el conseguir becas más vistosas y en parajes más prestigiosos, para no hablar de una agregaduría cultural en Atenas o en Caracas, que sin ser mucho son algo y que Alatorre hubiera agradecido de corazón, aunque tampoco, en honor a la verdad, le hizo ascos a la bequita en Toulouse. Para la próxima, estaba seguro, el Cerdo sería más munificiente con él. Almendro, por su parte, no había cumplido aún los cincuenta años y su obra, fuera de las fronteras del DF, era inconmensurablemente desconocida. Pero en el DF, y en algunas universidades norteamericanas, todo hay que decirlo, su nombre era familiar, incluso excesivamente familiar. ¿De qué manera, pues, Archimboldi, suponiendo que aquel viejo alemán fuera en verdad Archimboldi y no un bromista, se hizo con su teléfono? Según creía el Cerdo, el teléfono se lo había proporcionado su editora alemana, la señora Bubis. Espinoza le preguntó, no sin cierta perplejidad, si conocía él a la insigne dama.

–Por supuesto –dijo el Cerdo–, estuve en una fiesta en Berlín, en una charreada cultural con algunos editores alemanes y allí nos presentaron.

«¿Qué demonios es una charreada cultural?», escribió Espinoza en un papel que vieron todos y que sólo Alatorre, a quien iba dirigido, atinó a descifrar.

–Le debí de dar mi tarjeta –dijo el Cerdo desde el DF.

–Y en su tarjeta iba su número de teléfono particular.

–Así es –dijo el Cerdo–. Le debí de dar mi tarjeta A, en la tarjeta B sólo está el número del teléfono de la oficina. Y en la tarjeta C sólo está el número del teléfono de mi secretaria.

–Entiendo –dijo Espinoza armándose de paciencia.

–En la tarjeta D no hay nada, está en blanco, sólo mi nombre y nada más –dijo el Cerdo riéndose.

–Ya, ya –dijo Espinoza–, en la tarjeta D sólo su nombre.

–Eso –dijo el Cerdo–, sólo mi nombre y punto. Ni número de teléfono ni oficio ni calle donde vivo ni nada, ¿entiende?

–Lo entiendo –dijo Espinoza.

–A la señora Bubis le di, obviamente, la tarjeta A.

–Y ella se la debió de dar a Archimboldi –dijo Espinoza.

–Correcto –dijo el Cerdo.

Hasta las cinco de la mañana estuvo el Cerdo con el viejo alemán. Después de comer (el viejo tenía hambre y pidió más tacos y más tequila, mientras el Cerdo hundía la cabeza como una avestruz en reflexiones sobre la melancolía y el poder) se fueron a dar una vuelta por los alrededores del Zócalo, en donde visitaron la plaza y los yacimientos aztecas que surgían como lilas en una tierra baldía, según expresión del Cerdo, flores de piedra en medio de otras flores de piedra, un desorden que seguro no iba a llevar a ninguna parte, sólo a más desorden, dijo el Cerdo, mientras él y el alemán caminaban por las calles aledañas al Zócalo, hasta la plaza de Santo Domingo, en donde por el día, bajo las arcadas, se aposentaban los escribanos con sus máquinas de escribir, para redactar cartas o petitorios de índole legal o judicial. Después fueron a ver el Ángel en Reforma, pero aquella noche el Ángel estaba apagado y el Cerdo, mientras giraban alrededor de la glorieta, sólo pudo explicárselo al alemán, que miraba hacia arriba desde la ventanilla abierta del coche.

A las cinco de la mañana volvieron al hotel. El Cerdo esperó en el lobby, fumándose un cigarrillo. Cuando el viejo salió del ascensor sólo llevaba una maleta e iba vestido con la misma camiseta gris y los pantalones vaqueros. Las avenidas que llevaban hacia el aeropuerto estaban vacías y el Cerdo se saltó varios semáforos en rojo. Intentó buscar un tema de conversación pero fue imposible. Ya le había preguntado, mientras comían, si había estado antes en México y el viejo le respondió que no, lo que resultaba extraño, pues casi todos los escritores europeos en algún momento habían estado allí. Pero el viejo dijo que aquélla era la primera vez. Cerca del aeropuerto había más coches y el tráfico dejó de ser fluido. Cuando entraron en el párking el viejo quiso despedirse pero el Cerdo insistió en acompañarlo.

–Déme su maleta –dijo.

La maleta tenía ruedas y apenas pesaba. El viejo volaba desde el DF hasta Hermosillo.

–¿Hermosillo? –dijo Espinoza–, ¿dónde queda eso?

–En el estado de Sonora –dijo el Cerdo–. Es la capital de Sonora, en el noroeste de México, en la frontera con los Estados Unidos.

–¿Qué va a hacer usted a Sonora? –dijo el Cerdo.

El viejo dudó un momento antes de responder, como si se le hubiera olvidado hablar.

–Voy a conocer –dijo.

Aunque el Cerdo no estaba seguro. Tal vez dijo aprender y no conocer.

–¿Hermosillo? –dijo el Cerdo.

–No, Santa Teresa –dijo el viejo–. ¿La conoce usted?

–No –dijo el Cerdo–, he estado un par de veces en Hermosillo, dando conferencias sobre literatura, hace tiempo, pero nunca en Santa Teresa.

–Creo que es una ciudad grande –dijo el viejo.

–Es grande, sí –dijo el Cerdo–, hay fábricas, y también problemas. No creo que sea un lugar bonito.

El Cerdo sacó su identificación y pudo acompañar al viejo hasta la puerta de embarque. Antes de separarse le dio una tarjeta. Una tarjeta A.

–Si tiene algún problema, ya sabe –dijo.

–Muchas gracias –dijo el viejo.

Después se dieron la mano y ya no lo volvió a ver.

Optaron por no decirle a nadie más lo que sabían. Callar, juzgaron, no era traicionar a nadie sino actuar con la debida prudencia y discreción que el caso ameritaba. Se convencieron rápidamente de que era mejor no levantar aún falsas expectativas. Según Borchmeyer aquel año el nombre de Archimboldi volvía a sonar entre los candidatos al Premio Nobel. El año anterior también su nombre había estado en las quinielas del premio. Falsas expectativas. Según Dieter Hellfeld un miembro de la academia sueca, o el secretario de un miembro de la academia, se había puesto en contacto con su editora para sondearla acerca de la actitud del escritor caso de resultar premiado. ¿Qué podía decir un hombre de más de ochenta años? ¿Qué importancia podía tener el Nobel para un hombre de más de ochenta años, sin familia, sin descendientes, sin un rostro conocido? La señora Bubis dijo que él estaría encantado. Probablemente sin consultarlo con nadie, pensando en los libros que se venderían. ¿Pero la baronesa se preocupaba por los libros vendidos, por los libros que se acumulaban en los almacenes de la editorial Bubis en Hamburgo? No, seguramente no, dijo Dieter Hellfeld. La baronesa rondaba los noventa años y el estado del almacén la traía sin cuidado. Viajaba mucho, Milán, París, Frankfurt. A veces se la podía ver hablando con la señora Sellerio en el stand de Bubis en Frankfurt. O en la embajada alemana en Moscú, con trajes de Chanel y dos poetas rusos por banda, disertando sobre Bulgákov y sobre la belleza (¡incomparable!) de los ríos rusos en otoño, antes de las heladas invernales. A veces, dijo Pelletier, da la impresión de que la señora Bubis ha olvidado la existencia de Archimboldi. Eso, en México, es lo más normal, dijo el joven Alatorre. De todas maneras, según Schwarz, cabía la posibilidad, puesto que estaba en la lista de los favoritos. Y tal vez los académicos suecos tenían ganas de un cierto cambio. Un veterano, un desertor de la Segunda Guerra Mundial que sigue huyendo, un recordatorio para Europa en tiempos convulsos. Un escritor de izquierdas al que respetaban hasta los situacionistas. Un tipo que no pretendía conciliar lo irreconciliable, que es lo que está de moda. Imagínate, dijo Pelletier, Archimboldi gana el Nobel y justo en ese momento aparecemos nosotros, con Archimboldi de la mano.

No se plantearon qué estaba haciendo Archimboldi en México. ¿Por qué alguien con más de ochenta años viaja a un país que nunca antes ha visitado? ¿Interés repentino? ¿Necesidad de observar sobre el terreno los escenarios de un libro en curso? Era improbable, adujeron, entre otras razones porque los cuatro creían que ya no habría más libros de Archimboldi.

De forma tácita se inclinaron por la respuesta más fácil, pero también la más descabellada: Archimboldi había ido a México a hacer turismo, como tantos alemanes y europeos de la tercera edad. La explicación no se mantenía en pie. Imaginaron a un viejo prusiano misántropo que una mañana despierta y ya está loco. Sopesaron las posibilidades de la demencia senil.

Desecharon las hipótesis y se atuvieron a las palabras del Cerdo. ¿Y si Archimboldi estuviera huyendo? ¿Y si Archimboldi, de pronto, hubiera encontrado otra vez un motivo para huir?

Al principio Norton fue la más renuente a salir en su busca. La imagen de ellos regresando a Europa con Archimboldi de la mano le parecía la imagen de un grupo de secuestradores. Por supuesto, nadie pensaba secuestrar a Archimboldi. Ni siquiera someterlo a una batería de preguntas. Espinoza se conformaba con verlo. Pelletier se conformaba con preguntarle quién era la persona con cuya piel se había fabricado la máscara de cuero de su novela homónima. Morini se conformaba con ver las fotos que ellos le tomarían en Sonora.

Alatorre, a quien nadie le había pedido su opinión, se conformaba con iniciar una amistad epistolar con Pelletier, Espinoza, Morini y Norton y tal vez, si no era molestia, visitarlos de vez en cuando en sus respectivas ciudades. Sólo Norton tenía reservas. Pero al final decidió viajar. Creo que Archimboldi vive en Grecia, dijo Dieter Hellfeld. O eso o está muerto. También hay una tercera opción, dijo Dieter Hellfeld: que el autor que conocemos por el nombre de Archimboldi sea en realidad la señora Bubis.

–Sí, sí –dijeron nuestros cuatro amigos–, la señora Bubis.

A última hora Morini decidió no viajar. Su salud quebrantada, dijo, se lo impedía. Marcel Schwob, que tenía una salud igual de frágil, en 1901 había emprendido un viaje en peores condiciones para visitar la tumba de Stevenson en una isla del Pacífico. El viaje de Schwob fue de muchos días de duración, primero en el *Ville de La Ciotat*, después en el *Polynésienne* y después en el *Manapouri*. En enero de 1902 enfermó de pulmonía y estuvo a punto de morir. Schwob viajó con su criado, un chino llamado Ting, el cual se mareaba a la primera ocasión. O tal vez sólo se mareaba si hacía mala mar. En cualquier caso el viaje estuvo plagado de mala mar y de mareos. En una ocasión Schwob, acostado en su camarote, sintiéndose morir, notó que alguien se acostaba a su lado. Al volverse para ver quién era el intruso descubrió a su sirviente oriental, cuya piel estaba verde como una lechuga. Tal vez sólo en ese momento se dio cuenta de la empresa en la que se había metido. Cuando llegó, al cabo de muchas penalidades, a Samoa, no visitó la tumba de Stevenson. Por un lado se encontraba demasiado enfermo y, por otro lado, ¿para qué visitar la tumba de alguien que no ha muerto? Stevenson, y esta revelación simple se la debía al viaje, vivía en él.

Morini, que admiraba (aunque más que admiración era cariño) a Schwob, pensó al principio que su viaje a Sonora podía ser, a escala reducida, una suerte de homenaje al escritor francés y también al escritor inglés cuya tumba fue a visitar el escritor francés, pero cuando volvió a Turín se dio cuenta de que no podía viajar. Así que telefoneó a sus amigos y les mintió que el médico le había prohibido terminantemente un esfuerzo de esa naturaleza. Pelletier y Espinoza aceptaron sus explicaciones y prometieron que lo llamarían regularmente para tenerlo informado de la búsqueda, esta vez definitiva, que iban a emprender.

Con Norton fue distinto. Morini repitió que no iba a viajar. Que el médico se lo prohibía. Que pensaba escribirles todos los días. Incluso se rió y se permitió una broma tonta que Norton no entendió. Un chiste de italianos. Un italiano, un francés y un inglés en un avión en donde sólo hay dos paracaídas. Norton creyó que se trataba de un chiste político. En realidad era un chiste de niños, aunque el italiano del avión (que perdía primero un motor y luego el otro y luego empezaba a capotar) se parecía, tal como contaba el chiste Morini, a Berlusconi. En realidad Norton apenas abrió la boca. Dijo ahá, ahá, ahá. Y luego dijo buenas noches, Piero, en un inglés muy dulce o que a Morini le pareció insoportablemente dulce y luego colgó.

Norton, de alguna manera, se sintió insultada por la negativa de Morini a acompañarlos. No volvieron a llamarse por teléfono. Morini hubiera podido hacerlo, pero a su modo y antes de que sus amigos emprendieran la búsqueda de Archimboldi, él, como Schwob en Samoa, ya había iniciado un viaje, un viaje que no era alrededor del sepulcro de un valiente sino alrededor de una resignación, una experiencia en cierto sentido nueva, pues esta resignación no era lo que comúnmente se llama resignación, ni siquiera paciencia o conformidad, sino más bien un estado de mansedumbre, una humildad exquisita e incomprensible que lo hacía llorar sin que viniera a cuento y en donde su propia imagen, lo que Morini percibía de Morini, se iba diluyendo de forma gradual e incontenible, como un río que deja de ser río o como un árbol que se quema en el horizonte sin saber que se está quemando.

Pelletier, Espinoza y Norton viajaron desde París al DF, en donde los esperaba el Cerdo. Allí pasaron la noche en un hotel y a la mañana siguiente volaron a Hermosillo. El Cerdo, que no entendía gran parte de la historia, estaba encantado de atender a tan ilustres académicos europeos aunque éstos, para su disgusto, no aceptaran pronunciar ninguna conferencia en Bellas Artes o en la UNAM o en el Colegio de México.

La noche que pasaron en el DF Espinoza y Pelletier fueron con el Cerdo al hotel en donde había pernoctado Archimboldi. El recepcionista no puso ningún inconveniente en dejarles ver el ordenador. Con el ratón el Cerdo repasó los nombres que aparecieron en la pantalla iluminada y que correspondían al día en que había conocido a Archimboldi. Pelletier se dio cuenta de que tenía las uñas sucias y comprendió la razón de su mote.

–Aquí está –dijo el Cerdo–, es éste.

Pelletier y Espinoza buscaron el nombre que indicaba el mexicano. Hans Reiter. Una noche. Pago al contado. No había utilizado tarjeta ni había abierto el minibar. Después se marcharon al hotel aunque el Cerdo les preguntó si les interesaba conocer algún lugar típico. No, dijeron Espinoza y Pelletier, no nos interesa.

Norton, mientras tanto, estaba en el hotel y aunque no tenía sueño había apagado las luces y dejado sólo el televisor encendido y con el volumen muy bajo. Por las ventanas abiertas de su cuarto llegaba un zumbido lejano, como si a muchos kilómetros de allí, en un zona del extrarradio de la ciudad, estuvieran evacuando a la gente. Pensó que era el televisor y lo apagó, pero el ruido persistía. Se apoyó en la ventana y contempló la ciudad. Un mar de luces vacilantes se extendía hacia el sur. El zumbido, con la mitad del cuerpo fuera de la ventana, no se oía. El aire era frío y le resultó confortable.

En la entrada del hotel un par de porteros discutían con un cliente y un taxista. El cliente estaba borracho. Uno de los porteros lo sostenía del hombro y el otro escuchaba lo que tenía que decir el taxista, que parecía, a juzgar por los aspavientos que realizaba, cada vez más excitado. Al poco rato un coche se detuvo delante del hotel y vio bajar de él a Espinoza y a Pelletier, seguidos por el mexicano. Desde allí arriba no estaba muy segura de que fueran sus amigos. En cualquier caso, si lo eran parecían distintos, caminaban de otra manera, mucho más viriles, si esto era posible, aunque la palabra virilidad, sobre todo aplicada a la forma de caminar, a Norton le sonaba monstruosa, un sinsentido sin pies ni cabeza. El mexicano le dio las llaves del coche a uno de los porteros y luego los tres se introdujeron en el hotel. El portero que tenía las llaves del coche del Cerdo se subió a éste y entonces el taxista dirigió sus aspavientos en dirección al portero que sostenía al borracho. Norton tuvo la impresión de que el taxista exigía más dinero y que el cliente borracho del hotel no quería pagarle. Desde su posición Norton creyó que el borracho tal vez fuera norteamericano. Llevaba una camisa blanca, por fuera del pantalón de lona, de color claro, como un capuchino o como un batido de café. Su edad era indiscernible. Cuando el otro portero volvió, el taxista retrocedió dos pasos y les dijo algo.

Su actitud, pensó Norton, resultaba amenazante. Entonces uno de los porteros, el que sostenía al cliente borracho, dio un salto y lo cogió por el cuello. El taxista no esperaba esa reacción y sólo atinó a retroceder, pero ya resultaba imposible sacudirse de encima al portero. Por el cielo, presumiblemente lleno de nubes negras cargadas de contaminación, aparecieron las luces de un avión. Norton levantó la vista, sorprendida, pues entonces todo el aire empezó a zumbar, como si millones de abejas rodearan el hotel. Por un instante se le pasó por la cabeza la idea de un terrorista suicida o de un accidente aéreo. En la entrada del hotel los dos porteros le pegaban al taxista, que estaba en el suelo. No se trataba de patadas continuadas. Digamos que lo pateaban cuatro o seis veces y paraban y le daban oportunidad de hablar o de irse, pero el taxista, que estaba doblado sobre su estómago, movía la boca y los insultaba y entonces los porteros le daban otra tanda de patadas.

El avión descendió un poco más en la oscuridad y Norton creyó ver a través de las ventanillas los rostros expectantes de los pasajeros. Luego el aparato dio un giro y volvió a subir y pocos segundos después penetró una vez más en el vientre de las nubes. Las luces de cola, centellas rojas y azules, fue lo último que vio antes de que desapareciera. Cuando miró hacia abajo uno de los recepcionistas del hotel había salido y se llevaba, como a un herido, al cliente borracho que apenas podía caminar, mientras los dos porteros arrastraban al taxista no en dirección al taxi sino en dirección al párking subterráneo.

Su primer impulso fue bajar al bar, en donde encontraría a Pelletier y Espinoza charlando con el mexicano, pero al final decidió cerrar la ventana y meterse en la cama. El zumbido seguía y Norton pensó que lo debía de producir el aire acondicionado.

–Hay una especie de guerra entre taxistas y porteros –dijo el Cerdo–. Una guerra no declarada, con sus altibajos, momentos de gran tensión y momentos de alto el fuego.

–¿Y ahora qué va a pasar? –dijo Espinoza.

Estaban sentados en el bar del hotel, junto a uno de los ventanales que daba a la calle. Afuera el aire tenía una textura líquida. Agua negra, azabache, que daba ganas de pasarle la mano por el lomo y acariciarla.

–Los porteros le darán una lección al taxista y éste va a tardar mucho tiempo en volver al hotel –dijo el Cerdo–. Es por las propinas.

Después el Cerdo sacó su agenda electrónica de direcciones y ellos copiaron en sus respecivas libretas el teléfono del rector de la Universidad de Santa Teresa.

–Yo platiqué con él hoy –dijo el Cerdo– y le pedí que los ayudara en todo lo posible.

–¿Quién va a sacar de aquí al taxista? –dijo Pelletier.

–Saldrá por su propio pie –dijo el Cerdo–. Le darán una madriza en toda regla en el interior del párking y luego lo despertarán con baldazos de agua fría para que se meta en su coche y se largue.

–¿Y si los porteros y los taxistas están en guerra, cómo lo hacen los clientes cuando necesitan un taxi? –dijo Espinoza.

–Ah, entonces el hotel llama a una compañía de radiotaxis. Los radiotaxis están en paz con todo el mundo –dijo el Cerdo.

Cuando salieron a despedirlo a la entrada del hotel vieron al taxista que emergía renqueando del párking. Tenía el rostro intacto y la ropa no parecía mojada.

–Seguro que hizo un trato –dijo el Cerdo.

–¿Un trato?

–Un trato con los porteros. Dinero –dijo el Cerdo–, les debió de dar dinero.

Pelletier y Espinoza, por un segundo, imaginaron que el Cerdo se iba a marchar en el taxi, que estaba estacionado a pocos metros de allí, en la otra acera, y que tenía un aspecto de abandono absoluto, pero con un gesto de la cabeza el Cerdo le ordenó a uno de los porteros que fuera a buscar su coche.

A la mañana siguiente volaron a Hermosillo y desde el aeropuerto telefonearon al rector de la Universidad de Santa Teresa y después alquilaron un coche y partieron hacia la frontera. Al salir del aeropuerto los tres percibieron la luminosidad del estado de Sonora. Era como si la luz se sumergiera en el océano Pacífico produciendo una enorme curvatura en el espacio. Daba hambre desplazarse bajo aquella luz, aunque también, pensó Norton, y tal vez de forma más perentoria, daba ganas de aguantar el hambre hasta el final.

Entraron por el sur de Santa Teresa y la ciudad les pareció un enorme campamento de gitanos o de refugiados dispuestos a ponerse en marcha a la más mínima señal. Alquilaron tres habitaciones en el cuarto piso del Hotel México. Las tres habitaciones eran iguales, pero en realidad estaban llenas de pequeñas señales que las hacían diferentes. En la habitación de Espinoza había un cuadro de grandes proporciones en donde se veía el desierto y a un grupo de hombres a caballo, en el lado izquierdo, vestidos con camisas de color beige, como si fueran del ejército o de un club de equitación. En la habitación de Norton había dos espejos en vez de uno. El primer espejo estaba junto a la puerta, como en las otras habitaciones, el segundo estaba en la pared del fondo, junto a la ventana que daba a la calle, de tal manera que si uno adoptaba determinada postura, ambos espejos se reflejaban. En la habitación de Pelletier faltaba un pedazo de la taza del baño. A simple vista no se veía, pero al levantar la tapa del wáter el pedazo que faltaba se hacía presente de forma repentina, casi como un ladrido. ¿Cómo demonios nadie ha reparado esto?, pensó Pelletier. Norton nunca habia visto una taza en esas condiciones. Faltaban unos veinte centímetros. Debajo del enlosado blanco había un material rojo, como arcilla de ladrillos, con forma de galletas untadas de yeso. El trozo que faltaba tenía forma de medialuna. Parecía como si lo hubieran arrancado con un martillo. O como si alguien hubiera levantado a otra persona que ya estaba en el suelo y hubiera estampado su cabeza contra la taza del baño, pensó Norton.

El rector de la Universidad de Santa Teresa les pareció un tipo amable y tímido. Era muy alto y tenía la piel ligeramente bronceada, como si a diario realizara largos paseos meditabundos por el campo. Los invitó a una taza de café y escuchó sus explicaciones con paciencia y un interés más fingido que real. Después los llevó a dar una vuelta por la universidad, señalando los edificios e indicándoles a qué facultades pertenecían.

Cuando Pelletier, por cambiar de tema, habló de la luz de Sonora, el rector se explayó hablando de las puestas de sol en el desierto y mencionó a algunos pintores, cuyos nombres ellos desconocían, que se habían instalado a vivir en Sonora o en la vecina Arizona.

Al regresar a la rectoría volvió a ofrecerles café y les preguntó en qué hotel estaban alojados. Cuando se lo dijeron anotó el nombre del hotel en una hoja que se guardó en el bolsillo superior de la chaqueta y luego los invitó a cenar a su casa. Poco después ellos se marcharon. Mientras recorrían el trecho que había desde la rectoría hasta el aparcadero de coches vieron a un grupo de estudiantes de ambos sexos que caminaban por un prado justo en el momento en que se ponían en funcionamiento los aspersores de riego. Los estudiantes pegaron un grito y echaron a correr, alejándose de allí.

Antes de volver al hotel dieron una vuelta por la ciudad. Les pareció tan caótica que se pusieron a reír. Hasta entonces no estaban de buen humor. Observaban las cosas y escuchaban a las personas que los podían ayudar, pero únicamente como parte de una estrategia mayor. Durante el regreso al hotel desapareció la sensación de estar en un medio hostil, aunque hostil no era la palabra, un medio cuyo lenguaje se negaban a reconocer, un medio que transcurría paralelo a ellos y en el cual sólo podían imponerse, ser sujetos únicamente levantando la voz, discutiendo, algo que no tenían intención de hacer.

En el hotel encontraron una nota de Augusto Guerra, el decano de la facultad de Filosofía y Letras. La nota estaba dirigida a sus «colegas» Espinoza, Pelletier y Norton. Queridos colegas, había escrito sin un ápice de ironía. Esto los hizo reír aún más, aunque acto seguido los entristeció, pues el ridículo de un «colega», a su manera, tendía puentes de hormigón armado entre Europa y aquel rincón trashumante. Es como oír llorar a un niño, dijo Norton. En su nota Augusto Guerra, además de desearles una buena y feliz estancia en su ciudad, les hablaba de un tal profesor Amalfitano, «experto en Benno von Archimboldi», el cual diligentemente se presentaría en el hotel aquella misma tarde para ayudarlos en todo lo posible. La despedida estaba adornada con una frase poética que comparaba el desierto con un jardín petrificado.

A la espera del experto en Benno von Archimboldi decidieron no salir del hotel, una decisión que por lo que vieron a través de las ventanas del bar compartían con un grupo de turistas norteamericanos que se estaban emborrachando a conciencia en la terraza engalanada con algunas variedades de cactus sorprendentes, algunos de casi tres metros de altura. De vez en cuando uno de los turistas se levantaba de la mesa y se acercaba a los balaustres cubiertos de plantas semisecas y echaba una mirada a la avenida. Luego, trastabillando, regresaba junto a sus compañeros y compañeras y al cabo de un rato todos se reían, como si el que se había levantado les contara un chiste picante pero muy gracioso. No había ningún joven entre ellos, aunque tampoco había ningún viejo, era un grupo de turistas cuarentones y cincuentones que probablemente aquel mismo día iba a volver a los Estados Unidos. Poco a poco la terraza del hotel se fue llenando de más gente, hasta que no quedó ni una mesa libre. Cuando por el este empezó a avanzar la noche por los altavoces de la terraza se oyeron las primeras notas de una canción de Willy Nelson.

Uno de los borrachos, al reconocerla, pegó un grito y se levantó. Espinoza, Pelletier y Norton creyeron que se iba a poner a bailar, pero en lugar de eso se acercó a la barandilla de la terraza, asomó el pescuezo, miró arriba y abajo y luego volvió muy tranquilo a sentarse junto a su mujer y sus amigos. Estos tipos están medio locos, dijeron Espinoza y Pelletier. Norton, por el contrario, pensó que algo raro estaba pasando, en la avenida, en la terraza, en las habitaciones del hotel, incluso en el DF con esos taxistas y porteros irreales, o al menos sin un asidero lógico por donde agarrarlos, e incluso algo raro, que escapaba a su comprensión, estaba pasando en Europa, en el aeropuerto de París en donde se habían reunido los tres, y tal vez antes, con Morini y su negativa a acompañarlos, con ese joven un tanto repulsivo que conocieron en Toulouse, con Dieter Hellfeld y sus repentinas noticias sobre Archimboldi. E incluso algo raro pasaba con Archimboldi y con todo lo que contaba Archimboldi y con ella misma, irreconocible, si bien sólo a ráfagas, que leía y anotaba e interpretaba los libros de Archimboldi.

–¿Has pedido que arreglen el wáter de tu habitación? –dijo Espinoza.

–Sí, les he dicho que hagan algo –dijo Pelletier–. Pero en la recepción me sugirieron un cambio de habitación. Querían ponerme en el tercero. Así que les dije que ya estaba bien así, que me pensaba quedar en *mi* habitación y que ellos podían arreglar la taza cuando yo me marchara. Prefiero seguir juntos –dijo Pelletier con una sonrisa.

–Has hecho bien –dijo Espinoza.

–El recepcionista me dijo que pensaban cambiar la taza del baño pero que no encontraban el modelo apropiado. Que no me fuera a marchar con una mala impresión del hotel. Un tipo amable, después de todo –dijo Pelletier.

La primera impresión que los críticos tuvieron de Amalfitano fue más bien mala, perfectamente acorde con la mediocridad del lugar, sólo que el lugar, la extensa ciudad en el desierto, podía ser vista como algo típico, algo lleno de color local, una prueba más de la riqueza a menudo atroz del paisaje humano, mientras que Amalfitano sólo podía ser visto como un náufrago, un tipo descuidadamente vestido, un profesor inexistente de una universidad inexistente, el soldado raso de una batalla perdida de antemano contra la barbarie, o, en términos menos melodramáticos, como lo que finalmente era, un melancólico profesor de filosofía pasturando en su propio campo, el lomo de una bestia caprichosa e infantiloide que se habría tragado de un solo bocado a Heidegger en el supuesto de que Heidegger hubiera tenido la mala pata de nacer en la frontera mexicano-norteamericana. Espinoza y Pelletier vieron en él a un tipo fracasado, fracasado sobre todo porque había vivido y enseñado en Europa, que intentaba protegerse con una capa de dureza, pero cuya delicadeza intrínseca lo delataba en el acto. La impresión de Norton, por el contrario, fue la de un tipo muy triste, que se apagaba a pasos de gigante, y que lo último que deseaba era servirles de guía por aquella ciudad.

Aquella noche los tres críticos se fueron a acostar relativamente temprano. Pelletier soñó con su taza de baño. Un ruido apagado lo despertaba y él se levantaba desnudo y veía por debajo de la puerta que alguien había encendido la luz del baño. Al principio pensaba que era Norton, incluso Espinoza, pero al acercarse ya sabía que no podía ser ninguno de los dos. Al abrir la puerta el baño estaba vacío. En el suelo veía grandes manchas de sangre. La bañera y la cortina de la bañera exhibían costras no del todo endurecidas de una materia que al principio Pelletier creía que era barro o vómito, pero que no tardaba en descubrir que era mierda. El asco que le producía la mierda era mucho mayor que el miedo que le producía la sangre. A la primera arcada se despertó.

Espinoza soñó con el cuadro del desierto. En el sueño Espinoza se erguía hasta quedar sentado en la cama y desde allí, como si viera la tele en una pantalla de más de un metro y medio por un metro y medio, podía contemplar el desierto estático y luminoso, de un amarillo solar que hacía daño en los ojos, y a las figuras montadas a caballo, cuyos movimientos, los de los jinetes y los de los caballos, eran apenas perceptibles, como si habitaran en un mundo diferente del nuestro, en donde la velocidad era distinta, una velocidad que para Espinoza era lentitud, aunque él sabía que gracias a esa lentitud, quienquiera que fuera el observador del cuadro no se volvía loco. Y luego estaban las voces. Espinoza las escuchó. Voces apenas audibles, al principio sólo fonemas, cortos gemidos lanzados como meteoritos sobre el desierto y sobre el espacio armado de la habitación del hotel y del sueño. Algunas palabras sueltas sí que fue capaz de reconocerlas. Rapidez, premura, velocidad, ligereza.

Las palabras se abrían paso a través del aire enrarecido del cuadro como raíces víricas en medio de carne muerta. Nuestra cultura, decía una voz. Nuestra libertad. La palabra libertad le sonaba a Espinoza como un latigazo en un aula vacía. Cuando despertó estaba sudando.

En el sueño de Norton ésta se veía reflejada en ambos espejos. En uno de frente y en el otro de espaldas. Su cuerpo estaba ligeramente sesgado. Con certeza resultaba imposible decir si pensaba avanzar o retroceder. La luz de la habitación era escasa y matizada, como la de un atardecer inglés. No había ninguna lámpara encendida. Su imagen en los espejos aparecía vestida como para salir, con un traje sastre gris y, cosa curiosa, pues Norton rara vez usaba esta prenda, con un sombrerito gris que evocaba páginas de moda de los años cincuenta. Probablemente llevaba zapatos de tacón, de color negro, aunque no se los podía ver. La inmovilidad de su cuerpo, algo en él que inducía a pensar en lo inerte y también en lo inerme, la llevaba a preguntarse, sin embargo, qué era lo que estaba esperando para partir, qué aviso aguardaba para salir del campo en que ambos espejos se miraban y abrir la puerta y desaparecer. ¿Tal vez había oído un ruido en el pasillo? ¿Tal vez alguien había intentado al pasar abrir su puerta? ¿Un huésped despistado del hotel? ¿Un empleado, alguien enviado por la recepción, una mujer de la limpieza? El silencio, no obstante, era total y tenía, además, algo de calmo, de los largos silencios que preceden a la noche. De pronto Norton se dio cuenta de que la mujer reflejada en el espejo no era ella. Sintió miedo y curiosidad y permaneció quieta, observando si cabe con mayor detenimiento a la figura en el espejo. Objetivamente, se dijo, es igual a mí y no tengo ninguna razón para pensar lo contrario. Soy yo. Pero luego se fijó en su cuello: una vena hinchada, como si estuviera a punto de reventar, lo recorría desde la oreja hasta perderse en el omóplato. Una vena que más que real parecía dibujada. Entonces Norton pensó: tengo que marcharme de aquí. Y recorrió la habitación con los ojos intentando descubrir el lugar exacto en que se encontraba la mujer, pero le fue imposible verla. Para que se reflejase en ambos espejos, se dijo, tenía que estar justo entre el pequeño pasillo de entrada y la habitación. Pero no la vio. Al mirarla en los espejos notó un cambio. El cuello de la mujer se movía de forma casi imperceptible. Yo también estoy siendo reflejada en los espejos, se dijo Norton. Y si ella sigue moviéndose finalmente ambas nos miraremos. Veremos nuestras caras. Norton apretó los puños y esperó. La mujer del espejo también apretó los puños, como si el esfuerzo que hacía fuera sobrehumano. La tonalidad de la luz que entraba en la habitación se hizo cenicienta. Norton tuvo la impresión de que afuera, en las calles, se había desatado un incendio. Empezó a sudar. Agachó la cabeza y cerró los ojos. Cuando volvió a mirar los espejos, la vena hinchada de la mujer había crecido de volumen y su perfil comenzaba a insinuarse. Tengo que huir, pensó. También pensó: ¿dónde están Jean-Claude y Manuel? También pensó en Morini. Sólo vio una silla de ruedas vacía y atrás un bosque enorme, impenetrable, de un verde casi negro, que tardó en reconocer como Hyde Park. Cuando abrió los ojos la mirada de la mujer del espejo y la de ella se intersecaron en algún punto indeterminado de la habitación. Los ojos de ella eran iguales a los suyos. Los pómulos, los labios, la frente, la nariz. Norton se puso a llorar o creyó que lloraba de pena o de miedo. Es igual a mí, se dijo, pero ella está muerta. La mujer ensayó una sonrisa y luego, casi sin transición, una mueca de miedo le desfiguró el rostro. Sobresaltada, Norton miró hacia atrás, pero atrás no había nadie, sólo la pared de la habitación. La mujer volvió a sonreírle. Esta vez la sonrisa no fue precedida por una mueca sino por un gesto de profundo abatimiento. Y luego la mujer volvió a sonreírle y su rostro se hizo ansioso y luego inexpresivo y luego nervioso y luego resignado y luego pasó por todas las expresiones de la locura y siempre volvía a sonreírle, mientras Norton, recuperada la sangre fría, había sacado una libretita y tomaba notas muy rápidas de todo lo que sucedía, como si en ello estuviera cifrado su destino o su cuota de felicidad en la tierra, y así estuvo hasta despertar.

Cuando Amalfitano les dijo que él había traducido para una editorial argentina, en el año 1974, *La rosa ilimitada,* la opinión de los críticos cambió. Quisieron saber en dónde había aprendido alemán, cómo había conocido la obra de Archimboldi, qué libros había leído de él, qué opinión le merecía. Amalfitano dijo que el alemán lo había aprendido en Chile, en el Colegio Alemán, al que había ido desde pequeño, aunque al cumplir los quince años se había ido a estudiar, por motivos que no venían al caso, a un liceo público. Entró en contacto con la obra de Archimboldi, según creía recordar, a la edad de veinte años, entonces había leído, en alemán y cogiendo los libros en préstamo de una biblioteca de Santiago, *La rosa ilimitada, La máscara de cuero* y *Ríos de Europa.* En aquella biblioteca sólo tenían aquellos tres libros y *Bifurcaria bifurcata,* pero este último lo empezó y no lo pudo terminar. Era una biblioteca pública enriquecida con los fondos de un señor alemán que había acumulado muchísimos libros en dicha lengua y que antes de morir los donó a su comuna, en el barrio de Ñuñoa, en Santiago.

Por supuesto, la opinión que Amalfitano tenía de Archimboldi era buena, aunque distaba mucho de la adoración que por el autor alemán sentían los críticos. A Amalfitano, por ejemplo, le parecía igual de bueno Günter Grass o Arno Schmidt. Cuando los críticos quisieron saber si la traducción de *La rosa ilimitada* había sido idea suya o un encargo de los editores, Amalfitano dijo que, según creía recordar, fueron los editores de aquella editorial argentina los que tuvieron la idea. Por aquella época, dijo, yo traducía todo lo que podía, y además trabajaba como corrector de galeradas. La edición, hasta donde sabía, había sido una edición pirata, aunque esto lo pensó mucho después y no podía confirmarlo.

Cuando los críticos, ya mucho más benevolentes con su aparición, le preguntaron qué hacía él en Argentina en el año 1974, Amalfitano los miró a ellos y luego miró su cóctel Margarita y dijo, como si lo hubiera repetido muchas veces, que en 1974 él estaba en Argentina por el golpe de Estado en Chile, el cual lo obligó a emprender el camino del exilio. Y luego pidió disculpas por esa forma un tanto grandilocuente de expresarse. Todo se pega, dijo, pero ninguno de los críticos le dio mayor importancia a esta última frase.

–El exilio debe de ser algo terrible –dijo Norton, comprensiva.

–En realidad –dijo Amalfitano– ahora lo veo como un movimiento natural, algo que, a su manera, contribuye a abolir el destino o lo que comúnmente se considera el destino.

–Pero el exilio –dijo Pelletier– está lleno de inconvenientes, de saltos y rupturas que más o menos se repiten y que dificultan cualquier cosa importante que uno se proponga hacer.

–Ahí precisamente radica –dijo Amalfitano– la abolición del destino. Y perdonen otra vez.

A la mañana siguiente encontraron a Amalfitano esperándolos en el lobby del hotel. Si el profesor chileno no hubiera estado allí seguramente se habrían contado mutuamente las pesadillas de aquella noche y quién sabe lo que hubiera salido a la luz. Pero allí estaba Amalfitano y se fueron los cuatro juntos a desayunar y a planificar las actividades del día. Examinaron las posibilidades. En primer lugar estaba claro que Archimboldi no se había presentado a la universidad. Al menos no a la facultad de Filosofía y Letras. No existía un consulado alemán en Santa Teresa, por lo que cualquier movimiento en esa dirección quedaba descartado de antemano. Le preguntaron a Amalfitano cuántos hoteles había en la ciudad. Éste contestó que no lo sabía pero que podía averiguarlo en el acto, apenas acabaran de desayunar.

–¿De qué manera? –quiso saber Espinoza.

–Preguntándolo en la recepción –dijo Amalfitano–. Ahí deben tener una lista completa de todos los hoteles y moteles de los alrededores.

–Claro –dijeron Pelletier y Norton.

Mientras acababan de desayunar especularon una vez más sobre cuáles podían ser los motivos que habían impulsado a Archimboldi a viajar hasta ese lugar. Amalfitano supo entonces que nunca nadie había visto en persona a Archimboldi. La historia le pareció, sin que pudiera decir a ciencia cierta por qué, divertida, y les preguntó los motivos por los que querían encontrarlo si estaba claro que Archimboldi no quería que nadie lo viera. Porque nosotros estudiamos su obra, dijeron los críticos. Porque se está muriendo y no es justo que el mejor escritor alemán del siglo XX se muera sin poder hablar con quienes mejor han leído sus novelas. Porque queremos convencerlo de que vuelva a Europa, dijeron.

–Yo creía –dijo Amalfitano– que el mejor escritor alemán del siglo veinte era Kafka.

Bueno, pues entonces el mejor escritor alemán de la posguerra o el mejor escritor alemán de la segunda mitad del siglo XX, dijeron los críticos.

–¿Han leído a Peter Handke? –les preguntó Amalfitano–. ¿Y Thomas Bernhard?

Uf, dijeron los críticos y a partir de este momento hasta que dieron por concluido el desayuno Amalfitano fue atacado hasta quedar reducido a una especie de Periquillo Sarniento abierto en canal y sin una sola pluma.

En la recepción les dieron la lista de los hoteles de la ciudad. Amalfitano sugirió que podían llamar desde la universidad, ya que al parecer la relación entre Guerra y los críticos era óptima, o el respeto que sentía Guerra por los críticos era reverencial y no exento de temblores, temblores a su vez no exentos de vanidad o coquetería, aunque también hay que añadir que tras la coquetería o los temblores se agazapaba la astucia, pues si bien la disposición favorable de Guerra estaba dictada por el deseo del rector Negrete, no se le ocultaba a Amalfitano que Guerra pensaba sacar tajada de la visita de los ilustres profesores europeos, sobre todo si se tiene en cuenta que el futuro es un misterio y que uno nunca sabe a ciencia cierta en qué momento se tuerce el camino y hacia qué extraños lugares lo encaminan sus pasos. Pero los críticos se negaron a utilizar el teléfono de la universidad e hicieron las llamadas con cargo a sus propias habitaciones.

Para ganar tiempo, Espinoza y Norton llamaron desde la habitación de Espinoza, y Amalfitano y Pelletier desde la habitación del francés. Al cabo de una hora el resultado no podía ser más descorazonador. En ningún hotel se había registrado ningún Hans Reiter. Al cabo de dos horas decidieron suspender las llamadas y bajar al bar a beber una copa. Sólo quedaban unos pocos hoteles y algunos moteles de las afueras de la ciudad. Al observar la lista con mayor detenimiento, Amalfitano les dijo que la mayoría de los moteles que aparecían en la lista eran lugares de paso, prostíbulos encubiertos, sitios en donde resultaba difícil imaginarse a un turista alemán.

–No estamos buscando a un turista alemán sino a Archimboldi –le respondió Espinoza.

–Eso es cierto –dijo Amalfitano, y se imaginó, efectivamente, a Archimboldi en un motel.

La pregunta es qué vino a hacer Archimboldi a esta ciudad, dijo Norton. Después de discutir un rato los tres críticos llegaron a la conclusión, y Amalfitano estuvo de acuerdo con ellos, de que sólo podía haber venido a Santa Teresa a ver a un amigo o a recabar información para una próxima novela o por ambas razones. Pelletier se inclinó por la posibilidad del amigo.

–Un viejo amigo –conjeturó–, es decir un alemán como él.

–Un alemán al que no ha visto desde hace muchos años, podríamos decir desde el fin de la Segunda Guerra Mundial –dijo Espinoza.

–Un compañero del ejército, alguien que significó mucho para Archimboldi y que desapareció apenas terminó la guerra o incluso puede que antes de que terminara la guerra –dijo Norton.

–Alguien que sabe, sin embargo, que Archimboldi es Hans Reiter –dijo Espinoza.

–No necesariamente, tal vez el amigo de Archimboldi no tiene ni idea de que Hans Reiter y Archimboldi son la misma persona, él sólo conoce a Reiter y sabe cómo ponerse en contacto con Reiter y poco más –dijo Norton.

–Pero eso no es tan fácil –dijo Pelletier.

–No, no es tan fácil, pues presupone que Reiter, desde la última vez que vio a su amigo, digamos que en 1945, no ha *cambiado* de dirección –dijo Amalfitano.

–Estadísticamente no hay ningún alemán nacido en 1920 que no haya cambiado de dirección al menos una vez en su vida –dijo Pelletier.

–Así que puede que el amigo no se haya puesto en contacto con él sino que sea el propio Archimboldi quien se puso en contacto con su amigo –dijo Espinoza.

–Amigo o amiga –dijo Norton.

–Yo me inclino a creer más en un amigo que en una amiga –dijo Pelletier.

–A menos que no se trate ni de un amigo ni de una amiga y todos nosotros estemos aquí dando palos de ciego –dijo Espinoza.

–Pero, entonces, qué vino a hacer Archimboldi a este lugar –dijo Norton.

–Tiene que ser un amigo, un amigo muy querido, lo suficientemente querido como para forzar a Archimboldi a hacer este viaje –dijo Pelletier.

–¿Y si estamos equivocados? ¿Y si Almendro nos mintió o se confundió o le mintieron a él? –dijo Norton.

–¿Qué Almendro? ¿Héctor Enrique Almendro? –dijo Amalfitano.

–Ese mismo, ¿lo conoces? –dijo Espinoza.

–No personalmente, pero yo no le daría excesivo crédito a una pista de Almendro –dijo Amalfitano.

–¿Por qué? –dijo Norton.

–Bueno, es el típico intelectual mexicano preocupado básicamente en sobrevivir –dijo Amalfitano.

–Todos los intelectuales *latinoamericanos* están preocupados básicamente en sobrevivir, ¿no? –dijo Pelletier.

–Yo no lo expresaría con esas palabras, hay algunos que están más interesados en escribir, por ejemplo –dijo Amalfitano.

–A ver, explícanos eso –dijo Espinoza.

–En realidad no sé cómo explicarlo –dijo Amalfitano–. La relación con el poder de los intelectuales mexicanos viene de lejos. No digo que todos sean así. Hay excepciones notables. Tampoco digo que los que se entregan lo hagan de mala fe. Ni siquiera que esa *entrega* sea una entrega en toda regla. Digamos que sólo es un empleo. Pero es un empleo con el Estado. En Europa los intelectuales trabajan en editoriales o en la prensa o los mantienen sus mujeres o sus padres tienen buena posición y les dan una mensualidad o son obreros y delincuentes y viven honestamente de sus trabajos. En México, y puede que el ejemplo sea extensible a toda Latinoamérica, salvo Argentina, los intelectuales trabajan para el Estado. Esto era así con el PRI y sigue siendo así con el PAN. El intelectual, por su parte, puede ser un fervoroso defensor del Estado o un crítico del Estado. Al Estado no le importa. El Estado lo alimenta y lo observa en silencio. Con su enorme cohorte de escritores más bien inútiles, el Estado hace algo. ¿Qué? Exorciza demonios, cambia o al menos intenta influir en el tiempo mexicano. Añade capas de cal a un hoyo que nadie sabe si existe o no existe. Por supuesto, esto no siempre es así. Un intelectual puede trabajar en la universidad o, mejor, irse a trabajar a una universidad norteamericana, cuyos departamentos de literatura son tan malos como los de las universidades mexicanas, pero esto no lo pone a salvo de recibir una llamada telefónica a altas horas de la noche y que alguien que habla en nombre del Estado le ofrezca un trabajo mejor, un empleo mejor remunerado, algo que el intelectual cree que se merece, y los intelectuales *siempre* creen que se merecen algo *más*. Esta mecánica, de alguna manera, desoreja a los escritores mexicanos. Los vuelve locos. Algunos, por ejemplo, se ponen a traducir poesía japonesa sin saber japonés y otros, ya de plano, se dedican a la bebida. Almendro, sin ir más lejos, creo que hace ambas cosas. La literatura en México es como un jardín de infancia, una guardería, un kindergarten, un parvulario, no sé si lo podéis entender. El clima es bueno, hace sol, uno puede salir de casa y sentarse en un parque y abrir un libro de Valéry, tal vez el escritor más leído por los escritores mexicanos, y luego acercarse a casa de los amigos y hablar. Tu sombra, sin embargo, ya no te sigue. En algún momento te ha abandonado silenciosamente. Tú haces como que no te das cuenta, pero sí que te has dado cuenta, tu jodida sombra ya no va contigo, pero, bueno, eso puede explicarse de muchas formas, la posición del sol, el grado de inconsciencia que el sol provoca en las cabezas sin sombrero, la cantidad de alcohol ingerida, el movimiento como de tanques subterráneos del dolor, el miedo a cosas más contingentes, una enfermedad que se insinúa, la vanidad herida, el deseo de ser puntual al menos una vez en la vida. Lo cierto es que tu sombra se pierde y tú, momentáneamente, la olvidas. Y así llegas, sin sombra, a una especie de escenario y te pones a traducir o a reinterpretar o a cantar la realidad. El escenario propiamente dicho es un proscenio y al fondo del proscenio hay un tubo enorme, algo así como una mina o la entrada a una mina de proporciones gigantescas. Digamos que es una caverna. Pero también podemos decir que es una mina. De la boca de la mina salen ruidos ininteligibles. Onomatopeyas, fonemas furibundos o seductores o seductoramente furibundos o bien puede que sólo murmullos y susurros y gemidos. Lo cierto es que nadie ve, lo que se dice ver, la entrada de la mina. Una máquina, un juego de luces y de sombras, una manipulación en el tiempo, hurta el verdadero contorno de la boca a la mirada de los espectadores. En realidad, sólo los espectadores que están más cercanos al proscenio, pegados al foso de la orquesta, pueden ver, tras la tupida red de camuflaje, el contorno de algo, no el verdadero contorno, pero sí, al menos, el contorno de algo. Los otros espectadores no ven nada más allá del proscenio y se podría decir que tampoco les interesa ver nada. Por su parte, los intelectuales sin sombra están siempre *de espaldas* y por lo tanto, a menos que tuvieran ojos en la nuca, les es imposible ver nada. Ellos sólo escuchan los ruidos que salen del fondo de la mina. Y los traducen o reinterpretan o recrean. Su trabajo, cae por su peso decirlo, es pobrísimo. Emplean la retórica allí donde se intuye un huracán, tratan de ser elocuentes allí donde intuyen la furia desatada, procuran ceñirse a la disciplina de la métrica allí donde sólo queda un silencio ensordecedor e inútil. Dicen pío pío, guau guau, miau miau, porque son incapaces de imaginar un animal de proporciones colosales o la ausencia de ese animal. El escenario en el que trabajan, por otra parte, es muy bonito, muy bien pensado, muy coqueto, pero sus dimensiones con el paso del tiempo son cada vez menores. Este achicamiento del escenario no lo desvirtúa en modo alguno. Simplemente cada vez es más chico y también las plateas son más chicas y los espectadores, naturalmente, son cada vez menos. Junto a este escenario, por supuesto, hay otros escenarios. Escenarios nuevos que han crecido con el paso del tiempo. Está el escenario de la pintura, que es enorme, y cuyos espectadores son pocos pero todos, por decirlo de algún modo, son elegantes. Está el escenario del cine y de la televisión. Aquí el aforo es enorme y siempre está lleno y el proscenio crece a buen ritmo año tras año. En ocasiones, los intérpretes del escenario de los intelectuales se pasan, como actores invitados, al escenario de la televisión. En este escenario la boca de la mina es la misma, con un ligerísimo cambio de perspectiva, aunque tal vez el camuflaje sea más denso y, paradójicamente, esté preñado de un humor misterioso y quc sin embargo apesta. Este camuflaje humorístico, naturalmente, se presta a muchas interpretaciones, que finalmente siempre se reducen, para mayor facilidad del público o del ojo colectivo del público, a dos. En ocasiones los intelectuales se instalan para siempre en el proscenio televisivo. De la boca de la mina siguen saliendo rugidos y los intelectuales los siguen malinterpretando. En realidad, ellos, que en teoría son los amos del lenguaje, ni siquiera son capaces de enriquecerlo. Sus mejores palabras son palabras prestadas que oyen decir a los espectadores de primera fila. A estos espectadores se les suele llamar *flagelantes.* Están enfermos y cada cierto tiempo inventan palabras atroces y su índice de mortalidad es elevado. Cuando acaba la jornada laboral se cierran los teatros y se tapan las bocas de las minas con grandes planchas de acero. Los intelectuales se retiran. La luna es gorda y el aire nocturno es de una pureza tal que parece alimenticio. En algunos locales se oyen canciones cuyas notas llegan a las calles. A veces un intelectual se desvía y penetra en uno de estos locales y bebe mezcal. Piensa entonces qué sucedería si un día él. Pero no. No piensa nada. Sólo bebe y canta. A veces alguno cree ver a un escritor alemán legendario. En realidad sólo ha visto una sombra, en ocasiones sólo ha visto a su *propia* sombra que regresa a casa cada noche para evitar que el intelectual reviente o se cuelgue del portal. Pero él jura que ha visto a un escritor alemán y en esa convicción cifra su propia felicidad, su orden, su vértigo, su sentido de la parranda. A la mañana siguiente hace un buen día. El sol chisporrotea, pero no quema. Uno puede salir de casa razonablemente tranquilo, arrastrando su sombra, y detenerse en un parque y leer unas páginas de Valéry. Y así hasta el fin.

–No entiendo nada de lo que has dicho –dijo Norton.

–En realidad sólo he dicho tonterías –dijo Amalfitano.

Más tarde llamaron a los hoteles y moteles que faltaban y en ninguno de ellos estaba alojado Archimboldi. Durante unas horas pensaron que Amalfitano tenía razón, que la pista de Almendro probablemente era fruto de su imaginación calenturienta, que el viaje de Archimboldi a México sólo existía en los recovecos mentales del Cerdo. El resto del día lo pasaron leyendo y bebiendo y ninguno de los tres se animó a salir del hotel.

Esa noche Norton, mientras revisaba su correspondencia electrónica en el ordenador del hotel, recibió un e-mail de Morini. En su carta Morini hablaba del tiempo, como si no tuviera nada mejor que decir, de la lluvia que empezó a caer oblicuamente sobre Turín a las ocho de la noche y no paró de hacerlo hasta la una de la mañana, y le deseaba a Norton, de corazón, un tiempo mejor en el norte de México, en donde según creía no llovía nunca y sólo hacía frío por las noches y eso únicamente en el desierto. Esa noche, también, después de contestar algunas cartas (no la de Morini), Norton subió a su habitación, se peinó, se lavó los dientes, se puso crema hidratante en la cara, se quedó un rato sentada en la cama, con los pies en el suelo, pensando, y luego salió al pasillo y llamó a la puerta de Pelletier y luego a la puerta de Espinoza y sin decir palabra los guió hasta su habitación, en donde hizo el amor con ambos hasta las cinco de la mañana, hora en que los críticos, por indicación de Norton, volvieron a sus respectivas habitaciones, en donde pronto cayeron en un sueño profundo, sueño que no alcanzó a Norton, quien arregló un poco las sábanas de su cama y apagó las luces del cuarto, pero no pudo pegar ojo.

Pensó en Morini, mejor dicho vio a Morini sentado en la silla de ruedas delante de una ventana de su apartamento en Turín, un apartamento que ella no conocía, mirando la calle y las fachadas de los edificios vecinos y observando cómo caía incesante la lluvia. Los edificios de enfrente eran grises. La calle era oscura y amplia, una avenida, aunque no pasaba ni un solo coche, con algunos árboles raquíticos plantados cada veinte metros, diríase una broma pesada del alcalde o del urbanista del ayuntamiento. El cielo era una manta tapada por una manta que a su vez tapaba otra manta aún más gruesa y húmeda. La ventana por la que Morini observaba el exterior era grande, casi una ventana balcón, más estrecha que ancha y, eso sí, muy alargada, y limpia hasta el punto de que se podría decir que el vidrio, por el que se deslizaban las gotas de lluvia, más que vidrio era puro cristal. Los marcos de la ventana eran de madera pintada de blanco. La habitación tenía las luces encendidas. El parquet relucía, los estantes con libros aparecían ordenados con pulcritud, de las paredes colgaban pocas pinturas de un buen gusto envidiable. No había alfombras y los muebles, un sofá de cuero negro y dos sillones de cuero blanco, no entorpecían en modo alguno el libre tránsito de la silla de ruedas. Tras la puerta, de doble hoja, que permanecía entornada, se abría un pasillo a oscuras.

¿Y qué decir con respecto a Morini? Su posición en la silla de ruedas expresaba un cierto grado de abandono, como si la contemplación de la lluvia nocturna y del vecindario dormido colmara todas sus expectativas. A veces apoyaba los dos brazos en la silla, otras veces apoyaba la cabeza en una mano y el codo lo apoyaba en el reposabrazos de la silla. Sus piernas inermes, como las piernas de un adolescente agónico, estaban enfundadas en unos pantalones vaqueros tal vez demasiado anchos. Llevaba puesta una camisa blanca, con los botones del cuello desabrochados, y en su muñeca izquierda tenía un reloj cuya correa le iba grande, aunque no tan grande como para caérsele. No llevaba zapatos sino zapatillas, muy viejas, de tela negra y reluciente como la noche. Toda la ropa era cómoda, de andar por casa, y por la actitud de Morini casi se podía afirmar que al día siguiente no tenía intenciones de ir a trabajar o que pensaba llegar tarde al trabajo.

La lluvia, al otro lado de la ventana, tal como decía en su e-mail, caía oblicuamente y la lasitud de Morini, su quietud y abandono tenían algo de mortalmente campesino, sometido en cuerpo y alma al insomnio sin una queja.

Al día siguiente salieron a dar una vuelta por el mercado de artesanías, inicialmente concebido como lugar de comercio y de trueque para la gente de los alrededores de Santa Teresa y adonde llegaban artesanos y campesinos de toda la zona, llevando sus productos en carretas o a lomos de burro, incluso vendedores de ganado de Nogales y de Vicente Guerrero, y tratantes de caballos de Agua Prieta y Cananea, y que ahora se mantenía únicamente para turistas norteamericanos de Phoenix, que llegaban en autobús o en caravanas de tres o cuatro coches y que se marchaban de la ciudad antes de que anocheciera. A los críticos, sin embargo, les gustó el mercado y aunque no pensaban comprar nada al final Pelletier adquirió por un precio irrisorio una figurilla de barro de un hombre sentado en una piedra leyendo el periódico. El hombre era rubio y en la frente le despuntaban dos pequeños cuernos de diablo. Espinoza, por su parte, le compró una alfombra india a una muchacha que tenía un puesto de alfombras y sarapes. La alfombra, en realidad, no le gustaba mucho, pero la chica era simpática y se pasó un buen rato hablando con ella. Le preguntó de dónde era, pues tenía la impresión de que había viajado con sus alfombras desde un lugar muy lejano, pero la chica le respondió que de la mera Santa Teresa, de un barrio al oeste de donde estaba el mercado. También le dijo que estaba estudiando la preparatoria y que si las cosas le iban bien pensaba estudiar después para enfermera. A Espinoza le pareció una chica no sólo guapa, tal vez demasiado menuda para su gusto, sino también inteligente.

En el hotel los esperaba Amalfitano. Lo invitaron a comer y después salieron los cuatro a visitar los periódicos que había en Santa Teresa. Allí repasaron todos los ejemplares de un mes antes de que Almendro viera a Archimboldi en el DF, hasta los ejemplares del día anterior. No encontraron ni una sola señal que les indicara que Archimboldi había pasado por la ciudad. Buscaron primero en las notas necrológicas. Luego se internaron en Sociedad y Política e incluso leyeron las notas de Agricultura y Ganadería. Uno de los periódicos no tenía suplemento cultural. Otro dedicaba una página a la semana a reseñar un libro y a informar de las actividades artísticas de Santa Teresa, aunque más le hubiera valido dedicar la página a Deportes. A las seis de la tarde se separaron del profesor chileno en las puertas de uno de los periódicos y volvieron al hotel. Se ducharon y luego cada uno se dedicó a revisar su correspondencia. Pelletier y Espinoza le escribieron a Morini contándole los magros resultados obtenidos. En ambas cartas anunciaban que, si nada cambiaba, pronto, a lo sumo en un par de días, regresarían a Europa. Norton no le escribió a Morini. No había contestado a su carta anterior y no tenía ganas de enfrentarse a ese Morini inmóvil que contemplaba la lluvia, como si quisiera decirle algo y en el último segundo prefiriera no hacerlo. En lugar de eso, y sin decirles nada a sus dos amigos, llamó por teléfono a Almendro, al DF, y tras algunos intentos infructuosos (la secretaria del Cerdo y luego su empleada doméstica no sabían inglés, aunque las dos se esforzaban) pudo comunicarse con él.

Con una paciencia envidiable el Cerdo volvió a referirle, en un inglés pulido en Stanford, todo lo que había pasado desde que lo llamaron de aquel hotel en donde Archimboldi estaba siendo interrogado por tres policías. Volvió a narrar, sin caer en contradicciones, su primer encuentro con él, el rato que pasaron en la plaza Garibaldi, la vuelta al hotel en donde Archimboldi cogió su maleta y el viaje hasta el aeropuerto, un viaje más bien silencioso, en donde Archimboldi tomó el avión rumbo a Hermosillo y ya nunca más lo volvió a ver. A partir de este momento, Norton se limitó a preguntarle por el físico de Archimboldi. Alto, más de un metro noventa, pelo canoso, abundante aunque calvo en la parte de la nuca, delgado, seguramente fuerte.

–Un superviejo –dijo Norton.

–No, yo no diría eso –dijo el Cerdo–. Cuando abrió la maleta vi muchas medicinas. Tiene la piel llena de manchas. A veces parece cansarse mucho aunque se recobra o simula recobrarse con facilidad.

–¿Cómo son sus ojos? –preguntó Norton.

–Azules –dijo el Cerdo.

–No, yo ya sé que son azules, he leído todos sus libros más de una vez, es imposible que no sean azules, quiero decir cómo eran, qué impresión le causaron a usted sus ojos.

Al otro lado del teléfono se hizo un silencio prolongado, como si esa pregunta el Cerdo no se la esperara en modo alguno o como si esa pregunta ya se la hubiera formulado él mismo muchas veces, sin encontrar todavía una respuesta.

–Es difícil contestar a eso –dijo el Cerdo.

–Es usted la única persona que puede contestarla, nadie lo ha visto en mucho tiempo, su situación, permítame que se lo diga, es privilegiada –dijo Norton.

–Híjole –dijo el Cerdo.

–¿Cómo? –dijo Norton.

–Nada, nada, estoy pensando –dijo el Cerdo.

Y al cabo de un rato dijo:

–Tiene los ojos de un ciego, no digo que esté ciego pero son igualitos que los de un ciego, es posible que me equivoque.

Esa noche fueron a la fiesta que daba en su honor el rector Negrete, aunque ellos sólo se enteraron más tarde de que la fiesta era en su honor. Norton paseó por los jardines de la casa y admiró las plantas que la mujer del rector iba nombrando una a una, aunque luego olvidó todos los nombres. Pelletier platicó largamente con el decano Guerra y con otro profesor de la universidad que había hecho su tesis en París sobre un mexicano que escribía en francés (¿un mexicano que escribía en francés?), sí, sí, un tipo muy singular y curioso y buen escritor al que el profesor universitario nombró varias veces (¿un tal Fernández?, ¿un tal García?), un hombre con un destino un tanto turbulento pues había sido colaboracionista, sí, sí, amigo íntimo de Céline y de Drieu La Rochelle y discípulo de Maurras, al que la Resistencia fusiló, no a Maurras, al mexicano, que supo, sí, sí, comportarse como un hombre hasta el final, no como muchos de sus colegas franceses que huyeron a Alemania con la cola entre las piernas, pero este Fernández o García (¿o López o Pérez?) no se movió de su casa, esperó como un mexicano a que fueran a buscarlo y las piernas no le flaquearon cuando lo bajaron a la calle (¿a rastras?) y lo arrojaron contra una pared, en donde lo fusilaron.

Espinoza, por su parte, estuvo sentado todo el rato al lado del rector Negrete y de varios prohombres de la misma edad que el anfitrión y que sólo sabían hablar español y algo, muy poco, de inglés, y tuvo que aguantar una conversación dedicada a elogiar los últimos signos del progreso imparable de Santa Teresa.

A ninguno de los tres críticos le pasó desapercibido el acompañante que tuvo Amalfitano toda la noche. Un joven apuesto y atlético, de piel muy blanca, que se le pegó al profesor chileno como una lapa y que de tanto en tanto gesticulaba de manera teatral y hacía visajes como si se estuviera volviendo loco, y otras veces sólo se dedicaba a escuchar lo que Amalfitano le decía, negando siempre con la cabeza, pequeños movimientos de negación casi espasmódicos, como si acatara las reglas universales del diálogo a regañadientes o como si las palabras de Amalfitano (admoniciones, a juzgar por su cara) no dieran nunca en el blanco.

De la cena salieron con varias propuestas y una sospecha. Las propuestas eran: dar una lección en la universidad sobre literatura española contemporánea (Espinoza), dar una lección sobre literatura francesa contemporánea (Pelletier), dar una lección sobre literatura inglesa contemporánea (Norton), dar una clase magistral sobre Benno von Archimboldi y la literatura alemana de posguerra (Espinoza, Pelletier y Norton), participar en un coloquio sobre las relaciones económicas y culturales entre Europa y México (Espinoza, Pelletier y Norton, más el decano Guerra y dos profesores de economía de la universidad), visitar las estribaciones de la Sierra Madre, y finalmente asistir a una barbacoa de borrego en un rancho cercano a Santa Teresa, barbacoa que se preveía multitudinaria, con asistencia de muchos profesores, en un paisaje, según Guerra, de singular belleza, aunque el rector Negrete puntualizó que el paisaje más bien era bravío y que, en ocasiones, resultaba chocante.

La sospecha era: cabía la posibilidad de que Amalfitano fuera homosexual y que aquel joven vehemente fuera su amante, horrenda sospecha pues antes de que acabara la noche se enteraron de que el joven en cuestión era el hijo unigénito del decano Guerra, el jefe directo de Amalfitano, la mano derecha del rector, y que o mucho se equivocaban o Guerra no tenía ni idea de los líos en los que andaba metido su hijo.

–Esto puede terminar a balazos –dijo Espinoza.

Luego hablaron de otras cosas y más tarde se fueron a dormir, agotados.

Al día siguiente dieron una vuelta en coche por toda la ciudad, dejándose llevar por el azar, sin ninguna prisa, como si de verdad esperaran encontrar caminando por una acera a un viejo alemán de gran estatura. Hacia el oeste la ciudad era muy pobre, con la mayoría de las calles sin asfaltar y un mar de casas

construidas con rapidez y materiales de desecho. En el centro la ciudad era antigua, con viejos edificios de tres o cuatro plantas y plazas porticadas que se hundían en el abandono y calles empedradas que recorrían a toda prisa jóvenes oficinistas en mangas de camisa e indias con bultos a la espalda, y vieron putas y jóvenes macarras holgazaneando en las esquinas, estampas mexicanas extraídas de una película en blanco y negro. Hacia el este estaban los barrios de clase media y clase alta. Allí vieron avenidas con árboles cuidados y parques infantiles públicos y centros comerciales. Allí también estaba la universidad. En el norte encontraron fábricas y tinglados abandonados, y una calle llena de bares y tiendas de souvenirs y pequeños hoteles, donde se decía que nunca se dormía, y en la periferia más barrios pobres, aunque menos abigarrados, y lotes baldíos en donde se alzaba de vez en cuando una escuela. En el sur descubrieron vías férreas y campos de fútbol para indigentes rodeados por chabolas, e incluso vieron un partido, sin bajar del coche, entre un equipo de agónicos y otro de hambrientos terminales, y dos carreteras que salían de la ciudad, y un barranco que se había transformado en un basurero, y barrios que crecían cojos o mancos o ciegos y de vez en cuando, a lo lejos, las estructuras de un depósito industrial, el horizonte de las maquiladoras.

La ciudad, como toda ciudad, era inagotable. Si uno seguía avanzando, digamos, hacia el este, llegaba un momento en que los barrios de clase media se acababan y aparecían, como un reflejo de lo que sucedía en el oeste, los barrios miserables, que aquí se confundían con una orografía más accidentada: cerros, hondonadas, restos de antiguos ranchos, cauces de ríos secos que contribuían a evitar el agolpamiento. En la parte norte vieron una cerca que separaba a Estados Unidos de México y más allá de la cerca contemplaron, bajándose esta vez del coche, el desierto de Arizona. En la parte oeste rodearon un par de parques industriales que a su vez estaban siendo rodeados por barrios de chabolas.

Tuvieron la certeza de que la ciudad crecía a cada segundo. Vieron, en los extremos de Santa Teresa, bandadas de auras ne-

gras, vigilantes, caminando por potreros yermos, pájaros que aquí llamaban gallinazos, y también zopilotes, y que no eran sino buitres pequeños y carroñeros. Donde había auras, comentaron, no había otros pájaros. Bebieron tequila y cervezas y comieron tacos en la terraza panorámica de un motel en la carretera de Santa Teresa a Caborca. El cielo, al atardecer, parecía una flor carnívora.

Cuando regresaron Amalfitano los esperaba en compañía del hijo de Guerra, el cual los invitó a cenar a un restaurante especializado en comida norteña. El sitio tenía cierto encanto, pero la comida les sentó fatal. Descubrieron, o creyeron descubrir, que la relación entre el profesor chileno y el hijo del decano era más socrática que homosexual y eso de alguna manera los tranquilizó, pues de forma inexplicable los tres se habían encariñado con Amalfitano.

Durante tres días vivieron como sumergidos en un mundo submarino. Buscaban en la tele las noticias más bizarras y peregrinas, releían novelas de Archimboldi que de pronto ya no entendían, se echaban largas siestas, por las noches eran los últimos en abandonar la terraza, hablaban de sus infancias como nunca antes lo habían hecho. Por primera vez se sintieron, los tres, como hermanos o como soldados veteranos de una compañía de choque a quienes ya no les interesa la mayoría de las cosas. Se emborrachaban y se levantaban muy tarde y sólo de vez en cuando condescendían a salir con Amalfitano a pasear por la ciudad, a visitar los lugares de interés de la ciudad que acaso podían atraer a un hipotético turista alemán entrado en años.

Y sí, en efecto, asistieron a la barbacoa de borrego, y sus movimientos fueron medidos y discretos, como los de tres astronautas recién llegados a un planeta donde todo era incierto. En el patio donde se celebraba la barbacoa contemplaron múltiples agujeros humeantes. Los profesores de la Universidad de

Santa Teresa demostraron inusitadas dotes para las labores del campo. Dos de ellos hicieron una carrera a caballo. Otro cantó un corrido de 1915. En un tentadero de reses bravas algunos ensayaron la suerte del lazo, con desigual fortuna. Cuando apareció el rector Negrete, que había permanecido encerrado en la casa mayor con un tipo que parecía ser el capataz del rancho, procedieron a desenterrar la barbacoa, y un olor a carne y a tierra caliente se extendió por el patio bajo la forma de una delgada cortina de humo que los envolvió a todos como la niebla que precede a los asesinatos y que se esfumó de manera misteriosa, mientras las mujeres llevaban los platos a la mesa, dejando impregnadas las vestimentas y las pieles con su aroma.

Aquella noche, tal vez por efecto de la barbacoa y de la bebida ingerida, los tres tuvieron pesadillas, que al despertar, aunque se esforzaron, no pudieron recordar. Pelletier soñó con una página, una página que miraba al derecho y al revés, de todas las formas posibles, moviendo la página y a veces moviendo la cabeza, cada vez más rápido, aunque sin encontrarle ningún sentido. Norton soñó con un árbol, un roble inglés que ella levantaba y movía de un lugar a otro de la campiña, sin que ningún sitio la satisficiera plenamente. El roble a veces carecía de raíces y otras veces arrastraba unas raíces largas como serpientes o como la cabellera de la Gorgona. Espinoza soñó con una chica que vendía alfombras. Él quería comprar una alfombra, cualquier alfombra, y la chica le enseñaba muchas alfombras, una detrás de otra, sin parar. Sus brazos delgados y morenos nunca estaban quietos y eso a él le impedía hablar, le impedía decirle algo importante, cogerla de la mano y sacarla de allí.

A la mañana siguiente Norton no bajó a desayunar. La llamaron por teléfono, pensando que se sentía mal, pero Norton les aseguró que sólo tenía ganas de dormir, que se las arreglaran sin ella. Desanimados, esperaron a Amalfitano y luego salieron en coche hacia el noreste de la ciudad, en donde se estaba instalando un circo. Según Amalfitano, en el circo había un ilusionista alemán llamado Doktor Koenig. Lo supo la noche anterior, al volver de la barbacoa y encontrar un anuncio publicitario no más grande que un folio que alguien se había tomado la molestia de dejar en todos los jardines del barrio. Al día siguiente, en la esquina donde esperaba el autobús para la universidad, vio un cartel en color pegado sobre una pared azul celeste que anunciaba a las estrellas del circo. Entre ellas estaba el ilusionista alemán y Amalfitano pensó que ese tal Doktor Koenig podía ser el disfraz de Archimboldi. Examinada con frialdad, la idea era estúpida, pensó, pero tal como estaba de decaído el ánimo de los críticos, le pareció pertinente sugerir una visita al circo. Cuando se lo dijo a los críticos éstos lo miraron como se mira al más tonto de la clase.

–¿Qué podría hacer Archimboldi en un circo? –dijo Pelletier ya en el coche.

–No lo sé –dijo Amalfitano–, ustedes son los expertos, yo sólo sé que es el primer alemán que encontramos.

El circo se llamaba Circo Internacional y unos hombres que montaban la carpa mediante un complicado sistema de cordeles y poleas (o eso les pareció a los críticos) les indicaron la caravana donde vivía el dueño. Éste era un chicano de unos cincuenta años que había trabajado durante mucho tiempo en circos europeos que recorrían el continente desde Copenhague hasta Málaga, actuando en pueblos pequeños y con desigual suerte, hasta que decidió volver a Earlimart, California, de donde era originario, y fundó su propio circo. Lo llamó Circo Internacional porque una de sus ideas originales era tener artistas de todo el mundo, aunque a la hora de la verdad la mayoría de éstos eran mexicanos y norteamericanos, si bien de vez en cuando iba a buscar trabajo algún centroamericano y una vez tuvo a un domador canadiense de setenta años al que no querían en ningún otro circo de los Estados Unidos. Su circo era modesto, dijo, pero era el primer circo cuyo dueño era un chicano.

Cuando no estaban de viaje se los podía encontrar en Bakersfield, que no está lejos de Earlimart, en donde tenía sus cuarteles de invierno, aunque en ocasiones se establecía en Sinaloa, México, no por mucho tiempo, sólo el suficiente para hacer un viaje al DF y cerrar contratos en localidades del sur, hasta la frontera con Guatemala, desde donde volvían a subir hasta Bakersfield. Cuando los extranjeros le preguntaron por el Doktor Koenig, el empresario quiso saber si había algún contencioso o deuda entre éstos y su ilusionista, a lo que Amalfitano se apresuró a declarar que no, que cómo, que aquí los señores eran respetadísimos profesores de universidad de España y Francia respectivamente y que él mismo, sin ir más lejos y guardando las distancias, era profesor de la Universidad de Santa Teresa.

–Ah, bueno –dijo el chicano–, siendo así yo los llevo a ver al Doktor Koenig, que también, según creo, fue profesor universitario.

El corazón de los críticos les dio un vuelco al oír semejante declaración. Después siguieron al empresario por entre las caravanas y jaulas rodantes del circo hasta llegar a lo que, a todos los efectos, era la linde del campamento. Más allá sólo había tierra amarilla y una que otra casucha negra y la reja de la frontera mexicano-norteamericana.

–Le gusta la tranquilidad –dijo el empresario sin que se lo preguntaran.

Con los nudillos golpeó la puerta de la pequeña caravana del ilusionista. Alguien abrió la puerta y una voz desde la oscuridad preguntó qué querían. El empresario dijo que era él y que traía a unos amigos europeos que querían saludarlo. Pasen, pues, dijo la voz, y ellos subieron el único escalón y accedieron al interior de la caravana cuyas dos únicas ventanas, sólo un poco mayores que un ojo de buey, tenían las cortinas corridas.

–Vamos a ver dónde nos acomodamos –dijo el empresario, y acto seguido procedió a descorrer las cortinas.

Tirado en la única cama vieron a un tipo calvo, de piel olivácea, vestido únicamente con unos enormes shorts negros, que los miró parpadeando con dificultad. El tipo no podía tener más de sesenta años, si llegaba, lo que lo descartaba de inmediato, pero decidieron quedarse un rato y, al menos, agradecerle el que los hubiera recibido. Amalfitano, que era el que de mejor humor estaba, le explicó que estaban buscando a un amigo alemán, un escritor, y que no lo podían encontrar.

–¿Y creyeron que lo iban a encontrar en mi circo? –dijo el empresario.

–No a él sino a alguien que lo conociera –dijo Amalfitano.

–Nunca he empleado a un escritor –dijo el empresario.

–Yo no soy alemán –dijo el Doktor Koenig–, soy norteamericano, me llamo Andy López.

Acompañó estas palabras extrayendo de un saco que colgaba en una percha su billetera y tendiéndoles su carnet de conducir.

–¿En qué consiste su número de ilusionismo? –le preguntó Pelletier en inglés.

–Empiezo haciendo desaparecer pulgas –dijo el Doktor Koenig, y los cinco se rieron.

–Es la mera verdad –dijo el empresario.

–Luego hago desaparecer palomas, luego hago desaparecer un gato, luego un perro, y finalizo mi acto haciendo desaparecer a un niño.

Después de dejar el Circo Internacional Amalfitano los invitó a comer a su casa.

Espinoza salió al patio trasero y vio un libro que colgaba de una cuerda para tender ropa. No se quiso acercar a ver de qué libro se trataba, pero cuando volvió a entrar en la casa le preguntó a Amalfitano por él.

–Es el *Testamento geométrico,* de Rafael Dieste –dijo Amalfitano.

–Rafael Dieste, un poeta gallego –dijo Espinoza.

–Ese mismo –dijo Amalfitano–, pero éste no es un libro de poesía sino de geometría, las cosas que se le ocurrieron a Dieste mientras ejerció como profesor de instituto.

Espinoza le tradujo a Pelletier lo que Amalfitano le había dicho.

–¿Y está colgado en el patio? –dijo Pelletier con una sonrisa.

–Sí –dijo Espinoza mientras Amalfitano buscaba en el refrigerador algo que pudieran comer–, como si fuera una camisa puesta a secar.

–¿Les gustan los frijoles? –dijo Amalfitano.

–Cualquier cosa, cualquier cosa, ya nos hemos acostumbrado a todo –dijo Espinoza.

Pelletier se acercó a la ventana y contempló el libro, cuyas hojas se movían imperceptiblemente con la suave brisa de la tarde. Luego salió y se acercó a él y lo estuvo examinando.

–No lo descuelgues –oyó que decía a sus espaldas Espinoza.

–Este libro no está puesto aquí para que se seque, lleva aquí mucho tiempo –dijo Pelletier.

–Algo así me imaginé yo –dijo Espinoza–, pero mejor no lo toques y volvamos a la casa.

Desde la ventana Amalfitano los observaba mordiéndose los labios, aunque ese gesto en él, y en ese preciso instante, no era un gesto de desesperación o de impotencia sino de profunda, inabarcable tristeza.

Cuando los críticos hicieron el primer ademán de darse la vuelta, Amalfitano retrocedió y rápidamente volvió a la cocina, en donde fingió estar muy concentrado preparando la comida.

Cuando volvieron al hotel Norton les comunicó que se marchaba al día siguiente y ellos recibieron la noticia sin sorpresa, como si desde hacía tiempo la esperaran. El vuelo que Norton había conseguido salía desde Tucson y pese a las protestas de ella, que pensaba tomar un taxi, decidieron acompañarla al aeropuerto. Esa noche hablaron hasta tarde, le contaron a Norton la visita que habían hecho al circo y le aseguraron que si todo seguía igual ellos no tardarían más de tres días en marcharse. Luego Norton se fue a dormir y Espinoza propuso que pasaran juntos aquella última noche en Santa Teresa. Norton no lo entendió y dijo que sólo se iba ella, que para ellos aún quedaban más noches en aquella ciudad.

–Quiero decir los tres juntos –dijo Espinoza.

–¿En la cama? –dijo Norton.

–Sí, en la cama –dijo Espinoza.

–No me parece una buena idea –dijo Norton–, prefiero dormir sola.

Así que la acompañaron hasta el ascensor y luego volvieron al bar y pidieron dos Bloody Mary y mientras esperaban permanecieron en silencio.

–He metido la pata hasta el fondo –dijo Espinoza cuando el barman les llevó sus bebidas.

–Me parece que sí –dijo Pelletier.

–¿Te has dado cuenta –dijo Espinoza después de otro silencio– de que durante todo el viaje sólo hemos estado una vez en la cama con ella?

–Claro que me he dado cuenta –dijo Pelletier.

–¿Y de quién es la culpa –dijo Espinoza–, de ella o de nosotros?

–No lo sé –dijo Pelletier–, la verdad es que estos días no he tenido muchas ganas de hacer el amor. ¿Y tú?

–Yo tampoco –dijo Espinoza.

Volvieron a callarse durante un rato.

–Supongo que a ella le pasará algo parecido –dijo Pelletier.

Salieron de Santa Teresa muy temprano. Antes telefonearon a Amalfitano y le dijeron que iban a los Estados Unidos y que probablemente estarían fuera todo el día. En la frontera la policía de aduanas norteamericana quiso ver los papeles del coche y luego los dejó pasar. Se metieron, siguiendo las instrucciones del recepcionista del hotel, por una carretera no pavimentada y durante un tiempo atravesaron un paraje lleno de quebradas y de bosques, como si se hubieran internado por despiste en un domo con un ecosistema propio. Durante un rato pensaron que no iban a llegar a tiempo al aeropuerto e incluso que no iban a llegar nunca a ninguna parte. La carretera no pavimentada, sin embargo, acababa en Sonoita y desde allí cogieron la carretera 83 hasta la autopista 10 que los llevó directo a Tucson. En el aeropuerto tuvieron aún tiempo de tomarse un café y hablar de lo que harían cuando se volvieran a reencontrar en Europa. Después Norton tuvo que cruzar las puertas de embarque y al cabo de media hora su avión emprendió vuelo rumbo a Nueva York en donde enlazaría con otro que la dejaría en Londres.

Para volver tomaron la autopista 19 que iba hasta Nogales, aunque ellos se desviaron poco después de Río Rico y comenzaron a bordear la frontera por el lado de Arizona, hasta Lochiel, en donde volvieron a entrar en México. Tenían hambre y sed pero no se detuvieron en ningún pueblo. A las cinco de la tarde llegaron al hotel y después de darse una ducha bajaron a comer un sándwich y a telefonear a Amalfitano. Éste les dijo que no se movieran del hotel, que tomaría un taxi y estaría allí en menos de diez minutos. No tenemos ninguna prisa, le dijeron.

A partir de ese momento la realidad, para Pelletier y Espinoza, pareció rajarse como una escenografía de papel, y al caer dejó ver lo que había detrás: un paisaje humeante, como si alguien, tal vez un ángel, estuviera haciendo cientos de barbacoas para una multitud de seres invisibles. Dejaron de levantarse temprano, dejaron de comer en el hotel, entre los turistas norteamericanos, y se trasladaron al centro de la ciudad, optando por los locales oscuros para el desayuno (cerveza y chilaquiles picantes) y por los locales con grandes ventanales en donde los camareros, sobre el vidrio, escribían con tinta blanca los platos del menú, para las comidas. Las cenas las hacían en cualquier parte.

Aceptaron la propuesta del rector y dictaron dos conferencias sobre la literatura francesa y española actuales, que más que conferencias semejaron carnicerías y que al menos tuvieron la virtud de dejar temblorosos a los espectadores, chicos jóvenes en su mayoría, lectores de Michon y Rolin o lectores de Marías y Vila-Matas. Después, y esta vez juntos, dieron la clase magistral sobre Benno von Archimboldi con una disposición, más que de carniceros, de triperos o de achuradores, pero algo, al principio indiscernible, algo que evocaba, aunque en silencio, un encuentro no casual, sofrenó sus impulsos: entre el público, y, sin contar a Amalfitano, había tres jóvenes lectores de Archimboldi que casi los hicieron llorar. Uno de ellos, que sabía francés, incluso había llevado uno de los libros traducido por Pelletier. Así pues, eran posibles los milagros. Las librerías de Internet funcionaban. La cultura, pese a las desapariciones y a la culpa, seguía viva, en permanente transformación, como no tardaron en comprobar cuando los jóvenes lectores de Archimboldi, finalizada la conferencia, fueron, por petición expresa de Pelletier y Espinoza, a la sala de honor de la universidad donde se celebró un ágape o mejor dicho un cóctel o tal vez un coctelito o puede que tan sólo una fineza en homenaje a los ilustres conferenciantes y en donde, a falta de un tema mejor, se habló de lo bien que escribían los alemanes, todos, y del peso histórico de universidades como la Sorbona o la de Salamanca, en las cuales, para pasmo de los críticos, dos de los profesores (uno que enseñaba derecho romano y otro que enseñaba derecho penal en el siglo XX), habían estudiado. Más tarde, en un aparte, el decano Guerra y una secretaria de la rectoría les hicieron entrega de sus cheques y poco después, aprovechando una lipotimia que le dio a la mujer de uno de los profesores, se marcharon subrepticiamente.

Los acompañaron Amalfitano, que detestaba aunque tenía que sufrir de vez en cuando estas fiestas, y los tres estudiantes lectores de Archimboldi. Primero fueron a cenar al centro y luego dieron vueltas por la calle que nunca dormía. El coche de alquiler, aunque era grande, los obligaba a ir muy pegados y la gente que transitaba por las aceras los miraba con curiosidad, como miraban a todos en aquella calle, hasta que descubrían a Amalfitano y a los tres estudiantes apelotonados en el asiento trasero y entonces desviaban la mirada rápidamente.

Se metieron en un bar que uno de los muchachos conocía. El bar era grande y en la parte trasera tenía un patio con árboles y un pequeño palenque para peleas de gallo. El muchacho dijo que su padre en una ocasión lo había llevado allí. Hablaron de política, y Espinoza le traducía a Pelletier lo que los muchachos decían. Ninguno de éstos tenía más de veinte años y exhibían un aspecto sano, fresco, con ganas de aprender. Amalfitano, por el contrario, aquella noche les pareció más cansado y más derrotado que nunca. En voz baja Pelletier le preguntó si le pasaba algo. Amalfitano negó con la cabeza y dijo que no, aunque los críticos, cuando volvieron al hotel, comentaron que la actitud de su amigo, que fumaba un cigarrillo detrás de otro y bebía sin parar y además apenas abrió la boca en toda la noche, denotaba o bien una depresión en ciernes o un estado de extremo nerviosismo.

Al día siguiente, cuando se levantó, Espinoza encontró a Pelletier sentado en la terraza del hotel, vestido con unas bermudas y sandalias de cuero, leyendo las ediciones del día de los periódicos de Santa Teresa armado con un diccionario español-francés que probablemente aquella misma mañana había adquirido.

–¿Nos vamos a desayunar al centro? –le preguntó Espinoza.

–No –dijo Pelletier–, ya basta de alcohol y comidas que me están destrozando el estómago. Quiero enterarme de qué está pasando en esta ciudad.

Espinoza recordó entonces que durante la noche pasada uno de los muchachos les había contado la historia de las mujeres asesinadas. Sólo recordaba que el muchacho había dicho que eran más de doscientas y que tuvo que repetirlo dos o tres veces, pues ni él ni Pelletier daban crédito a lo que oían. No dar crédito, sin embargo, pensó Espinoza, es una forma de exagerar. Uno ve algo hermoso y no da crédito a sus ojos. Te cuentan algo sobre... la belleza natural de Islandia..., gente bañándose en aguas termales, entre géiseres, en realidad tú ya lo has visto en fotos, pero igual dices que no te lo puedes creer... Aunque evidentemente lo crees... Exagerar es una forma de admirar cortésmente... Das el pie para que tu interlocutor diga: es verdad... Y entonces dices: es increíble. Primero no te lo puedes creer y luego te parece increíble.

La noche anterior eso fue probablemente lo que dijeron él y Pelletier después de que el muchacho, sano y fuerte y puro, les asegurara que habían muerto más de doscientas mujeres. Pero no en un período corto, pensó Espinoza. Desde 1993 o 1994 hasta la fecha... Y puede que el número de asesinadas fuera mayor. Tal vez doscientas cincuenta o trescientas. El muchacho había dicho, en francés, nunca se sabrá. El muchacho que había leído un libro de Archimboldi traducido por Pelletier y conseguido gracias a los buenos oficios de una librería de Internet. No hablaba un francés correcto, pensó Espinoza. Pero uno puede hablar mal una lengua o no hablarla en absoluto y sin embargo ser capaz de leerla. En cualquier caso muchas mujeres muertas.

–¿Y culpables? –preguntó Pelletier.

–Hay gente detenida desde hace mucho, pero siguen muriendo mujeres –dijo uno de los muchachos.

Amalfitano, recordó Espinoza, estaba callado, como ausente, probablemente borracho como una cuba. En una mesa cercana había un grupo de tres tipos que de vez en cuando los miraban como si estuvieran muy interesados en lo que hablaban. ¿Qué más recuerdo?, pensó Espinoza. Alguien, uno de los muchachos, habló del virus de los asesinos. Alguien dijo copycat. Alguien pronunció el nombre de Albert Kessler. En determinado momento se levantó y fue al baño a vomitar. Mientras lo hacía oyó que alguien, fuera, alguien que probablemente se estaba lavando las manos y la cara o acicalándose delante del espejo, le decía:

–Guacaree tranquilo, compadre.

Esa voz me tranquilizó, pensó Espinoza, pero eso implica que en aquel momento me sentía intranquilo, y ¿por que había de estarlo? Cuando salió del baño no había nadie, sólo el ruido de la música del bar que llegaba ligeramente atenuada y un ruido, más bajo, espasmódico, de cañerías. ¿Quién nos trajo de vuelta al hotel?, pensó.

–¿Quién condujo de vuelta? –le preguntó a Pelletier.

–Tú –dijo Pelletier.

Aquel día Espinoza dejó a Pelletier leyendo periódicos en el hotel y salió solo. Aunque era tarde para desayunar entró en un bar de la calle Arizpe en donde nunca había estado y pidió algo para reponer el cuerpo.

–Esto es lo mejor para la cruda, señor –le dijo el barman, y le puso un vaso de cerveza fría.

Desde el interior le llegó un ruido de fritanga. Pidió algo de comer.

–¿Unas quesadillas, señor?

–Una sola –dijo Espinoza.

El camarero se encogió de hombros. El bar estaba vacío y no era tan oscuro como los bares donde él solía meterse por las mañanas. La puerta del lavabo se abrió y salió un hombre muy alto. A Espinoza le dolían los ojos y empezaba a sentirse otra vez mareado, pero la aparición del tipo alto lo sobresaltó. En la oscuridad no podía verle la cara ni calcular su edad. El tipo alto, sin embargo, se sentó junto a la ventana y una luz amarilla y verde iluminó sus facciones.

Espinoza se dio cuenta de que no podía ser Archimboldi. Parecía un agricultor o un ganadero de visita en la ciudad. El camarero le puso una quesadilla delante. Al tomarla con las manos se quemó y pidió una servilleta. Después le dijo al camarero que le pusiera tres más. Cuando salió del bar se dirigió al mercado de artesanías. Algunos comerciantes estaban recogiendo sus mercaderías y levantando las mesas plegables. Era la hora de comer y había poca gente. Al principio le costó dar con el puesto de la muchacha que vendía alfombras. Las calles del mercado estaban sucias, como si en lugar de artesanías allí vendieran comida hecha o frutas y verduras. Cuando la vio la muchacha estaba ocupada enrollando alfombras y atándolas por los extremos. Las más pequeñas, los choapinos, las metía dentro de una caja de cartón de forma oblonga. Tenía una expresión ausente, como si en realidad estuviera muy lejos de allí. Espinoza se acercó y acarició una de las alfombras. Le preguntó si se acordaba de él. La muchacha no dio muestra alguna de sorpresa. Levantó los ojos, lo miró y dijo que sí con una naturalidad que lo hizo sonreír.

–¿Quién soy? –dijo Espinoza.

–Un español que me compró una alfombra –dijo la muchacha–, estuvimos platicando.

Después de descifrar los periódicos Pelletier tuvo ganas de ducharse y sacarse de encima toda la mugre que se le había adherido a la piel. Vio llegar a Amalfitano desde lejos. Lo vio entrar en el hotel y luego hablar con el recepcionista. Antes de entrar en la terraza Amalfitano levantó débilmente una mano en señal de reconocimiento. Pelletier se levantó y le dijo que pidiera lo que quisiera, que él se iba a duchar. Al marcharse observó que Amalfitano tenía los ojos enrojecidos y ojerosos, como si aún no hubiera dormido. Mientras cruzaba el lobby cambió de idea y encendió uno de los dos ordenadores que el hotel ponía al servicio de sus clientes y que estaban en una salita adyacente al bar. Al revisar su correspondencia encontró una larga carta de Norton en donde le comunicaba cuáles eran, a su juicio, los verdaderos motivos por los que se había marchado tan abruptamente. La leyó como si estuviera todavía borracho. Pensó en los jóvenes lectores de Archimboldi de la noche anterior y quiso, vagamente, ser como ellos, cambiar su vida por la de uno de ellos. Se dijo a sí mismo que ese deseo era una forma de lasitud. Después llamó al ascensor y subió junto con una norteamericana de unos setenta años que leía un periódico mexicano, un ejemplar idéntico a uno de los que él había leído esa mañana. Mientras se desnudaba pensó en cómo se lo diría a Espinoza. Probablemente en su correo había también una carta de Norton esperándolo. ¿Qué puedo hacer?, se dijo.

La tarascada en la taza del baño seguía allí y durante unos segundos la contempló fijamente y dejó que el agua tibia le corriera por el cuerpo. ¿Qué es lo razonable?, pensó. Lo *más* razonable es volver y diferir en lo posible cualquier conclusión. Sólo cuando le entró jabón en los ojos pudo apartar éstos de la taza del baño. Puso la cara bajo el chorro de la ducha y cerró los ojos. No estoy tan triste como hubiera imaginado, se dijo. Todo esto es irreal, se dijo. Luego cerró la ducha, se vistió y bajó a reunirse con Amalfitano.

Acompañó a Espinoza a mirar sus e-mails. Se situó a sus espaldas hasta asegurarse de que había uno de Norton y cuando lo comprobó, con la certeza de que en él diría lo mismo que en el suyo, se sentó en un sillón, a pocos pasos de los ordenadores, y se puso a hojear una revista de turismo. De vez en cuando levantaba la mirada y veía a Espinoza, que no parecía dispuesto a abandonar el asiento. Con ganas, le hubiera palmeado la espalda y la nuca, pero optó por no hacer ningún movimiento. Cuando Espinoza se volvió a mirarlo, le dijo que él había recibido uno igual.

–No lo puedo creer –dijo Espinoza con un hilo de voz.

Pelletier dejó la revista sobre la mesa de vidrio y se acercó al ordenador, en donde leyó someramente la carta de Norton. Después, sin sentarse, tecleando con un solo dedo, buscó su propio correo y le mostró a Espinoza la carta que él había recibido. Le pidió, con extrema suavidad, que leyera. Espinoza se puso otra vez de cara a la pantalla y leyó varias veces la carta de Pelletier.

–Casi no hay variantes –dijo.

–Qué más da –dijo el francés.

–Al menos hubiera podido tener esa delicadeza –dijo Espinoza.

–En estos casos la delicadeza es informar –dijo Pelletier.

Cuando salieron a la terraza del hotel ya casi no había nadie. Un camarero, vestido con chaqueta blanca y pantalones negros, recogía las copas y botellas de las mesas desocupadas. En un extremo, junto a la baranda, una pareja que no pasaba de los treinta años miraba la avenida silenciosa, de un verde oscuro profundo, con las manos entrelazadas. Espinoza le preguntó a Pelletier qué pensaba.

–En ella –dijo Pelletier–, naturalmente.

También le dijo que era extraño, o que al menos no dejaba

de tener sus gotas de extrañeza, el que ellos estuvieran allí, en ese hotel, en esa ciudad, cuando Norton, por fin, se había decidido. Espinoza lo miró largamente y luego con un gesto de desprecio dijo que le daban ganas de vomitar.

Al día siguiente Espinoza volvió al mercado de artesanías y le preguntó a la chica cómo se llamaba. Ella dijo que su nombre era Rebeca y Espinoza sonrió porque el nombre, pensó entonces, le venía que ni pintado. Durante tres horas estuvo allí, de pie, conversando con Rebeca mientras los turistas y los curiosos vagaban de una punta a otra observando las mercancías con desgana, como si alguien los obligara a ello. Sólo en dos ocasiones se acercaron clientes al puesto de Rebeca, pero en ambas se fueron sin haber comprado nada, dejando a Espinoza avergonzado pues de alguna manera la mala suerte comercial de la muchacha se la achacaba a sí mismo, a su terca presencia delante del puesto. Decidió subsanar el mal comprando él lo que supuso que hubieran comprado los otros. Se llevó una alfombra grande, dos alfombras pequeñas, un sarape en donde predominaba el verde, otro en donde predominaba el rojo, y una especie de morral hecho con la misma tela y los mismos motivos de los sarapes. Rebeca le preguntó si se marchaba pronto a su país y Espinoza sonrió y le dijo que no sabía. Luego la muchacha llamó a un niño, que cargó sobre su espalda todas las compras de Espinoza y que lo acompañó hasta donde había dejado aparcado el coche.

La voz de Rebeca al llamar al niño (que surgió de la nada o de la muchedumbre, que venía a ser lo mismo), su tono, la tranquila autoridad que emanaba de su voz, hizo estremecer a Espinoza. Mientras caminaba detrás del niño notó que la mayoría de los comerciantes empezaban a recoger sus mercaderías. Al llegar al coche metieron las alfombras en el portaequipajes y Espinoza le preguntó al niño desde cuándo trabajaba con Rebeca. Es mi hermana, dijo éste. Pues no se parecen en nada, pensó Espinoza. Luego contempló al niño, que era bajito pero que también parecía ser fuerte, y le dio un billete de diez dólares.

Cuando llegó al hotel encontró a Pelletier en la terraza leyendo a Archimboldi. Le preguntó qué libro era y Pelletier, sonriendo, le contestó que era *Santo Tomás.*

–¿Cuántas veces lo has leído? –dijo Espinoza.

–He perdido la cuenta, aunque éste es uno de los que menos he leído –dijo Pelletier.

Igual que yo, igual que yo, pensó Espinoza.

Más que de dos cartas, se trataba de una sola, aunque con variantes, con bruscos giros personalizados que se abrían ante un mismo abismo. Santa Teresa, esa horrible ciudad, decía Norton, la había hecho pensar. Pensar en un sentido estricto, por primera vez desde hacía años. Es decir: se había puesto a pensar en cosas prácticas, reales, tangibles, y también se había puesto a recordar. Pensaba en su familia, en los amigos y en el trabajo, y casi al mismo tiempo recordaba escenas familiares o laborales, escenas en donde los amigos levantaban las copas y brindaban por algo, tal vez por ella, tal vez por alguien que ella había olvidado. Este país es increíble (aquí hacía una digresión, pero sólo en la carta a Espinoza, como si Pelletier no pudiera entenderlo o como si supiera de antemano que ambos iban a cotejar sus respectivas cartas), uno de los mandamases de la cultura, alguien a quien se supone refinado, un escritor que ha llegado a las más altas esferas del gobierno, es apodado, con toda naturalidad, además, el Cerdo, decía, y relacionaba esto, el apodo o la crueldad del apodo o la resignación del apodo, con los hechos delictivos que estaban ocurriendo desde hacía tiempo en Santa Teresa.

Cuando yo era pequeña había un niño que me gustaba. No sé por qué, pero me gustaba. Yo tenía ocho años y él tenía la misma edad. Se llamaba James Crawford. Creo que era un niño muy tímido. Hablaba sólo con los otros niños y evitaba mezclarse con las niñas. Tenía el pelo muy oscuro y los ojos marrones. Siempre iba con pantalones cortos, incluso cuando los otros niños empezaron a llevar pantalones largos. La primera vez que hablé con él, lo he recordado hace muy poco, yo no lo llamé James sino Jimmy. Nadie le decía así. Fui yo. Los dos teníamos ocho años. Su rostro era muy serio. ¿Por qué razón hablé con él? Creo que olvidó algo en el pupitre, tal vez una goma o un lapiz, eso ya no lo recuerdo, y yo le dije: Jimmy, se te ha olvidado la goma. Sí recuerdo que yo sonreía. Sí recuerdo por qué razón lo llamé Jimmy y no James o Jim. Por cariño. Por placer. Porque Jimmy me gustaba y me parecía muy hermoso.

Al día siguiente Espinoza pasó a primera hora por el mercado de artesanías, con el corazón latiendo más aprisa de lo normal, mientras los comerciantes y artesanos recién empezaban a montar sus puestos y la calle adoquinada aún estaba limpia. Rebeca disponía sus alfombras encima de una mesa portátil y le sonrió al verlo. Algunos comerciantes bebían café o tomaban refrescos de cola, de pie, y conversaban de un puesto a otro. Detrás de los puestos, en la acera, bajo los viejos arcos y los toldos de algunas tiendas con mayor solera, se arremolinaban grupos de hombres que discutían sobre partidas de alfarería al por mayor cuya venta estaba garantizada en Tucson o en Phoenix. Espinoza saludó a Rebeca y la ayudó a ordenar las últimas alfombras. Después le preguntó si quería ir a desayunar con él y la muchacha le dijo que no podía y que ya había desayunado en su casa. Sin darse por rendido, Espinoza le preguntó dónde estaba su hermano.

–En la escuela –dijo Rebeca.

–¿Y quién te ayuda a traer toda la mercancía?

–Mi mamá –dijo Rebeca.

Durante un rato Espinoza se quedó quieto, mirando el suelo, sin saber si comprarle otra alfombra o marcharse sin decir palabra.

–Te invito a comer –dijo finalmente.

–Bueno –dijo la muchacha.

Cuando Espinoza volvió al hotel encontró a Pelletier leyendo a Archimboldi. Visto desde lejos, el rostro de Pelletier, y en realidad no sólo su rostro, todo su cuerpo, traslucía una especie de sosiego que le pareció envidiable. Al acercarse un poco más vio que el libro no era *Santo Tomás,* sino *La ciega,* y le preguntó si había tenido paciencia para releer el otro de principio a final. Pelletier alzó la mirada y no le contestó. Dijo, en cambio, que era sorprendente, o que a él no dejaba de sorprenderle, la manera en que Archimboldi se aproximaba al dolor y a la vergüenza.

–De forma delicada –dijo Espinoza.

–Así es –dijo Pelletier–. De forma delicada.

En Santa Teresa, en esa ciudad horrible, decía la carta de Norton, pensé en Jimmy, pero sobre todo pensé en mí, en la que yo era a la edad de ocho años, y al principio las ideas saltaban, las imágenes saltaban, parecía que tenía un terremoto dentro de la cabeza, era incapaz de fijar con precisión o con claridad ningún recuerdo, pero cuando finalmente lo logré fue peor, me vi a mí misma diciendo Jimmy, vi mi sonrisa, el rostro serio de Jimmy Crawford, el tropel de niños, sus espaldas, el oleaje repentino cuyo remanso era el patio, vi mis labios que advertían a aquel niño de su olvido, vi la goma, o tal vez fuera un lápiz, vi con los ojos que ahora tengo los ojos que en ese instante tenía, y oí una vez más mi llamada, el timbre de mi voz, la extrema cortesía de una niña de ocho años que llama a un niño de ocho años para advertirle que no olvide su goma de borrar, y que sin embargo no puede hacerlo llamándolo por su nombre, James, o Crawford, tal como es usual en la escuela, y prefiere, consciente o inconscientemente, emplear el diminutivo Jimmy, que denota cariño, un cariño verbal, un cariño personal, pues sólo ella, en ese instante que es un mundo, lo llama así, y que de alguna manera reviste con otros ropajes el cariño o la atención implícita en el gesto de advertirle un olvido, no olvides tu goma, o tu lápiz, y que, en el fondo, no era más que la expresión, verbalmente pobre o verbalmente rica, de la felicidad.

Comieron en un restaurante barato cerca del mercado, mientras el hermano pequeño de Rebeca vigilaba el carrito en el cual cada mañana trasladaban las alfombras y la mesa plegable. Espinoza le preguntó a Rebeca si no era posible dejar el carrito sin vigilancia e invitar a comer al niño, pero Rebeca le dijo que no se preocupara. Si el carrito quedaba sin vigilancia lo más probable era que cualquiera se lo llevara. Desde la ventana del restaurante Espinoza podía ver al niño subido encima del montón de alfombras como un pájaro, oteando el horizonte.

–Le voy a llevar algo –dijo–, ¿qué le gusta a tu hermano?

–Los helados –dijo Rebeca–, pero aquí no tienen helados.

Durante unos segundos Espinoza contempló la idea de salir a buscar helados en otro local, pero la desechó por miedo a no encontrar a la muchacha cuando volviera. Ella le preguntó cómo era España.

–Distinta –dijo Espinoza mientras pensaba en los helados.

–¿Distinta de México? –dijo ella.

–No –dijo Espinoza–, distinta entre sí, variada.

De pronto a Espinoza se le ocurrió la idea de llevarle un sándwich al niño.

–Aquí se llaman tortas –dijo Rebeca–, a mi hermano le gustan las de jamón.

Parece una princesa o una embajadora, pensó Espinoza. Le preguntó a la mesera si le podía preparar una torta de jamón y un refresco. La mesera le preguntó cómo quería la torta.

–Di que la quieres completa –dijo Rebeca.

–Completa –dijo Espinoza.

Más tarde salió a la calle con la torta y el refresco y se las tendió al niño, que seguía retrepado en lo más alto del carrito. Al principio el niño negó con la cabeza y dijo que no tenía hambre. Espinoza vio que en la esquina tres niños, un poco mayores, los observaban conteniendo la risa.

–Si no tienes hambre tómate sólo el refresco y guarda la torta –dijo–, o dásela a los perros.

Cuando volvió a sentarse junto a Rebeca se sentía bien. De hecho, se sentía pletórico.

–Esto no puede ser –dijo–, no está bien, la próxima vez comeremos los tres juntos.

Rebeca lo miró a los ojos, con el tenedor detenido en el aire, y luego dibujó una semisonrisa y se llevó la comida a la boca.

En el hotel, tendido en una tumbona junto a la piscina vacía, Pelletier estaba leyendo un libro y Espinoza supo, aun antes de ver el título, que no era ni *Santo Tomás* ni *La ciega,* sino otro libro de Archimboldi. Cuando se sentó junto a él pudo observar que se trataba de *Letea,* una novela que no lo entusiasmaba tanto como otros libros del alemán, aunque, a juzgar por el rostro de Pelletier, la relectura era fructífera y muy placentera. Al tomar asiento en la tumbona de al lado le preguntó qué había hecho durante el día.

–Leer –le contestó Pelletier, quien a su vez le hizo la misma pregunta.

–Dar vueltas por ahí –dijo Espinoza.

Esa noche, mientras cenaban juntos en el restaurante del hotel, Espinoza le contó que había comprado algunos souvenirs y que incluso le había comprado uno para él. La noticia alegró a Pelletier, que le preguntó qué clase de souvenir le había comprado.

–Una alfombra india –dijo Espinoza.

Al llegar a Londres después de un viaje agotador, decía Norton en su carta, me puse a pensar en Jimmy Crawford o tal vez me puse a pensar en él mientras esperaba el vuelo Nueva York-Londres, en cualquier caso Jimmy Crawford y mi voz de ocho años que lo llamaba ya estaba conmigo en el momento en que saqué las llaves de mi piso y encendí la luz y dejé las maletas tiradas en el recibidor. Fui a la cocina y me preparé un té. Luego me duché y me fui a la cama. En previsión de que no pudiera dormirme, me tomé un somnífero. Recuerdo que me puse a hojear una revista, recuerdo que pensé en vosotros, dando vueltas por esa ciudad horrible, recuerdo que pensé en el hotel. En mi cuarto había dos espejos rarísimos, que en los últimos días me daban miedo. Cuando supe que iba a quedarme dormida, sólo tuve fuerzas suficientes para alargar el brazo y apagar la luz.

No tuve sueños de ninguna especie. Al despertar no sabía dónde estaba, pero esta sensación sólo duró unos segundos, pues de inmediato identifiqué los ruidos característicos de mi calle. Todo ha pasado, pensé. Me siento descansada, estoy en mi casa, tengo muchas cosas que hacer. Cuando me senté en la cama, sin embargo, lo único que hice fue ponerme a llorar como una loca, sin motivo ni causa aparente. Todo el día estuve así. Por momentos deseaba no haber salido de Santa Teresa, haber permanecido junto a vosotros hasta el final. En más de una ocasión sentí el impulso de largarme al aeropuerto y coger el primer avión con destino a México. Esos impulsos eran seguidos de otros más destructivos: prenderle fuego a mi apartamento, cortarme las venas, no volver nunca más a la universidad y llevar en adelante una vida de vagabunda.

Pero las vagabundas, al menos en Inglaterra, a menudo son sometidas a vejaciones, según leí en un reportaje de una revista cuyo nombre he olvidado. En Inglaterra las vagabundas son sometidas a violaciones en grupo, son golpeadas, y no es raro que algunas aparezcan muertas en las puertas de los hospitales. Quienes hacen estas cosas a las vagabundas no son, como yo hubiera pensado a los dieciocho años, los policías ni las bandas de gamberros neonazis, sino los vagabundos, lo que confiere a la situación un regusto si cabe aún más amargo. Confundida, salí a dar una vuelta por la ciudad, con la esperanza de animarme y tal vez llamar por teléfono a alguna amiga con la cual irme a cenar. No sé cómo, de pronto me vi enfrente de una galería de arte en donde hacían una retrospectiva de Edwin Johns, el artista aquel que se cortó la mano derecha para exhibirla en un retrato autobiográfico.

En su siguiente visita Espinoza consiguió que la muchacha le permitiera acompañarla hasta su casa. Dejaron el carrito guardado, tras pagar Espinoza un exiguo alquiler a una mujer gorda cubierta por un viejo delantal de operaria fabril, en el cuarto de atrás del restaurante en donde antes habían comido, entre cajas de botellas vacías y pilas de latas de chile y carne. Luego metieron las alfombras y los sarapes en el asiento trasero del coche y se acomodaron los tres delante. El niño estaba feliz y Espinoza le dijo que decidiera él adónde iban a comer aquel día. Terminaron en un McDonald's del centro.

La casa de la muchacha estaba en los barrios del poniente de la ciudad, en las zonas en donde, por lo que había leído en la prensa, se cometían los crímenes, pero el barrio y la calle donde vivía Rebeca sólo le pareció un barrio pobre y una calle pobre, en donde lo siniestro estaba ausente. Dejó el coche estacionado enfrente de la casa. En la entrada había un jardín minúsculo, con tres jardineras hechas de caña y alambre, cubiertas de macetas con flores y plantas verdes. Rebeca le dijo a su hermano que se quedara vigilando el coche. La casa era de madera y al caminar los tablones del suelo emitían un sonido a cosa hueca, como si debajo corriera un desagüe o hubiera un cuarto secreto.

La madre, contra lo que esperaba Espinoza, lo saludó amablemente y le ofreció un refresco. Luego ella misma le presentó al resto de sus hijos. Rebeca tenía dos hermanos y tres hermanas, aunque la mayor ya no vivía allí pues se había casado. Una de las hermanas era igualita a Rebeca, sólo que más joven. Se llamaba Cristina y todos en la casa decían que era la más inteligente de la familia. Después de un tiempo prudencial Espinoza le pidió a Rebeca que salieran a dar una vuelta por el barrio. Al salir vieron al niño encaramado sobre el techo del coche. Leía un cómic y tenía algo en la boca, probablemente un caramelo. Cuando volvieron del paseo el niño aún seguía allí, aunque ya no leía nada y el caramelo se había terminado.

Cuando volvió al hotel Pelletier estaba otra vez con *Santo Tomás.* Al sentarse a su lado Pelletier levantó la mirada del libro y le dijo que había cosas que aún no entendía y que probablemente no iba a entender jamás. Espinoza soltó una risotada y no hizo ningún comentario.

–Hoy he estado con Amalfitano –dijo Pelletier.

Según creía, el profesor chileno tenía los nervios destrozados. Pelletier lo había invitado a darse con él un chapuzón en la piscina. Como no tenía traje de baño le había conseguido uno en la recepción. Todo parecía ir bien. Pero cuando se metió en la piscina Amalfitano se quedó quieto, como si de pronto hubiera visto al demonio, y se hundió. Antes de que se hundiera, Pelletier recordaba que se había tapado la boca con las dos manos. En cualquier caso no hizo el más mínimo esfuerzo por nadar. Afortunadamente, Pelletier estaba allí y no le costó nada sumergirse y volverlo a traer a la superficie. Luego se tomaron un whisky cada uno y Amalfitano le explicó que hacía mucho que no nadaba.

–Estuvimos hablando de Archimboldi –dijo Pelletier.

Después se vistió, devolvió el traje de baño y se marchó.

–¿Y tú qué hiciste? –dijo Espinoza.

–Me duché, me vestí, bajé a comer y seguí con mis lecturas.

Por un instante, decía Norton en su carta, me sentí como una vagabunda deslumbrada por las luces de un teatro repentino. No estaba en la mejor disposición para entrar en una galería de arte, pero el nombre de Edwin Johns me atrajo como un imán. Me acerqué a la puerta de la galería, que era de vidrio, y en el interior vi a mucha gente y vi a camareros vestidos de blanco que apenas podían moverse manteniendo en equilibrio bandejas cargadas de copas de champán o de vino rojo. Decidí esperar y volví a la acera de enfrente. Poco a poco la galería se fue vaciando y llegó el momento en que pensé que ya podía entrar y ver al menos una parte de la retrospectiva.

Cuando traspuse la puerta de vidrio sentí algo extraño, como si todo lo que a partir de ese instante viera o sintiera fuera a ser decisivo para el curso posterior de mi vida. Me detuve delante de una especie de paisaje, un paisaje de Surrey, de la primera etapa de Johns, que me pareció melancólico y a la vez dulce, profundo y en modo alguno grandilocuente, como sólo pueden serlo los paisajes ingleses pintados por pintores ingleses. De golpe me dije que con ver ese cuadro ya tenía suficiente y me disponía a marcharme cuando un camarero, tal vez el último de los camareros de la empresa de cátering que quedaba en la galería, se me acercó con una sola copa de vino en la bandeja, una copa servida especialmente para mí. No me dijo nada. Sólo me la ofreció y yo le sonreí y tomé la copa. Entonces vi el póster de la exposición, al otro lado de donde yo me encontraba, el póster que exhibía el cuadro con la mano cortada, la pieza maestra de Johns, y en donde con números blancos se señalaba su fecha de nacimiento y su fecha de muerte.

Yo no sabía que había muerto, decía Norton en su carta, yo creía que aún vivía en Suiza, en un confortable manicomio, en donde se reía de sí mismo y sobre todo se reía de nosotros. Recuerdo que la copa de vino se me cayó de las manos. Recuerdo que una pareja, ambos muy altos y delgados, que miraban un cuadro, me miraron con extrema curiosidad, como si yo fuera una ex amante de Johns o un cuadro viviente (e inacabado) que de pronto se entera de la muerte de su pintor. Sé que salí sin mirar atrás y que anduve durante mucho rato hasta que me di cuenta de que no lloraba, sino que llovía y que estaba empapada. Esa noche no pude dormir.

Por las mañanas Espinoza iba a buscar a Rebeca a su casa. Dejaba el coche frente a la puerta, se tomaba un café y luego, sin decir nada, metía las alfombras en el asiento trasero y se dedicaba a limpiar el polvo de la carrocería con un trapo. Si hubiera sabido algo de mecánica hubiera levantado el capó y habría mirado el motor, pero no sabía nada de mecánica y el motor del coche, por lo demás, funcionaba como una seda. Después salían de la casa la muchacha y su hermano y Espinoza les abría la puerta del copiloto, sin pronunciar una palabra, como si aquella rutina durara años, y luego él entraba por la puerta del conductor, guardaba el trapo del polvo en la guantera y partían hacia el mercado de artesanías. Ya allí los ayudaba a montar el puesto y cuando habían terminado iba a un restaurante cercano y compraba dos cafés para llevar y una Coca-Cola, que se tomaban de pie, contemplando los otros puestos o el horizonte achaparrado, pero dignísimo, de edificios coloniales que los cercaban. En ocasiones Espinoza reñía al hermano de la muchacha, le decía que beber Coca-Cola por las mañanas era una mala costumbre, pero el niño, que se llamaba Eulogio, se reía y no le hacía caso, pues sabía que el enfado de Espinoza era en un noventa por ciento fingido. El resto de la mañana Espinoza se lo pasaba en una terraza, sin salir de aquel barrio, el único de Santa Teresa, además del barrio de Rebeca, que le gustaba, leyendo los periódicos locales y tomando café y fumando. Cuando iba al baño y se miraba en un espejo, pensaba que sus facciones estaban cambiando. Parezco un señor, se decía a veces. Parezco más joven. Parezco otro.

En el hotel, al volver, siempre encontraba a Pelletier en la terraza o en la piscina o tumbado en uno de los sillones de alguna de las salas, releyendo *Santo Tomás* o *La ciega* o *Letea*, que al parecer eran los únicos libros de Archimboldi que había traído consigo a México. Le preguntó si preparaba algún artículo o ensayo sobre esos tres libros en concreto y la respuesta de Pelletier fue vaga. Al principio, sí. Pero ahora no. Simplemente los leía porque eran los únicos que tenía. Espinoza pensó en dejarle alguno de los suyos, y de inmediato se dio cuenta, con alarma, de que había olvidado los libros de Archimboldi que ocultaba en su maleta.

Esa noche no pude dormir, decía Norton en su carta, y se me ocurrió llamar a Morini. Era muy tarde, era de mala educación molestarlo a esa hora, era una imprudencia de mi parte, era una intromisión grosera, pero lo llamé. Recuerdo que marqué su número y acto seguido apagué la luz de la habitación, como si al estar a oscuras Morini no pudiera verme la cara. Mi llamada, sorprendentemente, fue contestada en el acto.

–Soy yo, Piero –le dije–, Liz, ¿te has enterado de que murió Edwin Johns?

–Sí –dijo la voz de Morini desde Turín–. Murió hace un par de meses.

–Pero yo sólo lo he sabido ahora, esta noche –dije.

–Pensé que ya lo sabías –dijo Morini.

–¿Cómo murió? –dije.

–En un accidente –dijo Morini–, salió a dar un paseo, quería dibujar una pequeña cascada que hay cerca del sanatorio, se subió a una roca y resbaló. Encontraron el cadáver al fondo de un barranco de cincuenta metros.

–No puede ser –dije.

–Sí que puede ser –dijo Morini.

–¿Salió a dar un paseo solo? ¿Sin nadie que lo vigilara?

–No iba solo –dijo Morini–, lo acompañaba una enfermera y uno de los muchachos fuertes del sanatorio, de esos que pueden reducir en un segundo a un loco furioso.

Me reí, era la primera vez que me reía, ante la expresión loco furioso, y Morini, al otro lado de la línea, se rió, aunque sólo fue un instante, conmigo.

–Esos chicos fuertes y atléticos se llaman en realidad auxiliares –le dije.

–Pues lo acompañaban una enfermera y un auxiliar –dijo–. Johns se subió a una roca y el muchacho fuerte subió detrás de él. La enfermera, por indicación de Johns, se sentó en un tocón y fingió leer un libro. Entonces Johns comenzó a dibujar con su mano izquierda, con la cual había adquirido cierta habilidad. El paisaje comprendía la cascada, las montañas, los salientes de roca, el bosque y la enfermera que ajena a todo leía el libro. Entonces ocurrió el accidente. Johns se levantó de la roca, resbaló y, aunque el muchacho fuerte y atlético trató de agarrarlo, cayó al abismo.

Eso era todo.

Durante un rato permanecimos sin decir nada, decía Norton en su carta, hasta que Morini rompió el silencio y me preguntó cómo me había ido en México.

–Mal –le dije.

No hizo más preguntas. Oía su respiración, pausada, y él oía mi respiración, que se iba serenando rápidamente.

–Te llamaré mañana –le dije.

–De acuerdo –dijo él, pero durante unos segundos ninguno de los dos se atrevió a colgar el teléfono.

Esa noche pensé en Edwin Johns, pensé en su mano que ahora probablemente se exhibía en su retrospectiva, esa mano que el auxiliar del sanatorio no pudo coger y así impedir su caída, aunque esto último resultaba demasiado obvio, como una fábula tramposa que ni siquiera se acercaba a lo que Johns había sido. Mucho más real resultaba el paisaje suizo, ese paisaje que vosotros visteis y que yo desconozco, con las montañas y los bosques, con las piedras irisadas y las cascadas de agua, con los barrancos mortales y las enfermeras lectoras.

Una noche Espinoza llevó a Rebeca a bailar. Estuvieron en una discoteca del centro de Santa Teresa a la que la muchacha no había ido nunca, pero de la cual hablaban sus amigas en los mejores términos. Mientras bebían cubalibres Rebeca le contó que al salir de aquella discoteca habían secuestrado a dos de las muchachas que tiempo después aparecieron muertas. Sus cadáveres fueron abandonados en el desierto.

A Espinoza le pareció de mal augurio el que ella dijera que el asesino tenía por costumbre visitar esa discoteca. Cuando la fue a dejar a su casa la besó en los labios. Rebeca olía a alcohol y tenía la piel muy fría. Le preguntó si quería hacer el amor y ella asintió con la cabeza, varias veces, sin decir nada. Luego ambos pasaron de los asientos de delante al asiento de atrás y lo hicieron. Un polvo rápido. Pero después ella recostó la cabeza sobre su pecho, sin decir palabra, y él estuvo mucho rato acariciándole el pelo. El aire nocturno olía a productos químicos que llegaban en oleadas. Espinoza pensó que cerca de allí había una fábrica de papel. Se lo preguntó a Rebeca y ella dijo que cerca de allí sólo había casas construidas por sus propios moradores y descampados.

Volviera al hotel a la hora que volviera siempre encontraba a Pelletier despierto, leyendo un libro y esperándolo. Con ese gesto, pensó, Pelletier le reafirmaba su amistad. También cabía la posibilidad de que el francés no pudiera dormir y que su insomnio lo condenara a leer por las salas vacías del hotel hasta la llegada del alba.

A veces Pelletier estaba en la piscina, abrigado con un suéter o con una toalla, bebiendo whisky a sorbitos. Otras veces lo encontraba en una sala presidida por un paisaje enorme de la frontera, pintado, eso se adivinaba en el acto, por un artista que no había estado nunca allí: la industriosidad del paisaje y su armonía revelaban más un deseo que una realidad. Los camareros, incluso los del turno de noche, satisfechos con sus propinas, procuraban que nada le faltara. Cuando llegaba, durante un rato, se dedicaban a intercambiar frases cortas y amables.

A veces Espinoza, antes de buscarlo por las salas vacías del hotel, se iba a revisar sus e-mails, con la esperanza de encontrar cartas de Europa, de Hellfeld o de Borchmeyer, que arrojaran algo de luz sobre el paradero de Archimboldi. Después buscaba a Pelletier y más tarde ambos subían silenciosos a sus respectivas habitaciones.

Al día siguiente, decía Norton en su carta, me dediqué a limpiar mi apartamento y a poner en orden mis papeles. Terminé mucho antes de lo que esperaba. Por la tarde me encerré en un cine y al salir, aunque estaba tranquila, ya no me acordaba del argumento de la película ni de los actores que la interpretaban. Esa noche cené con una amiga y me acosté temprano, aunque hasta las doce no fui capaz de conciliar el sueño. Nada más despertarme, de buena mañana y sin hacer una reserva previa, me fui al aeropuerto y compré el primer billete para Italia. Volé de Londres a Milán y desde allí cogí un tren para Turín. Cuando Morini me abrió la puerta le dije que había venido a quedarme, que decidiera él si me iba a un hotel o me quedaba en su casa. No contestó a mi pregunta, apartó la silla de ruedas y me pidió que pasara. Fui al baño a lavarme la cara. Cuando volví Morini había preparado té y puesto sobre un plato azul tres pastelillos que me ofreció con encomio. Probé uno y era delicioso. Parecía un dulce griego, con pistacho e higo confitado en su interior. Pronto di cuenta de los tres pastelillos y me tomé dos tazas de té. Morini, mientras tanto, hizo una llamada telefónica, y luego se dedicó a escucharme y a intercalar de vez en cuando preguntas que yo contestaba de buen grado.

Durante horas estuvimos hablando. Hablamos de la derecha en Italia, del rebrote del fascismo en Europa, de los inmigrantes, de los terroristas musulmanes, de la política británica y norteamericana y a medida que hablábamos yo me iba sintiendo cada vez mejor, lo que es curioso pues los temas de conversación eran más bien deprimentes, hasta que ya no pude más y le pedí otro pastelillo mágico, al menos uno más, y entonces Morini miró la hora y dijo que era normal que tuviera hambre, y que haría algo mejor que darme un pastelillo de pistacho, había reservado mesa en un restaurante turinés y me iba a llevar a cenar allí.

El restaurante estaba en medio de un jardín en donde había bancos y estatuas de piedra. Recuerdo que yo empujaba la silla de Morini y él me enseñaba las estatuas. Algunas eran figuras mitológicas, pero otras representaban simples campesinos perdidos en la noche. En el parque había otras parejas que paseaban y a veces nos cruzábamos con ellas y otras veces sólo veíamos sus sombras. Mientras comíamos Morini me preguntó por vosotros. Le dije que la pista que situaba a Archimboldi en el norte de México era una pista falsa y que probablemente ni siquiera había pisado aquel país. Le conté lo de vuestro amigo mexicano, el gran intelectual llamado el Cerdo, y nos reímos un buen rato. La verdad es que yo cada vez me sentía mejor.

Una noche, después de hacer el amor por segunda vez con Rebeca en el asiento trasero del coche, Espinoza le preguntó qué pensaba su familia de él. La muchacha le dijo que sus hermanas creían que era guapo y que su madre había dicho que tenía cara de hombre responsable. El olor a productos químicos pareció levantar el coche del suelo. Al día siguiente Espinoza compró cinco alfombras. Ella le preguntó para qué quería tantas alfombras y Espinoza contestó que pensaba regalarlas. Al volver al hotel dejó las alfombras en la cama que no ocupaba, luego se sentó en la suya y durante una fracción de segundo las sombras se retiraron y tuvo una fugaz visión de la realidad. Se sintió mareado y cerró los ojos. Sin darse cuenta se quedó dormido.

Cuando despertó le dolía el estómago y tenía deseos de morirse. Por la tarde salió a hacer compras. Entró en una lencería y en una tienda de ropa de mujer y en una zapatería. Esa noche se llevó a Rebeca al hotel y después de ducharse juntos la vistió con un tanga y ligueros y medias negras y un body negro y zapatos de tacón de aguja de color negro y la folló hasta que ella no fue más que un temblor entre sus brazos. Después pidió que le subieran a la habitación una cena para dos y tras comer le entregó los otros regalos que le había comprado y después volvieron a follar hasta que empezó a amanecer. Entonces ambos se vistieron, ella guardó sus regalos en las bolsas y él la acompañó primero a su casa y luego hasta el mercado de artesanías, en donde la ayudó a montar el puesto. Antes de que se despidiera ella le preguntó si lo iba a volver a ver. Espinoza, sin saber por qué, tal vez únicamente porque estaba cansado, se encogió de hombros y dijo que eso nunca se sabía.

–Sí que se sabe –dijo Rebeca con una voz triste que no le conocía–. ¿Te marchas de México? –le preguntó.

–Algún día tengo que irme –contestó él.

Al volver al hotel no encontró a Pelletier ni en la terraza ni junto a la piscina ni en ninguna de las salas en donde éste solía recluirse para leer. Preguntó en la recepción si hacía mucho que había salido su amigo y le dijeron que Pelletier no había abandonado el hotel en ningún momento. Subió a la habitación y llamó a la puerta, pero nadie le contestó. Volvió a llamar, golpeando varias veces, con el mismo resultado. Le dijo al recepcionista que temía que a su amigo le hubiera pasado algo, tal vez un ataque al corazón, y el recepcionista, que los conocía a ambos, subió con Espinoza.

–No creo que haya ocurrido nada malo –le dijo mientras iban en el ascensor.

Al abrir la habitación con la llave maestra el recepcionista no traspuso el umbral. La habitación estaba a oscuras y Espinoza encendió la luz. Sobre una de las camas vio a Pelletier tapado con el cobertor hasta el cuello. Estaba boca arriba, con el rostro sólo ligeramene ladeado, y tenía las manos cruzadas sobre el pecho. En su expresión Espinoza vio una paz que nunca antes había notado en el rostro de Pelletier. Lo llamó:

–Pelletier, Pelletier.

El recepcionista, ganado por la curiosidad, avanzó un par de pasos y le aconsejó que no lo tocara.

–Pelletier –gritó Espinoza, y se sentó a su lado y lo zarandeó de los hombros.

Entonces Pelletier abrió los ojos y le preguntó qué ocurría.

–Creíamos que estabas muerto –dijo Espinoza.

–No –dijo Pelletier–, estaba soñando que me iba de vacaciones a las islas griegas y que allí alquilaba un bote y conocía a un niño que todo el día se lo pasaba buceando.

–Es un sueño muy bonito –dijo.

–Efectiviwonder –dijo el recepcionista–, parece un sueño muy relajante.

–Lo más curioso del sueño –dijo Pelletier– es que el agua estaba viva.

Las primeras horas de mi primera noche en Turín, decía Norton en su carta, las pasé en la habitación de huéspedes de Morini. No me costó nada quedarme dormida, pero de repente un trueno, que no sé si era real o soñado, me despertó, y creí ver, al fondo del pasillo, la silueta de Morini y de la silla de ruedas. Al principio no le hice caso y procuré volver a dormirme, hasta que de pronto recapitulé lo que había visto: por un lado la silueta de la silla de ruedas en el pasillo y por otro lado, ya no en el pasillo sino en la sala, de espaldas a mí, la silueta de Morini. Me desperté de un salto, empuñé un cenicero y encendí la luz. El pasillo estaba desierto. Fui hasta la sala y no había nadie. Meses antes lo normal hubiera sido tomar un vaso de agua y volver a la cama, pero ya nada era ni volvería a ser como entonces. Así que lo que hice fue ir a la habitación de Morini. Al abrir la puerta vi primero la silla de ruedas, a un lado de la cama, y luego el bulto de Morini, que respiraba pausadamente. Murmuré su nombre. No se movió. Alcé la voz y la voz de Morini me preguntó qué pasaba.

–Te he visto en el pasillo –le dije.

–¿Cuándo? –dijo Morini.

–Hace un momento, cuando oí el trueno.

–¿Llueve? –dijo Morini.

–Seguramente –dije yo.

–No he salido al pasillo, Liz –dijo Morini.

–Yo te vi allí. Te habías levantado. La silla de ruedas estaba en el pasillo, de cara a mí, pero tú estabas al final del pasillo, en la sala, de espaldas a mí –dije.

–Debió ser un sueño –dijo Morini.

–La silla de ruedas estaba de cara a mí y tú estabas de espaldas a mí –dije.

–Tranquilízate, Liz –dijo Morini.

–No me pidas que me tranquilice, no me trates como a una estúpida. La silla de ruedas me miraba, y tú, que estabas de pie, tan tranquilo, no me mirabas. ¿Lo entiendes?

Morini se concedió unos segundos para reflexionar, apoyado en los codos.

–Creo que sí –dijo–, mi silla te vigilaba mientras yo te ignoraba, ¿no? Como si la silla y yo fuéramos una sola persona o un solo ente. Y la silla era mala, precisamente porque te miraba, y yo también era malo, porque te había mentido y no te miraba.

Entonces me eché a reír y le dije que para mí, bien pensado, él jamás iba a ser malo, y tampoco la silla de ruedas, puesto que le prestaba un servicio tan necesario.

El resto de la noche lo pasamos juntos. Le dije que se hiciera a un lado y me dejara sitio y Morini me obedeció sin decir nada.

–¿Cómo pude tardar tanto en darme cuenta de que me querías? –le dije más tarde–. ¿Cómo pude tardar tanto en darme cuenta de que yo te quería?

–La culpa es mía –dijo Morini en la oscuridad–, soy muy torpe.

Por la mañana Espinoza regaló a los recepcionistas y vigilantes y camareros del hotel algunas de las alfombras y sarapes que atesoraba. También regaló alfombras a las dos mujeres que iban a hacerle la limpieza del cuarto. El último sarape, uno muy bonito, en donde predominaban las figuras geométricas en rojo, verde y lila, lo metió en una bolsa y le dijo al recepcionista que se lo subiera a Pelletier.

–Un regalo anónimo –dijo.

El recepcionista le guiñó el ojo y dijo que así se haría.

Cuando Espinoza llegó al mercado de las artesanías ella estaba sentada en una banqueta de madera leyendo una revista de música popular, llena de fotos en color, en donde había noticias sobre cantantes mexicanos, sus bodas, divorcios, giras, discos de oro y platino, sus temporadas en la cárcel, sus muertes en la miseria. Se sentó a su lado, en el bordillo de la acera, y dudó si saludarla con un beso o no. Enfrente había un puesto nuevo que vendía figuritas de barro. Desde donde estaba Espinoza distinguió unas horcas diminutas y se sonrió tristemente. Le preguntó a la muchacha dónde estaba su hermano y ella le respondió que se había ido a la escuela, como todas las mañanas.

Una mujer muy arrugada, vestida de blanco como si se fuera a casar, se detuvo a hablar con Rebeca y entonces él cogió la revista, que la muchacha había dejado bajo la mesa, encima de una lonchera, y la estuvo hojeando hasta que la amiga de Rebeca se marchó. Intentó decir algo en un par de ocasiones, pero no pudo. El silencio de ella, sin embargo, no era desagradable ni implicaba rencor o tristeza. No era denso sino transparente. Casi no ocupaba espacio. Incluso, pensó Espinoza, uno podría acostumbrarse a este silencio y ser feliz. Pero él no se iba a acostumbrar jamás, eso también lo sabía.

Cuando se cansó de estar sentado se fue a un bar y pidió una cerveza en la barra. A su alrededor sólo había hombres y nadie estaba solo. Espinoza abarcó el bar con una mirada terrible y de inmediato se percató de que los hombres bebían pero también comían. Masculló la palabra joder y escupió en el suelo, a pocos centímetros de sus propios zapatos. Luego se tomó otra y volvió al puesto con la botella a medias. Rebeca lo miró y sonrió. Espinoza se sentó en la acera, junto a ella, y le dijo que iba a volver. La muchacha no dijo nada.

–Voy a volver a Santa Teresa –dijo–, en menos de un año, te lo juro.

–No jures –dijo la muchacha mientras sonreía complacida.

–Volveré contigo –dijo Espinoza bebiendo hasta la última gota de su cerveza–. Y puede que entonces nos casemos y tú te vengas a Madrid conmigo.

Pareció que la muchacha decía: sería bonito, pero Espinoza no la entendió.

–¿Qué?, ¿qué? –dijo.

Rebeca permaneció callada.

Cuando volvió, de noche, encontró a Pelletier leyendo y bebiendo whisky junto a la piscina. Se sentó en la tumbona de al lado y le preguntó cuáles eran los planes. Pelletier sonrió y puso el libro sobre la mesa.

–He encontrado en mi habitación tu regalo –dijo–, es muy apropiado y no carece de encanto.

–Ah, el sarape –dijo Espinoza, y se dejó caer de espaldas sobre la tumbona.

En el cielo se veían muchas estrellas. El agua verdeazulada de la piscina danzaba sobre las mesas y los macizos de flores y cactus, en una cadena de reflejos que llegaba hasta un muro de ladrillo de color crema, detrás del cual había una pista de tenis y unos baños sauna que había evitado con éxito. De vez en cuando oían raquetazos y voces en sordina que comentaban el juego.

Pelletier se levantó y dijo caminemos. Se dirigió hacia la pista de tenis, seguido por Espinoza. Las luces de la pista estaban encendidas y dos tipos con panzas prominentes se esforzaban en un juego torpe, provocando la risa de dos mujeres que los observaban sentadas en un banco de madera, debajo de un parasol similar a los que rodeaban la piscina. Al fondo, detrás de una reja de alambre, estaba el baño sauna, una caja de cemento con dos ventanas diminutas, como los ojos de buey de un buque hundido. Sentado sobre el muro de ladrillos, Pelletier dijo:

–No vamos a encontrar a Archimboldi.

–Hace días que lo sé –dijo Espinoza.

Luego dio un salto y luego otro, hasta que pudo sentarse en el borde del muro, las piernas colgando hacia la pista de tenis.

–Sin embargo –dijo Pelletier–, estoy seguro de que Archimboldi está aquí, en Santa Teresa.

Espinoza se miró las manos, como si temiera haberse hecho daño. Una de las mujeres se levantó de su asiento e invadió la pista. Al llegar junto a uno de los hombres, le dijo algo al oído y después volvió a salir. El hombre que había hablado con la mujer levantó los brazos hacia arriba, abrió la boca y echó la cabeza atrás, aunque sin proferir el más mínimo sonido. El otro hombre, vestido, al igual que el primero, de blanco impoluto, esperó a que la algarabía silenciosa de su contrincante cesara y cuando acabaron los visajes de éste le lanzó la pelota. El partido se reanudó y las mujeres se volvieron a reír.

–Créeme –dijo Pelletier con una voz muy suave, como la brisa que soplaba en ese instante y que impregnaba todo con un aroma de flores–, sé que Archimboldi está aquí.

–¿En dónde? –dijo Espinoza.

–En alguna parte, en Santa Teresa o en los alrededores.

–¿Y por qué no lo hemos hallado? –dijo Espinoza.

Uno de los tenistas se cayó al suelo y Pelletier sonrió:

–Eso no importa. Porque hemos sido torpes o porque Archimboldi tiene un gran talento para esconderse. Es lo de menos. Lo importante es otra cosa.

–¿Qué? –dijo Espinoza.

–Que está aquí –dijo Pelletier, y señaló la sauna, el hotel, la pista, las rejas metálicas, la hojarasca que se adivinaba más allá, en los terrenos del hotel no iluminados. A Espinoza se le erizaron los pelos del espinazo. La caja de cemento en donde estaba la sauna le pareció un búnker con un muerto en su interior.

–Te creo –dijo, y en verdad creía lo que decía su amigo.

–Archimboldi está aquí –dijo Pelletier–, y nosotros estamos aquí, y esto es lo más cerca que jamás estaremos de él.

No sé cuánto tiempo vamos a durar juntos, decía Norton en su carta. Ni a Morini (creo) ni a mí nos importa. Nos queremos y somos felices. Sé que vosotros lo comprenderéis.

La parte de Amalfitano

No sé qué he venido a hacer a Santa Teresa, se dijo Amalfitano al cabo de una semana de estar viviendo en la ciudad. ¿No lo sabes? ¿Realmente no lo sabes?, se preguntó. Verdaderamente no lo sé, se dijo a sí mismo, y no pudo ser más elocuente.

Tenía una casita de una sola planta, tres habitaciones, un baño completo más un aseo, cocina americana, un salón comedor con ventanas que daban al poniente, un pequeño porche de ladrillos en donde había un banco de madera desgastado por el viento que bajaba de las montañas y del mar, desgastado por el viento que venía del norte, el viento de las aberturas, y por el viento con olor a humo que venía del sur. Tenía libros que conservaba desde hacía más de veinticinco años. No eran muchos. Todos viejos. Tenía libros que había comprado hacía menos de diez años y que no le importaba prestar o perder o que se los robaran. Tenía libros que a veces recibía perfectamente lacrados y con remitentes desconocidos y que ya ni siquiera abría. Tenía un patio ideal para sembrarlo de césped y plantar flores, aunque él no sabía qué flores eran las más indicadas para plantar allí, no cactus o cactáceas sino flores. Tenía tiempo (eso creía) para dedicarlo al cultivo de un jardín. Tenía una verja de madera que necesitaba una mano de pintura. Tenía un sueldo mensual.

Tenía una hija que se llamaba Rosa y que siempre había vivido con él. Parecía difícil que eso fuera así, pero era así.

A veces, durante las noches, recordaba a la madre de Rosa y a veces se reía y otras veces le daba por llorar. La recordaba mientras estaba encerrado en su estudio y Rosa dormía en su habitación. La sala estaba vacía y quieta y con la luz apagada. En el porche, si alguien se hubiera dedicado a escuchar con atención, habría oído el zumbido de unos pocos mosquitos. Pero nadie escuchaba. Las casas vecinas estaban silenciosas y oscuras.

Rosa tenía diecisiete años y era española. Amalfitano tenía cincuenta y era chileno. Rosa tenía pasaporte desde los diez años. Durante algunos de sus viajes, recordaba Amalfitano, se habían encontrado en situaciones raras, pues Rosa pasaba las aduanas por la puerta de los ciudadanos comunitarios y Amalfitano por la puerta reservada a los no comunitarios. La primera vez Rosa tuvo un berrinche y se puso a llorar y no quería separarse de su padre. En otra ocasión, pues las colas avanzaban con ritmos muy distintos, rápida la de los comunitarios, más lenta y con mayor celo la de los no comunitarios, Rosa se perdió y Amalfitano tardó media hora en encontrarla. A veces los policías de aduanas veían a Rosa, tan pequeñita, y le preguntaban si viajaba sola o si alguien la esperaba a la salida. Rosa contestaba que viajaba con su padre, que era sudamericano, y que tenía que esperarlo allí mismo. En una ocasión a Rosa le revisaron su maleta pues sospecharon que el padre podía pasar droga o armas amparado en la inocencia y en la nacionalidad de su hija. Pero Amalfitano nunca había comerciado con drogas y tampoco con armas.

La que sí viajaba siempre armada, recordaba Amalfitano mientras se fumaba un cigarrillo mexicano sentado en su estudio o de pie en el porche a oscuras, era Lola, la madre de Rosa, que nunca se desprendía de una navaja de acero inoxidable con abertura de fuelle. Una vez los detuvieron en un aeropuerto, antes de que naciera Rosa, y le preguntaron qué hacía allí esa navaja. Es para pelar fruta, dijo Lola. Naranjas, manzanas, peras, kiwis, ese tipo de frutas. El policía se la quedó mirando durante un rato y luego la dejó pasar. Un año y algunos meses después de este incidente nació Rosa. Dos años después Lola se marchó de casa y aún llevaba consigo la navaja.

El pretexto que usó Lola fue el de ir a visitar a su poeta favorito, que vivía en el manicomio de Mondragón, cerca de San Sebastián. Amalfitano escuchó sus argumentos durante toda una noche mientras Lola preparaba su mochila y le aseguraba que no tardaría en volver a casa junto a él y junto a su niña. Lola, sobre todo en los últimos tiempos, solía afirmar que conocía al poeta y que esto había sucedido durante una fiesta a la que asistió en Barcelona, antes de que Amalfitano entrara en su vida. En esta fiesta, que Lola definía como una fiesta salvaje, una fiesta atrasada que emergía de pronto en medio del calor del verano y de una caravana de coches con las luces rojas encendidas, se había acostado con él y habían hecho el amor toda la noche, aunque Amalfitano sabía que no era verdad, no sólo porque el poeta era homosexual, sino porque la primera noticia que tuvo Lola de su existencia se la debía a él, que le había regalado uno de sus libros. Después Lola se encargó de comprar el resto de la obra del poeta y de escoger a sus amigos entre las personas que creían que el poeta era un iluminado, un extraterrestre, un enviado de Dios, amigos que a su vez acababan de salir del manicomio de Sant Boi o que se habían vuelto locos después de repetidas curas de desintoxicación. En realidad, Amalfitano sabía que tarde o temprano su mujer emprendería el camino de San Sebastián, así que prefirió no discutir, ofrecerle parte de sus ahorros, rogarle que volviera al cabo de unos meses y asegurarle que cuidaría bien de la niña. Lola parecía no oír nada. Cuando tuvo hecha su mochila se fue a la cocina, preparó dos cafés y se quedó quieta, esperando a que amaneciera, pese a que Amalfitano trató de buscar temas de conversación que le interesaran o que, al menos, le hicieran más leve la espera. A las seis y media de la mañana sonó el timbre y Rosa dio un salto. Me vienen a buscar, dijo, y ante su inmovilidad Amalfitano se tuvo que levantar y preguntar por el interfono quién era. Oyó que una voz muy frágil decía soy yo. ¿Quién es?, dijo Amalfitano. Ábreme, soy yo, dijo la voz. ¿Quién?, dijo Amalfitano. La voz, sin abandonar su tono de fragilidad absoluta, pareció enojarse por el interrogatorio. Yo yo yo yo, dijo. Amalfitano cerró los ojos y abrió la puerta del edificio. Escuchó el sonido de poleas del ascensor y volvió a la cocina. Lola seguía sentada, bebiendo a sorbos las últimas gotas de café. Creo que es para ti, dijo Amalfitano. Lola no hizo el menor signo de haberlo oído. ¿Te vas a despedir de la niña?, dijo Amalfitano. Lola levantó la mirada y le contestó que era mejor no despertarla. Tenía los ojos azules enmarcados por unas ojeras profundas. Después sonó dos veces el timbre de la casa y Amalfitano fue a abrir. Una mujer muy pequeña, de no más de un metro cincuenta de altura, pasó junto a él después de mirarlo brevemente y murmurar un saludo ininteligible, y se dirigió directamente a la cocina, como si conociera las costumbres de Lola mejor que Amalfitano. Cuando Amalfitano volvió a la cocina se fijó en la mochila de la mujer, que ésta había dejado en el suelo junto al refrigerador, más pequeña que la de Lola, casi una mochila en miniatura. La mujer se llamaba Inmaculada pero Lola le decía Imma. Un par de veces, al volver del trabajo, Amalfitano la había encontrado en su casa, y entonces la mujer le había dicho su nombre y la manera en que debía llamarla. Imma era el diminutivo de Immaculada, en catalán, pero la amiga de Lola no era catalana ni se llamaba Immaculada, con doble eme, sino Inmaculada, y Amalfitano, por cuestión fonética, prefería llamarla Inma, aunque cada vez que lo hacía era reprendido por su mujer, hasta que decidió no llamarla de ninguna manera. Desde la puerta de la cocina las observó. Se sentía mucho más sereno de lo que había imaginado. Lola y su amiga tenían la vista clavada en la mesa de formica aunque a Amalfitano no le pasó desapercibido que de vez en cuando ambas levantaban la vista y se cruzaban miradas de una intensidad que él desconocía. Lola preguntó si alguien quería más café. Se está dirigiendo a mí, pensó Amalfitano. Inmaculada movió la cabeza de un lado a otro y luego dijo que no tenían tiempo, que lo mejor era ponerse en movimiento pues dentro de poco los caminos de salida de Barcelona estarían bloqueados. Habla como si Barcelona fuera una ciudad medieval, pensó Amalfitano. Lola y su amiga se pusieron de pie. Amalfitano dio dos pasos y abrió la puerta del refrigerador para sacar una cerveza impelido por una repentina sed. Antes de hacerlo tuvo que apartar la mochila de Imma. Pesaba como si en el interior sólo hubiera dos blusas y otro pantalón negro. Parece un feto, fue lo que pensó Amalfitano, y dejó caer la mochila a un lado. Después Lola lo besó en las mejillas y ella y su amiga se marcharon.

Una semana después Amalfitano recibió una carta de Lola con matasellos de Pamplona. En la carta le contaba que el viaje hasta allí había estado lleno de experiencias agradables y desagradables. Eran más las experiencias agradables. Las experiencias desagradables, por otra parte, se podían calificar de desagradables, de eso no cabía duda, aunque tal vez no de experiencias. Todo lo desagradable que nos pueda ocurrir, decía Lola, nos encontrará con la guardia levantada, pues Imma ya ha vivido todo esto. Durante dos días, decía Lola, hemos estado trabajando en Lérida, en un restaurante de carretera cuyo dueño es también propietario de una huerta de manzanas. La huerta era grande y de los árboles colgaban ya las manzanas verdes. Dentro de poco empezaría la recolección de las manzanas y el dueño les había pedido que se quedaran hasta entonces. Imma había estado hablando con él mientras Lola leía un libro del poeta de Mondragón (en la mochila llevaba todos los que éste había publicado hasta entonces) junto a la tienda de campaña canadiense en la que ambas dormían y que estaba montada a la sombra de un álamo, el único álamo que había visto por aquellas huertas, al lado de un garaje que ya nadie usaba. Poco después apareció Imma y no quiso explicarle el trato que le había propuesto el dueño del restaurante. Al día siguiente salieron otra vez a la carretera, sin despedirse de nadie, a hacer autoestop. En Zaragoza durmieron en casa de una antigua amiga de Imma, de los tiempos de la universidad. Lola estaba muy cansada y se fue a la cama temprano y en sueños oyó risas y luego voces fuertes y recriminaciones, casi todas proferidas por Imma pero también algunas por su amiga. Hablaban de otros años, de la lucha contra el franquismo, de la cárcel de mujeres de Zaragoza. Hablaban de un hoyo, un agujero muy profundo de donde se podía extraer petróleo o carbón, de una selva subterránea, de un comando de mujeres suicidas. Acto seguido la carta de Lola daba un giro. Yo no soy lesbiana, decía, no sé por qué te lo digo, no sé por qué te trato como a un niño diciéndote esto. La homosexualidad es un fraude, es un acto de violencia cometido contra nosotros en nuestra adolescencia, decía. Imma lo sabe. Lo sabe, lo sabe, es demasiado lúcida como para ignorarlo, pero no puede hacer nada, salvo ayudar. Imma es lesbiana, cada día cientos de miles de vacas son sacrificadas, cada día una manada de hervíboros o varias manadas de hervíboros recorren el valle, de norte a sur, con una lentitud y al mismo tiempo con una velocidad que me produce náuseas, ahora mismo, ahora, ahora, ¿lo puedes tú entender, Óscar? No, no lo puedo entender, pensaba Amalfitano, mientras a dos manos sostenía la carta, como si fuera un salvavidas hecho de cañas y de hierba, y con el pie movía pausadamente la sillita-mecedora de su hija.

Después Lola evocaba otra vez la noche aquella en que había hecho el amor con el poeta que yacía, majestuoso y semisecreto, en el manicomio de Mondragón. Aún era libre, aún no había sido internado en ningún centro psiquiátrico. Vivía en Barcelona, en casa de un filósofo homosexual, y juntos organizaban fiestas una vez a la semana o una vez cada quince días. Yo entonces todavía no sabía nada de ti. No sé si habías llegado a España o estabas en Italia o en Francia o en algún agujero inmundo de Latinoamérica. Las fiestas de este filósofo homosexual eran famosas en Barcelona. Se decía que el poeta y el filósofo eran amantes, pero la verdad es que no parecían amantes. Uno tenía una casa y unas ideas y dinero, y el otro tenía la leyenda y los versos y el fervor de los incondicionales, un fervor canino, de perros apaleados que han caminado toda la noche o toda la juventud bajo la lluvia, el infinito temporal de caspa de España, y que por fin encuentran un lugar en donde meter la cabeza, aunque ese lugar sea un cubo de agua putrefacta, con un aire ligeramente familiar. Un día la fortuna me sonrió y acudí a una de estas fiestas. Decir que conocí personalmente al filósofo sería exagerar. Lo vi. En una esquina de la sala, charlando con otro poeta y con otro filósofo. Me pareció que los aleccionaba. Todo entonces adquirió un aire falso. Los invitados esperaban la aparición del poeta. Esperaban que éste la emprendiera a golpes con alguno de ellos. O que defecara en medio de la sala, sobre una alfombra turca que parecía la alfombra exhausta de *Las mil y una noches*, una alfombra vapuleada y que en ocasiones poseía las virtudes de un espejo que nos reflejaba a todos boca abajo. Quiero decir: se convertía en espejo al arbitrio de nuestras sacudidas. Sacudidas neuroquímicas. Cuando apareció el poeta, sin embargo, no ocurrió nada. Al principio todos los ojos lo miraron, a ver qué podían obtener de él. Luego cada uno siguió haciendo lo que hasta entonces había estado haciendo y el poeta saludó a algunos amigos escritores y se sumó al corrillo del filósofo homosexual. Yo bailaba sola y seguí bailando sola. A las cinco de la mañana entré en una de las habitaciones de la casa. El poeta me llevaba de la mano. Sin desvestirme me puse a hacer el amor con él. Me corrí tres veces mientras sentía la respiración del poeta en mi cuello. Él tardó bastante más. En la semioscuridad distinguí tres sombras en un ángulo de la habitación. Uno de ellos fumaba. Otro no paraba de murmurar. El tercero era el filósofo y comprendí que aquella cama era su cama y aquella habitación la habitación en donde según decían las malas lenguas hacía el amor con el poeta. Pero ahora la que hacía el amor era yo y el poeta era dulce conmigo y lo único que no entendía era que aquellos tres estuvieran mirando, aunque tampoco me importaba demasiado, en aquel tiempo, no sé si lo recuerdas, nada importaba demasiado. Cuando el poeta por fin se corrió, dando un grito y volviendo la cabeza para mirar a sus tres amigos, yo lamenté no estar en un día fértil, porque me hubiera encantado tener un hijo suyo. Después se levantó y se acercó a las sombras. Uno de ellos le puso una mano sobre el hombro. Otro le entregó algo. Yo me levanté y fui al baño sin siquiera mirarlos. En la sala quedaban los náufragos de la fiesta. En el baño encontré a una chica durmiendo en la bañera. Me lavé la cara y las manos, me peiné, cuando volví a salir el filósofo estaba echando a los que aún podían caminar. No se le veía en modo alguno borracho o drogado. Más bien fresco, como si se acabara de levantar y de desayunar un vaso grande de zumo de naranjas. Me fui con un par de amigos que había conocido en la fiesta. A esa hora sólo estaba abierto el Drugstore de las Ramblas y hacia allí nos dirigimos casi sin cruzarnos palabras. En el Drugstore encontré a una chica que conocía desde hacía un par de años y que trabajaba como periodista en *Ajoblanco* aunque estaba asqueada de trabajar allí. Se puso a hablarme de la posibilidad de ir a Madrid. Me preguntó si a mí no me entraban ganas de cambiar de ciudad. Me encogí de hombros. Todas las ciudades son parecidas, le dije. En realidad lo que hacía era pensar en el poeta y en lo que acabábamos de hacer él y yo. Un homosexual no hace eso. Todos decían que era homosexual, pero yo sabía que no era así. Luego pensé en el desorden de los sentidos y lo entendí todo. Supe que el poeta se había extraviado, que era un niño perdido y que yo podía salvarlo. Darle a él un poco de lo mucho que él me había dado a mí. Durante cerca de un mes estuve haciendo guardia delante de la casa del filósofo con la esperanza de verlo llegar un día y pedirle que me hiciera el amor una vez más. Una noche vi no al poeta sino al filósofo. Noté que algo le pasaba en la cara. Cuando estuvo más cerca de mí (no me reconoció) pude constatar que llevaba un ojo morado y magulladuras varias. Del poeta, ni rastro. A veces intentaba adivinar, por las luces encendidas, en qué planta estaba el piso.

A veces veía sombras detrás de las cortinas, a veces alguien, una mujer de edad, un hombre con corbata, un adolescente de cara alargada, abría una ventana y contemplaba el plano de Barcelona al atardecer. Una noche descubrí que no era la única en estar allí, espiando o aguardando la aparición del poeta. Un joven de unos dieciocho años, tal vez menos, hacía guardia en silencio en la acera de enfrente. Él no se había percatado de mí porque evidentemente se trataba de un joven soñador e incauto. Se sentaba en la terraza de un bar y siempre pedía una Coca-Cola en lata que se iba bebiendo a tragos espaciados mientras escribía en un cuaderno escolar o leía unos libros que reconocí de inmediato. Una noche, antes de que él dejara la terraza y se marchara apresuradamente, me acerqué y me senté a su lado. Le dije que sabía lo que estaba haciendo. ¿Quién eres tú?, me preguntó aterrorizado. Le sonreí y le dije que yo era alguien como él. Me miró como se mira a una loca. No te equivoques conmigo, le dije, no estoy loca, soy una mujer con un perfecto dominio mental. Se rió. Si no estás loca lo pareces, dijo. Luego hizo el gesto de pedir la cuenta y ya se disponía a levantarse cuando le confesé que yo también estaba buscando al poeta. Se volvió a sentar de inmediato, como si le hubiera puesto una pistola en la sien. Pedí una infusión de manzanilla y le conté mi historia. Él me dijo que también escribía poesía y que quería que el poeta leyera algunos de sus poemas. No era necesario preguntárselo para saber que era homosexual y que estaba muy solo. Déjame verlos, le dije, y le arrebaté el cuaderno de las manos. No era malo, su único problema es que escribía igual que el poeta. Estas cosas no te pueden haber pasado, le dije, eres demasiado joven para haber sufrido tanto. Hizo un gesto como diciéndome que le daba igual si le creía o no. Lo que importa es que esté bien escrito, dijo. No, le dije, tú sabes que eso no es lo que importa. No, no, no, dije, y él, al final, me dio la razón. Se llamaba Jordi y hoy es posible que dé clases en la universidad o esté escribiendo reseñas en *La Vanguardia* o en *El Periódico.*

Amalfitano recibió la siguiente carta desde San Sebastián. En ella le contaba que había ido con Imma al manicomio de Mondragón, a visitar al poeta que vivía allí desmesurado e inconsciente, y que los guardias, sacerdotes disfrazados de guardias de seguridad, no las habían dejado pasar. En San Sebastián tenían intención de alojarse en casa de una amiga de Imma, una chica vasca llamada Edurne, que había sido comando etarra y que tras la llegada de la democracia había abandonado la lucha armada, y que no las quiso tener en su casa más de una noche arguyendo que tenía mucho que hacer y que a su marido no le gustaban las visitas inesperadas. El marido se llamaba Jon y las visitas, en efecto, lo ponían en un estado nervioso que Lola tuvo oportunidad de verificar. Temblaba, se ponía rojo como una vasija de arcilla candente, aunque no soltaba palabra daba la impresión de estar a punto de gritar en cualquier momento, transpiraba y le temblaban las manos, se cambiaba de sitio constantemente, como si no pudiera permanecer quieto en un mismo lugar más allá de dos minutos. Edurne, por el contrario, era una mujer muy reposada. Tenía un hijo de corta edad (al que no pudieron ver, pues Jon siempre encontraba un pretexto para evitar que Imma y ella entraran en la habitación del niño) y trabajaba casi todo el día como educadora de calle, junto con familias drogodependientes y con los mendigos que se apiñaban en las escalinatas de la catedral de San Sebastián y que sólo deseaban que los dejaran tranquilos, según explicó Edurne riéndose, como si acabara de contar un chiste que sólo entendió Imma, pues tanto Lola como Jon no se rieron. Esa noche cenaron juntos y al día siguiente se marcharon. Encontraron una pensión barata de la que Edurne les había hablado y volvieron a hacer autoestop hasta Mondragón. Una vez más no pudieron acceder a las instalaciones del manicomio, pero se conformaron con estudiarlo desde fuera, observando y reteniendo en la memoria todos los caminos de tierra y grava que veían, las altas paredes grises, las elevaciones y sinuosidades del terreno, los paseos de los locos y de los empleados que observaron desde lejos, las cortinas de árboles que se sucedían a intervalos caprichosos o cuya mecánica no entendían, y los matorrales en donde creyeron ver moscas, por lo que dedujeron que algunos locos y tal vez más de un funcionario de la institución orinaban allí cuando empezaba a atardecer o cuando caía la noche. Después ambas se sentaron a la orilla de la carretera y comieron los bocadillos de pan con queso que habían traído desde San Sebastián, sin hablar, o ponderando como para sí mismas las sombras fracturadas que proyectaba sobre su entorno el manicomio de Mondragón.

Para el tercer intento concertaron la cita por teléfono. Imma se hizo pasar por periodista de una revista de literatura de Barcelona y Lola por poeta. Esta vez pudieron verlo. Lola lo encontró más avejentado, con los ojos hundidos, con menos pelo que antes. Al principio las acompañó un médico o un cura y recorrieron con él los pasillos interminables, pintados de azul y blanco, hasta llegar a una habitación impersonal en donde el poeta las aguardaba. La impresión que tuvo Lola fue que la gente del manicomio se hallaba orgullosa de tenerlo como paciente. Todos lo conocían, todos le dirigían la palabra cuando el poeta se encaminaba a los jardines o a recibir su dosis diaria de calmantes. Cuando estuvieron solos le dijo que lo extrañaba, que durante un tiempo había vigilado diariamente la casa del filósofo en el Ensanche y que pese a su constancia no había podido volver a verlo. No es culpa mía, le dijo, yo hice todo lo posible. El poeta la miró a los ojos y le pidió un cigarrillo. Imma estaba de pie junto al banco donde ellos se sentaban y le extendió, sin decir una palabra, un cigarrillo. El poeta dijo gracias y luego dijo constancia. Lo fui, lo fui, lo fui, dijo Lola, de lado, sin dejar de mirarlo, aunque con el rabillo del ojo vio que Imma, después de haber encendido su mechero, sacaba de su bolso un libro y se ponía a leer, de pie, como una amazona diminuta e infinitamente paciente, y el mechero asomaba de una de las manos con que sostenía el libro. Después Lola se puso a hablar del viaje que ambas habían realizado. Mencionó carreteras nacionales y carreteras vecinales, problemas con camioneros machistas, ciudades y pueblos, bosques sin nombre en donde habían decidido dormir en la tienda de campaña, ríos y lavabos de gasolinera en donde se habían aseado. El poeta, mientras tanto, expulsaba el humo por la boca y por la nariz creando círculos perfectos, nimbos azulados, cúmulos grises que la brisa del parque deshacía o se llevaba hacia los lindes, allí donde se alzaba un bosque oscuro con ramas que la luz que caía de los cerros plateaba. Como para tomarse un respiro, Lola habló de las dos visitas anteriores, infructuosas pero interesantes. Y luego le dijo lo que de verdad quería decirle: que ella sabía que él no era homosexual, que ella sabía que él estaba preso y deseaba huir, que ella sabía que el amor maltratado, mutilado, dejaba siempre abierta una rendija a la esperanza, y que la esperanza era su plan (o al revés), y que su materialización, su objetivación consistía en fugarse del manicomio con ella y emprender el camino de Francia. ¿Y ésta qué?, preguntó el poeta que tomaba dieciséis pastillas diarias y escribía sobre sus visiones, señalando a Imma que impertérrita leía de pie uno de sus libros, como si sus enaguas y faldones fueran de cemento armado y le impidieran sentarse. Ella nos ayudará, dijo Lola. La verdad es que el plan ha sido ideado por ella. Cruzaremos a Francia por la montaña, como peregrinos. Iremos a San Juan de Luz y allí tomaremos el tren. El tren nos conducirá por la campiña, que en esta época del año es la más hermosa del mundo, hasta París. Viviremos en albergues. Ése es el plan de Imma. Trabajaremos ella y yo haciendo limpieza o cuidando niños en los distritos pudientes de París mientras tú escribes poesía. Por la noche nos leerás tus poemas y harás el amor conmigo. Ése es el plan de Imma, calculado en todos sus detalles. Al cabo de tres o cuatro meses me quedaré embarazada y ésa será la prueba más fehaciente de que tú no eres un final de raza. ¡Qué más quisieran las familias enemigas! Aún trabajaré algunos meses más, pero llegado el momento será Imma quien redoble el trabajo. Viviremos como profetas mendigos o como profetas niños mientras los ojos de París estarán enfocados en otros blancos, la moda, el cine, los juegos de azar, la literatura francesa y norteamericana, la gastronomía, el producto interior bruto, la exportación de armas, la manufacturación de lotes masivos de anestesia, todo aquello que al cabo sólo será la escenografía de los primeros meses de nuestro feto. Después, a los seis meses de embarazo, volveremos a España, pero esta vez no lo haremos por la frontera de Irún sino por La Jonquera o por Portbou, en tierras catalanas. El poeta la miró con interés (y también miró con interés a Imma, que no quitaba los ojos de sus poemas, poemas que había escrito hacía unos cinco años, según recordaba) y volvió a expeler el humo en las formas más caprichosas, como si durante su larga estancia en Mondragón se hubiera dedicado a perfeccionar tan singular arte. ¿Cómo lo haces?, preguntó Lola. Con la lengua y poniendo los labios de determinada manera, dijo. A veces, como si los tuvieras estriados. A veces, como si te los hubieras quemado tú mismo. A veces, como si estuvieras chupando una polla de tamaño mediano tirando a pequeño. A veces, como si dispararas una flecha zen con un arco zen en un pabellón zen. Ah, entiendo, dijo Lola. Tú, recita un poema, dijo el poeta. Imma lo miró y levantó un poco más el libro, como si pretendiera ocultarse detrás de él. ¿Qué poema? El que más te guste, dijo el poeta. Me gustan todos, dijo Imma. Pues venga, recita uno, dijo el poeta. Cuando Imma hubo acabado de leer un poema que hablaba del laberinto y de Ariadna perdida en el laberinto y de un joven español que vivía en una azotea de París, el poeta les preguntó si tenían chocolate. No, dijo Lola. Ahora no fumamos, corroboró Imma, todas nuestras energías están empeñadas en sacarte de aquí. El poeta sonrió. No me refería a esa clase de chocolate, dijo, sino al otro, al que se hace con cacao y leche y azúcar. Ah, entiendo, dijo Lola, y ambas tuvieron que admitir que tampoco portaban golosinas de esa clase. Recordaron que en sus bolsos, envueltos en servilletas y papel de aluminio, llevaban dos bocadillos de queso y se los ofrecieron, pero el poeta pareció no oírlas. Antes de que empezara a anochecer una bandada de grandes pájaros negros sobrevoló el parque para perderse después en dirección norte. Por el camino de grava, con la bata blanca remoloneando por la brisa vespertina, apareció un médico. Al llegar junto a ellos le preguntó al poeta, llamándolo por su nombre como si fueran amigos de la adolescencia, qué tal se sentía. El poeta lo miró con una expresión de vacío y, tuteándolo también, dijo que estaba un poco cansado. El médico, que se llamaba Gorka y no debía de tener más de treinta años, se sentó al lado y le puso una mano en la frente y después le tomó el pulso. Pero si estás de puta madre, hombre, dictaminó. ¿Y las señoritas, cómo se encuentran?, dijo después con una sonrisa optimista y saludable. Imma no contestó. Lola pensó en ese momento que Imma se estaba muriendo oculta detrás del libro. Muy bien, dijo, hacía tiempo que no nos veíamos y ha sido un encuentro maravilloso. ¿Así que ya os conocíais?, dijo el médico. Yo no, dijo Imma, y dio la vuelta a la página. Yo sí, dijo Lola, fuimos amigos hace unos años, en Barcelona, cuando él vivía en Barcelona. En realidad, dijo mientras levantaba la vista y contemplaba a los últimos pájaros negros, a los rezagados, emprender el vuelo justo cuando desde un conmutador oculto en el manicomio alguien encendía las luces del parque, fuimos algo más que amigos. Qué interesante, dijo Gorka siguiendo con la vista el vuelo de las aves que la hora y la luz artificial teñían de un fulgor dorado. ¿En qué año fue eso?, dijo el médico. En 1979 o 1978, ya no lo recuerdo, dijo Lola con un hilo de voz. No vaya a pensar que soy una persona indiscreta, dijo el médico, lo que pasa es que estoy escribiendo una biografía sobre nuestro amigo y mientras más datos reúna sobre su vida, pues mejor, miel sobre hojuelas, ¿no le parece? Algún día él saldrá de aquí, dijo Gorka alisándose las cejas, algún día el público de España tendrá que reconocerlo como uno de los grandes, no digo yo que le vayan a dar algún premio, qué va, el Príncipe de Asturias no lo va a tastar ni tampoco el Cervantes ni mucho menos va a apoltronarse en un sillón de la Academia, la carrera de las letras en España está hecha para los arribistas, los oportunistas y los lameculos, con perdón de la expresión. Pero algún día él saldrá de aquí. Eso es un hecho. Algún día yo también saldré de aquí. Y todos mis pacientes y los pacientes de mis colegas. Algún día todos, finalmente, saldremos de Mondragón y esta noble institución de origen eclesiástico y fines benéficos se quedará vacía. Entonces mi biografía tendrá algún interés y podré publicarla, pero mientras tanto, como ustedes comprenderán, lo que tengo que hacer es reunir datos, fechas, nombres, compulsar anécdotas, algunas de dudoso gusto e incluso hirientes, otras más bien de carácter pintoresco, historias que ahora giran en torno a un centro gravitacional caótico, que es nuestro amigo aquí presente, o lo que él nos quiere mostrar, su aparente orden, un orden de carácter verbal que esconde, con una estrategia que creo comprender pero cuyo fin ignoro, un desorden verbal que si lo experimentáramos, aunque sólo fuera como espectadores de una puesta en escena teatral, nos haría estremecernos hasta un grado difícilmente soportable. Es usted un sol, doctor, dijo Lola. Imma hizo rechinar los dientes. Entonces Lola se dispuso a contarle a Gorka su experiencia heterosexual con el poeta, pero su amiga lo impidió acercándose a ella y propinándole con la puntera del zapato un golpe en el tobillo. En ese momento, el poeta, que se había puesto a hacer otra vez volutas de humo en el aire, recordó la casa en el Ensanche de Barcelona y recordó al filósofo y aunque sus ojos no se iluminaron sí que se iluminó parte de su expresión ósea: las mandíbulas, la barbilla, las mejillas estragadas, como si se hubiera perdido por el Amazonas y tres frailes sevillanos lo rescataran, o un fraile monstruoso de triple molondra, fenómeno que tampoco lo amedrentaba. Así que dirigiéndose a Lola le preguntó por el filósofo, dijo su nombre, evocó su estancia en aquella casa, los meses que pasó en Barcelona sin trabajar, haciendo bromas pesadas, arrojando libros que él no había comprado por las ventanas (mientras el filósofo bajaba corriendo por las escaleras para recuperarlos, algo que no siempre ocurría), poniendo la música a todo volumen, durmiendo poco y riéndose mucho, empleado en trabajos ocasionales de traductor y reseñista de lujo, una estrella líquida de agua hirviendo. Y Lola entonces sintió miedo y se tapó la cara con las manos. E Imma, que por fin guardó el libro de poemas en el bolso, hizo lo mismo, se tapó la cara con sus manos pequeñas y nudosas. Y Gorka miró a las dos mujeres y luego miró al poeta e interiormente soltó una carcajada. Pero, antes de que la carcajada se apagara en su corazón tranquilo, Lola dijo que el filósofo hacía poco que había muerto de sida. Vaya, vaya, vaya, dijo el poeta. Ande yo caliente y ríase la gente, dijo el poeta. No por mucho madrugar amanece más temprano, dijo el poeta. Te quiero, dijo Lola. El poeta se levantó y le pidió a Imma otro cigarrillo. Para mañana, dijo. El médico y el poeta se alejaron por un camino hacia el manicomio. Lola e Imma se alejaron por otro hacia la salida, en donde encontraron a la hermana de otro loco y al hijo de un obrero loco y a una señora de aire compungido cuyo primo hermano se hallaba recluido en el manicomio de Mondragón.

Al día siguiente volvieron pero les dijeron que el paciente que requerían necesitaba reposo absoluto. Lo mismo sucedió en los días posteriores. Un día se les acabó el dinero e Imma decidió salir otra vez a la carretera, esta vez rumbo al sur, a Madrid, en donde tenía un hermano que había hecho una carrera provechosa durante la democracia y al que pensaba pedirle un préstamo. Lola no tenía fuerzas para viajar y ambas decidieron que esperara en la pensión, como si nada hubiera pasado, y que Imma volvería al cabo de una semana. En su soledad Lola mataba el tiempo escribiéndole a Amalfitano largas cartas en donde le contaba su vida cotidiana en San Sebastián y en los alrededores del manicomio adonde acudía diariamente. Asomada a las rejas imaginaba que se ponía en contacto telepático con el poeta. La mayor parte de las veces, sin embargo, buscaba un claro en el bosque vecino y se dedicaba a leer o a recolectar florecillas y manojos de hierbas con los que hacía ramos que luego dejaba caer por entre los barrotes o que se llevaba a la pensión. En cierta ocasión uno de los choferes que la recogió en la carretera le preguntó si quería conocer el cementerio de Mondragón y ella aceptó el ofrecimiento. El coche lo estacionaron en la parte de afuera, bajo una acacia, y durante un rato pasearon por entre las tumbas, la mayoría de ellas con nombres vascos, hasta llegar al nicho en donde estaba enterrada la madre del chofer. Éste le dijo entonces que le gustaría follársela allí mismo. Lola se rió y tuvo la precaución de advertirle que desde allí se convertían en un blanco fácil para cualquier visitante que caminara por la calle principal del cementerio. El chofer reflexionó durante unos segundos y al cabo dijo: hostia, sí. Buscaron un lugar más apartado y el acto no duró más de quince minutos. El chofer se llamaba Larrazábal y aunque tenía un nombre propio no quiso decírselo. Sólo Larrazábal, como me llaman mis amigos, dijo. Después le contó a Lola que aquélla no era la primera vez que hacía el amor en el cementerio. Antes ya había estado con una novieta, con una tía a la que había conocido en una discoteca y con dos putas de San Sebastián. Cuando ya se iban quiso darle dinero, pero ella no lo aceptó. Durante mucho rato estuvieron hablando en el interior del coche. Larrazábal le preguntó si tenía un pariente internado en el manicomio y Lola le contó su historia. Larrazábal dijo que él jamás había leído un poema. Añadió que no entendía la obsesión de Lola por el poeta. Yo tampoco entiendo tu manía de follar en un cementerio, dijo Lola, y sin embargo no te juzgo por eso. Pues es verdad, admitió Larrazábal, todas las personas tienen sus manías. Antes de que Lola se bajara del coche, a las puertas del manicomio, Larrazábal deslizó subrepticiamente en su bolso un billete de cinco mil pesetas. Lola se dio cuenta pero no dijo nada y luego se quedó sola bajo la arboleda, enfrente del portón de hierro de la casa de los locos donde vivía el poeta que la ignoraba olímpicamente.

Al cabo de una semana Imma aún no había vuelto. Lola la imaginó pequeñita, de mirada impávida, un rostro de campesina culta o de profesora de secundaria asomada a un vasto campo prehistórico, una mujer de casi cincuenta años vestida de negro recorriendo sin mirar a los lados, sin mirar hacia atrás, un valle en el que aún era posible discernir las huellas de los grandes depredadores de las huellas de los escurridizos hervíboros. La imaginó detenida en un cruce de caminos mientras los camiones de transporte de gran tonelaje pasaban a su lado sin aminorar la velocidad, levantando polvaredas que a ella no la tocaban, como si su indecisión y su indefensión constituyeran un estado de gracia, un domo que la protegía de las inclemencias de la suerte, de la naturaleza y de sus semejantes. Al noveno día la dueña de la pensión la puso en la calle. A partir de ese momento durmió en la estación del ferrocarril, en un galpón abandonado en el que dormían algunos mendigos que se ignoraban mutuamente, en el campo abierto, junto a los lindes que separaban el manicomio del mundo exterior. Una noche fue en autoestop al cementerio y durmió en un nicho vacío. A la mañana siguiente se sintió feliz y afortunada y decidió esperar allí el regreso de Imma. Tenía agua para beber y para lavarse la cara y los dientes, estaba cerca del manicomio, era un recinto apacible. Una tarde, mientras ponía a secar una blusa, que acababa de lavar, sobre una losa blanca apoyada en el muro del cementerio, oyó voces que salían de un mausoleo y hacia allá encaminó sus pasos. El mausoleo pertenecía a una familia Lagasca y por el estado en que estaba era fácil deducir que el último de los Lagasca hacía tiempo que había muerto o abandonado aquellas tierras. En el interior de la cripta vio el haz de luz de una linterna y preguntó quiénes eran. Hostia tú, escuchó que decía una voz en el interior. Pensó que podía tratarse de ladrones o de trabajadores que estaban restaurando el mausoleo o de profanadores de tumbas, luego oyó una especie de maullido y cuando ya se iba vio asomar por la puerta enrejada de la cripta la cara cetrina de Larrazábal. Después salió una mujer, a la que Larrazábal ordenó que lo esperara junto a su coche, y durante un rato ambos estuvieron hablando y paseando tomados del brazo por las calles del cementerio hasta que el sol empezó a bajar hasta el borde esmerilado de los nichos.

La locura es contagiosa, pensó Amalfitano sentado en el suelo del porche de su casa mientras el cielo se cerraba de repente y ya no se podía ver la luna ni las estrellas ni las luces errantes que es fama que se observan, sin necesidad de catalejos ni telescopios, en aquella zona del norte de Sonora y el sur de Arizona.

La locura es contagiosa, en efecto, y los amigos, sobre todo cuando uno está solo, son providenciales. Estas mismas palabras fueron las que utilizó Lola, años atrás, para contarle a Amalfitano en una carta sin remitente su encuentro fortuito con Larrazábal, que concluyó con el vasco obligándola a aceptar como préstamo diez mil pesetas y la promesa de volver al día siguiente, antes de subirse al coche y de indicarle con un gesto a la puta que lo aguardaba impaciente que hiciera lo mismo. Esa noche Lola durmió en su nicho, aunque estuvo tentada de meterse en la cripta abierta, feliz porque las cosas empezaban a mejorar. Cuando amaneció se lavó todo el cuerpo usando un trapo mojado, se lavó los dientes, se peinó y se puso ropa limpia, y luego salió a la carretera para hacer autoestop en dirección a Mondragón. En el pueblo compró un trozo de queso de cabra y una barra de pan y desayunó en la plaza, con hambre, pues la verdad es que ya ni recordaba cuándo había comido por última vez. Después entró en un bar lleno de obreros de la construcción y se tomó un café con leche. Había olvidado la hora en que Larrazábal dijo que iría al cementerio y no le importaba, de la misma manera distante en que Larrazábal y el cementerio y el pueblo y el paisaje trémulo de esa hora de la mañana tampoco le importaban. Antes de salir del bar se metió en el cuarto de baño y se miró en el espejo. Volvió caminando hasta la carretera e hizo autoestop hasta que una mujer se detuvo al lado de ella y le preguntó adónde iba. Al manicomio, dijo Lola. Su respuesta molestó visiblemente a la mujer, que sin embargo le dijo que subiera. Ella también se dirigía hacia allí. ¿Va usted a visitar a alguien o está internada?, le preguntó. Voy de visita, respondió Lola. El rostro de la mujer era delgado, ligeramente alargado, de labios casi inexistentes que le daban un aire frío y calculador, aunque tenía los pómulos bonitos y vestía como una profesional que ya no es soltera, que se tiene que ocupar de una casa, de un marido y puede que incluso de un hijo. Yo tengo a mi padre allí, confesó. Lola no dijo nada. Al llegar a la puerta de acceso Lola se bajó del coche y la mujer siguió sola. Durante un rato vagabundeó por la frontera del manicomio. Escuchó ruido de caballos y supuso que en alguna parte, más allá del bosque, tenía que haber un club hípico o un picadero. En cierto momento distinguió los tejados rojos de una casa que no tenía nada que ver con el manicomio. Retrocedió sobre sus pasos. Volvió a aquella parte de la verja desde donde tenía la mejor panorámica del parque. Cuando el sol ascendía vio a un grupo de pacientes que salían de forma compacta de un pabellón de pizarra y luego se desperdigaban por los bancos del parque y empezaban a encender cigarrillos y a fumar. Creyó distinguir al poeta. Iba acompañado de dos internos y vestía un pantalón vaquero y una camiseta de color blanco y muy holgada. Le hizo señas con los brazos, al principio con timidez como si tuviera los brazos agarrotados por el frío, después de forma notoria, trazando dibujos extraños en el aire aún frío, procurando que sus señales adquirieran la perentoriedad de un rayo láser, intentando transmitirle frases telepáticas. Pasados cinco minutos se dio cuenta de que el poeta se levantaba de su banco y que uno de los locos le propinaba una patada en las piernas. Contuvo con esfuerzo las ganas que sintió de gritar. El poeta se giró y devolvió la patada. El loco, que se había vuelto a sentar, la recibió en el pecho y cayó fulminado como un pajarito. El que estaba fumando a su lado se levantó y persiguió al poeta durante unos diez metros, dándole patadas en el culo y puñetazos en la espalda. Luego volvió tranquilamente a su asiento, en donde el otro se reanimaba y se frotaba el pecho, el cuello y la cabeza, acto desde todo punto desmedido pues la patada la había recibido únicamente en el pecho. En ese momento Lola dejó de hacer señales. Uno de los locos del banco comenzó a masturbarse. El otro, el que se dolía exageradamente, hurgó en uno de sus bolsillos y sacó un cigarrillo. El poeta se acercó a ellos. Lola creyó oír su risa. Una risa irónica, como si les estuviera diciendo: chavales, no sabéis encajar una broma. Pero tal vez el poeta no se reía. Tal vez, decía Lola en su carta a Amalfitano, era mi locura la que se reía. En cualquier caso, fuera o no su locura, el poeta se acercó a donde estaban los otros dos y les dijo algo. Ninguno de los locos le respondió. Lola los vio: los locos miraban el suelo, la vida que latía a ras de tierra, entre las hierbas y bajo los terrones sueltos. Una vida ciega en donde todo era claro como el agua. El poeta, en cambio, presumiblemente miraba los rostros de sus compañeros de infortunio, primero a uno y luego al otro, buscando una señal que le indicara que podía volver a sentarse sin peligro en el banco. Cosa que finalmente hizo. Alzó una mano en señal de tregua o rendición y se sentó en medio de los otros dos. Alzó una mano como quien alza los jirones de una bandera. Movió los dedos, cada dedo, como si éstos fueran una bandera en llamas, la bandera de los que nunca se rinden. Y se sentó en medio y luego miró al que se estaba masturbando y le habló al oído. Esta vez Lola no lo oyó pero vio claramente cómo la mano izquierda del poeta se introducía en la oscuridad del albornoz del otro. Y luego los vio fumar a los tres. Y vio las volutas de artesanía que salían de la boca del poeta y de su nariz.

La siguiente y última carta que Amalfitano recibió de su mujer no tenía remitente pero llevaba sellos franceses. Lola contaba allí una conversación con Larrazábal. Hostia, tú, qué suerte tienes, decía Larrazábal, toda mi vida yo he querido vivir en un cementerio y tú, nada más llegar, ya te pones a vivir en uno. Un buen tipo, Larrazábal. Le ofreció su piso. Le ofreció llevarla cada mañana hasta el manicomio de Mondragón donde estudiaba entomología el más grande y el más iluso poeta de España. Le ofreció dinero sin pedirle nada a cambio. Una noche la invitó al cine. Otra noche la acompañó a la pensión, a preguntar si había noticias de Imma. Una madrugada de sábado, después de haber hecho el amor toda la noche, le propuso matrimonio y no se sintió ofendido ni ridículo cuando Lola le recordó que ella ya estaba casada. Un buen tipo, Larrazábal. Le compró una falda en un mercadillo callejero y le compró unos bluejeans de marca en una tienda del centro de San Sebastián.

Le habló de su madre, a la que había querido con toda su alma, y de sus hermanos, por los que sentía desapego. Nada de esto conmovió a Lola, o sí la conmovió, pero no en el sentido que él esperaba. Para ella aquellos días fueron como un dilatado aterrizaje en paracaídas después de un largo vuelo espacial. Ya no iba a diario a Mondragón, sino una vez cada tres días, y se asomaba a la reja sin esperanza ninguna de ver al poeta sino, a lo sumo, alguna señal que de antemano sabía que no iba a comprender nunca o que comprendería pasados muchos años, cuando todo aquello careciera de importancia. A veces, sin avisarle por teléfono y sin dejarle una nota, no dormía en casa de Larrazábal y éste salía en su coche a buscarla al cementerio, al manicomio, a la antigua pensión donde ella había estado alojada, por los sitios donde se reunían los mendigos y los transeúntes de San Sebastián. Una vez la encontró en la sala de espera de la estación del ferrocarril. En otra ocasión la encontró sentada en un banco de La Concha, a una hora en la que sólo paseaban los que ya no tenían tiempo para nada y sus contrapartidas, los que habían dominado el tiempo. Por la mañana era Larrazábal quien preparaba el desayuno. Por la noche, al volver del trabajo, era él quien preparaba la cena. Durante el resto del día Lola sólo bebía agua, en grandes cantidades, y comía un trozo de pan o un bollo lo suficientemente pequeño como para caber en su bolsillo, que compraba en la panadería de la esquina antes de ponerse a vagabundear. Una noche, mientras se duchaban, le dijo a Larrazábal que pensaba marcharse y le pidió dinero para el tren. Te doy todo el dinero que tengo, le contestó, lo que no puedo hacer es darte dinero para que te vayas y ya no te vuelva a ver. Lola no insistió. De alguna manera, que no explicó a Amalfitano, consiguió el dinero justo para el pasaje y un mediodía cogió el tren de Francia. Estuvo un tiempo en Bayona. Se marchó a las Landas. Volvió a Bayona. Estuvo en Pau y en Lourdes. Una mañana vio un tren lleno de enfermos, paralíticos, adolescentes con parálisis cerebral, campesinos con cáncer de piel, burócratas castellanos con enfermedades terminales, ancianas de buenos modales vestidas como carmelitas descalzas, gente con erupciones en la piel, niños ciegos, y sin saber cómo se puso a ayudarlos, como si fuera una monja vestida con vaqueros puesta allí por la Iglesia para auxiliar y encauzar a los desesperados que poco a poco se subían a autobuses estacionados fuera de la estación de trenes o que hacían largas colas como si cada uno de ellos fuera una escama de una serpiente enorme y vieja y cruel, pero eminentemente sana. Después llegaron trenes italianos y trenes del norte de Francia y Lola se movía entre ellos como una sonámbula, sus grandes ojos azules incapaces de pestañear, caminando con lentitud, pues el cansancio acumulado empezaba a pesarle, y siéndole franqueado el paso a todas las dependencias de la estación, algunas convertidas en salas de primeros auxilios, otras convertidas en salas de reanimación, y otra, sólo una, la más discreta, convertida en improvisada morgue donde yacían los cadáveres de aquellos cuyas fuerzas habían sido inferiores al acelerado desgaste del viaje en tren. Por la noche se iba a dormir al edificio más moderno de Lourdes, un monstruo de acero y vidrio y funcionalidad que hundía su cabeza erizada de antenas entre las nubes blancas que descendían grandes y pesarosas del norte, o que avanzaban como un ejército desordenado, fiado sólo a la potencia de su masa, desde el oeste, o que se descolgaban desde los Pirineos como fantasmas de animales muertos. Allí solía dormir en los habitáculos de la basura, tras abrir una puertecilla enana a ras de suelo. Otras veces se quedaba en la estación, en el bar de la estación, cuando el caos de los trenes remitía, y dejaba que los ancianos lugareños la invitaran a un café con leche y le hablaran de cine y de agricultura. Una tarde creyó ver a Imma bajarse del tren de Madrid escoltada por una patrulla de lisiados. Tenía la misma estatura que Imma, vestía largas faldas negras como Imma, el rostro de dolorosa y de monja castellana era el mismo rostro de Imma. Se quedó quieta y esperó a que pasara junto a ella y no la saludó y cinco minutos después, a codazos, abandonó la estación de Lourdes y el pueblo de Lourdes y salió caminando hasta la carretera y sólo entonces se puso a hacer autoestop.

Amalfitano pasó cinco años sin saber nada de Lola. Una tarde, mientras estaba en un parque infantil con su hija, vio a una mujer que se apoyaba en la reja de madera que separaba el parque infantil del resto del parque. Le pareció que era Imma y siguió su mirada y con alivio se dio cuenta de que era otro niño quien concitaba su atención de loca. El niño llevaba pantalones cortos y era un poco mayor que su hija y tenía el pelo oscuro y muy lacio que a ratos le caía y ocultaba su rostro. Entre las rejas separadoras y los bancos que el ayuntamiento había puesto para que los padres se sentaran de cara a sus hijos se levantaba a duras penas un seto que acababa junto a un viejo roble, ya fuera de los límites del parque infantil. La mano de Imma, su manita sarmentosa y dura, curtida por el sol y los ríos helados, acariciaba la superficie recién podada del seto como quien acaricia el lomo de un perro. Junto a ella tenía una bolsa de plástico de grandes dimensiones. Amalfitano se acercó con pasos que quiso reposados y fueron erráticos. Su hija estaba en la cola del tobogán. De pronto, antes de que pudiera hablarle, Amalfitano vio que el niño, por fin, advertía la vigilante presencia de Imma y tras echar a un lado un mechón de pelo levantaba su brazo derecho y la saludaba repetidas veces. Imma, entonces, como si sólo hubiera estado esperando esta señal, levantaba silente su brazo izquierdo, lo saludaba, y echaba a andar hasta salir del parque por la puerta norte, que daba a una transitada avenida.

Cinco años después de su partida Amalfitano volvió a recibir noticias de Lola. La carta era breve y venía de París. En ella Lola le decía que trabajaba haciendo el aseo en grandes oficinas. Un trabajo nocturno que empezaba a las diez de la noche y que terminaba a las cuatro o cinco o seis de la mañana. París era una ciudad bonita a esa hora, como lo son todas las grandes ciudades cuando la gente duerme. Volvía a casa en metro. El metro, a esa hora, es la cosa más triste del mundo. Había tenido otro hijo, un varón, de nombre Benoît, con el que vivía. También había estado internada. No especificaba la enferme-

dad ni decía si aún estaba enferma. No hablaba de ningún hombre. No preguntaba por Rosa. Para ella es como si la niña no existiera, pensó Amalfitano, pero después se dio cuenta de que las cosas no necesariamente tenían que ser así. Lloró durante un rato con la carta entre las manos. Mientras se secaba los ojos se dio cuenta, sólo entonces, de que la carta estaba escrita a máquina. Supo, sin ningún género de dudas, de que Lola la había escrito en una de las oficinas que decía limpiar. Por un segundo pensó que todo era mentira, que Lola trabajaba de administrativa o de secretaria en alguna gran empresa. Después lo vio claro. Vio la aspiradora aparcada entre dos hileras de mesas, vio la máquina de encerar como un cruce de mastín y cerdo junto a una planta de interior, vio un enorme ventanal a través del cual parpadeaban las luces de París, vio a Lola con el guardapolvo de la compañía de limpieza, un gastado guardapolvo de color azul, sentada escribiendo la carta y tal vez fumando con suprema lentitud un cigarrillo, vio los dedos de Lola, las muñecas de Lola, los ojos inexpresivos de Lola, vio a otra Lola reflejada en el azogue del ventanal, flotando ingrávida sobre el cielo de París, como una fotografía que está trucada pero que no está trucada, flotando, flotando reflexiva sobre el cielo de París, cansada, enviando mensajes desde la zona más fría, gélida, de la pasión.

Dos años después de enviar esta última carta, siete años después de haber abandonado a Amalfitano y a su hija, Lola volvió a casa y no encontró a nadie. Durante tres semanas estuvo preguntando en las antiguas direcciones que recordaba por las señas de su marido. Unos no le abrían la puerta, porque no conseguían identificarla o porque ya la habían olvidado. Otros la atendían en el umbral, por desconfianza o porque Lola, simplemente, se había equivocado de dirección. Unos pocos la hicieron pasar y le ofrecieron una taza de café o té que Lola nunca aceptó pues parecía tener prisa por ver a su hija y a Amalfitano. Al principio la búsqueda fue descorazonadora e irreal. Hablaba con gente a la que ni ella misma recordaba. Por

las noches dormía en una pensión cercana a las Ramblas, donde se apiñaban en habitaciones minúsculas los trabajadores extranjeros. Halló la ciudad cambiada pero le resultaba imposible decir en qué había cambiado. Por las tardes, después de caminar todo el día, se sentaba en las escalinatas de una iglesia a descansar y oía las conversaciones de quienes entraban y salían, mayoritariamente turistas. Leía libros en francés sobre Grecia y sobre brujería y vida sana. A veces se sentía como Electra, hija de Agamenón y Clitemestra, vagando de incógnito por Micenas, la asesina confundida con la plebe, con la masa, la asesina cuya mente nadie comprende, ni los especialistas del FBI ni la gente caritativa que dejaba caer en sus manos una moneda. Otras veces se veía como la madre de Medonte y Estrofio, una madre feliz que contempla desde una ventana los juegos de sus hijos mientras en el fondo el cielo azul se debate en los brazos blancos del Mediterráneo. Murmuraba: Pílades, Orestes, y en esos dos nombres se comprendían los rostros de muchos hombres, menos el de Amalfitano, el hombre al que ahora buscaba. Una noche encontró a un antiguo alumno de su marido, que excepcionalmente la reconoció, como si en sus tiempos de universitario hubiera estado enamorado de ella. El ex estudiante se la llevó a su casa, le dijo que allí podía estar todo el tiempo que quisiera, le acondicionó la habitación de huéspedes para su uso único. La segunda noche, mientras cenaban juntos, el ex estudiante la abrazó y ella dejó que la abrazara durante unos segundos, como si también lo necesitara, y luego le habló al oído y el ex estudiante se separó y fue a sentarse en el suelo, en una esquina de la sala. Durante horas permanecieron así, ella sentada en la silla y él sentado en el suelo, que estaba recubierto de un parquet muy curioso, amarillo oscuro, que más que parquet parecía una alfombra de paja trenzada muy fina. Las velas que había sobre la mesa se apagaron y sólo entonces ella se fue a sentar a la sala, en la otra esquina. En la oscuridad creyó oír unos débiles gemidos. Le pareció que el joven lloraba y se durmió acunada por su llanto. Durante los días siguientes el ex estudiante y ella redoblaron sus esfuerzos. Cuando por fin vio a

Amalfitano no lo reconoció. Estaba más gordo que antes y había perdido pelo. Lo vio desde lejos y no dudó ni un segundo mientras se le acercaba. Amalfitano estaba sentado debajo de un alerce y fumaba con expresión ausente. Has cambiado mucho, le dijo ella. Amalfitano la reconoció de inmediato. Tú no, dijo. Gracias, dijo ella. Luego Amalfitano se levantó y se fueron.

Amalfitano, por aquella época, vivía en Sant Cugat y daba clases de filosofía en la Universidad Autónoma de Barcelona, que le quedaba relativamente cerca. Rosa estudiaba primaria en una escuela pública del pueblo y se marchaba de casa a las ocho y media y no regresaba hasta las cinco de la tarde. Lola vio a Rosa y le dijo que era su madre. Rosa pegó un grito y le dio un abrazo y casi de inmediato se separó y se fue a ocultar a su dormitorio. Esa noche, tras ducharse y hacer su cama en el sofá, Lola le dijo a Amalfitano que estaba muy enferma, que probablemente pronto moriría y que había querido ver a Rosa por última vez. Amalfitano se ofreció a acompañarla al hospital al día siguiente, a lo que Lola se negó diciendo que los médicos franceses siempre habían sido mejores que los españoles y sacando de su bolso unos papeles que certificaban, sin asomo de duda y en francés, que tenía sida. Al día siguiente, al volver de la universidad, Amalfitano encontró a Lola y Rosa paseando por las calles aledañas a la estación tomadas de la mano. No quiso molestarlas y las siguió a distancia. Cuando abrió la puerta de su casa las halló juntas viendo la tele. Más tarde, cuando Rosa ya dormía, le preguntó por su hijo Benoît. Durante un rato Lola permaneció en silencio y recordó con memoria fotográfica cada parte del cuerpo de su hijo, cada gesto, cada expresión de asombro o de susto, luego dijo que Benoît era un niño inteligente y sensible, y que su hijo había sido el primero en saber que ella se iba a morir. Amalfitano le preguntó quién se lo había dicho, aunque con resignación creía saber la respuesta. Lo supo sin ayuda de nadie, dijo Lola, simplemente mirando. Es terrible para un niño saber que su madre se va a morir, dijo

Amalfitano. Más terrible es mentirle, a los niños no se les debe de mentir nunca, dijo Lola. Al quinto día de estar allí, cuando estaban a punto de acabársele los fármacos que había traído de Francia, Lola les dijo una mañana que tenía que marcharse. Benoît es pequeño y me necesita, dijo. No, en realidad no me necesita, pero no por eso deja de ser pequeño, dijo. No sé quién necesita a quién, dijo finalmente, pero lo cierto es que tengo que ir a ver cómo está. Amalfitano le dejó una nota en la mesa y un sobre con buena parte de sus ahorros. Cuando volvió del trabajo pensaba que Lola ya no estaría allí. Fue a buscar a Rosa al colegio y se fueron caminando a casa. Al llegar vieron a Lola sentada frente a la tele encendida pero con el sonido apagado, leyendo su libro sobre Grecia. Cenaron juntos. Rosa se acostó cerca de las doce de la noche. Amalfitano la llevó a su dormitorio, la desvistió y la metió bajo las mantas. Lola lo esperaba en la sala, con su maleta dispuesta para salir. Es mejor que te quedes esta noche, le dijo Amalfitano. Es demasiado tarde para irse. Ya no hay trenes a Barcelona, mintió. No me voy a ir en tren, dijo Lola. Haré autoestop. Amalfitano inclinó la cabeza y le dijo que podía marcharse cuando quisiera. Lola le dio un beso en la mejilla y se fue. Al día siguiente Amalfitano se levantó a las seis de la mañana y puso la radio para tener la certeza de que no había aparecido asesinada y violada ninguna autoestopista en las carreteras de esa zona. Todo tranquilo.

Esa imagen conjetural de Lola, sin embargo, lo acompañó durante muchos años, como un recuerdo que emerge con estrépito de los mares glaciares, aunque él realmente no había visto nada y por lo tanto no podía recordar nada, sólo la sombra de su ex mujer en la calle que la luz de las farolas proyectaba sobre las fachadas vecinas, y después el sueño: Lola alejándose por una de las carreteras que salen de Sant Cugat, caminando a la orilla del camino, un camino apenas transitado por los coches que preferían ahorrar tiempo y se desviaban por la nueva autopista de peaje, una mujer encorvada por el peso de su maleta, sin miedo, caminando sin miedo por la orilla del camino.

La Universidad de Santa Teresa parecía un cementerio que de improviso se hubiera puesto vanamente a reflexionar. También parecía una discoteca vacía.

Una tarde Amalfitano salió al patio en mangas de camisa como un señor feudal sale a caballo a contemplar la magnitud de sus territorios. Antes había estado tirado en el suelo de su estudio abriendo cajas de libros con un cuchillo de cocina y entre éstos había encontrado uno muy extraño, que no recordaba haber comprado jamás y que tampoco recordaba que nadie le hubiera regalado. El libro en cuestión era el *Testamento geométrico* de Rafael Dieste, publicado por Ediciones del Castro en La Coruña, en 1975, un libro evidentemente sobre geometría, una disciplina que Amalfitano apenas conocía, dividido en tres partes, la primera una «Introducción a Euclides, Lobatchevski y Riemann», la segunda dedicada a «Los movimientos en geometría», y la tercera parte titulada «Tres demostraciones del V postulado», sin duda la más enigmática pues Amalfitano no tenía idea de qué era el V postulado ni en qué consistía, y además no le interesaba saberlo, aunque esto último tal vez no sea achacable a su falta de curiosidad, que la tenía y en grandes cantidades, sino al calor que barría por las tardes Santa Teresa, un calor seco y polvoso, de sol agriado, al que era imposible sustraerse a menos que uno viviera en un piso nuevo con aire acondicionado, lo que no era su caso. La edición del libro había sido posible gracias al concurso de algunos amigos del autor, amigos que quedaban inmortalizados, como si de una fotografía de fin de fiesta se tratara, en la página 4, en donde normalmente suelen aparecer las señas del editor. Allí decía: *La presente edición es un homenaje que ofrecen a Rafael Dieste: Ramón BALTAR DOMÍNGUEZ, Isaac DÍAZ PARDO, Felipe FERNÁNDEZ ARMESTO, Fermín FERNÁNDEZ ARMESTO, Francisco FERNÁNDEZ DEL RIEGO, Álvaro GIL VARELA, Domingo GARCÍA-SABELL, Valentín PAZ-ANDRADE y Luis SEOANE LÓPEZ.* A Amalfitano le pareció, por lo menos, una costumbre extraña el poner los apellidos de los amigos en mayúscula, mientras el apellido del homenajeado estaba en minúsculas. En la solapa se advertía que aquel *Testamento geométrico* eran en realidad tres libros, «con su propia unidad, pero funcionalmente correlacionados por el destino del conjunto», y después decía «esta obra de Dieste, decantación final de sus reflexiones e investigaciones acerca del Espacio, cuya noción se halla implicada en cualquier ordenada discusión sobre los fundamentos de la Geometría». En ese momento Amalfitano creyó recordar que Rafael Dieste era un poeta. Un poeta gallego, naturalmente, o afincado desde hacía mucho en Galicia. Y sus amigos y patrocinadores del libro también eran gallegos, claro, o afincados desde hacía mucho en Galicia, en donde Dieste probablemente había dado clases en la Universidad de La Coruña o de Santiago de Compostela, o puede que ni siquiera hubiera dado clases en la universidad sino en una escuela secundaria, enseñando geometría a rapaces de quince y dieciséis años y mirando por la ventana el cielo permanentemente encapotado de Galicia en invierno y la lluvia que cae a chuzos. Y en la contrasolapa había algún dato más sobre Dieste. Decía: «Dentro de la producción de Rafael Dieste, varia, pero no voluble, sino ceñida a las exigencias de un proceso personal en que la creación poética y la especulativa se hallan como polarizadas por un mismo horizonte, el presente libro tiene sus más directos antecedentes en el *Nuevo tratado del paralelismo* (Buenos Aires, 1958) y en trabajos más recientes: *Variaciones sobre Zenón de Elea* y *Qué es un axioma*, éste seguido –en el mismo volumen– por el titulado *Movilidad y Semejanza.*» Así que a Dieste, pensó Amalfitano, la cara chorreando sudor al que se adherían microscópicas motitas de polvo, la pasión por la geometría no le venía de nuevo. Y sus patrocinadores, bajo esta nueva luz, dejaban de facto de ser los amigos que se reúnen cada noche en el casino para beber y hablar de política o de fútbol o de queridas, para convertirse con la velocidad del rayo en honorables colegas de universidad, algunos jubilados, sin duda, pero otros en plena actividad y todos pudientes o medianamente pudientes, lo que no evitaba, ciertamente, que, una noche sí y otra noche no, se reunieran, como intelectuales de provincia, es decir, como hombres profundamente solitarios pero también como hombres profundamente autosuficientes, en el casino de La Coruña para beber un buen coñac o un whisky y hablar de intrigas y de queridas mientras sus mujeres o, en el caso de los viudos, sus criadas estaban sentadas delante de la tele o preparando la cena. En cualquier caso, para Amalfitano, el problema residía en cómo había llegado ese libro a una de sus cajas de libros. Durante media hora estuvo hurgando en su memoria, mientras hojeaba el libro de Dieste sin prestarle demasiada atención, y finalmente concluyó que todo aquello era un misterio que de momento lo excedía, pero no se rindió. Le preguntó a Rosa, que en aquel momento estaba encerrada en el baño, maquillándose, si ese libro era suyo. Rosa lo miró y dijo que no. Amalfitano le rogó que lo mirara otra vez y le dijera con total seguridad si era suyo o no. Rosa le preguntó si se sentía mal. Me siento perfectamente, dijo Amalfitano, pero este libro no es mío y ha aparecido en una de las cajas de libros que mandé desde Barcelona. Rosa le contestó, en catalán, que no se preocupara y siguió maquillándose. Como no me voy a preocupar, dijo Amalfitano, también en catalán, si me parece que estoy perdiendo la memoria. Rosa volvió a mirar el libro y dijo: tal vez sea mío. ¿Estás segura?, preguntó Amalfitano. No, no es mío, dijo Rosa, seguro que no, la verdad es que es la primera vez que lo veo. Amalfitano dejó a su hija delante del espejo del baño y volvió a salir al jardín devastado, donde todo era de color marrón claro, como si el desierto se hubiera instalado alrededor de su nueva casa, con el libro colgando en la mano. Recapituló las posibles librerías en donde lo hubiera podido comprar. Buscó en la primera página y en la última y en la contraportada alguna señal y encontró, en la primera página, la etiqueta cortada de la Librería Follas Novas, S.L., Montero Ríos 37, teléfonos 981-59-44-06 y 981-59-44-18, Santiago. Evidentemente no Santiago de Chile, único lugar del mundo en donde Amalfitano era capaz de verse a sí mismo en un estado de catatonia total, capaz de entrar en una librería, coger un libro cualquiera sin siquiera mirar la portada, pagarlo y marcharse. Se trataba, era obvio, de Santiago de Compostela, en Galicia. Por un instante Amalfitano pensó en un viaje de peregrino por el camino de Santiago. Caminó hasta el fondo del patio, en donde su verja de madera se encontraba con un muro de cemento que protegía la casa vecina. Nunca había reparado en él. Bardas envidriadas, pensó, el miedo de los propietarios a las visitas no deseadas. El sol de la tarde se reflejaba en las aristas de los vidrios cuando Amalfitano reanudó el paseo por su jardín devastado. La barda de al lado también estaba erizada de vidrios, pero allí primaban más los vidrios verdes y marrones de botellas de cerveza y alcohol. Nunca, ni en sueños, había estado en Santiago de Compostela, tuvo que reconocer Amalfitano deteniéndose a la sombra que la barda del costado izquierdo proporcionaba. Pero eso en realidad importaba poco o nada, algunas de las librerías que frecuentaba en Barcelona tenían un fondo comprado directamente a otras librerías de España, librerías que saldaban sus fondos o que quebraban o, las menos, que hacían la doble labor de librería y distribuidora. Probablemente este libro llegó a mis manos en Laie, pensó, o en La Central, adonde acudí a comprar un libro de filosofía y el dependiente o la dependienta, emocionada porque en la librería se hallaban Pere Gimferrer, Rodrigo Rey Rosa y Juan Villoro discutiendo sobre la conveniencia o no de volar, sobre los accidentes aéreos, sobre si es más peligroso despegar que aterrizar, introdujo, por error, este libro en mi bolso. La Central, probablemente. Pero si así hubiera sucedido yo habría descubierto el libro al llegar a casa y abrir el bolso o el paquete o lo que fuera, a menos, claro, que durante el camino de vuelta me hubiera sucedido algo terrible o espantoso que eliminara cualquier deseo o curiosidad por examinar mi nuevo o mis nuevos libros. Puede, incluso, que abriera como un zombi el paquete y dejara el libro nuevo sobre la mesilla de noche y el libro de Dieste en la estantería de los libros, abrumado por algo que acabara de ver en la calle, tal vez un accidente automovilístico, tal vez un atraco a mano armada, tal vez un suicida en el metro, aunque si yo hubiera visto algo así, pensó Amalfitano, sin duda ahora lo recordaría o al menos conservaría dentro de mí un recuerdo vago. No recordaría el *Testamento geométrico*, pero sí que recordaría el incidente que me hizo olvidar el *Testamento geométrico*. Y por si esto fuera poco, el problema mayor, en realidad, no residía en la adquisición del libro sino en cómo éste había llegado a parar a Santa Teresa en el interior de las cajas con libros que Amalfitano, antes de partir, había seleccionado en Barcelona. ¿En qué momento de sumisión absoluta había puesto ese libro allí? ¿Cómo había podido embalar un libro sin darse cuenta de que lo hacía? ¿Es que pensaba leerlo cuando llegara al norte de México? ¿Pensaba iniciar con él un estudio errátil de geometría? ¿Y si ése era su plan, por qué lo había olvidado nada más llegar a aquella ciudad levantada en medio de la nada? ¿Es que el libro había desaparecido de su memoria mientras su hija y él volaban de este a oeste? ¿O había desaparecido de su memoria mientras él esperaba, ya en Santa Teresa, la llegada de sus cajas con libros? ¿El libro de Dieste se había desvanecido como un síntoma secundario de jet-lag?

Amalfitano tenía unas ideas un tanto peculiares al respecto. No las tenía siempre, por lo que tal vez sea excesivo llamarlas ideas. Eran sensaciones. Ideas-juego. Como si se aproximara a una ventana y se forzara a ver un paisaje extraterrestre. Creía (o le gustaba creer que creía) que cuando uno está en Barcelona aquellos que están y que son en Buenos Aires o el DF no existen. La diferencia horaria era sólo una máscara de la desaparición. Así, si uno viajaba de improviso a ciudades que en teoría no deberían existir o aún no poseían el *tiempo* apropiado para ponerse en pie y ensamblarse correctamente, se producía el fenómeno conocido como jet-lag. No por tu cansancio sino por el cansancio de aquellos que en aquel momento, si tú no hubieras viajado, deberían de estar dormidos. Algo parecido a esto, probablemente, lo había leído en alguna novela o en algún cuento de ciencia ficción y lo había olvidado.

Estas ideas o estas sensaciones o estos desvaríos, por otra parte, tenían su lado satisfactorio. Convertía el dolor de los *otros* en la memoria de *uno*. Convertía el dolor, que es largo y natural y que siempre vence, en memoria particular, que es humana y breve y que siempre se escabulle. Convertía un relato bárbaro de injusticias y abusos, un ulular incoherente sin principio ni fin, en una historia bien estructurada en donde siempre cabía la posibilidad de suicidarse. Convertía la fuga en libertad, incluso si la libertad sólo servía para seguir huyendo. Convertía el caos en orden, aunque fuera al precio de lo que comúnmente se conoce como cordura.

Y aunque luego Amalfitano, en la biblioteca de la Universidad de Santa Teresa, encontró datos biobibliográficos sobre Rafael Dieste que confirmaron lo que ya había intuido o le había dejado intuir don Domingo García-Sabell en el prólogo, titulado «La intuición iluminada» y en donde hasta se concedía el lujo de citar a Heidegger *(Es gibt Zeit: hay tiempo),* durante aquel atardecer en que recorrió como un latifundista medieval su reducido fundo baldío, mientras su hija, como una princesa medieval, se terminaba de maquillar ante el espejo del baño, no pudo recordar, de ninguna de las maneras, ni por qué y dónde había comprado el libro ni cómo éste había terminado embalado y expedido junto con otros ejemplares más familiares y más queridos rumbo a esta populosa ciudad que desafiaba al desierto, en la frontera de Sonora y Arizona. Y entonces, justo entonces, como si fuera el pistoletazo de salida de una serie de hechos que se concatenarían con consecuencias unas veces felices y otras veces funestas, Rosa salió de casa y dijo que se iba al cine con una amiga y le preguntó si tenía llaves y Amalfitano dijo que sí y oyó cómo la puerta se cerraba de golpe y luego los pasos de su hija que recorrían la vereda de lajas mal cortadas hasta la minúscula puerta de madera de la calle que no le llegaba ni a la cintura y luego los pasos de su hija en la acera, alejándose en dirección a la parada del autobús y luego el motor de un coche que se encendía. Y entonces Amalfitano caminó hasta la parte delantera de su jardín estragado y estiró el cuello y se asomó a la calle y no vio ningún coche ni vio a Rosa y apretó con fuerza el libro de Dieste que aún sostenía en su mano izquierda. Y después miró el cielo y vio una luna demasiado grande y demasiado arrugada, pese a que aún no había caído la noche. Y luego se dirigió otra vez hacia el fondo de su jardín esquilmado y durante unos segundos se quedó quieto, mirando a diestra y siniestra, adelante y atrás, por si veía su sombra, pero aunque aún era de día y hacia el oeste, en dirección a Tijuana, aún brillaba el sol, no consiguió verla. Y entonces se fijó en los cordeles, cuatro hileras, atados, por un lado, a una especie de portería de fútbol de dimensiones más pequeñas, dos palos de no más de un metro ochenta enterrados en la tierra y un tercer palo, horizontal, claveteado a los otros por ambos extremos, lo que les concedía, además, cierta estabilidad, y del que pendían los cordeles hasta unos ganchos fijados en la pared de la casa. Era el tendedero de la ropa, aunque sólo vio una blusa de Rosa, de color blanco con bordados ocres en el cuello, y un par de bragas y dos toallas que aún chorreaban. En la esquina, en una casucha de ladrillos, estaba la lavadora. Durante un rato se quedó quieto, respirando con la boca abierta, apoyado en el palo horizontal del tendedero. Después entró en la casucha como si le faltara oxígeno y de una bolsa de plástico con el logotipo del supermercado al que iba con su hija a hacer la compra semanal extrajo tres pinzas para la ropa, que él se empecinaba en llamar «perritos», y con ellas enganchó y colgó el libro de uno de los cordeles y luego volvió a entrar en su casa sintiéndose mucho más aliviado.

La idea, por supuesto, era de Duchamp.

De su estancia en Buenos Aires sólo existe o sólo se conserva un *ready-made*. Aunque su vida entera fue un *ready-made*, que es una forma de apaciguar el destino y al mismo tiempo enviar señales de alarma. Calvin Tomkins escribe al respecto: *Con motivo de la boda de su hermana Suzanne con su íntimo amigo Jean Crotti, que se casaron en París el 14 de abril de 1919, Duchamp mandó por correo un regalo a la pareja. Se trataba de unas instrucciones para colgar un tratado de geometría de la ventana de su apartamento y fijarlo con cordel, para que el viento pudiera «hojear el libro, escoger los problemas, pasar las páginas y arrancarlas».* Como se puede ver, Duchamp no sólo jugó al ajedrez en Buenos Aires. Sigue Tomkins: *Puede que la falta de alegría de este* Ready-made malheureux, *como lo llamó Duchamp, resultara un regalo chocante para unos recién casados, pero Suzanne y Jean siguieron las instrucciones de Duchamp con buen humor. De hecho, llegaron a fotografiar aquel libro abierto suspendido en el aire –imagen que constituye el único testimonio de la obra, que no logró sobrevivir a semejante exposición a los elementos– y más tarde Suzanne pintó un cuadro de él titulado* Le ready-made malheureux de Marcel. *Como explicaría Duchamp a Cabanne: «Me divertía introducir la idea de la felicidad y la infelicidad en los* ready-mades, *y luego estaba la lluvia, el viento, las páginas volando, era una idea divertida.»* Me retracto, en realidad lo que Duchamp hizo en Buenos Aires fue jugar al ajedrez. Yvonne, que estaba con él, terminó harta de tanto juego-ciencia y se marchó a Francia. Sigue Tomkins: *En los últimos años, Duchamp confesó a un entrevistador que había disfrutado desacreditando «la seriedad de un libro cargado de principios» como aquél y hasta insinuó a otro periodista que, al exponerlo a las inclemencias del tiempo, «el tratado había captado por fin cuatro cosas de la vida».*

Esa noche, cuando volvió Rosa del cine, Amalfitano estaba viendo la televisión sentado en la sala y aprovechó para decirle que había colgado el libro de Dieste en el tendedero de ropa. Rosa lo miró como si no hubiera entendido nada. Quiero decir, dijo Amalfitano, que no lo he colgado porque previamente lo hubiera mojado con la manguera ni porque se me haya caído al agua, simplemente lo he colgado porque sí, para ver cómo resiste la intemperie, los embates de esta naturaleza desértica. Espero que no te estés volviendo loco, dijo Rosa. No, no te preocupes, dijo Amalfitano, poniendo cara de despreocupación, precisamente. Te lo aviso para que no lo descuelgues.

Simplemente haz de cuenta que el libro no existe. Bueno, dijo Rosa, y se encerró en su cuarto.

Al día siguiente, mientras sus alumnos escribían, o mientras él mismo hablaba, Amalfitano empezó a dibujar figuras geométricas muy simples, un triángulo, un rectángulo, y en cada vértice escribió el nombre, digamos, dictado por el azar o la dejadez o el aburrimiento inmenso que sus alumnos y las clases y el calor que imperaba por aquellos días en la ciudad le producía. Así:

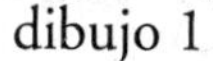
dibujo 1

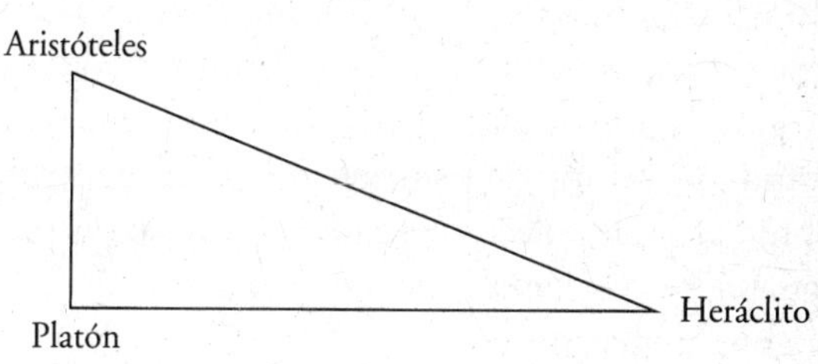

O así:
dibujo 2

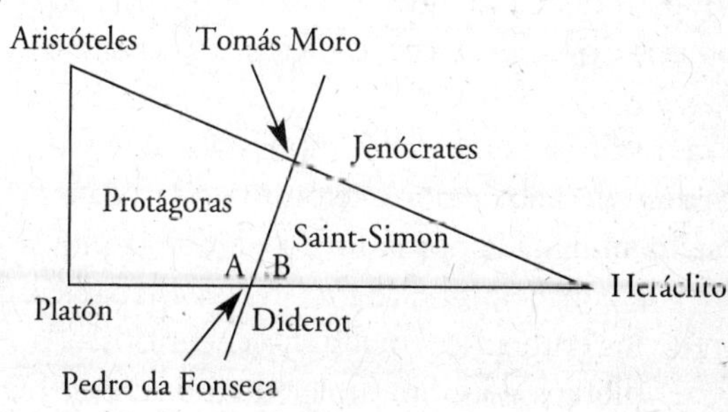

O así:
dibujo 3

B
San Anselmo
Descartes
Kant
Leibniz
Wolff
Mendelssohn

Cuando volvió a su cubículo descubrió el papel y antes de arrojarlo al cubo de la basura lo examinó durante unos minutos. El dibujo 1 no tenía mayor explicación que su aburrimiento. El dibujo 2 parecía una prolongación del dibujo 1 pero los nombres añadidos le parecieron demenciales. Jenócrates podía estar allí, no carecía de cierta lógica peregrina, y también Protágoras, ¿pero qué pintaban Tomás Moro y Saint-Simon?, ¿qué pintaba, cómo se sostenía allí Diderot y, Dios de los cielos, el jesuita portugués Pedro da Fonseca, que fue uno más de los miles de comentaristas que ha tenido Aristóteles, pero que ni con fórceps dejaba de ser un pensador muy menor? El dibujo 3, por el contrario, tenía cierta lógica, una lógica de adolescente tarado, de adolescente vagabundo en el desierto, con las ropas deshilachadas, pero con ropas. Todos los nombres, se podría decir, pertenecían a filósofos preocupados por el argumento ontológico. La B que aparecía en el vértice superior del triángulo incrustado en el rectángulo podía ser Dios o la existencia de Dios que surge de su esencia. Sólo entonces Amalfitano reparó en que el dibujo 2 también exhibía una A y una B y ya no tuvo duda ninguna de que el calor, al que estaba desacostumbrado, lo hacía desvariar mientras dictaba sus clases.

Esa noche, sin embargo, después de cenar y de ver las noticias en la tele y de hablar por teléfono con la profesora Silvia Pérez, que estaba indignada por la forma en que la policía del estado de Sonora y la policía local de Santa Teresa estaba llevando la investigación de los crímenes, Amalfitano encontró en la mesa de su estudio tres dibujos más. Sin duda, el autor era él. De hecho, se recordaba emborronando distraído una página en blanco mientras pensaba en otras cosas. El dibujo 1 (o el dibujo 4) era así:

dibujo 4

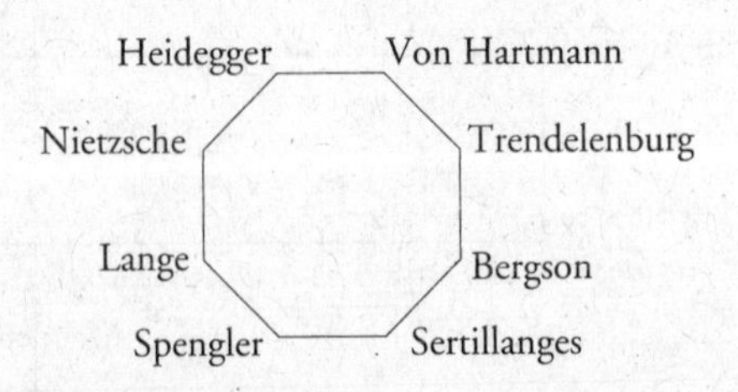

El dibujo 5:
dibujo 5

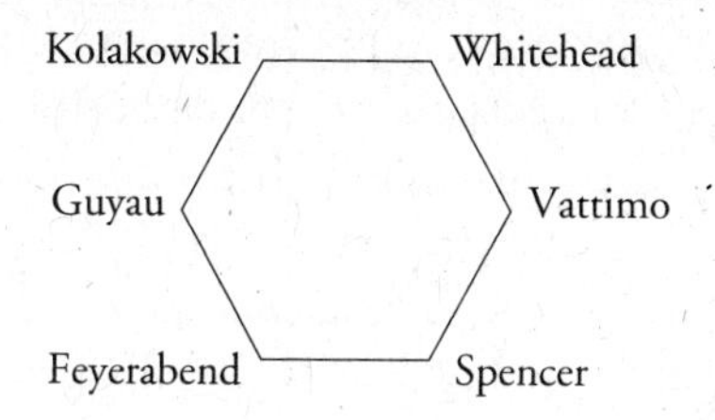

Y el dibujo 6:
dibujo 6

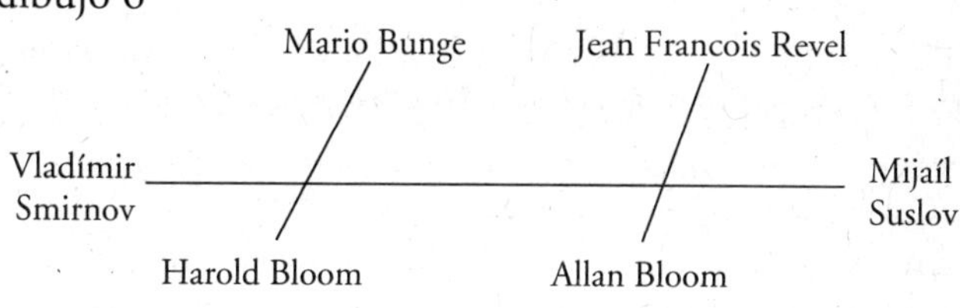

El dibujo 4 resultaba curioso. Trendelenburg, hacía muchos años que no pensaba en él. Adolf Trendelenburg. ¿Por qué justo ahora y por qué en compañía de Bergson y Heidegger y Nietzsche y Spengler? El dibujo 5 le pareció aún más curioso. La aparición de Kolakowski y Vattimo. La presencia del olvidado Whitehead. Pero sobre todo la asistencia imprevista del pobre Guyau, Jean-Marie Guyau, muerto a los treintaicuatro años, en 1888, a quien algunos bromistas llamaron el Nietzsche francés, y cuyos seguidores en el ancho mundo no pasaban de diez personas, aunque en realidad no eran más de seis, y eso Amalfitano lo sabía porque en Barcelona había conocido al único guyotista español, un profesor de Gerona tímido y a su manera entusiasta, cuyo mayor empeño era descubrir un texto (que no se sabía muy bien si era un poema o un ensayo filosófico o un artículo) que Guyau había escrito en inglés y publicado allá por el 1886-1887 en un periódico de San Francisco, California. El dibujo 6, finalmente, era el más curioso de todos (y el menos «filosófico»). El que en un lado de la horizontal apareciera Vladímir Smirnov, desaparecido en los campos de concentración de Stalin en 1938, y al que no hay que confundir con Iván Nikitich Smirnov, fusilado por los estalinistas en 1936 tras el primer proceso de Moscú, mientras en el otro lado de la horizontal aparecía el nombre de Suslov, ideólogo del aparato, dispuesto a tragarse todas las infamias y crímenes, no podía ser más elocuente. Pero el que la horizontal estuviera atravesada por dos líneas inclinadas, en las cuales se leían los nombres de Bunge y Revel, en la parte posterior, y de Harold Bloom y Allan Bloom en la inferior, resultaba muy semejante a un chiste. Un chiste que por otra parte Amalfitano no comprendió, sobre todo por la aparición de los dos Bloom, en donde seguro que debía de residir la gracia, una gracia que, sin embargo, por más que la acechaba no conseguía pillar.

Aquella noche, mientras su hija dormía y después de escuchar el último programa de noticias en la radio más popular de Santa Teresa, «La voz de la frontera», Amalfitano salió al jardín y después de fumarse un cigarrillo mirando la calle desierta se dirigió hacia la parte trasera, con pasos remolones, como si temiera meter el pie en un hoyo o como si le diera miedo la oscuridad que allí imperaba. El libro de Dieste seguía tendido junto a la ropa que Rosa había lavado aquel día, una ropa que parecía hecha de cemento o de algún material muy pesado pues no se movía en absoluto mientras la brisa, que llegaba a rachas, mecía el libro de un lado a otro, como si lo acunara a disgusto, o como si pretendiera desprenderlo de las pinzas que lo sujetaban al cordel. Amalfitano sentía la brisa en su cara. Estaba sudando y las ráfagas irregulares de aire le secaban las gotitas de transpiración y ocluían su alma. Como si estuviera en el estudio de Trendelenburg, pensó, como si siguiera los pasos de Whitehead por la orilla de un canal, como si me acercara al lecho de enfermo de Guyau y le pidiera consejo. ¿Cuál hubiera sido su respuesta? Sea feliz. Viva el momento. Sea bueno. O por el contrario: ¿Quién es usted? ¿Qué hace aquí? Váyase.

Socorro.

Al día siguiente, buscando en la biblioteca de la universidad, encontró más datos sobre Dieste. Había nacido en Rianxo, La Coruña, en 1899. Empezó escribiendo en gallego, aunque después se pasaría al castellano o simultanearía ambas lenguas. Hombre de teatro. Compromiso antifascista durante la Guerra Civil. Tras la derrota parte al exilio, concretamente a Buenos Aires, en donde publica *Viaje, duelo y perdición: tragedia, humorada y comedia,* en 1945, libro compuesto por tres obras ya publicadas. Poeta. Ensayista. También publica, en 1958, cuando Amalfitano tenía siete años, el ya mencionado *Nuevo tratado del paralelismo.* Como autor de relatos cortos su obra más importante es *Historia e invenciones de Félix Muriel* (1943). Vuelve a España, vuelve a Galicia. Muere en Santiago de Compostela en 1981.

¿De qué trata el experimento?, dijo Rosa. ¿Qué experimento?, dijo Amalfitano. El del libro colgado, dijo Rosa. No es ningún experimento, en el sentido literal de la palabra, dijo Amalfitano. ¿Por qué está allí?, dijo Rosa. Se me ocurrió de repente, dijo Amalfitano, la idea es de Duchamp, dejar un libro de geometría colgado a la intemperie para ver si aprende cuatro cosas de la vida real. Lo vas a destrozar, dijo Rosa. Yo no, dijo Amalfitano, la naturaleza. Oye, tú cada día estás más loco, dijo Rosa. Amalfitano sonrió. Nunca te había visto hacerle una cosa así a un libro, dijo Rosa. No es mío, dijo Amalfitano. Da lo mismo, dijo Rosa, ahora es tuyo. Es curioso, dijo Amalfitano, así debería ser pero lo cierto es que no lo siento como un libro que me pertenezca, además tengo la impresión, casi la certeza, de que no le estoy haciendo ningún daño. Pues haz de cuenta que es mío y descuélgalo, dijo Rosa, los vecinos van a creer que estás loco. ¿Los vecinos, los que ponen trozos de vidrio encima de las tapias? Ésos ni siquiera saben que existimos, dijo Amalfitano, y están infinitamente más locos que yo. No, ésos no, dijo Rosa, los otros, los que pueden ver perfectamente bien lo que pasa en nuestro patio. ¿Alguno te ha molestado?, dijo Amalfitano. No, dijo Rosa. Entonces no hay problema, dijo Amalfitano, no te preocupes por tonterías, en esta ciudad están pasando cosas mucho más terribles que colgar un libro de un cordel. Una cosa no quita la otra, dijo Rosa, no somos bárbaros. Deja el libro en paz, haz de cuenta que no existe, olvídate de él, dijo Amalfitano, a ti nunca te ha interesado la geometría.

Por las mañanas, antes de marcharse a la universidad, Amalfitano salía por la puerta de atrás a beberse los últimos tragos de su café mirando el libro. No había ninguna duda: el papel en el que había sido impreso era bueno y la encuadernación resistía inconmovible los embates de la naturaleza. Los viejos amigos de Rafael Dieste habían escogido buenos materiales para brindarle esa especie de homenaje y de despedida un tanto anticipada, el adiós de unos viejos varones ilustrados (o con la pátina de la ilustración) a otro viejo varón ilustrado. Amalfitano pensó que la naturaleza del noroeste de México, en aquel lugar preciso de su jardín quebrantado, era más bien exigua. Una mañana, mientras esperaba el autobús que lo llevaría a la universidad, se hizo el firme propósito de plantar césped o pasto, y también de comprar un arbolito ya un poco crecido en alguna tienda dedicada a tal menester, y de plantar flores a los lados. Otra mañana pensó que cualquier trabajo que se tomara encaminado a hacer más grato el jardín resultaría a la postre inútil, puesto que no pensaba quedarse mucho tiempo en Santa Teresa. Hay que volver ya mismo, se decía, ¿pero adónde? Y luego se decía: ¿qué me impulsó a venir aquí? ¿Por qué traje a mi hija a esta ciudad maldita? ¿Porque era uno de los pocos agujeros del mundo que me faltaba por conocer? ¿Porque lo que deseo, en el fondo, es morirme? Y después miraba el libro de Dieste, el *Testamento geométrico*, que colgaba impávido del cordel, sujeto por dos pinzas, y le daban ganas de descolgarlo y limpiar el polvo ocre que se le había ido adhiriendo aquí y allá, pero no se atrevía.

Amalfitano recordaba a veces, después de salir de la Universidad de Santa Teresa o sentado en el porche de su casa o mientras leía los trabajos de sus alumnos, a su padre, que era aficionado al boxeo. El padre de Amalfitano opinaba que todos los chilenos eran unos maricones. Amalfitano, que tenía diez años, le decía: pero, papá, más bien los italianos son los maricones, fíjese si no en la Segunda Guerra Mundial. El padre de Amalfitano miraba muy serio a su hijo cuando éste decía tales palabras. Su padre, el abuelo de Amalfitano, había nacido en Nápoles. Y él mismo siempre se sintió más italiano que chileno. De todas maneras le gustaba hablar de boxeo, o mejor dicho, le gustaba hablar de combates de los que sólo había leído las crónicas de rigor que aparecían en las revistas especializadas o en las páginas deportivas. De esta manera podía hablar de los hermanos Loayza, Mario y Rubén, sobrinos del Tani, y de Godfrey Stevens, un maricón señorial y sin pegada, y de Humberto Loayza, sobrino también del Tani, de buena pegada pero poco encajador, de Arturo Godoy, marrullero y mártir, de Luis Vicentini, italiano de Chillán y hombre de buena planta pero al que lo perdió su triste destino de nacer en Chile, y de Estanislao Loayza, el Tani, al que le robaron el cetro mundial en los Estados Unidos de la forma más tonta, cuando el árbitro, en el primer round, le pisó un pie y al Tani se le fracturó un tobillo. ¿Te lo puedes imaginar?, decía el padre de Amalfitano. No me lo puedo imaginar, decía Amalfitano. Vamos a ver, ponte a hacer sombra a mi alrededor y yo te pisaré el pie, decía el padre de Amalfitano. Mejor no, decía Amalfitano. Hazlo con confianza, hombre, no te va a pasar nada, decía el padre de Amalfitano. Otro día, decía Amalfitano. Tiene que ser ahora mismo, decía su padre. Entonces Amalfitano se ponía a hacer sombra y a moverse con una agilidad sorprendente alrededor de su padre, lanzando de vez en cuando rectos con la izquierda y ganchos con la derecha, y de pronto su padre se adelantaba un poco y le pisaba el pie y ahí se acababa todo, Amalfitano se quedaba quieto o buscaba el clinch o se zafaba, pero en modo alguno se fracturaba el tobillo. Yo creo que el árbitro lo hizo a propósito, decía el padre de Amalfitano. No es posible joderle el tobillo a nadie con un pisotón. Después venían las invectivas: los boxeadores chilenos son todos unos maricones, los habitantes de este país de mierda son todos unos maricones, todos sin excepción, dispuestos a dejarse engañar, dispuestos a dejarse comprar, dispuestos a bajarse los pantalones cuando uno sólo les ha pedido que se quiten el reloj. A lo que Amalfitano, que a los diez años no leía revistas deportivas sino de historia, sobre todo de historia bélica, respondía que ese puesto más bien lo tenían reservado los italianos y que a la Segunda Guerra Mundial se remitía. Su padre entonces se quedaba en silencio, mirando al hijo con franca admiración y orgullo, como preguntándose de dónde demonios había salido ese niño, y luego seguía en silencio durante otro rato y luego le decía en voz baja, como si le contara un secreto, que los italianos individualmente eran valientes. Y admitía que en masa sólo hacían el payaso. Y resumía que eso, precisamente, era lo que aún daba esperanzas.

Por lo que cabe deducir, pensaba Amalfitano, mientras salía por la puerta delantera y se detenía con un vaso de whisky en el porche y luego se asomaba a la calle en donde se veían algunos coches aparcados, coches abandonados por unas horas y que olían, o eso le parecía a él, a chatarra y sangre, antes de dar media vuelta y dirigirse, sin pasar por el interior de la casa, a la parte trasera del jardín en donde el *Testamento geométrico* lo esperaba en medio de la quietud y la oscuridad, que él, en el fondo, muy en el fondo, aún era una persona con esperanzas, puesto que su sangre era italiana, y además un individualista y también una persona educada. Y puede que incluso ni siquiera fuera un cobarde. Aunque no le gustaba el boxeo. Pero entonces el libro de Dieste flotaba en el aire y la brisa secaba con un pañuelo negro el sudor que perlaba su frente y Amalfitano cerraba los ojos y trataba de recordar una imagen cualquiera de su padre, inútilmente. Cuando volvía a la casa, no por la puerta trasera sino por la delantera, asomaba el cuello por encima de la verja y miraba la calle en ambas direcciones. Algunas noches tenía la impresión de que lo espiaban.

Por las mañanas, cuando Amalfitano entraba en la cocina y dejaba su taza de café en el fregadero después de su visita obligada al libro de Dieste, la primera en marcharse era Rosa. Normalmente no se despedían, aunque a veces, si Amalfitano entraba antes o si dejaba para después su salida al jardín trasero, alcanzaba a decirle adiós, a recomendarle que se cuidara o a darle un beso. Una mañana sólo pudo decirle adiós y luego se sentó en la mesa mirando por la ventana el tendedero. El *Testamento geométrico* se movía imperceptiblemente. De pronto, dejó de moverse. Los pájaros que cantaban en los jardines vecinos se callaron. Todo quedó por un instante en completo silencio. Amalfitano creyó oír el ruido de la puerta de la calle y los pasos de su hija que se alejaban. Después oyó el motor de un coche que se ponía en marcha. Esa noche, mientras Rosa veía una película que había alquilado, Amalfitano llamó a la profesora Pérez y le confesó que sus nervios estaban cada vez más alterados. La profesora Pérez lo tranquilizó, le dijo que no tenía que preocuparse en exceso, con tomar algunas precauciones bastaba, no se trataba de volverse paranoico, le recordó que las víctimas solían ser secuestradas en otras zonas de la ciudad. Amalfitano la oyó hablar y de improviso se rió. Le dijo que tenía los nervios de puntapiés. La profesora Pérez no captó el chiste. En este lugar, pensó Amalfitano con rabia, nadie capta nada. Después la profesora Pérez intentó convencerlo para salir juntos ese fin de semana, con Rosa y con el hijo de la profesora Pérez. Adónde, dijo Amalfitano de forma casi inaudible. Podríamos ir a comer a un merendero que está a unos veinte kilómetros de la ciudad, dijo ella, un lugar muy agradable, con piscina para los jóvenes y una enorme terraza sombreada desde donde se veían las estribaciones de una montaña de cuarzo, una montaña de color plateado con vetas negras. En lo alto de la montaña había una ermita de adobes negros. El interior era oscuro, salvo por la luz que entraba por una especie de tragaluz, y las paredes estaban repletas de exvotos escritos por viajeros e indios del siglo XIX, los que se arriesgaban a cruzar la sierra que dividía Chihuahua de Sonora.

Los primeros días de Amalfitano en Santa Teresa y en la Universidad de Santa Teresa fueron espantosos, aunque Amalfitano sólo en parte se dio cuenta. Se sentía mal, lo achacaba al jet-lag, no le prestaba atención. Un colega de facultad, un muchacho de Hermosillo que no hacía mucho que había terminado la carrera, le preguntó qué motivos lo habían hecho preferir la Universidad de Santa Teresa a la Universidad de Barcelona. Espero que no haya sido el clima, dijo el joven profesor. El clima de aquí me parece estupendo, contestó Amalfitano. No, si yo también pienso lo mismo, maestro, dijo el joven, lo decía porque los que vienen aquí por el clima es que están enfermos y yo espero sinceramente que usted no lo esté. No, dijo Amalfitano, no fue el clima, en Barcelona se me había terminado el contrato y la profesora Pérez me convenció para venir a trabajar aquí. A la profesora Silvia Pérez la había conocido en Buenos Aires y luego se habían visto en Barcelona en dos ocasiones. Fue ella quien se encargó de alquilar la casa y comprar algunos muebles que luego Amalfitano le abonó antes incluso de cobrar su primera mensualidad, para no suscitar ningún equívoco. La casa estaba en la colonia Lindavista, un barrio de clase media alta, con edificaciones de uno o dos pisos rodeadas de jardines. La acera, quebrada por las raíces de dos árboles enormes, era sombreada y agradable, aunque tras algunas verjas era posible ver casas en proceso de degradación, como si los vecinos hubieran huido apresuradamente, sin tiempo ni para vender sus propiedades, de lo que se deducía que no era difícil, contra lo que afirmaba la profesora Pérez, alquilar una casa en el barrio. El decano de la facultad de Filosofía y Letras, a quien la profesora Pérez le presentó al segundo día de su estancia en Santa Teresa, no le cayó bien. Se llamaba Augusto Guerra y tenía la piel blancuzca y brillante de un gordo, pero en realidad era flaco y nervudo. No parecía muy seguro de sí mismo, aunque lo intentaba disimular con una mezcla de campechanía ilustrada y aire marcial. Tampoco creía demasiado en la filosofía y por ende en la enseñanza de la filosofía, una disciplina en franco retroceso ante las maravillas actuales y futuras que la ciencia nos depara, le dijo, a lo que Amalfitano le respondió educadamente si pensaba lo mismo de la literatura. No, mire por dónde, la literatura sí que tiene futuro, la literatura y la historia, había dicho Augusto Guerra, fíjese si no en las biografías, antes casi no había ni oferta ni demanda de biografías y hoy todo el mundo no hace más que leer biografías. Ojo: he dicho biografías, no autobiografías. La gente tiene sed de conocer otras vidas, las vidas de sus contemporáneos famosos, los que han alcanzado el éxito y la fama o los que han estado a punto de alcanzarla, y también tiene sed por saber qué hicieron los antiguos chincuales, a ver si aprenden algo, aunque no estén dispuestos a sufrir la misma gimnasia. Amalfitano preguntó educadamente qué quería decir la palabra chincuales, que jamás hasta entonces había oído. ¿De verdad?, dijo Augusto Guerra. Se lo juro, dijo Amalfitano. Entonces el decano llamó a la profesora Pérez y le dijo: Silvita, ¿usted sabe el significado de la palabra chincuales? La profesora Pérez se cogió del brazo de Amalfitano, como si fueran novios, y honestamente confesó que no tenía ni la más remota idea, aunque la palabra, en sí, no le fuera del todo desconocida. Vaya pandilla de brutos, pensó Amalfitano. La palabra chincuales, dijo Augusto Guerra, tiene, como todas las palabras de *nuestra* lengua, muchas acepciones. En principio designa los puntitos rojos, ¿sabe?, que dejan en nuestra piel las picadas de las pulgas o de las chinches. Esas picadas causan escozor y la pobre gente que las padece no para de rascarse, como es lógico. De ahí viene una segunda acepción, la que designa a las personas inquietas, que se contorsionan y se rascan, que no dejan de moverse y ponen nerviosos a los involuntarios espectadores que los contemplan. Digamos, como la sarna europea, como los sarnosos que tanto abundan en Europa y que contraen esta enfermedad en los aseos públicos o en esas horrendas letrinas francesas, italianas y españolas. Y de esta acepción viene la última acepción, la acepción guerrista, como si dijéramos, que designa a los viajeros, a los aventureros del intelecto, a los que no se pueden estar quietos *mentalmente*. Ah, dijo Amalfitano. Magnífico, dijo la profesora Pérez. En aquella reunión improvisada en la oficina del decano, que Amalfitano consideró como de bienvenida, también estaban presentes tres profesores de la facultad y la secretaria de Guerra, quien descorchó una botella de champán californiano y distribuyó a cada uno vasos de cartón y galletitas saladas. Después apareció el hijo de Guerra, un tipo de unos veinticinco años, con gafas negras y vestido con traje deportivo, la piel muy bronceada, que se pasó todo el tiempo en una esquina hablando con la secretaria de su padre y mirando de vez en cuando a Amalfitano con expresión divertida.

La noche anterior a la excursión Amalfitano oyó por primera vez la voz. Tal vez antes la había escuchado, en la calle o dormido, y creyó que era parte de una conversación ajena o que tenía una pesadilla. Pero esa noche la oyó y no le cupo ninguna duda de que se dirigía a él. Al principio creyó que se había vuelto loco. La voz dijo: hola, Óscar Amalfitano, por favor no te asustes, no pasa nada malo. Amalfitano se asustó, se levantó, se dirigió a la carrera a la habitación de su hija. Rosa dormía plácidamente. Amalfitano encendió la luz y revisó la cerradura de la ventana. Rosa se despertó, le preguntó qué le pasaba. No qué pasaba sino qué le pasaba. Debo de tener una cara horrible, pensó Amalfitano. Se sentó en una silla y le dijo que estaba demasiado nervioso, que había creído oír ruidos, que estaba arrepentido de haberla traído a esta ciudad infecta. No te preocupes, no pasa nada, dijo Rosa. Amalfitano le dio un beso en la mejilla, le acarició el pelo y salió cerrando la puerta pero sin apagar la luz. Al cabo de un rato, mientras miraba por la ventana de la sala el jardín y la calle y las ramas quietas de los árboles, oyó que Rosa apagaba la luz. Salió, sin hacer ruido, por la parte trasera. Hubiera deseado tener una linterna, pero igual salió. No había nadie. En el tendedero estaba el *Testamento geométrico* y unos calcetines suyos y unos pantalones de su hija. Dio la vuelta por el jardín, en el porche no había nadie, se acercó a la verja y examinó la calle, sin salir, y sólo vio un perro que se dirigía tranquilamente rumbo a la avenida Madero, a la parada de autobuses. Un perro se dirige a la parada de autobuses, se dijo Amalfitano. Desde donde estaba creyó notar que no era un perro de raza sino un perro cualquiera. Un quiltro, pensó

Amalfitano. Por dentro, se rió. Esas palabras chilenas. Esas trizaduras en la psique. Esa pista de hockey sobre hielo del tamaño de la provincia de Atacama en donde los jugadores nunca veían a un jugador contrario y muy de vez en cuando a un jugador de su mismo equipo. Volvió a entrar en la casa. Cerró con llave, aseguró las ventanas, sacó de un cajón de la cocina un cuchillo de hoja corta y firme, que dejó junto a una historia de la filosofía alemana y francesa desde 1900 hasta 1930, y volvió a sentarse delante de la mesa. La voz dijo: no te creas que para mí es fácil. Si crees que para mí es fácil te equivocas al ciento por ciento. Más bien es difícil. Al noventa por ciento. Amalfitano cerró los ojos y pensó que se estaba volviendo loco. No tenía tranquilizantes en la casa. Se levantó. Fue a la cocina y se echó agua en la cara con las dos manos. Se secó con el trapo de cocina y con las mangas. Trató de recordar el nombre que tenía en psiquiatría el fenómeno auditivo que estaba experimentando. Volvió a su estudio y tras cerrar la puerta se sentó una vez más, con la cabeza gacha y las manos sobre la mesa. La voz dijo: te ruego que me disculpes. Te ruego que te tranquilices. Te ruego que no te tomes esto como una intromisión en tu libertad. ¿En mi libertad?, pensó Amalfitano sorprendido mientras de un salto llegaba hasta la ventana y la abría y contemplaba un lado de su jardín y el muro o la barda erizada de vidrios de la casa vecina, y los reflejos que la luz de las farolas extraían de los fragmentos de botellas rotas, reflejos muy tenues de colores verdes y marrones y anaranjados, como si la barda en aquellas horas de la noche dejara de ser una barda defensiva y se convirtiera o jugara a convertirse en una barda decorativa, elemento minúsculo de una coreografía que ni el aparente coreógrafo, el señor feudal de la casa vecina, era capaz de discernir ni siquiera en sus partes más elementales, aquellas que afectaban a la estabilidad, al color, a la disposición ofensiva o defensiva de su artefacto. O como si sobre la barda estuviera creciendo una enredadera, pensó Amalfitano antes de cerrar la ventana.

Aquella noche la voz no volvió a manifestarse y Amalfitano durmió muy mal, un sueño turbado por saltos y respingones, como si alguien le arañara los brazos y las piernas, con el cuerpo empapado en transpiración, aunque a las cinco de la mañana la angustia cesó y en el sueño apareció Lola que lo saludaba desde un parque de grandes rejas (él estaba al otro lado), y dos rostros de amigos a los que hacía años que no veía (y a quienes probablemente no volvería a ver jamás) y una habitación llena de libros de filosofía cubiertos de polvo, mas no por ello menos magníficos. A esa misma hora la policía de Santa Teresa encontró el cadáver de otra adolescente, semienterrada en un lote baldío de un arrabal de la ciudad, y un viento fuerte, que venía del oeste, se fue a estrellar contra la falda de las montañas del este, levantando polvo y hojas de periódico y cartones tirados en la calle a su paso por Santa Teresa y moviendo la ropa que Rosa había colgado en el jardín trasero, como si el viento, ese viento joven y enérgico y de tan corta vida, se probara las camisas y pantalones de Amalfitano y se metiera dentro de las bragas de su hija y leyera algunas páginas del *Testamento geométrico* a ver si por allí había algo que le fuera a ser de utilidad, algo que le explicara el paisaje tan curioso de calles y casas a través de las cuales estaba galopando o que lo explicara a él mismo como viento.

A las ocho de la mañana Amalfitano se arrastró a la cocina. Su hija le preguntó si había tenido una buena noche. Pregunta retórica a la que Amalfitano respondió encogiéndose de hombros. Cuando Rosa se marchó a comprar viandas para el día que pensaban pasar en el campo, se preparó una taza de té con leche y se fue a tomárselo a la sala. Después abrió las cortinas y se preguntó si estaba en condiciones de ir a la excursión propuesta por la profesora Pérez. Decidió que sí, que lo que le había pasado la noche anterior era tal vez la respuesta de su cuerpo al ataque de un virus autóctono o el inicio de una gripe. Antes de meterse en la ducha se tomó la temperatura. No tenía fiebre. Durante diez minutos se mantuvo debajo del chorro de agua, pensando en su actuación de la noche anterior, que le producía vergüenza e incluso conseguía ruborizarlo. De tanto en tanto levantaba la cabeza para que la ducha le diera directamente en la cara. El sabor del agua era diferente del sabor que tenía en Barcelona. Le parecía, en Santa Teresa, mucho más densa, como si no pasara por depuradora alguna, un agua cargada de minerales, con gusto a tierra. En los primeros días adquirió el hábito, que compartió con Rosa, de lavarse los dientes el doble de veces que lo hacía en Barcelona, pues tenía la impresión de que los dientes se ennegrecían como si una delgada película de materia surgida de los ríos subterráneos de Sonora le estuviera cubriendo los dientes. Con el paso del tiempo, sin embargo, había vuelto a cepillárselos tres o cuatro veces al día. Rosa, mucho más preocupada por su aspecto, siguió cepillándose seis o siete veces. En su clase vio algunos estudiantes con los dientes de color ocre. La profesora Pérez tenía los dientes blancos. Una vez se lo preguntó: si era cierto que el agua de esa parte de Sonora ennegrecía la dentadura. La profesora Pérez no lo sabía. Es la primera noticia que tengo al respecto, le dijo, y prometió averiguarlo. No tiene importancia, dijo Amalfitano alarmado, no tiene importancia, haz de cuenta que no te he preguntado nada. En la expresión del rostro de la profesora Pérez había detectado un asomo de inquietud, como si la pregunta escondiera otra pregunta, ésta altamente ofensiva o hiriente. Hay que cuidar las palabras, cantó Amalfitano bajo la ducha, sintiéndose totalmente repuesto, lo que sin duda era una prueba de su carácter a menudo irresponsable.

Rosa volvió con dos periódicos que dejó en la mesa y después se puso a hacer bocadillos de jamón o atún, con lechuga y tomates cortados en rodaja y mayonesa o salsa rosa. Los envolvió en papel de cocina y en papel de aluminio, y los metió todos en una bolsa de plástico que introdujo en el interior de una pequeña mochila de color marrón en donde se leía, en semicírculo, Universidad de Phoenix, y también puso dos botellas de agua y una docena de vasos de papel. A las nueve y media de la mañana oyeron el claxon de la profesora Pérez. El hijo de la profesora Pérez tenía dieciséis años y era bajo de estatura, con la cara cuadrada y los hombros anchos, como si practicara algún deporte. Tenía la cara y parte del cuello llenos de granos. La profesora Pérez iba vestida con bluejeans y camisa y pañuelo blancos. Unas gafas negras quizá demasiado grandes cubrían sus ojos. Desde lejos, pensó Amalfitano, parecía una actriz del cine mexicano de los años setenta. Cuando entró en el coche el espejismo se evaporó. La profesora Pérez conducía y él se sentó a su lado. Se dirigieron hacia el este. Los primeros kilómetros la carretera discurría por un pequeño valle pespunteado de rocas que parecían desprendidas del cielo. Trozos de granito sin origen ni continuidad. Había algunas plantaciones, parcelas en donde campesinos invisibles cultivaban frutos que ni la profesora Pérez ni Amalfitano supieron discernir. Después salieron al desierto y a las montañas. Allí estaban los padres de las rocas huérfanas que acababan de dejar atrás. Formaciones graníticas, volcánicas, cuyos picos se silueteaban en el cielo con forma y maneras de pájaros, pero pájaros de dolor, pensó Amalfitano, mientras la profesora Pérez hablaba a los muchachos del lugar hacia donde se dirigían pintándolo con colores que fluctuaban desde la diversión (una piscina excavada en la roca viva) hasta el misterio, que ella cifraba en las voces que se escuchaban desde el mirador y que, evidentemente, era el viento quien las producía. Cuando Amalfitano giró la cabeza para observar la expresión de su hija y del hijo de la profesora Pérez vio cuatro coches que se mantenían a la zaga esperando la oportunidad de adelantarlos. En el interior de esos coches imaginó a familias felices, una madre, una maleta de picnic llena de viandas, dos hijos y un padre que manejaba con la ventanilla del coche bajada. Sonrió a su hija y volvió a mirar hacia la carretera. Media hora después subieron una cuesta desde donde pudo contemplar una amplia extensión de desierto a sus espaldas. Vio más coches. Imaginó que el parador o merendero o restaurante u hotel de citas hacia donde se dirigían era un sitio de moda para los habitantes de Santa Teresa. Se arrepintió de haber aceptado la invitación. En algún momento se quedó dormido. Despertó cuando ya habían llegado. La mano de la profesora Pérez en su cara, un gesto que podía ser una caricia u otra cosa. Parecía la mano de una ciega. Rosa y Rafael ya no estaban en el interior del coche. Vio un párking casi lleno, el sol reverberando sobre las superficies cromadas, un patio descubierto situado en un plano ligeramente superior, una pareja abrazada de los hombros contemplando algo que él no podía ver, el cielo cegador lleno de pequeñas nubes bajas, una música lejana y una voz que cantaba o susurraba a gran velocidad, haciendo ininteligible la letra de la canción. A pocos centímetros de él vio el rostro de la profesora Pérez. Cogió su mano y se la besó. Tenía la camisa mojada en transpiración, pero lo que más le sorprendió fue que la profesora también transpiraba.

El día, pese a todo, fue agradable. Rosa y Rafael se bañaron en la piscina y luego se unieron a la mesa desde donde ellos los contemplaban. Después compraron refrescos y salieron a pasear por los alrededores del local. En algunos sitios la montaña caía a pico, en el fondo o en las paredes del risco se veían grandes heridas por las que asomaban piedras de otros colores o que el sol, al huir por el oeste, hacía parecer de otros colores, lutitas y andesitas enmanilladas por formaciones de piedra arenisca, farellones verticales de tobas y grandes bandejas de piedra basáltica. De tanto en tanto, colgando de la montaña aparecía algún cacto de Sonora. Y más allá había más montañas y luego valles diminutos y más montañas, hasta arribar a una zona que quedaba velada por el vaho, por la bruma, como un cementerio de nubes, detrás de las cuales estaban Chihuahua y Nuevo México y Texas. Contemplando ese panorama, sentados sobre unas piedras, comieron en silencio. Rosa y Rafael sólo se hablaron para intercambiar sus respectivos sándwiches. La profesora Pérez parecía sumida en sus propios pensamientos. Y Amalfitano se sentía cansado y abrumado por el paisaje, un paisaje que le parecía apto sólo para jóvenes o para viejos imbéciles o viejos insensibles o viejos malvados dispuestos a infligir e infligirse una tarea imposible hasta el último aliento.

Aquella noche Amalfitano se quedó despierto hasta muy tarde. Lo primero que hizo al llegar a casa fue ir al jardín trasero a comprobar si seguía allí el libro de Dieste. Durante el viaje de regreso la profesora Pérez había tratado de ser simpática y de iniciar un diálogo que los involucrara a los cuatro, pero su hijo se durmió nada más iniciar el descenso y poco después Rosa, con la cara apoyada en la ventana, hizo lo mismo. Amalfitano no tardó en seguir el ejemplo de su hija. Soñó con la voz de una mujer que no era la voz de la profesora Pérez sino la de una francesa, que le hablaba de signos y de números y de algo que Amalfitano no entendía y que la voz de su sueño llamaba «historia descompuesta» o «historia desarmada y vuelta a armar», aunque evidentemente la historia vuelta a armar se convertía en otra cosa, en un comentario al margen, en una nota sesuda, en una carcajada que tardaba en apagarse y saltaba de una roca andesita a una riolita y luego a una toba, y de ese conjunto de rocas prehistóricas surgía una especie de azogue, el espejo americano, decía la voz, el triste espejo americano de la riqueza y la pobreza y de las continuas metamorfosis inútiles, el espejo que navega y cuyas velas son el dolor. Y luego Amalfitano cambió de sueño y ya no oyó ninguna voz, lo que probablemente indicaba que dormía profundamente, y soñó que se acercaba a una mujer, a una mujer constituida sólo por un par de piernas al final de un pasillo oscuro, y luego oyó que alguien se reía de sus ronquidos, el hijo de la profesora Pérez, y pensó: mejor. Cuando entraban a Santa Teresa por la carretera del este, un camino a esa hora repleto de camiones destartalados y camionetas de bajo cilindraje que volvían del mercado de la ciudad o de algunas ciudades de Arizona, se despertó. No sólo había dormido con la boca abierta sino que tenía el cuello de la camisa lleno de babas. Mejor, pensó, mucho mejor. Al mirar, con expresión satisfecha, a la profesora Pérez, notó en ésta un leve dejo de tristeza. Fuera del alcance de la vista de sus respectivos hijos, la profesora acarició levemente la pierna de Amalfitano mientras éste giraba la cabeza y contemplaba un puesto de tacos callejeros en donde una pareja de policías bebía cervezas y hablaban y contemplaban, con sus pistolas colgando de sus caderas, el crepúsculo rojo y negro, como una marmita de chile espeso cuyos últimos hervores se apagaban por el oeste. Cuando llegaron a casa ya no había luz pero la sombra del libro de Dieste que colgaba del tendedero era más clara, más fija, más razonable, pensó Amalfitano, que todo lo que había visto en el extrarradio de Santa Teresa y en la misma ciudad, imágenes sin asidero, imágenes que contenían en sí toda la orfandad del mundo, fragmentos, fragmentos.

Esa noche esperó con miedo a la voz. Trató de preparar una clase pero pronto se dio cuenta de que era tarea inútil preparar algo que sabía hasta la saciedad. Pensó que si dibujaba sobre la hoja de papel en blanco que tenía ante sí otra vez aparecerían aquellas figuras geométricas primarias. Así que dibujó un rostro que luego borró y luego se ensimismó en el recuerdo de aquel rostro despedazado. Recordó (pero como de pasada, como se recuerda un rayo) a Raimundo Lulio y su máquina prodigiosa. Prodigiosa por inútil. Cuando volvió a mirar el papel en blanco había escrito, en tres hileras verticales, los siguientes nombres:

Pico della Mirandola	Hobbes	Boecio
Husserl	Locke	Alejandro de Hales
Eugen Fink	Erich Becher	Marx
Merleau-Ponty	Wittgenstein	Lichtenberg
Beda el Venerable	Lulio	Sade
San Buenaventura	Hegel	Condorcet
Juan Filópono	Pascal	Fourier
San Agustín	Canetti	Lacan
Schopenhauer	Freud	Lessing

Durante un rato, Amalfitano leyó y releyó los nombres, en horizontal y vertical, desde el centro hacia los lados, desde abajo hacia arriba, saltados y al azar, y luego se rió y pensó que todo aquello era un truismo, es decir una proposición demasiado evidente y por lo tanto inútil de ser formulada. Luego se tomó un vaso de agua de la llave, agua de las montañas de Sonora, y mientras esperaba que el agua bajara por su garganta dejó de temblar, un temblor imperceptible que sólo él era capaz de sentir, y se puso a pensar en los acuíferos de la Sierra Madre que corrían en medio de una noche interminable hacia la ciudad, y también pensó en los acuíferos que subían desde sus escondites más cercanos a Santa Teresa, y en el agua que teñía los dientes con una suave película ocre. Y cuando se hubo tomado el vaso de agua miró por la ventana y vio la sombra alargada, sombra de ataúd, que el libro colgante de Dieste proyectaba sobre el patio.

Pero la voz volvió y esta vez le dijo, le suplicó, que se comportara como un hombre y no como un maricón. ¿Maricón?, dijo Amalfitano. Sí, maricón, marica, puto, dijo la voz. Ho-mo-se-xual, dijo la voz. Acto seguido le preguntó si por casualidad él era uno de ésos. ¿De cuáles?, dijo Amalfitano, aterrado. Un ho-mo-se-xual, dijo la voz. Y antes de que Amalfitano respondiera se apresuró a aclarar que hablaba en sentido figurado, que nada tenía contra los maricones o putos, más bien al contrario, por algunos poetas que habían profesado esa inclinación erótica sentía una admiración sin límites, para no hablar de algunos pintores o de algunos funcionarios. ¿De algunos funcionarios?, dijo Amalfitano. Sí, sí, sí, dijo la voz, funcionarios muy jóvenes y que vivieron poco tiempo. Gente que maculó papeles oficiales con lágrimas inconscientes. Muertos por su propia mano. Luego la voz se quedó en silencio y Amalfitano se quedó sentado en su estudio. Mucho más tarde, un cuarto de hora tal vez o tal vez a la noche siguiente, la voz dijo: supongamos que soy tu abuelo, el padre de tu padre, y supongamos que como tal puedo hacerte una pregunta de carácter personal. Tú puedes responderme, si quieres, o no hacerlo, pero yo puedo hacerte la pregunta. ¿Mi abuelo?, dijo Amalfitano. Sí, tu abuelito, el nono, dijo la voz. Y la pregunta es: ¿eres un puto, vas a salir huyendo de esta habitación, eres un ho-mo-se-xual, vas a ir a despertar a tu hija? No, dijo Amalfitano. Escucho. Di lo que tengas que decirme.

Y la voz dijo: ¿lo eres?, ¿lo eres?, y Amalfitano dijo no y además negó con la cabeza. No voy a salir corriendo. No será mi espalda ni la suela de mis zapatos lo último que de mí veas, si es que ves. Y la voz dijo: ver, ver, lo que se dice ver, pues francamente no. O no mucho. Ya bastante chamba tengo con mantenerme aquí. ¿Dónde?, dijo Amalfitano. En tu casa, supongo, dijo la voz. Ésta es mi casa, dijo Amalfitano. Sí, lo comprendo, dijo la voz, pero procuremos relajarnos. Estoy relajado, dijo Amalfitano, estoy en mi casa. Y pensó: ¿por qué me recomienda relajarme? Y la voz dijo: yo creo que hoy empieza una larga y espero que satisfactoria relación. Pero para eso es menester mantenerse en calma, sólo la calma es incapaz de traicionarnos. Y Amalfitano dijo: ¿todo lo demás nos traiciona? Y la voz: sí, en efecto, sí, es duro admitirlo, quiero decir es duro tener que admitirlo ante ti, pero ésa es la puritita verdad. ¿La ética nos traiciona? ¿El sentido del deber nos traiciona? ¿La honestidad nos traiciona? ¿La curiosidad nos traiciona? ¿El amor nos traiciona? ¿El valor nos traiciona? ¿El arte nos traiciona? Pues sí, dijo la voz, todo, todo nos traiciona, o te traiciona a ti, que es otra cosa pero que para el caso es lo mismo, menos la calma, sólo la calma no nos traiciona, lo que tampoco, permíteme que te lo reconozca, es ninguna garantía. No, dijo Amalfitano, el valor no nos traiciona jamás. Y el amor a los hijos tampoco. ¿Ah, no?, dijo la voz. No, dijo Amalfitano, sintiéndose de pronto en calma.

Y luego, en susurros, como todo lo que hasta entonces había dicho, preguntó si calma era, en este caso, antónimo de locura. Y la voz le dijo: no, de ninguna manera, si lo que tienes es miedo a volverte loco, despreocúpate, no te estás volviendo loco, sólo estás manteniendo una plática informal. Así que no me estoy volviendo loco, dijo Amalfitano. No, en absoluto, dijo la voz. Así que tú eres mi abuelo, dijo Amalfitano. El tata, dijo la voz. Así que todo nos traiciona, incluida la curiosidad y la honestidad y lo que bien amamos. Sí, dijo la voz, pero consuélate, en el fondo es divertido.

No hay amistad, dijo la voz, no hay amor, no hay épica, no hay poesía lírica que no sea un gorgoteo o un gorjeo de egoístas, trino de tramposos, borbollón de traidores, burbujeo de arribistas, gorgorito de maricones. ¿Pero tú qué tienes, susurró Amalfitano, contra los homosexuales? Nada, dijo la voz. Hablo en sentido figurado, dijo la voz. ¿Estamos en Santa Teresa?, dijo la voz. ¿Es esta ciudad parte, y no poco destacable, del estado de Sonora? Sí, dijo Amalfitano. Pues ahí tienes, dijo la voz. Una cosa es ser arribista, digo, por poner un ejemplo, dijo Amalfitano mesándose los cabellos como en cámara lenta, y otra muy distinta ser maricón. Hablo en sentido figurado, dijo la voz. Hablo para que tú me entiendas. Hablo como si yo estuviera, y tú estuvieras detrás de mí, en el taller de un pintor ho-mo-se-xual. Hablo desde un taller en donde el caos es sólo una máscara o una leve fetidez de anestesia. Hablo desde un taller con las luces apagadas en donde el nervio de la voluntad se desprende del resto del cuerpo como la lengua serpiente se desprende del cuerpo y repta, automutilada, por entre la basura. Hablo desde las cosas sencillas de la vida. ¿Tú enseñas filosofía?, dijo la voz. ¿Tú enseñas a Wittgenstein?, dijo la voz. ¿Y te has preguntado si tu mano es una mano?, dijo la voz. Me lo he preguntado, dijo Amalfitano. Pero ahora tienes cosas más importantes que preguntarte, ¿me equivoco?, dijo la voz. No, dijo Amalfitano. Por ejemplo, ¿por qué no acercarte a un vivero y comprar semillas y plantas y puede que hasta un pequeño arbolito para plantar en medio de tu jardín trasero?, dijo la voz. Sí, dijo Amalfitano. He pensado en mi posible y factible jardín y en las plantas que necesito comprar y en las herramientas para llevarlo a cabo. Y también has pensado en tu hija, dijo la voz, y en los asesinatos que se cometen a diario en esta ciudad, y en las mariconas nubes de Baudelaire (perdón), pero no has pensado seriamente si tu mano realmente es una mano. No es cierto, dijo Amalfitano, lo he pensado, lo he pensado. Si lo hubieras pensado, dijo la voz, otro pájaro te cantaría. Y Amalfitano se quedó en silencio y sintió que el silencio era una suerte de eugenesia. Miró la hora en su reloj. Eran las cuatro de la mañana. Oyó que alguien ponía en marcha el motor de un coche. El coche tardaba en arrancar. Se levantó y se asomó a la ventana. Los coches estacionados enfrente de su casa estaban vacíos. Miró hacia atrás y luego puso la mano en el pomo de la cerradura. La voz dijo: cuidado, pero lo dijo como si se encontrara muy lejos, en el fondo de un barranco en donde asomaban trozos de piedras volcánicas, riolitas, andesitas, vetas de plata y vetas de oro, charcos petrificados cubiertos de minúsculos huevecillos, mientras en el cielo morado como la piel de una india muerta a palos sobrevolaban ratoneros de cola roja. Amalfitano salió al porche. A la izquierda, a unos diez metros de su casa, un coche negro encendió los faros y se puso en marcha. Al pasar delante del jardín el chofer se inclinó y contempló a Amalfitano sin detenerse. Era un tipo gordo y de pelo muy negro, vestido con un traje barato y sin corbata. Cuando desapareció, Amalfitano volvió a la casa. Mala pinta, dijo la voz, no bien franqueó la puerta de entrada. Y después: tienes que tener cuidado, camarada, me parece que aquí las cosas están al rojo vivo.

¿Y tú quién eres y cómo has llegado aquí?, dijo Amalfitano. No tiene sentido explicarte eso, dijo la voz. ¿No tiene sentido?, dijo Amalfitano riéndose en susurros, como una mosca. No tiene sentido, dijo la voz. ¿Te puedo hacer una pregunta?, dijo Amalfitano. Hazla, dijo la voz. ¿De verdad eres el fantasma de mi abuelo? Mira con lo que me sales, dijo la voz. Por supuesto que no, soy el espíritu de tu padre. El de tu abuelo te ha olvidado. Pero yo soy tu padre y no te olvidaré jamás. ¿Lo entiendes? Sí, dijo Amalfitano. ¿Entiendes que de mí no tienes nada que temer? Sí, dijo Amalfitano. Ponte a hacer algo útil y luego revisa que todas las puertas y ventanas estén perfectamente cerradas y vete a dormir. ¿Algo útil como qué?, dijo Amalfitano. Por ejemplo, lava los platos, dijo la voz. Y Amalfitano encendió un cigarrillo y se puso a hacer lo que la voz le había sugerido. Tú lavas y yo hablo, dijo la voz. Todo está en calma, dijo la voz. No hay beligerancia entre tú y yo, el dolor de cabeza, si lo tienes, el zumbido de los oídos, el pulso acelerado, la taquicardia, pronto se irán, dijo la voz. Te calmarás, pensarás y te calmarás, dijo la voz, mientras haces algo de utilidad para tu hija y para ti. Comprendido, susurró Amalfitano. Bien, dijo la voz, esto es como una endoscopia, pero indolora. Entendido, susurró Amalfitano. Y lavó los platos y la olla con restos de pasta y salsa de tomate y los tenedores y los vasos y la cocina y la mesa donde habían comido, fumando un cigarrillo tras otro y también bebiendo de vez en cuando sorbitos de agua directamente de la llave. Y a las cinco de la mañana sacó la ropa sucia del cesto de ropa sucia del baño y luego salió al jardín trasero y metió la ropa en la lavadora y marcó el programa de lavado normal y miró el libro de Dieste que colgaba inmóvil y luego volvió a la sala y sus ojos buscaron como los ojos de un adicto algo más que limpiar u ordenar o lavar, pero no encontró nada y se quedó sentado, susurrando sí o no o no me acuerdo o puede ser. Todo está muy bien, decía la voz. Todo es cuestión de que te vayas acostumbrando. Sin gritar. Sin ponerte a sudar y a dar saltos.

Pasadas las seis de la mañana Amalfitano se tiró en la cama sin desvestirse y se quedó dormido como un niño. A las nueve Rosa lo despertó. Hacía tiempo que Amalfitano no se sentía tan bien, aunque las clases que dio resultaron del todo ininteligibles para sus alumnos. A la una comió en el restaurante de la facultad y ocupó una de las mesas más apartadas y difíciles de localizar. No quería ver a la profesora Pérez, y tampoco quería encontrarse con los otros colegas y menos aún con el decano, que, según su costumbre, solía comer allí todos los días rodeado por profesores y unos pocos alumnos que lo adulaban sin parar. Pidió en la barra, casi subrepticiamente, pollo hervido y ensalada y se dirigió a toda velocidad a su mesa esquivando a los jóvenes que a esa hora llenaban el restaurante. Después se dedicó a comer y a seguir pensando en lo que había sucedido la noche anterior. Notó, con pasmo, que se sentía entusiasmado con los eventos que acababa de vivir. Me siento como un ruiseñor, pensó con alegría. Era una frase simple y gastada y ridícula, pero era la única frase que podía resumir su actual estado de ánimo. Procuró calmarse. Las risas de los jóvenes, sus gritos llamándose, el ruido de platos, no contribuían a hacer de aquél el lugar más idóneo para reflexionar. Sin embargo, al cabo de pocos segundos, se dio cuenta de que no existía un lugar mejor. Igual sí, pero mejor no. Así que bebió un largo trago de agua embotellada (que no sabía igual que el agua de la llave, aunque tampoco sabía muy diferente) y se puso a pensar. Primero pensó en la locura. En la posibilidad, alta, de que se estuviera volviendo loco. Se sorprendió al darse cuenta de que tal pensamiento (y tal posibilidad) no menguaba en nada su entusiasmo. Ni su alegría. Mi entusiasmo y mi alegría han crecido bajo las alas de una tormenta, se dijo. Puede que me esté volviendo loco, pero me siento bien, se dijo. Contempló la posibilidad, alta, de que la locura, en caso de padecerla, empeorara, y entonces su entusiasmo se convirtiera en dolor e impotencia y, sobre todo, en causa de dolor e impotencia para su hija. Como si tuviera rayos X en los ojos revisó sus ahorros y calculó que con lo que tenía guardado Rosa podía volver a Barcelona y aún le quedaría dinero para empezar. ¿Para empezar qué?, eso prefirió no responderlo. Se imaginó a sí mismo encerrado en un manicomio en Santa Teresa o en Hermosillo, con la profesora Pérez como única visita ocasional, y recibiendo de vez en cuando cartas de Rosa desde Barcelona, en donde trabajaría y terminaría sus estudios, en donde conocería a un chico catalán, responsable y cariñoso, que se enamoraría de ella y la respetaría y cuidaría y sería amable con ella y con el que Rosa terminaría viviendo y yendo al cine por las noches y viajando a Italia o a Grecia en julio o agosto, y la situación no le pareció tan mala. Después examinó otras posibilidades. Por supuesto, se dijo, él no creía en fantasmas ni en espíritus, aunque durante su infancia en el sur de Chile la gente hablaba de la mechona que esperaba a los jinetes subida a la rama de un árbol, desde donde se dejaba caer al anca de los caballos, abrazando por la espalda al huaso o al vaquero o al contrabandista, sin soltarse, como una amante cuyo abrazo enloquecía tanto al jinete como al caballo, los cuales se morían del susto o terminaban en el fondo de un barranco, o el colocolo, o los chonchones, o las candelillas, o tantos otros duendecillos, almas en pena, íncubos y súcubos, demonios menores que moraban entre la cordillera de la Costa y la cordillera de Los Andes, pero en los que él no creía, no precisamente por su formación filosófica (Schopenhauer, sin ir más lejos, creía en fantasmas, y a Nietzsche seguramente se le apareció uno que lo enloqueció) sino por su formación materialista. Así que descartó, al menos hasta agotar otras líneas, la posibilidad de los fantasmas. La voz podía ser un fantasma, sobre eso él no ponía las manos en el fuego, pero intentó buscar otra explicación. Tras mucho reflexionar, sin embargo, lo único que se sostenía era la eventualidad del alma en pena. Pensó en la vidente de Hermosillo, madame Cristina, la Santa. Pensó en su padre. Decidió que su padre jamás, por más espíritu errante en que se hubiera convertido, utilizaría las palabras mexicanas que había utilizado la voz, si bien, por otra parte, el leve dejo de homofobia podía perfectamente aplicársele. Con felicidad difícil de disimular, se preguntó en qué embrollo se había metido. Por la tarde dio otro par de clases y luego volvió caminando a casa. Al pasar por la plaza principal de Santa Teresa vio a un grupo de mujeres manifestándose delante de la municipalidad. En una de las pancartas leyó: No a la impunidad. En otra: Basta de corrupción. Desde los arcos de adobe del edificio colonial un grupo de policías vigilaba a las mujeres. No eran fuerzas antidisturbios sino simples policías uniformados de Santa Teresa. Cuando se alejaba oyó que alguien lo llamaba por su nombre. Al volverse vio en la acera de enfrente a la profesora Pérez y a su hija. Las invitó a tomar un refresco. En la cafetería le explicaron que la manifestación era para pedir transparencia en las investigaciones sobre las desapariciones y asesinatos de mujeres. La profesora Pérez le dijo que en su casa tenía alojadas a tres feministas del DF y que esa noche pensaba dar una cena. Me gustaría que asistieran, dijo. Rosa dijo que ella iría. Amalfitano expresó que por su parte no había inconveniente. Después su hija y la profesora Pérez volvieron a la manifestación y Amalfitano reemprendió el camino.

Pero antes de llegar a su casa alguien volvió a llamarlo por su nombre. Maestro Amalfitano, oyó que decían. Se dio la vuelta y no vio a nadie. Ya no estaba en el centro, caminaba por la avenida Madero y las casas de cuatro pisos habían dejado lugar a chalets que imitaban un tipo de vivienda familiar californiana de los años cincuenta, casas que el tiempo había empezado a destrozar hacía mucho, cuando sus ocupantes se mudaron a la colonia en la que ahora vivía Amalfitano. Algunas casas se habían convertido en garajes donde también se vendían helados y otras ahora se dedicaban, sin haber introducido ninguna reforma arquitectónica, al rubro del pan o a la venta de ropa. Muchas de ellas exhibían carteles donde se anunciaban médicos, abogados especializados en divorcios o criminalistas. Otras ofertaban habitaciones por día. Algunas habían sido divididas sin mucha maña en dos o tres casas independientes, que se dedicaban a la venta de periódicos y revistas, frutas y verduras, o prometían al transeúnte dentaduras postizas a buen precio. Cuando Amalfitano iba a seguir su camino volvieron a llamarlo. Entonces lo vio. La voz salía del interior de un coche estacionado junto a la acera. Al principio no reconoció al joven que lo llamaba. Pensó que era un alumno suyo. Llevaba gafas negras y camisa negra con los botones desabrochados hasta el pecho. Tenía la piel muy bronceada, como si fuera un cantante melódico o un playboy puertorriqueño. Súbase, maestro, le doy un aventón hasta su casa. Amalfitano estaba a punto de decirle que prefería caminar cuando el muchacho se identificó. Soy el hijo del maestro Guerra, dijo mientras se bajaba del coche por la parte por donde pasaba el tránsito que a esa hora atronaba la avenida, sin mirar a ningún lado, con un desprecio por el peligro que a Amalfitano le pareció de una temeridad extrema. Después de dar la vuelta, el joven se le acercó y le tendió la mano. Soy Marco Antonio Guerra, dijo, y le recordó la ocasión en que habían brindado con champán en la oficina de su padre por su incorporación a la facultad. De mí no tiene nada que temer, maestro, dijo, y a Amalfitano no dejó de sorprenderle esta declaración. El joven Guerra se detuvo frente a él. Sonreía igual que entonces. Una sonrisa burlona y confiada, como la sonrisa de un francotirador acaso demasiado seguro de sí mismo. Vestía bluejeans y botas tejanas. En el interior del coche, en el asiento posterior, había una chaqueta de marca de color gris perla y una carpeta con documentos. Pasaba por aquí, dijo Marco Antonio Guerra. El coche enfiló hacia la colonia Lindavista pero antes de llegar el hijo del decano sugirió ir a beber algo. Amalfitano rechazó educadamente la invitación. Pues entonces invíteme a beber algo en su casa, dijo Marco Antonio Guerra. No tengo nada que ofrecerle, se disculpó Amalfitano. No se hable más, dijo Marco Antonio Guerra, y cogió el primer desvío. Pronto el paisaje urbano experimentó un cambio. Hacia el oeste de la colonia Lindavista las casas eran nuevas, rodeadas en algunos sitios por grandes descampados, y algunas calles ni siquiera estaban asfaltadas. Dicen que estas colonias son el futuro de la ciudad, dijo Marco Antonio Guerra, pero yo creo más bien que esta pinche ciudad no tiene futuro. El coche entró directamente en un campo de fútbol, al otro lado del cual se veía un par de enormes galpones o almacenes rodeados por una alambrada. Detrás de estas instalaciones corría un canal o riachuelo que arrastraba la basura de las colonias que estaban al norte. Cerca de otro descampado vieron la vieja vía del ferrocarril que antiguamente conectaba Santa Teresa con Ures y Hermosillo. Unos cuantos perros se acercaron tímidamente. Marco Antonio bajó la ventanilla y dejó que le olfatearan y lamieran una mano. A la izquierda estaba la carretera a Ures. El coche empezó a salir de Santa Teresa. Amalfitano preguntó hacia dónde iban. El hijo de Guerra contestó que hacia uno de los pocos lugares de la zona en donde aún se podía beber auténtico mezcal mexicano.

El lugar se llamaba Los Zancudos y era un rectángulo de treinta metros de largo por unos diez de ancho, con una pequeña tarima en el fondo en donde los viernes y sábados actuaban grupos que tocaban corridos o canciones rancheras. La barra no medía menos de quince metros. Los lavabos estaban afuera, y uno podía entrar en ellos directamente por el patio o a través de un estrecho pasillo de láminas de zinc que los conectaba con el local. No había mucha gente. Los camareros, a quienes Marco Antonio Guerra conocía por su nombre, los saludaron pero ninguno se acercó a atenderlos. Sólo unas pocas luces estaban encendidas. Le recomiendo que pida mezcal Los Suicidas, dijo Marco Antonio. Amalfitano sonrió amablemente y dijo que sí, pero sólo una copita. Marco Antonio levantó una mano y chasqueó los dedos. Estos cabrones deben de estar sordos, dijo. Se levantó y se acercó a la barra. Al cabo de un rato regresó con dos vasos y una botella de mezcal llena hasta la mitad. Pruébelo, dijo. Amalfitano dio un sorbo y le pareció bueno. En el fondo de la botella tendría que haber un gusano, dijo, pero estos muertos de hambre seguro que se lo comieron. Parecía un chiste y Amalfitano se rió. Pero le certifico que es mezcal Los Suicidas auténtico, puede bebérselo con confianza, dijo Marco Antonio. Al segundo trago Amalfitano pensó que, en efecto, se trataba de una bebida extraordinaria. Ya no se fabrica, dijo Marco Antonio, como tantas cosas en este pinche país. Y al cabo de un rato, mirando fijamente a Amalfitano, dijo: nos vamos al carajo, supongo que usted se ha dado cuenta, ¿no, maestro? Amalfitano respondió que la situación no era como para echar las campanas al vuelo, sin especificar a qué se refería ni entrar en detalles. Esto se deshace entre las manos, dijo Marco Antonio Guerra. Los políticos no saben gobernar. La clase media sólo piensa en irse a los Estados Unidos. Y cada vez llega más gente a trabajar en las maquiladoras. ¿Sabe lo que yo haría? No, dijo Amalfitano. Pues quemar unas cuantas. ¿Unas cuantas qué?, dijo Amalfitano. Unas cuantas maquiladoras. Ah, vaya, dijo Amalfitano. También sacaría el ejército a la calle, bueno, a la calle no, a las carreteras, para impedir que siguieran llegando más muertos de hambre. ¿Controles en las carreteras?, dijo Amalfitano. Pues sí, es la única solución que veo. Probablemente hay otras, dijo Amalfitano. La gente ha perdido todo el respeto, dijo Marco Antonio Guerra. El respeto por los demás y el respeto por ellos mismos. Amalfitano miró hacia la barra. Tres camareros cuchicheaban mirando de reojo hacia su mesa. Creo que lo mejor es que nos marchemos, dijo Amalfitano. Marco Antonio Guerra se fijó en los camareros y les hizo un gesto obsceno con la mano y después se rió. Amalfitano lo cogió por un brazo y lo arrastró hasta el aparcamiento. Ya era de noche y un enorme letrero luminoso con un zancudo de patas largas brillaba sobre una armazón de hierro. Me parece que esta gente tiene algo contra usted, dijo Amalfitano. No se preocupe, maestro, dijo Marco Antonio Guerra, voy armado.

Cuando llegó a su casa Amalfitano olvidó de inmediato al joven Guerra y pensó que tal vez no estaba tan loco como creía ni tampoco la voz era un alma en pena. Pensó en la telepatía. Pensó en los mapuches o araucanos telépatas. Recordó un libro muy delgado, que no llegaba a las cien páginas, de un tal Lonko Kilapán, publicado en Santiago de Chile en el año de 1978, que un viejo amigo, humorista de ley, le había enviado cuando él vivía en Europa. El tal Kilapán se presentaba a sí mismo con las siguientes credenciales: Historiador de la Raza, Presidente de la Confederación Indígena de Chile y Secretario de la Academia de la Lengua Araucana. El libro se llamaba *O'Higgins es araucano*, y se subtitulaba *17 pruebas, tomadas de la Historia Secreta de la Araucanía.* Entre el título y el subtítulo estaba la siguiente frase: Texto aprobado por el Consejo Araucano de la Historia. Después venía el prólogo, que decía así: «*Prólogo.* Si quisiéramos encontrar en los héroes de la Independencia de Chile pruebas de parentesco con los araucanos, sería difícil encontrarlas y más difícil probarlas. Porque en los hermanos Carrera, Mackenna, Freire, Manuel Rodríguez y otros, sólo aflora la ascendencia ibérica. Mas donde el parentesco araucano surge espontáneo y brilla, con luz meridiana, es en Bernardo O'Higgins y para probarlo existen 17 pruebas. Bernardo no es el hijo ilegítimo que describen con lástima algunos historiadores, mientras otros no logran disimular su complacencia. Es el gallardo hijo legítimo del Gobernador de Chile y Virrey del Perú, Ambrosio O'Higgins, irlandés, y de una mujer araucana, perteneciente a una de las principales tribus de la Araucanía. El matrimonio fue consagrado por la ley del Admapu, con el tradicional Gapitun (ceremonia del rapto). La biografía del Libertador rasga el milenario secreto araucano, justo en el Bicentenario de su Natalicio; salta del Litrang* al papel, con la fidelidad con que sólo un epeutufe sabe hacerlo.» Y ahí se acababa el prólogo, firmado por José R. Pichiñual, Cacique de Puerto Saavedra.

Curioso, pensó Amalfitano, con el libro entre las manos. Curioso, curiosísimo. Por ejemplo, el único asterisco. Litrang: pizarra de piedra laja en que los araucanos grababan su escritura. ¿Pero por qué poner un asterisco junto a la palabra litrang y no hacerlo junto a las palabras admapu o epeutufe? ¿El cacique de Puerto Saavedra daba por sentado que éstas eran de sobra conocidas? Y luego la frase sobre la bastardía o no de O'Higgins: no es el hijo ilegítimo que describen con *lástima* algunos historiadores, mientras otros no logran disimular su *complacencia.* Ahí está la historia cotidiana de Chile, la historia particular, la historia puertas adentro. Describir con lástima al padre de la patria por su bastardía. O escribir sobre este punto sin lograr disimular cierta complacencia. Qué frases más significativas, pensó Amalfitano, y recordó la primera vez que leyó el libro de Kilapán, muriéndose de la risa, y la manera en que lo leía ahora, con algo parecido a la risa pero también con algo parecido a la pena. Ambrosio O'Higgins como irlandés sin duda era un buen chiste. Ambrosio O'Higgins casándose con una araucana, pero bajo la legislación del admapu y encima rematándolo con *el tradicional gapitun* o ceremonia del rapto, le parecía una broma macabra que sólo remitía a un abuso, a una violación, a una burla extra usada por el gordezuelo Ambrosio para cogerse tranquilo a la india. No puedo pensar en nada sin que la palabra violación asome sus ojitos de mamífero indefenso, pensó Amalfitano. Después se quedó dormido en el sillón, con el libro entre las manos. Tal vez soñó algo. Algo breve. Tal vez soñó con su infancia. Tal vez no.

Después se despertó y cocinó algo para su hija y para él, se encerró en su estudio y se sintió terriblemente cansado, incapaz de preparar una clase o de leer algo serio, así que volvió con resignación al libro de Kilapán. 17 pruebas. La prueba número 1 se titulaba *Nació en el estado araucano*. Allí se podía leer lo siguiente: «El Yekmonchi[1] llamado Chile,[2] geográfica y políticamente era igual al Estado griego, y como él, formando un delta, entre los paralelos 35 al 42, latitud respectiva.» Sin parar mientes en la construcción de la frase (donde decía formando debía decir formaba, sobraban por lo menos dos comas), lo más interesante del primer párrafo era su, digamos, disposición militar. Ya de entrada un recto al mentón o una descarga de toda la artillería sobre el centro de la línea enemiga. La nota 1 aclaraba que Yekmonchi significaba Estado. La nota 2 afirmaba que Chile era una palabra griega cuya traducción era «tribu lejana». Después venían las precisiones geográficas sobre el Yekmonchi de Chile: «Se extendía desde el río Maullis hasta Chiligüe, más el occidente argentino. La Ciudad Madre rectora, o sea, el Chile, propiamente tal, se encontraba entre los ríos Butaleufu y el Toltén; como el estado griego estaba rodeado de pueblos aliados y consanguíneos, los que obedecían a los Küga Chiliches (es decir a la tribu –Küga– chilena –Chiliches: gente de Chile. Che: gente–, como minuciosamente se encargaba de recordar Kilapán), que les enseñaban las ciencias, las artes, los deportes y sobre todo la ciencia de la guerra.» Más adelante Kilapán confesaba: «El año 1947 (aunque Amalfitano sospechó que en esa fecha podía haber una errata y no tratarse del año 1947 sino del año 1974) abrí la tumba de Kurillanka, que estaba bajo el Kuralwe principal, cubierto por una piedra lisa. Sólo quedaban una katankura, un metawe, pato, una joya de obsidiana, como punta de flecha para el pago del "peaje" que el alma de Kurillanka debía pagar a Zenpilkawe, el Caronte griego, para que lo llevara a través del mar a su lugar de origen:

una isla lejana en el mar. Estas piezas fueron repartidas entre los museos araucanos de Temuco, el futuro Museo Abate Molina, de Villa Alegre y el Museo Araucano de Santiago, que pronto se abrirá al público.» La mención de Villa Alegre daba pie para que Kilapán agregara una nota de lo más curiosa. Decía: «En Villa Alegre, antes llamada Warakulen, reposan los restos del abate Juan Ignacio Molina, traídos desde Italia a su pueblo natal. Fue profesor de la Universidad de Bolonia, donde su estatua preside la entrada al panteón de los Hijos Ilustres de Italia, entre las estatuas de Copérnico y Galileo. Según Molina existe un parentesco indudable entre griegos y araucanos.» Este Molina había sido jesuita y naturalista, y su vida había discurrido entre los años 1740 y 1829.

Poco después del episodio del restaurante Los Zancudos, Amalfitano volvió a ver al hijo del decano Guerra. Esta vez el joven vestía como vaquero, aunque se había afeitado y olía a colonia Calvin Klein. Aun así, sólo le faltaba el sombrero para parecer un vaquero de verdad. La manera de abordarlo fue brusca y no desprovista de cierto misterio. Amalfitano iba caminando por un pasillo de la facultad excesivamente largo, desierto a esa hora y algo oscuro, cuando de pronto Marco Antonio Guerra emergió de un rincón como si le hubiera preparado una broma de pésimo gusto o pretendiera asaltarlo. Amalfitano dio un respingo, al que siguió un manotazo del todo automático. Soy yo, Marco Antonio, dijo el hijo del decano, al recibir una segunda bofetada. Después ambos se reconocieron y serenaron y reemprendieron juntos el camino hacia el recuadro de luz que emergía del fondo del pasillo, que le evocó a Marco Antonio los testimonios de aquellos que han estado en coma o en situación de muerte clínica y que dicen haber visto un túnel oscuro y en el final del túnel un resplandor blanco o diamantino, y en ocasiones incluso atestiguan la presencia de seres difuntos y queridos que les dan la mano o los tranquilizan o les ruegan que mejor no sigan avanzando pues la hora o la microfracción de segundo en el que se opera el cambio aún no ha llegado. ¿Usted qué cree, maestro? ¿La gente que está a punto de morir se inventa esas tonterías o es real? ¿Es sólo un sueño de los que están agonizando o entra dentro de lo posible que estas cosas sucedan? No lo sé, dijo Amalfitano con sequedad, pues aún no se le había pasado el susto ni tampoco tenía ganas de repetir el encuentro de la vez pasada. Bueno, dijo el joven Guerra, pues si quiere saber lo que yo pienso, no creo que sea verdad. La gente ve lo que quiere ver y nunca lo que quiere ver la gente se corresponde con la realidad. La gente es cobarde hasta el último aliento. Se lo digo confidencialmente: el ser humano, hablando grosso modo, es lo más semejante que hay a una rata.

Contra lo que esperaba (deshacerse del joven Guerra nada más salir del pasillo evocador de la vida de ultratumba), Amalfitano tuvo que seguirlo sin rechistar pues el hijo del decano era portador de una invitación para cenar esa misma noche en casa del rector de la Universidad de Santa Teresa, el ilustre doctor Pablo Negrete. Así que se subió al coche de Marco Antonio, quien lo llevó hasta su casa y que prefirió, en un rasgo de timidez que a Amalfitano le resultó inesperado, esperarlo afuera, vigilando el coche, como si en esa colonia hubiera ladrones, mientras Amalfitano se refrescaba y cambiaba de ropa, y su hija, que por supuesto también estaba invitada, hacía lo mismo o no, en fin, que su hija podía acudir a la cena vestida como quisiera pero que él, Amalfitano, era mejor que se presentara en el hogar del doctor Negrete al menos con chaqueta y corbata. La cena, por lo demás, no fue nada del otro mundo. El doctor Negrete simplemente quería conocerlo y supuso, o le hicieron notar, que un primer encuentro en las oficinas del edificio de la rectoría resultaba mucho más frío que un primer encuentro en el acogedor ambiente de su propia casa, en realidad un noble caserón de dos pisos rodeado de un jardín exuberante donde crecían plantas de todo México y en donde no faltaban los rincones frescos y apartados para sostener reuniones en petit comité. El doctor Negrete era un tipo silencioso, ensimismado, al que le gustaba más oír lo que hablaban los otros que llevar él la batuta de la conversación. Se interesó por Barcelona, recordó que en su juventud había estado en un congreso en Praga, aludió a un ex profesor de la Universidad de Santa Teresa, un argentino, que ahora daba clases en una Universidad de California y el resto del tiempo permaneció callado. Su mujer, en cuyos rasgos se intuía si no una pasada belleza sí un porte y una distinción de la que carecía el rector, se mostró mucho más amable con Amalfitano y, sobre todo, con Rosa, quien le recordaba a su hija menor, de nombre Clara, como ella, y que desde hacía años vivía en Phoenix. En algún momento de la cena Amalfitano creyó notar un cruce de miradas más bien turbio entre el rector y su mujer. En los ojos de ella percibió algo que podría asemejarse al odio. La cara del rector, por el contrario, manifestó un miedo súbito que duró lo que dura el aleteo de una mariposa. Pero Amalfitano lo notó y por un instante (el segundo aleteo) el miedo del rector estuvo a punto de rozarle también a él la piel. Cuando se recuperó y miró a los demás comensales, se dio cuenta de que nadie había percibido esa mínima sombra como un hoyo cavado aprisa y de donde se desprendía una fetidez alarmante.

Pero se equivocaba. El joven Marco Antonio Guerra sí se había dado cuenta. Y además se había dado cuenta de que él también se había dado cuenta. La vida no vale nada, le dijo al oído cuando salieron al jardín. Rosa se sentó junto a la mujer del rector y la profesora Pérez. El rector se sentó en la única mecedora que había en la pérgola. El decano Guerra y dos profesores de filosofía se sentaron a su lado. Las esposas de los profesores buscaron un lugar junto a la mujer del rector. Un tercer profesor, soltero, se quedó de pie, junto a Amalfitano y el joven Guerra. Una sirvienta vieja, casi una anciana, entró al cabo de un rato portando una enorme bandeja llena de vasos y copas que dejó sobre la mesa de mármol. Amalfitano pensó en ayudarla, pero luego consideró que tal vez su acto fuera malinterpretado como una descortesía. Cuando la anciana volvió a aparecer trayendo más de siete botellas en precario equilibrio,

Amalfitano no pudo contenerse más y fue en su ayuda. La anciana, al verlo, abrió los ojos de forma desmesurada y la bandeja empezó a resbalar de sus manos. Amalfitano oyó el grito, un gritito ridículo, que profería la mujer de uno de los profesores, y en ese mismo momento, mientras la bandeja caía, distinguió la sombra del joven Guerra que volvía a dejar todo en perfecto equilibrio. No te apenes, Chachita, oyó que decía la mujer del rector. Después oyó que el joven Guerra, tras dejar las botellas sobre la mesa, le preguntaba a doña Clara si no tenía en su licorero mezcal Los Suicidas. Y también oyó que el decano Guerra decía: no le hagan caso, son las cosas que tiene mi hijo. Y oyó que Rosa decía: mezcal Los Suicidas, qué nombre más bonito. Y oyó que la mujer de un profesor decía: qué nombre más original, eso sí que sí. Y oyó a la profesora Pérez: qué susto he pasado, pensé que se caían. Y oyó a un profesor de filosofía que, para cambiar de tema, hablaba de música norteña. Y oyó que el decano Guerra decía que la diferencia entre un conjunto musical norteño y uno del resto del país estribaba en que el conjunto norteño siempre usaba un acordeón y una guitarra, con acompañamiento de bajo sexto y algún brinco. Y oyó que el mismo profesor de filosofía preguntaba qué era un brinco. Y oyó que el decano respondía que un brinco era, para poner un ejemplo, como la percusión, como la batería en un grupo de rock, como los timbales, y que en la música norteña un brinco legítimo podía ser la redova o más usualmente los palitos. Y oyó que el rector Negrete decía: así es. Y luego aceptó un vaso de whisky y buscó el rostro de quien se lo había puesto en la mano y encontró la cara blanqueada por la luna del joven Guerra.

La prueba número 2, sin duda la que más interesaba a Amalfitano, se titulaba *Es hijo de mujer araucana* y empezaba de la siguiente manera: «A la llegada de los españoles, los araucanos establecieron dos conductos de comunicaciones desde Santiago: la telepatía y el adkintuwe.[55] Lautaro,[56] por sus relevantes condiciones telepáticas, siendo todavía niño, fue llevado al norte con su madre, para ponerlo al servicio de los españoles.

Fue de esta forma como Lautaro contribuyó a la derrota de los españoles. Como los telépatas podían ser eliminados y cortadas las comunicaciones, se creó el adkintuwe. Sólo después del año 1700 se percataron los españoles del envío de mensajes por medio del movimiento de las ramas. Estaban desconcertados por el hecho de que los araucanos sabían todo lo que pasaba en la ciudad de Concepción. Aunque lograron descubrir el adkintuwe, jamás lograron traducirlo. De la telepatía no sospecharon jamás, atribuyéndolo a «contacto con el diablo», el que les comunicaba las cosas que pasaban en Santiago. Desde la capital partían tres líneas de adkintuwe: una por los contrafuertes de la cordillera de Los Andes; otra por la orilla del mar, y una tercera, por el valle central. El hombre primitivo desconocía el lenguaje; se comunicaba por emisiones de la mente, como lo hacen los animales y las plantas. Cuando recurrió a los sonidos y a los gestos y movimientos de las manos para comunicarse, empezó a perder el don de la telepatía, lo que se acentuó al encerrarse en las ciudades alejándose de la naturaleza. Aunque los araucanos tenían dos clases de escritura, el Prom, con nudos hechos en cuerdas,[57] y el Adentunemul,[58] escritura en triángulos, jamás descuidaron la telecomunicación; muy al contrario, especializaron algunos Kügas cuyas familias fueron repartidas por toda la América, islas del Pacífico y extremo sur, para que jamás un enemigo los cogiera de sorpresa. Por medio de la telepatía se mantuvieron siempre en contacto con los emigrantes de Chile que primero se establecieron en el norte de la India, donde fueron llamados arios, de ahí se dirigieron a los campos de la primitiva Germania para bajar después al Peloponeso, de donde viajaban hacia Chile, por el camino tradicional hacia la India y a través del Océano Pacífico.» Acto seguido y sin que viniera a cuento, Kilapán decía: «Killenkusi fue sacerdotisa Machi,[59] su hija Kinturay debía sucederle en su cargo o dedicarse al espionaje; se decidió por esto último y el amor por el irlandés; le brindaba esta oportunidad la esperanza de llegar a tener un hijo que, como Lautaro y el mestizo Alejo, se criaría entre los españoles, y como ellos un día pudiera capitanear las huestes de los que deseaban expulsar a los conquistadores más allá del Maule, porque la ley del Admapu prohíbe a los araucanos pelear fuera del Yekmonchi. Su esperanza se hizo realidad y en la primavera[60] del año 1777, en el lugar llamado Palpal, una mujer araucana soportaba de pie los dolores del parto, porque la tradición decía que no puede nacer un hijo fuerte de una madre débil. El hijo llegó y se convirtió en el Libertador de Chile.»

Las notas a pie de página dejaban bien claro, por si aún no lo estaba, la clase de barco ebrio en que se había embarcado Kilapán. La nota 55, Adkintuwe, decía: «Los españoles después de muchos años lograron percatarse de su existencia, pero jamás lograron traducirlo.» La 56: «Lautaro, sonido veloz (taros en griego significa veloz).» La 57: «Prom, palabra contracta del griego por Prometeo, Titán que robó la escritura a los dioses, para dársela a los hombres.» La 58: «Adentunemul, escritura secreta, compuesta de triángulos.» La 59: «Machi, adivina. Del verbo griego mantis, que significa adivinar.» La 60: «Primavera. La Ley del admapu ordenaba que los hijos fueran engendrados en verano, cuando todos los frutos están maduros; en esta forma nacen en la primavera cuando la tierra despierta con toda su fuerza; cuando nacen todos los animales y las aves.»

Por lo que se concluía que, 1: todos los araucanos o buena parte de éstos eran telépatas. 2: la lengua araucana estaba estrechamente ligada a la lengua de Homero. 3: los araucanos viajaban por todas partes del globo terráqueo, especialmente por la India, por la primitiva Germania y por el Peloponeso. 4: los araucanos eran unos estupendos navegantes. 5: los araucanos tenían dos clases de escritura, una basada en nudos y la otra en triángulos, esta última secreta. 6: no quedaba muy claro en qué consistía la comunicación que Kilapán llamaba adkintuwe y que los españoles, aunque se percataron de su existencia, nunca fueron capaces de traducir. ¿Tal vez el envío de mensajes por medio del movimiento de las ramas de árboles situados en lugares estratégicos como cimas de montes? ¿Algo similar a la comunicación por medio de humo de los indios de las praderas de Norteamérica? 7: por el contrario, la comunicación telepática jamás fue descubierta y si en algún momento dejó de funcionar fue porque los españoles mataron a los telépatas. 8: la telepatía, por otra parte, permitió que los araucanos de Chile se mantuvieran en contacto permanente con los emigrantes de Chile desparramados por lugares tan peregrinos como la poblada India o la verde Alemania. 9: ¿se debía deducir de todo esto que Bernardo O'Higgins también era telépata? ¿Se debía deducir que el propio autor, Lonko Kilapán, era telépata? Pues sí, se debía deducir.

También se podían deducir (y, con un poco más de esfuerzo, ver) otras cosas, pensó Amalfitano mientras se tomaba concienzudamente el pulso y observaba el libro de Dieste colgando en la noche del patio trasero. Se podía ver, por ejemplo, la fecha de edición del libro, 1978, es decir durante la dictadura militar, y deducir la atmósfera de triunfo, soledad y miedo en que se editó. Se podía ver, por ejemplo, a un señor de rasgos indios, medio loco pero discreto, tratando con los impresores de la prestigiosa Editorial Universitaria, sita en San Francisco, número 454, en Santiago, el precio que le va a costar la edición de su librito al Historiador de la Raza, al Presidente de la Confederación Indígena de Chile y Secretario de la Academia de la Lengua Araucana, un precio demasiado alto que el señor Kilapán intenta abaratar con más ilusión que efectividad aunque el encargado de los talleres sabe que no andan, precisamente, muy sobrados de trabajo y que bien podrían hacerle una rebajita al hombre en cuestión, máxime si el tipo les jura que tiene otros dos libros más ya totalmente terminados y corregidos *(Leyendas araucanas y leyendas griegas* y *Origen del hombre americano y parentesco entre araucanos, arios, germanos primitivos y griegos)* y que les jura y rejura que se los va a traer a ellos, porque, caballeros, un libro impreso por la Editorial Universitaria es un libro que a primera vista ya se distingue, y es esta última parrafada la que convence al impresor, al encargado, al tinterillo que se ocupa de estos menesteres y que le concede esa pequeña rebajita. El verbo distinguir. La palabra distinguido. Ah, ah, ah, ah, resuella Amalfitano mientras se ahoga como si tuviera un repentino ataque de asma. Ah, Chile.

Aunque, por supuesto, cabía ver otras escenas o cabía ver ese cuadro desgraciado desde otras perspectivas. Y así como el libro empezaba con un recto a la mandíbula (el Yekmonchi llamado Chile, geográfica y políticamente era igual al Estado griego), el lector activo preconizado por Cortázar podía empezar la lectura con una patada en los testículos del autor y ver de inmediato en éste a un hombre de paja, un factótum al servicio de algún coronel de Inteligencia, o tal vez de algún general con ínfulas de intelectual, lo que tampoco, tratándose de Chile, era muy raro, más bien lo raro hubiera sido lo contrario, en Chile los militares se comportaban como escritores y los escritores, para no ser menos, se comportaban como militares, y los políticos (de todas las tendencias) se comportaban como escritores y como militares, y los diplomáticos se comportaban como querubines cretinos, y los médicos y abogados se comportaban como ladrones, y así hubiera podido seguir hasta la náusea, inasequible al desaliento. Pero si retomaba el hilo aparecía como posible que Kilapán tal vez no hubiera escrito ese libro. Y si Kilapán no escribió el libro, también era posible que Kilapán no existiera, es decir que no hubiera ningún Presidente de la Confederación Indígena de Chile, entre otras razones porque tal vez no existía esa Confederación Indígena, ni hubiera ningún Secretario de la Academia de la Lengua Araucana, entre otras razones porque tal vez nunca existió esa Academia de la Lengua Araucana. Todo falso. Todo inexistente. Kilapán, bajo este prisma, pensó Amalfitano moviendo la cabeza al compás (ligerísimo) con que se movía el libro de Dieste al otro lado de la ventana, bien podía ser un nom de plume de Pinochet, de los largos insomnios de Pinochet o de sus fructuosas madrugadas, cuando se levantaba a las seis de la mañana o a las cinco y media y tras ducharse y hacer un poco de ejercicio se encerraba en su biblioteca a repasar las injurias internacionales, a meditar en la mala fama de que gozaba Chile en el extranjero. Pero no había que hacerse demasiadas ilusiones. La prosa de Kilapán, sin duda, podía ser la de Pinochet. Pero también podía ser la de Aylwin o la de Lagos. La prosa de Kilapán podía ser la de Frei (lo que ya era mucho decir) o la de cualquier neofascista de la derecha. En la prosa de Lonko Kilapán no sólo cabían todos los estilos de Chile sino también todas las tendencias políticas, desde los conservadores hasta los comunistas, desde los nuevos liberales hasta los viejos sobrevivientes del MIR. Kilapán era el lujo del castellano hablado y escrito en Chile, en sus fraseos aparecía no sólo la nariz apergaminada del abate Molina, sino las carnicerías de Patricio Lynch, los interminables naufragios de la Esmeralda, el desierto de Atacama y las vacas pastando, las becas Guggenheim, los políticos socialistas alabando la política económica de la dictadura militar, las esquinas donde se vendían sopaipillas fritas, el mote con huesillos, el fantasma del muro de Berlín que ondeaba en las inmóviles banderas rojas, los maltratos familiares, las putas de buen corazón, las casas baratas, lo que en Chile llamaban resentimiento y que Amalfitano llamaba locura.

Pero lo que de verdad buscaba era un nombre. El nombre de la madre telépata de O'Higgins. Según Kilapán: Kinturay Treulen, hija de Killenkusi y de Waramanke Treulen. Según la historia oficial: doña Isabel Riquelme. Llegado a este punto Amalfitano decidió dejar de contemplar el libro de Dieste que se mecía (ligerísimo) en la oscuridad, y sentarse y pensar en el nombre de su propia madre: doña Eugenia Riquelme (en realidad doña Filia María Eugenia Riquelme Graña). Tuvo un breve sobresalto. Se le pusieron los pelos de punta por espacio de cinco segundos. Trató de reírse pero no pudo.

Yo a usted lo comprendo, le dijo Marco Antonio Guerra. Digo, si no me equivoco, yo creo que lo comprendo. Usted es como yo y yo soy como usted. No estamos a gusto. Vivimos en un ambiente que nos asfixia. Hacemos como que no pasa nada, pero sí pasa. ¿Qué pasa? Nos asfixiamos, carajo. Usted se desfoga como puede. Yo doy o me dejo dar madrizas. Pero no madrizas cualquiera, putizas apocalípticas. Le voy a contar un secreto. A veces salgo por la noche y voy a bares que usted ni se imagina. Allí me hago el joto. Pero no un joto cualquiera: uno fino, despreciativo, irónico, una margarita en el establo de los cerdos más cerdos de Sonora. Por supuesto, yo de joto no tengo ni un pelo, eso se lo puedo jurar sobre la tumba de mi madre muerta. Pero igual finjo que lo soy. Un puto joto presumido y con dinero que mira a todos por encima del hombro. Y entonces sucede lo que tiene que suceder. Dos o tres zopilotes me invitan a salir afuera. Y comienza la madriza. Yo lo sé y no me importa. A veces son ellos los que salen malparados, sobre todo cuando voy con mi pistola. Otras veces soy yo. No me importa. Necesito estas pinches salidas. En ocasiones mis amigos, los pocos amigos que tengo, chavos de mi edad que ya son licenciados, me dicen que debo cuidarme, que soy una bomba de tiempo, que soy masoquista. Uno, al que quería mucho, me dijo que estas cosas sólo alguien como yo podía permitírselas, porque tengo a mi padre que siempre me saca de los líos en que me meto. Pura casualidad, no más. Yo nunca le he pedido nada a mi papá. La verdad es que no tengo amigos, prefiero no tenerlos. Al menos, prefiero no tener amigos mexicanos. Los mexicanos estamos podridos, ¿lo sabía? Todos. Aquí no se salva nadie. Desde el presidente de la república hasta el payaso del subcomandante Marcos. Si yo fuera el subcomandante Marcos, ¿sabe lo que haría? Lanzaría un ataque con todo mi ejército sobre una ciudad cualquiera de Chiapas, siempre y cuando tuviera una fuerte guarnición militar. Y allí inmolaría a mis pobres indios. Y luego probablemente me iría a vivir a Miami. ¿Qué clase de música le gusta?, preguntó Amalfitano. La música clásica, maestro, Vivaldi, Cimarrosa, Bach. ¿Y qué libros suele leer? Antes leía de todo, maestro, y en grandes cantidades, hoy sólo leo poesía. Sólo la poesía no está contaminada, sólo la poesía está fuera del negocio. No sé si me entiende, maestro. Sólo la poesía, y no toda, eso que quede claro, es alimento sano y no mierda.

La voz del joven Guerra surgió, fragmentada en esquirlas planas, inofensivas, desde una enredadera, y dijo: Georg Trakl es uno de mis favoritos.

La mención de Trakl hizo pensar a Amalfitano, mientras dictaba una clase de forma totalmente automática, en una farmacia que quedaba cerca de su casa en Barcelona y a la que solía ir cuando necesitaba una medicina para Rosa. Uno de los empleados era un farmacéutico casi adolescente, extremadamente delgado y de grandes gafas, que por las noches, cuando la farmacia estaba de turno, siempre leía un libro. Una noche Amalfitano le preguntó, por decir algo mientras el joven buscaba en las estanterías, qué libros le gustaban y qué libro era aquel que en ese momento estaba leyendo. El farmacéutico le contestó, sin volverse, que le gustaban los libros del tipo de *La metamorfosis*, *Bartleby*, *Un corazón simple*, *Un cuento de Navidad*. Y luego le dijo que estaba leyendo *Desayuno en Tiffanys*, de Capote. Dejando de lado que *Un corazón simple* y *Un cuento de Navidad* eran, como el nombre de este último indicaba, cuentos y no libros, resultaba revelador el gusto de este joven farmacéutico ilustrado, que tal vez en otra vida fue Trakl o que tal vez en ésta aún le estaba deparado escribir poemas tan desesperados como su lejano colega austriaco, que prefería claramente, sin discusión, la obra menor a la obra mayor. Escogía *La metamorfosis* en lugar de *El proceso*, escogía *Bartleby* en lugar de *Moby Dick*, escogía *Un corazón simple* en lugar de *Bouvard y Pécuchet*, y *Un cuento de Navidad* en lugar de *Historia de dos ciudades* o de *El Club Pickwick*. Qué triste paradoja, pensó Amalfitano. Ya ni los farmacéuticos ilustrados se atreven con las grandes obras, imperfectas, torrenciales, las que abren camino en lo desconocido. Escogen los ejercicios perfectos de los grandes maestros. O lo que es lo mismo: quieren ver a los grandes maestros en sesiones de esgrima de entrenamiento, pero no quieren saber nada de los combates de verdad, en donde los grandes maestros luchan contra aquello, ese aquello que nos atemoriza a todos, ese aquello que acoquina y encacha, y hay sangre y heridas mortales y fetidez.

Esa noche, mientras las palabras altisonantes del joven Guerra aún resonaban en el fondo de su cerebro, Amalfitano soñó que veía aparecer en un patio de mármol rosa al último filósofo comunista del siglo XX. Hablaba en ruso. O mejor dicho: cantaba una canción en ruso mientras su corpachón se desplazaba, haciendo eses, hacia un conjunto de mayólicas veteadas de un rojo intenso que sobresalía en el plano regular del patio como una especie de cráter o de letrina. El último filósofo comunista iba vestido con traje oscuro y corbata celeste y tenía el pelo encanecido. Aunque daba la impresión de que se iba a derrumbar en cualquier momento, milagrosamente se mantenía erguido. La canción no siempre era la misma, pues a veces intercalaba palabras en inglés o francés que pertenecían a otras canciones, baladas de música pop o tangos, melodías que celebraban la embriaguez o el amor. Sin embargo estas interrupciones eran breves y esporádicas y no tardaba demasiado en retomar el hilo de la canción original, en ruso, cuyas palabras Amalfitano no entendía (aunque en los sueños, como en los Evangelios, uno suele tener el don de lenguas), pero que intuía tristísimas, el relato o las quejas de un boyero del Volga que navega durante toda la noche y se conduele con la luna del triste destino de los hombres, que tienen que nacer y morir. Cuando el último filósofo del comunismo por fin llegaba al cráter o a la letrina, Amalfitano descubría con estupor que se trataba ni más ni menos que de Borís Yeltsin. ¿Éste es el último filósofo del comunismo? ¿En qué clase de loco me estoy convirtiendo si soy capaz de soñar estos despropósitos? El sueño, sin embargo, estaba en paz con el espíritu de Amalfitano. No era una pesadilla. Y le proporcionaba, además, una suerte de bienestar ligero como una pluma. Entonces Borís Yeltsin miraba a Amalfitano con curiosidad, como si fuera Amalfitano el que hubiera irrumpido en su sueño y no él en el sueño de Amalfitano. Y le decía: escucha mis palabras con atención, camarada. Te voy a explicar cuál es la tercera pata de la mesa humana. Yo te lo voy a explicar. Y luego déjame en paz. La vida es demanda y oferta, u oferta y demanda, todo se limita a eso, pero así no se puede vivir. Es necesaria una tercera pata para que la mesa no se desplome en los basurales de la historia, que a su vez se está desplomando permanentemente en los basurales del vacío. Así que toma nota. Ésta es la ecuación: oferta + demanda + magia. ¿Y qué es magia? Magia es épica y también es sexo y bruma dionisiaca y juego. Y después Yeltsin se sentaba en el cráter o la letrina y le mostraba a Amalfitano los dedos que le faltaban y hablaba de su infancia y de los Urales y de Siberia y de un tigre blanco que erraba por los infinitos espacios nevados. Y luego sacaba una petaca de vodka del bolsillo del traje y decía:

–Creo que es hora de tomar una copita.

Y, después de beber y tras mirar al pobre profesor chileno con una mirada maliciosa de cazador, retomaba, con más ímpetu si cabe, su canto. Y después desaparecía tragado por el cráter veteado de rojo o por la letrina veteada de rojo y Amalfitano se quedaba solo y no se atrevía a mirar por el agujero, por lo que no le quedaba más remedio que despertar.

La parte de Fate

¿Cuándo empezó todo?, pensó. ¿En qué momento me sumergí? Un oscuro lago azteca vagamente familiar. La pesadilla. ¿Cómo salir de aquí? ¿Cómo controlar la situación? Y luego otras preguntas: ¿realmente quería salir? ¿Realmente quería dejarlo todo atrás? Y también pensó: el dolor ya no importa. Y también: tal vez todo empezó con la muerte de mi madre. Y también: el dolor no importa, a menos que aumente y se haga insoportable. Y también: joder, duele, joder, duele. No importa, no importa. Rodeado de fantasmas.

Quincy Williams tenía treinta años cuando murió su madre. Una vecina lo llamó al teléfono de su trabajo.

–Querido –le dijo–, Edna ha muerto.

Preguntó cuándo. Oyó los sollozos de la mujer al otro lado del teléfono y otras voces, probablemente también mujeres. Preguntó cómo. Nadie le contestó y colgó el teléfono. Marcó el número de casa de su madre.

–¿Quién habla? –oyó que decía una mujer con voz colérica.

Pensó: mi madre está en el infierno. Volvió a colgar. Llamó otra vez. Una mujer joven le contestó.

–Soy Quincy, el hijo de Edna Miller –dijo.

La mujer exclamó algo que no entendió y al poco rato otra mujer cogió el aparato. Pidió hablar con la vecina. Está en la cama, le contestaron, le acaba de dar un ataque al corazón,

Quincy, estamos esperando que llegue una ambulancia para llevarla al hospital. No se atrevió a preguntar por su madre. Oyó una voz de hombre que profería un insulto. El tipo debía de estar en el pasillo y la puerta de casa de su madre abierta. Se llevó una mano a la frente y esperó, sin colgar, a que alguien le explicara algo. Dos voces de mujer reprendieron al que había blasfemado. Dijeron un nombre de hombre pero él no pudo oírlo con nitidez.

La mujer que escribía en la mesa vecina le preguntó si le pasaba algo. Levantó la mano como si estuviera escuchando algo importante y negó con la cabeza. La mujer siguió escribiendo. Al cabo de un rato Quincy colgó, se puso la chaqueta que colgaba en el respaldo de la silla y dijo que tenía que marcharse.

Cuando llegó a casa de su madre sólo encontró a una adolescente de unos quince años, que veía la televisión sentada en el sofá. La adolescente se levantó al verlo entrar. Debía de medir un metro ochentaicinco y era muy delgada. Llevaba bluejeans y encima un vestido negro con flores amarillas, muy amplio, como si fuera un blusón.

–¿Dónde está? –preguntó.

–En la habitación –dijo la adolescente.

Su madre estaba en la cama, con los ojos cerrados y vestida como si fuera a salir a la calle. Incluso le habían pintado los labios. Sólo le faltaban los zapatos. Durante un rato Quincy permaneció junto a la puerta, mirando sus pies: los dos dedos gordos tenían callos y también vio callos en las plantas de los pies, unos callos grandes que seguramente la hicieron sufrir. Pero recordó que su madre iba a un podólogo de la calle Lewis, un tal señor Johnson, siempre el mismo, así que tampoco debió de sufrir demasiado por este motivo. Después miró su rostro: parecía de cera.

–Me voy a marchar –dijo la adolescente desde la sala.

Quincy salió de la habitación y quiso darle un billete de veinte dólares, pero la adolescente le dijo que no quería dinero.

Insistió. Finalmente la adolescente cogió el billete y se lo guardó en un bolsillo de su pantalón. Para hacerlo se tuvo que arremangar el vestido hasta la cadera. Parece una monja, pensó Quincy, o la adepta de una secta destructiva. La adolescente le dio un papel en donde alguien había escrito el número de teléfono de una funeraria del barrio.

–Ellos se encargan de todo –dijo con seriedad.

–De acuerdo –dijo él.

Preguntó por la vecina.

–Está en el hospital –dijo la adolescente–, creo que le están poniendo un marcapasos.

–¿Un marcapasos?

–Sí –dijo la adolescente–, en el corazón.

Al marcharse la adolescente Quincy pensó que su madre había sido una mujer muy querida por sus vecinos y por la gente del barrio, pero que la vecina de su madre, cuyo rostro no conseguía recordar con claridad, aún lo era más.

Llamó por teléfono a la funeraria y habló con un tal Tremayne. Le dijo que era el hijo de Edna Miller. Tremayne consultó sus notas y le dio el pésame varias veces, hasta que encontró el papel que buscaba. Entonces le dijo que esperara un momento y lo pasó con un tal Lawrence. Éste le preguntó qué clase de ceremonia deseaba.

–Algo sencillo e íntimo –dijo Quincy–. Muy sencillo y muy íntimo.

Al final acordaron que su madre sería incinerada y que la ceremonia, si todo marchaba por los cauces normales, tendría lugar al día siguiente, en la funeraria, a las 7 de la tarde. A las 7.45 todo habría acabado. Preguntó si era posible hacerlo antes. La respuesta fue negativa. Después el señor Lawrence abordó delicadamente el asunto económico. No hubo ningún problema. Quincy quiso saber si tenía que llamar a la policía o al hospital. No, dijo el señor Lawrence, de eso ya se ocupó la señorita Holly. Se preguntó quién era la señorita Holly y no pudo adivinarlo.

–La señorita Holly es la vecina de su difunta madre –dijo el señor Lawrence.

–Es cierto –dijo Quincy.

Durante un instante ambos permanecieron en silencio, como si intentaran recordar o recomponer los rostros de Edna Miller y de su vecina. El señor Lawrence se puso a carraspear. Preguntó si sabía a qué iglesia pertenecía su madre. Preguntó si él tenía alguna preferencia religiosa. Dijo que su madre era feligresa de la Iglesia Cristiana de los Ángeles Perdidos. O tal vez no se llamara así. No lo recordaba. En efecto, dijo el señor Lawrence, no se llama así, es la Iglesia Cristiana de los Ángeles Recobrados. Eso, dijo Quincy. Y también dijo que no tenía ninguna preferencia religiosa, con que fuera una ceremonia cristiana, bastaba y sobraba.

Esa noche durmió en el sofá de la casa de su madre y sólo una vez entró en la habitación de ésta y le echó una ojeada al cadáver. Al día siguiente, a primera hora de la mañana, llegaron los de la funeraria y se la llevaron. Él se levantó para atenderlos, entregarles un cheque, y observar cómo se marchaban con el ataúd de pino escaleras abajo. Luego volvió a quedarse dormido en el sofá.

Al despertar creyó que había soñado con una película que había visto no hacía mucho. Pero todo era distinto. Los personajes eran negros, así que la película del sueño era como un negativo de la película real. Y también ocurrían cosas distintas. El argumento era el mismo, las anécdotas, pero el desarrollo era diferente o en algún momento daba un giro inesperado y se convertía en algo totalmente distinto. Lo más terrible de todo, sin embargo, es que él, mientras soñaba, sabía que no necesariamente tenía que ser así, percibía la similitud con la película, creía comprender que ambas partían de los mismos postulados, y que si la película que había visto era la película real, la otra, la soñada, podía ser un comentario razonado, una crítica razonada y no necesariamente una pesadilla. Toda crítica, al cabo, se convierte en una pesadilla, pensó mientras se lavaba la cara en la casa donde ya no estaba el cádaver de su madre.

También pensó en lo que ésta le habría dicho. Sé un hombre y carga con tu cruz.

En el trabajo todo el mundo lo conocía por el nombre de Oscar Fate. Cuando volvió nadie le dijo nada. No había motivos para decirle nada. Estuvo un rato contemplando las notas que había reunido sobre Barry Seaman. La chica de la mesa de al lado no estaba. Después guardó las notas en un cajón que cerró con llave y se marchó a comer. En el ascensor se cruzó con el editor de la revista, al que acompañaba una mujer joven y gorda que escribía sobre asesinos adolescentes. Se saludaron con un gesto y cada uno siguió su camino.

Comió una sopa de cebolla y una tortilla francesa en un restaurante barato y bueno que quedaba a dos manzanas. No había comido nada desde el día anterior y la comida le sentó bien. Cuando ya había pagado y se disponía a salir lo llamó un tipo que trabajaba en deportes y le invitó a una cerveza. Mientras esperaban sentados en la barra el tipo le dijo que aquella mañana había muerto en las afueras de Chicago el encargado de la subsección de boxeo. La subsección de boxeo, en realidad, era un eufemismo que designaba únicamente al tipo muerto.

–¿Cómo murió? –preguntó Fate.

–Lo mataron a cuchilladas unos negros de Chicago –dijo el otro.

El camarero puso sobre la barra una hamburguesa. Fate se bebió la cerveza, le dio una palmada en el hombro y dijo que se tenía que marchar. Cuando llegó a la puerta de cristal se dio la vuelta y contempló el restaurante a rebosar de clientes y la espalda del tipo que trabajaba en deportes y a la gente que estaba acompañada y que hablaba o comía mirándose a los ojos y a los tres camareros que jamás se estaban quietos. Después abrió la puerta, salió a la calle, volvió a mirar hacia el interior del restaurante, pero con los cristales de por medio todo era diferente. Echó a andar.

–¿Cuándo piensas ponerte en camino, Oscar? –le dijo el jefe de su sección.

–Mañana.

–¿Tienes todo lo que necesitas, tienes todo preparado?

–Ningún problema, hombre –dijo Fate–. Todo dispuesto.

–Así me gusta, muchacho –dijo el jefe–. ¿Te enteraste de que se cargaron a Jimmy Lowell?

–Algo oí.

–Fue en Paradise City, cerca de Chicago –dijo el jefe–. Dicen que Jimmy tenía allí una zorra. Una nena veinte años menor que él y casada.

–¿Qué edad tenía Jimmy? –preguntó Fate sin ningún interés.

–Debía de andar por los cincuentaicinco –dijo el jefe–. La policía ha detenido al marido de la zorra, pero nuestro hombre en Chicago dice que probablemente ella también está implicada en el asesinato.

–¿Jimmy no era un tipo grande, de unos cien kilos de peso? –dijo Fate.

–No, Jimmy no era grande y tampoco pesaba cien kilos. Era un tipo de un metro setenta, aproximadamente, y de unos ochenta kilos de peso –dijo el jefe.

–Lo he confundido con otro –dijo Fate–, un tipo grande que a veces comía con Remy Burton y al que me encontraba de tanto en tanto en el ascensor.

–No –dijo el jefe–, Jimmy casi nunca venía a las oficinas, siempre estaba de viaje, sólo aparecía por aquí una vez al año, creo que vivía en Tampa, o puede que ni siquiera tuviera una casa y se pasara la vida en hoteles y aeropuertos.

Se duchó y no se afeitó. Escuchó los mensajes en el contestador. Dejó sobre la mesa el dossier de Barry Seaman que había traído de su oficina. Se puso ropa limpia y salió. Como aún tenía tiempo, primero fue a casa de su madre. Notó que algo allí olía a rancio. Fue a la cocina y al no encontrar nada podrido cerró la bolsa de basura y abrió la ventana. Después se sentó en el sofá y encendió la tele. Sobre un estante junto al televisor vio algunos videos. Durante unos segundos pensó en examinarlos, pero casi al instante desistió. Seguramente eran cintas donde su madre grababa programas que luego veía por la noche. Trató de pensar en algo agradable. Trató de organizar mentalmente su agenda. No pudo. Al cabo de un rato de inmovilidad absoluta, apagó el televisor, cogió las llaves y la bolsa de basura y abandonó la casa. Antes de bajar llamó a la puerta de la vecina. Nadie contestó. En la calle arrojó la bolsa de basura a un contenedor repleto.

La ceremonia fue sencilla y extremadamente práctica. Firmó un par de papeles. Extendió otro cheque. Recibió las condolencias del señor Tremayne, primero, y del señor Lawrence, que apareció al final, cuando ya se iba con el jarrón donde estaban las cenizas de su madre. ¿El oficio ha sido satisfactorio?, dijo el señor Lawrence. Durante la ceremonia, sentada en un extremo de la sala, volvió a ver a la adolescente alta. Iba vestida igual que antes, con bluejeans y el vestido negro con flores amarillas. La miró y trató de hacerle un gesto amistoso, pero ella no lo miraba a él. El resto de los asistentes eran desconocidos, aunque predominaban las mujeres, por lo que supuso que debían de ser amigas de su madre. Al final, dos de éstas se le acercaron y le dijeron palabras que no entendió y que podían ser de ánimo o de reconvención. Volvió caminando a casa de su madre. Dejó el jarrón junto a los vídeos y volvió a encender la tele. Ya no olía a rancio. Todo el edificio estaba en silencio, como si no hubiera nadie o todos hubieran salido a hacer algo urgente. Desde la ventana vio a unos adolescentes que jugaban y hablaban (o conspiraban), pero cada cosa a su tiempo, es decir, jugaban durante un minuto, se detenían, se juntaban todos, hablaban durante un minuto y volvían a jugar, tras lo cual paraban y se repetía lo mismo una y otra vez.

Se preguntó qué clase de juego era ése y si las interrupciones para hablar eran parte del juego o un palmario desconocimiento de sus reglas. Decidió salir a caminar. Al cabo de un rato sintió hambre y entró en un pequeño local árabe (egipcio o jordano, no lo sabía) en donde le sirvieron un bocadillo de carne de cordero picada. Al salir se sintió mal. En un callejón en penumbra se puso a vomitar el cordero y en la boca le quedó un gusto a bilis y a especias. Vio a un tipo que arrastraba un carrito de hot-dogs. Le dio alcance y le pidió una cerveza. El tipo lo miró como si Fate estuviera drogado y le dijo que a él no le permitían vender bebidas alcohólicas.

–Dame lo que tengas –dijo.

El tipo le tendió una botella de Coca-Cola. Pagó y se bebió toda la Coca-Cola mientras el tipo del carrito se alejaba por la avenida mal iluminada. Al cabo de un rato vio la marquesina de un cine. Recordó que en su adolescencia solía pasar muchas tardes allí. Decidió entrar aunque la película, tal como le anunció la taquillera, ya hacía rato que había empezado.

Permaneció sentado en la butaca durante una sola escena. Un tipo blanco era detenido por tres policías negros. Los policías no lo llevan a una comisaría sino a un aeródromo. Allí el tipo detenido ve al jefe de los policías, que también es negro. El tipo es bastante listo y no tarda en comprender que son agentes de la DEA. Con sobrentendidos y silencios elocuentes, llegan a una especie de trato. Mientras hablan, el tipo se asoma a una ventana. Ve la pista de aterrizaje y una avioneta Cesna que carretea hacia un lado de la pista. De la avioneta sacan un cargamento de cocaína. El que abre las cajas y extrae los ladrillos es negro. Junto a él hay otro negro que va tirando la droga en el interior de un barril con fuego, como los que usan los sin casa para calentarse durante las noches de invierno. Pero estos policías negros no son mendigos sino agentes de la DEA, bien vestidos, funcionarios del gobierno. El tipo deja de mirar por la ventana y le hace notar al jefe que todos sus hombres son negros. Están más motivados, dice el jefe. Y después dice: ahora puedes largarte. Cuando el tipo se va el jefe sonríe pero la sonrisa no tarda en convertirse en una mueca. En ese momento Fate se levantó y se dirigió a los lavabos, en donde vomitó lo que quedaba de cordero en su estómago. Después salió a la calle y volvió a casa de su madre.

Antes de abrir la puerta, llamó con los nudillos en la puerta de la vecina. Le abrió una mujer más o menos de su misma edad, con gafas y el pelo envuelto en un turbante africano de color verde. Se identificó y preguntó por la vecina. La mujer lo miró a los ojos y lo hizo pasar. La sala era parecida a la de su madre, incluso los muebles eran similares. En el interior vio a seis mujeres y tres hombres. Algunos estaban de pie o apoyados en el quicio de la cocina, pero la mayoría permanecían sentados.

–Soy Rosalind –dijo la mujer del turbante–, su madre y mi madre eran muy amigas.

Fate asintió con la cabeza. Del fondo de la casa llegaron unos sollozos. Una de las mujeres se levantó y entró en la habitación. Al abrir la puerta los sollozos crecieron en intensidad, pero cuando la puerta se cerró dejaron de oírse.

–Es mi hermana –dijo Rosalind con un gesto de hastío–. ¿Quiere un café?

Fate dijo que sí. Al marcharse la mujer a la cocina uno de los hombres que estaba de pie se le acercó y le preguntó si quería ver a la señora Holly. Dijo que sí con la cabeza. El hombre lo guió hasta el dormitorio, pero se quedó detrás de él, al otro lado de la puerta. En la cama yacía el cadáver de la vecina y junto a ella vio a una mujer, de rodillas, rezando. Sentada en una mecedora, junto a la ventana, vio a la adolescente de los bluejeans y el vestido negro con flores amarillas. Tenía los ojos rojos y lo miró como si nunca lo hubiera visto antes.

Al salir se sentó en la punta de un sofá ocupado por mujeres que hablaban con monosílabos. Cuando Rosalind le puso la taza de café en las manos le preguntó cuándo había muerto su madre. Esta tarde, dijo Rosalind con voz serena. ¿De qué murió? Cosas de la edad, dijo Rosalind con una sonrisa. Al volver a casa Fate se dio cuenta de que aún llevaba la taza de café en la mano. Por un instante pensó en volver a casa de la vecina y devolvérsela, pero luego pensó que era mejor dejarlo para el día siguiente. Fue incapaz de beberse el café. Lo dejó junto a los vídeos y el jarrón que contenía las cenizas de su madre, después encendió el televisor y apagó las luces de la casa y se tendió en el sofá. Quitó el sonido.

A la mañana siguiente, cuando abrió los ojos, lo primero que vio fue una serie de dibujos animados. Un montón de ratas corriendo por la ciudad y dando gritos mudos. Cogió el mando con una mano y cambió de canal. Cuando encontró uno de noticias puso el sonido, aunque no muy fuerte, y se levantó. Se lavó la cara y el cuello y cuando se secó se dio cuenta de que aquella toalla que colgaba del toallero había sido con casi toda probabilidad la última toalla que su madre utilizara. La olió pero no descubrió ningún olor familiar. En el estante del baño había varias cajas de medicinas y algunos potes con cremas hidratantes o antiinflamatorias. Llamó por teléfono al trabajo y preguntó por su jefe de sección. Sólo estaba su vecina de mesa y con ella habló. Le dijo que no iría a la revista pues pensaba salir dentro de unas horas para Detroit. Ella dijo que ya lo sabía y le deseó buena suerte.

–Volveré dentro de tres días, tal vez cuatro –dijo.

Luego colgó, se alisó la camisa, se puso la chaqueta, se miró en el espejo que había junto a la entrada y trató vanamente de animarse. Es hora de volver al trabajo. Con la mano en el pomo de la puerta, se quedó quieto y pensó si no sería conveniente llevarse a su casa el jarrón con las cenizas. Lo haré cuando vuelva, pensó, y abrió la puerta.

En su casa sólo estuvo el tiempo justo para meter en un bolso el dossier de Barry Seaman, algunas camisas, calcetines y calzoncillos. Se sentó en una silla y se dio cuenta de que estaba muy nervioso. Trató de calmarse. Al salir a la calle advirtió que estaba lloviendo. ¿En qué momento se había puesto a llover? Todos los taxis que pasaban estaban ocupados. Se colgó el bolso de un hombro y se puso a caminar pegado al bordillo de la acera. Por fin un taxi se detuvo. Cuando estaba a punto de cerrar la puerta oyó algo parecido a un disparo. Le preguntó al taxista si él también lo había oído. El taxista era un hispano que hablaba muy mal el inglés.

–Cada día se oyen cosas más fantásticas en Nueva York –dijo.

–¿Qué quiere decir con cosas fantásticas? –preguntó.

–Pues eso mismo, fantásticas –dijo el taxista.

Al cabo de un rato Fate se durmió. De tanto en tanto abría los ojos y veía pasar edificios en donde no parecía vivir nadie o avenidas grises mojadas por la lluvia. Luego cerraba los ojos y volvía a dormirse. Se despertó cuando el taxista le preguntó en qué terminal del aeropuerto quería que lo dejara.

–Voy para Detroit –dijo, y volvió a dormirse.

Las dos personas que ocupaban los asientos de delante hablaban de fantasmas. Fate no podía ver sus caras, pero imaginó que eran dos personas mayores, tal vez de sesenta o setenta años. Pidió un zumo de naranja. La azafata era rubia, de unos cuarenta años y tenía una mancha en el cuello que tapaba con un pañuelo blanco que el trajín con los viajeros había hecho deslizarse hacia abajo. El tipo que ocupaba el asiento de al lado era negro y bebía una botella de agua. Fate abrió su bolso y extrajo el dossier de Seaman. Los pasajeros de delante ya no hablaban de fantasmas sino de una persona a la que llamaban Bobby. Este Bobby vivía en Jackson Tree, en el estado de Michigan, y tenía una cabaña junto al lago Hurón. En cierta ocasión el tal Bobby había salido en barca y había naufragado. Como pudo, se cogió a un tronco que flotaba por allí, un tronco milagroso, y esperó a que se hiciera de día. Pero por la noche el agua cada vez era más fría y Bobby empezó a helarse y a perder fuerzas. Cada vez se sentía más débil y aunque trató de atarse con el cinturón al tronco, por más esfuerzos que hizo no pudo. Contado, parece fácil, pero en la vida real es difícil atar tu propio cuerpo a un tronco a la deriva. Así que se resignó, pensó en sus seres queridos (aquí mencionaron a un tal Jig, que podía ser el nombre de un amigo, de un perro o de una rana amaestrada) y se agarró con todas sus fuerzas al tronco. Entonces vio una luz en el cielo. Creyó, ingenuamente, que se trataba de un helicóptero que había salido a buscarlo y se puso a gritar. Sin embargo no tardó en reparar en que los helicópteros hacen un sonido de aspas y la luz que veía no hacía ese sonido. Pasados unos segundos se dio cuenta de que era un avión. Un enorme avión de pasajeros que iba a estrellarse directamente donde él estaba flotando agarrado al tronco. De golpe se le esfumó todo el cansancio. Vio pasar el avión justo encima de su cabeza. Iba en llamas. A unos trescientos metros de donde él estaba el avión se clavó contra el lago. Oyó dos o tal vez más explosiones. Sintió el impulso de acercarse hacia donde había ocurrido el desastre y eso hizo, muy lentamente, porque era difícil manejar el tronco como si fuera un flotador. El avión se había partido en dos y sólo una parte aún flotaba. Antes de llegar Bobby vio cómo se hundía lentamente en las aguas nuevamente oscuras del lago. Poco después llegaron los helicópteros de salvamento. Sólo encontraron a Bobby y se sintieron estafados cuando éste les dijo que no viajaba en el avión sino que había naufragado en su bote, mientras pescaba. De todas maneras se hizo famoso durante un tiempo, dijo el que contaba la historia.

–¿Y aún vive en Jackson Tree? –dijo el otro.

–No, creo que ahora vive en Colorado –fue la respuesta.

Después se pusieron a hablar de deportes. El vecino de Fate se bebió toda su agua y eructó discretamente llevándose una mano a la boca.

–Mentiras –dijo en voz baja.

–¿Cómo dice? –dijo Fate.

–Mentiras, mentiras –dijo el tipo.

Ya comprendo, dijo Fate, y le dio la espalda y se puso a mirar por la ventanilla las nubes que parecían catedrales o tal vez sólo pequeñas iglesias de juguete abandonadas en una cantera de mármol laberíntica y cien veces más grande que el Gran Cañón.

En Detroit Fate alquiló un coche y tras consultar un mapa que le proporcionó la misma agencia de coches se dirigió al barrio donde vivía Barry Seaman.

No lo encontró en su casa, pero un niño le dijo que solía estar casi siempre en el Pete's Bar, no muy lejos de allí. El barrio parecía un barrio de jubilados de la Ford y de la General Motors. Mientras caminaba iba mirando los edificios, de cinco o seis pisos, y sólo veía a viejos sentados en las escaleras o fumando acodados en las ventanas. De tanto en tanto, en alguna esquina, aparecía algún grupo de niños hablando en corro o niñas que saltaban a la cuerda. Los coches aparcados no eran buenos ni de último modelo, pero se veían bien cuidados.

El bar estaba junto a un lote baldío lleno de malezas y de flores silvestres que ocultaban los cascotes del edificio que antes se levantaba allí. Sobre el muro lateral de un edificio vecino vio un mural que le pareció curioso. Era circular, como un reloj, y donde debían estar los números había escenas de gente trabajando en las fábricas de Detroit. Doce escenas que representaban doce etapas en la cadena de producción. En cada escena, sin embargo, se repetía un personaje: un adolescente negro, o un hombre negro largo y esmirriado que aún no había abandonado o que se resistía a abandonar su infancia, vestido con ropas que variaban con cada escena pero que indefectiblemente siempre le quedaban pequeñas, y que cumplía una función que aparentemente podía ser tomada como la del payaso, el tipo que está ahí para hacernos reír, aunque si uno lo miraba con más atención se daba cuenta de que no sólo estaba allí para hacernos reír. Parecía la obra de un loco. La última pintura de un loco. En el centro del reloj, hacia donde convergían todas las escenas, había una palabra pintada con letras que parecían de gelatina: *miedo*.

Fate entró en el bar. Se sentó en un taburete y le preguntó al tipo que atendía el establecimiento quién era el artista que había hecho el mural de la calle. El camarero, un negro corpulento de unos sesenta años, con la cara surcada de cicatrices, le dijo que no lo sabía.

–Algún muchacho del barrio habrá sido –masculló.

Pidió una cerveza y le echó una mirada al bar. No fue capaz de distinguir entre los clientes a Seaman. Con la cerveza en la mano preguntó en voz alta si alguien conocía a Barry Seaman.

–¿Quién lo busca? –dijo un tipo bajito, que llevaba una camiseta de los Pistons y una chaqueta de mezclilla celeste.

–Oscar Fate –dijo Fate–, de la revista *Amanecer Negro,* de Nueva York.

El camarero se le acercó y le preguntó si era verdad que era periodista. Soy periodista. Del *Amanecer Negro.*

–Hermano –dijo el tipo bajito sin levantarse de su mesa–, tu revista tiene un nombre de mierda. –Sus dos compañeros de cartas se rieron–. Personalmente ya estoy harto de tantos amaneceres –dijo el tipo bajito–, me gustaría que de vez en cuando los hermanos de Nueva York hicieran algo con el atardecer, que es la mejor hora, al menos en este jodido barrio.

–Cuando vuelva se lo diré. Yo sólo hago reportajes –dijo.

–Barry Seaman hoy no ha venido –dijo un viejo que estaba, al igual que él, sentado junto a la barra.

–Creo que está enfermo –dijo otro.

–Es verdad, algo de eso oí decir –dijo el viejo de la barra.

–Lo esperaré un rato –dijo Fate, y terminó de beberse su cerveza.

El camarero se acodó junto a él y le dijo que en sus tiempos había sido boxeador.

–Mi última pelea fue en Atenas, en Carolina del Sur. Peleé contra un chico blanco. ¿Quién crees que ganó? –dijo.

Fate lo miró a los ojos, hizo un gesto indescifrable con la boca y le pidió otra cerveza.

–Hacía cuatro meses que no veía a mi mánager. Sólo andaba yo con mi entrenador, el viejo Johnny Turkey, recorriendo las ciudades de Carolina del Sur y Carolina del Norte y durmiendo en los peores hoteles. Íbamos como mareados, yo por los golpes recibidos y el viejo Turkey porque ya tenía más de ochenta años. Sí, ochenta, o puede que ochentaitrés. A veces, antes de dormirnos, con la luz ya apagada, discutíamos sobre eso. Turkey decía que acababa de cumplir ochenta. Yo que tenía ochentaitrés. La pelea era una pelea amañada. El empresario me dijo que tenía que dejarme caer en el quinto round. Y dejarme castigar un poco en el cuarto. A cambio me darían el doble de lo prometido, que no era mucho. Se lo dije esa noche a Turkey mientras cenábamos. Por mí no hay problema, me dijo. Ningún problema. El problema es que esta gente suele no cumplir después sus compromisos. Así que tú verás. Eso me dijo.

Cuando volvió a casa de Seaman se sentía un poco mareado. Una luna enorme se desplazaba por las azoteas de los edificios. Junto a un zaguán un tipo lo abordó y le dijo algo que o bien no entendió o bien le parecieron palabras inadmisibles. Soy amigo de Barry Seaman, hijo de puta, le dijo mientras lo intentaba coger por las solapas de su chaqueta de cuero.

–Tranquilo –dijo el tipo–. Tómatelo con calma, hermano.

En el fondo del zaguán vio cuatro pares de ojos de color amarillo que brillaban en la oscuridad, y en la mano colgante del tipo al que sujetaba vio el reflejo fugaz de la luna.

–Lárgate si no quieres morir –dijo.

–Tranquilo, hermano, primero suéltame –dijo el tipo.

Fate lo soltó y buscó la luna en las azoteas de enfrente. La siguió. Mientras caminaba oyó ruidos en las calles laterales, pasos, carreras, como si una parte del barrio se acabara de despertar. Junto al edificio de Seaman distinguió su coche alquilado. Lo examinó. No le habían hecho nada. Después llamó por el portero automático y una voz le preguntó, de muy mal humor, qué quería. Fate se identificó y dijo que era el enviado del *Amanecer Negro*. En el interfono se oyó una risita de satisfacción. Adelante, dijo la voz. Subió las escaleras a cuatro patas. En algún momento se dio cuenta de que no estaba bien. Seaman lo esperaba en el rellano.

–Necesito ir al lavabo –dijo Fate.

–Jesús –dijo Seaman.

La sala era pequeña y modesta y vio muchos libros desparramados por todas partes y también carteles pegados en las paredes y fotos pequeñas esparcidas por las estanterías y la mesa y encima del televisor.

–La segunda puerta –dijo Seaman.
Fate entró y se puso a vomitar.

Al despertar vio a Seaman escribiendo con un bolígrafo. A su lado había cuatro libros muy gruesos y varias carpetas llenas de papeles. Seaman usaba gafas para escribir. Se fijó en que de los cuatro libros tres eran diccionarios y el cuarto era un mamotreto que se llamaba *La enciclopedia francesa abreviada*, del que él nunca había oído hablar ni en la universidad ni en toda su vida. El sol entraba por la ventana. Se sacó la manta de encima y se sentó en el sofá. Le preguntó a Seaman qué había pasado. El viejo lo miró por encima de sus gafas y le ofreció una taza de café. Seaman medía un metro ochenta, por lo menos, pero caminaba algo encorvado, lo que lo hacía parecer más pequeño. Se ganaba la vida dando conferencias que por regla general no estaban bien pagadas, pues solían contratarlo instituciones escolares que trabajaban en los guetos y de vez en cuando pequeñas universidades progresistas que no contaban con un presupuesto suficiente. Hacía unos años había publicado un libro titulado *Comiendo costillas de cerdo con Barry Seaman*, en el que recopilaba todas las recetas que conocía de costillas de cerdo, generalmente a la plancha o a la barbacoa, añadiendo datos curiosos o extravagantes sobre el sitio en donde había aprendido la receta y quién y en qué circunstancia se la había enseñado. La mejor parte del libro eran las costillas de cerdo con puré de patata o de manzana que había hecho en la cárcel, la forma de conseguir las materias primas, la forma de cocinar en un lugar donde no lo dejaban, entre tantas otras cosas, cocinar. El libro no fue un éxito pero puso otra vez en circulación a Seaman y apareció en algunos programas de televisión de la mañana, cocinando en directo algunas de sus famosas recetas. Ahora su nombre había vuelto a caer en el olvido, pero él seguía dictando sus conferencias y viajando por todo el país, a veces a cambio de un billete de ida y vuelta y trescientos dólares.

Junto a la mesa en donde escribía y donde ambos se sentaron a tomar el café, había un cartel en blanco y negro en el que aparecían dos jóvenes con chaquetas negras y boinas negras y gafas negras. Fate sintió un escalofrío, pero no por el cartel sino por lo mal que se sentía, y tras beber el primer sorbo le preguntó si uno de aquellos muchachos era él. Así es, dijo Seaman. Preguntó cuál de los dos. Seaman sonrió. No tenía ni un solo diente.

–Es difícil decirlo, ¿verdad?

–No lo sé, no me siento muy bien, si me sintiera mejor seguro que lo adivinaría –dijo Fate.

–El de la derecha, el más bajito –dijo Seaman.

–¿Quién es el otro? –dijo Fate.

–¿Seguro que no lo sabes?

Volvió a mirar el cartel durante un rato.

–Es Marius Newell –dijo Fate.

–Así es –dijo Seaman.

Seaman se puso una chaqueta. Después entró en la habitación y cuando volvió a salir llevaba un sombrero de ala corta de color verde oscuro. De un vaso que estaba en el baño en penumbra sacó su dentadura postiza y se la encajó con cuidado. Fate lo observó desde la sala. Se enjuagó los dientes con un líquido rojo, escupió sobre el lavamanos, volvió a enjuagarse la boca y dijo que ya estaba listo.

Partieron en el coche alquilado hasta el parque Rebeca Holmes, a unas veinte manzanas de allí. Como aún tenían tiempo detuvieron el coche a un lado del parque y se dedicaron a conversar mientras estiraban los pies. El parque Rebeca Holmes era grande y en la parte central, protegido por una valla semidestrozada, había un espacio dedicado a los juegos infantiles llamado Memorial Temple A. Hoffman, en donde no vieron a ningún niño jugando. De hecho, el espacio infantil, salvo por un par de ratas que al verlos echaron a correr, estaba totalmente vacío. Junto a una arboleda de robles se alzaba una pérgola de trazado vagamente oriental, como una iglesia ortodoxa rusa en miniatura. Del otro lado de la pérgola se oía música de rap.

–Detesto esta mierda –dijo Seaman–, eso que quede claro en tu artículo.

–¿Por qué? –dijo Fate.

Avanzaron hacia la pérgola y vieron junto a ésta el lecho de un estanque ahora completamente seco. Sobre el barro seco habían quedado las huellas congeladas de unas zapatillas Nike. Fate pensó en los dinosaurios y volvió a sentirse mareado. Rodearon la pérgola. En el otro lado, junto a unos matojos, vieron en el suelo el radiocasete de donde salía la música. No había nadie alrededor. Seaman dijo que no le gustaba el rap porque la única salida que ofrecía era el suicidio. Pero ni siquiera un suicidio con sentido. Ya sé, dijo, ya sé. Es difícil imaginar un suicidio con sentido. No suele haberlo. Aunque yo he visto o he estado cerca de dos suicidios con sentido. Eso creo. Tal vez me equivoque, dijo.

–¿De qué manera el rap aboga por el suicidio? –dijo Fate.

Seaman no le contestó y lo condujo por un atajo entre los árboles, desde donde salieron a un prado. En la acera tres niñas jugaban a saltar la cuerda. La canción que cantaban le pareció singular en grado extremo. Decía algo sobre una mujer a la que le habían amputado las piernas y los brazos y la lengua. Decía algo sobre el alcantarillado de Chicago y sobre el jefe del alcantarillado o un empleado público llamado Sebastian D'Onofrio y luego venía un estribillo que repetía Chi-Chi-Chi-Chicago. Decía algo sobre el influjo de la luna. Después a la mujer le crecían piernas de madera y brazos de alambre y una lengua hecha de hierbas y plantas trenzadas. Totalmente despistado, preguntó por su coche y el viejo le contestó que estaba al otro lado del parque Rebeca Holmes. Cruzaron la calle hablando de deportes. Anduvieron cien metros y entraron en una iglesia.

Allí, desde el púlpito, Seaman habló de su vida. Lo presentó el reverendo Ronald K. Foster, aunque por la manera de hacerlo se notaba que Seaman ya había estado allí antes. Voy a tratar cinco temas, dijo Seaman, ni uno más ni uno menos. El primer tema es PELIGRO. El segundo, DINERO. El tercero, CO-

MIDA. El cuarto, ESTRELLAS. El quinto y último, UTILIDAD. La gente sonrió y algunos movieron la cabeza en señal de aprobación, como si le dijeran al conferenciante que estaban de acuerdo, que no tenían nada mejor que hacer que escucharlo. En una esquina vio a cinco chicos, ninguno mayor de veinte años, vestidos con chaquetas negras y boinas negras y lentes negros que miraban a Seaman con expresión estólida y que lo mismo estaban allí para aplaudirle que para insultarle. En el escenario el viejo se movía con la espalda encorvada de un lado a otro, como si de pronto hubiera olvidado su discurso. De improviso, a una orden del pastor, el coro cantó un gospel. La letra de la canción hablaba de Moisés y del cautiverio del pueblo de Israel en Egipto. El mismo pastor los acompañaba al piano. Entonces Seaman volvió al centro y levantó una mano (tenía los ojos cerrados) y a los pocos segundos cesaron las notas del coro y la iglesia quedó en silencio.

PELIGRO. Contra lo que todos (o buena parte de los feligreses) esperaban, Seaman empezó hablando de su infancia en California. Dijo que para los que no conocen California, ésta a lo que más se parecía era a una isla encantada. Tal cual. Es igual que en las películas, pero mejor. La gente vive en casas de una sola planta y no en edificios, dijo, y acto seguido se extendió en una comparación entre casas de una sola planta o a lo sumo de dos y edificios de cuatro o cinco plantas en donde el ascensor un día está estropeado y otro día fuera de servicio. En lo único en que los edificios no salían desfavorablemente parados era en las distancias. Un barrio de edificios acorta las distancias, dijo. Todo queda más cerca. Puedes ir caminando a comprar la comida o puedes caminar hasta el bar más próximo (aquí le guiñó un ojo al reverendo Foster), o hasta la iglesia de tu congregación más próxima, o hasta un museo. Es decir, no tienes necesidad de coger un coche. Ni siquiera tienes necesidad de tener un coche. Y aquí se extendió con una serie de estadísticas sobre accidentes automovilísticos mortales en un condado de Detroit y en un condado de Los Ángeles. Y eso que es en Detroit donde se fabrican, dijo, y no en Los Ángeles. Levantó un dedo, se buscó algo en el bolsillo de la chaqueta y sacó un inhalador para enfermos broncopulmonares. Todo el mundo esperó en silencio. Los dos chisguetazos del inhalador se oyeron hasta en el último rincón de la iglesia. Perdón, dijo Seaman. Después contó que él a los trece años había aprendido a conducir. Ya no lo hago, dijo, pero a los trece aprendí y no es algo que me llene de orgullo. En ese momento miró a la sala, a un sitio impreciso en el centro de la nave, y dijo que él había sido uno de los fundadores del partido Panteras Negras. Concretamente, dijo, Marius Newell y yo. A partir de ese instante la conferencia dio un ligerísimo giro. Fue como si las puertas de la iglesia se hubieran abierto, escribió Fate en su cuaderno de notas, y hubiera entrado el fantasma de Newell. Pero acto seguido, como si quisiera salir del atolladero, Seaman se puso a hablar no de Newell sino de la madre de Newell, Anne Jordan Newell, y evocó su porte, agraciado, su trabajo, obrera en una fábrica de aspersores, su religiosidad, acudía cada domingo a la iglesia, su laboriosidad, tenía la casa limpia como una patena, su simpatía, siempre tuvo una sonrisa para los demás, su responsabilidad, daba, sin imponerlos, buenos y sabios consejos. No hay nada superior a una madre, concluyó Seaman. Yo fundé, junto a Marius, los Panteras Negras. Trabajábamos en lo que fuera y comprábamos escopetas y pistolas para la autodefensa del pueblo. Pero una madre vale más que la revolución negra. Os lo puedo asegurar. En mi larga y azarosa vida he visto muchas cosas. Estuve en Argelia y estuve en China y en varias cárceles de los Estados Unidos. No hay nada que valga tanto como una madre. Esto lo digo aquí y lo digo en cualquier otro lugar y a cualquier hora, dijo con voz bronca. Después pidió perdón otra vez y se dio la vuelta, hacia el altar, y luego volvió a ponerse de cara al público. Como ustedes saben, dijo, a Marius Newell lo mataron. Lo mató un negro como ustedes o como yo, una noche, en Santa Cruz, California. Yo se lo dije. Marius, no vuelvas a California, mira que allí hay mucho policía que nos tiene tomada la medida. Pero él no me hizo caso. Le gustaba California. Le gustaba ir a los roqueríos los domingos y respirar el olor del océano Pacífico. Cuando ambos estábamos en la cárcel, a veces, recibía postales de él en las que me decía que había soñado que respiraba ese aire. Y eso es raro, a pocos negros he conocido que les gustara tanto el mar. Más bien a ninguno, sobre todo en California. Pero yo sé lo que Marius quería decir, sé lo que esto significa. Bueno, sinceramente, yo tengo una teoría acerca de esto, acerca de por qué a los negros no nos gusta el mar. Sí nos gusta. Pero no nos gusta tanto como a otra gente. Pero mi teoría no viene a cuento ahora. Marius me dijo que las cosas habían cambiado en California. Hay ahora muchos más policías negros, por ejemplo. Es verdad. En eso ha cambiado. Pero hay otras cosas en que todo sigue igual. Aunque hay cosas que no y eso hay que reconocerlo. Y Marius lo reconocía y sabía que parte del mérito era nuestro. Los Panteras Negras habíamos contribuido al cambio. Con nuestro grano de arena o con nuestro camión volquete. Habíamos contribuido. También había contribuido la madre de Marius y todas las demás madres negras que por las noches, en vez de dormir, lloraron e imaginaron las puertas del infierno. Así que decidió volver a California y vivir allí lo que le quedaba de vida, tranquilo, sin hacer daño a nadie, y tal vez fundar una familia y tener hijos. Siempre dijo que a su primer hijo lo iba a llamar Frank, en memoria de un compañero que murió en la prisión de Soledad. En realidad, hubiera tenido que tener por lo menos treinta hijos para recordar a los amigos muertos. O diez y a cada uno ponerle tres nombres. O cinco y a cada uno ponerle seis nombres. Pero la verdad es que no tuvo ninguno porque una noche, mientras estaba caminando por una calle de Santa Cruz, lo mató un negro. Dicen que por dinero. Dicen que Marius le debía dinero y que por eso lo mataron, pero a mí me cuesta creerlo. Yo creo que alguien pagó para que lo mataran. Marius en aquella época estaba luchando contra el tráfico de drogas en los barrios y a alguien eso no le gustó. Puede ser. Yo aún estaba en la cárcel y no sé muy bien qué fue lo que pasó. Tengo mis versiones, demasiadas versiones. Sólo sé que Marius murió en Santa Cruz, en donde no vivía, adonde había ido a pasar unos días, y resulta difícil pensar que el asesino viviera allí. Es decir: el asesino siguió a Marius. Y el único motivo que se me ocurre pensar que justificara la presencia de Marius en Santa Cruz es el mar. Marius fue a ver y a oler el océano Pacífico. Y el asesino se desplazó a Santa Cruz siguiendo el olor de Marius. Y pasó lo que todos saben. A veces me imagino a Marius. Más frecuentemente de lo que en el fondo desearía. Y lo veo en una playa de California. En alguna de Big Sur, por ejemplo, o en la playa de Monterrey, al norte de Fisherman's Wharf, subiendo por la Highway 1. Él está acodado en un mirador, de espaldas a nosotros. Es invierno y hay pocos turistas. Los Panteras Negras somos jóvenes, ninguno mayor de veinticinco años. Todos vamos armados, aunque hemos dejado las armas en el coche, y nuestros rostros expresan un profundo desagrado. El mar ruge. Entonces yo me acerco a Marius y le digo vámonos de aquí ahora mismo. Y en ese momento Marius se da la vuelta y me mira. Está sonriendo. Está más allá. Y me indica el mar con una mano, porque es incapaz de expresar con palabras lo que siente. Y entonces yo me asusto, aunque es mi hermano a quien tengo a mi lado, y pienso: el mar es el peligro.

DINERO. En pocas palabras, para Seaman el dinero era necesario, pero no tan necesario como la gente decía. Se puso a hablar de lo que llamó «relativismo económico». En la cárcel de Folsom, dijo, un cigarrillo equivalía a una vigésima parte de una lata pequeña de mermelada de fresa. En la cárcel de Soledad, por el contrario, un cigarrillo equivalía a una trigésima parte de esa misma lata de mermelada de fresa. En Walla-Walla, sin embargo, un cigarrillo estaba a la par de la lata de mermelada, entre otras razones porque los reclusos de Walla-Walla, vaya uno a saber por qué motivos, tal vez debido a una intoxicación alimentaria, tal vez a una adicción cada vez mayor a la nicotina, despreciaban profundamente las cosas dulces y procuraban pasarse todo el día inhalando humo en sus pulmones. El dinero, dijo Seaman, en el fondo era un misterio y él no era, por sus nulos estudios, la persona más adecuada para hablar de ese tema. No obstante tenía dos cosas que decir. La primera era que no estaba de acuerdo en la forma en que gastaban su dinero los pobres, sobre todo los pobres afroamericanos. Me hierve la sangre, dijo, cuando veo a un chulo de putas paseándose por el barrio a bordo de una limousine o de un Lincoln Continental. No lo puedo soportar. Cuando los pobres ganan dinero deberían comportarse con mayor dignidad, dijo. Cuando los pobres ganan dinero, deberían ayudar a sus vecinos. Cuando los pobres ganan mucho dinero, deberían mandar a sus hijos a la universidad y adoptar a uno o más huérfanos. Cuando los pobres ganan dinero, deberían admitir públicamente que han ganado sólo la mitad. Ni a sus hijos deberían contarle lo que en realidad tienen, porque los hijos luego quieren la totalidad de la herencia y no están dispuestos a compartirla con sus hermanos adoptivos. Cuando los pobres ganan dinero deberían guardar fondos secretos para ayudar no sólo a los negros que están pudriéndose en las cárceles de los Estados Unidos, sino para fundar empresas humildes como lavanderías, bares, videoclubs, que generen ganancias que luego se reviertan íntegramente en sus comunidades. Becas de estudio. Aunque los becarios acaben mal. Aunque los becarios acaben suicidándose de tanto escuchar rap o en un arrebato de ira asesinen a su profesor blanco y a cinco compañeros de clase. El camino del dinero está sembrado de tentativas y fracasos que no deben desanimar a los pobres enriquecidos o a los nuevos ricos de nuestra comunidad. Hay que aplicarse en ese punto. Hay que sacar agua no sólo de las rocas sino también del desierto. Aunque sin olvidar que el dinero siempre será un problema pendiente, dijo Seaman.

COMIDA. Como ustedes saben, dijo Seaman, yo resucité gracias a las chuletas de cerdo. Primero fui un Pantera Negra y me enfrenté a la policía de California y luego viajé por todo el mundo y luego viví varios años con los gastos pagados por el gobierno de los Estados Unidos de América. Cuando me soltaron yo no era nadie. Los Panteras Negras ya no existían.

Algunos nos consideraban un antiguo grupo terrorista. Otros, un recuerdo vago del pintoresquismo negro de los años sesenta. Marius Newell había muerto en Santa Cruz. Otros compañeros habían muerto en las cárceles y otros habían pedido disculpas públicas y cambiado de vida. Ahora había negros no sólo en la policía. Había negros ocupando cargos públicos, alcaldes negros, empresarios negros, abogados de renombre negros, estrellas de la tele y del cine, y los Panteras Negras eran un estorbo. Así que cuando yo salí a la calle ya no quedaba nada o quedaba muy poco, los restos humeantes de una pesadilla en la que habíamos entrado siendo adolescentes y de la que ahora salíamos siendo adultos, casi viejos, yo diría, sin futuro posible, porque lo que sabíamos hacer lo habíamos olvidado durante los largos años de cárcel y dentro de la cárcel nada habíamos aprendido, a no ser la crueldad de los carceleros y el sadismo de algunos reclusos. Ésa era mi situación. Así que mis primeros meses con la condicional fueron tristes y grises. A veces me quedaba durante horas viendo parpadear las luces de una calle cualquiera, asomado a la ventana y fumando sin parar. No voy a negar que en más de una ocasión por mi cabeza cruzaron pensamientos funestos. Sólo una persona me ayudó desinteresadamente, mi hermana mayor, que en gloria esté. Ella me ofreció su casa en Detroit, que era bastante pequeña, pero que para mí fue como si una princesa europea me ofreciera su castillo para pasar una temporada de reposo. Mis días eran monótonos pero tenían algo de lo que hoy, con la experiencia acumulada, no dudaría en llamar felicidad. Por aquel entonces sólo veía regularmente a dos personas: mi hermana, que era el ser humano más bondadoso del mundo, y mi agente de libertad vigilada, un tipo gordo que a veces me invitaba a beber un whisky en su oficina y solía decirme: ¿cómo es que fuiste un tipo tan malo, Barry? Alguna vez pensé que lo decía para provocarme. Alguna vez pensé: este tipo está a sueldo de los policías de California y quiere provocarme y luego meterme un balazo en la barriga. Háblame de tus h..., Barry, decía, refiriéndose a mis atributos viriles, o: háblame de los tipos que te cargaste. Habla,

Barry. Habla. Y abría el cajón de su escritorio, donde yo sabía que tenía su arma, y esperaba. Y yo no tenía más remedio que hablar. Le decía: bueno, Lou, yo no conocí al presidente Mao, pero sí que conocí a Lin Piao, nos fue a recibir al aeropuerto, Lin Piao, que luego quiso cargarse al presidente Mao y que murió en un accidente de avión mientras huía hacia Rusia. Un tipo pequeño y más hábil que una serpiente. ¿Tú recuerdas a Lin Piao? Y Lou decía que no había oído hablar de Lin Piao en su vida. Bueno, Lou, decía yo, era algo así como un ministro chino o como el secretario de Estado de la China. Y en esa época no había muchos norteamericanos allí, te lo puedo asegurar. Se podría decir que fuimos nosotros los que les allanamos el camino a Kissinger y Nixon. Y así podía estar con Lou durante tres horas, él pidiéndome que le hablara de los tipos a los que yo había matado por la espalda, y yo hablándole de los políticos y de los países que había conocido. Hasta que por fin me lo pude sacar de encima, a base de paciencia cristiana, y desde entonces no lo he vuelto a ver más. Probablemente Lou murió de cirrosis. Y mi vida siguió hacia adelante, con los mismos sobresaltos y la misma sensación de provisionalidad. Entonces, un día cualquiera, recordé que había algo que no había olvidado. No me había olvidado de cocinar. No me había olvidado de mis chuletas de cerdo. Con la ayuda de mi hermana, que era una santa y a la que le encantaba hablar de estas cosas, fui anotando todas las recetas que recordaba, las de mi madre, las que había hecho en la cárcel, las que los sábados hacía en casa, en la azotea de casa, para mi hermana, aunque ella, he de decirlo, no era muy aficionada a la carne. Y cuando tuve el libro completo fui a Nueva York a ver a algunos editores y uno de ellos se interesó y el resto vosotros ya lo conocéis. El libro me puso en circulación otra vez. Aprendí a combinar la gastronomía con la memoria. Aprendí a combinar la gastronomía con la historia. Aprendí a combinar la gastronomía con mi agradecimiento y mi perplejidad por la bondad de tanta gente, empezando por mi difunta hermana y siguiendo por tantas personas. Y aquí permítanme que haga una precisión. Cuando digo perplejidad, quiero decir, también, maravilla. Es decir, una cosa extraordinaria que causa admiración. Como la flor de la maravilla, o como las azaleas, o como las siemprevivas. Pero también me di cuenta de que esto no bastaba. No podía vivir siempre con mis famosas y riquísimas recetas de costillas. No dan para tanto las costillas. Hay que cambiar. Hay que revolverse y cambiar. Hay que saber buscar aunque uno no sepa qué es lo que busca. Así que ya pueden ir sacando, los que estén interesados, lápiz y papel, pues les voy a dictar otra receta. Es la del pato a la naranja. No es recomendable para comer cada día, porque no es barato y además su elaboración no debe ser inferior a una hora y media, pero una vez cada dos meses o cuando se celebra un cumpleaños, no está mal. Éstos son los ingredientes para cuatro personas. Un pato de un kilo y medio, veinticinco gramos de mantequilla, cuatro dientes de ajo, dos vasos de caldo, un ramillete de hierbas, una cucharada de tomate concentrado, cuatro naranjas, cincuenta gramos de azúcar, tres cucharadas de brandy, tres cucharadas de vinagre, tres cucharadas de jerez, pimienta negra, aceite y sal. Luego Seaman explicó las diferentes fases de la preparación y cuando hubo terminado de explicarlas sólo dijo que aquel pato era una excelente comida.

ESTRELLAS. Dijo que uno conocía muchas clases de estrellas o que uno creía conocer muchas clases de estrellas. Habló de las estrellas que se ven por la noche, digamos, cuando uno va de Des Moines a Lincoln por la 80 y el coche se estropea, nada grave, el aceite o el radiador, tal vez una rueda pinchada, y uno se baja y saca el gato y la rueda de repuesto del maletero y cambia la rueda, en el peor de los casos media hora, y cuando ha terminado mira hacia arriba y ve el cielo cubierto de estrellas. La Vía Láctea. Habló de las estrellas del deporte. Ésas son otra clase de estrellas, dijo, y las comparó con las estrellas de cine, aunque precisó que la vida de una estrella del deporte solía ser bastante más corta que la vida de una estrella de cine. La de una estrella del deporte, en el mejor de los casos, solía durar quince años, mientras la vida de una estrella de cine, también en el mejor de los casos, podía durar cuarenta o cincuenta años si había empezado joven la carrera. Por el contrario, la vida de cualquiera de las estrellas que uno podía contemplar a un lado de la 80, mientras viajaba de Des Moines a Lincoln, solía durar millones de años o bien, en el momento de contemplarla, podía haber muerto hacía ya millones de años y el viajero que la contemplaba ni siquiera lo sospechaba. Podía tratarse de una estrella viva o podía tratarse de una estrella muerta. En ocasiones, según se lo mirara, dijo, ese asunto carecía de importancia, pues las estrellas que uno ve de noche viven en el reino de la apariencia. Son apariencia, de la misma manera en que son apariencia los sueños. De tal manera que el viajero de la 80 al que se le acaba de reventar un neumático no sabe si lo que contempla en la inmensa noche son estrellas o si, por el contrario, son sueños. De alguna forma, dijo, ese viajero detenido también es parte de un sueño, un sueño que se desgaja de otro sueño así como una gota de agua se desgaja de una gota de agua mayor a la que llamamos ola. Llegado a este punto Seaman advirtió que una cosa es una estrella y otra cosa es un meteorito. Un meteorito no tiene nada que ver con una estrella, dijo. Un meteorito, sobre todo si su trayectoria lo lleva directo a impactar con la Tierra, no tiene nada que ver con una estrella ni con un sueño, aunque sí, tal vez, con la noción de desgajamiento, una especie de desgajamiento al revés. Luego habló de las estrellas de mar, dijo que Marius Newell cada vez que recorría alguna playa de California encontraba, vaya uno a saber cómo, una estrella de mar. Pero también dijo que las estrellas de mar que uno se encontraba en las playas generalmente estaban muertas, eran cadáveres que las olas expulsaban, aunque había, ciertamente, excepciones. Newell, dijo, siempre distinguía entre las estrellas de mar muertas de aquellas que estaban vivas. No sé cómo, pero las distinguía. Y las muertas las dejaba en la playa y a las vivas las devolvía al mar, las arrojaba cerca de las rocas para que así tuvieran al menos una oportunidad. Salvo en una ocasión en que se llevó a casa una estrella de mar y la metió en una pecera, con agua salada del Pacífico. Eso fue cuando los

Panteras Negras acababan de nacer y ellos se dedicaban a vigilar el tránsito en su barrio para que los coches no circularan a toda velocidad y mataran niños. Hubiera bastado con un semáforo o tal vez dos, pero el ayuntamiento no quiso poner ninguno. Así que ésa fue una de las primeras apariciones de los Panteras, como guardias de tráfico. Y mientras tanto Marius Newell cuidaba su estrella de mar. Por supuesto, no tardó en darse cuenta de que su acuario necesitaba un motor. Una noche salió con Seaman y el pequeño Nelson Sánchez a robarlo. Ninguno iba armado. Fueron a una tienda especializada en la venta de peces raros en Colchester Sun, un barrio de blancos, y entraron por la parte de atrás. Cuando ya tenían el motor en sus manos apareció un tipo con una escopeta. Pensé que allí íbamos a morir, dijo Seaman, pero entonces Marius dijo: no dispare, no dispare, es para mi estrella de mar. El tipo de la escopeta se quedó inmóvil. Retrocedimos. El tipo avanzó. Nos detuvimos. El tipo se detuvo. Volvimos a retroceder. El tipo fue tras nosotros. Por fin llegamos al coche que conducía el pequeño Nelson y el tipo se detuvo a menos de tres metros. Cuando puso el coche en marcha, el tipo se echó la escopeta al hombro y nos apuntó. Acelera, le dije. No, dijo Marius, despacio, despacio. El coche salió hacia la calle principal a vuelta de rueda y el tipo detrás, caminando y con la escopeta apuntándonos. Ahora sí, acelera, dijo Marius, y cuando el pequeño Nelson pisó el acelerador el tipo se quedó inmóvil y se fue haciendo cada vez más pequeño, hasta que lo vi desaparecer por el espejo retrovisor. Por supuesto, el motor no le sirvió de nada a Marius y al cabo de una semana o dos, pese a los cuidados recibidos, la estrella de mar murió y terminó en la bolsa de basura. En realidad, cuando uno habla de estrellas, lo hace en sentido figurado. Eso se llama metáfora. Uno dice: es una estrella de cine. Uno está hablando con una metáfora. Uno dice: el cielo estaba cubierto de estrellas. Más metáforas. Si a uno le pegan un derechazo en la mandíbula y lo dejan knock out, se dice que ha visto las estrellas. Otra metáfora. Las metáforas son nuestra manera de perdernos en las apariencias o de quedarnos inmóviles en el mar de las apariencias. En este sentido una metáfora es como un salvavidas. Y no hay que olvidar que hay salvavidas que flotan y salvavidas que caen a plomo hacia el fondo. Eso conviene no olvidarlo jamás. La verdad es que sólo hay una estrella y esa estrella no es ninguna apariencia ni es una metáfora ni surge de ningún sueño o pesadilla. La tenemos ahí afuera. Es el sol. Ésa es, para nuestra desgracia, la única estrella. Cuando yo era joven vi una película de ciencia ficción. Una nave pierde el rumbo y se aproxima al sol. Los astronautas empiezan a sentir dolores de cabeza, eso lo primero. Después todos sudan copiosamente y se sacan sus trajes espaciales y aun así no pueden dejar de sudar como locos y de deshidratarse. La gravedad del sol los atrae implacablemente. El sol empieza a derretir el revestimiento de la nave. El espectador no puede evitar sentir, sentado en su butaca, un calor insufrible. Ya no recuerdo el final. Creo que se salvan en el último minuto y corrigen el rumbo de la nave, otra vez con destino a la Tierra, y atrás queda el sol, enorme, una estrella enloquecida en la inmensidad del espacio.

UTILIDAD. Pero el sol tiene su utilidad, eso a nadie con dos dedos de frente se le escapa, dijo Seaman. De cerca es el infierno, pero de lejos es útil y hermoso, sólo un vampiro sería incapaz de reconocerlo. Después empezó a hablar de las cosas que antes eran útiles, sobre las cuales había consenso, y que ahora más bien inspiraban desconfianza, como las sonrisas, en la década de los cincuenta, por ejemplo, dijo, una sonrisa te abría puertas. Yo no sé si podía abrirte caminos, pero indudablemente puertas sí que te abría. Ahora una sonrisa inspira desconfianza. Antes, si eras vendedor y entrabas en algún sitio, lo mejor era hacerlo con una gran sonrisa. Lo mismo si eras camarero que ejecutivo, secretaria, médico, guionista o jardinero. Los únicos que no sonreían nunca eran los policías y los funcionarios de prisiones. Ésos siguen igual. Pero los demás, todos procuraban sonreír. Fue la edad de oro de los dentistas de los Estados Unidos de América. Los negros, por supuesto, siempre sonreían. Los blancos sonreían. Los asiáticos. Los hispanos.

Ahora sabemos que detrás de una sonrisa puede ocultarse tu peor enemigo. O, dicho de otro modo, ya no confiamos en nadie, empezando por los que sonríen, pues sabemos que éstos intentan conseguir algo de ti. Sin embargo la televisión americana está llena de sonrisas y de dentaduras cada vez más perfectas. ¿Quieren que depositemos nuestra confianza en ellos? No. ¿Quieren hacernos creer que son buenas personas, incapaces de hacer daño a nadie? Tampoco. En realidad no quieren nada de nosotros. Sólo quieren enseñarnos sus dentaduras, sus sonrisas, sin pedirnos nada a cambio salvo nuestra admiración. Admiración. Quieren que los miremos, eso es todo. Sus dentaduras perfectas, sus cuerpos perfectos, sus modales perfectos, como si ellos se estuvieran permanentemente desgajando del sol y fueran trozos de fuego, pedazos de infierno ardiente, cuya presencia en este planeta únicamente obedece a la necesidad de pleitesía. Cuando yo era pequeño, dijo Seaman, no recuerdo que los niños llevaran alambres en la boca. Hoy casi no conozco pequeños que no los luzcan. Lo inútil se impone no como calidad de vida sino como moda o distintivo de clase, y tanto la moda como los distintivos de clase necesitan admiración, pleitesía. Por supuesto, las modas tienen una esperanza de vida corta, un año, cuatro a lo sumo, y después pasan por todas las etapas de la degradación. El distintivo de clase, por el contrario, sólo se pudre cuando se pudre el cadáver que lo llevaba encima. Luego se puso a hablar de las cosas útiles que necesitaba el cuerpo. En primer lugar, una comida equilibrada. Veo muchos gordos en esta iglesia, dijo. Sospecho que pocos de vosotros coméis ensalada. Tal vez sea el momento adecuado de daros una receta. Esta receta se llama: Coles de Bruselas al limón. Anoten, por favor. Ingredientes para cuatro personas: 800 gramos de coles de Bruselas, el zumo y la ralladura de un limón, una cebolla, una rama de perejil, 40 gramos de mantequilla, pimienta negra y sal. Se prepara de la siguiente manera. Uno: Limpiar bien las coles y retirar las hojas exteriores. Picar finamente la cebolla y el perejil. Dos: En una olla con agua hirviendo y sal cocer las coles durante veinte minutos o hasta que estén tiernas. Después escurrir bien y guardar. Tres: En una sartén untada con mantequilla sofreír ligeramente la cebolla, añadir la ralladura y el zumo de limón y salpimentar al gusto. Cuatro: Incorporar las coles, mezclar con la salsa, rehogar unos minutos, espolvorear con el perejil y servir adornadas con rodajitas de limón. Para chuparse los dedos, dijo Seaman. Sin colesterol, buena para el hígado, buena para la circulación sanguínea, sanísima. Después dio la receta de la Ensalada de endibias y gambas y de la Ensalada de brécol y después dijo que no sólo de comida sana vivía el hombre. Hay que leer libros, dijo. No ver tanta televisión. Los expertos dicen que la tele no es mala para los ojos. Yo me permito dudarlo. La tele no es buena para la vista y los teléfonos móviles aún son un misterio. Tal vez, como dicen algunos científicos, produzcan cáncer. Ni lo niego ni lo afirmo, pero ahí está. Yo lo que digo es que hay que leer libros. El pastor sabe que lo que digo es la verdad. Lean libros de autores negros. Y de autoras negras. Pero no se queden ahí. Ésa es mi verdadera aportación de esta noche. Cuando uno lee jamás pierde el tiempo. Yo en la cárcel leía. Allí me puse a leer. Mucho. Devoraba los libros como si fueran costillitas de cerdo picantes. En las cárceles la luz se apaga muy pronto. Uno se mete en su cama y escucha ruidos. Pasos. Gritos. Como si la cárcel en lugar de estar en California estuviera en el interior del planeta Mercurio, que es el planeta más cercano al sol. Sientes frío y calor al mismo tiempo y ésa es la señal más clara de que te sientes solo o de que estás enfermo. Uno intenta, por descontado, pensar en otras cosas, en cosas bonitas, pero no siempre puede. A veces, algún vigilante instalado en la garita interior enciende una lámpara y un rayo de luz de esa lámpara roza los barrotes de tu celda. A mí me ocurrió infinidad de veces. La luz de una lámpara mal colocada o los fluorescentes de la galería superior o de la galería vecina. Entonces cogía mi libro y lo aproximaba a la luz y me ponía a leer. Con dificultad, pues las letras y los párrafos parecían enloquecidos o atemorizados por esa atmósfera mercurial y subterránea. Pero igual leía y leía, a veces con una rapidez desconcertante hasta para mí mismo y a veces con gran lentitud, como si cada frase o palabra fuera un manjar para todo mi cuerpo, no solamente para mi cerebro. Y así me podía estar horas, sin importarme el sueño o el hecho incontestable de que estaba preso por haberme preocupado por mis hermanos, a la mayoría de los cuales les importaba un pimiento el que yo me pudriera o no. Yo sabía que estaba haciendo algo útil. Eso era lo importante. Hacía algo útil mientras los carceleros caminaban o se saludaban entre ellos durante el cambio de turno con palabras amables que a mí me sonaban a insultos y que, bien mirado (se me acaba de ocurrir), tal vez fueran insultos. Yo hacía algo útil. Algo útil se lo mire como se lo mire. Leer es como pensar, como rezar, como hablar con un amigo, como exponer tus ideas, como escuchar las ideas de los otros, como escuchar música (sí, sí), como contemplar un paisaje, como salir a dar un paseo por la playa. Y vosotros, que sois tan amables, ahora os estaréis preguntando: ¿qué era lo que leías, Barry? Lo leía todo. Pero sobre todo recuerdo un libro que leí en uno de los momentos más desesperados de mi vida y que me devolvió la serenidad. ¿Qué libro es ése? ¿Qué libro es ése? Pues ése es un libro que se llama *Compendio abreviado de la obra de Voltaire* y les aseguro que es muy útil o al menos para mí fue de gran utilidad.

Aquella noche, después de dejar a Seaman en su casa, Fate durmió en el hotel que la revista le había reservado desde Nueva York. El recepcionista le dijo que lo esperaban el día anterior y le entregó un recado de su jefe de sección preguntando qué tal había ido todo. Desde su habitación lo llamó por teléfono a la revista, a sabiendas de que a esa hora allí no habría nadie, y le dejó un mensaje en el contestador explicándole vagamente su encuentro con el viejo.

Se duchó y se metió en la cama. Buscó un programa pornográfico en la tele. Halló una película en la que una alemana hacía el amor con un par de negros. La alemana hablaba en alemán y los negros también hablaban en alemán. Se preguntó si en Alemania también había negros. Luego se aburrió y cambió a una cadena gratuita. Vio un trozo de un programa basura en el que una mujer obesa de unos cuarenta años tenía que soportar los insultos de su marido, un obeso de unos treintaicinco, y de su nueva novia, una semiobesa de unos treinta años. El tipo, pensó, era claramente un marica. El programa se emitía desde Florida. Todos iban con manga corta, salvo el presentador, que llevaba una americana blanca, unos pantalones de color caqui, camisa gris verde y una corbata de color marfil. Por momentos, el presentador daba la impresión de sentirse incómodo. El obeso gesticulaba y se movía como un rapero, jaleado por su novia semiobesa. La esposa del obeso, por el contrario, permaneció en silencio mirando al público hasta que se puso a llorar sin hacer ningún comentario.

Esto tiene que acabarse aquí, pensó Fate. Pero el programa o aquel segmento del programa no acabó allí. Al ver las lágrimas de su esposa el obeso redobló su ataque verbal. Entre las cosas que le dijo Fate creyó distinguir la palabra gorda. También le dijo que ya no iba a permitir que le siguiera arruinando la vida. No te pertenezco, dijo. Su novia semiobesa dijo: no te pertenece, es hora de que te saques la venda de los ojos. Al cabo de un rato la mujer sentada reaccionó. Se levantó y dijo que ya no podía escuchar más. No se lo dijo a su marido ni a la novia de su marido sino directamente al presentador. Éste le dijo que asumiera la situación y que dijera a su vez lo que ella creyera conveniente. He venido a este programa engañada, dijo la mujer mientras seguía llorando. Nadie viene aquí mediante engaños, dijo el presentador del programa. No seas cobarde y escucha lo que él tiene que decirte, dijo la novia del obeso. Escucha lo que tengo que decirte, dijo el obeso moviéndose alrededor de ella. La mujer levantó una mano como si fuera un parachoques y salió del plató. La semiobesa tomó asiento. El obeso al cabo de un rato también se sentó. El presentador, que estaba sentado entre el público, le preguntó al obeso en qué trabajaba. Ahora estoy sin empleo, pero hasta hace poco era guardia de seguridad, dijo éste. Fate cambió de canal. Del minibar sacó un botellín de whisky de la marca Toro de Tennessee. Después del primer trago sintió deseos de vomitar. Tapó el botellín y volvió a dejarlo en el minibar. Al cabo de un rato se quedó dormido con la tele encendida.

Mientras Fate dormía dieron un reportaje sobre una norteamericana desaparecida en Santa Teresa, en el estado de Sonora, al norte de México. El reportero era un chicano llamado Dick Medina y hablaba sobre la larga lista de mujeres asesinadas en Santa Teresa, muchas de las cuales iban a parar a la fosa común del cementerio pues nadie reclamaba sus cadáveres. Medina hablaba en el desierto. Detrás se veía una carretera y mucho más lejos un promontorio que Medina señalaba en algún momento de la emisión diciendo que aquello era Arizona. El viento despeinaba el pelo negro y liso del reportero, que iba vestido con una camisa de manga corta. Después aparecían algunas fábricas de montaje y la voz en off de Medina decía que el desempleo era prácticamente inexistente en aquella franja de la frontera. Gente haciendo cola en una acera estrecha. Camionetas cubiertas de polvo muy fino, de color marrón caca de niño. Depresiones del terreno, como cráteres de la Primera Guerra Mundial, que poco a poco se convertían en vertederos. El rostro sonriente de un tipo de no más de veinte años, flaco y moreno, de mandíbulas prominentes, a quien Medina identificaba en off como pollero o coyote o guía de ilegales de un lado a otro de la frontera. Medina decía un nombre. El nombre de una joven. Después aparecían las calles de un pueblo de Arizona de donde la joven era originaria. Casas con jardines raquíticos y cercas de alambre trenzado de color plata sucia. El rostro compungido de la madre. Cansada de llorar. El rostro del padre, un tipo alto, de espaldas anchas, que miraba fijamente a la cámara y no decía nada. Detrás de estas dos figuras se perfilaban las sombras de tres adolescentes. Nuestras otras tres hijas, decía la madre en un inglés con acento. Las tres niñas, la mayor de no más de quince años, echaban a correr hacia la sombra de la casa.

Mientras por la tele pasaban este reportaje Fate soñó con un tipo sobre el que había escrito una crónica, la primera crónica que publicó en *Amanecer Negro* después de que la revista le rechazara tres trabajos. El tipo era un negro viejo, mucho más viejo que Seaman, que vivía en Brooklyn y era miembro del Partido Comunista de los Estados Unidos de América. Cuando lo conoció ya no quedaba ni un solo comunista en Brooklyn, pero el tipo seguía manteniendo operativa su célula. ¿Cómo se llamaba? Antonio Ulises Jones, aunque los jóvenes de su barrio lo llamaban Scottsboro Boy. También lo llamaban Viejo Loco o Saco de Huesos o Pellejo, pero por regla general lo llamaban Scottsboro Boy, entre otras razones porque el viejo Antonio Jones hablaba a menudo de los sucesos de Scottsboro, de los juicios de Scottsboro, de los negros que estuvieron a punto de ser linchados en Scottsboro y de los que nadie, en su barrio de Brooklyn, se acordaba.

Cuando Fate, por pura casualidad, lo conoció, Antonio Jones debía de tener unos ochenta años y vivía en un apartamento de dos habitaciones en una de las zonas más depauperadas de Brooklyn. En la sala había una mesa y más de quince sillas, de esas viejas sillas de bar plegables, de madera y patas largas y respaldo corto. En la pared estaba colgada la foto de un tipo muy grande, de un par de metros, por lo menos, vestido como un obrero de la época, en el momento de recibir un diploma escolar de manos de un niño que miraba directamente a la cámara y sonreía mostrando una dentadura blanquísima y perfecta. El rostro del obrero gigantesco también, a su manera, parecía el de un niño.

Ése soy yo le dijo Antonio Jones a Fate la primera vez que éste fue a su casa–, y el grandullón es Robert Martillo Smith, obrero de mantenimiento del municipio de Brooklyn, experto en meterse dentro de las alcantarillas y luchar con cocodrilos de diez metros.

Durante las tres charlas que mantuvieron, Fate le hizo muchas preguntas, algunas destinadas a removerle la conciencia al viejo. Le preguntó por Stalin y Antonio Jones le respondió que

Stalin era un hijo de puta. Le preguntó por Lenin y Antonio Jones le respondió que Lenin era un hijo de puta. Le preguntó por Marx y Antonio Jones le respondió que por ahí, precisamente, tenía que haber empezado: Marx era un tipo magnífico. A partir de ese momento Antonio Jones se puso a hablar de Marx en los mejores términos. Sólo había una cosa de Marx que no le gustaba: su irritabilidad. Esto lo achacaba a la pobreza, puesto que para Jones la pobreza generaba no sólo enfermedades y rencores sino también irritabilidad. La siguiente pregunta de Fate fue su opinión acerca de la caída del Muro de Berlín y el sucesivo desplome de los regímenes de socialismo real. Era predecible, yo lo vaticiné diez años antes de que ocurriera, fue la respuesta de Antonio Jones. Luego, sin que viniera a cuento, se puso a cantar la Internacional. Abrió la ventana y con una voz profunda que Fate no le hubiera supuesto jamás, entonó las primeras estrofas: Arriba los pobres del mundo, de pie los esclavos sin pan. Cuando hubo terminado de cantar le preguntó a Fate si no le parecía que era un himno hecho especialmente para los negros. No lo sé, dijo Fate, nunca lo había pensado de esa manera. Más tarde, Jones le hizo un croquis mental sobre los comunistas de Brooklyn. Durante la Segunda Guerra Mundial habían sido más de mil. Después de la guerra el número subió a mil trescientos. Cuando empezó el macarthysmo ya sólo eran setecientos, aproximadamente, y cuando terminó no quedaban más de doscientos comunistas en Brooklyn. En los años sesenta sólo había la mitad y a principios de los setenta uno no podía contar con más de treinta comunistas desparramados en cinco células irreductibles. A finales de los setenta sólo quedaban diez. Y a principios de los ochenta ya sólo había cuatro. Durante esa década, de los cuatro que quedaban dos murieron de cáncer y uno se dio de baja sin avisarle nada a nadie. Tal vez sólo se fue de viaje y murió en el camino de ida o en el camino de vuelta, reflexionó Antonio Jones. Lo cierto es que nunca más apareció, ni por el local ni por su casa ni por los bares que solía frecuentar. Tal vez se fue a vivir con su hija en Florida. Era judío y tenía una hija que vivía allí. Lo cierto es que en 1987 ya sólo quedaba yo. Y aquí sigo, dijo. ¿Por qué?, preguntó Fate. Durante unos segundos Antonio Jones meditó la respuesta que iba a dar. Finalmente lo miró a los ojos y dijo:

–Porque alguien tiene que mantener operativa la célula.

Los ojos de Jones eran pequeños y negros como el carbón, y sus párpados estaban llenos de arrugas. Casi no tenía pestañas. El pelo de las cejas empezaba a desaparecer y a veces, cuando salía a dar paseos por el barrio, se ponía unas grandes gafas negras y se llevaba un bastón que luego dejaba junto a la puerta. Podía pasarse días enteros sin comer. A cierta edad, decía, la comida no es buena. No tenía ningún contacto con comunistas de ningún otro lugar de los Estados Unidos ni del extranjero, a excepción de un profesor jubilado de la Universidad de California-Los Ángeles, un tal doctor Minski, con el que se escribía de vez en cuando. Yo pertenecí hasta hace unos quince años a la Tercera Internacional. Minski me convenció para entrar en la Cuarta, dijo. Después dijo:

–Hijo, te voy a regalar un libro que te será de mucha utilidad.

Fate pensó que le iba a regalar el *Manifiesto*, de Marx, tal vez debido a que en la sala, apilados en los rincones y bajo las sillas, había visto varios ejemplares editados por el propio Antonio Jones, vaya uno a saber con qué dinero o haciendo qué clase de trampas a los impresores, pero cuando el viejo le puso el libro entre las manos vio con sorpresa que no se trataba del *Manifiesto* sino de un grueso volumen titulado *La trata de esclavos*, escrito por un tal Hugh Thomas, cuyo nombre no le sonaba de nada. Al principio rehusó aceptarlo.

–Es un libro caro y seguramente usted sólo tiene este ejemplar –dijo.

La respuesta de Jones fue que no se preocupara, que no le había costado dinero sino astucia, por lo que dedujo que había robado el libro, algo que también le pareció inverosímil, pues el viejo no estaba para esos trotes, aunque cabía dentro de lo posible que en la librería donde cometía sus hurtos tuviera un cómplice, un joven negro que hiciera la vista gorda cuando Jones se metía un libro en el interior de la chaqueta.

Sólo al hojear el libro, horas después, en su apartamento, se dio cuenta de que el autor era blanco. Un blanco inglés y que además había sido profesor de la Real Academia Militar de Sandhurst, lo que para Fate equivalía casi a un instructor, un jodido sargento británico de pantalones cortos, por lo que dejó el libro de lado y no lo leyó. La entrevista con Antonio Ulises Jones, por lo demás, fue bien recibida. Fate notó que para la mayoría de sus colegas la crónica difícilmente excedía los límites del pintoresquismo afroamericano. Un predicador chiflado, un ex músico de jazz chiflado, el único miembro del Partido Comunista de Brooklyn (Cuarta Internacional) chiflado. Pintoresquismo sociológico. Pero la crónica gustó y él se convirtió, al poco tiempo, en redactor de plantilla. Nunca más volvió a ver a Antonio Jones, de la misma manera que era muy posible que nunca más volviera a ver a Barry Seaman.

Cuando se despertó aún no había amanecido.

Antes de abandonar Detroit fue a la única librería decente de la ciudad y compró *La trata de esclavos*, de Hugh Thomas, el ex profesor de la Real Academia Militar de Sandhurst. Después tomó por Woodward Avenue y dio una vuelta por el centro de la ciudad. Desayunó una taza dc café y tostadas en una cafetería de Greektown. Cuando rechazó una comida más fuerte, la camarera, una rubia de unos cuarenta años, le preguntó si estaba enfermo. Dijo que no estaba muy bien del estómago. Entonces la camarera cogió la taza de café que ya le había servido y dijo que tenía algo más adecuado para él. Al poco rato apareció con una infusión de anís y boldo que Fate jamás había probado y que en los primeros instantes se mostró renuente a probar.

–Esto es lo que te conviene, no un café –dijo la camarera.

Era una mujer alta y delgada, con pechos muy grandes y bonitas caderas. Llevaba una falda negra y una blusa blanca y zapatos sin tacón. Durante un rato ambos permanecieron sin decirse nada, en un silencio expectante, hasta que Fate se encogió de hombros y empezó a beber sorbo tras sorbo su infusión. Entonces la camarera sonrió y se marchó a atender a otros clientes.

En el hotel, mientras se disponía a cancelar su cuenta, encontró un mensaje de Nueva York. Una voz que no distinguió le pedía que se pusiera en contacto con su jefe de sección o bien con el jefe de sección de deportes lo antes posible. Desde el lobby hizo la llamada. Habló con su vecina de mesa y ésta le dijo que esperara, mientras intentaba localizar al jefe de sección. Al cabo de un rato una voz que no conocía y que se identificó como Jeff Roberts, jefe de la sección de deportes, se puso a hablarle de un combate de boxeo. Pelea Count Pickett, dijo, y no tenemos a nadie para cubrir el evento. El tipo lo llamaba Oscar como si se conocieran desde hacía años y no paraba de hablar de Count Pickett, una promesa de Harlem en los semipesados.

–¿Y qué tengo yo que ver con eso? –dijo Fate.

–Bueno, Oscar –dijo el jefe de deportes–, ya sabes que murió Jimmy Lowell y no tenemos todavía a nadie que lo sustituya.

Fate pensó que la pelea probablemente era en Detroit o en Chicago y no le pareció mala idea estar unos días lejos de Nueva York.

–¿Quieres que yo haga la crónica de la pelea?

–Así es, muchacho –dijo Roberts–, unas cinco páginas, un perfil sucinto de Pickett, el combate y algo de color local.

–¿Dónde es el combate?

–En México, muchacho –dijo el jefe de deportes–, y ten en cuenta que nosotros damos más dietas que en tu sección.

Con la maleta hecha, Fate se dirigió por última vez a la casa de Seaman. Encontró al viejo leyendo y tomando apuntes. De la cocina llegaba un olor a especias y a sofrito de verduras.

–Me voy –dijo–, sólo venía a despedirme.

Seaman le preguntó si aún tenía tiempo para comer algo.

–No, no tengo tiempo –dijo Fate.

Se abrazaron y Fate bajó las escaleras de tres en tres, como si tuviera prisa por alcanzar la calle o como un niño que se dispone a pasar una tarde libre con los amigos. Mientras conducía hacia el aeropuerto de Detroit Wayne County se puso a pensar en los extraños libros de Seaman, *La enciclopedia francesa abreviada* y aquel que no había visto pero que Seaman aseguraba haber leído en la cárcel, *Compendio abreviado de la obra de Voltaire*, que lo hicieron lanzar una carcajada.

En el aeropuerto compró un billete a Tucson. Mientras esperaba, acodado en la barra de una cafetería, recordó el sueño que había tenido aquella noche con Antonio Jones, que llevaba varios años muerto. Se preguntó, como entonces, de qué habría muerto, y la única respuesta que se le ocurrió fue que de viejo. Un día Antonio Jones, mientras caminaba por una calle de Brooklyn, se había sentido cansado, se había sentado en la acera y un segundo después había dejado de existir. Tal vez a mi madre le ocurrió algo parecido, pensó Fate, pero en el fondo sabía que no era cierto. Cuando el avión despegó de Detroit había empezado a descargarse una tormenta sobre la ciudad.

Fate abrió el libro de aquel blanco que había sido profesor en Sandhurst y empezó a leerlo por la página 361. Decía: *Más allá del delta del Níger, la costa de África vuelve a dirigirse, por fin, hacia el sur y allí, en los Camerunes, los mercaderes de Liverpool iniciaron una nueva rama de la trata. Mucho más al sur, el río Gabón, al norte del cabo López, entró también en actividad hacia 1780, como región de esclavos. Al reverendo John Newton le pareció que esta zona poseía «la gente más humana y más moral que he encontrado en África», tal vez «porque era la que menos relación tenía con los europeos, en aquel tiempo». Pero frente a su costa, los holandeses hacía mucho tiempo que empleaban la isla de Corisco (que en portugués significa «relámpago») como centro de comercio, aunque no concretamente de esclavos.* Después vio una ilustración, en el libro había bastantes, que mostraba un fuerte portugués en la Costa de Oro, llamado Elmina, capturado por los daneses en 1637. Durante trescientos cincuenta años Elmina fue un centro de exportación de esclavos. Sobre el fuerte, y sobre un fortín de apoyo situado en lo alto de un cerro, ondeaba una bandera que Fate no pudo identificar. ¿A qué reino pertenecía esa bandera?, se preguntó antes de que se le cerraran los ojos y se quedara dormido con el libro sobre las piernas.

En el aeropuerto de Tucson alquiló un coche, compró un mapa de carreteras y salió de la ciudad rumbo al sur. El aire seco del desierto probablemente le despertó el apetito y decidió parar en el primer restaurante de carretera. Dos Camaro del mismo año y del mismo color lo adelantaron tocando el claxon. Pensó que estaban haciendo una carrera. Los coches probablemente tenían el motor trucado y las carrocerías relucían bajo el sol de Arizona. Pasó delante de un ranchito que vendía naranjas, pero no se detuvo. El ranchito estaba a unos cien metros de la carretera y el puesto de las naranjas, una vieja carretela con toldo, de grandes ruedas de madera, estaba junto al arcén, atendido por dos niños mexicanos. Un par de kilómetros más adelante vio un lugar llamado El Rincón de Cochise y aparcó en una amplia explanada, junto a una bomba de gasolina. Los dos Camaro estaban estacionados junto a una bandera con la franja superior de color rojo y la inferior negra. En el centro había un círculo blanco en donde se podía leer Club de Automóvil Chiricahua. Por un instante pensó que los conductores de los Camaro eran dos indios, pero luego esa idea le pareció absurda. Se sentó en un rincón del restaurante, junto a una ventana desde la que podía ver su coche. En la mesa de al lado había dos hombres. Uno era joven y alto, con pinta de profesor de informática. Tenía la sonrisa fácil y a veces se llevaba las manos a la cara en un gesto que lo mismo podía expresar asombro que horror o cualquier otra cosa. Al otro no podía verle la cara, pero evidentemente era bastante mayor que su compañero. El cuello era grueso, tenía el pelo totalmente blanco, usaba gafas. Cuando hablaba o cuando escuchaba permanecía impávido, sin gesticular ni moverse.

La camarera que se acercó a atenderlo era mexicana. Pidió un café y durante unos minutos estuvo repasando la lista de comidas. Preguntó si tenían Club sándwich. La camarera negó con la cabeza. Un bistec, dijo Fate. ¿Un bistec con salsa?, preguntó la camarera. ¿De qué es la salsa?, dijo Fate. De chile, tomate, cebolla y cilantro. Además le ponemos algunas especias. De acuerdo, dijo, probemos suerte. Cuando la camarera se alejó contempló el restaurante. En una mesa vio a dos indios, uno adulto y el otro un adolescente, tal vez padre e hijo. En otra vio a dos tipos blancos acompañados por una mexicana. Los tipos eran exactamente iguales, gemelos monocigóticos de unos cincuenta años, y la mexicana debía de andar por los cuarentaicinco y se notaba que los gemelos estaban locos por ella. Éstos son los propietarios de los Camaro, pensó Fate. También se dio cuenta de que nadie, en todo el restaurante, era negro, excepto él.

El tipo joven de la mesa vecina dijo algo sobre la inspiración. Fate sólo entendió: usted ha sido una inspiración para nosotros. El tipo canoso dijo que aquello no tenía importancia. El tipo joven se llevó las manos a la cara y dijo algo sobre la voluntad, la voluntad de sostener una mirada. Luego se quitó las manos de la cara y con los ojos brillantes dijo: no me refiero a una mirada natural, proveniente del reino natural, sino a una mirada abstracta. El tipo canoso dijo: claro. Cuando usted atrapó a Jurevich, dijo el tipo joven, y entonces su voz quedó anulada por el ruido atronador de un motor diésel. Un camión de transporte de gran tonelaje aparcó en la explanada. La camarera le puso sobre la mesa un café y el bistec con salsa. El tipo joven seguía hablando de ese tal Jurevich al que el tipo canoso había atrapado.

–No fue difícil –dijo el tipo canoso.

–Un asesino desorganizado –dijo el tipo joven, y se llevó la mano a la boca como si fuera a estornudar.

–No –dijo el tipo canoso–, un asesino organizado.

–Ah, yo pensaba que era desorganizado –dijo el tipo joven.

–No, no, no, un asesino organizado –dijo el tipo canoso.

–¿Cuáles son los peores? –dijo el tipo joven.

Fate cortó un trozo de carne. Era gruesa y blanda y sabía bien. La salsa era gustosa, sobre todo después de que uno se acostumbraba al picante.

–Los desorganizados –dijo el tipo canoso–. Cuesta más establecer su patrón de conducta.

–¿Pero se consigue establecer? –dijo el tipo joven.

–Con medios y tiempo, todo se consigue –dijo el tipo canoso.

Fate levantó una mano y llamó a la camarera. La mexicana recostó su cabeza sobre el hombro de uno de los gemelos y el otro sonrió como si esa situación fuera la habitual. Fate pensó que ella estaba casada con el gemelo que la abrazaba, pero que el matrimonio no había hecho desaparecer el amor ni las esperanzas del otro hermano. El padre indio pidió la cuenta mientras el joven indio había sacado de alguna parte un cómic y lo leía. Por la explanada vio caminar al camionero que acababa de aparcar su camión. Venía de los lavabos de la gasolinera y se peinaba con un peine diminuto el pelo rubio. La camarera le preguntó qué quería. Otro café y un vaso grande de agua.

–Nos hemos acostumbrado a la muerte –oyó que decía el tipo joven.

–Siempre –dijo el tipo canoso–, siempre ha sido así.

En el siglo XIX, a mediados o a finales del siglo XIX, dijo el tipo canoso, la sociedad acostumbraba a colar la muerte por el filtro de las palabras. Si uno lee las crónicas de esa época se diría que casi no había hechos delictivos o que un asesinato era capaz de conmocionar a todo un país. No queríamos tener a la muerte en casa, en nuestros sueños y fantasías, sin embargo es un hecho que se cometían crímenes terribles, descuartizamientos, violaciones de todo tipo, e incluso asesinatos en serie. Por supuesto, la mayoría de los asesinos en serie no eran capturados jamás, fíjese si no en el caso más famoso de la época. Nadie supo quién era Jack el Destripador. Todo pasaba por el filtro de las palabras, convenientemente adecuado a nuestro miedo. ¿Qué hace un niño cuando tiene miedo? Cierra los ojos. ¿Qué hace un niño al que van a violar y luego a matar? Cierra los ojos. Y también grita, pero primero cierra los ojos. Las palabras servían para ese fin. Y es curioso, pues todos los arquetipos de la locura y la crueldad humana no han sido inventados por los hombres de esta época sino por nuestros antepasados. Los griegos inventaron, por decirlo de alguna manera, el mal, vieron el mal que todos llevamos dentro, pero los testimonios o las pruebas de ese mal ya no nos conmueven, nos parecen fútiles, ininteligibles. Lo mismo puede decirse de la locura. Fueron los griegos los que abrieron ese abanico y sin embargo ahora ese abanico ya no nos dice nada. Usted dirá: todo cambia. Por supuesto, todo cambia, pero los arquetipos del crimen no cambian, de la misma manera que nuestra naturaleza tampoco cambia. Una explicación plausible es que la sociedad, en aquella época, era pequeña. Estoy hablando del siglo XIX, del siglo XVIII, del XVII. Claro, era pequeña. La mayoría de los seres humanos estaban en los extramuros de la sociedad. En el siglo XVII, por ejemplo, en cada viaje de un barco negrero moría por lo menos un veinte por ciento de la mercadería, es decir, de la gente de color que era transportada para ser vendida, digamos, en Virginia. Y eso ni conmovía a nadie ni salía en grandes titulares en el periódico de Virginia ni nadie pedía que colgaran al capitán del barco que los había transportado. Si, por el contrario, un hacendado sufría una crisis de locura y mataba a su vecino y luego volvía galopando hacia su casa en donde nada más descabalgar mataba a su mujer, en total dos muertes, la sociedad virginiana vivía atemorizada al menos durante seis meses, y la leyenda del asesino a caballo podía perdurar durante generaciones enteras. Los franceses, por ejemplo. Durante la Comuna de 1871 murieron asesinadas miles de personas y nadie derramó una lágrima por ellas. Por esa misma fecha un afilador de cuchillos mató a una mujer y a su anciana madre (no la madre de la mujer, sino su propia madre, querido amigo) y luego fue abatido por la policía. La noticia no sólo recorrió los periódicos de Francia sino que también fue reseñada en otros periódicos de Europa e incluso apareció una nota en el *Examiner* de Nueva York. Respuesta: los muertos de la Comuna no pertenecían a la sociedad, la gente de color muerta en el barco no pertenecía a la sociedad, mientras que la mujer muerta en una capital de provincia francesa y el asesino a caballo de Virginia sí pertenecían, es decir, lo que a ellos les sucediera era escribible, era legible. Aun así, las palabras solían ejercitarse más en el arte de esconder que en el arte de develar. O tal vez develaban algo. ¿Qué?, le confieso que yo lo ignoro.

El joven se tapó la cara con las manos.

–Éste no ha sido su primer viaje a México –dijo destapándose la cara y con una sonrisa que tenía algo de gatuna.

–No –dijo el tipo canoso–, estuve allí hace un tiempo, hace algunos años, e intenté ayudar, pero me fue imposible.

–¿Y por qué ha vuelto ahora?

–A echar una mirada, supongo –dijo el tipo canoso–. Estuve en casa de un amigo, un amigo que hice durante mi anterior estancia. Los mexicanos son muy hospitalarios.

–¿No fue un viaje oficial?

–No, no, no –dijo el tipo canoso.

–¿Y cuál es su opinión no oficial sobre lo que está pasando allí?

–Tengo varias opiniones, Edward, y me gustaría que ninguna fuera publicada sin mi consentimiento.

El tipo joven se tapó la cara con las manos y dijo:

–Profesor Kessler, soy una tumba.

–Bien –dijo el tipo canoso–. Compartiré contigo tres certezas. A: esa sociedad está fuera de la sociedad, todos, absolutamente todos son como los antiguos cristianos en el circo. B: los crímenes tienen firmas diferentes. C: esa ciudad parece pujante, parece progresar de alguna manera, pero lo mejor que podrían hacer es salir una noche al desierto y cruzar la frontera, todos sin excepción, todos, todos.

Cuando empezó a caer un crepúsculo rojo y fulgurante y tanto los gemelos como los indios, así como sus vecinos de mesa, ya hacía rato que se habían marchado, Fate decidió levantar la mano y pedir la cuenta. Una chica morena y regordeta, que no era la camarera que le había servido, le trajo un papel y le preguntó si todo había sido de su agrado.

–Todo –dijo Fate mientras buscaba unos billetes en el interior del bolsillo.

Después volvió a contemplar la puesta de sol. Pensó en su madre, en la vecina de su madre, en la revista, en las calles de Nueva York con una tristeza y hastío indecibles. Abrió el libro del ex profesor de Sandhurst y leyó un párrafo al azar. *Muchos capitanes de buques negreros solían considerar terminada su misión cuando entregaban los esclavos en las Indias occidentales, aunque resultaba a menudo imposible cobrar las ganancias de la venta lo bastante rápido para obtener un cargamento de azúcar para el viaje de vuelta; mercaderes y capitanes no estaban nunca seguros de los precios que les pagarían en su puerto base por las mercancías que llevaban por cuenta propia; los plantadores podían tardar años en pagar por los esclavos. A veces, a cambio de los esclavos, los mercaderes europeos preferían letras de cambio en lugar de azúcar, índigo, algodón o jengibre, porque en Londres los precios de estas mercancías resultaban impredecibles o bien bajos.* Qué bonitos nombres, pensó. Índigo, azúcar, jengibre, algodón. Las flores rojizas del añil. La pasta azul oscura, con visos cobrizos. Una mujer pintada de índigo, lavándose en una ducha.

Cuando se levantó, la camarera regordeta se le acercó y le preguntó adónde iba. A México, dijo Fate.

–Ya lo suponía –dijo la camarera–, ¿pero a qué lugar?

Apoyado en la barra un cocinero fumaba un cigarrillo y lo miraba a la espera de su respuesta.

–A Santa Teresa –dijo Fate.

–No es un lugar muy agradable –dijo la camarera–, pero es grande y tiene muchas discotecas y sitios para divertirse.

Fate miró el suelo, sonriendo, y se dio cuenta de que el

crepúsculo del desierto había teñido las baldosas de un color rojo muy suave.

–Soy periodista –dijo.

–Va a escribir acerca de los crímenes –dijo el cocinero.

–No sé de qué habla, voy a cubrir el combate de boxeo de este sábado –dijo Fate.

–¿Quién pelea? –dijo el cocinero.

–Count Pickett, el semipesado de Nueva York.

–En otros tiempos fui aficionado –dijo el cocinero–. Apostaba dinero y compraba revistas de boxeo, pero un día decidí dejarlo. Ya no estoy al tanto de los boxeadores actuales. ¿Quiere beber algo? Invita la casa.

Fate se sentó junto a la barra y pidió un vaso de agua. El cocinero sonrió y dijo que hasta donde él sabía todos los periodistas bebían alcohol.

–Yo también lo hago –dijo Fate–, pero creo que no me encuentro muy bien del estómago.

Tras servirle el vaso de agua el cocinero quiso saber contra quién peleaba Count Pickett.

–No recuerdo el nombre –dijo Fate–, lo tengo anotado por ahí, un mexicano, me parece.

–Es extraño –dijo el cocinero–, los mexicanos no tienen buenos semipesados. Una vez cada veinte años aparece un peso pesado, que suele terminar loco o muerto a balazos, pero semipesados no tienen.

–Puede que me haya equivocado y no sea mexicano –admitió Fate.

–Tal vez sea cubano o colombiano –dijo el cocinero–, aunque los colombianos tampoco tienen tradición en los semipesados.

Fate se bebió el agua y se levantó y estiró los músculos. Es hora de marcharme, se dijo, aunque la verdad es que se sentía bien en aquel restaurante.

–¿Cuántas horas hay desde aquí a Santa Teresa? –preguntó.

–Depende –dijo el cocinero–. A veces la frontera está llena de camiones y uno puede pasarse media hora esperando. Digamos que de aquí a Santa Teresa hay tres horas y luego media hora o tres cuartos de hora en el paso fronterizo, en números redondos cuatro horas.

–De aquí a Santa Teresa sólo hay una hora y media –dijo la camarera.

El cocinero la miró y dijo que dependía del coche y del conocimiento del terreno que tuviera el conductor.

–¿Ha conducido alguna vez por el desierto?

–No –dijo Fate.

–Pues no es fácil. Parece fácil. Parece lo más fácil del mundo, pero no es nada fácil –dijo el cocinero.

–En eso tienes razón –dijo la camarera–, sobre todo de noche, conducir de noche en el desierto a mí me da miedo.

–Cualquier error, cualquier desvío mal tomado puede costar cincuenta kilómetros conduciendo en la dirección equivocada –dijo el cocinero.

–Tal vez lo mejor sea que me vaya ahora que aún hay luz –dijo Fate.

–Da lo mismo –dijo el cocinero–, oscurecerá dentro de cinco minutos. Los atardeceres en el desierto parece que no vayan a acabar nunca, hasta que de pronto todo acaba, sin ningún aviso. Es como si alguien simplemente desconectara la luz –dijo el cocinero.

Fatc pidió otro vaso dc agua y sc fuc a bebérselo junto a la ventana. ¿No quiere comer nada más antes de salir?, oyó que le decía el cocinero. No contestó. El desierto empezó a desvanecerse.

Condujo durante dos horas por carreteras oscuras, con la radio encendida, escuchando una emisora de Phoenix que transmitía jazz. Pasó por lugares en donde había casas y restaurantes y jardines con flores blancas y coches mal estacionados, pero en los que no se veía ninguna luz, como si los habitantes hubieran muerto esa misma noche y en el aire todavía quedara un hálito de sangre. Distinguió siluetas de cerros recortadas por la luna y siluetas de nubes bajas que no se movían o que, en determinado momento, corrían hacia el oeste como impulsadas por un viento repentino, caprichoso, que levantaba polvaredas a las que los faros del coche, o las sombras que los faros producían, prestaban ropajes fabulosos, humanos, como si las polvaredas fueran mendigos o fantasmas que saltaban junto al camino.

Se perdió en dos ocasiones. En una estuvo tentado de volver hacia atrás, hacia el restaurante o hacia Tucson. En la otra llegó a un pueblo llamado Patagonia en donde el muchacho que atendía la gasolinera le indicó la manera más fácil de llegar a Santa Teresa. Al salir de Patagonia vio un caballo. Cuando los faros del coche lo iluminaron el caballo levantó la cabeza y lo miró. Fate detuvo el coche y esperó. El caballo era negro y al cabo de poco se movió y se perdió en la oscuridad. Pasó junto a una mesa, o eso creyó. La mesa era enorme, totalmente plana en la parte superior y de una punta a otra de la base debía de medir por lo menos cinco kilómetros. Junto a la carretera apareció un barranco. Se bajó, dejó las luces del coche encendidas y orinó largamente respirando el aire fresco de la noche. Después el camino descendió hasta una especie de valle que le pareció, a primera vista, gigantesco. En el extremo más alejado del valle creyó discernir una luminosidad. Pero podía ser cualquier cosa. Una caravana de camiones moviéndose con gran lentitud, las primeras luces de un pueblo. O tal vez sólo su deseo de salir de aquella oscuridad que de alguna manera le recordaba su niñez y adolescencia. Pensó que en algún momento, entre una y otra, había soñado con ese paisaje, no tan oscuro, no tan desértico, pero ciertamente similar. Iba en un autobús, con su madre y una hermana de su madre, y hacían un viaje corto, entre Nueva York y un pueblo cercano a Nueva York. Iba junto a la ventana y el paisaje invariablemente era el mismo, edificios y autopistas, hasta que de pronto apareció el campo. En ese momento, o tal vez antes, había comenzado a atardecer y él miraba los árboles, un bosque pequeño pero que a sus ojos se engrandecía. Y entonces creyó ver a un hombre caminando por el borde del bosquecillo. A grandes zancadas, como si no quisiera que la noche se le echase encima. Se preguntó quién era ese hombre. Sólo supo que era un hombre, y no una sombra, porque tenía una camisa y movía los brazos al caminar. La soledad del tipo era tan grande que Fate recordaba que deseó no seguir mirando y abrazar a su madre, pero en lugar de eso mantuvo los ojos abiertos hasta que el autobús dejó atrás el bosque y otra vez aparecieron los edificios, las fábricas, los galpones de almacenamiento que jalonaban la carretera.

La soledad del valle que cruzaba ahora, su oscuridad, era mayor. Se imaginó a sí mismo caminando a buen paso por el arcén. Sintió un escalofrío. Recordó entonces el jarrón donde yacían las cenizas de su madre y la taza de café de la vecina que no había devuelto y que ahora estaría infinitamente fría y los vídeos de su madre que ya nadie nunca más iba a ver. Pensó en detener el coche y esperar a que amaneciera. Su instinto le indicó que un negro durmiendo en un coche alquilado junto al arcén no era lo más prudente en Arizona. Cambió de emisora. Una voz en español empezó a contar la historia de una cantante de Gómez Palacio que había vuelto a su ciudad, en el estado de Durango, sólo para suicidarse. Luego se oyó la voz de una mujer que cantaba rancheras. Durante un rato, mientras conducía hacia el valle, la estuvo escuchando. Después intentó volver a sintonizar la emisora de jazz de Phoenix y ya no la pudo encontrar.

En el lado norteamericano se levantaba un pueblo llamado Adobe. Antes había sido una fábrica de adobe, pero ahora era un conglomerado de casas y tiendas de electrodomésticos alineadas casi todas en una gran calle mayor. Al final de la calle uno salía a un descampado profusamente iluminado e inmediatamente después estaba el control de aduanas norteamericano.

El policía de fronteras le pidió su pasaporte y Fate se lo dio. Junto al pasaporte estaba su acreditación de periodista. El policía de fronteras le preguntó si venía a escribir sobre los asesinatos.

–No –dijo Fate–, vengo a cubrir el combate del sábado.

–¿Quién pelea? –dijo el policía de fronteras.

–Count Pickett, el semipesado de Nueva York.
–Jamás lo he oído nombrar –dijo el policía.
–Llegará a campeón del mundo –dijo Fate.
–Ojalá –dijo el policía.

Después avanzó cien metros hasta la frontera mexicana y Fate tuvo que salir y mostrar su maleta, los papeles del coche, su pasaporte y su carnet de periodista. Lo hicieron rellenar unos impresos. Las caras de los policías mexicanos estaban entumecidas de sueño. Desde la ventana de la caseta de aduanas se veía la larga y alta reja que dividía ambos países. En el tramo más alejado de la reja vio cuatro pájaros negros encaramados en lo alto y con las cabezas como enterradas en sus plumas. Hace frío, dijo Fate. Mucho frío, dijo el funcionario mexicano que estudiaba el impreso que Fate acababa de rellenar.

–Los pájaros. Tienen frío.

El funcionario miró en la dirección que el dedo de Fate señalaba.

–Son zopilotes, siempre tienen frío a esta hora –dijo.

Se alojó en un motel llamado Las Brisas, en la parte norte de Santa Teresa. Por la carretera, cada cierto tiempo, pasaban camiones que iban a Arizona. A veces los camiones se detenían al otro lado de la carretera, junto a la gasolinera, y luego seguían su marcha o bien los choferes se bajaban y comían algo en una estación de servicio con las paredes pintadas de azul celeste. Por la mañana casi no pasaban camiones, sólo coches y camionetas. Fate se sentía tan cansado que ni siquiera se dio cuenta de la hora que era cuando cayó dormido.

Al despertarse salió a hablar con el recepcionista del motel y le pidió un plano de la ciudad. El recepcionista era un tipo de unos veinticinco años y le dijo que nunca en Las Brisas habían tenido planos, al menos desde que él empezó a trabajar allí. Le preguntó adónde quería ir. Fate dijo que era periodista y que había ido a cubrir el combate de Count Pickett. Count Pickett versus el Merolino Fernández, dijo el recepcionista.

–Lino Fernández –dijo Fate.

–Aquí le decimos el Merolino –dijo el recepcionista con una sonrisa–. ¿Y quién cree usted que va a ganar?

–Pickett –dijo Fate.

–Habrá que ver, aunque me parece que se equivoca.

Después el recepcionista arrancó una hoja de papel y le hizo un plano a mano con indicaciones precisas para llegar al pabellón de boxeo Arena del Norte, en donde se iba a celebrar la pelea. El plano resultó mucho más bueno de lo que Fate esperaba. El pabellón Arena del Norte parecía un viejo teatro de 1900, al que le hubieran plantado en el medio un ring de boxeo. En una de sus oficinas Fate se acreditó como periodista y preguntó por el hotel donde se encontraba Pickett. Le dijeron que el boxeador norteamericano aún no había llegado a la ciudad. Entre los periodistas que encontró había un par de tipos que hablaban en inglés y que pensaban ir a entrevistar a Fernández. Fate les preguntó si podía ir con ellos y los periodistas se encogieron de hombros y dijeron que por su parte no había inconveniente.

Cuando llegaron al hotel donde Fernández daba la conferencia de prensa, el boxeador estaba hablando con un grupo de periodistas mexicanos. Los norteamericanos le preguntaron en inglés si creía que podía ganar a Pickett. Fernández entendió la pregunta y dijo que sí. Los norteamericanos le preguntaron si había visto boxear alguna vez a Pickett. Fernández no entendió la pregunta y uno de los periodistas mexicanos se la tradujo.

–Lo importante es tener fe en tus propias fuerzas –dijo Fernández, y los periodistas norteamericanos anotaron la respuesta en sus libretas.

–¿Conoce las estadísticas de Pickett? –le dijeron.

Fernández esperó a que le tradujeran la pregunta y luego dijo que no le interesaban esas cosas. Los periodistas norteamericanos se rieron entre dientes antes de preguntarle por sus propias estadísticas. Treinta peleas, dijo Fernández. Veinticinco victorias. Dieciocho por knock out. Tres derrotas. Dos combates nulos. No está mal, dijo uno de los periodistas y siguió preguntando.

La mayoría de los periodistas estaban alojados en el Hotel Sonora Resort, en el centro de Santa Teresa. Cuando Fate les dijo que él se había alojado en un motel de las afueras le dijeron que lo dejara y que tratara de conseguir habitación en el Sonora Resort. Fate visitó el hotel y tuvo la impresión de que allí se estaba celebrando una convención de periodistas deportivos mexicanos. La mayoría de éstos hablaban inglés y eran, al menos en una primera impresión, mucho más amables que los periodistas norteamericanos que había conocido. En la barra del bar algunos hacían apuestas sobre la pelea y en general se les veía felices y despreocupados, aunque finalmente Fate decidió permanecer en su motel.

Desde un teléfono del Sonora Resort, sin embargo, llamó a cobro revertido a su redacción y pidió hablar con el jefe de la sección de deportes. La mujer con la que habló le dijo que no había nadie.

–Las oficinas están vacías –dijo.

Tenía una voz ronca y quejumbrosa y no hablaba como una secretaria neoyorquina sino como una campesina que acabara de salir de un cementerio. Esta mujer conoce de primera mano el planeta de los muertos, pensó Fate, y ya no sabe lo que dice.

–Volveré a llamar más tarde –dijo antes de colgar.

El coche de Fate iba detrás del coche de los periodistas mexicanos que querían entrevistar a Merolino Fernández. El cuartel del boxeador mexicano estaba instalado en un rancho de las afueras de Santa Teresa y sin la ayuda de los periodistas hubiera sido imposible encontrarlo. Cruzaron un barrio periférico a través de una telaraña de calles sin asfaltar y sin alumbrado eléctrico. Por momentos, después de rodear potreros y lotes baldíos donde se acumulaba la basura de los pobres, uno tenía la impresión de que estaban a punto de salir a campo abierto, pero entonces volvía a surgir otro barrio, esta vez más antiguo, de casas de adobe, alrededor de las cuales habían crecido chamizos hechos con cartón, con planchas de zinc, con viejos embalajes que resistían el sol y las lluvias ocasionales y que el paso del tiempo parecía haber petrificado. Allí no sólo las plantas silvestres eran distintas sino que hasta las moscas parecían pertenecer a otra especie. Después se dejó ver un camino de terracería camuflado por el horizonte que empezaba a ennegrecer y que corría paralelo a una acequia y unos árboles cubiertos de polvo. Aparecieron las primeras cercas. El camino se estrechó. Aquello era una senda de carretas, pensó Fate. De hecho, las rodadas de las carretas eran visibles, pero tal vez sólo fueran las huellas del paso de viejos camiones de ganado.

El rancho donde estaba instalado Merolino Fernández era un conjunto de tres casas bajas y alargadas alrededor de un patio de tierra reseca y dura como el cemento en donde habían levantado un ring de apariencia inestable. Cuando llegaron el ring estaba vacío y en el patio sólo había un hombre durmiendo sobre una tumbona de paja que se despertó con el ruido de los motores. El tipo era grande y entrado en carnes y su rostro estaba lleno de cicatrices. Los periodistas mexicanos lo conocían y se pusieron a hablar con él. Se llamaba Víctor García y en el hombro derecho llevaba un tatuaje que a Fate le pareció interesante. Un hombre desnudo, visto de espaldas, se arrodillaba en el atrio de una iglesia. A su alrededor por lo menos diez ángeles con formas femeninas surgían volando de la oscuridad, como mariposas convocadas por los ruegos del penitente. Todo lo demás era oscuridad y formas vagas. El tatuaje, aunque era formalmente bueno, daba la impresión de que se lo habían hecho en la cárcel y que el tatuador carecía, si no de experiencia, sí de herramientas y tintas, pero su argumento resultaba inquietante. Cuando preguntó a los periodistas quién era aquel hombre, le respondieron que uno de los sparrings de Merolino. Después, como si los hubiera estado observando por una ventana, salió al patio una mujer con una bandeja con refrescos y cervezas frías.

Al cabo de un rato apareció el preparador del boxeador mexicano vestido con una camisa blanca y un suéter blanco y les preguntó si preferían hacerle las preguntas a Merolino antes o después del entrenamiento. Lo que usted prefiera, López, dijo uno de los periodistas. ¿Les han traído algo de comer?, preguntó el preparador mientras se sentaba alrededor de los refrescos y la cerveza. Los periodistas dijeron que no con la cabeza y el preparador, sin levantarse de su asiento, mandó a García a que fuera a la cocina y se trajera alguna botana. Antes de que García volviera vieron aparecer a Merolino por una de las sendas que se perdía en el desierto, seguido de un tipo negro vestido con chándal que intentaba hablar español y que sólo decía palabrotas. Al entrar al patio del rancho no saludaron a nadie y se dirigieron a un abrevadero de cemento en donde se lavaron la cara y los torsos ayudados por un balde. Sólo después, sin secarse y sin volverse a poner la parte superior del chándal, fueron a saludar.

El negro era de Oceanside, California, o al menos allí había nacido aunque luego se crió en Los Ángeles, y se llamaba Omar Abdul. Trabajaba como sparring de Merolino y le dijo a Fate que tal vez se quedara a vivir un tiempo en México.

–¿Qué harás después de la pelea? –dijo Fate.

–Sobrevivir –dijo Omar–, ¿no es eso lo que hacemos todos?

–¿De dónde sacarás el dinero?

–De cualquier parte –dijo Omar–, éste es un país barato.

Cada pocos minutos, sin que viniera a cuento, Omar sonreía. Tenía una hermosa sonrisa que realzaba con una perilla y un bigotillo de artesanía. Pero, también, cada pocos minutos ponía cara de enfado, y entonces la perilla y el bigotillo adquirían un aspecto amenazador, de indiferencia suprema y amenazante. Cuando Fate le preguntó si era boxeador o si había hecho algunos combates de boxeo en alguna parte, le respondió que «había peleado», sin dignarse a más explicaciones. Cuando le preguntó por las posibilidades de victoria de Merolino Fernández, dijo que eso nunca se sabía hasta que sonaba la campana.

Mientras los boxeadores se vestían Fate se puso a caminar por el patio de tierra y a mirar los alrededores.

–¿Qué miras? –oyó que le decía Omar Abdul.

–El paisaje –dijo–, es un paisaje triste.

A su lado el sparring oteó el horizonte y luego dijo:

–Así es el campo. A esta hora siempre es triste. Es un jodido paisaje para mujeres.

–Está oscureciendo –dijo Fate.

–Aún hay luz para hacer guantes –dijo Omar Abdul.

–¿Qué hacéis por las noches, cuando se acaban los entrenamientos?

–¿Todos nosotros? –dijo Omar Abdul.

–Sí, todo el equipo o como se le llame.

–Comemos, vemos la televisión, luego el señor López se va a dormir y Merolino también se va a dormir y los demás podemos irnos a dormir también o seguir viendo la tele o ir a dar un paseo por la ciudad, ya me entiendes –dijo con una sonrisa que podía significar cualquier cosa.

–¿Qué edad tienes? –le preguntó de improviso.

–Veintidós años –dijo Omar Abdul.

Cuando Merolino se subió al ring el sol estaba desapareciendo por el oeste y el preparador encendió las luces que estaban alimentadas por un generador independiente del que proporcionaba electricidad a la casa. En una esquina, con la cabeza gacha, permanecía inmóvil García. Se había quitado la ropa y puesto un pantalón de boxeador de color negro que le llegaba hasta las rodillas. Parecía dormido. Sólo cuando las luces se encendieron levantó la cabeza y miró, por unos segundos, a López, como si esperara una señal. Uno de los periodistas, que no dejaba de sonreír, hizo sonar una campana y el sparring levantó la guardia y avanzó hacia el centro del cuadrilátero. Merolino llevaba un casco de protección y se movía alrededor de García, que sólo de tanto en tanto soltaba la izquierda y trataba de conectar algún golpe. Fate le preguntó a uno de los periodistas si lo normal no era que el sparring llevara el casco de protección.

–Es lo normal –dijo el periodista.

–¿Y por qué no lo lleva? –dijo Fate.

–Porque por más que le peguen ya no le pueden hacer más daño –dijo el periodista–. ¿Me entiendes? No siente los golpes, está zumbado.

Al tercer round García se bajó del ring y subió Omar Abdul. El chico iba con el torso desnudo pero no se había quitado los pantalones del chándal. Sus movimientos eran mucho más veloces que los del sparring mexicano y se escabullía con facilidad cuando Merolino intentaba arrinconarlo, aunque era evidente que el boxeador y su sparring no pretendían hacerse daño. De vez en cuando hablaban, sin dejar de moverse, y se reían.

–¿Estás en Costa Rica? –le preguntó Omar Abdul–. ¿Dónde tienes los candorros?

Fate le preguntó al periodista qué decía el sparring.

–Nada –dijo el periodista–, ese hijo de la chingada sólo ha aprendido a decir insultos en español.

Al cabo de tres asaltos el preparador detuvo el combate y desapareció en el interior de la casa seguido por Merolino.

–El masajista los está esperando –dijo el periodista.

–¿Quién es el masajista? –preguntó Fate.

–No lo hemos visto, creo que nunca sale al patio, es un tipo ciego, ¿lo entiendes?, un tipo ciego de nacimiento, que se pasa todo el día en la cocina, comiendo, o en el cuarto de baño, cagando, o tirado en el suelo de su habitación leyendo libros en el idioma de los ciegos, el lenguaje ese, ¿cómo se llama?

–El alfabeto Braille –dijo el otro periodista.

Fate se imaginó al masajista leyendo en una habitación completamente a oscuras y tuvo un ligero estremecimiento. Debe de ser algo parecido a la felicidad, pensó. En el abrevadero García le echaba a Omar Abdul un balde de agua fría en la espalda. El sparring californiano le guiñó un ojo a Fate.

–¿Qué le ha parecido? –le preguntó.

–No ha estado mal –dijo Fate por decir algo amable–, pero tengo la impresión de que Pickett va a llegar mucho mejor preparado.

–Pickett es un marica de mierda –dijo Omar Abdul.

–¿Lo conoces?

–Lo he visto pelear en la tele un par de veces. No sabe moverse.

–Bueno, yo en realidad no lo he visto nunca –dijo Fate.

Omar Abdul lo miró a los ojos con expresión de asombro.

–¿Nunca has visto pelear a Pickett? –dijo.

–No, en realidad el especialista en boxeo de mi revista murió la semana pasada y como no andamos sobrados de personal, me enviaron a mí.

–Apuesta por Merolino –dijo Omar Abdul tras guardar silencio durante un rato.

–Te deseo suerte –le dijo Fate antes de marcharse.

El camino de vuelta le pareció más corto. Durante un rato siguió las luces traseras del coche de los periodistas, hasta que los vio estacionarse junto a un bar cuando ya transitaban por las calles asfaltadas de Santa Teresa. Aparcó al lado de ellos y les preguntó cuál era el plan. Vamos a comer, dijo uno de los periodistas. Aunque no tenía hambre, Fate aceptó tomar una cerveza en compañía de ellos. Uno de los periodistas se llamaba Chucho Flores y trabajaba para un periódico local y para una emisora de radio. El otro, el que había tocado la campana mientras estaban en el rancho, se llamaba Ángel Martínez Mesa y trabajaba para un periódico deportivo del DF. Martínez Mesa era de baja estatura y debía de andar por los cincuenta años. Chucho Flores era sólo un poco más bajo que Fate, tenía treintaicinco años y sonreía todo el tiempo. La relación entre Flores y Martínez Mesa, intuyó Fate, era la del discípulo agradecido con el maestro más bien indiferente. La indiferencia de Martínez Mesa, sin embargo, no traslucía ni soberbia ni un sentimiento de superioridad, sino cansancio. Un cansancio que se percibía hasta en su modo de vestir, desaliñado, con un traje lleno de lamparones y los zapatos sin lustrar, todo lo contrario de su discípulo, que llevaba un traje de marca y una corbata de marca y unas mancuernas de oro en los puños y que, posiblemente, se veía a sí mismo como un hombre atildado y guapo. Mientras los mexicanos comían carne asada con patatas fritas,

Fate se puso a pensar en el tatuaje de García. Comparó después la soledad de aquel rancho con la soledad de la casa de su madre. Pensó en sus cenizas que aún estaban allí. Pensó en la vecina muerta. Pensó en el barrio de Barry Seaman. Y todo aquello que su memoria iba iluminando mientras los mexicanos comían le pareció desolado.

Cuando dejaron a Martínez Mesa en el Sonora Resort Chucho Flores insistió en tomarse la última. En el bar del hotel había varios periodistas, entre los que distinguió a un par de norteamericanos con los que le interesaba conversar, pero Chucho Flores tenía otros planes. Fueron a un bar en un callejón del centro de Santa Teresa, un local con las paredes pintadas con pintura fluorescente y una barra que hacía zigzag. Pidieron zumo de naranja con whisky. El barman conocía a Chucho Flores. Más que un barman, pensó Fate, aquel tipo parecía el propietario del local. Sus gestos eran secos y autoritarios, incluso cuando se ponía a secar vasos con el delantal que le colgaba de la cintura. Sin embargo era un tipo joven, de no más de veinticinco años, a quien Chucho Flores, por otra parte, no le hacía demasiado caso, ocupado en hablar con Fate sobre Nueva York y sobre el periodismo que se hacía en Nueva York.

–Me gustaría irme a vivir allí –le confesó– y trabajar en alguna emisora de radio hispana.

–Hay muchas –dijo Fate.

–Ya lo sé, ya lo sé –dijo Chucho Flores como si llevara mucho tiempo estudiando el caso, y luego mencionó dos nombres de radios que transmitían en español y que Fate no había oído mencionar jamás.

–¿Y tu revista cómo se llama? –le preguntó Chucho Flores.

Se lo dijo y Chucho Flores, tras pensar un rato, hizo un movimiento negativo con la cabeza.

–No la conozco –dijo–, ¿es grande?

–No, no es grande –dijo Fate–, es una revista de Harlem, ¿entiendes?

–No –dijo Chucho Flores–, no lo entiendo.

–Es una revista donde los propietarios son afroamericanos, el director es afroamericano y casi todos los periodistas somos afroamericanos –dijo Fate.

–¿Es eso posible? –dijo Chucho Flores–, ¿es eso bueno para el periodismo objetivo?

En ese momento se dio cuenta de que Chucho Flores estaba un poco borracho. Pensó en lo que acababa de decirle. En realidad afirmar que *casi* todos los periodistas eran negros resultaba aventurado. Él sólo había visto negros en la redacción, aunque por supuesto no conocía a los corresponsales. Tal vez en California hubiera algún chicano, pensó. Tal vez en Texas. Pero también era posible que en Texas no hubiera *nadie*, pues entonces ¿por qué enviarlo a él, desde Detroit, y no encargarle el trabajo al de Texas o al de California?

Unas chicas se acercaron a saludar a Chucho Flores. Estaban vestidas como para ir de fiesta, con tacones altos y ropa de discoteca. Una de ellas tenía el pelo teñido de rubio y la otra era muy morena y más bien silenciosa y tímida. La rubia saludó al barman y éste le respondió con un gesto, como si la conociera muy bien y no confiara en ella. Chucho Flores lo presentó como un famoso periodista deportivo de Nueva York. En ese momento Fate consideró oportuno decirle al mexicano que él no era propiamente un periodista deportivo, sino un periodista que escribía sobre temas políticos y sociales, declaración que a Chucho Flores le pareció muy interesante. Al cabo de un rato llegó otro tipo a quien Chucho Flores presentó como el hombre que más sabía de cine al sur de la frontera de Arizona. El tipo se llamaba Charly Cruz y le dijo con una gran sonrisa que no creyera ni una palabra de lo que decía Chucho Flores. Era el propietario de un videoclub y su oficio lo obligaba a ver muchas películas, pero eso era todo, no soy ningún especialista en el tema, dijo.

–¿Cuántos videoclubs tienes? –le preguntó Chucho Flores–. Dilo, díselo a mi amigo Fate.

–Tres –dijo Charly Cruz.

–Este buey está montado en el dólar –dijo Chucho Flores.

La chica teñida de rubio se llamaba Rosa Méndez y según Chucho Flores había sido su novia. También fue novia de Charly Cruz y ahora salía con el propietario de una sala de bailes.

–Rosita es así –dijo Charly Cruz–, está en su naturaleza.

–¿Qué es lo que está en tu naturaleza? –le preguntó Fate.

En un inglés no muy bueno la chica le respondió que ser alegre. La vida es corta, dijo, y luego se quedó callada mirando alternativamente a Fate y a Chucho Flores, como si reflexionara en lo que acababa de afirmar.

–Rosita también es un poco filósofa –dijo Charly Cruz.

Fate asintió con la cabeza. Otras dos chicas se acercaron a ellos. Eran aún más jóvenes y sólo conocían a Chucho Flores y al barman. Fate calculó que ninguna de las dos debía de tener más de dieciocho años. Charly Cruz le preguntó si le gustaba Spike Lee. Sí, dijo Fate, aunque en realidad no le gustaba.

–Parece mexicano –dijo Charly Cruz.

–Puede ser –dijo Fate–, es un punto de vista interesante.

–¿Y Woody Allen?

–Me gusta –dijo Fate.

–Ése también parece mexicano, pero mexicano del DF o de Cuernavaca –dijo Charly Cruz.

–Mexicano de Cancún –dijo Chucho Flores.

Fate se rió sin entender nada. Pensó que le estaban tomando el pelo.

–¿Y Robert Rodríguez? –dijo Charly Cruz.

–Me gusta –dijo Fate.

–Ese pendejo es de los nuestros –dijo Chucho Flores.

–Yo tengo una película en vídeo de Robert Rodríguez –dijo Charly Cruz– que muy pocas personas han visto.

–*¿El mariachi?* –dijo Fate.

–No, ésa la ha visto todo el mundo. Una anterior, cuando Robert Rodríguez no era nadie. Un puto chicano muerto de hambre. Un trovo que le entraba a cualquier chamba –dijo Charly Cruz.

–Vamos a sentarnos y nos cuentas esa historia –dijo Chucho Flores.

–Buena idea –dijo Charly Cruz–, ya me estaba cansando de estar tanto rato de pie.

La historia era sencilla e inverosímil. Dos años antes de rodar *El mariachi* Robert Rodríguez viajó a México. Durante unos días vagabundeó por la frontera entre Chihuahua y Texas y luego bajó hacia el sur, hasta el DF, en donde se dedicó a tomar drogas y a beber. Cayó tan bajo, dijo Charly Cruz, que entraba en una pulquería antes del mediodía y salía sólo cuando cerraban y lo echaban a patadas. Al final terminó viviendo en un congal, es decir en un bule, es decir en un berreadero, es decir en la catera de las bondadosas, es decir en un burdel, en donde se hizo amigo de una puta y de su chulo, al que llamaban el Perno, que es como si al chulo de una puta lo apodaran el Pene o la Verga. Este tal Perno simpatizó con Robert Rodríguez y se portó bien con él. A veces tenía que subirlo arrastrando hasta la habitación donde dormía, otras veces entre él y su puta tenían que desnudarlo y meterlo bajo la ducha porque Robert Rodríguez perdía el conocimiento con suma facilidad. Una mañana, una de esas raras mañanas en que el futuro director de cine estaba medio sobrio, le contó que unos amigos querían hacer una película y le preguntó si él se veía capaz de hacerla. Robert Rodríguez, como ustedes se imaginarán, dijo okey maguey y el Perno se ocupó de los asuntos prácticos.

El rodaje duró tres días, según creo, y Robert Rodríguez siempre estaba borracho y drogado cuando se ponía detrás de la cámara. Por supuesto, en los títulos de crédito no aparece su nombre. El director se llama Johnny Mamerson, lo que evidentemente es una broma, pero si uno conoce el cine de Robert Rodríguez, su manera de hacer un encuadre, sus planos y contraplanos, su sentido de la velocidad, no cabe duda, se trata de él. Lo único que falta es su manera personal de montar una película, por lo que queda claro que en esta película el montaje lo realizó otra persona. Pero el director es él, de eso estoy seguro.

A Fate no le interesaba Robert Rodríguez ni la historia de su primera película, o de su última película, lo mismo le daba, y además empezó a tener ganas de cenar o comer un sándwich y luego meterse en la cama de su motel y dormir, pero igual tuvo que oír retazos del argumento, una historia de putas sabias o tal vez sólo de putas buenas, entre las que sobresalía una tal Justina, la cual, por motivos que se le escapaban pero que no resultaba complicado adivinar, conocía a unos vampiros del DF que vagaban por la noche disfrazados de policías. Al resto de la historia no le prestó atención. Mientras besaba en la boca a la chica de pelo negro que había llegado con Rosita Méndez oyó algo sobre pirámides, vampiros aztecas, un libro escrito con sangre, la idea precursora de *Abierto hasta el amanecer*, la pesadilla recurente de Robert Rodríguez. La chica de pelo negro no sabía besar. Antes de marcharse le dio a Chucho Flores el teléfono del motel Las Brisas y luego salió trastabillando hasta donde tenía el coche aparcado.

Al abrir la puerta oyó que alguien le preguntaba si se sentía bien. Llenó los pulmones de aire y se dio la vuelta. Chucho Flores estaba a tres metros de él, con el nudo de la corbata desabrochado y abrazando por la cintura a Rosa Méndez que lo miraba como si fuera un ejemplar exótico de algo, ¿de qué?, no lo sabía, pero la mirada de la mujer no le gustó.

–Estoy bien –dijo–, no hay problema.

–¿Quieres que te lleve a tu motel? –dijo Chucho Flores.

La sonrisa de Rosa Méndez se acentuó. Se le pasó por la cabeza la idea de que el mexicano era gay.

–No es necesario –dijo–, me las puedo arreglar solo.

Chucho Flores soltó a la mujer y dio un paso en su dirección. Fate abrió la puerta del coche y encendió el motor evitando mirarlos. Adiós, amigo, oyó que decía como en sordina el mexicano. Rosa Méndez tenía las manos en las caderas, en una pose nada natural, le pareció, y no lo miraba a él ni a su coche que se alejaba sino a su acompañante, que permanecía inmóvil, como si el aire de la noche lo hubiera congelado.

En el motel la recepción estaba abierta y Fate le preguntó a un chico al que no había visto si le podían conseguir algo de comer. El chico le dijo que no tenían cocina pero que podía comprar unas galletas o una barra de chocolate en la máquina que había afuera. Por la carretera pasaban de vez en cuando camiones hacia el norte y hacia el sur y al otro lado se veían las luces de la estación de servicio. Hacia allá dirigió Fate sus pasos. Cuando atravesó la carretera, sin embargo, un coche estuvo a punto de atropellarlo. Por un momento pensó que estaba borracho, pero luego se dijo que antes de cruzar, estuviera o no borracho, había mirado con atención y no vio luces en la carretera. ¿De dónde, pues, había salido ese coche? Tendré más cuidado cuando vuelva, se dijo. La estación de servicio estaba profusamente iluminada y casi vacía. Detrás del mostrador una quinceañera leía una revista. A Fate le pareció que tenía la cabeza muy pequeña. Junto a la caja había otra mujer, de unos veinte años, que se lo quedó mirando mientras él se dirigía a una máquina donde vendían hot-dogs.

–Tiene que pagar primero –dijo la mujer en español.

–No entiendo –dijo Fate–, soy americano.

La mujer le repitió la advertencia en inglés.

–Dos hot-dogs y una lata de cerveza –dijo Fate.

La mujer sacó un bolígrafo del bolsillo de su uniforme y escribió la cantidad de dinero que Fate tenía que darle.

–¿Dólares o pesos? –dijo Fate.

–Pesos –dijo la mujer.

Fate dejó junto a la caja registradora un billete y fue a buscar al refrigerador la lata de cerveza y luego le indicó con los dedos a la adolescente de cabeza pequeña cuántos hot-dogs quería. La muchacha le sirvió los hot-dogs y Fate le preguntó cómo funcionaba la máquina de las salsas.

–Apriete el botón de la que prefiera –dijo la adolescente en inglés.

Fate le puso salsa de tomate, mostaza y algo que parecía guacamole a uno de los hot-dogs y se lo comió allí mismo.

–Está bueno –dijo.

–Me alegro –dijo la chica.

Luego repitió la operación con el otro y se acercó a la caja a buscar el cambio. Cogió unas monedas y volvió hacia donde estaba la adolescente y se las dio de propina.

–Gracias, señorita –dijo en español.

Después salió con su lata de cerveza y su hot-dog a la carretera. Mientras esperaba que pasaran tres camiones que iban de Santa Teresa a Arizona recordó lo que le había dicho a la cajera. Soy americano. ¿Por qué no dije soy afroamericano? ¿Porque estoy en el extranjero? ¿Pero puedo considerarme en el extranjero cuando, si quisiera, podría ahora mismo irme caminando, y no caminar demasiado, hasta mi país? ¿Eso significa que en algún lugar soy americano y en algún lugar soy afroamericano y en algún otro lugar, por pura lógica, soy nadie?

Al despertarse llamó por teléfono al jefe de la sección de deportes de su revista y le dijo que Pickett no estaba en Santa Teresa.

–Es normal –dijo el jefe de la sección de deportes–, probablemente está en algún rancho en las afueras de Las Vegas.

–¿Y cómo demonios voy a hacerle la entrevista? –dijo Fate–. ¿Quieres que vaya a Las Vegas?

–No es necesario que entrevistes a nadie, sólo necesitamos a alguien que narre la pelea, ya sabes, el ambiente, el aire que se respira en el ring, el estado de forma de Pickett, la impresión que causa en los jodidos mexicanos.

–Los prolegómenos del combate –dijo Fate.

–¿Prolequé? –dijo el jefe de la sección de deportes.

–El jodido ambiente –dijo Fate.

–Con palabras sencillas –dijo el jefe de la sección de deportes–, como si estuvieras contando una historia en un bar y todos los que están a tu alrededor fueran tus amigos y se murieran de ganas de escucharte.

–Entendido –dijo Fate–, te lo envío pasado mañana.

–Si hay algo que no entiendas, no te preocupes, aquí procuraremos editarte como si te hubieras pasado toda la vida junto a un ring.

–De acuerdo, entendido –dijo Fate.

Al salir al porche de su habitación vio a tres niños rubios, casi albinos, que jugaban con una pelota blanca, un balde rojo y unas palas de plástico rojas. El mayor debía de tener cinco años y el menor tres. No era un sitio seguro para que jugaran unos niños. En un descuido podían intentar cruzar la carretera y un camión podía arrollarlos. Miró a los lados: sentada en un banco de madera, a la sombra, una mujer muy rubia y con gafas negras los vigilaba. La saludó. La mujer lo miró durante un segundo e hizo un gesto con la mandíbula como si no pudiera apartar la vista de los niños.

Fate bajó las escaleras y se metió en su coche. El calor en el interior era insoportable y abrió las dos ventanas. Sin saber por qué pensó otra vez en su madre, en la forma que ésta tenía de vigilarlo cuando él era un niño. Cuando puso el coche en marcha uno de los niños albinos se levantó y se lo quedó mirando. Fate le sonrió y lo saludó con la mano. El niño dejó caer la pelota y se cuadró como un militar. Al enfilar el coche para salir del motel el niño se llevó la mano derecha a la visera y se mantuvo así hasta que el coche de Fate se perdió hacia el sur.

Mientras conducía volvió a pensar en su madre. La vio caminar, la vio de espaldas, vio su nuca mientras ella contemplaba un programa de la tele, oyó su risa, la vio fregar platos en el lavadero. Su rostro, sin embargo, permaneció en la sombra todo el tiempo, como si de alguna manera ella ya estuviera muerta o como si le dijera, con gestos y no con palabras, que los rostros no eran importantes ni en esta vida ni en la otra. En el Sonora Resort no encontró a ningún periodista y tuvo que preguntarle al recepcionista cómo se llegaba al Arena. Cuando llegó al pabellón notó cierto revuelo. Preguntó a un lustrabotas que se había instalado en uno de los pasillos qué ocurría y el lustrabotas le dijo que había llegado el boxeador norteamericano.

Encontró a Count Pickett subido al ring, vestido con traje y corbata y exhibiendo una amplia y confiada sonrisa. Los fotógrafos disparaban sus cámaras y los periodistas que rodeaban el ring lo llamaban por su nombre de pila y le soltaban preguntas.

¿Cuándo crees que vas a luchar por el título? ¿Es verdad que Jesse Brentwood te tiene miedo? ¿Cuánto has cobrado por venir a Santa Teresa? ¿Es cierto que te casaste en secreto en Las Vegas? El apoderado de Pickett estaba a su lado. Era un tipo gordo y bajito y era él quien contestaba a casi todas las preguntas. Los periodistas mexicanos se dirigían a él en español y lo llamaban por su nombre, Sol, señor Sol, y el señor Sol les contestaba en español y en ocasiones él también llamaba por sus nombres a los periodistas mexicanos. Un periodista norteamericano, un tipo grande y de cara cuadrada, le preguntó si era políticamente correcto traer a Pickett a pelear a Santa Teresa.

–¿Qué quiere decir políticamente correcto? –le preguntó el apoderado.

El periodista iba a contestar, pero el apoderado se le adelantó.

–El boxeo –dijo– es un deporte y el deporte, como el arte, está más allá de la política. No mezclemos deporte con política, Ralph.

–Si lo he interpretado correctamente –dijo el tal Ralph–, usted no tiene miedo de traer a Count Pickett a Santa Teresa.

–Count Pickett no le teme a nadie –dijo el apoderado.

–No ha nacido quien pueda vencerme –dijo Count Pickett.

–Bueno, Count es un hombre, a la vista está. La pregunta entonces sería: ¿ha venido alguna mujer en su grupo? –dijo Ralph.

Un periodista mexicano que estaba en el otro extremo se levantó y lo mandó a la chingada. Otro que estaba no lejos de Fate le gritó que no insultara a los mexicanos si no quería que le dieran una patada en la boca.

–Cállese la bocota, buey, o se la parto.

Ralph pareció no oír los insultos y siguió de pie, con apariencia tranquila, esperando la respuesta del apoderado. Unos periodistas norteamericanos que estaban en una esquina del cuadrilátero, junto a unos fotógrafos, miraron al apoderado con gesto interrogante. El apoderado carraspeó y luego dijo:

–No ha venido ninguna mujer con nosotros, Ralph, usted ya sabe que nunca viajamos con mujeres.

–¿Ni siquiera la señora Alversohn?

El apoderado se rió y algunos periodistas lo secundaron.

–Usted sabe muy bien que a mi mujer no le gusta el boxeo, Ralph –dijo el apoderado.

–¿De qué demonios estaban hablando? –le preguntó Fate a Chucho Flores mientras desayunaban en un bar cercano al pabellón Arena del Norte.

–De los asesinatos de mujeres –dijo Chucho Flores con desánimo–. Florecen –dijo–. Cada cierto tiempo florecen y vuelven a ser noticia y los periodistas hablan de ellos. La gente también vuelve a hablar de ellos y la historia crece como una bola de nieve hasta que sale el sol y la pinche bola se derrite y todos se olvidan y vuelven al trabajo.

–¿Vuelven al trabajo? –preguntó Fate.

–Los jodidos asesinatos son como una huelga, amigo, una jodida huelga salvaje.

La equivalencia entre asesinatos de mujeres y huelga era curiosa. Pero asintió con la cabeza y no dijo nada.

–Ésta es una ciudad completa, redonda –dijo Chucho Flores–. Tenemos de todo. Fábricas, maquiladoras, un índice de desempleo muy bajo, uno de los más bajos de México, un cártel de cocaína, un flujo constante de trabajadores que vienen de otros pueblos, emigrantes centroamericanos, un proyecto urbanístico incapaz de soportar la tasa de crecimiento demográfico, tenemos dinero y también hay mucha pobreza, tenemos imaginación y burocracia, violencia y ganas de trabajar en paz. Sólo nos falta una cosa –dijo Chucho Flores.

Petróleo, pensó Fate, pero no lo dijo.

–¿Qué es lo que falta? –dijo.

–Tiempo –dijo Chucho Flores–. Falta el jodido tiempo.

¿Tiempo para qué?, pensó Fate. ¿Tiempo para que esta mierda, a mitad de camino entre un cementerio olvidado y un basurero, se convierta en una especie de Detroit? Durante un rato estuvieron sin hablar. Chucho Flores sacó un lápiz de su americana y una libreta y se puso a dibujar rostros de mujeres. Lo hacía con extrema rapidez, totalmente abstraído, y también, según le pareció a Fate, con cierto talento, como si antes de convertirse en periodista deportivo Chucho Flores hubiera estudiado dibujo y se hubiera pasado muchas horas tomando apuntes del natural. Ninguna de sus mujeres sonreía. Algunas tenían los ojos cerrados. Otras eran viejas y miraban a los lados, como si esperaran algo o alguien acabara de llamarlas por su nombre. Ninguna era bonita.

–Tienes talento –dijo Fate cuando Chucho Flores acometía su séptimo retrato.

–No es nada –dijo Chucho Flores.

Después, básicamente porque seguir hablando del talento del mexicano le producía cierto embarazo, le preguntó por las muertas.

–La mayoría son trabajadoras de las maquiladoras. Muchachas jóvenes y de pelo largo. Pero eso no es necesariamente la marca del asesino, en Santa Teresa casi todas las muchachas llevan el pelo largo –dijo Chucho Flores.

–¿Hay un solo asesino? –preguntó Fate.

–Eso dicen –dijo Chucho Flores sin dejar de dibujar–. Hay algunos detenidos. Hay algunos casos solucionados. Pero la leyenda quiere que el asesino sea uno solo y además inatrapable.

–¿Cuántas muertas hay?

–No lo sé –dijo Chucho Flores–, muchas, más de doscientas.

Fate observó cómo el mexicano empezaba a esbozar su noveno retrato.

–Son muchas para una sola persona –dijo.

–Así es, amigo, demasiadas, incluso para un asesino mexicano.

–¿Y cómo las matan? –preguntó Fate.

–Eso no está nada claro. Desaparecen. Se evaporan en el aire, visto y no visto. Y al cabo de un tiempo aparecen sus cuerpos en el desierto.

Mientras conducía rumbo al Sonora Resort, desde donde pensaba revisar su correo electrónico, a Fate se le ocurrió que mucho más interesante que la pelea Pickett-Fernández era escribir un reportaje sobre las mujeres asesinadas. Así se lo escribió al jefe de su sección. Le pidió quedarse una semana más en la ciudad y que le enviaran un fotógrafo. Después salió a tomar una copa al bar en donde se juntó con algunos periodistas norteamericanos. Hablaban del combate y todos coincidían en que Fernández no iba a durar más de cuatro rounds. Uno de ellos contó la historia del boxeador mexicano Hércules Carreño. Era un tipo que medía casi dos metros. Algo nada usual en México, donde la gente más bien es bajita. Este Hércules Carreño, además, era fuerte, trabajaba descargando sacos en un mercado o en una carnicería, y alguien lo convenció para que se dedicara al boxeo. Empezó tarde. Digamos a los veinticinco años. Pero en México no abundan los pesos pesados y ganaba todos los combates. Éste es un país que da buenos gallos, buenos moscas, buenos plumas, a veces, en contadas ocasiones, algún welter, pero no pesados ni semipesados. Es una cuestión de tradición y de alimentación. Una cuestión de morfología. Ahora tienen un presidente de la república que es más alto que el presidente de los Estados Unidos. Es la primera vez que ocurre. Poco a poco los presidentes de México serán cada vez más altos. Antes era impensable. Un presidente de México solía llegarle, en el mejor de los casos, al hombro a un presidente de América. A veces la cabeza de un presidente de México apenas estaba unos centímetros por encima del ombligo de un presidente de los nuestros. Ésa era la tradición. Ahora, sin embargo, la clase alta mexicana está cambiando. Son cada vez más ricos y suelen buscar esposas al norte de la frontera. A eso le llaman *mejorar la raza*. Un enano mexicano manda a su hijo enano a estudiar a una universidad de California. El niño tiene dinero y hace lo que quiere y eso impresiona a algunas estudiantes. No hay ningún lugar en la tierra donde haya más tontas por metro cuadrado que en una universidad de California. Resultado: el niño obtiene un título y consigue una esposa que se va a vivir a México con él. De esta forma los nietos del enano mexicano dejan de ser enanos, adquieren una estatura media y de paso se blanquean. Estos nietos, llegado el momento, realizan el mismo periplo iniciático que su padre. Universidad norteamericana, esposa norteamericana, hijos cada vez de mayor estatura. La clase alta mexicana, de hecho, está haciendo, por su cuenta y riesgo, lo que hicieron los españoles, pero al revés. Los españoles, lascivos y poco previsores, se mezclaron con las indias, las violaron, les metieron a la fuerza su religión, y creyeron que de esta manera el país se volvería blanco. Los españoles creían en el blanco bastardo. Sobrestimaban su semen. Pero se equivocaron. Nunca puedes violar a tantas personas. Es matemáticamente imposible. El cuerpo no lo aguanta. Te agotas. Además, ellos violaban de *abajo* hacia arriba, cuando lo más práctico, está demostrado, es violar de *arriba* hacia abajo. El sistema de los españoles hubiera dado algún resultado si hubieran sido capaces de violar a sus propios hijos bastardos y luego a sus nietos bastardos e incluso a sus bisnietos bastardos. ¿Pero quién tiene ganas de violar a nadie cuando has cumplido setenta años y apenas te puedes mantener de pie? El resultado está a la vista. El semen de los españoles, que se creían titanes, se perdió en la masa amorfa de los miles de indios. Los primeros bastardos, los que tenían un cincuenta por ciento de sangre de cada raza, se hicieron cargo del país, fueron los secretarios, los soldados, los comerciantes minoristas, los fundadores de nuevas ciudades. Y siguieron violando, pero el fruto, ya desde entonces, comenzó a decaer, pues las indias que ellos violaron dieron a luz mestizos con un porcentaje aún menor de sangre blanca. Y así sucesivamente. Hasta llegar a este boxeador, Hércules Carreño, que al principio ganaba peleas, o bien porque sus rivales eran más flojos que él o bien porque alguien amañaba los combates, lo que envaneció a algunos mexicanos, que empezaron a presumir de tener un campeón auténtico en las categorías pesadas y que un buen día se lo llevaron a los Estados Unidos y lo hicieron pelear contra un irlandés borracho y luego contra un negro drogado y luego contra un ruso gordinflón, a quienes ganó, lo que llenó a los mexicanos de felicidad y de soberbia: ya tenían, pues, a su campeón paseándose por los grandes circuitos. Y entonces pactaron una pelea contra Arthur Ashley, en Los Ángeles, no sé si alguno vio esa pelea, yo sí, a Arthur Ashley lo llamaban Art el Sádico. El mote se lo ganó en esa pelea. Del pobre Hércules Carreño no quedó nada. Ya desde el primer round se vio que aquello iba a ser una carnicería. Art el Sádico boxeaba tomándose todo el tiempo del mundo, sin ninguna prisa, buscando el sitio exacto donde colocar sus ganchos, haciendo rounds monográficos, el tercero dedicado únicamente al rostro, el cuarto dedicado únicamente al hígado. En fin, bastante hizo Hércules Carreño aguantando hasta el octavo round. Después de aquella pelea aún combatió en plazas de tercera categoría. Se caía al segundo round casi siempre. Después buscó trabajo como vigilante de discoteca, pero estaba tan sonado que en ningún trabajo duraba más de una semana. Nunca más volvió a México. Tal vez hasta había olvidado que era mexicano. Los mexicanos, por supuesto, lo olvidaron a él. Dicen que se dedicó a la mendicidad y que un día murió bajo un puente. El orgullo de las categorías pesadas mexicanas, dijo el periodista.

Los demás se rieron y luego todos pusieron cara de circunstancias. Veinte segundos de silencio para recordar al infortunado Carreño. Los rostros, repentinamente serios, provocaron en Fate la sensación de un baile de máscaras. Por un brevísimo instante le faltó el aire, vio el piso vacío de su madre, tuvo la premonición de dos personas haciendo el amor en una habitación que daba pena, todo al mismo tiempo, un tiempo definido por la palabra climatérico. ¿Tú qué eres, un publicista del Ku Klux Klan?, le preguntó Fate. Bueno, bueno, bueno, otro negrata susceptible, dijo el periodista. Fate trató de acercarse a él y darle, al menos, un puñetazo (ni soñar con una bofetada), pero los periodistas que rodeaban al que había contado la historia se lo impidieron. Es sólo una broma, oyó que decía alguien. Todos somos americanos. Aquí no hay nadie del Klan. O eso creo. Luego oyó más risas. Cuando se calmó y se fue a sentar solo en un rincón del bar uno de los periodistas que había estado escuchando la historia de Hércules Carreño se acercó a él y le tendió la mano.

–Chuck Campbell, del *Sport Magazine* de Chicago.

Fate estrechó su mano y le dijo su nombre y el nombre de su revista.

–Oí que habían matado a vuestro corresponsal –dijo Campbell.

–Así es –dijo Fate.

–Un asunto de faldas, supongo –dijo Campbell.

–No lo sé –dijo Fate.

–Conocí a Jimmy Lowell –dijo Campbell–, por lo menos nos encontramos unas cuarenta veces, que es más de lo que puedo decir de algunas amantes e incluso de alguna esposa. Era una buena persona. Le gustaba la cerveza y le gustaba comer bien. Un hombre con mucho trabajo, decía, tiene que comer mucho y la comida tiene que ser de buena calidad. Alguna vez viajamos juntos en avión. Yo no puedo dormir en los aviones. Jimmy Lowell dormía todo el viaje y sólo se despertaba para comer y contar alguna anécdota. En realidad no le gustaba excesivamente el boxeo, su deporte era el béisbol, pero en vuestra revista cubría todos los deportes, hasta el tenis. Nunca tuvo una mala palabra para nadie. Respetaba y se hacía respetar. ¿No piensas lo mismo?

–Nunca en mi vida vi a Lowell –dijo Fate.

–No te tomes a mal lo que acabas de escuchar, muchacho –dijo Campbell–. Ser corresponsal de deportes es aburrido y uno suelta disparates sin pensarlo dos veces, o cambia las historias para no repetirse. En ocasiones, sin querer, decimos barbaridades. El tipo que contó la historia del boxeador mexicano no es una mala persona. Es un tipo civilizado y bastante abierto en comparación con otros. Lo único que sucede es que en ocasiones, para matar el tiempo, jugamos a ser canallas. Pero no lo hacemos en serio –dijo Campbell.

–Por mi parte no hay problema –dijo Fate.

–¿En qué round crees que va a ganar Count Pickett?

–No lo sé –dijo Fate–, ayer vi a Merolino Fernández entrenando en su cuartel y no me pareció un perdedor.

–Caerá antes del tercero –dijo Campbell.

Otro periodista le preguntó dónde estaba el cuartel de Fernández.

–No muy lejos de la ciudad –dijo Fate–, aunque la verdad es que no lo sé, no fui solo, me llevaron unos mexicanos.

Cuando Fate volvió a encender el ordenador encontró la respuesta de su jefe de sección. No había ni interés ni dinero para llevar adelante un reportaje como el que proponía. Le sugería que se limitase a cumplir con el encargo del jefe de la sección de deportes y que luego saliera de allí de inmediato. Fate habló con un recepcionista del Sonora Resort y pidió una conferencia telefónica con Nueva York.

Mientras esperaba la llamada recordó los reportajes que le habían rechazado. El más reciente había sido uno con un grupo político de Harlem llamado La Hermandad de Mahoma. Los conoció durante una manifestación en apoyo de Palestina. La manifestación era variopinta y uno podía ver a grupos de árabes, a viejos militantes de la izquierda neoyorquina, a nuevos militantes antiglobalización. La Hermandad de Mahoma, sin embargo, atrajo su atención de inmediato porque marchaban bajo un gran retrato de Osama bin Laden. Todos eran negros, todos iban vestidos con chaquetas de cuero negro y boinas negras y gafas negras, algo que recordaba vagamente a los Panteras, sólo que los Panteras eran adolescentes y los que no eran adolescentes tenían una pinta juvenil, un aura de juventud y de tragedia, mientras que los de la Hermandad de Mahoma eran hombres hechos y derechos, de anchas espaldas y bíceps enormes, gente que había pasado horas y horas en el gimnasio, levantando pesas, tipos con vocación de guardaespaldas, ¿pero guardaespaldas de quién?, verdaderos armarios humanos cuya presencia resultaba intimidante, aunque en la manifestación no eran más de veinte, puede que menos, pero el retrato de Bin Laden ejercía, quién sabe cómo, un efecto multiplicador, en primer lugar porque hacía menos de seis meses que se había cometido el atentado contra el World Trade Center y pasearse con Bin Laden, aunque sólo fuera de forma iconográfica, resultaba una provocación extrema. Por supuesto, no fue sólo Fate el que se dio cuenta de la presencia exigua y retadora de la Hermandad: las cámaras de televisión los siguieron, entrevistaron a su portavoz, los fotógrafos de varios periódicos dejaron constancia de la presencia de aquel grupo que parecía pedir a gritos ser reprimido.

Fate los observó desde lejos. Los vio hablar con las televisiones y con algunas radios locales, los vio gritar, los vio marchar entre el gentío y los siguió. Antes de que la manifestación empezara a disgregarse los miembros de la Hermandad de Mahoma la abandonaron mediante un movimiento planeado con anterioridad. Un par de furgonetas los aguardaban en una esquina. Sólo entonces Fate se dio cuenta de que no eran más de quince. Ellos corrieron. Él corrió hacia ellos. Dijo que quería entrevistarlos para su revista. Hablaron junto a las furgonetas, en un callejón. El que parecía el jefe, un tipo alto y gordo y con el cráneo rapado, le preguntó para qué revista trabajaba. Fate se lo dijo y el tipo lo miró con una sonrisa burlona.

–Esa jodida revista ya no la lee nadie –dijo.

–Es una revista de hermanos –dijo Fate.

–Esa jodida revista de hermanos sólo emputece a los hermanos –dijo el tipo sin dejar de sonreír–. Se ha vuelto *anticuada.*

–No lo creo –dijo Fate.

Un ayudante de cocina chino salió a tirar varias bolsas de basura. Un árabe los observó desde la esquina. Rostros desconocidos y lejanos, pensó Fate mientras el tipo que parecía el jefe le decía una hora, una fecha, un lugar del Bronx donde se verían al cabo de unos días.

Fate no faltó a la cita. Lo aguardaban tres miembros de la Hermandad y una furgoneta negra. Se trasladaron a un sótano cerca de Baychester. Allí los esperaba el tipo gordo de la cabeza rapada. Dijo que lo llamara Khalil. Los otros no dijeron sus nombres. Khalil habló de la Guerra Santa. Explícame qué demonios quiere decir Guerra Santa, dijo Fate. La Guerra Santa habla de nosotros cuando nuestras bocas se han secado, dijo Khalil. La Guerra Santa es la palabra de los mudos, de los que perdieron la lengua, de los que nunca supieron hablar. ¿Por qué os manifestáis en contra de Israel?, dijo Fate. Los judíos nos oprimen, dijo Khalil. Nunca, jamás, un judío ha pertenecido al Ku Klux Klan, dijo Fate. Eso era lo que los judíos pretendían hacernos creer. En realidad el Klan está en todas partes. En Tel Aviv, en Londres, en Washington. Muchos jefes del Klan son judíos, dijo Khalil. Siempre ha sido así. Hollywood está lleno de jefes del Klan. ¿Quiénes?, dijo Fate. Khalil le advirtió que lo que diría a partir de ese momento era off the record.

–Los magnates judíos tienen buenos abogados judíos –dijo.

¿Quiénes?, dijo Fate. Nombró a tres directores de cine y a dos actores. Luego tuvo una inspiración. Preguntó: ¿es Woody Allen del Klan? Lo es, dijo Khalil, fíjate en sus películas, ¿has visto allí a algún hermano? No, no he visto a muchos, dijo Fate. A ninguno, dijo Khalil. ¿Por qué llevabais un cartel de Bin Laden?, dijo Fate. Porque Osama bin Laden ha sido el primero en darse cuenta de la naturaleza de la lucha actual. Después hablaron de la inocencia de Bin Laden y de Pearl Harbor y de lo conveniente que había sido el ataque contra las Torres Gemelas para cierta gente. Gente que trabaja en la bolsa, dijo Khalil, gente que tenía papeles comprometedores guardados en las oficinas, gente que vende armas y que necesitaba un acto así. Según vosotros, dijo Fate, Mohamed Atta era un infiltrado de la CIA o del FBI. ¿Dónde están los restos de Mohamed Atta?, le preguntó Khalil. ¿Quién puede asegurar que Mohamed Atta iba en uno de esos aviones? Te diré lo que yo creo. Creo que Atta está muerto. Se les murió mientras lo torturaban o le pegaron un tiro en la nuca. Creo que luego trocearon su cuerpo en pedacitos pequeños y molieron sus huesos hasta dejarlos como los restos de un pollo. Creo que luego metieron los huesecillos y los bistecs en una caja, la llenaron de cemento y la dejaron en algún pantano de Florida. Y lo mismo hicieron con los compañeros de Mohamed Atta.

¿Quién pilotaba los aviones, entonces?, dijo Fate. Locos del Klan, pacientes sin nombre de frenopáticos del Medio Oeste, voluntarios hipnotizados para afrontar el suicidio. En este país desaparecen miles de personas cada año y nadie intenta encontrarlos. Después hablaron de los romanos y del circo y de los primeros cristianos a quienes se comían los leones. Pero los leones se atragantarán con nuestra carne negra, dijo.

Al día siguiente Fate los visitó en un local de Harlem y allí conoció a un tal Ibrahim, un tipo de mediana estatura y con la cara llena de cicatrices que se dedicó a relatarle pormenorizadamente las obras de caridad que la Hermandad realizaba en el barrio. Comieron juntos en una cafetería que había a un lado del local. La cafetería la atendía una mujer ayudada por un chico y en la cocina había un viejo que no paraba de cantar. Por la tarde se les unió Khalil y Fate les preguntó dónde se habían conocido. En la cárcel, le dijeron. En la cárcel se conocen los hermanos negros. Hablaron sobre los otros grupos musulmanes de Harlem. Ibrahim y Khalil no tenían muy buena opinión de ellos, pero intentaron ser mesurados y dialogantes. Los buenos musulmanes tarde o temprano terminarían acudiendo a la Hermandad de Mahoma.

Antes de despedirse de ellos Fate les dijo que probablemente nunca les perdonarían haber desfilado bajo la efigie de Osama bin Laden. Ibrahim y Khalil se rieron. Le parecieron dos piedras negras sacudiéndose de risa.

–Probablemente nunca lo *olvidarán* –dijo Ibrahim.

–Ahora ya saben con quien tratan –dijo Khalil.

El jefe de su sección le dijo que se olvidara de escribir un reportaje sobre la Hermandad.

–Esos negros, ¿cuántos son? –dijo.

–Veinte, aproximadamente –dijo Fate.

–Veinte negratas –dijo el jefe de sección–. Por lo menos cinco deben de ser agentes del FBI infiltrados.

–Puede que más –dijo Fate.

–¿Qué es lo que nos puede interesar de ellos? –dijo el jefe de sección.

–La estupidez –dijo Fate–. La variedad interminable de formas con que nos destrozamos a nosotros mismos.

–¿Te has vuelto masoquista, Oscar? –dijo el jefe de sección.

–Puede –admitió Fate.

–Deberías follar más –dijo el jefe de sección–. Salir más, escuchar más música, tener amigos y conversar con ellos.

–Lo he pensado –dijo Fate.

–¿Qué has pensado?

–En follar más –dijo Fate.

–Esas cosas no se piensan, se hacen –dijo el jefe de sección.

–Primero hay que pensarlas –dijo Fate. Luego añadió–: ¿Tengo luz verde para mi reportaje?

El jefe de sección movió la cabeza negativamente.

–Ni hablar –dijo–. Eso véndelo a una revista de filosofía, a una revista de antropología urbana, escribe, si quieres, un jodido guión para el cine y que lo filme el jodido Spike Lee, pero yo no lo pienso publicar.

–De acuerdo –dijo Fate.

–Joder, si se pasearon con un cartel de Bin Laden, los muy bastardos –dijo el jefe de sección.

–Hay que tener cojones –dijo Fate.

–Hay que tener cojones de cemento armado y además hay que ser muy imbécil.

–Seguramente se le ocurrió a algún infiltrado de la policía –dijo Fate.

–Da igual –dijo el jefe de sección–, se le ocurriera a quien se le ocurriera es una señal.

–¿Una señal de qué? –dijo Fate.

–De que vivimos en un planeta de locos –dijo el jefe de sección.

Cuando su jefe de sección se puso al teléfono Fate le explicó lo que estaba sucediendo en Santa Teresa. Fue una explicación sucinta de su reportaje. Le habló de los asesinatos de mujeres, de la posibilidad de que todos los crímenes hubieran sido cometidos por una o dos personas, lo que los convertía en los mayores asesinos en serie de la historia, le habló del narcotráfico y de la frontera, de la corrupción policial y del crecimiento desmesurado de la ciudad, le aseguró que sólo necesitaba una semana más para averiguar todo lo necesario y que después se marcharía a Nueva York y en cinco días tendría armado el reportaje.

–Oscar –le dijo el jefe de sección–, estás allí para cubrir un jodido combate de box.

–Esto es superior –dijo Fate–, la pelea es una anécdota, lo que te estoy proponiendo es muchas cosas más.

–¿Qué me estás proponiendo?

–Un retrato del mundo industrial en el Tercer Mundo –dijo Fate–, un *aide-mémoire* de la situación actual de México, una panorámica de la frontera, un relato policial de primera magnitud, joder.

–¿Un *aide-mémoire?* –dijo el jefe de sección–. ¿Eso es francés, negro? ¿Desde cuándo sabes tú francés?

–No sé francés –dijo Fate–, pero sé lo que es un jodido *aide-mémoire.*

–Yo también sé lo que es un puto *aide-mémoire* –dijo el jefe de sección–, y también sé lo que significa *merci* y *au-revoir* y *faire l'amour.* Lo mismo que *coucher avec moi,* ¿recuerdas esa canción?, *voulez-vous coucher avec moi, ce soir?* Y creo que tú, negro, quieres *coucher avec moi,* pero sin decir antes *voulez-vous,* que en este caso es primordial. ¿Lo has entendido? Tienes que decir *voulez-vous* y si no lo dices te jodes.

–Aquí hay materia para un gran reportaje –dijo Fate.

–¿Cuántos putos hermanos están metidos en el asunto? –dijo el jefe de sección.

–¿De qué mierdas me hablas? –dijo Fate.

–¿Cuántos jodidos negros están con la soga al cuello? –dijo el jefe de sección.

–Y yo qué sé, te estoy hablando de un gran reportaje –dijo Fate–, no de una revuelta en el gueto.

–O sea: no hay ningún puto hermano en esa historia –dijo el jefe de sección.

–No hay ningún hermano, pero hay más de doscientas mexicanas asesinadas, hijo de puta –dijo Fate.

–¿Qué posibilidades tiene Count Pickett? –dijo el jefe de sección.

–Métete a Count Pickett en tu jodido culo negro –dijo Fate.

–¿Has visto ya a su rival? –dijo el jefe de sección.

–Métete a Count Pickett en tu jodido ojete de maricón –dijo Fate–, y pídele que te lo vigile porque cuando vuelva a Nueva York te voy a reventar el culo a patadas.

–Tú cumple con tu deber y no hagas trampas con las dietas, negro –dijo el jefe de sección.

Fate colgó.

Junto a él, sonriéndole, había una mujer vestida con bluejeans y chaqueta de cuero crudo. Llevaba gafas negras y sobre el hombro le colgaba un bolso de buena calidad y una cámara de fotos. Parecía una turista.

–¿Le interesan los asesinatos de Santa Teresa? –dijo.

Fate la miró y tardó en comprender que ella había escuchado su conversación telefónica.

–Me llamo Guadalupe Roncal –dijo la mujer tendiéndole la mano.

Se la estrechó. Era una mano delicada.

–Soy periodista –dijo Guadalupe Roncal cuando Fate le soltó la mano–. Pero no estoy aquí para cubrir la pelea. Ese tipo de peleas no me interesan, aunque sé que hay mujeres que encuentran muy sexy el boxeo. La verdad es que a mí me parece más bien algo vulgar y sin sentido. ¿No lo cree usted así? ¿O a usted sí le gusta ver cómo dos hombres se pegan?

Fate se encogió de hombros.

–¿No me responde? Bien, no soy quién para juzgar sus aficiones deportivas. En realidad, a mí no me agrada ningún deporte. Ni el boxeo, por las razones que le he dado, ni el fútbol, ni el básketbol, ni siquiera el atletismo. ¿Se preguntará usted qué hago entonces en un hotel lleno de periodistas deportivos y no en otro lugar más tranquilo, en donde no estaría escuchando cada vez que bajo al bar o al comedor estas tristes y patéticas historias de grandes peleas del pretérito pluscuamperfecto? Se lo diré si me acompaña a mi mesa y se toma una copa conmigo.

Mientras la seguía se le pasó por la cabeza que estaba en compañía de una loca o tal vez de una buscona, pero Guadalupe Roncal no tenía pinta ni de loca ni de puta, aunque en realidad Fate ignoraba cómo eran las locas o las putas mexicanas. Tampoco tenía pinta de periodista. Se sentaron en la terraza del hotel, desde donde se veía un edificio en construcción de más de diez pisos. Otro hotel, le informó la mujer con indiferencia. Algunos obreros, apoyados en las vigas o sentados sobre apilamientos de ladrillos, también los miraban a ellos, o eso fue lo que pensó Fate aunque no había manera de comprobarlo, pues las figuras que se movían en el edificio a medio construir eran demasiado pequeñas.

–Soy, como ya le he dicho, periodista –dijo Guadalupe Roncal–. Trabajo en uno de los grandes periódicos del DF. Y me he alojado en este hotel por miedo.

–Miedo a qué –dijo Fate.

–Miedo a todo. Cuando se trabaja en algo relativo a los asesinatos de mujeres de Santa Teresa, una termina teniendo miedo a todo. Miedo a que te peguen. Miedo a un levantón. Miedo a la tortura. Por supuesto, con la experiencia el miedo se atenúa. Pero yo no tengo experiencia. Carezco de experiencia. Adolezco de falta de experiencia. Incluso, si existiera el término, se podría decir que estoy aquí como periodista secreta. Conozco todo lo relativo a los asesinatos. Pero en el fondo soy inexperta en el tema. Quiero decir que hasta hace una semana éste no era mi tema. No estaba al corriente, no había escrito nada al respecto y de repente, sin yo esperarlo ni pedirlo, pusieron sobre mi mesa el dossier de las muertas y me dieron el caso. ¿Quiere saber por qué?

Fate asintió con la cabeza.

–Porque soy mujer y las mujeres no podemos rechazar un encargo. Por supuesto, yo ya sabía cuál había sido el destino o el final de mi antecesor. Todos en el periódico lo sabíamos. El caso había sido muy sonado y tal vez usted lo conozca. –Fate negó con la cabeza–. Lo mataron, claro. Se metió demasiado en el asunto y lo mataron. No aquí, en Santa Teresa, sino en el DF. La policía dijo que se trataba de otro robo con desenlace fatal. ¿Quiere saber cómo fue? Se subió a un taxi. El taxi se puso en marcha. Al llegar a una esquina se detuvo y se subieron dos desconocidos. Durante un rato estuvieron dando vueltas por diferentes cajeros automáticos, vaciando la tarjeta de crédito de mi antecesor, luego se dirigieron a una zona del extrarradio y lo cosieron a cuchilladas. No es el primer periodista muerto por lo que escribe. Entre sus papeles encontré información sobre dos más. Una mujer, locutora de radio, que secuestraron en el DF y un chicano que trabajaba para un periódico de Arizona llamado *La Raza*, que desapareció. Los dos llevaban a cabo investigaciones sobre los asesinatos de mujeres de Santa Teresa. A la locutora de radio la conocí en la facultad de periodismo. Nunca fuimos amigas. Puede que sólo cruzáramos dos palabras en toda la vida. Pero creo que la conocí. Antes de matarla la violaron y la torturaron.

–¿Aquí, en Santa Teresa? –dijo Fate.

–No, hombre, en el DF. El brazo de los asesinos es largo, muy largo –dijo Guadalupe Roncal con voz soñadora–. Antes yo trabajaba en la sección de noticias locales. Casi nunca firmaba mis notas. Era una desconocida absoluta. Cuando murió mi antecesor vinieron a verme dos jefazos del periódico. Me invitaron a comer. Por supuesto, yo pensé que algo había hecho mal. O bien que uno de los dos tenía intenciones de acostarse conmigo. A ninguno lo conocía. Sabía quiénes eran, pero nunca antes había hablado con ellos. La comida fue muy agradable. Muy correctos y educados ellos, muy inteligente y observadora yo. Más me hubiera valido causar una peor impresión. Después volvimos al periódico y me dijeron que los siguiera, que tenían que hablar de algo importante conmigo. Nos encerramos en la oficina de uno de ellos. Lo primero que hicieron fue preguntarme si me gustaría que me aumentaran el sueldo. Allí ya cavilé algo raro y estuve tentada de decir que no, pero dije sí, y entonces ellos sacaron un papel y dijeron una cifra, que se correspondía exactamente a mi sueldo como periodista local, y luego me miraron a los ojos y dijeron otra cifra, que era como si me ofrecieran un aumento del cuarenta por ciento. Casi pegué un salto de alegría. Luego me pasaron el dossier reunido por mi antecesor y me dijeron que a partir de ese momento trabajaría única y exclusivamente en el caso de las muertas de Santa Teresa. Me di cuenta de que si me echaba atrás lo iba a perder todo. Con un hilo de voz les pregunté por qué yo. Porque eres muy inteligente, Lupita, dijo uno de ellos. Porque nadie te conoce, dijo el otro.

La mujer suspiró largamente. Fate le sonrió comprensivo. Pidieron otro whisky y otra cerveza. Los obreros del edificio en construcción habían desaparecido. Estoy bebiendo demasiado, dijo la mujer.

–Desde que leí el dossier de mi antecesor abuso del whisky, mucho más que antes, y también abuso del vodka y del tequila y ahora he descubierto esta bebida de Sonora, el bacanora, y también abuso de ella –dijo Guadalupe Roncal–. Y cada día tengo más miedo y a veces no controlo mis nervios. Usted, por supuesto, habrá oído decir que los mexicanos nunca tenemos miedo. –Se rió–. Es mentira. Tenemos mucho miedo, pero lo disimulamos bastante bien. Cuando yo llegué a Santa Teresa, por ejemplo, estaba muerta de miedo. Mientras volaba de Hermosillo para acá no me hubiera importado que el avión se estrellara. Total, dicen que es una muerte rápida. Menos mal que un compañero del DF me dio la dirección de este hotel. Me dijo que él iba a estar en el Sonora Resort para cubrir la pelea y que, confundida entre tantos periodistas deportivos, nadie se atrevería a hacerme daño. Dicho y hecho. El problema es que cuando la pelea se acabe yo no podré marcharme junto con los periodistas y tendré que permanecer un par de días más en Santa Teresa.

–¿Por qué? –dijo Fate.

–Tengo que hacerle una entrevista al principal sospechoso de los asesinatos. Es un compatriota suyo.

–No tenía idea –dijo Fate.

–¿Cómo quería escribir sobre los crímenes si no sabía eso? –dijo Guadalupe Roncal.

–Pensaba informarme. En la conversación telefónica que usted oyó lo que hacía era pedir más tiempo.

–Mi antecesor era la persona que más sabía de esto. Necesitó siete años para hacerse una idea general de lo que está pasando aquí. La vida es de una tristeza insoportable, ¿no le parece?

Guadalupe Roncal se acarició con los dedos índice ambas sienes, como si de pronto padeciera un ataque de migraña. Murmuró algo que Fate no oyó y luego intentó llamar al camarero, pero sólo estaban ellos dos en la terraza. Cuando se dio cuenta tuvo un escalofrío.

–Tengo que ir a visitarlo a la cárcel –dijo–. El principal sospechoso, su compatriota, está desde hace años en la cárcel.

–¿Y cómo puede ser entonces el principal sospechoso? –dijo Fate–. Tengo entendido que los crímenes se siguen cometiendo.

–Misterios de México –dijo Guadalupe Roncal–. ¿Le gustaría acompañarme? ¿Le gustaría venir conmigo y hacerle una entrevista? La verdad es que yo me sentiría más tranquila si un hombre me acompañara, lo que es contradictorio con mis ideas, pues yo soy feminista. ¿Tiene usted algo en contra de las feministas? Es difícil ser feminista en México. Si una tiene dinero, no es tan difícil, pero si es de la clase media, es difícil. Al principio, no, por supuesto, al principio es fácil, en la universidad, por ejemplo, es muy fácil, pero cuando van pasando los años cada vez es más difícil. Para los mexicanos, sépalo usted, el único encanto del feminismo radica en la juventud. Pero aquí envejecemos aprisa. Nos envejecen aprisa. Menos mal que yo todavía soy joven.

–Es usted bastante joven –dijo Fate.

–Aun así tengo miedo. Y necesito compañía. Esta mañana

pasé con mi carro por los alrededores de la cárcel de Santa Teresa y por poco no me da un ataque de histeria.

–¿Tan horrible es?

–Es como un sueño –dijo Guadalupe Roncal–. Parece una cárcel viva.

–¿Viva?

–No sé cómo explicarlo. Más viva que un edificio de departamentos, por ejemplo. Mucho más viva. Parece, no se sorprenda usted de lo que le voy a decir, una mujer destazada. Una mujer destazada, pero todavía viva. Y *dentro* de esa mujer viven los presos.

–Entiendo –dijo Fate.

–No, no creo que entienda nada, pero es igual. A usted le interesa el tema, yo le ofrezco la posibilidad de conocer al principal sospechoso de los asesinatos a cambio de que usted me acompañe y me proteja. Me parece un trato justo y equitativo. ¿Estamos de acuerdo?

–Es justo –dijo Fate–. Y muy amable por su parte. Lo que no acabo de comprender es a qué le tiene usted miedo. En la cárcel nadie puede hacerle daño. En teoría, al menos, la gente que está presa ya no le hace daño a nadie. Sólo se dañan entre ellos.

–Usted no ha visto nunca una foto del sospechoso principal.

–No –dijo Fate.

Guadalupe Roncal miró el cielo y sonrió.

–Debo parecerle una loca –dijo–. O una buscona. Pero no soy ni lo uno ni lo otro. Sólo estoy nerviosa y últimamente he bebido demasiado. ¿Usted cree que quiero llevarlo a la cama?

–No. Creo en lo que me ha dicho.

–Entre los papeles de mi pobre predecesor había varias fotos. Algunas del sospechoso. Concretamente, tres. Las tres hechas en la cárcel. En dos de ellas el gringo, perdón, lo digo sin ánimo de ofender, está sentado, probablemente en una sala de visitas, y mira a la cámara. Tiene el pelo muy rubio y los ojos muy azules. Tan azules que parece ciego. En la tercera foto mira hacia otra parte y está de pie. Es enorme y delgado, muy delgado, aunque no parece débil ni mucho menos. Su rostro es el rostro de un soñador. No sé si me explico. No parece incómodo, está en la cárcel, pero no da la impresión de estar incómodo. Tampoco parece sereno o reposado. Tampoco parece enfadado. Es el rostro de un soñador, pero de un soñador que sueña a gran velocidad. Un soñador cuyos sueños van muy por delante de nuestros sueños. Y eso me da miedo. ¿Lo entiende?

–La verdad es que no –dijo Fate–. Pero cuente conmigo para ir a entrevistarlo.

–De acuerdo, pues –dijo Guadalupe Roncal–. Lo espero pasado mañana, en la entrada del hotel, a las diez. ¿Le parece bien?

–A las diez de la mañana. Aquí estaré –dijo Fate.

–A las diez ante meridiano. Okey –dijo Guadalupe Roncal. Luego le dio un apretón de manos y se marchó de la terraza. Su caminar, observó Fate, era vacilante.

El resto del día se lo pasó bebiendo con Campbell en el bar del Sonora Resort. Se lamentaron de la profesión de periodista deportivo, un agujero del que nunca salía un Pulitzer y a quien pocas personas concedían un valor más allá del mero testimonio accidental. Luego se pusieron a recordar sus años de universidad, los de Fate en la Universidad de Nueva York, los de Campbell en la Universidad de Sioux City, en Iowa.

–En aquellos años lo más importante para mí era el béisbol y la ética –dijo Campbell.

Durante un segundo Fate imaginó a Campbell de rodillas en el rincón de una habitación en penumbra, abrazado a una Biblia y llorando. Pero luego Campbell se puso a hablar de mujeres, de un bar que había en Smithland, una especie de parador campestre cerca del río Little Sioux, primero había que llegar hasta Smithland y luego seguir unos pocos kilómetros en dirección este y allí, bajo unos árboles, estaba el bar y las chicas del bar que solían atender a campesinos y a algunos estudiantes que venían en coche desde Sioux City.

–Hacíamos siempre lo mismo –le dijo Campbell–, primero folllábamos con las chicas, luego salíamos al patio y jugábamos al béisbol hasta el agotamiento y después, cuando empezaba a anochecer, nos emborrachábamos y cantábamos canciones de vaqueros en el porche del bar.

Por el contrario, cuando Fate estudiaba en la Universidad de Nueva York no solía emborracharse ni ir con putas (de hecho, nunca en su vida había estado con una mujer a la que tuviera que pagarle), sino que dedicaba los días libres a trabajar y a leer. Una vez a la semana, los sábados, iba a un taller de escritura creativa y durante un tiempo, poco, no más de unos meses, imaginó que tal vez podía dedicarse a escribir ficción, hasta que el escritor que dirigía el taller le dijo que mejor concentrara sus esfuerzos en el periodismo.

Pero eso no se lo dijo a Campbell.

Cuando empezaba a anochecer llegó Chucho Flores y se lo llevó. Fate se dio cuenta de que Chucho Flores no invitó a Campbell a ir con ellos. Sin saber por qué, eso le gustó y al mismo tiempo le disgustó. Durante un rato circularon por las calles de Santa Teresa sin rumbo fijo, o eso le pareció a Fate, como si Chucho Flores tuviera algo que decirle y no hallara la ocasión. Las luces del alumbrado nocturno transformaron el rostro del mexicano. Los músculos de la cara se le tensaron. Un perfil más bien feo, pensó Fate. Sólo en ese instante se dio cuenta de que en algún momento iba a tener que volver al Sonora Resort pues allí había quedado estacionado su coche.

–No vayamos muy lejos –dijo.

–¿Tienes hambre? –le preguntó el mexicano. Fate dijo que sí. El mexicano se rió y puso música. Escuchó un acordeón y unos gritos lejanos, no de dolor ni de felicidad, sino energía que se bastaba a sí misma y que se consumía a sí misma. Chucho Flores sonrió y la sonrisa se le quedó incrustada en la cara, sin dejar de conducir y sin mirarlo a los ojos, con la vista al frente, como si le hubieran instalado en el cuello un collarín ortopédico de acero, mientras los aullidos se iban acercando a los micrófonos y las voces de unos tipos a los que Fate conjeturó caras patibularias echaban a cantar o seguían gritando, menos que al principio del disco, y dando vivas no se sabía bien a qué.

–¿Qué es esto? –dijo Fate.

–Jazz de Sonora –dijo Chucho Flores.

Cuando volvió al motel eran las cuatro de la mañana. Aquella noche se había emborrachado y luego se le había ido la borrachera y luego se había vuelto a emborrachar y ahora, delante de su habitación, se le había ido otra vez la borrachera, como si lo que bebían los mexicanos no fuera alcohol de verdad sino agua con efectos hipnóticos de corta duración. Durante un rato, sentado sobre el maletero del coche, estuvo mirando los camiones que pasaban por la carretera. La noche era fresca y llena de estrellas. Pensó en su madre y en lo que ésta debía de pensar durante las noches de Harlem sin asomarse a la ventana a ver las pocas estrellas que brillaban allí, sentada delante del televisor o fregando platos en la cocina, mientras del televisor encendido salían risas, negros y blancos riéndose, contándose chistes que a ella tal vez le hicieran gracia, aunque lo más probable es que ni siquiera prestara demasiada atención a lo que decían, ocupada en fregar los platos que acababa de ensuciar y la olla que acababa de ensuciar y el tenedor y la cuchara que acababa de ensuciar, con una tranquilidad que probablemente, pensó Fate, significaba algo más que simple tranquilidad, o tal vez no, tal vez esa tranquilidad sólo significaba tranquilidad y algo de cansancio, tranquilidad y brasas consumidas, tranquilidad y apaciguamiento y sueño, que finalmente es, el sueño, la fuente y también el refugio último de la tranquilidad. Pero entonces, pensó Fate, la tranquilidad no es sólo tranquilidad. O el concepto de tranquilidad que tenemos está equivocado y la tranquilidad o los territorios de la tranquilidad en realidad no son más que un indicador de movimiento, un acelerador o un desacelerador, depende.

Al día siguiente se levantó a las dos de la tarde. Lo primero que recordó fue que antes de acostarse se había sentido mal y había vomitado. Miró a los lados de la cama y luego fue al baño pero no encontró ni un solo rastro de vómito. Sin embargo, mientras dormía, se había despertado dos veces, y en ambas ocasiones olió el vómito: un olor a podrido que emanaba de todos los rincones de la habitación. Estaba demasiado cansado para levantarse y abrir las ventanas y había seguido durmiendo.

Ahora el olor había desaparecido y no encontró ni un solo rastro de que hubiera vomitado la noche anterior. Se duchó y luego se vistió pensando que aquella noche, después del combate, se subiría a su coche y volvería a Tucson, donde intentaría tomar un vuelo nocturno a Nueva York. No iba a acudir a la cita con Guadalupe Roncal. ¿Para qué entrevistar al sospechoso de una serie de asesinatos si luego no le iban a publicar la historia? Pensó en llamar y reservar billete desde el motel, pero a última hora decidió hacerlo más tarde, desde uno de los teléfonos del Pabellón Arena o desde el Sonora Resort. Después guardó sus cosas en la maleta y se acercó a la recepción a cancelar su cuenta. No es necesario que se vaya ahora, le dijo el recepcionista, le cobro lo mismo que si se marcha a las doce de la noche. Fate le dio las gracias y se guardó la llave en un bolsillo, pero no sacó la maleta del coche.

–¿Quién cree que va a ganar? –le preguntó el recepcionista.

–No lo sé, en esta clase de peleas puede pasar cualquier cosa –dijo Fate como si toda su vida hubiera sido corresponsal deportivo.

El cielo era de un azul intenso apenas rayado por unas nubes con forma de cilindros que flotaban por el este y que avanzaban hacia la ciudad.

–Parecen tubos –dijo Fate desde la puerta abierta de la recepción.

–Son cirros –dijo el recepcionista–, cuando lleguen a la vertical de Santa Teresa habrán desaparecido.

–Es curioso –dijo Fate sin moverse del quicio de la puerta–, cirro significa duro, viene del griego *skirrhós*, que significa duro, y se aplica a los tumores, a los tumores duros, pero esas nubes no tienen ninguna pinta de dureza.

–No –dijo el recepcionista–, son nubes de las capas altas de la atmósfera, si bajan o suben un poquito, sólo un poquito, desaparecen.

En el Pabellón Arena del Norte no encontró a nadie. La puerta principal estaba cerrada. En las paredes, unos carteles prematuramente envejecidos anunciaban la pelea Fernández-Pickett. Algunos habían sido arrancados y sobre otros unas manos desconocidas habían pegado carteles nuevos que anunciaban conciertos de música, bailes populares, incluso el cartel de un circo que se hacía llamar Circo Internacional.

Fate dio la vuelta al edificio. Se topó con una mujer que arrastraba un carrito de jugos frescos. La mujer tenía el pelo largo y negro y llevaba unas faldas que le caían hasta los tobillos. Entre los bidones de agua y los baldes con hielo asomaban la cabeza dos niños. Al llegar a la esquina la mujer se detuvo y empezó a montar una especie de parasol con tubos metálicos. Los niños bajaron del carrito y se sentaron en la acera, con las espaldas apoyadas en la pared. Durante un rato Fate se quedó inmóvil contemplándolos y contemplando la calle rigurosamente deshabitada. Cuando reemprendió la marcha apareció por la esquina contraria otro carrito y Fate se detuvo nuevamente. El tipo que arrastraba el nuevo carrito saludó con la mano a la mujer. Ésta apenas movió la cabeza en señal de reconocimiento y empezó a sacar de uno de los laterales de su vehículo unos enormes jarros de vidrio que fue depositando en un aparador portátil. El tipo recién llegado vendía maíz y su carrito humeaba. Fate descubrió una puerta trasera y buscó un timbre pero no había ninguna clase de timbre así que tuvo que golpear con los nudillos. Los niños se habían acercado al carrito de maíz y el hombre sacó dos mazorcas, las untó con crema, les espolvoreó queso y luego algo de chile y se las dio. Mientras esperaba Fate pensó que el hombre del maíz tal vez era el padre de los niños y que su relación con la madre, la mujer de los jugos, no era buena, de hecho era posible que estuvieran divorciados y que sólo se vieran cuando coincidían sus ocupaciones laborales. Pero evidentemente eso no podía ser real, pensó. Luego volvió a golpear y nadie le abrió.

En el bar del Sonora Resort encontró a casi todos los periodistas que iban a cubrir el combate. Vio a Campbell conversando con un tipo con pinta de mexicano y se acercó a él, pero antes de llegar se dio cuenta de que Campbell estaba trabajando y no quiso interrumpirlo. Cerca de la barra vio a Chucho Flores y lo saludó desde lejos. Chucho Flores estaba acompañado por tres tipos que parecían ex boxeadores y su saludo no fue muy efusivo. Buscó una mesa vacía en la terraza y se sentó. Durante un rato estuvo observando a la gente que se levantaba de las mesas y se saludaba dándose largos abrazos o se gritaba de una punta a otra, y vio el trasiego de los fotógrafos que disparaban sus cámaras haciendo y deshaciendo grupos a su antojo, y el desfile de la gente importante de Santa Teresa, rostros que no le sonaban de nada, mujeres jóvenes y bien vestidas, tipos altos con botas vaqueras y trajes de Armani, jóvenes con los ojos brillantes y las mandíbulas endurecidas que no hablaban y que se limitaban a mover la cabeza de forma afirmativa o negativa, hasta que se aburrió de esperar a que el camarero le trajera una bebida y se marchó dando codazos, sin mirar atrás, sin importarle dejar a sus espaldas uno o dos o tres insultos en español que no entendió y que si hubiera entendido tampoco habrían constituido un pretexto suficiente para retenerlo.

Comió en un restaurante del este de la ciudad, bajo un patio emparrado y fresco. Al fondo del patio, junto a una cerca de alambre y sobre el suelo de tierra, había tres futbolines. Durante unos minutos estuvo contemplando la carta, sin entender nada. Luego intentó explicarse mediante signos, pero la mujer que lo atendía sólo atinaba a sonreír y a encogerse de hombros. Al cabo de un rato apareció un hombre, pero el inglés que utilizaba le resultó aún más ininteligible. Sólo entendió la palabra pan. Y la palabra cerveza.

Luego el hombre desapareció y se quedó solo. Se levantó y se acercó al extremo del emparrado, junto a los futbolines. Uno de los equipos llevaba camiseta blanca y pantalones verdes, el pelo negro y la piel de un color crema muy pálido. El otro equipo iba vestido de rojo, con pantalones negros, y todos los jugadores exhibían una poblada barba. Lo más curioso, sin embargo, era que los jugadores del equipo de rojo exhibían unos diminutos cuernos en la frente. Los otros dos futbolines eran exactamente iguales.

En el horizonte vio un cerro. El color del cerro era amarillo oscuro y negro. Supuso que más allá estaba el desierto. Sintió deseos de salir y dirigirse hacia el cerro, pero cuando se dio la vuelta sobre su mesa la mujer había puesto una cerveza y una especie de sándwich muy gordo. Dio una mordida y le gustó. El sabor era extraño, un poco picante. Por curiosidad abrió una de las tapas del pan: en el sándwich había de todo. Bebió un largo trago de cerveza y se estiró en la silla. Entre las hojas de parra distinguió una abeja inmóvil. Dos delgados rayos de sol caían verticales sobre el suelo de tierra. Cuando el hombre volvió a aparecer le preguntó cómo se llegaba al cerro. El hombre se rió. Dijo unas cuantas palabras que no entendió y luego dijo no bonito, varias veces.

–¿No bonito?

–No bonito –dijo el hombre, y volvió a reírse.

Luego lo cogió del brazo y lo arrastró hasta una habitación que hacía de cocina y que a Fate le pareció muy ordenada, cada cosa en su lugar, las baldosas blancas de la pared sin rastro de grasa, y le enseñó el cubo de basura.

–¿El cerro no bonito? –dijo Fate.

El hombre volvió a reírse.

–¿El cerro es basura?

El hombre no dejaba de reírse. Sobre el antebrazo izquierdo tenía tatuado un pájaro. No un pájaro en vuelo, como suelen ser los tatuajes de este tipo, sino un pájaro posado en una rama, un pájaro pequeño, posiblemente un gorrión.

–¿El cerro es un basurero?

El hombre se rió aún más y movió la cabeza afirmativamente.

A las siete de la tarde Fate enseñó su acreditación como periodista y entró en el Pabellón Arena del Norte. Había mucha gente en la calle y puestos ambulantes que vendían comida, refrescos, souvenirs con motivos pugilísticos. En el interior ya habían empezado las peleas de relleno. Un peso gallo mexicano combatía contra otro peso gallo mexicano pero muy pocos estaban atentos al combate. La gente compraba refrescos, hablaba, se saludaba. Vio, en el ringside, a dos cámaras de televisión. Uno de ellos parecía estar grabando lo que sucedía en el pasillo central. El otro se había sentado sobre una banqueta e intentaba sacar un pastelillo de su envoltorio de plástico. Se internó por uno de los pasillos laterales cubiertos. Vio gente haciendo apuestas, una mujer alta con un vestido ajustado abrazada por dos hombres más bajos que ella, tipos que fumaban y que bebían cerveza, tipos con las corbatas flojas y que hacían señales con los dedos, al mismo tiempo, como si jugaran a un juego de niños. Encima del toldo que cubría el pasillo estaban las localidades baratas y allí el bullicio era aún mayor. Decidió ir a echar una mirada a los vestuarios y a la sala de prensa. En esta última sólo encontró a dos periodistas mexicanos que le lanzaron una mirada agonizante. Ambos estaban sentados y tenían las camisas mojadas de sudor. En la entrada del vestuario de Merolino Fernández vio a Omar Abdul. Lo saludó pero el sparring fingió no conocerlo y siguió hablando con unos mexicanos. Los que estaban junto a la puerta hablaban de sangre, o eso creyó entender Fate.

–¿De qué estáis hablando? –les preguntó.

–De toros –le dijo en inglés uno de los mexicanos.

Cuando ya se iba oyó que lo llamaban por su nombre. Señor Fate. Se volvió y encontró la amplia sonrisa de Omar Abdul.

–¿Ya no saludas a los amigos, negro?

Al observarlo de cerca se dio cuenta de que tenía los dos pómulos amoratados.

–Veo que Merolino se ha entrenado bien –dijo.

–Gajes del oficio –dijo Omar Abdul.

–¿Puedo ver a tu jefe?

Omar Abdul miró hacia atrás, hacia la puerta de entrada al vestuario, y luego movió la cabeza y dijo que no.

–Si te dejara entrar a ti, hermano, tendría que dejar entrar a todos estos maricones.

–¿Son periodistas?

–Algunos son periodistas, hermano, pero la mayoría sólo quieren tomarse una foto con Merolino, tocarle las manos y las pelotas.

–¿Y a ti cómo te va la vida?

–No me quejo, no me quejo demasiado –dijo Omar Abdul.

–¿Adónde piensas ir después del combate?

–A celebrarlo, supongo –dijo Omar Abdul.

–No, no me refiero a después de esta noche sino a después de que todo esto se haya acabado –dijo Fate.

Omar Abdul sonrió. Una sonrisa de confianza y de desafío. La sonrisa del gato de Cheshire en el supuesto de que el gato de Cheshire no estuviera retrepado en la rama de un árbol, sino en un descampado y bajo una tormenta. Una sonrisa, pensó Fate, de joven negro, pero también una sonrisa *tan* americana.

–No lo sé –dijo–, buscar un trabajo, pasar una temporada en Sinaloa, junto al mar, ya veremos.

–Que tengas suerte –dijo Fate.

Cuando ya se alejaba oyó que Omar le decía: suerte es lo que va a necesitar esta noche Count Pickett. Al volver al auditorio otros dos boxeadores estaban en el ring y ya casi no quedaban asientos vacíos. Avanzó por el pasillo principal hacia la fila destinada a la prensa. Su asiento estaba ocupado por un tipo gordo que lo miró sin entender lo que le decía. Le enseñó la entrada y el tipo se levantó y buscó en los bolsillos del saco hasta dar con la suya. Los dos tenían el mismo número. Fate sonrió y el tipo gordo sonrió. En ese momento uno de los boxeadores derribó con un gancho a su oponente y muchos de los asistentes al pabellón se pusieron en pie y gritaron.

–¿Qué hacemos? –le dijo Fate al gordo. El gordo se encogió de hombros y siguió con la vista la cuenta de protección del árbitro. El boxeador caído se levantó y el público volvió a gritar.

Fate alzó una mano, con la palma hacia el gordo, y se retiró. Cuando volvió al pasillo principal oyó que lo llamaban. Miró hacia todos lados pero no vio a nadie. Fate, Oscar Fate, gritaron. El boxeador que se acababa de levantar se abrazó a su oponente. Éste intentó deshacer el clinch proyectando una batería de golpes al estómago mientras retrocedía. Aquí, Fate, aquí, gritaron. El árbitro deshizo el clinch. El boxeador que se acababa de levantar amagó con atacar pero retrocedió con pasos lentos esperando la campana. Su oponente también retrocedió. El primero llevaba un pantalón blanco y tenía el rostro cubierto de sangre. El segundo llevaba un pantalón a rayas negras, violetas y rojas y parecía sorprendido de que el otro aún no estuviera en el suelo. Oscar, Oscar, estamos aquí, gritaron. Cuando sonó la campana el árbitro se acercó a la esquina del boxeador del pantalón blanco y pidió mediante gestos que subiera un médico. El médico, o lo que fuera, le examinó una ceja y dijo que el combate podía continuar.

Fate se volvió y trató de localizar a quienes lo llamaban. La mayoría de los espectadores se había levantado de su asiento y no pudo ver a nadie. Cuando comenzó el siguiente round el boxeador del pantalón a rayas se lanzó dispuesto a conseguir la victoria por knock out. Durante los primeros segundos el otro le plantó cara, pero luego se abrazó a él. El árbitro los separó varias veces. El hombro del boxeador del pantalón a rayas estaba manchado con la sangre del otro. Fate se acercó lentamente a las localidades de ringside. Vio a Campbell leyendo una revista de básketbol, vio a otro periodista norteamericano tomando notas despreocupadamente. Uno de los camarógrafos había instalado su cámara sobre un trípode y el chico de la iluminación que estaba a su lado mascaba chicle y le miraba de tanto en tanto las piernas a una señorita sentada en primera fila.

Oyó otra vez su nombre y se volvió. Creyó ver a una mujer rubia que le hacía señas con las manos. El boxeador del pantalón blanco volvió a caer. El protector bucal saltó de sus labios y atravesó el ring hasta detenerse justo al lado de donde estaba Fate. Por un momento pensó en arrodillarse y recogerlo, pero luego le dio asco y siguió quieto, mirando el cuerpo desmadejado del boxeador que oía la cuenta de protección del árbitro y luego, antes de que éste señalara con los dedos el número nueve, volvía a levantarse. Va a pelear sin protector, pensó, y entonces se agachó y buscó el protector pero no lo encontró. ¿Quién lo ha cogido?, pensó. ¿Quién demonios ha cogido el jodido protector si yo no me he movido y no he visto a nadie hacerlo?

Cuando la pelea terminó por los altavoces sonó una canción que reconoció como una de aquellas que Chucho Flores había definido como jazz de Sonora. Los espectadores de las localidades más baratas lanzaron gritos de júbilo y luego se pusieron a cantar la canción. Tres mil mexicanos encaramados en la galería del Pabellón Arena cantando al unísono la misma canción. Fate intentó mirarlos pero la iluminación, focalizada en el centro, dejaba aquella zona a oscuras. El tono de las voces, le pareció, era grave y desafiante, un himno de guerra perdida interpretado en la oscuridad. En la gravedad sólo había desesperanza y muerte, pero en el desafío era dable percibir la punta de un humor corrosivo, un humor que sólo existía en función de sí mismo y de los sueños, sin importar la duración que éstos tuvieran. Jazz de Sonora. En los asientos de abajo algunos también entonaban la canción, pero no eran demasiados. La mayoría prefería conversar o beber cerveza. Vio a un niño con una camisa blanca y pantalones negros corretear pasillo abajo. Vio al tipo que vendía cervezas avanzar pasillo arriba canturreando la canción. Una mujer con los brazos en jarra se reía de lo que le decía un hombre bajito y con un bigote diminuto. El hombre bajito gritaba pero su voz apenas se oía. Un grupo de hombres daban la impresión de conversar sólo con el movimiento de sus mandíbulas (y éstas sólo expresaban desprecio o indiferencia). Un tipo miraba el suelo y hablaba solo y sonreía. Todo el mundo parecía feliz. Justo en ese momento, como si tuviera una revelación, Fate comprendió que casi todos los que estaban en el Pabellón Arena creían que Merolino Fernández iba a ganar la pelea. ¿Qué los llevaba a semejante certeza? Por un momento creyó saberlo pero la idea se le escapó como agua de las manos. Mejor así, pensó, pues la sombra escurridiza de aquella idea (otra idea tonta) tal vez fuera capaz de destruirlo de un solo zarpazo.

Entonces, por fin, los vio. Chucho Flores le indicaba mediante señas que se fuera a sentar con ellos. Reconoció a la rubia que estaba a su lado. La había visto antes, pero ahora vestía mucho mejor. Compró una cerveza y se abrió paso entre la gente. La rubia le dio un beso en la mejilla. Le dijo su nombre, que él ya había olvidado. Rosa Méndez. Chucho Flores le presentó a los otros dos: un tipo al que no había visto jamás, llamado Juan Corona, que Fate pensó que era otro periodista, y una mujer joven extremadamente guapa, llamada Rosa Amalfitano. Éste es Charly Cruz, el rey de los vídeos, a quien ya conoces, dijo Chucho Flores. Charly Cruz le tendió la mano. Era el único que seguía sentado, ajeno a los movimientos del Pabellón. Todos iban muy bien vestidos, como si después del combate pensaran ir a una fiesta de gala. Una de las sillas estaba vacía y Fate se sentó después de que ellos quitaran de allí sus americanas y chaquetas. Les preguntó si esperaban a alguien.

–Sí, esperábamos a una amiga –le dijo Chucho Flores al oído–, pero a última hora parece que se rajó.

–Si llega no hay problema –dijo Fate–, me levanto y me voy.

–No, hombre, quédate aquí con los amigos –dijo Chucho Flores.

Corona le preguntó de qué parte de los Estados Unidos era. Nueva York, dijo Fate. ¿Y cuál es tu trabajo? Periodista. Después de eso a Corona se le agotó su inglés y ya no preguntó nada más.

–Eres el primer hombre negro que conozco –dijo Rosa Méndez.

Charly Cruz se lo tradujo. Fate sonrió. Rosa Méndez también sonrió.

–Me gusta Denzel Washington –dijo.

Charly Cruz se lo tradujo y Fate volvió a sonreír.

–Nunca había sido amiga de un negro –dijo Rosa Méndez–, los he visto en la tele y a veces en la calle, pero en la calle no hay muchos negros.

Charly Cruz le dijo que Rosita era así, buena persona y un poquito inocente. Fate no entendió a qué se refería con un poquito inocente.

–En México, la verdad es que hay pocos negros –dijo Rosa Méndez–. Los pocos que hay viven en Veracruz. ¿Conoces Veracruz?

Charly Cruz se lo tradujo. Le dijo que Rosita quería saber si había estado alguna vez en Veracruz. No, no he estado nunca, dijo Fate.

–Yo tampoco. Una vez pasé por allí, cuando tenía quince años –dijo Rosa Méndez–, pero lo he olvidado todo. Es como si me hubiera pasado algo malo en Veracruz y mi cerebro lo hubiera borrado, ¿entiendes?

Esta vez fue Rosa Amalfitano quien tradujo. Mientras lo hacía no sonreía como Charly Cruz sino que se limitó a traducir lo que había dicho la otra mujer con total seriedad.

–Entiendo –dijo Fate sin entender nada.

Rosa Méndez lo miraba a los ojos y él hubiera sido incapaz de decir si la mujer estaba pasando el rato o lo hacía partícipe de un secreto íntimo.

–Algo debió ocurrirme –dijo Rosa Méndez–, porque la verdad es que no me acuerdo de nada. Sé que estuve allí, no muchos días, tal vez tres o sólo dos, pero no guardo ni el más mínimo recuerdo de la ciudad. ¿Te ha ocurrido a ti algo semejante?

Probablemente a mí también, pensó Fate, pero en lugar de admitirlo le preguntó si le gustaba el box. Rosa Amalfitano tradujo la pregunta y Rosa Méndez dijo que a veces, sólo a veces, era excitante, sobre todo cuando peleaba un boxeador hermoso.

–¿Y a ti? –le preguntó a la que sabía inglés.

–A mí me da igual –dijo Rosa Amalfitano–, es la primera vez que vengo a una cosa así.

–¿La primera vez? –dijo Fate sin recordar que tampoco él era un experto en boxeo.

Rosa Amalfitano sonrió y asintió con la cabeza. Luego encendió un cigarrillo y Fate aprovechó para mirar en otra dirección y se encontró con los ojos de Chucho Flores que lo miraba como si no lo hubiera visto nunca. Hermosa muchacha, dijo Charly Cruz a su lado. Fate comentó que hacía calor. Una gota de transpiración le bajaba por la sien derecha a Rosa Méndez. Llevaba un vestido escotado que dejaba ver dos grandes pechos y el sostén de color crema. Brindemos por Merolino, dijo Rosa Méndez. Charly Cruz, Fate y Rosa Méndez entrechocaron sus botellas de cerveza. Rosa Amalfitano se unió al brindis con un vaso de papel en donde probablemente había agua o vodka o tequila. Fate pensó en preguntárselo, pero acto seguido la pregunta le pareció de una insensatez descomunal. A esta clase de mujeres no se les hacen estas preguntas. Chucho Flores y Corona eran los únicos del grupo que permanecían de pie, como si aún no perdieran las esperanzas de ver aparecer a la chica del asiento vacío. Rosa Méndez le preguntó si le gustaba mucho o demasiado Santa Teresa. Rosa Amalfitano tradujo. Fate no entendió la pregunta. Rosa Amalfitano sonrió. Fate pensó que sonreía como una diosa. La cerveza le supo mal, cada vez más amarga y más tibia. Estuvo tentado de pedirle un trago de su vaso, pero eso, lo supo, era algo que él jamás haría.

–¿Mucho o demasiado? ¿Cuál es la respuesta correcta?

–Creo que demasiado –dijo Rosa Amalfitano.

–Pues entonces demasiado –dijo Fate.

–¿Has ido a las corridas de toros? –dijo Rosa Méndez.

–No –dijo Fate.

–¿Y a los partidos de fútbol? ¿Y a los partidos de béisbol? ¿Y a ver jugar a nuestro equipo de básketbol?

–A tu amiga le interesan mucho los deportes –dijo Fate.

–No mucho –dijo Rosa Amalfitano–, sólo trata de darte algo de conversación.

¿Sólo es conversación?, pensó Fate. De acuerdo, sólo trata de parecer idiota o natural. No, sólo trata de ser simpática, pensó, pero también intuyó que había otra cosa.

–No he ido a ninguno de esos lugares –dijo Fate.

–¿No eres periodista deportivo? –dijo Rosa Méndez.

Ah, pensó Fate, no trata de parecer idiota ni natural, ni siquiera trata de ser simpática, ella piensa que yo soy periodista deportivo y por lo tanto que me intereso por ese tipo de eventos.

–Soy un periodista deportivo accidental –dijo Fate, y luego les explicó a las dos Rosas y a Charly Cruz la historia del corresponsal deportivo titular y de su muerte y de cómo lo mandaron a él a cubrir la pelea Pickett-Fernández.

–¿Y sobre qué escribes, entonces? –dijo Charly Cruz.

–Sobre política –dijo Fate–. Sobre temas políticos que afectan a la comunidad afroamericana. Sobre temas sociales.

–Eso debe ser muy interesante –dijo Rosa Méndez.

Fate miró los labios de Rosa Amalfitano mientras traducía. Se sintió feliz de estar allí.

La pelea fue corta. Primero salió Count Pickett. Ovación de cortesía, algunos abucheos. Después salió Merolino Fernández. Ovación atronadora. En el primer round se estudiaron. En el segundo Pickett se lanzó al ataque y noqueó en menos de un minuto a su contrincante. El cuerpo de Merolino Fernández, estirado sobre la lona del cuadrilátero, ni siquiera se movió. Sus segundos lo sacaron en andas hasta la esquina y como no se recuperaba entraron los camilleros y se lo llevaron al hospital. Count Pickett levantó un brazo, sin demasiado entusiasmo, y se marchó rodeado de su gente. Los espectadores empezaron a vaciar el Pabellón.

Comieron en un local llamado El Rey del Taco. En la entrada había un dibujo de neón: un niño con una gran corona, montado en un burro que cada cierto tiempo se levantaba sobre sus patas delanteras tratando de tirarlo. El niño jamás se caía, aunque en una mano llevaba un taco y en la otra una especie de cetro que también podía servirle de fusta. El interior estaba decorado como un McDonald's, sólo que algo chocante. Las sillas no eran de plástico sino de paja. Las mesas eran de madera. El suelo estaba embaldosado con grandes baldosas verdes en algunas de las cuales se veían paisajes del desierto y pasajes de la vida del Rey del Taco. Del techo colgaban piñatas que remitían, asimismo, a otras aventuras del niño rey, siempre en compañía del burro. Algunas de las escenas reproducidas eran de una cotidianidad desarmante: el niño, el burro y una viejita tuerta, o el niño, el burro y un pozo, o el niño, el burro y una olla de frijoles. Otras escenas entraban de lleno en lo extraordinario: en algunas se veía al niño y al burro caer por un desfiladero, en otras se veía al niño y al burro atados a una pira funeraria, e incluso en una se veía al niño que amenazaba a su burro poniéndole el cañón de una pistola en la sien. Como si el Rey del Taco no fuera el nombre de un restaurante sino el personaje de un cómic que Fate jamás había tenido oportunidad de leer. Sin embargo, la sensación de estar en un McDonald's persistía. Tal vez las camareras y camareros, muy jóvenes y vestidos con uniforme militar (Chucho Flores le dijo que iban vestidos *como federales)*, contribuían a fomentar esta impresión. Sin duda aquél no era un ejército victorioso. Los jóvenes, aunque sonreían a los clientes, transmitían un aire de cansancio enorme. Algunos parecían perdidos en el desierto que era la casa del Rey del Taco. Otros, quinceañeros o catorceañeros, trataban inútilmente de bromear con algunos clientes, tipos solos o parejas masculinas con pinta de funcionarios o de policías, tipos que miraban a los adolescentes con ojos que no estaban para bromas. Algunas chicas tenían los ojos llorosos y no parecían reales sino rostros entrevistos en un sueño.

–Este lugar es infernal –le dijo a Rosa Amalfitano.

–Tienes razón –dijo ella mirándolo con simpatía–, pero la comida no es mala.

–A mí se me ha ido el hambre –dijo Fate.

–Apenas te pongan delante un plato con tacos te volverá –dijo Rosa Amalfitano.

–Confío en que sea así –dijo Fate.

Habían llegado en tres coches distintos al restaurante. En el de Chucho Flores viajó Rosa Amalfitano. En el del silencioso Corona viajaron Charly Cruz y Rosa Méndez. Él condujo solo, pegado a los otros dos, y en más de una ocasión, cuando las vueltas por la ciudad parecían no tener fin, pensó en tocar la bocina y abandonar para siempre aquella comitiva en donde percibía, sin saber exactamente por qué, algo absurdo e infantil, y enfilar en dirección al Sonora Resort a escribir desde el hotel su crónica del breve combate que acababa de presenciar. Tal vez aún estuviera allí Campbell y le pudiera explicar algo que él no había entendido. Aunque bien pensado no había nada que entender. Pickett sabía boxear y Fernández no, así de sencillo. O tal vez lo mejor hubiera sido no ir al Sonora Resort y conducir directamente hacia la frontera, hacia Tucson, en cuyo aeropuerto seguro que encontraría un cibercafé desde donde escribir la crónica, agotado y sin pensar en lo que escribía, y luego volar hacia Nueva York, en donde todo volvería a tener la consistencia de la realidad.

Pero en lugar de eso Fate siguió a la comitiva de coches que daba vueltas y vueltas por una ciudad ajena, con la leve sospecha de que tantas vueltas obedecían a un único fin, que él se cansara y desistiera de su compañía, aunque habían sido ellos quienes lo habían invitado, quienes le dijeron vente a cenar con nosotros y luego te marchas a los Estados Unidos, una última cena mexicana, sin convicción ni sinceridad, atrapados en una hospitalidad verbal, un convencionalismo mexicano al que se debía responder dando las gracias (¡efusivamente!) y luego alejándose dignamente por una calle semivacía.

Sin embargo él aceptó la invitación. Buena idea, dijo, tengo hambre. Vamos a cenar todos juntos, como algo natural. Y aunque vio el cambio de expresión en los ojos de Chucho Flores, y la forma en que lo miraba Corona, más frío todavía, como si pretendiera ahuyentarlo con la mirada o como si le echara la culpa de la derrota del boxeador mexicano, insistió en ir a comer algo típico, mi última noche en México, ¿qué os parece si comemos comida *mexicana?* Sólo Charly Cruz pareció divertirse ante la idea de seguir con él durante la cena, Charly Cruz y las dos chicas, aunque de distinta manera, cada uno de acuerdo a su naturaleza, aunque también cabía la posibilidad, pensó Fate, de que las chicas simplemente se alegraran, y nada más, mientras que a Charly Cruz, por el contrario, se le abrieran perspectivas inesperadas en un paisaje hasta ese momento fijo y rutinario.

¿Por qué estoy aquí, comiendo tacos y bebiendo cerveza con unos mexicanos a quienes apenas conozco?, pensó Fate. La respuesta, lo sabía, era sencilla. Estoy por ella. Todos hablaban en español. Sólo Charly Cruz se dirigía a él en inglés. A Charly Cruz le gustaba hablar de cine y también le gustaba hablar en inglés. Su inglés era rápido, como si intentara imitar a un estudiante universitario, aunque abundaba en incorrecciones. Mencionó el nombre de un director de Los Ángeles al que conocía personalmente, Barry Guardini, pero Fate no había visto ninguna película de Guardini. Luego se puso a hablar de dvd. Dijo que en el futuro todo sería grabado en dvd o algo similar y mejorado y las salas de cine desaparecerían.

Las únicas salas de cine que cumplían una función, dijo Charly Cruz, eran las viejas, ¿las recuerdas?, esos teatros enormes que cuando se apagaban las luces a uno se le encogía el corazón. Esas salas estaban bien, eran los verdaderos cines, lo más parecido a una iglesia, techos altísimos, grandes cortinas rojo granate, columnas, pasillos con viejas alfombras desgastadas, palcos, localidades de platea y galería o gallinero, edificios construidos en los años en los que el cine todavía era una experiencia religiosa, cotidiana y sin embargo religiosa, y que poco a poco fueron demolidos para edificar bancos o supermercados o multicines. Hoy, le dijo Charly Cruz, apenas sobreviven unos pocos, hoy todos los cines son multicines, con pantallas pequeñas, espacio reducido, butacas comodísimas. En el espacio de una vieja sala de verdad caben siete salas reducidas de un multicine. O diez. O quince, depende. Y ya no hay experiencia *abis-*

mal, no existe el *vértigo* antes del inicio de una película, ya nadie se siente *solo* en el interior de un multicine. Después, según recordaba Fate, se puso a hablar sobre el fin de lo *sagrado*.

El fin había empezado en alguna parte, a Charly Cruz le daba lo mismo, tal vez en las iglesias, cuando los curas dejaron de lado la misa en latín, o en las familias, cuando los padres abandonaron (aterrorizados, créeme, brother) a las madres. Pronto el fin de lo sagrado llegó al cine. Derribaron los grandes cines y construyeron cajas inmundas llamadas multicines, cines prácticos, cines funcionales. Las catedrales cayeron bajo la bola de acero de los equipos de demolición. Hasta que alguien inventó el vídeo. Un televisor no es lo mismo que una pantalla de cine. La sala de tu casa no es lo mismo que una vieja platea casi infinita. Pero, si uno observa con cuidado, es lo que más se le parece. En primer lugar porque mediante el vídeo puedes ver *tú solo* una película. Cierras las ventanas de tu casa y enciendes la tele. Metes el vídeo y te sientas en un sillón. Primer requisito: estar solo. La casa puede ser grande o pequeña, pero si no hay nadie más toda casa, por pequeña que sea, de alguna manera se agranda. Segundo requisito: preparar el momento, es decir, alquilar la película, comprar la bebida que vas a beber, la botana que vas a comer, determinar la hora en que te vas a sentar delante de tu tele. Tercer requisito: no contestar al teléfono, ignorar el timbre de la puerta, estar dispuesto a pasar una hora y media o dos horas o una hora o cuarentaicinco minutos en la más completa y rigurosa soledad. Cuarto requisito: tener a mano el mando a distancia por si quieres ver más de una vez una escena. Y eso es todo. A partir de ese momento todo depende de la película y de ti. Si todo va bien, que no siempre va bien, uno está otra vez en presencia de lo *sagrado*. Uno mete su cabeza en el interior de su propio pecho y abre los ojos y mira, silabeó Charly Cruz.

¿Qué es para mí lo sagrado?, pensó Fate. ¿El dolor impreciso que siento ante la desaparición de mi madre? ¿El conocimiento de lo que no tiene remedio? ¿O esta especie de calambre en el estómago que siento cuando miro a esta mujer? ¿Y por qué razón experimento un calambre, llamémoslo así, cuando ella me mira y no cuando me mira su amiga? Porque su amiga es notoriamente menos hermosa, pensó Fate. De lo que se deduce que para mí lo sagrado es la belleza, una mujer guapa y joven y de rasgos perfectos. ¿Y si de pronto, en medio de este restaurante tan grande como infecto, apareciera la actriz más guapa de Hollywood, seguiría sintiendo calambres en el estómago cada vez que, subrepticiamente, mis ojos se encontraran con los de ella, o, por el contrario, la aparición repentina de una belleza superior, de una belleza ornada por el reconocimiento, mitigaría el calambre, disminuiría su belleza hasta una altura real, la de una muchacha un tanto extraña que sale una noche de fin de semana a divertirse con tres amigos un tanto singulares y una amiga que más bien parece una puta? ¿Y quién soy yo para pensar que Rosita Méndez parece una puta?, pensó Fate. ¿Conozco algo, acaso, acerca de las putas mexicanas como para reconocerlas a las primeras de cambio? ¿Conozco algo sobre la inocencia o sobre el dolor? ¿Conozco algo sobre las mujeres? Me gusta ver vídeos, pensó Fate. También me gusta ir al cine. Me gusta acostarme con mujeres. No tengo en este momento una pareja estable, pero no ignoro lo que significa tenerla. ¿Veo lo *sagrado* en alguna parte? Sólo percibo experiencias prácticas, pensó Fate. Un hueco que hay que llenar, hambre que debo aplacar, gente a la que debo hacer hablar para poder terminar mi artículo y cobrar. ¿Y por qué pienso que los que acompañan a Rosa Amalfitano son tres tipos *singulares?* ¿Qué tienen de singulares? ¿Y por qué estoy tan seguro de que si apareciera de pronto una actriz de Hollywood la belleza de Rosa Amalfitano se amortiguaría? ¿Y si no fuera así? ¿Y si se acelerara? ¿Y si todo comenzara a acelerarse a partir del instante en que una actriz de Hollywood traspusiera el umbral de El Rey del Taco?

Después, según recordaba vagamente, estuvieron en un par de discotecas, tal vez tres. En realidad, puede que fueran cuatro discotecas. No: tres. Pero también estuvieron en un cuarto lugar, que no era precisamente una discoteca ni tampoco una casa particular. La música estaba alta. Una de las discotecas, no la primera, tenía un patio. Desde el patio, donde se amontonaban cajas de refrescos y cerveza, se veía el cielo. Un cielo negro como el fondo del mar. En algún momento Fate vomitó. Luego se rió porque algo en el patio le hizo gracia. ¿Qué? No lo sabía. Algo que se movía o que se arrastraba junto a la reja de alambre. Tal vez la hoja de un periódico. Cuando volvió al interior vio a Corona que besaba a Rosa Méndez. La mano derecha de Corona apretaba uno de los pechos de la mujer. Al pasar junto a ellos Rosa Méndez abrió los ojos y lo miró como si no lo conociera. Charly Cruz estaba apoyado en la barra hablando con el barman. Le preguntó por Rosa Amalfitano. Charly Cruz se encogió de hombros. Repitió la pregunta. Charly Cruz lo miró a los ojos y dijo que tal vez estaba en los reservados.

–¿Dónde están los reservados? –dijo Fate.

–Arriba –dijo Charly Cruz.

Fate subió por la única escalera que encontró: una escalera metálica que se movía un poco, como si la base estuviera suelta. Le pareció la escalera de un barco antiguo. La escalera terminaba en un pasillo enmoquetado de verde. Al final del pasillo había una puerta abierta. Se oía música. La luz que salía de la habitación también era verde. Detenido en medio del pasillo un tipo joven y flaco lo miró y luego se movió hacia él. Fate pensó que lo iba a atacar y se preparó mentalmente para recibir el primer puñetazo. Pero el tipo lo dejó pasar y luego bajó por la escalera. Su rostro era muy serio, recordaba Fate. Luego caminó hasta llegar a una habitación en donde vio a Chucho Flores que hablaba por un teléfono móvil. Junto a él, sentado sobre un escritorio, había un tipo de unos cuarenta y tantos años, vestido con una camisa de cuadros y una corbata de lazo, que se lo quedó mirando y le preguntó con un gesto qué quería. Chucho Flores vio el gesto del tipo y miró hacia la puerta.

–Adelante, Fate, pasa –dijo.

La lámpara que colgaba del techo era verde. Junto a una

ventana, sentada en un sillón, estaba Rosa Amalfitano. Tenía las piernas cruzadas y fumaba. Cuando Fate traspuso el umbral levantó la vista y lo miró.

–Estamos aquí haciendo unos negocios –dijo Chucho Flores.

Fate se apoyó en la pared como si le faltara el aire. Es el color verde, pensó.

–Ya veo –dijo.

Rosa Amalfitano parecía drogada.

Según Fate creía recordar, alguien, en algún momento, anunció que aquella noche cumplía años, alguien que no iba con ellos, pero a quien Chucho Flores y Charly Cruz, al parecer, conocían. Mientras bebía un vaso de tequila una mujer se puso a cantar el «Happy Birthday». Después tres hombres (¿Chucho Flores era uno de ellos?) se pusieron a cantar «Las mañanitas». Muchas voces se unieron al canto. Junto a él, de pie en la barra, estaba Rosa Amalfitano. Ella no cantaba, pero le tradujo la letra de la canción. Fate le preguntó qué relación había entre el rey David y el cumpleaños de una persona.

–No lo sé –dijo Rosa–, yo no soy mexicana, soy española.

Fate pensó en España. Iba a preguntarle de qué parte de España era cuando vio que en una esquina de la sala un hombre abofeteaba a una mujer. La primera bofetada hizo que la cabeza de la mujer girara violentamente y la segunda bofetada la lanzó al suelo. Fate, sin pensar en nada, intentó moverse en esa dirección, pero alguien lo sujetó de un brazo. Cuando se volvió para ver quién lo retenía no había nadie. En la otra esquina de la discoteca el hombre que había abofeteado a la mujer se acercó al bulto caído y le pateó el estómago. A pocos metros de él vio a Rosa Méndez que sonreía feliz. Junto a ella estaba Corona, que miraba hacia otra parte, con el semblante serio de siempre. El brazo de Corona rodeaba los hombros de la mujer. De vez en cuando Rosa Méndez se llevaba la mano de Corona a la boca y le mordisqueaba un dedo. En ocasiones los dientes de Rosa Méndez mordían demasiado fuerte y entonces Corona arrugaba ligeramente el ceño.

En el último sitio donde estuvieron Fate vio a Omar Abdul y al otro sparring. Bebían solos en un rincón de la barra y se acercó a saludarlos. El sparring que se llamaba García apenas hizo un gesto de reconocimiento. Omar Abdul, por el contrario, le obsequió con una amplia sonrisa. Fate les preguntó cómo estaba Merolino Fernández.

–Bien, muy bien –dijo Omar Abdul–. En el rancho.

Antes de que Fate se despidiera de ellos Omar Abdul le preguntó cómo era que no se había largado todavía.

–Me gusta esta ciudad –dijo Fate por decir algo.

–Esta ciudad es una mierda, hermano –dijo Omar Abdul.

–Bueno, hay mujeres muy guapas –dijo Fate.

–Las mujeres de aquí no valen un pedazo de mierda –dijo Omar Abdul.

–Entonces deberías volver a California –dijo Fate.

Omar Abdul lo miró a los ojos y asintió varias veces.

–Me gustaría ser un jodido periodista –dijo–, a vosotros no se os escapa nada, ¿verdad?

Fate sacó un billete y llamó al barman. Lo que quieran tomar estos amigos lo pago yo, dijo. El barman cogió el billete y se quedó mirando a los sparrings.

–Otros dos mezcales –dijo Omar Abdul.

Cuando volvió a su mesa Chucho Flores le preguntó si era amigo de los boxeadores.

–No son boxeadores –dijo Fate–, son sparrings.

–García fue un boxeador bastante conocido en Sonora –dijo Chucho Flores–. No era muy bueno, pero aguantaba como nadie.

Fate miró hacia el fondo de la barra. Omar Abdul y García seguían allí, silenciosos, mirando las hileras de botellas.

–Una noche se volvió loco y mató a su hermana –dijo Chucho Flores–. Su abogado consiguió que lo declararan con enajenación mental transitoria y sólo pasó en la cárcel de Hermosillo ocho años. Cuando salió ya no quiso boxear. Durante un tiempo estuvo con los pentecostalistas de Arizona. Pero

Dios no le dio el don de la palabra y un día dejó de predicar el verbo divino y se puso a trabajar de matón de discoteca. Hasta que llegó López, el preparador de Merolino, y lo contrató como sparring.

–Un par de mierdas –dijo Corona.

–Sí –dijo Fate–, a juzgar por la pelea, un par de mierdas.

Después, y esto sí que lo recordaba con claridad, acabaron en casa de Charly Cruz. Lo recordaba por los vídeos. Concretamente, por el supuesto vídeo de Robert Rodríguez. La casa de Charly Cruz era grande, sólida como un búnker de dos pisos, eso también lo recordaba con claridad, y su sombra se proyectaba sobre un descampado. No había jardín, pero tenía un párking en donde cabían cuatro, tal vez cinco coches. En algún momento de la noche, aunque esto ya no era nada claro, un cuarto hombre se había unido a la comitiva. El cuarto hombre no hablaba mucho pero sonreía sin que viniera a cuento y parecía simpático. Era moreno y llevaba bigote. Y viajó con él, en su coche, a su lado, sonriendo a cada palabra que Fate decía. De vez en cuando el tipo del bigote miraba hacia atrás y de vez en cuando consultaba su reloj. Pero no decía ni una sola palabra.

–¿Eres mudo? –le dijo Fate en inglés después de varios intentos de entablar con él una conversación–. ¿No tienes lengua? ¿Por qué miras tanto el reloj, cabrón? –E invariablemente el tipo sonreía y asentía.

El coche de Charly Cruz iba delante, seguido por el de Chucho Flores. A veces Fate podía ver las siluetas de Chucho y de Rosa Amalfitano. Generalmente cuando se detenían frente a un semáforo. En ocasiones ambas siluetas estaban muy juntas, como si se besaran. Otras veces sólo veía la silueta del conductor. En una ocasión intentó ponerse a un lado del coche de Chucho Flores, pero no lo consiguió.

–¿Qué hora es? –le preguntó al tipo del bigote y éste se encogió de hombros.

En el párking de Charly Cruz había un mural pintado sobre una de las paredes de cemento. El mural era de un par de metros de largo y tal vez tres metros de ancho y representaba a la Virgen de Guadalupe en medio de un paisaje riquísimo en donde había ríos y bosques y minas de oro y plata y torres petrolíferas y enormes sembrados de maíz y de trigo y amplísimas praderas donde pastaban las reses. La Virgen tenía los brazos abiertos, como en el acto de ofrecer toda esa riqueza a cambio de nada. Pero en su rostro, Fate pese a estar borracho lo advirtió de inmediato, había algo que discordaba. Uno de los ojos de la Virgen estaba abierto y el otro estaba cerrado.

La casa tenía muchas habitaciones. Algunas sólo servían como almacén en donde se amontonaban pilas de vídeos y dvd de los videoclubs de Charly Cruz o de su colección particular. La sala estaba en el primer piso. Dos sillones y dos sofás de cuero y una mesa de madera y un aparato de televisión. Los sillones eran de buena calidad, pero viejos. El suelo era de baldosas amarillas con estrías negras y estaba sucio. Ni siquiera un par de alfombras indias multicolores podían disimularlo. Un espejo de cuerpo entero colgaba de una pared. En la otra había un cartel de una película mexicana de los años cincuenta, enmarcado y protegido con un cristal. Charly Cruz le dijo que era el póster auténtico de una película muy rara, de la que se habían perdido casi todas las copias. En un aparador de cristal se guardaban las botellas de licor. Junto a la sala había una habitación aparentemente sin uso en donde estaba el aparato de música, de última generación, y en una caja de cartón los compact discs. Rosa Méndez se agachó junto a la caja y se puso a hurgar en su interior.

–A las mujeres las vuelve locas la música –le dijo Charly Cruz al oído–, a mí me vuelve loco el cine.

La proximidad de Charly Cruz lo sobresaltó. Sólo en ese momento se dio cuenta de que la habitación no tenía ventanas y le pareció extraño que alguien la hubiera elegido para ubicar la sala, sobre todo teniendo en cuenta que la casa era grande y que seguramente no faltarían habitaciones con más luz. Cuando la música empezó a sonar Corona y Chucho Flores tomaron a las muchachas de los brazos y salieron de la sala. El tipo del bigote se sentó en un sillón y miró la hora. Charly Cruz le preguntó si le interesaba ver la película de Robert Rodríguez. Fate asintió. Al tipo del bigote, por la disposición del sillón, le era imposible ver la película sin torcer exageradamente el cuello, pero en realidad no mostró la más mínima curiosidad. Se quedó sentado, mirándolos a ellos y de tanto en tanto mirando el techo.

La película no duraba, según Charly Cruz, más de media hora. Se veía el rostro de una vieja, muy pintarrajeado, que miraba a la cámara y que, al cabo de un rato, se ponía a murmurar palabras incomprensibles y a llorar. Parecía una puta retirada y en ocasiones, pensó Fate, una puta agonizante. Después aparecía una mujer joven, muy morena, delgada y con grandes pechos, que se desnudaba sentada en una cama. De la oscuridad surgían tres tipos que primero le hablaban al oído y luego la follaban. Al principio la mujer oponía resistencia. Miraba directamente a la cámara y decía algo en español que Fate no entendía. Luego, fingía un orgasmo y se ponía a gritar. Entonces los tipos, que hasta ese momento la estaban poseyendo alternativamente, se acoplaban a la vez, el primero la penetraba por la vagina, el segundo por el ano y el tercero metía su verga en la boca de la mujer. El cuadro que formaban era el de una máquina de movimiento continuo. El espectador adivinaba que la máquina iba a estallar en algún momento, pero la forma del estallido, y cuándo ocurriría, era imprevisible. Y entonces la mujer se corría de verdad. Un orgasmo que no estaba previsto y que ella era la que menos esperaba. Los movimientos de la mujer, constreñidos por el peso de los tres tipos, se aceleraron. Sus ojos, fijos en la cámara, que a su vez se acercó a su rostro, decían algo aunque en un lenguaje inidentificable. Por un instante toda ella pareció brillar, refulgieron sus sienes, el mentón semioculto por el hombro de uno de los tipos, los dientes adquirieron una blancura sobrenatural. Luego la carne pareció desprenderse de sus huesos y caer al suelo de aquel burdel anónimo o desvanecerse en el aire, dejando un esqueleto mondo y lirondo, sin ojos, sin labios, una calavera que de improviso empezó a reírse de todo. Después se vio una calle de una gran ciudad mexicana, el DF con toda seguridad, al atardecer, barrida por la lluvia, los coches estacionados en las aceras, las tiendas con las cortinas metálicas bajadas, personas que caminaban aprisa para no empaparse. Un charco de lluvia. El agua que limpia la carrocería de un coche cubierto por una gruesa capa de polvo. Ventanas iluminadas de edificios públicos. Una parada de autobuses junto a un pequeño parque. Las ramas de un árbol enfermo que vanamente intentan tenderse hacia la nada. El rostro de la puta vieja que ahora sonríe a la cámara, como diciendo ¿lo hice bien?, ¿he estado bien?, ¿no hay quejas? Una escalera de ladrillos rojos a la vista. Un suelo de linóleo. La misma lluvia pero filmada desde el interior de una habitación. Una mesa de plástico con los rebordes llenos de muescas. Vasos y un frasco de Nescafé. Una sartén con restos de huevos revueltos. Un pasillo. El cuerpo de una mujer semivestida, tirado en el suelo. Una puerta. Una habitación en completo desorden. Dos tipos durmiendo en la misma cama. Un espejo. La cámara se acerca al espejo. Se corta la cinta.

–¿Dónde está Rosa? –preguntó Fate cuando acabó la película.

–Hay una segunda cinta –dijo Charly Cruz.

–¿Dónde está Rosa?

–En alguno de los cuartos –dijo Charly Cruz–, mamándole la verga a Chucho.

Luego se levantó, salió de la habitación y cuando volvió traía en una mano la cinta que faltaba. Mientras rebobinaba el vídeo Fate dijo que tenía que ir al baño.

–Al fondo, la cuarta puerta –dijo Charly Cruz–. Pero tú no quieres ir al baño, tú quieres buscar a tu Rosa, gringo mentiroso.

Fate se rió.

–Bueno, tal vez Chucho necesite una ayuda –dijo como si estuviera dormido y borracho al mismo tiempo.

Al levantarse el tipo del bigote dio un respingo. Charly Cruz le dijo algo en español y el tipo del bigote volvió a extenderse muellemente sobre el sillón. Fate caminó por el pasillo contando las puertas. Al llegar a la tercera oyó un ruido que provenía del piso superior. Se detuvo. El ruido cesó. El baño era grande y parecía surgido de una revista de arquitectura. Las paredes y el suelo eran de mármol blanco. En la bañera, circular, podían caber por lo menos cuatro personas. Junto a la bañera había una gran caja de madera de roble con forma de ataúd. Un ataúd en donde la cabeza quedaba afuera y que Fate hubiera dicho que se trataba de una sauna, a no ser por la estrechez de la caja. La taza del wáter era de mármol negro. Junto a ésta había un bidet y junto al bidet una protuberancia de mármol de medio metro de alzada cuya utilidad Fate fue incapaz de discernir. Semejaba, si uno forzaba la imaginación, una silla o un sillín. Pero no pudo imaginar a nadie sentado allí, no en una posición normal. Tal vez servía para poner las toallas del bidet. Durante un rato, mientras orinaba, estuvo mirando la caja de madera y la escultura de mármol. Por un instante pensó que ambos objetos estaban vivos. A su espalda había un espejo que cubría toda la pared y que hacía que el baño pareciera más grande de lo que en realidad era. Fate miraba hacia la izquierda y veía el ataúd de madera y luego torcía el cuello hacia la derecha y veía el protuberante artefacto de mármol, y en una ocasión miró hacia atrás y vio su propia espalda, de pie ante el inodoro, flanqueado por el ataúd y por el sillín de apariencia inútil. La sensación de irrealidad que le perseguía aquella noche se acentuó.

Subió las escaleras procurando no hacer ruido. En la sala Charly Cruz y el tipo del bigote hablaban en español. La voz de Charly Cruz era apaciguadora. La voz del tipo del bigote era aguda, como si tuviera atrofiadas las cuerdas vocales. El ruido que había oído en el pasillo volvió a repetirse. La escalera terminaba en una sala con un gran ventanal cubierto por una cortina veneciana con listones de plástico marrón oscuro. Fate se internó por otro pasillo. Abrió una puerta. Rosa Méndez estaba tirada bocabajo sobre una cama de aspecto militar. Estaba vestida y llevaba puestos los zapatos de tacón, pero parecía dormida o demasiado borracha. En la habitación no había más que la cama y una silla. El suelo, al contrario que en el primer piso, estaba enmoquetado, por lo que sus pasos apenas hacían ruido. Se acercó a la chica y le volteó la cabeza. Rosa Méndez, sin abrir los ojos, le sonrió. A mitad de camino el pasillo se bifurcaba. Fate distinguió una luz que salía por el quicio de una de las puertas. Oyó a Chucho Flores y a Corona que discutían, pero no supo el motivo. Pensó que ambos se querían follar a Rosa Amalfitano. Después pensó que tal vez discutían acerca de él. Corona parecía enfadado de verdad. Abrió la puerta sin golpear y los dos hombres se volvieron al mismo tiempo con una mezcla de sorpresa y sueño grabada en sus rostros. Ahora debo procurar ser lo que soy, pensó Fate, un negro de Harlem, un negro jodidamente peligroso. Casi de inmediato se dio cuenta de que ninguno de los mexicanos estaba impresionado.

–¿Dónde está Rosa? –dijo.

Chucho Flores alcanzó a indicar con un gesto un rincón de la habitación que Fate no había visto. Esta escena, pensó Fate, yo ya la he vivido. Rosa estaba sentada en un sillón, con las piernas cruzadas, esnifando cocaína.

–Vámonos –le dijo.

No se lo ordenó ni se lo suplicó. Sólo le dijo que se fuera con él, pero puso toda el alma en sus palabras. Rosa le sonrió con simpatía, no daba la impresión de entender nada. Oyó que Chucho Flores decía en inglés: largo de aquí, amigo, espéranos abajo. Fate le extendió la mano a la muchacha. Rosa se levantó y cogió su mano. La mano de la muchacha le pareció tibia, una temperatura que evocaba otros escenarios pero que *también* evocaba o comprendía aquella sordidez. Al estrecharla tuvo conciencia de la frialdad de su propia mano. He estado agonizando todo este tiempo, pensó. Estoy frío como el hielo. Si ella no me hubiera dado la mano me habría muerto aquí mismo y hubieran tenido que repatriar mi cadáver a Nueva York.

Cuando salían de la habitación sintió cómo Corona lo agarraba de un brazo y levantaba la mano libre, que empuñaba, le pareció, un objeto contundente. Se revolvió y golpeó, al estilo Count Pickett, la mandíbula del mexicano de abajo hacia arriba. Como antes Merolino Fernández, Corona cayó al suelo sin exhalar ni un solo gemido. Sólo entonces se dio cuenta de que empuñaba una pistola. Se la quitó y le preguntó a Chucho Flores qué pensaba hacer.

–Yo no soy celoso, amigo –dijo Chucho Flores con las manos levantadas a la altura del pecho para que Fate viera que no llevaba ningún arma.

Rosa Amalfitano miró la pistola de Corona como si fuera un artilugio de sex-shop.

–Vámonos –oyó que le decía.

–¿Quién es el tipo de abajo? –dijo Fate.

–Charly, Charly Cruz, tu amigo –dijo Chucho Flores sonriendo.

–No, hijo de puta, el otro, el del bigote.

–Un amigo de Charly –dijo Chucho Flores.

–¿Esta puta casa tiene otra salida?

Chucho Flores se encogió de hombros.

–¿Oye, hombre, no estás llevando las cosas demasiado lejos? –dijo.

–Sí, hay una salida por la parte de atrás –dijo Rosa Amalfitano.

Fate miró el cuerpo caído de Corona y pareció meditar durante unos segundos.

–El coche está en el garaje –dijo–, no nos podemos ir sin él.

–Entonces hay que salir por la parte de delante –dijo Chucho Flores.

–¿Y éste? –dijo Rosa Amalfitano indicando a Corona–, ¿está muerto?

Fate volvió a mirar el cuerpo desmadejado que yacía en el suelo. Hubiera podido estar mirándolo durante horas.

–Vámonos –dijo con voz resuelta.

Bajaron las escaleras, pasaron por una enorme cocina que olía a abandono, como si hiciera mucho tiempo que allí ya nadie guisara, atravesaron un corredor desde donde se veía un patio en donde había una camioneta ranchera tapada con una lona negra y luego anduvieron completamente a oscuras hasta llegar a la puerta que descendía hacia el garaje. Al encender la luz, dos grandes tubos fluorescentes colgados del techo, Fate volvió a observar el mural de la Virgen de Guadalupe. Al moverse para abrir la puerta metálica se dio cuenta de que el único ojo abierto de la Virgen parecía seguirlo estuviera donde estuviera. Metió a Chucho Flores en el asiento del copiloto y Rosa se sentó detrás. Al salir del garaje alcanzó a ver al tipo del bigote que aparecía en lo alto de la escalera y los buscaba con una mirada de adolescente azorado.

Dejaron atrás la casa de Charly Cruz y se metieron por calles sin pavimentar. Atravesaron, sin que lo advirtieran, un descampado que despedía un fuerte olor a maleza y a comida en descomposición. Fate detuvo el coche, limpió la pistola con un pañuelo y la arrojó al descampado.

–Qué noche más bonita –murmuró Chucho Flores.

Ni Rosa ni Fate dijeron nada.

Dejaron a Chucho Flores junto a una parada de autobuses en una avenida desierta y profusamente iluminada. Rosa se sentó en el asiento de delante y al despedirse le dio una bofetada. Después se internaron por un laberinto de calles que ni Rosa ni Fate conocían, hasta salir a otra avenida que llevaba directamente al centro de la ciudad.

–Creo que me he comportado como un idiota –dijo Fate.

–Yo me he comportado como una idiota –dijo Rosa.

–No, yo –dijo Fate.

Se pusieron a reír y tras dar un par de vueltas por el centro se dejaron llevar por el flujo de coches con matrículas mexicanas y norteamericanas que salían de la ciudad.

–¿Adónde vamos? –dijo Fate–. ¿Dónde vives?

Ella le dijo que no quería volver a su casa todavía. Pasaron por delante del motel de Fate y durante unos segundos éste no supo si seguir hacia el paso fronterizo o quedarse allí. Cien metros más adelante dio la vuelta y enfiló una vez más en dirección sur, hacia el motel. El recepcionista lo reconoció. Le preguntó cómo había ido la pelea.

–Perdió Merolino –dijo Fate.

–Era lógico –dijo el recepcionista.

Fate le preguntó si aún estaba libre su habitación. El recepcionista le dijo que sí. Fate metió una mano en el bolsillo y sacó la llave de la habitación, que aún conservaba.

–Es cierto –dijo.

Le pagó un día más y luego se marchó. Rosa lo esperaba en el coche.

–Puedes quedarte aquí un rato –dijo Fate–, cuando me lo digas te llevaré a tu casa.

Rosa asintió con la cabeza y entraron. La cama estaba hecha y las sábanas eran limpias. Las dos ventanas estaban entornadas, tal vez porque la persona que había hecho la limpieza, pensó Fate, encontró un rastro de olor a vómito. Pero la habitación olía bien. Rosa encendió la televisión y se sentó en una silla.

–Te he estado observando –dijo.

–Me halaga –dijo Fate.

–¿Por qué limpiaste la pistola antes de deshacerte de ella? –dijo Rosa.

–Uno nunca sabe –dijo Fate–, pero prefiero no andar dejando mis huellas dactilares en armas de fuego.

Después Rosa se concentró en el programa de la tele, un talk-show mexicano en el que, básicamente, sólo hablaba una mujer ya anciana. Tenía el pelo largo y completamente blanco. A veces sonreía y uno podía darse cuenta de que se trataba de una viejita de buen corazón, incapaz de hacerle daño a nadie, pero la mayor parte del tiempo su expresión era de alerta, como si estuviera tratando un tema de mucha gravedad. Por supuesto, no entendió nada de lo que decían. Después Rosa se levantó de la silla, apagó la tele y le preguntó si se podía dar una ducha. Fate asintió en silencio. Cuando Rosa se encerró en el baño se puso a pensar en todo lo que había sucedido aquella noche y le dolió el estómago. Sintió una oleada de calor que le subía a la cara. Se sentó en la cama, se cubrió la cara con las manos y pensó que se había comportado como un estúpido.

Cuando salió del baño Rosa le contó que había sido novia o algo parecido de Chucho Flores. Se sentía sola en Santa Teresa y un día, mientras estaba en el videoclub de Charly Cruz adonde iba a alquilar películas, conoció a Rosa Méndez. Ignoraba el motivo, pero Rosa Méndez le cayó simpática desde el primer momento. Durante el día, según le dijo, trabajaba en un supermercado y por las tardes trabajaba de camarera en un restaurante. Le gustaba el cine y adoraba las películas de suspense. Tal vez lo que le gustó de Rosa Méndez fue su alegría inagotable y también su pelo teñido de rubio, que contrastaba fuertemente con su piel morena.

Un día Rosa Méndez le presentó a Charly Cruz, el dueño del videoclub, a quien sólo había visto un par de veces, y Charly Cruz le pareció un tipo tranquilo, que todo se lo tomaba bien y con calma, y que en ocasiones le prestaba películas o no le cobraba los vídeos que ella alquilaba. A menudo pasaba tardes enteras en el videoclub, hablando con ellos o ayudando a Charly Cruz a desempaquetar nuevos pedidos de películas. Una noche, cuando el videoclub estaba a punto de cerrar, conoció a Chucho Flores. Esa misma noche Chucho Flores los invitó a todos a cenar y más tarde la fue a dejar en coche hasta su casa, aunque cuando ella lo invitó a pasar él prefirió no hacerlo, para no molestar a su papá. Pero ella le dio su número de teléfono y Chucho Flores llamó al día siguiente y la invitó al cine. Cuando Rosa llegó al cine encontró a Chucho Flores y a Rosa Méndez acompañada de un tipo mayor, de unos cincuenta años, que dijo dedicarse a la compra y venta de bienes inmuebles y que trataba a Chucho como a un sobrino. Después de la película fueron a cenar a un restaurante de lujo y más tarde Chucho Flores la fue a dejar a su casa, aduciendo que al día siguiente tenía que levantarse muy temprano porque se iba a Hermosillo a hacer una entrevista para la radio.

Por aquellos días Rosa Amalfitano solía ver a Rosa Méndez no sólo en el videoclub de Charly Cruz sino también en la casa que ésta tenía en la colonia Madero, un departamento en el cuarto piso de un viejo edificio de cinco pisos, sin ascensor, por el cual Rosa Méndez pagaba mucho dinero. Al principio, Rosa Méndez compartía la casa con dos amigas, lo que hacía que el alquiler no resultara tan oneroso. Pero una de las amigas se marchó a probar suerte al DF y con la otra se enfadó, y a partir de ese momento empezó a vivir sola. A Rosa Méndez le gustaba vivir sola, aunque para sufragar los gastos tuvo que buscar un segundo empleo. A veces Rosa Amalfitano se pasaba horas en el departamento de Rosa Méndez, sin hablar, tirada en el sofá, bebiendo agua fresca y escuchando las historias que su amiga solía contar. A veces hablaban de hombres. En esto, como en otras cosas, la experiencia de Rosa Méndez era más rica y variada que la de Rosa Amalfitano. Tenía veinticuatro años y había tenido, según sus propias palabras, cuatro amantes que la habían marcado. El primero a los quince años, un tipo que trabajaba en una maquiladora y que la dejó para irse a los Estados Unidos. A ése lo recordaba con cariño, pero de todos sus amantes era el que menos huella había dejado en su vida. Cuando Rosa Méndez decía esto Rosa Amalfitano se reía y su amiga también se reía aunque sin saber exactamente el motivo.

–Hablas como la letra de un bolero –le decía Rosa Amalfitano.

–Ah, era eso –contestaba Rosa Méndez–, es que los boleros tienen razón, mana, en realidad todas las letras de las canciones nacen en el corazón del pueblo y siempre tienen razón.

–No –le decía Rosa Amalfitano–, *parece* que tienen razón, *parece* que son auténticas, pero en realidad es pura mierda.

Cuando llegaban a este punto Rosa Méndez prefería dejar de discutir. Tácitamente reconocía que su amiga, que por algo iba a la universidad, sabía más que ella de estas cosas. El novio que se había ido a los Estados Unidos, volvía a contar, era, como había dicho, el que menos huella había dejado en su vida, pero también al que más echaba de menos. ¿Cómo podía ser eso posible? No lo sabía. Los otros, los que vinieron después, eran diferentes. Y eso era todo. Un día Rosa Méndez le contó a Rosa Amalfitano lo que se sentía al hacer el amor con un policía.

–Es lo máximo –le dijo.

–¿Por qué, cuál es la diferencia? –quiso saber su amiga.

–Pues no sabría explicártelo muy bien, mana –dijo Rosa Méndez–, pero es como coger con un hombre que no es del todo un hombre. Es como volver a ser niña, ¿me entiendes? Es como si te cogiera una roca. Una montaña. Tú sabes que vas a estar allí, arrodillada, hasta que la montaña diga ya está. Y que vas a quedar llena.

–¿Llena de qué? –le preguntó Rosa Amalfitano–, ¿llena de semen?

–No, mana, no seas lépera, llena de otra cosa, es como si te cogiera una montaña pero como si te cogiera *dentro* de una gruta, ¿me entiendes?

–¿Dentro de una caverna? –le preguntó Rosa Amalfitano.

–Así es –dijo Rosa Méndez.

–O sea es como si te follara una montaña dentro de una caverna o cueva que está en la misma montaña –dijo Rosa Amalfitano.

–Exactamente eso –dijo Rosa Méndez.

Y luego dijo:

–Me encanta la palabra follar, qué bonito hablan los españoles.

–Mira que eres rara –le dijo Rosa Amalfitano.

–Desde chiquita –dijo Rosa Méndez.

Y añadió:

–¿Quieres que te cuente otra cosa?

–A ver –dijo Rosa Amalfitano.

–Yo he *follado* con narcos. Te lo juro. ¿Quieres saber qué se siente? Pues se siente como si te cogiera el aire. Ni más ni menos, el mero aire.

–O sea que follar con un policía es como si te cogiera una montaña y coger con un narco es como si te follara el aire.

–Sí –dijo Rosa Méndez–, pero no el aire que respiramos ni el que sentimos cuando vamos por la calle, sino el aire del desierto, un temporal de aire, que no tiene el mismo sabor que el aire de aquí, ni tampoco huele a naturaleza, a campo, sino que huele a lo que huele, un olor propio que no se puede explicar, simplemente es aire, puro aire, tanto aire que a veces te cuesta respirar y crees que vas a morir ahogada.

–O sea –concluyó Rosa Amalfitano–, que si te folla un policía es como si te follara una montaña dentro de la misma montaña, y que si te folla un narco es como si te follara el aire en el desierto.

–Simón, mana, si te coge un narco siempre es a la intemperie.

Por aquellas fechas Rosa Amalfitano empezó a salir formalmente con Chucho Flores. Fue el primer mexicano con el que se acostó. En la universidad había habido dos o tres muchachos que intentaron galantear con ella, pero con quienes no pasó nada. Con Chucho Flores, por el contrario, se fue a la cama. Los días de cortejo no fueron muchos, pero fueron más de los que Rosa esperaba. Cuando regresó de Hermosillo Chucho Flores le trajo de regalo un collar de perlas. A solas, delante del espejo, Rosa se lo probó, y aunque el collar no carecía de encanto (y además debía de haberle costado mucho dinero), le pareció imposible llegar a ponérselo algún día. El cuello de Rosa era alargado y hermoso, pero ese collar necesitaba otro tipo de guardarropa. A este primer regalo siguieron otros: a veces, cuando paseaban por las calles de las tiendas de moda, Chucho Flores se detenía delante de un escaparate y señalándole una prenda le pedía que se la probase y que si le gustaba él se la compraría. Generalmente Rosa se probaba primero la prenda indicada y luego se probaba otras y finalmente salía con una de su entero gusto. También Chucho Flores le regalaba libros de arte, pues en una ocasión la oyó hablar de pintura y pintores cuyas obras había visto en prestigiosos museos de

Europa. Otras veces le regalaba compact discs, normalmente de autores clásicos, aunque en ocasiones, como un guía turístico atento al color local, introducía en sus ofrendas música del norte de México o música del folklore mexicano, que Rosa después, a solas en su casa, escuchaba distraída mientras se dedicaba a lavar los platos o a meter la ropa sucia de ella y de su padre en la lavadora.

Por las noches solían ir a cenar a buenos restaurantes, en donde invariablemente encontraban a hombres y, en menor medida, a mujeres que conocían a Chucho Flores, y ante los cuales éste la presentaba como su amiga, la señorita Rosa Amalfitano, hija del profesor de filosofía Óscar Amalfitano, mi amiga Rosa, la señorita Amalfitano, concitando de inmediato comentarios acerca de su belleza y de su porte, y luego comentarios acerca de España y de Barcelona, ciudad por la que habían pasado en giras turísticas todos, absolutamente todos, los prohombres de Santa Teresa, y de la que sólo tenían palabras de alabanza y comentarios encomiásticos. Una noche, en lugar de ir a dejarla a su casa, le preguntó si quería seguir con él. Rosa esperaba que la llevara a su departamento, pero el coche enfiló hacia el oeste, hasta dejar atrás Santa Teresa, y tras circular media hora por una carretera solitaria llegaron a un motel en donde Chucho Flores alquiló una habitación. El motel estaba en medio del desierto, justo antes de un altozano, y junto a la carretera sólo había matorrales grises que en ocasiones exhibían sus raíces desenterradas por el viento. La habitación era grande y en el baño había un jacuzzi similar a una piscina pequeña. La cama era redonda y de las paredes y de parte del techo colgaban espejos que contribuían a magnificarla. La moqueta del suelo era gruesa, casi como un colchón. No había minibar sino una pequeña barra provista de toda clase de licores y refrescos. Cuando Rosa le preguntó por qué la había llevado a un lugar así, el típico lugar al que los ricos traían a sus putas, Chucho Flores, tras reflexionar un rato, le dijo que por los espejos. La manera de decirlo fue como si le pidiera perdón. Después la desnudó y follaron en la cama y sobre la moqueta.

La actitud de Chucho Flores hasta ese momento fue más bien tierna, preocupado más por el placer de su pareja que por el propio. Al final Rosa tuvo un orgasmo y entonces Chucho Flores dejó de follar y sacó una cajita metálica de su chaqueta. Rosa pensó que se trataba de cocaína, pero en el interior de la cajita no había polvo blanco sino unas diminutas pastillas amarillas. Chucho Flores cogió dos pastillas y se las tragó con un poco de whisky. Durante un rato estuvieron hablando, tirados en la cama, hasta que él volvió a poseerla. Esta vez su comportamiento no tuvo nada de tierno. Sorprendida, Rosa no protestó ni dijo nada. Chucho Flores parecía dispuesto a ponerla en todas las posturas posibles y algunas, esto Rosa lo pensó más tarde, a ella le gustaron. Cuando amanecía dejaron de follar y abandonaron el motel.

En el patio que servía de párking, protegido de la carretera por un muro de ladrillos rojos, había otros coches. El aire era fresco y seco y tenía un ligero olor almizclado. El motel y todo lo que había alrededor parecía encerrado en una bolsa de silencio. Mientras caminaban por el párking en busca del coche oyeron cantar un gallo. El ruido de las puertas del coche al abrirse, el motor que se encendía, los neumáticos que aplastaban la arenisca le parecieron a Rosa similares al ruido de un tambor. No pasaban camiones por la carretera.

A partir de entonces su relación con Chucho Flores había sido cada vez más extraña. Había días en que él parecía incapaz de vivir sin ella, y otros días en que la trataba como si fuera su esclava. Algunas noches dormían en el departamento de él y por las mañanas, al despertar, Rosa no lo encontraba, pues Chucho Flores, en ocasiones, se levantaba muy temprano para trabajar en un programa radiofónico en directo que se llamaba «Buenos días, Sonora», o «Buenos días, amigos», no lo sabía con exactitud pues nunca lo escuchó desde el principio, un programa que escuchaban los camioneros que cruzaban la frontera en una u otra dirección y los ruteros que llevaban a los trabajadores a las fábricas y toda la gente que en Santa Teresa tenía que madrugar. Cuando Rosa se despertaba se hacía el desayuno, generalmente un vaso de naranjada y una tostada o una galleta, y luego lavaba el plato, el vaso, el exprimidor de naranjas, y se iba. Otras veces se quedaba un rato más, mirando por las ventanas el paisaje urbano de la ciudad bajo un cielo azul cobalto y luego hacía la cama y daba vueltas por la casa, sin nada que hacer salvo pensar en su vida y en la relación que mantenía con ese mexicano tan extraño. Pensaba si él la quería, si lo que él sentía por ella era amor, si ella, a su vez, sentía amor por él, o atracción física, o algo, cualquier cosa, si eso era todo lo que ella tenía que esperar de una relación de pareja.

Algunas tardes se subían al coche de él y salían a toda velocidad hacia el este, hasta un mirador en una montaña desde la que se veía Santa Teresa a lo lejos, las primeras luces de la ciudad, el enorme paracaídas negro que caía parsimoniosamente sobre el desierto. Siempre que estaban allí, después de contemplar en silencio el cambio del día a la noche, Chucho Flores se desabrochaba la bragueta y la cogía de la nuca hasta pegar su rostro en su entrepierna. Rosa entonces se ponía el pene entre los labios, chupándolo apenas, hasta que éste se endurecía y entonces comenzaba a acariciarlo con la lengua. Cuando Chucho Flores se iba a correr, lo notaba por la presión de su mano que le impedía despegar la cabeza. Rosa dejaba de mover la lengua y se quedaba quieta, como si el tener todo el pene dentro la hubiera ahogado, hasta que sentía la descarga de semen en su garganta, y ni aun así se movía, aunque escuchaba los gemidos y las exclamaciones a menudo inverosímiles que pronunciaba su amante, a quien gustaba decir palabras soeces y proferir insultos durante el orgasmo, pero no contra ella sino contra personas indeterminadas, fantasmas que aparecían sólo en ese momento y que no tardaban en perderse en la noche. Después, aún con un regusto salado y amargo en la boca, encendía un cigarrillo mientras Chucho Flores sacaba de su cigarrera de plata un papelillo doblado que contenía cocaína, que escanciaba sobre la tapa de plata de la cigarrera, labrada con motivos rancheros más bien bucólicos, y que, tras preparar sin apuro tres rayas ayudándose de una de sus tarjetas de crédito, esnifaba con una de sus tarjetas de presentación, una que decía Chucho Flores, periodista y locutor, y luego la dirección de la emisora.

Uno de esos atardeceres, sin que mediara invitación alguna (pues Chucho nunca la había invitado, en ninguna ocasión, a compartir la coca con él), mientras se limpiaba con la palma de la mano unas gotas de semen de los labios, Rosa le pidió que la última raya se la dejara a ella. Chucho Flores le preguntó si estaba segura y luego, con un gesto de indiferencia pero también de acatamiento, le alcanzó la cigarrera y una tarjeta de presentación nueva. Rosa esnifó todo lo que quedaba de cocaína y luego se echó para atrás en el asiento y se puso a mirar las nubes negras que en nada se diferenciaban del cielo negro.

Esa noche, al volver a casa, salió al patio y vio a su padre hablando con el libro que desde hacía tiempo colgaba del cordel de la ropa en el patio trasero. Luego, sin que su padre percibiera su presencia, se encerró en su habitación y se puso a leer una novela y a pensar en su relación con el mexicano.

Por supuesto, el mexicano y su padre se habían conocido. La opinión que sacó Chucho Flores de este encuentro fue positiva, aunque Rosa creía que mentía, que era antinatural que le cayera bien alguien que lo había mirado como lo había mirado su padre. Esa noche Amalfitano le hizo tres preguntas a Chucho Flores. La primera era qué *pensaba* acerca de los hexágonos. La segunda era si sabía construir un hexágono. La tercera era qué opinión tenía sobre los asesinatos de mujeres que se estaban cometiendo en Santa Teresa. A la primera pregunta la respuesta de Chucho Flores fue que no pensaba nada. A la segunda contestó con un sincero no. A la tercera dijo que era, ciertamente, un hecho lamentable, pero que la policía periódicamente iba atrapando a los asesinos. El padre de Rosa no hizo ninguna pregunta más y se quedó inmóvil sentado en un sillón mientras su hija salía a despedir a Chucho Flores a la calle. Cuando Rosa volvió a entrar y aún se oía el ruido del motor del coche de su novio, Óscar Amalfitano le dijo a su hija que tuviera cuidado con ese hombre, que le daba mala espina, sin aducir ningún argumento que respaldara sus palabras.

–Si no he entendido mal –se rió Rosa desde la cocina–, lo mejor es que lo deje.

–Déjalo –dijo Óscar Amalfitano.

–Ay, papá, tú cada día estás más loco –dijo Rosa.

–Eso es verdad –dijo Óscar Amalfitano.

–¿Y qué vamos a hacer? ¿Qué podemos hacer?

–Tú, dejar a ese pedazo de mierda ignorante y mentiroso. Yo, no sé, tal vez cuando volvamos a Europa me interne en el Clínico para que me den unos electroshocks.

La segunda vez que Chucho Flores y Óscar Amalfitano se vieron cara a cara a Rosa la habían ido a dejar a casa, además de su novio, Charly Cruz y Rosa Méndez. En realidad, Óscar Amalfitano no hubiera debido estar allí sino en la universidad, dando clases, pero aquella tarde adujo una enfermedad y regresó a su casa mucho más pronto de lo que solía hacerlo. El encuentro fue breve, aunque su padre, al final, estaba inusualmente sociable, ya que Rosa se las arregló para que sus amigos se marcharan a la primera ocasión, pero antes dio lugar a una conversación entre su padre y Charly Cruz que si bien no fue amena, tampoco resultó aburrida, al contrario, con el paso de los días la conversación entre su padre y Charly fue adquiriendo, en la memoria de Rosa, contornos más nítidos, como si el tiempo, caracterizado bajo la forma clásica de un viejo, soplara incesantemente sobre una piedra plana y gris, con vetas negras, cubierta de polvo, hasta que las letras talladas sobre la piedra se hacían perfectamente legibles.

Todo comenzó, suponía Rosa, pues ella en aquel momento no estaba en la sala sino en la cocina llenando cuatro vasos con jugo de mango, con una de las preguntas malintencionadas que su padre solía espetar a sus invitados, los de ella, ciertamente no los de él, o tal vez todo empezó con alguna declaración de principios de la inocente Rosa Méndez, pues su voz, en los primeros instantes, era la que parecía imponerse en la sala. Tal vez

Rosa Méndez habló de su pasión por el cine y en ese momento Óscar Amalfitano le preguntó si sabía qué era el movimiento aparente. Pero la respuesta, como no podía ser de otra manera, no la dio su amiga, sino Charly Cruz. El cual dijo que el movimiento aparente es la ilusión de movimiento provocada por la persistencia de las imágenes en la retina.

–Exactamente –dijo Óscar Amalfitano–, las imágenes permanecen durante una fracción de segundo en la retina.

Y entonces su padre, dejando de lado a Rosa Méndez, que tal vez dijo híjole, porque su ignorancia era grande pero también era grande su capacidad de asombro y su deseo de aprender, le preguntó directamente a Charly Cruz si sabía quién había descubierto eso, lo de la persistencia de la imagen, y Charly Cruz dijo que no recordaba su nombre, pero que estaba seguro de que había sido un francés. A lo que su padre dijo:

–Exacto, un francés que respondía al nombre de profesor Plateau.

El cual, descubierto el principio, se lanzó como un tiburón a experimentar con diferentes artefactos construidos por él mismo, con el objetivo de crear efectos de movimiento mediante la sucesión de imágenes fijas pasadas a gran velocidad. Entonces nació el zoótropo.

–¿Sabe usted qué es? –dijo Óscar Amalfitano.

–Tuve uno de niño –dijo Charly Cruz–. Y también tuve un disco mágico.

–Un disco mágico –dijo Óscar Amalfitano–. Qué interesante. ¿Se acuerda de él? ¿Me lo podría describir?

–Se lo podría *hacer* ahora mismo –dijo Charly Cruz–, sólo necesito una cartulina, dos lápices de colores y un hilo, si no me acuerdo mal.

–Ah no, ah no, ah no, no es necesario –dijo Óscar Amalfitano–. Con una buena descripción me basta. En cierta forma todos tenemos millones de discos mágicos flotando o girando dentro del cerebro.

–¿Ah, sí? –dijo Charly Cruz.

–Híjole –dijo Rosa Méndez.

–Bueno, pues era un borrachito riéndose. Eso era lo que estaba dibujado en una cara del disco. Y en la otra cara estaba dibujada una celda, es decir los barrotes de una celda. Cuando hacía girar el disco el borrachito que se reía estaba dentro de la prisión.

–Lo cual no es motivo de risa, ¿verdad? –dijo Óscar Amalfitano.

–No, no lo es –suspiró Charly Cruz.

–Sin embargo el borrachito (a propósito, ¿por qué lo llama borrachito y no borracho?) se reía, tal vez porque *él* no sabía que estaba en una prisión.

Durante unos segundos, recordaba Rosa, Charly Cruz había mirado a su padre con otra mirada, como si quisiera adivinar hacia dónde pretendía arrastrarlo. Charly Cruz, como ya se ha dicho, era un hombre tranquilo, y durante esos segundos su tranquilidad propiamente dicha, su disposición calma, no varió, pero sí que ocurrió algo en el interior de su cara, como si la lente a través de la cual observaba a su padre, recordaba Rosa, ya no le sirviera y procediera, *calmadamente*, a cambiarla, una operación que duraba menos de una fracción de segundo, pero durante la cual, necesariamente, su mirada quedaba desnuda o vacía, en cualquier caso *desocupada*, pues una lente se guardaba y otra se ponía y ambas operaciones no se podían hacer al mismo tiempo, y durante esa fracción de segundo, que Rosa recordaba como si la hubiera inventado ella, la cara de Charly Cruz estaba vacía o se vaciaba, a una velocidad, por otra parte, sorprendente, digamos a la velocidad de la luz, por poner un símil exagerado y sin embargo aproximativo, y el vaciado de la cara era integral, incluía el pelo y los dientes, aunque decir pelo y dientes delante de ese vaciado era como decir nada, y las facciones, las arrugas, las venillas capilares, los poros, todo se vaciaba, quedaba sin defensas, todo adquiría una proporción cuya única respuesta, recordaba Rosa, sólo podía ser, pero tampoco era, el vértigo y la náusea.

–El *borrachito* se ríe porque cree que está libre, pero en realidad está en una prisión –dijo Óscar Amalfitano–, ahí reside, digamos, la gracia, pero lo cierto es que la prisión está dibujada en la otra cara del disco, por lo que también podemos decir que el *borrachito* se ríe porque nosotros creemos que está en una prisión, sin apercibirnos de que la prisión está en una cara y el *borrachito* en la otra, y que la realidad es ésa, por más que hagamos girar el disco y nos parezca que el *borrachito* está encarcelado. De hecho, podríamos incluso adivinar de qué se ríe el *borrachito:* se ríe de nuestra credulidad, es decir se ríe de nuestros ojos.

Poco después sucedió algo que a Rosa la afectó bastante. Volvía de la universidad, dando un paseo, y de pronto oyó que la llamaban. Un muchacho de su misma edad, un compañero de clases, aparcó su coche en el bordillo de la acera y se ofreció a llevarla a casa. Sin subir al coche ella le dijo que prefería ir a tomar un refresco en una cafetería cercana que tenía aire acondicionado. El muchacho se ofreció a acompañarla y Rosa aceptó. Se subió al coche y le indicó qué calles seguir. La cafetería era nueva y espaciosa, con forma de L, de estilo norteamericano con hileras de mesas y grandes ventanales por donde entraba el sol. Durante un rato estuvieron hablando de cualquier cosa. Luego el muchacho dijo que tenía que marcharse y se levantó. Se despidieron con un beso en la mejilla y Rosa le pidió a la mesera que le trajera una taza de café. Después abrió un libro sobre pintura mexicana en el siglo XX y se puso a leer el capítulo dedicado a Paalen. La cafetería, a esas horas, estaba semivacía. Se oían voces provenientes de la cocina, una mujer que daba consejos a otra, los pasos de la mesera que de tanto en tanto se acercaba con la cafetera a ofrecer más café a los pocos clientes esparcidos por el amplio local. De pronto alguien a quien no había oído acercarse le dijo: eres una puta. La voz la sobresaltó y alzó la mirada pensando que se trataba de una broma de mal gusto o que la habían confundido con otra. Junto a ella estaba Chucho Flores. Desconcertada, sólo atinó a decirle que se sentara, pero Chucho Flores le dijo, casi sin mover los labios, que se levantara ella y lo siguiera. Le preguntó adónde pretendía ir. A casa, dijo Chucho Flores. Sudaba y tenía la cara congestionada. Rosa le dijo que no pensaba moverse de allí. Chucho Flores le preguntó entonces quién era el muchacho al que había besado.

–Un compañero de la facultad –dijo Rosa, y notó que las manos de Chucho Flores temblaban.

–Eres una puta –volvió a repetir éste.

Y luego se puso a mascullar algo que Rosa al principio no entendió pero que luego comprendió que era la repetición de la misma frase: eres una puta, proferida una y otra vez, con los dientes apretados, como si pronunciarla le costara ímprobos esfuerzos.

–Vámonos –gritó Chucho Flores.

–No voy a ir contigo a ninguna parte –dijo Rosa, y miró alrededor por si alguien se había dado cuenta del espectáculo que estaban dando. Pero nadie los miraba y eso la tranquilizó.

–¿Te has acostado con él? –dijo Chucho Flores.

Durante unos segundos Rosa no supo de qué le hablaba. El aire acondicionado le pareció demasiado frío, tuvo deseos de salir a la calle y dejar que el sol la tocara. Si hubiera llevado un jersey o un chaleco se lo hubiera puesto.

–Sólo me acuesto contigo –le dijo procurando calmarle.

–Mentira –gritó Chucho Flores.

La mesera se asomó por el otro extremo de la cafetería y se acercó a ellos, pero a mitad de camino se arrepintió y se metió tras la barra.

–No seas ridículo, por favor –le dijo, y posó la vista en el artículo sobre Paalen pero sólo vio hormigas negras y luego arañas negras sobre una superficie de sal. Las hormigas luchaban contra las arañas.

–Vamos a casa –oyó que decía Chucho Flores. Sintió frío.

Al levantar la mirada vio que estaba a punto de llorar.

–Eres mi único amor –dijo Chucho Flores–. Lo daría todo por ti. Moriría por ti.

Durante unos segundos no supo qué decirle. Tal vez, pensó, había llegado el momento de romper la relación.

–No soy nada sin ti –dijo Chucho Flores–. Eres todo lo que tengo. Todo lo que necesito. El sueño de mi vida eres tú. Si te perdiera me moriría.

La mesera los miraba desde la barra. A unas veinte mesas de distancia, un tipo tomaba café y leía el periódico. Llevaba una camisa de manga corta y corbata. El sol, en las ventanas, parecía vibrar.

–Siéntate, por favor –dijo Rosa.

Chucho Flores apartó la silla en la que se apoyaba y se sentó. Acto seguido se cubrió la cara con las manos y Rosa pensó que se iba a poner a gritar otra vez o a llorar. Qué espectáculo, pensó.

–¿Quieres tomar algo?

Chucho Flores movió la cabeza afirmativamente.

–Un café –susurró sin quitarse las manos de la cara.

Rosa miró a la mesera y levantó una mano para que se acercara.

–Dos cafés –dijo.

–Sí, señorita –dijo la mesera.

–El tipo con el que me viste sólo es un amigo. Ni siquiera un amigo: un compañero de la universidad. El beso que me dio fue en la mejilla. Es normal –dijo Rosa–. Es lo acostumbrado.

Chucho Flores se rió y movió la cabeza de un lado a otro sin quitarse las manos de la cara.

–Claro, claro –dijo–. Es normal, ya lo sé. Perdóname.

La mesera volvió con la cafetera y una taza para Chucho Flores. Primero llenó la taza de Rosa y luego la del hombre. Al marcharse miró a Rosa a los ojos y le hizo una señal, o eso fue lo que pensó Rosa más tarde. Una señal con las cejas. Las arqueó. O tal vez movió los labios. Una palabra articulada en silencio. No lo recordaba. Pero algo quiso decirle.

–Tómate tu café –dijo Rosa.

–Ahorita –dijo Chucho Flores, pero siguió quieto con las manos cubriéndose el rostro.

Cerca de la puerta se había sentado otro hombre. La mesera estaba junto a él y hablaban. El tipo iba vestido con una chaqueta de mezclilla bastante ancha y una sudadera negra. Era flaco y no parecía tener más de veinticinco años. Rosa lo miró y el tipo se dio cuenta en el acto de que lo miraban, pero se tomó su refresco sin darle importancia y sin devolverle la mirada.

–Tres días después nos conocimos –dijo Rosa.

–¿Por qué fuiste a la pelea? –dijo Fate–. ¿Te gusta el box?

–No, ya te dije que era la primera vez que iba a un espectáculo de ese tipo, pero fue Rosa la que me convenció.

–La otra Rosa –dijo Fate.

–Sí, Rosita Méndez –dijo Rosa.

–Pero después de la pelea ibas a hacer el amor con ese tipo –dijo Fate.

–No –dijo Rosa–. Acepté su cocaína, pero no tenía intención de irme a la cama con él. No soporto a los hombres celosos, pero podía seguir siendo su amiga. Lo habíamos hablado por teléfono y él pareció entenderlo. De todas maneras, lo noté raro. Mientras íbamos en el coche, buscando un restaurante, quiso que se la chupara. Me dijo: chúpamela por última vez. O tal vez no me lo dijo así, con esas palabras, pero más o menos eso pretendía decir. Le pregunté si se había vuelto loco y él se rió. Yo también me reí. Todo parecía una broma. Los dos días anteriores había estado llamándome por teléfono y cuando no era él me llamaba Rosita Méndez y me daba recados de él. Me aconsejaba que no lo dejara. Me decía que era un buen partido. Pero yo le dije que consideraba roto nuestro noviazgo o lo que fuera.

–Él ya daba por terminada la relación –dijo Fate.

–Habíamos hablado por teléfono, le había explicado que no me gustan los hombres celosos, yo no lo soy –dijo Rosa–, no aguanto los celos.

–Él ya te consideraba perdida –dijo Fate.

–Es probable –dijo Rosa–, de lo contrario no me hubiera pedido que se la chupara. Nunca lo había hecho, menos en las calles del centro, aunque fuera de noche.

–Pero tampoco parecía triste –dijo Fate–, al menos a mí no me dio esa impresión.

–No, parecía alegre –dijo Rosa–. Él siempre fue un hombre alegre.

–Sí, eso pensé yo –dijo Fate–, un tipo alegre que quiere pasar una noche de juerga con su chica y sus amigos.

–Estaba drogado –dijo Rosa–, no paraba de tomar pastillas.

–No me dio la impresión de que estuviera drogado –dijo Fate–, lo noté un poco raro, como si tuviera algo demasiado grande en la cabeza. Y como si no supiera qué hacer con lo que tenía en la cabeza, aunque ésta al final le reventara.

–¿Y por eso te quedaste? –dijo Rosa.

–Es posible –dijo Fate–, en realidad no lo sé, yo tendría que estar ahora en los Estados Unidos o escribiendo mi artículo y sin embargo estoy aquí, en un motel, hablando contigo. No lo entiendo.

–¿Querías irte a la cama con mi amiga Rosita? –dijo Rosa.

–No –dijo Fate–. De ninguna manera.

–¿Te quedaste por mí? –dijo Rosa.

–No lo sé –dijo Fate.

Ambos bostezaron.

–¿Te has enamorado de mí? –dijo Rosa con una naturalidad desarmante.

–Puede ser –dijo Fate.

Cuando Rosa se durmió le quitó los zapatos de tacón y la tapó con una manta. Apagó las luces y durante un rato estuvo contemplando por los visillos de la ventana el aparcamiento y los faros que iluminaban la carretera. Después se puso la chaqueta y salió sin hacer ruido. En la recepción el recepcionista estaba viendo la tele y le sonrió al verlo llegar. Hablaron durante un rato de los programas de televisión mexicanos y norteamericanos. El recepcionista dijo que los programas norteamericanos estaban mejor hechos pero que los mexicanos eran más divertidos. Fate le preguntó si tenía cable. El recepcionista le dijo que el cable sólo era para ricos o maricones. Que la vida real aparecía y había que buscarla en los canales gratuitos. Fate le preguntó si no creía que, a fin de cuentas, nada era gratis, y el recepcionista se puso a reír y le dijo que ya sabía adónde quería llegar, pero que por ahí no lo iba a convencer. Fate le dijo que no pretendía convencerlo de nada, y luego le preguntó si tenía un ordenador desde donde pudiera enviar un mensaje. El recepcionista negó con la cabeza y se puso a rebuscar en un fajo de papeles amontonados sobre el escritorio, hasta dar con una tarjeta de un cibercafé de Santa Teresa.

–Está abierto toda la noche –le informó, lo que sorprendió a Fate, pues aunque él era neoyorquino jamás en su vida había oído hablar de cibercafés que no cerraran por las noches.

La tarjeta del cibercafé de Santa Teresa era de un rojo intenso, tanto que incluso costaba leer las letras impresas. En el dorso, de un rojo más suave, estaba dibujado un mapa que señalaba la ubicación exacta del local. Le pidió al recepcionista que le tradujera el nombre del establecimiento. El recepcionista se rió y le dijo que se llamaba Fuego, camina conmigo.

–Parece el título de una película de David Lynch –dijo Fate.

El recepcionista se encogió de hombros y dijo que todo México era un collage de homenajes diversos y variadísimos.

–Cada cosa de este país es un homenaje a todas las cosas del mundo, incluso a las que aún no han sucedido –dijo.

Después de que le explicara cómo llegar al cibercafé se pusieron a hablar un rato de las películas de Lynch. El recepcionista las había visto todas. Fate sólo había visto tres o cuatro. Para el recepcionista lo mejor de Lynch era la serie de televisión «Twin Peaks». A Fate la que más le había gustado era *El hombre elefante,* tal vez porque a menudo él se había sentido así, con ganas de ser como los demás pero al mismo tiempo sintiéndose diferente. Cuando el recepcionista le preguntó si sabía que Michael Jackson había comprado o intentado comprar el esqueleto del hombre elefante, Fate se encogió de hombros y dijo que Michael Jackson estaba enfermo. No lo creo, dijo el recepcionista mirando algo presumiblemente importante que sucedía en ese momento en la tele.

–Soy de la opinión –dijo con la mirada clavada en la tele que Fate no podía ver– que Michael sabe cosas que nosotros no sabemos.

–Todos sabemos cosas que creemos que los demás no saben –dijo Fate.

Luego le dio las buenas noches, se metió la tarjeta del cibercafé en un bolsillo y volvió a su habitación.

Durante mucho rato Fate estuvo con las luces apagadas, mirando por los visillos de la ventana el patio de gravilla y las luces incesantes de los camiones que pasaban por la carretera. Pensó en Chucho Flores y Charly Cruz. Volvió a ver la sombra de la casa de Charly Cruz proyectada sobre el terreno yermo. Escuchó la risa de Chucho Flores y vio a Rosa Méndez tendida en la cama de una habitación desnuda y estrecha como la celda de un monje. Pensó en Corona, en la mirada de Corona, en la forma en que lo miró Corona. Pensó en el tipo bigotudo que se había sumado en el último momento y que no hablaba, y luego recordó su voz, cuando ellos huían, aguda como la de un pájaro. Cuando se cansó de estar de pie acercó una silla a la ventana y siguió mirando. A veces pensaba en la casa de su madre y recordaba patios de cemento en donde los niños gritaban y jugaban. Si cerraba los ojos podía ver un vestido blanco que el viento de las calles de Harlem levantaba mientras las risas, invencibles, se desparramaban por las paredes, corrían por las aceras, frescas y tibias como el vestido blanco. Sintió que el sueño se metía por sus orejas o subía desde su pecho. Pero no quería cerrar los ojos y prefería seguir escrutando el patio, las dos farolas que iluminaban la fachada del motel, las sombras que los fogonazos de luz de los coches abrían, semejantes a colas de cometas, en los alrededores oscuros.

A veces volvía la cabeza y contemplaba brevemente a Rosa durmiendo. Pero a la tercera o cuarta vez comprendió que no le hacía falta volverse. Simplemente, ya no era necesario. Durante un segundo pensó que nunca más iba a sentir sueño. De pronto, mientras seguía la estela de los faros traseros de dos camiones que parecían enfrascados en una carrera, sonó el teléfono. Al descolgar oyó la voz del recepcionista y supo en el acto que era eso lo que había estado esperando.

–Señor Fate –dijo el recepcionista–, me acaban de llamar preguntándome si usted estaba alojado aquí.

Le preguntó quién lo había llamado.

–Un policía, señor Fate –dijo el recepcionista.

–¿Un policía? ¿Un policía mexicano?

–Acabo de hablar con él. Quería saber si usted era huésped nuestro.

–¿Y tú qué le has dicho? –dijo Fate.

–La verdad, que usted había estado aquí, pero que ya se había marchado –dijo el recepcionista.

–Gracias –dijo Fate, y colgó.

Despertó a Rosa y le dijo que se pusiera los zapatos. Guardó las pocas cosas que había desempacado y metió la maleta en el portaequipajes. Afuera hacía frío. Cuando volvió a entrar en la habitación Rosa se estaba peinando en el baño y Fate le dijo que no tenían tiempo para eso. Subieron al coche y se dirigieron a la recepción. El recepcionista estaba de pie y con la punta de la camisa limpiaba sus gafas de miope. Fate sacó un billete de cincuenta dólares y se lo pasó por encima del mostrador.

–Si vienen di que me marché a mi país –le dijo.

–Vendrán –dijo el recepcionista.

Al enfilar hacia la carretera le preguntó a Rosa si llevaba su pasaporte encima.

–Por supuesto que no –dijo Rosa.

–La policía me está buscando –dijo Fate, y le contó lo que el recepcionista le había dicho.

–¿Y tú por qué estás tan seguro de que es la policía? –dijo Rosa–. Tal vez es Corona, tal vez es Chucho.

–Sí –dijo Fate–, tal vez es Charly Cruz o tal vez Rosita Méndez fingiendo voz de hombre, pero no pienso quedarme para averiguarlo.

Dieron una vuelta por la calle para comprobar si los esperaban, pero todo estaba tranquilo (una tranquilidad de azogue o de algo que preludiaba el azogue de un amanecer en la frontera), y a la segunda vuelta estacionaron el coche debajo de un árbol, enfrente de la casa de un vecino. Durante un rato permanecieron en el interior, atentos a cualquier señal, a cualquier movimiento. Al cruzar la calle se cuidaron de hacerlo por un lugar a salvo de la luz de las farolas. Después saltaron la verja y se dirigieron directamente al patio trasero. Mientras Rosa buscaba las llaves Fate vio el libro de geometría que colgaba de uno de los tendederos. Sin pensarlo se acercó y lo tocó con las yemas de los dedos. Luego, no porque le interesara saberlo sino para rebajar la tensión, le preguntó a Rosa qué significaba *Testamento geométrico* y Rosa se lo tradujo sin añadir ni un solo comentario.

–Es curioso que alguien cuelgue un libro como si fuera una camisa –murmuró.

–Son cosas de mi padre.

La casa, aunque compartida por el padre y la hija, tenía un aire claramente femenino. Olía a incienso y tabaco rubio. Rosa encendió una lámpara y durante un rato se dejaron caer en los sillones, cubiertos con mantas mexicanas multicolores, sin pronunciar palabra. Después Rosa hizo café y mientras estaba en la cocina Fate vio aparecer por una puerta a Óscar Amalfitano, descalzo y despeinado, vestido con una camisa blanca muy arrugada y pantalones vaqueros, como si hubiera dormido sin quitarse la ropa. Por un momento ambos se miraron sin pronunciar una palabra, como si estuvieran dormidos y sus sueños hubieran confluido en un territorio común, ajeno, sin embargo, a todo sonido. Fate se levantó y dijo su nombre. Amalfitano le preguntó si no sabía hablar español. Fate pidió perdón y sonrió y Amalfitano repitió la pregunta en inglés.

–Soy amigo de su hija –dijo Fate–, ella me invitó a entrar.

Desde la cocina llegó la voz de Rosa, que le dijo a su padre, en español, que no se preocupara, que se trataba de un periodista de Nueva York. Luego le preguntó si él también quería café y Amalfitano respondió afirmativamente sin dejar de mirar al desconocido. Cuando Rosa apareció con una bandeja, tres tazas de café, un jarrito con leche y el azucarero, su padre le preguntó qué estaba pasando. En este momento, dijo Rosa, creo que nada, pero esta noche han pasado cosas raras. Amalfitano miró el suelo y luego estudió sus pies desnudos, le puso leche y azúcar a su café y le pidió a su hija que le explicara todo. Rosa miró a Fate y tradujo lo que su padre acababa de decir. Fate sonrió y volvió a sentarse en el sillón. Cogió una taza de café y empezó a beber a sorbitos, mientras Rosa procedía a contarle a su padre, en español, lo que había ocurrido esa noche, desde el combate de boxeo hasta el momento en que tuvo que abandonar el motel del norteamericano. Cuando Rosa acabó su relato comenzaba a amanecer y Amalfitano, que apenas había interrumpido con preguntas y aclaraciones a su hija, le sugirió que llamaran al motel y comprobaran con el recepcionista si había aparecido por allí la policía o no. Rosa le tradujo a Fate lo que su padre había sugerido y éste, más por cortesía que por convicción, marcó el número del motel Las Brisas. No contestó nadie. Óscar Amalfitano se levantó del sillón y se asomó a la ventana. La calle parecía tranquila. Lo mejor es que se vayan, dijo. Rosa lo miró sin decir palabra.

–¿Puede usted sacarla a los Estados Unidos y luego acompañarla a un aeropuerto y ponerla en un avión con destino a Barcelona?

Fate dijo que podía. Óscar Amalfitano dejó la ventana y desapareció en su cuarto. Cuando volvió le entregó a Rosa un fajo de dinero. No es mucho pero te alcanzará para el billete y para los primeros días en Barcelona. Yo no quiero irme, papá, dijo Rosa. Ya lo sé, ya lo sé, dijo Amalfitano y la obligó a coger el dinero. ¿Dónde está tu pasaporte? Anda a buscarlo. Haz la maleta. Pero rápido, dijo, y luego volvió a su puesto en la ventana. Detrás de un Spirit, el Spirit del vecino de enfrente, distinguió el Peregrino negro que estaba buscando. Suspiró. Fate dejó el café sobre una mesa y se acercó a la ventana.

–Me gustaría saber qué pasa –dijo Fate. La voz se le había enronquecido.

–Saque usted a mi hija de esta ciudad y luego olvídese de todo. O mejor: no se olvide de nada, pero lo primordial es que aleje a mi hija de este sitio.

En ese momento Fate recordó la cita que tenía con Guadalupe Roncal.

–¿Se trata de los asesinatos? –dijo–. ¿Usted cree que ese Chucho Flores está metido en el asunto?

–Todos están metidos –dijo Amalfitano.

Un tipo joven y alto, vestido con unos bluejeans y una chamarra de mezclilla se bajó del Peregrino y encendió un cigarrillo. Rosa miró por encima del hombro de su padre.

–¿Quién es? –dijo.

–¿No lo has visto nunca?

–No, creo que no.

–Es un judicial –dijo Amalfitano.

Después tomó a su hija de la mano y la arrastró a la habitación. Cerraron la puerta. Fate supuso que se estaban despidiendo y volvió a mirar por la ventana. El tipo del Peregrino fumaba apoyado en el capó. De vez en cuando observaba el cielo que cada vez era más claro. Parecía tranquilo, sin prisas ni preocupaciones, feliz de estar contemplando otro amanecer en Santa Teresa. De una de las casas vecinas salió un hombre y puso en marcha su coche. El tipo del Peregrino arrojó la colilla a la acera y se metió en su coche. Ni una sola vez miró en dirección a la casa. Cuando Rosa salió de la habitación llevaba una pequeña maleta en la mano.

–¿Cómo vamos a salir? –quiso saber Fate.

–Por la puerta –dijo Amalfitano.

Luego Fate vio, como si fuera una película que no entendía del todo pero que lo remitía, curiosamente, a la muerte de su madre, cómo Amalfitano besaba y abrazaba a su hija, y luego lo vio salir y encaminarse con decisión a la calle. Primero lo vio caminar por el patio delantero, luego lo vio abrir la puerta de madera necesitada de una mano de pintura, luego lo vio cruzar la calle, descalzo, sin peinar, hasta el Peregrino negro. Cuando llegó hasta allí el tipo bajó la ventanilla y hablaron durante un rato, Amalfitano en la calle y el joven en el interior de su coche. Se conocen, pensó Fate, no es la primera vez que hablan.

–Ya es la hora, vámonos –dijo Rosa.

Fate la siguió. Atravesaron el jardín y la calle y sus cuerpos proyectaron una sombra extremadamente delgada que cada cinco segundos era sacudida por un temblor, como si el sol estuviera girando al revés. Al entrar en el coche Fate creyó oír una risa a sus espaldas y se volvió, pero sólo vio que Amalfitano y el tipo joven seguían hablando en la misma posición que antes.

Guadalupe Roncal y Rosa Amalfitano no tardaron ni medio minuto en hacerse cargo de sus respectivas penas. La periodista se ofreció para acompañarlos hasta Tucson. Rosa dijo que no era necesario exagerar. Deliberaron durante un rato. Mientras hablaban en español Fate miró por la ventana, pero todo era normal en los alrededores del Sonora Resort. Ya no había periodistas, nadie hablaba de peleas de boxeo, los camareros parecían haber despertado de un largo letargo y eran menos amables, como si el despertar no hubiera sido de su agrado. Desde el hotel, Rosa llamó a su padre. Fate la vio alejarse en dirección a la recepción, acompañada por Guadalupe Roncal, y mientras esperaba a que volvieran se fumó un cigarrillo y tomó algunas notas para la crónica que aún no había enviado. Con la luz diurna los sucesos de la noche anterior parecían irreales, revestidos de una gravedad infantil. En la deriva de sus pensamientos Fate vio al sparring Omar Abdul y al sparring García. Los imaginó viajando en autobús hasta la costa. Los vio bajar del autobús, los vio dar unos cuantos pasos por entre unos matorrales en la arena. El viento onírico arrastraba granos de arena que se pegaban en la cara. Un baño de oro. Qué paz, pensó Fate. Qué simple es todo. Luego vio el autobús y lo imaginó de color negro, como un enorme coche fúnebre. Vio la sonrisa arrogante de Abdul, el rostro impertérrito de García, sus tatuajes tan extraños, y oyó el repentino ruido de platos rotos, no muchos, o un retumbar de cajas que caían al suelo, y sólo entonces Fate se dio cuenta de que estaba durmiéndose y buscó con la vista a un camarero para pedirle otro café, pero no vio a nadie. Guadalupe Roncal y Rosa Amalfitano seguían hablando por teléfono.

–La gente es buena, es simpática, hospitalaria, los mexicanos son un pueblo trabajador, tienen una curiosidad enorme por todo, se preocupan por la gente, son valientes y generosos, su tristeza no mata sino que da vida –dijo Rosa Amalfitano cuando cruzaron la frontera con los Estados Unidos.

–¿Los vas a extrañar? –dijo Fate.

–Extrañaré a mi padre y extrañaré a la gente –dijo Rosa.

Cuando iban en el coche rumbo al presidio de Santa Teresa, Rosa le dijo que en casa de su padre nadie contestaba al teléfono. Después de llamar varias veces a Amalfitano, Rosa llamó a casa de Rosa Méndez y tampoco allí había nadie. Creo que Rosa está muerta, dijo. Fate movió la cabeza como si le costara creerlo.

–Aún estamos vivos –dijo.

–Estamos vivos porque no hemos visto ni sabemos nada –dijo Rosa.

El coche de la periodista iba delante. Era un Little Nemo de color amarillo. Guadalupe Roncal conducía con cuidado, aunque de tanto en tanto se detenía, como si no recordara con exactitud el camino. Fate pensó que tal vez lo mejor era dejar de seguirlo y dirigirse de inmediato hacia la frontera. Cuando lo sugirió Rosa se opuso de forma tajante. Le preguntó si tenía amigos en la ciudad. Rosa dijo que no, que en realidad no tenía ningún amigo. Chucho Flores y Rosa Méndez y Charly Cruz, pero a ésos él no los consideraba amigos, ¿verdad?

–No, ésos no son amigos –dijo Fate.

Vieron una bandera mexicana ondeando en el desierto, del otro lado de la reja. Uno de los policías de aduana del lado norteamericano miró a Fate y a Rosa con detenimiento. Se preguntó qué hacía una joven blanca, y además tan guapa, en compañía de un negro. Fate le sostuvo la mirada. ¿Periodista?, preguntó el policía. Fate asintió con la cabeza. Un pez gordo, pensó el policía. Cada noche debe de darle una tunda. ¿Española? Rosa le sonrió al policía. Una sombra de frustración cruzó la cara del policía. Cuando pusieron el coche en marcha la bandera desapareció y sólo se vio la reja y unos muros alrededor de unos galpones de mercancías.

–El problema es la mala suerte –dijo Rosa.

Fate no la oyó.

Mientras esperaban en una sala sin ventanas, Fate sintió cómo el pene se le iba poniendo cada vez más duro. Por un momento pensó que no había tenido una erección desde la muerte de su madre, pero luego desechó la idea, era imposible que durante tanto tiempo, pensó, pero sí que era posible, lo irremediable era posible, lo que no tiene vuelta de hoja era posible, ¿por qué, entonces, no iba a ser posible que la sangre no irrigara su verga durante un periodo de tiempo por otra parte más bien corto? Rosa Amalfitano lo miró. Guadalupe Roncal estaba ocupada con sus notas y con su grabadora, sentada en una silla atornillada al suelo. De vez en cuando llegaban sonidos cotidianos de la cárcel. Nombres pronunciados a gritos, música en sordina, pasos que se alejaban. Fate se sentó en una banca de madera y bostezó. Creyó que se dormiría. Imaginó las piernas de Rosa sobre sus hombros. Vio otra vez su cuarto en el motel Las Brisas y se preguntó si habían hecho el amor o no. Claro que no, se dijo. Luego oyó unos gritos, como si en una de las salas de la cárcel estuvieran celebrando una despedida de soltero. Pensó en los asesinatos. Oyó risas lejanas. Mugidos. Oyó que Guadalupe Roncal le decía algo a Rosa y que ésta le contestaba. El sueño lo alcanzó y se vio a sí mismo durmiendo plácidamente en el sofá de la casa de su madre, en Harlem, con la tele encendida. Dormiré media hora, se dijo, y luego volveré al trabajo. Tengo que escribir la crónica del combate de boxeo.

Tengo que conducir toda la noche. Cuando amanezca todo habrá concluido.

Al dejar atrás la frontera los pocos turistas que vieron por las calles de El Adobe parecían dormidos. Una mujer de unos setenta años, con un vestido floreado y zapatillas Nike, estaba arrodillada examinando unas alfombras indias. Tenía pinta de atleta en activo allá por los años cuarenta. Tres niños tomados de la mano contemplaban unos objetos que se exhibían en una vitrina. Los objetos se movían imperceptiblemente, pero Fate no pudo saber si eran animales o ingenios mecánicos. Junto a un bar unos tipos con pinta de chicanos y sombreros vaqueros gesticulaban e indicaban direcciones contrapuestas. Al final de la calle había unos galpones de madera y contenedores de metal en la acera y más allá estaba el desierto. Todo esto es como el sueño de otro, pensó Fate. A su lado, la cabeza de Rosa reposaba delicadamente sobre el asiento y sus grandes ojos permanecían fijos en algún punto del horizonte. Fate observó sus rodillas, que le parecieron perfectas, y luego sus caderas y luego sus hombros y sus omóplatos, que parecían tener vida propia, una vida oscura, suspendida, que asomaba sólo de tanto en tanto. Después se concentró en conducir. La carretera que salía de El Adobe se internaba en una especie de remolino de colores ocres.

–¿Qué le habrá pasado a Guadalupe Roncal? –dijo Rosa con voz de sonámbula.

–A esta hora debe estar volando rumbo a su casa –dijo Fate.

–Qué raro –dijo Rosa.

La voz de Rosa lo despertó.

–Escucha –le dijo.

Fate abrió los ojos, pero no oyó nada. Guadalupe Roncal se había levantado y ahora estaba junto a ellos, los ojos muy abiertos, como si sus peores pesadillas se hubieran materializado. Fate se acercó a la puerta y la abrió. Tenía una pierna acalambrada y todavía no conseguía despertarse del todo. Vio un pasillo y al final del pasillo una escalera de cemento sin revocar, como si los albañiles la hubieran dejado a medias. El pasillo estaba débilmente iluminado.

–No vayas –oyó que le decía Rosa.

–Larguémonos de esta trampa –sugirió Guadalupe Roncal.

Un funcionario de prisiones apareció por el fondo del pasillo y se dirigió a ellos. Fate mostró su credencial de periodista. El funcionario asintió con la cabeza, sin mirar la credencial, y le sonrió a Guadalupe Roncal, que permanecía asomada a la puerta. Después el funcionario cerró la puerta y dijo algo sobre una tormenta. Rosa se lo tradujo al oído. Una tormenta de arena o una tormenta de lluvia o una tormenta de electricidad. Nubes altas que bajaban de la sierra y que no descargarían sobre Santa Teresa pero que contribuían a ennegrecer el panorama. Una mañana de perros. Los reclusos siempre se ponen nerviosos, dijo el funcionario. Era un tipo joven, con un bigotito ralo, tal vez un poco gordo para su edad, y que se notaba que no le gustaba su trabajo. Ahora traen al asesino.

Hay que hacer caso a las mujeres. Lo mejor es no desoír los temores de las mujeres. Algo así, recordó Fate, decía su madre o la difunta señorita Holly, la vecina de su madre, cuando ambas eran jóvenes y él era un niño. Por un instante imaginó una balanza, semejante a la balanza que tiene en sus manos la justicia ciega, sólo que en lugar de dos platillos esta balanza tenía dos botellas o algo que parecía dos botellas. La, llamémosla así, botella de la izquierda era transparente y estaba llena de arena del desierto. Tenía varios agujeros por donde se escapaba la arena. La botella de la derecha estaba llena de ácido. Ésta no tenía ningún agujero, pero el ácido se estaba comiendo la botella desde dentro. Durante el camino hacia Tucson Fate fue incapaz de reconocer nada de lo que había visto unos días atrás, cuando recorrió el mismo camino en sentido contrario. Lo que antes era mi derecha ahora es mi izquierda y ya no consigo tener ni un solo punto de referencia. Todo borrado. Cerca del mediodía se detuvieron en una cafetería a un lado de la carretera. Un grupo de mexicanos con pinta de braceros desocupados los observaron desde la barra. Tomaban agua mineral y refrescos de la zona cuyos nombres y botellas a Fate le parecieron rarísimos. Empresas nuevas que no tardarían en desaparecer. La comida era mala. Rosa tenía sueño y cuando volvieron al coche se quedó dormida. Fate recordó las palabras de Guadalupe Roncal. Nadie presta atención a estos asesinatos, pero en ellos se esconde el secreto del mundo. ¿Lo dijo Guadalupe Roncal o lo dijo Rosa? Por momentos, la carretera era similar a un río. Lo dijo el presunto asesino, pensó Fate. El jodido gigante albino que apareció junto con la nube negra.

Cuando Fate oyó los pasos que se aproximaban pensó que eran los pasos de un gigante. Algo parecido debió de pensar Guadalupe Roncal, que hizo el gesto de desmayarse, aunque en lugar de hacerlo se agarró de la mano y después de la solapa del funcionario de prisiones. Éste, en lugar de apartarse, le pasó un brazo por encima del hombro. Fate sintió el cuerpo de Rosa a su lado. Oyó voces. Como si los presos jalearan a alguien. Oyó risas y llamadas al orden y luego pasaron las nubes negras que venían del este por encima del penal y el aire pareció oscurecerse. Los pasos se reanudaron. Oyó risas y peticiones. De pronto una voz se puso a entonar una canción. El efecto era similar al de un leñador talando árboles. La voz no cantaba en inglés. Al principio Fate no pudo determinar en qué idioma lo hacía, hasta que Rosa, a su lado, dijo que era alemán. El tono de la voz subió. A Fate se le ocurrió que tal vez estaba soñando. Los árboles caían uno detrás de otro. Soy un gigante perdido en medio de un bosque quemado. Pero alguien vendrá a rescatarme. Rosa le tradujo los improperios del sospechoso principal. Un leñador políglota, pensó Fate, que tan pronto habla en inglés como en español y que canta en alemán. Soy un gigante perdido en medio de un bosque calcinado. Mi destino, sin embargo, sólo lo conozco yo. Y entonces volvieron a oírse los pasos y las risas y los jaleos y palabras de aliento de los presos y de los carceleros que escoltaban al gigante. Y luego vieron a un tipo enorme y muy rubio que entraba en la sala de visitas inclinando la cabeza, como si temiera darse un topetazo con el techo, y que sonreía como si acabara de hacer una travesura, cantar en alemán la canción del leñador perdido, y que los miró a todos con una mirada inteligente y burlona. Después el carcelero que lo acompañaba le preguntó a Guadalupe Roncal si prefería que lo esposara a la silla o no y Guadalupe Roncal movió la cabeza negativamente y el carcelero le dio una palmadita en el hombro al tipo alto y se marchó y el funcionario que estaba junto a Fate y las mujeres también se marchó no sin antes decirle algo al oído a Guadalupe Roncal y ellos se quedaron solos.

–Buenos días –les dijo el gigante en español. Se sentó y estiró las piernas por debajo de la mesa hasta que aparecieron sus pies por el otro lado.

Llevaba unos zapatos deportivos, de color negro, y calcetines blancos. Guadalupe Roncal retrocedió un paso.

–Pregunten lo que quieran –dijo el gigante.

Guadalupe Roncal se llevó una mano a la boca, como si estuviera inhalando un gas tóxico, y no supo qué preguntar.

La parte de los crímenes

La muerta apareció en un pequeño descampado en la colonia Las Flores. Vestía camiseta blanca de manga larga y falda de color amarillo hasta las rodillas, de una talla superior. Unos niños que jugaban en el descampado la encontraron y dieron aviso a sus padres. La madre de uno de ellos telefoneó a la policía, que se presentó al cabo de media hora. El descampado daba a la calle Peláez y a la calle Hermanos Chacón y luego se perdía en una acequia tras la cual se levantaban los muros de una lechería abandonada y ya en ruinas. No había nadie en la calle por lo que los policías pensaron en un primer momento que se trataba de una broma. Pese a todo, detuvieron el coche patrulla en la calle Peláez y uno de ellos se internó en el descampado. Al poco rato descubrió a dos mujeres con la cabeza cubierta, arrodilladas entre la maleza, rezando. Las mujeres, vistas de lejos, parecían viejas, pero no lo eran. Delante de ellas yacía el cadáver. Sin interrumpirlas, el policía volvió tras sus pasos y con gestos llamó a su compañero que lo esperaba fumando en el interior del coche. Luego ambos regresaron (uno de ellos, el que no había bajado, con la pistola desenfundada) hacia donde estaban las mujeres y se quedaron de pie junto a éstas observando el cadáver. El que tenía la pistola desenfundada les preguntó si la conocían. No, señor, dijo una de las mujeres. Nunca la habíamos visto. Esta criatura no es de aquí.

Esto ocurrió en 1993. En enero de 1993. A partir de esta muerta comenzaron a contarse los asesinatos de mujeres. Pero es probable que antes hubiera otras. La primera muerta se llamaba Esperanza Gómez Saldaña y tenía trece años. Pero es probable que no fuera la primera muerta. Tal vez por comodidad, por ser la primera asesinada en el año 1993, ella encabeza la lista. Aunque seguramente en 1992 murieron otras. Otras que quedaron fuera de la lista o que jamás nadie las encontró, enterradas en fosas comunes en el desierto o esparcidas sus cenizas en medio de la noche, cuando ni el que siembra sabe en dónde, en qué lugar se encuentra.

La identificación de Esperanza Gómez Saldaña fue relativamente fácil. El cuerpo primero fue trasladado a una de las tres comisarías de Santa Teresa, en donde la vio un juez y la examinaron otros policías y le tomaron fotos. Al cabo de un rato, mientras fuera de la comisaría esperaba una ambulancia, llegó Pedro Negrete, el jefe de policía, seguido de un par de ayudantes, y procedió otra vez a examinarla. Cuando hubo terminado se reunió con el juez y con otros tres policías que lo esperaban en una oficina y les preguntó a qué conclusión habían llegado. La estrangularon, dijo el juez, está más claro que el agua. Los policías se limitaron a asentir. ¿Se sabe quién es?, preguntó el jefe de policía. Todos dijeron que no. Bueno, ya lo averiguaremos, dijo Pedro Negrete, y se marchó con el juez. Su ayudante se quedó en la comisaría y pidió que le trajeran a los policías que habían encontrado a la muerta. Han vuelto a patrullar, le dijeron. Pues me los traen de vuelta, pendejos, dijo. Luego el cuerpo fue llevado a la morgue del hospital de la ciudad, en donde el médico forense le realizó la autopsia. Según ésta Esperanza Gómez Saldaña había muerto estrangulada. Presentaba hematomas en el mentón y en el ojo izquierdo. Fuertes hematomas en las piernas y en las costillas. Había sido violada vaginal y analmente, probablemente más de una vez, pues ambos conductos presentaban desgarros y escoriaciones por los que había sangrado profusamente. A las dos de la mañana el forense dio por terminada la autopsia y se marchó. Un enfermero negro, que hacía años había emigrado al norte desde Veracruz, cogió el cadáver y lo metió en un congelador.

Cinco días después, antes de que acabara el mes de enero, fue estrangulada Luisa Celina Vázquez. Tenía dieciséis años, de complexión robusta, piel blanca, y estaba embarazada de cinco meses. El hombre con el que vivía y el amigo de éste se dedicaban a pequeños hurtos en tiendas y almacenes de electrodomésticos. La policía acudió alertada por un aviso de los vecinos del edificio, sito en la avenida Rubén Darío, en la colonia Mancera. Tras forzar la puerta encontraron a Luisa Celina estrangulada con un cable de televisión. Esa noche se procedió al arresto de su amante, Marcos Sepúlveda, y de su socio, Ezequiel Romero. Ambos fueron encerrados en las dependencias de la comisaría n.º 2 y sometidos a un interrogatorio que duró toda la noche, conducido por el ayudante del jefe de policía de Santa Teresa, el agente Epifanio Galindo, con resultados óptimos pues antes de que amaneciera el detenido Romero confesó haber mantenido, a espaldas de su amigo y socio, relaciones íntimas con la muerta. Al enterarse de que estaba embarazada, Luisa Celina decidió romper estas relaciones, lo que Romero no aceptó, pues pensaba que el padre de la criatura que estaba por nacer era él y no su socio. Al cabo de unos meses, cuando la decisión de Luisa Celina era irreversible, decidió, en un arranque de locura, matarla, lo que finalmente hizo aprovechando una ausencia de Sepúlveda. Dos días después éste fue puesto en libertad y Romero, en lugar de ingresar en la prisión, siguió en los calabozos de la comisaría n.º 2, pero esta vez los interrogatorios no estaban dirigidos a aclarar los detalles que faltaban del asesinato de Luisa Celina sino a intentar incriminar a Romero en el asesinato de Esperanza Gómez Saldaña, cuyo cadáver ya había sido identificado. Contra lo que pensaba la policía, llevada a error por la rapidez con la que habían conseguido la primera confesión, Romero era mucho más duro de lo que aparentaba y no se autoimplicó en el primer crimen.

A mediados de febrero, en un callejón del centro de Santa Teresa, unos basureros encontraron a otra mujer muerta. Tenía alrededor de treinta años y vestía una falda negra y una blusa blanca, escotada. Había sido asesinada a cuchilladas, aunque en el rostro y el abdomen se apreciaron las contusiones de numerosos golpes. En el bolso se halló un billete de autobús para Tucson, que salía esa mañana a las nueve y que la mujer ya no iba a tomar. También se encontró un pintalabios, polvos, rímel, unos pañuelos de papel, una cajetilla de cigarrillos a medias y un paquete de condones. No tenía pasaporte ni agenda ni nada que pudiera identificarla. Tampoco llevaba fuego.

En marzo, la locutora de la radio El Heraldo del Norte, empresa hermana del periódico *El Heraldo del Norte,* salió a las diez de la noche de los estudios de la emisora en compañía de otro locutor y del técnico de sonido. Se dirigieron al restaurante Piazza Navona, especializado en comida italiana, en donde compartieron tres raciones de pizza y tres botellines de vino californiano. El locutor fue el primero en despedirse. La locutora, Isabel Urrea, y el técnico de sonido, Francisco Santamaría, decidieron quedarse a platicar un rato más. Hablaron de asuntos de trabajo, horarios y programas, y luego se pusieron a hablar de una compañera que ya no trabajaba allí, que se había casado y se había ido a vivir con su esposo a un pueblo cercano a Hermosillo, cuyo nombre no recordaron, pero que estaba junto al mar y que durante seis meses al año solía ser, según la compañera, lo más parecido al paraíso. Ambos salieron juntos del restaurante. El técnico de sonido no tenía coche, por lo que Isabel Urrea se ofreció a llevarlo hasta su casa. No era necesario, dijo el técnico, la casa estaba cerca y además prefería irse caminando. Mientras el técnico se perdía calle abajo Isabel se dirigió hacia donde estaba su coche. Al sacar las llaves para abrirlo una sombra cruzó la acera y le disparó tres veces. Las llaves se le cayeron. Un viandante que estaba a unos cinco metros de distancia se echó al suelo. Isabel intentó levantarse pero sólo pudo apoyar la cabeza sobre el neumático delantero. No sentía dolor. La sombra se acercó hacia ella y le disparó un balazo en la frente.

El asesinato de Isabel Urrea, aireado los primeros tres días por su emisora de radio y por su periódico, se atribuyó a un robo frustrado, obra de un loco o de un drogadicto que seguramente quería apropiarse de su coche. También circuló la teoría de que el autor del crimen podía ser un centroamericano, un guatemalteco o salvadoreño, veterano de las guerras de aquellos países, que recaudaba dinero por cualquier medio antes de desplazarse a los Estados Unidos. No hubo autopsia, en deferencia a su familia, y el examen balístico no se dio a conocer jamás y en alguna ida y venida entre los juzgados de Santa Teresa y Hermosillo se perdió definitivamente.

Un mes después, un afilador de cuchillos que recorría la calle El Arroyo, en los lindes entre la colonia Ciudad Nueva y la colonia Morelos, vio a una mujer que se agarraba a un poste de madera como si estuviera borracha. Junto al afilador pasó un Peregrino negro con las ventanillas ahumadas. Por el otro extremo de la calle, cubierto de moscas, vio venir al vendedor de paletas. Ambos convergieron en el poste de madera, pero la mujer había resbalado o ya no tenía fuerzas para sujetarse. La cara de la mujer, a medias oculta por el antebrazo, era un amasijo de carne roja y morada. El afilador dijo que había que llamar a una ambulancia. El paletero miró a la mujer y dijo que parecía como si hubiera peleado quince rounds con el Torito Ramírez. El afilador se dio cuenta de que el paletero no se iba a mover y le dijo que cuidara su carrito, que ahorita volvía. Cuando cruzó la calle de tierra se volvió hacia atrás, para cerciorarse de que el paletero le obedecía, y vio a todas las moscas que antes rodeaban a éste alrededor de la cabeza herida de la mujer. En las ventanas de la acera de enfrente unas mujeres los observaban. Hay que llamar a una ambulancia, dijo el afilador. Esta mujer se está muriendo. Al cabo de un rato llegó una ambulancia del hospital y los enfermeros quisieron saber quién se hacía responsable del traslado. El afilador explicó que él y el paletero la habían encontrado tirada en el suelo. Ya lo sé, dijo el enfermero, pero lo que interesa saber ahora es quién se responsabiliza de ella. ¿Cómo me voy a responsabilizar de esta mujer si ni siquiera sé cómo se llama?, dijo el afilador. Pues alguien tiene que responsabilizarse, dijo el enfermero. ¿Es que te has vuelto sordo, buey?, dijo el afilador mientras sacaba de un cajón de su carrito un enorme cuchillo de trinchar. Bueno, bueno, bueno, dijo el enfermero. Órale, métanmela dentro de la ambulancia, dijo el afilador. El otro enfermero, que se había agachado a examinar a la mujer caída espantando las moscas a manotazos, dijo que era inútil que se madrearan, que la mujer ya estaba muerta. Los ojos del afilador se achicaron hasta parecer dos rayas dibujadas con carbón. Pinche cabrón ojete, es por tu culpa, dijo, y se lanzó a perseguir al enfermero. El otro enfermero quiso intervenir pero después de ver el cuchillo en manos del afilador decidió encerrarse dentro de la ambulancia, desde donde dio parte a la policía. Durante un rato el afilador estuvo persiguiendo al enfermero hasta que la rabia, la saña o el rencor amenguaron, o hasta que se cansó. Y cuando esto ocurrió se detuvo, agarró su carrito y se alejó por la calle El Arroyo hasta que los curiosos que se habían congregado alrededor de la ambulancia lo perdieron de vista.

La mujer se llamaba Isabel Cansino, más conocida por Elizabeth, y se dedicaba a la prostitución. Los golpes recibidos le habían destrozado el bazo. La policía achacó el crimen a uno o varios clientes descontentos. Vivía en la colonia San Damián, bastante más al sur de donde fue encontrada, y no se le conocía un compañero fijo, aunque una vecina habló de un tal Iván que iba mucho por allí, y al que en diligencias posteriores no se pudo localizar. También se intentó dar con el paradero del afilador de cuchillos, llamado Nicanor, según testimonios de vecinos de las colonias Ciudad Nueva y Morelos, por donde solía pasar aproximadamente una vez a la semana o una vez cada quince días, pero los esfuerzos fueron en vano. O cambió de oficio o se desplazó del oeste de Santa Teresa a las zonas sur y este o emigró de ciudad. Lo cierto es que no se le volvió a ver.

Al mes siguiente, en mayo, se encontró a una mujer muerta en un basurero situado entre la colonia Las Flores y el parque industrial General Sepúlveda. En el polígono se levantaban los edificios de cuatro maquiladoras dedicadas al ensamblaje de piezas de electrodomésticos. Las torres de electricidad que servían a las maquiladoras eran nuevas y estaban pintadas de color plateado. Junto a éstas, entre unas lomas bajas, sobresalían los techos de las casuchas que se habían instalado allí poco antes de la llegada de las maquiladoras y que se extendían hasta atravesar la vía del tren, en los lindes de la colonia La Preciada. En la plaza había seis árboles, uno en cada extremo y dos en el centro, tan cubiertos de polvo que parecían amarillos. En una punta de la plaza estaba la parada de los autobuses que traían a los trabajadores desde distintos barrios en Santa Teresa. Luego había que caminar un buen rato por calles de tierra hasta los portones en donde los vigilantes comprobaban los pases de los trabajadores, tras lo cual uno podía acceder a su respectivo trabajo. Sólo una de las maquiladoras tenía cantina para los trabajadores. En las otras los obreros comían junto a sus máquinas o formando corrillos en cualquier rincón. Allí hablaban y se reían hasta que sonaba la sirena que marcaba el fin de la comida. La mayoría eran mujeres. En el basurero donde se encontró a la muerta no sólo se acumulaban los restos de los habitantes de las casuchas sino también los desperdicios de cada maquiladora. El aviso sobre el hallazgo de la muerta lo dio el capataz de una de las plantas, la Multizone-West, que trabajaba asociada con una transnacional que fabricaba televisores. Los policías que vinieron a buscarla encontraron a tres ejecutivos de la maquiladora esperándolos junto al basurero. Dos eran mexicanos y el otro era norteamericano. Uno de los mexicanos dijo que preferían que recogieran el cadáver lo antes posible. El policía preguntó dónde estaba el cuerpo, mientras su compañero llamaba a la ambulancia. Los tres ejecutivos acompañaron al policía hacia el interior del basurero. Los cuatro se taparon la nariz, pero cuando el norteamericano se la destapó los mexicanos siguieron su ejemplo. La muerta era una mujer de piel oscura y pelo negro y lacio hasta más abajo de los hombros. Llevaba una sudadera negra y pantalones cortos. Los cuatro hombres se la quedaron mirando. El norteamericano se agachó y con un bolígrafo le apartó el pelo del cuello. Mejor que el gringo no la toque, dijo el policía. No la toco, dijo el norteamericano en español, sólo quiero verle el cuello. Los dos ejecutivos mexicanos se agacharon y observaron las marcas que la muerta tenía en el cuello. Luego se levantaron y miraron la hora. La ambulancia está tardando, dijo uno de ellos. Ya mero llega, dijo el policía. Bueno, dijo uno de los ejecutivos, usted se encarga de todo, ¿verdad? El policía dijo sí, cómo no, y se guardó el par de billetes que le tendió el otro en el bolsillo de su pantalón reglamentario. Esa noche la muerta la pasó en un nicho refrigerado del hospital de Santa Teresa y al día siguiente uno de los ayudantes del forense le realizó la autopsia. Había sido estrangulada. Había sido violada. Por ambos conductos, anotó el ayudante del forense. Y estaba embarazada de cinco meses.

La primera muerta de mayo no fue jamás identificada, por lo que se supuso que era una emigrante de algún estado del centro o del sur que paró en Santa Teresa antes de seguir viaje rumbo a los Estados Unidos. Nadie la acompañaba, nadie la echó en falta. Tenía, aproximadamente, treintaicinco años, y estaba embarazada. Tal vez se dirigía a los Estados Unidos a reunirse con su marido o su amante, el padre del hijo que esperaba, algún desgraciado que residía allí ilegalmente y que nunca supo, tal vez, que había preñado a aquella mujer ni que ésta, al enterarse, iba a salir en su búsqueda. Pero la primera muerta no fue la única muerta. Tres días después murió Guadalupe Rojas (a quien se identificó desde el primer momento), de veintiséis años, residente en la calle Jazmín, una de las paralelas de la avenida Carranza, en la colonia Carranza, y que trabajaba de obrera en la maquiladora File-Sis, instalada no hacía mucho en la carretera a Nogales, a unos diez kilómetros de Santa Teresa. Guadalupe Rojas, por otra parte, no murió mientras se dirigía a su trabajo, algo que se hubiera podido entender, pues aquella zona era solitaria y peligrosa, apta para ser transitada en coche y no en autobús y luego a pie, al menos un kilómetro y medio desde la última parada del autobús, sino en las puertas de su casa en la calle Jazmín. La causa de la muerte fueron tres heridas de arma de fuego, dos de ellas de pronóstico mortal. El asesino resultó ser el novio, que intentó huir aquella misma noche y que fue atrapado junto a la vía del tren, no lejos de un local nocturno llamado Los Zancudos donde previamente se había emborrachado. El aviso a la policía lo dio el dueño del bar, un ex agente de la policía municipal. Al finalizar el interrogatorio quedó aclarado que el móvil del crimen fueron los celos, no se sabe si fundados o infundados, del agresor, que tras comparecer ante el juez y ante la conformidad de todas las partes fue enviado sin más dilación a la cárcel de Santa Teresa en espera de traslado o juicio. La última muerta de mayo fue encontrada en las faldas del cerro Estrella, que da nombre a la colonia que lo rodea de forma irregular, como si allí nada pudiera crecer o expandirse sin aristas. Sólo la cara este del cerro da a un paisaje más o menos no edificado. Allí la encontraron. Según el forense, había muerto acuchillada. Presentaba signos inequívocos de violación. Debía de tener unos veinticinco o veintiséis años. La piel era blanca y el pelo claro. Llevaba puestos unos bluejeans, una camisa azul y zapatillas deportivas marca Nike. No tenía ningún papel que sirviera para identificarla. Quien la mató se tomó luego la molestia de vestirla, pues ni el pantalón ni la camisa presentaban desgarraduras. No había indicios de violación anal. En el rostro sólo era apreciable un hematoma ligero en la parte superior de la mandíbula, cerca de la oreja derecha. En los días posteriores al hallazgo tanto el *Heraldo del Norte* como *La Tribuna de Santa Teresa* y *La Voz de Sonora*, los tres periódicos de la ciudad, publicaron fotos de la desconocida del cerro Estrella, pero nadie acudió a identificarla. Al cuarto día de su muerte el jefe de la policía de Santa Teresa, Pedro Negrete, se desplazó personalmente al cerro Estrella, sin que ningún policía lo acompañara, ni siquiera Epifanio Galindo, y recorrió el lugar en donde encontraron a la muerta. Después dejó la falda y empezó a subir hasta lo más alto del cerro. Entre las piedras volcánicas había bolsas de mercado llenas de basura. Recordó que su hijo, que estudiaba en Phoenix, una vez le había contado que las bolsas de plástico tardaban cientos, tal vez miles de años en consumirse. Estas de aquí no, pensó al ver el grado de descomposición a lo que todo estaba abocado. En lo alto unos niños salieron corriendo y se perdieron cerro abajo, rumbo a la colonia Estrella. Empezaba a oscurecer. Por el lado oeste vio los techos de cartón o de zinc de algunas casas. Las calles que caracoleaban en medio de un trazado anárquico. Por el este vio la carretera que llevaba a la sierra y el desierto, las luces de los camiones, las primeras estrellas, estrellas de verdad, que venían con la noche desde el otro lado de las montañas. Por el norte no vio nada, sólo una gran planicie monótona, como si la vida se acabara más allá de Santa Teresa, pese a sus deseos y convicciones. Luego oyó a unos perros, cada vez más cerca, hasta que los vio. Probablemente eran perros hambrientos y bravos, como los niños que divisó fugazmente al llegar. Sacó la pistola de la sobaquera. Contó cinco perros. Quitó el seguro y disparó. El perro no saltó en el aire, se derrumbó y el impulso inicial lo hizo arrastrarse por el polvo hecho un ovillo. Los otros cuatro echaron a correr. Pedro Negrete los observó mientras se alejaban. Dos llevaban la cola entre las piernas y corrían agachados. De los otros dos, uno corría con la cola tiesa y el cuarto, vaya uno a saber por qué, movía la cola, como si le hubieran dado un premio. Se acercó al perro muerto y lo tocó con el pie. La bala le había entrado por la cabeza. Sin mirar hacia atrás se fue caminando cerro abajo, otra vez, hasta donde habían hallado el cadáver de la desconocida. Allí se detuvo y encendió un cigarrillo. Delicados sin filtro. Luego siguió bajando hasta llegar a su coche. Desde allí, pensó, todo se veía diferente.

En mayo ya no murió ninguna otra mujer, descontando a las que murieron de muerte natural, es decir de enfermedad, de vejez o de parto. Pero a finales de mes empezó el caso del profanador de iglesias. Un día un tipo desconocido entró en la iglesia de San Rafael, en la calle Patriotas Mexicanos, en el centro de Santa Teresa, a la hora de la primera misa. La iglesia estaba casi vacía, sólo unas cuantas beatas se apiñaban en las primeras bancas, y el cura aún estaba encerrado en el confesionario. La iglesia olía a incienso y a productos baratos de limpieza. El desconocido se sentó en uno de los últimos bancos y se puso de rodillas de inmediato, la cabeza hundida entre las manos como si le pesara o estuviera enfermo. Algunas beatas se volvieron a mirarlo y cuchichearon entre sí. Una viejita salió del confesionario y se quedó inmóvil contemplando al desconocido, mientras una mujer joven de rasgos indígenas entraba a confesarse. Cuando el cura absolviera los pecados de la india empezaría la misa. Pero la viejita que había salido del confesionario se quedó mirando al desconocido, quieta, aunque a veces apoyaba el cuerpo en una pierna y luego en la otra y esto la hacía dar como unos pasos de baile. De inmediato supo que algo no estaba bien en aquel hombre y quiso acercarse a las otras viejas para advertírselo. Mientras caminaba por el pasillo central vio una mancha líquida que se extendía por el suelo desde el banco que ocupaba el desconocido y percibió el olor de la orina. Entonces, en vez de seguir caminando hacia donde se apiñaban las beatas, rehízo el camino y volvió al confesionario. Con la mano tocó varias veces en la ventanilla del cura. Estoy ocupado, hija, le dijo éste. Padre, dijo la viejita, hay un hombre que está mancillando la casa del Señor. Sí, hija mía, ahora te atiendo, dijo el cura. Padre, no me gusta nada lo que está pasando, haga algo, por el amor de Dios. Mientras hablaba la viejita parecía bailar. Ahora, hija, un poco de paciencia, estoy ocupado, dijo el cura. Padre, hay un hombre que está haciendo sus necesidades en la iglesia, dijo la viejita. El cura asomó la cabeza por entre las cortinas raídas y buscó en la penumbra amarillenta al desconocido, y luego salió del confesionario y la mujer de rasgos indígenas también salió del confesionario y los tres se quedaron inmóviles mirando al desconocido que gemía débilmente y no paraba de orinar, mojándose los pantalones y provocando un río de orina que corría hacia el atrio, confirmando que el pasillo, tal como temía el cura, tenía un desnivel preocupante. Después fue a llamar al sacristán, que estaba tomando café sentado a la mesa y parecía cansado, y ambos se acercaron al desconocido para afearle su conducta y proceder a echarlo de la iglesia. El desconocido vio sus sombras y los miró con los ojos llenos de lágrimas y les pidió que lo dejaran en paz. Casi en el acto una navaja apareció en su mano y mientras las beatas de los primeros bancos gritaban acuchilló al sacristán.

El caso le fue confiado al judicial Juan de Dios Martínez, que tenía fama de eficiente y discreto, algo que algunos policías asociaban con la religiosidad. Juan de Dios Martínez habló con el cura, que describió al desconocido como un tipo de unos treinta años, de estatura mediana, de piel morena y complexión fuerte, un mexicano como cualquiera. Luego habló con las beatas. Para éstas, el desconocido ciertamente no era un mexicano como cualquiera sino que parecía el demonio. ¿Y qué hacía el demonio en la primera misa?, preguntó el judicial. Estaba allí para matarnos a todas, dijeron las beatas. A las dos de la tarde, acompañado de un dibujante, fue al hospital a tomarle declaración al sacristán. La descripción de éste coincidía con la del cura. El desconocido olía a alcohol. Un olor muy fuerte, como si antes de levantarse aquella mañana hubiera lavado la camisa en un barreño de alcohol de noventa grados. No se había afeitado desde hacía días, aunque esto se notaba poco porque era lampiño. ¿Cómo sabía el sacristán que era lampiño?, quiso saber Juan de Dios Martínez. Por la forma en que le salían los pelos en la jeta, pocos y mal avenidos, como pegoteados a ciegas por su chingada madre y por el culero mamavergas de su padre, dijo el sacristán. También: tenía las manos grandes y fuertes. Unas manos tal vez demasiado grandes para su cuerpo. Y estaba llorando, de eso no le cabía duda, pero también parecía que se estuviera riendo, llorando y riéndose al mismo tiempo. ¿Me entiende?, dijo el sacristán. ¿Como si estuviera drogado?, preguntó el judicial. Exacto. Positivo. Más tarde Juan de Dios Martínez llamó al manicomio de Santa Teresa y preguntó si tenían o habían tenido a un interno que respondiera a las características físicas que había recabado. Le dijeron que tenían un par, pero que no eran violentos. Preguntó si los dejaban salir. A uno sí y a otro no, le respondieron. Voy a ir a verlos, dijo el judicial. A las cinco de la tarde, después de comer en una cafetería adonde nunca iban policías, Juan de Dios Martínez estacionó su Cougar gris metalizado en el párking del manicomio. Lo atendió la directora, una mujer de unos cincuenta años, con el pelo teñido de rubio, que hizo que le trajeran un café. La oficina de la directora era bonita y le pareció decorada con gusto. En las paredes había una reproducción de Picasso y una de Diego Rivera. Juan de Dios Martínez se estuvo largo rato mirando la de Diego Rivera mientras esperaba a la directora. En la mesa había dos fotografías: en una se veía a la directora, cuando era más joven, abrazando a una niña que miraba directamente a la cámara. La niña tenía una expresión dulce y ausente. En la otra foto la directora era aún más joven. Estaba sentada al lado de una mujer mayor, a la que miraba con expresión divertida. La mujer mayor, por el contrario, tenía un semblante serio y miraba a la cámara como si le pareciera una frivolidad tomarse una foto. Cuando por fin llegó la directora el judicial se dio cuenta de inmediato de que habían pasado muchos años desde que se había hecho las fotos. También se dio cuenta de que la directora seguía siendo muy guapa. Durante un rato hablaron de los locos. Los peligrosos no salían, le informó la directora. Pero locos peligrosos no había muchos. El judicial le enseñó el retrato robot que había hecho el dibujante y la directora lo miró con atención durante unos segundos. Juan de Dios Martínez se fijó en sus manos. Tenía las uñas pintadas y los dedos eran largos y parecían suaves al tacto. En el dorso de la mano pudo contar unas cuantas pecas. La directora le dijo que el retrato no era bueno y que podía tratarse de cualquiera. Después fueron a ver a los dos locos. Estaban en el patio, un patio enorme, sin árboles, de tierra, como una cancha de fútbol de un barrio pobre. Un vigilante vestido con camiseta y pantalones blancos le trajo al primero. Juan de Dios Martínez oyó cómo la directora le preguntaba por su salud. Luego hablaron de comida. El loco dijo que ya casi no podía comer carne, pero lo dijo de forma tan enrevesada que el judicial no supo si se estaba quejando por el menú o si le comunicaba una aversión por la carne probablemente reciente. La doctora habló de proteínas. La brisa que soplaba por el patio a veces despeinaba a los pacientes. Hay que construir una muralla, le oyó decir a la doctora. Cuando sopla el viento se ponen nerviosos, dijo el vigilante vestido de blanco. Después trajeron al otro. Juan de Dios Martínez creyó al principio que eran hermanos, aunque cuando los dos estuvieron uno al lado del otro se dio cuenta de que el parecido sólo era aparente. De lejos, pensó, igual todos los locos se parecen. Cuando volvió al despacho de la directora le preguntó cuánto tiempo hacía que dirigía el manicomio. Un titipuchal de años, dijo ella riéndose. Ya ni me acuerdo. Mientras tomaban otro café, a los que la directora era muy aficionada, le preguntó si era de Santa Teresa. No, dijo la directora. Nací en Guadalajara y estudié en el DF y luego en San Francisco, en Berkeley. A Juan de Dios Martínez le hubiera gustado seguir hablando con ella, y tomando café, y tal vez preguntarle si estaba casada o divorciada, pero no tenía tiempo. ¿Me los puedo llevar?, dijo. La directora lo miró sin comprender. ¿Me puedo llevar a los locos?, preguntó. La directora se rió en su cara y le preguntó si se sentía bien. ¿Adónde se los quiere llevar? A una especie de rueda de reconocimiento, dijo el judicial. Tengo a la víctima en el hospital y no puede moverse. Usted me presta a sus pacientes un par de horas, me los llevo de paseo al hospital y antes de que anochezca se los traigo de vuelta. ¿Y me lo pide a mí?, dijo la directora. Usted es la jefa, dijo el judicial. Tráigame una orden del juez, dijo la directora. Se la puedo traer, pero eso es puro papeleo. Además, si le traigo una orden, a sus pacientes los van a llevar a comisaría, puede que los retengan una o dos noches, no lo van a pasar bien. En cambio, si me los llevo yo ahora, pues no pasa nada. Los meto en el carro, el único policía soy yo, si la víctima hace un reconocimiento positivo, igual le devuelvo a sus locos, a los dos. ¿No le parece más fácil? No, no me lo parece, dijo la directora, tráigame una orden del juez y ya veremos. No he querido ofenderla, dijo el judicial. Estoy escandalizada, dijo la directora. Juan de Dios Martínez se rió. Pues no me los llevo y ya está, dijo. Eso sí, procure que ninguno de los dos salga del manicomio, ¿me lo promete? La directora se levantó y por un momento él creyó que lo iba a echar. Luego llamó por teléfono a su secretaria y le pidió otra taza de café. ¿Usted quiere otra? Juan de Dios Martínez movió la cabeza afirmativamente. Esta noche no voy a poder dormir, pensó.

Esa noche el desconocido de la iglesia de San Rafael entró en la iglesia de San Tadeo, en la colonia Kino, un barrio que crecía entre los matorrales y las colinas de suaves pendientes del suroeste de Santa Teresa. Al judicial Juan de Dios Martínez lo llamaron a las doce de la noche. Estaba viendo la tele y después de colgar el teléfono recogió los platos sucios de la mesa y los puso en el fregadero. Del cajón de la mesita de noche sacó su pistola y el retrato robot, que tenía doblado en cuatro partes, y bajó caminando por las escaleras hasta el garaje en donde estaba su Chevy Astra de color rojo. Cuando llegó a la iglesia de San Tadeo unas mujeres estaban sentadas en la escalinata de adobe. No eran muchas. En el interior de la iglesia vio al judicial José Márquez que interrogaba al cura. Le preguntó a un policía si había venido ya la ambulancia. El policía lo miró con una sonrisa y le dijo que no había heridos. ¿Qué chingados es todo esto? Los dos tipos de la policía científica trataban de encontrar huellas en una imagen de Cristo que estaba junto al altar, en el suelo. Esta vez el loco no le ha hecho daño a nadie, le dijo José Márquez cuando se desocupó del cura. Quiso saber qué había pasado. Un pendejo drogado apareció a eso de las diez de la noche, dijo Márquez. Llevaba una navaja o un cuchillo. Se sentó en los últimos bancos. Allí. En los más oscuros.

Una vieja lo oyó llorar. El tipo no sé si lloraba de tristeza o de placer. Se estaba meando. Entonces la vieja fue a llamar al cura y el tipo saltó y se puso a destrozar las figuras. Un Cristo, una Guadalupana y un par de santos más. Después se marchó. ¿Y eso es todo?, dijo el judicial Juan de Dios Martínez. No hay nada más, dijo Márquez. Durante un rato ambos estuvieron hablando con los testigos. La descripción del agresor coincidía con el de la iglesia de San Rafael. Le mostró al cura el retrato robot. El cura era muy joven y parecía muy cansado, pero no por lo sucedido aquella noche sino por algo que se arrastraba desde hacía años. Se parece, dijo el cura sin darle importancia. La iglesia olía a incienso y a orina. Los pedazos de yeso esparcidos por el suelo le recordaron una película, pero no supo cuál. Con la punta del pie movió uno de los fragmentos, parecía el trozo de una mano y estaba empapado. ¿Te has dado cuenta?, le dijo Márquez. ¿Qué?, dijo Juan de Dios Martínez. Ese cabrón debe de tener una vejiga monstruosa. O se aguanta todo lo que puede y espera hasta estar dentro de una iglesia para soltarlo. Cuando salió vio a algunos periodistas del *Heraldo del Norte* y *La Tribuna de Santa Teresa* que hablaban con los curiosos. Echó a caminar por las calles aledañas a la iglesia de San Tadeo. Allí no olía a incienso aunque el aire, en ocasiones, parecía salir directamente de una poza séptica. El alumbrado público apenas cubría algunas calles. Nunca antes he estado aquí, se dijo Juan de Dios Martínez. Al final de una calle divisó la sombra de un gran árbol. Era un simulacro de plaza y el árbol era lo único que en aquel semicírculo baldío guardaba cierta semejanza con un espacio público. Alrededor de él los vecinos habían construido, aprisa y sin maña, unos bancos para tomar el fresco. Aquí hubo un poblado de indios, recordó el judicial. Un policía que había vivido en la colonia se lo había dicho. Se dejó caer sobre un banco y observó la imponente sombra del árbol que se recortaba amenazante sobre el cielo estrellado. ¿Dónde están los indios ahora? Pensó en la directora del manicomio. Le hubiera gustado hablar con ella en ese mismo instante, pero sabía que no se atrevería a llamarla.

El ataque a las iglesias de San Rafael y de San Tadeo tuvo mayor eco en la prensa local que las mujeres asesinadas en los meses precedentes. Al día siguiente, Juan de Dios Martínez, junto con dos policías, recorrió la colonia Kino y la colonia La Preciada, mostrándole a la gente el retrato robot del agresor. Nadie lo reconoció. A la hora de comer los policías se marcharon al centro y Juan de Dios Martínez llamó por teléfono a la directora del manicomio. La directora no había leído los periódicos y no sabía nada de lo que había pasado la noche anterior. Juan de Dios la invitó a comer. La directora, contra lo que él esperaba, aceptó la invitación y se citaron en un restaurante vegetariano en la calle Río Usumacinta, en la colonia Podestá. Él no conocía el restaurante y cuando llegó pidió una mesa para dos y un whisky mientras la esperaba, pero allí no servían bebidas alcohólicas. El mesero que lo atendió llevaba una camisa ajedrezada y sandalias y lo miró como si estuviera enfermo o se hubiera equivocado de local. El sitio le pareció agradable. La gente que ocupaba las otras mesas hablaba en voz baja y se oía música como de agua, el ruido del agua al caer por unas lajas. La directora lo vio nada más entrar, pero no lo saludó y se puso a hablar con el mesero que preparaba unos jugos naturales detrás de la barra. Tras intercambiar unas palabras con él se acercó a la mesa. Iba vestida con pantalones grises y con un jersey escotado de color perla. Juan de Dios Martínez se levantó cuando ella llegó junto a él y le dio las gracias por haber aceptado su invitación. La directora sonrió: tenía dientes pequeños y regulares, muy blancos y afilados, lo que daba a su sonrisa un aire carnívoro que desentonaba con la especialidad del restaurante. El mesero les preguntó qué iban a comer. Juan de Dios Martínez miró el menú y luego le pidió a ella que eligiera por él. Mientras esperaban la comida le contó lo de la iglesia de San Tadeo. La directora lo escuchó con atención y al final le preguntó si se lo había contado todo. Es todo lo que hay, dijo el judicial. Mis dos enfermos pasaron la noche en el centro, dijo ella. Ya lo sé, dijo él. ¿Cómo? Después de estar en la iglesia fui al manicomio. Le pedí al vigilante y a una enfermera de guardia que me llevaran a la habitación de sus pacientes. Los dos dormían. No había ropa manchada de orina. Nadie los dejó salir. Esto que usted me cuenta es ilegal, dijo la directora. Pero ellos ya no son sospechosos, dijo el judicial. Y además no los desperté. No se dieron cuenta de nada. Durante un rato la directora se dedicó a comer en silencio. A Juan de Dios Martínez le empezó a gustar cada vez más la música con ruido de agua. Se lo dijo. Me gustaría comprarme el disco, dijo. Se lo dijo sinceramente. La directora no pareció escucharlo. De postre les sirvieron higos. Juan de Dios Martínez dijo que hacía años que no comía higos. La directora pidió un café y quiso pagar ella la cuenta, pero él no la dejó. No fue fácil. Tuvo que insistir mucho y la directora parecía haberse vuelto de piedra. Al salir del restaurante se dieron la mano como si nunca más se fueran a ver.

Dos días después el desconocido entró en la iglesia de Santa Catalina, en la colonia Lomas del Toro, a una hora en que el recinto estaba cerrado, y se orinó y defecó en el altar, además de decapitar casi todas las imágenes que encontró a su paso. La noticia esta vez salió en la prensa nacional y un periodista de *La Voz de Sonora* bautizó al agresor como el Penitente Endemoniado. Por lo que Juan de Dios Martínez sabía, el acto pudo cometerlo cualquier otro, pero en la policía decidieron que había sido el Penitente y él prefirió seguir el curso de los acontecimientos. No le extrañó que ninguno de los vecinos de la iglesia oyera nada, pese a que para romper tantas imágenes sagradas se requería tiempo, además de causar un ruido considerable. En la iglesia de Santa Catalina no vivía nadie. El cura que oficiaba allí iba una vez al día, de las nueve de la mañana hasta la una de la tarde, y luego se iba a trabajar en una escuela parroquial de la colonia Ciudad Nueva. No había sacristán y los monaguillos que ayudaban en misa a veces iban y a veces no iban. En realidad, la iglesia de Santa Catalina era una iglesia casi sin feligreses y los objetos que había en su interior eran baratos, comprados por el obispado en una tienda del centro de la ciudad que se dedicaba a la venta de ropa talar y de santos al por mayor y al menudeo. El cura era un tipo abierto y de talante liberal, según le pareció a Juan de Dios Martínez. Estuvieron hablando durante un rato. En la iglesia no faltaba nada. El cura no parecía escandalizado ni afectado por el ultraje. Hizo un cálculo rápido de los estropicios y dijo que eso para el obispado era una bicoca. La caca en el altar no le alteró el semblante. En un par de horas, cuando ustedes se vayan, esto estará limpio otra vez, dijo. En cambio, la cantidad de orina lo alarmó. Hombro con hombro, como dos hermanos siameses, el judicial y el cura recorrieron todos los rincones por donde el Penitente se había orinado y el cura, al final, dijo que el tipo aquel debía de tener la vejiga del tamaño de un pulmón. Esa noche Juan de Dios Martínez pensó que el Penitente cada vez le caía mejor. La primera agresión fue violenta y casi mató al sacristán, pero a medida que pasaban los días se iba perfeccionando. En la segunda agresión sólo había asustado a unas beatas y en la tercera no lo vio nadie y había podido trabajar en paz.

Tres días después de la profanación de la iglesia de Santa Catalina, el Penitente se introdujo a altas horas de la noche en la iglesia de Nuestro Señor Jesucristo, en la colonia Reforma, la iglesia más antigua de la ciudad, construida a mediados del siglo XVIII, y que durante un tiempo sirvió como sede del obispado de Santa Teresa. En el edificio adyacente, sito en la esquina de las calles Soler y Ortiz Rubio, dormían tres curas y dos jóvenes seminaristas indios de la etnia pápago que cursaban estudios de Antropología e Historia en la Universidad de Santa Teresa. Los seminaristas, además de dedicar su tiempo al estudio, se encargaban de algunas labores menores de limpieza, como fregar los platos cada noche o recoger la ropa sucia de los curas y entregársela a la mujer que luego la llevaba a la lavandería. Esa noche, uno de los seminaristas no dormía. Había intentado estudiar encerrado en su cuarto y luego se levantó a buscar un libro a la biblioteca, en donde, sin que hubiera motivo alguno, se quedó leyendo sentado en un sillón hasta que lo sorprendió el sueño. El edificio estaba comunicado con la iglesia a través de un pasillo que llevaba directamente a la rectoría. Se decía que existía otro pasillo, subterráneo, que los curas utilizaron durante la revolución y durante la guerra cristera, pero de ese pasillo el estudiante pápago desconocía la existencia. De pronto un ruido a cristales rotos lo despertó. Primero pensó, cosa rara, que estaba lloviendo, pero luego se dio cuenta de que el ruido provenía del interior de la iglesia y no de afuera y se levantó y fue a investigar. Al llegar a la rectoría oyó gemidos y pensó que alguien se había quedado encerrado en uno de los confesionarios, cosa del todo improbable pues las puertas de éstos no se cerraban. El estudiante pápago, contrariamente a lo que se decía sobre la gente de su etnia, era medroso y no se atrevió a entrar solo en la iglesia. Fue primero a despertar al otro seminarista y luego ambos acudieron a golpear, de forma muy discreta, la puerta del padre Juan Carrasco, que a esas horas, como el resto de los habitantes del edificio, dormía. El padre Juan Carrasco escuchó la historia del pápago en el pasillo y como leía la prensa dijo: debe de ser el Penitente. Acto seguido volvió a su habitación, se puso los pantalones y unas zapatillas de gimnasia que usaba para hacer jogging y para jugar al frontón, y de un armario sacó un viejo bate de béisbol. Luego envió a uno de los pápagos a despertar al conserje, que dormía en una pequeña habitación de la primera planta, junto a la escalera, y él, seguido por el pápago que alertó sobre los ruidos, se dirigió a la iglesia. A primera vista ambos tuvieron la impresión de que allí no había nadie. El humo hialino de las velas ascendía con lentitud hacia la bóveda y una nube densa, amarillo oscuro, permanecía inmóvil en el interior del templo. Poco después oyeron el gemido, como si un niño hiciera esfuerzos para no vomitar, al que siguió otro y luego otro, y luego el sonido familiar de la primera arcada. Es el Penitente, susurró el seminarista. El padre Carrasco arrugó el ceño y se dirigió sin vacilar hacia el lugar del que provenía el ruido con el bate de béisbol sujeto con las dos manos, en actitud, precisamente, de batear.

El pápago no lo siguió. Tal vez dio un pasito o dos en la dirección emprendida por el cura, al cabo de los cuales se quedó quieto, ya sin defensas ante un terror sagrado. La verdad es que hasta le castañeteaban los dientes. No podía avanzar ni retroceder. Así que, como luego explicó a la policía, se puso a rezar. ¿Qué rezaste?, le preguntó el judicial Juan de Dios Martínez. El pápago no entendió la pregunta. ¿El padrenuestro?, dijo el judicial. No, no, no, no me acordaba de nada, dijo el pápago, recé por mi alma, recé por mi madrecita, le pedí a mi madrecita que no me abandonara. Desde donde estaba oyó el ruido del bate de béisbol que se estrellaba contra una columna. Bien podía tratarse, pensó o recordó que había pensado, de la columna vertebral del Penitente o de la columna de un metro noventa de altura en donde estaba la talla en madera del arcángel Gabriel. Luego oyó resoplar a alguien. Oyó gemir al Penitente. Escuchó que el padre Carrasco le mentaba la madre a alguien, una mentada, la verdad sea dicha, extraña, no supo si dirigida al Penitente o a él, que no lo había acompañado, o a una persona desconocida del pasado del padre Carrasco, alguien a quien él no conocería jamás y a quien el cura no volvería a ver jamás. Después el ruido que hace un bate de béisbol al caer a un suelo de piedras cortadas con exactitud y primor. La madera, el bate, rebota varias veces hasta que finalmente el ruido cesa. Casi al mismo instante oyó un grito que le hizo pensar, otra vez, en el terror sagrado. Pensar sin pensar. O pensar con imágenes temblorosas. Después creyó ver, como iluminado por una vela pero lo mismo daba que si estuviera iluminado por un rayo, la figura del Penitente que con el bate de béisbol segaba de un golpe las canillas del arcángel y lo hacía caer de su pedestal. De nuevo el ruido de la madera, viejísima ésta, colisionando con la piedra, como si madera y piedra, en aquellas latitudes, fueran términos estrictamente antagónicos. Y más golpes. Y luego los pasos del conserje que llegaba corriendo y se internaba, también él, en lo oscuro, y la voz de su hermano pápago que en lengua pápago le preguntaba qué tenía, qué le dolía. Y luego más gritos y más curas y voces que avisaban a la policía y un revuelo de camisas blancas y un olor ácido, como si alguien hubiera trapeado las piedras de la vieja iglesia con un galón de amoníaco, olor a meados, según le dijo el judicial Juan de Dios Martínez, demasiada orina para un hombre solo, para un hombre con una vejiga normal.

Esta vez el Penitente se desmadró, dijo el judicial José Márquez mientras examinaba de rodillas los cadáveres del padre Carrasco y del conserje. Juan de Dios Martínez examinó la ventana por donde el profanador accedió a la iglesia y luego salió a la calle y estuvo un rato dando vueltas por Soler y luego por Ortiz Rubio y por una plaza que por las noches los vecinos usaban como párking gratuito. Cuando volvió a la iglesia Pedro Negrete y Epifanio estaban allí y nada más entrar el jefe de la policía le hizo un gesto para que se acercara. Durante un rato estuvieron hablando y fumando sentados en los bancos de la última fila. Debajo de la chamarra de cuero Negrete iba vestido con la camisa del pijama. Olía a colonia cara y no tenía cara de cansado. Epifanio llevaba un traje azul claro al que favorecía la luz mortecina de la iglesia. Juan de Dios Martínez le dijo al jefe de policía que el Penitente debía de tener un coche. ¿Y eso cómo lo sabes? No puede desplazarse a pie sin llamar la atención, dijo el judicial. Sus meados apestan. La distancia que hay entre la Kino y la Reforma es muy grande. La distancia entre la Reforma y la Lomas del Toro, también. Supongamos que el Penitente vive en el centro. De la Reforma al centro se puede ir caminando y si es de noche nadie va a darse cuenta de que hueles a meado. Pero del centro a la Lomas del Toro, andando, no sé, por lo menos te puedes tardar una hora. O más, dijo Epifanio. Y de la Lomas del Toro a la Kino, ¿de cuánto puede ser la caminata? Más de cuarentaicinco minutos, siempre que antes no te pierdas, dijo Epifanio. Y ya no digamos de la Reforma a la Kino, dijo Juan de Dios Martínez. Así que este buey va en coche, dijo el jefe de policía. Es de lo único que podemos estar seguros, dijo Juan de Dios Martínez. Y probablemente lleva ropa limpia en el interior del coche. ¿Y eso?, dijo el jefe de policía. Como medida de precaución. O sea que tú crees que el Penitente no es ningún pendejo, dijo Negrete. Se vuelve tarolas sólo cuando está en el interior de una iglesia, cuando sale es una persona normal y corriente, susurró Juan de Dios Martínez. Ah, caray, dijo el jefe de policía. ¿Y tú qué piensas, Epifanio? Puede ser, dijo Epifanio. Si vive solo, puede volver oliendo a mierda, total, del coche a su sede no puede tardar más de un minuto. Si vive con alguna ruca o con los jefes, seguro que se cambia de ropa antes de entrar. Suena lógico, dijo el jefe de policía. Pero la cuestión es cómo le ponemos fin a todo esto. ¿Se te ocurre algo? Por lo pronto, poner un policía en cada iglesia y esperar a que el Penitente dé el primer paso, dijo Juan de Dios Martínez. Mi hermano es muy católico, dijo el jefe de policía como si pensara en voz alta. Tengo que preguntarle algunas cosas. ¿Y dónde crees tú, Juan de Dios, que vive el Penitente? No lo sé, jefe, dijo el judicial, en cualquier parte, aunque si tiene coche no creo que viva en la Kino.

A las cinco de la mañana, al volver a su casa, el judicial Juan de Dios Martínez encontró un mensaje de la directora del manicomio en su contestador. La persona que usted busca, decía la voz de la directora, padece sacrofobia. Telefonéeme y se lo explicaré. Pese a la hora que era la llamó de inmediato. Le contestó la voz grabada de la directora. Soy Martínez, el policía judicial, dijo Juan de Dios Martínez, perdone por llamarla a esta hora... He escuchado su mensaje... Acabo de llegar a mi casa... Esta noche el Penitente... En fin, mañana me pondré en contacto con usted... Es decir, hoy... Buenas noches y gracias por su mensaje. Después se sacó los zapatos y los pantalones y se tiró en la cama, pero no pudo dormir. A las seis de la mañana se presentó en comisaría. Un grupo de patrulleros estaba festejando el cumpleaños de un compañero y lo invitaron a beber pero él no aceptó. Desde el despacho de los judiciales, donde no había nadie, oyó cómo cantaban, en el piso de arriba, una y otra vez, las mañanitas. Hizo una lista de los policías que quería que trabajaran con él. Redactó un informe para la policia judicial de Hermosillo y luego salió a tomarse un café junto a la máquina automática.

Vio pasar a dos patrulleros abrazados escaleras abajo y los siguió. En el pasillo vio a varios policías platicando, en grupos de dos, de tres, de cuatro. De vez en cuando un grupo se reía estruendosamente. Un tipo vestido de blanco, pero con pantalones vaqueros, arrastraba una camilla. Sobre la camilla, completamente cubierta por una funda de plástico gris, iba el cadáver de Emilia Mena Mena. Nadie se fijó en él.

En junio murió Emilia Mena Mena. Su cuerpo se encontró en el basurero clandestino cercano a la calle Yucatecos, en dirección a la fábrica de ladrillos Hermanos Corinto. En el informe forense se indica que fue violada, acuchillada y quemada, sin especificar si la causa de la muerte fueron las cuchilladas o las quemaduras, y sin especificar tampoco si en el momento de las quemaduras Emilia Mena Mena ya estaba muerta. En el basurero donde fue encontrada se declaraban constantes incendios, la mayoría voluntarios, otros fortuitos, por lo que no se podía descartar que las calcinaciones de su cuerpo fueran debidas a un fuego de estas características y no a la voluntad del homicida. El basurero no tiene nombre oficial, porque es clandestino, pero sí tiene nombre popular: se llama El Chile. Durante el día no se ve un alma por El Chile ni por los baldíos aledaños que el basurero no tardará en engullir. Por la noche aparecen los que no tienen nada o menos que nada. En México DF los llaman teporochos, pero un teporocho es un señorito vividor, un cínico reflexivo y humorista, comparado con los seres humanos que pululan solitarios o en pareja por El Chile. No son muchos. Hablan una jerga difícil de entender. La policía preparó una redada la noche siguiente al hallazgo del cadáver de Emilia Mena Mena y sólo pudo detener a tres niños que rebuscaban cartones en la basura. Los habitantes nocturnos de El Chile son escasos. Su esperanza de vida, breve. Mueren a lo sumo a los siete meses de transitar por el basurero. Sus hábitos alimenticios y su vida sexual son un misterio. Es probable que hayan olvidado comer y coger. O que la comida y el sexo para ellos ya sea otra cosa, inalcanzable, inexpresable, algo que queda fuera de la acción y la verbalización. Todos, sin excepción, están enfermos. Sacarle la ropa a un cadáver de El Chile equivale a despellejarlo. La población permanece estable: nunca son menos de tres, nunca son más de veinte.

El principal sospechoso del asesinato de Emilia Mena Mena era su novio. Cuando fueron a buscarlo a la casa en donde vivía con sus padres y tres hermanos ya se había marchado. Según la familia tomó un autobús uno o dos días antes del hallazgo del cadáver. El padre y dos de los hermanos se pasaron un par de días en los calabozos, pero no se les pudo arrancar ninguna otra información coherente, salvo la dirección del hermano del padre, en Ciudad Guzmán, adonde supuestamente había viajado el sospechoso. Alertada la policía de Ciudad Guzmán, algunos agentes se personaron en el citado domicilio, provistos de todos los requisitos legales, y no encontraron ni el más mínimo rastro del supuesto novio y asesino. El caso quedó abierto y no tardó en olvidarse. Cinco días después, cuando aún proseguían las diligencias tendentes a aclarar la muerte de Emilia Mena Mena, el conserje de la preparatoria Morelos encontró el cuerpo de otra muerta. Estaba tirada en un terreno que a veces los alumnos utilizaban para jugar partidos de fútbol y béisbol, un descampado desde donde se podía ver Arizona y los caparazones de las maquiladoras del lado mexicano y las carreteras de terracería que conectaban éstas con la red de carreteras pavimentadas. Al lado, separados ambos por una reja de alambre, se hallaban los patios de la preparatoria y más allá los dos bloques, de tres pisos cada uno, en donde se daban las clases en salas amplias y soleadas. La preparatoria había sido inaugurada en el año 1990 y el conserje trabajaba allí desde el primer día. Era el primero en llegar a la preparatoria y uno de los últimos en irse. La mañana en que encontró a la muerta algo le llamó la atención mientras recogía, en la oficina del director, las llaves que le permitían el acceso a toda la escuela. Al principio no supo determinar qué era. Cuando había entrado en la sala de servicios se dio cuenta. Zopilotes. Volaban zopilotes sobre el descampado que estaba junto al patio. Sin embargo tenía mucho que hacer todavía y decidió ir a investigar más tarde. Poco después llegó la cocinera y su ayudante y se fue a tomar un café junto a ellos en la cocina. Hablaron durante unos diez minutos de lo de siempre, hasta que el conserje les preguntó si al llegar no habían visto unos zopilotes sobrevolando la escuela. Ambos contestaron que no. Entonces el conserje terminó su café y dijo que iba a darse una vuelta por el descampado. Temía encontrar un perro muerto. Si era así iba a tener que volver a la escuela, al almacén donde guardaba las herramientas, e iba a tener que coger una pala y volver al descampado y cavar un agujero lo suficientemente profundo como para que los alumnos no desenterraran al animal. Pero lo que encontró fue una mujer. Llevaba una blusa negra y zapatillas negras y tenía la falda arrollada sobre la cintura. No llevaba bragas. Eso fue lo primero que vio. Luego se fijó en su rostro y supo que no había muerto aquella noche. Uno de los zopilotes se posó sobre la reja pero él lo espantó con un gesto. La mujer tenía el pelo negro y largo hasta la mitad de la espalda, por lo menos. Algunos mechones estaban pegoteados por la sangre coagulada. En el estómago y alrededor del sexo también tenía sangre seca. Se persignó dos veces y se levantó con lentitud. Cuando volvió a la escuela le contó a la cocinera lo que había pasado. El muchacho que la ayudaba estaba fregando una olla y el conserje habló en voz baja, para que no lo oyera. Desde la oficina llamó por teléfono al director, pero éste ya se había marchado de casa. Encontró una manta y fue a tapar a la muerta. Sólo entonces se dio cuenta de que estaba empalada. Se le llenaron los ojos de lágrimas mientras volvía a la escuela. Allí encontró a la cocinera, sentada en el patio, fumando un cigarrillo. Le hizo un gesto como preguntándole qué había pasado. El conserje le respondió con otro gesto, éste ininteligible, y salió a esperar al director a la puerta de entrada. Cuando llegó ambos se dirigieron al descampado. Desde el patio la cocinera vio cómo el director hacía a un lado la manta y contemplaba, desde distintas posiciones, el bulto que apenas se veía. Poco después dos maestros se les unieron, y a unos diez metros de ellos, un grupo de alumnos. A las doce llegaron dos coches de la policía, un tercer coche sin distintivos y una ambulancia y se llevaron a la muerta. El nombre de ésta jamás se supo. El forense estableció que llevaba muerta varios días, sin precisar cuántos. La causa más probable de la muerte eran las cuchilladas recibidas en el pecho, pero también presentaba el cadáver una fractura de cráneo que el forense no se atrevió a descartar como causa principal. La edad de la muerta podía oscilar entre los veintitrés y los treintaicinco. Su estatura era de un metro y setentaidós centímetros.

La última muerta de aquel mes de junio de 1993 se llamaba Margarita López Santos y había desaparecido hacía más de cuarenta días. Al segundo día de su desaparición su madre interpuso una denuncia en la comisaría n.º 2. Margarita López trabajaba en la maquiladora K&T, en el parque industrial El Progreso, cerca de la carretera a Nogales y las últimas casas de la colonia Guadalupe Victoria. El día de su desaparición realizaba el tercer turno de la maquiladora, de nueve de la noche a cinco de la mañana. Según sus compañeras, había acudido a trabajar con puntualidad, como siempre, pues Margarita era cumplidora y responsable como pocas, por lo que la desaparición debía fecharse a la hora del cambio de turno y de la salida. A esa hora, sin embargo, nadie vio nada, entre otras razones porque a las cinco o cinco y media de la mañana todo está oscuro, y porque el alumbrado público de las calles es deficitario. La mayoría de las casas de la parte norte de la colonia Guadalupe Victoria carecen de luz eléctrica. Las salidas del parque industrial, salvo la que conecta éste con la carretera a Nogales, también son deficitarias tanto en el alumbrado como en la pavimentación, así como también en su sistema de alcantarillas: casi todos los desperdicios del parque van a caer en la colonia Las Rositas, donde forman un lago de fango que el sol blanquea. Así que Margarita López dejó su trabajo a las cinco y media. Eso quedó establecido. Y luego salió caminando por las calles oscuras del parque industrial. Tal vez vio una camioneta que cada noche estacionaba en una plaza desierta, junto al aparcamiento de la maquiladora WS-Inc., que vendía cafés con leche y refrescos y tortas de todos los tipos para los obreros que entraban a trabajar o que salían. La mayoría mujeres. Pero ella no tenía hambre o sabía que en su casa la esperaba su comida, y no se detuvo. Dejó atrás el parque y el resplandor cada vez más lejano de las luces de las maquiladoras. Atravesó la carretera a Nogales y se internó por las primeras calles de la colonia Guadalupe Victoria. Cruzarla le iba a llevar no más de media hora. Luego aparecería la colonia San Bartolomé, donde vivía. En total, unos cincuenta minutos de caminata. Pero en alguna parte del trayecto algo ocurrió o algo se torció para siempre y a su madre después le dijeron que cabía la posibilidad de que se hubiera fugado con un hombre. Sólo tiene dieciséis años, dijo la madre, y es una buena hija. Cuarenta días más tarde unos niños encontraron su cadáver cerca de un chamizo en la colonia Maytorena. Su mano izquierda estaba apoyada contra unas hojas de guaco. Debido al estado del cuerpo el forense no fue capaz de dictaminar la causa de la muerte. Uno de los policías que acudieron al levantamiento del cadáver sí que fue capaz de identificar la planta del guaco. Es buena para las picadas de los mosquitos, dijo agachándose y cogiendo unas hojitas verdes, lanceoladas y duras.

En julio no hubo ninguna muerta. En agosto tampoco.

Por aquellos días el periódico *La Razón,* del DF, envió a Sergio González a hacer un reportaje sobre el Penitente. Sergio González tenía treintaicinco años, se acababa de divorciar y necesitaba ganar dinero como fuera. Normalmente no hubiera aceptado el encargo, pues él no era un periodista de crónica policial sino de las páginas de cultura. Hacía reseñas de libros de filosofía, que por otra parte nadie leía, ni los libros ni sus reseñas, y de vez en cuando escribía sobre música y sobre exposiciones de pintura. Desde hacía cuatro años era trabajador de plantilla de *La Razón* y su situación económica no era desahogada, pero sí pasable, hasta que llegó el divorcio y entonces le faltó dinero para todo. Como en su sección (en donde a veces escribía con seudónimo para que los lectores no se dieran cuenta de que todas las páginas las había escrito él) ya no podía hacer nada más, se dedicó a presionar a los jefes de las otras secciones para conseguir trabajos extra que le permitieran equilibrar sus menguados ingresos. Así surgió la propuesta de desplazarse a Santa Teresa, escribir la crónica del Penitente y volver. El que le ofreció el trabajo era el director de la revista dominical del periódico, que sentía aprecio por González y que pensaba que con el ofrecimiento mataba dos pájaros de un tiro: por un lado éste ganaba un dinero suplementario y por otra parte se tomaba unas vacaciones de tres o cuatro días por el norte, una zona con buena comida y aire respirable, y se olvidaba de su mujer. Así que en julio de 1993 Sergio González viajó en avión hasta Hermosillo y de allí en autobús a Santa Teresa. La verdad es que el cambio de aires pareció sentarle de maravilla. El cielo de Hermosillo, de un celeste intenso, casi metálico, iluminado desde abajo, contribuyó a levantarle el ánimo de inmediato. La gente, en el aeropuerto y luego en las calles de la ciudad, le pareció simpática, despreocupada, como si estuviera en un país extranjero y sólo viera la parte buena de sus habitantes. En Santa Teresa, cuya impresión fue la de una ciudad industriosa y con poquísimo desempleo, se alojó en un hotel barato del centro, llamado El Oasis, en una calle que aún exhibía el adoquinado de la época de la Reforma, y poco después visitó las redacciones de *El Heraldo del Norte* y *La Voz de Sonora*, y conversó largamente con los periodistas que llevaban el caso del Penitente, quienes le indicaron cómo llegar a las cuatro iglesias profanadas, las que visitó en un solo día, en compañía de un taxista que lo aguardaba en la puerta. Pudo hablar con dos curas, los de las iglesias de San Tadeo y de Santa Catalina, quienes pocos datos aportaron a su investigación, aunque el cura de la iglesia de Santa Catalina le sugirió que abriera bien los ojos, pues el profanador de iglesias y ahora asesino no era, a su juicio, la peor lacra de Santa Teresa. En la policía le facilitaron una copia del retrato robot y consiguió una cita para hablar con Juan de Dios Martínez, el judicial que llevaba el caso. Por la tarde habló con el presidente municipal de la ciudad, quien lo invitó a comer en el restaurante de al lado de la corporación, un restaurante de paredes de piedra que intentaba, sin conseguirlo, cierta semejanza con las edificaciones de la época colonial. La comida, sin embargo, era muy buena, y el presidente municipal y otros dos miembros de la corporación de rangos inferiores se encargaron de hacerla amena contando chismes locales y chistes subidos de tono. Al día siguiente intentó vanamente tener una entrevista con el jefe de la policía, pero a la cita acudió un funcionario, seguramente el encargado de prensa de la policía, un tipo joven salido de la facultad de Derecho hacía poco, que le dio un dossier con todos los datos que un periodista podía necesitar para escribir una crónica sobre el Penitente. El tipo se llamaba Zamudio y no tenía nada mejor que hacer aquella noche que acompañarlo. Cenaron juntos. Luego estuvieron en una discoteca. Sergio González no recordaba haber pisado una desde que tenía diecisiete años. Se lo dijo a Zamudio y éste se rió. Invitaron a beber a unas muchachas. Eran de Sinaloa y por sus ropas uno se daba cuenta enseguida de que eran obreras. Sergio González le preguntó a la que le tocó por pareja si le gustaba bailar y ella respondió que era lo que más le gustaba en la vida. La respuesta le pareció luminosa, sin saber por qué, y también desoladoramente triste. La muchacha a su vez le preguntó qué hacía un chilango como él en Santa Teresa y le dijo que era periodista y que estaba escribiendo un artículo sobre el Penitente. Ella no pareció impresionada con la revelación. Tampoco había leído nunca *La Razón*, algo que a González le costó creer. En un aparte Zamudio le dijo que podían llevárselas a la cama. El rostro de Zamudio, deformado por la luz estroboscópica, le pareció el de un loco. González se encogió de hombros.

Al día siguiente se despertó solo en su hotel con la sensación de haber visto o escuchado algo prohibido. En todo caso, inadecuado, inconveniente. Trató de entrevistar a Juan de Dios Martínez. En el despacho de los judiciales sólo encontró a dos tipos que jugaban a los dados, mientras un tercero los miraba. Los tres eran judiciales. Sergio González se presentó y luego se sentó en una silla a esperar, pues le dijeron que Juan de Dios Martínez no tardaría en llegar. Los judiciales iban vestidos con chamarras y ropas deportivas. Cada uno de los jugadores tenía una taza con frijoles y a cada tirada de dados extraían unos cuantos frijoles de sus respectivas tazas y los ponían en el centro de la mesa. A González le pareció extraño que unos tipos hechos y derechos apostaran frijoles, pero más extraño le pareció cuando vio que algunos frijoles del centro saltaban. Miró con atención y, en efecto, de tanto en tanto uno, o a veces dos de los frijoles, daba un salto, no muy alto, de unos cuatro centímetros de altura, o de dos centímetros, pero salto al fin y al cabo. Los jugadores no les prestaban atención a los frijoles. Metían los dados, que eran cinco, en el cubilete, movían éste, y de un golpe seco lo dejaban caer sobre la mesa. A cada tirada, propia o del contrario, pronunciaban palabras que González no entendía. Decían: engarróteseme ahí, o metateado, o peladeaje, o combiliado, o biscornieto, o bola de pinole, o despatolado, o sin desperdicio, como si pronunciaran nombres de dioses o los pasos de un misterio que ni ellos entendían pero que todos debían acatar. El judicial que no jugaba movía la cabeza afirmativamente. Sergio González le preguntó si los frijoles eran frijoles saltarines. El judicial lo miró y asintió con la cabeza. Nunca en mi vida había visto tantos, dijo. En verdad, nunca había visto uno. Cuando Juan de Dios Martínez llegó los judiciales seguían jugando. Juan de Dios Martínez llevaba un traje gris, un poco arrugado, y una corbata verde oscuro. Se sentaron junto a su mesa, que era la más ordenada del despacho, según pudo comprobar González, y hablaron del Penitente. Según le dijo el judicial, aunque le pidió que esto no lo publicara, el Penitente era un enfermo. ¿Qué enfermedad tiene?, susurró González al darse cuenta en el acto de que Juan de Dios Martínez no quería que sus compañeros los oyeran. Sacrofobia, dijo el judicial. ¿Y eso qué es?, dijo González. Miedo y aversión a los objetos sagrados, dijo el judicial. Según éste, el Penitente no profanaba iglesias con la intención premeditada de matar. Las muertes eran accidentales, el Penitente lo único que quería era descargar su ira sobre las imágenes de los santos.

Las iglesias que el Penitente profanó no tardaron mucho tiempo en maquillar primero y luego restaurar de forma definitiva los destrozos, menos la de Santa Catalina, que durante un tiempo siguió tal y como la había dejado el Penitente. Nos falta dinero para muchas cosas, le dijo el cura de Ciudad Nueva que una vez al día aparecía por la colonia Lomas del Toro a decir misa y a limpiar, dando a entender con esto que existían prioridades que estaban por encima o que eran más urgentes que la reposición de las figuras sacras destrozadas. Fue gracias a él, durante la segunda y última vez que lo vio, en la iglesia, como Sergio González supo que en Santa Teresa, además del famoso Penitente, se cometían crímenes contra mujeres, la mayoría de los cuales quedaba sin aclarar. Durante un rato, mientras barría, el cura habló y habló: de la ciudad, del goteo de emigrantes centroamericanos, de los cientos de mexicanos que cada día llegaban en busca de trabajo en las maquiladoras o intentando pasar al lado norteamericano, del tráfico de los polleros y coyotes, de los sueldos de hambre que se pagaban en las fábricas, de cómo esos sueldos, sin embargo, eran codiciados por los desesperados que llegaban de Querétaro o de Zacatecas o de Oaxaca, cristianos desesperados, dijo el cura, un término extraño para venir, precisamente, de un cura, que viajaban de maneras inverosímiles, a veces solos y a veces con la familia a cuestas, hasta llegar a la línea fronteriza y sólo entonces descansar o llorar o rezar o emborracharse o drogarse o bailar hasta caer extenuados. La voz del cura tenía el tono de una letanía y por un momento, mientras lo escuchaba, Sergio González cerró los ojos y a punto estuvo de quedarse dormido. Más tarde salieron a la calle y se sentaron en los escalones de ladrillo de la iglesia. El cura le ofreció un Camel y se pusieron a fumar mirando el horizonte. ¿Y tú, aparte de ser periodista, qué más cosas haces en el DF?, le preguntó. Durante unos segundos, mientras aspiraba el humo de su cigarrillo, Sergio González pensó en la respuesta y no se le ocurrió nada. Estoy recién divorciado, le dijo, y además leo mucho. ¿Qué tipo de libros?, quiso saber el cura. De filosofía, sobre todo de filosofía, dijo González. ¿A ti también te gusta leer? Un par de niñas pasaron corriendo y sin detenerse saludaron al cura por su nombre. González las vio atravesar un descampado en donde florecían unas flores rojas muy grandes y luego atravesar una avenida. Naturalmente, dijo el cura. ¿Qué tipo de libros?, dijo. De teología de la liberación, sobre todo, dijo el cura. Me gustan Boff y los brasileños. Pero también leo novelas policiales. González se levantó y apagó con la suela la colilla del cigarrillo. Ha sido un placer, dijo. El cura le apretó la mano y asintió.

Al día siguiente, por la mañana, Sergio González tomó el autobús a Hermosillo y allí, tras esperar cuatro horas, tomó el avión hasta el DF. Dos días después le entregó al director de la revista dominical la crónica sobre el Penitente y acto seguido se olvidó de todo el asunto.

¿Qué es eso de la sacrofobia?, le dijo Juan de Dios Martínez a la directora. Instrúyame un poco. La directora dijo que se llamaba Elvira Campos y pidió un vaso de whisky. Juan de Dios Martínez pidió una cerveza y observó el local. En la terraza un acordeonista, seguido de una violinista, intentaban vanamente llamar la atención de un tipo vestido como ranchero. Un narcotraficante, pensó Juan de Dios Martínez, aunque como el tipo estaba de espaldas no lo supo reconocer. La sacrofobia es el miedo o la aversión a lo sagrado, a los objetos sagrados, particularmente a los de tu propia religión, dijo Elvira Campos. Pensó en poner el ejemplo de Drácula, que huía de los crucifijos, pero supuso que la directora se reiría de él. ¿Y usted cree que el Penitente sufre de sacrofobia? He estado pensando y creo que sí. Hace un par de días destripó a un cura y a otra persona, dijo Juan de Dios Martínez. El tipo del acordeón era muy joven, no más de veinte años, y también era redondo como una manzana. Sus gestos, sin embargo, eran los de un hombre de más de veinticinco, salvo cuando sonreía, algo que hacía a menudo, y entonces uno se daba cuenta de golpe de su juventud y de su inexperiencia. El cuchillo no lo lleva para hacerle daño a nadie, a ningún ser vivo, quiero decir, sino para destrozar las imágenes que encuentra en las iglesias, dijo la directora. ¿Nos tuteamos?, le preguntó Juan de Dios Martínez. Elvira Campos sonrió y movió la cabeza afirmativamente. Es usted una mujer muy atractiva, dijo Juan de Dios Martínez. Delgada y atractiva. ¿A usted no le gustan las mujeres delgadas?, dijo la directora. La violinista era más alta que el acordeonista e iba vestida con una blusa negra y unas mallas negras. Tenía el pelo lacio y largo hasta la cintura y a veces cerraba los ojos, sobre todo en las partes donde el acordeonista, además de tocar, cantaba. Lo más triste de todo, pensó Juan de Dios Martínez, era que el narcotraficante o la espalda trajeada del supuesto narco apenas se fijaba en ellos, ocupado en conversar con un tipo con perfil de mangosta y con una fulana con perfil de gata. ¿No nos tuteábamos?, dijo Juan de Dios Martínez. Así es, dijo la directora. ¿Y usted está segura de que el Penitente padece sacrofobia? La directora le dijo que había estado mirando los archivos del manicomio por si encontraba a algún antiguo paciente con un cuadro similar al del Penitente. El resultado fue cero. Por la edad que usted dice que tiene, yo aseguraría que ha estado antes internado en un centro psiquiátrico. El muchacho del acordeón, de pronto, se puso a zapatear. Desde donde estaban no lo oían, pero hacía visajes con la boca y con las cejas y luego se despeinó con una mano y parecía que se carcajeaba. La violinista tenía los ojos cerrados. La nuca del narcotraficante se movió. Juan de Dios Martínez pensó que el muchacho por fin había conseguido lo que quería. Probablemente en algún centro psiquiátrico de Hermosillo o Tijuana haya un expediente sobre él. No creo que su cuadro clínico sea muy raro. Tal vez hasta hace poco tomaba tranquilizantes. Tal vez dejó de tomarlos, dijo la directora. ¿Está usted casada, vive con alguien?, preguntó Juan de Dios Martínez con un hilo de voz. Vivo sola, dijo la directora. Pero usted tiene hijos, vi las fotos de su oficina. Tengo una hija, está casada. Juan de Dios Martínez sintió que algo se liberaba dentro de él y se rió. No me diga que ya la han hecho abuela. Eso no se le dice nunca a una mujer, agente. ¿Qué edad tiene usted?, dijo la directora. Treintaicuatro años, dijo Juan de Dios Martínez. Diecisiete años menos que yo. No parece que tuviera más de cuarenta, dijo el judicial. La directora se rió: hago gimnasia todos los días, no fumo, bebo poco, como sólo cosas sanas, antes salía a correr por las mañanas. ¿Ya no? No, ahora me he comprado una cinta deslizante. Los dos se rieron. Escucho a Bach con auriculares y suelo correr entre cinco y diez kilómetros al día. Sacrofobia. Si les digo a mis compañeros que el Penitente padece sacrofobia me voy a anotar un tanto. El tipo con perfil de mangosta se levantó de la silla y le dijo algo al oído al acordeonista. Luego volvió a sentarse y el acordeonista se quedó con un gesto de disgusto dibujado en los labios. Como un niño a punto de echarse a llorar. La violinista tenía los ojos abiertos y sonreía. El narcotraficante y la tipa con perfil de gata pegaron sus cabezas. La nariz del narco era grande y huesuda y tenía un aire aristocrático. ¿Pero aristocrático de qué? Salvo los labios, el resto de la cara del acordeonista estaba desencajada. Ondas desconocidas atravesaron el pecho del judicial. Este mundo es extraño y fascinante, pensó.

Hay cosas más raras que la sacrofobia, dijo Elvira Campos, sobre todo si tenemos en cuenta que estamos en México y que aquí la religión siempre ha sido un problema, de hecho, yo diría que todos los mexicanos, en el fondo, padecemos de sacrofobia. Piensa, por ejemplo, en un miedo clásico, la gefidrofobia. Es algo que padecen muchas personas. ¿Qué es la gefidrofobia?, dijo Juan de Dios Martínez. Es el miedo a cruzar puentes. Es cierto, yo conocí a un tipo, bueno, en realidad era un niño, que siempre que cruzaba un puente temía que éste se cayera, así que los cruzaba corriendo, lo cual resultaba mucho más peligroso. Es un clásico, dijo Elvira Campos. Otro clásico: la claustrofobia. Miedo a los espacios cerrados. Y otro más: la agorafobia. Miedo a los espacios abiertos. Ésos los conozco, dijo Juan de Dios Martínez. Otro clásico más: la necrofobia. Miedo a los muertos, dijo Juan de Dios Martínez, he conocido gente así. Si trabajas como policía resulta un lastre. También está la hematofobia, miedo a la sangre. Muy cierto, dijo Juan de Dios Martínez. Y la pecatofobia, miedo a cometer pecados. Pero luego hay otros miedos que son más raros. Por ejemplo, la clinofobia. ¿Sabes qué es? Ni idea, dijo Juan de Dios Martínez. Miedo a las camas. ¿Puede alguien tener miedo o aversión a una cama? Pues sí, hay gente que sí. Pero esto se puede atenuar durmiendo en el suelo y no entrando jamás a un dormitorio. Y luego está la tricofobia, que es el miedo al pelo. Un poco más complicado, ¿verdad? Complicadísimo. Hay casos de tricofobia que acaban en suicidio. Y también está la verbofobia, que es el miedo a las palabras. En ese caso lo mejor es quedarse callado, dijo Juan de Dios Martínez. Es un poco más complicado que eso, porque las palabras están en todas partes, incluso en el silencio, que nunca es un silencio total, ¿verdad? Y luego tenemos la vestiofobia, que es el miedo a la ropa. Parece raro pero está mucho más extendido de lo que parece. Y uno relativamente común: la iatrofobia, que es el miedo a los médicos. O la ginefobia, que es el miedo a la mujer y que lo padecen, naturalmente, sólo los hombres. Extendidísimo en México, aunque disfrazado con los ropajes más diversos. ¿No es un poco exagerado? Ni un ápice: casi todos los mexicanos tienen miedo de las mujeres. No sabría qué decirle, dijo Juan de Dios Martínez. Luego hay dos miedos que en el fondo son muy románticos: la ombrofobia y la talasofobia, que son, respectivamente, el miedo a la lluvia y el miedo al mar. Y otros dos que también tienen algo de románticos: la antofobia, que es el miedo a las flores, y la dendrofobia, que es el miedo a los árboles. Algunos mexicanos padecen ginefobia, dijo Juan de Dios Martínez, pero no todos, no sea usted alarmista. ¿Qué cree usted que es la optofobia?, dijo la directora. Opto, opto, algo relacionado con los ojos, híjole, ¿miedo a los ojos? Aún peor: miedo a abrir los ojos. En sentido figurado, eso contesta lo que me acaba de decir sobre la ginefobia. En sentido literal, produce trastornos violentos, pérdidas de conocimiento, alucinaciones visuales y auditivas y un comportamiento, por lo general, agresivo. Conozco, no personalmente, claro, dos casos en los que el paciente llegó hasta la automutilación. ¿Se sacó los ojos? Con los dedos, con las uñas, dijo la directora. Sopas, dijo Juan de Dios Martínez. Luego tenemos, por supuesto, la pedifobia, que es el miedo a los niños, y la balistofobia, que es el miedo a las balas. Esa fobia es la mía, dijo Juan de Dios Martínez. Sí, supongo que es de sentido común, dijo la directora. Y otra fobia, ésta en aumento, es la tropofobia, que es el miedo a cambiar de situación o lugar. Que se puede agravar si la tropofobia deviene agirofobia, que es el miedo a las calles o a cruzar una calle. Sin olvidarnos de la cromofobia, que es el miedo a ciertos colores, o la nictofobia, que es el miedo a la noche, o la ergofobia, que es el miedo al trabajo. Un miedo muy extendido es la decidofobia, que es el miedo a tomar decisiones. Y un miedo que empieza recién a extenderse es la antropofobia, que es el miedo a la gente. Algunos indios padecen de forma muy acentuada la astrofobia, que es el miedo a los fenómenos meteorológicos, como truenos, rayos, relámpagos. Pero las peores fobias, a mi entender, son la pantofobia, que es tenerle miedo a todo, y la fobofobia, que es el miedo a los propios miedos. ¿Si usted tuviera que sufrir una de las dos, cuál elegiría? La fobofobia, dijo Juan de Dios Martínez. Tiene sus inconvenientes, piénselo bien, dijo la directora. Entre tenerle miedo a todo y tenerle miedo a mi propio miedo, elijo este último, no se olvide que soy policía y que si le tuviera miedo a todo no podría trabajar. Pero si les tiene miedo a sus miedos su vida se puede convertir en una observación constante del miedo, y si éstos se activan, lo que se produce es un sistema que se alimenta a sí mismo, un rizo del que le resultaría difícil escapar, dijo la directora.

Pocos días antes de que apareciera Sergio González por Santa Teresa, Juan de Dios Martínez y Elvira Campos se fueron a la cama. Esto no es nada serio, le advirtió la directora al judicial, no quiero que te hagas una falsa idea de nuestra relación. Juan de Dios Martínez le aseguró que sería ella la que pusiera los límites y que él se limitaría a respetar sus decisiones. Para la directora el primer encuentro sexual fue satisfactorio. Cuando volvieron a verse, al cabo de quince días, el resultado fue aún mejor. A veces era él quien la llamaba, generalmente por la tarde, cuando ella aún estaba en el centro psiquiátrico, y hablaban durante cinco minutos, a veces diez, sobre lo que les había ocurrido durante el día. Era cuando ella lo llamaba cuando concertaban las citas, siempre en casa de Elvira, un departamento nuevo en la colonia Michoacán, en una calle de casas de clase media alta donde vivían médicos y abogados, varios dentistas y uno o dos profesores universitarios. Los encuentros estaban cortados por un mismo patrón. El judicial dejaba su coche estacionado en la acera, subía en ascensor, en donde aprovechaba para mirarse en el espejo y comprobar que su aspecto era, dentro de sus limitaciones, que él era el primero en enumerar de corrido, intachable y luego daba un timbrazo corto en la puerta de la directora. Ésta le abría, se saludaban con un apretón de manos o sin tocarse, y acto seguido se tomaban una copa sentados en la sala, observando las montañas del este que se iban ensombreciendo a través de las puertas de cristal que comunicaban con la amplia terraza en donde, además de un par de sillas de madera y lona y una sombrilla a esas horas plegada, sólo había una bicicleta estática gris acero. Después, sin preámbulos, se iban al dormitorio y se dedicaban a hacer el amor durante tres horas. Cuando acababan la directora se ponía una bata de seda, de color negro, y se encerraba en la ducha. Al salir Juan de Dios Martínez ya estaba vestido, sentado en la sala, observando no las montañas sino las estrellas que se veían desde la terraza. El silencio era total. A veces, en el jardín de alguna de las casas vecinas, se celebraba una fiesta y ellos contemplaban las luces y la gente que caminaba o se abrazaba junto a la piscina o que entraba y salía, como guiada únicamente por el azar, de los entoldados montados para la ocasión o de las glorietas de madera y hierro. La directora no hablaba y Juan de Dios Martínez se aguantaba las ganas que sentía a veces de largarse a hacer preguntas o de contarle cosas de su vida que no le había contado a nadie. Después ella le recordaba, como si se lo hubiera pedido él, que tenía que marcharse y el judicial decía es cierto o miraba inútilmente la hora en su reloj y acto seguido se iba. Al cabo de quince días volvían a encontrarse y todo transcurría idéntico a la última vez. Por supuesto, no siempre había fiestas en las casas vecinas y en ocasiones la directora no podía o no quería beber, pero las luces tenues siempre eran las mismas, la ducha siempre se repetía, los atardeceres y las montañas no cambiaban, las estrellas eran las mismas.

Por aquellos días Pedro Negrete viajó a Villaviciosa a conseguirle un hombre de confianza a su compadre Pedro Rengifo. Vio a varios jóvenes. Los estudió, les hizo algunas preguntas. Les preguntó si sabían disparar. Les preguntó si él podía depositar su confianza en ellos. Les preguntó si querían ganar dinero. Hacía tiempo que no iba a Villaviciosa y el pueblo le pareció igual que la última vez. Casas bajas, de adobe, con pequeños patios delanteros. Sólo dos bares y una tienda de alimentos. Hacia el este las estribaciones de una sierra que parecía alejarse y acercarse, según el desplazamiento del sol y de las sombras. Cuando hubo elegido a un joven hizo llamar a Epifanio y le preguntó en un aparte qué le parecía. ¿Cuál de ellos es, jefe? El más jovencito, dijo Negrete. Epifanio lo miró como de pasada y luego miró a los otros y antes de volver al coche dijo que no estaba mal, pero que quién sabía. Después Negrete se dejó invitar por un par de viejos de Villaviciosa. Uno era muy delgado, vestía de blanco y usaba un reloj chapado en oro. Por las arrugas de su cara se podía calcular que tenía más de setenta años. El otro era aún más viejo y más delgado y no llevaba camisa. Era de pequeña estatura y tenía el tórax lleno de cicatrices que los colgajos de pellejo ocultaban en parte. Bebieron pulque y de vez en cuando enormes vasos de agua porque el pulque era salado y daba sed. Hablaron de cabras perdidas en el cerro Azul y de agujeros en la sierra. En un intervalo, sin darle mayor importancia, Negrete llamó al muchacho y le dijo que lo había elegido a él. Ándele, vaya a despedirse de su mamá, dijo el viejo descamisado. El muchacho miró a Negrete y luego miró el suelo, como si pensara en lo que iba a contestarle, pero de pronto cambió de idea, no dijo nada y se marchó. Cuando Negrete salió del bar encontró al muchacho y a Epifanio platicando apoyados en los guardabarros del coche.

El muchacho se sentó a su lado, en la parte de atrás. Epifanio se sentó al volante. Cuando dejaron las calles de tierra de Villaviciosa y el coche rodaba por el desierto el jefe de la policía le preguntó cómo se llamaba. Olegario Cura Expósito, dijo el muchacho. Olegario Cura Expósito, dijo Negrete mirando las estrellas, curioso nombre. Durante un rato estuvieron en silencio. Epifanio intentó sintonizar una emisora de Santa Teresa pero no lo consiguió y apagó la radio. Desde su ventanilla el jefe de policía divisó, a muchos kilómetros de distancia, el resplandor de un rayo. En ese momento el coche dio un retumbo y Epifanio frenó y se bajó a ver qué había arrollado. El jefe de policía lo vio perderse en la carretera y luego vio la luz de la linterna de Epifanio. Bajó la ventanilla y le preguntó qué pasaba. Oyeron un balazo. El jefe abrió la puerta y se bajó. Dio unos cuantos pasos para desentumecer las piernas, hasta que la figura de Epifanio apareció sin prisas. Me cargué un lobo, dijo. Vamos a verlo, dijo el jefe de policía y los dos volvieron a internarse en la oscuridad. Por la carretera no se veían los faros de ningún coche. El aire era seco aunque a veces llegaban rachas de viento salado, como si antes de extenderse por el desierto ese aire hubiera limpiado la superficie de una salina. El muchacho miró el tablero encendido del coche y luego se llevó las manos a la cara. A unos metros de allí el jefe de policía le ordenó a Epifanio que le pasara la linterna y enfocó el cuerpo del animal tendido en la carretera. No es un lobo, buey, dijo el jefe de policía. ¿Ah, no? Mírale el pelo, el del lobo es más lustroso, más brillante, aparte de que no son tan pendejos como para dejarse atropellar por un carro en medio de una carretera desierta. A ver, vamos a medirlo, sostén tú la linterna. Epifanio enfocó al animal mientras el jefe de la policía lo estiraba y procedía a una medición a ojo. El coyote, dijo, mide de setenta a noventa centímetros, contando la cabeza, ¿cuántos dirías tú que mide éste? ¿Unos ochenta?, dijo Epifanio. Correcto, dijo el jefe de policía. Y añadió: el coyote pesa entre diez y dieciséis kilos. Pásame la linterna y levántalo, no te va a morder. Epifanio cogió entre sus brazos al animal muerto. ¿Cuánto dirías tú que pesa? Pues entre doce y quince kilos, dijo Epifanio, como un coyote. Es que es un coyote, pendejo, dijo el jefe de policía. Le enfocaron los ojos con la luz. Tal vez estaba ciego y por eso no me vio, dijo Epifanio. No, no estaba ciego, dijo el jefe de policía mientras observaba los grandes ojos muertos del coyote. Después dejaron al animal junto a la carretera y volvieron al coche. Epifanio intentó sintonizar otra vez una emisora de Santa Teresa. Sólo escuchó ruido de fondo y la apagó. Pensó que el coyote al que había atropellado era un coyote hembra y que estaba buscando un sitio seguro para parir. Por eso no me vio, pensó, pero la explicación no le pareció satisfactoria. Cuando aparecieron desde El Altillo las primeras luces de Santa Teresa, el jefe de policía rompió el silencio en que se habían sumido los tres. Olegario Cura Expósito, dijo. Sí, señor, dijo el muchacho. ¿Y tus amigos cómo te llaman? Lalo, dijo el muchacho. ¿Lalo? Sí, señor. ¿Lo has oído, Epifanio? Lo he oído, dijo Epifanio, que no podía dejar de pensar en el coyote. ¿Lalo Cura?, dijo el jefe de policía. Sí, señor, dijo el muchacho. Es una vacilada, ¿verdad? No, señor, así me dicen mis amigos, dijo el muchacho. ¿Lo has oído, Epifanio?, dijo el jefe de policía. Pues sí, lo he oído, dijo Epifanio. Se llama Lalo Cura, dijo el jefe de policía, y se echó a reír. Lalo Cura, Lalo Cura, ¿lo captas? Pues sí, está claro, dijo Epifanio, y también se rió. Al poco rato los tres se pusieron a reír.

Esa noche el jefe de la policía de Santa Teresa durmió bien. Soñó con su hermano gemelo. Tenían quince años y eran pobres y salían a pasear por unas lomas llenas de matojos donde muchos años después se levantaría la colonia Lindavista. Atravesaron un barranco en donde a veces los niños iban a cazar, en la época de lluvias, sapos bufos, que eran venenosos y a los que había que matar con piedras, aunque ni a él ni a su hermano les interesaban los sapos bufos sino los lagartos. Al atardecer volvían a Santa Teresa y los niños se desperdigaban por el campo, como soldados derrotados. En las afueras siempre había tráfico de camiones, camiones que iban a Hermosillo o hacia el norte o que hacían la ruta a Nogales. Algunos tenían inscripciones curiosas. Uno decía: *¿Tienes prisa? Pasa por abajo.* Otro decía: *Pásame por la izquierda. No más tócame el pito.* Y otro: *¿Qué te pareció el sentón?* En el sueño ni su hermano ni él hablaban, pero todos sus gestos eran iguales, la misma forma de caminar, el mismo ritmo, idéntico braceo. Su hermano ya era bastante más alto que él, pero aún se parecían. Después ambos entraban en las calles de Santa Teresa y deambulaban por las aceras y el sueño poco a poco se iba desvaneciendo en una confortable bruma amarilla.

Esa noche Epifanio soñó con el coyote hembra que había quedado tirado en el borde de la carretera. En el sueño él estaba sentado a pocos metros, sobre una piedra de basalto, contemplando la oscuridad, muy atento, y escuchaba los gemidos del coyote que tenía el interior destrozado. Probablemente ya sabe que ha perdido a su cachorro, pensaba Epifanio, pero en lugar de levantarse y descerrajarle un certero tiro en la cabeza se quedaba sentado sin hacer nada. Luego se vio conduciendo el coche de Pedro Negrete por una larga pista que iba a morir en los faldeos erizados de rocas puntiagudas de las montañas. No llevaba ningún pasajero. No sabía si había robado el coche o si el jefe de policía se lo había prestado. La pista era recta y podía alcanzar sin mayor problema los doscientos kilómetros por hora, aunque cada vez que aceleraba oía un ruido irregular, debajo de la carrocería, como si algo saltara. Detrás se levantaba una enorme cola de polvo, como la cola de un coyote alucinógeno. Las montañas, sin embargo, parecían igual de lejos, por lo que Epifanio frenó y se bajó a examinar el coche. A primera vista todo estaba bien. La suspensión, el motor, la batería, los ejes. De pronto, con el coche detenido, escuchó otra vez los golpes y se dio la vuelta. Abrió el maletero. Allí había un cuerpo. Estaba atado de pies y de manos. Un trapo negro le cubría toda la cabeza. Qué chingados es esto, gritaba Epifanio en el sueño. Tras comprobar que aún seguía con vida (su pecho subía y bajaba, tal vez con demasiada violencia, pero subía y bajaba) cerró la puerta del maletero sin atreverse a quitarle el trapo negro de la cara y ver quién era. Volvió a subirse al coche, que dio un brinco con el primer acelerón. En el horizonte las montañas parecían estar quemándose o deshaciéndose, pero él siguió avanzando hacia ellas.

Esa noche Lalo Cura durmió bien. La litera era demasiado blanda, pero cerró los ojos y empezó a pensar en su nuevo trabajo y poco después se durmió. Sólo en una ocasión había estado antes en Santa Teresa, acompañando a unas viejas yerbateras que iban al mercado municipal. Ya casi no se acordaba de aquel viaje pues entonces era muy pequeño. Tampoco ahora había visto mucho. Las luces de las carreteras de acceso y después un barrio de calles oscuras y después un barrio de grandes casas protegidas por altas bardas envidriadas. Y más tarde otra carretera, en dirección este, y los ruidos del campo. Durmió en un bungalow junto a la casa del jardinero, en una litera que había en una esquina y que no ocupaba nadie. La manta con la que se tapó olía a sudor rancio. No había almohada. Sobre la litera había un montón de revistas de mujeres desnudas y periódicos viejos que depositó debajo de la cama. A la una de la mañana entraron los dos que ocupaban las literas de al lado. Ambos vestían trajes y llevaban corbatas anchas y botas rancheras de fantasía. Encendieron la luz y lo miraron. Uno de ellos dijo: es un escuincle. Sin abrir los ojos Lalo los olió. Olían a tequila y a chilaquiles y a arroz con leche y a miedo. Después se quedó dormido y no soñó con nada. A la mañana siguiente encontró a los dos tipos sentados a la mesa, en la cocina de la casa del jardinero. Comían huevos y fumaban. Se sentó junto a ellos y se tomó un jugo de naranja y un café solo y no quiso comer nada. El encargado de la seguridad de Pedro Rengifo era un irlandés al que llamaban Pat y fue él quien hizo las presentaciones formales. Los tipos no eran de Santa Teresa ni de los alrededores. El más corpulento de ellos era del estado de Jalisco. El otro era de Ciudad Juárez, en Chihuahua. Lalo los miró a los ojos y no tuvo la impresión de que fueran pistoleros sino dos cobardes. Cuando terminó de desayunar el encargado de la seguridad lo llevó hasta la parte más retirada del jardín y le entregó una pistola Desert Eagle calibre 50 Magnum. Le preguntó si sabía usarla. Dijo que no. El encargado le puso un cargador de siete tiros a la pistola y luego buscó entre la maleza unas latas que puso sobre el techo de un coche sin ruedas. Durante un rato ambos estuvieron disparando. Después el encargado le explicó cómo se cargaba una pistola, cómo se le ponía el seguro, en dónde uno tenía que llevarla. Le dijo que su trabajo consistía en velar por la seguridad de la señora Rengifo, la mujer del patrón, y que tendría que trabajar con los dos que ya había conocido. Le preguntó si sabía cuánto iba a cobrar. Le informó de que pagaban cada quince días, que él en persona se encargaba de eso y que por ese lado no iba a tener quejas. Le preguntó su nombre. Lalo Cura, dijo Lalo. El irlandés ni se rió ni lo miró raro ni creyó que se estaba burlando de él, sino que anotó el nombre en una libretita negra que llevaba en el bolsillo trasero de sus bluejeans y dio por terminado el encuentro. Antes de despedirse le dijo que él se llamaba Pat O'Bannion.

En septiembre se encontró a otra muerta. Estaba en el interior de un coche en el fraccionamiento Buenavista, a espaldas de la colonia Lindavista. El lugar era solitario. Sólo había una casa prefabricada que servía de oficina para los vendedores de terrenos. El resto del fraccionamiento estaba a mitad de camino entre el baldío y unos cuantos árboles enfermos, con los troncos pintados de blanco, únicos supervivientes de un antiguo prado y bosque alimentado por las aguas freáticas que allí se acumulaban. Los domingos era el día en que más gente pululaba por el fraccionamiento. Familias enteras u hombres de negocio que iban a ver los terrenos, sin manifestar demasiado entusiasmo, pues los lotes más interesantes ya estaban vendidos aunque aún nadie había empezado a edificar. El resto de la semana las visitas eran concertadas y a las ocho de la noche ya no quedaba nadie en el fraccionamiento, salvo alguna bandada de niños o de perros que bajaban de la colonia Maytorena y que ya no sabían cómo volver a subir. El hallazgo lo realizó uno de los vendedores. Llegó a las nueve de la mañana al fraccionamiento y aparcó en el lugar de costumbre, junto a la casa prefabricada. Cuando ya estaba a punto de entrar distinguió el otro coche estacionado en un lote que aún no estaba vendido, justo debajo de un promontorio, lo que hasta ese momento lo había mantenido oculto. Creyó que se trataba del coche del otro vendedor, pero desechó la idea por absurda, ¿pues quién, pudiendo estacionar al lado de la oficina, iba a dejar su vehículo tan lejos? Por lo que, en lugar de entrar, empezó a caminar en dirección al coche desconocido. Pensó que tal vez se tratara de un borracho que había decidido quedarse a dormir allí o de un viajero perdido, pues el desvío de la carretera del sur no quedaba lejos. Incluso pensó en un comprador impaciente. El coche, cuando hubo salvado el promontorio (un lote excelente, con buenas vistas y terreno suficiente para construir posteriormente una piscina), le pareció demasiado viejo para ser el de un comprador. En ese momento se inclinó por la idea del borracho y tentado estuvo de dar vuelta atrás, pero entonces vio la cabellera de la mujer reclinada sobre una de las ventanillas traseras y decidió seguir adelante. La mujer llevaba un vestido blanco y no tenía zapatos. Medía cerca de un metro setenta. En la mano izquierda tenía tres anillos de bisutería, en el dedo índice, medio y anular. En la derecha llevaba un par de pulseras de fantasía y dos grandes anillos con piedras falsas. Según el informe forense había sido violada de forma vaginal y anal y luego muerta por estrangulamiento. No portaba consigo ningún documento que acreditara su identidad. El caso se le encargó al policía judicial Ernesto Ortiz Rebolledo, quien investigó primero entre las putas caras de Santa Teresa a ver si alguien conocía a la muerta, y luego, ante el escaso éxito de sus pesquisas, entre las putas baratas, pero tanto unas como otras dijeron no haberla visto jamás. Ortiz Rebolledo visitó hoteles y pensiones, algunos moteles de las afueras, puso en movimiento a sus soplones sin ningún éxito, y al poco tiempo el caso se cerró.

En el mismo mes de septiembre, dos semanas después del descubrimiento de la muerta del fraccionamiento Buenavista, apareció otro cadáver. Éste era el de Gabriela Morón, de dieciocho años, muerta a balazos por su novio, Feliciano José Sandoval, de veintisiete años, ambos trabajadores en la maquiladora Nip-Mex. Los hechos, según la investigación policial, se circunscribían a una pelea mantenida por la pareja ante la negativa de Gabriela Morón a emigrar a los Estados Unidos. El sospechoso Feliciano José Sandoval ya lo había intentado en dos ocasiones, siendo en ambas devuelto por la policía de fronteras norteamericana, lo que no había menguado su deseo de probar suerte por tercera vez. Según algunos amigos, Sandoval tenía parientes en Chicago. Gabriela Morón, por el contrario, jamás había cruzado la frontera y tras encontrar trabajo en la Nip-Mex, en donde era bien considerada por sus jefes, por lo que no descartaba un pronto ascenso y una mejora salarial, su interés en probar fortuna en el país vecino era prácticamente nulo. Durante algunos días la policía buscó a Feliciano José Sandoval, tanto en Santa Teresa como en Lomas de Poniente, el pueblo tamaulipeco del que era originario, y también se cursó una orden de busca y captura a las autoridades correspondientes norteamericanas, para el caso de que el sospechoso, conseguido su sueño, se encontrara allí, aunque, paradójicamente, no se interrogó a ningún coyote o pollero que hubiera podido franquearle dicho acceso. A todos los efectos, el caso estaba cerrado.

En octubre apareció, en el basurero del parque industrial Arsenio Farrell, la siguiente muerta. Se llamaba Marta Navales Gómez, tenía veinte años, un metro setenta de estatura, el pelo castaño y largo. Desde hacía dos días faltaba de su casa. Vestía una bata y unos leotardos que sus padres no reconocieron como prendas suyas. Había sido violada anal y vaginalmente en numerosas ocasiones. La muerte se produjo por estrangulamiento. Lo curioso del caso es que Marta Navales Gómez trabajaba en la Aiwo, una maquiladora japonesa instalada en el parque industrial El Progreso, y sin embargo su cuerpo había aparecido en el parque industrial Arsenio Farrell, en el basurero, un sitio complicado para acceder en coche, a menos que el coche fuera un coche de basura. La encontraron unos niños, por la mañana, y pasado el mediodía, cuando fue retirado el cadáver, un numeroso grupo de trabajadoras se acercó a la ambulancia a ver si se trataba de alguna amiga, de alguna compañera o simple conocida.

En octubre, también, se encontró el cadáver de otra mujer, en el desierto, a pocos metros de la carretera que une Santa Teresa con Villaviciosa. El cuerpo, que se hallaba en avanzado estado de descomposición, yacía tumbado boca abajo, vestido con una sudadera y un pantalón de material sintético en uno de cuyos bolsillos se encontró una identificación según la cual la muerta se llamaba Elsa Luz Pintado y trabajaba en el hipermercado Del Norte. El asesino o los asesinos no se molestaron en cavar ninguna tumba. Tampoco se molestaron en adentrarse demasiado en el desierto. Simplemente arrastraron el cadáver unos cuantos metros y allí lo dejaron. Investigaciones posteriores en el hipermercado Del Norte dieron los siguientes resultados: no se había echado en falta a ninguna de las cajeras o vendedoras recientemente; Elsa Luz Pintado había estado en nómina, en efecto, pero desde hacía un año y medio ya no prestaba sus servicios en esa empresa ni en ninguna otra de la cadena de hipermercados que se extendía por el norte del estado de Sonora; quienes habían conocido a Elsa Luz Pintado la describieron como una mujer alta, de metro setentaidós, y el cadáver hallado en el desierto debía de medir un metro sesenta a lo sumo. Se intentó, sin éxito, dar con el paradero de Elsa Luz Pintado en Santa Teresa. El caso lo llevó el policía de la judicial Ángel Fernández. El informe forense no fue capaz de dictaminar la causa de la muerte, aunque vagamente aludía a la posibilidad de un estrangulamiento, pero sí fue capaz de afirmar que el cadáver no llevaba menos de siete días en el desierto ni más de un mes. Poco después se añadió a la investigación el judicial Juan de Dios Martínez, quien redactó una nota oficial en la que pedía se buscara a la presumiblemente también desaparecida Elsa Luz Pintado, enviándose para ello sendos oficios a las dependencias policiales de todo el estado, pero su petitorio le fue devuelto con la recomendación de que no se apartara del caso concreto a investigar.

A mediados del mes de noviembre Andrea Pacheco Martínez, de trece años, fue raptada al salir de la escuela secundaria técnica 16. Pese a que la calle no estaba desierta en modo alguno, nadie presenció el hecho, a excepción de dos compañeras de Andrea que la vieron dirigirse hacia un coche negro, presumiblemente un Peregrino o un Spirit, en donde la aguardaba un tipo de gafas oscuras. Puede que en el coche hubiera más personas, pero las compañeras de Andrea no las vieron, entre otros motivos por los vidrios climatizados. Esa tarde Andrea no volvió a su casa y sus padres cursaron la denuncia ante la policía unas pocas horas después, tras haber llamado por teléfono a algunas de sus amigas. Del caso se encargó la policía judicial y la municipal. Cuando la encontraron, dos días después, su cuerpo mostraba señales inequívocas de muerte por estrangulamiento, con rotura del hueso hioides. Había sido violada anal y vaginalmente. Las muñecas presentaban tumefacciones típicas de ataduras. Ambos tobillos estaban lacerados, por lo que se dedujo que también había sido atada de pies. Un emigrante salvadoreño encontró el cuerpo detrás de la escuela Francisco I, en Madero, cerca de la colonia Álamos. Estaba completamente vestida y la ropa, salvo la blusa, a la que le faltaban varios botones, no presentaba desgarraduras. El salvadoreño fue acusado del homicidio y permaneció en los calabozos de la comisaría n.º 3 durante dos semanas, al cabo de las cuales lo soltaron. Salió con la salud quebrantada. Poco después un pollero lo hizo cruzar la frontera. En Arizona se perdió en el desierto y tras caminar tres días llegó, totalmente deshidratado, a Patagonia, en donde un ranchero le dio una paliza por vomitar en sus tierras. Pasó un día en los calabozos del sheriff y luego fue enviado a un hospital, en donde ya sólo podía morir en paz, que es lo que hizo.

El veinte de diciembre se registró el último caso de muerte violenta con víctima femenina de aquel año de 1993. La muerta tenía cincuenta años y como para contradecir a algunas voces que empezaban tímidamente a alzarse, murió en su casa y en su casa encontraron su cadáver, no en un baldío, ni en un basurero, ni entre los matojos amarillos del desierto. Se llamaba Felicidad Jiménez Jiménez y trabajaba en la maquiladora Multizone-West. Los vecinos la encontraron tirada en el suelo de su dormitorio, desnuda de cintura para abajo, con un trozo de madera incrustado en la vagina. La causa de la muerte fueron los múltiples cuchillazos, más de sesenta contó el forense, que le asestó su hijo, Ernesto Luis Castillo Jiménez, con el que vivía. El muchacho, según testimoniaron algunos vecinos, padecía ataques de locura, que a veces, según cómo estuviera la economía familiar, trataba con ansiolíticos y calmantes más fuertes. La policía encontró al parricida esa misma noche, horas después del macabro hallazgo, vagando por las calles en penumbra de la colonia Morelos. En su declaración admitió sin ninguna clase de coerción ser él el asesino de su madre. También admitió ser el Penitente, el profanador de iglesias. Al serle preguntado el motivo que lo llevó a incrustarle en la vagina el trozo de madera, respondió primero que no lo sabía, y después, tras pensárselo más detenidamente, que lo había hecho para que aprendiera. ¿Para que aprendiera qué?, preguntaron los policías, entre los que estaba Pedro Negrete, Epifanio Galindo, Ángel Fernández, Juan de Dios Martínez, José Márquez. Para que aprendiera a que con él no se podía jugar. Después sus palabras se hicieron incoherentes y fue trasladado al hospital de la ciudad. Felicidad Jiménez Jiménez tenía otro hijo, mayor, que había emigrado hacia los Estados Unidos. La policía intentó ponerse en contacto con él, pero nadie supo dar una dirección fiable adonde escribirle. En el registro posterior de la casa no se encontraron cartas de este hijo, ni objetos personales dejados atrás después de su partida, ni nada que diera fe de su existencia. Sólo dos fotos: en una aparece Felicidad con dos niños de entre diez y trece años, que miran muy serios hacia la cámara. En la otra, más antigua, aparece la misma Felicidad con dos niños, uno de unos pocos meses (que es quien años después la mataría y la mira a ella), y el otro de unos tres años, que es quien emigró a los Estados Unidos y que nunca más volvió a Santa Teresa. Tras volver del hospital psiquiátrico, Ernesto Luis Castillo Jiménez fue ingresado en la cárcel de Santa Teresa, en donde se mostró particularmente locuaz. No quería estar solo y solicitaba constantemente la presencia de policías o periodistas. Los policías intentaron imputarle otros asesinatos no resueltos. La buena disposición del detenido invitaba a ello. Juan de Dios Martínez aseguró que Castillo Jiménez no era el Penitente y que probablemente a la única persona que había matado era a su madre y que ni siquiera de esto era responsable pues presentaba síntomas claros de un trastorno nervioso. Y éste fue el último asesinato de una mujer en 1993, que fue el año en que comenzaron los asesinatos de mujeres en aquella región de la república mexicana, siendo gobernador del estado de Sonora el licenciado José Andrés Briceño, del Partido de Acción Nacional (PAN), y presidente municipal de Santa Teresa el licenciado José Refugio de las Heras, del Partido Revolucionario Institucional (PRI), hombres rectos y cabales que se echaban los tres de regla, sin miedo a las chicotizas, dispuestos a cualquier descontón.

Antes de que acabara el año 1993, sin embargo, ocurrió otro hecho luctuoso que nada tenía que ver con los asesinatos de mujeres, en el supuesto de que éstos tuvieran entre sí una relación, lo que aún estaba por probarse. Lalo Cura, por ese entonces, y sus dos funestos colegas trabajaban protegiendo cada día a la mujer de Pedro Rengifo, a quien Lalo sólo había visto una vez y de lejos. Por el contrario, ya conocía a varios de los guardaespaldas que éste tenía en nómina. Había algunos que le parecían interesantes. Pat O'Bannion, por ejemplo. O un indio yaqui que casi nunca hablaba. Sus dos compañeros, en cambio, sólo le producían desconfianza. De ellos no se podía aprender nada. Al tipo alto de Tijuana le gustaba hablar de California y de las mujeres que había conocido allí. Mezclaba palabras en español con palabras inglesas. Decía mentiras, cuentos que sólo le celebraba su compañero, el juarense, que era más callado, pero que también era el que menos confianza le inspiraba. Una mañana, como tantas otras, la señora fue a dejar a los niños a la escuela. Salieron en dos coches, el de la señora, un Mercedes de color verde claro, y la furgoneta Grand Cherokee marrón, que permanecía estacionada en una esquina de la escuela durante toda la mañana con otros dos guardaespaldas en su interior. Esos dos eran llamados *los guardaespaldas de los chamacos*, de la misma manera que él y sus dos compañeros eran llamados *los guardaespaldas de la señora*, todos de categoría inferior a los tres que cuidaban a Pedro Rengifo, que eran llamados *los guardaespaldas del jefe* o *los guaruras del jefe*, denotando así una jerarquía no sólo de sueldo y funciones sino también de valor personal, de arrojo, de desprecio por la propia vida. Después de dejar a los niños en la escuela la mujer de Pedro Rengifo se había ido de compras. Primero estuvo en una tienda de ropa y luego visitó una perfumería y más tarde se le ocurrió visitar a una amiga que vivía en la calle Astrónomos, en la colonia Madero. Durante cerca de una hora Lalo Cura y los dos guardaespaldas estuvieron esperándola, el de Tijuana en el interior del coche y Lalo y el juarense apoyados en los guardabarros, sin hablarse. Cuando la señora salió (la amiga la acompañó hasta la puerta) el de Tijuana se bajó del coche y Lalo y el otro se pusieron derechos. En la calle había alguna gente, no mucha, pero alguna había. Gente que iba caminando hacia el centro, a hacer vaya uno a saber qué diligencias, gente que se preparaba para las fiestas de Navidad, gente que salía a comprar tortillas para la hora de la comida. La acera era gris, pero el sol que atravesaba las ramas de algunos árboles la hacía aparecer azulada, como si fuera un río. La mujer de Pedro Rengifo le dio un beso a su amiga y salió a la acera. El juarense se apresuró a abrirle la puerta de hierro. Por un extremo de la acera no se veía a nadie. Por el otro caminaban hacia ellos dos empleadas domésticas. Cuando la señora salió a la calle se volvió y le dijo algo a su amiga, que no se movía de la puerta. Entonces el de Tijuana vio que detrás de las dos empleadas caminaban dos hombres y se puso tenso. Lalo Cura vio la cara del de Tijuana y luego vio a los hombres y supo de inmediato que eran pistoleros y que estaban allí para matar a la mujer de Pedro Rengifo. El de Tijuana se acercó al juarense, que aún sostenía la puerta de hierro, y le dijo algo, aunque no se sabe si se lo dijo con palabras o con un gesto. La mujer de Pedro Rengifo sonrió. Su amiga lanzó una risotada que Lalo escuchó como si viniera desde muy lejos, desde lo alto de un cerro. Después vio cómo el de Juárez miraba al de Tijuana: de abajo arriba, como un puerco mirando el sol cara a cara. Con la mano izquierda le quitó el seguro a su pistola Desert Eagle y luego escuchó el taconeo de la mujer de Pedro Rengifo que se dirigía al coche y las voces de las dos empleadas llenas de interrogantes, como si en lugar de estar platicando no cesaran de interpelarse y de asombrarse, como si lo que ambas se contaban ni ellas mismas se lo pudieran creer. Ninguna tenía más de veinte años. Iban vestidas con faldas de color ocre y blusas amarillas. La amiga de la señora, que hacía desde la puerta de su casa un gesto de adiós con la mano, iba vestida con pantalones ajustados y un suéter verde. La mujer de

Pedro Rengifo vestía un traje blanco y sus zapatos con tacones también eran blancos. Lalo pensó en el vestido de la mujer de su jefe justo en el momento en que los otros dos guardaespaldas echaban a correr calle abajo. Quiso gritar: no le saquen, pinches mamones, pero sólo pudo murmurar mamones. La señora de Pedro Rengifo no se dio cuenta de nada. Los pistoleros apartaron de un manotazo a las empleadas domésticas. Uno de ellos llevaba una metralleta Uzi. Era delgado y con la piel renegrida. El otro llevaba una pistola y vestía un traje oscuro y una camisa blanca, sin corbata, y parecía un profesional de verdad. En el momento en que las empleadas fueron apartadas para despejar el objetivo de tiro, la mujer de Pedro Rengifo sintió que la jalaban del traje y la tiraban al suelo. Mientras se derrumbaba vio caer, frente a ella, a las empleadas, y pensó que había un terremoto. También vio, con el rabillo del ojo, a Lalo, arrodillado y con la pistola en la mano, y luego oyó un ruido y vio cómo saltaba un casquillo de la pistola que Lalo empuñaba y luego ya no vio más porque su frente se estrelló contra el cemento de la acera. Su amiga, que seguía detenida en el umbral de la puerta de su casa y que, por lo tanto, gozaba de una perspectiva más general de la escena, se puso a gritar, incapaz de realizar ningún movimiento, aunque en el fondo de su cerebro una vocecita le decía que mejor que gritar era entrar en la casa y cerrar la puerta con llave, o, caso de no poder hacerlo, al menos echarse al suelo y ocultarse tras las matas de geranios. El de Tijuana y el de Juárez, para entonces, ya llevaban varios metros recorridos y aunque sudaban y acezaban, pues estaban desacostumbrados al ejercicio físico, no paraban de correr. Por lo que respecta a las empleadas domésticas, en el mismo momento de caer al suelo, ambas se ovillaron y se pusieron a rezar o a recordar de prisa los rostros de sus seres queridos y ambas cerraron los ojos, que no volvieron a abrir hasta que hubo pasado todo. Por el contrario, para Lalo Cura el problema residía en decidir ya mismo a cuál de los dos pistoleros le iba a disparar primero, si al de la Uzi o al que tenía más trazas de ser un profesional. Hubiera debido dispararle a este último, pero le disparó al primero. La bala se incrustó en el pecho del tipo flaco y renegrido y lo derribó en el acto. El otro se movió imperceptiblemente hacia su derecha y también tuvo una duda. ¿Cómo era posible que el muchacho aquel estuviera armado? ¿Cómo era posible que no hubiera salido corriendo junto con los otros dos guardaespaldas? La bala del profesional se alojó en el hombro izquierdo de Lalo Cura, afectando vasos sanguíneos y fracturándole el hueso. Éste sintió un estremecimiento y sin variar de postura volvió a disparar. El profesional cayó de boca al suelo y su segundo disparo se perdió en el aire. Aún estaba vivo. Miró el cemento de la acera, las briznas de hierba que crecían entre las fisuras, el vestido blanco de la mujer de Pedro Rengifo, las zapatillas deportivas del muchacho que se acercaba a él para rematarlo. Chamaco de mierda, susurró. Después Lalo Cura volvió sobre sus pasos y vio a lo lejos las figuras de sus dos ex compañeros. Apuntó con cuidado y disparó. El juarense se dio cuenta de que les estaban disparando y aceleró la carrera. En la primera esquina desaparecieron.

Veinte minutos después apareció un coche patrulla. La mujer de Pedro Rengifo tenía la frente partida pero ya no sangraba y fue ella la que dirigió los primeros pasos de la policía. Primero se interesó por su amiga, que estaba con un shock nervioso. Después se dio cuenta de que Lalo Cura estaba herido y ordenó que pidieran otra ambulancia para él y que a ambos los llevaran a la clínica Pérez Guterson. Antes de que llegaran las ambulancias aparecieron más policías y más de uno reconoció al profesional, que yacía muerto sobre la acera, como un agente de la judicial del estado. Cuando estaban a punto de introducir a Lalo Cura en una ambulancia un par de policías lo cogieron por los brazos, lo metieron en su coche y se lo llevaron a la comisaría n.º 1. Cuando la mujer de Pedro Rengifo llegó a la clínica, después de dejar a su amiga instalada en una de las mejores habitaciones, fue a interesarse por el estado de su guardaespaldas y le dijeron que éste no había llegado. La señora exigió que le trajeran de inmediato a los enfermeros de la otra ambulancia, quienes confirmaron que Lalo Cura estaba detenido. La mujer de Pedro Rengifo cogió el teléfono y llamó otra vez a su marido. Una hora después apareció por la comisaría n.º 1 el jefe de la policía de Santa Teresa. A su lado iba Epifanio con cara de no haber dormido en tres días. Ninguno de los dos parecía contento. Encontraron a Lalo en uno de los calabozos subterráneos. El muchacho tenía la cara manchada de sangre. Los policías que lo interrogaban querían saber por qué había rematado a los dos pistoleros y cuando vieron aparecer a Pedro Negrete se pusieron de pie. El jefe de policía de Santa Teresa se sentó en una de las sillas desocupadas y le hizo un gesto a Epifanio. Éste agarró del cuello a uno de los policías, sacó una navaja de la americana y le rajó la cara desde los labios hasta la oreja. Lo hizo de tal forma que ni una sola gota de sangre le salpicó. ¿Fue éste el que te desgració la jeta?, dijo Epifanio. El muchacho se encogió de hombros. Quítale las esposas, dijo Pedro Negrete. El otro policía le quitó las esposas sin dejar de farfullar ay, ay, ay. ¿De qué te quejas, buey?, le preguntó Pedro Negrete. De la metida de pata, jefe, dijo el policía. Pónganle una silla a Pepe, que parece que se va a desmayar, dijo Pedro Negrete. Entre Epifanio y el otro policía sentaron al policía herido. ¿Cómo te encuentras? Bien, jefe, no es nada, un mareo, no más, dijo éste mientras buscaba en los bolsillos algo para taponarse la herida. Pedro Negrete le alcanzó un pañuelo de papel. ¿Por qué lo detuvieron?, dijo. Uno de los que se quebró era Patricio López, el judicial, dijo el otro policía. Ah, caray, con que Patricio López, ¿y por qué creen que fue él y no uno de sus compañeros?, dijo Pedro Negrete. Sus compañeros se las pelaron, dijo el otro policía. Ah, caray, vaya compañeros, dijo Pedro Negrete. ¿Y mi muchacho qué hizo? Los policías dijeron que, tal como ellos habían establecido los hechos, al parecer Lalo Cura había procedido a dispararles. ¿A sus propios compañeros? Pues sí, a sus propios compañeros, pero que antes, herido en el hombro y al parecer sin necesidad ninguna, había rematado a Patricio López y a un tarolas que iba con una Uzi. Lo haría de los puros nervios, dijo Pedro Negrete. Seguramente, dijo el policía de la cara cortada. Además, ¿qué otra cosa podía hacer?, dijo Pedro Negrete. Si llega a tumbarlo Patricio López, él también lo hubiera rematado. Pues la mera verdad es que sí, dijo el otro policía. Luego siguieron hablando y fumando un rato más, con alguna breve interrupción del policía de la cara cortada para cambiarse el pañuelo de papel, y después Epifanio sacó a Lalo Cura del calabozo y lo llevó hasta la puerta de la comisaría, en donde lo aguardaba el coche de Pedro Negrete, el mismo coche que lo había ido a buscar unos meses atrás a Villaviciosa.

Un mes después Pedro Negrete visitó el rancho de Pedro Rengifo, al sureste de Santa Teresa, y le reclamó la devolución de Lalo Cura. Yo te lo di, tocayo, y yo te lo quito, dijo. ¿Y eso por qué, tocayo?, le preguntó Pedro Rengifo. Por la manera en que me lo has tratado, tocayo, dijo Pedro Negrete. En lugar de ponérmelo con un hombre experimentado, como tu irlandés, para que mi muchacho fuera aprendiendo, me lo pusiste con un par de volteados. En eso tienes razón, tocayo, dijo Pedro Rengifo, pero me gustaría recordarte que uno de esos volteados me llegó con una recomendación tuya. Pues es verdad, lo reconozco, y apenas le ponga la mano encima subsanaré mi error, tocayo, dijo Pedro Negrete, pero ahorita estamos aquí para subsanar el tuyo. Pues por mi parte no hay problema, tocayo, si tú quieres que te devuelva a tu muchacho yo te lo devuelvo, y Pedro Rengifo dio órdenes a uno de sus hombres para que fuera a buscar a Lalo Cura a la casa del jardinero. Mientras esperaban Pedro Negrete preguntó por la señora y los niños. Por el ganado. Por los negocios de alimentación que Pedro Rengifo tenía en Santa Teresa y otras ciudades del norte. La mujer se la pasa en Cuernavaca, dijo su tocayo, a los niños los habían cambiado de escuela, ahora estudiaban en los Estados Unidos (se cuidó de nombrar en dónde), el ganado era más una fuente de preocupaciones que un negocio y los hipermercados tenían sus subidas y sus bajadas. Después Pedro Negrete quiso saber qué tal había quedado el hombro de Lalo Cura. Está perfecto, tocayo, le dijo Pedro Rengifo. La chamba es poca. El chamaco se pasa el día durmiendo y leyendo revistas. Es feliz aquí. Ya lo sé, tocayo, dijo Pedro Negrete, pero tal como están las cosas un día de éstos lo pueden matar. No la amueles, tocayo, dijo Pedro Rengifo con una risotada, aunque de inmediato palideció. Cuando volvían en coche a Santa Teresa Pedro Negrete le preguntó si le gustaría ser del cuerpo de policía. Lalo Cura movió la cabeza afirmativamente. Poco después de salir del rancho pasaron junto a una enorme piedra negra. Sobre la piedra Lalo creyó ver un lagarto gila, inmóvil, contemplando el oeste interminable. Dicen que esta piedra en realidad es un meteorito, dijo Pedro Negrete. Sobre una hondonada, más al norte, hacía una curva el río Paredes, y desde el camino se podía ver como una alfombra verdinegra, las copas de los árboles, y sobre ellos la nube de polvo de las reses de Pedro Rengifo que iban a abrevar allí cada tarde. Pero si fuera un meteorito, dijo Pedro Negrete, habría dejado un cráter, ¿y dónde está el cráter? Cuando volvió a mirar la piedra negra por el espejo retrovisor el lagarto gila ya no estaba.

La primera mujer muerta del año 1994 fue encontrada por unos camioneros en un desvío de la carretera a Nogales, en medio del desierto. Los camioneros, ambos mexicanos, trabajaban para la maquiladora Key Corp y esa tarde, pese a llevar los camiones cargados, decidieron ir a comer y beber a un local llamado El Ajo, en donde uno de los camioneros, Antonio Villas Martínez, era conocido. Mientras se dirigían al local en cuestión, el otro camionero, Rigoberto Reséndiz, notó un resplandor en el desierto que lo dejó cegado durante unos instantes. Pensando que se trataba de una broma se comunicó por radio con su compañero Villas Martínez y los camiones se detuvieron. La carretera estaba vacía. Villas Martínez intentó convencer a Reséndiz de que probablemente lo había cegado el reflejo del sol sobre una botella o unos trozos de cristales rotos, pero entonces el otro vio un bulto a unos trescientos metros de la carretera y se dirigió hacia él. Al cabo de un rato Villas Martínez vio que Reséndiz lo llamaba con un silbido y también abandonó la carretera, no sin asegurarse de que ambos camiones quedaban perfectamente cerrados. Cuando llegó a donde lo esperaba su compañero vio el cadáver, que pese a tener la cara completamente destrozada no dejaba lugar a dudas de que se trataba de una mujer. Curiosamente, en lo primero que se fijó fue en el calzado, llevaba unas sandalias de cuero labrado, de buena manufactura. Villas Martínez se persignó. ¿Qué hacemos, compadre?, oyó que le decía Reséndiz. Por el tono de voz de su amigo comprendió que la pregunta era solamente retórica. Avisar a la policía, dijo. Ésa es una buena idea, dijo Reséndiz. En la cintura de la muerta vio un cinturón con una gran hebilla de metal. Eso fue lo que lo deslumbró, compadre, dijo. Sí, ya me he dado cuenta, dijo Reséndiz. La muerta iba vestida con hot-pants y una blusa amarilla, de imitación de seda, con una gran flor negra estampada en el pecho y otra, de color rojo, en la espalda. Cuando llegó a las dependencias del forense éste se percató, asombrado, de que debajo de los hot-pants conservaba unas bragas blancas con lacitos en los costados. Por lo demás, había sido violada anal y vaginalmente, y la muerte había sido provocada por politraumatismo craneoencefálico, aunque también había recibido dos cuchilladas, una en el tórax y otra en la espalda, que la habían hecho perder sangre pero que no eran mortales de necesidad. El rostro, tal como habían comprobado los camioneros, era irreconocible. La fecha de la muerte se situó, a modo orientativo, entre el 1 de enero de 1994 y el 6 de enero, aunque sin descartar de modo alguno la posibilidad de que aquel cadáver hubiera sido abandonado en el desierto el 25 o el 26 de diciembre del año que ya había felizmente terminado.

La siguiente muerta fue Leticia Contreras Zamudio. La policía acudió al local nocturno La Riviera, sito entre las calles Lorenzo Sepúlveda y Álvaro Obregón, en el centro de Santa Teresa, tras recibir una llamada anónima. En uno de los reservados de La Riviera encontraron el cadáver, que presentaba múltiples heridas en abdomen y tórax, así como en los antebrazos, por lo que se supone que Leticia Contreras luchó por su vida hasta el último segundo. La muerta tenía veintitrés años y hacía más de cuatro que ejercía el oficio de prostituta, sin que jamás se la hubiera visto envuelta en ningún problema de orden público. Tras ser interrogadas, ninguna de sus compañeras supo decir con quién estaba Leticia Contreras en el reservado. En el momento del crimen algunas la hacían en el lavabo. Otras dijeron que se encontraba en los sótanos, en donde había cuatro mesas de pool, juego por el que Leticia sentía debilidad y en el cual demostraba no poco talento. Una incluso llegó a afirmar que estaba sola, ¿pero qué podía hacer una puta sola encerrada en un reservado? A las cuatro de la mañana se llevaron a la comisaría n.º 1 a todo el personal de La Riviera. Por esos días Lalo Cura aprendía el oficio de policía de tráfico. Trabajaba de noche, a pie, y se movía como un fantasma entre la colonia Álamos y la colonia Rubén Darío, de sur a norte, sin prisas, hasta que llegaba al centro y entonces podía volver a la comisaría n.º 1 o hacer lo que le diera la gana. Cuando se estaba quitando el uniforme oyó los gritos. Se metió en la ducha sin prestarles demasiada atención, pero cuando cerró el grifo los volvió a oír. Provenían de los calabozos. Se metió la pistola debajo del cinturón y salió al pasillo. A esa hora la comisaría n.º 1, exceptuando la sala de espera, estaba casi vacía. En la oficina antirrobos encontró a un compañero durmiendo. Lo despertó y le preguntó si sabía qué pasaba. El policía le dijo que había una fiesta en los calabozos y que si quería podía participar. Cuando Lalo Cura salió el policía se había vuelto a quedar dormido. Desde las escaleras olió el alcohol. En uno de los calabozos habían apiñado a unos veinte detenidos. Los miró sin pestañear. Algunos de los detenidos dormían de pie. Uno que estaba pegado a los barrotes tenía la bragueta desabrochada. Los del fondo eran una masa informe de oscuridad y pelos. Olía a vómito. El habitáculo no debía de medir más de cinco metros por cinco. En el pasillo vio a Epifanio que miraba lo que ocurría en las otras celdas con un cigarrillo en los labios. Se le acercó para decirle que esos hombres iban a morir asfixiados o aplastados, pero al dar el primer paso ya no pudo decir nada. En las otras celdas los policías estaban violando a las putas de La Riviera. Quíhuboles, Lalito, dijo Epifanio, ¿le entras a la pira? No, dijo Lalo Cura, ¿y tú? Yo tampoco, dijo Epifanio. Cuando se cansaron de mirar ambos salieron a tomar el fresco a la calle. ¿Qué hicieron esas putas?, dijo Lalo. Parece que se madrugaron a una compañera, dijo Epifanio. Lalo Cura se quedó callado. La brisa que soplaba a esas horas por las calles de Santa Teresa era fresca de verdad. La luna, llena de cicatrices, aún resplandecía en el cielo.

Dos de las compañeras de Leticia Contreras Zamudio fueron acusadas formalmente de su asesinato, aunque no había ninguna prueba que las inculpara, salvo su presencia en La Riviera en el momento de los hechos. Nati Gordillo tenía treinta años y conocía a la muerta desde que ésta empezó a trabajar en el local nocturno. En el momento del asesinato se encontraba en el lavabo. Rubí Campos tenía veintiuno y no llevaba más de cinco meses en La Riviera. En el momento del asesinato se encontraba esperando a Nati al otro lado del lavabo, separadas la una de la otra sólo por una puerta. Ambas, quedó establecido, tenían una relación muy estrecha. Y se había comprobado que Rubí había sido agredida verbalmente por Leticia dos días antes del asesinato de ésta. Una compañera le había oído decir que ya se las pagaría. Cosa que la inculpada no negó, aclarando sin embargo que en ningún momento había llegado a pensar en el asesinato, sino más bien en una madriza. Las dos putas fueron trasladadas a Hermosillo, en donde se las encerró en el penal de mujeres Paquita Avendaño, en el cual estuvieron hasta que su caso pasó a otro juez, quien se apresuró a declararlas inocentes. En total pasaron dos años en prisión. Al salir dijeron que se iban a probar suerte al DF o tal vez se fueron a los Estados Unidos, lo único cierto es que por el estado de Sonora nunca más se las vio.

La siguiente muerta se llamaba Penélope Méndez Becerra. Tenía once años. Su madre trabajaba en la maquiladora Interzone-Berny. Su hermana mayor, de dieciséis años, también prestaba sus servicios en la Interzone-Berny. El hermano que venía después, de quince, hacía de recadero y chico de los mandados de una panadería no muy lejos de la calle Industrial, donde vivían, en la colonia Veracruz. Ella era la menor y la única que estudiaba. Hacía siete años que el padre había abandonado el hogar. Entonces vivían todos en la colonia Morelos, muy cerca del parque industrial Arsenio Farrell, en una casa que el mismo padre construyó con cartones y ladrillos sueltos y trozos de zinc, junto a un zanjón que dos de las empresas maquiladoras abrieron para construir un desagüe que finalmente nunca se hizo. Tanto el padre como la madre eran del estado de Hidalgo, en el centro de la república, y ambos emigraron al norte en 1985, en busca de trabajo. Pero un día el padre decidió que con lo que ganaba en las maquiladoras no iban a mejorar las condiciones de vida de su familia y decidió cruzar la frontera. Partió junto con otros nueve, todos del estado de Oaxaca. Uno de ellos ya había hecho el viaje en tres ocasiones y decía que sabía cómo esquivar a la migra, para los demás aquél era su primer intento. El pollero que los llevó al otro lado les dijo que no se preocuparan y que si por una desgracia los detenían se entregaran sin ofrecer resistencia. El padre de Penélope Méndez gastó todos sus ahorros en aquel viaje. Prometió que escribiría apenas llegara a California. En sus planes estaba el llevarse a su familia en menos de un año. Nunca más supieron nada de él. La madre pensó que tal vez ahora vivía con otra mujer, una norteamericana o una mexicana, y que llevaba una buena vida. También pensó, sobre todo los primeros meses, que había muerto en el desierto, de noche, solo, escuchando el aullido de los coyotes y pensando en sus hijos, o en una calle norteamericana, atropellado por un coche que luego se había dado a la fuga, pero esta clase de pensamientos la inmovilizaba (eran pensamientos en donde todo el mundo hablaba otro idioma, incluso su marido, un idioma incomprensible) y decidió no tenerlos. Además, si hubiera muerto, reflexionaba, alguien se lo hubiera avisado a ella, ¿no? En cualquier caso ya tenía suficientes problemas en su propia casa como para dedicarse a especular sobre el destino de su marido. Y le costó sacar adelante a la familia. Pero como era una mujer servicial y discreta, de talante optimista, y que además sabía escuchar, no le faltaron amistades. Sobre todo mujeres a quienes su historia no les parecía rara ni singular sino algo común y corriente. Una de estas amigas le consiguió el trabajo en Interzone-Berny. Al principio realizaba largas caminatas desde el zanjón donde vivían hasta el trabajo. De los niños se ocupaba la hermana mayor. Ésta se llamaba Livia y una tarde un vecino borracho quiso violarla. Al volver del trabajo Livia le contó lo que había pasado y ella fue a visitar al vecino con un cuchillo en el bolsillo del delantal. Habló con él y habló con su mujer y luego volvió a hablar con él: ruégale a la Virgencita de que nada le pase a mi hija, le dijo, porque cualquier cosa que le pase yo te echaré la culpa a ti y con este cuchillo te mataré. El vecino le dijo que a partir de ese momento todo iba a cambiar. Pero ella a esas alturas ya no creía en la palabra de los hombres y trabajó duro e hizo horas extra y llegó incluso a vender tortas a sus propias compañeras de trabajo, en la hora de la comida, hasta que tuvo dinero suficiente para alquilar una casita en la colonia Veracruz, que le quedaba más lejos de Interzone que la que tenía en el zanjón, pero que era una casita de verdad, con dos habitaciones, con tabiques bien puestos, con una puerta que se podía cerrar con llave. No le importó tener que caminar veinte minutos más cada mañana. Al contrario, los caminaba casi cantando. No le importó pasarse noches sin dormir, empalmando un turno con otro, o quedarse hasta las dos de la mañana en la cocina, preparando las tortas bien picantes que sus compañeras se comerían al día siguiente, cuando ella partiera a la fábrica a las seis. Al contrario, el esfuerzo físico la llenaba de energía, el agotamiento se convertía en vivacidad y gracia, los días eran largos, lentísimos, y el mundo (percibido como un naufragio interminable) le mostraba su cara más vivaz y la hacía tomar conciencia de que la suya, naturalmente, también lo era. A los quince años su hija mayor empezó a trabajar. Los viajes a la fábrica, que aún hacían a pie, se acortaron entonces entre conversaciones y risas. El hijo dejó la escuela a los catorce. Durante unos meses trabajó en la Interzone-Berny, pero al cabo de varios avisos lo echaron por despistado. Las manos del muchacho eran demasiado grandes y demasiado torpes. La madre entonces le consiguió trabajo en una panadería del barrio. La única que estudiaba era Penélope Méndez Becerra. Su escuela se llamaba Escuela Primaria Aquiles Serdán y estaba en la calle Aquiles Serdán. Allí había niños de la colonia Carranza y de la Veracruz y de la Morelos e incluso también iba algún niño del centro. Penélope Méndez Becerra estaba en quinto de primaria. Era una niña callada, pero que siempre sacaba buenas notas. Tenía el pelo negro, largo y lacio. Un día salió de la escuela y ya no la volvieron a ver. Esa misma tarde su madre pidió permiso en Interzone para dirigirse a la comisaría n.º 2 a poner una denuncia por desaparición. La acompañó su hijo. En la comisaría anotaron el nombre y le dijeron que había que dejar pasar algunos días. Su hermana mayor, Livia, no pudo ir porque en Interzone estimaron que con el permiso a la madre ya había suficiente. Al día siguiente Penélope Méndez Becerra seguía desaparecida. La madre y sus dos hijos se presentaron otra vez y quisieron saber qué progresos se habían hecho. El policía que la atendió detrás de una mesa le dijo que no se pusiera insolente. El director de la escuela Aquiles Serdán y tres profesores estaban en la comisaría, interesados por la suerte de Penélope, y fueron ellos quienes se llevaron a la familia de allí antes de que les pusieran una multa por desorden público. Al día siguiente el hermano habló con unas compañeras de curso de Penélope. Una le dijo que, según creía, Penélope había entrado en un coche con las ventanillas ahumadas y no volvió a salir. Por la descripción parecía un Peregrino o un MasterRoad. El hermano y la profesora de Penélope hablaron largamente con esta alumna, pero lo único claro que sacaron era que se trataba de un coche caro y de color negro. Durante tres días el hermano recorrió Santa Teresa en caminatas agotadoras buscando un coche negro. Encontró muchos, algunos incluso tenían las ventanillas ahumadas y relucían como si acabaran de salir de fábrica, pero quienes se montaban en ellos eran personas que no tenían cara de secuestradores o eran parejas jóvenes (cuya felicidad hacía llorar al hermano de Penélope) o eran mujeres. De todas formas, anotó todas las matrículas. Por las noches la familia se reunía en casa y hablaban de Penélope con palabras que nada significaban o cuyo último significado sólo podían entender ellos. Una semana después apareció su cadáver. Lo encontraron unos funcionarios de Obras Públicas de Santa Teresa en un tubo de desagüe que recorría bajo tierra la ciudad desde la colonia San Damián hasta la barranca El Ojito, cerca de la carretera a Casas Negras, pasado el vertedero clandestino del Chile. El cuerpo fue trasladado de inmediato a las dependencias del forense, en donde éste dictaminó que había sido violada anal y vaginalmente, presentando numerosas desgarraduras en ambos orificios, y luego estrangulada. Tras una segunda autopsia, sin embargo, se dictaminó que Penélope Méndez Becerra había muerto debido a un fallo cardiaco mientras era sometida a los abusos antes expuestos.

Por aquel entonces Lalo Cura había cumplido diecisiete años, seis más de los que tenía Penélope Méndez al ser asesinada, y Epifanio le había conseguido un lugar donde vivir. El sitio estaba en una de las vecindades que todavía quedaban en el centro. La vecindad estaba ubicada en la calle Obispo y después de trasponer un zaguán, de donde partían las escaleras, el visitante accedía a un enorme patio, con una gran fuente en el centro, desde donde se veían los tres pisos de que estaba compuesta la vecindad, y los pasillos desconchados en los que jugaban los niños o hablaban las vecinas, pasillos semicubiertos por tejadillos de madera y sujetos mediante delgadísimas pilastras de hierro, enmohecidas por el paso del tiempo. La habitación de Lalo Cura era grande, con sitio suficiente para una cama, una mesa con tres sillas, un refrigerador (que estaba junto a la mesa) y un armario excesivo para las pocas prendas de vestir que poseía. También tenía una pequeña cocina y un lavadero de cemento, de construcción reciente, para fregar las ollas y los platos sucios o para refrescarse la cara. El lavabo, así como la ducha, era comunal, y en cada piso había dos letrinas y tres más en la azotea. Epifanio primero le mostró su cuarto, que estaba en el primer piso. La ropa colgaba de un cordel que había clavado de una pared a la otra y junto a la cama deshecha vio una pila de periódicos viejos, casi todos de Santa Teresa. Los de abajo ya amarilleaban. La cocina parecía no haber sido utilizada en mucho tiempo. Le dijo que lo mejor para un policía era vivir solo, pero que él hiciera lo que quisiera. Luego lo acompañó hasta su cuarto, que estaba en el tercero, y le dio las llaves. Ya tienes casa, Lalito, le dijo. Si quieres barrer pídele la escoba a tu vecina. En la pared alguien había escrito un nombre: Ernesto Arancibia. Arancibia estaba escrito con uve. Lalo señaló el nombre y Epifanio se encogió de hombros. Hay que pagar a final de mes, dijo, y se marchó sin darle ninguna otra explicación.

También, por aquellos días, le llegó la orden al judicial Juan de Dios Martínez de dejar de lado el caso del Penitente y dedicarse a una serie de robos con violencia que se produjeron en la colonia Centeno y en la colonia Podestá. A su pregunta de si eso significaba que se daba carpetazo al caso del Penitente, le contestaron que no, pero que, en vista de que éste parecía haberse esfumado y la investigación no experimentaba ningún progreso, y dado que la dotación de judiciales destinados en Santa Teresa no era excesiva, iba a tener que priorizar los casos más urgentes. Por supuesto, eso no significaba que dejaran en el olvido al Penitente ni que Juan de Dios Martínez no siguiera al frente de la investigación, pero sí que los policías que tenía a sus órdenes y que perdían el tiempo vigilando las veinticuatro horas del día las iglesias de la ciudad iban a tener que dedicarse a asuntos más provechosos para la seguridad pública. Juan de Dios Martínez aceptó la orden sin rechistar.

La siguiente muerta fue Lucy Anne Sander. Vivía en Huntville, a unos cincuenta kilómetros de Santa Teresa, en Arizona, y había estado primero en El Adobe, con una amiga, y luego cruzaron la frontera en coche, dispuestas a vivir, aunque sólo fuera parcialmente, la noche inacabable de Santa Teresa. Su amiga se llamaba Erica Delmore y era la propietaria del coche y quien conducía. Ambas trabajaban en un taller artesanal de Huntville en donde se hacían abalorios indios que luego compraban al por mayor las tiendas dedicadas al turismo de Tombstone, Tucson, Phoenix y Apache Junction. En el taller eran las dos únicas blancas, pues las demás trabajadoras eran de origen mexicano o indio. Lucy Anne había nacido en un pueblito de Mississippi. Tenía veintiséis años y su sueño era vivir cerca del mar. A veces hablaba de volver, pero lo hacía generalmente cuando estaba cansada o disgustada, lo que no sucedía muy a menudo. Erica Delmore tenía cuarenta años y había estado casada dos veces. Era de California, pero se sentía feliz en Arizona, en donde había poca gente y la vida era mucho más apacible. Cuando llegaron a Santa Teresa se dirigieron directamente a la zona de las discotecas, en el centro, y primero estuvieron en El Pelícano y luego en Domino's. En el trayecto se les unió un mexicano de unos veintidós años que dijo llamarse Manuel o Miguel. Era un tipo simpático, según declaró Erica, que intentó ligar con Lucy Anne y luego, ante la negativa de ésta, con ella, y que en modo alguno podía ser tachado de acosador o de machista. En algún momento, mientras estaban en Domino's, Manuel o Miguel (Erica es incapaz de recordar su nombre con precisión) se marchó y ellas se quedaron solas en la barra. Después, de forma incoherente, se dedicaron a recorrer en coche algunas calles del centro, visitando los monumentos históricos de la ciudad: la catedral, la alcaldía, algunas viejas casas coloniales, la plaza de armas rodeada de edificios porticados. Según Erica, en ningún momento nadie las molestó ni fueron seguidas por persona alguna. Mientras rodeaban la plaza un turista norteamericano les dijo: chicas, tienen que ver la pérgola, es grandiosa. Después el turista se perdió en la espesura y ellas decidieron que no era una mala idea caminar un rato. La noche era radiante, fresca, llena de estrellas. Mientras Erica buscaba un sitio para estacionar, Lucy Anne se bajó, se quitó los zapatos que llevaba y se puso a correr por el césped acabado de regar. Después de estacionar Erica fue a buscar a Lucy Anne pero ya no la encontró. Decidió adentrarse en la plaza, rumbo a la famosa pérgola. Algunas sendas eran de tierra, pero las principales conservaban el antiguo empedrado. En los bancos vio parejas que hablaban o se besaban. La pérgola era de metal y en el interior, pese a la hora, jugaban unos niños insomnes. El alumbrado, comprobó Erica, era débil, sólo el suficiente para no andar a ciegas, pero la presencia de tantas personas desposeía al lugar de cualquier hálito siniestro. No encontró a Lucy Anne, pero sí creyó reconocer al turista norteamericano que les había ponderado a gritos la plaza. Se hallaba junto a otros tres y bebían tequila pasándose la botella de uno a otro. Se acercó y les preguntó por su amiga. El turista norteamericano la miró como si se hubiera escapado de un manicomio. Todos estaban borrachos, pero Erica sabía cómo tratar a los borrachos y les explicó la situación. Eran muy jóvenes y no tenían nada mejor que hacer, así que decidieron ayudarla. Al cabo de un rato por la plaza resonaron varios gritos llamando a Lucy Anne. Erica volvió a donde había aparcado el coche. No había nadie. Entró, cerró las puertas por dentro y tocó el claxon varias veces. Luego se puso a fumar hasta que el aire en el interior se hizo irrespirable y tuvo que bajar una ventanilla. Cuando amaneció se dirigió a una comisaría de policía y preguntó si había consulado norteamericano en aquella ciudad. El policía que la atendió no lo sabía y tuvo que preguntárselo a un par de compañeros. Uno de ellos dijo que sí había. Erica levantó una denuncia por desaparición y luego se dirigió al consulado con una fotocopia. El consulado estaba en la calle Verdejo, en la colonia Centro-Norte, no lejos de las calles que ella había recorrido la noche anterior, y permanecía cerrado. A pocos pasos Erica vio una cafetería y entró a desayunar. Pidió un sándwich vegetal y un zumo de piña y luego llamó por teléfono desde la misma cafetería a Huntville, a casa de Lucy Anne, pero nadie contestó. Desde su mesa podía ver el movimiento de la calle que iba despertando paulatinamente. Cuando se acabó el zumo volvió a telefonear a Huntville, pero esta vez marcó el número del sheriff. La atendió un muchacho que se llamaba Rory Campuzano, al que ella conocía bien. Éste le dijo que el sheriff aún no había llegado. Erica le dijo que Lucy Anne Sander había desaparecido en Santa Teresa y que ella, tal como veía las cosas, se iba a pasar toda la mañana en el consulado o bien recorriendo los hospitales. Dile que me llame al consulado, dijo. Eso haré, Erica, mantén la calma, dijo Rory, y luego colgó. Durante una hora, picoteando su sándwich vegetal, permaneció sentada, hasta que vio movimiento en la puerta del consulado. La atendió un tipo que decía llamarse Kurt A. Banks, que le hizo toda clase de preguntas acerca de su amiga y de ella misma, como si no creyera para nada la versión que Erica le había dado. Sólo al salir de allí Erica comprendió que el tipo sospechaba que tanto Lucy Anne como ella eran putas. Después volvió a la comisaría de policía, en donde tuvo que explicar la misma historia otras dos veces, ante policías que nada sabían de su denuncia, y que finalmente le comunicaron que no había novedad con respecto a la desaparición de su amiga, la cual muy bien podría haber cruzado otra vez la frontera. Uno de los policías le recomendó que hiciera lo mismo, que lo mejor era dejar el asunto en manos del consulado y volver a casa. Erica lo miró a los ojos. Tenía cara de buena persona y el consejo parecía bien intencionado. El resto de la mañana y buena parte de la tarde la ocupó recorriendo hospitales. Hasta ese momento no se había detenido a pensar de qué forma Lucy Anne podía haber llegado a parar a un hospital. Descartó el accidente, pues Lucy Anne había desaparecido en la plaza o en los alrededores de ésta y ella no había oído el más mínimo ruido, ningún grito, ningún frenazo, ninguna derrapada. Tras buscar otras posibilidades que dieran verosimilitud a la presencia de Lucy Anne en un hospital, sólo se le ocurrió el ataque de amnesia. La probabilidad era tan remota que se le llenaron los ojos de lágrimas. Ninguno de los hospitales que visitó, por otra parte, tenía registrada a una norteamericana. En el último una enfermera le sugirió que fuera a la clínica América, una institución médica privada, pero ella contestó con una exclamación sardónica. Somos trabajadoras, cariño, dijo en inglés. Igual que yo, dijo la enfermera en el mismo idioma. Durante un rato ambas estuvieron hablando y luego la enfermera la invitó a tomar un café en el restaurante del hospital, en donde le informó de que en Santa Teresa desaparecían muchas mujeres. Lo mismo ocurre en mi país, dijo Erica. La enfermera la miró a los ojos y movió la cabeza. Aquí es peor, dijo. Al despedirse se dieron sus números de teléfono y Erica prometió que la tendría al corriente de las novedades que se produjeran. Comió en la terraza de un restaurante del centro y en dos ocasiones creyó ver que Lucy Anne caminaba por la acera, en una acercándose hacia ella y en la otra alejándose de ella, pero en ninguna de las dos se trataba de la Lucy Anne real. Casi no se fijó en lo que pedía y señaló un par de platos no demasiado caros al azar. Ambos estaban condimentados con mucho picante y al cabo de un rato se puso a lagrimear, pero no por ello dejó de comer. Luego condujo su coche hasta la plaza en donde había desaparecido Lucy Anne, aparcó a la sombra de un gran roble y se puso a dormir con ambas manos cogidas al volante. Cuando despertó se dirigió al consulado y el tipo llamado Kurt A. Banks le presentó a otro tipo que dijo llamarse Henderson, el cual le informó de que aún era demasiado pronto para que hubiera progresos en lo relativo a la desaparición de su amiga. Ella preguntó cuándo no sería demasiado pronto. Henderson la miró impávido y dijo: tres días más. Y agregó: por lo menos. Cuando ya se iba Kurt A. Banks le dijo que había llamado el sheriff de Huntville preguntando por ella e interesándose por la desaparición de Lucy Anne Sander. Le dio las gracias y se marchó. Ya en la calle buscó un teléfono público y llamó a Huntville. Le contestó Rory

Campuzano, quien le dijo que el sheriff había intentado ponerse en contacto con ella en tres ocasiones. Ahora ha salido, dijo Rory, pero cuando vuelva le diré que te llame. No, dijo Erica, aún no tengo un sitio fijo, llamaré yo dentro de un rato. Antes de que cayera la noche visitó varios hoteles. Los que parecían buenos eran demasiado caros y al final se alojó en una pensión de la colonia Rubén Darío, en una habitación sin baño ni televisor. La ducha estaba en el pasillo y tenía un pequeño pestillo para cerrar la puerta por dentro. Se desnudó, pero sin quitarse los zapatos por miedo a contraer hongos, y permaneció largo rato bajo el agua. Al cabo de media hora, sin quitarse la toalla con la que se había secado, se dejó caer en la cama y se olvidó de llamar al sheriff de Huntville y al consulado y se quedó profundamente dormida hasta el día siguiente.

Ese día encontraron a Lucy Anne Sander no muy lejos de la reja fronteriza, a pocos metros de unos depósitos de petróleo que se extienden un trecho paralelos a la carretera a Nogales. El cadáver presentaba heridas de cuchillo, la mayoría muy profundas, en la región del cuello, tórax y abdomen. Fue encontrada por unos trabajadores que dieron parte de inmediato a la policía. En el examen forense se estableció que había sido violada repetidas veces, encontrándose abundantes pruebas de semen en su vagina. La muerte se la produjo una de las heridas de cuchillo, aunque por lo menos cinco eran de carácter mortal. La noticia le fue comunicada a Erica Delmore cuando ésta telefoneó al consulado norteamericano. Kurt A. Banks le dijo que se presentara de inmediato, que tenía algo triste que comunicarle, pero ante la insistencia de Erica y sus gritos que subían de volumen no le quedó más remedio que decirle sin más preámbulos la pura y triste verdad. Antes de dirigirse al consulado Erica llamó al sheriff de Huntville y esta vez sí que pudo hablar con él. Le dijo que Lucy Anne había sido asesinada en Santa Teresa. ¿Quieres que te vaya a buscar?, dijo el sheriff. Me gustaría, pero si no puedes no lo hagas, tengo mi coche, dijo Erica. Iré a buscarte, dijo el sheriff. Después llamó a la enfermera de la que se había hecho amiga y le contó la última y al parecer definitiva novedad. Seguramente querrán que identifiques el cadáver, dijo la enfermera. La morgue estaba en uno de los hospitales que había visitado el día anterior. Iba con Henderson, que era más amable que Kurt A. Banks, pero en realidad hubiera preferido ir sola. Mientras esperaban en un pasillo del sótano vio aparecer a la enfermera. Se abrazaron y se besaron en las mejillas. Luego le presentó la enfermera a Henderson, que la saludó distraídamente, pero que quiso saber desde cuándo se conocían. La enfermera le dijo que desde hacía veinticuatro horas. O menos de veinticuatro horas. Es verdad, pensó Erica, sólo un día pero ya la siento como si la conociera desde hace mucho tiempo. Cuando apareció el forense se negó a que Henderson la acompañara. No es por gusto, dijo éste con media sonrisa, es mi deber. La enfermera la abrazó y entraron las dos juntas, seguidas por el funcionario norteamericano. En la sala encontraron a dos policías mexicanos que miraban a la muerta. Erica se acercó y dijo que era su amiga. Los policías le pidieron que firmara unos papeles. Erica trató de leerlos, pero estaban escritos en español. No es nada, dijo Henderson, firme. La enfermera leyó los papeles y le dijo que firmara. ¿Es todo?, preguntó Henderson. Es todo, dijo uno de los policías mexicanos. ¿Quién le hizo esto a Lucy Anne?, preguntó ella. Los policías la miraron sin entender. La enfermera tradujo sus palabras y los policías dijeron que aún no lo sabían. Después del mediodía apareció por el consulado norteamericano el sheriff de Huntville. Erica estaba fumando encerrada en su coche cuando lo vio llegar. El sheriff de Huntville la reconoció de lejos y hablaron, ella sin salir del coche y él inclinado, con una mano apoyada en la puerta abierta y la otra en el cinturón. Después se fue a pedir más información al consulado y Erica permaneció en el coche, con la puerta de nuevo cerrada por dentro y fumando un cigarrillo tras otro. Cuando el sheriff salió le dijo que volvieran a casa. Erica esperó a que el sheriff pusiera su coche en marcha y luego, como en un sueño, lo siguió a través de las calles mexicanas y a través del paso fronterizo y por el desierto, ya en Arizona, hasta que el sheriff tocó el claxon y luego le hizo una señal con la mano y ambos coches se detuvieron en una vieja gasolinera en donde también se podía comer. Pero Erica no tenía hambre y se limitó a escuchar lo que el sheriff tenía que decirle: que el cuerpo de Lucy Anne sería expedido a Huntville al cabo de tres días, que la policía mexicana se había comprometido a capturar al asesino, que todo aquello olía a mierda. Después el sheriff pidió huevos revueltos con frijoles y una cerveza y ella se levantó de la mesa y fue a comprar más cigarrillos. Cuando volvió el sheriff rebañaba el plato con un pedazo de pan de molde. Su pelo era abundante y negro y lo hacía parecer más joven de lo que era. ¿Tú crees que te han contado la verdad, Harry?, dijo. En absoluto, dijo el sheriff, pero yo me ocuparé personalmente de averiguarla. Sé que lo harás, Harry, dijo, y se echó a llorar.

La siguiente muerta fue encontrada cerca de la carretera a Hermosillo, a diez kilómetros de Santa Teresa, dos días después de haberse localizado el cadáver de Lucy Anne Sander. El hallazgo correspondió a cuatro peones y al sobrino del dueño del rancho. Buscaban, desde hacía más de veinte horas, reses huidas. Los cinco huelleros iban a caballo y, tras comprobar que se trataba de una muerta, el sobrino envió a uno de los peones de vuelta al rancho, con órdenes de avisar al patrón, mientras ellos permanecían allí, perplejos ante la postura del todo anormal del cadáver. Éste tenía la cabeza enterrada en un agujero. Como si el asesino, un loco, sin duda, hubiera pensado que con enterrarle la cabeza bastaba. O como si creyera que al cubrir de tierra la cabeza el resto del cuerpo se haría invisible a cualquier mirada. El cadáver estaba boca abajo, con las manos pegadas al cuerpo. Le faltaban los dedos índice y meñique de ambas manos. En la parte del pecho se adivinaban manchas de sangre coagulada. Llevaba un vestido de tela ligera, de color morado, de los que se abrochan por delante. No llevaba medias ni zapatos. En el posterior examen forense se dictaminó que, pese a las abundantes cuchilladas recibidas en el pecho y en los brazos, la causa de la muerte fue estrangulamiento, con rotura del hueso hioides. No se apreciaron señales de violación. El caso lo llevó el policía de la judicial José Márquez, quien no tardó mucho en identificar a la muerta como América García Cifuentes, de veintitrés años, que trabajaba como mesera en el bar Serafino's, propiedad de Luis Chantre, quien tenía un largo prontuario como proxeneta y de quien se decía que era soplón de la policía. América García Cifuentes compartía casa con dos compañeras, ambas meseras, quienes no aportaron datos sustanciales a la investigación. Lo único que quedó establecido sin lugar a dudas fue que América García Cifuentes había salido de casa a las cinco de la tarde rumbo al bar Serafino's en donde trabajó hasta las cuatro de la mañana, hora en la que el bar había cerrado. Jamás volvió a casa, declararon sus compañeras. El judicial José Márquez detuvo durante un par de días a Luis Chantre, pero la coartada de éste era impecable. América García Cifuentes era natural del estado de Guerrero y llevaba cinco años avecindada en Santa Teresa, adonde había llegado con un hermano, quien vivía ahora en los Estados Unidos, según atestiguaron sus compañeras, y con el cual no se escribía. Durante unos días el judicial José Márquez investigó a algunos clientes del Serafino's, sin resultado alguno.

Dos semanas después, en mayo de 1994, fue secuestrada Mónica Durán Reyes a la salida de la escuela Diego Rivera, en la colonia Lomas del Toro. Tenía doce años y era un poco atolondrada pero muy buena alumna. Aquél era su primer curso en la secundaria. Tanto la madre como el padre trabajaban en la maquiladora Maderas de México, dedicada a la construcción de muebles de tipo colonial y rústico que se exportaban a los Estados Unidos y Canadá. Tenía una hermana más pequeña, que estudiaba, y dos hermanos mayores, una muchacha de dieciséis, que trabajaba en una maquiladora dedicada al cableado, y un muchacho de quince que trabajaba junto a sus padres en Maderas de México. Su cuerpo apareció dos días después del secuestro, a un lado de la carretera Santa Teresa-Pueblo Azul.

Estaba vestida y a un lado tenía la cartera con los libros y cuadernos. Según el examen patológico había sido violada y estrangulada. En la investigación posterior algunas amigas dijeron haber visto subir a Mónica a un coche negro, con las ventanas ahumadas, tal vez un Peregrino o un MasterRoad o un Silencioso. No daba la impresión de estar siendo forzada. Tuvo tiempo para gritar, pero no gritó. Incluso, al divisar a una de sus amigas, se despidió de ella haciéndole una señal con la mano. No parecía asustada.

En la misma colonia Lomas del Toro, un mes más tarde, encontraron el cadáver de Rebeca Fernández de Hoyos, de treintaitrés años, morena, de pelo largo hasta la cintura, que trabajaba de mesera en el bar El Catrín, sito en la calle Xalapa, en la vecina colonia Rubén Darío, y que antes había sido obrera de las maquiladoras Holmes&West y Aiwo, de donde había sido despedida por querer organizar un sindicato. Rebeca Fernández de Hoyos era natural de Oaxaca, aunque ya llevaba más de diez años viviendo en el norte de Sonora. Antes, a los dieciocho, había estado en Tijuana, donde figura en un registro de prostitutas, y también intentó sin éxito la vida en los Estados Unidos, de donde la migra la devolvió a México en cuatro ocasiones. Su cadáver lo descubrió una amiga que tenía llave de la casa y a quien le extrañó que Rebeca no hubiera ido a trabajar a El Catrín, pues, tal como declaró posteriormente, la occisa era una mujer responsable y sólo faltaba al trabajo si estaba muy enferma. La casa, según su amiga, permanecía igual que siempre, es decir no descubrió al principio ninguna señal que le indicara lo que posteriormente encontraría. Era una casa pequeña, compuesta por una sala, una habitación, una cocina y un baño. Cuando entró en este último descubrió el cadáver de su amiga, que yacía en el suelo, como si se hubiera caído y dado un fuerte golpe en la cabeza, aunque sin que ésta llegara a sangrar. Sólo al intentar reanimarla, pasándole agua por la cara, se dio cuenta de que Rebeca estaba muerta. Telefoneó a la policía y a la Cruz Roja desde un teléfono público y luego volvió a la casa, trasladó el cadáver de su amiga hasta la cama, se sentó en uno de los dos sillones de la sala y se puso a ver un programa de televisión mientras esperaba. Mucho antes que la policía llegó la Cruz Roja. Eran dos hombres, uno muy joven, de menos de veinte, y el otro de unos cuarentaicinco, que parecía el padre del primero y que fue quien le dijo que no había nada que hacer. Rebeca estaba muerta. Después le preguntó dónde había encontrado el cadáver y ella le dijo que en el baño. Pues lo volveremos a poner en el baño, no vaya a meterse usted en un lío con la tirana, dijo el hombre, mientras con un gesto le indicaba al muchacho que cogiera a la muerta por los pies mientras él la sujetaba por los hombros y de esta manera la devolvían al escenario natural de su muerte. Después el camillero le preguntó en qué posición la había encontrado, si sentada en la taza del wáter, si apoyada en ésta, si en el suelo, si acurrucada en un rincón. Ella apagó entonces la tele y se acercó a la puerta del baño y dio instrucciones hasta que los dos hombres dejaron a Rebeca tal cual ella la había hallado. Los tres la miraron desde la puerta. Rebeca parecía estar hundiéndose en un mar de baldosas blancas. Cuando se cansaron o se marearon de esta visión los tres tomaron asiento, ella en el sillón y los camilleros junto a la mesa, y se pusieron a fumar unos cigarrillos rijosos que el camillero sacó de un bolsillo trasero de su pantalón. Usted debe de estar acostumbrado, dijo ella de forma más o menos incoherente. Depende, dijo el camillero, que no sabía si ella se refería al tabaco o a levantar muertos y heridos cada día. A la mañana siguiente el forense escribió en su informe que la causa de la muerte había sido estrangulamiento. La fallecida había tenido relaciones sexuales en las horas previas a su asesinato, aunque el forense no se atrevió a certificar si había sido violada o no. Más bien no, dijo al serle exigida una opinión concluyente. La policía intentó detener a su amante, un sujeto llamado Pedro Pérez Ochoa, pero cuando por fin dieron con su casa, una semana después, el sujeto en cuestión ya hacía días que se había marchado. La casa de Pedro Pérez Ochoa estaba al final de la calle Sayuca, en la colonia Las Flores, y consistía en una casucha hecha, no sin cierta maña, de adobes y elementos de desechos, con sitio para un colchón y una mesa, a pocos metros de donde pasaba el desagüe de la maquiladora EastWest, en la que había trabajado. Los vecinos lo describieron como un hombre formal y en general bien aseado, de lo que se deduce que se duchaba en casa de Rebeca al menos en los últimos meses. Nadie supo decir de dónde era, por lo que no se envió orden de detención preventiva a ningún lugar. En la EastWest su ficha de trabajador se había perdido, lo que no era algo inusual en las maquiladoras, en donde el trasiego de trabajadores era incesante. En el interior de la casucha encontraron varias revistas deportivas, una biografía de Flores Magón, algunas sudaderas, un par de sandalias, dos pares de pantalones cortos y tres fotografías de boxeadores mexicanos, recortadas de una revista y pegadas a la pared donde se arrimaba el colchón, como si Pérez Ochoa, antes de quedarse dormido, hubiera querido grabarse en la retina los rostros y las poses combativas de aquellos campeones.

En julio de 1994 no murió ninguna mujer pero apareció un hombre haciendo preguntas. Llegaba los sábados a mediodía y se marchaba los domingos por la noche o durante la madrugada del lunes. El tipo era de mediana estatura y tenía el pelo negro y los ojos marrones y vestía como vaquero. Empezó dando vueltas, como si tomara medidas, por la plaza principal, pero luego se hizo asiduo de algunas discotecas, en especial de El Pelícano y también del Domino's. Nunca preguntaba nada directamente. Parecía mexicano, pero hablaba un español con acento gringo, sin demasiado vocabulario, y no entendía los albures aunque al verle los ojos la gente se cuidaba mucho de alburearle. Decía llamarse Harry Magaña, al menos así escribía su nombre, pero él lo pronunciaba Magana, de tal forma que al oírlo uno entendía Macgana, como si el pinche culero mamón de su propia verga fuera hijo de escoceses. La segunda vez que apareció por el Domino's preguntó por un tal Miguel o Manuel, un tipo joven, de unos veintipocos años, de una estatura como ésta, de una complexión física como aquélla, un tipo simpático y con cara de buena persona ese tal Miguel o Manuel, pero nadie le supo o le quiso dar una información. Una noche se hizo amigo de uno de los barman de la discoteca y cuando éste salió de trabajar Harry Magaña lo estaba esperando afuera, sentado en su coche. Al día siguiente el barman no pudo ir a trabajar, dizque porque había tenido un accidente. Cuando al cabo de cuatro días volvió al Domino's con la cara llena de morados y cicatrices fue el asombro de todos, le faltaban tres dientes, y si se levantaba la camisa para que lo vieran uno podía apreciar un sinfín de cardenales de los colores más vivos tanto en la espalda como en el pecho. Los testículos no los enseñó, pero en el izquierdo aún le quedaba la marca de un cigarrillo. Por supuesto, le preguntaron qué clase de accidente había tenido y su respuesta fue que la noche de autos había bebido hasta tarde, en compañía de Harry Magaña, precisamente, y que al separarse del gringo y dirigirse rumbo a su domicilio en la calle Tres Vírgenes un grupo de unos cinco gandallas lo había asaltado y propinado tan descomunal madriza. El fin de semana siguiente a Harry Magaña no se le vio por el Domino's ni por El Pelícano, sino que visitó un local de putas llamado Asuntos Internos, en la avenida Madero Norte, en donde se estuvo un rato bebiendo jaiboles y luego se aposentó en una mesa de billar en donde estuvo jugando con un tipo llamado Demetrio Águila, un grandote de un metro noventa y más de ciento diez kilos de peso, del que se hizo amigo, pues el grandote había vivido en Arizona y en Nuevo México, dedicado siempre a labores de campo, es decir a cuidar ganado, y luego había vuelto a México porque no quería morir lejos de su familia, dijo, aunque después admitió que familia, lo que se dice familia, la mera verdad es que no tenía o tenía muy poca, una hermana que ya debía de andar por los sesenta años y una sobrina que no se había casado nunca y que vivían en Cananea, de donde él también era, pero Cananea se le hacía pequeña, asfixiante, retechica, y a veces necesitaba venir a la gran ciudad que no dormía nunca, y cuando eso pasaba se montaba en su camioneta, sin decirle nada a nadie, o diciéndole a su hermana ahí nos vemos, y se internaba, a la hora que fuera, por la carretera Cananea-Santa Teresa, que era una de las carreteras más bonitas que él había visto en su vida, sobre todo de noche, y conducía sin parar hasta Santa Teresa, en donde tenía una casita de lo más cómoda en la calle Luciérnaga, en la colonia Rubén Darío, que pongo a su disposición, amigo Harry, una de las pocas casas viejas que quedaban después de tanto cambio y de tantos programas de reurbanización como se habían llevado a cabo, la mayor parte de las veces mal. Demetrio Águila debía de tener unos sesentaicinco años y a Harry Magaña le pareció una buena persona. A veces se iba a un cuarto con una puta, pero la mayor parte del tiempo prefería beber y mirar. Le preguntó si conocía a una muchacha llamada Elsa Fuentes. Demetrio Águila quiso saber cómo era. Alta como así, dijo Harry Magaña poniendo la mano vertical a un metro sesenta. Pelo rubio teñido. Bonita. Buenas tetas. La conozco, dijo Demetrio Águila, Elsita, sí, una muchachita muy simpática. ¿Está aquí?, quiso saber Harry Magaña. Demetrio Águila contestó que hacía un rato la había visto en el bailadero. Quiero que me la señale, señor Demetrio, dijo Harry, ¿lo podrá hacer? Faltaría más, amigo. Mientras subían las escaleras hacia la discoteca, Demetrio Águila quiso saber si tenía alguna cuenta pendiente con ella. Harry Magaña negó con la cabeza. Sentada a una mesa, junto a otras dos putas y tres clientes, Elsa Fuentes se reía de algo que una de sus compañeras le había dicho al oído. Harry Magaña apoyó una de sus manos en la mesa y la otra en el cinturón, por la espalda. Le dijo que se levantara. La puta dejó de reír y levantó la cara para mirarlo bien. Los clientes iban a decir algo pero cuando vieron que detrás de Harry estaba Demetrio Águila optaron por encogerse de hombros. ¿Dónde podemos hablar? Vamos a una habitación, le dijo Elsa en el oído. Cuando subían las escaleras Harry Magaña se detuvo y le dijo a Demetrio Águila que no era necesario que lo acompañara. Pues ni modo, dijo éste y volvió a bajar. En la habitación de Elsa Fuentes todo era rojo, las paredes, el cobertor, las sábanas, la almohada, la lámpara, las bombillas, incluso la mitad de las baldosas. Por la ventana se observaba el bullicio de la Madero-Norte a aquellas horas, llena de coches que circulaban a vuelta de rueda y de gente que desbordaba las aceras, entre los puestos ambulantes de comida y de zumos y los restaurantes baratos que rivalizaban en los precios de los menús exhibidos en grandes pizarras negras que constantemente eran reactualizadas. Cuando Harry Magaña volvió a mirar a Elsa ésta se había quitado la blusa y el sostén. Pensó que, en efecto, tenía las tetas grandes, pero que aquella noche no le haría el amor. No te desnudes, dijo. La muchacha se sentó en la cama y cruzó las piernas. ¿Tienes cigarrillos?, dijo. Sacó un paquete de Marlboro y le ofreció uno. Fuego, dijo la muchacha en inglés. Encendió una cerilla y se la acercó. Los ojos de Elsa Fuentes eran de un marrón tan clarito que parecían amarillos como el desierto. Escuincla estúpida, pensó. Luego le preguntó por Miguel Montes, dónde estaba, qué hacía, la última vez que lo había visto. ¿Así que buscas a Miguel?, dijo la puta. ¿Se puede saber por qué? Harry Magaña no contestó: se desabrochó el cinturón y luego se lo arrolló en la mano derecha, dejando la hebilla como cascabel. No tengo tiempo, dijo. La última vez que lo vi fue como hace un mes o tal vez dos meses, dijo. ¿En donde trabajaba? En ninguna parte y en todas. Quería estudiar, me parece que iba a una escuela nocturna. ¿De dónde sacaba el dinero? Pues de chambitas esporádicas, dijo la muchacha. A mí no me mientas, dijo Harry Magaña. La muchacha negó con la cabeza y lanzó una voluta de humo al techo. ¿En dónde vivía? No lo sé, siempre se estaba cambiando de casa. El cinturón silbó en el aire y dejó una marca roja en el brazo de la puta. Antes de que ésta pudiera gritar Harry Magaña le tapó la boca con una mano y la tumbó en la cama. Si gritas te mato, dijo. Cuando la puta volvió a incorporarse la marca en el brazo le sangraba. La próxima va a la cara, dijo Harry Magaña. ¿En dónde vivía?

La siguiente muerta apareció en agosto de 1994, en el callejón de Las Ánimas, casi al final, en donde hay cuatro casas abandonadas, cinco si contamos la casa de la víctima. Ésta no era una desconocida, pero, cosa curiosa, nadie supo decir cómo se llamaba. En su casa, donde vivía sola desde hacía tres años, no se encontraron papeles personales ni nada que pudiera llevar a un rápido esclarecimiento de su identidad. Algunas personas, no muchas, sabían que se llamaba Isabel, pero casi todo el mundo la conocía como la Vaca. Era una mujer de complexión fuerte, de un metro sesentaicinco de altura, morena y con el pelo corto y rizado. Su edad debía de rondar los treinta años. Según algunos de sus vecinos ejercía como puta en un local del centro o de la Madero-Norte. Según otros, la Vaca jamás había trabajado. Sin embargo no se podía decir que careciera de dinero. En el registro efectuado en su domicilio se encontró la alacena repleta de latas de comida. Tenía, además, un refrigerador (la electricidad, como casi todos los vecinos del callejón, la robaba del tendido eléctrico del municipio) bien surtido de carne, leche, huevos y verduras. En el vestir era descuidada, pero nadie podía afirmar que se pusiera gallitos. Poseía una tele moderna y un aparato de vídeo y se contaron más de sesenta cintas, la mayoría de películas sentimentales o melodramáticas, que había ido comprando en los últimos años de su vida. En la parte de atrás de la casa tenía un pequeño patio lleno de plantas y en un rincón un gallinero de rejilla en donde, aparte del gallo, había diez gallinas. El caso fue llevado a medias por Epifanio Galindo y por el judicial Ernesto Ortiz Rebolledo, a quienes se añadió como refuerzo Juan de Dios Martínez, sin demasiado entusiasmo por ninguna de las dos partes. La vida de la Vaca, a poco que uno intentara asomar la cabeza en ella, resultaba contradictoria e imprevisible. Según una vieja que vivía al principio del callejón Isabel fue una mujer como ya no quedan muchas. Una mujer de los pies a la cabeza. En cierta ocasión un vecino borracho le estaba pegando a su mujer. Todos los que vivían en el callejón de Las Ánimas oían los gritos, que conforme pasaba el tiempo subían o bajaban de intensidad, como si la mujer apaleada estuviera pariendo, un parto difícil, de esos que suelen acabar con la vida de la madre y la del angelito. Pero la mujer no estaba pariendo, sólo la estaban golpeando. Entonces la vieja sintió unos pasos y se asomó a la ventana. En la oscuridad del callejón vio la silueta inconfundible de Isabelita. Cualquier otro hubiera seguido caminando hasta su casa, pero ella vio cómo la Vaca se detuvo y se quedaba quieta. Escuchaba. En ese momento los gritos no eran muy fuertes, pero al cabo de unos minutos el diapasón de éstos volvió a subir, y durante todo ese tiempo, le sonrió la vieja arrugada al policía, la Vaca había permanecido inmóvil, a la espera, como quien va caminando por una calle cualquiera y de pronto oye su canción favorita, la canción más triste del mundo que sale de una ventana. Y la ventana ya está identificada. Lo que sucedió entonces es difícil de creer. La Vaca entró en la casa y cuando volvió a salir traía al hombre cogido de los pelos. Lo vi yo, dijo la vieja, pero posiblemente lo vieron todos, sólo que nadie dijo nada, por vergüenza, supongo. Pegaba como un hombre y si la mujer del borracho no sale de la casa y le pide por el amor de Dios que no lo siguiera golpeando, la Vaca sin duda lo habría matado. Otra vecina atestiguó que era una mujer violenta, que volvía tarde a casa, la mayor parte de las veces bebida, y que luego no se le veía la nariz hasta pasadas las cinco de la tarde. Epifanio no tardó en establecer una conexión entre la Vaca y dos tipos que últimamente la visitaban, uno de ellos apodado el Mariachi y el otro apodado el Cuervo, quienes muchas veces se quedaban a dormir o iban a buscarla cada día, y otras veces desaparecían como si nunca hubieran existido. Los amigos de la Vaca probablemente eran músicos, no sólo por el alias del primero, sino porque en alguna ocasión los vieron pasar por el callejón con sendas guitarras. Mientras Epifanio empezó a moverse por el centro de Santa Teresa y por la Madero-Norte, en los locales donde se ofrecía música en directo, el judicial Juan de Dios Martínez siguió investigando en el callejón de Las Ánimas. Las conclusiones que sacó fueron éstas. 1: la Vaca era una buena persona, según la opinión mayoritaria de las mujeres. 2: la Vaca no trabajaba, pero nunca le faltó el dinero. 3: la Vaca podía ser extremadamente violenta y tenía una idea formada, rudimentaria pero idea al fin y al cabo, de lo que estaba bien hecho y de lo que no. 4: alguien le pasaba dinero a la Vaca a cambio de algo. Cuatro días después detuvieron al Mariachi y al Cuervo, que resultaron ser los músicos Gustavo Domínguez y Renato Hernández Saldaña, respectivamente, y tras ser interrogados en la comisaría n.º 3 los dos se declararon autores del asesinato del callejón de Las Ánimas. El detonante del crimen fue, de hecho, una película que la Vaca quería ver y que sus amigos, con sus risotadas, pues ya los tres estaban bastante borrachos, no le dejaban. La Vaca había empezado todo, golpeando con la mano cerrada al Mariachi. El Cuervo, al principio, no quiso inmiscuirse en la pelea, pero cuando vio que la Vaca la emprendía contra él se tuvo que defender. La pelea fue larga y limpia, dijo el Mariachi. La Vaca les había pedido que salieran a la calle para no perjudicar los muebles de la casa y ellos la obedecieron. Ya en la calle la Vaca les advirtió que la pelea iba a ser limpia, sólo con los puños, y ellos accedieron a que así fuera, aunque sabían de la fuerza de su amiga, que no por nada pesaba casi ochenta kilos. Pero no de gordura sino de músculos, dijo el Cuervo. En la calle, en la oscuridad, empezaron a darse en la madre. Estuvieron así cerca de media hora, dando y recibiendo, sin descansar ni un minuto. Cuando la pelea terminó el Mariachi tenía la nariz rota y sangraba de las dos cejas y el Cuervo se dolía de una costilla dizque rota. La Vaca estaba tirada en el suelo. Sólo al intentar jalarla se dieron cuenta de que estaba muerta. El caso se cerró.

Poco después, sin embargo, el judicial Juan de Dios Martínez fue a visitar a los músicos a la penitenciaría de Santa Teresa. Les llevó cigarrillos y un par de revistas y les preguntó cómo les iba. No nos podemos quejar, jefe, dijo el Mariachi. El judicial les dijo que él tenía algunas amistades en el tambo y que si ellos querían él podía ayudarlos. ¿Y nosotros qué le tenemos que dar a cambio?, dijo el Mariachi. Sólo una información, dijo el judicial. ¿Y qué información es ésa? Muy sencilla. Ustedes eran amigos de la Vaca, amigos íntimos. Yo les hago unas preguntas, ustedes me contestan y eso es todo. Empiece con las preguntitas, dijo el Mariachi. ¿Se acostaban con la Vaca? No, dijo el Mariachi. ¿Y tú? Yo menos, dijo el Cuervo. Ah, caray, dijo el judicial. ¿Y cómo es eso? A la Vaca no le gustaban los machos, ya bastante macha era ella, dijo el Mariachi. ¿Saben su nombre completo?, dijo el judicial. Ni idea, dijo el Mariachi, nosotros le decíamos Vaca y ya está. Ah, caray, qué amigos más íntimos, dijo el judicial. Ésa es la mera verdad, jefe, dijo el Mariachi. ¿Y saben de dónde sacaba el dinero?, dijo el judicial. Eso mero le preguntamos nosotros, jefe, dijo el Cuervo, a ver si por ahí nos sacábamos unos pesos extra, pero la Vaca de eso no habló nunca. ¿Y no tenía ninguna amistad, quiero decir aparte de ustedes y de las rucas del callejón?, dijo el judicial. Pues sí, una vez que íbamos en mi carro me señaló a una amiga, dijo el Mariachi, una chamaquita que trabajaba en una cafetería del centro, nada del otro mundo, más bien flaquita, pero la Vaca me la mostró y me preguntó si había visto alguna vez una mujer tan bonita. Yo le dije que no, para que no le entraran las cóleras, pero en realidad no era nada del otro mundo. ¿Cómo se llama?, dijo el judicial. No me dijo su nombre, dijo el Mariachi, tampoco me la presentó.

Durante los días en que la policía trabajaba en esclarecer el asesinato de la Vaca Harry Magaña encontró la casa donde vivía Miguel Montes. Un sábado por la tarde se puso a vigilar la casa y al cabo de dos horas, cansado de esperar, forzó la cerradura y entró. La casa sólo tenía una habitación y una cocina y un baño. En las paredes vio fotos de actores y actrices de Hollywood. En un estante, enmarcadas, había dos fotos del propio Miguel, sin duda un muchacho con cara de buena persona, agraciado, de esos que gustan a las mujeres. Revisó todos los cajones. En uno encontró un talonario de cheques y una navaja. Al levantar el colchón de la cama encontró unas revistas y unas cartas. Hojeó todas las revistas. En la cocina, debajo de una alacena, halló un sobre con cuatro fotos tomadas con una cámara Polaroid. En una se veía una casa en medio del desierto, una casa de adobes de apariencia humilde, con un pequeño porche y dos ventanas diminutas. Junto a la casa estaba estacionada una furgoneta con tracción en las cuatro ruedas. En la otra se veía a dos chicas abrazadas por los hombros, con las cabezas ladeadas a la izquierda, que miraban a la cámara con un gesto similar de pasmosa seguridad, como si acabaran de llegar a este planeta o como si ya tuvieran las maletas hechas para irse. Esta foto estaba tomada en una calle con mucha gente, que bien podía ser una de las del centro de Santa Teresa. En la tercera foto se veía una avioneta a un lado de una pista de aterrizaje de tierra, en el desierto. Detrás de la avioneta aparecía un cerro. El resto era plano, sólo arena y matojos. En la última se veía a dos tipos que no miraban a la cámara y que probablemente estaban borrachos o drogados, vestidos con camisas blancas, uno de ellos con un sombrero, que se daban la mano como si fueran grandes amigos. Buscó la cámara Polaroid por todas partes, pero no la halló. Se guardó las fotos, las cartas y la navaja en un bolsillo y tras registrar una vez más la casa se sentó en una silla y se dispuso a esperar. Miguel Montes no volvió esa noche ni la noche siguiente. Pensó que tal vez había tenido que largarse apresuradamente o que tal vez ya estuviera muerto. Se sintió abatido. Por suerte para él, desde que conociera a Demetrio Águila no se alojaba en una pensión ni en un hotel ni se pasaba las noches insomne recorriendo garitos y bebiendo, sino que se retiraba a dormir a la casa de la calle Luciérnaga, en la colonia Rubén Darío, propiedad de su amigo, quien le había dado una llave. La casita, contra lo que uno podía esperarse, siempre estaba limpia, pero su limpieza, su decoro, carecía de cualquier marca femenina: era una limpieza estoica, carente de gracia, como la limpieza que exhiben las celdas de una cárcel o las de un monasterio, una limpieza que caminaba hacia la carencia, no hacia la abundancia. A veces, al volver, encontraba a Demetrio Águila preparándose un café de olla en la cocina y ambos se sentaban en la sala y se ponían a hablar. Conversar con el mexicano lo calmaba. El mexicano hablaba de la época en que había sido vaquero en el rancho Triple T y de las diez maneras que existían de embridar un potro salvaje. En ocasiones Harry le preguntaba por qué no se iba con él a Arizona y el mexicano le contestaba que era lo mismo, Arizona, Sonora, Nuevo México, Chihuahua, todo es lo mismo, y Harry se quedaba pensando y al final no podía aceptar que fuera igual, pero le daba tristeza contradecir a Demetrio Águila, y no lo hacía. Otras veces salían juntos y el mexicano podía ver de cerca los métodos que empleaba el gringo, cuya dureza en principio no le gustaba, pero que encontraba justificada. Aquella noche, al volver a la casa de la calle Luciérnaga, Harry lo encontró levantado y mientras preparaba café le dijo que creía que su última pista se había esfumado. Demetrio Águila no le contestó nada. Sirvió el café e hizo huevos revueltos con tocino. Los dos se pusieron a comer en silencio. Yo creo que nada se esfuma, dijo el mexicano. Hay gente y también hay animales e incluso cosas que, por una u otra causa, a veces dan la impresión de querer esfumarse, de querer desaparecer. Aunque tú no lo creas, Harry, a veces una piedra quiere desaparecer, yo lo he visto. Pero Dios no lo permite. No lo permite porque no puede permitirlo. ¿Tú crees en Dios, Harry? Sí, señor Demetrio, dijo Harry Magaña. Pues entonces confía en Dios, él no permite que nada se esfume.

Por aquellos días Juan de Dios Martínez aún seguía acostándose cada quince días con la doctora Elvira Campos. A veces al judicial le parecía un milagro que la relación todavía se mantuviera. Con dificultades, con malentendidos, pero seguían juntos. En la cama, eso creía, la atracción era mutua. Nunca había deseado tanto a una mujer como la deseaba a ella. Si de él hubiera dependido se habría casado con la directora sin pensarlo dos veces. En ocasiones, cuando llevaba muchos días sin verla, se ponía a darle vueltas a la diferencia cultural que los separaba y que él veía como el principal obstáculo entre ambos. A la directora le gustaba el arte y era capaz de ver una pintura y saber cuál era el pintor, por ejemplo. Los libros que leía a él ni le sonaban. La música que escuchaba a él sólo le provocaba un sopor agradable y al poco rato sólo tenía ganas de dormir y descansar, algo que, por otra parte, se cuidaba de hacer en casa de ella. Incluso la comida que le gustaba a la directora era diferente de la comida que le gustaba a él. Trató de adaptarse a la nueva situación y a veces iba a una tienda de discos y compraba música de Beethoven y Mozart, que luego escuchaba a solas en su casa. Generalmente se dormía. Sus sueños, sin embargo, eran plácidos y felices. Soñaba que Elvira Campos y él vivían juntos en una cabaña de la sierra. En la cabaña no había electricidad ni agua corriente ni nada que recordara a la civilización. Dormían sobre la piel de un oso y cubiertos por la piel de un lobo. Y Elvira Campos a veces se reía, muy fuerte, cuando salía a correr por el bosque y él no la podía ver.

Vamos a leer las cartas, Harry, dijo Demetrio Águila. Yo te las leo todas las veces que haga falta. La primera carta era de un antiguo amigo de Miguel que vivía en Tijuana, aunque el sobre carecía de remitente, y era un compendio de recuerdos acerca de los días felices que ambos habían vivido juntos. Hablaba de béisbol, de fulanas, de coches robados, de peleas, de alcohol, y se mencionaban de pasada por lo menos cinco delitos por los que Miguel Montes y su amigo se hubieran hecho acreedores a penas de cárcel. La segunda carta era de una mujer. El matasellos era de la propia Santa Teresa. La mujer le reclamaba dinero y le urgía a un rápido pago. De lo contrario atente a las consecuencias, decía. La tercera carta, a juzgar por la letra, ya que tampoco estaba firmada, era de la misma mujer, a quien Miguel aún no había satisfecho su deuda, que le decía que ya sólo tenía tres días para aparecer, por donde tú sabes, con el dinero en la mano, o de lo contrario, y aquí según Demetrio Águila y también según Harry Magaña se advertía un punto de simpatía, el punto de simpatía femenina de la que Miguel siempre anduvo, incluso en los peores momentos, sobrado, la mujer le recomendaba que se largara de la ciudad lo antes posible y sin decirle nada a nadie. La cuarta carta era de otro amigo y posiblemente, pues el matasellos era ilegible, venía de Ciudad de México. El amigo, un norteño recién llegado a la capital, le comentaba sus impresiones de la gran ciudad: hablaba del metro, que comparaba a la fosa común, de la frialdad de los chilangos, que vivían de espaldas a todo, de la dificultad de movimientos, pues en el DF de nada valía tener un carro chido puesto que los embotellamientos eran permanentes, de la contaminación y de lo feas que eran las mujeres. Sobre esto hacía algunas bromas de mal gusto. La última carta era de una muchacha de Chucarit, cerca de Navojoa, en el sur de Sonora, y se trataba, como era predecible, de una carta de amor. Decía que por supuesto lo esperaría, que tenía paciencia, que aunque se moría de ganas de verlo el primer paso tenía que darlo él y que ella no tenía ninguna prisa. Parece la carta de una novia de pueblo, dijo Demetrio Águila. Chucarit, dijo Harry Magaña. Tengo la corazonada de que nuestro hombre nació allí, señor Demetrio. Pues mire usted por dónde, yo diría lo mismo, dijo Demetrio Águila.

A veces Juan de Dios Martínez se ponía a pensar en lo mucho que le gustaría saber más cosas de la vida de la directora. Por ejemplo, sus amistades. ¿Quiénes eran sus amigos? Él no conocía a ninguno, sólo a algunos empleados del centro psiquiátrico, a quienes la directora trataba con amabilidad pero también guardando las distancias. ¿Tenía amigos? Él suponía que sí, aunque ella nunca hablaba de eso. Una noche, después de hacer el amor, le dijo que quería saber más cosas de su vida. La directora le dijo que ya sabía más que suficiente. Juan de Dios Martínez no insistió.

La Vaca murió en agosto de 1994. En octubre encontraron a la siguiente muerta en el nuevo basurero municipal, un vertedero infecto de tres kilómetros de largo por uno y medio de ancho situado en una hondonada al sur de la barranca El Ojito, en un desvío de la carretera a Casas Negras, a la que diariamente acudía una flota de más de cien camiones a dejar su carga. Pese a su tamaño, el basurero se estaba haciendo pequeño y ya se hablaba, ante la proliferación de basureros clandestinos, de hacer otro nuevo en los alrededores de Casas Negras o al oeste de aquella población. La muerta tenía entre quince y diecisiete años, según el forense, aunque el juicio final prefirieron dejárselo al patólogo, que la examinó tres días después, y que coincidió con su colega. Había sido violada por vía anal y vaginal y posteriormente estrangulada. Medía un metro y cuarentaidós centímetros. Los rebuscadores que la encontraron dijeron que iba vestida con un sostén, una falda de mezclilla azul y zapatillas de deporte marca Reebok. Al llegar la policía el sostén y la falda de mezclilla azul ya no estaban por ninguna parte. En el dedo anular de su mano derecha llevaba un anillo dorado con una piedra negra y con el nombre de una academia de inglés del centro de la ciudad. Se la fotografió y luego la policía visitó la academia de lenguas, pero nadie reconoció a la muerta. La foto apareció publicada en *El Heraldo del Norte* y en *La Voz de Sonora*, con el mismo resultado. Los judiciales José Márquez y Juan de Dios Martínez interrogaron durante tres horas al director de la escuela y al parecer se les fue la mano en el interrogatorio, por lo que el abogado del director interpuso una demanda por malos tratos. La demanda no prosperó pero ambos se hicieron merecedores de una amonestación del delegado y del jefe de policía. Se cursó también un informe sobre su conducta al jefe de la policía judicial en Hermosillo. Dos semanas después el cuerpo de la desconocida pasó a engrosar la reserva de cadáveres de los estudiantes de Medicina de la Universidad de Santa Teresa.

A veces el judicial Juan de Dios Martínez se sorprendía de lo bien que sabía coger Elvira Campos y de lo inagotable que era en la cama. Coge como si se fuera a morir, pensaba. En más de una ocasión le hubiera gustado decirle que no era necesario, que no se esforzara, que él, con tal de sentirla cerca, sólo rozándola, ya se daba por satisfecho, pero la directora, cuando se trataba de sexo, era práctica y efectiva. Mi reina, le decía a veces Juan de Dios Martínez, mi tesoro, mi amor, y ella, en la oscuridad, le decía que se callara y le sorbía hasta la última gota ¿de su semen?, ¿de su alma?, ¿de la poca vida que entonces él creía que le quedaba? Hacían el amor, por expreso deseo de ella, en una semipenumbra. Tentado estaba a veces de encender la luz y contemplarla, pero el deseo de no contrariarla lo refrenaba. No enciendas la luz, le dijo ella en una ocasión, y él pensó que Elvira Campos le podía leer el pensamiento.

En noviembre, en el segundo piso de un edificio en construcción, unos albañiles encontraron el cuerpo de una mujer de aproximadamente treinta años, de un metro cincuenta, morena, con el pelo teñido de rubio, con dos coronas de oro en la dentadura, vestida únicamente con un suéter y un hot-pant o short o pantalón corto. Había sido violada y estrangulada. No tenía papeles. El edificio en construcción estaba en la calle Alondra, en la colonia Podestá, un lugar de la zona alta de Santa Teresa. Por esa razón los obreros no se quedaban a dormir allí, como era usual en otras construcciones. Por las noches el edificio era vigilado por un guardia jurado. Al ser interrogado éste confesó que, contra lo que establecía su contrato, por las noches solía dormir, ya que durante el día trabajaba en una maquiladora, y que algunas noches permanecía en la obra hasta las dos de la mañana y luego se iba a su casa, sita en la avenida Cuauhtémoc, a la altura de la colonia San Damián. El interrogatorio fue duro, lo llevó el ayudante del jefe, Epifanio Galindo, pero ya desde el primer momento se veía que el vigilante decía la verdad. Se supuso, no sin cierta lógica, que la desconocida era una recién llegada, y que en alguna parte debía de existir una maleta con su ropa. A tal fin se investigó en algunas pensiones y hoteles del centro, pero ninguno había echado en falta a ningún cliente. Su foto salió publicada en los periódicos de la ciudad, con nulo resultado: o bien nadie la conocía o bien la foto no era buena o bien nadie quería verse envuelto en problemas con la policía. Se cotejaron las denuncias de desaparición llegadas desde otros estados de la república, pero ninguna coincidía con la muerta aparecida en el edificio de la calle Alondra. Sólo una cosa quedó clara o al menos le quedó clara a

Epifanio: la muerta no era del barrio, la muerta no había sido estrangulada y violada en el barrio, ¿por qué entonces deshacerse de su cadáver en la zona alta de la ciudad, en calles que la policía o los agentes de seguridad privados patrullaban con esmero durante las noches?, ¿por qué ir a arrojar el cadáver allí, al segundo piso de un edificio en construcción, con el riesgo que ello implicaba, incluido el de caerse por las escaleras aún sin pasamanos, cuando lo más lógico era tirarla en el desierto o por los alrededores de un basurero? Durante dos días lo pensó. Mientras comía, mientras oía a sus compañeros hablar de deportes o de mujeres, mientras conducía el coche de Pedro Negrete, mientras dormía. Hasta que decidió que por más que lo pensara no iba a hallar una solución satisfactoria, y entonces dejó de pensar en ello.

A veces el judicial Juan de Dios Martínez tenía ganas, sobre todo en sus días libres, de salir a pasear con la directora. Es decir: tenía ganas de mostrarse públicamente con ella, de ir a comer a un restaurante del centro, ni barato ni muy caro, un restaurante normal adonde iban las parejas normales y en donde seguro que encontraría a algún conocido, al cual le presentaría a la directora de forma natural, casual, sin aspavientos, ésta es mi novia, Elvira Campos, médico psiquiatra. Después de comer probablemente irían a casa de ella a hacer el amor y luego la siesta. Y por la noche volverían a salir, en el BMW de ella o en el Cougar de él, al cine o a tomar un refresco en algún restaurante al aire libre o a bailar en alguno de los muchos locales que había en Santa Teresa. Chingados, la felicidad perfecta, pensaba Juan de Dios Martínez. Elvira Campos, por el contrario, no quería ni oír hablar de una relación pública. Llamadas telefónicas al centro psiquiátrico sí, a condición de que fueran breves. Encuentros personales cada quince días. Un vaso de whisky o de vodka Absolut y paisajes nocturnos. Despedidas esterilizadas.

En el mismo mes de noviembre de 1994 se encontró en un lote baldío el cadáver medio quemado de Silvana Pérez Arjona.

Tenía quince años y era delgada, morena, de un metro sesenta de altura. El pelo de color negro le caía por debajo de los hombros, aunque cuando su cadáver fue encontrado tenía la mitad del cabello chamuscado. Su cuerpo fue hallado por unas mujeres de la colonia Las Flores que habían instalado sus tendederos de ropa en el borde del baldío, y que fueron quienes dieron aviso a la Cruz Roja. La ambulancia la conducía un tipo de unos cuarentaicinco años y lo acompañaba un camillero no mayor de veinte que parecía su hijo. Cuando llegó la ambulancia el tipo de más edad preguntó a las mujeres y a los curiosos que se arremolinaban alrededor del cadáver si alguien conocía a la muerta. Algunos desfilaron delante de ésta y le miraron el rostro y negaron con la cabeza. Nadie la conocía. Entonces si yo fuera ustedes me iría, amigos, dijo el camillero de más edad, porque la tirana querrá interrogarlos a todos. Lo dijo sin alzar el tono, pero la voz se corrió y todos se retiraron. A simple vista en el lote baldío ya no había nadie pero los dos camilleros se sonrieron porque sabían que la gente los miraba desde sus escondites. Mientras uno de ellos, el joven, daba desde la radio de la ambulancia el parte a la policía, el que tenía más edad se internó a pie por las calles de tierra de la colonia Las Flores hasta un sitio en donde vendían tacos y cuya propietaria lo conocía. Pidió seis de carnita, tres con crema y tres sin crema, los seis bien picantes, y dos latas de Coca-Cola. Luego pagó y volvió caminando sin prisas hasta la ambulancia, en donde el que parecía su hijo estaba leyendo, apoyado en el guardabarros, un cómic. Cuando llegó la policía ambos habían terminado de comer y fumaban. Durante tres horas el cadáver permaneció en el lote baldío. Según el forense había sido violada. Dos certeras cuchilladas en el corazón causaron su muerte. Después el asesino intentó quemarla para borrar sus huellas, pero por lo visto el asesino era un chapucero o le habían vendido agua por gasolina o le había dado un pasmón. Al día siguiente se supo que la muerta se llamaba Silvana Pérez Arjona, operaria en una maquiladora del parque industrial General Sepúlveda, no muy lejos de donde su cuerpo había sido hallado. Hasta hacía un año

Silvana vivía con su madre y cuatro hermanos, todos trabajadores en diversas maquiladoras de la ciudad. Ella era la única que estudiaba, en la escuela secundaria Profesor Emilio Cervantes, en la colonia Lomas del Toro. Por motivos económicos, sin embargo, tuvo que dejar de estudiar y una de sus hermanas le consiguió trabajo en la maquiladora HorizonW&E, en donde conoció al trabajador Carlos Llanos, de treintaicinco años, del que se hizo novia y con el que finalmente se fue a vivir a la casa de éste, en la calle Prometeo. Según sus amigos, Llanos era un hombre afable, un poco bebedor, pero sin exagerar, y que en sus ratos de ocio leía libros, algo muy poco usual y que contribuía a dotarlo con un aura extraordinaria. Según la madre de Silvana, fue esta característica de Llanos la que sedujo a su hija, que hasta entonces ni siquiera había tenido novio a excepción de algún que otro escarceo inocente en la escuela. La relación duró siete meses. Llanos leía, sí, y a veces ambos se sentaban en la salita de su casa y comentaban sus lecturas, pero más que leer bebía y era un hombre extremadamente celoso e inseguro. Durante las visitas a su madre Silvana en alguna ocasión le contó que Llanos le pegaba. A veces se pasaban horas abrazadas, madre e hija, llorando y sin encender la luz del cuarto. La detención de Llanos no ofreció la más mínima dificultad y en ella participó Lalo Cura por primera vez. Aparecieron dos coches de la policía de Santa Teresa, llamaron a la puerta, Llanos abrió, lo redujeron a patadas sin decir una palabra, le pusieron las esposas y se lo llevaron a comisaría, en donde intentaron enjaretarle el asesinato de la desconocida de la calle Alondra o, al menos, el de la desconocida encontrada en el nuevo basurero municipal, pero no hubo manera, la propia Silvana Pérez era su coartada, pues con ella había sido visto en tales fechas, paseándose muy orondo por el raquítico parque de la colonia Carranza, en donde había habido feria y él y Silvana fueron vistos incluso por la parentela de ésta. En lo que respecta a las noches, hasta hacía apenas una semana las había malgastado en turnos nocturnos en la maquiladora y sus compañeras y compañeros podían dar fe de ello. Del asesinato de Silvana se declaró culpable y sólo sentía el haber intentado quemarla. Era retechula mi Silvana, dijo, y no se merecía esa salvajada.

También por aquellos días apareció en la televisión de Sonora una vidente llamada Florita Almada, a la que sus seguidores, que no eran muchos, apodaban la Santa. Florita Almada tenía setenta años y desde hacía relativamente poco, diez años, había recibido la iluminación. Veía cosas que nadie más veía. Oía cosas que nadie más oía. Y sabía buscar una interpretación coherente para todo lo que le sucedía. Antes que vidente fue yerbatera, que era su verdadero oficio, según decía, pues vidente significaba alguien que veía y ella a veces no veía nada, las imágenes eran borrosas, el sonido defectuoso, como si la antena que le había crecido en el cerebro estuviera mal puesta o la hubieran agujereado en una balacera o fuera de papel aluminio y el viento hiciera con ella lo que le venía en gana. Así que, aunque se reconocía vidente o dejaba que sus seguidores la reconocieran como tal, ella les tenía más fe a las hierbas y a las flores, a la comida sana y a la oración. A las personas con presión arterial alta les recomendaba que dejaran de comer huevos y queso y pan blanco, por ejemplo, porque eran alimentos con mucho sodio y el sodio atrae el agua, lo que hace que aumente el volumen de sangre y por consiguiente que aumente la presión arterial. Más claro que el agua, decía Florita Almada. Por mucho que a uno le guste desayunar huevos rancheros o huevos a la mexicana, si sufre hipertensión arterial lo mejor es que deje de comer huevos. Y si uno ha dejado de comer huevos, también puede dejar de comer carne y pescados, y puede dedicarse a comer sólo arroz y fruta. Eso es buenísimo para la salud, el arroz y la fruta, sobre todo cuando uno ya ha pasado los cuarenta años. También hablaba contra el consumo excesivo de grasas. La ingesta total de grasas, decía, no debe pasar jamás del veinticinco por ciento del total del aporte energético de la alimentación. Lo ideal es que el consumo de grasas se estabilice entre el quince por ciento y el veinte por ciento. Pero la gente que tiene trabajo puede consumir hasta un ochenta o un noventa por ciento de grasas, y si el trabajo es más o menos estable el consumo de grasas sube hasta un ciento por ciento, lo que resulta abominable, decía. Por el contrario, el consumo de grasas entre los que carecían de trabajo estaba entre el treinta por ciento y el cincuenta por ciento, lo que bien mirado también era una desgracia, pues esa pobre gente no sólo estaba subalimentada sino que encima estaba mal subalimentada, si se me entiende lo que quiero decir, decía Florita Almada, en realidad estar subalimentado ya es una desgracia en sí, y estar mal subalimentado poco añade y poco quita a esa desgracia, tal vez me he expresado mal, lo que quiero decir es que es más sana una tortilla con chile que unos chicharrones de perro o de gato o puede que de rata, decía como pidiendo perdón. Por otra parte, estaba en contra de las sectas y de los curanderos y de los seres viles que estafaban al pueblo. La botanomancia o el arte de adivinar el futuro por medio de los vegetales le parecía una tomadura de pelo. No obstante sabía de lo que hablaba y una vez le explicó a un curandero de tres al cuarto las diversas ramas en las que se dividía este arte adivinatorio, a saber, la botanoscopia, que se basa en las formas, movimientos y reacciones de las plantas, subdividida a su vez en la cromiomancia y la licnomancia, cuyo principio es la cebolla o los capullos de flores que germinarán o florecerán, la dendromancia, vinculada a la interpretación de los árboles, la filomancia, o estudio de las hojas, y la xilomancia, que también es parte de la botanoscopia, y que es la adivinación sobre la madera y ramas de los árboles, lo cual, decía, es bonito, es poético, pero no para adivinar el futuro sino para poner paz en algunos episodios del pasado y para alimentar y serenar el presente. Luego venía la botanomancia cleromántica, subdividida entre la quiamobolía, que se practica con varias habas blancas y una negra, y donde también están encuadradas las disciplinas de la rabdomancia y la palomancia, para las que se emplean varillas de madera y contra las que ella nada tenía y de las que nada, por lo tanto, podía decir. Luego venía la farmacología vegetal, es decir, el empleo de plantas alucinógenas y alcaloides, y contra los cuales ella tampoco tenía nada que decir. Allá cada cual con su cabeza. Hay gente a la que le va bien y hay gente, sobre todo jóvenes holgazanes y más bien viciosos, a la que no le va bien. Ella prefería no decir ni que sí ni que no. Luego venía la botanomancia meteorológica, que ésa sí que era interesante pero que muy poca gente, contados con los dedos de una mano, dominaba, que se basaba en la observación de las reacciones de las plantas. Por ejemplo: si la adormidera levanta las hojas hará buen tiempo. Por ejemplo: si un álamo se echa a temblar algo inesperado va a ocurrir. Por ejemplo: si esa flor chiquita, de hojitas blancas y corola amarilla diminuta, llamada el pijulí, inclina la cabeza, es que hará calor. Por ejemplo: si esa otra flor, esa que tiene hojas amarillentas y a veces rosadas y que en Sonora la llaman, no sé por qué, el alcanfor, y que en Sinaloa la llaman pico de cuervo porque parece, vista de lejos, un pájaro zumbón, cierra los pétalos, la muy viva, es que va a llover. Luego, finalmente, viene la radiestesia, en la cual antes se empleaba un bastón de avellano que ha sido sustituido por un péndulo, disciplina de la cual Florita Almada no tenía nada que decir. Cuando uno sabe, sabe, y cuando no sabe lo mejor es aprender. Y, mientras tanto, no decir nada, a menos que lo que uno diga esté encaminado a hacer más claro el aprendizaje. Su vida misma, según explicaba, había sido un aprendizaje constante. No aprendió a leer ni a escribir hasta los veinte años, por poner un número redondo. Había nacido en Nácori Grande y no pudo ir a la escuela como una niña normal porque su madre era ciega y a ella le tocó cuidarla. De sus hermanos, de los que guardaba un recuerdo vago y cariñoso, no sabía nada. El vendaval de la vida se los fue llevando a las cuatro esquinas de México y posiblemente ya estaban bajo tierra. Su infancia, pese a las estrecheces y a las desventuras propias de una familia campesina, fue feliz. Me encantaba el campo, decía, aunque ahora me molesta un poco porque me he desacostumbrado de los bichos. La vida en Nácori Grande, aunque a muchos les cueste creerlo, podía ser en ocasiones muy intensa. Cuidar a la madre ciega podía ser divertido. Cuidar a las gallinas podía ser divertido. Lavar la ropa podía ser divertido. Hacer la comida podía ser divertido. Lo único que lamentaba era no haber ido a la escuela. Después se mudaron, por causas que no venía al caso ventilar, a Villa Pesqueira, en donde murió su madre y en donde ella, al cabo de ocho meses del deceso, se casó con un hombre al que casi no conocía, una persona trabajadora y honrada y respetuosa con todo el mundo, un hombre bastante mayor que ella, dicho sea de paso, que en el momento de ir a la iglesia tenía treintaiocho años y ella sólo diecisiete, es decir un hombre ¡veintiún años mayor!, dedicado a la compraventa de animales, mayormente cabras y ovejas aunque de vez en cuando también vendía o compraba ganado vacuno e incluso porcino, y que por tales circunstancias laborales debía viajar constantemente por los pueblos de la zona, como San José de Batuc, San Pedro de la Cueva, Huépari, Tepache, Lampazos, Divisaderos, Nácori Chico, El Chorro y Napopa, por caminos de terracería o por sendas de animales y por atajos que bordeaban aquellas montañas intrincadas. El negocio no le iba mal. A veces ella lo acompañaba en alguno de sus viajes, no muchos, porque estaba mal visto que un comerciante de ganado viajara con una mujer, sobre todo si era su propia mujer, pero en alguno sí que lo acompañó. Era una oportunidad única para ver mundo. Para fijarse en otros paisajes, que aunque parecían el mismo, si uno los miraba bien, con los ojos bien abiertos, resultaban a la postre muy distintos de los paisajes de Villa Pesqueira. Cada cien metros el mundo cambia, decía Florita Almada. Eso de que hay lugares que son iguales a otros es mentira. El mundo es como un temblor. Por supuesto, a ella le hubiera gustado tener hijos, pero la naturaleza (la naturaleza en general o la naturaleza de su marido, decía riéndose) le privó de tal responsabilidad. El tiempo que le hubiera dedicado a su bebé lo empleó en estudiar. ¿Quién le enseñó a leer? Me enseñaron los niños, afirmaba Florita Almada, no hay mejores maestros que ellos. Los niños, con sus silabarios, que iban a su casa a que les diera pinole. Así es la vida, justo cuando ella creía que se desvanecían para siempre las posibilidades de estudiar o de retomar los estudios (vana esperanza, en Villa Pesqueira creían que Escuela Nocturna era el nombre de un burdel en las afueras de San José de Pimas), aprendió, sin grandes esfuerzos, a leer y a escribir. A partir de ese momento leyó todo lo que caía en sus manos. En un cuaderno anotó las impresiones y pensamientos que le produjeron sus lecturas. Leyó revistas y periódicos viejos, leyó programas políticos que cada cierto tiempo iban a tirar al pueblo jóvenes de bigotes montados en camionetas y periódicos nuevos, leyó los pocos libros que pudo encontrar y su marido, después de cada ausencia traficando con animales en los pueblos vecinos, se acostumbró a traerle libros que en ocasiones compraba no por unidad sino por peso. Cinco kilos de libros. Diez kilos. Una vez llegó con veinte kilos. Y ella no dejó ni uno sin leer y de todos, sin excepción, extrajo alguna enseñanza. A veces leía revistas que llegaban de Ciudad de México, a veces leía libros de historia, a veces leía libros de religión, a veces leía libros léperos que la hacían enrojecer, sola, sentada a la mesa, iluminadas las páginas por un quinqué cuya luz parecía bailar o adoptar formas demoniacas, a veces leía libros técnicos sobre el cultivo de viñedos o sobre construcción de casas prefabricadas, a veces leía novelas de terror y de aparecidos, cualquier tipo de lectura que la divina providencia pusiera al alcance de su mano, y de todos ellos aprendió algo, a veces muy poco, pero algo quedaba, como una pepita de oro en una montaña de basura, o para afinar la metáfora, decía Florita, como una muñeca perdida y reencontrada en una montaña de basura desconocida. En fin, ella no era una persona instruida, al menos no tenía lo que se dice una educación clásica, por lo que pedía perdón, pero tampoco se avergonzaba de ser lo que era, pues lo que Dios quita por un lado la Virgen lo repone por el otro, y cuando eso pasa uno tiene que estar en paz con el mundo. Así pasaron los años. Su marido, por esas cosas misteriosas que algunos llaman simetría, un día se quedó ciego. Por suerte ella ya tenía experiencia en el cuidado de invidentes y los últimos años del comerciante de animales fueron plácidos, pues su mujer lo cuidó con eficiencia y cariño. Después se quedó sola y ya para entonces había cumplido cuarentaicuatro años.

No se volvió a casar, no porque le faltaran pretendientes, sino porque le halló el gusto a la soledad. Lo que hizo fue comprarse un revólver calibre 38, porque la escopeta que su marido le dejó en herencia se le antojó poco manejable, y seguir, de momento, los negocios de compra y venta de animales. Pero el problema, explicaba, es que para comprar y sobre todo para vender animales era necesaria una cierta sensibilidad, una cierta educación, una cierta propensión a la ceguera que ella de ningún modo poseía. Viajar con los animales por las trochas del monte era muy bonito, subastarlos en el mercado o en el matadero era un horror. Así que al poco tiempo abandonó el negocio y siguió viajando, en compañía del perro de su difunto marido y de su revólver y a veces de sus animales, que empezaron a envejecer con ella, pero esta vez lo hacía como curandera trashumante, de las tantas que hay en el bendito estado de Sonora, y durante los viajes buscaba hierbas o escribía pensamientos mientras los animales pastaban, como hacía Benito Juárez cuando era un niño pastor, ay, Benito Juárez, qué gran hombre, qué recto, qué cabal, pero también qué niño más encantador, de esa parte de su vida se hablaba poco, en parte porque poco se sabía, en parte porque los mexicanos saben que cuando hablan de niños suelen decir tonterías o cursiladas. Ella, por si no lo sabían, tenía algunas cosas que decir al respecto. De los miles de libros que había leído, entre ellos libros sobre historia de México, sobre historia de España, sobre historia de Colombia, sobre historia de las religiones, sobre historia de los papas de Roma, sobre los progresos de la NASA, sólo había encontrado unas pocas páginas que retrataban con total fidelidad, con absoluta fidelidad, lo que debió de sentir, más que pensar, el niño Benito Juárez cuando salía, a veces, como es normal, por varios días con sus noches, a buscar zonas de pastura para el rebaño. En esas páginas de un libro con tapas amarillas se decía todo con tanta claridad que a veces Florita Almada pensaba que el autor había sido amigo de Benito Juárez y que éste le había confidenciado al oído las experiencias de su niñez. Si es que eso es posible. Si es que es posible transmitir lo que se siente cuando cae la noche y salen las estrellas y uno está solo en la inmensidad, y las verdades de la vida (de la vida nocturna) empiezan a desfilar una a una, como desvanecidas o como si el que está a la intemperie se fuera a desvanecer o como si una enfermedad desconocida circulara por la sangre y nosotros no nos diéramos cuenta. ¿Qué haces, luna, en el cielo?, se pregunta el pastorcillo en el poema. ¿Qué haces, silenciosa luna? ¿Aún no estás cansada de recorrer los caminos del cielo? Se parece tu vida a la del pastor, que sale con la primera luz y conduce el rebaño por el campo. Después, cansado, reposa de noche. Otra cosa no espera. ¿De qué le sirve la vida al pastor, y a ti la tuya? Dime, se dice el pastor, decía Florita Almada con la voz transportada, ¿adónde tiende este vagar mío, tan breve, y tu curso inmortal? Al dolor nace el hombre y ya hay riesgo de muerte en el nacer, decía el poema. Y también: Pero ¿por qué alumbrar, por qué mantener vivo a quien, por nacer, es necesario consolar? Y también: Si la vida es desventura, ¿por qué continuamos soportándola? Y también: Intacta luna, tal es el estado mortal. Pero tú no eres mortal y acaso cuanto digo no comprendas. Y también, y contradictoriamente: Tú, solitaria, eterna peregrina, tan pensativa, acaso bien comprendas este vivir terreno, nuestra agonía y nuestros sufrimientos; acaso sabrás bien de este morir, de esta suprema palidez del semblante, y faltar de la tierra y alejarse de la habitual y amorosa compañía. Y también: ¿Qué hace el aire infinito y la profunda serenidad sin fin? ¿Qué significa esta inmensa soledad? ¿Y yo qué soy? Y también: Yo sólo sé y comprendo que de los eternos giros y de mi frágil ser otros hallarán bienes y provechos. Y también: Mi vida es mal tan sólo. Y también: Viejo, canoso, enfermo, descalzo y casi sin vestido, con la pesada carga a las espaldas, por calles y montañas, por rocas y por playas y por brañas, al viento, con tormenta, cuando se enciende el día y cuando hiela, corre, corre anhelante, cruza estanques, corrientes, cae, se levanta y se apresura siempre, sin reposo ni paz, herido, ensangrentado, hasta que al fin se llega allá donde el camino y donde tanto afán al fin se acaba: horrible, inmenso abismo donde al precipitarse todo olvida. Y también:

Oh, virgen luna, así es la vida mortal. Y también: Oh, rebaño mío que reposas acaso ignorando tu miseria, ¡cuánta envidia te tengo! No sólo porque de afanes te encuentras libre y todo sufrimiento, todo daño, cada temor extremo pronto olvidas, acaso porque nunca sientes tedio. Y también: Cuando a la sombra y en la hierba tú descansas estás dichoso y sosegado y la mayoría del año vives en tal estado sin hastío. Y también: Yo a la sombra me siento, sobre el césped, y de hastío se llena mi mente, como si sintiese un aguijón. Y también: Y ya nada deseo y razón de llorar nunca he tenido. Y llegada a este punto, y después de suspirar profundamente, Florita Almada decía que se podían sacar varias conclusiones. 1: que los pensamientos que atenazan a un pastor pueden fácilmente desbocarse pues eso es parte de la naturaleza humana. 2: que mirar cara a cara al aburrimiento era una acción que requería valor y que Benito Juárez lo había hecho y que ella también lo había hecho y que ambos habían visto en el rostro del aburrimiento cosas horribles que prefería no decir. 3: que el poema, ahora se acordaba, no hablaba de un pastor mexicano, sino de un pastor asiático, pero que para el caso era lo mismo, pues los pastores son iguales en todas partes. 4: que si bien era cierto que al final de todos los afanes se abría un abismo inmenso, ella recomendaba, para empezar, dos cosas, la primera no engañar a la gente, y la segunda tratarla con corrección. A partir de ahí, se podía seguir hablando. Y eso era lo que ella hacía, escuchar y hablar, hasta el día en que Reinaldo fue a verla a su casa para hacerle una consulta sobre un amor que lo había abandonado, y se fue de allí con una dieta para adelgazar y con unas hierbas para infusiones que le calmaron los nervios y con otras hierbas aromáticas que ocultó en los rincones de su departamento y que le dieron a éste un olor como de iglesia y de nave espacial al mismo tiempo, tal como decía Reinaldo a los amigos que lo iban a visitar, un olor divino, un olor que relaja y alegra el alma, si hasta daban ganas de oír música clásica, ¿no les parece?, y los amigos de Reinaldo empezaron a insistirle en que les presentara a Florita, ay, Reinaldo, necesito a Florita Almada, primero uno y después otro y otro, como una sucesión de penitentes con sus capuchas moradas o bermellón chingón o ajedrezadas, y Reinaldo cavilaba en los beneficios y perjuicios que eso podía representarle, bueno, muchachos, me convencieron, les voy a presentar a Florita, y cuando Florita los vio, un sábado por la noche, en el departamento de Reinaldo engalanado para la ocasión hasta con una piñata que no venía a cuento en la terraza, no hizo ningún gesto feo o de desagrado, más bien dijo cómo es que se han molestado tanto por mí, los canapés excelentes, ¿quién los preparó para felicitarlo?, el pastel delicioso, no había comido uno así en mi vida, ¿era de piña, verdad?, los refrescos naturales y recién hechos, la disposición de la mesa irreprochable, qué muchachos más encantadores, qué muchachos más delicados, si hasta me han traído regalos, ni que fuera mi cumpleaños, y luego se fue a la habitación de Reinaldo y los muchachos fueron pasando uno por uno, a contarle sus cuitas, y los que entraron cuitados salieron esperanzados, esta mujer es un tesoro, Reinaldo, esta mujer es una santa, yo me puse a llorar y ella lloró conmigo, yo no encontraba palabras y ella adivinó mis penas, a mí me recomendó la ingesta de glicósidos azufrados, dizque porque estimulan el epitelio renal y son diuréticos, a mí me recomendó seguir un tratamiento de hidroterapia de colon, yo la vi sudar sangre, yo vi su frente llena de rubíes, a mí me arrulló en su seno y me cantó una canción de cuna y cuando desperté estaba como si acabara de salir de una sesión de sauna, la Santa comprende mejor que nadie a los desventurados de Hermosillo, la Santa tiene feeling con los heridos, con los niños sensibles y maltratados, con los que han sido violados y humillados, con los que son objeto de chistes y risas, para todos tiene una palabra amable, un consejo práctico, los risiones se sienten como divas cuando ella les habla, los zafarinfas se sienten sensatos, los gordos adelgazan, los enfermos de sida sonríen. Así que Florita Almada, tan querida, no tardó muchos años en aparecer en un programa de televisión. La primera vez que Reinaldo la invitó, sin embargo, dijo que no, que no le interesaba, que no tenía tiempo, que a la de peor a alguien se le ocurría preguntarle de dónde sacaba su dinero, ¡que ella no estaba dispuesta a pagar impuestos ni loca!, que mejor lo dejaran para otro día, que ella no era nadie. Pero meses después, cuando Reinaldo ya no insistía en el asunto, fue ella quien lo llamó por teléfono y le dijo que quería aparecer en su programa porque quería hacer público un mensaje. Reinaldo quiso saber qué clase de mensaje y ella dijo algo sobre visiones, sobre la luna, sobre dibujos en la arena, sobre las lecturas que hacía en su casa, en la cocina, sentada a la mesa de la cocina, cuando ya se habían ido las visitas, el periódico, los periódicos, las cosas que leía, las sombras que la observaban al otro lado de la ventana, que no son sombras, ni por lo tanto observan, sino que es la noche, la noche que a veces parece zafada, de tal manera que Reinaldo no entendió nada, pero como la quería de verdad, le improvisó un hueco en su próximo programa. Los estudios de televisión estaban en Hermosillo y la señal a veces llegaba con nitidez a Santa Teresa, pero otras veces llegaba llena de fantasmas y neblina y ruido de fondo. La vez que apareció por primera vez Florita Almada llegó muy mal y casi nadie en la ciudad la vio, aunque el programa al que ella estaba invitada, *Una hora con Reinaldo*, era uno de los más populares de la televisión sonorense. Le tocó hablar después de un ventrílocuo de Guaymas, un tipo autodidacto que había triunfado en el DF, Acapulco, Tijuana y San Diego, y que creía que su muñeco era un ser vivo. Tal como lo sentía lo decía. Mi pinche muñeco está vivo. A veces ha intentado fugarse. A veces me ha intentado matar. Pero sus manitos son muy débiles para sostener una pistola o un cuchillo. Y ya no digamos para estrangularme. Cuando Reinaldo le dijo, mientras miraba directamente a la cámara y sonreía con esa picardía tan de Reinaldo, que en muchas películas de ventrílocuos ocurría lo mismo, es decir que el muñeco se rebelaba contra el artista, el ventrílocuo de Guaymas, con la voz rota del ser infinitamente incomprendido, contestó que ya lo sabía, que había visto esas películas, y probablemente muchas más que ni Reinaldo ni el público que acudía a ver el programa en directo habían visto, y que a la única conclusión a la que había llegado era que si había tantas películas se debía a que la rebelión de los muñecos de los ventrílocuos estaba mucho más generalizada, a estas alturas extendida por el mundo entero, de lo que él al principio creía. En el fondo todos los ventrílocuos, de una u otra manera, sabemos que nuestros pinches muñecos, alcanzado cierto punto de ebullición, cobran vida. La extraen de las actuaciones. La extraen de los vasos capilares de los ventrílocuos. La extraen de los aplausos. ¡Y sobre todo de la credulidad del público! ¿Verdad, Andresito? Así es. ¿Y tú eres bueno o a veces te comportas como un escuincle malvado, Andresito? Bueno, retebueno, buenísimo. ¿Y nunca me has intentado matar, Andresito? Nunca, nunca, nuuunca. La verdad es que Florita Almada quedó muy impresionada por la expresión de inocencia del muñeco de madera y por el testimonio del ventrílocuo, por el cual sintió de inmediato una gran simpatía, y cuando le llegó su turno lo primero que hizo fue dirigirle al ventrílocuo unas cuantas palabras de ánimo, pese a las veladas advertencias de Reinaldo, quien le sonrió y le guiñó un ojo como dándole a entender que el ventrílocuo estaba medio loco y no le hiciera caso. Pero Florita sí le hizo caso y le preguntó por su salud, le preguntó cuántas horas dormía, cuántas comidas hacía al día y en dónde, y aunque las respuestas del ventrílocuo fueron más bien irónicas, hechas de cara al público, en busca del aplauso o de la fugaz simpatía, con ellas la Santa tuvo más que suficiente para recomendarle (con cierta vehemencia, además) una visita a algún acupunturista que supiera algo de craneopuntura, técnica buenísima para tratar neuropatías con origen en el sistema nervioso central. Después miró a Reinaldo, que se movía inquieto en la silla, y se puso a hablar de su última visión. Dijo que había visto mujeres muertas y niñas muertas. Un desierto. Un oasis. Como en las películas donde aparece la Legión extranjera francesa y árabes. Una ciudad. Dijo que en la ciudad mataban niñas. Mientras hablaba intentando recordar con la mayor exactitud posible su visión, se dio cuenta de que estaba a punto de entrar en trance y le dio mucha vergüenza, pues a veces, no muchas, los trances solían ser exagerados y terminar con la médium arrastrándose por el suelo, algo que ella no quería que sucediera pues era la primera vez que iba a la televisión. Pero el trance, la posesión, avanzaba, lo sentía en el pecho y en las pulsaciones, y no había manera de pararlo por más que se resistiera y sudara y sonriera a las preguntas de Reinaldo, que le preguntaba si se sentía bien, Florita, si quería que las azafatas le trajeran un vaso de agua, si la luz y los focos y el calor la molestaban. Ella tenía miedo de hablar, pues la posesión, a veces, de lo primero que se agarraba era de la lengua. Y aunque quería, pues habría significado un gran descanso, tenía miedo de cerrar los ojos, ya que cuando los ojos se cerraban, precisamente, uno veía justo lo que la posesión veía, por lo que Florita mantuvo los ojos abiertos y la boca cerrada (aunque curvada en una sonrisa muy agradable y enigmática), contemplando al ventrílocuo que ora la miraba a ella, ora a su muñeco, como si no entendiera nada pero, en cambio, oliera el peligro, el momento de la revelación no solicitada y posteriormente tampoco entendida, esa clase de revelación que pasa frente a nosotros dejándonos sólo la certidumbre de un vacío, un vacío que muy pronto escapa hasta de la palabra que lo contiene. Y el ventrílocuo sabía que eso era muy peligroso. Sobre todo peligroso para las personas como él, hipersensibles, de espíritu artístico y con heridas aún no cicatrizadas del todo. Y también Florita miraba a Reinaldo cuando se cansaba de mirar al ventrílocuo, quien le decía: Florita, no se me achicopale, no se me ponga tímida, considere este programa como si fuera su casa. Y también miraba, aunque menos, al público, en donde estaban sentadas varias amigas suyas, esperando sus palabras. Pobrecitas, pensó, qué pena deben de estar pasando. Y entonces ya no pudo más y entró en trance. Cerró los ojos. Abrió la boca. Su lengua empezó a trabajar. Repitió lo que ya había dicho: un desierto muy grande, una ciudad muy grande, en el norte del estado, niñas asesinadas, mujeres asesinadas. ¿Qué ciudad es ésa?, se preguntó. A ver, ¿qué ciudad es ésa? Yo quiero saber cómo se llama esa ciudad del demonio. Meditó durante unos segundos. Lo tengo en la punta de la lengua. Yo no me censuro, señoras, menos tratándose de un caso así. ¡Es Santa Teresa! ¡Es Santa Teresa! Lo estoy viendo clarito. Allí matan a las mujeres. Matan a mis hijas. ¡Mis hijas! ¡Mis hijas!, gritó al tiempo que se echaba sobre la cabeza un rebozo imaginario y Reinaldo sentía que un escalofrío le bajaba como un ascensor por la columna vertebral, o le subía, o ambas cosas a la vez. La policía no hace nada, dijo tras unos segundos, con otro tono de voz, mucho más grave y varonil, los putos policías no hacen nada, sólo miran, ¿pero qué miran?, ¿qué miran? En ese momento Reinaldo intentó llevarla al orden y que dejara de hablar, pero no pudo. Sáquese, so sobón, dijo Florita. Hay que avisar al gobernador del estado, dijo con la voz bronca. Esto no es ninguna broma. El licenciado José Andrés Briceño tiene que saber esto, tiene que enterarse de lo que le hacen a las mujeres y a las niñas en esa bella ciudad de Santa Teresa. Una ciudad que no sólo es bella sino también industriosa y trabajadora. Hay que romper el silencio, amigas. El licenciado José Andrés Briceño es un hombre bueno y cabal y no dejará en la impunidad tantos asesinatos. Tanta desidia y tanta oscuridad. Luego puso voz de niña y dijo: algunas se van en un carro negro, pero las matan en cualquier lugar. Después dijo, con la voz bien timbrada: por lo menos podrían respetar a las vírgenes. Acto seguido dio un salto, perfectamente captado por las cámaras del estudio 1 de televisión de Sonora, y cayó al suelo como impulsada por una bala. Reinaldo y el ventrílocuo acudieron prestos a socorrerla pero cuando la intentaban levantar, cada uno por un brazo, Florita rugió (Reinaldo jamás en su vida la había visto así, propiamente una erinia): ¡no me toquen, putos insensibles! ¡No se preocupen por mí! ¿Es que no entienden de qué hablo? Luego se levantó, miró hacia el público, se acercó a Reinaldo y le preguntó qué había pasado, y acto seguido pidió disculpas mirando directamente hacia su cámara.

Por aquellos días Lalo Cura encontró unos libros en la comisaría, que nadie leía y que parecían destinados a ser alimento de las ratas en lo alto de las estanterías llenas a rebosar de informes y archivos que todo el mundo había olvidado. Se los llevó a su casa. Eran ocho libros y al principio, para no abusar, se llevó tres: *Técnicas para el instructor policíaco*, de John C. Klotter, *El informador en la investigación policíaca*, de Malachi L. Harney y John C. Cross, y *Métodos modernos de investigación policíaca*, de Harry Söderman y John J. O'Connell. Una tarde le comentó a Epifanio lo que había hecho y éste le dijo que eran libros que enviaban desde el DF o desde Hermosillo y que nadie leía. Así que terminó llevándose a su casa los cinco que había dejado. El que más le gustaba (y el primero que leyó) fue *Métodos modernos de investigación policíaca.* Contra lo que anunciaba su título, el libro había sido escrito hacía mucho tiempo. La primera edición mexicana databa de 1965. La edición que él tenía era la décima reimpresión, de 1992. De hecho, en el prólogo a la cuarta edición, que aquí se reproducía, Harry Söderman se quejaba de que la muerte de su querido amigo, el finado inspector general John O'Connell, había echado sobre sus hombros la carga de la revisión. Y más adelante decía: en esta labor de modificación (del libro) he echado mucho de menos la inspiración, la rica experiencia y la valiosa colaboración del finado inspector O'Connell. Probablemente, pensó Lalo Cura mientras leía el libro alumbrado por una exigua bombilla durante las noches de la vecindad o iluminado por los primeros rayos del sol que se colaban por su ventana abierta, el mismo Söderman ya estuviera muerto hacía tiempo y él nunca lo sabría. Pero eso no importaba, al contrario, esa falta de certeza se convertía en un acicate más para leer. Y leía y a veces se reía de lo que decían el sueco y el gringo y otras veces se quedaba maravillado, como si le hubieran dado un balazo en la cabeza. Por aquellos días, asimismo, la rápida resolución del asesinato de Silvana Pérez ocultó en parte los anteriores fracasos policiales y la noticia salió en la televisión de Santa Teresa y en los dos periódicos de la ciudad. Algunos policías parecían más contentos de lo usual. En una cafetería Lalo Cura se encontró con unos policías jóvenes, de entre diecinueve y veinte años, que comentaban el caso. ¿Cómo es posible, dijo uno de ellos, que Llanos la violara si era su marido? Los demás se rieron, pero Lalo Cura se tomó la pregunta en serio. La violó porque la forzó, porque la obligó a hacer algo que ella no quería, dijo. De lo contrario, no sería violación. Uno de los policías jóvenes le preguntó si pensaba estudiar Derecho. ¿Quieres convertirte en licenciado, buey? No, dijo Lalo Cura. Los otros lo miraron como si se estuviera haciendo el pendejo. Por otra parte, en diciembre de 1994 no hubo más asesinatos de mujeres, al menos que se supiera, y el año terminó en paz.

Antes de que acabara el año 1994, Harry Magaña viajó a Chucarit y localizó a la muchacha que le escribía cartas de amor a Miguel Montes. Se llamaba María del Mar Enciso Montes y era prima de Miguel. Tenía diecisiete años y estaba enamorada desde los doce. Era muy delgada y tenía el pelo castaño, quemado por el sol. Le preguntó a Harry Magaña para qué quería ver a su primo y Harry le dijo que era su amigo y habló de un dinero que una noche Miguel le había prestado. Después la muchacha le presentó a sus padres, que tenían una pequeña tienda de comida en donde también vendían pescados en salazón que ellos mismos iban a comprar a los pescadores, recorriendo la costa desde Huatabampo hasta Los Médanos y a veces más al norte, hasta Isla Lobos, en donde casi todos los pescadores eran indios y tenían cáncer de piel, lo que no parecía importarles, y cuando habían llenado de pescado la camioneta volvían a Chucarit y luego ellos mismos se ocupaban de salarlos. A Harry Magaña le cayeron bien los padres de María del Mar. Esa noche se quedó allí a cenar. Pero antes salió y recorrió Chucarit en compañía de la muchacha buscando un sitio en donde comprar algo, un detalle para los padres que le habían abierto las puertas de su casa con tanta hospitalidad. No encontró nada, salvo un bar abierto en donde quiso comprar una botella de vino. La muchacha lo esperó afuera. Cuando salió ella le preguntó si quería conocer la casa de Miguel. Harry dijo que sí. El coche enfiló entonces hacia las afueras de Chucarit. Bajo la protección de unos árboles se mantenía en pie una vieja casa de adobes. Ya no vive nadie, dijo María del Mar.

Harry Magaña bajó del coche y vio un chiquero, un corral con la reja destrozada y las maderas podridas, un gallinero en donde se movió algo, tal vez una rata o una culebra. Luego empujó la puerta y un aliento a bestia muerta le dio en la cara. Tuvo un presentimiento. Regresó al coche, buscó su linterna y volvió a la casa. Esta vez María del Mar iba detrás de él. En el cuarto descubrió varios pájaros muertos. Enfocó con la linterna la parte de arriba, entre las vigas hechas de rama se podía ver parte del entretecho en donde se amontonaban objetos o excrecencias naturales inidentificables. El primero en marcharse fue Miguel, dijo María del Mar en la oscuridad. Luego murió su madre y el padre aguantó durante un año viviendo aquí solo. Un día ya no lo vimos más. Según mi madre se mató. Según mi padre se fue al norte a buscar a Miguel. ¿No tenían más hijos? Tenían, dijo María del Mar, pero murieron cuando todavía eran bebés. ¿Tú también eres hija única?, dijo Harry Magaña. No, lo mismo le pasó a mi familia. Todos mis hermanos mayores enfermaron y murieron cuando todavía ninguno había pasado los seis. Lo siento, dijo Harry Magaña. La otra habitación era aún más oscura. Pero no olía a muerto. Qué cosa más extraña, pensó Harry. Olía a vida. Tal vez a vida suspendida, a visitas fugaces, a risas de gente mala, pero a vida. Cuando salieron la muchacha le mostró el cielo de Chucarit lleno de estrellas. ¿Esperas que Miguel vuelva algún día?, le preguntó Harry Magaña. Espero que vuelva, pero no sé si volverá. ¿En dónde crees que está ahora? No lo sé, dijo María del Mar. ¿En Santa Teresa? No, dijo, si estuviera allí tú no habrías venido a Chucarit, ¿verdad? Verdad, dijo Harry Magaña. Antes de irse, le tomó la mano y le dijo que Miguel Montes no se la merecía. La muchacha sonrió. Tenía los dientes pequeños. Pero yo sí que me lo merezco a él, dijo. No, dijo Harry Magaña, tú te mereces algo mucho mejor. Esa noche, después de cenar en casa de la muchacha, se dirigió de nuevo al norte. De madrugada llegó a Tijuana. Lo único que sabía del amigo de Miguel Montes en Tijuana era que se llamaba Chucho. Pensó en buscar en los bares y discotecas de Tijuana un mesero o un barman con ese nombre, pero no tenía tanto tiempo. Tampoco conocía a nadie en la ciudad que lo pudiera ayudar. A mediodía telefoneó a un antiguo conocido que vivía en California. Soy yo, Harry Magaña, dijo. El tipo le respondió que no recordaba a ningún Harry Magaña. Hace unos cinco años hicimos un curso juntos en Santa Bárbara, dijo Harry Magaña, ¿lo recuerdas? Joder, dijo el tipo, claro que sí, el sheriff de Huntville, Arizona. ¿Sigues siendo sheriff? Sí, dijo Harry Magaña. Después se preguntaron por la salud de sus respectivas mujeres. El policía de East Los Angeles dijo que la suya estaba bien, cada día más gorda. Harry dijo que la suya había muerto hacía cuatro años. Unos meses después de haber realizado el curso en Santa Bárbara. Lo siento, dijo el otro. Está bien, dijo Harry Magaña, y ambos guardaron un silencio incómodo durante un rato, hasta que el policía le preguntó cómo había muerto. Cáncer, dijo Harry, fue rápido. ¿Estás en Los Ángeles, Harry?, quiso saber el otro. No, no, estoy cerca, estoy en Tijuana. ¿Y qué has ido a hacer a Tijuana? ¿De vacaciones? No, no, dijo Harry Magaña. Estoy buscando a un tipo. Lo busco por mi cuenta, ¿entiendes? Pero sólo tengo un nombre. ¿Quieres que te ayude? dijo el policía. No me vendría mal, dijo Harry. ¿Desde dónde me llamas? Desde una cabina. Mete monedas y espera unos minutos, dijo el policía. Mientras esperaba Harry pensó no en su mujer sino en Lucy Anne Sander y luego dejó de pensar en Lucy Anne y se dedicó a contemplar a la gente que pasaba por la calle, algunos con sombreros de mariachi hechos de cartón y pintados de negro o morado o naranja, todos con grandes bolsas y sonrisas, y por su cabeza pasó la idea (pero de forma tan fugaz que él ni siquiera lo notó) de volver a Huntville y olvidarse de todo este asunto. Luego escuchó la voz del policía de East Los Angeles que le daba un nombre: Raúl Ramírez Cerezo, y una dirección: calle Oro n.º 401. ¿Sabes hablar español, Harry?, dijo la voz desde California. Cada día menos, contestó Harry Magaña. A las tres de la tarde, bajo un sol inclemente, llamó al 401 de la calle Oro. Le abrió una niña de unos diez años que vestía uniforme escolar. Busco al señor Raúl Ramírez Cerezo, dijo Harry. La niña le sonrió, dejó la puerta abierta y desapareció en la oscuridad. Al principio Harry no supo si entrar o esperar afuera. Tal vez fue el sol el que lo empujó hacia dentro. Olió a agua y a plantas recién regadas y a vasijas calientes después de ser mojadas. De la habitación salían dos pasillos. Al final de uno de ellos se veía un patio de baldosas grises y una pared cubierta de enredadera. El otro pasillo estaba más oscuro aún que el recibidor o lo que fuera en donde estaba. ¿Qué quiere?, dijo una voz de hombre. Busco al señor Ramírez, dijo Harry Magaña. ¿Y quién es usted?, dijo la voz. Un amigo de Don Richardson, de la policía de Los Ángeles. Ah, vaya, dijo la voz, qué interesante. ¿Y para qué es bueno el señor Ramírez? Estoy buscando a un hombre, dijo Harry. Como todos, dijo la voz con un dejo entre melancólico y cansado. Esa tarde acompañó a Raúl Ramírez Cerezo a una comisaría en el centro de Tijuana, en donde el mexicano lo dejó solo con más de mil expedientes. Revíselos, le dijo. Al cabo de dos horas encontró uno que podía aplicarse perfectamente bien al Chucho que él buscaba. Es un delincuente de poca monta, le dijo Ramírez cuando volvió y examinó el expediente. Ocasionalmente ejerce de proxeneta. Lo podemos encontrar esta noche en la discoteca Wow, suele ir allí, pero primero nos vamos a cenar juntos, dijo Ramírez. Mientras comían en una terraza al aire libre, el policía mexicano le contó su vida. Mi extracción social es humilde, dijo, y los primeros veinticinco años fueron una sucesión sin fin de obstáculos. Harry Magaña no tenía muchas ganas de escucharlo a él sino a Chucho, pero hizo como que lo escuchaba. Las palabras en español podían resbalarle por la piel, cuando así se lo proponía, y no dejarle la más mínima huella, algo que no sucedía, aunque también lo había intentado, con las palabras inglesas. Vagamente entendió que la vida de Ramírez, efectivamente, no había sido fácil. Operaciones, cirujanos, una pobre madre acostumbrada a las desgracias. La mala fama de la policía, a veces cierta, a veces falsa, la cruz que todos debemos cargar. Una cruz, pensó Harry Magaña. Después Ramírez habló de mujeres. Mujeres con las piernas abiertas. Muy abiertas. ¿Qué es lo que se ve? ¿Qué es lo que se ve? Dios mío, de estas cosas no se habla cuando uno está comiendo. Un puto agujero. Un puto ojo. Una puta rajadura, como la falla en la corteza terrestre que tienen en California, la falla de San Bernardino, creo que así se llama. ¿Eso tienen en California? Primera noticia. Bueno, dijo Harry, yo vivo en Arizona. Muy lejos, sí, señor, dijo Ramírez. No, aquí al lado, mañana regreso a casa, dijo Harry. Después escuchó una larga historia sobre hijos. ¿Has oído alguna vez con atención el llanto de un niño, Harry? No, dijo, no tengo hijos. Es cierto, dijo Ramírez, perdón, perdón. ¿Por qué me pide perdón?, pensó Harry. Una mujer decente y buena. Una mujer a la que tú, sin querer, tratas mal. Por costumbre. Nos volvemos ciegos (o, por lo menos, tuertos) por costumbre, Harry, hasta que de pronto, cuando ya nada tiene remedio, esa mujer enferma en nuestros brazos. Esa mujer preocupada por todos, excepto por ella misma, empieza a quedarse mustia en nuestros brazos. Y ni siquiera entonces nos damos cuenta, dijo Ramírez. ¿Le he contado mi historia?, pensó Harry Magaña. ¿He llegado hasta ese grado de infamia? Las cosas no son como uno las ve, susurró Ramírez. ¿Tú crees que las cosas son como las ves, tal cual, sin mayores problemas, sin preguntas? No, dijo Harry Magaña, siempre hay que hacer preguntas. Correcto, dijo el policía de Tijuana. Siempre hay que hacer preguntas, y siempre hay que preguntarse el porqué de nuestras propias preguntas. ¿Y sabes por qué? Porque nuestras preguntas, al primer descuido, nos dirigen hacia lugares adonde no queremos ir. ¿Puedes ver el meollo del asunto, Harry? Nuestras preguntas son, por definición, sospechosas. Pero necesitamos hacerlas. Y eso es lo más jodido de todo. Así es la vida, dijo Harry Magaña. Después el policía mexicano se quedó en silencio y ambos contemplaron a la gente que caminaba por la avenida, sintiendo en las mejillas acaloradas la brisa que soplaba sobre Tijuana. Una brisa que olía a aceite de automóvil, a plantas secas, a naranjas, a cementerio de proporciones ciclópeas. ¿Nos tomamos otro par de cervezas o vamos ahorita a buscar al tal Chucho? Nos tomamos otra cerveza, dijo Harry Magaña. Cuando entraron en la discoteca dejó que Ramírez llevara la iniciativa. Éste llamó a uno de los matones, un tipo con musculatura de culturista y una sudadera que se le pegaba al tórax como una malla, y le dijo algo al oído. El matón lo escuchó con la vista baja, luego lo miró a la cara y parecía que iba a decir algo, pero Ramírez dijo ándele y el matón desapareció entre las luces del local. Siguió a Ramírez hasta el pasillo posterior. Entraron en el lavabo de hombres. Había dos tipos, pero nada más ver al policía se largaron. Durante un rato Ramírez se estuvo mirando en un espejo. Se lavó las manos y la cara y luego sacó un peine de la americana y procedió a peinarse cuidadosamente. Harry Magaña no hizo nada. Se quedó quieto, apoyado contra la pared de cemento sin revestir, hasta que Chucho apareció en la puerta y preguntó qué querían. Acércate, Chucho, dijo Ramírez. Harry Magaña cerró la puerta de los lavabos. Las preguntas las hizo Ramírez y Chucho las respondió todas. Conocía a Miguel Montes. Era amigo de Miguel Montes. Que él supiera, Miguel Montes aún residía en Santa Teresa, en donde vivía con una puta. No sabía el nombre de la puta, pero sí sabía que era joven y que había trabajado durante un tiempo en un local llamado Asuntos Internos. ¿Elsa Fuentes?, dijo Harry Magaña, y el tipo se dio la vuelta, lo miró y asintió. Tenía la mirada torva de los pobres diablos que siempre pierden. Creo que así se llama, dijo. ¿Y cómo sé yo, Chuchito, que no me mientes?, dijo Ramírez. Porque yo a usted nunca le miento, boss, dijo el proxeneta. Pero tengo que asegurarme, Chuchito, dijo el policía mexicano al tiempo que sacaba una navaja de un bolsillo. Era una navaja automática, con mango de nácar y una delgada hoja de acero de quince centímetros. Yo nunca le miento, boss, gimió Chucho. Esto es importante para mi amigo, Chuchito, ¿cómo sé yo que no vas a telefonear a Miguel Montes apenas nos hayamos ido? Yo nunca lo haría, nunca, nunca, tratándose de usted, boss, esa idea ni siquiera se me podría pasar por la cabeza. ¿Qué hacemos, Harry?, dijo el policía mexicano. Yo creo que este pendejo no miente, dijo Harry Magaña. Cuando abrió la puerta del lavabo vio al otro lado a un par de putas de corta estatura y al matón del local. Las putas estaban entradas en carnes y debían de ser unas sentimentales pues cuando vieron a Chucho sano y salvo se abalanzaron a abrazarlo entre risas y lágrimas. Ramírez fue el último en salir del lavabo. ¿Algún problema?, le preguntó al matón. Ninguno, dijo éste con una voz muy delgada. ¿Todo bien, entonces? Suave, dijo el matón. Al salir a la calle encontraron una cola de gente joven que pretendía entrar en la discoteca. Harry Magaña distinguió, al final de la acera, la figura de Chucho que caminaba abrazado a sus dos putas. Sobre él pendía una luna llena que le trajo recuerdos del mar, un mar que había visitado en no más de tres ocasiones. Se va a la cama, dijo Ramírez cuando estuvo al lado de Harry Magaña. Demasiado miedo y demasiadas emociones como para no desear de inmediato un buen sillón, un buen jaibol, un buen programa en la tele y una buena comida preparada por sus dos viejas. La mera verdad es que sólo sirven para cocinar, dijo el policía mexicano como si conociera a las putas desde la escuela. En la cola también había algunos turistas norteamericanos que hablaban a gritos. ¿Qué vas a hacer ahora, Harry?, dijo Ramírez. Me voy a Santa Teresa, dijo Harry Magaña mirando el suelo. Esa noche siguió el camino de las estrellas. Al cruzar el río Colorado vio un aerolito en el cielo, o una estrella fugaz, y pidió en silencio un deseo tal como le había enseñado su madre a hacerlo. Recorrió la carretera solitaria de San Luis a Los Vidrios. Allí se detuvo y bebió en un restaurante dos tazas de café sin pensar en nada, sintiendo cómo el líquido caliente bajaba por su esófago y lo quemaba. Después recorrió la carretera de Los Vidrios-Sonoyta y entonces enfiló hacia el sur, hacia Caborca. Mientras buscaba la salida pasó por el centro del pueblo y todo parecía cerrado, salvo la gasolinera. Se dirigió hacia el este y atravesó Altar, Pueblo Nuevo y Santa Ana, hasta enlazar con la carretera de cuatro carriles que iba a Nogales y a Santa Teresa. Llegó a la ciudad a las cuatro de la mañana. En la casa de Demetrio Águila no encontró a nadie, por lo que ni siquiera se echó un rato en la cama. Se lavó la cara y los brazos, se frotó con agua fría el pecho y las axilas y cogió de su maletín una camisa limpia. El Asuntos Internos aún no había cerrado cuando llegó y pidió hablar con la madame. El tipo al que se lo dijo lo miró con sorna. Estaba detrás de un mostrador de madera labrada, un escenario concebido para una sola persona, un animador o un anunciador de números, y parecía más alto de lo que era. Aquí no hay ninguna madame, señor, le dijo. Entonces me gustaría hablar con el encargado, dijo Harry Magaña. No hay ningún encargado, señor. ¿Quién manda?, preguntó Harry Magaña. Hay una *encargada*, señor. Nuestra encargada de relaciones públicas, señor. La señorita Isela. Harry Magaña intentó sonreír y dijo que quería hablar un minuto con la señorita Isela. Suba a la discoteca y pregunte por ella, le dijo el animador. Harry Magaña entró en un salón y vio a un hombre de bigote blanco dormido en un sillón. Las paredes estaban recubiertas de una tela roja, almohadillada, como si el salón fuera la celda de seguridad en un manicomio de putas. En la escalera, con el pasamanos tapizado igualmente de rojo, se cruzó con una puta que acompañaba a un cliente y la sujetó de un brazo. Le preguntó si Elsa Fuentes aún trabajaba allí. Sáquese, dijo la puta, y siguió bajando. En la discoteca había bastante gente, aunque la música que se escuchaba eran boleros o tristes danzones del sur. Las parejas apenas se movían en la oscuridad. Con dificultad localizó a un camarero y le preguntó dónde podía encontrar a la señorita Isela. El camarero le indicó una puerta en el otro extremo de la discoteca. La señorita Isela estaba acompañada de un hombre de unos cincuenta años, vestido con traje negro y corbata amarilla. Cuando lo invitaron a sentarse el tipo se hizo a un lado y se apoyó contra la ventana que daba a la calle. Harry Magaña le dijo que buscaba a Elsa Fuentes. ¿Se puede saber por qué?, quiso saber la señorita Isela. Por ningún motivo bueno, dijo Harry Magaña con una sonrisa. La señorita Isela se rió. Era delgada y bien proporcionada, tenía tatuada en el hombro izquierdo una mariposa azul y probablemente aún no había cumplido los veintidós años. El tipo de la ventana también intentó reírse pero sólo le salió una mueca que apenas le estremeció el labio superior. Ya no trabaja aquí, dijo la señorita Isela. ¿Cuánto hace de eso?, preguntó Harry Magaña. Un mes o algo así, dijo la señorita Isela. ¿Y sabe usted dónde podría encontrarla? La señorita Isela miró al hombre de la ventana y le preguntó si se lo podían decir. ¿Por qué no?, dijo el hombre. Si no le soltamos la sopa nosotros, de otra manera lo va a conseguir. Este gringo parece obstinado. Es verdad, dijo Harry Magaña, soy obstinado. Pues no la hagas más cardiaca, Iselita, y dile dónde vive Elsa Fuentes, dijo el hombre. La señorita Isela sacó de un cajón un libro de contabilidad de tapa gruesa, muy alargado, y buscó en sus hojas. Elsa Fuentes vive, hasta donde sabemos, en la calle Santa Catarina número 23. ¿Y eso por dónde queda?, dijo Harry Magaña. En la colonia Carranza, dijo la señorita Isela. Usted vaya preguntando por ahí y al final llegará, dijo el hombre. Harry Magaña se levantó y les dio las gracias. Antes de marcharse se dio la vuelta y a punto estuvo de preguntarles si conocían o habían oído hablar de Miguel Montes, pero se arrepintió a tiempo y no les dijo nada.

Le costó llegar a la calle Santa Catarina, pero al final lo consiguió. La casa de Elsa Fuentes tenía las paredes encaladas y la puerta era de hierro. Golpeó dos veces. Las casas vecinas estaban en completo silencio, aunque por la calle se había cruzado con tres mujeres que salían a trabajar. Las tres mujeres se juntaron nada más salir de sus casas y desaparecieron rápidamente después de echarle una mirada a su coche. Sacó su navaja, se agachó y abrió la puerta sin dificultad. Por la parte de adentro la puerta tenía un hierro que hacía las veces de tranca y que no estaba echado, por lo que supuso que no había nadie. Cerró la puerta, dejó caer el hierro y empezó a buscar. Las habitaciones no ofrecían un aspecto de abandono sino más bien de decoro no exento de coquetería. En las paredes colgaban cántaros, una guitarra, atajos de hierbas medicinales que desprendían buen olor. La habitación de Elsa Fuentes tenía la cama deshecha, pero por lo demás su aspecto era impecable. La ropa en el armario estaba ordenada, sobre una mesilla de noche había varias fotografías (en dos de ellas aparecía junto a Miguel

Montes), el polvo no había tenido tiempo para acumularse en el suelo. El refrigerador exhibía suficiente comida. No había nada encendido, ni siquiera una vela junto a la imagen de una santa, todo parecía dispuesto para esperar el regreso de la mujer. Buscó indicios de la estancia allí de Miguel Montes, pero no encontró nada. Se sentó en un sillón de la sala y se dispuso a esperar. No supo en qué momento se quedó dormido. Cuando se despertó, sin embargo, ya eran las doce del día y nadie había intentado abrir la puerta. Fue a la cocina y buscó algo para desayunar. Bebió un vaso grande de leche después de verificar la fecha de caducidad del cartón. Luego cogió una manzana de un cesto de plástico junto a la ventana y se la comió mientras volvía a registrar todos los rincones de la casa. No quiso prepararse café para no encender el fuego. En la cocina lo único que estaba pasado era el pan, que se había endurecido. Buscó una libreta de direcciones, una reserva de autobuses, alguna mínima señal de lucha que se le hubiera pasado por alto. Revisó el lavabo, miró bajo la cama de Elsa Fuentes, escarbó en la bolsa de la basura. Abrió tres cajas de zapatos y sólo halló zapatos. Miró bajo el colchón. Levantó las tres alfombras pequeñas, todas con motivos árabes, señales de la coquetería de Elsa Fuentes, y no encontró nada. Entonces se le ocurrió mirar el techo. En el dormitorio y en la sala no había nada. En la cocina, sin embargo, distinguió una fisura. Se subió a una silla y escarbó con la navaja hasta que el yeso cayó al suelo. Agrandó el agujero y metió la mano. Encontró una bolsa de plástico con diez mil dólares y una libreta. Se guardó el dinero en el bolsillo y empezó a hojear la libreta. Había números de teléfono sin nombre ni encabezamiento, como dispuestos al azar. Supuso que eran clientes. Unos pocos números tenían un nombre, Mamá, Miguel, Lupe, Juana y otros que aparecían por sus alias, posiblemente compañeras de trabajo. Entre los teléfonos reconoció algunos que no eran de México sino de Arizona. Se guardó la libreta junto con el dinero y decidió que ya era hora de marcharse. Estaba nervioso y el cuerpo le pedía a gritos un par de tazas de café. Al poner en marcha el coche tuvo la impresión de que lo espiaban. Todo, no obstante, estaba tranquilo y sólo unos niños se afanaban jugando un partido de fútbol en medio de la calle. Tocó el claxon y los niños tardaron mucho en apartarse. Por el espejo retrovisor vio que una Rand Charger aparecía por el otro lado de la calle. Se deslizó suavemente y dejó que la Rand Charger lo alcanzara. El conductor y el tipo que lo acompañaba no demostraron el más mínimo interés en él y en la esquina la Rand Charger lo adelantó y lo dejó atrás. Condujo hasta el centro y se detuvo junto a un restaurante bastante concurrido. Pidió un plato de huevos revueltos con jamón y una taza de café. Mientras esperaba la comida se dirigió a la barra y le preguntó a un muchacho si podía telefonear. El muchacho, que iba vestido con una camisa blanca y una pajarita negra, le preguntó si pensaba telefonear a los Estados Unidos o a México. Aquí, a Sonora, dijo Harry Magaña, y sacó la libreta y le enseñó los números. Okey, dijo el muchacho, usted telefonee a donde quiera y yo luego le paso la cuenta, ¿de acuerdo? Correcto, dijo Harry Magaña. El muchacho le puso el teléfono a un lado y luego se marchó a atender a otros clientes. Llamó primero al teléfono de la madre de Elsa Fuentes. Contestó una mujer. Le preguntó por Elsa. Elsita no está aquí, dijo la mujer. ¿Pero no es usted su madre?, dijo. Yo soy su mamá, sí, pero Elsita vive en Santa Teresa, dijo la mujer. ¿Y adónde estoy telefoneando entonces?, dijo Harry Magaña. ¿Mande?, dijo la mujer. ¿Dónde vive usted, señora? En Toconilco, dijo la mujer. ¿Y eso dónde queda, señora?, dijo Harry Magaña. En México, señor, dijo la mujer. ¿Pero en qué lugar de México? Cerca de Tepehuanes, dijo la mujer. ¿Y Tepehuanes dónde queda?, chilló Harry Magaña. Pues en Durango, señor. ¿En el estado de Durango?, dijo Harry Magaña mientras escribía en una hoja la palabra Toconilco y la palabra Tepehuanes y finalmente la palabra Durango. Antes de colgar le pidió su dirección. La mujer se la dio, enrevesada, pero sin ningún reparo. Le enviaré un dinero de parte de su hija, dijo Harry Magaña. Dios se lo pague, dijo la mujer. No, señora, a mí no, a su hija, dijo Harry Magaña. Pues que así sea, dijo la mujer, que Dios se lo pague a mi hija, y también a usted. Después le hizo una seña al muchacho de la pajarita dándole a entender que aún no había terminado y volvió a la mesa, en donde le esperaban sus huevos revueltos y su taza de café. Antes de volver a telefonear pidió que le repitieran el café y con la taza en la mano se trasladó una vez más a la barra. Llamó al número de Miguel Montes (aunque podía tratarse de otro Miguel, pensó) y tal como temía nadie respondió a la llamada. Después llamó al número de la tal Lupe y la conversación fue aún más caótica que la que acababa de sostener con la madre de Elsa Fuentes. En claro sacó que Lupe vivía en Hermosillo, que no quería saber nada ni de Elsa Fuentes ni de Santa Teresa, que en efecto había conocido a Miguel Montes pero que tampoco quería saber nada de él (si es que aún estaba vivo), que su vida en Santa Teresa había sido una equivocación desde el principio hasta el final y que no pensaba equivocarse dos veces. A continuación telefoneó a otras dos mujeres, la que aparecía bajo el epígrafe Juana y una (o uno, pues no quedaba claro que fuera mujer) que aparecía con el mote de Vaca. Ambos teléfonos, le informó una voz pregrabada, estaban dados de baja. El último intento lo hizo casi al azar. Llamó a uno de los teléfonos de Arizona. Una voz de hombre, deformada por el contestador automático, le pidió que dejara un mensaje y que él ya se encargaría de llamarlo. Pidió la cuenta. El muchacho de la pajarita hizo una operación matemática en un papel que extrajo de un bolsillo y le preguntó si había comido bien. Muy bien, dijo Harry Magaña. Durmió la siesta en casa de Demetrio Águila, en la calle Luciérnaga, y soñó con una calle de Huntville, la principal, batida por una tormenta de arena. ¡Hay que ir a buscar a las chicas de la factoría de baratijas!, gritaba alguien a sus espaldas, pero él no le hacía caso y seguía enfrascado en la lectura de un legajo de documentos, papeles fotocopiados, que parecían escritos en una lengua que no era de este mundo. Al despertar se dio una ducha de agua fría y se secó con una toalla blanca, grande, agradable al tacto. Después llamó por teléfono a Información y dio el número de Miguel Montes. Preguntó en qué lugar de la ciudad estaba registrado ese teléfono. La mujer que lo atendió lo hizo esperar un momento y luego recitó el nombre de una calle y un número. Antes de colgar preguntó a nombre de quién estaba registrado el teléfono. A nombre de Francisco Díaz, señor, dijo la telefonista. Empezaba a anochecer rápidamente en Santa Teresa cuando Harry Magaña llegó a la calle Portal de San Pablo, que corría paralela a la avenida Madero-Centro, en un barrio que aún conservaba las trazas de lo que había sido: casas de uno o dos pisos, hechas de cemento y ladrillos, de clase media, habitado antiguamente por funcionarios o profesionales jóvenes. Por las aceras ahora sólo se veían viejos y grupos de adolescentes que pasaban corriendo o en bicicleta o montados en destartalados coches, siempre aprisa, como si tuvieran algo muy urgente que hacer esa noche. En realidad, el único que tiene algo urgente que hacer soy yo, pensó Harry Magaña, y se quedó dentro de su coche, sin moverse, hasta que todo estuvo oscuro. Cruzó la calle sin que nadie lo viera. La puerta era de madera y no parecía difícil de abrir. Empuñó la navaja y la cerradura no se le resistió. De la sala salía un pasillo largo que acababa en un pequeño patio iluminado por las luces de un patio vecino. Todo estaba en completo desorden. Oyó los ruidos apagados de una televisión de otra vivienda y un resoplido. Supo de inmediato que no estaba solo. En ese momento Harry Magaña lamentó no tener su arma a mano. Se asomó a la primera habitación. Un tipo achaparrado pero de espalda ancha estaba sacando un bulto de debajo de una cama. La cama era baja y costaba sacar el bulto. Cuando por fin lo consiguió y empezó a arrastrarlo hacia el pasillo, el tipo se dio vuelta y lo miró sin sorpresa. El bulto estaba envuelto en plástico y Harry Magaña sintió que la náusea y la rabia lo estaban ahogando. Por un instante ambos permanecieron inmóviles. El tipo achaparrado llevaba un buzo negro, probablemente el buzo oficial de una maquiladora, y su expresión era de enfado e incluso de vergüenza. La chamba dura la hago yo, parecía decir. Con un sentimiento de fatalidad Harry Magaña pensó que en realidad no estaba allí, a pocos minutos del centro, en la casa de Francisco Díaz que era lo mismo que estar en la casa de nadie, sino en el campo, entre el polvo y los matojos, en una casucha con corral para los animales y un gallinero y un horno de leña, en el desierto de Santa Teresa o en cualquier desierto. Oyó que alguien cerraba la puerta de entrada y luego pasos en la sala. Una voz que llamaba al tipo achaparrado. Y también oyó que éste respondía: estoy aquí, con nuestro cuate. La rabia se acrecentó. Deseó enterrarle la navaja en el corazón. Se abalanzó sobre él mirando de reojo, desesperado, las dos sombras que ya había visto a bordo de la Rand Charger, que avanzaban por el pasillo.

El año de 1995 se inauguró con el hallazgo, el cinco de enero, de otra muerta. Esta vez se trataba de un esqueleto enterrado a poca profundidad en un potrero que pertenecía al ejido Hijos de Morelos. Los campesinos que lo desenterraron no sabían que se trataba de una mujer. Más bien pensaron que se trataba de un tipo chaparrito. Junto al esqueleto no había ropas ni nada que identificara los restos. Desde el ejido fue avisada la policía, que tardó seis horas en presentarse y que además de tomar declaración a cada uno de los que habían participado en el hallazgo hizo preguntas sobre si faltaba algún campesino, si había habido peleas recientemente, si el comportamiento de algún campesino había variado en los últimos tiempos. Por supuesto, dos jóvenes se habían marchado del ejido, como sucedía cada año, a Santa Teresa o a Nogales o a los Estados Unidos. Peleas, las había siempre, pero nunca graves. El comportamiento de los campesinos variaba, dependiendo de la estación del año, de la cosecha, del poco ganado que les quedaba, en fin, de la economía, como el de todo el mundo. El forense de Santa Teresa no tardó en dictaminar que el esqueleto pertenecía a una mujer. Si a esto se le añadía que no había ropas o restos de ropas en el agujero donde fue enterrada, la conclusión era más clara que el agua: se trataba de un asesinato. ¿Cómo había sido asesinada? Eso ya no podía decirlo. ¿Cuándo? Probablemente hacía unos tres meses, aunque en este último punto prefería no arriesgar ningún juicio contundente, pues la descomposición de un cadáver es variable, por lo que si alguien pretendía una fecha exacta, lo mejor era que se llevarán los huesos al Instituto Anatómico Forense de Hermosillo o, mejor aún, al del DF. La policía de Santa Teresa hizo un comunicado público en donde, vagamente, lo que hacía a fin de cuentas era rehuir cualquier responsabilidad. El asesino bien podía ser un conductor que viniera desde Baja California y se dirigiera a Chihuahua, y la muerta una autoestopista recogida en Tijuana, asesinada en Saric y enterrada, casualmente, allí.

El quince de enero apareció la siguiente muerta. Se trataba de Claudia Pérez Millán. El cuerpo fue encontrado en la calle Sahuaritos. La occisa vestía un suéter negro y tenía dos anillos de bisutería en cada mano, además de la argolla de compromiso. No llevaba falda ni bragas, aunque sí estaba calzada con unos zapatos de imitación de cuero, de color rojo y sin tacones. El cuerpo, que había sido violado y estrangulado, estaba envuelto en una cobija blanca, como si el asesino pensara trasladar el cuerpo a otro lugar y de pronto hubiera decidido, o las circunstancias lo hubieran obligado, abandonarlo detrás de un contenedor de basura de la calle Sahuaritos. Claudia Pérez Millán tenía treintaiún años y vivía con su esposo y sus dos hijos en la calle Marquesas, no lejos de donde fue encontrado el cadáver. Al presentarse la policía en su domicilio nadie abrió la puerta, aunque eran audibles los llantos y gritos que provenían del interior. Provistos de la pertinente orden judicial, la puerta del domicilio de la occisa fue echada abajo y en una de las habitaciones de la casa, encerrados con llave, fueron encontrados los menores de edad Juan Aparicio Pérez y su hermano Frank Aparicio Pérez. En la habitación había un cubo de agua potable y dos paquetes de pan de molde. Interrogados los menores en presencia de un psicólogo infantil, ambos admitieron que había sido su padre, Juan Aparicio Regla, quien los había encerrado la noche anterior. Luego oyeron ruidos y gritos, pero sin precisar quién gritaba ni qué producía los ruidos, hasta que se durmieron. A la mañana siguiente ya no había nadie en la casa y cuando oyeron a la policía se pusieron a gritar. El sospechoso Juan Aparicio Regla era poseedor de un coche, que tampoco fue encontrado, por lo que se deduce que huyó en él tras cometer el parricidio. Claudia Pérez Millán trabajaba como mesera en una cafetería del centro. Juan Aparicio Regla no tenía oficio conocido, algunos creían que trabajaba en una maquiladora, otros que hacía de pollero en el paso de emigrantes hacia los Estados Unidos. Se cursó una orden inmediata de busca y captura, pero los que sabían estaban seguros de que nunca más se le volvería a ver por la ciudad.

En febrero murió María de la Luz Romero. Tenía catorce años, medía un metro cincuentaiocho, tenía el pelo largo hasta la cintura, aunque se lo pensaba cortar uno de esos días, tal como le había confesado a una de sus hermanas. Desde hacía poco trabajaba en la maquiladora EMSA, una de las más antiguas de Santa Teresa, que no estaba en ningún parque industrial sino en medio de la colonia La Preciada, como una pirámide de color melón, con su altar de los sacrificios oculto detrás de las chimeneas y dos enormes puertas de hangar por donde entraban los obreros y los camiones. María de la Luz Romero salió a las siete de la tarde de su casa, acompañada por unas amigas que la habían ido a buscar. A sus hermanos les dijo que iba a bailar al Sonorita, una discoteca obrera ubicada en los lindes de la colonia San Damián con la colonia Plata, y que ya cenaría algo por ahí. Sus padres no estaban en casa porque aquella semana hacían los turnos de noche. María de la Luz, en efecto, comió junto a sus compañeras, de pie, al lado de una furgoneta que vendía tacos y quesadillas en la acera opuesta a la discoteca, a la que entraron a las ocho de la noche, hallándola repleta de jóvenes a los que conocían, bien porque trabajaban también en EMSA, bien porque los tenían vistos en el barrio. Según una de sus amigas María de la Luz bailó sola, al contrario que las demás que ya tenían allí a sus novios o conocidos. En dos ocasiones, sin embargo, fue abordada por dos jóvenes distintos que la quisieron invitar a una bebida o a un refresco, a lo que María de la Luz se negó, la primera vez porque no le gustaba el muchacho y la segunda por timidez. A las once y media de la noche se marchó, en compañía de una amiga. Ambas vivían más o menos cerca y hacer el viaje juntas resultaba mucho más grato que en solitario. Se separaron unas cinco calles antes de la casa de María de la Luz. Allí se pierde el rastro. Interrogados algunos vecinos que vivían en el trayecto que aún le quedaba por hacer, todos declararon no haber oído grito alguno ni mucho menos una llamada de auxilio. Su cadáver apareció dos días después, junto a la carretera de Casas Negras. Había sido violada y golpeada en la cara repetidas veces, en ocasiones con especial ensañamiento, presentándose incluso una fractura de palatino, algo muy poco usual en una golpiza y que llevó al forense a suponer (aunque por supuesto con la misma velocidad descartó la idea) que durante el secuestro el coche en que María de la Luz era trasladada había sufrido un accidente de carretera. La muerte se la habían producido las cuchilladas que exhibía en el tórax y en el cuello, y que afectaban los dos pulmones y múltiples arterias. El caso lo llevó el judicial Juan de Dios Martínez, que volvió a interrogar a las amigas que la habían acompañado a la discoteca, al dueño y algunos camareros de la discoteca y a los vecinos cuyas casas flanqueaban las cinco calles que María de la Luz recorrió o intentó recorrer en solitario antes de ser secuestrada. Los resultados fueron decepcionantes.

En marzo no apareció ninguna muerta en la ciudad, pero en abril aparecieron dos, con escasos días de diferencia, y también las primeras críticas a la actuación policial, incapaz no sólo de detener la ola (o el goteo incesante) de crímenes sexuales sino también de apresar a los asesinos y devolver la paz y la tranquilidad a una ciudad de natural laborioso. La primera muerta fue hallada en una habitación del hotel Mi Reposo, en el centro de Santa Teresa. Estaba debajo de la cama, envuelta en una sábana, vestida únicamente con un sostén blanco. Según el administrador de Mi Reposo, la habitación de la muerta correspondía a un cliente, de nombre Alejandro Peñalva Brown, que la había alquilado hacía tres días y del que no se tenía noticias. Interrogadas las empleadas de la limpieza y los dos recepcionistas, todos coincidieron en declarar que el mencionado Peñalva Brown sólo se había dejado ver durante el primer día de su estancia en el hotel. Las empleadas de la limpieza, por su parte, juraron que durante el segundo y el tercer día no habían hallado nada debajo de la cama, aunque esto último, según la policía, bien podía ser una añagaza para cubrir la falta de esmero con que limpiaban las habitaciones. En el libro de registro del hotel, la dirección que Peñalva Brown había dejado era de Hermosillo. Avisada la policía de Hermosillo, pronto se descubrió que en aquella dirección el tal Peñalva Brown no había vivido jamás. En los brazos de la muerta, una mujer de aproximadamente treintaicinco años, morena y robusta, había numerosas marcas de pinchazos, por lo que la policía investigó en los ambientes de droga de la ciudad, sin encontrar indicios que llevaran a la identidad del cadáver. Según el forense la muerte se había debido a una sobredosis de cocaína en mal estado. No se descartó que la cocaína se la hubiera suministrado el sospechoso Peñalva Brown ni tampoco el que éste supiera que le estaba dando veneno. Dos semanas después, cuando los esfuerzos se habían volcado en el esclarecimiento del crimen de la segunda desconocida, dos mujeres aparecieron en la comisaría, en donde declararon que conocían a la muerta. Ésta se llamaba Sofía Serrano y había trabajado como obrera en tres maquiladoras y como camarera y últimamente hacía de puta en los baldíos de la colonia Ciudad Nueva, a espaldas del cementerio. No tenía familia en Santa Teresa, sólo algunos amigos, todos pobres, por lo que su cuerpo fue entregado a los alumnos de la facultad de Medicina de la Universidad de Santa Teresa.

La segunda muerta apareció cerca de un basurero de la colonia Estrella. Había sido violada y estrangulada. Poco después se la identificó como Olga Paredes Pacheco, de veinticinco años, trabajadora en una tienda de ropa de la avenida Real, cerca del centro, soltera, de un metro sesenta de estatura, domiciliada en la calle Hermanos Redondo, en la colonia Rubén Darío, en donde vivía con su hermana menor, Elisa Paredes Pacheco, ambas bien conocidas en el barrio por su simpatía, don de gentes y seriedad. Los padres habían muerto hacía cinco años, primero el padre, de cáncer, y luego la madre, de un ataque al corazón, con un intervalo de apenas dos meses, y Olga se hizo cargo de las responsabilidades de la casa con eficiencia y naturalidad. No se le conocía ningún novio. Su hermana, de veinte años, sí tenía novio, con el que pensaba casarse. El novio de Elisa, un joven abogado recién egresado de la Universidad de Santa Teresa, trabajaba en el bufete de un abogado mercantil muy reputado en la ciudad, y además poseía una coartada para la noche en que se supone Olga fue secuestrada. Muy conmocionado por la muerte de su futura cuñada, durante el interrogatorio (informal) que se le hizo confesó no tener ni la más remota idea de quién podía malquerer a Olga como para llegar al extremo de matarla y se mostró obsesionado por la mala suerte, el destino trágico que, según él, rondaba a la familia de su novia, primero con la muerte de sus padres y luego con la muerte de su hermana. Las pocas amigas de Olga ratificaron lo dicho por su hermana y el joven abogado. Todo el mundo la quería, era una santateresana como quedan pocas, es decir recta, de una sola palabra, honesta y seria. Y además sabía vestir bien, con elegancia y buen gusto. Sobre el gusto en el vestir el forense estuvo de acuerdo y, además, descubrió algo curioso en el cadáver: la falda que llevaba la noche de su muerte y con la que fue encontrada estaba puesta al revés.

En mayo el cónsul norteamericano visitó al alcalde de Santa Teresa y luego, en compañía de éste, realizó una visita informal al jefe de la policía. El cónsul se llamaba Abraham Mitchell, pero su mujer y sus amigos lo llamaban Conan. Era un tipo de uno noventa de estatura y ciento cinco kilos de peso, con la cara surcada de arrugas y las orejas tal vez demasiado grandes, a quien le encantaba vivir en México y salir de acampada al desierto y sólo se ocupaba personalmente de los casos graves. Es decir, que casi nunca tenía nada que hacer, salvo acudir a fiestas representando a su país y visitar subrepticiamente alguna noche, una vez cada dos meses, en compañía de compatriotas bragados en los afanes alcohólicos, las dos más reputadas pulquerías de Santa Teresa. El sheriff de Huntville había desaparecido y todos los informes de que disponía decían que se hallaba en Santa Teresa la última vez que fue visto. El jefe de la policía quiso saber si estaba en Santa Teresa en misión oficial o como turista. Como turista, por supuesto, dijo el cónsul. Pues, entonces, ¿qué puedo saber yo?, dijo Pedro Negrete, por aquí pasan cientos de turistas cada día. El cónsul meditó un instante y acabó dándole la razón al jefe de la policía. Mejor no mover la mierda, pensó. Aun así, como una deferencia del alcalde, que era su amigo, se le permitió que revisara él o la persona que él considerara idónea las fotos de los desconocidos muertos en la ciudad desde noviembre del 94 hasta la fecha actual y ninguno de ellos fue identificado por Rory Campuzano, ayudante del sheriff, que se desplazó desde Huntville expresamente por esta razón. Probablemente el sheriff se volvió loco, dijo Kurt A. Banks y se suicidó en el desierto. O está ahora viviendo con un travesti en Florida, dijo Henderson, el otro empleado del consulado. Conan Mitchell los miró con gesto grave y les dijo que no era piadoso hablar así de un sheriff de los Estados Unidos. En mayo, por otra parte, no murió asesinada ninguna mujer en Santa Teresa y lo mismo se repitió durante el mes de junio. Pero en julio aparecieron dos muertas y las primeras protestas de una asociación feminista, Mujeres de Sonora por la Democracia y la Paz (MSDP), cuya central estaba en Hermosillo, y que en Santa Teresa sólo contaba con tres afiliadas. La primera muerta apareció en el patio de un taller dedicado a la reparación de coches, en la calle Refugio, casi al final, muy cerca de la carretera a Nogales. La mujer tenía diecinueve años y había sido violada y estrangulada. Su cadáver se encontró en el interior de un coche listo para el desguace. Iba vestida con pantalones de mezclilla, blusa blanca algo escotada, y llevaba botas rancheras. Tres días después se supo que se trataba de Paula García Zapatero, vecina de la colonia Lomas del Toro, operaria en la maquiladora TECNOSA, y natural del estado de Querétaro. Vivía con otras tres queretanas y no se le conocía novio, aunque había tenido una historia sentimental con dos compañeros de la misma maquiladora. Éstos fueron localizados e interrogados durante algunos días y ambos pudieron probar sus coartadas, aunque uno de ellos acabó en el hospital con un shock nervioso y tres costillas rotas. Mientras aún se investigaba el caso de Paula García Zapatero apareció la segunda muerta de julio. Su cuerpo fue hallado detrás de unos depósitos de Pémex, en la carretera a Casas Negras. Tenía diecinueve años, era delgada, de tez morena y pelo negro largo. Había sido violada anal y vaginalmente, repetidas veces, según el forense, y el cuerpo presentaba hematomas múltiples que revelaban que se había ejercido con ella una violencia desmesurada. El cuerpo, sin embargo, fue hallado completamente vestido, pantalones de mezclilla, bragas negras, pantimedias de color marrón claro, sostén blanco, blusa blanca, prendas que no exhibían ni el más mínimo desgarro, de lo que se deducía que el asesino o los asesinos, tras desnudarla y vejarla y matarla, habían procedido luego a vestirla antes de abandonar su cuerpo detrás de los depósitos de Pémex. El caso de Paula García Zapatero lo llevó el policía de la judicial del estado Efraín Bustelo y el caso de Rosaura López Santana le fue encomendado al judicial Ernesto Ortiz Rebolledo y ambos casos entraron rápidamente en un callejón sin salida, pues no había testigos ni nada que ayudara a la policía.

En agosto de 1995 fueron encontrados los cuerpos de siete mujeres y Florita Almada apareció por segunda vez en la televisión de Sonora y dos policías de Tucson estuvieron en Santa Teresa haciendo preguntas. Estos últimos se entrevistaron con los empleados del consulado Kurt A. Banks y Dick Henderson, ya que el cónsul se hallaba pasando una temporada en su rancho de Sage, California, en realidad una cabaña de madera podrida, al otro lado de la Ramona Indian Reservation, mientras su mujer descansaba unos meses en casa de su hermana en Escondido, cerca de San Diego. La cabaña antes había tenido tierras, pero las tierras las vendió el padre de Conan Mitchell y ahora sólo le quedaban mil metros cuadrados de jardín agreste en donde se dedicaba a matar ratones de campo armado con una Remington 870 Wingmaster y a leer novelas de vaqueros y ver vídeos pornográficos. Cuando se cansaba se metía en su coche y bajaba a Sage, al bar, en donde algunos viejos lo conocían desde que era niño. A veces Conan Mitchell se quedaba mirando a los viejos y pensaba que era imposible que tuvieran ese tipo de recuerdos sobre su infancia, pues algunos no parecían mucho mayores que él. Pero los viejos hacían bailar sus dentaduras postizas y recordaban las travesuras del niño Abe Mitchell como si lo estuvieran viendo en ese instante y a Conan no le quedaba más remedio que fingir que él también se reía. La verdad es que no tenía recuerdos precisos de su infancia. Se acordaba de su padre y de su hermano mayor y a veces recordaba temporales de lluvia, pero la lluvia no era de Sage, sino de otro sitio donde había vivido. La superstición de morir calcinado por un rayo lo acompañaba desde su infancia y eso sí lo recordaba, aunque, salvo a su mujer, a poca gente se lo había contado. La verdad es que Conan Mitchell no era muy hablador. Ésa era una de las razones por las que le gustaba vivir en México, en donde tenía dos pequeñas empresas de transporte. A los mexicanos les gusta hablar, pero prefieren no hacerlo con las personas altas, más aún si son norteamericanos. Esta idea, que era suya y que vaya Dios a saber cómo se había forjado en su cabeza, le producía una gran tranquilidad cuando estaba al sur de la frontera. De vez en cuando, sin embargo, y siempre por imposición de su mujer, tenía que pasar temporadas en California o en Arizona, que él aceptaba con resignación. Los primeros días el cambio parecía no afectarle. A las dos semanas, incapaz de soportar el ruido (ruido que se dirigía a él y que le exigía respuestas), se marchaba a Sage, a encerrarse en su vieja cabaña. Cuando los policías de Tucson llegaron a Santa Teresa, hacía veinte días que Conan ya no estaba allí, algo que en el fondo los policías agradecieron, pues tenían noticias de su incompetencia. Henderson y Banks hicieron el papel de cicerones. Los policías recorrieron la ciudad, visitaron bares y discotecas, fueron presentados a Pedro Negrete, con quien mantuvieron una larga conversación sobre narcotráfico, se entrevistaron con los judiciales Ortiz Rebolledo y Juan de Dios Martínez, hablaron con dos forenses de la morgue de la ciudad, examinaron algunos dossieres de muertos sin nombre encontrados en el desierto y visitaron el burdel Asuntos Internos, en donde se acostaron con sendas putas. Después, tal como habían llegado, se marcharon.

Por lo que respecta a Florita Almada, su segunda aparición televisiva fue menos espectacular que la primera. Habló, por expreso deseo de Reinaldo, de los tres libros que había escrito y publicado. No eran buenos libros, dijo, pero para una mujer que había sido analfabeta hasta pasados los veinte años no carecían de mérito. Todas las cosas de este mundo, afirmó, incluso las más grandes, comparadas con el universo en realidad eran chiquititas. ¿Qué quería decir con esto? Pues que el ser humano, si se lo proponía, podía superarse. No quería decir que un campesino, por poner un ejemplo, de la noche a la mañana fuera capaz de dirigir la NASA, ni siquiera de trabajar en la NASA, pero ¿quién podía afirmar que el hijo de ese campesino, guiado por el ejemplo y el cariño de su padre, no llegaría algún día a trabajar allí? A ella, por poner otro ejemplo, le hubiera gustado estudiar y ser maestra de escuela, pues ése era tal vez, a su modesto entender, el mejor trabajo del mundo, enseñar a los niños, abrir con toda la delicadeza los ojos de los niños para que contemplaran, aunque sólo fuera una puntita, los tesoros de la realidad y de la cultura, que al fin y al cabo eran la misma cosa. Pero no pudo ser y ella estaba en paz con el mundo. A veces soñaba que era maestra de escuela y que vivía en el campo. Su escuela estaba en lo alto de una loma desde donde se veía el pueblo, las casas de color marrón, algunas blancas, los techos amarillos oscuros en donde a veces se acomodaban los viejos mirando las calles terrosas. Desde el patio de la escuela podía ver a las niñas que subían a clase. Cabelleras negras recogidas en colas de caballo o en trenzas o sujetas por cintillos. Rostros morenos y sonrisas blancas. A lo lejos, los campesinos labraban la tierra, sacaban frutos del desierto, pastoreaban rebaños de cabras. Ella podía entender sus palabras, sus formas de decir buenos días o buenas noches, con qué claridad podía entenderlos, todas sus palabras, las que no cambiaban y las que iban cambiando cada día, cada hora, cada minuto, ella las entendía sin el menor problema. Bueno, así eran los sueños. Había sueños en donde todo encajaba y había sueños en donde nada encajaba y el mundo era un ataúd lleno de chirridos. A pesar de todo ella estaba en paz con el mundo, pues si bien no había estudiado para ser maestra de escuela, tal como era su sueño, ahora era yerbatera y según algunos vidente y muchísima gente le estaba agradecida por algunas cositas que había hecho por ella, nada importante, pequeños consejos, pequeñas indicaciones, como por ejemplo recomendarles que incorporaran a su dieta la fibra vegetal, que no es comida para seres humanos, es decir que nuestro aparato digestivo no puede degradar y absorber, pero que es buena para ir al baño o para hacer del dos o, con perdón de Reinaldo y del distingido público, para defecar. Sólo el aparato digestivo de los animales herbívoros, decía Florita, dispone de sustancias capaces de digerir la celulosa y por lo tanto de absorber sus componentes, las moléculas de glucosa. La celulosa y otras sustancias similares es lo que llamamos fibra vegetal. Su consumo, pese a que no nos propocione elementos energéticos aprovechables, es beneficioso. Al no ser absorbida la fibra hace que el bolo alimenticio, en su recorrido por el tubo digestivo, mantenga su volumen. Y eso hace que genere presión dentro del intestino, lo cual estimula su actividad, haciendo que los restos de la digesión avancen fácilmente a lo largo de todo el tubo digestivo. Tener diarrea no es bueno, salvo en contadas excepciones, pero ir al baño una o dos veces al día proporciona tranquilidad y mesura, una especie de paz interior. No una gran paz interior, no seamos exagerados, pero sí una pequeña y reluciente paz interior. ¡Qué diferencia entre lo que representa la fibra vegetal y lo que representa el hierro! La fibra vegetal es comida de herbívoros y es pequeña y no nos alimenta sino que nos proporciona una paz del tamaño de un frijol saltarín. El hierro, por el contrario, representa la dureza para con los demás y para con uno mismo en su máxima expresión. ¿De qué hierro estoy hablando? Pues del hierro con el que se hacen las espadas. O con el que se hacían las espadas y que también representa la inflexibilidad. En cualquier caso, con el hierro se daba la muerte. El rey Salomón, ese rey tan inteligente, probablemente el más inteligente que haya habido en la historia, hijo a su vez del rey de las mañanitas y protector de la infancia, aunque en cierta ocasión se dijo que quiso partir a un escuincle en dos, cuando mandó construir el templo de Jerusalén prohibió tajantemente que se utilizara hierro como medio de soporte en la construcción, ni siquiera en el menor detalle, y también prohibió que se utilizase hierro en la circuncisión, una práctica, dicho sea de paso y sin ánimo de ofender, que puede que tuviera su razón de ser en aquella época y en aquellos desiertos, pero que ahora, con las medidas higiénicas modernas, me parece una exageración. Yo creo que los hombres deberían circuncidarse a los veintiún años, si quieren, y si no quieren, pues no pasa nada. Volviendo al hierro, decía Florita, hay que añadir que ni los griegos ni los celtas lo emplearon cuando se trataba de recolectar hierbas medicinales o mágicas. Pues el hierro significaba muerte, inflexibilidad, poder. Y eso está reñido con las prácticas curativas. Aunque los romanos vieron luego en el hierro una larga serie de virtudes terapéuticas para aliviar o sanar diversas afecciones, como las mordeduras de los perros rabiosos, las hemorragias, la disentería, las hemorroides. Esta idea pasó a la Edad Media, en la que además se creía que los demonios, las brujas y los brujos huían del hierro. ¡Y cómo no iban a huir si con el hierro se los mataba! ¡Tontos de remate hubieran tenido que ser para no salir corriendo! En aquellos años oscuros con el hierro se practicaba la suerte adivinatoria llamada sideromancia, que consistía en calentar al rojo vivo un trozo de hierro en la fragua y después arrojar sobre él briznas de paja que al arder producían reflejos brillantes, semejantes a las estrellas. Bien bruñido producía un brillo cegador que servía para proteger los ojos de la ponzoñosa mirada de las brujas. Ese hierro bien bruñido a mí me hace pensar, disculpen la digresión, decía Florita Almada, en las gafas de cristales negros de algunos dirigentes políticos o de algunos jefes sindicales o de algunos policías. ¿Para qué se tapan los ojos, me pregunto? ¿Han pasado una mala noche estudiando formas para que el país progrese, para que los obreros tengan mayor seguridad en el trabajo o un aumento salarial, para que la delincuencia se bata en retirada? Puede ser. Yo no digo que no. Tal vez sus ojeras se deban a eso. ¿Pero qué pasaría si yo me acercara a uno de ellos y le quitara las gafas y viera que *no tiene* ojeras? Me da miedo imaginármelo. Me da coraje. Mucho coraje, queridas amigas y amigos. Pero más miedo y coraje le daba, y eso tenía que decirlo allí, delante de las cámaras, en el bonito programa de Reinaldo, llamado tan acertadamente *Una hora con Reinaldo*, un programa ameno y sano donde todos se podían reír y pasar un buen rato y de paso aprender algo nuevo, pues Reinaldo era un muchacho culto y siempre se preocupaba por llevar invitados interesantes, una cantante, un pintor, un tragafuegos jubilado del DF, un diseñador de interiores, un ventrílocuo y su muñeco, una madre de quince hijos, un compositor de baladas románticas, ella, decía, allí, aprovechando la oportunidad que le daban, tenía el deber de hablar de otras cosas, es decir, no podía hablar de sí misma, no podía caer en esa tentación del ego, en esa frivolidad que acaso no fuera ni frivolidad ni pecado ni nada si se tratara de una chamaca de diecisiete o dieciocho años, pero que en una mujer de setenta resultaba imperdonable, aunque mi vida, dijo, da para varias novelas y al menos para una telenovela, pero que Dios la librara y sobre todo la Virgen santísima de ponerse a hablar de sí misma, Reinaldo me perdonará, él quiere que hable de mí misma, pero hay algo más importante que mi persona y que mis llamados milagros, que no son milagros, no me cansaré de repetirlo, sino el fruto de muchos años de lectura y de trasiego con las plantas, es decir mis milagros son producto del trabajo y de la observación y puede, digo *puede*, que también de un don natural, dijo Florita. Y luego dijo: me da mucho coraje, me da miedo y coraje lo que está pasando en este bonito estado de Sonora, que es mi estado natal, el suelo donde nací y probablemente moriré. Y luego dijo: estoy hablando de visiones que le cortarían el aliento al más macho de los machos. En sueños veo los crímenes y es como si un aparato de televisión explotara y siguiera viendo, en los trocitos de pantalla esparcidos por mi dormitorio, escenas horribles, llantos que no acaban nunca. Y dijo: después de estas visiones no puedo dormir. Ya puedo tomar lo que sea para los nervios, que no me da resultado. En casa del herrero, cuchillo de palo. Así que me quedo despierta hasta que amanece e intento leer y hacer algo útil y práctico, pero al final me siento a la mesa de la cocina y me pongo a darle vueltas a este problema. Y finalmente dijo: estoy hablando de las mujeres bárbaramente asesinadas en Santa Teresa, estoy hablando de las niñas y de las madres de familia y de las trabajadoras de toda condición y ley que cada día aparecen muertas en los barrios y en las afueras de esa industriosa ciudad del norte de nuestro estado. Hablo de Santa Teresa. Hablo de Santa Teresa.

Por lo que respecta a las mujeres muertas de agosto de 1995, la primera se llamaba Aurora Muñoz Álvarez y su cadáver se encontró en el arcén de la carretera Santa Teresa-Cananea. Había muerto estrangulada. Tenía veintiocho años y vestía unas mallas verdes, una playera blanca y unos tenis de color rosa. Según el forense, había sido golpeada y azotada: en su espalda aún se podían apreciar las marcas de un cinturón de cinta ancha. Trabajaba de mesera en un café del centro de la ciudad. El primero en caer fue su novio, con el que no se llevaba bien según algunos testigos. Este individuo se llamaba Rogelio Reinosa y trabajaba en la maquiladora Rem&Co y no tenía coartada para la tarde en que secuestraron a Aurora Muñoz. Durante una semana se la pasó de interrogatorio en interrogatorio. Al cabo de un mes, cuando ya estaba instalado en la cárcel de Santa Teresa, lo soltaron por falta de pruebas. No hubo ninguna otra detención. Según los testigos presenciales, quienes en ningún momento pensaron que se trataba de un secuestro, Aurora Muñoz se subió a un Peregrino de color negro en compañía de dos tipos a quienes parecía conocer. Dos días después de aparecer el cuerpo de la primera víctima de agosto fue encontrado el cuerpo de Emilia Escalante Sanjuán, de treintaitrés años, con profusión de hematomas en el tórax y el cuello. El cadáver se halló en el cruce entre Michoacán y General Saavedra, en la colonia Trabajadores. El informe del forense dictamina que la causa de la muerte es estrangulamiento, después de haber sido violada innumerables veces. El informe del policía judicial que se encargó del caso, Ángel Fernández, señala, por el contrario, que la causa de la muerte es intoxicación. Emilia Escalante Sanjuán vivía en la colonia Morelos, al oeste de la ciudad, y trabajaba en la maquiladora NewMarkets. Tenía dos hijos de corta edad y vivía con su madre, a quien había mandado traer desde Oaxaca, de donde era originaria. No tenía marido, aunque una vez cada dos meses salía a las discotecas del centro, en compañía de amigas del trabajo, en donde solía beber e irse con algún hombre. Medio puta, dijeron los policías. Una semana después apareció el cuerpo de Estrella Ruiz Sandoval, de diecisiete años, en la carretera a Casas Negras. Había sido violada y estrangulada. Vestía bluejeans y blusa azul oscuro. Tenía los brazos atados a la espalda. Su cuerpo no presentaba huellas de tortura ni de golpes. Había desaparecido de su casa, en donde vivía con sus padres y hermanos, tres días antes. El caso lo llevaron Epifanio Galindo y Noé Velasco, de la policía de Santa Teresa, para aligerar a los judiciales, que se quejaron por exceso de trabajo. Un día después de ser hallado el cadáver de Estrella Ruiz Sandoval se encontró el cuerpo de Mónica Posadas, de veinte años de edad, en el baldío cercano a la calle Amistad, en la colonia La Preciada. Según el forense, Mónica había sido violada anal y vaginalmente, aunque también le encontraron restos de semen en la garganta, lo que contribuyó a que se hablara en los círculos policiales de una violación «por los tres conductos». Hubo un policía, sin embargo, que dijo que una violación completa era la que se hacía por los cinco conductos. Preguntado sobre cuáles eran los otros dos, contestó que las orejas. Otro policía dijo que él había oído hablar de un tipo de Sinaloa que violaba por los siete conductos. Es decir, por los cinco conocidos, más los ojos. Y otro policía dijo que él había oído hablar de un tipo del DF que violaba por los ocho conductos, que eran los siete ya mencionados, digamos los siete clásicos, más el ombligo, al que el tipo del DF practicaba una incisión no muy grande con su cuchillo y luego metía allí su verga, aunque, claro, para hacer eso había que estar muy taras bulba. Lo cierto es que la violación «por los tres conductos» se extendió, se popularizó en la policía de Santa Teresa, adquirió un prestigio semioficial que en ocasiones se vio reflejado en los informes redactados por los policías, en los interrogatorios, en las charlas off the record con la prensa. En el caso de Mónica Posadas, ésta no sólo había sido violada «por los tres conductos» sino que también había sido estrangulada. El cuerpo, que hallaron semioculto detrás de unas cajas de cartón, estaba desnudo de cintura para abajo. Las piernas estaban manchadas de sangre. Tanta sangre que vista de lejos, o vista desde una cierta altura, un desconocido (o un ángel, puesto que allí no había ningún edificio desde el cual contemplarla) hubiera dicho que llevaba medias rojas. La vagina estaba desgarrada. La vulva y las ingles presentaban señales claras de mordidas y desgarraduras, como si un perro callejero se la hubiera intentado comer. Los judiciales centraron las investigaciones en el círculo familiar y entre los conocidos de Mónica Posadas, quien vivía con su familia en la calle San Hipólito, a unas seis manzanas del baldío en donde fue encontrado su cuerpo. La madre y el padrastro, así como el hermano mayor, trabajaban en la maquiladora Overworld, en donde Mónica había trabajado durante tres años, al cabo de los cuales decidió marcharse y probar suerte en la maquiladora Country&SeaTech. La familia de Mónica procedía de un pueblito de Michoacán desde donde había llegado para instalarse en Santa Teresa hacía diez años. Al principio la vida, en vez de mejorar, pareció empeorar y el padre se decidió a cruzar la frontera. Nunca más se supo de él y al cabo de un tiempo lo dieron por muerto. Entonces la madre de Mónica conoció a un hombre trabajador y responsable con el que terminaría casándose. De este nuevo matrimonio nacieron tres hijos, uno de los cuales trabajaba en una pequeña fábrica de botas y los otros dos iban a la escuela. Al ser interrogado, el padrastro no tardó mucho en caer en contradicciones flagrantes y terminó por admitir su culpabilidad en el asesinato. Según su confesión, amaba en secreto a Mónica desde que ésta tenía quince años. Su vida había sido desde entonces un tormento, les dijo a los judiciales Juan de Dios Martínez, Ernesto Ortiz Rebolledo y Efraín Bustelo, pero siempre se contuvo y le mantuvo el respeto, en parte porque era su hijastra y en parte porque su madre era también la madre de sus propios hijos. Su relato sobre el día del crimen era vago y lleno de lagunas y olvidos. En la primera declaración dijo que fue de madrugada. En la segunda dijo que ya había amanecido y que sólo Mónica y él estaban en casa, pues ambos tenían turno de tarde aquella semana. El cadáver lo escondió en un armario. En mi armario, les dijo a los judiciales, un armario que nadie tocaba porque era mi armario y yo exigía respeto sobre mis cosas. Por la noche, mientras la familia dormía, envolvió el cuerpo en una manta y lo abandonó en el baldío más cercano. Preguntado por las mordidas y por la sangre que cubría las piernas de Mónica, no supo qué responder. Dijo que la estranguló y que sólo se acordaba de eso. Lo demás se había borrado de su memoria. Dos días después de que se descubriera el cadáver de Mónica en el baldío de la calle Amistad apareció el cuerpo de otra muerta en la carretera Santa Teresa-Caborca. Según el forense, la mujer debía de tener entre dieciocho y veintidós años, aunque también podía ser que tuviera entre dieciséis y veintitrés. La causa de la muerte sí que estaba clara. Muerte por disparo de arma de fuego. A veinticinco metros de donde fue hallada se descubrió el esqueleto de otra mujer, semienterrada en posición decúbito ventral, que conservaba una chamarra azul y unos zapatos de cuero, de medio tacón y de buena calidad. El estado del cadáver hacía imposible dictaminar las causas de la muerte. Una semana después, cuando ya agosto llegaba a su fin, fue encontrado en la carretera Santa Teresa-Cananea el cuerpo de Jacqueline Ríos, de veinticinco años, empleada en una tienda de perfumería de la colonia Madero. Iba vestida con pantalones vaqueros y blusa gris perla. Tenis blancos y ropa interior negra. Había muerto por disparos de arma de fuego en el tórax y el abdomen. Compartía casa con una amiga en la calle Bulgaria, en la colonia Madero, y ambas soñaban con irse a vivir algún día a California. En su habitación, que compartía con su amiga, se encontraron recortes de actrices y actores de Hollywood y fotos de distintos lugares del mundo. Primero queríamos irnos a vivir a California, encontrar trabajos decentes y bien pagados, y después, ya establecidas, visitar el mundo en nuestras vacaciones, dijo su amiga. Ambas estudiaban inglés en una academia privada de la colonia Madero. El caso quedó sin aclarar.

Estos putos judiciales siempre dejan los casos sin aclarar, le dijo Epifanio a Lalo Cura. Después se puso a registrar entre sus papeles hasta que dio con una libretita. ¿Qué crees que es esto?, le dijo. Una libreta de direcciones, dijo Lalo Cura. No, dijo Epifanio, esto es un caso sin aclarar. Ocurrió antes de que tú llegaras a Santa Teresa. No recuerdo el año. Poco antes de que te trajera don Pedro, de eso sí me acuerdo, pero no me acuerdo del año exacto. Tal vez fue en 1993. ¿Tú en qué año llegaste? En el 93, dijo Lalo Cura. ¿Ah, sí? Pues sí, dijo Lalo Cura. Bueno, pues esto ocurrió *meses* antes de que tú llegaras, dijo Epifanio. Por esas fechas mataron a una locutora de radio y periodista. Se llamaba Isabel Urrea. La mataron a balazos. Nadie supo nunca quién había sido el asesino. Lo buscaron, pero no lo encontraron. Por supuesto, a nadie se le ocurrió mirar la agenda de Isabel Urrea. Los bueyes pensaron que había sido un intento frustrado de robo. Se habló de un centroamericano. Un pobre diablo desesperado que necesitaba dinero para cruzar la frontera, un ilegal, ¿me entiendes?, un ilegal incluso en México, que ya es mucho decir, porque aquí todos somos ilegales en potencia y a nadie le importa que haya un ilegal más o uno menos. Yo estuve entre los que registraron su casa a ver si encontraban alguna pista. Por supuesto, no encontraron nada. La agenda de Isabel Urrea estaba en su bolso. Recuerdo que me senté en un sillón, con un vaso de tequila al lado, tequila de Isabel Urrea, y que me puse a echarle un vistazo a la agenda. Un judicial me preguntó de dónde había sacado el tequila. Pero nadie me preguntó de dónde había sacado la agenda ni si había allí algo importante. Yo la leí, me sonaron algunos de los nombres y luego dejé la agenda entre las pruebas. Un mes después me di una vuelta por el archivo de la comisaría y allí estaba la agenda, junto con algunas otras pertenencias de la locutora. Me la metí en un bolsillo de la chaqueta y me la llevé. Así pude estudiarla con más calma. Encontré los teléfonos de tres narcos. Uno de ellos era Pedro Rengifo. También encontré los números de varios judiciales, entre ellos un jefazo de Hermosillo. ¿Qué hacían esos teléfonos en la agenda de una simple locutora? ¿Los había entrevistado, los había llevado a la radio? ¿Era amiga de ellos? ¿Y si no era amiga quién le había proporcionado esos teléfonos? Misterio. Hubiera podido hacer algo. Llamar a alguno de los que aparecían allí y pedirle dinero. Pero a mí el dinero no me calienta. Así que conservé la chingada libreta y no hice nada.

En los primeros días de septiembre apareció el cuerpo de una desconocida a la que luego se identificaría como Marisa Hernández Silva, de diecisiete años, desaparecida a principios de julio cuando iba camino a la preparatoria Vasconcelos, en la colonia Reforma. Según el dictamen forense había sido violada y estrangulada. Uno de los pechos estaba casi completamente cercenado y en el otro faltaba el pezón, que había sido arrancado a mordidas. El cuerpo se localizó a la entrada del basurero clandestino llamado El Chile. La llamada que puso sobre aviso a la policía la efectuó una mujer que se había acercado al basurero a tirar un refrigerador, al mediodía, una hora en la que no hay vagabundos en el basurero, sólo alguna partida ocasional de niños y perros. Marisa Hernández Silva estaba tirada entre dos grandes bolsas de plástico gris llenas de retales de fibra sintética. Vestía la misma ropa que en el momento de su desaparición: pantalón de mezclilla, blusa amarilla y tenis. El alcalde de Santa Teresa decretó el cierre del basurero, aunque luego cambió la orden de cierre (su secretario le informó sobre la imposibilidad jurídica de cerrar algo que, a todos los efectos, nunca se había abierto) por la orden de demolición, traslado, destrucción de aquel sitio infecto en donde se infringían todas las leyes municipales. Durante una semana se mantuvo una vigilancia policial en las fronteras de El Chile y durante tres días unos pocos camiones de basura, auxiliados por los dos únicos camiones volquete de propiedad municipal, estuvieron trasladando los desechos hacia el basurero de la colonia Kino, pero, ante la magnitud del trabajo y la escasez de fuerzas para acometerlo, pronto cedieron.

Por aquellas fechas Sergio González, el periodista del DF, se había afianzado en la sección de cultura de su periódico y su sueldo era más alto, con lo cual podía pasarle la manutención mensual a su ex mujer y aún le quedaba suficiente dinero para vivir sin apuros, e incluso tenía una amante, una periodista de la sección de política internacional, con la que de vez en cuando se acostaba, pero con la que no podía platicar, tan diferentes eran sus caracteres. No había olvidado –aunque él mismo se preguntaba por la persistencia de este recuerdo– los días que pasó en Santa Teresa ni los asesinatos de mujeres, ni aquel asesino de curas llamado el Penitente que desapareció tan misteriosamente como apareció. A veces, pensaba, ser periodista cultural, en México, era lo mismo que ser periodista de policiales. Y ser periodista de nota roja era lo mismo que trabajar en la sección de cultura, aunque para los periodistas de policiales todos los periodistas culturales eran putos (periodistas «pulturales», los llamaban), y para los periodistas culturales todos los de la nota roja eran perdedores natos. Algunas noches, después de terminado el trabajo, se iba de copas con algunos viejos periodistas de policiales, que era la sección, por otra parte, en donde se hallaba el porcentaje de periodistas más viejos del periódico, seguidos, aunque a distancia, por los de política nacional y luego por los de deportes. Generalmente acababan en un local de putas de la colonia Guerrero, un enorme salón presidido por una estatua de yeso de Afrodita de más de dos metros, probablemente, pensaba él, un local que había gozado de cierta gloria licenciosa en la época de Tin-Tan, y que desde entonces no había hecho otra cosa sino caer, una de esas caídas interminables y mexicanas, es decir una caída pespunteada de tanto en tanto por una risa en sordina, por un disparo en sordina, por un quejido en sordina. ¿Una caída mexicana? En realidad, una caída latinoamericana. A los periodistas policiales les gustaba beber en aquel lugar, pero rara vez se acostaban con una puta. Hablaban de viejos casos, rememoraban historias de corrupción, extorsiones y sangre, saludaban o hacían apartes con los policías que también se dejaban caer por el local, intercambio de información, lo llamaban, pero rara vez se iban con una puta. Al principio, Sergio González los imitaba, hasta que dedujo que si no se encamaban con ninguna era, básicamente, porque ya lo habían hecho, y desde hacía muchos años, con todas, y porque no estaban en edad de andar tirando el dinero por ahí. Así que dejó de imitarlos y se buscó una puta joven y bonita, con la que se iba a un hotel cercano. En una ocasión, le preguntó a uno de los periodistas más viejos qué opinión tenía de los asesinatos de mujeres que ocurrían en el norte. El periodista le contestó que aquélla era un zona de narcos y que seguramente nada de lo que pasaba allí era ajeno, en una u otra medida, al fenómeno del tráfico de drogas. Le pareció una respuesta obvia, que le hubiera podido dar cualquiera, y cada cierto tiempo pensaba en ella, como si pese a la obviedad de las palabras del periodista o a su simpleza la respuesta orbitara alrededor de su cabeza enviándole señales. Sus pocos amigos escritores, los que iban a verlo a la redacción de cultura, no tenían ni idea de lo que ocurría en Santa Teresa, aunque las noticias sobre las muertes llegaban al DF como un goteo, y Sergio pensó que probablemente no les importaba gran cosa lo que ocurría en aquel lejano rincón del país. Los compañeros del periódico, incluso los de la sección de nota roja, también se mostraban indiferentes. Una noche, después de hacer el amor con la puta, mientras fumaban tendidos en la cama, le preguntó qué opinaba ella sobre tanto secuestro y tantos cuerpos de mujeres hallados en el desierto, y ésta le dijo que apenas si sabía algo de lo que le estaba hablando. Entonces Sergio le contó todo lo que sabía sobre las muertes y le relató el viaje que había hecho a Santa Teresa y por qué lo hizo, porque le faltaba dinero, porque se acababa de divorciar, y luego le habló de las muertes de las que él, como lector de periódicos, tenía noticias y de los comunicados de prensa de una asociación de mujeres cuyas siglas recordaba, MSDP, aunque había olvidado qué querían decir esas siglas, ¿Mujeres de Sonora Democráticas y Populares?, y mientras él hablaba la puta bostezaba, no porque no le interesara lo que él decía, sino porque tenía sueño, de modo que concitó el enojo de Sergio, quien exasperado le dijo que en Santa Teresa estaban matando putas, que por lo menos demostrara un poco de solidaridad gremial, a lo que la puta le contestó que no, que tal como él le había contado la historia las que estaban muriendo eran obreras, no putas. Obreras, obreras, dijo. Y entonces Sergio le pidió perdón y como tocado por un rayo vio un aspecto de la situación que hasta ese momento había pasado por alto.

El mes de septiembre aún guardaba otras sorpresas a la ciudadanía de Santa Teresa. Tres días después del hallazgo del cadáver mutilado de Marisa Hernández Silva apareció el cuerpo de una desconocida en la carretera Santa Teresa-Cananea. La muerta debía de rondar los veinticinco años y tenía una luxación congénita en la cadera derecha. Nadie, sin embargo, la echó en falta ni nadie, después de aparecer en la prensa los detalles de esta malformación, se presentó en la policía con nuevas informaciones tendentes a aclarar su identidad. El cuerpo fue encontrado atado de manos utilizando para tal fin la correa de una bolsa de mujer. Había sido desnucada y presentaba heridas de navaja en ambos brazos. Pero lo más significativo de todo era que, al igual que la joven Marisa Hernández Silva, uno de sus pechos había sufrido una amputación y el pezón del otro pecho había sido arrancado a mordidas.

El mismo día en que encontraron a la desconocida de la carretera Santa Teresa-Cananea, los empleados municipales que intentaban remover de sitio el basurero El Chile hallaron un cuerpo de mujer en estado de putrefacción. No se pudo determinar la causa de la muerte. Tenía el pelo negro y largo. Vestía una blusa de color claro con figuras oscuras que la descomposición hacía indiscernibles. Llevaba un pantalón de mezclilla de la marca Jokko. Nadie se personó en la policía con información tendente a aclarar su identidad.

A finales de septiembre fue encontrado el cuerpo de una niña de trece años, en la cara oriental del cerro Estrella. Como Marisa Hernández Silva y como la desconocida de la carretera Santa Teresa-Cananea, su pecho derecho había sido amputado y el pezón de su pecho izquierdo arrancado a mordidas. Vestía pantalón de mezclilla de la marca Lee, de buena calidad, una sudadera y un chaleco rojo. Era muy delgada. Había sido violada repetidas veces y acuchillada y la causa de la muerte era rotura del hueso hioides. Pero lo que más sorprendió a los periodistas es que nadie reclamara o reconociera el cadáver. Como si la niña hubiera llegado sola a Santa Teresa y hubiera vivido allí de forma invisible hasta que el asesino o los asesinos se fijaron en ella y la mataron.

Mientras los crímenes se sucedían Epifanio siguió trabajando, solo, en la investigación de la muerte de Estrella Ruiz Sandoval. Habló con los padres y con los hermanos que aún vivían en la casa. No sabían nada. Habló con una hermana mayor, que estaba casada y que ahora vivía en la calle Esperanza, en la colonia Lomas del Toro. Vio fotografías de Estrella. Era una muchacha bonita, alta, con una hermosa cabellera y facciones agradables. La hermana le dijo quiénes eran sus amigas en la maquiladora donde trabajaba. Las esperó a la salida. Se dio cuenta de que él era la única persona mayor que esperaba, los demás eran niños, algunos incluso con los libros de la escuela. Junto a los niños había un tipo con un carro verde de paletas. El carro tenía un toldo blanco. Como si quisiera hacerlos desaparecer llamó a los niños con un silbido y les compró paletas a todos, menos a uno que no tenía aún tres meses y que su hermana, de unos seis años, llevaba en brazos. Las amigas de Estrella se llamaban Rosa Márquez y Rosa María Medina. Preguntó por ellas a las obreras que salían y una de ellas le señaló a Rosa Márquez. Le dijo que era policía y le pidió que buscara a su otra amiga. Después se fueron caminando del parque industrial. Mientras recordaban a Estrella la que se llamaba Rosa María Medina se puso a llorar. A las tres les gustaba el cine y los domingos, no todos, iban al centro y solían ver el programa doble del cine Rex. Otras veces se dedicaban sólo a mirar tiendas, en especial los escaparates de ropa de mujer, o se iban a un centro comercial que había en la colonia Centeno. Allí los domingos tocaban grupos musicales y no se cobraba entrada. Les preguntó si Estrella tenía planes para el futuro. Por supuesto que tenía planes, quería estudiar, no quedarse toda la vida trabajando en la maquiladora. ¿Y qué quería estudiar? Quería aprender a manejar una computadora, dijo Rosa María Medina. Después Epifanio les preguntó si ellas también querían aprender un oficio y le contestaron que sí, aunque no resultaba fácil hacerlo. ¿Sólo salía con ustedes o tenía alguna otra amiga?, quiso saber. Nosotras éramos sus mejores amigas, le respondieron. Novio no tenía. Una vez tuvo uno. Pero de eso hacía mucho tiempo. Ellas no lo conocieron. Cuando les preguntó qué edad tenía Estrella cuando lo del novio, las dos muchachas pensaron un poco y dijeron que por lo menos doce años. ¿Y cómo es que a una muchacha tan chula no la pretendía nadie?, quiso saber. Las amigas se rieron y dijeron que había habido muchos a los que les hubiera gustado ennoviarse con Estrella, pero que ella no quería perder el tiempo. ¿Para qué queremos un hombre si nosotras solas ya trabajamos y nos ganamos nuestro sueldo y somos independientes?, le preguntó Rosa Márquez. Pues es verdad, dijo Epifanio, eso mismo pienso yo, aunque de vez en cuando, sobre todo si eres joven, no está mal salir y divertirte, a veces es una necesidad. Nosotras ya nos divertíamos solas, le dijeron las muchachas, y no sentimos nunca esa necesidad. Antes de que llegaran a la casa de una de ellas les pidió que, aunque no sirviera para nada, le describieran a los tipos que habían querido hacerse novios o amigos de Estrella. Se detuvieron en la calle y Epifanio anotó cinco nombres sin apellido, todos trabajadores de la misma maquiladora. Después acompañó unas calles más a Rosa María Medina. No creo que haya sido ninguno de ésos, dijo la muchacha. ¿Por qué no lo crees? Porque tienen cara de buenas personas, dijo la muchacha. Hablaré con ellos, dijo Epifanio, y cuando haya hablado te lo diré. En tres días ubicó a los cinco hombres de la lista. Ninguno tenía cara de mala persona. Uno de ellos estaba casado, pero la noche en que desapareció Estrella había estado en casa con su mujer y sus tres hijos. Los otros cuatro tenían coartadas más o menos seguras y, sobre todo, ninguno de los cinco tenía coche. Volvió a hablar con Rosa María Medina. Esta vez la esperó sentado en la puerta de su casa. Cuando la muchacha llegó le preguntó escandalizada cómo es que no había llamado. Llamé, dijo Epifanio, me abrió tu mamá y me invitó a una taza de café, pero luego se tuvo que ir a trabajar y yo me quedé esperándote aquí. La muchacha lo invitó a pasar pero Epifanio prefirió seguir sentado afuera, dizque porque hacía menos calor que adentro. Le preguntó si fumaba. La muchacha primero se quedó de pie, a un lado, y luego se sentó sobre una piedra plana y le dijo que no fumaba. Epifanio contempló la piedra: era muy curiosa, tenía forma de silla, aunque sin respaldo, y el hecho de que la madre o alguien de la familia la hubiera puesto allí, en aquel jardincito, indicaba buen gusto y hasta delicadeza. Le preguntó a la muchacha dónde había sido encontrada esa piedra. La encontró mi papá, dijo Rosa María Medina, en Casas Negras, y se la trajo para acá a puro pulso. Allí encontraron el cuerpo de Estrella, dijo Epifanio. En la carretera, dijo la muchacha cerrando los ojos. Mi papá encontró esta piedra en el mero Casas Negras, en una fiesta, y se enamoró de ella. Así era él. Luego le dijo que su padre había muerto. Epifanio quiso saber cuándo. Hace un montón de años, dijo la muchacha con un gesto de indiferencia. Encendió un cigarrillo y le dijo que le contara otra vez, de la manera que quisiera, las salidas que hacía con Estrella y con la otra, ¿cómo se llama?, Rosa Márquez, los domingos. La muchacha empezó a hablar, con la vista fija en los pocos tiestos con plantas que su madre tenía en el diminuto jardín de la entrada, aunque a veces levantaba la vista y lo miraba como para calibrar si lo que le contaba resultaba de provecho o sólo era una pérdida de tiempo. Cuando terminó a Epifanio sólo le había quedado una cosa clara: que no sólo salían los domingos, a veces se iban al cine los lunes o los jueves, o a bailar, todo dependía de los turnos en la maquiladora, que eran flexibles y obedecían a protocolos de producción que quedaban fuera de la comprensión de los obreros. Entonces cambió las preguntas y quiso saber cómo se divertían los martes, por ejemplo, si aquél resultaba el día libre de la semana. La rutina, según la muchacha, era similar, aunque en según qué cosas un poco mejor pues los establecimientos del centro estaban todos abiertos, lo que no ocurría los días oficialmente festivos. Epifanio apretó un poco. Quiso saber cuál era el cine favorito, aparte del Rex, a qué otros cines habían ido, si alguien había abordado a Estrella en algún lugar, qué locales comerciales visitaban, aunque no entraran en ellos y sólo se quedaran mirando los escaparates, a qué cafeterías iban, el nombre de éstas, si en alguna ocasión habían visitado alguna discoteca. La muchacha dijo que nunca habían estado en una discoteca, que a Estrella no le gustaban esos sitios. Pero a ti sí, dijo Epifanio. A ti y a tu amiguita Rosa Márquez. La muchacha no lo quiso mirar a la cara y dijo que a veces, cuando salían sin Estrella, iban a las discotecas del centro. ¿Y Estrella no? ¿Estrella nunca las acompañó? Nunca, dijo la muchacha. Estrella quería saber cosas de computadoras, quería aprender, quería progresar, dijo la muchacha. Tanta computadora, tanta computadora, no me trago una palabra de lo que me dices, tortita, dijo Epifanio. Yo no soy su pinche tortita, dijo la muchacha. Durante un rato permanecieron sin decirse nada. Epifanio se rió un poco y luego encendió otro cigarrillo, allí, sentado en la entrada de la casa, contemplando el ir y venir de la gente. Hay un sitio, dijo la muchacha, pero ya no me acuerdo dónde, está en el centro, es una tienda de computadoras. Fuimos un par de veces. Rosa y yo la esperábamos afuera y sólo ella entraba y se ponía a platicar con un tipo muy alto, pero de verdad muy alto, mucho más que usted, dijo la muchacha. Un tipo muy alto, ¿y qué más?, dijo Epifanio. Alto y güero, dijo la muchacha. ¿Y qué más? Pues que Estrella al principio parecía entusiasmada, digo, la primera vez que entró y habló con ese hombre. Según me dijo era el dueño de la tienda y sabía mucho de computadoras y además se notaba que tenía dinero. La segunda vez que fuimos a verlo Estrella salió encorajinada. Le pregunté qué le había pasado y no me quiso decir nada. Íbamos las dos solas y luego nos fuimos a la feria de la colonia Veracruz y lo olvidamos todo. ¿Y cuándo fue eso, tortita?, dijo Epifanio. Ya le he dicho que no soy su pinche tortita, lépero, dijo la muchacha. ¿Cuándo fue eso?, dijo Epifanio, que ya empezaba a ver a un tipo muy alto y muy rubio que caminaba en la oscuridad, en un largo pasillo oscuro, arriba y abajo, como si lo estuviera esperando a él. Una semana antes de que la mataran, dijo la muchacha.

La vida es dura, dijo el presidente municipal de Santa Teresa. Tenemos tres casos que no ofrecen ninguna duda, dijo el judicial Ángel Fernández. Hay que mirar las cosas con lupa, dijo el tipo de la cámara de comercio. Yo todo lo miro con lupa, una y otra vez, hasta que se me cierran los ojos de sueño, dijo Pedro Negrete. De lo que se trata es de no moverle al cucarachero, dijo el presidente municipal. La verdad es una y ni modo, dijo Pedro Negrete. Tenemos un asesino en serie, como en las películas de los gringos, dijo el judicial Ernesto Ortiz Rebolledo. Hay que fijarse muy bien dónde uno pone los pies, dijo el tipo de la cámara de comercio. ¿En qué se distingue un asesino en serie de uno normal y corriente?, dijo el judicial Ángel Fernández. Pues muy sencillo: el asesino en serie deja su firma, ¿entienden?, no tiene un móvil, pero tiene una firma, dijo el judicial Ernesto Ortiz Rebolledo. ¿Cómo que no tiene un móvil? ¿Acaso se mueve por impulsos eléctricos?, dijo el presidente municipal. En esta clase de asuntos hay que examinar muy bien las palabras, no vaya uno a meterse donde no debe, dijo el tipo de la cámara de comercio. Hay tres mujeres muertas, dijo el judicial Ángel Fernández enseñando el pulgar, el índice y el dedo medio a los que estaban en la habitación. Ojalá sólo hubiera tres, dijo Pedro Negrete. Tres mujeres muertas a las que les han cortado el seno derecho y les han arrancado a mordiscos el pezón izquierdo, dijo el judicial Ernesto Ortiz Rebolledo. ¿A qué les suena eso?, dijo el judicial Ángel Fernández. ¿A que hay un asesino en serie?, dijo el presidente municipal. Pues claro, dijo el judicial Ángel Fernández. Mucha casualidad sería que a tres cabrones se les ocurriera despacharse así a sus víctimas, dijo el judicial Ernesto Ortiz Rebolledo. Suena lógico, dijo el presidente municipal. Pero es que la cosa puede no quedar aquí, dijo el judicial Ángel Fernández. Si damos rienda suelta a la imaginación podemos llegar a cualquier parte, dijo el tipo de la cámara de comercio. Ya me imagino adónde quieren llegar, dijo Pedro Negrete. ¿Y a ti te parece bien?, dijo el presidente municipal. Si las tres mujeres que aparecieron con la teta derecha amputada fueron asesinadas por la misma persona, ¿por qué no pensar que esa persona mató a otras mujeres?, dijo el judicial Ángel Fernández. Es científico, dijo el judicial Ernesto Ortiz Rebolledo. ¿El asesino es científico?, dijo el tipo de la cámara de comercio. No, el modus operandi, la forma en que ese hijo de la chingada empieza a cogerle gusto a lo que hace, dijo el judicial Ernesto Ortiz Rebolledo. Me explico: el asesino empezó violando y estrangulando, que es una manera normal, digamos, de matar a alguien. Al ver que no lo atrapaban sus asesinatos se fueron personalizando. La bestia salió a la superficie. Ahora cada crimen lleva su firma personal, dijo el judicial Ángel Fernández. ¿Y usted qué opina, juez?, dijo el presidente municipal. Todo puede ser, dijo el juez. Todo puede ser, pero sin caer en el caos, sin perder la brújula, dijo el tipo de la cámara de comercio. Lo que sí parece claro es que el que mató y mutiló a esas tres pobres mujeres es la misma persona, dijo Pedro Negrete. Pues encuéntrenlo y acabemos con este pinche negocio, dijo el presidente municipal. Pero con discreción, si no es mucho pedir, sin sembrar el pánico, dijo el tipo de la cámara de comercio.

Juan de Dios Martínez no fue invitado a esa reunión. Supo que se iba a hacer, supo que Ortiz Rebolledo y Ángel Fernández acudirían, y que a él lo dejaban fuera. Cuando Juan de Dios Martínez cerraba los ojos, sin embargo, sólo veía el cuerpo de Elvira Campos en la penumbra de su departamento en la colonia Michoacán. A veces la veía en la cama, desnuda, acercándose a él. Otras veces la veía en la terraza, rodeada de objetos metálicos, objetos fálicos, que resultaban ser telescopios de los más variados tipos (aunque en realidad sólo había tres telescopios), con los que contemplaba el cielo estrellado de Santa Teresa y luego anotaba algo con un lápiz en un cuaderno. Cuando se acercaba, por detrás de ella, y observaba el cuaderno, sólo veía números de teléfono, la mayoría de Santa Teresa. El lápiz era un lápiz común y corriente. El cuaderno era un cuaderno escolar. Ambos objetos, le parecía, no tenían nada que ver con los objetos que solía utilizar la directora. Esa noche, después de saber lo de la reunión en donde él estaba excluido, la llamó y le dijo que necesitaba verla. Un momento de debilidad. Ella le respondió que no podía y colgó. Juan de Dios Martínez pensó que la directora, en ocasiones, lo trataba como a un paciente. Recordó que una vez ella había hablado de la edad, la de ella y la de él. Tengo cincuentaiún años, le había dicho, y tú tienes treintaicuatro. Dentro de un tiempo, por más que me cuide, yo seré una ruca solitaria y tú todavía serás joven. ¿Qué quieres, acostarte con alguien como tu mamá? Juan de Dios nunca la había escuchado emplear palabras de argot. ¿Una ruca? A él, sinceramente, no se le había pasado por la cabeza considerarla una vieja. Porque me mato haciendo gimnasia, dijo ella. Porque me cuido. Porque me mantengo delgada y me compro las antiarrugas más caras que hay en el mercado. ¿Las antiarrugas? Potingues, cremas suavizantes, cosas de mujeres, dijo ella con una voz neutra que lo asustó. Tú a mí me gustas tal cual eres, dijo él. Su voz no le pareció convincente. Si abría los ojos, sin embargo, y observaba el mundo real y procuraba controlar sus propios temblores, todo seguía más o menos en el mismo sitio.

¿Así que Pedro Rengifo es narcotraficante?, dijo Lalo Cura. Así es, dijo Epifanio. Si me lo hubieran dicho no lo habría creído, dijo Lalo Cura. Porque tú todavía estás muy tiernecito, dijo Epifanio. Una india vieja y gorda les trajo un plato de pozole a cada uno. Eran las cinco de la mañana. Lalo Cura había trabajado toda la noche en un patrullero dedicado a poner infracciones de tráfico. Cuando estaban detenidos en una esquina alguien les tocó en la ventana. Ni Lalo Cura ni el otro policía lo vieron llegar. Era Epifanio, desvelado y con pinta de borracho, aunque no estaba borracho. Me llevo al escuincle, le dijo al otro patrullero. Éste se encogió de hombros y se quedó solo en la esquina, debajo de unos robles con los troncos pintados de blanco. Epifano andaba sin coche. La noche era fresca y la brisa del desierto permitía ver todas las estrellas. Caminaron hacia el centro, sin hablar, hasta que Epifanio le preguntó si tenía hambre. Lalo Cura dijo que sí. Pues entonces vamos a comer, dijo Epifanio. Cuando la india vieja y gorda les sirvió el pozole Epifanio se quedó mirando el plato de barro como si hubiera visto reflejada en su superficie una imagen que no era la suya. ¿Sabes de dónde viene el pozole, Lalito?, dijo. No, ni idea, dijo Lalo Cura. No es una comida del norte sino del centro del país. Es un plato típico del DF. Lo inventaron los aztecas, dijo. ¿Los aztecas?, pues está rico, dijo Lalo Cura. ¿Tú en Villaviciosa comías pozole?, dijo Epifanio. Lalo Cura se puso a pensar, como si Villaviciosa hubiera quedado muy lejos, y luego dijo que no, que la mera verdad es que no, aunque ahora le parecía raro no haberlo probado antes de vivir en Santa Teresa. Igual sí que lo probé y ya no me acuerdo, dijo. Pues este pozole en realidad no es como el pozole original de los aztecas, dijo Epifanio. Le falta un ingrediente. ¿Y cuál es ese ingrediente?, dijo Lalo Cura. Carne humana, dijo Epifanio. No la amoles, dijo Lalo Cura. Pues así es, los aztecas cocinaban el pozole con trozos de carne humana, dijo Epifanio. No me lo creo, dijo Lalo Cura. Bueno, es igual, tal vez yo esté equivocado o el buey que me lo contó estaba equivocado, aunque sabía un chingo, dijo Epifanio. Después hablaron de Pedro Rengifo y Lalo Cura se preguntó cómo había sido posible que él no se diera cuenta de que don Pedro era narcotraficante. Porque todavía eres chamaco, dijo Epifanio. Y después dijo: ¿por qué crees que tiene tantos guardaespaldas? Pues porque es rico, dijo Lalo Cura. Epifanio se rió. Ándele, dijo, vamos a dormir, que usted está más dormido que despierto.

En octubre no apareció ninguna mujer muerta en Santa Teresa, ni en la ciudad ni en el desierto, y las obras para eliminar el basurero clandestino de El Chile se interrumpieron definitivamente. Un periodista de *La Tribuna de Santa Teresa* que hizo la nota del traslado o demolición del basurero dijo que nunca en toda su vida había visto tanto caos. Preguntado sobre si el caos lo producían los trabajadores municipales vanamente empeñados en el intento, contestó que no, que el caos lo producía el pudridero inerte. En octubre llegaron cinco policías judiciales enviados por Hermosillo para reforzar a la dotación de judiciales que ya estaba en la ciudad. Uno de ellos vino de Caborca, el otro de Ciudad Obregón y los tres restantes de Hermosillo. Parecían tipos bragados. En octubre volvió a salir Florita Almada en el programa *Una hora con Reinaldo* y dijo que había consultado con sus amigos (a veces los llamaba amigos y otras veces los llamaba protectores) y que éstos le habían dicho que los crímenes iban a seguir. También le dijeron que se cuidara, que había gente que la miraba con malos ojos. Pero yo no me preocupo, dijo ella, para qué, si ya soy vieja. Después intentó hablar, delante de las cámaras, con el espíritu de una de las víctimas, pero no pudo y se desmayó. Reinaldo creyó que el desmayo era fingido y trató de reanimarla él mismo, acariciándole las mejillas y dándole de beber sorbitos de agua, pero el desmayo no tenía nada de fingido (en realidad era una lipotimia) y Florita acabó en el hospital.

Güero y muy alto. Dueño o tal vez empleado de confianza de un negocio de computadoras. En el centro. Epifanio no tardó mucho en encontrar la tienda. El tipo se llamaba Klaus Haas. Medía un metro noventa y tenía el pelo muy rubio, de un amarillo canario, como si se lo tiñera cada semana. La primera vez que fue a la tienda, Klaus Haas estaba sentado en su escritorio hablando con un cliente. Un adolescente bajito y muy moreno se le acercó y le preguntó en qué podía serle útil. Epifanio señaló a Haas y le preguntó quién era. El jefe, dijo el adolescente. Quiero hablar con él, dijo. Ahora está ocupado, dijo el adolescente, si me dice qué anda buscando yo tal vez se lo pueda encontrar. No, dijo Epifanio. Se sentó, encendió un cigarrillo y se dispuso a esperar. Entraron otros dos clientes. Luego entró un tipo con un guardapolvo azul y dejó unas cajas de cartón en un rincón. Haas lo saludó desde su escritorio levantando una mano. Tenía los brazos largos y fuertes, pensó Epifanio. El adolescente se acercó y le dejó un cenicero. Al fondo de la tienda había una muchacha escribiendo a máquina. Cuando los clientes se marcharon apareció una mujer con pinta de secretaria y empezó a mirar los computadores portátiles. Mientras los miraba iba apuntando precios y prestaciones. Iba vestida con falda y zapatos de tacón alto y Epifanio pensó que seguramente cogía con su jefe. Luego llegaron otros dos clientes y el adolescente dejó a la mujer y acudió a atenderlos. Haas, ajeno a todo, seguía hablando con el hombre al que Epifanio sólo podía verle la espalda. Las cejas de Haas eran casi blancas y de vez en cuando se reía o se sonreía por algo que decía el otro y su dentadura resplandecía como la de un actor de cine. Epifanio apagó el cigarrillo y encendió otro. La mujer se dio la vuelta y miró hacia la calle, como si alguien la esperara afuera. Su cara le pareció conocida, como si hacía tiempo la hubiera arrestado. ¿Cuánto tiempo?, pensó. Un titipuchal de años. Pero la mujer no aparentaba más de veinticinco, así que si él la había arrestado eso debió de suceder cuando ella no pasaba de los diecisiete. Puede ser, pensó Epifanio. Y después pensó que el negocio del güero no iba mal. Tenía clientes fijos y se daba el lujo de permanecer sentado en su escritorio, platicando sin prisas. Epifanio pensó entonces en Rosa María Medina y en su credibilidad. Me vale madres su credibilidad, se dijo. Media hora después no había nadie en la tienda. Al marcharse la mujer lo miró como si ella también lo reconociera. Las risas de Haas y su amigo se habían apagado. Detrás del mostrador, que tenía forma de herradura, el güero lo estaba esperando con una sonrisa. Se sacó del bolsillo del saco la foto de Estrella Ruiz Sandoval y se la mostró. El güero la miró, sin tocarla, y luego hizo un gesto extraño con los labios, arrugando el inferior y montándolo sobre el labio superior y lo miró como preguntándole de qué iba el asunto. ¿La conoce? Creo que no, dijo Haas, aunque por la tienda pasa mucha gente. Después se presentó: Epifanio Galindo, de la policía de Santa Teresa. Haas le extendió la mano y al estrechársela tuvo la sensación de que los huesos del güero eran de hierro. Le hubiera gustado decirle que no le mintiera, que tenía testigos, pero en lugar de eso prefirió sonreír. A espaldas de Haas, sentado en otro escritorio, el adolescente hacía como que revisaba unos papeles, pero en realidad no se perdía una palabra.

Después de cerrar la tienda el adolescente se montó en una moto japonesa y se dio una vuelta por las calles del centro, despacio, como si esperara ver a alguien, hasta que al llegar a la calle Universidad aceleró y empezó a alejarse en dirección a la colonia Veracruz. Detuvo la moto junto a una casa de dos pisos y volvió a ponerle la cadena de seguridad. Su madre lo esperaba desde hacía diez minutos con la comida hecha. El adolescente le dio un beso y encendió el televisor. La madre entró en la cocina. Se quitó el delantal y cogió un bolso de imitación de cuero. Le dio un beso al adolescente y se marchó. Ahorita vuelvo, dijo. El adolescente pensó en preguntarle adónde iba pero al final no dijo nada. Desde una de las habitaciones salió el llanto de un niño. El adolescente al principio no le hizo caso y siguió viendo la tele, pero cuando el llanto arreció se levantó, entró en la habitación y volvió a salir con un bebé de pocos meses en los brazos. El bebé era blanco y corpulento, todo lo contrario que su hermano. El adolescente lo sentó sobre sus rodillas y siguió comiendo. En la tele daban un programa de noticias. Vio un grupo de negros que corrían por unas calles de una ciudad norteamericana, un hombre que hablaba de Marte, un grupo de mujeres que salían del mar y se echaban a reír frente a las cámaras. Cambió de canal con el mando a distancia. Un par de jóvenes boxeaban. Volvió a cambiar de canal, pues no le gustaba el boxeo. La madre parecía haberse esfumado, pero el bebé ya no lloraba y al adolescente no le molestaba tener que cargarlo. Sonó el timbre de la puerta. El adolescente aún tuvo tiempo de cambiar de canal –una telenovela– y luego se levantó con el niño en brazos y abrió la puerta. Así que vives aquí, dijo Epifanio. Sí, dijo el adolescente. Detrás de Epifanio entró un policía de corta estatura, pero más alto que el adolescente, que se sentó en el sillón sin pedir permiso. ¿Estabas cenando?, dijo Epifanio. Sí, dijo el adolescente. Sigue, sigue, dijo Epifanio mientras entraba en los otros cuartos y volvía a salir rápidamente, como si sólo una mirada le bastara para registrar todos los rincones de la casa. ¿Cómo te llamas?, dijo Epifanio. Juan Pablo Castañón, dijo el adolescente. Bueno, Juan Pablo, primero siéntate y sigue comiendo, dijo Epifanio. Sí, señor, dijo el adolescente. Y no te pongas nervioso porque se te puede caer la criaturita, dijo Epifanio. El otro policía se sonrió.

Una hora después se fueron y Epifanio tenía las cosas bastante más claras que antes. Klaus Haas era alemán pero se había nacionalizado norteamericano. Era el dueño de dos tiendas en Santa Teresa en donde vendía desde walkman hasta computadoras y también tenía otra tienda similar en Tijuana, que lo obligaba a ausentarse una vez al mes, para revisar los libros, pagar a los empleados y reponer existencias. También viajaba a los Estados Unidos cada dos meses, aunque en esto no había regularidad ni fecha fija salvo en la duración de los desplazamientos que no excedían nunca los tres días. Había vivido unos años en Denver, de donde se había marchado por un lío de faldas. Le gustaban las mujeres, pero que se supiera no estaba casado y no se le conocía novia. Solía frecuentar discotecas y burdeles del centro, y era amigo de algunos de los propietarios de estos locales, a quienes les había instalado en alguna ocasión cámaras de vigilancia o programas informáticos de contabilidad. Al menos en un caso el adolescente estaba seguro de lo que decía, pues había sido él el programador. Como jefe era justo y razonable y no pagaba mal, aunque a veces montaba en cólera por causas injustificadas y podía abofetear sin problemas a cualquiera, sin importarle de quién se tratara. A él nunca le había pegado, pero sí reñido por llegar alguna vez tarde al trabajo. ¿A quién había abofeteado entonces? El adolescente dijo que a una secretaria. Preguntado sobre si la secretaria que había abofeteado era la actual secretaria, el adolescente dijo que no, que era la anterior, a la que él no había conocido. ¿Cómo sabía entonces que la había abofeteado? Porque eso decían los empleados más antiguos, los del almacén, en donde el güero guardaba parte de su mercancía. Los nombres de los empleados estaban todos perfectamente anotados. Al final Epifanio le mostró la foto de Estrella Ruiz Sandoval. ¿La has visto por la tienda? El adolescente miró la foto y dijo que sí, que su cara le sonaba de algo.

La siguiente visita que le hizo Epifanio a Klaus Haas fue cerca de la medianoche. Tocó el timbre y tuvo que esperar mucho rato a que le abrieran, aunque en la casa aún había luces. La casa estaba en la colonia El Cerezal, una colonia de clase media con casas de uno o dos pisos, no todas de construcción reciente, en donde uno podía ir caminando a comprar el pan o la leche, por aceras arboladas y tranquilas, lejos del ruido de la colonia Madero, que estaba un poco más allá, y lejos del estruendo del centro. Fue el propio Haas quien abrió la puerta. Llevaba una camisa blanca, por fuera de los pantalones, y al principio no lo reconoció o hizo como que no lo reconocía. Epifanio le mostró su placa, como si estuvieran jugando, y le preguntó si se acordaba de él. Haas le preguntó qué quería. ¿Puedo pasar?, dijo Epifanio. La sala estaba bien amueblada, con sillones y un gran sofá blanco. De un mueble bar Haas sacó una botella de whisky y se sirvió un vaso. Le preguntó si quería uno. Epifanio movió la cabeza negativamente. Estoy de servicio, dijo. Haas se sacudió una risa extraña. Fue como si dijera haaa, o jaaa, o como si estornudara, pero sólo una vez. Epifanio se sentó en uno de los sillones y le preguntó si tenía una buena coartada para el día en que mataron a Estrella Ruiz Sandoval. Haas lo miró de arriba abajo y tras unos segundos le dijo que a veces ni siquiera se acordaba de lo que había hecho la noche anterior. La cara se le puso colorada y las cejas parecieron más blancas de lo que en realidad eran, como si estuviera haciendo un esfuerzo de contención. Tengo dos testigos que afirman haberlo visto a usted con la víctima, dijo Epifanio. ¿Quiénes?, dijo Haas. Epifanio no contestó. Miró la sala e hizo un gesto de asentimiento. Esto debió de costarle una fortuna, dijo. Trabajo mucho y algo de dinero gano, dijo Haas. ¿Me la muestra?, dijo Epifanio. ¿Qué?, dijo Haas. La casa, dijo Epifanio. No andemos con chingaderas, hombre, dijo Haas, si quiere registrar mi casa venga con una orden del juez. Antes de marcharse Epifanio dijo: yo creo que usted mató a esa niña. A ésa y quién sabe a cuántas más. Déjese de chingaderas, dijo Haas. Hasta pronto, dijo Epifanio, y le tendió la mano. Déjese de chingaderas, dijo Haas. Es usted un tipo con un par de huevos, dijo Epifanio ya en la puerta. Por Dios, hombre, por Dios, déjese de chingaderas y déjeme en paz, dijo Haas.

Por intermedio de un amigo de la policía de El Adobe consiguió una ficha policial de Klaus Haas. Supo así que éste no había vivido jamás en Denver sino en Tampa, Florida, en donde había sido acusado de intento de violación de una mujer llamada Laurie Enciso. Estuvo detenido un mes y luego Laurie Enciso retiró la denuncia y lo soltaron. Había otras denuncias contra él por exhibicionismo y comportamiento impropio. Cuando quiso averiguar qué demonios querían decir los gringos con comportamiento impropio le dijeron que básicamente se referían a manoseos, insinuaciones verbales subidas de tono y a una tercera falta compuesta por las dos primeras. En Tampa, asimismo, Haas había sido multado en varias ocasiones por comercio con prostitutas, nada del otro mundo. Había nacido en Bielefeld, en la entonces República Federal de Alemania, en 1955, y había emigrado en 1980 a los Estados Unidos. En 1990 se decidió a cambiar de país, aunque ya con la nacionalidad norteamericana. Vivir en México, en el norte del estado de Sonora, fue, sin duda, una decisión feliz, pues al poco tiempo abrió una segunda tienda en Santa Teresa, en donde su cartera de clientes no cesaba de crecer, y otra en Tijuana que no parecía ir mal. Una noche, acompañado por dos policías de Santa Teresa y un judicial, entró en la tienda que Haas tenía en el centro (la otra estaba en la colonia Centeno). La tienda era mucho más grande de lo que pensaba. Varias habitaciones de la parte trasera estaban llenas de cajas con componentes de computadora que el propio Haas luego montaba. En una de ellas, sin embargo, había una cama, una palmatoria con una vela y un gran espejo junto a la cama. La luz no funcionaba, pero el judicial que iba con Epifanio se dio cuenta de inmediato de que no funcionaba simplemente porque alguien había quitado la bombilla. Había dos baños. Uno muy aseado, con jabón, papel higiénico y el suelo limpio. Junto a la taza del wáter había un escobillón que Haas obligaba a usar a sus empleados, acostumbrados tan sólo a tirar de la cadena. El otro baño estaba tan sucio que más que abandonado, aunque tenía agua y la cadena del wáter estaba intacta, parecía puesto allí a propósito para ilustrar un fenómeno asimétrico e incomprensible. Después venía un largo pasillo que desembocaba en una puerta que salía a un callejón. El callejón exhibía una amplia variedad de basura y cajas de cartón, pero desde ahí se podía ver una de las esquinas más bulliciosas de la ciudad, en una de las calles más concurridas de la noche de Santa Teresa. Después bajaron al sótano.

Dos días más tarde Epifanio, dos judiciales y tres policías de Santa Teresa acudieron a la tienda portando las órdenes judiciales que los capacitaban para detener a Klaus Haas, ciudadano norteamericano de cuarenta años, como sospechoso de la violación, tortura y asesinato de Estrella Ruiz Sandoval, ciudadana mexicana de diecisiete años, pero al llegar a la tienda, según les dijeron los empleados, el jefe no había aparecido por allí ese día, por lo que la partida se dividió, y mientras un judicial y dos policías de Santa Teresa se iban en un coche a la otra tienda, sita en la colonia Centeno, Epifanio, un judicial y el policía restante de Santa Teresa partían hacia la casa del germano-norteamericano en la colonia El Cerezal, en donde se distribuyeron estratégicamente, guardando el policía de Santa Teresa la parte trasera de la casa mientras Epifanio y el judicial llamaban a la puerta, que, para su sorpresa, les franqueó el propio Haas, con cara de estar en la punta álgida de un resfriado o gripe, en cualquier caso con síntomas notorios de haber pasado una mala noche. Haas fue informado de inmediato, sin que los policías aceptaran su invitación a pasar al interior de la casa, de que se hallaba bajo arresto desde ese preciso momento, dicho lo cual le mostraron la orden de detención y someramente lo dejaron leer las órdenes de registro que pesaban sobre su casa y sus dos tiendas, y acto seguido lo esposaron, pues el detenido era alto y corpulento y nadie sabía qué actitud podía adoptar tras asimilar el hecho consumado. Después lo metieron en la parte trasera del coche patrulla, en el cual se dirigieron de inmediato a la comisaría n.° 1, dejando al agente de la policía de Santa Teresa de vigilancia en el domicilio del detenido.

El interrogatorio de Klaus Haas duró cuatro días y lo realizaron los policías Epifanio Galindo y Tony Pintado y los judiciales Ernesto Ortiz Rebolledo, Ángel Fernández y Carlos Marín. Presenció el interrogatorio el jefe de la policía de Santa Teresa, Pedro Negrete, quien llevó, como invitados especiales, a dos jueces de la ciudad y a César Huerta Cerna, el jefe de la Subprocuraduría General de Justicia de la Zona Norte de Sonora. El detenido sufrió dos accesos de violencia incontrolada, por lo que tuvo que ser reducido por los agentes que lo interrogaban. Después de esto Haas reconoció haber tenido tratos con Estrella Ruiz Sandoval, la que fue a visitarlo a su tienda de computadoras en tres ocasiones. Cinco policías de Hermosillo, del Grupo Especial Anti-Secuestros de la Policía Judicial del Estado de Sonora, buscaron pruebas incriminatorias tanto en la casa de Haas como en sus dos tiendas de Santa Teresa, con especial atención en el sótano de la tienda situada en el centro de la ciudad, y hallaron restos de sangre en una de las mantas de la habitación del sótano y también en el suelo. Los familiares de Estrella Ruiz Sandoval se prestaron a la prueba del ADN, pero las muestras de sangre se perdieron antes de llegar a Hermosillo, desde donde tenían que salir a un laboratorio de San Diego. Preguntado al respecto, el detenido Haas dijo que la sangre probablemente era de alguna de las mujeres con las que había mantenido relaciones durante el período menstrual. Cuando Haas dio esta información el judicial Ortiz Rebolledo le preguntó si se creía muy hombre. Lo normal, dijo Haas. Un hombre normal no coge con una mujer que sangra, dijo Ortiz Rebolledo. Yo sí, fue la respuesta de Haas. Sólo los puercos lo hacen, dijo el judicial. En Europa todos somos puercos, contestó Haas. Entonces el judicial Ortiz Rebolledo se puso excesivamente nervioso y fue reemplazado en el interrogatorio por Ángel Fernández y por el policía de Santa Teresa Epifanio Galindo. Los agentes científicos del Grupo Anti-Secuestros no encontraron huellas dactilares en la habitación del sótano, pero en el garaje de la vivienda de Haas hallaron varios objetos punzocortantes, entre ellos un machete cuya hoja medía setentaicinco centímetros, antiguo pero en perfecto estado de conservación, y dos grandes navajas de cazador. Estas armas estaban limpias y no se pudo detectar en ellas ni un solo rastro de sangre o tejidos. Durante su interrogatorio Klaus Haas tuvo que ser llevado al Hospital General Sepúlveda en un par de ocasiones, la primera para que fuera atendido de su gripe, que se complicó con fiebre muy alta, y la segunda para que le proporcionaran una cura a una herida que se hizo en el ojo y en la ceja derecha mientras se dirigía de la sala de interrogatorios a su calabozo. Al tercer día de estancia, por sugerencia de la propia policía de Santa Teresa, Haas se avino a llamar por teléfono a su cónsul en la ciudad, Abraham Mitchell, el cual se encontraba en paradero desconocido. Un funcionario, de nombre Kurt A. Banks, atendió la llamada y al día siguiente acudió a la comisaría, en donde sostuvo una plática de diez minutos con su compatriota, pasados los cuales se marchó sin elevar ni una protesta. Poco después el detenido Klaus Haas fue trasladado a un furgón y se le condujo hasta el presidio de la ciudad.

Mientras estuvo en la comisaría algunos policías fueron a ver a Haas. La mayoría fue a verlo a los calabozos, pero allí Haas sólo se dedicaba a dormir o a fingir que dormía, la cara tapada con una manta, y únicamente pudieron admirar sus enormes pies huesudos. A veces se dignaba hablar con el policía que le bajaba el rancho. Hablaban de comida. El policía le preguntaba si le gustaba la comida mexicana y Haas decía que no estaba mal y luego se quedaba en silencio. Epifanio Galindo llevó a Lalo Cura a ver a Haas durante uno de los interrogatorios. A Lalo le pareció un tipo astuto. No parecía astuto, pero supuso que lo era por la forma que tenía de responder a las preguntas que le hacían los judiciales. Y también le pareció un tipo incansable que hacía sudar y perder la paciencia a los tipos que estaban encerrados con él en la sala insonorizada, los tipos que le juraban amistad o simpatía y le decían habla, aliviánate, en México no hay pena de muerte, sácate de dentro eso que te está matando, y que luego le pegaban y lo insultaban. Pero Haas era incansable y parecía salirse de la realidad (o intentaba sacar de la realidad a los judiciales) con frases inesperadas y preguntas incoherentes. Durante media hora Lalo Cura estuvo contemplando el interrogatorio, y se hubiera quedado dos o tres horas más, pero Epifanio le dijo que se marchara porque iban a llegar de un momento a otro el jefe y otra gente importante y no querían que aquello se convirtiera en una atracción de feria.

En la cárcel de Santa Teresa a Haas lo pusieron en una celda individual hasta que se le bajara la fiebre. Sólo había cuatro celdas individuales. Una de ellas la ocupaba un narcotraficante acusado de matar a dos policías norteamericanos, la otra la ocupaba un abogado mercantilista acusado de fraude, la tercera estaba ocupada por los dos guardaespaldas del narco y la cuarta estaba ocupada por un ranchero de El Alamillo que había estrangulado a su mujer y matado a balazos a sus dos hijos. Para poner a Haas llevaron a los guardaespaldas del narcotraficante a la crujía número tres, a una celda ocupada por cinco reclusos. Las celdas individuales sólo tenían una cama, atornillada al suelo, y cuando dejaron a Haas en su nuevo hogar éste descubrió, por el olor, que allí estuvieron dos personas, una que dormía en la cama y la otra que dormía sobre un petate en el suelo. La primera noche que pasó en la cárcel le costó quedarse dormido. Caminaba por la celda y de vez en cuando se daba palmadas en los brazos. El ranchero, que tenía el sueño ligero, le dijo que dejara de hacer ruido y que se pusiera a dormir. Haas preguntó, en la oscuridad, quién le había hablado. El ranchero no le contestó y durante un minuto Haas permaneció inmóvil, silencioso, esperando que alguien le dijera algo. Cuando se dio cuenta de que nadie le iba a responder siguió dando vueltas por la celda y dándose palmadas en los brazos, como si matara mosquitos, aunque allí no había mosquitos, hasta que el ranchero volvió a decirle que dejara de hacer ruido. Esta vez Haas no se detuvo ni preguntó quién le hablaba. La noche se hizo para dormir, pinche gringo, oyó que le decía el ranchero.

Luego lo oyó darse vueltas en su cama y se imaginó que el tipo se tapaba la cabeza con la almohada, lo que le provocó un ataque de hilaridad. No te tapes la cabeza, le dijo en voz alta y bien timbrada, igual vas a morir. ¿Y quién me va a matar, pinche gringo, tú? Yo no, hijo de la chingada, dijo Haas, va a venir un gigante y el gigante te va a matar. ¿Un gigante?, dijo el ranchero. Tal como lo oyes, hijo de la chingada, dijo Haas. Un gigante. Un hombre muy grande, muy grande, y te va a matar a ti y a todos. Estás loco, pinche gringo, dijo el ranchero. Durante un instante nadie dijo nada y el ranchero pareció dormirse otra vez. Al poco rato, sin embargo, Haas dijo que escuchaba sus pasos. El gigante ya estaba en camino. Era un gigante ensangrentado de la cabeza a los pies y ya se había puesto en camino. El abogado mercantilista se despertó y preguntó de qué hablaban. Su voz era suave, astuta y asustada. Aquí el compadre se ha vuelto loco, dijo la voz del ranchero.

Cuando Epifanio fue a visitar a Haas uno de los carceleros le comentó que el gringo no dejaba dormir a los otros presos. Hablaba de un monstruo y se pasaba las noches en vela. Epifanio quiso saber a qué clase de monstruo se refería el gringo y el carcelero le dijo que hablaba de un gigante, un amigo suyo, probablemente, que iba a ir a rescatarlo y a matar a todos los que lo habían jodido. Como él no puede dormir no respeta el sueño de nadie, le dijo el carcelero, y tampoco respetaba a los mexicanos, a quienes llamaba indios o grasientos. Epifanio quiso saber por qué grasientos y el carcelero, muy serio, le contestó que, según Haas, los mexicanos no se lavaban, no se bañaban. Añadió que, según Haas, los mexicanos tenían una glándula que los hacía segregar una especie de sudor aceitoso, más o menos como los negros, que, según Haas, tenían una glándula que los hacía segregar un olor particular e inconfundible. Aunque la verdad era que el único que no se bañaba era Haas, a quien los funcionarios de la prisión preferían no obligar a ir a las duchas hasta no recibir órdenes del juez o del alcaide en persona, el cual, por lo visto, estaba llevando el asunto con guantes de seda. Cuando Epifanio se enfrentó con Haas éste no lo reconoció. Tenía grandes ojeras y parecía mucho más delgado que cuando lo vio por primera vez, pero no se le apreciaba ninguna de las heridas producidas durante el interrogatorio. Epifanio le ofreció cigarrillos, pero Haas dijo que no fumaba. Después Epifanio le habló de la cárcel de Hermosillo, que era un edificio de construcción reciente, con crujías amplias y patios enormes dotados de instalaciones deportivas. Si se declaraba culpable, le dijo, él se encargaría de que lo trasladaran allá, en donde iba a tener una celda para él solo, pero mucho mejor que ésta. Sólo entonces Haas lo miró a los ojos por primera vez y dijo déjese de chingaderas. Epifanio se dio cuenta de que Haas lo había reconocido y le sonrió. Haas no le devolvió la sonrisa. Tenía una cara, pensó Epifanio, rara, no sé, como escandalizado. Moralmente escandalizado. Le preguntó por el monstruo, por el gigante, le preguntó si el gigante era él mismo y entonces Haas sí que se rió. ¿Yo mismo? No tiene idea de nada, escupió. Sáquese a chingar a su puta madre.

Los presos de las celdas individuales podían salir al patio de la crujía o podían quedarse encerrados y sólo salir muy temprano, de seis y media a siete y media de la mañana, cuando el patio estaba vedado al resto de presos, o a partir de las nueve de la noche, cuando en teoría se había realizado el recuento nocturno y los internos habían vuelto a sus celdas. El ranchero parricida y el abogado mercantilista salían sólo por la noche, después de cenar. Daban un paseo por el patio, hablaban de negocios y de política y luego retornaban a sus celdas. El narcotraficante compartía los horarios de patio con los demás presos y se podía estar horas apoyado en una pared, fumando y contemplando el cielo, mientras sus guardaespaldas, nunca demasiado lejos, marcaban con su presencia un perímetro invisible alrededor de su jefe. Klaus Haas, cuando la fiebre remitió, decidió salir «en horario normal», según le explicó al carcelero. Cuando éste le preguntó si no tenía miedo de que lo mataran en el patio, Haas hizo un gesto de desprecio y mencionó la palidez cadavérica de los rostros del ranchero y del abogado, a quienes nunca tocaba la luz del sol. La primera vez que salió al patio el narcotraficante, que hasta entonces no se había interesado por él, le preguntó quién era. Haas dijo su nombre y se presentó como experto en computación. El narcotraficante lo miró de arriba abajo y siguió caminando como si su curiosidad se hubiera agotado de forma instantánea. Algunos presos, pocos, llevaban los restos remendados de lo que había sido el uniforme de la prisión, aunque la mayoría iba vestido como le daba la gana. Había quienes vendían refrescos que llevaban en cajas que conservaban el frío, cajas de plástico que cargaban con un solo brazo y que luego ponían en el suelo cerca de donde se jugaban partidos de fútbol de cuatro jugadores por bando o de básket. Otros vendían cigarrillos y fotos pornográficas. Los más discretos repartían droga. El patio tenía la forma de una V. La mitad del suelo era de cemento y la otra de tierra y estaba flanqueado por dos muros con torres de vigilancia de donde asomaban guardianes aburridos que fumaban marihuana. En la parte estrecha de la V se apreciaban las ventanas de algunas celdas, con ropa tendida colgando de los barrotes. En la parte abierta, había una reja metálica de unos diez metros de altura, detrás de la cual se deslizaba un camino pavimentado que conducía a otras dependencias de la cárcel, y más allá había otra reja, menos alta, pero adornada con una crin de alambre de púas, que parecía surgida directamente del desierto. La primera vez que salió al patio, durante unos minutos, a Haas le pareció que estaba caminando por un parque de una ciudad extranjera donde nadie sabía quién era. Por un instante se sintió libre. Pero allí todos sabían todo, se dijo, y esperó pacientemente a que se le acercara el primer preso. Al cabo de una hora le ofrecieron drogas y cigarrillos, pero él sólo compró un refresco. Mientras se lo tomaba, mirando el partido de básket, se le acercaron unos cuantos presos y le preguntaron si era cierto que él había matado a todas esas mujeres. Haas dijo que no. Entonces los presos le preguntaron por su trabajo y si daba lana vender computadoras. Haas dijo que eso iba por rachas. Y que un empresario, a ciencia cierta, nunca lo sabía. O sea que tú eres un empresario, dijeron los presos. No, dijo Haas, soy un experto en informática que ha levantado su propio negocio. Lo dijo con tanta seriedad y convicción que algunos de los presos asintieron. Después Haas quiso saber qué hacían ellos afuera y la mayoría se puso a reír. Ahí no más, fue la única frase que entendió. Él también se puso a reír e invitó a los cinco o seis que lo rodeaban a tomar unos refrescos.

La primera vez que fue a las duchas un tipo al que llamaban el Anillo lo quiso forzar. El tipo era grande pero comparado con Haas resultaba pequeño y por la cara que puso se veía que hacía aquello como si las circunstancias lo obligaran a interpretar aquel rol. Si de él hubiera dependido, decía su cara, se habría hecho una paja tranquilamente en su celda. Haas lo miró a la cara y le preguntó cómo era posible que un adulto se comportara así. El Anillo no entendió nada y se rió. Tenía la cara ancha y el rostro lampiño y su risa no era desagradable. Los presos que estaban a su lado también se rieron. El amigo del Anillo, un preso más joven llamado el Guajolote, sacó un punzón de debajo de una toalla y le dijo que se callara el hocico y fuera con ellos a una esquina. ¿En una esquina?, dijo Haas. ¿En una chingada esquina? Dos de los amigos que había hecho Haas en el patio se pusieron detrás del Guajolote y le sujetaron los brazos. El rostro de Haas estaba escandalizado. El Anillo volvió a reírse y dijo que no era para tanto. ¿En una esquina no es para tanto?, gritó Haas. ¿En una esquina como los perros no es para tanto? Otro de los amigos de Haas se puso junto a la puerta y nadie pudo entrar ni salir de las duchas. Que te haga una mamada, gringo, gritó uno de los presos. Que el pinche buey te haga un guagüis, gringo. Ahorita. Plánchalo. Las voces de los presos subieron de volumen. Haas le arrebató el punzón al Guajolote y le dijo al Anillo que se pusiera a cuatro patas. Si no tiemblas, pendejo, nada te pasará. Si tiemblas o tienes miedo, vas a tener dos agujeros para cagar. El Anillo se quitó la toalla y se puso en el suelo a cuatro patas. No, ahí no, dijo Haas, bajo la ducha. El Anillo se levantó con un gesto de indiferencia y se puso debajo del agua. El pelo, ondulado y peinado hacia atrás, le cayó sobre los ojos. Disciplina, chingados, sólo pido un poco de disciplina y respeto, dijo Haas cuando a su vez entró en el pasillo de las duchas. Luego se arrodilló detrás del Anillo, le susurró a éste que se abriera bien de piernas, y le introdujo lentamente el punzón hasta el mango. Algunos pudieron ver que cada cierto tiempo el Anillo sofocaba un gritito. Otros pudieron ver que del culo del Anillo caían gotas de sangre muy oscura que el agua deshacía en segundos.

Los amigos de Haas se llamaban el Tormenta, el Tequila y el Tutanramón. El Tormenta tenía veintidós años y estaba cumpliendo condena por haber matado a un guarura de un narco que se quería beneficiar a su hermana. En la cárcel lo habían intentado matar dos veces. El Tequila tenía treinta años y tenía los anticuerpos del sida, aunque muy pocos lo sabían puesto que aún no había desarrollado la enfermedad. El Tutanramón tenía dieciocho años y su mote venía de una película. Su nombre auténtico era Ramón, pero había ido a ver más de tres veces *La venganza de la momia*, que era su película favorita, y sus amigos, o tal vez él mismo, como creía Haas, lo bautizaron con el nombre de Tutanramón. Haas los contentaba comprándoles latas de conserva y drogas. Ellos le hacían recados o le servían de guardaespaldas. A veces Haas los escuchaba hablar de sus cosas, de sus negocios, de su vida familiar, de lo que más deseaban y de lo que más temían, y no entendía nada. Parecían extraterrestres. Otras veces era Haas el que hablaba y sus tres amigos escuchaban sumidos en un silencio conmovedor. Haas hablaba de contención, de autoesfuerzo, de autoayuda, el destino de los individuos está en manos de cada individuo, un hombre podía llegar a ser Lee Giacoca si se lo proponía. Ellos no tenían idea de quién era Lee Giacoca. Suponían que se trataba de un jefe de la mafia. Pero no preguntaban nada por temor a que Haas perdiera el hilo.

Cuando Haas fue trasladado a la crujía con los demás presos, el narcotraficante se le acercó para despedirse, un detalle que Haas agradeció emocionado. Si tienes algún problema, avísame, le dijo, pero sólo si tienes un problema gordo, no me molestes por chingaderas. Procuro no molestar, dijo Haas. Ya me he dado cuenta, dijo el narcotraficante. En la visita del día siguiente, su abogada le preguntó si quería que iniciara las diligencias para que lo volvieran a poner en la celda individual. Haas le dijo que ya estaba bien así, que tarde o temprano iba a tener que dejar aquella celda y que más valía aceptar lo antes posible la realidad. ¿Qué puedo hacer por ti?, le dijo su abogada. Tráeme un teléfono celular, le dijo Haas. No es fácil que te dejen tener un teléfono en la cárcel, le dijo su abogada. Es fácil, es fácil, dijo Haas. Tráemelo.

Una semana más tarde le pidió a su abogada otro celular, y poco después otro. El primero se lo vendió a un tipo que cumplía condena por la muerte de tres personas. Era un tipo común y corriente, más bien chaparro, al que regularmente le mandaban dinero de afuera, probablemente para que mantuviera la boca cerrada. Haas le dijo que la mejor manera de controlar los negocios era mediante un celular y el tipo pagó tres veces lo que le había costado el teléfono. El otro se lo vendió a un carnicero que había matado a uno de sus empleados, un adolescente de quince años, con un cuchillo de destazar bestias. Cuando al carnicero le preguntaban, medio en broma, por qué había matado al muchacho, contestaba que por ladrón y por abusar de su confianza. Los reclusos entonces se reían y le preguntaban si no había sido, más bien, por no dejarse encular. El carnicero entonces agachaba la cabeza y negaba varias veces, con obstinación, pero de sus labios no salía ni una sola palabra en contra de aquel infundio. Desde la cárcel quería seguir manejando sus dos carnicerías pues pensaba que su hermana, que ahora estaba al frente de los negocios, le robaba. Haas le vendió el teléfono y le enseñó a utilizar la agenda y a mandar mensajes. Le cobró cinco veces el valor original del aparato.

Haas compartía la celda con otros cinco reclusos. El que mandaba era un tipo llamado Farfán. Tenía cerca de cuarenta años y Haas nunca había visto un hombre más feo. El pelo le crecía desde la mitad de la frente, tenía ojos de ave rapaz puestos como al azar en medio de una cara de filiación porcina. Era panzudo y olía mal. Tenía un bigote ralo, que crecía de forma despareja y al que se le solían adherir restos minúsculos de comida. Las raras ocasiones en que se reía lo hacía como un burro y sólo en aquellos momentos su rostro parecía soportable. Cuando Haas llegó a la celda pensó que no tardaría en meterse con él, pero lo cierto es que Farfán no sólo no se metió con él sino que parecía perdido en una especie de laberinto, en donde todos los presos eran figuras inmateriales. Tenía amigos en la crujía, otros tipos duros que lo utilizaban como valedor, pero sólo buscaba la compañía de un preso igual de feo que él, un tal Gómez, un tipo delgado y con cara de lombriz, que tenía un lunar del tamaño de un puño en la mejilla izquierda y ojos vidriosos de drogado perenne. Se solían ver en el patio y en el comedor. En el patio se saludaban con un movimiento de cabeza y si bien participaban en corros mayores, al final siempre se despegaban y terminaban tomando el sol apoyados en la pared o caminando ensimismados de la cancha de básket hasta la reja. Entre ellos no hablaban mucho, tal vez porque no tenían demasiadas cosas que decirse. Farfán, cuando entró en la cárcel, era tan pobre que ni el abogado de oficio lo iba a visitar. Gómez, que estaba allí por robar camiones, sí que tenía abogado, y después de conocerse consiguió que su abogado tramitara los papeles de Farfán. La primera vez que se encularon fue en una de las dependencias de la cocina. De hecho, Farfán violó a Gómez. Lo golpeó, lo arrojó contra unos sacos y lo violó dos veces. La rabia de Gómez fue tan grande que intentó matar a Farfán. Una tarde lo esperó en la cocina, donde Farfán trabajaba lavando platos y acarreando sacos de frijoles, y trató de apuñalarlo con un punzón, pero a Farfán no le costó mucho reducirlo. Volvió a violarlo y después, mientras aún mantenía a Gómez debajo de su cuerpo, le dijo que una situación como ésa tenía que acabar de una forma o de otra. Como compensación se prestó a que Gómez lo enculara. Es más, le devolvió el punzón en prenda de confianza y luego se bajó los pantalones y se dejó caer en el jergón. Allí tirado, con el culo al aire, Farfán parecía una cerda, sin embargo Gómez lo enculó y retomaron su amistad.

Como Farfán era el más fuerte, en ocasiones obligaba a los otros a abandonar la celda. Al poco rato aparecía Gómez y se ponían a coger y luego, cuando ambos habían acabado, se ponían a fumar y a hablar o permanecían en silencio, Farfán acostado en su camastro y Gómez acostado en el de otro recluso, mirando el techo o las volutas de humo que salían por la ventana abierta. A Farfán, en ocasiones, el humo le parecía que adquiría formas extrañas: culebras, brazos, piernas que se doblaban, cinturones que restallaban el aire, submarinos de otra dimensión. Entrecerraba los ojos y decía: qué suave, qué jalada más suave. Gómez, que era más práctico, le preguntaba qué era lo suave, de qué hablaba, y Farfán no sabía explicarse. Entonces Gómez se incorporaba y empezaba a mirar a todos lados, como si buscara los fantasmas de su amigo, y terminaba diciendo: te rugen las patrullas.

Haas no entendía cómo una verga se podía poner erecta delante de un agujero del culo como el de Farfán o el de Gómez. Podía entender que un hombre se calentara con un adolescente, un efebo, pensaba, pero no que un hombre o el cerebro de ese hombre pudiera enviar señales para que la sangre llenara las esponjas del pene, una por una, con lo difícil que eso era, con el solo reclamo de un ojete como el de Farfán o el de Gómez. Animales, pensaba. Bestias inmundas atraídas por la inmundicia. En sus sueños se veía a sí mismo recorriendo los pasillos de la cárcel, las diferentes crujías, y podía ver sus ojos semejantes a los de un halcón mientras caminaba con paso firme por aquel laberinto de ronquidos y de pesadillas, atento a lo que pasaba en cada celda, hasta que de pronto ya no podía seguir avanzando y se detenía al borde de un abismo (pues la cárcel de sus sueños era como un castillo levantado a orillas de un abismo insondable). Allí, incapaz de retroceder, levantaba los brazos, como si clamara al cielo (tan ensombrecido como el abismo), y luego intentaba decir algo, hablar, advertir, aconsejar a una legión de Klaus Haas en miniatura, pero se daba cuenta, o por un instante tenía la impresión, de que alguien le había cosido los labios. En el interior de la boca, sin embargo, notaba algo. No era su lengua, no eran sus dientes. Un trozo de carne que procuraba no tragar mientras con una mano se arrancaba los hilos. La sangre le corría por la barbilla. Sentía las encías como anestesiadas. Cuando por fin podía abrir la boca escupía el trozo de carne y luego se ponía de rodillas en la oscuridad y lo buscaba. Al encontrarlo, y tras palparlo con detenimiento, se daba cuenta de que era un pene. Alarmado, se llevaba una mano a la bragueta, con miedo de no encontrar su propio pene, pero éste estaba allí, de modo que el pene que tenía en las manos era el pene de otra persona. ¿De quién?, pensaba mientras de sus labios seguía manando sangre. Luego sentía mucho sueño y se ovillaba al borde del abismo y se quedaba dormido. Entonces lo que solía pasar era que tenía otros sueños.

Violar mujeres y luego matarlas le parecía más *atractivo*, más *sexy*, que enterrar la verga en el agujero purulento de Farfán o en el agujero lleno de mierda de Gómez. Si siguen enculándose los voy a matar, pensaba a veces. Primero mataré a Farfán, luego mataré a Gómez, los tres T me ayudarán, me proporcionarán el arma y la coartada, la logística, luego tiraré los cuerpos al abismo y nadie volverá a acordarse de ellos.

Al cabo de quince días de haber ingresado en el presidio de Santa Teresa, Haas dio lo que se podría llamar su primera rueda de prensa, a la que asistieron cuatro periodistas del DF y casi la totalidad de los medios escritos del estado de Sonora.

Durante la entrevista Haas se ratificó en su inocencia, dijo que durante el interrogatorio le fueron administradas «sustancias extrañas» para conseguir doblegar su voluntad. No recordaba haber firmado nada, ninguna declaración autoinculpatoria, pero señaló que si la había ésta fue conseguida tras cuatro días de tortura física, psicológica «y médica». Advirtió a los periodistas que ocurrirían «cosas» en Santa Teresa que demostrarían que él no era el asesino de mujeres. En la cárcel, insinuó, uno se enteraba de muchas noticias. Entre los periodistas llegados del DF estaba Sergio González. Su presencia allí no obedecía, como en la primera ocasión, a que necesitara dinero y estuviera haciendo un trabajo extra. Cuando se enteró de que Haas había sido detenido, habló con el jefe de la sección de policiales y le pidió, como un favor especial, que lo dejara seguir el caso. El jefe no puso ningún reparo y cuando se supo que Haas pensaba hablar con la prensa, telefoneó a Sergio a la sección de cultura y le dijo que si quería ir, que fuera. El asunto está cerrado, le dijo, no termino de entender muy bien el interés que tienes por él. Tampoco Sergio González lo entendía muy bien. ¿Puro morbo o tal vez la certeza de que en México nunca nada se cerraba del todo? Cuando la improvisada rueda de prensa terminó la abogada de Haas se despidió de todos los periodistas con un apretón de mano. Cuando le tocó el turno a Sergio éste notó que le había deslizado, sin que nadie se diera cuenta, un papel. Se metió la mano en el bolsillo y dejó el papel allí. Al salir de la cárcel, y mientras esperaba un taxi, lo examinó. En el papel sólo había un número de teléfono.

La rueda de prensa de Haas fue un pequeño escándalo. En algunos medios se preguntaron desde cuándo un recluso podía citar a la prensa y hablar con ella, en la cárcel, como si ésta fuera su casa y no el lugar al que lo destinaba el Estado y la justicia para pagar un delito o, como bien recordaban las fojas propias del caso, para *cumplir una pena*. Se dijo que el alcaide había recibido un dinero de Haas. Se dijo que Haas era el heredero, el único heredero, de una riquísima familia europea. Según esta noticia, Haas nadaba en lana y tenía a su servicio a toda la cárcel de Santa Teresa.

Aquella noche, después de la rueda de prensa, Sergio González llamó al número que le había dado la abogada. Le contestó Haas. No supo qué decir. ¿Bueno?, dijo Haas. Tiene usted un teléfono, dijo Sergio González. ¿Con quién hablo?, dijo Haas. Soy uno de los periodistas que hoy estuvieron con usted. El del DF, dijo Haas. Sí, dijo Sergio González. ¿Con quién esperaba hablar usted?, dijo Haas. Con su abogada, reconoció Sergio. Vaya, vaya, vaya, dijo Haas. Durante un instante ambos se quedaron en silencio. ¿Quiere que le cuente algo?, dijo Haas. Aquí en la cárcel, los primeros días, yo tenía miedo. Pensaba que los otros presos, al verme, se abalanzarían sobre mí para vengar la muerte de todas esas niñas. Para mí, estar en la cárcel era exactamente igual que ser abandonado un sábado al mediodía en uno de esos barrios, la colonia Kino, la San Damián, la colonia Las Flores. Un linchamiento. Morir despellejado. ¿Me entiende? La turba escupiéndome y luego pateándome y luego despellejándome. Sin posibilidad de decir nada. Pero pronto me di cuenta de que en la cárcel nadie me iba a despellejar. Al menos *no* por lo que me acusaban. ¿Qué quiere decir eso?, me pregunté a mí mismo. ¿Que estos bueyes eran insensibles a los asesinatos? No. Aquí, quien más y quien menos, todos son sensibles a lo que ocurre fuera, como si dijéramos, a los latidos de la ciudad. ¿Qué pasaba, entonces? Se lo pregunté a un preso. Le pregunté qué pensaba de las mujeres muertas, de las muchachitas muertas. Me miró y me dijo que eran unas putas. ¿O sea, se merecían la muerte?, dije. No, dijo el preso. Se merecían ser cogidas cuantas veces tuviera uno ganas de cogerlas, pero no la muerte. Entonces le pregunté si creía que yo las había matado y el cabrón me dijo no, no, tú seguro que no, gringo, como si yo fuera un jodido gringo, que puede que lo sea en el fondo, aunque cada vez lo soy menos. ¿Qué pretende decirme?, dijo Sergio González. Que en la cárcel saben que yo soy inocente, dijo Haas. ¿Y cómo lo saben?, se preguntó Haas. Eso me costó un poco más averiguarlo. Es como un ruido que alguien oye en un sueño. El sueño, como todos los sueños que se sueñan en espacios cerrados, es contagioso. De pronto lo sueña uno y al cabo de un rato lo sueña la mitad de los reclusos. Pero *el ruido* que alguien ha oído no es parte del sueño sino de la realidad. El ruido pertenece a otro orden de cosas. ¿Me entiende? Alguien y luego todos han oído un ruido en un sueño, pero el ruido no se produjo en el sueño sino en la realidad, el ruido es real. ¿Me entiende? ¿Está claro para usted, señor periodista? Creo que sí, dijo Sergio González. Creo que lo estoy entendiendo. ¿Sí, sí, seguro que sí?, dijo Haas. Quiere usted decir que hay alguien en la cárcel que sabe fehacientemente que usted no pudo cometer los asesinatos, dijo Sergio. Exactamente, dijo Haas. ¿Y sabe usted quién es esa persona? Tengo algunas ideas, dijo Haas, pero necesito tiempo, lo que en mi caso resulta paradójico, ¿no le parece? ¿Por qué?, dijo Sergio. Pues porque aquí lo único que tengo en abundancia es tiempo. Pero yo necesito más tiempo aún, mucho más, dijo Haas. Después Sergio quiso preguntarle a Haas por su confesión, por la fecha del juicio, por el trato recibido por la policía, pero Haas le dijo que de eso hablarían en otro momento.

Esa misma noche el judicial José Márquez le confidenció al judicial Juan de Dios Martínez una conversación que había escuchado sin querer en una de las dependencias de la policía de Santa Teresa. Los que hablaban eran Pedro Negrete, el judicial Ortiz Rebolledo, el judicial Ángel Fernández y el guarura de Negrete, Epifanio Galindo, aunque a decir verdad Epifanio Galindo fue el único que no abrió la boca. El tema de conversación era la rueda de prensa que había dado el sospechoso Klaus Haas. Para Ortiz Rebolledo la culpa era del alcaide. Seguramente Haas le había dado dinero. Ángel Fernández estaba de acuerdo. Pedro Negrete dijo que probablemente allí había algo más. Un peso extra para inclinar la voluntad del alcaide en una u otra dirección. Entonces salió el nombre de Enrique Hernández. Yo creo que Enriquito Hernández convenció al alcaide, dijo Negrete.

Puede ser, dijo Ortiz Rebolledo. Hijo de la gran chingada, dijo Ángel Fernández. Y eso fue todo. Después José Márquez entró en la oficina donde estaban los otros, saludó, hizo ademán de quedarse pero Ortiz Rebolledo, con un gesto, le indicó que era mejor que se largara, y cuando salió el mismo Ortiz Rebolledo cerró la puerta con pestillo para no volver a ser molestados.

Enrique Hernández tenía treintaiséis años. Durante un tiempo trabajó para Pedro Rengifo y luego para Estanislao Campuzano. Había nacido en Cananea y cuando tuvo suficiente dinero se compró un rancho en las afueras, en donde criaba ganado vacuno, y una casa, la mejor que pudo hallar, en el centro de la ciudad, a pocos pasos de la plaza del mercado. Todos sus hombres de confianza, además, eran naturales de Cananea. Se suponía que era el encargado de transportar la droga que llegaba por mar a Sonora, en algún punto entre Guaymas y Cabo Tepoca, con una flota de cinco camiones y tres Suburban. Su misión consistía en dejar los alijos a salvo en Santa Teresa, después otra persona se encargaba de transportarla a los Estados Unidos. Pero un día Enriquito Hernández entró en contacto con un salvadoreño que estaba metido en el negocio y que, como él, quería independizarse, y el salvadoreño lo puso en contacto con un colombiano, y de golpe Estanislao Campuzano se encontró sin encargado de transporte en México y con Enriquito convertido en competidor. El volumen de los negocios, de todas maneras, no era comparable. Por cada kilo que movía Enriquito, Campuzano movía veinte, pero el rencor no conoce diferencias de lonja, así que Campuzano, con paciencia y sin precipitarse, esperó su hora. Por supuesto, no le convenía entregar a Enriquito por motivos relacionados con el tráfico de drogas, sino sacarlo de circulación, de forma legal, y luego encargarse él, bajo cuerda, de recuperar la ruta. Cuando llegó el momento (un asunto de faldas en el que a Enriquito se le fue la mano y terminó matando a cuatro personas de una misma familia), Campuzano puso sobre aviso a la Procuraduría de Sonora, repartió dinero y pistas, y Enriquito acabó con sus huesos en la cárcel. Durante las dos primeras semanas no pasó nada, pero a la tercera semana cuatro pistoleros se presentaron en un almacén en las afueras de San Blas, en el norte del estado de Sinaloa, y tras matar a los dos vigilantes se llevaron un cargamento de cien kilos de coca. El almacén pertenecía a un campesino de Guaymas, en el sur del estado de Sonora, que llevaba muerto más de cinco años. Campuzano envió a investigar el asunto a uno de sus hombres de confianza, un tal Sergio Cansino (alias Sergio Carlos, alias Sergio Camargo, alias Sergio Carrizo), quien, tras preguntar en la gasolinera y en los alrededores del almacén, sólo sacó en claro que durante el robo más de una persona vio por allí una Suburban negra como las que usaban los hombres de Enriquito Hernández. Después Sergio buscó, por si acaso encontraba al propietario, en los ranchos de la zona, y en su búsqueda llegó hasta El Fuerte, pero allí nadie, ni los pocos rancheros que encontró, tenía dinero para comprarse un vehículo así. El dato no era tranquilizador, pero sólo era eso, pensó Estanislao Campuzano, un dato que necesitaba ser contrastado. La Suburban bien podía ser de un turista norteamericano perdido por aquellas polvaredas, o podía ser de un judicial que pasaba por allí, o de un alto funcionario de vacaciones con su familia. Poco después, mientras iba por la carretera de terracería de La Discordia a El Sasabe, en la frontera con Estados Unidos, le asaltaron un camión cargado con veinte kilos de coca a Estanislao Campuzano, matando al chofer y al acompañante, que iban desarmados, pues pensaban cruzar esa tarde a Arizona y nadie cruza armado al tiempo que transporta droga. O pasas con armas o con drogas, pero no con las dos cosas al mismo tiempo. De los hombres que iban en el camión nunca más se supo. De la droga, tampoco. El camión apareció dos meses después en una chatarrería de Hermosillo. Según Sergio Cansino el dueño de la chatarrería les había comprado el camión, en muy mal estado, además, a tres yonquis que eran delincuentes habituales y soplones de la policía de Hermosillo. Habló con uno de ellos, apodado el Elvis, quien le dijo que el camión se lo había regalado por cuatro pesos un salidor de Sinaloa. Cuando Sergio le preguntó cómo sabía que era de Sinaloa, el Elvis contestó que por la forma de hablar. Cuando le preguntó cómo sabía que era un salidor, el Elvis contestó que por los ojos. Miraba como salidor, generoso, sin miedo a nada, ni a los tirantes ni a los ricardos, un salidor de verdad, uno que igual te pega un balazo en el hígado que te cambia su camión por un Marlboro o un toquesín de mora. ¿Te dio el camión a cambio de un cigarrillo de grifa?, le preguntó Sergio riéndose. Medio cigarro de mostaza, dijo el Elvis. Esta vez sí que Campuzano sintió coraje.

¿Por qué Enriquito Hernández, a su manera, claro, está protegiendo a Haas?, se preguntó el judicial Juan de Dios Martínez. ¿Cómo se beneficia? ¿A quiénes perjudica protegiendo a Haas? Y también se preguntó: ¿hasta cuándo piensa protegerlo? ¿Durante un mes, durante dos meses, todo el tiempo que crea necesario? ¿Y por qué descartar la simpatía, la amistad? ¿Acaso no era posible que Enriquito se hubiera hecho amigo de Haas? ¿Acaso no era posible que la protección sólo estuviera determinada por la amistad? Pero no, se dijo Juan de Dios Martínez, Enriquito Hernández no tenía amigos.

En octubre de 1995 no apareció ninguna mujer muerta en Santa Teresa ni en sus alrededores. Desde mediados de septiembre, como se suele decir, la ciudad respiraba en paz. En noviembre, sin embargo, fue encontrada una desconocida en la barranca El Ojito, a quien posteriormente se identificó como Adela García Estrada, de quince años de edad, desaparecida una semana antes, trabajadora de la maquiladora EastWest. Según el forense la causa de la muerte había sido la rotura del hueso hioides. Llevaba una sudadera gris con un estampado de un grupo de rock y debajo de la sudadera un sostén blanco. Sin embargo el pecho derecho estaba cercenado y el pezón del pecho izquierdo había sido arrancado a mordidas. Se ocuparon del caso el judicial Lino Rivera y posteriormente los judiciales Ortiz Rebolledo y Carlos Marín.

El veinte de noviembre, una semana después del hallazgo del cadáver de Adriana García Estrada, fue encontrado el cuerpo de una desconocida en un descampado de la colonia La Vistosa. Aparentemente la desconocida tenía unos diecinueve años y las causas de la muerte eran varias cuchilladas en el tórax, producidas por un arma con doble filo, todas o casi todas mortales. La desconocida llevaba un chaleco gris perla y un pantalón negro. Cuando en el laboratorio del forense le quitaron el pantalón se encontraron con que debajo de éste llevaba otro pantalón, de color gris. Las manías de los seres humanos son un misterio, dictaminó el forense. Se encargó del caso el judicial Juan de Dios Martínez. Nadie reclamó el cuerpo.

Cuatro días después apareció el cadáver mutilado de Beatriz Concepción Roldán a un lado de la carretera Santa Teresa-Cananea. La causa de la muerte era una herida, presumiblemente infligida con un machete o un cuchillo de grandes dimensiones, que la había abierto en canal desde el ombligo hasta el pecho. Beatriz Concepción Roldán tenía veintidós años, medía un metro sesentaicinco, era delgada y de tez morena. Tenía el pelo largo, hasta la mitad de la espalda. Trabajaba de mesera en un establecimiento de la Madero-Norte y vivía con Evodio Cifuentes y una hermana de éste, llamada Eliana Cifuentes, aunque nadie denunció su desaparición. En diversas partes del cuerpo el cadáver exhibía hematomas, pero cuchilladas sólo una, la que provocó su muerte, por lo que el forense dedujo que la víctima no se defendió o que estaba inconsciente en el instante en que fue mortalmente agredida. Tras aparecer su foto en *La Voz de Sonora,* una llamada anónima la identificó como Beatriz Concepción Roldán, vecina de la colonia Sur. Al presentarse la policía, cuatro días después, en el domicilio de la víctima, hallaron el inmueble, de cuarenta metros cuadrados y con dos habitaciones pequeñas, más la sala provista con muebles forrados de plástico transparente, completamente abandonado. Según los vecinos, el llamado Evodio Cifuentes y su hermana Eliana hacía seis días, aproximadamente, que no estaban allí. Una de las vecinas los vio salir arrastrando dos maletas cada uno. Examinada la casa, pocos efectos personales de los hermanos Cifuentes se encontraron. Desde el principio el caso fue llevado por el judicial Efraín Bustelo, que no tardó en descubrir que los hermanos Cifuentes sólo tenían un poco más de entidad que un par de fantasmas. No había fotos de ellos. Las descripciones que pudo conseguir fueron vagas, cuando no contradictorias: Cifuentes era chaparro y muy delgado y su hermana tenía rasgos físicos nada memorables. Según un vecino creía recordar, Evodio Cifuentes trabajaba en la maquiladora File-Sis, pero allí no tenían en nómina a ningún tipo que se llamara así, ni ahora ni en los últimos tres meses. Cuando Efraín Bustelo pidió las listas de trabajadores de hacía seis meses, le dijeron que lamentablemente, por un fallo técnico, éstas se habían perdido o traspapelado. Antes de que Efraín Bustelo les preguntara cuándo podían tener esas listas para que él les echara una mirada, un ejecutivo de File-Sis le entregó un sobre con dinero y Bustelo se olvidó del asunto. Probablemente en aquellas listas, si es que aún existían, si es que nadie las había quemado, pensó, tampoco iba a encontrar el rastro de Evodio Cifuentes. Se dictó una orden de detención a nombre de los dos hermanos, que circuló como circula un mosquito alrededor de una fogata por varias comisarías de la República. El caso quedó sin aclarar.

En diciembre, en un descampado de la colonia Morelos, a la altura de la calle Colima y la calle Fuensanta, no lejos de la preparatoria Morelos, se encontró el cadáver de Michelle Requejo, desaparecida una semana antes. El hallazgo del cuerpo fue realizado por unos niños que acostumbraban a jugar partidos de béisbol en el descampado. Michelle Requejo vivía en la colonia San Damián, al sur de la ciudad, y trabajaba en la maquiladora HorizonW&E. Tenía catorce años y era delgada y sociable. No se le conocía novio. Su madre trabajaba en la misma empresa y en sus ratos libres ganaba unos pesos extra como adivina y curandera. Básicamente atendía a mujeres del barrio o a algunas compañeras de trabajo que tenían problemas de amor. Su padre trabajaba en la maquiladora Aguilar&Lennox. Solía hacer turnos dobles cada semana. Tenía dos hermanas menores de diez años que iban a la escuela y un hermano de dieciséis que trabajaba, junto al padre, en la Aguilar&Lennox. El cuerpo de Michelle Requejo presentaba varias heridas de cuchillo, algunas en los brazos y otras en el tórax. Iba vestida con una blusa negra, que presentaba desgarraduras producidas, presumiblemente, por el mismo cuchillo. Los pantalones eran ajustados, de tela sintética, y estaban bajados hasta las rodillas. Calzaba tenis de color negro, de la marca Reebok. Las manos las llevaba atadas a la espalda y poco después alguien indicó que el nudo era idéntico al que ataba a Estrella Ruiz Sandoval, lo que hizo sonreír a algunos policías. El caso lo llevó José Márquez, quien le comentó algunas de sus particularidades a Juan de Dios Martínez. Éste le hizo notar que las casualidades curiosas no sólo se limitaban a los nudos, sino que antes, en un baldío junto a la preparatoria Morelos, ya se había cometido un crimen. José Márquez no recordaba el caso. Juan de Dios Martínez le dijo que era una mujer que jamás pudo ser identificada. Aquella noche los dos judiciales fueron al descampado donde se encontró el cadáver de Michelle Requejo. Durante un rato estuvieron mirando las sombras del descampado. Luego salieron del coche y caminaron por entre los matorrales pisando bolsas de plástico con materia blanda en su interior. Se pusieron a fumar. Olía a cadáver. José Márquez le dijo que empezaba a estar harto de ese trabajo, habló de un puesto de jefe de seguridad en Monterrey y le preguntó dónde quedaba la preparatoria. Juan de Dios Martínez señaló un sitio en la oscuridad. Allí, dijo. Caminaron en esa dirección. Cruzaron varias calles de tierra y sintieron que los vigilaban. José Márquez se llevó la mano a la funda de la pistola y aunque no la sacó consiguió tranquilizarse. Llegaron hasta las rejas de la preparatoria iluminadas por un farol solitario. Allí estaba la muerta, dijo Juan de Dios Martínez indicando con el índice un lugar impreciso cercano a la carretera a Nogales. La descubrió el conserje de la prepa. El asesino o los asesinos tuvieron que llegar en carro. Sacaron a la muerta del maletero y la arrojaron al descampado. No pudieron tardar menos de cinco minutos. Yo calculo unos diez minutos, porque el sitio no está cerca de la carretera. Iban a Cananea o venían de Cananea. Yo diría, por el lugar en donde arrojaron el cadáver, que iban en dirección a Cananea. ¿Por qué, mano?, dijo José Márquez. Porque si vienes de Cananea, antes de llegar a Santa Teresa hay un montón de lugares mejores donde deshacerse de un cuerpo. Además, creo que se tomaron su tiempo. Según me dijeron, el cadáver estaba medio empalado. Híjole, dijo José Márquez. Pues sí, Pepito, y resulta difícil meter un cuerpo así, de esa manera, como si dijéramos ya preparado, en el maletero de un carro. Lo más probable es que la empalaran junto a la prepa. Pero qué bestias, mano, dijo José Márquez. La tiraron al suelo y le metieron luego la estaca por el culo, ¿qué te parece? Una barbaridad, mano, dijo José Márquez. Pero ella ya no estaba viva, ¿no? No, la verdad es que ya no estaba viva, dijo Juan de Dios Martínez.

Las dos siguientes muertas también fueron halladas en diciembre de 1995. La primera se llamaba Rosa López Larios, tenía veintinueve años y su cuerpo se encontró detrás de una torre de Pemex en donde por las noches se juntaban algunas parejas para hacer el amor. Al principio venían en coches o en furgonetas, pero el lugar se puso de moda y no resultaba extraño ver a adolescentes en moto o bicicleta, e incluso algunas parejas de jóvenes trabajadores llegaban a pie, pues cerca de allí había una parada de autobuses. Detrás de la torre de Pemex pensaban construir otro edificio, que finalmente no se hizo, y ahora sólo hay una explanada y más allá de la explanada se levantan unas barracas prefabricadas, actualmente vacías, que durante un tiempo ocuparon trabajadores de la empresa. Cada noche, a veces de forma provocadora, con la radio encendida a todo volumen, pero las más de las veces discretamente, los coches se alineaban en la explanada y los chicos que llegaban en motos o en bicis abrían las puertas desvencijadas de las barracas, en donde encendían linternas y velas y ponían música y a veces incluso preparaban la cena. Detrás de las barracas, en una ligera pendiente, se alzaba un bosque de pinos bajos que Pemex plantó allí cuando construyó la torre. Algunos chicos, buscando más intimidad, se internaban en el bosque provistos de mantas. Allí fue donde encontraron el cuerpo de Rosa López Larios. Fueron dos chicos de diecisiete años quienes lo hallaron. La chica creyó que era alguien que dormía, pero cuando la enfocaron con la linterna se dieron cuenta de que estaba muerta. La chica se puso a gritar y salió huyendo despavorida. El chico tuvo la suficiente entereza, o la mucha curiosidad, como para darle la vuelta al cuerpo y mirarle la cara a la muerta. Los gritos de la chica alertaron a los ocupantes de la explanada. De inmediato algunos coches se marcharon. En uno de los coches había un policía municipal, que fue quien dio parte del hallazgo y trató de evitar, inútilmente, la desbandada generalizada. Cuando llegó la policía sólo quedaban unos pocos adolescentes atemorizados y el policía municipal los tenía a todos encañonados. A las tres de la mañana apareció en el lugar de los hechos el judicial Ortiz Rebolledo y el policía Epifanio Galindo. Para entonces los otros policías habían conseguido que el policía municipal guardara su Taurus Magnum no reglamentaria y que se calmara. Epifanio interrogó en la explanada, apoyado en un coche patrulla, a la muchacha, mientras Ortiz Rebolledo subía hasta el bosquecillo a echarle una mirada al cadáver. Rosa López había muerto debido a las múltiples heridas de arma blanca que también destrozaron su blusa y su jersey. No tenía ningún papel que la identificara, por lo que al principio se la catalogó como desconocida. Dos días después, sin embago, y tras aparecer su foto en los tres periódicos de Santa Teresa, una mujer que dijo ser su prima la identificó como Rosa López Larios y dijo a la policía todo lo que sabía, incluyendo la dirección de la occisa, sita en la calle San Mateo, en la colonia Las Flores. La torre de Pemex estaba cerca de la carretera a Cananea, la cual, sin estar próxima a la colonia Las Flores, tampoco estaba excesivamente lejos, por lo que cabía la posibilidad de que la víctima se hubiera dirigido hacia ese lugar caminando o en autobús, tal vez a una cita. Rosa López Larios vivía con dos amigas, trabajadoras veteranas como ella de diversas maquiladoras instaladas en el Parque Industrial General Sepúlveda. Las amigas dijeron que Rosa tenía un novio, un tal Ernesto Astudillo, natural del estado de Oaxaca, que trabajaba repartiendo refrescos para la Pepsi. En el almacén de refrescos de la Pepsi dijeron que, en efecto, allí trabajaba un tal Astudillo, como peón cargador en el camión que hacía la ruta de la colonia Las Flores hasta la colonia Kino, pero que desde hacía cuatro días no se presentaba a su puesto de trabajo, por lo que, en lo que respecta a la empresa, ya se podía dar por despedido. Localizada su vivienda, se procedió a un allanamiento legal, pero en el sitio sólo se hallaba un amigo del tal Astudillo, el cual compartía con aquél la vivienda, una casucha de menos de veinte metros cuadrados. Interrogado el amigo, resultó que Astudillo tenía un primo o un amigo al que quería como a un primo carnal, que se dedicaba al oficio de pollero. El caso se fue a la chingada, dijo Epifanio Galindo. Se buscó, no obstante, entre los polleros, al amigo de Astudillo, pero en este gremio el silencio es la norma y no se sacó nada en claro. Ortiz Rebolledo abandonó el caso. Epifanio siguió otras líneas de investigación. Se preguntó qué pasaría si Astudillo estuviera muerto. Si hubiera muerto, por ejemplo, tres días antes de que los chicos descubrieran el cuerpo de su novia. Se preguntó qué fue a buscar, a quién fue a buscar Rosa López Larios a la torre de Pemex, el día o la noche que la mataron. El caso, efectivamente, se había ido a la chingada.

La segunda muerta de diciembre fue Ema Contreras, pero esta vez fue fácil dar con el asesino. Ema Contreras vivía en la calle Pablo Cifuentes, en la colonia Álamos. Una noche los vecinos oyeron gritar a un hombre. Según contaron después, daba la impresión de que el hombre estaba solo y se había vuelto loco. A eso de las dos de la mañana el hombre dejó de perorar y se calló. La casa entonces se sumió en el silencio general.

A eso de las tres de la mañana dos balazos despertaron a los vecinos. La casa tenía las luces apagadas, pero nadie tuvo la menor duda de que el ruido procedía de allí. Luego siguieron otros dos balazos y oyeron a alguien que lanzó un grito. Al cabo de unos minutos vieron salir a un hombre, subirse a un coche aparcado delante de la casa y desaparecer. Uno de los vecinos llamó a la policía. Un coche patrulla se presentó sobre las tres y media de la mañana. La puerta de la casa estaba abierta de par en par y los policías no dudaron en penetrar en su interior. En el dormitorio más grande encontraron el cuerpo de Ema Contreras, atado de pies y manos, y con cuatro balazos, dos de los cuales le destrozaron el rostro. El caso lo llevó el judicial Juan de Dios Martínez, quien tras personarse a las cuatro de la mañana en el lugar de los hechos y revisar la vivienda no tardó en llegar a la conclusión de que el asesino era el conviviente (o amasio) de la víctima, el policía Jaime Sánchez, el mismo que días antes y provisto de una Magnum Taurus brasileña había intentado evitar la desbandada de las parejas en la torre de Pemex. Se dio orden por radio de busca y captura. A las seis de la mañana lo encontraron en el bar Serafino's. A esa hora el Serafino's estaba cerrado, pero en su interior se desarrollaba una timba de póquer. Junto a la mesa de los jugadores y espectadores, en la barra, un grupo de gente de la noche, en donde había más de un policía, se dedicaba a beber y platicar. Jaime Sánchez estaba en este grupo. Cuando recibió el dato, Juan de Dios Martínez dio orden de rodear el local y no dejarlo salir bajo ningún concepto, pero también dio orden para que nadie entrara hasta que él llegara. Jaime Sánchez hablaba de mujeres cuando vio que el judicial entraba en el local acompañado por dos policías más. Siguió hablando. En la timba, junto a los espectadores, estaba el judicial Ortiz Rebolledo, quien al ver a Juan de Dios se levantó y le preguntó qué le traía por allí a esas horas. Vengo a detener a alguien, le dijo Juan de Dios, y Ortiz Rebolledo lo miró con una gran sonrisa de oreja a oreja. ¿Tú y estos dos?, dijo. Y luego: no seas ojete, ¿por qué no te vas a mamar verga a otro lado? Juan de Dios Martínez lo miró entonces como si no lo conociera, se lo sacó de encima y llegó hasta donde estaba Jaime Sánchez. Desde allí alcanzó a ver que Ortiz Rebolledo retenía del brazo a uno de los dos policías, el cual no dejaba de hablar. Seguramente le está contando a quién vengo a detener, pensó Juan de Dios. Jaime Sánchez se entregó sin oponer resistencia. Juan de Dios buscó debajo de su chaqueta hasta dar con la sobaquera y la Magnum Taurus. ¿Con ésta la mataste?, le preguntó. Me azoté y perdí el control, dijo Sánchez. No me humilles delante de mis amigos, añadió. Me pelan los dientes tus amigos, dijo Juan de Dios mientras le ponía las esposas. Cuando abandonaron el local la partida de póquer se reanudó como si nada.

En enero de 1996 Klaus Haas volvió a reunir a la prensa. Esta vez no acudieron tantos periodistas como la primera, pero los que se presentaron en la cárcel de Santa Teresa no encontraron ningún estorbo para el normal desarrollo de su trabajo. Haas les preguntó a los periodistas cómo era posible que estando el asesino (es decir él) encarcelado, se siguieran cometiendo asesinatos. Habló, sobre todo, del nudo con que fue atada Michelle Requejo, idéntico al nudo que tenía Estrella Ruiz Sandoval, la única de las muertas que, según Haas, tuvo un trato directo con él, debido, puntualizó, a su interés por la informática y las computadoras. El periódico *La Razón*, donde trabajaba Sergio González, envió a un periodista novato de nota roja, que leyó el dossier del caso en el avión que lo llevó a Hermosillo. En el dossier estaban las crónicas de Sergio González, el cual se quedó en el DF escribiendo una larga reseña sobre la nueva narrativa mexicana y latinoamericana. Antes de que enviaran al novato el jefe de nota roja subió los cinco pisos que lo separaban de cultura, pese a que casi nunca tomaba el ascensor, y le preguntó si quería ir. Sergio lo miró sin responderle y al final movió la cabeza negativamente. En enero, también, la filial santateresana del grupo Mujeres de Sonora por la Democracia y la Paz hizo una rueda de prensa, a la que asistieron únicamente dos periódicos de Santa Teresa, en la cual expusieron los tratos vejatorios y desconsiderados que sufrían los familiares de las mujeres muertas y enseñaron las cartas que sobre esta cuestión pensaban enviar al gobernador del estado, el licenciado José Andrés Briceño, del PAN, y a la Procuraduría General de la República. Cartas que nunca fueron contestadas. La sección santateresana del MSDP creció de tres militantes o simpatizantes a veinte. Enero de 1996, sin embargo, no fue un mal mes para la policía de la ciudad. Tres tipos murieron a balazos en un bar cercano a la vieja vía del tren, presumiblemente en un ajuste de cuentas entre narcos. El cadáver degollado de un centroamericano apareció en un paso utilizado por polleros. Un tipo gordito y chaparrito, que llevaba una corbata muy extraña, llena de arcos iris y de mujeres desnudas con cabezas de animales, se pegó un tiro en el paladar jugando a la ruleta rusa en un local nocturno de la Madero-Norte. Pero no se encontraron cadáveres de mujeres ni en los baldíos de la ciudad, ni en los aledaños, ni en el desierto.

A principios de febrero, sin embargo, una llamada anónima advirtió a la policía sobre un cuerpo abandonado en el interior de un viejo galpón ferroviario. El cuerpo, según dictaminó el forense, era de una mujer de aproximadamente treinta años, aunque visto así, a ojo, cualquiera hubiera podido echarle cuarenta. Tenía dos heridas de arma blanca de pronóstico mortal. También mostraba heridas profundas en los antebrazos. Según el forense, probablemente habían sido causadas por una daga, una daga grande, de hoja gruesa, como las que se ven en las películas norteamericanas. Preguntado al respecto, el forense aclaró que se refería a las películas norteamericanas del oeste y a las dagas de cazar osos. Es decir, una daga *muy* grande. Al tercer día de la investigación, el forense dio otra pista importante. La mujer muerta era una india. Podía ser una yaqui, pero él no lo creía, y podía ser una pima, pero él tampoco lo creía. Estaba la posibilidad de que fuera una india mayo, del sur del estado, pero francamente él tampoco lo creía. ¿Qué clase de india podía ser? Bueno, podía ser una seri, pero según el forense, por determinadas características físicas, era improbable que lo fuera. También podía ser una india pápago, lo cual resultaría de lo más natural, puesto que los pápagos son los indios geográficamente más cercanos a Santa Teresa, pero él pensaba que tampoco era una india pápago. Al cuarto día el forense, al cual sus alumnos empezaron a llamar el doctor Mengele de Sonora, dijo que la india asesinada, tras muchas cavilaciones y mediciones, era sin duda ninguna una india tarahumara. ¿Qué hacía una tarahumara en Santa Teresa? Probablemente trabajar de empleada doméstica en alguna casa de clase media o alta. O esperar turno para pasar a los Estados Unidos. La investigación se centró en los polleros orejas y en las casas cuyas gatas hubieran abandonado el puesto de trabajo de improviso. Pronto cayó en el olvido.

La siguiente muerta fue encontrada entre la carretera a Casas Negras y una vaguada sin nombre en donde abundaban los matorrales y las flores silvestres. Fue la primera muerta encontrada en marzo de 1996, mes funesto en el que se encontrarían cinco cadáveres más. Entre los seis policías que acudieron al lugar de los hechos estaba Lalo Cura. La muerta tenía diez años, aproximadamente. Su estatura era de un metro y veintisiete centímetros. Llevaba zapatillas de plástico transparente, atadas con una hebilla de metal. Tenía el pelo castaño, más claro en la parte que le cubría la frente, como si lo llevara teñido. En el cuerpo se apreciaron ocho heridas de cuchillo, tres a la altura del corazón. Uno de los policías se puso a llorar cuando la vio. Los tipos de la ambulancia bajaron a la vaguada y procedieron a atarla en la camilla, porque el ascenso podía ser accidentado y en un traspié dar con su cuerpito en el suelo. Nadie fue a reclamarla. Según declaró oficialmente la policía, no vivía en Santa Teresa. ¿Qué hacía allí? ¿Cómo había llegado allí? Eso no lo dijeron. Sus datos fueron enviados por fax a varias comisarías del país. De la investigación se encargó el judicial Ángel Fernández y el caso pronto se cerró.

Pocos días después, a la misma altura de la vaguada pero en el otro lado de la carretera a Casas Negras, fue encontrado el cadáver de otra niña, ésta de aproximadamente trece años de edad, muerta por estrangulamiento. Como la anterior víctima, tampoco llevaba encima ningún papel que ayudara a identificarla. Iba vestida con pantalones cortos, de color blanco, y una sudadera gris con el distintivo de un equipo de fútbol americano. Según el forense llevaba muerta por lo menos cuatro días, por lo que cabía la posibilidad de que ambos cadáveres hubieran sido arrojados el mismo día. Según Juan de Dios Martínez la idea era un poco rara, por decir algo suave, pues si el asesino tiró el primer cadáver en la vaguada tuvo por fuerza que dejar el vehículo no lejos de la carretera a Casas Negras, con el segundo cadáver en su interior, corriendo con ello el riesgo no sólo de que se detuviera un coche patrulla, sino incluso de que pasaran por allí unos desaprensivos y se lo robaran, y lo mismo podía decirse en el supuesto de que hubiera arrojado el primer cadáver en el otro lado de la carretera, es decir cerca del poblado llamado El Obelisco, que ni era propiamente un poblado ni tampoco llegaba a colonia de Santa Teresa y que era más bien un refugio de los más miserables entre los miserables que cada día llegaban del sur de la república y que allí pasaban las noches e incluso morían, en casuchas que no consideraban sus casas sino una estación más en el camino hacia algo distinto o que al menos los alimentara. Algunos no lo llamaban El Obelisco sino El Moridero. Y en parte tenían razón, porque allí no había ningún obelisco y en cambio la gente se moría mucho más rápido que en otros lugares. Pero había habido un obelisco, cuando los límites de la ciudad eran otros, más reducidos, y Casas Negras era un poblado, digamos, independiente. Un obelisco de piedra, o mejor dicho, tres piedras, una sobre otra, que formaban una figura nada estilizada, pero que con imaginación o con sentido del humor podía uno considerar un obelisco primitivo o un obelisco dibujado por un niño que recién aprende a dibujar, un bebé monstruoso que vivía en las afueras de Santa Teresa y que se paseaba por el desierto comiendo alacranes y lagartos y que nunca dormía. Lo más práctico, pensó Juan de Dios Martínez, era deshacerse de los dos cadáveres en el mismo lugar, primero uno y luego otro. Y no arrastrar el primer cadáver hasta la vaguada que quedaba demasiado lejos de la carretera, sino arrojarlo allí mismo, unos metros más allá del arcén. Y lo mismo con el segundo cadáver. ¿Por qué caminar hasta las afueras de El Obelisco, con el riesgo que eso incluía, pudiendo tirarlo en cualquier otro lugar? A menos, se dijo, que en el coche viajaran tres asesinos, uno para conducir y los otros dos para deshacerse rápidamente de las niñas muertas, que apenas pesaban y que, llevadas entre dos, seguramente era como cargar una valija pequeña. La elección de El Obelisco, entonces, adquiría otra luz, otros contornos. ¿Pretendían los asesinos que la policía desviara sus sospechas hacia los habitantes de aquel lago de casas de papel? ¿Pero entonces por qué no deshacerse de ambos cadáveres en aquel lugar? ¿En aras de la *verosimilitud?* ¿Y por qué no pensar que ambas niñas, acaso, vivían en El Obelisco? ¿En qué otro lugar de Santa Teresa podía haber niñas de diez años que nadie reclamara? ¿Entonces los asesinos no tenían coche? ¿Cruzaron la carretera con la primera niña hasta la vaguada cercana a Casas Negras y la dejaron allí tirada? ¿Y por qué, si se tomaron tantas molestias, no la enterraron? ¿Porque el suelo de la vaguada estaba endurecido y ellos no tenían herramientas? El caso lo llevó el judicial Ángel Fernández, quien realizó una redada en El Obelisco y detuvo a veinte personas. Cuatro de ellas ingresaron en prisión por delitos de robo comprobado. Otra murió en los calabozos de la comisaría n.º 2, según el forense, debido a una tuberculosis. Nadie se quiso inculpar de ninguna de las dos muertes.

Una semana después del hallazgo del cadáver de la niña de trece años en los alrededores de El Obelisco, fue hallado el cuerpo sin vida de una muchacha de aproximadamente dieciséis años a un lado de la carretera a Cananea. La muerta medía casi un metro sesenta y tenía el pelo negro y largo y era de complexión delgada. Sólo tenía un herida de arma blanca, en el abdomen, profunda, que literalmente le había atravesado el cuerpo. Pero la muerte, según dictamen del forense, se produjo por estrangulamiento y rotura del hueso hioides. Desde el sitio donde se encontró el cadáver se podía ver una sucesión de lomas bajas y casas desperdigadas de color amarillo o blanco, de techos bajos, y algún que otro galpón industrial en donde las maquiladoras guardaban sus componentes de reserva, y caminos que salían de la carretera y que se deshacían como sueños, sin motivo ni causa. La víctima, según la policía, probablemente era una autoestopista que se dirigía a Santa Teresa y a la que habían violado. Vanos fueron todos los intentos de identificarla y el caso se cerró.

Casi al mismo tiempo fue hallado el cadáver de otra muchacha, de aproximadamente dieciséis años, acuchillada y mutilada (aunque las mutilaciones tal vez fueron obra de los perros del lugar), en las faldas del cerro Estrella, en el noreste de la ciudad, a muchos kilómetros de donde aparecieron las tres primeras víctimas de marzo. De complexión delgada y pelo negro y largo, la muerta, dijeron algunos policías, parecía la hermana gemela de la presunta autoestopista encontrada en la carretera de Cananea. Como ésta, tampoco llevaba ningún papel que facilitara su identificación. En la prensa de Santa Teresa se habló de las *hermanas malditas*, y luego, recogiendo la versión de los policías, de las *gemelas infaustas*. El caso lo llevó el judicial Carlos Marín y no tardó en clasificarse como caso no resuelto.

Cuando ya finalizaba marzo, el mismo día, fueron encontradas las dos últimas víctimas. La primera se llamaba Beverly Beltrán Hoyos. Tenía dieciséis años y trabajaba en una maquiladora del Parque Industrial General Sepúlveda. Su desaparición se produjo tres días antes del hallazgo del cadáver. Su madre, Isabel Hoyos, se presentó en una comisaría del centro y tras esperar cinco horas fue atendida y su denuncia, aunque de mala gana, fue redactada y firmada y pasó al siguiente trámite.

Beverly, al contrario que las anteriores víctimas de marzo, tenía el pelo castaño. En lo demás había algunas similitudes: de complexión delgada, un metro sesentaidós de estatura, el pelo largo. Su cuerpo fue encontrado por unos niños en unos baldíos al oeste del Parque Industrial General Sepúlveda, un lugar de difícil acceso en coche. El cadáver presentaba diversas heridas de arma en zona toráxica y abdominal. Había sido violada vaginal y analmente y luego vestida por sus asesinos, pues la ropa, la misma que llevaba cuando desapareció, no mostraba ni un solo desgarrón ni agujero o quemadura de bala. El caso lo llevó el judicial Lino Rivera, quien inició y agotó sus pesquisas interrogando a las compañeras de trabajo y tratando de encontrar a un novio inexistente. No se rastreó la zona del crimen ni nadie tomó moldes de las numerosas huellas que había en el lugar.

La segunda víctima de aquel día y la última del mes de marzo fue hallada en un lote baldío al oeste de la colonia Remedios Mayor y del basurero clandestino El Chile y al sur del Parque Industrial General Sepúlveda. Según el judicial José Márquez, a quien le fue encargado el caso, era muy atractiva. Tenía las piernas largas y el cuerpo delgado aunque no flaco, el pecho abundante, la cabellera por debajo de los hombros. Tanto la vagina como el ano mostraban señales de abrasiones. Después de ser violada la acuchillaron hasta matarla. Según el forense, la mujer debía de tener entre dieciocho y veinte años. No tenía papeles que facilitaran su identificación y nadie acudió a reclamar el cadáver, por lo que su cuerpo fue enterrado, tras una espera prudencial, en la fosa común.

El dos de abril, en el programa de Reinaldo, apareció Florita Almada acompañada de algunas activistas del MSDP. Florita Almada dijo que ella estaba allí sólo para presentar a esas mujeres, que tenían algo importante que decir. Acto seguido las activistas del MSDP hablaron de la impunidad que se vivía en Santa Teresa, de la desidia policial, de la corrupción y del número de mujeres muertas que crecía sin parar desde el año 1993. Luego dieron las gracias al amable público y a nuestra amiga Florita Almada y se despidieron no sin antes emplazar al gobernador del estado, el licenciado José Andrés Briceño, a poner remedio a esta situación insostenible en un país donde dizque se respetaban los derechos humanos y la ley. El director de la cadena llamó a Reinaldo y a punto estuvo de suspenderlo. Reinaldo tuvo un ataque de nervios y le dijo que lo despidiera, si así se lo habían mandado. El director de la cadena lo llamó joto y agitador. Reinaldo se encerró en su camerino y estuvo hablando por teléfono con unas personas de Los Ángeles que tenían una emisora de radio y a quienes les hubiera gustado llevárselo. El productor del programa le dijo al director que mejor dejara a Reinaldo en paz. El director mandó a su secretaria a buscar a Reinaldo. Reinaldo no quiso ir y siguió hablando por teléfono. El chicano con el que estaba hablando le contó la historia de un asesino en serie de Los Ángeles, un tipo que sólo mataba homosexuales. Dios mío, dijo Reinaldo, aquí hay alguien que sólo mata mujeres. El tipo de Los Ángeles era un merodeador de los locales gay. Siempre hay gente así, dijo Reinaldo, lobos detrás del rebaño de ovejas. El tipo de Los Ángeles seducía a los homosexuales en los locales de homosexuales o en las calles donde solía agruparse la prostitución masculina y luego se los llevaba a alguna parte en donde los mataba. Era sanguinario como Jack el Destripador. Literalmente destazaba a sus víctimas. ¿Van a hacer una película sobre él?, preguntó Reinaldo. Ya la hicieron, dijo el chicano al otro lado del teléfono. ¿O sea que la policía lo detuvo? Claro, dijo el chicano. ¡Qué alivio!, dijo Reinaldo. ¿Y quiénes trabajan en la película? Keanu Reeves, dijo el chicano. ¿Keanu como asesino? No, como el policía que lo atrapa. ¿Y quién hace de asesino? Este rubio, ¿cómo se llama?, dijo el chicano, el que tiene el nombre igualito al del personaje de una novela de Salinger. Ay, yo no he leído a ese escritor, dijo Reinaldo. ¿No has leído a Salinger?, dijo el chicano. Pues no, dijo Reinaldo. Una enorme laguna en su vida, carnal, dijo el chicano. Yo es que últimamente sólo leo a escritores gay, dijo Reinaldo. A ser posible, escritores gay que tengan una cultura literaria similar a la mía. Eso ya me lo explicarás en LA, dijo el chicano. Cuando colgaron Reinaldo cerró los ojos y se imaginó viviendo en un barrio de grandes palmeras, con chalets pequeños pero bonitos y vecinos aspirantes a actores, a quienes él entrevistaría mucho antes de que alcanzaran la fama. Luego habló con el productor del programa y el director de la cadena y ambos, en la puerta de su camerino, le pidieron que se olvidara del asunto y que siguiera. Reinaldo dijo que se lo iba a pensar, que tenía otras ofertas. Esa noche dio una fiesta en su departamento y ya de madrugada unos amigos propusieron irse a la playa a ver el amanecer. Reinaldo se encerró en su dormitorio y llamó a Florita Almada. Al tercer timbrazo contestó la vidente. Reinaldo le preguntó si la había despertado. Florita Almada le dijo que sí pero que no importaba pues estaba soñando con él. Reinaldo le pidió que le contara el sueño. Florita Almada habló de una lluvia de aerolitos en una playa de Sonora y describió a un niño parecido a él. ¿Y ese niño miraba caer los aerolitos?, preguntó Reinaldo. Así es, dijo Florita Almada, miraba la lluvia de aerolitos mientras el mar le acariciaba las pantorrillas. Qué bonito, dijo Reinaldo. A mí también me lo pareció, dijo Florita Almada. Pero es que es muy bonito tu sueño, Florita, dijo Reinaldo. Sí, dijo ella.

El programa de Florita Almada y las mujeres del MSDP fue visto por mucha gente. Elvira Campos, la directora del hospital psiquiátrico de Santa Teresa, lo vio y se lo comentó a Juan de Dios Martínez, que no lo había visto. Don Pedro Rengifo, el antiguo patrón de Lalo Cura, que vivía casi sin salir de su rancho en las afueras de Santa Teresa, también lo vio, pero no lo comentó con nadie aunque su hombre de confianza, Pat O'Bannion, estaba sentado junto a él. El Tequila, uno de los amigos de Klaus Haas, lo vio en el penal de Santa Teresa y se lo comentó a Haas, aunque éste no le dio importancia. No tiene ninguna importancia lo que digan o piensen esas viejas sangronas, dijo. El asesino sigue matando y yo estoy encerrado. *Eso* es un hecho incontrovertible. Alguien debería pensar en *eso* y sacar *conclusiones.* Esa misma noche, mientras dormía en su celda, Haas dijo: el asesino está afuera y yo estoy adentro. Pero va a venir a esta puta ciudad alguien peor que yo y peor que el asesino. ¿Oyes sus pasos que se acercan? ¿Oyes sus pasos? Cállese de una chingada vez, güero, dijo Farfán desde su camastro. Haas se calló.

La primera semana de abril se encontró el cuerpo de otra mujer muerta en los baldíos que se extienden al este de los viejos almacenes ferroviarios. La muerta carecía de identificación, salvo una tarjeta sin fotografía que la acreditaba como trabajadora de la maquiladora Dutch&Rhodes, a nombre de Sagrario Baeza López. El cuerpo presentaba múltiples heridas de arma blanca, así como señales de haber sido violado. Tenía aproximadamente veinte años. Tras presentarse la policía en las oficinas de Dutch&Rhodes, resultó que la operaria Sagrario Baeza López estaba viva. Después de ser interrogada declaró que no conocía, ni siquiera de vista, a la muerta. Que su tarjeta la había perdido hacía por lo menos seis meses. Y, finalmente, que llevaba una vida ordenada, dedicada al trabajo y a su familia, con la que vivía en la colonia Carranza, y que nunca había tenido problemas con la justicia, lo que fue corroborado por algunas de sus compañeras de trabajo. En los archivos de Dutch&Rhodes, en efecto, se encontró la fecha exacta en que le fue entregada la nueva tarjeta a Sagrario Baeza, con la admonición de que esta vez tuviera más cuidado y no la perdiera. ¿Qué hacía la muerta con la tarjeta de identificación laboral de otra persona?, se preguntó el judicial Efraín Bustelo. Durante unos días se investigó el personal de Dutch&Rhodes, por si la muerta era otra de las trabajadoras de la empresa, pero las únicas mujeres que se habían ido no coincidían con las características físicas de la muerta. Tres de ellas, de edades comprendidas entre los veinticinco y treinta años, optaron por cruzar a los Estados Unidos. Otra, una mujer gorda chaparra, había sido despedida por intentar crear un sindicato. El caso se cerró sin ruido.

La última semana de abril se encontró otra mujer muerta. Según el forense, antes de morir había sido golpeada en todo el cuerpo. La muerte, sin embargo, se produjo por estrangulamiento y rotura del hueso hioides. El cadáver fue encontrado en el desierto, a unos cincuenta metros de una carretera secundaria que va hacia el este, hacia las montañas, en un lugar donde no era extraño ver aterrizar de vez en cuando las avionetas de los señores de la droga. Del caso se encargó el judicial Ángel Fernández. La muerta no tenía papeles que la identificaran y su desaparición no aparecía en registro alguno de ninguna comisaría de Santa Teresa. Su foto no salió en los periódicos, pese a que la policía facilitó tres copias de su rostro mutilado a *El Heraldo del Norte, La Voz de Sonora* y *La Tribuna de Santa Teresa.*

En mayo de 1996 no se encontraron más cadáveres de mujeres. Lalo Cura participó en una investigación sobre coches robados, que se saldó con cinco detenciones. Epifanio Galindo fue a la cárcel a visitar a Haas. La conversación fue breve. El presidente municipal de Santa Teresa declaró a la prensa que la ciudadanía podía estar tranquila, que el asesino estaba preso y que los asesinatos de mujeres cometidos posteriormente eran obra de delincuentes comunes. Juan de Dios Martínez se encargó de un caso de lesiones y robo. En dos días capturó a los culpables. En la cárcel de Santa Teresa se suicidó un preso preventivo de veintiún años. El cónsul norteamericano Conan Mitchell se fue a cazar al rancho que poseía en las estribaciones de la Sierra el empresario Conrado Padilla. Allí también estaban sus amigos, el rector de la universidad Pablo Negrete y el banquero Juan Salazar Crespo, y un tercer personaje al que nadie conocía, un tipo gordo y de corta estatura, de pelo rojo, y que no salió ni un solo día a cazar con ellos pues manifestó que las armas lo ponían nervioso y que además estaba enfermo del corazón, llamado René Alvarado. Este tal René Alvarado era de Guadalajara y según les contó se dedicaba a negocios bursátiles. Por la mañana, mientras ellos salían a cazar, Alvarado se envolvía en una manta y se sentaba en un sillón en la terraza, de cara a las montañas, siempre en compañía de un libro.

En junio fue asesinada una bailarina del bar El Pelícano. Según los testigos presenciales, la bailarina estaba en el salón, bailando semidesnuda, cuando apareció su esposo, Julián Centeno, quien sin cruzar una sola palabra con la víctima le descerrajó cuatro balazos. La bailarina, conocida con el nombre de Paula o de Paulina, aunque en otros locales de Santa Teresa también se la conocía con el nombre de Norma, cayó fulminada y no recuperó la conciencia, pese a que dos de sus compañeras intentaron reanimarla. Cuando llegó la ambulancia estaba muerta. El caso lo llevó el judicial Ortiz Rebolledo, quien de madrugada se presentó en el domicilio de Julián Centeno, hallándolo vacío y con claras señales de una huida apresurada. El tal Julián Centeno tenía cuarentaiocho años y la bailarina, según sus compañeras de trabajo, no pasaba de los veintitrés. Él era de Veracruz y ella del DF y habían llegado a Sonora hacía un par de años. Según la bailarina, estaban legalmente casados. Al principio, nadie supo decir cómo se apellidaba la tal Paula o Paulina. En su casa, un departamento de reducidas dimensiones y pocos muebles sito en la calle Lorenzo Covarrubias 79, en la colonia Madero-Norte, no se encontraron papeles que aclararan la identidad de la víctima. Cabía la posibilidad de que Centeno los hubiera quemado, pero Ortiz Rebolledo se inclinó por la posibilidad de que la tal Paulina hubiera vivido todos esos últimos años sin un solo papel que diera fe de su vida, algo no poco usual en algunas cabareteras y en algunas putas nómades. Un fax del Registro de Identificación Policial del DF, sin embargo, les dijo que Paulina se llamaba Paula Sánchez Garcés. En su prontuario se consignaban varias detenciones por prostitución, oficio al que al parecer se dedicaba desde los quince años. Según sus compañeras de El Pelícano, la víctima se había enamorado recientemente de un cliente, un tipo del que sólo sabían el nombre de pila, Gustavo, y que pensaba dejar a Centeno para irse a vivir con aquél. La búsqueda de Centeno fue infructuosa.

Pocos días después del asesinato de Paula Sánchez Garcés apareció cerca de la carretera a Casas Negras el cadáver de una joven de diecisiete años, aproximadamente, de un metro setenta de estatura, pelo largo y complexión delgada. El cadáver presentaba tres heridas por arma punzocortante, abrasiones en las muñecas y en los tobillos, y marcas en el cuello. La muerte, según el forense, se debió a una de las heridas de arma blanca. Iba vestida con una camiseta roja, sostén blanco, bragas negras y zapatos de tacón rojos. No llevaba pantalones ni falda. Tras practicársele un frotis vaginal y otro anal, se llegó a la conclusión de que la víctima había sido violada. Posteriormente un ayudante del forense descubrió que los zapatos que llevaba la víctima eran por lo menos dos números más grandes que los que ésta calzaba. No se encontró identificación de ningún tipo y el caso se cerró.

A finales de junio se encontró el cadáver de otra desconocida, a la salida de la colonia El Cerezal, cerca de la carretera a Pueblo Azul. El cuerpo, perteneciente a una mujer de aproximadamente veintiún años, estaba literalmente cosido a puñaladas. Más tarde el forense contaría veintisiete, sumando las heridas leves y las graves. Al día siguiente del hallazgo del cadáver se presentaron en la comisaría los padres de Ana Hernández Cecilio, de diecisiete años, desaparecida hacía una semana, quienes reconocieron a la muerta como su hija. Tres días después, sin embargo, cuando la presunta Ana Hernández Cecilio ya había sido enterrada en el cementerio de Santa Teresa, apareció en la comisaría la verdadera Ana Hernández Cecilio, quien dijo que se había fugado con su novio. Los dos seguían viviendo en Santa Teresa, en la colonia San Bartolomé, y ambos trabajaban en una maquiladora del Parque Industrial Arsenio Farrel. Los padres de Ana Hernández corroboraron la declaración de su hija. Se ordenó entonces la exhumación del cadáver encontrado en la carretera a Pueblo Azul y prosiguieron las investigaciones, a las que se destinó a los judiciales Juan de Dios Martínez y Ángel Fernández y al policía de Santa Teresa Epifanio Galindo. Este último se dedicó a recorrer la colonia Maytorena y la colonia El Cerezal, acompañado de un viejo abarrotero que había sido policía. De esta forma se enteró de que un tal Arturo Olivárez había sido abandonado por su mujer. Lo raro era que la mujer no se había llevado a sus hijos, un niño de dos años y una niña de sólo unos meses. Mientras seguía otras pistas, Epifanio le pidió al abarrotero ex policía que lo mantuviera informado de los movimientos del tal Olivárez. Así supo que a veces visitaba al sospechoso un tal Segovia, que resultó ser primo carnal de Olivárez. Segovia vivía en una colonia del oeste de Santa Teresa y no tenía oficio conocido. Hasta hacía un mes, rara vez se presentaba en la colonia Maytorena. Pusieron a Segovia bajo vigilancia y encontraron un par de testigos que dijeron haberlo visto volver a casa con manchas de sangre en la camisa. Los testigos eran vecinos de Segovia y no tenían buenas relaciones. Segovia se ganaba la vida haciendo de intermediario en las peleas de perros que se celebraban en algunos patios de la colonia Aurora. Juan de Dios Martínez y Ángel Fernández entraron en la casa de Segovia cuando éste no estaba. No encontraron nada que lo incriminara directamente en el asesinato de la desconocida de la carretera a Pueblo Azul. Le preguntaron a un policía que tenía perros de lucha si conocía a Segovia. La respuesta del policía fue afirmativa. Le encargaron que lo vigilara. Dos días más tarde el policía les dijo que últimamente Segovia no se limitaba a hacer de intermediario sino que apostaba. Por supuesto, lo perdía todo, pero al cabo de una semana volvía a apostar. Alguien le está pasando dinero, dijo Ángel Fernández. Siguieron a Segovia. Cada semana, como mínimo, iba a ver a su primo. Epifanio Galindo siguió a Olivárez. Descubrió que estaba vendiendo las cosas de la casa. Olivárez se piensa largar, dijo Epifanio. Los domingos jugaba al fútbol con un equipo del barrio. El campo de fútbol estaba situado en unos terrenos junto a la carretera a Pueblo Azul. Cuando Olivárez vio que se acercaban los policías, dos vestidos de paisano y tres de uniforme, dejó de jugar y los esperó sin salir de la cancha, como si ésta fuera un espacio mental que lo protegería de cualquier desventura. Epifanio le preguntó su nombre y le puso las esposas. Olivárez no se resistió. Los otros jugadores y la treintena de espectadores que contemplaban el partido se quedaron inmovilizados. El silencio, le contaría esa noche Epifanio a Lalo Cura, era total. Con un gesto, el policía señaló el desierto que se extendía al otro lado de la carretera y le preguntó si la había matado allí o en su casa. Allí mero, dijo Olivárez. Los niños estaban con la mujer de un amigo de Olivárez que los cuidaba los domingos de fútbol. ¿Lo hiciste solo o te ayudó tu primo? Me ayudó, dijo Olivárez, pero no mucho.

Toda vida, le dijo esa noche Epifanio a Lalo Cura, por más feliz que sea, acaba siempre en dolor y sufrimiento. Depende, dijo Lalo Cura. ¿Depende de qué, buey? De muchas cosas, dijo Lalo Cura. Si te pegan un balazo en la nuca, por ejemplo, y el pinche asesino se acerca sin que lo escuches, te vas al otro mundo sin dolor y sin sufrimiento. Pinche escuincle, dijo Epifanio. ¿A ti te han pegado muchos tiros en la nuca?

La muerta se llamaba Erica Mendoza. Era madre de dos hijos de corta edad. Tenía veintiún años. Su marido, Arturo Olivárez, era un tipo celoso y solía maltratarla. La noche en que Olivárez decidió matarla se hallaba borracho y en compañía de su primo. Veían un partido de fútbol en la tele y hablaban de deporte y de mujeres. Erica Mendoza no veía la tele pues estaba preparando la comida. Los niños dormían. De pronto Olivárez se levantó, cogió un cuchillo y le pidió a su primo que lo acompañara. Entre ambos condujeron a Erica hasta el otro lado de la carretera a Pueblo Azul. Según Olivárez, la mujer al principio no protestó. Luego se internaron en el desierto y procedieron a violarla. Primero la violó Olivárez. Luego éste le dijo a su primo que hiciera lo mismo, a lo que el primo al principio se negó. La actitud de Olivárez, sin embargo, lo convenció de que oponerse podía ser fatal. Tras ser violada por ambos Olivárez comenzó a asestarle puñaladas a su mujer. Luego, con las manos, cavaron un agujero a todas luces insuficiente y allí dejaron el cuerpo de la víctima. De vuelta en la casa Segovia temió que Olivárez la emprendiera con él o con los niños, pero éste parecía haberse sacado un peso de la espalda y se le veía relajado, al menos tan relajado como las circunstancias lo permitían. Siguieron viendo la tele y después cenaron y al cabo de tres horas Segovia se marchó a su casa. El trayecto que tuvo que hacer Segovia fue largo y accidentado debido a la hora. Caminó tres cuartos de hora hasta la colonia Madero, en donde esperó media hora la llegada del autobús Avenida Madero-Avenida Carranza. Se bajó en la colonia Carranza y caminó en dirección norte, atravesando la colonia Veracruz y la colonia Ciudad Nueva hasta llegar a la avenida Cementerio, desde donde caminó en línea recta hacia su casa de la colonia San Bartolomé. En total, más de cuatro horas. Cuando llegó ya había amanecido aunque por ser domingo había poca gente en las calles. El feliz desenlace del caso Erica Mendoza le dio un margen de confianza a la policía de Santa Teresa en los medios de comunicación.

En los medios de comunicación del estado de Sonora, pues en el DF un grupo feminista llamado Mujeres en Acción (MA) salió en un programa de la tele denunciando el goteo incesante de muertes en Santa Teresa y pidiendo al gobierno el envío de policías del DF para resolver la situación, ya que la policía de Sonora era incapaz, cuando no cómplice, para enfrentarse a un problema que a todas luces la excedía. En el mismo programa se trató el tema del asesino en serie. ¿Detrás de las muertes había un asesino en serie? ¿Dos asesinos en serie? ¿Tres? El conductor del programa mencionó a Haas, que estaba en prisión y cuya fecha de juicio aún no se había fijado. Las Mujeres en Acción dijeron que Haas, probablemente, era un chivo expiatorio y retaron al conductor del programa a que mencionara una sola prueba de peso contra él. También hablaron del MSDP, las feministas de Sonora, unas compañeras cuyo trabajo solidario y reivindicativo se hacía en las condiciones más adversas, y descalificaron a la vidente que había aparecido junto a ellas en un programa televisivo regional, una viejita sin mayor trascendencia que al parecer quería explotar los crímenes en beneficio propio.

A veces Elvira Campos tenía la sospecha de que todo México se había vuelto loco. Cuando vio en la tele a las mujeres del MA reconoció a una de éstas como una antigua compañera de universidad. Estaba cambiada, *mucho más vieja*, pensó con estupor, *con más arrugas, con las mejillas caídas*, pero se trataba de la misma persona. La doctora González León. ¿Aún ejercería la medicina? ¿Y por qué ese desdén hacia la vidente de Hermosillo? A la directora del centro psiquiátrico de Santa Teresa le dieron ganas de preguntarle más cosas acerca de los crímenes a Juan de Dios Martínez, pero supo que hacerlo era como estrechar la relación, entrar, *juntos*, en una habitación cerrada de la que sólo ella tenía la llave. A veces Elvira Campos pensaba que lo mejor sería irse de México. O suicidarse antes de cumplir los cincuentaicinco. ¿Tal vez los cincuentaiséis?

En julio se encontró el cadáver de una mujer a unos quinientos metros del arcén de la carretera a Cananea. La víctima estaba desnuda y según Juan de Dios Martínez, que se encargó del caso hasta que fue sustituido por el judicial Lino Rivera, el asesinato se produjo allí mismo, pues en la mano cerrada de la víctima se encontró zacate, que era lo único que crecía en aquella zona. Según el forense, la muerte se debía a traumatismo craneoencefálico o a tres heridas punzocortantes en el tórax, sin poder dar una respuesta concluyente ya que el estado de putrefacción del cadáver no permitía hacerlo sin estudios patológicos posteriores. Dichos estudios fueron realizados por tres alumnos de medicina forense de la Universidad de Santa Teresa y sus conclusiones se perdieron tras ser archivadas. La víctima tenía entre quince y dieciséis años. Nunca fue identificada.

Poco después, cerca de la línea fronteriza, en un sitio similar al que fue hallado Lucy Ann Sander, los judiciales Francisco Álvarez y Juan Carlos Reyes, adscritos a la brigada de estupefacientes, encontraron el cuerpo de una muchacha de aproximadamente diecisiete años. Interrogados por el judicial Ortiz Rebolledo, los estupas dijeron haber recibido una llamada telefónica desde el lado norteamericano, de unos cuates de la patrulla de fronteras, que les avisaban que cerca de la línea había algo raro. Álvarez y Reyes pensaron que podía tratarse de un paquete de cocaína, presumiblemente perdido por un grupo de ilegales, y acudieron al lugar indicado por los norteamericanos. Según el forense, la víctima tenía roto el hueso hioides, es decir había muerto estrangulada. Previamente fue sometida a abusos sexuales que incluían la violación anal y vaginal. Se revisaron las denuncias de desapariciones y la muerta resultó ser Guadalupe Elena Blanco. Había llegado a Santa Teresa hacía menos de una semana, en compañía de su padre, su madre y tres hermanos menores, procedentes de Pachuca. El día de su desaparición tenía una cita de trabajo en una maquiladora del Parque Industrial El Progreso y ya no volvió a aparecer. Según los empleados de la maquiladora, no se presentó a la cita. Ese mismo día los padres presentaron la denuncia de desaparición. Guadalupe era delgada, medía un metro sesentaitrés, tenía el pelo largo y negro. El día que acudió a la cita de trabajo en la maquiladora llevaba puesto un pantalón de mezclilla y una blusa de color verde oscuro, recién comprada.

Poco después, en un callejón que colindaba con la parte de atrás de un cine, apareció el cadáver apuñalado de Linda Vázquez, de dieciséis años. Según sus padres, Linda fue al cine acompañada por una amiga, María Clara Soto Wolf, de diecisiete años, compañera de colegio de la víctima. Interrogada en su domicilio por los judiciales Juan de Dios Martínez y Efraín Bustelo, María Clara declaró haber ido al cine con su amiga a ver una película de Tom Cruise. Acabada la función, María Clara se ofreció a llevar a Linda a su casa, pero ésta dijo que tenía una cita con su novio por lo que María Clara se marchó y

Linda se quedó en la entrada del cine, mirando las fotos de las películas que se iban a exhibir en las semanas siguientes. Cuando María Clara volvió a pasar por el cine, ya a bordo de su coche, Linda aún seguía allí. Todavía no había oscurecido del todo. No hubo ninguna dificultad en localizar al novio, un muchacho de dieciséis años llamado Enrique Sarabia, el cual negó que tuviera una cita con Linda. No sólo sus padres, sino también la empleada de la casa y dos amigos estaban en disposición de testificar que aquel día Enrique no salió de su casa, en donde se dedicó a jugar con la computadora y luego a bañarse en la piscina. Por la noche llegaron dos parejas amigas de sus padres, quienes también podían corroborar su coartada. En los alrededores del cine nadie vio ni oyó nada, aunque por las heridas que exhibía el cuerpo de Linda era fácil deducir que ésta se había defendido. Juan de Dios Martínez y Efraín Bustelo decidieron aplicarle el tercer grado a la taquillera del cine. Ésta dijo que había visto a una muchacha que esperaba en la entrada y que poco después fue abordada por un muchacho que no parecía de su misma condición social. Le dio la impresión de que entre ambos había algo más que una relación amistosa. No pudo explicar nada más pues cuando no vendía boletos se dedicaba a leer en el interior de la taquillería. Más suerte tuvieron en una tienda de fotografía. El dueño estaba bajando las cortinas metálicas cuando vio a Linda y al desconocido. Por alguna razón pensó que se disponían a atracarlo y se dio prisa en poner el candado y marcharse. La descripción que dio del desconocido era bastante completa: un metro setentaicuatro, chamarra de mezclilla con un distintivo en la espalda, pantalones de mezclilla negros y botas rancheras. Los judiciales le preguntaron por la insignia de la espalda. El dueño de la tienda de fotografía dijo no recordarla muy bien, pero que le parecía una calavera. Juan de Dios Martínez le trajo un libro del grupo que se dedicaba a la lucha contra las bandas juveniles (dos policías que en ese momento habían sido trasladados a la brigada antidroga) y le enseñó más de veinte insignias. El tipo reconoció la que llevaba el desconocido sin dudarlo. Esa misma noche se montó un operativo que capturó a dos docenas de miembros de la banda de los Caciques. Tanto la taquillera como el dueño de la tienda reconocieron en la rueda de sospechosos a un tal Jesús Chimal, de dieciocho años, trabajador eventual en un taller de motos de la colonia Rubén Darío, con antecedentes por delitos menores. El interrogatorio de Chimal lo dirigió el jefe de policía en persona, acompañado por Epifanio Galindo y el judicial Ortiz Rebolledo. Al cabo de una hora Chimal confesó ser el asesino de Linda Vázquez. Según su historia, desde hacía tres semanas era novio de la víctima, a la que había conocido en un concierto de rock en las afueras de El Adobe. Chimal se enamoró de ella como no se había enamorado de nadie hasta entonces. Se veían a espaldas de los padres de Linda. En dos ocasiones Chimal había visitado su casa, mientras los padres estaban de viaje por California. Según Chimal, cada año los padres de Linda solían ir por lo menos una vez a Disneyland. Allí, en la casa solitaria, hicieron el amor por primera vez. La tarde del crimen Chimal invitó a Linda a otro concierto, éste en el Arenas, un local en donde también se celebraban combates de boxeo. Linda dijo que no podía ir. Caminaron un rato: dieron la vuelta a la manzana y luego entraron en el callejón. Allí esperaban los amigos de Chimal, cuatro hombres y una mujer, en el interior de un coche Peregrino negro acabado de robar. Linda conocía a la mujer y a otros dos. Hablaron del concierto. Fumaron marihuana. Linda también. Hablaron de una casa abandonada cerca de un ejido en donde ya no había campesinos. Uno de los muchachos propuso ir. Linda se negó. Alguien le recriminó algo a Linda. Alguien la acusó de algo. Linda quiso irse pero Chimal no la dejó. Le pidió que entrara en el coche y que hicieran el amor. Linda no quiso. Entonces Chimal y los otros empezaron a golpearla. Después, para que no dijera nada a sus padres, la acuchillaron. Esa misma noche, gracias a la información proporcionada por Chimal, detuvieron a los otros, menos a uno, el cual, según sus padres, se largó de Santa Teresa pocas horas después del crimen. Todos los detenidos reconocieron su culpabilidad.

A finales de julio unos niños encontraron los restos de Marisol Camarena, de veintiocho años, propietaria del cabaret Los Héroes del Norte. El cuerpo había sido introducido en un tambor de doscientos litros que contenía ácido corrosivo. Sólo quedaban sin disolverse las manos y los pies. Se logró su identificación gracias a los implantes de silicona. Dos días antes había sido secuestrada por diecisiete individuos, en su casa, que quedaba en los altos del cabaret. La sirvienta, Carolina Arancibia, de dieciocho años, consiguió escapar de una suerte presumiblemente similar, al esconderse en el desván de la casa en compañía de la hija de la occisa, una bebita de dos meses. Desde allí oyó a los hombres hablar, los oyó reírse, oyó gritos, insultos, el ruido de varios coches que arrancaban. El caso lo llevó el judicial Lino Rivera, que interrogó a varios clientes habituales del cabaret, pero los diecisiete raptores y asesinos jamás fueron encontrados.

Del uno al quince de agosto hubo una ola de calor y fueron halladas otras dos muertas. La primera se llamaba Marina Rebolledo y tenía trece años. Su cadáver se encontró detrás de la secundaria 30, en la colonia Félix Gómez, a pocos metros del edificio de la policía judicial del estado. Era morena y de pelo largo, de complexión delgada, y medía un metro y cincuentaiséis. Vestía la misma ropa que llevaba en el momento de su desaparición: shorts amarillos, blusa blanca, calcetas del mismo color y zapatos negros. La niña había salido de su casa, en la calle Mistula n.º 38, en la colonia Veracruz, a las seis de la mañana para acompañar a su hermana que trabajaba en una maquiladora del Parque Industrial Arsenio Farrel, y ya no regresó. Aquel mismo día sus familiares presentaron una denuncia de desaparición. Fueron detenidos dos amigos de la niña, de quince años y dieciséis años, pero al cabo de una semana de calabozo los soltaron a ambos. El quince de agosto fue hallado el cadáver de Angélica Nevares, de veintitrés años, más conocida por el apelativo de Jessica, cerca de un canal de aguas negras al oeste del Parque Industrial General Sepúlveda. Angélica Nevares vivía en la colonia Plata y era bailarina en el cabaret Mi Casita. También había trabajado como bailarina en el cabaret Los Héroes del Norte, cuya dueña Marisol Camarena no hacía mucho había sido hallada en el interior de un tambo de ácido. Angélica Nevares era natural de Culiacán, en el estado de Sinaloa, y desde hacía cinco años vivía en Santa Teresa. El día dieciséis de agosto la ola de calor remitió y empezó a soplar viento de las montañas, un poco más fresco.

El diecisiete de agosto fue encontrada en su habitación, colgando de una soga, la profesora Perla Beatriz Ochoterena, de veintiocho años y natural del pueblo de Morelos, casi en la frontera entre los estados de Sonora y Chihuahua. La profesora Ochoterena impartía clases en la secundaria 20 y era, según sus amigos y conocidos, una persona amable y serena. Vivía en un piso de la calle Jaguar, a dos calles de la avenida Carranza, que compartía con otras dos profesoras. En su habitación se encontraron muchos libros, sobre todo de poesía y ensayo, que la profesora Ochoterena compraba mediante pago a reembolso a librerías del DF o de Hermosillo. Según sus compañeras de piso se trataba de una mujer sensible e inteligente, que había empezado casi desde cero (Morelos, en Sonora, es un pueblo bonito pero pequeñísimo en donde virtualmente no hay nada salvo paisajes fotografiables) y que todo cuanto tenía lo había logrado mediante el trabajo y el tesón constante. También dijeron que le gustaba escribir y que una revista literaria de Hermosillo había publicado, bajo seudónimo, algunas poesías suyas. El caso lo llevó Juan de Dios Martínez y desde el primer vistazo no le cupo duda de que se trataba de un suicidio. En el escritorio de la profesora Ochoterena encontraron una carta, sin destinatario, en la que intentaba explicar que ya no soportaba más lo que ocurría en Santa Teresa. En la carta decía: todas esas niñas muertas. Era una carta sentida, pensó Juan de Dios, y también un poco cursi. En la carta decía: ya no lo soporto más. Decía: trato de vivir, como todo el mundo, ¿pero cómo?

El judicial buscó entre los papeles de la profesora alguno de sus poemas, pero no encontró ninguno. Anotó varios títulos de su biblioteca. Preguntó a sus compañeras de piso si la profesora tenía novio. Las compañeras dijeron que nunca la habían visto con un hombre. La profesora Ochoterena era discreta hasta el punto de que a veces crispaba la paciencia de sus amigos. Parecía interesarse únicamente por sus clases, por sus alumnos, por sus libros. No tenía mucha ropa. Era aseada y trabajadora y nunca protestaba por nada. Juan de Dios preguntó qué querían decir con que nunca protestaba. Las compañeras de piso le pusieron un ejemplo: a veces ellas olvidaban hacer su parte de trabajo en la casa, como lavar los platos o barrer, cosas de ese tipo, y la profesora Ochoterena las hacía y luego no se lo echaba en cara. En realidad *nunca* echaba nada en cara, su vida parecía exenta de reproches y de recriminaciones.

El veinte de agosto fue encontrado en un despoblado cercano al cementerio del oeste el cuerpo de una nueva víctima. Tenía entre dieciséis y dieciocho años y no llevaba ningún tipo de documentación. El cuerpo fue encontrado desnudo, salvo una blusa blanca, envuelto en una vieja manta de color amarillo con estampados de elefantes negros y rojos. Tras el examen forense se dictaminó que la causa de la muerte fueron dos heridas punzocortantes en el cuello y otra muy cerca de la aurícula. En la primera declaración la policía afirmó que no había habido violación. Cuatro días después rectificaron y dijeron que sí había habido violación. El forense encargado de realizar la autopsia declaró a la prensa que ellos, el equipo de patólogos de la policía y de la Universidad de Santa Teresa, nunca tuvieron la menor duda sobre la violación y que así lo expresaron en el primer (y único) informe oficial redactado. El portavoz de la policía informó de que el malentendido se debía a un problema de interpretación de dicho informe. El caso lo llevó el judicial José Márquez y pronto se archivó. La desconocida fue enterrada en la fosa común la segunda semana de septiembre.

¿Por qué se suicidó la profesora Ochoterena? Según Elvira Campos, probablemente estaba deprimida. Tal vez empezaba a manifestarse en ella un brote psicótico. Seguramente era una mujer solitaria e hipersensible. Juan de Dios Martínez le leyó algunos de los títulos que había anotado al azar de su biblioteca. ¿Tú has leído alguno de estos libros?, le preguntó la directora. Juan de Dios admitió que ninguno. Son buenos libros, dijo la directora, algunos difíciles de encontrar, al menos aquí, en Santa Teresa. Se los hacía mandar del DF, dijo Juan de Dios.

La siguiente muerta fue Adela García Ceballos, de veinte años, trabajadora en la maquiladora Dun-Corp, asesinada a puñaladas en casa de sus padres. El homicida era Rubén Bustos, de veinticinco años, con quien hasta entonces Adela había convivido en la calle Taxqueña n.º 56, en la colonia Mancera, y con el cual tenía un hijo de un año. Desde hacía una semana la pareja iba mal y Adela se trasladó a vivir a casa de sus padres. Según Bustos, la mujer pensaba abandonarlo definitivamente por otro hombre. La captura de Bustos fue relativamente fácil. Éste se atrincheró en su vivienda de la colonia Mancera, pero sólo tenía un cuchillo para defenderse. El judicial Ortiz Rebolledo entró disparando en la casa y Bustos se refugió debajo de su cama. Los policías rodearon la cama, de la que Bustos no quería salir, y lo amenazaron con coserlo a balazos. Lalo Cura estaba en el grupo de policías. De vez en cuando el brazo de Bustos asomaba desde debajo de la cama, empuñando la misma daga con la que mató a Adela, y trataba de herirlos en los tobillos. Los policías se reían y daban saltos hacia atrás. Uno de ellos se puso de pie sobre la cama y Bustos trató de traspasar el colchón con el cuchillo para herirlo en las plantas de los pies. Uno de los policías, un tal Cordero, famoso en la comisaría n.º 3 por el tamaño de su verga, se puso a orinar apuntando directamente hacia debajo de la cama. Bustos vio cómo la orina corría por el suelo hasta llegar a donde estaba él y se puso a sollozar. Finalmente Ortiz Rebolledo se cansó de reírse y le dijo que si no salía lo mataba allí mismo. Los policías vieron un guiñapo que reptaba hacia afuera y lo arrastraron a la cocina. Allí uno de ellos llenó una olla de agua y se la arrojó encima. Ortiz Rebolledo cogió por el cuello a Cordero y le advirtió que si quedaba un rastro de olor a meado en su coche ya se encargaría él de hacérselo pagar. Cordero, aunque se estaba ahogando, se rió y le prometió que no pasaría. ¿Y si se mea él, jefe?, dijo. Yo sé distinguir el olor de cada meado, dijo Ortiz Rebolledo. La orina de este culero debe oler a miedo y la tuya jiede a tequila. Cuando Cordero entró en la cocina Bustos estaba llorando. Entre sollozos decía algo sobre su hijo. Hablaba de sus padres, aunque no se entendía si se refería a los padres de él o a los padres de Adela que fueron testigos del asesinato. Cordero llenó la olla de agua y se la echó encima con fuerza. Luego la volvió a llenar y se la volvió a arrojar. Las perneras de los dos policías que vigilaban a Bustos estaban mojadas, así como sus zapatos negros.

¿Qué era lo que la profesora no soportaba?, dijo Elvira Campos. ¿La vida en Santa Teresa? ¿Las muertes en Santa Teresa? ¿Las niñas menores de edad que morían sin que nadie hiciera nada para evitarlo? ¿Era suficiente eso para llevar a una mujer joven al suicidio? ¿Una universitaria se habría suicidado por esa razón? ¿Una campesina que había tenido que trabajar duro para llegar a ser profesora se habría suicidado por esa razón? ¿Una entre mil? ¿Una entre cien mil? ¿Una entre un millón? ¿Una entre cien millones de mexicanos?

En septiembre casi no hubo asesinatos de mujeres. Hubo peleas. Hubo tráfico y detenciones. Hubo fiestas y trasnochadas calientes. Hubo camiones cargados de cocaína que cruzaron el desierto. Hubo avionetas Cesna que volaron a ras del desierto como espíritus de indios católicos dispuestos a degollar a todo el mundo. Hubo conversaciones de oreja a oreja y risas y narcocorridos de fondo. El último día de septiembre, sin embargo, encontraron los cadáveres de dos mujeres por el rumbo de Pueblo Azul. El lugar donde fueron hallados era un sitio que usaban los motociclistas de Santa Teresa para echar carreras de motos. Las dos mujeres vestían ropa de andar por casa, una de ellas incluso llevaba puestas unas pantuflas y una bata. No encontraron en los cadáveres documentos que sirvieran para identificarlas. El caso lo llevó el judicial José Márquez y el judicial Carlos Marín, quienes por la marca de la ropa supusieron que podía tratarse de norteamericanas. Informada la policía de Arizona, finalmente las muertas resultaron ser las hermanas Reynolds, de Rillito, en las afueras de Tucson, Lola y Janet Reynolds, de treinta y cuarentaicuatro años respectivamente, ambas con antecedentes por tráfico de drogas. Márquez y Marín supusieron el resto: las hermanas dejaron a deber una compra, no mucho, pues nunca movieron demasiada droga, y luego se olvidaron de pagar. Tal vez tuvieron problemas de liquidez, tal vez se envalentonaron (según la policía de Tucson, Lola era una mujer de armas tomar), tal vez sus proveedores las fueron a buscar, llegaron de noche y las encontraron a punto de irse a la cama, tal vez cruzaron la frontera con ellas y ya en Sonora las mataron, o tal vez las mataron en Arizona, dos balazos en la cabeza cada una, medio dormidas aún, y luego cruzaron la frontera y las abandonaron cerca de Pueblo Azul.

En octubre se encontró el cuerpo de otra mujer en el desierto, al sur de Santa Teresa, entre dos pistas vecinales. El cuerpo se hallaba en estado de descomposición y los forenses dijeron que iba a llevar días determinar las causas de la muerte. El cadáver tenía las uñas pintadas de rojo, lo que llevó a pensar a los primeros policías que acudieron al lugar del hallazgo que se trataba de una puta. Por las prendas de vestir dedujeron que era joven: pantalón de mezclilla y blusa escotada. Aunque tampoco era raro ver a viejas de sesenta años vestidas de esa manera. Cuando finalmente llegó el informe forense (probable muerte por herida de arma blanca) ya nadie se acordaba de la desconocida, ni siquiera los medios de comunicación, y el cuerpo fue arrojado sin más dilaciones a la fosa común.

En octubre, asimismo, Jesús Chimal, de la banda de los Caciques, el autor de la muerte de Linda Vázquez, ingresó en el penal de Santa Teresa. Aunque cada día entraba gente nueva, la aparición del joven asesino despertó un inusitado interés entre la población reclusa, como si los visitara un cantante famoso o el hijo de un banquero que les iba a alegrar, por lo menos, un fin de semana. Klaus Haas sintió la excitación de las crujías y se preguntó si cuando él llegó había pasado lo mismo. No, esta vez la expectación era distinta. Tenía algo de espeluznante y algo que alivianaba. Los presos no hablaban directamente del tema, pero de alguna manera aludían a él cuando hablaban de fútbol o de béisbol. Cuando hablaban de sus familias. De bares y de putas que sólo existían en su imaginación. Incluso el comportamiento de algunos de los reclusos más conflictivos mejoró. Como si no quisieran desmerecer. ¿Pero desmerecer a ojos de quién?, se preguntaba Haas. A Chimal lo *esperaban*. Sabían que iba hacia allí. Sabían qué celda iba a ocupar y sabían que se había cargado a la hija de una persona de dinero. Según el Tequila, los presos que habían pertenecido a los Caciques eran los únicos que permanecían al margen de todo este teatro. El día que llegó Chimal fueron también los únicos que se acercaron a saludarlo. Chimal, por su parte, no llegó solo. Lo acompañaban los otros tres detenidos por el asesinato de Linda Vázquez y ninguno de ellos se separaba del otro ni para ir a hacer sus necesidades. Uno de la banda de los Caciques que ya llevaba un año en el tambo le pasó a Chimal un punzón de hierro. Otro le pasó por debajo de la mesa tres cápsulas de anfetamina. Los dos primeros días Chimal se comportó como un loco. No paraba de darse vuelta y mirar lo que pasaba a sus espaldas. Dormía con el punzón en la mano. Llevaba la anfetamina a todos lados, como un escapulario mínimo que lo protegería de todo mal. Sus tres compañeros no le iban a la zaga. Cuando paseaban por el patio lo hacían en fila de dos. Se movían como comandos perdidos en una isla tóxica de otro planeta. A veces Haas los miraba desde lejos y pensaba: pobres chicos, pobres escuincles perdidos en un sueño. Al octavo día de estar en la cárcel los atraparon a los cuatro en la lavandería. De golpe, desaparecieron los carceleros. Cuatro reclusos controlaban la puerta. Cuando Haas llegó lo dejaron pasar como si fuera uno más, uno de la familia, algo que Haas agradeció sin palabras, aunque él nunca dejó de despreciarlos. Chimal y sus tres carnales estaban inmovilizados en el centro de la lavandería. A los cuatro los habían amordazado con esparadrapo. Dos de los Caciques ya estaban desnudos. Uno de ellos temblaba. Desde la quinta fila, apoyado en una columna, Haas observó los ojos de Chimal. Le pareció evidente que quería decir algo. Si le hubieran quitado el esparadrapo, pensó, tal vez hubiera arengado a sus propios captores. Desde una ventana unos carceleros observaban la escena que se producía en la lavandería. La luz que salía de aquella ventana era amarilla y débil en comparación con la luz que irradiaban los tubos fluorescentes de la lavandería. Los carceleros, notó Haas, se habían quitado las gorras. Uno de ellos llevaba una cámara fotográfica. Un tipo llamado Ayala se acercó a los Caciques desnudos y les realizó un corte en el escroto. Los que los mantenían inmovilizados se tensaron. Electricidad, pensó Haas, pura vida. Ayala pareció ordeñarlos hasta que los huevos cayeron envueltos en grasa, sangre y algo cristalino que no supo (ni le importaba saber) qué era. ¿Quién es ese tipo?, preguntó Haas. Es Ayala, murmuró el Tequila, el hígado negro de la frontera. ¿Hígado negro?, pensó Haas. Más tarde el Tequila le explicaría que entre las muchas muertes que debía Ayala, estaban las de ocho emigrantes a los que pasó a Arizona a bordo de una Pick-up. Al cabo de tres días de estar desaparecido Ayala volvió a Santa Teresa, pero de la Pick-up y de los emigrantes nada se supo hasta que los gringos encontraron los restos del vehículo, con sangre por todos los sitios, como si Ayala, antes de volver sobre sus pasos, se hubiera dedicado a trocear los cuerpos. Algo grave pasó aquí, dijeron los del border patrol, pero la ausencia de cadáveres propició que el caso se olvidara. ¿Qué hizo Ayala con los cadáveres? Según el Tequila, se los comió, así era de grande su locura y su maldad, aunque Haas dudaba de que existiera alguien capaz de zamparse, por más loco o hambriento que estuviera, a ocho emigrantes ilegales. Uno de los Caciques a los que acababan de castrar se desmayó. El otro tenía los ojos cerrados y las venas del cuello parecía que iban a explotarle. Junto a Ayala estaba ahora Farfán y ambos ejercían como jefes de ceremonia. Deshágase de esto, dijo Farfán. Gómez levantó los huevos del suelo y comentó que parecían huevos de caguama. Tiernecitos, dijo. Algunos de los espectadores asintieron y nadie se rió. Después Ayala y Farfán, cada uno con un palo de escoba de unos setenta centímetros de longitud, se dirigieron hacia Chimal y el otro Cacique.

A principios de noviembre mataron a María Sandra Rosales Zepeda, de treintaiún años, que solía prostituirse en las aceras del bar Pancho Villa. María Sandra había nacido en un pueblo del estado de Nayarit y a los dieciocho años llegó a Santa Teresa, en donde trabajó en la maquiladora HorizonW&E y en El Mueble Mexicano. A los veintidós años empezó a hacer de puta. La noche que la mataron había por lo menos cinco compañeras en la calle. Según los testigos presenciales un Suburban negro aparcó cerca de las mujeres. En su interior había por lo menos tres hombres. La música la tenían puesta a todo volumen. Los hombres llamaron a una de las mujeres y hablaron un rato con ella. Después la mujer se apartó de la Suburban y los hombres llamaron a María Sandra. Ésta se apoyó en la ventanilla bajada de la Suburban, como si estuviera dispuesta a discutir durante un rato la tarifa que pensaba pedirles. Pero la conversación apenas duró un minuto. Uno de los hombres sacó un arma y le disparó a quemarropa. María Sandra cayó hacia atrás y durante los primeros instantes las putas que esperaban en la acera no supieron qué ocurría. Luego vieron un brazo que salía por la ventanilla y remataba a María Sandra que yacía en el suelo. Después la Suburban se puso en marcha y desapareció en dirección al centro de la ciudad. El caso lo llevó el judicial Ángel Fernández y luego se apuntó, por iniciativa propia, Epifanio Galindo. Nadie recordaba la matrícula de la Suburban.

La puta que había hablado con los desconocidos dijo que éstos le preguntaron por María Sandra. Hablaban de ella como si la conocieran de oídas, como si alguien se la hubiera mentado en los mejores términos. Eran tres y los tres querían hacer un número con ella. Sus rostros no los recordaba bien. Eran mexicanos, hablaban como sonorenses y parecían relajados, dispuestos a pasar una noche de juerga. Según uno de los confidentes de Epifanio Galindo, tres hombres aparecieron una hora después del asesinato de María Sandra en el bar Los Zancudos. Los tipos eran salidores y bebían vasos de mezcal como otros comen cacahuetes. En determinado momento uno de ellos sacó un arma de la cintura y apuntó al cielo raso, como si quisiera cargarse una araña. Nadie les dijo nada y el tipo volvió a guardar su arma. Según el confidente se trataba de una pistola Glock austriaca con cargador de quince tiros. Después se les unió una cuarta persona, un tipo flaco y alto vestido con camisa blanca, con el que estuvieron bebiendo un rato, y luego se marcharon a bordo de un Dodge rojo encarnado. Epifanio le preguntó a su oreja si no habían llegado en una Suburban. Éste le dijo que no lo sabía, sólo sabía que se habían marchado en un Dodge rojo encarnado. El calibre de las balas que acabaron con la vida de María Sandra era 7,65 mm. Browning. La Glock usaba balas de calibre 9 mm. Parabellum. Probablemente, pensó Epifanio, mataron a la pobrecita con una pistola-ametralladora Skorpion, de fabricación checa, un arma que a Epifanio no le gustaba pero algunos de cuyos modelos últimamente empezaban a verse bastante en Santa Teresa, especialmente entre los grupos pequeños que se dedicaban al narcotráfico o entre secuestradores llegados de Sinaloa.

La noticia apenas ocupó una columna interior en los periódicos de Santa Teresa y pocos medios del resto de la república se hicieron eco de ella. Ajuste de cuentas en la cárcel, decía el titular. Cuatro miembros de la banda los Caciques detenidos en espera de juicio por el asesinato de una adolescente fueron masacrados por algunos reclusos del penal de

Santa Teresa. Sus cuerpos sin vida se encontraron amontonados en el cuarto donde se guardan los útiles de limpieza de la lavandería. Más tarde se hallaron los cadáveres de otros dos antiguos miembros de los Caciques en las dependencias sanitarias. Miembros de la propia institución penitenciaria y de la policía investigaron el crimen, sin aclarar los motivos ni la identidad de los autores.

Cuando al mediodía lo fue a ver su abogada, Haas le dijo que había presenciado el asesinato de los Caciques. Estaba toda la crujía, dijo Haas. Los guardias miraban desde una especie de claraboya del piso superior. Sacaban fotos. Nadie hizo nada. Los empalaron. Les destrozaron el ojete. ¿Son malas palabras?, dijo Haas. Chimal, el jefe, pedía a gritos que lo mataran. Le echaron agua cinco veces para que se despertara. Los verdugos se apartaban para que los guardias tomaran buenas fotos. Se apartaban y apartaban a los espectadores. Yo no estaba en la primera fila. Yo podía verlo todo porque soy alto. Raro: no se me revolvió el estómago. Raro, muy raro: vi la ejecución hasta el final. El verdugo parecía feliz. Se llama Ayala. Lo ayudó otro tipo, uno muy feo, que está en mi misma celda, se llama Farfán. El amante de Farfán, un tal Gómez, también participó. No sé quiénes mataron a los Caciques que encontraron después en el baño, pero a estos cuatro los mataron Ayala, Farfán y Gómez, ayudados por otros seis que sujetaban a los Caciques. Tal vez fueron más. Quita seis y pon doce. Y todos los de la crujía que vimos el mitote y no hicimos nada. ¿Y tú crees, dijo la abogada, que afuera no lo saben? Ay, Klaus, qué ingenuo eres. Más bien soy tonto, dijo Haas. ¿Pero si lo saben por qué no lo dicen? Porque la gente es discreta, Klaus, dijo la abogada. ¿Los periodistas también?, dijo Haas. Ésos son los más discretos de todos, dijo la abogada. En ellos la discreción equivale a dinero. ¿La discreción es dinero?, dijo Haas. Ahora lo vas entendiendo, dijo la abogada. ¿Sabes tú acaso por qué mataron a los Caciques? No lo sé, dijo Haas, sólo sé que no estaban en un colchón de rosas. La abogada se rió. Por dinero, dijo. Esos bestias mataron a la hija de un hombre que tenía dinero. Lo demás sobra. Puro blablablá, dijo la abogada.

A mediados de noviembre se encontró en el barranco de Podestá el cuerpo de otra mujer muerta. Tenía múltiples fracturas en el cráneo, con pérdida de masa encefálica. Algunas marcas en el cuerpo indicaban que opuso resistencia. El cadáver fue hallado con los pantalones bajados hasta la rodilla, por lo que se supuso que había sido violado, aunque tras la realización del frotis vaginal se descartó esta hipótesis. Al cabo de cinco días se pudo identificar a la muerta. Su nombre era Luisa Cardona Pardo, de treintaicuatro años de edad, natural del estado de Sinaloa en donde ejerció la prostitución desde los diecisiete años. Vivía en Santa Teresa desde hacía cuatro años y trabajaba en la maquiladora EMSA. Anteriormente trabajó de mesera y tuvo un puestito de flores en el centro. No figuraba en ninguna ficha policial de la ciudad. Vivía con una amiga en una casa modesta, pero con luz eléctrica y agua corriente, de la colonia La Preciada. Su amiga, trabajadora como ella en EMSA, contó a la policía que al principio Luisa hablaba de emigrar a los Estados Unidos y que incluso tuvo tratos con un pollero, pero finalmente decidió quedarse en la ciudad. La policía interrogó a algunos compañeros de trabajo y luego cerró el caso.

Tres días después del hallazgo del cadáver de Luisa Cardona se encontró en el mismo barranco de Podestá el cuerpo de otra mujer. Los patrulleros Santiago Ordóñez y Olegario Cura encontraron el cadáver. ¿Qué hacían Ordóñez y Cura en aquel lugar? Curioseaban, según admitió Ordóñez. Más tarde dijo que estaban allí porque Cura había insistido en ir. La zona que tenían asignada para aquel día iba de la colonia El Cerezal a la colonia Las Cumbres, pero Lalo Cura le dijo que tenía ganas de ver el lugar donde habían encontrado el cuerpo de Luisa Cardona y Ordóñez, que era quien conducía el coche, no opuso reparos. Estacionaron el patrullero en la parte alta del barranco y bajaron por una senda muy empinada. El barranco de Podestá no era muy grande. Las cintas de plástico que delimitaban la actuación de la policía científica aún estaban allí, enredadas entre las piedras de color amarillo o gris y los matorrales. Durante un rato, según Ordóñez, Lalo Cura estuvo haciendo cosas raras, como si midiera el terreno y la altura de las paredes, mirando hacia la parte alta del barranco y calculando el arco que tuvo que hacer el cuerpo de Luisa Cardona mientras caía. Al cabo de un rato, cuando Ordóñez ya se aburría, Lalo Cura le dijo que el asesino o los asesinos tiraron el cadáver allí precisamente para que fuera encontrado lo antes posible. Al objetar Ordóñez que aquel lugar no era precisamente un sitio concurrido, Lalo Cura señaló hacia lo alto de una de las paredes del barranco. Ordóñez levantó la mirada y vio a tres niños, o tal vez un adolescente y dos niños, todos vestidos con pantalones cortos, que los observaban atentamente. Después Lalo Cura se puso a caminar hacia el sur del barranco y Ordóñez se quedó sentado sobre una roca, fumando y pensando que tal vez lo mejor hubiera sido entrar en el cuerpo de bomberos. Al cabo de un rato, cuando Lalo ya había desaparecido de su vista, oyó un silbido de su compañero y se dirigió en la misma dirección. Cuando lo alcanzó vio que a sus pies yacía un cuerpo de mujer. Estaba vestida con algo que parecía una blusa, rasgada en un costado, y desnuda de cintura para abajo. Según Ordóñez, la expresión de Lalo Cura era muy rara, no de sorpresa, sino más bien de felicidad. ¿Cómo de felicidad? ¿Se reía? ¿Sonreía?, le preguntaron. No sonreía, dijo Ordóñez, se le veía concentrado, reconcentrado, como si no estuviera allí, no en aquel momento, como si estuviera en el barranco de Podestá, pero a otra hora, a la hora en que habían matado a aquella fulana. Cuando llegó junto a él Lalo Cura le dijo que no se moviera. En sus manos tenía una libretita y había sacado un lápiz y anotaba todo lo que veía. Tiene un tatuaje, oyó que decía Lalo Cura. Un tatuaje bien hecho. Por la postura yo diría que le rompieron el cuello. Pero antes, probablemente, la violaron. ¿Dónde tiene el tatuaje?, preguntó Ordóñez. En el muslo izquierdo, oyó que decía su compañero. Luego Lalo Cura se levantó y buscó en los alrededores la ropa que faltaba. Sólo halló periódicos viejos, latas oxidadas, bolsas de plástico reventadas. Aquí no están sus pantalones, dijo. Luego le dijo a Ordóñez que subiera al coche y llamara a la policía. La muerta medía un metro setentaidós y tenía el pelo largo y de color negro. No llevaba nada que sirviera para identificarla. Nadie reclamó el cadáver. El caso no tardó en ser archivado.

Cuando Epifanio le preguntó por qué razón había ido al barranco de Podestá, Lalo Cura le contestó que porque era policía. Usted es un escuincle de mierda, le dijo Epifanio, no se meta donde no le llaman, buey. Después Epifanio lo cogió de un brazo y lo miró a la cara y le dijo que quería saber la verdad. Me pareció raro, dijo Lalo Cura, en todo este tiempo nunca había aparecido una muerta en el barranco de Podestá. ¿Y eso usted cómo lo sabe, buey?, dijo Epifanio. Porque leo los periódicos, dijo Lalo Cura. Pinche escuincle mamón, ¿así que lee los periódicos? Sí, dijo Lalo Cura. ¿Y también lee libros, supongo? Pues sí, dijo Lalo Cura. ¿Los putos libros para putos que yo le regalé? Los *Métodos modernos de investigación policiaca*, del ex director en jefe del Instituto Nacional de Policía Técnica de Suecia, el señor Harry Söderman y del ex presidente de la Asociación Internacional de Jefes de Policía, el ex inspector John J. O'Connell, dijo Lalo Cura. ¿Y si esos mentados superpolicías eran tan buenos por qué ahora son unos putos ex?, dijo Epifanio. ¿A ver, contésteme ésa, buey? ¿No sabe usted, pendejete, que en la investigación policiaca no existen los métodos modernos? Usted todavía ni ha cumplido los veinte años, ¿me equivoco? No te equivocas, Epifanio, dijo Lalo Cura. Pues ándese con cuidado, valedor, ésa es la primera y la única norma, dijo Epifanio soltándolo del brazo y sonriendo y dándole un abrazo y llevándoselo a comer al único lugar donde servían pozole en el centro de Santa Teresa, en esas horas turbias de la noche.

En diciembre, y éstas fueron las últimas muertas de 1996, se hallaron en el interior de una casa vacía de la calle García

Herrero, en la colonia El Cerezal, los cuerpos de Estefanía Rivas, de quince años, y de Herminia Noriega, de trece. Ambas eran hermanas de madre. El padre de Estefanía desapareció poco después de nacer ésta. El padre de Herminia vivía en el domicilio familiar y trabajaba de vigilante nocturno de la maquiladora MachenCorp, en donde también estaba en nómina, como operaria, la madre de las niñas, las cuales, por su parte, se limitaban a estudiar y a ayudar en los quehaceres de la casa, aunque Estefanía, para el año siguiente, tenía pensado dejar la escuela y ponerse a trabajar. La mañana en que las secuestraron ambas iban a clases, junto con dos hermanas más pequeñas, una de once y otra de ocho años. Las dos pequeñas, al igual que Herminia, iban a la Escuela Primaria José Vasconcelos. Después de dejarlas allí, Estefanía, como siempre, se dirigiría a su propia escuela, a unas quince calles de distancia, un trayecto que realizaba a pie cada día. El día del secuestro, sin embargo, un coche se detuvo junto a las cuatro hermanas, y un hombre salió y metió a empujones a Estefanía dentro del coche y luego volvió a salir y metió a Herminia y luego el coche desapareció. Las dos pequeñas se quedaron paralizadas en la acera y luego volvieron caminando a casa, en donde no había nadie, por lo que llamaron a la puerta de la casa vecina, en donde contaron su historia y se echaron, por fin, a llorar. La mujer que las acogió, una trabajadora de la maquiladora HorizonW&E, fue a llamar a otra vecina y luego telefoneó a la maquiladora MachenCorp intentando localizar a los padres de las niñas. En la MachenCorp le informaron de que estaban prohibidas las llamadas privadas y le colgaron. La mujer volvió a telefonear y dijo el nombre y el puesto del padre, pues pensó que la madre, al ser operaria como ella, era sin duda considerada de un rango inferior, es decir prescindible en cualquier momento o por cualquier razón o capricho de la razón, y esta vez la telefonista la tuvo esperando tanto rato que las monedas se le agotaron y la llamada se cortó. No tenía más dinero. Desconsolada, la vecina volvió a su casa, en donde la aguardaba la otra vecina y las niñas y durante un rato las cuatro experimentaron lo que era estar en el purgatorio, una larga espera inerme, una espera cuya columna vertebral era el desamparo, algo muy latinoamericano, por otra parte, una sensación familiar, algo que si uno lo pensaba bien experimentaba todos los días, pero sin angustia, sin la sombra de la muerte sobrevolando el barrio como una bandada de zopilotes y espesándolo todo, trastocando la rutina de todo, poniendo todas las cosas al revés. Así, mientras esperaban a que llegara el padre de las niñas, la vecina pensó (para matar el tiempo y el miedo) que le gustaría tener un revólver y salir a la calle. ¿Y luego qué? Pues aventar unos cuantos tiros al aire para desencorajinarse y gritar viva México para armarse de valor o para sentir un postrero calor y después cavar con las manos, a una velocidad desconsiderada, un agujero en la calle de tierra apisonada y enterrarse ella misma, mojada hasta el huesito, para siempre jamás. Cuando llegó finalmente el padre fueron todos juntos a la comisaría más cercana. Allí, tras exponer someramente (o atolondradamente) su problema, los tuvieron esperando más de una hora hasta que aparecieron dos judiciales. Los judiciales les volvieron a hacer las mismas preguntas y otras nuevas, sobre todo relativas al coche que se llevó a Estefanía y Herminia. Al cabo de un rato, en el despacho donde estaban siendo interrogadas las niñas, había cuatro judiciales. Uno de ellos, que parecía buena persona, le pidió a la vecina que los acompañara y se llevó a las niñas al garaje de la comisaría, donde les preguntó qué coche, de los que estaban allí aparcados, se parecía más al coche que se había llevado a sus hermanas. Con los datos que le proporcionaron las niñas el judicial dijo que había que buscar un Peregrino o un Arquero de color negro. A las cinco de la tarde apareció la madre en la comisaría. Una de las vecinas ya se había ido y la otra no paraba de llorar acariciando a la más pequeña. A las ocho de la noche llegó Ortiz Rebolledo y dispuso dos grupos operativos de búsqueda, uno que se encargaría de investigar a los allegados de las muchachas, bajo el mando de los judiciales Juan de Dios Martínez y Lino Rivera, y el otro que se encargaría de localizar, con apoyo de la policía municipal, el Peregrino o el Arquero o el Lincoln en donde dizque las secuestraron, coordinados por los judiciales Ángel Fernández y Efraín Bustelo. Juan de Dios Martínez se mostró públicamente en desacuerdo con esa línea de investigación, ya que a su parecer ambos grupos operativos debían conjuntar sus esfuerzos en la localización del coche del secuestro. Arguyó como su principal razón el hecho de que poca gente, por no decir ninguna, del círculo de amigos, conocidos o compañeros de trabajo de la familia Noriega, poseía ya no digamos un Peregrino negro o un Chevy Astra negro, sino que virtualmente todos pertenecían a la clase peatonal, siendo algunos tan pobres que para dirigirse al trabajo ni siquiera tomaban el autobús, prefiriendo hacer a pie el camino y así ahorrarse unas pocas monedas. La respuesta de Ortiz Rebolledo fue contundente: cualquiera podía robar un Peregrino, cualquiera podía robar un Arquero o un Bocho o un Jetta, no era necesario que tuviera dinero o permiso de conducir, sólo que supiera abrir un coche y ponerlo en marcha. Así que los grupos operativos quedaron estructurados tal como dispuso Ortiz Rebolledo y los policías, con gesto cansado, como soldados atrapados en un *continuum* temporal que acuden una y otra vez a la misma derrota, se pusieron a trabajar. Esa misma noche, tras hacer algunas averiguaciones, Juan de Dios Martínez supo que Estefanía tenía un novio o un pretendiente, un muchacho algo alocado, de unos diecinueve años, llamado Ronald Luis Luque, alias Lucky Strike, alias Ronnie, alias Ronnie el Mágico, en cuyo expediente policial figuraban dos detenciones por robo de coches. Al salir de la cárcel Ronald Luis había compartido casa con un tal Felipe Escalante, al cual conoció en la cárcel. Escalante era un profesional del robo de coches y también había sido investigado, aunque nunca inculpado, como violador de menores. Durante cinco meses Ronald Luis vivió con Escalante y luego se marchó. Juan de Dios Martínez fue a ver a Escalante esa misma noche. Según éste, su antiguo compañero de celda no se había marchado por su propia voluntad sino que él lo había echado, debido a que Lucky Strike no colaboraba económicamente con nada. Actualmente Escalante trabajaba como peón de bodega de un supermercado y ya no se dedicaba a actividades delictivas. Hace muchos años que no robo un carro, jefe, se lo juro por ésta, le dijo besándose los dedos en cruz. De hecho, ni siquiera tenía una mala nave, realizando ahora, ni modo, todos sus desplazamientos en camión o a pata, que es más barato y además da sensación de libertad. Preguntado sobre si el llamado Lucky Strike se dedicaba, aunque fuera ocasionalmente, al robo de coches, Escalante dijo no creerlo, aunque a fe de Dios no podía poner las manos en el fuego, ya que el mentado era más bien torpón en esas vicisitudes. Otros interrogados parecieron corroborar lo declarado por Escalante: Ronnie el Mágico era un flojo y un holgazán, pero no un ladrón, tampoco un tipo violento, al menos de una violencia gratuita, y la mayoría, aunque no se mojó, lo veía incapaz de secuestrar a su novia y a la hermana de su novia. Ahora Ronald Luis vivía con sus padres y seguía sin encontrar trabajo. Hacia allí se dirigió Juan de Dios Martínez y habló con el padre, que fue quien le abrió resignadamente la puerta y quien le informó de que su hijo se había marchado pocas horas después de producirse el secuestro de Estefanía y Herminia. El judicial le preguntó si podía echarle un ojo al piojero. Está en su casa, dijo el padre. Durante un rato Juan de Dios Martínez estuvo examinando a solas la habitación que Ronnie compartía con tres hermanos menores, aunque desde el primer momento se dio cuenta de que allí no había nada que buscar. Luego salió al patio y encendió un cigarrillo mientras contemplaba el atardecer anaranjado y violáceo que caía sobre la ciudad fantasma. ¿Dijo adónde iba?, preguntó. A Yuma, respondió el padre. ¿Y usted ha estado en Yuma alguna vez? De joven, muchas veces: entraba, trabajaba, la migra me capturaba, me regresaban a México y luego volvía a entrar, muchas veces, dijo el padre. Hasta que me cansé y me dediqué a trabajar aquí y a cuidar a mi vieja y a los chamacos. ¿Y usted cree que a Ronald Luis le pasará lo mismo? Dios no lo quiera, dijo el padre. Al cabo de tres días, Juan de Dios Martínez se enteró de que el grupo operativo encargado de localizar el coche negro empleado en el secuestro se había disuelto. Cuando le fue a pedir explicaciones a Ortiz Rebolledo éste le contestó que la orden vino de arriba. Al parecer los policías molestaron a algunos peces gordos cuyos hijos, los juniors de Santa Teresa, poseían la casi totalidad de la flota de Peregrinos de la ciudad (un coche de moda entre los jóvenes pudientes, así como el Arcángel o el descapotable Desertwind), quienes hablaron con las autoridades pertinentes para que los polis dejaran de joder. Cuatro días después una llamada anónima avisó a la policía de unos disparos en el interior de una casa de la calle García Herrero. La patrulla se presentó al cabo de media hora. Tocaron el timbre repetidas veces y nadie respondió. Interrogados los vecinos, éstos dijeron no haber escuchado nada, aunque la repentina sordera se podía deber al volumen de los televisores, que era muy alto y se podía oír desde la calle. Un niño, sin embargo, dijo que mientras paseaba en bicicleta había oído disparos. Preguntados los vecinos sobre quiénes habitaban en aquella casa, las respuestas fueron contradictorias, por lo que los patrulleros pensaron que podía tratarse de narcotraficantes y que tal vez lo mejor sería irse y no remover más el asunto. Uno de los vecinos, sin embargo, dijo que había visto estacionado junto a la casa un Peregrino de color negro. Los policías sacaron entonces sus armas y volvieron a llamar, con idéntico resultado, a la casa de la calle García Herrero n.º 677. Luego se comunicaron por radio con la comisaría y esperaron. Una media hora después apareció por allí otro patrullero, para reforzar la vigilancia, según dijeron, y poco más tarde Juan de Dios Martínez y Lino Rivera. Según este último, la orden era aguardar a la llegada del resto de los judiciales. Pero Juan de Dios Martínez dijo que no había tiempo y los patrulleros, por expresa indicación suya, tiraron la puerta abajo. Juan de Dios Martínez fue el primero en entrar. La casa olía a semen y a alcohol, dijo. ¿Cómo huelen el semen y el alcohol? Pues mal, dijo Juan de Dios Martínez, francamente huelen mal. Pero luego te acostumbras. No es como el olor de la carne en descomposición, que no te acostumbras nunca y que se te mete dentro de la cabeza, hasta en los pensamientos, y por más que te duches y te cambies de ropa tres veces al día sigues oliéndolo durante muchos días, a veces semanas, a veces meses enteros. Detrás de él entró Lino Rivera y nadie más. No toques nada, recuerda este último que le dijo Juan de Dios. Primero examinaron la sala. Normal. Muebles baratos, pero decorosos, una mesa con periódicos, no los toques, dijo Juan de Dios, en el comedor dos botellas vacías de tequila Sauza y una botella vacía de vodka Absolut. La cocina limpia. Normal. Restos de comida de McDonald's en el cubo de la basura. Suelo limpio. Por la ventana de la cocina un pequeño patio, la mitad encementado, la otra mitad seco, con algunos matorrales adheridos a la pared que lo separaba de otro patio. Normal. Luego dieron marcha atrás. Primero Juan de Dios y tras él Lino Rivera. El pasillo. Las habitaciones. Dos habitaciones. En una de ellas, tendido en la cama, boca abajo, el cadáver desnudo de Herminia. Ah, chingados, oyó Juan de Dios que musitaba su compañero. En el baño, ovillado debajo de la ducha, las manos atadas a la espalda, el cadáver de Estefanía. Quédate en el pasillo. No entres, dijo Juan de Dios. Él sí que entró en el baño. Entró y se arrodilló junto al cuerpo de Estefanía y lo examinó detenidamente, hasta perder la noción del tiempo. A sus espaldas escuchó la voz de Lino que hablaba por la radio. Que venga el forense, dijo Juan de Dios. Según el forense, Estefanía fue asesinada de dos balazos en la nuca. Antes había sido golpeada y se apreciaban señales de estrangulamiento. Pero no murió estrangulada, dijo el forense. Jugaron con ella a estrangularla. En los tobillos eran visibles la señales de abrasión. Diría que la colgaron de los pies, dijo el forense. Juan de Dios buscó una viga o un gancho en el techo. La casa estaba llena de policías. Alguien había tapado a Herminia con una sábana. En la otra habitación lo encontró: una gafa de hierro sujeta al techo, justo en medio de las dos camas. Cerró los ojos e imaginó a Estefanía colgando cabeza abajo. Llamó a dos policías y les ordenó que buscaran la cuerda. El forense estaba en la habitación de Herminia. A ésta también le metieron un tiro en la nuca, le dijo cuando lo vio junto a él, pero no creo que ésa fuera la causa de la muerte. ¿Y entonces por qué le dispararon?, preguntó Juan de Dios. Para asegurarse. Que salgan de la casa todos los que no sean de la policía científica, gritó Juan de Dios. Los policías fueron saliendo poco a poco. En la sala dos tipos achaparrados y con cara de estar agotados buscaban huellas dactilares. Todos fuera, gritó Juan de Dios. Sentado en un sillón Lino Rivera leía una revista de boxeo. Aquí están las cuerdas, jefe, dijo uno de los policías. Gracias, dijo Juan de Dios, y ahora lárgate, buey, sólo pueden permanecer aquí los científicos. Un tipo que hacía fotos bajó la cámara y le guiñó un ojo. Esto no acaba, ¿eh, Juan de Dios? No acaba, no acaba, le respondió mientras se dejaba caer en el sofá donde estaba Lino Rivera y encendía un cigarrillo. Tómatelo con calma, buey, le dijo el judicial. Antes de que terminara de fumarse el cigarrillo el forense lo llamó a la habitación. Las dos fueron violadas, yo diría que varias veces, por los dos conductos, aunque puede que a la del baño la violaran por los tres. Las dos fueron torturadas. En una la causa de la muerte es clara. En la otra no tanto. Mañana te doy un informe fiable. Ahora desocúpame la calle que me las llevo a la morgue, dijo el forense. Juan de Dios salió al patio y le dijo a un policía que iban a trasladar los cadáveres. La acera estaba llena de curiosos. Es extraño, pensó Juan de Dios cuando la ambulancia desapareció en dirección al Instituto Anatómico Forense, de repente, en unos segundos, todo ha cambiado. Una hora después, cuando aparecieron Ortiz Rebolledo y Ángel Fernández, Juan de Dios estaba interrogando a los vecinos. Según algunos, en el número 677 vivía una pareja, según otros vivían tres muchachos, o mejor dicho, un hombre y dos muchachos, que sólo iban a dormir, y según otros allí vivía un tipo más bien raro, que no le dirigía la palabra a nadie del barrio, y que a veces pasaba días enteros sin aparecer, como si trabajara fuera de Santa Teresa, y otras veces pasaba días enteros sin salir de casa, viendo la tele hasta muy tarde o escuchando corridos y danzones y luego durmiendo hasta pasado el mediodía. Los que aseguraban que en el 677 vivía una pareja dijeron que ésta poseía una Combi o una furgoneta similar y que ambos solían salir y llegar juntos del trabajo. ¿Qué clase de trabajo? No lo sabían, aunque uno dijo que probablemente los dos trabajaban de meseros. Los que pensaban que en aquella casa vivía un hombre en compañía de dos muchachos creían que el hombre conducía una furgoneta, que podía ser, efectivamente, una Combi. Los que aseguraron que allí vivía un tipo solo, fueron incapaces de recordar si éste tenía coche o no, aunque dijeron que a menudo era visitado por amigos que sí tenían coche. ¿En resumidas cuentas, quién chingados vive aquí?, dijo Ortiz Rebolledo. Habrá que investigarlo, le contestó Juan de Dios antes de marcharse para casa. Al día siguiente, ya realizadas las pertinentes autopsias, el forense se reafirmó en sus primeras apreciaciones y añadió que la muerte de Herminia no se debía al balazo alojado en su nuca sino a un paro cardiaco. La pobrecita, les dijo el forense a un grupo de judiciales, no pudo resistir el trance de la tortura y las vejaciones. Ni modo. El arma utilizada probablemente era una pistola Smith & Wesson calibre 9 mm. La casa donde se encontraron los cadáveres era propiedad de una anciana que no se enteraba de nada, una vieja dama de la alta sociedad santateresana, que vivía de los alquileres de sus propiedades, entre las que se contaban la mayoría de las casas vecinas. El alquiler lo gestionaba una empresa de promotores inmobiliarios, propiedad de un nieto de la anciana. Según los papeles en poder del gestor, todos por lo demás legales, el inquilino del 677 se llamaba Javier Ramos y realizaba sus pagos mensuales a través del banco. Investigado el banco, se descubrió que el tal Javier Ramos había hecho un par de ingresos fuertes, suficientes como para pagar seis meses de alquiler más las cuentas de luz y agua, y nadie más lo había vuelto a ver. Como dato curioso, pero a tener en cuenta, Juan de Dios Ramírez averiguó en el Registro de la Propiedad que las casas de la siguiente manzana de la calle García Herrero pertenecían, en su totalidad, a Pedro Rengifo, y que las casas de la calle Tablada, que corría paralela a García Herrero, eran propiedad de un tal Lorenzo Juan Hinojosa, que era un hombre de paja del narcotraficante Estanislao Campuzano. Asimismo, todos los inmuebles de la calle Hortensia y Licenciado Cabezas, que eran las paralelas a Tablada, estaban registrados a nombre del presidente municipal de Santa Teresa o de algunos de sus hijos. También: que dos manzanas al norte, las casas y los edificios de la calle Ingeniero Guillermo Ortiz eran propiedad de Pablo Negrete, el hermano de Pedro Negrete y rector benemérito de la Universidad de Santa Teresa. Qué cosa más rara, se dijo Juan de Dios. Uno está con los cadáveres y tiembla. Luego se llevan los cadáveres y deja de temblar. ¿Está metido Rengifo en el crimen de las niñas? ¿Está metido hasta las cejas Campuzano? Rengifo era el narco bueno. Campuzano era el narco malo. Qué raro, qué raro, se dijo Juan de Dios. Nadie viola y mata en su propia casa. Nadie viola y mata *cerca* de su propia casa. A menos que esté loco y quiera que lo atrapen. Dos noches después del hallazgo de los cadáveres se reunieron en un club privado anexo al campo de golf el presidente municipal de Santa Teresa, el licenciado José Refugio de las Heras, el jefe de la policía Pedro Negrete y los señores Pedro Rengifo y Estanislao Campuzano. El encuentro duró hasta las cuatro de la mañana y se aclararon algunas cosas. Al día siguiente toda la policía de la ciudad, se podría decir, se puso a la caza de Javier Ramos. Lo buscaron hasta debajo de las piedras del desierto. Pero la verdad es que ni siquiera fueron capaces de hacerle un retrato robot convincente.

Durante muchos días Juan de Dios Martínez pensó en los cuatro infartos que sufrió Herminia Noriega antes de morir. A veces se ponía a pensar en ello mientras comía o mientras orinaba en los baños de una cafetería o de un local de comidas corridas frecuentado por judiciales, o antes de dormirse, justo en el momento de apagar la luz, o tal vez segundos antes de apagar la luz, y cuando eso sucedía simplemente no *podía* apagar la luz y entonces se levantaba de la cama y se acercaba a la ventana y miraba la calle, una calle vulgar, fea, silenciosa, escasamente iluminada, y luego se iba a la cocina y ponía a hervir agua y se hacía café, y a veces, mientras bebía el café caliente y sin azúcar, un café de mierda, ponía la tele y se dedicaba a ver los programas nocturnos que llegaban por los cuatro puntos cardinales del desierto, a esa hora captaba canales mexicanos y norteamericanos, canales de locos inválidos que cabalgaban bajo las estrellas y que se saludaban con palabras ininteligibles, en español o en inglés o en spanglish, pero ininteligibles todas las jodidas palabras, y entonces Juan de Dios Martínez dejaba la taza de café sobre la mesa y se cubría la cabeza con las manos y de sus labios escapaba un ulular débil y preciso, como si llorara o pugnara por llorar, pero cuando finalmente retiraba las manos sólo aparecía, iluminada por la pantalla de la tele, su vieja jeta, su vieja piel infecunda y seca, sin el más mínimo rastro de una lágrima.

Cuando le contó a Elvira Campos lo que le sucedía, la directora del psiquiátrico lo escuchó en silencio y luego, mucho rato después, mientras ambos descansaban desnudos en la penumbra del dormitorio, le confesó que ella a veces soñaba que lo dejaba todo. Es decir, que lo dejaba todo de forma radical, sin paliativos de ningún tipo. Soñaba, por ejemplo, que vendía su piso y otras dos propiedades que tenía en Santa Teresa, y su automóvil y sus joyas, todo lo vendía hasta alcanzar una cifra respetable, y luego soñaba que tomaba un avión a París, en donde alquilaba un piso muy pequeño, un estudio, digamos entre Villiers y la Porte de Clichy, y luego se iba a ver a un médico famoso, un cirujano plástico que hacía maravillas, para que le realizara un lifting, para que le arreglara la nariz y los pómulos, para que le aumentara los senos, en fin, que al salir de la mesa de operaciones parecía otra, una mujer diferente, ya no de cincuenta y tantos años sino de cuarenta y tantos o, mejor, cuarenta y pocos, irreconocible, nueva, cambiada, rejuvenecida, aunque por supuesto durante un tiempo iba vendada a todas partes, como si fuera la momia, no la momia egipcia sino la momia mexicana, cosa que le gustaba, salir a pasear en el metro, por ejemplo, sabiendo que todos los parisinos la miraban subrepticiamente, incluso algunos le cedían el asiento, pensando o imaginando los dolores horribles, quemaduras, accidente de tránsito, por los que había pasado aquella desconocida silenciosa y estoica, y luego bajarse del metro y entrar en un museo o en una galería de arte o en una librería de Montparnasse, y estudiar francés dos horas diarias, con alegría, con ilusión, qué bonito es el francés, qué idioma más musical, tiene un *je ne sais quoi*, y luego, una mañana lluviosa, quitarse las vendas, despacio, como un arqueólogo que acaba de encontrar un hueso indescriptible, como una niña de gestos lentos que deshace, paso a paso, un regalo que quisiera dilatar en el tiempo, ¿para siempre?, casi para siempre, hasta que finalmente cae la última venda, ¿adónde cae?, al suelo, a la moqueta o a la madera, pues el suelo es de primera calidad, y en el suelo todas las vendas se estremecen como culebras, o todas las vendas abren sus ojos adormilados como culebras, aunque ella sabe que no son culebras sino más bien los ángeles de la guarda de las culebras, y luego alguien le acerca un espejo y ella se contempla, se asiente, se aprueba con un gesto en el que redescubre la soberanía de su niñez, el amor de su padre y de su madre, y luego firma algo, un papel, un documento, un cheque, y se marcha por las calles de París. ¿Hacia una nueva vida?, dijo Juan de Dios Martínez. Supongo que sí, dijo la directora. Tú a mí me gustas tal como eres, dijo Juan de Dios Martínez. Una nueva vida sin mexicanos ni México ni enfermos mexicanos, dijo la directora. Tú a mí me vuelves loco tal como eres, dijo Juan de Dios Martínez.

Al finalizar el año 1996, se publicó o se dijo en algunos medios mexicanos que en el norte se filmaban películas con asesinatos reales, snuff-movies, y que la capital del snuff era Santa Teresa. Una noche dos periodistas embozados hablaron con el general Humberto Paredes, antiguo jefe de la policía del DF, en su castillo amurallado de la colonia del Valle. Los periodistas eran el viejo Macario López Santos, un colmillo de la nota roja desde hacía más de cuarenta años, y Sergio González. La cena con que los agasajó el general consistía en tacos de carnita extra chilosos y tequila La Invisible. Cualquier otra cosa que se echara al buche de noche sólo conseguía provocarle agruras. Mediada la comida, Macario López le preguntó qué opinaba sobre la industria del snuff en Santa Teresa y el general les dijo que durante su dilatada vida profesional había visto muchas barbaridades, pero que nunca había visto una película de esas características y que dudaba de que existieran. Pero existen, le dijo el viejo periodista. Puede que existan, puede que no existan, le respondió el general, lo raro es que yo, que lo vi y lo supe todo, no haya visto ninguna. Los dos periodistas convinieron en que eso, efectivamente, era raro, aunque dejaron caer la sugerencia de que tal vez, en la época en que el general estuvo en activo, aquella modalidad del horror no se hubiera desarrollado aún. El general no estuvo de acuerdo: según él, la pornografía había alcanzado su total desarrollo poco antes de la revolución francesa. Todo lo que uno pudiera ver en una película holandesa actual o en una colección de fotos o en un librito sicalíptico, ya había sido *fijado* con anterioridad al año 1789, y en gran medida era una repetición, una vuelta de tuerca a una mirada que ya miraba. General, le dijo Macario López Santos, usted habla a veces igualito que Octavio Paz, ¿no lo estará leyendo? El general soltó una risotada y dijo que lo único que había leído, y de esto hacía muchos años, era *El laberinto de la soledad*, y que no había entendido nada. Entonces yo era muy jovencito, dijo el general mirando a los periodistas fijamente, debía tener unos cuarenta años. Ah, que mi general, dijo Macario López. Luego hablaron sobre la libertad y el mal, sobre las autopistas de la libertad en donde el mal es como un Ferrari, y al cabo de un rato, cuando una vieja sirvienta retiró los platos y les preguntó si los señores iban a querer café, volvieron al tema de las snuff-movies. Según Macario López la situación en México había experimentado algunos reacomodos novedosos. Por una parte nunca como entonces había habido tanta corrupción. A esto había que sumar el problema del narcotráfico y de las montañas de dinero que se movían alrededor de este nuevo fenómeno. La industria del snuff, en este contexto, era sólo un síntoma. Un síntoma virulento en el caso de Santa Teresa, pero sólo un síntoma, al fin y al cabo. La respuesta del general fue apaciguadora. Dijo que no creía que la corrupción de ahora fuera mayor que la que hubo en otros gobiernos del pasado. Si la comparábamos con la que hubo durante el gobierno de Miguel Alemán, por ejemplo, era menor, y también resultaba menor comparada con la del sexenio de López Mateos. La desesperación ahora tal vez fuera mayor, pero no la corrupción. El narcotráfico, les concedió, era algo nuevo, pero el peso real del narcotráfico en la sociedad mexicana (y también en la norteamericana) estaba sobrevalorado. Lo único que era necesario para hacer una película snuff, les dijo, era dinero, sólo dinero, y dinero había habido antes de que el narco asentara sus reales y también industria pornográfica y sin embargo la película, la famosa película, no se había hecho. Puede que usted no la haya visto, general, dijo Macario López. El general se rió y su risa se perdió entre los arriates del jardín oscuro. Yo lo vi todo, mi buen Macario, contestó. Antes de marcharse, el viejo periodista de la nota roja le comentó que no había tenido el gusto de saludar a ningún guardaespaldas al llegar a la vieja casa amurallada de la colonia del Valle. El general le respondió que eso se debía a que ya no tenía guardaespaldas. ¿Y eso por qué, mi general?, preguntó el periodista. ¿Se le rindieron los enemigos? Los servicios de seguridad cada día están más caros, Macario, dijo el general mientras los acompañaba por un camino bordeado de buganvillas hasta la puerta, y yo prefiero gastarme mis pesitos en caprichos más amables. ¿Y si lo atacan? El general se llevó una mano a la espalda y les enseñó a ambos periodistas una Desert Eagle israelí, calibre 50 Magnum, con cargador de siete tiros. En el bolsillo, les dijo, llevaba siempre dos cargadores de repuesto. Pero no creo que tenga que utilizarla, les dijo, soy demasiado viejo y mis enemigos deben de creer que ya estoy criando malvas en el cementerio. Hay gente muy rencorosa, observó Macario López Santos. Eso es verdad, Macario, dijo el general, en México no sabemos perder ni ganar con verdadero espíritu deportivo. Claro que aquí perder significa morir y ganar, a veces, también significa morir, por lo que es difícil mantener un espíritu deportivo, pero, bueno, reflexionó el general, algunos le hacemos la lucha. Ah, que mi general, se rió Macario López Santos.

En enero de 1997 fueron detenidos cinco integrantes de la banda los Bisontes. Se les acusó de varios asesinatos cometidos con posterioridad al apresamiento de Haas. Los detenidos eran Sebastián Rosales, de diecinueve años, Carlos Camilo Alonso, de veinte, René Gardea, de diecisiete, Julio Bustamante, de diecinueve, y Roberto Aguilera, de veinte. Los cinco tenían antecedentes de abusos sexuales y dos de ellos, Sebastián Rosales y Carlos Camilo Alonso, habían estado en prisión preventiva por la violación de una menor, María Inés Rosales, prima carnal de Sebastián, la cual retiró la denuncia a los pocos meses de haber ingresado éste en el penal de Santa Teresa. De Carlos Camilo Alonso se dijo que era el inquilino de la casa de la calle García Herrero en donde se encontraron los cuerpos de Estefanía y Herminia. A los cinco se les acusó de haber secuestrado, violado, torturado y asesinado a las dos mujeres muertas halladas en el barranco de Podestá, así como de la muerte de Marisol Camarena, cuyo cadáver fue encontrado en un tambo lleno de ácido, y de la muerte de Guadalupe Elena Blanco, además de los asesinatos de Estefanía y Herminia. En el interrogatorio al que fueron sometidos Carlos Camilo Alonso perdió todos los dientes y sufrió rotura del tabique nasal, dizque en un intento de suicidio. Roberto Aguilera terminó con cuatro costillas rotas. Julio Bustamente fue encerrado en un calabozo con dos bujarrones, los cuales lo sodomizaron hasta cansarse, amén de someterlo a una madriza cada tres horas y romperle los dedos de la mano izquierda. Se organizó una rueda de sospechosos y de los diez vecinos de la calle García Herrero sólo dos reconocieron a Carlos Camilo Alonso como el inquilino del 677. Dos testigos, uno de los cuales era un conocido soplón de la policía, declararon haber visto a Sebastián Rosales, durante la semana en que secuestraron a Estefanía y Herminia, a bordo de un Peregrino negro. Según les dijo el mismo Rosales, se trataba de un coche que acababa de robar. En poder de los Bisontes se encontraron tres armas de fuego: dos pistolas CZ modelo 85 de 9 mm y una Heckler & Koch alemana. Otro testigo, sin embargo, dijo que Carlos Camilo Alonso se jactaba de poseer una Smith & Wesson como la que había sido utilizada para matar a las dos hermanas. ¿Dónde estaba el arma? Según el mismo testigo, Carlos Camilo le dijo que se la había vendido a unos narcos gringos a quienes conocía. Por otra parte, cuando los Bisontes ya estaban detenidos, se descubrió casualmente que uno de ellos, Roberto Aguilera, era el hermano menor de un tal Jesús Aguilera, interno en el penal de Santa Teresa y apodado el Tequila, gran amigo y protegido de Klaus Haas. Las conclusiones no tardaron en materializarse. Era muy probable, dijo la policía, que la serie de asesinatos protagonizados por los Bisontes fueran asesinatos por encargo. Haas pagaba, según esta versión, tres mil dólares por cada muerta que reuniera unas características semejantes a sus propios asesinatos. La noticia no tardó en ser filtrada a la prensa. Hubo voces que pidieron la dimisión del alcaide. Se dijo que la cárcel estaba en poder de bandas organizadas de criminales y que sobre todas ellas reinaba Enriquito Hernández, el narco de Cananea y verdadero mandamás de la prisión, desde donde seguía controlando impunemente sus negocios. En *La Tribuna de Santa Teresa* apareció un artículo que maridaba a Enriquito Hernández y Haas en el tráfico de drogas disfrazado de negocio legal de importación y exportación de componentes de computadoras a uno y otro lado de la frontera. El artículo no estaba firmado y el periodista que lo escribió sólo había visto a Haas una vez en su vida, lo que no fue óbice para que pusiera en su boca declaraciones que éste jamás había realizado. El caso de los asesinatos en serie de mujeres ha concluido con éxito, declaró a la televisión de Hermosillo (y fue reproducido en las noticias de las grandes cadenas del DF) José Refugio de las Heras, el presidente municipal de Santa Teresa. Todo lo que a partir de ahora suceda entra en el rubro de los crímenes comunes y corrientes, propios de una ciudad en constante crecimiento y desarrollo. Se acabaron los psicópatas.

Una noche, mientras leía a George Steiner, recibió una llamada que al principio no supo identificar. Una voz muy excitada y con acento extranjero decía todo es mentira, todo es una trampa, no como si acabara de llamarlo sino como si ya llevaran media hora hablando. ¿Qué quiere?, le preguntó, ¿con quién quiere hablar? ¿Es usted Sergio González?, dijo la voz. Soy yo. Órale, cabrón, cómo le va, dijo la voz. Parecía como si viniera de muy lejos, pensó Sergio. ¿Quién es?, preguntó. ¿Ah, chingados, no me reconoce?, preguntó la voz con un dejo de asombro. ¿Klaus Haas?, dijo Sergio. En el otro lado de la línea escuchó una risa y luego una especie de viento metálico, el ruido del desierto y el ruido de las cárceles en la noche. El mismo, cabrón, ya veo que no me ha olvidado. No, no lo he olvidado, dijo Sergio. ¿Cómo podía olvidarlo? Tengo poco tiempo, dijo Haas. Sólo quería decirle que no es verdad esa bola de que yo he pagado a los Bisontes. Mucha galleta tendría que tener para pagar tantas muertes. ¿Galleta?, dijo Sergio. Dinero, dijo Haas. Soy amigo del Tequila, un bato loco al que llaman así, y el Tequila es hermano de uno de los Bisontes. Pero eso es todo. No hay más, se lo juro por ésta, dijo la voz con acento extranjero. Cuénteselo a su abogada, dijo Sergio, yo ya no escribo sobre los crímenes de Santa Teresa. Al otro lado Haas se rió. Es lo que todo el mundo me dice. Cuéntelo por aquí, cuéntelo por allá. Mi abogada ya lo sabe, dijo. Yo no puedo hacer nada por usted, dijo Sergio. Mire por dónde, yo creo que sí, dijo Haas. Luego Sergio volvió a escuchar el ruido de tuberías, rasguños, un viento huracanado que llegaba por rachas. ¿Qué haría yo si estuviera encerrado?, pensó Sergio. ¿Me refugiaría en un rincón, tapado con mi colcha, como un niño? ¿Temblaría? ¿Pediría ayuda, lloraría, intentaría suicidarme? Me quieren hundir, dijo Haas. Aplazan el juicio. Me temen. Me quieren hundir. Luego escuchó el ruido del desierto y algo que le parecieron los pasos de un animal. Todos nos estamos volviendo locos, pensó. ¿Haas? ¿Sigue usted allí? Nadie le contestó.

Tras la detención en enero de la banda de los Bisontes, la ciudad se dio un respiro. El mejor regalo de Reyes, tituló *La Voz de Sonora* la noticia del apresamiento de los cinco pachucos. Ciertamente, hubo muertos. Murió apuñalado un ladrón habitual cuyo teatro de operaciones eran las calles del centro, murieron dos tipos vinculados al narcotráfico, murió un criador de perros, pero nadie encontró a ninguna mujer violada y torturada y después asesinada. Eso en el mes de enero. Y en el mes de febrero se repitió lo mismo. Las muertes habituales, sí, las usuales, gente que empezaba festejando y terminaba matándose, muertes que no eran cinematográficas, muertes que pertenecían al folklore pero no a la modernidad: muertes que no asustaban a nadie. El asesino en serie oficialmente estaba entre rejas. Sus imitadores o seguidores o empleados también. La ciudad podía respirar tranquila.

En enero, el corresponsal de un periódico de Buenos Aires, de paso a Los Ángeles, se detuvo tres días en Santa Teresa y escribió una crónica sobre la ciudad y los asesinatos de mujeres. Intentó visitar a Haas en la cárcel, pero el permiso le fue denegado. Asistió a una corrida de toros. Estuvo en el burdel Asuntos Internos y se acostó con una puta llamada Rosana. Visitó la discoteca Domino's y el bar Serafino's. Conoció a un colega periodista de *El Heraldo del Norte* y consultó, en el mismo periódico, el dossier sobre mujeres desaparecidas, secuestradas y asesinadas. El periodista del *Heraldo* le presentó a un amigo el cual le presentó a otro amigo que decía haber visto una película snuff. El argentino le dijo que él quería verla. El amigo del amigo del periodista le preguntó cuántos dólares estaba dispuesto a pagar. El argentino le dijo que él no daba ni medio mango por una cochinada de esas características, que sólo quería verla por interés profesional y también, tenía que reconocerlo, por curiosidad. El mexicano le dio una cita en una casa de la parte norte de la ciudad. El argentino tenía los ojos verdes y medía un metro noventa y pesaba casi cien kilos. Acudió a la cita y vio la película. El mexicano era chaparro y tirando a gordito y mientras veían la película estuvo muy quieto, sentado en un sofá al lado del argentino, como una señorita. Durante todo lo que duró la película el argentino estuvo esperando el momento en que el mexicano le iba a tocar la pinga. Pero el mexicano no hizo nada, salvo respirar ruidosamente, como si no quisiera perderse ni un centímetro cúbico de oxígeno previamente respirado por el argentino. Cuando la película acabó el argentino le pidió, con buenas maneras, una copia, pero el mexicano no quiso ni oír hablar de eso. Esa noche se fueron a tomar cervezas a un local llamado El Rey del Taco. Mientras bebían el argentino, por un instante, creyó que todos los camareros eran zombis. Le pareció normal. El local era enorme, lleno de murales y pinturas alusivas a la infancia del Rey del Taco y sobre las mesas flotaba un aire denso, de pesadilla detenida. En determinado momento el argentino pensó que alguien había echado alguna droga en su cerveza. Se despidió repentinamente y volvió a su hotel en taxi. Al día siguiente tomó un autobús que lo llevó hasta Phoenix y allí tomó un avión hasta Los Ángeles, en donde durante el día se dedicó a hacerles entrevistas a los actores que se dejaban, que eran pocos, y por las noches escribía un largo artículo sobre los asesinatos de mujeres en Santa Teresa. El artículo estaba centrado en la industria del cine porno y en la subindustria clandestina de las snuff movies. El término snuff movie, según el argentino, había sido inventado en la Argentina, aunque no por un nacional sino por una pareja de norteamericanos que se desplazó hasta allá para filmar una película. Los norteamericanos se llamaban Mike y Clarissa Epstein y contrataron a dos actores porteños de cierto renombre aunque en horas bajas y a varios jóvenes, algunos de los cuales fueron luego muy conocidos. El equipo técnico también era argentino, salvo el cámara, un amigote de Epstein llamado JT Hardy que llegó a Buenos Aires un día antes de que comenzara la filmación. Esto había ocurrido en 1972, cuando en Argentina se hablaba de revolución, de revolución peronista, de revolución socialista e incluso de revolución mística. Por las calles deambulaban los psicoanalistas y los poetas y desde las ventanas eran observados por los brujos y por la gente oscura. Cuando JT llegó a Buenos Aires en el aeropuerto lo esperaban Mike y Clarissa Epstein, que cada día que pasaba estaban más entusiasmados con Argentina. Mientras se dirigían en taxi hasta la casa que habían alquilado en la periferia de la ciudad Mike le confesó que aquello, y para expresarse mejor extendió los brazos y abarcó todo, era como el oeste, el oeste norteamericano, mejor que el oeste norteamericano, porque allá, en el oeste, bien mirado, los vaqueros sólo servían para arrear ganado, y aquí, en la pampa vislumbrada cada vez con mayor claridad, los vaqueros eran cazadores de zombis. ¿Va de zombis la película?, quiso saber JT. Hay alguno, dijo Clarissa. Esa noche, en honor del cámara, se realizó un asado típico del país en el jardín de los Epstein, junto a la piscina, adonde asistieron los actores y el equipo técnico. Dos días después se marcharon al Tigre. Al cabo de una semana de rodaje volvió todo el equipo a Buenos Aires. Descansaron un par de días, los actores, jóvenes en su mayoría, fueron a ver a sus padres y amigos, y JT leyó, junto a la piscina de los Epstein, el guión. No se enteró de gran cosa y, lo que es peor, no reconoció en lo escrito ninguna de las escenas que había filmado en el Tigre. Poco después, en una flota de dos camiones y una camioneta, marcharon a la pampa. Parecían, dijo uno de los actores argentinos, una cuadrilla de gitanos internándose en lo desconocido. El viaje fue interminable. La primera noche durmieron en una especie de motel para camioneros y Mike y Clarissa protagonizaron su primera riña. Una actriz argentina de dieciocho años se puso a llorar y dijo que quería irse a su casa, con su mamá y sus hermanitos. Uno de los actores argentinos con pinta de galán se emborrachó y se quedó dormido en el baño y los demás actores tuvieron que arrastrarlo hasta su habitación. Al día siguiente Mike los despertó a todos muy temprano y volvieron, cabizbajos, a la carretera. Las comidas, para ahorrar, las hacían junto a los ríos, como si estuvieran de picnic. Las chicas cocinaban bien e incluso los chicos parecían tener aptitudes en la preparación de asados. La dieta era a base de carne y vino. Casi todos llevaban cámaras fotográficas y durante los altos para comer aprovechaban para hacerse fotos mutuamente. Algunos hablaban en inglés con Clarissa y con JT, para practicar, decían. Mike, por el contrario, hablaba con todos en español, un español plagado de expresiones en lunfardo que hacía sonreír a los chicos. Al cuarto día de viaje, cuando JT creía que se hallaba en medio de una pesadilla, arribaron a una estancia, donde fueron recibidos por los dos únicos empleados, un matrimonio cincuentón que se ocupaba del mantenimiento de la casa y los establos. Mike habló un rato con ellos, les dijo que era amigo del patrón, y luego todo el mundo bajó de los camiones y tomaron posesión de la casa. Esa misma tarde se reanudó el trabajo. Filmaron una escena en el campo, un tipo que preparaba una hoguera, una tipa que estaba atada a una cerca de alambres, dos tipos que hablaban de negocios sentados en el suelo comiendo grandes trozos de carne. La carne estaba caliente, por lo que los tipos se la cambiaban de mano cada cierto tiempo para no quemarse. Por la noche celebraron una fiesta. Se habló de política, de la necesidad de que hubiera una reforma agraria, de los dueños de la tierra, del futuro de Latinoamérica, y los Epstein y JT permanecieron callados, en parte porque no les interesaba el tema y en parte porque tenían cosas más importantes en que pensar. Esa noche JT descubrió que Clarissa le ponía los cuernos a Mike con uno de los actores, aunque a Mike no parecía importarle. Al día siguiente filmaron en el interior de la estancia. Escenas de sexo, las que mejor se le daban a JT, que era un experto en la preparación de iluminación indirecta, en el oficio de proponer y sugerir. El empleado de la estancia carneó una ternera, que se comerían al mediodía, y Mike lo acompañó provisto de varias bolsas de plástico. Cuando volvió las bolsas estaban llenas de sangre. El rodaje de aquella mañana fue lo más parecido a una carnicería. Dos de los actores se suponía que mataban a una de las actrices y que luego la destazaban, envolvían sus restos en trozos de arpillera y salían a enterrarla al campo. Se emplearon pedazos de carne de la ternera carneada en la madrugada y la casi totalidad de sus vísceras. Una de las chicas argentinas lloró y dijo que estaban filmando una cochinada. La empleada de la estancia, por el contrario, parecía muy divertida. Al tercer día de rodaje, un domingo, apareció en la estancia la patrona a bordo de un Bentley. El único Bentley que JT recordaba era el de un productor de Hollywood, en una época lejana, cuando él todavía pensaba que en Hollywood podía hallar su futuro. La patrona tenía unos cuarentaicinco años y era una rubia guapa y elegante que hablaba un inglés mucho más correcto que el de los tres norteamericanos. Los chicos argentinos al principio la trataron con reserva. Como si desconfiaran de ella y como si ella, necesariamente, tuviera que desconfiar de ellos, lo que no era el caso. Además, la dueña de la estancia resultó ser una persona de lo más práctica: reorganizó la despensa de tal manera que nunca faltaran las viandas, mandó traer a otra mujer para ayudar a la empleada en las tareas de limpieza, estableció horarios en las comidas, puso su Bentley al servicio del director de la película. De golpe la estancia dejó de ser un poblado indio. O mejor dicho: la estancia perdida en la pampa dejó de ser Esparta y se convirtió en Atenas, tal como sonoramente lo expresó uno de los jóvenes actores durante las veladas nocturnas que a partir de la llegada de la dueña se organizaron diariamente en el amplio y acogedor porche. De estas veladas, que a veces se prolongaban hasta las tres o cuatro de la mañana, JT recordaría la disponibilidad para escuchar de la anfitriona, sus ojos vivaces, su piel que brillaba a la luz de la luna, las historias que contaba sobre su infancia en el campo y su adolescencia en un internado suizo. A veces, sobre todo cuando estaba solo, en su habitación, acostado y tapado con una manta hasta la cabeza, JT pensaba que tal vez esa mujer era la mujer que había buscado infructuosamente toda su vida. ¿Qué vine a hacer aquí, se preguntaba, sino a conocerla? ¿Qué sentido tiene la asquerosa e incomprensible película de Mike sino la posibilidad de que yo me desplazara a este país perdido y la conociera? ¿Significaba algo el que yo estuviera sin trabajo cuando Mike me llamó? ¡Claro que significaba algo! Significaba que no me quedaba más remedio que aceptar su oferta y así conocerla. La dueña de la estancia se llamaba Estela y JT era capaz de repetir su nombre hasta que se le quedaba la boca seca. Estela, Estela, decía una y otra vez, debajo de las mantas, como un gusano o un topo insomne. Por el día, sin embargo, cuando se encontraban o cuando hablaban el cámara era todo discreción y prudencia. No se permitía miradas de carnero degollado, no se permitía sugerencias ni deliquios amorosos. Su relación con la anfitriona no se desvió en ningún momento de los estrictos cauces de la cortesía y del respeto. Cuando acabó el rodaje la dueña de la estancia se ofreció a llevar en su Bentley a los Epstein y a JT, pero éste prefirió hacer el viaje de vuelta a Buenos Aires con el equipo de actores. Tres días después los Epstein lo fueron a dejar al aeropuerto y JT no se atrevió a preguntarles directamente por Estela. Tampoco les preguntó nada de la película. En Nueva York intentó vanamente olvidarla. Los primeros días estuvieron teñidos de melancolía y tristeza y JT pensó que jamás podría recuperarse. ¿Además: recuperarse para *qué?* Con el transcurso del tiempo, sin embargo, su espíritu comprendió que no había perdido nada sino que había ganado mucho. Al menos, se dijo a sí mismo, he *conocido* a la mujer de mi vida. Otros, la mayoría, la entrevén en las películas, la sombra de grandes actrices, la mirada de tu verdadero amor. Yo, por el contrario, la vi en carne y hueso, oí su voz, vi su silueta recortada sobre la pampa infinita. Le hablé y ella *también* me habló. ¿De qué puedo quejarme? En Buenos Aires, mientras tanto, el montaje de la película lo realizó Mike en un estudio que alquilaba por horas, baratísimo, de la calle Corrientes. Un mes después de haber terminado la filmación una de las jóvenes actrices se enamoró de un revolucionario italiano que estaba de paso por Buenos Aires y se marchó con él a Europa. Se corrió la voz de que ambos, la actriz y el italiano, sin especificar el motivo, habían desaparecido. Luego, sin que se sepa por qué, se dijo que la actriz había muerto durante el rodaje de la película de Epstein, y poco después se rumoreó, aunque hay que aclarar que nadie se lo tomó en serio, que Epstein y su troupe la habían matado. Según esta última versión Epstein quería filmar un asesinato real y se había servido para tales propósitos, con la anuencia de los demás actores y del staff técnico, todos, a esa altura del delirio, inmersos en misas satánicas, de la actriz menos conocida y más inerme del reparto. Enterado de los rumores, Epstein personalmente se encargó de propagarlos y la historia, con ligeras variantes, llegó a algunos círculos cinéfilos de los Estados Unidos. Al año siguiente se estrenó la película en Los Ángeles y Nueva York. El fracaso fue absoluto. Se trataba de una película doblada al inglés, caótica, con un guión endeble y unas actuaciones lamentables. Epstein, que volvió a los Estados Unidos, trató de explotar el filón morboso, pero un comentarista televisivo demostró, fotograma a fotograma, que la supuesta escena del crimen real era una impostura. Esa actriz, concluyó el crítico, merece estar muerta por su deficiente actuación, pero lo cierto es que, al menos en esta película, nadie tuvo el buen juicio de liquidarla. Después de *Snuff* Epstein filmó dos películas más, ambas de bajo presupuesto. Clarissa, su mujer, se quedó en Buenos Aires, en donde se puso a vivir con un productor de cine argentino. Su nuevo acompañante, de filiación peronista, participó posteriormente como miembro activo de un batallón de la muerte que empezó matando a trotskistas y montoneros y que terminó haciendo desaparecer a niños y amas de casa. Durante la dictadura militar Clarissa volvió a los Estados Unidos. Un año antes, mientras rodaba la que sería su última película (y en cuyos títulos de crédito su nombre no aparece), Epstein murió al caerse por el hueco de un ascensor. El estado en el que quedó el cadáver tras una caída de catorce pisos fue, según los testigos, indescriptible.

La segunda semana de marzo de 1997 se reanudó la ronda macabra con el hallazgo de un cuerpo en una zona desértica del sur de la ciudad, llamada El Rosario, que entraba en los planes urbanísticos municipales y en donde se pensaba construir un barrio de casas al estilo Phoenix. El cuerpo fue hallado semienterrado a unos cincuenta metros del camino que cruzaba El Rosario y que lo conectaba a una carretera de terracería que salía por la parte este del barranco de Podestá. El cuerpo fue descubierto por un campesino de un rancho de las cercanías que pasaba por allí a caballo. Según los forenses la muerte se debió a estrangulamiento, con rotura del hueso hioides. En el cadáver, pese a su estado de descomposición, era posible apreciar huellas de golpes producidos por un objeto contundente en la cabeza, manos y piernas. Probablemente hubo violación. La fauna cadavérica encontrada en el cuerpo indicaba como fecha de fallecimiento aproximadamente la primera o la segunda semana de febrero. No hay identificación, aunque sus datos coinciden con los de Guadalupe Guzmán Prieto, de once años de edad, desaparecida el ocho de febrero, al atardecer, en la colonia San Bartolomé. Se realizaron estudios de antropometría y odontología para establecer la identidad, con resultados positivos. Posteriormene se le practica al cadáver una nueva necropsia y se confirman los golpes y hematomas en el cráneo, la esquimosis en el cuello, así como la rotura del hueso hioides. Según uno de los judiciales a cargo del caso, existe la posibilidad de que haya sido ahorcada con las manos. Se detectan asimismo golpes en el muslo derecho y en los glúteos. Los padres reconocieron el cadáver como el de su hija Guadalupe. Según *La Voz de Sonora* el cuerpo estaba bien conservado, lo que ayudó a la identificación, con la piel acartonada, como si las tierras yermas y amarillas de El Rosario propiciaran una suerte de momificación.

Cuatro días después del hallazgo del cadáver de la niña Guadalupe Guzmán Prieto se encontró en el cerro Estrella, en la ladera este, el cuerpo de Jazmín Torres Dorantes, también de once años de edad. Como causa de la muerte se dictaminó un shock hipovolémico producido por las más de quince puñaladas que le asestó su agresor o agresores. El frotis vaginal y anal determinó que había sido violada repetidas veces. El cadáver estaba completamente vestido: sudadera caqui, pantalón de mezclilla de color azul y tenis baratos. La niña vivía en la parte oeste de la ciudad, en la colonia Morelos, y había sido secuestrada, aunque su caso no había salido a la luz pública, hacía veinte días. La policía detuvo a ocho jóvenes de la colonia Estrella, miembros de una banda dedicada al robo de coches y al tráfico al por menor de drogas como autores del crimen. Tres de los jóvenes pasaron al juez de menores y otros seis terminaron como presos preventivos en el penal de Santa Teresa, aunque no había ninguna prueba concluyente contra ellos.

Dos días después de hallarse el cadáver de Jazmín, un grupo de niños localizó en un baldío al oeste del Parque Industrial General Sepúlveda el cuerpo sin vida de Carolina Fernández Fuentes, de diecinueve años de edad, trabajadora de la maquiladora WS-Inc. Según el forense la muerte había ocurrido hacía dos semanas. El cuerpo estaba completamente desnudo, aunque a quince metros se halló un sostén de color azul, manchado de sangre, y a unos cincuenta metros una media de nylon, de color negro, de mediana calidad. Interrogada la persona que compartía habitación con Carolina, trabajadora como ella en WS-Inc, declaró que el sostén era de la occisa, pero que la media, sin ninguna duda, no pertenecía a su amiga y compañera tan querida, pues ésta sólo utilizaba pantis y jamás se había puesto una media, prenda que juzgaba más propia de putas que de una operaria de la maquila. Realizado el análisis pertinente, sin embargo, resultó que tanto la media como el sostén tenían restos de sangre y que en ambos casos procedían de la misma persona, Carolina Fernández Fuentes, por lo que corrió el rumor de que la tal Carolina llevaba una doble vida o que la noche en que encontró la muerte había participado voluntariamente en una orgía, pues también se encontraron restos de semen en la vagina y ano. Durante dos días se interrogó a algunos hombres de la WS-Inc que pudieran estar relacionados con su muerte, sin ningún éxito. Los padres de Carolina, originarios del pueblo de San Miguel de Horcasitas, viajaron a Santa Teresa y no hicieron declaraciones. Reclamaron el cadáver de su hija, firmaron los papeles que les pusieron delante y volvieron en autobús a Horcasitas con lo que quedaba de Carolina. La causa de la muerte fueron cinco puñaladas punzocortantes en el cuello. Según los expertos, no murió en el lugar donde fue encontrada.

Tres días después del hallazgo del cuerpo de Carolina, en el aciago mes de marzo de 1997, se localizó a una mujer de entre dieciséis y veinte años, en unos pedregales cercanos a la carretera a Pueblo Azul. El cadáver estaba en un estado avanzado de descomposición por lo que se supone que llevaba muerta al menos quince días. El cuerpo estaba completamente desnudo y sólo llevaba unos pendientes dorados, de latón, con forma de elefantitos. Se permitió que varias familias de desaparecidas lo vieran, pero nadie lo reconoció como el de una de sus hijas, hermanas, primas o esposas. Según el forense el cadáver presentaba señales de mutilación en el seno derecho y el pezón del pecho izquierdo le había sido arrancado, probablemente de un mordisco o empleando un cuchillo, la putrefacción del cuerpo hacía imposible hacerse una idea más exacta. Se dictaminó oficialmente como causa de la muerte: rotura del hueso hioides.

En la última semana de marzo se descubrió el esqueleto de otra mujer, a unos cuatrocientos metros de la carretera a Cananea, en medio, podría decirse, del desierto. Los descubridores fueron tres estudiantes y un maestro de historia norteamericanos, de la Universidad de Los Ángeles, que viajaban en moto por el norte de México. Según los norteamericanos, se internaron con las motos por un camino vecinal, buscando una aldea yaqui, y se perdieron. Según los policías de Santa Teresa los gringos se salieron del camino para cometer actos nefandos, es decir para encularse mutuamente, y los metieron a los cuatro en un calabozo a la espera de acontecimientos. Entrada la noche, cuando los estudiantes y su profesor llevaban más de ocho horas encerrados, apareció por la comisaría Epifanio Galindo y quiso escuchar la historia. Los norteamericanos la repitieron e incluso trazaron un mapa que indicaba el sitio exacto en donde encontraron el cadáver semienterrado. A la pregunta de si no era posible que hubieran confundido los huesos de una res o de un coyote con los de un ser humano, el profesor respondió que ningún animal, salvo, tal vez, un primate, poseía la calavera de una persona. El tonito con que lo dijo molestó a Epifanio, que decidió presentarse en el lugar de los hechos al día siguiente, de amanecida, y en compañía de los gringos, por lo que determinó que para agilizar los trámites éstos permanecieran a mano, es decir como invitados de la policía de Santa Teresa, en una celda en donde sólo estuvieran los cuatro, así como que se les alimentara a cuenta del erario público, pero no con el rancho carcelario sino con comida decente que un policía fue a buscar a la cafetería más cercana. Y, pese a las protestas de los extranjeros, así se hizo. Al día siguiente, Epifanio Galindo, varios policías y dos judiciales se presentaron acompañados de los descubridores del cuerpo en el lugar de los hechos, un lugar conocido como El Pajonal, denominación que a todas luces resultaba más la expresión de un deseo que una realidad, pues allí no había ni pajonales ni nada que se le pareciera, sino sólo desierto y piedras y, de tanto en tanto, arbustos verdigrises cuya sola visión entristecía el semblante de quien observara semejante yermo. Allí, mal enterrados, en el sitio exacto marcado por los gringos, encontraron los huesos. Según el forense, se trataba de una mujer joven a la que le habían roto el hueso hioides. No llevaba ropa ni zapatos ni nada que facilitara su identificación. Trajeron el cadáver encuerado o bien la desnudaron antes de enterrarla, dijo Epifanio. ¿Llamas enterrar a esto?, dijo el forense. Pues no, señor, no se esmeraron, dijo Epifanio, no se esmeraron.

Al día siguiente se encontró el cadáver de Elena Montoya, de veinte años, a un lado del camino vecinal del cementerio al rancho La Cruz. La mujer desde hacía tres días faltaba de su domicilio y ya había sido cursada una denuncia por desaparición. El cuerpo presentaba heridas punzocortantes en la zona abdominal, abrasaduras en las muñecas y tobillos y marcas en el cuello, además de una herida en el cráneo producida por un objeto contundente, tal vez un martillo o una piedra. El caso lo llevó el judicial Lino Rivera y su primera medida fue interrogar al marido de la occisa, Samuel Blanco Blanco, el cual permaneció bajo interrogatorio durante cuatro días, al cabo de los cuales se le dejó marchar por falta de pruebas. Elena Montoya trabajaba en la maquiladora Cal&Son y tenía un hijo de tres meses.

El último día de marzo unos niños pepenadores hallaron un cadáver en el basurero El Chile, en un estado de descomposición total. Lo que quedaba de él fue trasladado al Instituto Anatómico Forense de la ciudad en donde se le practicaron todos los protocolos de rigor. Resultó que se trataba de una mujer de entre quince y veinte años. No se pudieron dictaminar las causas de la muerte, la cual, según los forenses, había acontecido hacía más de doce meses. Estos datos, sin embargo, pusieron en alerta a la familia González Reséndiz, de Guanajuato, cuya hija desapareció por las mismas fechas, por lo que la policía de Guanajuato solicitó a la de Santa Teresa el informe anatómico de la desconocida hallada en El Chile, haciendo especial hincapié en el envío de las pruebas odontológicas. Una vez recibidas las pruebas se confirmó que la muerta era Irene González Reséndiz, de dieciséis años, fugada del domicilio paterno en enero de 1996, tras reñir con la familia. Su padre era un conocido político priísta de la provincia y su madre había salido en un programa de televisión de gran audiencia pidiéndole a su hija, delante de las cámaras y en directo, que regresara al hogar. Incluso una foto de Irene, una foto tipo pasaporte, se pegó durante un tiempo en los envases de botellas de leche, con sus señas personales y un teléfono. Ningún policía de Santa Teresa vio nunca esa foto. Ningún policía de Santa Teresa bebía leche. Excepto Lalo Cura.

Los tres forenses de Santa Teresa no se parecían entre sí. El mayor de ellos, Emilio Garibay, era gordo y grande y padecía asma. A veces le daban ataques de asma en la morgue, cuando estaba practicándole la autopsia a un cadáver, y él se aguantaba.

Si tenía cerca a doña Isabel, la auxiliar, ésta sacaba de su chaqueta, colgada en el perchero, su inhalador y Garibay abría la boca, como un pollezno, y se dejaba chisgueterear. Pero cuando estaba solo se aguantaba y seguía haciendo su trabajo. Había nacido allí, en Santa Teresa, y todo parecía indicar que moriría allí. Su familia pertenecía a la clase media alta, a los poseedores de tierra, y muchos se enriquecieron vendiendo solares yermos a las maquiladoras que en los ochenta empezaron a instalarse a este lado de la frontera. Emilio Garibay, sin embargo, no había hecho negocios. O no muchos. Era profesor en la facultad de Medicina y como forense, desgraciadamente, nunca le faltó trabajo, así que tiempo para otras cosas, como los negocios, por ejemplo, no tenía. Era ateo y desde hacía años ya no leía ningún libro, pese a que en su casa atesoraba una biblioteca más que decente sobre temas de su especialidad, amén de algunos libros de filosofía, historia de México, y una que otra novela. A veces pensaba que ya no leía precisamente por ser ateo. Digamos que la no lectura era el escalón más alto del ateísmo o al menos del ateísmo tal cual él lo concebía. Si no crees en Dios, ¿cómo creer en un pinche libro?, pensaba.

El segundo forense se llamaba Juan Arredondo y era de Hermosillo, la capital del estado de Sonora. Sus estudios médicos, al contrario que Garibay que estudió en la UNAM, los realizó en la facultad de Medicina de la Universidad de Hermosillo. Tenía cuarentaicinco años, estaba casado con una santateresana con la que tenía tres hijos y su simpatía política se inclinaba por la izquierda, por el PRD, aunque nunca militó en ese partido. Como Garibay, alternaba su trabajo de forense con la enseñanza de su especialidad en la Universidad de Santa Teresa, en donde era apreciado por los alumnos, que veían en él más que a un profesor a un amigo. Su afición era ver la tele y comer con su familia en casa, aunque cuando llegaban invitaciones para congresos en el extranjero se volvía loco y trataba por todos los medios de conseguir uno de los billetes. El decano, que era amigo de Garibay, lo despreciaba, y en ocasiones, por puro desprecio, lo beneficiaba. Por este medio había viajado tres veces a los Estados Unidos, una a España y otra a Costa Rica. En una ocasión representó al Instituto Anatómico Forense y a la Universidad de Santa Teresa en un simposio celebrado en Medellín, Colombia, y cuando regresó parecía otro. No tenemos ni idea de lo que pasa allí, le dijo a su mujer, y no volvió a hablar del asunto.

El tercer forense se llamaba Rigoberto Frías y tenía treintaidós años. Era natural de Irapuato, Irapuato, y durante un tiempo trabajó en el DF, de donde salió repentinamente sin que mediara explicación alguna. Llevaba dos años trabajando en Santa Teresa, adonde llegó recomendado por un antiguo condiscípulo de Garibay, y era, a juicio de sus propios compañeros, puntilloso y eficiente. Trabajaba como ayudante de cátedra en la facultad de Medicina y vivía solo en una calle tranquila de la colonia Serafín Garabito. Su departamento era pequeño pero estaba amueblado con gusto. Tenía muchos libros y casi ningún amigo. Con sus alumnos, fuera de las horas de clase, apenas hablaba, y no hacía vida social, al menos no en el círculo docente. A veces, a una orden de Garibay, los tres forenses salían a desayunar juntos de madrugada. A esa hora sólo estaba abierta una cafetería de estilo norteamericano, que no cerraba las veinticuatro horas del día, y en donde se reunía la gente de los alrededores que no había pegado ojo: auxiliares y enfermeras del Hospital General Sepúlveda, conductores de ambulancia, familiares y amigos de accidentados, putas, estudiantes. La cafetería se llamaba Runaway y en la acera, junto a uno de sus ventanales, había una entrada de alcantarilla de la cual escapaban grandes vaharadas de vapor. El letrero del Runaway era verde y en ocasiones el vapor se teñía de verde, un verde intenso, como un bosque subtropical, y cuando Garibay lo veía indefectiblemente decía: chingados, qué bonito. Luego no decía nada más y los tres forenses esperaban a la mesera, una adolescente un poco gordita y muy morena, de Aguascalientes, según tenían entendido, que les llevaba café y les preguntaba qué querían desayunar. Generalmente el joven Frías no comía nada o si acaso un donut. Arredondo solía pedir un trozo de pastel con helado. Y

Garibay, una chuleta de vaca sangrante. Tiempo atrás Arredondo le había dicho que aquello le iba fatal para sus articulaciones. A su edad, no debería, dijo. La respuesta de Garibay ya no la recordaba, pero fue escueta y perentoria. Mientras esperaban que les trajeran los desayunos los forenses permanecían en silencio, Arredondo mirándose el dorso de las manos, como si buscara alguna gotita de sangre, Frías mirando la mesa o con la vista perdida en el cielo raso ocre del Runaway y Garibay mirando la calle y los pocos coches que pasaban. A veces, muy raramente, los acompañaban dos estudiantes que se sacaban un sueldo extra como ayudantes de laboratorio o de mesa, y entonces solían hablar un poco más, pero por regla general permanecían en silencio, hundidos hasta el cuello en lo que Garibay llamaba la certeza del trabajo bien hecho. Después cada uno pagaba su cuenta y salían a la calle como gallinazos y uno de ellos, al que le tocara, volvía caminando al Instituto Anatómico y los otros dos bajaban al párking subterráneo y se separaban sin decirse adiós, y poco después salía un Renault, Arredondo agarrado con ambas manos al volante, y se perdía por la ciudad, y poco después salía otro coche, el Gran Marquis de Garibay, y las calles se lo tragaban como una pesadumbre cotidiana.

A esa misma hora los policías que acababan el servicio se juntaban a desayunar en la cafetería Trejo's, un local oblongo y con pocas ventanas, parecido a un ataúd. Allí bebían café y comían huevos a la ranchera o huevos a la mexicana o huevos con tocino o huevos estrellados. Y se contaban chistes. A veces eran monográficos. Los chistes. Y abundaban aquellos que iban sobre mujeres. Por ejemplo, un policía decía: ¿cómo es la mujer perfecta? Pues de medio metro, orejona, con la cabeza plana, sin dientes y muy fea. ¿Por qué? Pues de medio metro para que te llegue exactamente a la cintura, buey, orejona para manejarla con facilidad, con la cabeza plana para tener un lugar donde poner tu cerveza, sin dientes para que no te haga daño en la verga y muy fea para que ningún hijo de puta te la robe. Algunos se reían. Otros seguían comiendo sus huevos y bebiendo su café. Y el que había contado el primero, seguía. Decía: ¿por qué las mujeres no saben esquiar? Silencio. Pues porque en la cocina no nieva nunca. Algunos no lo entendían. La mayoría de los polis no había esquiado en su vida. ¿En dónde esquiar en medio del desierto? Pero algunos se reían. Y el contador de chistes decía: a ver, valedores, defínanme una mujer. Silencio. Y la respuesta: pues un conjunto de células medianamente organizadas que rodean a una vagina. Y entonces alguien se reía, un judicial, muy bueno ése, González, un conjunto de células, sí, señor. Y otro más, éste internacional: ¿por qué la Estatua de la Libertad es mujer? Porque necesitaban a alguien con la cabeza hueca para poner el mirador. Y otro: ¿en cuántas partes se divide el cerebro de una mujer? ¡Pues depende, valedores! ¿Depende de qué, González? Depende de lo duro que le pegues. Y ya caliente: ¿por qué las mujeres no pueden contar hasta setenta? Porque al llegar al sesentainueve ya tienen la boca llena. Y más caliente: ¿qué es más tonto que un hombre tonto? (Ése era fácil.) Pues una mujer inteligente. Y aún más caliente: ¿por qué los hombres no les prestan el coche a sus mujeres? Pues porque de la habitación a la cocina no hay carretera. Y por el mismo estilo: ¿qué hace una mujer fuera de la cocina? Pues esperar a que se seque el suelo. Y una variante: ¿qué hace una neurona en el cerebro de una mujer? Pues turismo. Y entonces el mismo judicial que ya se había reído volvía a reírse y a decir muy bueno, González, muy inspirado, neurona, sí, señor, turismo, muy inspirado. Y González, incansable, seguía: ¿cómo elegirías a las tres mujeres más tontas del mundo? Pues al azar. ¿Lo captan, valedores? ¡Al azar! ¡Da lo mismo! Y: ¿qué hay que hacer para ampliar la libertad de una mujer? Pues darle una cocina más grande. Y: ¿qué hay que hacer para ampliar aún más la libertad de una mujer? Pues enchufar la plancha a un alargue. Y: ¿cuál es el día de la mujer? Pues el día menos pensado. Y: ¿cuánto tarda una mujer en morirse de un disparo en la cabeza? Pues unas siete u ocho horas, depende de lo que tarde la bala en encontrar el cerebro. Cerebro, sí, señor, rumiaba el judicial. Y si alguien le reprochaba a González que contara tantos chistes machistas, González respondía que más machista era Dios, que nos hizo superiores. Y seguía: ¿cómo se llama una mujer que ha perdido el noventa y nueve por ciento de su cociente intelectual? Pues muda. Y: ¿qué hace el cerebro de una mujer en una cuchara de café? Pues flotar. Y: ¿por qué las mujeres tienen una neurona más que los perros? Pues para que cuando estén limpiando el baño no se tomen el agua del wáter. Y: ¿qué hace un hombre tirando a una mujer por la ventana? Pues contaminar el medio ambiente. Y: ¿en qué se parece una mujer a una pelota de squash? Pues en que cuanto más fuerte le pegas, más rápido vuelve. Y: ¿por qué las cocinas tienen una ventana? Pues para que las mujeres vean el mundo. Hasta que González se cansaba y se tomaba una cerveza y se dejaba caer en una silla y los demás policías volvían a dedicarse a sus huevos. Entonces el judicial, exhausto de una noche de trabajo, rumiaba cuánta verdad de Dios se hallaba escondida tras los chistes populares. Y se rascaba las verijas y ponía sobre la mesa de plástico su revólver Smith & Wesson modelo 686, de un kilo y casi doscientos gramos de peso, que hacía un ruido seco, como el de un trueno oído en la lejanía, al chocar contra la superficie de la mesa, y que lograba atraer la atención de los cinco o seis policías más cercanos, quienes escuchaban, no, quienes *divisaban* sus palabras, las palabras que el judicial pensaba decir, como si fueran espaldas mojadas perdidos en el desierto y *divisaran* un oasis o un poblado o una manada de caballos salvajes. Verdad de Dios, decía el judicial. ¿Quién chingados inventará los chistes?, decía el judicial. ¿Y los refranes? ¿De dónde chingados salen? ¿Quién es el primero en *pensarlos?* ¿Quién el primero en *decirlos?* Y tras unos segundos de silencio, con los ojos cerrados, como si se hubiera dormido, el judicial entreabría el ojo izquierdo y decía: háganle caso al tuerto, bueyes. Las mujeres de la cocina a la cama, y por el camino a madrazos. O bien decía: las mujeres son como las leyes, fueron hechas para ser violadas. Y las carcajadas eran generales. Una gran manta de risas se elevaba en el local oblongo, como si los policías mantearan a la muerte. No todos, por supuesto. Algunos, en las mesas más distantes, refinaban sus huevos con chile o sus huevos con carne o sus huevos con frijoles en silencio o hablando entre ellos, de sus cosas, aislados del resto. Desayunaban, como si dijéramos, acodados en la angustia y en la duda. Acodados en lo esencial que no lleva a ninguna parte. Ateridos de sueño: es decir de espaldas a las risas que propugnaban otro sueño. Por contra, acodados en los extremos de la barra, otros bebían sin decir nada, no más mirando el borlote, o murmurando qué jalada, o sin murmurar nada, simplemente fijando en la retina a los mordelones y a los judiciales.

La mañana de los chistes de mujeres, por ejemplo, cuando González y su compañero, el patrullero Juan Rubio, abandonaron el Trejo's, Lalo Cura los estaba esperando. Y cuando González y su compañero quisieron deshacerse de Lalo Cura, de un rincón salió Epifanio y les dijo que mejor le hicieran caso al chavo. Según el patrullero Juan Rubio habían trabajado todo el turno de noche y estaban cansados y Epifanio era mucho Epifanio como para llevarle la contraria. Esta clase de evento gustaba tanto en la policía de Santa Teresa como los chistes de mujeres. En realidad, muchísimo más. Los dos coches enfilaron hacia un sitio discreto. A poca velocidad. Total, qué prisa había por partirse la madre. Primero el que conducía González, seguido a pocos metros por el de Epifanio. Dejaron atrás las calles pavimentadas y los edificios de más de tres pisos. Vieron por las ventanillas cómo el sol se levantaba. Se pusieron gafas negras. De uno de los coches salió la noticia del evento y poco después de llegar al descampado aparecieron por allí unos diez coches de policía. Los tipos bajaban de sus coches y se invitaban mutuamente a cigarrillos o se reían o pateaban las piedras del lugar. Los que tenían petacas se echaban sus tragos y hacían comentarios inocentes sobre el tiempo o sobre los negocios que se traían entre ellos. Al cabo de media hora todos los coches abandonaron el descampado dejando tras de sí una nube de polvo amarillo que quedó suspendida en el aire.

Hábleme de su genealogía, decían los cabrones. Enuméreme su árbol genealógico, decían los valedores. Bueyes mamones de su propia verga. Lalo Cura no se encorajinaba. Volteados hijos de su chingada madre. Hábleme de su escudo de armas. Ya estuvo suave. Va a toser Pedrito. Pero sin encorajinarse. Respetando el uniforme. Sin abrirse ni sacarle al parche, pero con cara de no hay fijón. Algunas noches, en la penumbra del vecindario, cuando dejaba los libros de criminología (no se me frunza ahora, buey), mareado con tantas huellas dactilares, manchas de sangre y semen, elementos de toxicología, investigaciones sobre hurtos, robos con allanamiento, huellas de pies, cómo hacer bosquejos del lugar del delito y fotografías del escenario de un delito, semidormido, varado entre el sueño y la vigilia, escuchaba o recordaba voces que le hablaban de la primera de su familia, el árbol genealógico que se remontaba hasta 1865, con una huérfana sin nombre, de quince años, violada por un soldado belga en una casa de adobes de una sola habitación en las afueras de Villaviciosa. Al día siguiente el soldado murió degollado y nueve meses más tarde nació una niña a la que llamaron María Expósito. La huérfana, la primera, decía la voz o las voces que se iban turnando, murió de fiebres puerperales y la niña creció como allegada en la misma casa donde fue concebida, que pasó a ser propiedad de unos campesinos que en adelante cuidaron de ella. En 1881, cuando María Expósito tenía quince años, durante las fiestas de San Dimas, un forastero borracho se la llevó en su caballo mientras cantaba a toda voz: *Qué chingaderas son éstas / Dimas le dijo a Gestas.* En las faldas de un cerro que parecía un dinosaurio o un monstruo gila, la violó repetidas veces y desapareció. En 1882 María Expósito tuvo una niña a la que bautizaron como María Expósito Expósito, dijo la voz, y esa niña fue el asombro de los campesinos de Villaviciosa. Desde muy pequeña demostró poseer una gran inteligencia y vivacidad y aunque nunca supo leer y escribir tuvo fama de mujer sabia, conocedora de hierbas y ungüentos medicinales. En 1898, tras permanecer ausente del pueblo durante siete días, María Expósito apareció una mañana por la plaza de

Villaviciosa, un espacio abierto y pelado en el centro del pueblo, con un brazo roto y el cuerpo lleno de magulladuras. Nunca quiso explicar lo que ocurrió ni las viejas que la cuidaron insistieron en que lo hiciera. Nueve meses más tarde nació una niña que fue llamada María Expósito y a la que su madre, que nunca se casó ni tuvo más hijos ni vivió con ningún hombre, inició en los secretos de la curandería. Pero la joven María Expósito sólo se asemejaba a su madre en el buen carácter, algo que por lo demás compartieron todas las Marías Expósito de Villaviciosa, aunque algunas fueran reservadas y otras habladoras, el buen carácter y la disposición de ánimo para atravesar los períodos de violencia o pobreza extrema fueron comunes a todas. La infancia y adolescencia de la joven María Expósito fueron, sin embargo, más desahogadas que las de su madre y su abuela. En 1914, a los dieciséis años, aún pensaba y se comportaba como una niña cuyo único trabajo era acompañar a su madre una vez al mes en busca de yerbajos raros y lavar la ropa en la parte de atrás de su casa, en una vieja artesa de madera y no en los lavaderos públicos, que le quedaban un poco lejos. Ese año apareció por el pueblo el coronel Sabino Duque (que moriría fusilado por cobarde en 1915) buscando hombres valientes, y los de Villaviciosa tenían fama de ser más valientes que nadie, para luchar por la Revolución. Varios muchachos del pueblo se alistaron. Uno de ellos, que hasta entonces María Expósito había visto sólo como un ocasional compañero de juegos, de su misma edad y aparentemente tan pueril como ella, decidió confesarle su amor la noche antes de marchar a la guerra. Para tal fin escogió un granero que ya nadie usaba (pues los de Villaviciosa cada vez tenían menos) y ante las risas que su declaración despertó en la muchacha procedió a violarla allí mismo, con desesperación y torpeza. De madrugada, antes de partir, le prometió que volvería y se casaría con ella, pero siete meses después murió en una escaramuza con los federales y él y su caballo fueron arrastrados por el río Sangre de Cristo. Así pues, jamás volvió a Villaviciosa, como tantos otros jóvenes del pueblo que se iban a la guerra o a trabajar de pistoleros a sueldo y nunca más se sabía nada de ellos o se sabían historias poco fiables oídas por aquí y por allá. En todo caso, nueve meses después nació María Expósito Expósito, y la joven María Expósito, convertida en madre de la noche a la mañana, se puso a trabajar vendiendo en los pueblos vecinos las pócimas de su madre y los huevos de su gallinero y no le fue mal. En 1917 ocurriría algo poco frecuente en la familia Expósito: María, después de uno de sus viajes, volvió a quedar embarazada y esta vez tuvo un niño. Se llamó Rafael. Sus ojos eran verdes como los de su lejano tatarabuelo belga y su mirada tenía ese aire extraño que los forasteros percibían en la mirada de los habitantes de Villaviciosa: una mirada opaca e intensa de asesinos. En las raras ocasiones en que le preguntaron por la identidad del padre del niño, María Expósito, que paulatinamente había adoptado las palabras y la actitud de bruja de su madre, aunque ella nunca fue más allá de vender las pócimas, confundiendo los frasquitos del reuma con los botellines buenos para las varices, respondía que el padre era el diablo y que Rafael era su vivo retrato. En 1934, durante una juerga homérica, el torero Celestino Arraya y sus compadres del club Los Charros de la Muerte llegaron de madrugada a Villaviciosa y se instalaron en una fonda que ya no existe y que por entonces incluso ofrecía camas para los viajeros. A gritos pidieron una barbacoa de chivo que les fue servida por tres muchachas del pueblo. Una de estas muchachas era María Expósito. A las doce del mediodía se fueron y tres meses después María Expósito le confesó a su madre que iba a tener un hijo. ¿Y quién es el padre?, preguntó su hermano. Las mujeres guardaron silencio y el muchacho se dedicó a investigar por su cuenta los pasos de su hermana. Una semana después Rafael Expósito pidió prestada una carabina y se marchó caminando hacia Santa Teresa. Nunca había estado en un lugar tan grande y las calles asfaltadas, el Teatro Carlota, los cines, el edificio de la municipalidad y las putas que por entonces trabajaban en la colonia México, al lado de la línea fronteriza y del pueblo norteamericano de El Adobe, lo sorprendieron en grado extremo. Decidió permanecer tres días en la ciudad, aclimatarse un poco, antes de realizar su cometido. El primer día se dedicó a buscar los sitios frecuentados por Celestino Arraya y un lugar donde dormir gratis. Descubrió que en ciertos barrios las noches eran iguales que los días y se hizo la promesa de no dormir. Al segundo día, mientras caminaba arriba y abajo por la calle de las putas, una yucateca bajita y bien formada, de pelo renegrido y largo hasta la cintura, se apiadó de él y se lo llevó a donde vivía. En un cuarto de una pensión le preparó una sopa de arroz y luego se encamaron hasta la noche. Para Rafael Expósito fue la primera vez. Cuando se separaron la puta le ordenó que la esperara en la habitación o, en caso de salir, en el café de la esquina o en las escaleras. El muchacho le dijo que estaba enamorado de ella y la puta se marchó feliz. Al tercer día fueron al Teatro Carlota a escuchar las canciones románticas de Pajarito de la Cruz, el trovador dominicano que hacía una gira por todo México, y las rancheras de José Ramírez, pero lo que al muchacho más le gustó fueron las vicetiples y los números de magia de un chino ilusionista de Michoacán. Al atardecer del cuarto día, bien comido y con el ánimo sereno, Rafael Expósito se despidió de la puta, fue a buscar la carabina al lugar donde la había escondido y se dirigió resueltamente al bar Los Primos Hermanos, en donde encontró a Celestino Arraya. Segundos después de dispararle supo sin el más mínimo resquicio de duda que lo había matado y se sintió vengado y feliz. No cerró los ojos cuando los amigos del torero vaciaron sus revólveres sobre él. Fue enterrado en la fosa común de Santa Teresa. En 1935 nació otra María Expósito. Era tímida y dulce, y de una estatura que dejaba pequeños incluso a los hombres más altos del pueblo. Desde los diez años se dedicó a vender, junto a su madre y su abuela, las pócimas medicinales de su bisabuela, y a acompañar a ésta al clarear el día en la búsqueda y selección de hierbas. A veces los campesinos de Villaviciosa veían su larga silueta recortada contra el horizonte, subiendo y bajando cerros, y les parecía extraordinario que pudiera existir una muchacha tan alta y capaz de dar tales zancadas. Fue la primera de su estirpe, dijo la voz o las voces, que aprendió a leer y escribir. A los dieciocho años la violó un buhonero y en 1953 nació una niña a la que llamaron María Expósito. Por entonces convivían cinco generaciones de Marías Expósito en las afueras de Villaviciosa y el ranchito había crecido con habitaciones añadidas y una cocina grande con estufa de petróleo y un fogón de leña en donde la más vieja preparaba los mejunjes y medicinas. Por la noche, a la hora de cenar, siempre estaban las cinco juntas, la niña, la larguirucha, la melancólica hermana de Rafael, la aniñada y la bruja, y solían hablar de santos y de enfermedades que ellas jamás padecieron, del tiempo y de los hombres, a los que consideraban una peste, tanto al tiempo como a los hombres, y daban gracias al cielo, aunque sin excesivo entusiasmo, dijo la voz, de ser sólo mujeres. En 1976 la joven María Expósito encontró en el desierto a dos estudiantes del DF que le dijeron que se habían perdido pero que más bien parecían estar huyendo de algo y a los que tras una semana vertiginosa nunca más volvió a ver. Los estudiantes vivían dentro de su propio coche y uno de ellos parecía estar enfermo. Parecían como drogados y hablaban mucho y no comían nada, aunque ella les llevaba tortillas y frijoles que sustraía de su casa. Hablaban, por ejemplo, de una nueva revolución, una revolución invisible que ya se estaba gestando pero que tardaría en salir a las calles al menos cincuenta años más. O quinientos. O cinco mil. Los estudiantes conocían Villaviciosa pero lo que querían era encontrar la carretera a Ures o a Hermosillo. Cada noche hicieron el amor con ella, dentro del coche o sobre la tierra tibia del desierto, hasta que una mañana ella llegó al lugar y no los encontró. Tres meses después, cuando su tatarabuela le preguntó quién era el padre de la criatura que esperaba, la joven María Expósito tuvo una extraña visión de sí misma: se vio pequeña y fuerte, se vio cogiendo con dos hombres en medio de un lago de sal, vio un túnel lleno de macetas con plantas y flores. En contra de los deseos de su familia, que pretendió bautizar al niño con el nombre de Rafael, María Expósito le puso Olegario, que es el santo al que se encomiendan los cazadores y que fue un monje catalán del siglo XII, obispo de Barcelona y arzobispo de Tarragona, y también decidió que el primer apellido de su hijo no sería Expósito, que es nombre de huérfano, tal como le habían explicado los estudiantes del DF una de las noches que pasó con ellos, dijo la voz, sino Cura, y así lo inscribió en la parroquia de San Cipriano, a treinta kilómetros de Villaviciosa, Olegario Cura Expósito, pese al interrogatorio al que la sometió el sacerdote y a su incredulidad acerca de la identidad del supuesto padre. La tatarabuela dijo que era pura soberbia anteponer el nombre de Cura al de Expósito, que era el suyo de siempre, y poco después murió, cuando Lalo tenía dos años y caminaba desnudo por el patio de su casa, mirando las casas amarillas o blancas, siempre cerradas de Villaviciosa. Y cuando Lalo tenía cuatro años murió la otra vieja, la aniñada, y al cumplir los quince murió la hermana de Rafael Expósito, dijo la voz o las voces. Y cuando vino a buscarlo Pedro Negrete para que se pusiera a trabajar bajo las órdenes de don Pedro Rengifo, sólo vivían la larguirucha Expósito y su madre.

Vivir en este desierto, pensó Lalo Cura mientras el coche conducido por Epifanio se alejaba del descampado, es como vivir en el mar. La frontera entre Sonora y Arizona es un grupo de islas fantasmales o encantadas. Las ciudades y los pueblos son barcos. El desierto es un mar interminable. Éste es un buen sitio para los peces, sobre todo para los peces que viven en las fosas más profundas, no para los hombres.

Las muertas de marzo propiciaron que los periódicos del DF se hicieran en voz alta algunas preguntas. ¿Si el asesino estaba preso; quién había matado a todas esas mujeres? ¿Si los achichincles o cómplices del asesino también estaban presos, quién era el culpable de todas esas muertes? ¿Hasta qué punto era real esa infame e improbable pandilla juvenil llamada los Bisontes y hasta qué punto era creación de la policía? ¿Por qué se retrasaba una y otra vez el juicio a Haas? ¿Por qué las autoridades federales no mandaban un fiscal especial que dirigiera las investigaciones? El cuatro de abril Sergio González consiguió que su periódico lo enviara a escribir una nueva crónica de los asesinatos en Santa Teresa.

El seis de abril se encontró el cadáver de Michele Sánchez Castillo, cerca de los galpones de almacenaje de una embotelladora de refrescos. El hallazgo lo realizaron dos trabajadores de la misma empresa, encargados de la limpieza de esa zona. A unos cincuenta metros del cadáver se recuperó un trozo de hierro con manchas de sangre y restos de cuero cabelludo, por lo que se supone que fue con ese objeto con el que la mataron. Michele Sánchez estaba envuelta en cobijas viejas, junto a una pila de neumáticos, un sitio en el que no era extraño encontrar a gente de paso o a teporochos del barrio durmiendo y que la embotelladora, de una u otra forma, toleraba. Gente de paz, según los guardias nocturnos, pero que si se enojaban eran capaces de prenderles fuego a los neumáticos, lo que haría que la situación fuera aún más enojosa. La víctima presentaba varios golpes en la cara y laceraciones en la región toráxica de carácter leve, y una fractura de cráneo, mortal, justo detrás del oído derecho. Vestía pantalón negro con abalorios blancos, que la policía encontró bajados hasta la rodilla, blusa rosa, con grandes botones negros, subida por encima de los senos. Los zapatos eran de tipo minero, con suela de tractor. Llevaba el sostén y las bragas puestas. A las diez de la mañana el sitio estaba lleno de curiosos. Según el judicial José Márquez, a cargo de la investigación, la mujer fue atacada y muerta en el mismo lugar. Los periodistas que lo conocían le pidieron que los dejara acercarse para tomarle una foto y el judicial no puso reparos. No se sabía quién era porque no llevaba ningún tipo de identificación encima. Pero parecía tener menos de veinte años, dijo José Márquez. Entre los periodistas que se acercaron al cadáver estaba Sergio González. Nunca había visto una muerta. Las pilas de neumáticos formaban, a intervalos, algo parecido a unas cuevas. Si la noche era fría no era un mal sitio para meterse a dormir. Uno tenía que entrar arrodillado. Y probablemente salir era aún más difícil. Vio dos piernas y una manta. Oyó que los periodistas de Santa Teresa le pedían a José Márquez que la destapara y que éste se reía. No quiso seguir allí y se fue caminando hasta la carretera en donde tenía estacionado su Beetle de alquiler. Al día siguiente se identificó a la víctima como Michele Sánchez Castillo, de dieciséis años. La necropsia, según el informe forense, estableció que la muerte fue debida a un traumatismo craneoencefálico severo y que no fue violentada sexualmente. Se encontraron restos de piel en las uñas por lo que era posible sostener que luchó contra su agresor hasta el final. Los golpes en la cara y en los costados eran una evidencia más de la lucha que mantuvo con su asesino. Tras el frotis vaginal se podía concluir asimismo que no había sido violada. Sus familiares dijeron que Michele fue a visitar a una amiga el día cinco de abril, de donde salió a buscar trabajo en una maquiladora. Según el comunicado de la policía probablemente fue atacada y asesinada entre la noche del cinco y la madrugada del seis. No se encontraron huellas dactilares en la barra de hierro.

Sergio González entrevistó al judicial José Márquez. Llegó cuando recién la noche había empezado a instalarse sobre la ciudad y el edificio de la policía judicial estaba casi vacío. Un tipo que hacía las veces de conserje le indicó cómo llegar a la oficina de José Márquez. Por el pasillo no se cruzó con nadie. La mayoría de los despachos tenían las puertas abiertas y en algún sitio impreciso se oía el ruido de una fotocopiadora. José Márquez lo atendió mirando la hora y al poco rato le pidió que, para ganar tiempo, lo acompañara hasta los vestidores. Mientras el judicial se desnudaba Sergio le preguntó cómo era posible que Michele Sánchez hubiera llegado viva al patio trasero de la embotelladora. Es perfectamente posible, le contestó Márquez. Según tengo entendido, dijo Sergio, las mujeres son secuestradas en un lugar, son llevadas a otro lugar, en donde se las viola y luego se las mata, y finalmente sus cuerpos son arrojados en un tercer lugar, en este caso la trasera del galpón de almacenaje. En ocasiones ocurre eso, le dijo Márquez, pero no todos los asesinatos siguen un mismo patrón. Márquez metió su traje en una bolsa y se enfundó un chándal. Usted se preguntará, le dijo mientras por debajo de la chaqueta del chándal se acomodaba la sobaquera con su Desert Eagle calibre 357 Magnum, por qué el edificio está tan vacío. Sergio le dijo que lo más lógico era pensar que todos los judiciales estaban en la calle, trabajando. A esta hora, no, dijo Márquez. ¿Por qué, entonces?, dijo Sergio. Pues porque hoy es el partido de fútbol sala entre el equipo de la policía de Santa Teresa y el nuestro. ¿Y usted va a jugar?, dijo Sergio. Puede que sí, puede que no, soy reserva, dijo Márquez. Cuando abandonaron el vestuario, el judicial le dijo que no intentara buscarles una explicación lógica a los crímenes. Esto es una mierda, ésa es la única explicación, dijo Márquez.

Al día siguiente vio a Haas y a los padres de Michele Sánchez. Haas le pareció, si eso era posible, más frío que nunca. Y también más alto, como si en la cárcel las hormonas se le hubieran disparado y estuviera alcanzando su estatura final. Le preguntó por Michele Sánchez, le preguntó si tenía alguna opinión al respecto, le preguntó por los Bisontes y por todas las muertas que literalmente brotaban del desierto de Santa Teresa después de su detención. La respuesta de Haas fue desganada y sonriente y Sergio pensó que aunque él no fuera el culpable de las últimas muertes, seguro que era culpable de *algo*. Luego, cuando abandonó la cárcel, pensó cómo podía juzgar a alguien por su sonrisa o por sus ojos. ¿Quién era él para atreverse a juzgar?

La madre de Michele Sánchez le dijo que desde hacía un año tenía sueños terribles. Se despertaba en mitad de la noche o mitad del día (cuando trabajaba en los turnos de noche) con la certeza de haber perdido para siempre a su pequeña. Sergio le preguntó si Michele era la menor de sus hijos. No, tengo otros dos más pequeños, dijo la mujer. Pero en mis sueños a la que perdía era a Michele. ¿Y eso? Pues no sé, dijo la mujer, Michele era una bebita, no tenía la edad de ahora, en mis sueños tenía unos dos años o tres a lo sumo, y de pronto desaparecía. Yo no veía al que me la robaba. No veía nada más que una calle vacía o un patio vacío o una habitación vacía. Y antes allí estaba mi pequeña. Y cuando volvía a mirar ya no estaba. Sergio le preguntó si la gente tenía miedo. Las madres sí, dijo la mujer. Algunos padres también. Pero la gente, no lo creo. Antes de despedirse, en la explanada de acceso al Parque Industrial Arsenio Farrel, la mujer dijo que los sueños empezaron por la misma época en que vio por primera vez a Florita Almada, en la televisión, Florita Almada, la Santa, como la llaman. Un enjambre de mujeres llegaba caminando o bajaba de los autobuses habilitados por las diversas maquiladoras del Parque. ¿Los camiones son gratis?, preguntó Sergio distraído. Aquí nada es gratis, dijo la mujer. Después le preguntó quién era esa tal Florita Almada. Es una viejita que aparece de vez en cuando en la tele de Hermosillo, en el show de Reinaldo. Ella sabe qué se esconde detrás de los crímenes y nos puso en alerta, pero no le hicimos caso, nadie le hace caso. Ella ha visto las caras de los asesinos. Si quiere usted saber algo más vaya a verla y cuando la haya visto llámeme o escríbame. Así lo haré, dijo Sergio.

A Haas le gustaba sentarse en el suelo, la espalda apoyada contra la pared, en la parte sombreada del patio. Y le gustaba pensar. Le gustaba pensar que Dios no existía. Unos tres minutos, como mínimo. También le gustaba pensar en la insignificancia de los seres humanos. Cinco minutos. Si no existiera el dolor, pensaba, seríamos perfectos. Insignificantes y ajenos al dolor. Perfectos, carajo. Pero allí estaba el dolor para chingarlo todo. Finalmente pensaba en el lujo. El lujo de tener memoria, el lujo de saber un idioma o varios idiomas, el lujo de pensar y no salir huyendo. Después abría los ojos y contemplaba, como desde un sueño, a algunos de los Bisontes que daban vueltas, como si pastaran, en el otro lado, en la parte soleada del patio. Los Bisontes pastan en el patio de la cárcel, pensaba y eso lo tranquilizaba como un sedante de acción rápida, pues en ocasiones, no muy a menudo, Haas iniciaba el día como si le hubieran introducido la punta de un cuchillo en la cabeza. El Tequila y el Tormenta estaban a su lado. A veces se sentía como un pastor incomprendido hasta por las piedras. Algunos presos parecían moverse en cámara lenta. El de los refrescos, por ejemplo, que se acercaba con tres Coca-Colas frías para ellos. O los que jugaban básket. La noche anterior, antes de acostarse, un vigilante lo fue a buscar y le dijo que lo siguiera, que don Enrique Hernández quería verlo. El narcotraficante no estaba solo. A su lado estaba el alcaide y un tipo que resultó ser su abogado. Acababan de comer y Enriquito Hernández le ofreció una taza de café que Haas rechazó dizque porque le quitaba el sueño. Todos se rieron menos el abogado, que no dio señales de haberlo oído. Me caes bien, gringo, le dijo el narcotraficante, sólo quería que supieras que se está investigando el asunto de los Bisontes. ¿Está claro? Clarísimo, don Enrique. Después lo invitaron a sentarse y le preguntaron por la vida de los presos. Al día siguiente le dijo al Tequila que el negocio estaba en manos de Enriquito Hernández. Díselo a tu carnal. El Tequila movió la cabeza afirmativamente y dijo: qué bueno. Qué suave es estar aquí, en la sombrita, dijo Haas.

Según la encargada del Departamento de Delitos Sexuales de Santa Teresa, una entidad gubernamental que tenía apenas medio año de existencia, la proporción de asesinatos en toda la república mexicana era de diez hombres por una mujer mientras que la proporción en Santa Teresa era de cuatro mujeres por cada diez hombres. La encargada se llamaba Yolanda Palacio y era una mujer de unos treinta años, de piel clara y pelo castaño, formal, aunque detrás de su formalidad se vislumbraba el deseo de ser feliz, el deseo de la fiesta permanente. ¿Pero qué es *la fiesta permanente?*, se preguntó Sergio González. Tal vez lo que diferencia a algunos del resto de nosotros, que vivimos en la tristeza cotidiana. Ganas de vivir, ganas de hacerle la lucha, como decía su padre, ¿pero hacerle la lucha a qué, a lo inevitable? ¿Luchar *contra* quién? ¿Y para conseguir qué? ¿Más tiempo, una certeza, el vislumbre de algo esencial? Como si hubiera algo esencial en este pinche país, pensó, como si lo hubiera en este pinche planeta mamador de su propia verga. Yolanda Palacio había estudiado Derecho en la Universidad de Santa Teresa, y luego se especializó en derecho penal en la Universidad de Hermosillo, pero no le gustaban los juzgados, lo descubrió un poco tarde, ni convertirse en litigante, así que se dedicó a la investigación. ¿Sabe usted cuántas mujeres son víctimas de delitos sexuales en esta ciudad? Más de dos mil cada año. Y casi la mitad son menores de edad. Y probablemente un número similar no denuncia la violación, por lo que estaríamos hablando de cuatro mil violaciones al año. Es decir, cada día violan a más de diez mujeres aquí, hizo un gesto como si los estupros se estuvieran cometiendo en el pasillo. Un pasillo mal iluminado por un tubo fluorescente de color amarillo, exactamente igual que el tubo fluorescente que permanecía apagado en la oficina de Yolanda Palacio. Algunas de las violaciones, por supuesto, acaban en asesinato. Pero no quiero exagerar, la mayoría se conforma con violar y ya está, se acabó, a otra cosa. Sergio no supo qué decir. ¿Sabe usted cuántas personas trabajamos en el Departamento de Delitos Sexuales? Sólo yo. Antes tuve una secretaria. Pero se cansó y se fue a Ensenada, donde tiene familia. Sopas, dijo Sergio. Eso, sí, sopas, mucho sopas por aquí y sopas por allá, mucho híjole, mucho chale, mucho sácatelas, pero a la hora de la verdad aquí nadie tiene memoria de nada, ni palabra de nada, ni huevos para hacer nada. Sergio miró el suelo y luego miró la cara cansada de Yolanda Palacio. Y, a propósito de sopas, dijo ésta, ¿tiene ganas de comer?, yo me muero de hambre, aquí cerca hay un restaurante que se llama El Rey del Taco, si le gusta la comida tex-mex debería ir. Sergio se levantó. La invito, dijo. Eso lo daba por supuesto, dijo Yolanda Palacio.

El doce de abril se encontraron los restos de una mujer en un campo vecino a Casas Negras. Los que la encontraron se dieron cuenta de que era una mujer por el pelo, negro y largo hasta la cintura. El cadáver se hallaba en un estado de descomposición avanzada. Tras el examen del forense se dictaminó que la víctima tenía entre veintiocho y treintaitrés años, un metro sesentaisiete de estatura y que las causas de la muerte fueron dos golpes contusos muy fuertes en la región tempoparietal. No llevaba identificación. Vestía pantalón negro, una blusa verde y zapatos tenis. En uno de los bolsillos del pantalón se encontraron las llaves de un coche. Su perfil no encajaba con el de las desaparecidas de Santa Teresa. Probablemente llevaba muerta un par de meses. El caso se archivó.

Sin que supiera muy bien por qué, puesto que no creía en videntes, Sergio González buscó a Florita Almada en los estudios del Canal 7 de Hermosillo. Habló con una secretaria, luego con otra, luego con Reinaldo. Éste le dijo que no era fácil ver a Florita. Sus amigos, dijo Reinaldo, la protegemos. Protegemos su intimidad. Somos un escudo humano alrededor de la Santa. Sergio se identificó como periodista y dijo que la intimidad de Florita estaba garantizada. Reinaldo le dio una cita para esa noche. Sergio volvió a su hotel y trató de escribir el borrador de la crónica sobre los asesinatos de mujeres, pero al cabo de un rato se dio cuenta de que no podía escribir nada. Bajó al bar del hotel y estuvo bebiendo y leyendo periódicos locales. Después subió a su habitación, se dio una ducha y volvió a bajar. Media hora antes de la hora señalada por Reinaldo tomó un taxi y le pidió que diera algunas vueltas por el centro antes de dirigirse a su cita. El taxista le preguntó de dónde era. Del DF, dijo Sergio. Ciudad loca, dijo el taxista. Una vez me asaltaron siete veces el mismo día. Sólo faltó que me violaran, dijo el taxista riéndose en el espejo retrovisor. Las cosas han cambiado, dijo Sergio, ahora son los taxistas los que asaltan a la gente. Eso he oído decir, dijo el taxista, ya era hora. Depende de cómo se mire, dijo Sergio. La cita era en un bar de clientela masculina. El lugar se llamaba Popeye y un matón de casi dos metros y más de cien kilos vigilaba la puerta. En el interior había una barra que hacía zigzag y mesillas enanas iluminadas con pequeñas lámparas y sillones forrados de satén de color morado. Por los altavoces se oía música new age y los camareros iban vestidos de marineros. Reinaldo y un desconocido lo esperaban sentados en unos taburetes demasiado altos, junto a la barra. El desconocido tenía el pelo lacio, cortado a la moda, y vestía ropa cara. Se llamaba José Patricio y era el abogado de Reinaldo y de Florita. ¿Así que Florita Almada necesita un abogado? Todo el mundo necesita uno, dijo José Patricio muy serio. Sergio no quiso tomar nada y poco después los tres se subieron al BMW de José Patricio y enfilaron por calles cada vez más oscuras hacia la casa de Florita. Durante el viaje José Patricio quiso saber cómo era la vida de un periodista de nota roja en el DF y Sergio tuvo que confesar que él, en realidad, trabajaba para cultura y espectáculos. A grandes rasgos explicó cómo había entrado en contacto con los crímenes de Santa Teresa y José Patricio y Reinaldo lo escucharon con atención y recogimiento, como niños que oyen por enésima vez el mismo cuento que los aterroriza e inmoviliza, asintiendo gravemente con la cabeza, cómplices en el mismo secreto. Más adelante, sin embargo, cuando ya faltaba poco para llegar a la casa de Florita, Reinaldo quiso saber si Sergio conocía a un famoso presentador de Televisa. Sergio reconoció que lo conocía de nombre, pero que nunca había coincidido con él en una fiesta. Reinaldo contó entonces que ese presentador estuvo enamorado de José Patricio. Durante un tiempo venía todos los fines de semana a Hermosillo e invitaba a José Patricio y a sus amigos a la playa, en donde gastaba el dinero a manos llenas. José Patricio, por aquel entonces, estaba enamorado de un gringo, un profesor de Derecho de Berkeley, y no le hacía ni el más mínimo caso. Una noche, dijo Reinaldo, el famoso presentador me llevó a su habitación del hotel y me dijo que tenía algo que proponerme. Yo pensé que, tal como estaba de despechado, quería acostarse conmigo o llevarme al DF para que iniciase allí una nueva carrera en la televisión, apadrinado por él, pero el presentador lo único que quería era hablar y que Reinaldo lo escuchase. Al principio, dijo Reinaldo, yo sólo sentía desprecio. No es un hombre atractivo y en persona parece aún peor que en la tele. En esa época aún no conocía a Florita Almada y mi vida era la vida de un pecador. (Risas.) En fin: lo despreciaba, probablemente también sentía un poquito de envidia por su suerte, que consideraba desproporcionada. Lo cierto es que lo acompañé a su habitación, dijo Reinaldo, la mejor suite del mejor hotel de Bahía Kino, desde donde solíamos dar paseos en yate hasta la isla Tiburón o la isla Turner, todo el lujo del mundo, como te puedes figurar, dijo Reinaldo mientras miraba las pobres casas que flanqueaban la avenida por la que transitaba el BMW de José Patricio, y allí estaba el presentador famoso, el niño mimado de Televisa, sentado a los pies de la cama, con una copa en la mano, el pelo alborotado y los ojos achinaditos que casi no se le veían, y cuando me ve, cuando se da cuenta de que yo estoy en la habitación, de pie, esperando, va y me suelta que aquella noche probablemente va a ser la última noche de su vida. Como comprenderás, me quedé helado, porque de inmediato pensé: este puto primero me mata a mí y luego se mata él, todo con tal de darle un disgusto póstumo a José Patricio. (Risas.) ¿Se dice así, no, póstumo? Más o menos, dijo José Patricio. Así que le dije, dijo Reinaldo, oye, no bromees. Oye, mejor salgamos a dar un paseo. Y mientras iba hablando buscaba con los ojos la pistola. Pero no vi ni una pistola por ninguna parte, aunque el presentador perfectamente bien la podía tener debajo de la camisa, como los pistoleros, aunque él, en ese instante, no tenía pinta de pistolero sino más bien de estar desesperado y solo. Recuerdo que encendí la tele y puse un programa nocturno que transmitían desde Tijuana, un talk-show, y le dije: seguro que tú, con los mismos medios, lo sabrías hacer mejor, pero el presentador ni siquiera se dignó echarle una ojeada a la tele. Lo único que hacía era mirar el suelo y murmurar que la vida no tenía sentido y que ya más valía morirse que seguir viviendo. Bla bla bla. Cualquier cosa que yo le dijera, comprendí entonces, estaba de más. Él ni siquiera me escuchaba, sólo quería tenerme cerca, por si acaso, ¿por si acaso qué?, no lo sé, pero por si acaso definitivamente. Recuerdo que me asomé al balcón y contemplé la bahía. Era noche de luna llena. Qué bonita es la costa, reflexioné, y lo peor es que no nos damos cuenta salvo en situaciones extremas, cuando apenas la podemos disfrutar. Qué bonita es la costa y la playa y el firmamento repleto de estrellas. Pero luego me cansé y volví a sentarme en el sillón de la habitación y por no verle la cara al presentador volví a contemplar la tele, en donde un tipo contaba que tenía en su poder, lo decía con esas palabras, *en su poder*, como si estuviera refiriendo una historia medieval o una historia política, el récord de expulsiones de los Estados Unidos. ¿Saben cuántas veces había entrado ilegal a los Estados Unidos? ¡Trescientas cuarentaicinco veces! Y trescientas cuarentaicinco veces había sido detenido y deportado a México. Y todo en el lapso de cuatro años. La verdad es que de pronto se me despertó el interés. Lo imaginé en mi programa. Imaginé las preguntas que yo le haría. Me puse a cavilar cómo entrar en contacto con él, porque la historia, eso no me lo puede negar nadie, era muy interesante. El de la tele de Tijuana le hizo una pregunta clave: ¿de dónde sacaba dinero para pagar a los polleros que lo llevaban al otro lado? Porque estaba claro, al ritmo desenfrenado de sus expulsiones, que en los Estados Unidos no tenía materialmente tiempo para trabajar y ahorrar algo de lana. La contestación del tipo fue alucinante. Dijo que al principio pagaba lo que le pedían, pero que luego, digamos tras la décima deportación, regateaba y pedía rebajas, y que tras la quincuagésima deportación los polleros y los coyotes lo llevaban con ellos por amistad, y que tras la centésima deportación probablemente, creía él, lo llevaban de lástima. Ahorita mismo, le dijo al presentador de Tijuana, lo llevaban como amuleto, porque al entender de los polleros daba suerte, pues su presencia, en cierta forma, aligeraba el estrés de los demás: si caía alguien ese alguien iba a ser él, no los otros, al menos si los otros sabían dejarlo de lado una vez cruzada la frontera. Digamos: se había convertido en la carta marcada, en el billete marcado, según sus propias palabras. Entonces el presentador, que era malo, le hizo la pregunta estúpida y luego la pregunta buena. La estúpida fue preguntarle si pensaba inscribir su récord en el libro Guiness de los récords. El tipo ni siquiera sabía de qué chingados le hablaba, en su vida había oído hablar del Guiness. La buena fue preguntarle si iba a seguir intentándolo. ¿Intentando qué?, dijo el tipo. Intentando pasar al otro lado, dijo el presentador. El tipo dijo que, si Dios lo permitía y le daba salud, en ningún momento se le había borrado de la cabeza la idea de vivir en los Estados Unidos. ¿No estás cansado?, dijo el presentador. ¿No te dan ganas de volverte a tu pueblo o de buscarte una chamba aquí en Tijuana? El tipo sonrió como con vergüenza y dijo que cuando se le metía una idea en la cabeza no había nada que hacerle. Era un tipo loco, loco, loco, un loco de verdad, dijo Reinaldo, pero yo estaba en el hotel más loco de Bahía Kino y junto a mí, sentado a los pies de la cama, estaba el presentador más loco de la tele del DF, así que ¿qué podía pensar, realmente? Por supuesto, el presentador ya no se pensaba suicidar. Seguía sentado a los pies de la cama, pero tenía los ojos, unos ojos de perro cansado, clavados en la tele. ¿Qué te parece?, le dije. ¿Puede existir una persona así? ¿No es encantador? ¿No es la inocencia personificada? Entonces el presentador se levantó y tomó la pistola que todo ese tiempo había ocultado debajo de una pierna o debajo de una nalga y yo volví a empalidecer de golpe y él me hizo un gesto, un gesto apenas perceptible, como si me dijera que ya no tenía nada de que preocuparme y entró en el baño sin cerrar la puerta y yo pensé ay, chingados, ahorita se va a suicidar, pero él lo que hizo fue mear largamente, todo quedaba como en familia, todo encajaba, la tele encendida, la puerta abierta, la noche como un guante sobre el hotel, el espalda mojada perfecto, el espalda mojada que yo quería llevar a mi programa y que tal vez el presentador enamorado de José Patricio quería llevar a su programa, el espalda mojada monstruoso, el rey de la mala suerte, el hombre que cargaba sobre sus espaldas el destino de México, el espalda mojada sonriente, ese ser similar a un sapo, ese inerme dago seboso y poco inteligente, ese trozo de carbón que en otra reencarnación hubiera podido ser un diamante, ese intocable que no había nacido en la India sino en México, todo encajaba, de pronto todo encajaba y ya para qué suicidarse.

Desde donde estaba vi que el presentador de Televisa guardaba la pistola en su neceser y luego cerraba el neceser y lo metía en un cajón del baño. Le pregunté si quería que fuéramos al bar del hotel a tomarnos unas copas. Bueno, dijo, pero antes quiso ver el final del programa. En la tele ya estaban hablando con otro tipo, creo que un amaestrador de gatos. ¿Qué canal es éste?, me dijo el presentador. El 35 de Tijuana, le contesté. El 35 de Tijuana, dijo él como si hablara en sueños. Luego salimos de la habitación. En el pasillo el presentador se detuvo y sacó un peine del bolsillo trasero de su pantalón y se peinó. ¿Cómo estoy?, me preguntó. Divino, le dije. Luego llamamos al elevador y esperamos. Qué día, dijo el presentador. Yo asentí con la cabeza. Cuando el elevador llegó nos metimos y bajamos hasta el bar sin decir ni una palabra. Poco después nos separamos y cada uno se fue a acostar.

Después de comer, cuando ambos miraban la noche a través de los ventanales del Rey del Taco, Yolanda Palacio le dijo que no todo era malo en Santa Teresa. No todo, en lo que concernía a las mujeres. Como si al estar con los estómagos satisfechos, y además cansados y con ganas de dormir, ambos apreciaran las cosas buenas, los detalles falseados de la esperanza. Fumaron. ¿Sabes cuál es la ciudad con el índice de desempleo femenino más bajo de México? Sergio González vio la luna del desierto, un fragmento, un corte helicoidal, asomándose por entre las azoteas. ¿Santa Teresa?, dijo. Pues sí, Santa Teresa, dijo la encargada del Departamento de Delitos Sexuales. Aquí casi todas las mujeres tienen trabajo. Un trabajo mal pagado y explotado, con horarios de miedo y sin garantías sindicales, pero trabajo al fin y al cabo, lo que para muchas mujeres llegadas de Oaxaca o de Zacatecas es una bendición. ¿Un corte helicoidal? No puede ser, pensó Sergio. Una ilusión óptica sí, unas nubes extrañas con forma de puritos, ropa tendida al viento nocturno, la mosca o el mosquito de Poe. ¿Así que aquí no hay desempleo femenino?, dijo. No sea sangrón, dijo Yolanda Palacio, claro que hay desempleo, femenino y masculino, sólo que aquí la tasa de desempleo femenino es mucho menor que en el resto del país. De hecho, se podría decir, grosso modo, que todas las mujeres de Santa Teresa tienen trabajo. Pida cifras y compare.

En mayo asesinaron en su propio domicilio a Aurora Cruz Barrientos, de dieciocho años. Fue encontrada en la cama conyugal, con múltiples heridas de arma blanca, casi todas en el tórax, los brazos abiertos como si clamara al cielo, en medio de una gran mancha de sangre coagulada. Realizó el hallazgo una vecina y amiga, a la que le pareció extraño que las cortinas de la casa estuvieran aún echadas. La puerta estaba abierta y la vecina entró en la casa, en donde de inmediato notó algo raro, que sin embargo no supo precisar. Al llegar al dormitorio y ver lo que le habían hecho a Aurora Cruz se desmayó. La casa estaba ubicada en la calle Estepa n.º 870, en la colonia Féliz Gómez, un barrio de clase media baja. El caso le fue adjudicado al judicial Juan de Dios Martínez, que se personó en el lugar de los hechos una hora después de que la casa hubiera sido tomada por la policía. El esposo de Aurora Cruz, Rolando Pérez Mejía, se encontraba trabajando en la maquiladora City Keys y aún no había sido avisado de la muerte de su mujer. Los policías que registraron la casa encontraron unos calzoncillos, presumiblemente de Pérez Mejía, abandonados en el baño y manchados de sangre. A primeras horas de la tarde una patrulla se acercó a City Keys y se llevaron a Pérez Mejía rumbo a la comisaría n.º 2. En su declaración éste asegura que antes de salir a trabajar desayunó con su mujer, como todas las mañanas, y que la relación entre ambos era armoniosa pues no dejaban que los problemas, económicos, mayormente, interfirieran en sus vidas. Llevaban, según Pérez Mejía, un año y pocos meses de matrimonio, y nunca se habían peleado. Cuando le fue mostrado el calzoncillo manchado de sangre, Pérez Mejía lo reconoció como suyo, o parecido a uno que tenía, y Juan de Dios Martínez pensó que se derrumbaría. Pero el marido, pese a llorar amargamente tras ver su calzoncillo, lo que a Juan de Dios no dejó de parecerle extraño, pues un calzoncillo no es una foto ni una carta sino sólo eso, un calzoncillo, no se derrumbó. De todas maneras, quedó detenido a la espera de nuevos acontecimientos, los que no tardaron en llegar. Primero apareció un testigo que dijo haber visto a un hombre merodeando en las cercanías de la casa de Aurora Cruz. El merodeador, según este testigo, era un tipo joven con pinta de deportista que tocaba los timbres de las casas y pegaba la cara a las ventanas como si quisiera cerciorarse de que estaban vacías. Al menos eso fue lo que hizo en tres casas, una de ellas la de Aurora Cruz, y luego desapareció. ¿Qué pasó después?, el testigo no lo sabía, pues se había ido a trabajar, no sin antes advertir a su mujer y a la madre de su mujer, que vivía con ellos, la presencia del intruso. Según la mujer del testigo, poco después de que su marido se marchara ella se pasó un rato delante de la ventana, pero no vio nada. Al cabo de un rato ella también se fue a trabajar y en la casa sólo quedó la suegra, quien, al igual que antes hiciera su yerno y su hija, durante un rato estuvo espiando la calle desde la ventana, sin ver ni notar nada sospechoso, hasta que sus nietos se levantaron y ella tuvo que ocuparse de que desayunaran antes de mandarlos a la escuela. Nadie más en el barrio, por otra parte, vio al merodeador de aspecto deportivo. En la maquiladora donde trabajaba el marido de la víctima varios trabajadores atestiguaron que Rolando Pérez Mejía había llegado como cada mañana, poco antes de que empezara su turno. Según el dictamen del forense, Aurora Cruz había sido violada por los dos conductos. El violador y asesino, según el forense, era una persona de gran energía, un tipo joven, sin duda, y completamente desbocado. Preguntado por Juan de Dios Martínez qué quería decir con desbocado, el forense contestó que la cantidad de semen encontrado en el cuerpo de la víctima y en las sábanas era anormal. Pueden haber sido dos personas, dijo Juan de Dios Martínez. Puede, dijo el forense, aunque para asegurarse ya había enviado muestras a la policía científica de Hermosillo para confirmar, si no el ADN, sí al menos el tipo de sangre del agresor. Por los desgarros anales, el forense se inclinaba a creer que las violaciones por este conducto se produjeron cuando la víctima ya era cadáver. Durante unos días, sintiéndose cada vez más enfermo, Juan de Dios investigó a algunos jóvenes del barrio relacionados con pandillas juveniles. Una noche tuvo que ir al médico, quien le confirmó que padecía una gripe y le recetó descongestionantes y paciencia. La gripe se le complicó al cabo de unos días con placas bacterianas en la garganta y tuvo que tomar antibióticos. El marido de la víctima estuvo una semana en los calabozos de la comisaría n.º 2 y luego lo pusieron en la calle. Las muestras de semen enviadas a Hermosillo se perdieron, no se sabía muy bien si en el camino de ida o en el de vuelta.

Florita en persona les abrió la puerta. Sergio no esperaba que fuera tan vieja. Florita saludó con un beso a Reinaldo y José Patricio y a él le extendió la mano. Venimos muertos de aburrimiento, oyó que decía Reinaldo. La mano de Florita estaba cuarteada, como si fuera la mano de una persona que pasaba mucho tiempo entre productos químicos. La sala era pequeña, con dos sillones y un aparato de televisión. En las paredes colgaban fotos en blanco y negro. En una de las fotos vio a Reinaldo y a otros hombres, todos sonrientes, vestidos como para salir de picnic, alrededor de Florita: los adeptos de una secta alrededor de su sacerdotisa. Le ofrecieron té o cerveza. Sergio pidió una cerveza y le preguntó a Florita si era verdad que ella podía *ver* las muertes ocurridas en Santa Teresa. La Santa parecía cohibida y tardó un poco en contestar. Se arregló el cuello de la blusa y la chaquetita de lana, tal vez demasiado estrecha. Su respuesta fue vaga. Dijo que en ocasiones, como todo hijo de vecino, veía cosas y que las cosas que veía no necesariamente eran visiones sino imaginaciones, cosas que le pasaban por la cabeza, como a todo hijo de vecino, el impuesto que dizque había que pagar por vivir en una sociedad moderna, aunque ella era del parecer de que todo el mundo, viviera donde viviera, podía en determinado momento *ver* o *figurarse* cosas, y que ella, en efecto, últimamente sólo se figuraba asesinatos de mujeres. Una charlatana de buen corazón, pensó Sergio.

¿Por qué de buen corazón? ¿Porque todas las viejitas de México tenían buen corazón? Más bien un corazón de piedra, pensó Sergio, para aguantar tanto. Florita, como si le hubiera leído el pensamiento, asintió varias veces. ¿Y cómo sabe que estos asesinatos son los de Santa Teresa?, dijo Sergio. Por la carga, dijo Florita. Y por la cadena. Instada a que se explicara mejor, dijo que un asesinato común y corriente (aunque no existían asesinatos comunes y corrientes) terminaba casi siempre con una imagen líquida, lago o pozo que tras ser hendido volvía a aquietarse, mientras que una sucesión de asesinatos, como los de la ciudad fronteriza, proyectaban una imagen *pesada*, metálica o mineral, una imagen que quemaba, por ejemplo, que quemaba cortinas, que bailaba, pero que a más cortinas quemaba más oscura se hacía la habitación o el salón o el galpón o el granero donde aquello acontecía. ¿Y puede usted ver el rostro de los asesinos?, dijo Sergio sintiéndose de pronto cansado. A veces, dijo Florita, a veces veo sus caras, hijito, pero cuando despierto se me olvidan. ¿Cómo diría usted que son sus caras, Florita? Pues son caras comunes y corrientes (aunque no existen en el mundo, o al menos en México, caras comunes y corrientes). ¿O sea que usted no diría que son caras de asesinos? No, yo sólo diría que son caras grandes. ¿Grandes? Sí, grandes, como hinchadas, como infladas. ¿Como máscaras? Yo no diría eso, dijo Florita, son caras, no máscaras ni disfraces, sólo que están hinchadas, como si tomaran demasiada cortisona. ¿Cortisona? O cualquier otro corticoide que hinche, dijo Florita. ¿O sea están enfermos? No lo sé, depende. ¿Depende de qué? De la manera en que uno los mire. ¿Ellos se consideran a sí mismos personas enfermas? No, de ninguna manera. ¿Se saben sanos, entonces? Saber, lo que se dice saber, en este mundo nadie sabe nada a ciencia cierta, hijito. ¿Pero ellos se creen sanos? Digamos que sí, dijo Florita. ¿Y sus voces, las ha oído alguna vez?, dijo Sergio (me ha llamado hijito, qué cosa más rara, me ha llamado hijito). Muy pocas veces, pero alguna vez sí que los he escuchado hablar. ¿Y qué dicen, Florita? No lo sé, hablan en español, un español enrevesado que no parece español, tampoco es inglés, a veces pienso que hablan en una lengua inventada, pero no puede ser inventada puesto que entiendo algunas palabras, así que yo diría que es español lo que hablan y que ellos son mexicanos, sólo que la mayor parte de sus palabras me resultan incomprensibles. Me ha llamado hijito, pensó Sergio. Sólo una vez, por lo que es legítimo pensar que no se trata de una muletilla en su discurso. Una charlatana de buen corazón. Le ofrecieron otra cerveza, que rechazó. Dijo que se sentía cansado. Dijo que tenía que volver a su hotel. Reinaldo lo miró con rencor mal disimulado. ¿Qué culpa tengo yo?, pensó Sergio. Fue al baño: olía a vieja, pero en el suelo había dos macetas con plantas de un verde intenso, casi negro. No es mala idea, plantas en el wáter, pensó Sergio mientras oía las voces de Reinaldo y José Patricio y Florita que parecían discutir en la sala. Desde la minúscula ventana del baño se podía ver un pequeño patio encementado y húmedo, como si acabara de llover, en donde, junto a las macetas con plantas, distinguió macetas con flores rojas y azules, de una variedad desconocida. Al volver a la sala ya no se volvió a sentar. Le dio la mano a Florita y le prometió que le enviaría el artículo que pensaba publicar, aunque él sabía muy bien que no le iba a enviar nada. Hay algo que sí entiendo, dijo la Santa cuando los acompañó hasta la puerta. Lo dijo mirando a Sergio a los ojos y luego a Reinaldo. ¿Qué es lo que entiende, Florita?, dijo Sergio. No lo digas, Florita, dijo Reinaldo. Todo el mundo, cuando habla, deja traslucir, aunque sea en parte, sus alegrías y sus penas, ¿verdad? Verdad de Dios, dijo José Patricio. Pues cuando esas figuraciones mías hablaban entre ellos, pese a no entender sus palabras, me daba perfecta cuenta de que sus alegrías y sus penas eran *grandes*, dijo Florita. ¿Qué tan grandes?, dijo Sergio. Florita lo miró a los ojos. Abrió la puerta. Pudo sentir la noche de Sonora tocándole la espalda como un fantasma. *Inmensas*, dijo Florita. ¿Como si se supieran impunes? No, no, no, dijo Florita, aquí no tiene nada que ver la impunidad.

El uno de junio Sabrina Gómez Demetrio, de quince años de edad, llegó a pie al hospital del IMSS Gerardo Regueira, con heridas múltiples de arma blanca y dos balazos en la espalda. Fue ingresada de inmediato en la unidad de urgencias, en donde al cabo de pocos minutos falleció. Pronunció pocas palabras antes de morir. Dijo su nombre y mencionó la calle donde vivía con sus hermanas y hermanos. Dijo que había estado encerrada en una Suburban. Dijo algo sobre un hombre que tenía cara de cerdo. Una de las enfermeras que intentaban pararle la hemorragia le preguntó si ese hombre la había secuestrado. Sabrina Gómez dijo que lamentaba no ver nunca más a sus hermanos.

En junio, Klaus Haas convocó mediante llamadas telefónicas una conferencia de prensa en el penal de Santa Teresa a la que asistieron seis periodistas. La conferencia la había desaconsejado su abogada, pero Haas por aquellos días parecía haber perdido el control de los nervios que hasta entonces había exhibido y no quiso escuchar ni un solo argumento en contra de su plan. Tampoco, según su abogada, le reveló a ésta el tema de la conferencia. Sólo le dijo que ahora estaba en posesión de un dato del que antes carecía y que quería hacerlo público. Los periodistas que fueron no esperaban ninguna declaración nueva ni mucho menos algo que iluminara el pozo oscuro en el que se había convertido la aparición regular de muertas en la ciudad o en el extrarradio de la ciudad o en el desierto que circundaba Santa Teresa como un puño de hierro, pero fueron porque al fin y al cabo Haas y las muertas eran su noticia. Los grandes periódicos del DF no mandaron a sus representantes.

En junio, pocos días después de que Haas, telefónicamente, les prometiera a los periodistas una declaración, según sus propias palabras, sensacional, apareció muerta cerca de la carretera a Casas Negras Aurora Ibánez Medel, cuya desaparición había sido reportada hacía un par de semanas por su marido. Aurora Ibáñez tenía treintaicuatro años y trabajaba en la maquiladora Interzone-Berny, tenía cuatro hijos de edades comprendidas entre los catorce y los tres años y llevaba casada desde los diecisiete años con Jaime Pacheco Pacheco, mecánico, quien en el momento de la desaparición de su mujer estaba desempleado, víctima de una reducción del personal de talleres de la Interzone-Berny. Según el informe forense, la muerte había sido causada por asfixia y en el cuello de la víctima, pese al tiempo transcurrido, aún se apreciaban lesiones típicas de estrangulamiento. El hioides no estaba roto. Probablemente Aurora había sido violada. El caso lo llevó el judicial Efraín Bustelo, con asesoramiento del judicial Ortiz Rebolledo. Tras hacer algunas averiguaciones en el entorno de la víctima se procedió a arrestar a Jaime Pacheco, quien después de ser sometido a un interrogatorio confesó su crimen. El móvil, dijo Ortiz Rebolledo a la prensa, fueron los celos. No por un hombre en particular, sino por todos los hombres con los que ella hubiera podido cruzarse o por la situación, que era nueva e inaguantable. El pobre Pacheco pensó que su mujer lo iba a dejar. Preguntado por el medio de transporte que utilizó para llevar, engañada, a su mujer hasta más allá del kilómetro treinta de la carretera a Casas Negras, o para deshacerse del cadáver en dicha carretera, en el supuesto de que la hubiera matado en otro lugar, punto sobre el que Pacheco no quiso hablar pese a la dureza del interrogatorio, declaró que un amigo le prestó su carro, un Coyote del año 87, amarillo con dibujos de llamas rojas en los costados, amigo que la policía no encontró o no buscó con la dedicación que el caso ameritaba.

Junto a Haas, mirando al frente, rígida, como si por su cabeza pasaran las imágenes de una violación, estaba su abogada, y alrededor los reporteros de *El Heraldo del Norte, La Voz de Sonora, La Tribuna de Santa Teresa,* los tres periódicos locales, y los de *El Independiente de Phoenix, El Sonorense de Hermosillo* y *La Raza de Green Valley,* un periódico de pocas páginas, de aparición semanal (en ocasiones quincenal o mensual), que sobrevivía casi sin anuncios, de las suscripciones de algunos chicanos de clase media baja de la zona comprendida entre Green Valley y Sierra Vista, antiguos braceros establecidos en Río

Rico, Carmen, Tubac, Sonoita, Amado, Sahuarita, Patagonia, San Xavier, y en cuyas páginas sólo aparecían historias de crímenes, cuanto más horrendos, mejor. Sólo había un fotógrafo, Chuy Pimentel, de *La Voz de Sonora,* que se mantuvo detrás del círculo formado por los periodistas. De vez en cuando la puerta se abría y aparecía un carcelero que miraba a Haas o a su abogada como preguntándoles si necesitaban algo. En una ocasión la abogada le pidió al carcelero que trajera agua fresca. El carcelero asintió y dijo ahorita mismo y desapareció. Al cabo de un rato apareció con dos botellas de agua y varias latas frías de refresco. Los periodistas se lo agradecieron y casi todos se decidieron por una lata, salvo Haas y su abogada, que prefirieron tomar agua. Durante unos minutos nadie dijo nada, ni la más mínima observación, y todos bebieron.

En julio se halló el cuerpo de una mujer en una acequia de aguas negras, al este de la colonia Maytorena, no muy lejos de una pista de terracería y de unas torres de alta tensión. La mujer tenía aproximadamente entre veinte y veinticinco años y según los forenses llevaba muerta por lo menos tres meses. El cadáver presentaba las manos atadas a la espalda, con cuerda de plástico, como la que se usa para embalar paquetes grandes. En la mano izquierda llevaba un guante negro, largo, que le cubría hasta la mitad del brazo. No se trataba, por lo demás, de un guante barato sino de uno de terciopelo, como los que usan las vedettes, pero sólo las vedettes de cierto prestigio. Tras quitarle el guante encontraron dos anillos, uno en el dedo medio, de plata de ley, y otro en el anular, de plata con una serpiente labrada. También llevaba puesto, en el pie derecho, un calcetín de hombre, marca Tracy. Y lo más sorprendente de todo: atado alrededor de la nuca, como un extraño pero no del todo imposible sombrero, se encontró un sostén negro, de buena calidad. Por lo demás la mujer estaba desnuda y no tenía ningún papel que sirviera para una posterior identificación. El caso, tras los trámites de rigor, se archivó y su cuerpo fue arrojado a la fosa común del cementerio de Santa Teresa.

A finales de julio las autoridades de Santa Teresa, en colaboración con las autoridades del estado de Sonora, invitaron al investigador Albert Kessler a la ciudad. Cuando la noticia se hizo pública algunos periodistas, sobre todo del DF, le preguntaron al presidente municipal José Refugio de las Heras si la presencia del antiguo agente del FBI era una tácita aceptación de que las investigaciones de la policía mexicana habían fracasado. El licenciado de las Heras respondió que no, que en modo alguno, que el señor Kessler iba a venir a Santa Teresa a dictar un curso de capacitación profesional de quince horas ante un selecto grupo de alumnos escogidos entre los mejores policías de Sonora y que Santa Teresa había sido seleccionada como sede de dicho curso, en detrimento, por ejemplo, de Hermosillo, además de por su pujanza industrial, por su triste historial de asesinos en serie, una lacra desconocida o casi desconocida hasta entonces en México, que ellos, las autoridades del país, deseaban parar a tiempo, ¿y qué mejor manera de extirpar una lacra que formar un cuerpo policial experto en la materia?

Les voy a decir quién asesinó a Estrella Ruiz Sandoval, de cuya muerte se me acusa injustamente, dijo Haas. Son los mismos que han matado por lo menos a otras treinta jóvenes de esta ciudad. La abogada de Haas agachó la cabeza. Chuy Pimentel hizo la primera foto. En ella se ven los rostros de los periodistas que miran a Haas o consultan sus cuadernos de notas, sin ninguna excitación, sin ningún entusiasmo.

En septiembre encontraron el cuerpo de Ana Muñoz Sanjuán detrás de unos cubos de basura en la calle Javier Paredes, entre la colonia Félix Gómez y la colonia Centro. El cadáver estaba completamente desnudo y presentaba indicios de estrangulamiento y violación, que luego serían confirmados por el forense. Tras las primeras investigaciones se determinó su identidad. La víctima se llamaba Ana Muñoz Sanjuán, vivía en la calle Maestro Caicedo de la colonia Rubén Darío, en donde compartía casa con otras tres mujeres, tenía dieciocho años y trabajaba como mesera de la cafetería El Gran Chaparral, en el casco histórico de Santa Teresa. Su desaparición no fue notificada a la policía. Las últimas personas con las que se la vio fueron tres hombres que respondían a los alias de el Mono, el Tamaulipas y la Vieja. La policía intentó localizarlos, pero parecía que la tierra se los había tragado. El caso se archivó.

¿Quién invita a Albert Kessler?, se preguntaron los periodistas. ¿Quién va a pagar por los servicios del señor Kessler? ¿Y cuánto? ¿La ciudad de Santa Teresa, el estado de Sonora? ¿De dónde va a salir el dinero de los honorarios del señor Kessler? ¿De la Universidad de Santa Teresa, de los fondos negros de la policía del estado? ¿Hay dinero de particulares en el asunto? ¿Hay algún mecenas detrás de la visita del eminente investigador norteamericano? ¿Y por qué ahora, justo ahora, traen a un experto en asesinos en serie y no antes? ¿Y es que en México no hay criminólogos capaces de colaborar con la policía? ¿El profesor Silverio García Correa, por ejemplo, no es lo suficientemente bueno? ¿No fue acaso el mejor psicólogo de su promoción en la UNAM? ¿No obtuvo un master en criminología por la Universidad de Nueva York y otro master por la universidad de Stanford? ¿No hubiera salido más barato contratar al profesor García Correa? ¿No hubiera sido más patriótico encargarle un asunto mexicano a un mexicano que a un norteamericano? ¿Y, a propósito, sabe hablar español el investigador Albert Kessler? ¿Y si no sabe, quién va a servirle de traductor? ¿Trae él a su propio traductor o le van a poner uno de aquí?

Haas dijo: he estado investigando. Dijo: he recibido soplos. Dijo: en la cárcel todo se sabe. Dijo: los amigos de los amigos son tus amigos y cuentan cosas. Dijo: los amigos de los amigos de los amigos cubren un amplio radio de acción y te hacen favores. Nadie se rió. Chuy Pimentel siguió haciendo fotos. En ellas se ve a la abogada que parece a punto de soltar unas lágrimas. De coraje. Las miradas de los periodistas son miradas de reptiles: observan a Haas, que mira las paredes grises como si en la erosión del cemento hubiera escrito su guión. El nombre, dice uno de los periodistas, lo susurra, pero es lo suficientemente audible para todos. Haas dejó de mirar la pared y sus ojos consideraron al que habló. En lugar de contestar directamente, explicó una vez más su inocencia en el asesinato de Estrella Ruiz Sandoval. No la conocí, dijo. Luego se cubrió el rostro con las manos. Una muchacha linda, dijo. Ojalá la hubiera conocido. Se siente mareado. Imagina una calle llena de gente, al ocaso, que se va vaciando armoniosamente, hasta que no queda nadie, sólo un coche estacionado en una esquina. Luego cae la noche y Haas siente sobre su mano los dedos de su abogada. Dedos demasiado gruesos, dedos demasiado cortos. El nombre, dijo otro periodista, sin el nombre no avanzamos nada.

En septiembre, en un descampado de la colonia Sur, envuelto en una cobija y en bolsas de plástico de color negro se encontró el cuerpo desnudo de María Estela Ramos. Tenía los pies atados con un cable y presentaba señales de tortura. Se hizo cargo del caso el judicial Juan de Dios Martínez, quien estableció que el cadáver había sido arrojado al descampado entre las doce de la noche y la una y media de la madrugada del sábado, pues durante el resto del tiempo el descampado en cuestión había sido utilizado como punto de encuentro de vendedores y compradores de droga y por pandillas de adolescentes que acudían al lugar a escuchar música. Tras confrontar diversas declaraciones, quedó establecido que, por una causa o por otra, entre las doce y la una y media, allí no había nadie. María Estela Ramos vivía en la colonia Veracruz y aquéllos no eran sus rumbos. Tenía veintitrés años y un hijo de cuatro y compartía casa con dos compañeras de trabajo en la maquila, una de ellas desempleada en el momento de los hechos pues, según le contó a Juan de Dios, había intentado organizar un sindicato. ¿Qué le parece a usted?, le dijo. Me botaron por exigir mis derechos. El judicial se encogió de hombros. Le preguntó quién se iba a encargar del hijo de María Estela. Yo, dijo la sindicalista frustrada. ¿No hay familia, no tiene abuelos el escuincle? No creo, dijo la mujer, pero intentaremos averiguarlo. Según el forense, la causa del deceso había sido un golpe con objeto contundente en la cabeza, aunque también tenía cinco costillas rotas y heridas de arma blanca, de tipo superficial, en los brazos. Había sido violada. Y su muerte se produjo por lo menos cuatro días antes de que los drogadictos la encontraran entre las basuras y malezas del descampado de la Sur. Según sus compañeras, María Estela tenía o había tenido un novio, al que llamaban el Chino. Nadie sabía su nombre real, pero sí sabían dónde trabajaba. Juan de Dios fue a buscarlo a una tlapalería de la colonia Serafín Garabito. Preguntó por el Chino y le dijeron que allí no conocían a nadie con ese nombre. Lo describió, tal como antes habían hecho las compañeras de María Estela, pero la respuesta fue la misma: allí nunca había trabajado nadie, ni en el mostrador ni en los almacenes, con ese nombre ni con esas características. Puso a trabajar a sus soplones y durante unos días se dedicó exclusivamente a buscarlo. Pero fue como buscar a un fantasma.

El señor Albert Kessler es un profesional de connotado prestigio, dijo el profesor García Correa. El señor Kessler, por lo que me cuentan, fue uno de los pioneros en el trazado de perfiles psicológicos de asesinos en serie. Tengo entendido que trabajó para el FBI y que antes trabajó para la policía militar de los Estados Unidos o para la inteligencia militar, lo que es casi un oxímoron, pues la palabra inteligencia raras veces es aplicable a la palabra militar, dijo el profesor García Correa. No, no me siento ofendido ni desplazado por el hecho de que no se me haya encargado a mí este trabajo. Las autoridades del estado de Sonora me conocen muy bien y saben que soy un hombre cuya única diosa es la Verdad, dijo el profesor García Correa. En México siempre nos deslumbramos con una facilidad espantosa. A mí se me ponen los pelos de punta cuando veo o escucho o leo en la prensa algunos adjetivos, algunas alabanzas que parecen vertidas por una tribu de monos enloquecidos, pero ni modo, así somos y uno con los años se acostumbra, dijo el profesor García Correa. Ser criminólogo en este país es como ser criptógrafo en el polo norte. Es como ser niño en una crujía de pedófilos. Es como ser merolico en un país de sordos. Es como ser condón en el reino de las amazonas, dijo el profesor García Correa. Si te vejan, te acostumbras. Si te miran por encima del hombro, te acostumbras. Si desaparecen tus ahorros, los ahorros de toda una vida y que guardabas para jubilarte, te acostumbras. Si tu hijo te estafa, te acostumbras. Si tienes que seguir trabajando cuando por ley deberías dedicarte a lo que te diera la real gana, te acostumbras. Si encima te bajan el sueldo, te acostumbras. Si para redondear el sueldo tienes que trabajar para abogados deshonestos y detectives corruptos, te acostumbras. Pero esto es mejor que no lo pongan en su artículo, muchachos, porque si no me estaría jugando el puesto, dijo el profesor García Correa. El señor Albert Kessler, como les iba diciendo, es un investigador de connotado prestigio. Según tengo entendido trabaja con computadoras. Interesante trabajo. También hace de consejero o de asesor en algunas películas de acción. Yo no he visto ninguna, porque hace mucho que no voy al cine y la basura de Hollywood sólo me provoca sueño. Pero, según me dijo mi nieto, son películas divertidas en donde siempre ganan los buenos, dijo el profesor García Correa.

El nombre, dijo el periodista. Antonio Uribe, dijo Haas. Durante un instante los periodistas se miraron, por si a alguno de ellos le sonaba ese nombre, pero todos se encogieron de hombros. Antonio Uribe, dijo Haas, ése es el nombre del asesino de mujeres de Santa Teresa. Tras un silencio, agregó: y alrededores. ¿Y alrededores?, dijo uno de los periodistas. El asesino de Santa Teresa, dijo Haas, y también de las mujeres muertas que han aparecido por los alrededores de la ciudad. ¿Y tú conoces a ese tal Uribe?, dijo uno de los periodistas. Lo vi una vez, una sola vez, dijo Haas. Luego tomó aliento, como si se dispusiera a contar una larga historia y Chuy Pimentel aprovechó para sacarle una foto. En ella se ve a Haas, por efecto de la luz y de la postura, mucho más delgado, el cuello más largo, como el cuello de un guajolote, pero no un guajolote cualquiera sino un guajolote cantor o que en aquel momento se dispusiera a *elevar* su canto, no simplemente a cantar, sino a *elevarlo*, un canto agudo, rechinante, un canto de vidrio molido pero con una fuerte reminiscencia de cristal, es decir de pureza, de entrega, de falta absoluta de dobleces.

El siete de octubre fue hallado a treinta metros de las vías del tren, en unos matorrales lindantes con unos campos de béisbol, el cuerpo de una mujer de edad comprendida entre los catorce y los diecisiete años. El cuerpo presentaba señales claras de tortura, con múltiples hematomas en brazos, tórax y piernas, así como heridas punzantes de arma blanca (un policía se entretuvo en contarlas y se aburrió al llegar a la herida número treintaicinco), ninguna de las cuales, sin embargo, dañó o penetró ningún órgano vital. La víctima carecía de papeles que facilitaran su identificación. Según el forense la causa de la muerte fue estrangulamiento. El pezón del pecho izquierdo presentaba señales de mordeduras y estaba medio arrancado, sosteniéndose tan sólo por algunos cartílagos. Otro dato facilitado por el forense: la víctima tenía una pierna más corta que otra, lo que en principio se pensó facilitaría su identificación, algo que a la postre resultó infundado, pues de las desapariciones denunciadas en las comisarías de Santa Teresa ninguna correspondía a tales características. El día del hallazgo del cuerpo, encontrado por un grupo de adolescentes jugadores de béisbol, se presentaron en el lugar de los hechos Epifanio y Lalo Cura. El sitio estaba lleno de policías. Había algunos judiciales, algunos municipales, miembros de la policía científica, la Cruz Roja y periodistas. Epifanio y Lalo Cura se pasearon por el lugar hasta llegar al sitio exacto donde aún yacía el cadáver. No era baja. Medía por lo menos un metro sesentaiocho. Estaba desnuda a excepción de una blusa blanca llena de manchas de sangre y de tierra y un sostén blanco. Cuando se alejaron de allí Epifanio le preguntó a Lalo Cura qué le había parecido. ¿La muerta?, dijo Lalo. No, el lugar del crimen, dijo Epifanio encendiendo un cigarrillo. No hay lugar del crimen, dijo Lalo. Lo han limpiado a conciencia. Epifanio puso el coche en marcha. A conciencia no, dijo, como pendejos, pero para el caso es lo mismo. Lo han limpiado.

1997 fue un buen año para Albert Kessler. Había dado conferencias en Virginia, en Alabama, en Kentucky, en Montana, en California, en Oregon, en Indiana, en Maine, en Florida. Había recorrido universidades y hablado con antiguos alumnos que ahora eran profesores y tenían hijos grandes, algunos incluso casados, lo que nunca dejaba de sorprenderle. Había viajado a París (Francia), a Londres (Inglaterra), a Roma (Italia), en donde su nombre era conocido y en donde los asistentes a sus conferencias llegaban con su libro, traducido al francés, al italiano, al alemán, al español, para que él estampara su firma y alguna frase cariñosa o alguna frase ingeniosa, cosa que él hacía muy a gusto. Había viajado a Moscú (Rusia) y San Petersburgo (Rusia), y a Varsovia (Polonia), y lo habían invitado a ir a muchos otros lugares, por lo que cabía imaginar que 1998 iba a ser un año tan movido como éste. El mundo, en realidad, es pequeño, pensaba a veces Albert Kessler, sobre todo cuando iba en avión, en un asiento de primera o de business, y olvidaba por unos segundos la conferencia que iba a dictar en Tallahassee o en Amarillo o en New Bedford y se dedicaba a mirar las caprichosas formas de las nubes. Casi nunca soñaba con asesinos. Había conocido a muchos y había seguido la pista a muchos más, pero rara vez soñaba con alguno de ellos. En realidad, soñaba poco o tenía la fortuna de olvidar los sueños en el preciso instante en que despertaba. Su mujer, con la que vivía desde hacía más de treinta años, solía recordar sus sueños y a veces, cuando Albert Kessler paraba en casa, se los contaba mientras desayunaban juntos. Ponían la radio, un programa de música clásica, y desayunaban café, zumo de naranja, pan congelado que su mujer ponía en el microondas y que quedaba delicioso, crujiente, mejor que cualquier otro pan que él hubiera comido en ninguna otra parte. Mientras untaba el pan con mantequilla su mujer le contaba lo que había soñado esa noche, casi siempre con familiares de ella, casi todos muertos, o con amigos, de ambos, a los que hacía mucho no veían. Después su mujer se encerraba en el baño y Albert Kessler salía al jardín y oteaba el horizonte de tejados rojos, grises, amarillos, las aceras limpias y ordenadas, los coches último modelo que los hijos menores de sus vecinos estacionaban sobre los caminos de grava y no en el garaje. En el barrio sabían quién era él y lo respetaban. Si cuando estaba en el jardín aparecía un hombre, antes de meterse en su coche y partir, levantaba una mano y decía buenos días, señor Kessler. Todos eran menores que él. No demasiado jóvenes, médicos o ejecutivos medios, profesionales que se ganaban la vida trabajando duramente y que procuraban no hacer daño a nadie, aunque sobre esto último uno nunca podía saber nada a ciencia cierta. Casi todos estaban casados y tenían uno o dos hijos. A veces hacían barbacoas en los jardines, junto a la piscina, y en una ocasión, porque su mujer se lo rogó, acudió a una de estas comidas y se bebió media cerveza Bud y un vaso de whisky. En el barrio no vivía ningún policía y el único que parecía despierto era un profesor universitario, un tipo calvo y larguirucho que finalmente resultó un imbécil que sólo sabía hablar de deportes. Un policía o un ex policía, pensaba a veces, con quien mejor está es con una mujer o con otro policía, otro poli de su mismo rango. En su caso, sólo era verdad la segunda parte. Hacía mucho que ya no le interesaban las mujeres, salvo si eran policías y se dedicaban a la investigación de homicidios. En cierta ocasión, un colega japonés le dijo que dedicara los ratos libres a la jardinería. El tipo era un poli jubilado como él y durante una época, o eso decían, había sido el as de la brigada criminal de Osaka. Siguió su consejo y al volver a casa le dijo a su mujer que despidiera al jardinero, que a partir de entonces se ocuparía él personalmente del jardín. Por supuesto, no tardó en estropearlo todo y el jardinero volvió. ¿Por qué he intentado curar, y además mediante la jardinería, un estrés que no tengo?, se preguntó. A veces, cuando regresaba después de veinte o treinta días de gira, promocionando el libro o asesorando a escritores policiacos y directores de thrillers o invitado por universidades o por departamentos de policía que estaban estancados con un asesinato irresoluble, contemplaba a su mujer y tenía la vaga impresión de que no la conocía. Pero la conocía, sobre eso no tenía la menor duda. Tal vez era su forma de caminar y de moverse por la casa o su forma de invitarlo a ir, por las tardes, cuando ya empezaba a anochecer, al supermercado al que ella iba siempre y en donde compraba ese pan congelado que comía por las mañanas y que parecía recién salido de un horno europeo y no de un microondas norteamericano. A veces, después de hacer la compra, se detenían, cada uno con su carrito, delante de una librería en donde estaba la edición de bolsillo de su libro. Su mujer lo señalaba con el índice y le decía: aún sigues allí. Él, invariablemente, asentía con la cabeza y luego seguían curioseando por las tiendas del mall. ¿La conocía o no la conocía? La conocía, claro que sí, sólo que a veces la realidad, la misma realidad pequeñita que servía de anclaje a la realidad, parecía perder los contornos, como si el paso del tiempo ejerciera un efecto de porosidad en las cosas, y desdibujara e hiciera más leve lo que ya de por sí, por su propia naturaleza, era leve y satisfactorio y real.

Lo vi una sola vez, dijo Haas. Fue en una discoteca o en un sitio que parecía una discoteca pero que tal vez sólo era un bar con la música demasiado alta. Yo iba con unos amigos. Amigos y clientes. Y allí estaba este joven, sentado a una mesa, con gente conocida por algunos de los que iban conmigo. Junto a él estaba su primo, Daniel Uribe. A ambos me los presentaron. Parecían dos jóvenes bien educados, los dos hablaban inglés y vestían como si fueran rancheros, pero estaba claro que no eran rancheros. Eran fuertes y altos, más alto Antonio Uribe que su primo, se notaba que iban al gimnasio y que hacían pesas y cuidaban su cuerpo. Se notaba también que la apariencia les preocupaba. Llevaban una barba de tres días, pero olían bien, el corte de pelo era el adecuado, las camisas limpias, los pantalones limpios, todo de marca, las botas rancheras relucientes, la ropa interior probablemente limpia y también de marca, dos jóvenes, en una palabra, modernos. Yo platiqué un rato con ellos (sobre cosas sin interés, las cosas que uno habla y escucha en un lugar así y que podría decirse que son cosas de hombres: coches nuevos, dvd, compact discs de canciones rancheras, Paulina Rubio, narcocorridos, la negra esta cuyo nombre no recuerdo, ¿Whitney Huston?, no, ésa no, ¿Lana Jones?, tampoco, una negra que ahora no me acuerdo cómo se llama), y bebí una copa con ellos y con los demás, y luego todos salimos fuera de la discoteca, no recuerdo el motivo, todos de golpe para afuera, y allí, en la noche, dejé de ver a estos Uribe, fue la única vez que los vi, pero eran ellos, y luego uno de mis amigos me metió en su coche y salimos de allí como si fuera a explotar una bomba.

El diez de octubre, cerca de los campos de fútbol de PEMEX, entre la carretera a Cananea y la vía férrea, se encontró el cadáver de Leticia Borrego García, de dieciocho años de edad, semienterrada y en avanzado estado de descomposición. El cuerpo estaba envuelto en una bolsa industrial de plástico y según el informe forense la muerte se debía a estrangulamiento con rotura el hueso hioides. El cadáver fue identificado por su madre, que había denunciado la desaparición un mes atrás. ¿Por qué el asesino se tomó la molestia de cavar un pequeño agujero y hacer como que la enterraba?, se preguntó Lalo Cura mientras estuvo curioseando por el lugar. ¿Por qué no arrojarla directamente a un costado de la carretera a Cananea o entre los escombros de los antiguos almacenes del ferrocarril? ¿Es que el asesino no se dio cuenta de que dejaba el cuerpo de su víctima al lado de unos campos de fútbol? Durante un rato, hasta que lo echaron, Lalo Cura estuvo de pie contemplando el lugar donde encontraron el cuerpo. En el agujero con dificultad hubiera cabido el cuerpo de un niño o de un perro, en modo alguno el de una mujer. ¿Se trataba de un asesino con prisa por deshacerse de su víctima? ¿Era de noche y no conocía el lugar?

La noche antes de que llegara el investigador Albert Kessler a Santa Teresa, a las cuatro de la mañana, Sergio González Rodríguez recibió la llamada telefónica de Azucena Esquivel Plata, periodista y diputada del PRI. Cuando contestó al teléfono, temeroso de que lo llamara alguien de su familia para comunicarle un accidente, escuchó una voz de mujer, recia, mandona, imperativa, una voz que no estaba acostumbrada a pedir perdón ni a que le dieran excusas. La voz le preguntó si estaba solo. Sergio dijo que estaba durmiendo. ¿Pero estás solo, buey, o no estás solo?, dijo la voz. En ese momento su oído o su memoria auditiva la reconoció. No podía ser más que Azucena Esquivel Plata, la María Félix de la política mexicana, la más-más, la Dolores del Río del PRI, la Tongolele de la lascivia de algunos diputados y de casi todos los periodistas políticos mayores de cincuenta años, más bien cercanos a los sesenta, que se hundían como caimanes en el pantano, más mental que real, regentado, algunos decían que inventado, por Azucena Esquivel Plata. Estoy solo, dijo. Y además en pijama, ¿me equivoco? No, no se equivoca. Pues vístase y baje a la calle, lo paso a buscar en diez minutos. En realidad, Sergio no estaba en pijama pero le pareció poco delicado contradecirla ya desde el principio, así que se puso unos jeans, los calcetines y un suéter y bajó hasta el umbral de su edificio. Enfrente de la puerta vio un Mercedes con las luces apagadas. Desde el Mercedes también lo vieron a él, pues una de las puertas traseras se abrió y una mano con los dedos enjoyados le hizo una seña para que subiera. En una esquina del asiento trasero, arrebujada en una manta escocesa, estaba la diputada Azucena Esquivel Plata, la más-más, que pese a la oscuridad de la noche, y como si fuera la hija bastarda de Fidel Velázquez, cubría sus ojos con unas gafas negras, de montura negra y con patillas anchas y negras, similares a las que a veces se ponía Stevie Wonder y que suelen usar algunos ciegos para que los curiosos no les vean los globos oculares vacíos.

Primero voló a Tucson y desde Tucson tomó una avioneta que lo dejó en el aeropuerto de Santa Teresa. El procurador del estado de Sonora le comentó que dentro de poco, un año, un año y medio tal vez, se iniciarían los trabajos de construcción del nuevo aeropuerto de Santa Teresa, que iba a ser lo suficientemente grande como para que allí aterrizaran aviones Boeing. El presidente municipal de la ciudad le dio la bienvenida y mientras pasaban por el control de aduanas un mariachi empezó a tocar en su honor y a cantar una canción en la que se mencionaba, o eso creyó, su nombre. Prefirió no preguntar nada y sonrió. El presidente municipal apartó de un empujón al funcionario de aduanas que sellaba los pasaportes y fue él mismo el que le puso el sello al ilustre invitado. En el momento de timbrar el pasaporte de Kessler adoptó una pose de inmovilidad total. El sello en alto, la sonrisa esculpida de oreja a oreja, para que los fotógrafos reunidos pudieran hacer sus fotos con total tranquilidad. El procurador del estado hizo una broma y todos se rieron, menos el funcionario de aduanas, cuya expresión no parecía feliz. Luego todos subieron a una caravana de coches y se dirigieron a la alcaldía, en cuyo salón de actos principal el ex agente del FBI procedió a dar su primera conferencia de prensa. Le preguntaron si ya tenía en sus manos el dossier o algo parecido a un dossier sobre los asesinatos de mujeres en Santa Teresa. Le preguntaron si era verdad que Terry Fox, el protagonista de la película *Los ojos manchados*, era realmente, es decir en la vida real, un psicópata, como había declarado su tercera mujer antes de divorciarse. Le preguntaron si ya había estado en México y, en caso de ser afirmativa la respuesta, si le gustaba. Le preguntaron si era cierto que R. H. Davis, el novelista que escribió *Los ojos manchados* y *El asesino entre los niños* y *Nombre codificado,* era incapaz de dormir con las luces de su casa apagadas. Le preguntaron si era verdad que Ray Samuelson, el director de *Los ojos manchados*, le prohibió a Davis la entrada al set donde estaban rodando la película. Le preguntaron si una serie de asesinatos como los de Santa Teresa hubiera sido posible en los Estados Unidos. Sin comentarios, dijo Kessler y después, con movimientos muy medidos, saludó a los periodistas, les dio las gracias y se marchó rumbo a su hotel, en donde tenía reservada la mejor suite, que no era la suite presidencial o la suite matrimonial, como suele pasar en casi todos los hoteles, sino la suite del desierto, porque desde su terraza, que estaba de cara al sur y al oeste, se apreciaba en toda su extensión la grandeza y soledad del desierto de Sonora.

Son de Sonora, dijo Haas, pero también son de Arizona. ¿Y eso cómo se come?, dijo uno de los periodistas. Son mexicanos, pero también norteamericanos. Tienen doble nacionalidad. ¿Existe la doble nacionalidad entre mexicanos y norteamericanos? La abogada asintió sin levantar la cabeza. ¿Y dónde viven?, dijo uno de los periodistas. En Santa Teresa, pero también tienen casa en Phoenix. Uribe, dijo uno de los periodistas, me suena de algo. Sí, a mí también me suena, dijo otro de los periodistas. ¿No estarán emparentados con el Uribe de Hermosillo? ¿Cuál Uribe? Este buey de Hermosillo, dijo el periodista de *El Sonorense,* el de los transportes. El de la flota de camiones. Chuy Pimentel fotografió en ese momento a los periodistas. Jóvenes, mal vestidos, algunos con cara de venderse al mejor postor, muchachos trabajadores con pinta de sueño y mala noche que se miraban entre sí y ponían a funcionar una especie de memoria compartida, incluso el enviado de *La Raza de Green Valley,* que más que periodista parecía bracero, entendía y se aplicaba con cierta eficiencia al ejercicio de recordar, de aportar un grado más de definición al cuadro. Uribe de Hermosillo. El Uribe de la flota de camiones. ¿Cómo se llama? ¿Pedro Uribe? ¿Rafael Uribe? Pedro Uribe, dijo Haas. ¿Tiene algo que ver con los Uribe de esta historia? Es el padre de Antonio Uribe, dijo Haas. Y luego dijo: Pedro Uribe tiene más de cien camiones de transporte. Traslada mercancías de varias maquiladoras, tanto de Santa Teresa como de Hermosillo. Sus camiones cruzan la frontera cada hora o cada media hora. También tiene propiedades en Phoenix y Tucson. Su hermano, Joaquín

Uribe, posee varios hoteles en Sonora y Sinaloa y una cadena de cafeterías en Santa Teresa. Es el padre de Daniel. Los dos Uribe están casados con norteamericanas. Antonio y Daniel son los hijos mayores. Antonio tiene dos hermanas y un hermano. Daniel es hijo único. Antes Antonio trabajaba en las oficinas de su padre en Hermosillo, pero desde hace tiempo ya no trabaja en ninguna parte. Daniel siempre ha sido un bala perdida. Los dos son protegidos del narcotraficante Fabio Izquierdo, que a su vez trabaja para Estanislao Campuzano. Se dice que Estanislao Campuzano fue el padrino de bautizo de Antonio. Sus amigos son hijos de millonarios, como ellos, pero también policías y narcos de Santa Teresa. Allá por donde van gastan el dinero a manos llenas. Ellos son los asesinos en serie de Santa Teresa.

El diez de octubre, el mismo día en que se encontró el cuerpo de Leticia Borrego García cerca de los campos de fútbol de PEMEX, fue hallado el cadáver de Lucía Domínguez Roa, en la colonia Hidalgo, en una acera de la calle Perséfone. En el primer informe policial se dijo que Lucía ejercía la prostitución y era drogadicta y que la causa de la muerte probablemente había sido una sobredosis. A la mañana siguiente, sin embargo, la declaración de la policía varió ostensiblemente. Se dijo entonces que Lucía Domínguez Roa trabajaba como mesera en un bar de la colonia México y que su muerte fue ocasionada por un disparo en el abdomen, con munición del calibre 44, probablemente un revólver. No había testigos del asesinato y no se descartaba que el asesino hubiera disparado desde el interior de un coche en marcha. Tampoco se descartaba que la bala apuntara a otra persona. Lucía Domínguez Roa tenía treintaitrés años, estaba separada y vivía sola en una habitación de la colonia México. Nadie supo decir qué hacía en la colonia Hidalgo, aunque era probable, según la policía, que hubiera estado dando un paseo y que se topara con la muerte por pura casualidad.

El Mercedes entró en la colonia Tlalpan, dio varias vueltas y finalmente enfiló por una calle empedrada, llena de bardas, con casas iluminadas por la luna que parecían deshabitadas o destruidas. Durante todo el trayecto Azucena Esquivel Plata permaneció en silencio, fumando arrebujada en su manta escocesa, y Sergio se dedicó a mirar por la ventana. La casa de la diputada era grande, de una sola planta, con patios en donde antiguamente entraban carruajes y viejas caballerizas y abrevaderos tallados directamente en la piedra. La siguió hasta una sala en donde colgaba un Tamayo y un Orozco. El Tamayo era rojo y verde. El Orozco negro y gris. Las paredes de la sala, blanquísimas, evocaban de alguna manera un hospital privado o la muerte. La diputada le preguntó qué quería beber. Sergio dijo que un café. Un café y un tequila, dijo la diputada sin levantar la voz, simplemente como si comentara lo que ambos querían a aquellas horas de la madrugada. Sergio miró a sus espaldas, por si había algún sirviente, pero no vio a nadie. Al cabo de unos minutos, sin embargo, apareció una mujer de mediana edad, más o menos de la generación de la diputada, pero mucho más avejentada por el trabajo y los años, con un tequila y una taza de café humeante. El café era espléndido y Sergio así se lo dijo a su anfitriona. Azucena Esquivel Plata se rió (en realidad sólo mostró los dientes y dejó escapar un sonido de ave nocturna que remedaba la risa) y le dijo que si probara el tequila que ella tenía entonces sí se iba a enterar de lo que era bueno. Pero vayamos a lo nuestro, dijo sin quitarse las enormes gafas negras. ¿Ha oído usted hablar de Kelly Rivera Parker? No, dijo Sergio. Me lo temía, dijo la diputada. ¿De mí ha oído usted hablar? Claro, dijo Sergio. ¿Pero no de Kelly? No, dijo Sergio. Así es este puto país, dijo Azucena, y durante unos minutos permaneció en silencio, mirando el vaso de tequila al trasluz de una lámpara de mesa o mirando el suelo o con los ojos cerrados, porque todo eso, y más, podía hacer bajo la impunidad de sus gafas. Yo conocía a Kelly desde que éramos chicas, dijo la diputada como si hablara en sueños. Al principio no me cayó bien, creo que era demasiado remilgada, o eso creía yo entonces. Su padre era arquitecto y trabajaba para los nuevos ricos de la ciudad. Su madre era gringa y el padre la había conocido mientras estudiaba en Harvard o en Yale, una de las dos. Por supuesto, no había ido allí, el padre, digo, enviado por sus propios padres, los abuelos de Kelly, sino gracias a una beca del gobierno. Supongo que como estudiante fue bastante bueno, ¿no? Seguramente, dijo Sergio al ver que el silencio volvía a enseñorearse del ánimo de la diputada. Como estudiante de arquitectura fue bueno, sí, pero como arquitecto era una mierda. ¿Conoce usted la casa Elizondo? No, dijo Sergio. Está en Coyoacán, dijo la diputada. Es un horror de casa. La construyó el padre de Kelly. No la conozco, dijo Sergio. Ahora vive allí un productor de cine, un borracho impenitente, un tipo acabado que ya no hace películas. Sergio se encogió de hombros. Cualquier día de éstos lo van a encontrar muerto y sus sobrinos venderán la casa Elizondo a una constructora para que levanten allí un edificio de apartamentos. En realidad, cada vez quedan menos huellas del paso por el mundo del arquitecto Rivera. Qué puta sidosa más caliente es la realidad, ¿no cree usted? Sergio asintió con la cabeza y luego dijo que sí, que así era. El arquitecto Rivera, el arquitecto Rivera, dijo la diputada. Tras un instante de silencio, dijo: la madre era una mujer muy hermosa, bella es la palabra, bellísima. La señora Parker. Una mujer moderna y bella a la que el arquitecto Rivera trataba como a una reina, dicho sea de paso. Y más le valía hacerlo, porque cuando los hombres la veían se volvían locos por ella y si hubiera querido dejar al arquitecto, buenos partidos no le iban a faltar. Lo cierto es que no lo dejó nunca, aunque cuando yo era chica se hablaba a veces de que un general y un político la pretendían y que ella no veía con malos ojos sus requiebros. Ya sabe usted cómo es la gente de mal pensada. Pero ella debió de querer a Rivera pues nunca lo dejó. Sólo tuvieron una hija, Kelly, que en realidad se llamaba Luz María, como su abuela. La señora Parker se quedó embarazada más veces, claro, pero tenía dificultad con los embarazos. Supongo que algo le pasaba a su matriz. Tal vez esa matriz no soportaba más hijos mexicanos y abortaba de forma natural. Puede ser. Cosas más raras se han visto. Lo cierto es que Kelly fue hija única y esa desgracia o esa suerte marcó su carácter. Por un lado era o parecía ser una niña remilgada, la típica güerita hija de arribista, y por otro lado tenía una personalidad, ya desde pequeña, muy fuerte, decidida, una personalidad que me atrevería a llamar original. Lo cierto es que al principio no me cayó bien y luego, cuando la fui conociendo, cuando me invitó a su casa y yo la invité a la mía, fui simpatizando cada vez más con ella, hasta que nos convertimos en inseparables. Esas cosas suelen marcar para siempre, dijo la diputada como si escupiera a la cara de un hombre o de un fantasma. Me lo imagino, dijo Sergio. ¿No quiere otro café?

El mismo día de su llegada a Santa Teresa Kessler salió del hotel. Primero bajó al lobby. Habló durante un rato con el recepcionista, le preguntó por la computadora del hotel y por las conexiones a la red, y luego fue al bar, en donde bebió un vaso de whisky que dejó a medias tras levantarse y meterse en el lavabo. Cuando salió parecía haberse lavado la cara y no miró a nadie de los que estaban en las mesas del bar o sentados en los sillones y se dirigió al restaurante. Pidió un plato de ensalada César y pan negro de molde y mantequilla y una cerveza. Mientras esperaba la comida se levantó y realizó una llamada telefónica desde el teléfono que está en la entrada del restaurante. Luego volvió a sentarse y sacó de uno de los bolsillos de su chaqueta un diccionario inglés-español y estuvo buscando algunas palabras. Después un mesero le puso la ensalada en la mesa y Kessler bebió un par de sorbos de cerveza mexicana y untó un trozo de pan con mantequilla. Volvió a levantarse y se dirigió al baño. Pero no llegó a entrar sino que, tras darle un dólar e intercambiar unas palabras en inglés con el hombre encargado de la limpieza de los lavabos del restaurante, dobló por un pasillo lateral y abrió una puerta y atravesó otro pasillo. Al final aparecieron las cocinas del hotel, sobre las que flotaba una nube que olía a salsas picantes y carnes en adobo, y Kessler le preguntó a uno de los pinches por dónde se salía a la calle. El pinche lo acompañó hasta una puerta. Kessler le dio un dólar y salió por el patio. En la esquina lo esperaba un taxi y se subió.

Vamos a dar una vuelta por los barrios bajos, le dijo en inglés. El taxista dijo okey y partieron. El recorrido duró aproximadamente dos horas. Estuvieron dando vueltas por el centro de la ciudad, por la colonia Madero-Norte y por la colonia México, casi hasta llegar a la frontera desde donde se divisaba El Adobe, que ya era territorio norteamericano. Luego volvieron a la Madero-Norte y se internaron por las calles de la colonia Madero y la colonia Reforma. Esto no es lo que quiero, dijo Kessler. ¿Qué es lo que quiere, jefe?, dijo el taxista. Barrios pobres, la zona de las maquiladoras, los basureros clandestinos. El taxista volvió a cruzar la colonia Centro y puso dirección a la colonia Félix Gómez, en donde tomó la avenida Carranza y atravesó la colonia Veracruz, la colonia Carranza y la colonia Morelos. Al final de la avenida había una especie de plaza o explanada de grandes proporciones, de un amarillo intenso, donde se acumulaban camiones de carga y camiones de transporte público y tenderetes donde la gente vendía y compraba desde hortalizas y gallinas hasta abalorios. Kessler le dijo al taxista que parara, que tenía ganas de echar una mirada. El taxista le dijo que mejor no, jefe, que allí la vida de un gringo no valía gran cosa. ¿Usted cree que nací ayer?, dijo Kessler. El taxista no entendió la expresión e insistió en que no bajara. Pare aquí, joder, dijo Kessler. El taxista frenó y dijo que le pagara. ¿Piensa usted marcharse?, dijo Kessler. No, dijo el taxista, yo lo espero, pero nadie me garantiza que vaya a volver usted con algo de dinero en los bolsillos. Kessler se echó a reír. ¿Cuánto quiere? Con veinte dólares es suficiente, dijo el taxista. Kessler le dio un billete de veinte y se bajó del taxi. Durante un rato, con las manos en los bolsillos y la corbata desanudada, estuvo curioseando por el improvisado mercadillo. Le preguntó a una viejita que vendía piña con chile hacia dónde iban los camiones, pues todos salían en la misma dirección. Se recogen a Santa Teresa, dijo la viejita. ¿Y más allá qué hay?, dijo en español e indicando con el dedo la dirección contraria. El parque, pues, dijo la viejita. Le compró, por delicadeza, un trozo de piña con chile, que tiró al suelo nada más alejarse de allí. Ya ve que no me ha pasado nada, le dijo al taxista al volver al coche. Habrá sido un milagro, dijo el taxista sonriendo por el espejo retrovisor. Vamos al parque, dijo Kessler. Al final de la explanada, que era de tierra, el camino se bifurcaba en dos direcciones, que luego, a su vez, volvían a bifurcarse en otras dos. Los seis caminos estaban pavimentados y confluían en el Parque Industrial Arsenio Farrel. Las naves industriales eran altas y cada fábrica estaba cercada por barreras de alambre y la iluminación que caía de los grandes postes de luz lo inundaba todo con un halo incierto de premura, de evento importante, lo que no era cierto, pues sólo se trataba de un día más de trabajo. Kessler volvió a bajarse del taxi y respiró el aire de la maquila, el aire laboral del norte de México. Los autobuses que llegaban con trabajadores y los que abandonaban el parque con trabajadores. Un aire húmedo y fétido, como de aceite quemado, le azotó la cara. Creyó escuchar risas y una música de acordeón engarzadas con el viento. Hacia el norte del Parque Industrial se extendía un mar de techados construidos con material de desecho. Hacia el sur, tras las chabolas perdidas, divisó una isla de luz y supo de inmediato que aquello era otro Parque Industrial. Le preguntó al taxista por el nombre. El taxita salió y miró durante un rato en la dirección indicada por Kessler. Ése debe ser el Parque Industrial General Sepúlveda, dijo. Empezó a anochecer. Hacía tiempo que Kessler no veía un atardecer tan hermoso. Los colores se arremolinaban en el ocaso y aquello le recordó un atardecer que había visto hacía muchos años en Kansas. No era exactamente igual, pero en lo que respecta a los colores era lo mismo. Él estaba allí, recordó, en la carretera, con el sheriff y un compañero del FBI, y el coche se detuvo un momento, tal vez porque uno de los tres tenía que bajarse a orinar, y entonces lo vio. Colores vivos en el oeste, colores como mariposas gigantescas danzando mientras la noche avanzaba como un cojo por el este. Vámonos, jefe, dijo el taxista, no abusemos de la suerte.

¿Y tú qué pruebas tienes, Klaus, para afirmar que los Uribe son los asesinos en serie?, dijo la periodista de *El Independiente de Phoenix.* En la cárcel todo se sabe, dijo Haas. Algunos periodistas hicieron gestos afirmativos con la cabeza. La periodista de Phoenix dijo que eso era imposible. Sólo es una leyenda, Klaus. Una leyenda inventada por los reclusos. Un sustituto falaz de la libertad. En la cárcel uno sabe lo poco que llega a la cárcel, sólo eso. Haas la miró con rabia. He querido decir, dijo, que en la cárcel se sabe todo lo que pasa en los márgenes de la ley. Eso no es verdad, Klaus, dijo la periodista. Es cierto, dijo Haas. No, no lo es, dijo la periodista. Eso es una leyenda urbana, un invento de las películas. A la abogada le rechinaron los dientes. Chuy Pimentel la fotografió: el pelo negro, teñido, cubriéndole el rostro, el contorno de la nariz levemente aguileña, los párpados silueteados con lápiz. Si de ella hubiera dependido todos los que la rodeaban, las sombras en los márgenes de la foto, habrían desaparecido en el acto, y también la habitación aquella, y la cárcel, con carceleros y encarcelados, los muros centenarios del penal de Santa Teresa, y de todo no hubiera quedado sino un cráter, y en el cráter sólo hubiera habido silencio y la presencia vaga de ella y de Haas, aherrojados en la sima.

El catorce de octubre, a un lado de un camino de terracería que lleva desde la colonia Estrella hasta los ranchos del extrarradio de Santa Teresa, se localizó el cuerpo de otra mujer muerta. Vestía una camiseta azul marino de manga larga, una chamarra rosa con rayas verticales negras y blancas, pantalón de mezclilla marca Levis, un cinturón ancho con hebilla forrada de terciopelo, botas de tacón fino, de media caña, y calcetines blancos, bragas negras y sostén blanco. La muerte, según el informe forense, fue debida a asfixia por estrangulamiento. Alrededor del cuello conservaba un cable eléctrico de color blanco, de un metro de longitud, con un nudo en medio y cuatro puntas, el que previsiblemente fue utilizado para estrangularla. Se apreciaron asimismo huellas externas de violencia alrededor del cuello, como si antes de usar el cable hubieran pretendido estrangularla con las manos, excoriaciones en el brazo izquierdo y en la pierna derecha y marcas de golpes en los glúteos, como si la hubieran pateado. Según el informe llevaba tres o cuatro días muerta. Se calculó su edad entre los veinticinco y treinta años. Posteriomente fue identificada como Rosa Gutiérrez Centeno, de treintaiocho años de edad, antigua obrera de la maquila y en el momento de su deceso mesera de una cafetería del centro de Santa Teresa, desaparecida desde hacía cuatro días. La identificó su hija, del mismo nombre y de diecisiete años de edad, con la que vivía en la colonia Álamos. La joven Rosa Gutiérrez Centeno vio el cadáver de su madre en las dependencias de la morgue y dijo que era ella. Por si quedaba alguna duda declaró que la chamarra rosa con rayas verticales negras y blancas era suya, de su propiedad, y que con su madre solía compartirla, como compartían tantas cosas.

Hubo varias épocas, dijo la diputada, en que nos veíamos a diario. Por supuesto, de niñas, en el colegio, no teníamos otra alternativa. Pasábamos los recreos juntas y compartíamos juegos y hablábamos de nuestras cosas. A veces ella me invitaba a su casa y yo solía ir encantada, aunque mis padres y mis abuelos no eran proclives a que me juntara con niñas como Kelly, no por ella, claro, sino por sus padres, por miedo a que el arquitecto Rivera de alguna manera aprovechara la amistad de su hija para acceder a lo que mi familia consideraba sacrosanto, el círculo de hierro de nuestra intimidad, que había resistido a los embites de la revolución y a la represión que hubo después del levantamiento cristero y a la marginación en que se asaban a fuego lento los restos del porfirismo, en realidad los restos del iturbidismo mexicano. Para que se haga usted una idea: con Porfirio Díaz mi familia no estaba mal, pero con el emperador Maximiliano estaba mejor, y con Iturbide, con una monarquía iturbidista sin sobresaltos e interrupciones, pues habría estado en su momento óptimo. Para mi familia, sépalo usted, los mexicanos de verdad éramos muy pocos. Trescientas familias en todo el país. Mil quinientas o dos mil personas. El resto eran indios rencorosos o blancos resentidos o seres violentos venidos de no se sabe dónde para llevar a México a la ruina. Ladrones, la mayoría. Arribistas. Vividores. Gente sin escrúpulos. El arquitecto Rivera, como puede usted imaginar, encarnaba para ellos el prototipo del trepador social. Daban por supuesto que su mujer no era católica. Probablemente, por lo que llegué a escuchar, la consideraban una puta. En fin, lindezas de ese tipo. Pero jamás me prohibieron que la visitara (aunque, como le digo, no era de su agrado) o que yo la invitara, cada vez con más frecuencia, a mi casa. La verdad es que a Kelly le gustaba mi casa, yo diría que le gustaba más que la suya, y en el fondo resulta comprensible que así fuera y eso decía mucho sobre su gusto, que ya desde niña se manifestaba con gran lucidez. O con gran terquedad, que tal vez es la palabra más apropiada. En este país siempre hemos confundido lucidez con terquedad, ¿no le parece? Creemos ser lúcidos, pero en realidad somos tercos. En este sentido, Kelly era muy mexicana. Era terca y obstinada. Más terca que yo, que ya es decir. ¿Por qué le gustaba mi casa más que la suya? Pues porque la mía tenía clase y la suya sólo tenía estilo, ¿comprende la diferencia? La casa de Kelly era bonita, mucho más cómoda que la mía, con más confort, quiero decir, una casa con luz, con una sala grande y agradable, ideal para recibir visitas o dar fiestas, con un jardín moderno, de césped y cortacésped, una casa racional, como se solía decir en aquellos años. La mía, ya usted la puede apreciar, es esta misma, aunque por supuesto mucho más descuidada de como está ahora, un caserón que olía a momias y a velas, más que una casa una capilla gigantesca, pero en donde estaban presentes los atributos de la riqueza y de la permanencia de México. Una casa sin estilo, en ocasiones fea como un barco hundido, pero con clase. ¿Y sabe lo que es tener clase? Ser, en última instancia, soberano. No deberle nada a nadie. No tener que dar explicaciones de nada a nadie. Y así era Kelly. No quiero decir que ella tuviera consciencia de eso. Ni yo. Las dos éramos unas niñas y éramos simples y complicadas como niñas y no nos enredábamos con palabras. Pero ella era así. Pura voluntad, pura explosión, puro deseo de placer. ¿Tiene usted hijas? No, dijo Sergio. Ni hijas ni hijos. Bueno, si tiene alguna vez hijas sabrá de lo que le hablo. La diputada guardó silencio durante un rato. Yo sólo he tenido un hijo, dijo. Vive en los Estados Unidos, está estudiando. A veces me gustaría que no volviera a México jamás. Creo que sería lo mejor para él.

Aquella noche a Kessler lo fueron a buscar al hotel para una cena de gala en casa del presidente municipal. En la mesa estaban el procurador del estado de Sonora, el subprocurador, dos policías judiciales, un tal doctor Emilio Garibay, jefe del departamento forense y catedrático de patología y medicina legal de la Universidad de Santa Teresa, el cónsul de los Estados Unidos, Mr. Abraham Mitchell, a quien todos llamaban Conan, los empresarios Conrado Padilla y René Alvarado, y el rector de la universidad, don Pablo Negrete, acompañados de sus esposas los que las tenían o solos, mucho más fúnebres y silenciosos los célibes, aunque alguno entre estos últimos parecía feliz de su condición y no paraba de reír y de contar anécdotas y alguno había que estando casado había sido invitado sin su esposa. Durante la comida no se habló de crímenes sino de negocios (la situación económica de aquella franja fronteriza era buena y podía todavía mejorar) y de películas, en especial de aquellas en las que Kessler había trabajado como asesor. Tras el café, y después de la desaparición diríase que instantánea de las mujeres, previamente aleccionadas por sus cónyuges, los hombres, recogidos en la biblioteca, que más que biblioteca parecía un salón de trofeos o salón de caza de un rancho de lujo, tocaron, con prudencia al principio excesiva, el gran tema. Para sobresalto de algunos, Kessler respondió a las preguntas iniciales con otras preguntas. Preguntas que dirigió, además, a las personas equivocadas. Por ejemplo, le preguntó a Conan Mitchell qué creía él, como ciudadano norteamericano, que estaba pasando en Santa Teresa. Los que sabían inglés tradujeron. A algunos no les pareció de buen tono empezar por el norteamericano. Y menos aún hacerle la pregunta en su condición de ciudadano norteamericano. Conan Mitchell dijo que no tenía una idea formada al respecto. Acto seguido Kessler le hizo la misma pregunta al rector Pablo Negrete. Éste se encogió de hombros, ensayó una sonrisa, dijo que lo suyo era el mundo de la cultura y luego tosió y se calló. Finalmente Kessler quiso saber la opinión del doctor Garibay. ¿Quiere que le responda como vecino de Santa Teresa o como forense?, preguntó a su vez Garibay. Como ciudadano común y corriente, dijo Kessler. Un forense difícilmente será jamás un ciudadano común y corriente, dijo Garibay, demasiados cadáveres. La mención de los cadáveres rebajó el entusiasmo de los que allí se congregaban. El procurador del estado de Sonora le hizo entrega de un dossier. Uno de los judiciales dijo que él creía que había, en efecto, un asesino en serie, pero que éste ya estaba en la cárcel. El subprocurador le contó a Kessler la historia de Haas y de la banda de los Bisontes. El otro judicial quiso saber qué pensaba Kessler de los asesinos imitativos. A Kessler le costó entender la pregunta hasta que Conan Mitchell le susurró copycats. El rector de la universidad lo invitó a dar un par de clases magistrales. El presidente municipal le reiteró lo feliz que lo hacía su presencia allí, en la ciudad. Cuando volvió a su hotel, en uno de los coches oficiales de la corporación municipal, Kessler pensó que toda esa gente era, en verdad, muy simpática y hospitalaria, tal como él pensaba que eran los mexicanos. Por la noche, cansado, soñó con un cráter y con un tipo que daba vueltas alrededor del cráter. Ese tipo probablemente soy yo, se dijo en el sueño, pero no le dio ninguna importancia y la imagen se apagó.

El que empezó a matar fue Antonio Uribe, dijo Haas. Daniel lo acompañaba y lo ayudaba después a deshacerse de los cadáveres. Pero poco a poco Daniel se fue interesando, aunque ésta no es la palabra correcta, dijo Haas. ¿Cuál es la palabra correcta?, le preguntaron los periodistas. La diría si no hubiera mujeres escuchando, dijo Haas. Los periodistas se rieron. La periodista de *El Independiente de Phoenix* dijo que por ella no se anduviera con remilgos. Chuy Pimentel fotografió a la abogada. Una mujer hermosa, a su manera, pensó el fotógrafo: con buen porte, alta, de expresión orgullosa, ¿qué es lo que empuja a una mujer así a pasarse la vida en juzgados y visitando a sus clientes en la cárcel? Dilo, Klaus, dijo la abogada. Haas miró el techo. La palabra correcta, dijo, es calentando. ¿Calentando?, dijeron los periodistas. Daniel Uribe, a fuerza de mirar lo que hacía su primo, se fue *calentando*, dijo Haas, y poco después él también empezó a violar y a matar. Chale, exclamó la periodista de *El Independiente de Phoenix*.

En los primeros días de noviembre un grupo de excursionistas de un colegio privado de Santa Teresa encontró los restos de una mujer en la ladera más abrupta del cerro La Asunción, también conocido como cerro Dávila. Desde el teléfono móvil del profesor que iba a cargo del grupo se telefoneó a la policía, que se presentó en el lugar de autos cinco horas después, cuando ya faltaba poco para oscurecer. En la ascensión al cerro uno de los policías, el judicial Élmer Donoso, resbaló y se rompió las dos piernas. Auxiliados por los excursionistas, que no se habían movido del sitio, se procedió a trasladar al judicial a un hospital de Santa Teresa. A la mañana siguiente, de madrugada, el judicial Juan de Dios Martínez, ayudado por varios policías, volvió al cerro La Asunción acompañado por el profesor que había denunciado el hallazgo de los huesos, los cuales fueron localizados esta vez sin ningún problema, procediendo a levantarlos y trasladarlos a las dependencias forenses de la ciudad, en donde se determinó que los restos pertenecían a una mujer, sin poderse establecer las causas de la muerte. Los restos carecían de tejidos blandos y ya ni siquiera tenían fauna cadavérica. En el sitio donde fueron hallados el judicial Juan de Dios Martínez descubrió un pantalón carcomido por la intemperie. Como si le hubieran sacado el pantalón antes de arrojarla contra los matorrales. O como si la hubieran subido desnuda y en una bolsa hubieran metido el pantalón, que luego arrojarían a varios metros de la muerta. La verdad es que nada tenía sentido.

A los doce años dejamos de vernos. El arquitecto Rivera tuvo la ocurrencia de morirse de forma inesperada, sin previo aviso, y de golpe la madre de Kelly se encontró no sólo sin marido sino llena de deudas. La primera medida que tomó fue cambiar a Kelly de colegio y luego vendió su casa de Coyoacán y se fueron a vivir a un apartamento en la colonia Roma. Con Kelly, sin embargo, seguimos llamándonos por teléfono y nos vimos en dos o tres ocasiones. Después dejaron el apartamento de la Roma y se marcharon a Nueva York. Recuerdo que cuando se fue me pasé llorando dos días enteros. Pensaba que nunca más la iba a volver a ver. A los dieciocho años entré en la universidad. Creo que fui la primera mujer de mi familia que lo hizo. Probablemente me dejaron seguir estudiando porque los amenacé con matarme si no me dejaban. Primero estudié Derecho y luego Periodismo. Ahí me di cuenta de que si quería seguir viva, quiero decir seguir viva como lo que era, como Azucena Esquivel Plata, tenía que dar un giro de ciento ochenta grados a mis prioridades, que hasta entonces no diferían sustancialmente de las prioridades de mi familia. Yo, como Kelly, era hija única, y los miembros de mi familia languidecían y se morían uno tras otro. En mi naturaleza no estaba, como puede usted suponer, ni languidecer ni morirme. Me gustaba demasiado la vida. Me gustaba lo que la vida me podía ofrecer a mí, a nadie más que a mí, y que yo, además, estaba segura de merecer. En la universidad empecé a cambiar. Conocí a otra clase de gente. En Derecho a los jóvenes tiburones del PRI, en Periodismo a los perros perdigueros de la política mexicana. Todos me enseñaron algo. Mis profesores me querían. Al principio eso era algo que me desconcertaba. ¿Por qué yo, que parecía salida de un rancho anclado en los primeros años del siglo XIX? ¿Tenía algo especial? ¿Era particularmente atractiva o inteligente? Tonta no era, eso es cierto, pero tampoco muy inteligente. ¿Por qué entonces despertaba esa simpatía entre mis profesores? ¿Por ser la última de los Esquivel Plata a la que le corría sangre por las venas? ¿Y si así fuera, qué más daba, por qué eso me tenía que hacer diferente? Podría escribir un tratado sobre los resortes secretos de la sentimentalidad de los mexicanos. Qué retorcidos que somos. Qué sencillos parecemos o nos mostramos ante los demás y en el fondo qué retorcidos que somos. Qué poquita cosa que somos y de qué manera tan espectacular nos retorcemos ante nosotros mismos y ante los demás, los mexicanos. ¿Y todo para qué? ¿Para ocultar qué? ¿Para hacer creer qué?

A las siete de la mañana se despertó. A las siete y media, duchado y ya vestido con un traje gris perla, camisa blanca y corbata verde, bajó a desayunar. Pidió un jugo de naranja, un café y dos tostadas con mantequilla y mermelada de fresa. La mermelada era buena, la mantequilla no. A las ocho y media, mientras ojeaba los informes sobre los crímenes, llegaron dos policías a buscarlo. La actitud de los policías era de entrega total. Parecían dos putas a quienes se les permitía por primera vez vestir a su padrote, pero esto Kessler no lo notó. A las nueve dictó una conferencia a puerta cerrada exclusivamente para un grupo escogido de veinticuatro policías, la mayoría vestidos de civil aunque alguno había que llevaba uniforme. A las diez y media visitó las dependencias de la policía judicial y estuvo un rato examinando y jugando con las computadoras y los programas de identificación de sospechosos ante la mirada satisfecha del séquito de policías que lo acompañaban. A las once y media se fueron todos a comer a un restaurante especializado en comida mexicana y norteña que no quedaba lejos del edificio de los judiciales. Kessler pidió un café y un sándwich de queso, pero los judiciales insistieron en que probara antojitos mexicanos, que el dueño del restaurante en persona trajo en dos grandes bandejas. Al mirar los antojitos Kessler pensó en comida china. Después del café, sin que lo pidiera, le pusieron delante un vasito con jugo de piña. Lo probó y notó de inmediato el alcohol. Muy poco, sólo para aromatizar o para servir de contrapunto al aroma de la piña. El vaso lleno de hielo picado, muy fino. Algunos antojitos eran crujientes y el relleno indescifrable, otros tenían la piel suave, como si se tratara de frutas hervidas, pero rellenas de carne. En una bandeja estaban los picantes y en la otra los que apenas picaban. Kessler probó un par de esta última. Buenos, dijo, muy buenos. Luego probó los picantes y se bebió el resto del jugo de piña. Comen bien estos hijos de puta, pensó. A la una salió con dos judiciales que hablaban inglés a visitar diez lugares que Kessler escogió previamente de entre los dossiers que había recibido. Detrás de su coche se puso en marcha otro coche con tres judiciales más. Primero estuvieron en el barranco de Podestá. Kessler se bajó del coche, se acercó al barranco, sacó un mapa de la ciudad y realizó algunas anotaciones. Luego les pidió a los judiciales que lo llevaran al Fraccionamiento Buenavista. Cuando llegaron ni siquiera se bajó del coche. Extendió el mapa delante de él, realizó encima cuatro garabatos que a los judiciales les resultaron incomprensibles y luego pidió que lo llevaran al cerro Estrella. Llegaron por el sur, a través de la colonia Maytorena, y cuando Kessler preguntó cómo se llamaba ese barrio y los judiciales se lo dijeron, insistió en detenerse y caminar un rato. El coche que los seguía se detuvo junto a ellos y el que conducía preguntó con un gesto a los del coche principal qué pasaba. El judicial que estaba en la calle, junto a Kessler, se encogió de hombros. Al final todos se bajaron y se pusieron a caminar detrás del norteamericano, mientras la gente los miraba de refilón, algunos temiéndose lo peor, otros pensando que se trataba de una partida de narcos, aunque algunos reconocieron en el viejo que caminaba delante del grupo al gran detective del FBI. Al cabo de dos cuadras Kessler descubrió un merendero con las mesas al aire libre, debajo de un parrón y de unas lonas de rayas azules y blancas atadas a unos palos. El suelo era de tierra apisonada y el local estaba vacío. Sentémonos un rato, le dijo a uno de los judiciales. Desde el patio se veía el cerro Estrella. Los judiciales juntaron dos mesas y se sentaron y procedieron a encender cigarrillos y no pudieron evitar sonreírse entre ellos, como si dijeran aquí estamos, señor, dispuestos para lo que usted mande. Rostros jóvenes, pensó Kessler, enérgicos, rostros de chicos sanos, algunos morirán antes de llegar a viejos, antes de arrugarse por la edad o el miedo o las cavilaciones inútiles. Una mujer de mediana edad, con un mandil blanco, apareció por el fondo del merendero. Kessler dijo que quería un jugo de piña con hielo, similar al que había tomado por la mañana, pero los policías le aconsejaron que pidiera otra cosa, que el agua con que hacían los jugos, en aquel barrio, no era de fiar. Tardaron en encontrar la palabra inglesa «potable». ¿Qué van a tomar ustedes, amigos?, dijo Kessler. Bacanora, dijeron los policías, y le explicaron que se trataba de una bebida que sólo se destilaba en Sonora, con una especie de agave que únicamente crecía allí y en ningún otro lugar de México. Pues probemos el bacanora, dijo Kessler, mientras unos niños se asomaban al merendero y miraban al grupo de policías y luego echaban a correr. Cuando la mujer volvió llevaba una bandeja con cinco vasos y una botella de bacanora. Ella misma le sirvió y se quedó esperando la opinión de Kessler. Muy bueno, dijo el detective norteamericano mientras la sangre le subía a la cabeza. ¿Usted está aquí por las muertas, señor Kessler?, preguntó la mujer. ¿Cómo sabe mi nombre?, dijo Kessler. Lo vi ayer en la televisión. También he visto sus películas. Ah, mis películas, dijo Kessler. ¿Piensa acabar con las muertes?, dijo la mujer. Es difícil responder a eso, lo intentaré, eso es todo lo que le puedo prometer, dijo Kessler, y el judicial se lo tradujo a la mujer. Desde donde estaban, bajo las lonas de rayas azules y blancas, el cerro Estrella parecía una estructura de yeso. Las estrías negras debían de ser basura. Las estrías marrones, casas o casuchas que se aguantaban en precario y extraño equilibrio. Las estrías rojas, tal vez trozos de hierro picados por la intemperie. Bueno el bacanora, dijo Kessler cuando se levantó de la mesa y dejó caer un billete de diez dólares que los judiciales le devolvieron de inmediato. Aquí es usted nuestro invitado, señor Kessler. Aquí está usted en su casa, señor Kessler. Para nosotros es un honor estar con usted. Patrullar con usted. ¿Estamos patrullando?, preguntó Kessler con una sonrisa. La mujer los vio irse desde el fondo del merendero, a medias velada, como una estatua, por una cortina azul que separaba la cocina o lo que fuera de las mesas. ¿Quién ha subido esos hierros a lo alto del cerro?, pensó Kessler.

¿Y tú, Klaus, desde cuándo sabes todo esto? Desde hace mucho, dijo Haas. ¿Y por qué no lo dijiste antes? Porque tenía que verificar la información, dijo Haas. ¿Cómo puedes verificar nada estando en la cárcel?, dijo la periodista de *El Independiente.* No volvamos a lo mismo, dijo Haas. Tengo mis contactos, tengo amigos, tengo gente que se entera de cosas. ¿Y, según tus contactos, dónde están ahora esos Uribe? Hace seis meses que desaparecieron, dijo Haas. ¿Desaparecieron de Santa Teresa? Correcto, desaparecieron de Santa Teresa, aunque hay personas que dicen haberlos visto en Tucson, en Phoenix, hasta en Los Ángeles, dijo Haas. ¿Cómo podemos verificarlo *nosotros?* Muy sencillo, consigan los teléfonos de sus padres y pregunten por ellos, dijo Haas con una sonrisa de triunfo.

El doce de noviembre el judicial Juan de Dios Martínez escuchó por la frecuencia de la policía que se había encontrado el cuerpo de otra mujer asesinada en Santa Teresa. Aunque no le había sido asignado el caso se dirigió al lugar de los hechos, entre las calles Caribe y Bermudas, en la colonia Félix Gómez. La muerta se llamaba Angélica Ochoa y tal como le contaron los policías que acordonaban la calle, todo parecía más un ajuste de cuentas que un delito sexual. Poco antes de que se cometiera el crimen dos policías vieron a una pareja discutir acaloradamente en la acera, junto a la discoteca El Vaquero, pero no quisieron intervenir al pensar que se trataba de la clásica rencilla entre enamorados. Angélica Ochoa tenía un impacto de arma de fuego en la sien izquierda con orificio de salida por el oído derecho. Una segunda bala en la mejilla, con salida en el lado derecho del cuello. Una tercera bala en la rodilla derecha. Una cuarta en el muslo izquierdo. Y una quinta y última bala en el muslo derecho. La secuencia de los disparos, pensó Juan de Dios, probablemente se inició por la quinta bala y terminó con la primera, el tiro de gracia en la sien izquierda. ¿En dónde se hallaban, en el momento de producirse los disparos, los policías que habían visto reñir a la pareja? Interrogados, no supieron dar una explicación coherente. Dijeron haber oído los balazos, dieron media vuelta, regresaron a la calle Caribe y allí ya sólo estaba Angélica tirada en el suelo y los curiosos que empezaban a asomarse por las puertas de los locales vecinos. Al día siguiente del suceso la policía declaró que el crimen era de índole pasional y que el probable homicida se llamaba Rubén Gómez Arancibia, un padrote de la zona conocido también por el alias de la Venada, no porque se pareciera a dicho animal sino porque a veces contaba que había *venadeado* a muchos hombres, que es como si dijéramos que había cazado a muchos hombres, a traición y con ventaja, como correspondía a un padrote de segunda o tercera fila. Angélica Ochoa era su mujer y según parece la Venada oyó que pretendía abandonarlo. Probablemente, pensó Juan de Dios sentado al volante de su coche, el coche detenido en una esquina oscura, el asesinato no había sido premeditado. Probablemente, al principio, la Venada sólo quiso hacer daño o atemorizar o advertir, de ahí el balazo al muslo derecho, luego, al ver el rostro de dolor o de sorpresa de Angélica, a la rabia se le añadió el sentido del humor, el abismo del humor, que se manifestó en un deseo de simetría, y entonces disparó sobre su muslo izquierdo. A partir de ese momento ya no pudo contenerse. Las puertas estaban abiertas. Juan de Dios apoyó la cabeza contra el volante y trató de llorar pero no pudo. Los intentos de la policía por encontrar a la Venada fueron vanos. Había desaparecido.

A los diecinueve años empecé a tener amantes. Mi leyenda sexual es conocida por todo México, pero las leyendas nunca son ciertas y menos que en ninguna otra parte en México. La primera vez que me acosté con un hombre fue por curiosidad. Tal como lo oye. Ni por amor ni por admiración ni por miedo, que es por lo que suelen hacerlo el resto de las mujeres. Me hubiera podido acostar por lástima, porque en el fondo aquel chavo con el que cogí por primera vez me daba lástima, pero la mera verdad es que lo hice por curiosidad. Al cabo de dos meses lo dejé y me fui con otro, un pendejo que creía que iba a hacer la revolución. México es pródigo en pendejos de este tipo. Muchachos de una estupidez supina, arrogantes, que cuando se encuentran con una Esquivel Plata pierden el sentido, se la quieren coger de inmediato, como si el acto de poseer a una mujer como yo equivaliera a tomar el Palacio de Invierno. ¡El Palacio de Invierno! ¡Ellos, que no son capaces ni de cortar el césped de la Dacha de Verano! Bueno, a ése también lo dejé pronto, ahora es un periodista con cierta reputación que cada vez que se emborracha cuenta que él fue el primer amor de mi vida. Los amantes que vinieron después los tuve porque me gustaban en la cama o porque me aburría y ellos eran ocurrentes o divertidos o tan raros, tan infinitamente raros, que sólo a mí me hacían reír. Durante una época, como usted sin duda sabrá, fui un personaje con cierto interés en la izquierda universitaria. Hasta llegué a viajar a Cuba. Después me casé, tuve a mi hijo, mi marido, que también era de izquierda, se hizo del PRI. Yo empecé a trabajar en la prensa. Los domingos iba a mi casa, quiero decir a mi antigua casa, en donde se pudría lentamente mi familia, y me dedicaba a dar vueltas por los pasillos, por el jardín, a mirar los álbumes de fotos, a leer los diarios de antepasados desconocidos, que más que diarios parecían misales, a quedarme mucho rato quieta, sentada junto al pozo de piedra que hay en el patio, sumida en un silencio expectante, fumando un cigarrillo tras otro, sin leer, sin pensar, a veces incluso sin poder recordar nada. La verdad es que me aburría. Quería hacer cosas, pero no sabía concretamente qué cosas quería hacer. Meses después me divorcié. Mi matrimonio no llegó a los dos años. Por supuesto, mi familia intentó disuadirme, me amenazaron con dejarme en la calle, dijeron, y con toda la razón del mundo, por otra parte, que era la primera Esquivel que rompía con el sagrado sacramento del matrimonio, un tío sacerdote, un viejito de unos noventa años, don Ezequiel Plata, quiso platicar conmigo, mantener unas pláticas informales informativas, pero entonces, cuando ellos menos se lo esperaban, me salió el monstruo del mando o el monstruo del liderazgo, como se dice ahora, y los puse a cada uno y a todos en conjunto en su lugar correspondiente. En una palabra: bajo estos muros me convertí en lo que soy y en lo que seré hasta que me muera. Les dije que se había acabado el tiempo de las beaterías y del chingaqueditismo. Les dije que no iba a tolerar más maricones en la familia. Les dije que la fortuna y las propiedades de los Esquivel no hacían sino menguar año tras año y que a este paso mi hijo, por ejemplo, o mis nietos, si mi hijo salía a mí y no a ellos, no iban a tener dónde caerse muertos. Les dije que no quería voces discordantes mientras yo hablara. Les dije que si alguien no estaba de acuerdo con mis palabras, que se fuera, la puerta era ancha y más ancho aún era México. Les dije que a partir de esa noche relampagueante (porque, en efecto, caían relámpagos por alguna parte de la ciudad, y desde las ventanas lo veíamos) se acababan las limosnas dispendiosas a la Iglesia, que nos aseguraba el Cielo, pero que en la tierra nos estaba sangrando desde hacía más de cien años. Les dije que no me volvería a casar, pero les advertí que de mí oirían cosas aún más horribles. Les dije que se estaban muriendo y que yo no quería que se murieran. Todos empalidecieron y se quedaron boquiabiertos, pero a nadie le dio un infarto. Los Esquivel, en el fondo, somos duros. Pocos días después, lo recuerdo como si fuera ayer, volví a ver a Kelly.

Aquel día Kessler estuvo en el cerro Estrella y se paseó por la colonia Estrella y la colonia Hidalgo y recorrió los alrededores de la carretera a Pueblo Azul y vio los ranchos vacíos como cajas de zapatos, construcciones sólidas, sin gracia, sin utilidad, que se alzaban en los recodos de los caminos que iban a desembocar en la carretera a Pueblo Azul, y luego quiso ver los barrios que lindaban con la frontera, la colonia México, justo al lado de El Adobe, que ya era Estados Unidos, los bares y restaurantes y los hoteles de la colonia México y su avenida principal permanentemente sometida a los atronadores ruidos de los camiones y los coches que se dirigían al cruce fronterizo, y luego hizo que su comitiva bajara hacia el sur por la avenida General Sepúlveda y la carretera a Cananea, en donde se desvió y entraron a la colonia La Vistosa, un lugar en el que casi nunca se aventuraba la policía, le dijo uno de los judiciales, el que conducía el coche, y el otro asintió con un gesto de pesar, como si la ausencia de policías en la colonia La Vistosa y en la colonia Kino y en la colonia Remedios Mayor fuera como una mancha vergonzosa que ellos, muchachos jóvenes y enérgicos, llevaran con pesar, ¿y por qué con pesar?, pues porque la impunidad les dolía, dijeron, ¿la impunidad de quiénes?, la de las bandas que controlaban la droga en esas colonias dejadas de la mano de Dios, algo que hizo pensar a Kessler, pues en principio, mirando por la ventana del coche el paisaje que se fragmentaba, resultaba difícil imaginarse a cualquiera de esos pobladores comprando droga, fácil consumiéndola, pero difícil, dificilísimo, comprándola, esculcándose los bolsillos hasta el fondo para reunir las monedas suficientes para comprarla, algo que sí era imaginable en los guetos negros e hispanos del norte, los cuales parecían barrios residenciales, sin embargo, en comparación con ese caos abandonado, pero los dos judiciales asintieron, sus quijadas fuertes y jóvenes, así es, aquí corre mucho la coca y toda la basura de la coca, y entonces Kessler volvió a mirar el paisaje fragmentado o en proceso de fragmentación constante, como un puzzle que se hacía y deshacía a cada segundo, y le dijo al que conducía que lo llevara al basurero El Chile, el mayor basurero clandestino de Santa Teresa, más grande que el basurero municipal, en donde iban a depositar las basuras no sólo los camiones de las maquiladoras sino también los camiones de la basura contratados por la alcaldía y los camiones y camionetas de basura de algunas empresas privadas que trabajaban con subcontratos o en zonas licitadas que no cubrían los servicios públicos, y el coche salió entonces de las callejas de tierra y pareció que retrocedía, que volvía a la colonia La Vistosa y la carretera, pero luego dio la vuelta y se metió por una calle más ancha, igual de desolada, en donde hasta los matorrales estaban cubiertos por una gruesa capa de polvo, como si por aquellos lugares hubiera caído una bomba atómica y nadie se hubiera dado cuenta, salvo los afectados, pensó Kessler, pero los afectados no cuentan porque han enloquecido o porque están muertos, aunque caminen y nos miren, ojos y miradas salidos directamente de una película del oeste, del lado de los indios o de los malos, por descontado, es decir miradas de locos, miradas de gente que vive en otra dimensión y cuyas miradas necesariamente ya no nos tocan, percibimos pero no nos tocan, no se adhieren a nuestra piel, nos traspasan, pensó Kessler mientras hacía el ademán de bajar la ventana. No, no la baje, dijo uno de los judiciales. ¿Por qué? El olor, huele a muerto. No huele bien. Diez minutos después llegaron al basurero.

¿Y usted qué piensa de todo esto?, le preguntó uno de los periodistas a la abogada. La abogada agachó la cabeza y luego miró al periodista y después a Haas. Chuy Pimentel la fotografió: parecía como si le faltara el aire y los pulmones le fueran a estallar en cualquier momento, aunque a diferencia de aquellos a quienes les falta el aire no estaba roja sino profundamente pálida. Esto ha sido una idea del señor Haas, dijo, con la que yo no necesariamente me identifico. Luego habló del estado de indefensión del señor Haas, de los juicios que se postergaban, de las pruebas que se perdían, de los testigos coaccionados, del limbo en el que vivía su defendido. Cualquiera, en su lugar, perdería los nervios, susurró. La periodista de *El Independiente* la miró con sorna e interés. Usted mantiene una relación sentimental con Klaus, ¿verdad?, dijo. La periodista era joven, aún no había cumplido los treinta años y estaba acostumbrada a tratar con gente que hablaba de forma directa y a veces brutal. La abogada tenía más de cuarenta y parecía cansada, como si llevara varios días sin dormir. No voy a contestar a esa pregunta, dijo. No viene al caso.

El dieciséis de noviembre se encontró el cadáver de otra mujer en los terrenos traseros de la maquiladora Kusai, en la colonia San Bartolomé. La víctima, según las primeras averiguaciones, tenía entre dieciocho y veintidós años y la causa de la muerte, según el informe forense, fue asfixia debida a estrangulamiento. El cuerpo estaba totalmente desnudo y su ropa se hallaba a cinco metros de distancia, escondida entre los matorrales. De todas formas, no se encontró toda la ropa sino sólo un pantalón tipo malla, de color negro, y unas bragas rojas. Dos días después el cuerpo fue identificado por sus padres como el de Rosario Marquina, de diecinueve años, desaparecida el día doce de noviembre cuando fue a bailar al salón Montana, en la avenida Carranza, no lejos de la colonia Veracruz, donde vivían. Se da la casualidad de que tanto la víctima como sus padres trabajaban, precisamente, en la maquiladora Kusai. Según los forenses, antes de morir la víctima fue violada numerosas veces.

Kelly reapareció como un regalo. La primera noche que nos vimos estuvimos despiertas hasta el amanecer contándonos nuestras vidas. La de ella, en síntesis, había sido un desastre. Intentó ser actriz de teatro en Nueva York, actriz de cine en Los Ángeles, intentó ser modelo en París, fotógrafa en Londres, traductora en España. Quiso estudiar danza contemporánea, pero lo dejó el primer año. Quiso ser pintora y cuando expuso por primera vez se dio cuenta de que había cometido el peor error de su vida. No se había casado, no tenía hijos, no tenía familia (su madre acababa de morir después de una larga enfermedad), no tenía proyectos. Era el momento justo para volver a México. En el DF no le costó nada encontrar trabajo. Tenía amigos y me tenía a mí, que era, no lo dude usted ni un segundo, su mejor amiga. Pero no fue necesario que recurriera a nadie (al menos a nadie de los que yo conocía) porque pronto empezó a trabajar en lo que podríamos llamar los circuitos del arte. Es decir, preparaba las inauguraciones, se ocupaba de diseñar y de imprimir los catálogos, se acostaba con los artistas, hablaba con los compradores, todo a cuenta de cuatro marchantes de arte que en aquellos tiempos eran *los* marchantes de arte del DF, los tipos fantasmales que estaban detrás de las galerías y de los pintores y que manejaban los hilos del asunto. Por entonces yo había abandonado mi militancia en la izquierda inútil, no se ofenda usted, y me acercaba cada vez más a ciertos sectores del PRI. Una vez mi ex marido me dijo: si sigues escribiendo lo que escribes te van a marginar o algo peor. Yo no me paré a pensar qué significado tenía la palabra peor, pero seguí escribiendo y haciendo artículos. El resultado fue que no sólo no me marginaron sino que recibí señales de que los de arriba estaban cada vez más interesados por mí. Fue una época increíble. Éramos jóvenes, no teníamos demasiadas responsabilidades, éramos independientes y no nos faltaba el dinero. Fue por aquellos años cuando Kelly decidió que el nombre que más le iba era Kelly. Yo todavía le decía Luz María, pero las otras personas la llamaban Kelly, hasta que un día ella misma me lo dijo. Me dijo: Azucena, Luz María Rivera no me gusta, no me gusta cómo suena, prefiero Kelly, toda la gente me llama así, ¿lo harás tú también? Y yo le dije: no hay problema. Si quieres que te diga Kelly, lo haré. Y a partir de ese momento empecé a llamarla Kelly. Al principio me parecía chistoso. Una cursilada típicamente norteamericana. Pero luego me di cuenta de que el nombre le pegaba. Tal vez porque Kelly tenía un ligero aire a Grace Kelly. O porque Kelly es un nombre corto, dos sílabas, mientras que Luz María era más largo. O porque Luz María evocaba algo religioso y Kelly no evocaba nada o evocaba una foto. En alguna parte debo de tener algunas cartas suyas firmadas Kelly R. Parker. Creo que hasta los cheques los llegó a firmar así. Kelly Rivera Parker. Hay gente que cree que el nombre es el destino. Yo no creo que sea verdad. Pero si lo fuera, al elegir ese nombre, de alguna manera, Kelly dio el primer paso para entrar en la invisibilidad, para entrar en la pesadilla. ¿Usted cree que el nombre sea el destino? No, dijo Sergio, y más me vale que no lo crea. ¿Por qué?, suspiró sin curiosidad la diputada. Tengo un nombre común y corriente, dijo Sergio mirando las gafas negras de su anfitriona. Durante un momento la diputada se llevó las manos a la cabeza, como si tuviera jaqueca. ¿Quiere que le diga una cosa? Todos los nombres son comunes y corrientes, todos son vulgares. Llamarse Kelly o llamarse Luz María en el fondo es lo mismo. Todos los nombres se desvanecen. Eso tendrían que enseñárselo a los niños desde la primaria. Pero nos da miedo hacerlo.

El basurero de El Chile no impresionó tanto a Kessler como las calles que pudo recorrer, siempre en el interior de un coche policial escoltado por otro coche policial, en las colonias donde solían producirse los levantones. La colonia Kino, La Vistosa, la Remedios Mayor y La Preciada en el suroeste de la ciudad, la colonia Las Flores, la colonia Plata, la Álamos, la Lomas del Toro en el oeste, cercanas a los parques industriales y afianzadas, como si se tratara de una doble columna vertebral, en las avenidas Rubén Darío y Carranza, y la colonia San Bartolomé, la Guadalupe Victoria, la Ciudad Nueva, la colonia Las Rositas en la parte noroeste de la ciudad. Caminar por estas calles, a plena luz del día, dijo a la prensa, da miedo. Quiero decir: a un hombre como yo le da miedo. Los periodistas, ninguno de lo cuales vivía en aquellos barrios, asintieron. Los policías, por el contrario, sonrieron con disimulo. El tono de Kessler les pareció ingenuo. El tono de un gringo. Un gringo bueno, claro, porque los gringos malos tienen otro tono, hablan de otra manera. De noche, para una mujer, dijo Kessler, es un peligro. También: es una temeridad. La mayoría de las calles, si exceptuamos las arterias mayores por donde pasan los autobuses, tiene una iluminación deficiente o carece totalmente de iluminación. En algunos barrios no entra la policía, le dijo al presidente municipal, el cual se removió en su asiento como si lo hubiera picado una víbora y puso cara de infinita tristeza y de infinita comprensión. El procurador del estado de Sonora, el subprocurador, los judiciales, dijeron que el problema tal vez, quizá, eventualmente, cabía la posibilidad de que fuera, digo, es un decir, un problema de la policía municipal, la cual estaba a cargo de don Pedro Negrete, el hermano gemelo del rector de la universidad. Y Kessler preguntó quién era Pedro Negrete, si se lo habían presentado, y los dos judiciales jovencitos pero enérgicos que lo escoltaban a todas partes y cuyo inglés no era malo, le dijeron que no, que la verdad era que ellos no habían visto a don Pedro cerca del señor Kessler, y Kessler les pidió que se lo describieran, pues tal vez sí lo había visto, el primer día, en el aeropuerto, y los judiciales le hicieron una descripción somera del jefe de la policía, con no demasiadas ganas, un mal retrato robot, como si después de haber mencionado a Pedro Negrete se arrepintieran de haberlo hecho. Y el retrato robot no le dijo nada a Kessler. Permaneció mudo. Hecho de palabras huecas. Un tipo duro y auténtico, dijeron los judiciales jovencitos y enérgicos. Un antiguo miembro de la policía judicial. Debe ser igual que su hermano el rector, pensó Kessler. Pero los judiciales se rieron y lo invitaron a un último vasito de bacanora y le dijeron que no, que no se hiciera esa idea, pues, que don Pedro no se parecía nada, pero nada de nada, a don Pablo, que era el rector y que era un tipo alto, delgado, en los puros huesos, diríase, mientras que don Pedro se había quedado más bien chaparro, ancho de hombros pero chaparro, y entradito en carnes pues le gustaba la buena mesa y no le hacía ascos ni a la comida norteña ni a las hamburguesas americanas. Y entonces Kessler se preguntó a sí mismo si debía hablar con ese policía. Si debía ir a visitarlo. Y también se preguntó por qué razón el jefe de la policía local no había ido a visitarlo a él, que a fin de cuentas era el invitado. Así que anotó su nombre en su libreta de notas. Pedro Negrete, antiguo judicial, jefe de la policía municipal de la ciudad, hombre respetado, no ha venido a saludarme. Y luego se dedicó a otros asuntos. Se dedicó a estudiar uno a uno los asesinatos de mujeres. Se dedicó a tomar vasitos de bacanora, joder qué buena que era. Se dedicó a preparar sus dos conferencias en la universidad. Y una tarde salió por la puerta trasera, como había hecho el día que llegó, y se fue en taxi al mercado de artesanías, que algunos llamaban mercado indio y otros mercado norteño, a comprarle un souvenir a su mujer. E igual que la primera vez, sin que se diera cuenta, un coche de la policía sin distintivos lo siguió durante todo el trayecto.

Cuando los periodistas abandonaron el penal de Santa Teresa, la abogada recostó la cabeza sobre la mesa y se puso a sollozar muy bajito, con una discreción que contradecía su figura de mujer blanca. Las indias lloran así. Algunas mestizas. Pero no las blancas y menos aún las blancas que han cursado estudios universitarios. Cuando sintió que la mano de Haas se posaba sobre su hombro, no en una caricia sino en un gesto amistoso o tal vez ni siquiera amistoso sino testimonial, las pocas lágrimas que había dejado resbalar sobre la superficie de la mesa (una mesa que olía a desinfectante y, extrañamente, a cordita) se secaron y levantó la cabeza y observó el rostro pálido de su defendido, de su novio, de su amigo, un rostro envarado y al mismo tiempo relajado (¿cómo se podía estar relajado y envarado a la vez?), que la observaba con rigor científico, pero no desde aquella habitación presidiaria sino desde los vapores sulfurosos de otro planeta.

El veinticinco de noviembre se encontró el cadáver de María Elena Torres, de treintaidós años, en el interior de su vivienda ubicada en la calle Sucre de la colonia Rubén Dario. Dos días antes, el veintitrés de noviembre, una manifestación de mujeres recorrió las calles de Santa Teresa, concretamente de la universidad hasta la presidencia municipal, en protesta por los asesinatos de mujeres y la impunidad. La marcha fue convocada por el MSDP y a ella se sumaron diversas organizaciones no gubernamentales, así como el PRD y algunos grupos estudiantiles. Según las autoridades no participaron más de cinco mil personas. Según los convocantes, fueron más de sesenta mil personas las que marcharon por las calles de Santa Teresa. María Elena Torres iba entre ellos. Dos días después la acuchillaron en su propia casa. Una de las heridas le atravesó el cuello, provocándole una hemorragia que a la postre le causó la muerte. María Elena Torres vivía sola, pues no hacía mucho se había separado de su marido. No tenía hijos. Según los vecinos aquella semana había discutido con su esposo. Cuando la policía se presentó en la pensión donde vivía el esposo, éste ya se había dado a la fuga. El caso le fue encargado al judicial Luis Villaseñor, recién llegado de Hermosillo, quien tras una semana de interrogatorios llegó a la conclusión de que el asesino no era el esposo huido sino el novio de María Elena, un tal Augusto o Tito Escobar, con el cual la víctima se veía desde hacía un mes. El tal Escobar vivía en la colonia La Vistosa y no tenía oficio conocido. Cuando lo fueron a buscar ya no estaba. Al igual que el esposo, se había dado a la fuga. En su casa encontraron a tres hombres. Tras ser sometidos a interrogatorio éstos declararon haber visto al tal Escobar regresar una noche a casa con la camisa manchada de sangre. El judicial Villaseñor confesó que nunca en su vida había tenido que interrogar a tres tipos que olieran peor. La mierda, dijo, era como una segunda piel. Los tres hombres trabajaban pepenando basura en el basurero clandestino de El Chile. En la casa donde vivían no sólo no había ducha sino que tampoco había agua corriente. ¿Cómo chingados, se preguntó el judicial Villaseñor, el tal Escobar había conseguido hacerse amante de María Elena? Al final del interrogatorio Villaseñor sacó a los tres detenidos al patio y les dio una paliza con un trozo de manguera. Luego los obligó a desnudarse, les arrojó un jabón y los duchó a manguerazo limpio durante quince minutos. Después, mientras vomitaba, pensó que ambos actos no carecían de cierta lógica. Como si uno propiciara el siguiente. La paliza con el trocito de manguera verde. El agua que salía de la manguera negra. Pensar esto le reconfortó. Con la descripción conjunta de los pepenadores se realizó un retrato robot del presunto asesino y se alertó a las policías de otras localidades. El caso, sin embargo, no prosperó. El ex esposo y el novio simplemente desaparecieron y nunca más se supo nada de ellos.

Por supuesto, un día se acabó el trabajo. Los marchantes o las galerías cambian. Los pintores mexicanos no. Ésos siempre son pintores mexicanos, como los mariachis, digamos, pero los marchantes un día emprenden el vuelo a las islas Caimán y las galerías se cierran o les bajan los sueldos a sus empleados. Algo así le tuvo que pasar a Kelly. Entonces se dedicó a organizar pases de moda. Los primeros meses le fue bien. La moda es como la pintura, pero más fácil. La ropa es más barata, nadie se hace muchas ilusiones al adquirir un vestido, en fin, al principio le fue bien, tenía experiencia y amistades, la gente confiaba si no en ella sí en su gusto, las pasarelas que organizó Kelly fueron un éxito. Pero era una mala gestora de sí misma y de sus ingresos y siempre, que yo recuerde, iba falta de dinero. A veces, su ritmo de vida conseguía sacarme de mis casillas y manteníamos unas peleas tremendas. En más de una ocasión le presenté a hombres solteros o más bien divorciados que hubieran estado dispuestos a casarse con ella y a financiar su ritmo de vida, pero Kelly en este punto era de una independencia irreprochable. No le quiero decir con eso que fuera una santa. De santa no tenía nada. Sé de hombres (lo sé porque esos mismos hombres me lo contaron con lágrimas en los ojos) a los que les sacó cuanto pudo. Pero nunca bajo un amparo legal. Si le daban lo que ella pedía que fuera porque lo pedía ella, Kelly Rivera Parker, no porque se sintieran obligados con la esposa o con la madre (aunque a esas alturas de su vida Kelly ya tenía decidido que no iba a tener hijos) o con la amante oficial. Algo había en su naturaleza que rechazaba cualquier noción de compromiso sentimental, aunque ese vivir constantemente sin compromisos la pusiera en una situación delicada, situación que Kelly, por lo demás, jamás achacaba a su actitud sino a los giros imprevistos del destino. Vivía, como Oscar Wilde, por encima de sus posibilidades. Lo más increíble de todo es que esto no agriaba jamás su carácter. Bueno, alguna vez sí, alguna vez la vi rabiosa, colérica, pero estos arrebatos se le pasaban al cabo de pocos minutos. Otra de sus cualidades, a la que yo siempre correspondí, era su solidaridad con los amigos. Pensándolo bien, puede que no sea precisamente una cualidad. Pero ella era así, un amigo o una amiga era algo sagrado y ella siempre iba a estar del lado de sus amigos. Por ejemplo, cuando yo entré en el PRI hubo una ligera conmoción doméstica, por llamarlo de algún modo. Algunos periodistas que me conocían desde hacía años dejaron de hablarme. Otros, los peores, me siguieron hablando pero sobre todo se pusieron a hablar de mí a mis espaldas. Este país de machos, como usted bien sabe, siempre ha estado lleno de maricones. De lo contrario no se explica la historia de México. Pero Kelly siempre estuvo a mi lado, nunca me pidió una explicación, nunca hizo un comentario al respecto. Los demás, ya sabe usted, dijeron que había entrado a medrar. Claro que entré a medrar. Sólo que hay formas y formas de medrar y yo ya me había cansado de predicar en el vacío. Quería poder, eso no se lo discutiré a nadie. Quería las manos libres para cambiar algunas cosas en este país. Eso tampoco lo niego. Quería mejorar la salud pública y la enseñanza pública y contribuir con mi granito de arena a preparar a México para la entrada en el siglo XXI. Si eso es medrar, quería medrar. Por supuesto, poco es lo que conseguí. Le metí más ilusión que cabeza, seguramente, y no tardé en darme cuenta de mi error. Uno cree que desde adentro puede mejorar algunas cosas. Primero tratas de mejorarlas desde afuera, luego crees que si estuvieras dentro las posibilidades reales de cambio serían mayores. Al menos uno cree que desde el interior va a tener más libertad de acción. Falso. Hay cosas que no cambian ni desde afuera ni desde dentro. Pero aquí viene la parte más divertida. La parte más increíble de la historia (y me da lo mismo que sea la historia de nuestro triste México o de nuestra triste Latinoamérica). Aquí viene la parte in-cre-í-ble. Cuando uno comete errores desde adentro, los errores pierden su significado. Los errores dejan de ser errores. Los errores, los cabezazos en el muro, se convierten en virtudes políticas, en contingencias políticas, en *presencia* política, en puntos mediáticos a tu favor. Estar y errar es, a la hora de la verdad, que son todas las horas o al menos todas las horas a partir de las ocho pasado meridiano hasta las cinco ante meridiano, una actitud tan congruente como agazaparse y esperar. No importa que no hagas nada, no importa que la riegues, lo importante es que estés. ¿Dónde? Pues ahí, donde hay que estar. Así fue como yo dejé de ser conocida y me hice famosa. Era una mujer atractiva, no tenía pelos en la lengua, los dinosaurios del PRI se reían con mis exabruptos, los tiburones del PRI me consideraban uno de los suyos, el ala izquierda del partido celebraba de forma unánime mis salidas de tono. Yo no me daba cuenta ni de la mitad. La realidad es como un padrote drogado. ¿No lo cree usted así?

La primera conferencia de Albert Kessler en la Universidad de Santa Teresa fue un éxito de público que pocos recordaban. Si se exceptuaban dos charlas dadas en el lugar hacía años, una por el candidato del PRI a la presidencia de la nación y otra por un presidente electo, nunca antes se había llenado el anfiteatro universitario, con capacidad para mil quinientas personas, de esa manera. Según las estimaciones más conservadoras, la gente que fue a oír a Kessler superó con creces las tres mil personas. Fue un acontecimiento social, pues todo aquel que era algo en Santa Teresa quería conocerlo, ser presentado a tan ilustre visitante o, por lo menos, verlo de cerca, y también un acontecimiento político, pues hasta los grupos más recalcitrantes de la oposición parecieron calmarse u optar por una actitud más discreta y menos vocinglera que la mostrada hasta entonces, e incluso las feministas y los grupos de familiares de mujeres y niñas desaparecidas resolvieron esperar el milagro científico, el milagro de la mente humana puesta en marcha por aquel Sherlock Holmes moderno.

La noticia con la declaración de Haas inculpando a los Uribe salió en los seis periódicos que enviaron a sus corresponsales al presidio de Santa Teresa. Cinco de ellos, antes de publicarla, la confrontaron con la policía, quien, al igual que los grandes periódicos de México, de forma expresa no le dio la más mínima credibilidad. También llamaron por teléfono a casa de los Uribe y hablaron con sus familiares, quienes les dijeron que Antonio y Daniel estaban de viaje o ya no vivían en México o habían trasladado sus residencias al DF en una de cuyas universidades estudiaban. La periodista de *El Independiente de Phoenix,* Mary-Sue Bravo, consiguió incluso la dirección del padre de Daniel Uribe y trató de entrevistarlo, pero todos los intentos acabaron de forma infructuosa. Joaquín Uribe siempre tenía algo que hacer o no se hallaba en Santa Teresa o acababa de salir. Durante los días que Mary-Sue Bravo permaneció en Santa Teresa se encontró por casualidad con el periodista de *La Raza de Green Valley,* que había sido el único periódico que cubrió la conferencia de Haas que no confrontó sus declaraciones con la opinión oficial de la policía, arriesgándose de esta manera a una demanda por parte de la familia Uribe y por parte de los organismos oficiales del estado de Sonora que llevaban el caso. Mary-Sue Bravo lo vio a través de los ventanales de un restaurante económico de la colonia Madero en donde el periodista de *La Raza* estaba comiendo. No estaba solo, a su lado había un tipo fornido que Mary-Sue pensó que tenía pinta de policía. Al principio la periodista de *El Independiente de Phoenix* no le dio mayor importancia al asunto y siguió caminando, pero a los pocos metros tuvo un presentimiento y se volvió. Encontró al periodista de *La Raza* solo, dando cuenta de unos chilaquiles. Se saludaron y le preguntó si podía sentarse. El periodista de *La Raza* dijo que cómo no. May-Sue pidió una Coca-Cola light y durante un rato estuvieron hablando de Haas y de la huidiza familia Uribe. Después el periodista de *La Raza* pagó su cuenta y se marchó dejando a Mary-Sue sola en el restaurante lleno de tipos que, al igual que el periodista, tenían pinta de braceros y de espaldas mojadas.

El uno de diciembre se encontró el cadáver de una joven de entre dieciocho y veintidós años en el cauce de un arroyo seco, por los alrededores de Casas Negras. El hallazgo lo realizó Santiago Catalán, que se hallaba de cacería y que se extrañó de la conducta que en ese momento, al acercarse al arroyo, mostraron sus perros. De repente, según expresó el testigo, los perros se pusieron a temblar, como si hubieran olfateado un tigre o un oso. Pero como aquí no hay tigres ni osos, yo me imaginé que habían olfateado el *fantasma* de un tigre o un oso. Conozco a mis perros y sé que cuando se ponen a temblar y a gemir es por una causa justificada. Entonces me entró a mí la curiosidad, así que después de patear a los perros para que se comportaran como machos, me dirigí resueltamente al arroyo. Al meterse en el cauce seco, cuya profundidad no excedía los cincuenta centímetros, Santiago Catalán no vio ni olió nada y hasta los perros parecieron tranquilizarse. Pero al llegar al primer recodo oyó un ruido y los perros volvieron a ladrar y a temblar. Una nube de moscas envolvía el cadáver. Santiago Catalán quedó tan impresionado que soltó a los perros y disparó un perdigonazo al aire. Las moscas se retiraron por un momento y pudo darse cuenta de que el cuerpo era el de una mujer. Recordó, asimismo, que por aquella zona ya se habían encontrado cuerpos de mujeres jóvenes asesinadas. Por unos segundos tuvo miedo de que los asesinos siguieran en el lugar y lamentó haber disparado. Después, extremando las precauciones, salió del cauce seco y contempló el panorama a su alrededor. Sólo choyas y biznagas y a lo lejos algún sahuaro y toda la gama del color amarillo que se superponía por placas. Al volver a su rancho, llamado El Jugador y situado en las afueras de Casas Negras, llamó por teléfono a la policía y les indicó el lugar exacto de su hallazgo. Luego se lavó la cara pensando en la muerta y se cambió de camisa y antes de volver a salir le ordenó a uno de sus empleados que lo acompañara. Cuando la policía llegó al cauce seco, Catalán portaba aún la escopeta y el cinto con las municiones. El cadáver estaba boca arriba y sólo tenía puesta la pantalonera en una pierna, a la altura del tobillo. Se observaron cuatro heridas de arma blanca en el abdomen y tres en el pecho, así como una lesión en el cuello. Era de tez morena, pelo negro teñido, largo hasta los hombros. A pocos metros se encontró el calzado: tenis Converse de color negro con agujetas blancas. El resto de la ropa había desaparecido. La policía rastreó el cauce en busca de pistas, pero no hallaron o no supieron hallar nada. Cuatro meses después, de pura casualidad, se logró identificarla. Se trataba de Úrsula González Rojo, de veinte o veintiún años, sin familia, y aposentada, en los últimos tres años, en la ciudad de Zacatecas. Hacía tres días que había llegado a Santa Teresa cuando fue secuestrada y luego asesinada. Esto último lo relató una amiga de Zacatecas, a quien Úrsula llamó por teléfono. Se la notaba dichosa, dijo, porque iba a encontrar trabajo en una maquiladora. La identificación fue posible gracias a las Converse y a una pequeña cicatriz en la espalda con forma de rayo.

La realidad es como un padrote drogado en medio de una tormenta de truenos y relámpagos, dijo la diputada. Después se quedó callada un rato, como si se dispusiera a escuchar los truenos lejanos. Y después cogió su vaso de tequila, que volvía a estar lleno, y dijo: yo cada día tenía más trabajo, ésa es la pura verdad. Cada día ocupada con cenas, viajes, reuniones, planificaciones que no llevaban a ninguna parte, salvo a conseguir mi cansancio infinito, cada día con entrevistas, cada día con desmentidos, apariciones en la televisión, amantes, tipos a los que me cogía no sé por qué, por mantener la leyenda, tal vez, o tal vez porque me gustaban, o tal vez porque me convenía cogérmelos, una sola vez, eso sí, que probaran pero que no se acostumbraran, o tal vez simplemente porque me gusta coger cuando y donde se me da la real gana, y no tenía tiempo para nada, mis negocios en manos de mis abogados, el patrimonio Esquivel Plata, que ya no menguaba, no quiero mentirle, sino que crecía, en manos de mis abogados, mi hijo en manos de sus profesores, y yo cada vez con más trabajo: problemas hidrográficos en el estado de Michoacán, carreteras en Querétaro, entrevistas, monumentos ecuestres, alcantarillado público, toda la mierda de un barrio pasando por mis manos. Por esa época, supongo, descuidé un poco a mis amigos. Kelly era la única a la que veía. Apenas tenía tiempo me iba para su casa, un departamento en la colonia Condesa, y tratábamos de hablar. Pero la verdad es que yo llegaba tan cansada que la comunicación era un problema. Ella me contaba cosas, eso lo recuerdo con claridad, me contaba cosas de su vida, en más de una ocasión me explicó algo y luego me pidió dinero y yo lo que hice fue sacar mi chequera y firmarle un cheque por la cantidad que ella necesitaba. Otras veces me quedaba dormida en plena conversación. Otras veces salíamos juntas a cenar y nos reíamos, pero casi siempre yo tenía la cabeza en otro sitio, le daba vueltas a un problema aún no resuelto, me costaba seguir el hilo de la plática. Kelly eso nunca me lo reprochó. Cada vez que aparecía por televisión, por ejemplo, al día siguiente me enviaba un ramo de rosas y una nota diciéndome lo bien que había estado y lo orgullosa que se sentía de mí. Nunca dejó de mandarme un regalo el día de mi cumpleaños. En fin, detalles de ésos. Por supuesto, con el tiempo me di cuenta de algunas cosas. Los desfiles de moda que organizaba Kelly se iban espaciando cada vez más. La agencia de modas que tenía dejó de ser lo que era, un sitio elegante y dinámico, y se convirtió en una oficina más bien oscura y casi siempre cerrada. Una vez acompañé a Kelly a su agencia y el abandono en que estaba me impresionó. Le pregunté qué pasaba. Me miró sonriendo, con una de sus típicas sonrisas despreocupadas, y dijo que las mejores modelos mexicanas preferían firmar con agencias norteamericanas o europeas. Allí estaba el dinero. Quise saber qué pasaba con su negocio. Entonces Kelly abrió los brazos y dijo aquí está. Abarcaba la oscuridad, el polvo, las cortinas bajadas. Tuve un estremecimiento premonitorio. Tuvo que ser premonitorio. Yo no soy una mujer que se estremezca con cualquier cosa. Me senté en un sillón y traté de razonar. El alquiler de aquellas oficinas era alto y a mí me pareció que no valía la pena seguir pagando tanto por algo que se moría. Kelly me dijo que de vez en cuando organizaba pases de moda y nombró lugares que me parecieron pintorescos, lugares inusitados o impensables para desfiles de alta costura, aunque supongo que de alta costura no había nada de nada, y luego dijo que con lo que ganaba ya le salía a cuenta mantener abierta la oficina. También me explicó que ahora se dedicaba a organizar fiestas, no en el DF sino en capitales de provincia. ¿Y eso qué es?, le dije. Es algo muy sencillo, dijo Kelly, supón por un momento que tú eres una tipa rica de Aguascalientes. Vas a dar una fiesta. Supón que quieres que esa fiesta sea una gran fiesta. Es decir, una fiesta que impresione a tus amistades. ¿Qué es lo que hace que una fiesta sea memorable? Pues el buffet que se sirve, los camareros, la orquesta, en fin, muchas cosas, pero sobre todo hay una que marca la diferencia. ¿Sabes cuál es? Los invitados, dije yo. Exacto, los invitados. Si tú eres una tipa de Aguascalientes y tienes mucho dinero y ganas de hacer una fiesta memorable, pues te pones en contacto conmigo. Yo lo superviso todo. Como si fuera un pase de modelos. Me ocupo de la comida, de los empleados, de la decoración, de la música, pero sobre todo, y dependiendo del dinero de que disponga, me ocupo de los invitados. Si quieres que vaya el galán de tu telenovela favorita, tienes que hablar conmigo. Si quieres que vaya un presentador de televisión, tienes que hablar conmigo. Digamos que yo me encargo de los invitados famosos. Todo depende del dinero. Llevar a un presentador famoso a Aguascalientes tal vez no sea posible. Pero si la fiesta es en Cuernavaca, tal vez yo consiga hacerlo aparecer por ahí. No digo que sea fácil ni tampoco que sea barato, pero puedo intentarlo. Llevar a un galán de telenovela a Aguascalientes sí que es posible, aunque tampoco te sale barato. Si el galán no está en su mejor momento, por ejemplo, si no ha trabajado en el último año y medio, la posibilidad de que aparezca por tu fiesta es mayor. Y el precio no es excesivo. ¿Cuál es mi trabajo? Pues convencerlos de que vayan. Primero los llamo por teléfono, voy a tomar un café con ellos, los sondeo. Luego les hablo de la fiesta. Les digo que si se dejan ver por allí hay un dinero para ellos. Llegados a este punto, generalmente entramos en un regateo. Yo oferto poco. Ellos piden más. Acercamos posiciones lentamente. Les aclaro el nombre de sus anfitriones. Les digo que es gente importante, gente de provincia, pero gente importante. Les hago repetir el nombre de la mujer y del marido varias veces. Me preguntan si yo estaré allí. Claro que estaré allí. Supervisándolo todo. Me preguntan por los hoteles de Aguascalientes, de Tampico, de Irapuato. Buenos hoteles. Además, todas las casas adonde vamos tienen un montón de habitaciones para invitados. Al final llegamos a un acuerdo. El día de la fiesta aparezco yo y dos o tres o cuatro invitados famosos y la fiesta es un éxito. ¿Y eso te da suficiente dinero? Más que suficiente, dijo Kelly, aunque el único problema es que hay temporadas secas, nadie quiere oír hablar de fiestas a lo grande, y como yo no sé ahorrar, entonces paso apuros. Después nos fuimos, no sé adónde, a una fiesta, puede ser, o al cine o a cenar con unos amigos, y no volvimos a hablar del asunto. De todas maneras, nunca oí una queja por su parte. Supongo que en ocasiones le iba bien y en ocasiones mal. Una noche, sin embargo, me llamó por teléfono y me dijo que tenía un problema. Pensé que se trataba de dinero y le dije que podía contar conmigo. Pero no era dinero. Estoy metida en un problema, dijo. ¿Debes dinero?, le pregunté. No, no se trata de eso, dijo ella. Yo estaba en la cama, medio dormida, y me pareció que el timbre de su voz era otro, era la voz de Kelly, claro, pero su voz sonaba rara, como si estuviera sola, pensé, en su oficina de modelos, con las luces apagadas, sentada en un sillón sin saber qué decir o sin saber por dónde empezar. Creo que estoy metida en un lío, dijo. Si es un lío con la policía, le dije, dime dónde estás y te voy a buscar de inmediato. Me dijo que no se trataba de esa clase de líos. Por Dios, Kelly, habla claro o déjame dormir, le dije. Durante unos segundos me pareció que había colgado o que había dejado el teléfono sobre el sillón y se había marchado. Luego oí su voz, como la voz de una niña, que decía no sé, no sé, no sé, varias veces, y además con la certeza de que ese no sé no me lo decía a mí sino a ella misma. Le pregunté entonces si estaba borracha o drogada. Al principio no me respondió, como si no me hubiera escuchado, luego se rió, no estaba ni borracha ni drogada, me aseguró, tal vez había bebido un par de whiskys con soda, pero nada más. Después se disculpó por la llamada intempestiva. Iba a colgar. Espera, dije yo, a ti algo te pasa, a mí no me engañas. Volvió a reírse. No me pasa nada, dijo. Perdóname, con los años nos volvemos más histéricas, dijo, buenas noches. Espera, no cuelgues, no cuelgues, dije yo. Algo pasa, no me mientas. Nunca lo he hecho, dijo ella. Hubo un silencio. Sólo cuando éramos niñas, dijo Kelly. ¿Ah, sí? Cuando niña yo mentía a todo el mundo, no siempre, claro, pero mentía. Ahora ya no lo hago más.

Una semana más tarde, mientras hojeaba distraídamente *La Raza de Green Valley*, Mary-Sue Bravo se enteró de que el periodista que había cubierto la famosa y a la postre decepcionante declaración de Haas había desaparecido. Así lo decía su propio periódico, que era, por lo demás, el único que se hacía eco de la noticia, una noticia vaga y local, tan local que a los únicos que parecía interesarles era a los que gestionaban *La Raza*. Según la noticia, Josué Hernández Mercado, ése era su nombre, había desaparecido hacía cinco días. Era el encargado de escribir sobre los asesinatos de mujeres en Santa Teresa. Tenía treintaidós años. Vivía solo, en Sonoita, en una casa modesta. Había nacido en Ciudad de México, pero desde los quince años vivía en los Estados Unidos, en donde se había naturalizado ciudadano norteamericano. Tenía dos libros de poesía publicados, ambos en español, en una pequeña editorial de Hermosillo, probablemente pagados por él mismo, y dos obras de teatro, escritas en chicano o spanglish y publicadas en una revista tejana, *La Windowa,* en cuyo revuelto seno se cobijaba un grupo impredecible de escritores que escribían en esta neolengua. Como periodista de *La Raza* había publicado una larga serie de trabajos sobre los braceros de la zona, un oficio que conocía por sus padres y que él mismo había ejercido. Su formación era autodidacta y heroica, terminaba diciendo la noticia, que más que noticia, pensó Mary-Sue, parecía una necrológica.

El tres de diciembre se encuentra el cuerpo de otra mujer tirada en un descampado de la colonia Maytorena, cerca de la carretera a Pueblo Azul. Aparece vestida y sin señales de violencia externa. Posteriormente es identificada como Juana Marín Lozada. Según el forense la causa de la muerte ha sido fractura de vértebras cervicales. O lo que es lo mismo: que alguien le había roto el cuello. Se encarga del caso el judicial Luis Villaseñor, quien como primera medida interroga al marido y luego lo detiene como presunto homicida. Juana Marín vivía en la colonia Centeno, en un barrio de clase media, y trabajaba en una tienda especializada en computadoras. Según el informe de

Villaseñor, probablemente la mataron en alguna vivienda, sin excluir su propio domicilio, y luego la arrojaron al descampado de la colonia Maytorena. Se desconoce si fue violada, aunque tras el frotis vaginal se encontraron señales de que había mantenido relaciones sexuales en las últimas veinticuatro horas. Según el informe de Villaseñor, Juana Marín supuestamente mantenía relaciones extramaritales con un profesor de computación de una academia cercana a la tienda donde trabajaba. Otra versión decía que el amante era alguien que trabajaba en el canal de televisión de la Universidad de Santa Teresa. El marido estuvo dos semanas detenido y luego salió en libertad por falta de pruebas. El caso quedó sin resolver.

Tres meses después Kelly desapareció en Santa Teresa, Sonora. Desde la llamada telefónica yo no la había vuelto a ver. Me llamó su socia, una mujer joven y fea que la adoraba, quien tras muchos esfuerzos logró ponerse en contacto conmigo. Me dijo que Kelly tenía que haber regresado de Santa Teresa hacía dos semanas y que no lo había hecho. Le pregunté si había intentado ponerse en contacto telefónico con ella. Me dijo que su celular estaba muerto. Llama y llama y llama y nadie contesta, dijo. Yo veía a Kelly capaz de embarcarse en una relación sentimental y desaparecer durante unos días, de hecho alguna vez ya lo había hecho, pero no la veía capaz de no hacerle una llamada a su socia, aunque sólo fuera para indicarle cómo llevar el negocio durante el período en que ella pensaba estar ausente. Le pregunté si se había puesto en contacto con la gente para la que trabajaba en Santa Teresa. Me contestó afirmativamente. Según el tipo que la contrató, Kelly se marchó al aeropuerto un día después de la fiesta, a tomar el vuelo Santa Teresa-Hermosillo, desde donde pensaba tomar otro avión rumbo al DF. ¿Esto cuándo sucedió?, le pregunté. Hace dos semanas, dijo ella. La imaginé llorosa, pegada al aparato, bien vestida pero sin gracia, con el maquillaje corrido, y luego pensé que era la primera vez que me llamaba por teléfono, que era la primera vez que hablábamos de esta manera y me preocupé. ¿Has llamado a los hospitales de Santa Teresa o a la policía?, le pregunté. Dijo que sí y que nadie sabía nada. Salió del rancho rumbo al aeropuerto y desapareció, simplemente se esfumó en el aire, dijo con voz chillona. ¿Del rancho? La fiesta era en un rancho, dijo ella. O sea que la tuvieron que acompañar, que alguien la fue a dejar al aeropuerto. No, dijo ella. Kelly había alquilado un coche. ¿Y el coche dónde está? Lo encontraron en el aparcadero del aeropuerto, dijo ella. O sea que llegó al aeropuerto, dije yo. Pero no se subió a su avión, dijo ella. Le pregunté el nombre de la gente que la había contratado. Dijo que la familia Salazar Crespo y me dio un número de teléfono. Veré qué puedo averiguar, le dije. En realidad, yo creía que Kelly no tardaría en reaparecer. Probablemente estuviera metida en una aventura sentimental, por cómo se estaba desarrollando el asunto con casi total seguridad con un hombre casado. La imaginé en Los Ángeles o San Francisco, dos ciudades perfectas para unos amantes que quieren pasárselo bien sin llamar la atención. Así que procuré tomarme las cosas con calma y esperar. Al cabo de una semana, sin embargo, volvió a llamarme su socia y me dijo que seguía sin saber nada de mi amiga. Me habló de uno o dos contratos perdidos, de que no sabía qué hacer, en una palabra lo que quería decirme era que se sentía sola. La imaginé más desarreglada que nunca y dando vueltas por aquella oficina oscura y sentí un estremecimiento. Le pregunté qué noticias tenía de Santa Teresa. Había hablado con la policía, pero la policía no sabía nada o no quería decirle nada. Simplemente se ha esfumado, dijo. Esa tarde, desde mi oficina, llamé a un amigo de confianza, que durante un tiempo trabajó para mí, y le expuse el caso. Me dijo que lo mejor era hablar personalmente y nos citamos en El Rostro Pálido, una cafetería de moda, ya no sé si existe o si todavía existe o si ya cerró, las modas en México, usted ya sabe, se esfuman o se esconden como las personas y nadie las echa de menos. Le expliqué a mi amigo lo de Kelly. Me hizo algunas preguntas. Anotó el nombre de Salazar Crespo en una libreta y me dijo que esa noche me llamaría por teléfono. Cuando nos despedimos y yo me subí a mi coche pensé que otra persona estaría ya o empezaría a estar atemorizada, pero yo lo único que sentía, cada vez más, era coraje, una rabia inmensa, toda la rabia que los Esquivel Plata habían atesorado desde hacía décadas o siglos, y que se instalaba de golpe en mi sistema nervioso, y también pensé, con rabia y con arrepentimiento, que ese coraje o esa rabia tenía que haberse instalado antes y no propulsada, no sé si ésa es la palabra, no propiciada por una amistad particular, aunque esa amistad particular sin duda rebalsaba el concepto mismo de amistad particular, sino por tantas otras cosas que yo había visto desde que tenía uso de razón, pero ni modo, ni modo, ni modo, así es la pinche vida, me dije llorando y haciendo rechinar los dientes. Esa noche, a eso de las once, mi amigo me llamó y lo primero que me dijo fue si el teléfono era seguro. Mala señal, malas noticias, pensé en el acto. Mi actitud, de todas maneras, volvía a ser fría como el hielo. Le dije que el teléfono era completamente seguro. Mi amigo me dijo entonces que el nombre que yo le había proporcionado (se cuidó de pronunciarlo) pertenecía a un banquero que, según sus informes, lavaba dinero para el cártel de Santa Teresa, que es como decir el cártel de Sonora. Bien, dije. Luego dijo que dicho banquero, en efecto, poseía no sólo un rancho en las afueras de la ciudad, sino varios ranchos, pero que según sus informes en ninguno de éstos se había celebrado una fiesta durante los días en que mi amiga estuvo por allí. Es decir, no se celebró ninguna fiesta pública, dijo, con fotógrafos de sociedad y esas cosas. ¿Me entiendes? Sí, dije. Luego dijo que el referido banquero, hasta donde él sabía y sus informantes le confirmaban, tenía buenas relaciones con el partido. ¿Qué tan buenas?, le pregunté. De agasajo, susurró. ¿Hasta qué punto?, insistí. Profundas, muy profundas, dijo mi amigo. Luego nos dimos las buenas noches y yo me quedé pensando. Profundas quería decir lejanas en el tiempo, según el lenguaje cifrado que utilizábamos, lejanas en el tiempo, lejanísimas, es decir de millones de años atrás, es decir con los dinosaurios. ¿Quiénes eran los dinosaurios del PRI?, pensé. Varios nombres se me vinieron a la cabeza. Dos de ellos, recordé, eran del norte o tenían negocios allí. A ninguno de los dos lo conocía personalmente. Durante un rato estuve pensando en un amigo común. Pero no quería meter en ningún lío a ningún amigo. La noche, la recuerdo como si hubiera sucedido hace dos días y no hace años, era cerrada, sin estrellas, sin luna, y la casa, esta casa, estaba silenciosa y no se oía ni siquiera a los pájaros nocturnos que viven en el jardín, aunque yo sabía que mi guardaespaldas estaba por allí cerca, despierto, tal vez jugando al dominó con mi chofer, y que si tocaba un timbre no tardaría en aparecer una de mis sirvientas. Al día siguiente, a primera hora, después de pasar la noche sin dormir, tomé un avión a Hermosillo y luego un avión a Santa Teresa. Cuando le anunciaron al presidente municipal, al licenciado José Refugio de las Heras, que la diputada Esquivel Plata lo estaba esperando, dejó en suspenso todos los asuntos que tenía entre manos y no tardó en aparecer. Probablemente alguna vez nos habíamos visto. En cualquier caso yo no lo recordaba. Cuando lo vi, sonriente y obsequioso como un perrito, tuve ganas de abofetearlo pero me aguanté. Uno de esos perros que se mantienen erectos apoyados en las patas traseras, no sé si me explico. Perfectamente, dijo Sergio. Luego me preguntó si había desayunado. Le dije que no. Mandó a traer un desayuno sonorense, un típico desayuno de la frontera, y mientras esperábamos dos funcionarios vestidos de meseros se encargaron de preparar una mesa junto a la ventana de su oficina. Desde allí se veía la plaza vieja de Santa Teresa y la gente que iba de un lado a otro por motivos de trabajo o por matar el tiempo. Me pareció un lugar horroroso, pese a la luz, que parecía dorada, de un dorado ligerísimo por la mañana y de un dorado intenso y espeso por la tarde, como si el aire, en el crepúsculo, marchara grávido de polvo del desierto. Antes de empezar a comer le dije que estaba allí por Kelly Rivera. Le dije que había desaparecido y que quería que la encontraran. El alcalde llamó a su secretario, que se puso a tomar notas. ¿Cómo se llama su amiga, diputada? Kelly Rivera Parker. Y más preguntas: el día que desapareció, el motivo de su estancia en Santa Teresa, edad, profesión, y el secretario apuntaba todo lo que yo iba diciendo, y cuando acabé de contestar sus preguntas el presidente municipal le ordenó que se fuera corriendo a buscar al jefazo de los judiciales, un tal Ortiz Rebolledo, y que lo trajera de inmediato a la municipalidad. No le dije nada de Salazar Crespo. Quería ver qué pasaba. El licenciado y yo nos pusimos a comer huevos a la ranchera.

Mary-Sue Bravo pidió a su jefe de redacción que la dejara investigar la desaparición del periodista de *La Raza.* El jefe de redacción respondió que probablemente Hernández Mercado se había vuelto loco del todo y que era posible que ahora estuviera vagando por el parque estatal de Tubac o por el parque estatal de Patagonia Lake, comiendo bayas y hablando solo. No hay bayas en esos parques, le dijo Mary-Sue. Pues entonces babeando y hablando solo, respondió el jefe de redacción, pero al final le encargó cubrir la noticia. Primero estuvo en Green Valley, en el local de *La Raza,* y habló con el director del periódico, otro tipo con pinta de bracero, y con el periodista que había escrito sobre la desaparición de Hernández Mercado, un muchacho de dieciocho años, tal vez diecisiete, que se tomaba muy en serio el trabajo de periodista. Luego fue a Sonoita en compañía del muchacho, y estuvo en la casa de Hernández Mercado, el muchacho le franqueó la entrada con una llave que dijo se guardaba en la redacción de *La Raza,* aunque a Mary-Sue le pareció una ganzúa, y en la oficina del sheriff. Éste le dijo que probablemente Hernández Mercado se encontraba ahora en California. Mary-Sue quiso saber por qué creía eso. El sheriff le dijo que el periodista tenía numerosas deudas (por ejemplo, debía seis meses del alquiler y el dueño de la casa pensaba echarlo) y que lo que ganaba trabajando en el periódico apenas le alcanzaba para comer. El muchacho refrendó, a su pesar, las palabras del sheriff: en *La Raza* pagaban poco porque era un periódico del pueblo, dijo. El sheriff se rió. Mary-Sue quiso saber si Hernández tenía coche. El sheriff dijo que no, que Hernández, cuando tenía que salir de Sonoita, se desplazaba en autobús. El sheriff era un tipo agradable y la acompañó hasta el apeadero de autobuses y estuvieron preguntando por Hernández, pero la información obtenida fue caótica e inservible. El día de su desaparición, según el viejo que vendía los billetes y el chofer y las pocas personas que viajaban a diario, Hernández lo mismo hubiera podido abordar el autobús como podía no haberlo abordado. Antes de abandonar Sonoita Mary-Sue quiso ver una vez más la casa del periodista. Todo estaba en su sitio, no se veían huellas de violencia, el polvo se acumulaba en los escasos muebles. Mary-Sue le preguntó al sheriff si había encendido el computador de Hernández. El sheriff le contestó que no. Mary-Sue lo encendió y se puso a revisar, más bien al azar, los archivos del periodista y poeta de *La Raza de Green Valley*. No encontró nada interesante. Una novela iniciada, aparentemente de misterio, escrita en spanglish. Artículos publicados. Semblanzas de la vida diaria de los braceros y de los peones de los ranchos del sur de Arizona. Los artículos sobre Haas, casi todos de carácter sensacionalista. Y poca cosa más.

El diez de diciembre unos empleados del rancho La Perdición informaron a la policía del hallazgo de una osamenta en los terrenos situados en las lindes del rancho, a la altura del kilómetro veinticinco de la carretera a Casas Negras. Al principio creyeron que se trataba de un animal, pero al encontrar la calavera se dieron cuenta de su error. Según el informe forense se trataba de una mujer, y las causas de la muerte, debido al tiempo transcurrido, quedaron sin determinar. A unos tres metros del cuerpo se encontró un pantalón tipo malla y unos tenis.

En total estuve dos noches en Santa Teresa, durmiendo en el Hotel México, y aunque todo el mundo se mostraba dispuesto a consentirme hasta el más mínimo capricho, en realidad no avanzamos nada. El tal Ortiz Rebolledo parecía un coprero. El licenciado José Refugio de las Heras parecía del otro bando. El subprocurador parecía muy viernes casi llegando a sábado. Todos incurrieron en mentiras e incongruencias. Por lo pronto, me aseguraron que nadie había denunciado la desaparición de Kelly, cuando fehacientemente yo sabía que su socia lo había hecho. El nombre de Salazar Crespo no salió a relucir ni una sola vez. Nadie me habló de las desapariciones de mujeres, que ya eran de dominio público, ni mucho menos relacionó a Kelly con estos lamentables casos. La noche antes de marcharme llamé a los tres periódicos locales y anuncié que iba a dar una conferencia de prensa en mi hotel. Allí conté el caso de Kelly, que luego salió reproducido en la prensa nacional, y dije que como política y feminista, además de como amiga, no iba a cejar en mi empeño de llegar hasta el descubrimiento de la verdad. Para mis adentros pensaba: no saben con quién se han metido, bola de cobardes, se van a mear en los pantalones. Aquella noche, después de dar mi rueda de prensa, me encerré en la habitación del hotel y me dediqué a hacer llamadas. Hablé con dos diputados del PRI, amigos de confianza, que me dijeron que contaba con su apoyo para lo que fuera. Ciertamente no esperaba menos. Luego llamé a la socia de Kelly y le dije que estaba en Santa Teresa. La pobre muchacha, tan fea, tan rematadamente fea, se puso a llorar y, no sé por qué, me dio las gracias. Después llamé a mi casa y pregunté si alguien me había telefoneado durante esos días. Rosita me leyó el parte de las llamadas. Nada fuera de lo corriente. Todo estaba igual que siempre. Intenté dormir, pero no pude. Durante un rato estuve mirando por la ventana los edificios oscuros de la ciudad, los jardines, las avenidas por las que apenas transitaba de vez en cuando un coche último modelo. Di vueltas por la habitación. Me fije en que había dos espejos. Uno en un extremo y el otro junto a la puerta y que no se reflejaban. Pero si una adoptaba una determinada postura, entonces sí que un espejo aparecía en el azogue del otro. La que no aparecía era yo. Qué curioso, me dije, y durante un rato, mientras me ganaba el sueño, estuve haciendo comprobaciones y ensayando posturas. Así me dieron las cinco de la mañana. A más estudiaba los espejos, más inquieta me sentía. Comprendí que a esa hora era ridículo acostarse. Me di una ducha, me cambié de ropa, preparé la maleta. Cuando dieron las seis bajé a desayunar al restaurante, que a esa hora aún estaba cerrado. Uno de los empleados del hotel, sin embargo, se metió en las cocinas y me preparó mi naranjada y mi ración de café cargado. Traté de comer, pero no pude. A las siete un taxi me llevó al aeropuerto. Al pasar por algunos barrios de la ciudad pensé en Kelly, en lo que Kelly había pensado al contemplar lo mismo que yo contemplaba ahora, y entonces supe que volvería. Lo primero que hice al volver al DF fue ir a ver a un amigo que había trabajado en la Procuraduría General de Justicia del Distrito Federal y pedirle que me recomendara a un buen detective, un hombre fuera de toda sospecha, un tipo que tuviera lo que hay que tener. Mi amigo me preguntó cuál era el problema. Se lo conté. Me recomendó a Luis Miguel Loya, que había trabajado en la Procuraduría General de la República. ¿Por qué no sigue allí?, le pregunté. Porque gana más en la empresa privada, dijo mi amigo. Yo me quedé pensando que mi amigo no me había contado todo lo que tenía que contarme, ¿porque desde cuándo la empresa privada y la empresa pública son incompatibles en México? Pero me limité a darle las gracias y le hice una visita al tal Loya. Éste, por supuesto, había sido avisado por mi amigo y me esperaba. Loya era un tipo extraño. Más bien chaparro, pero con pinta de boxeador, sin un gramo de grasa, aunque cuando lo conocí debía tener más de cincuenta años. Buenos modales, bien vestido, la oficina era grande y tenía trabajando para él por lo menos a unas diez personas, entre secretarias y tipos con pinta de matones profesionales. Volví a contarle lo de Kelly, le hablé del banquero Salazar Crespo, de sus tratos con los narcos, de la actitud de las autoridades de Santa Teresa. No me hizo preguntas estúpidas. No tomó notas. Ni siquiera cuando me preguntó a qué número de teléfono podía llamarme. Supongo que lo estaba grabando todo. Cuando me marché, al darme la mano, me dijo que en tres días tendría noticias suyas. Olía a un aftershave o a una colonia que yo no conocía. Una mezcla de espliego y lavanda, con un ligero aroma de fondo, pero muy ligero, de café de importación. Me acompañó hasta la puerta. Tres días. Cuando me lo dijo me pareció muy poco tiempo. Vivirlos, esperar que transcurran, puede convertirse en una eternidad. Volví, desganada, a mi trabajo. Al segundo día de espera recibí la visita de un grupo de feministas a quienes mi actitud tras la desaparición de Kelly había parecido digna y congruente en una mujer. Eran tres y, por lo que pude entender, su grupo no era demasiado numeroso. De buena gana las hubiera sacado a patadas de mi oficina, pero probablemente estaba deprimida, sin saber con claridad lo que tenía que hacer, y las invité a quedarse un rato conmigo. Si no hablábamos de política, hasta simpáticas podían resultar. Una de ellas, además, había estudiado en el mismo colegio de monjas en donde estudiamos Kelly y yo, aunque dos cursos por debajo, y teníamos recuerdos comunes. Tomamos té, hablamos de hombres, de nuestros respectivos trabajos, las tres eran profesoras universitarias y dos de ellas estaban divorciadas, me preguntaron por qué no me había casado nunca, yo me reí, porque en el fondo, les confesé, yo soy más feminista que ninguna. Al tercer día Loya me llamó a las diez de la noche. Me dijo que ya tenía listo un primer informe y que si quería me lo podía mostrar de inmediato. Para pronto es tarde, le dije. ¿Dónde está usted? En mi coche, dijo Loya, no es necesario que se mueva, voy para su casa. El dossier de Loya tenía diez páginas. Su trabajo había consistido en hacer un seguimiento detallado de las actividades profesionales de Kelly. Aparecían algunos nombres, gente del DF, fiestas en Acapulco, Mazatlán, Oaxaca. Según Loya, la mayoría de los encargos laborales de Kelly podían considerarse, sin más, como prostitución encubierta. Prostitución de altas esferas. Sus modelos eran putas, las fiestas que organizaba eran sólo para hombres, incluso su porcentaje de ganancias se asemejaba al de una madam de lujo. Le dije que no me lo podía creer. Le arrojé los papeles a la cara. Loya se inclinó y recogió los papeles del suelo y me los volvió a dar. Léalo entero, dijo. Seguí leyendo. Mierda, pura mierda. Hasta que apareció el nombre de Salazar Crespo. Según Loya, Kelly ya había trabajado otras veces para Salazar Crespo, en total cuatro veces. También leí que entre 1990 y 1994 Kelly había viajado en avión por lo menos diez veces a Hermosillo y que, de estas diez veces, en siete ocasiones había tomado luego otro avión rumbo a Santa Teresa. Los encuentros con Salazar Crespo estaban señalados bajo la rúbrica «organización de fiesta». A juzgar por los vuelos de Hermosillo al DF nunca estuvo más de dos noches en Santa Teresa. El número de modelos que llevaba a esta ciudad era variable. Al principio, en el año 90 o 91, llegó a ir con cuatro o cinco. Después sólo iba con dos y los últimos viajes los hizo sola. Tal vez entonces, realmente, organizaba fiestas. Otro nombre aparecía junto al de Salazar Crespo. Un tal Conrado Padilla, empresario sonorense con intereses en algunas maquiladoras, en algunas empresas de transporte y en el matadero de Santa Teresa. Para este Conrado Padilla había trabajado en tres ocasiones, según Loya. Le pregunté quién era Conrado Padilla. Loya se encogió de hombros y me dijo que era un tipo con mucho dinero, es decir un tipo expuesto a todos los peligros, a todas las desgracias. Le pregunté si había estado en Santa Teresa. No, dijo. Le pregunté si había mandado a alguno de sus empleados. No, dijo. Le dije que fuera a Santa Teresa, que lo quería ver allí, en el cogollito del asunto, y que siguiera investigando. Durante un rato pareció pensar en mi propuesta o más bien pareció buscar las palabras que tenía que decirme. Luego dijo que no quería que yo perdiera ni mi dinero ni mi tiempo. Que, tal como lo veía él, el caso estaba cerrado. ¿Quiere decir que cree que Kelly está muerta?, le grité. Más o menos, dijo sin perder un ápice de compostura. ¿Cómo que más o menos?, grité. ¡O se está muerto o no se está muerto, chingados! En México uno puede estar más o menos muerto, me contestó muy seriamente. Lo miré con ganas de abofetearlo. Qué tipo tan frío y reservado era ése. No, le dije casi silabeando, ni en México ni en ninguna otra parte del mundo alguien puede estar más o menos muerto. Deje de hablar como si fuera un guía turístico. O mi amiga está viva, y entonces quiero que la encuentre, o mi amiga está muerta, y entonces quiero a sus asesinos. Loya sonrió. ¿De qué se ríe?, le pregunté. Me ha hecho gracia lo del guía turístico, dijo. Estoy harta de los mexicanos que hablan y se comportan como si todo esto fuera *Pedro Páramo*, dije. Es que tal vez lo sea, dijo Loya. No, no lo es, se lo puedo asegurar, dije yo. Durante un rato Loya permaneció en silencio, sentado con las piernas cruzadas, con mucha dignidad, pensando en lo que le acababa de decir. Puedo tardar meses, incluso años, dijo Loya finalmente. Y además, añadió después, no creo que me dejen hacer mi trabajo. ¿Quiénes? Su propia gente, diputada, sus propios compañeros de partido. Yo estaré detrás suyo, yo lo voy a respaldar en cada momento, le dije. Me parece que usted se sobrestima, dijo Loya. Chingados, claro que me sobrestimo, si no lo hiciera no estaría donde estoy, dije yo. Loya volvió a quedarse en silencio. Por un instante pensé que se había dormido, pero tenía los ojos muy abiertos. Si no lo hace usted, ya encontraré a otro, le dije sin mirarlo. Al cabo de un rato se levantó. Lo acompañé hasta la puerta. ¿Va a trabajar para mí? Veré qué puedo hacer, pero no le prometo nada, me dijo, y se perdió por el sendero que conduce hasta la calle, en donde estaban mi guardaespaldas y mi chofer albureándose como dos zombis.

Una noche Mary-Sue Bravo soñó que una mujer estaba sentada a los pies de su cama. Sintió el peso de un cuerpo aplastando el colchón, pero cuando se estiró no tocó nada. Aquella noche, antes de irse a la cama, había leído en Internet un par de noticias sobre los Uribe. En una de ellas, firmada por un periodista de un conocido diario del DF, se decía que Antonio Uribe estaba, efectivamente, desaparecido. Su primo Daniel Uribe se encontraba, al parecer, en Tucson, el periodista había hablado con él por teléfono. Según Daniel Uribe, toda la información facilitada por Haas era una sarta de embustes fácilmente rebatibles. Sobre el paradero de Antonio, sin embargo, no daba ningún detalle o los detalles que le arrancó el periodista eran ambiguos, inexactos, dilatorios. Cuando Mary-Sue despertó la sensación de que había otra mujer en la habitación no se fue del todo hasta que se levantó de la cama y se bebió un vaso de agua en la cocina. Al día siguiente llamó a la abogada de Haas. No sabía muy bien qué quería preguntarle, qué quería escuchar, pero la necesidad de oír su voz se impuso a cualquier imperativo lógico. Tras identificarse le preguntó cómo estaba su cliente. Isabel Santolaya dijo que igual que en los últimos meses. Le preguntó si había leído las declaraciones de Daniel Uribe. La abogada dijo que sí. Voy a intentar entrevistarlo, dijo Mary-Sue. ¿Se le ocurre algo que debería preguntarle? No, no se me ocurre nada, dijo la abogada. A Mary-Sue le pareció que la abogada hablaba como hablan las personas sometidas a un trance hipnótico. Luego, sin venir a cuento, le preguntó por su vida. Mi vida no tiene importancia, dijo la abogada. El tono con que lo dijo fue igual al que emplearía una mujer arrogante al dirigirse a una adolescente entrometida.

El quince de diciembre Esther Perea Peña, de veinticuatro años, fue muerta por un disparo en el salón de baile Los Lobos. La víctima estaba sentada a una mesa en compañía de tres amigas. En una de las mesas vecinas un tipo bien parecido, de traje negro y camisa blanca, sacó un arma y se puso a manipularla. Se trataba de una pistola Smith&Wesson modelo 5906 con cargador de quince tiros. Según algunos testigos el mismo tipo antes había sacado a bailar a Esther y a una de sus amigas, lo que había sucedido en un clima de distensión y cordialidad. Los dos acompañantes del tipo de la pistola, según la versión de los testigos, lo conminaron a que guardara el arma. El tipo no les hizo caso. Al parecer quería impresionar a alguien, presumiblemente a la misma víctima o a la amiga de la víctima con la que previamente había bailado. Según otros testigos, el tipo dijo ser policía judicial adscrito a la brigada de narcóticos. Pinta de judicial tenía. Era alto y fuerte, y además tenía un buen corte de pelo. En determinado momento, mientras manipulaba el arma, se le disparó la bala de la recámara, la cual hirió mortalmente a Esther. Cuando llegó la ambulancia la joven había muerto y el agresor había desaparecido. Se encargó personalmente del caso el judicial Ortiz Rebolledo y a la mañana siguiente pudo informar a la prensa de que la policía había encontrado el cuerpo de un hombre (cuyas ropas y características físicas coincidían con las del asesino de Esther) tirado en los viejos terrenos deportivos de PEMEX, con una Smith&Wesson igualita a la que llevaba el asesino de Esther y un balazo en la sien derecha. Se llamaba Francisco López Ríos y tenía un amplio prontuario como ladrón de coches. Pero no era un asesino nato y matar a alguien, aunque fuera de forma accidental, lo debió de alterar bastante. El tipo se suicidó, dijo Ortiz Rebolledo. Caso cerrado. Más tarde Lalo Cura le comentaría a Epifanio que era raro que no hubiera habido una rueda de reconocimiento del cadáver. Y que también era raro que no hubieran aparecido los acompañantes del homicida. Y que también era raro que la Smith&Wesson, una vez guardada en los almacenes de la policía, hubiera desaparecido. Y que lo más raro de todo era que un ladrón de coches se suicidara. ¿Usted conoció a ese Francisco López Ríos?, le preguntó Epifanio. Lo vi una vez y yo no diría que era un tipo atractivo, dijo Lalo Cura. No, más bien parecía una rata. Todo es raro, dijo Epifanio.

Durante dos años tuve a Loya trabajando en el caso. Durante dos años tuve tiempo para forjar una imagen que poco a poco fue calando en los medios de comunicación: la de la mujer sensibilizada contra la violencia, la de la mujer que representaba el cambio en el seno del partido, no sólo un cambio generacional sino también un cambio de actitud, una visión abierta y no dogmática de la realidad mexicana. En realidad, yo sólo ardía de rencor por la desaparición de Kelly, por la broma macabra de la que había sido objeto. Cada vez me importaba menos la consideración que podía lograr en aquello que llamamos el público, los votantes, a quienes en el fondo no veía o si veía, de forma accidental o episódica, despreciaba. A medida que conocía otros casos, sin embargo, a medida que oía otras voces, mi rabia fue adquiriendo una estatura, digamos, de masa, mi rabia se hizo colectiva o expresión de algo colectivo, mi rabia, cuando se dejaba contemplar, se veía a sí misma como el brazo vengador de miles de víctimas. Sinceramente, creo que me estaba volviendo loca. Esas voces que escuchaba (voces, nunca rostros ni bultos) provenían del desierto. En el desierto yo vagaba con un cuchillo en la mano. En la hoja del cuchillo se reflejaba mi rostro. Tenía el pelo blanco y los pómulos como chupados y cubiertos de pequeñas cicatrices. Cada cicatriz era una pequeña historia que me esforzaba vanamente por recordar. Terminé tomando pastillas para los nervios. Cada tres meses veía a Loya. Por expreso deseo suyo nunca lo iba a ver a su oficina. A veces él me llamaba o yo lo llamaba a él, a un teléfono seguro, y nunca decíamos gran cosa cuando hablábamos por teléfono, porque nada hay, decía Loya, seguro al ciento por ciento. Gracias a los informes de Loya fui construyendo un mapa o completando un puzzle del lugar donde había desaparecido Kelly. Así supe que las fiestas que daba el banquero Salazar Crespo eran en realidad orgías y que Kelly presumiblemente hacía de directora de orquesta de esas orgías. Loya había hablado con una modelo que trabajó para Kelly durante unos meses y que ahora vivía en San Diego. Esa modelo le dijo que Salazar Crespo hacía las fiestas indistintamente en dos ranchos de su propiedad, ranchos improductivos, trozos de tierra que los ricos compran y que no explotan ni con ganadería ni con agricultura. Es simplemente una extensión de tierra y en medio una casa grande, con un salón amplio y muchas habitaciones, a veces, pero no siempre, una piscina, en realidad no son lugares cómodos, no hay un gusto femenino en esas propiedades. En el norte los llaman narcorranchos, porque muchos narcotraficantes tienen ranchos de este tipo, más que ranchos guarniciones en medio del desierto, algunos incluso con torres de vigilancia en donde instalan a sus tiradores de élite. Estos narcorranchos a veces permanecen vacíos durante largas temporadas. Si acaso dejan a un empleado, sin llaves para entrar en la casa principal, encargado de nada, de vagar por unos pedregales improductivos, encargado de vigilar que no se instale en el lugar una manada de perros salvajes. Estos pobres hombres sólo tienen un teléfono celular y unas instrucciones vagas que poco a poco van olvidando. Según Loya, no es extraño que a veces uno de ellos muera y nadie se entere o que desaparezca, simplemente, atraído por el simurg del desierto. Luego, de pronto, el narcorrancho vuelve a la vida. Primero llegan unos empleados menores, póngale usted tres o cuatro, a bordo de una Combi, y preparan en un día la casa grande. Luego llegan los guardaespaldas, los tipos fornidos, en sus Suburban negras o en sus Spirit o Peregrinos, y lo primero que hacen al llegar, además de pavonearse, es trazar un perímetro de seguridad. Finalmente aparece el dueño y sus achichincles de confianza. Mercedes Benz o Porsches blindados culebreando en medio del recato del desierto. Por la noche las luces no se apagan. Es posible ver carros de todo tipo, hasta Lincoln Continental y viejos Cadillacs de coleccionista que llevan y sacan gente del rancho. Trackers cargados de carne, la pastelería que llega en Chevys Astra. Y música y gritos toda la noche. Ésas eran las fiestas que, según me dijo Loya, contribuía a organizar Kelly en sus viajes al norte. Según Loya, al principio Kelly llevaba modelos dispuestas a ganar bastante dinero en poco tiempo. La muchacha que vivía en San Diego le había contado que nunca eran más de tres. En las fiestas había otras mujeres, mujeres a las que Kelly en principio no conocía, chavas jovencitas, más jovencitas que las modelos, a las que Kelly vestía convenientemente para las fiestas. Putitas de Santa Teresa, supongo. ¿Qué pasaba durante las noches? Pues lo usual. Los hombres se emborrachaban o se drogaban, veían partidos de fútbol o de béisbol grabados en vídeo, jugaban a las cartas, salían al patio a hacer puntería, hablaban de negocios. Nadie filmó nunca una película pornográfica o al menos eso le aseguró la muchacha de San Diego a Loya. A veces, en una habitación, los invitados veían películas pornográficas, la modelo había entrado una vez, por equivocación, y vio lo de siempre, tipos hieráticos con las caras iluminadas por el resplandor del vídeo porno. Siempre es así. Digo: hieráticos, como si ver una película en la que la gente coge convirtiera a los espectadores en estatuas. Pero nadie, según la modelo, ni filmó ni grabó en los narcorranchos una película de ese tipo. A veces, algunos invitados se ponían a cantar rancheras y corridos. A veces, estos invitados salían al patio y recorrían el rancho como si fueran en procesión, cantando con toda su alma. Y en una ocasión lo hicieron desnudos, tal vez alguno se cubría las partes pudendas con una tanga o con un calzoncillito de leopardo o de tigre, desafiando el frío que hace en esos lugares a las cuatro de la mañana, cantando y riéndose, de relajo en relajo, como si fueran los servidores de Satán. No son mis palabras. Son las palabras que la modelo que vivía en San Diego le dijo a Loya. Pero nada de vídeos porno, de eso nada. Después Kelly dejó de contar con las modelos y ya no las llamó más. Según Loya, probablemente la decisión surgió de la misma Kelly puesto que las modelos tenían una tarifa alta y las putitas de Santa Teresa cobraban poco y Kelly no andaba con la economía muy saneada. Los primeros viajes los hizo a cuenta de Salazar Crespo, pero mediante éste conoció a gente importante de la zona y era posible que también hubiera organizado fiestas para un tal Sigfrido Catalán, que tenía una flota de camiones de basura y se decía que trabajaba en franquicia con la mayoría de las maquiladoras de Santa Teresa, y para Conrado Padilla, un empresario con intereses en Sonora, Sinaloa y Jalisco. Tanto Salazar Crespo como Sigfrido Catalán y Padilla, según Loya, tenían conexiones con el cártel de Santa Teresa, es decir con Estanislao Campuzano, que en algunas ocasiones, no muchas, a decir verdad, había asistido a esas fiestas. Pruebas, lo que cualquier tribunal civilizado consideraría pruebas, pues no las había, pero Loya durante el tiempo que trabajó para mí reunió una cantidad enorme de testimonios, pláticas de burdel o de borrachos, en las que se decía que Campuzano no iba pero a veces sí iba. En cualquier caso, narcotraficantes no faltaban en las orgías de Kelly, sobre todo dos de ellos, considerados lugartenientes de Campuzano, uno que se llamaba Muñoz Otero, Sergio Muñoz Otero, y que era el jefe de los narcos de Nogales, y un tal Fabio Izquierdo, que durante un tiempo fue el jefe de los narcos de Hermosillo y que luego había trabajado abriendo rutas para los transportes de droga desde Sinaloa a Santa Teresa o desde Oaxaca o desde Michoacán e incluso desde Tamaulipas que era territorio del cártel de Ciudad Juárez. La presencia en algunas fiestas de Kelly de Muñoz Otero y Fabio Izquierdo, Loya la daba por segura. Así que allí está Kelly, sin modelos, trabajando con muchachas de extracción social baja o ya de plano con putas, en narcorranchos abandonados a la buena de Dios, y en sus fiestas tenemos a un banquero, Salazar Crespo, a un empresario, el tal Catalán, a un millonario, el tal Padilla, y si no a Campuzano, al menos a dos de sus hombres más notorios, Fabio Izquierdo y Muñoz Otero, además de otras personalidades de la sociedad, del crimen y de la política. Una colección de próceres. Y una mañana o una noche mi amiga se desvanece en el aire.

Durante unos días, desde la redacción de *El Independiente de Phoenix,* Mary-Sue intentó ponerse en contacto con el periodista del DF que había entrevistado a Daniel Uribe. Éste casi nunca paraba en su periódico y la gente con la que hablaba se negaba a proporcionarle su número de celular. Cuando por fin pudo hablar con él, el periodista, que tenía voz de borracho y de mala persona, pensó Mary-Sue, o al menos de arrogante, no quiso darle el teléfono de Daniel Uribe pretextando que debía proteger la intimidad de sus fuentes. En un mal momento Mary-Sue le recordó que eran colegas, que ambos trabajaban para la prensa, y el tipo del DF le dijo que ni que hubieran sido amantes. De Josué Hernández Mercado, el periodista desaparecido de *La Raza,* nada se sabía. Una noche Mary-Sue se puso a rebuscar en el archivo que tenía sobre el caso Haas hasta dar con la crónica que Hernández Mercado escribió después de la no muy concurrida rueda de prensa en el penal de Santa Teresa. El estilo de Hernández Mercado era efectista y pobre casi en el mismo grado. La crónica estaba plagada de lugares comunes, inexactitudes, afirmaciones temerarias, exageraciones y mentiras flagrantes. En ocasiones Hernández Mercado pintaba a Haas como el chivo expiatorio de una conjura de ricos sonorenses y en ocasiones Haas aparecía como el ángel de la venganza o como un detective encerrado en una celda, pero en modo alguno derrotado, que poco a poco iba arrinconando a sus verdugos gracias únicamente a su inteligencia. A las dos de la mañana, mientras bebía su último café antes de abandonar el periódico, Mary-Sue pensó que nadie con dos dedos de frente se podía haber tomado la molestia de matar y luego hacer desaparecer el cadáver de una persona por haber escrito una bazofia así. ¿Pero entonces qué le ocurrió a Hernández Mercado? Su jefe de redacción, que también trabajaba hasta tarde, le dio varias posibles respuestas. Se cansó y se largó. Se volvió loco y se largó. Se largó sin más. Una semana más tarde la llamó el periodista adolescente que la había acompañado hasta Sonoita. Quería saber cómo estaba la crónica que Mary-Sue iba a escribir sobre Hernández Mercado. No voy a escribir nada, le dijo ella. El periodista adolescente quiso saber por qué. Porque no hay misterio, dijo Mary-Sue. Hernández debe de estar viviendo y trabajando en California. No lo creo, dijo el periodista adolescente. A Mary-Sue le pareció que el muchacho había gritado. De fondo escuchó el ruido de un camión o de varios camiones, como si la llamada la hiciera desde el patio de una empresa de transporte. ¿Por qué no lo quieres creer?, dijo. Porque he estado en su casa, dijo el muchacho. Yo también he estado en su casa, y no vi nada que me hiciera pensar que lo habían levantado. Se fue porque quiso irse. No, oyó que decía el muchacho. Si se hubiera ido por voluntad propia, se hubiera llevado sus libros. Los libros pesan, dijo Mary-Sue, y además uno siempre puede volver a comprarlos. En California hay más librerías que en Sonoita, dijo queriendo hacer un chiste, pero en el acto se dio cuenta de que aquella aseveración carecía de todo sentido del humor. No, no me refiero a esos libros sino a los suyos, dijo el muchacho. ¿A qué libros *suyos?,* dijo Mary-Sue. A los que él escribió y publicó. Ésos no los hubiera abandonado ni aunque se acabara el mundo. Durante un rato Mary-Sue estuvo intentando recordar la casa de Hernández Mercado. En la sala había algunos libros, también en la habitación. Todos juntos no sumaban más de cien ejemplares. No era una gran biblioteca, pero para un tipo como el periodista bracero tal vez era suficiente y más que suficiente. No se le ocurrió pensar que entre aquellos volúmenes podían estar los que Hernández Mercado había escrito. ¿Y tú crees que no se hubiera ido sin ellos? De ninguna manera, pues, dijo el muchacho, si eran como sus hijos. Mary-Sue pensó que los libros firmados por Hernández Mercado no debían de pesar mucho y que en modo alguno hubiera podido éste volver a comprarlos en California.

El diecinueve de diciembre, en unos terrenos cercanos a la colonia Kino, a pocos kilómetros del ejido Gavilanes del Norte, se encontraron dentro de una bolsa de plástico los restos de una mujer. Según declaración de la policía, se trataba de otra víctima de la banda de los Bisontes. Según los forenses, la víctima tenía entre quince y diecisiete años de edad, medía entre metro cincuentaicinco y metro sesenta de estatura y el asesinato se había cometido aproximadamente hacía un año. Dentro de la bolsa se encontró un pantalón azul marino, barato, como los que usan las mujeres de las maquiladoras para ir a trabajar, una camiseta y un cinturón de plástico de color negro, con hebilla grande también de plástico, de aquellos cinturones llamados de fantasía. El caso lo llevó el judicial Marcos Arana, recién trasladado de Hermosillo, en donde estaba adscrito a la brigada de narcóticos, pero el primer día aparecieron por el lugar del hallazgo los judiciales Ángel Fernández y Juan de Dios Martínez. Este último, cuando le informaron de que dejara el caso en manos de Arana, a quien querían foguear, se dio una vuelta a pie por los alrededores hasta llegar a las puertas del ejido Gavilanes del Norte. La casa principal conservaba el techo y las ventanas, pero las otras edificaciones daban un aspecto de lugar arrasado por un huracán. Durante un rato, Juan de Dios estuvo dando vueltas por el ejido fantasma, a ver si encontraba por lo menos a un campesino o a un niño o siquiera a un perro, pero ya ni perros quedaban allí.

¿Qué es o qué quiero que usted haga?, dijo la diputada. Quiero que escriba sobre esto, que siga escribiendo sobre esto.

He leído sus artículos. Son buenos, pero a menudo golpea allí donde sólo hay aire. Yo quiero que golpee sobre seguro, sobre carne humana, sobre carne impune y no sobre sombras. Quiero que vaya a Santa Teresa y la huela bien. Quiero que la muerda. Al principio yo no conocía Santa Teresa. Tenía algunas ideas generales, como todos, pero creo que empecé a conocer la ciudad y el desierto a partir de mi cuarta visita. Ahora no puedo sacármelos de la cabeza. Conozco los nombres de todos o de casi todos. Conozco algunas actividades ilícitas. Pero no puedo acudir a la policía mexicana. En la Procuraduría General creerían que me he vuelto loca. Tampoco puedo entregar mis informes a la policía gringa. Por una cuestión de patriotismo, al fin y al cabo, le pese a quien le pese (empezando por mí) soy mexicana. Y además diputada mexicana. Esto lo resolvemos nosotros a chingadazos, como siempre, o nos hundimos juntos. Hay gente a la que no quiero hacer daño y a la que, sin embargo, sé que dañaré. Lo doy por bueno, puesto que los tiempos están cambiando y el PRI también tiene que cambiar. Así que sólo me queda la prensa. Tal vez por mis años como periodista, el respeto que siento por algunos de ustedes se mantiene incólume. Además, aunque el sistema está lleno de defectos, al menos gozamos de libertad de expresión y eso el PRI casi siempre lo ha respetado. He dicho *casi* siempre, no ponga esa cara de incredulidad, dijo la diputada. Aquí uno publica lo que quiere sin problemas. En fin, no vamos a discutir sobre esto, ¿verdad? Usted ha publicado una novela dizque política en donde lo único que hace es repartir mierda sin ningún fundamento y no le pasó nada, ¿verdad? Ni se la censuraron ni lo demandaron. Fue mi primera novela, dijo Sergio, y es muy mala. ¿La leyó? La leí, dijo la diputada, he leído todo lo que ha escrito. Es muy mala, dijo Sergio, y luego dijo: aquí ni se censura ni se lee, pero la prensa es otra cosa. Los periódicos sí que se leen. Al menos los titulares. Y tras un silencio: ¿qué pasó con Loya? Loya murió, dijo la diputada. No, no lo mataron ni lo desaparecieron. Simplemente se murió. Tenía cáncer y nadie lo sabía. Era un hombre reservado. Ahora su oficina de investigaciones la dirige otra persona, tal vez ya ni siquiera exista, tal vez ahora sea una oficina de consulting o de asesoría para empresas. No tengo ni idea. Antes de morir, Loya me entregó todas las carpetas concernientes al caso de Kelly. Lo que no me pudo pasar lo destruyó. Yo intuí algo malo, pero él prefirió no decirme nada. Se marchó a los Estados Unidos, a una clínica en Seattle, y allí aguantó tres meses y murió. Era un hombre extraño. Sólo una vez estuve en su casa, vivía solo en un apartamento de la colonia Nápoles. Por fuera era un sitio común y corriente, de clase media, pero por dentro era otra cosa, no sé cómo describirlo, era Loya, como un espejo de Loya o como el autorretrato de Loya, eso sí, un autorretrato inconcluso. Tenía muchos discos y libros de arte. Las puertas eran blindadas. Tenía la foto de una mujer mayor en un marco de oro, un gesto más bien melodramático. La cocina estaba completamente reformada y era grande y llena de utensilios de cocinero profesional. Cuando supo que le quedaba poco tiempo me llamó por teléfono desde Seattle y a su manera se despidió de mí. Recuerdo que le pregunté si tenía miedo. No sé por qué le hice esa pregunta. Él me respondió con otra. Me dijo si yo tenía miedo. No, no tengo miedo, le dije. Entonces yo tampoco, dijo él. Ahora quiero que usted utilice todo lo que entre Loya y yo reunimos y que agite el avispero. Por supuesto, no va a estar solo. Yo estaré siempre a su lado, aunque usted no me vea, para ayudarlo en cada momento.

El último caso del año 1997 fue bastante similar al penúltimo, sólo que en lugar de encontrar la bolsa con el cadáver en el extremo oeste de la ciudad, la bolsa fue encontrada en el extremo este, en la carretera de terracería que corre, digamos, paralela a la línea fronteriza y que luego se bifurca y se pierde al llegar a las primeras montañas y a los primeros desfiladeros. La víctima, según los forenses, llevaba mucho tiempo muerta. De edad aproximada a los dieciocho años, medía entre metro cincuentaiocho y metro sesenta. El cuerpo estaba desnudo, pero en el interior de la bolsa se encontraron un par de zapatos de tacón alto, de cuero, de buena calidad, por lo que se pensó que podía tratarse de una puta. También se encontraron unas bragas blancas, de tipo tanga. Tanto este caso como el anterior fueron cerrados al cabo de tres días de investigaciones más bien desganadas. Las navidades en Santa Teresa se celebraron de la forma usual. Se hicieron posadas, se rompieron piñatas, se bebió tequila y cerveza. Hasta en las calles más humildes se oía a la gente reír. Algunas de estas calles eran totalmente oscuras, similares a agujeros negros, y las risas que salían de no se sabe dónde eran la única señal, la única información que tenían los vecinos y los extraños para no perderse.

La parte de Archimboldi

Su madre era tuerta. Tenía el pelo muy rubio y era tuerta. Su ojo bueno era celeste y apacible, como si no fuera muy inteligente, pero en cambio buena, un montón. Su padre era cojo. Había perdido la pierna en la guerra y había pasado un mes en un hospital militar cercano a Düren, pensando que de ésa no salía y viendo cómo los heridos que se podían mover (¡él no!) les robaban los cigarrillos a los heridos que no se podían mover. Cuando quisieron robarle sus cigarrillos, sin embargo, él cogió del cuello al ladrón, un tipo pecoso y de pómulos anchos, espaldas anchas, caderas anchas, y le dijo: ¡alto!, ¡con el tabaco de un soldado no se juega! Entonces el pecoso se alejó y cayó la noche y el padre tuvo la impresión de que alguien lo miraba.

En la cama de al lado había una momia. Tenía los ojos negros como dos pozos profundos.

–¿Quieres fumar? –dijo él.

La momia no contestó.

–Fumar es bueno –dijo él, y encendió un cigarrillo y buscó la boca de la momia entre las vendas.

La momia se estremeció. Tal vez no fuma, pensó él, y le retiró el cigarrillo. La luna iluminó la punta del cigarrillo, que estaba manchada por una especie de moho blanco. Entonces volvió a introducírselo entre los labios, al tiempo que le decía: fuma, fuma, olvídate de todo. Los ojos de la momia no lo soltaban, tal vez, pensó, es un camarada de batallón que me ha reconocido. ¿Pero por qué no me dice nada? Tal vez no puede hablar, pensó. El humo, de improviso empezó a salir por entre las vendas. Hierve, pensó, hierve, hierve.

El humo le salía a la momia por las orejas, por la garganta, por la frente, por los ojos, que ni aun así dejaban de mirarlo, hasta que él sopló y le retiró el cigarrillo de los labios y siguió soplando un rato más sobre la cabeza vendada hasta que el humo desapareció del todo. Después apagó el cigarrillo en el suelo y se quedó dormido.

Al despertar la momia ya no estaba a su lado. ¿Dónde está la momia?, dijo. Murió esta mañana, dijo alguien desde su cama. Entonces él encendió un cigarrillo y se puso a esperar el desayuno. Cuando lo dieron de alta se marchó cojeando hasta la ciudad de Düren. Allí tomó un tren que lo dejó en otra ciudad.

En esta ciudad esperó veinticuatro horas en la estación, comiendo sopa del ejército. El que distribuía la sopa era un sargento cojo como él. Hablaron durante un rato, mientras el sargento vaciaba cucharones de sopa en los platos de aluminio de los soldados y él comía, sentado en un banco de madera, un banco como de carpintero, que había a su lado. Según el sargento todo estaba a punto de cambiar. La guerra tocaba a su fin e iba a empezar una nueva época. Él le contestó, mientras comía, que nada iba a cambiar nunca. Ni siquiera ellos, que habían perdido cada uno una pierna, habían cambiado.

Cada vez que le contestaba, el sargento se reía. Si el sargento decía blanco, él decía negro. Si el sargento decía día, él decía noche. Y cuando oía sus respuestas el sargento se reía y le preguntaba si a la sopa le hacía falta sal, si estaba muy desabrida. Después se aburrió de esperar un tren que, a su parecer, no iba a llegar nunca y reemprendió la marcha a pie.

Vagó durante tres semanas por el campo, comiendo pan duro y robando frutas y gallinas en las granjas. Durante el viaje Alemania se rindió. Cuando se lo dijeron, él dijo: mejor. Una tarde llegó a su pueblo y llamó a la puerta de su casa. Abrió su madre y al verlo tan desastrado no lo reconoció. Después lo abrazaron y le dieron de comer. Él preguntó si la tuerta se había casado. Le dijeron que no. Esa noche fue a verla, sin cambiarse de ropa ni bañarse, pese a los ruegos de su madre para que al menos se afeitara. Cuando la tuerta lo vio de pie delante de la puerta de su casa lo reconoció enseguida. El cojo también la vio, asomada a la ventana, y levantó una mano y la saludó formalmente, incluso con algo de rigidez, pero ese saludo también se hubiera podido interpretar como un gesto que equivalía a decir que así era la vida. A partir de ese momento afirmó a quien quisiera escucharlo que en su pueblo todos estaban ciegos y que la tuerta era una reina.

En 1920 nació Hans Reiter. No parecía un niño sino un alga. Canetti y creo que también Borges, dos hombres tan distintos, dijeron que así como el mar era el símbolo o el espejo de los ingleses, el bosque era la metáfora en donde vivían los alemanes. De esta regla quedó fuera Hans Reiter desde el momento de nacer. No le gustaba la tierra y menos aún los bosques. Tampoco le gustaba el mar o lo que el común de los mortales llama mar y que en realidad sólo es la superficie del mar, las olas erizadas por el viento que poco a poco se han ido convirtiendo en la metáfora de la derrota y la locura. Lo que le gustaba era el fondo del mar, esa otra tierra, llena de planicies que no eran planicies y valles que no eran valles y precipicios que no eran precipicios.

Cuando la tuerta lo bañaba en un barreño, el niño Hans Reiter siempre se deslizaba de sus manos jabonosas y bajaba hasta el fondo, con los ojos abiertos, y si las manos de su madre no lo hubieran vuelto a subir a la superficie él se habría quedado allí, contemplando la madera negra y el agua negra en donde flotaban partículas de su propia mugre, trozos mínimos de piel que navegaban como submarinos hacia alguna parte, una rada del tamaño de un ojo, un abra oscura y serena, aunque la serenidad no existía, sólo existía el movimiento que es la máscara de muchas cosas, incluida la serenidad.

Una vez el cojo, que a veces miraba cómo la tuerta lo bañaba, le dijo que no lo subiera, a ver qué hacía. Desde el fondo del barreño los ojos grises de Hans Reiter contemplaron el ojo celeste de su madre y luego se puso de lado y se dedicó a contemplar, muy quieto, los fragmentos de su cuerpo que se alejaban en todas las direcciones, como naves sonda lanzadas a ciegas a través del universo. Cuando el aire se le acabó dejó de contemplar esas partículas mínimas que se perdían y comenzó a seguirlas. Se puso rojo y se dio cuenta de que estaba atravesando una zona muy parecida al infierno. Pero no abrió la boca ni hizo el menor gesto de subir, aunque su cabeza sólo estaba a diez centímetros de la superficie y de los mares de oxígeno. Finalmente los brazos de su madre lo izaron en el aire y se puso a llorar. El cojo, arrebujado en su viejo capote militar, miró el suelo y lanzó un escupitajo en medio de la chimenea.

A los tres años Hans Reiter era más alto que todos los niños de tres años de su pueblo y también más alto que cualquier niño de cuatro años y no todos los niños de cinco años eran más altos que él. Al principio caminaba con pasos inseguros y el médico del pueblo dijo que eso era debido a su altura y aconsejó darle más leche para fortalecer el calcio de los huesos. Pero el médico se equivocaba. Hans Reiter caminaba con pasos inseguros debido a que se movía por la superficie de la tierra como un buzo primerizo por el fondo del mar. En realidad, él vivía y comía y dormía y jugaba en el fondo del mar. Con la leche no hubo problemas, su madre tenía tres vacas y gallinas y el niño estaba bien alimentado.

El cojo a veces lo miraba caminar por el campo y se ponía a pensar si en su familia había habido alguna vez un tipo tan alto. El hermano de un tatarabuelo o bisabuelo, se decía, había servido a las órdenes de Federico el Grande, en un regimiento compuesto sólo de hombres que pasaban el metro ochenta o el metro ochentaicinco. Ese regimiento o batallón de lujo había tenido muchas bajas, pues resultaba sumamente fácil apuntarles y hacer blanco en ellos.

En cierta ocasión, pensaba el cojo mientras veía a su hijo moverse con torpeza por los bordes de los huertos vecinos, el regimiento prusiano había quedado frente a frente a un regimiento ruso de similares características, campesinos de un metro ochenta o de un metro ochentaicinco vestidos con casacas verdes de la Guardia Imperial Rusa, y se habían enfrentado y la mortandad fue terrible, incluso cuando los regimientos de ambos ejércitos habían retrocedido, estos dos regimientos de gigantes siguieron enzarzados en una lucha cuerpo a cuerpo que sólo cesó cuando los generales en jefe enviaron órdenes irrestrictas de retirada hacia las nuevas posiciones.

Antes de irse a la guerra el padre de Hans Reiter medía un metro sesentaiocho. Cuando volvió, tal vez porque le faltaba una pierna, medía tan sólo un metro sesentaicinco. Un regimiento de gigantes es cosa de locos, pensaba. La tuerta medía un metro sesenta y pensaba que los hombres, a más altos, mejores.

A los seis años Hans Reiter era más alto que todos los niños de seis, más alto que todos los niños de siete, más alto que todos los niños de ocho, más alto que todos los niños de nueve y que la mitad de los niños de diez. Y, además, a los seis años había robado un libro por primera vez. El libro se llamaba *Algunos animales y plantas del litoral europeo.* Lo escondió debajo de su cama aunque en la escuela nunca nadie echó de menos el libro. Por aquella misma época empezó a bucear. En el año 1926. Nadaba desde los cuatro años y metía la cabeza en el agua y abría los ojos y luego su madre lo reñía porque todo el día andaba con los ojos rojos y temía que la gente, al verlo, pensara que el niño se pasaba el día llorando. Pero bucear no supo hasta que cumplió los seis años. Metía la cabeza, se sumergía un metro y abría los ojos y miraba. Eso sí. Pero bucear no. A los seis decidió que un metro era muy poco y se lanzó en picado hacia el fondo del mar.

El libro *Algunos animales y plantas del litoral europeo* lo tenía dentro de la cabeza, como suele decirse, y mientras buceaba iba pasando páginas lentamente. Así descubrió a la *Laminaria digitata*, que es un alga de gran tamaño, compuesta por un tallo robusto y una hoja ancha, tal como decía el libro, en forma de abanico de donde salían numerosas secciones en tiras que parecían, en realidad, dedos. La *Laminaria digitata* es un alga de mares fríos como el Báltico, el Mar del Norte y el Atlántico. Se la encuentra en grandes grupos, en el nivel más bajo de la marea y bajo las costas rocosas. La marea baja suele dejar al descubierto bosques de estas algas. Cuando Hans Reiter vio por primera vez un bosque de algas se emocionó tanto que se puso a llorar debajo del agua. Esto parece difícil, que un ser humano llore mientras bucea con los ojos abiertos, pero no olvidemos que Hans tenía entonces sólo seis años y que en cierta forma era un niño singular.

La *Laminaria digitata* es de color marrón claro y se parece a la *Laminaria hyperborea*, que posee un tallo más áspero, y a la *Saccorhiza polyschides*, que tiene un tallo con protuberancias bulbosas. Estas dos algas, sin embargo, viven en las aguas profundas y aunque a veces, algunos mediodías de verano, Hans Reiter nadaba hasta alejarse de la playa o del roquerío en donde dejaba su ropa y luego se sumergía, no pudo verlas nunca, sólo alucinarlas, allá en el fondo, un bosque quieto y silencioso.

Por esa época comenzó a dibujar en un cuaderno todo tipo de algas. Dibujó la *Chorda filum*, que es un alga compuesta por largos cordones delgados que pueden, sin embargo, llegar a alcanzar los ocho metros de longitud. Carecen de ramas y su apariencia es delicada, pero en realidad son muy fuertes. Crecen por debajo de la marca de la marea baja. Dibujó también la *Leathesia difformis*, que es un alga compuesta por bulbos redondeados de color marrón oliváceo, que crece en las rocas y sobre otras algas. Su aspecto es extraño. Nunca vio ninguna, pero soñó muchas veces con ellas. Dibujó la *Ascophyllum nodosum*, que es un alga parda de patrón desordenado que presenta unas ampollas ovoides a lo largo de sus ramas. Existen, entre las

Ascophyllum nodosum, algas diferenciadas macho y hembra que producen unas estructuras frutales similares a pasas. En el macho son amarillas. En la hembra de un color verdusco. Dibujó la *Laminaria saccharina*, que es un alga compuesta por una única fronda larga y con forma de cinturón. Cuando está seca se pueden apreciar en su superficie cristales de una sustancia dulce que es el manitol. Crece en las costas rocosas sujeta a múltiples objetos sólidos, aunque a menudo es arrastrada por el mar. Dibujó la *Padina pavonia*, que es un alga poco frecuente, de pequeño tamaño, con forma de abanico. Es una especie de aguas calientes que se puede encontrar desde las costas meridionales de la Gran Bretaña hasta el Mediterráneo. No existen especies afines. Dibujó la *Sargassum vulgare*, que es un alga que vive en las playas rocosas y pedregosas del Mediterráneo y que, entre las frondas, posee pequeños órganos reproductores pedunculados. Se la puede encontrar tanto en niveles bajos de agua como en las grandes profundidades. Dibujó la *Porphyra umbilicalis*, que es un alga particularmente hermosa, de hasta veinte centímetros de longitud y de color rojizo purpúreo. Crece en el Mediterráneo, en el Atlántico, en el Canal de la Mancha y en el Mar del Norte. Existen varias especies de *Porphyra* y todas ellas son comestibles. Los galeses, sobre todo, son quienes más las comen.

–Los galeses son unos cerdos –dijo el cojo a una pregunta de su hijo–. Unos cerdos absolutos. Los ingleses también son unos cerdos, pero un poco menos que los galeses. Aunque la verdad es que son igual de cerdos, pero intentan parecer un poco menos cerdos, y como saben fingir bien al final lo parecen. Los escoceses son más cerdos que los ingleses y sólo un poco menos cerdos que los galeses. Los franceses son tan cerdos como los escoceses. Los italianos son lechones. Lechones dispuestos a comerse a su propia madre cerda. De los austriacos se puede decir lo mismo: cerdos y cerdos y cerdos. Nunca te fíes de un húngaro. Nunca te fíes de un bohemio. Te lamen la mano mientras te devoran el dedo meñique. Nunca te fíes de un judío: ése te come el pulgar y encima te deja la mano cubierta de babas. Los bávaros también son unos cerdos. Cuando hables con un bávaro, hijo mío, procura tener el cinturón bien abrochado. Con los renanos más vale ni siquiera hablar: en menos de lo que canta un gallo te querrán cortar una pierna. Los polacos parecen gallinas, pero si les arrancas cuatro plumas verás que tienen piel de cerdo. Lo mismo pasa con los rusos. Parecen perros famélicos pero en realidad son cerdos famélicos, cerdos dispuestos a comerse a quien sea, sin preguntárselo dos veces, sin el más mínimo remordimiento. Los serbios son igual que los rusos, pero en pequeño. Son como cerdos disfrazados de perros chihuahuas. Los perros chihuahuas son unos perros enanos, del tamaño de un gorrión, que viven en el norte de México y que aparecen en algunas películas americanas. Los americanos son unos cerdos, por supuesto. Y los canadienses, grandes cerdos inmisericordes, aunque los peores cerdos del Canadá son los cerdos francocanadienses, así como los peores cerdos de América son los cerdos irlandeses. Los turcos tampoco se salvan. Son cerdos sodomíticos, como los de Sajonia y los de Westfalia. Acerca de los griegos sólo puedo decir que son igual que los turcos: cerdos peludos y sodomíticos. Sólo los prusianos se salvan. Pero Prusia ya no existe. ¿Dónde está Prusia? ¿Tú la ves? Yo no la veo. A veces tengo la impresión de que murieron todos en la guerra. A veces, por el contrario, tengo la impresión de que mientras yo estaba en el hospital, ese inmundo hospital de cerdos, los prusianos emigraron en masa, lejos de aquí. A veces voy a los roqueríos y miro el Báltico y trato de adivinar hacia dónde se fueron las naves de los prusianos. ¿A Suecia? ¿A Noruega? ¿A Finlandia? Imposible: ésas son tierras de cerdos. ¿Adónde, entonces? ¿A Islandia, a Groenlandia? Trato de adivinarlo y no puedo. ¿Dónde están entonces los prusianos? Me acerco a los roqueríos y los busco en el horizonte gris. Un gris revuelto como la pus. Y no una vez al año. ¡Una vez al mes! ¡Una vez cada quince días! Pero nunca los veo, nunca adivino hacia qué punto del horizonte se lanzaron. Sólo te veo a ti, tu cabeza entre las olas que aparece y desaparece, y entonces me siento en una roca y me quedo quieto mucho rato, mirándote, convertido yo también en otra roca, y aunque a veces mis ojos te pierden de vista o aparece tu cabeza a mucha distancia de donde te habías sumergido, no temo por ti, pues sé que volverás a salir, que las aguas nada pueden hacerte. A veces, incluso, me quedo dormido, sentado sobre una roca, y cuando me despierto tengo tanto frío que ni siquiera le echo una mirada al mar para comprobar si aún estás allí. ¿Qué hago entonces? Pues me levanto y vuelvo al pueblo dando diente con diente. Y al entrar en las primeras calles me pongo a cantar para que los vecinos se hagan la idea equivocada de que me he ido a emborrachar a la taberna de Krebs.

Al joven Hans Reiter también le gustaba caminar, como un buzo, pero no le gustaba cantar porque los buzos, precisamente, nunca cantan. A veces salía de su pueblo en dirección hacia el este, por un camino de tierra rodeado de bosques, y llegaba a la Aldea de los Hombres Rojos, que se dedicaban a vender turba. Si seguía hacia el este, estaba la Aldea de las Mujeres Azules, rodeada por un lago que se secaba en verano. Ambas aldeas le parecían aldeas fantasmas, habitadas por muertos. Más allá de la Aldea de las Mujeres Azules estaba el Pueblo de los Gordos. Allí olía mal, a sangre y carne en descomposición, un olor denso y espeso muy diferente del olor de su propio pueblo que olía a ropa sucia, a sudor pegado a la piel, a tierra meada, que es un olor delgado, un olor parecido al de la *Chorda filum*.

En el Pueblo de los Gordos, como no podía ser menos, había muchos animales y varias carnicerías. A veces, mientras hacía el camino de vuelta, moviéndose como un buzo, veía a vecinos del Pueblo de los Gordos que deambulaban sin nada que hacer por las calles de la Aldea de las Mujeres Azules o por la Aldea de los Hombres Rojos y pensaba que tal vez la gente de esas dos aldeas, los que ahora eran fantasmas, habían muerto a manos de gente llegada del Pueblo de los Gordos, quienes en las artes de matar debían de ser temibles e implacables, aunque con él nunca se metían, entre otras razones porque era un buzo, es decir porque no pertenecía a ese mundo, al que sólo iba como explorador o de visita.

En otras ocasiones sus pasos lo llevaban hacia el oeste y así podía pasar por la calle principal de la Aldea Huevo, que cada año se iba alejando de los roqueríos, como si las casas se movieran solas y tendieran a buscar un sitio más seguro cerca de las hondonadas y de los bosques. Después de la Aldea Huevo estaba la Aldea Cerdo, una aldea que él suponía que su padre jamás visitaba, en donde había muchas chiquerizas y las piaras de cerdos más alegres de aquella región de Prusia, que parecían saludar al caminante sin importarle su condición social o edad o estado civil con gruñidos amistosos, casi musicales, o sin el casi, musicales del todo, mientras los aldeanos se quedaban inmóviles, con el sombrero en la mano, o cubriéndose con éste la cara, no se sabía si por modestia o por vergüenza.

Y más allá estaba el Pueblo de las Chicas Habladoras, chicas que iban a fiestas y bailes desenfrenados en pueblos aún más grandes cuyos nombres el joven Hans Reiter oía y olvidaba de inmediato, chicas que fumaban en la calle y hablaban de marineros de un gran puerto y que servían en barcos llamados así y asá y cuyos nombres el joven Hans Reiter olvidaba de inmediato, chicas que iban al cine y veían películas emocionantísimas interpretadas por actores que eran los hombres más guapos del planeta y por actrices a quienes, si uno quería estar a la moda, tenía que imitar y cuyos nombres el joven Hans Reiter olvidaba de inmediato. Cuando regresaba a su casa, como un buzo nocturno, su madre le preguntaba dónde había pasado el día y el joven Hans Reiter le decía lo primero que se le ocurría, menos la verdad.

La tuerta entonces lo miraba con su ojo celeste y el niño le sostenía la mirada con sus dos ojos grises y desde un rincón, cerca de la chimenea, el cojo los miraba a ambos con sus dos ojos azules y la isla de Prusia parecía resurgir, durante tres o cuatro segundos, del precipicio.

A los ocho años Hans Reiter dejó de interesarse por la escuela. Para entonces ya había estado en un tris de ahogarse un par de veces. La primera fue en verano y lo sacó del agua un joven turista de Berlín que se hallaba pasando las vacaciones en el Pueblo de las Chicas Habladoras. El joven turista vio a un niño cuya cabeza aparecía y desaparecía cerca de unas rocas y tras comprobar que efectivamente se trataba de un niño, pues el turista era miope y al primer golpe de vista pensó que era un alga, se quitó la chaqueta en donde llevaba unos papeles importantes y bajó por las rocas hasta que no pudo seguir más y tuvo que tirarse al agua. En cuatro brazadas llegó hasta donde estaba el niño y, tras mirar la costa desde el mar buscando un sitio idóneo para salir, empezó a nadar hasta un lugar a unos veinticinco metros de donde se había tirado.

El turista se llamaba Vogel y era un tipo de un optimismo fuera de cualquier comprensión. Puede que en realidad no fuera optimista sino loco y que aquellas vacaciones que pasaba en el Pueblo de las Chicas Habladoras obedecieran a una orden de su médico, el cual, preocupado por su salud, procuraba sacarlo de Berlín con el más mínimo pretexto. Si uno conocía de forma más o menos íntima a Vogel, pronto su presencia se hacía insoportable. Creía en la bondad intrínseca del género humano, decía que una persona con el corazón limpio podía viajar caminando desde Moscú hasta Madrid sin que nadie lo molestara, ni bestia ni policía ni mucho menos aduanero alguno, pues el viajero tomaría las providencias necesarias, entre ellas apartarse de vez en cuando de los caminos y proseguir su marcha a campo través. Era enamoradizo y torpe, de resultas de lo cual no tenía novia. De vez en cuando hablaba, sin importarle quién lo escuchara, de las propiedades lenitivas de la masturbación (como ejemplo ponía a Kant), que debía practicarse desde la más tierna edad hasta la más provecta, algo que por regla general hacía reír a las muchachas del Pueblo de las Chicas Habladoras que tuvieron oportunidad de oírlo y que aburría y asqueaba sobremanera a sus conocidos de Berlín que ya conocían de sobra esta teoría y que pensaban que Vogel, al explicarla con tanta contumacia, lo que hacía, realmente, era masturbarse delante de ellos o con ellos.

Pero también tenía un alto concepto del valor y cuando vio que un niño, aunque al principio le pareció un alga, se estaba ahogando, no dudó ni un momento en lanzarse al mar, que en aquella parte de los roqueríos no era precisamente calmo, y rescatarlo. Otra cosa es necesario apuntar y esa cosa es que el equívoco de Vogel (confundir a un niño de piel bronceada y de pelo rubio con un alga) lo atormentó aquella noche, cuando todo ya había pasado. En su cama, a oscuras, Vogel revivió los acontecimientos del día como hacía siempre, es decir, con gran satisfacción, hasta que de pronto volvió a ver al niño que se ahogaba y volvió a verse a sí mismo mirándolo y dudando de si se trataba de un ser humano o de un alga. De inmediato lo abandonó el sueño. ¿Cómo pudo confundir a un niño con un alga?, se preguntó. Y luego: ¿en qué puede parecerse un niño a un alga? Y luego: ¿hay algo que pueda tener en común un niño con un alga?

Antes de formularse una cuarta pregunta Vogel pensó que tal vez su médico de Berlín tenía razón y se estaba volviendo loco, o tal vez loco –lo que se suele entender por loco– no, pero sí que se estaba asomando, por llamarlo de algún modo, a la senda de la locura, pues un niño, pensó, no tiene nada en común con un alga y quien, mirando desde un roquerío, confunde a un niño con un alga es una persona que no tiene muy ajustados los tornillos, no un loco, precisamente, pues a los locos les falta un tornillo, pero sí alguien que no los tiene muy ajustados y que, por lo tanto, debería andar con más cuidado en todo lo que concierne a su salud mental.

Después, puesto que ya no iba a poder dormir durante toda la noche, se puso a pensar en el niño al que había salvado. Era muy flaco, recordó, y muy alto para su edad, y hablaba endemoniadamente mal. Cuando le preguntó qué le había pasado el niño le contestó:

–Nasao na.

–¿Qué? –dijo Vogel–. ¿Qué has dicho?

–Nasao na –repitió el niño. Y Vogel comprendió que nasao na significaba: no ha pasado nada.

Y así con el resto de su vocabulario, que a Vogel le pareció muy pintoresco y divertido, por lo que se puso a hacerle preguntas sin ton ni son, sólo por el gusto de escuchar al niño, que a todo contestaba con la mayor naturalidad, por ejemplo, cómo se llama ese bosque, decía Vogel, y el niño respondía elosque destav, que quería decir el bosque de Gustav, y: cómo se llama ese otro bosque de más allá, y el niño respondía elosque dereta, que quería decir el bosque de Greta, y: cómo se llama ese bosque negro que está a la derecha del bosque de Greta, y el niño respondía elosque sinbre, que quería decir el bosque sin nombre, hasta que llegaron a lo alto del roquerío en donde Vogel había dejado su chaqueta con sus papeles importantes en el bolsillo y el niño, a instancias de Vogel, que no le permitió meterse otra vez en el mar, rescató su ropa un poco más abajo, en una cueva como de gaviotas, y luego se despidieron, no sin antes presentarse:

–Yo me llamo Heinz Vogel –le dijo Vogel como si le hablara a un tonto–, ¿cómo te llamas tú?

Y el niño le dijo Hans Reiter, pronunciando su nombre con claridad, y luego se dieron la mano y cada uno se alejó en una dirección distinta. Eso recordaba Vogel dando vueltas en la cama, sin querer encender la luz y sin poderse dormir. ¿En qué podía asemejarse ese niño a un alga?, se preguntaba. ¿En la delgadez, en el pelo quemado por el sol, en la cara alargada y tranquila? Y también se preguntaba: ¿debo volver a Berlín, debo tomarme más en serio a mi médico, debo empezar a estudiarme a mí mismo? Finalmente se cansó de tantas preguntas, se hizo una paja y el sueño vino a por él.

La segunda vez que estuvo a punto de ahogarse el joven Hans Reiter fue en invierno, cuando acompañó a unos pescadores de bajura a tirar las redes enfrente de la Aldea de las Mujeres Azules. Anochecía y los pescadores se pusieron a hablar de las luces que se mueven por el fondo del mar. Uno dijo que eran los pescadores muertos que buscan el camino a sus aldeas, a sus cementerios en tierra firme. Otro dijo que eran líquenes brillantes, líquenes que sólo brillaban una vez al mes, como si descargaran en una sola noche lo que habían tardado treinta días en acumular. Otro dijo que era un tipo de anémona que sólo existía en aquella costa y que el brillo lo irradiaban las anémonas hembras para atraer a las anémonas machos, aunque en general, es decir en el mundo entero, las anémonas eran hermafroditas, ni machos ni hembras sino machos y hembras en un mismo cuerpo, como si la mente se durmiera y cuando volvía a despertar una parte de la anémona se hubiera follado a la otra parte, como si dentro de uno mismo existiera una mujer y un hombre al mismo tiempo, o un maricón y un hombre en el caso de las anémonas estériles. Otro dijo que eran peces eléctricos, una variedad muy extraña, con los que había que andarse con cuidado, pues si caían en tus redes no se diferenciaban en nada de los demás, pero al comerlos la gente enfermaba, horribles sacudidas eléctricas en el estómago que en ocasiones incluso provocaban la muerte.

Y mientras los pescadores hablaban la curiosidad irreprimible del joven Hans Reiter, o su locura, que a veces lo llevaba a hacer cosas que más valía no hacer, provocó que, sin previo aviso, se dejara caer del bote y se sumergiera en el fondo del mar tras las luces o la luz de aquellos o de aquel pez singular, y al principio los pescadores no se alarmaron ni se pusieron a gritar o a gemir pues todos conocían las peculiaridades del joven Reiter, sin embargo, al cabo de unos segundos sin avistar su cabeza, se preocuparon, pues aunque eran prusianos no instruidos también eran gente de mar y sabían que nadie puede aguantar sin respirar más de dos minutos (o algo así), en cualquier caso no un niño cuyos pulmones, por más alto que sea el niño, no son lo suficientemente fuertes como para ser sometidos a tal esfuerzo.

Y al final dos de ellos se sumergieron en aquel mar oscuro, un mar de manada de lobos, y bucearon alrededor del bote intentando localizar el cuerpo del joven Reiter, infructuosamente, por lo que tuvieron que salir y tragar aire y, antes de sumergirse otra vez, preguntar a los del bote si el mocoso ya había salido. Y entonces, bajo el peso de la respuesta negativa, volvieron a desaparecer entre las olas oscuras que evocaban animales del bosque y uno que no lo había hecho se les unió, y fue éste quien a unos cinco metros de profundidad vio el cuerpo del joven Reiter que flotaba como un alga desenraizada, hacia arriba, albísimo en el espacio marino, y fue él quien lo cogió de las axilas y lo subió, y también fue él quien hizo que el joven Reiter vomitara toda el agua que se había tragado.

Cuando Hans Reiter cumplió diez años la tuerta y el cojo tuvieron a su segundo hijo. Fue una niña a la que pusieron de nombre Lotte. La niña era muy hermosa y tal vez fue la primera persona que vivía en la superficie de la tierra que interesó (o que conmovió) a Hans Reiter. Muy a menudo sus padres lo dejaron al cuidado de la pequeña. Al poco tiempo aprendió a cambiar pañales, a preparar biberones, a pasear con la niña en brazos hasta que ésta se dormía. Para Hans, su hermana era lo mejor que le había sucedido nunca e intentó, en muchas ocasiones, dibujarla en el mismo cuaderno donde dibujaba algas, pero el resultado siempre fue insatisfactorio, a veces la niña parecía una bolsa de basura abandonada en una playa de guijarros, otras veces parecía un *Petrobius maritimus*, que es un insecto marino que habita en las grietas y en las rocas y que se alimenta de desperdicios, cuando no una *Lipura maritima*, que es otro insecto, pequeñísimo, de color pizarra oscuro o gris, cuyo hábitat son las charcas rocosas.

Con el tiempo, forzando su imaginación o forzando su gusto o forzando su propia naturaleza artística, consiguió dibujarla como una sirenita, más pez que niña, más gorda que flaca, pero siempre sonriente, siempre con una disposición envidiable para sonreír y tomarse las cosas por el lado bueno, que reflejaba fidedignamente el carácter de su hermana.

A los trece años Hans Reiter dejó de estudiar. Eso fue en 1933, el año en que Hitler llegó al poder. A los doce había empezado a estudiar en una escuela en el Pueblo de las Chicas Habladoras. Pero la escuela, por varias razones, todas ellas perfectamente justificables, no le gustaba, de tal modo que se entretenía por el camino, que para él no era horizontal o accidentadamente horizontal o zigzagueantemente horizontal, sino vertical, una prolongada caída hacia el fondo del mar en donde todo, los árboles, la hierba, los pantanos, los animales, los cercados, se transformaba en insectos marinos o en crustáceos, en vida suspendida y *ajena*, en estrellas de mar y en arañas de mar, cuyo cuerpo, lo sabía el joven Reiter, es tan minúsculo que en él no cabe el estómago del animal, por lo que el estómago se extiende por sus patas, las que a su vez son enormes y misteriosas, es decir que encierran (o que al menos para él encerraban) un enigma, pues la araña de mar posee ocho patas, cuatro a cada lado, más otro par de patas, mucho más pequeñas, en realidad infinitamente más pequeñas *e inútiles*, en el extremo más cercano a la cabeza, y esas patas o patitas diminutas al joven Reiter le parecía que no eran tales patas o patitas sino manos, como si la araña de mar, en un largo proceso evolutivo, hubiera desarrollado finalmente dos brazos y por consiguiente dos manos, pero aún no supiera que los tenía. ¿Cuánto tiempo iba a pasar la araña de mar ignorando aún que tenía manos?

–Probte –se decía en voz alta el joven Reiter–, milaño o domilaño o diemilaño. Chotiempo.

Y así caminaba hacia la escuela en el Pueblo de las Chicas Habladoras y, evidentemente, siempre llegaba tarde. Y además pensando en otras cosas.

En 1933 el director de la escuela llamó a los padres de Hans Reiter. Sólo fue la tuerta. El director la hizo pasar a su despacho y le dijo, en pocas palabras, que el niño no estaba capacitado para estudiar. Luego extendió los brazos, como para desdramatizar lo que acababa de decir, y sugirió que lo pusieran de aprendiz en algún oficio.

Ése fue el año en que ganó Hitler. Ese año, antes de que ganara Hitler, pasó una comitiva de propaganda por la aldea de

Hans Reiter. La comitiva llegó primero al Pueblo de las Chicas Habladoras, en donde realizó un mitin en el cine, que fue un éxito, y al día siguiente se desplazó hasta la Aldea Cerdo y la Aldea Huevo y por la tarde llegaron a la aldea de Hans Reiter, en donde bebieron cerveza en la taberna, junto con los labriegos y los pescadores, trayendo y explicando la buena nueva del nacionalsocialismo, un partido que haría que Alemania resurgiera de sus cenizas y que Prusia resurgiera también de sus cenizas, en un ambiente franco y distendido, hasta que alguien, un bocazas seguramente, habló del cojo, que era el único que había regresado vivo del frente, un héroe, un tipo duro, un prusiano de pura cepa, aunque tal vez un poco holgazán, un paisano que contaba historias de la guerra que te ponían la piel de gallina, historias que él había vivido, en esto hacían especial hincapié los de la aldea, las había vivido, eran ciertas, pero no sólo eran ciertas sino que quien las contaba las había vivido, y entonces uno de la comitiva, uno con aires de gran señor (esto es necesario recalcarlo porque sus acompañantes no tenían, precisamente, aire de gran señor, eran tipos comunes y corrientes, tipos dispuestos a beber cerveza y a comer pescado y salchichas y a tirarse pedos y a reírse y ponerse a cantar, estos tipos, hay que señalarlo y repetirlo porque es de justicia hacerlo, no tenían esos aires, al contrario, tenían un aire de pueblo, de vendedores que recorren pueblo tras pueblo y que surgen del pueblo y viven junto al pueblo, y cuando mueren su memoria se desvanece en la memoria del pueblo), dijo que tal vez, sólo tal vez, resultaría interesante conocer al soldado Reiter, y luego preguntó por qué motivo el soldado Reiter no estaba, precisamente, en la taberna, departiendo con los camaradas nacionalsocialistas que sólo querían el bien para Alemania, y uno de los aldeanos, uno que tenía un caballo tuerto al que cuidaba más que el antiguo soldado Reiter a su mujer tuerta, dijo que el susodicho no estaba en la taberna porque no tenía dinero ni para pagarse una jarra de cerveza, lo que llevó a los miembros de la comitiva a decir que no faltaba más, que ellos le pagarían su cerveza al soldado Reiter, y entonces el tipo que se daba aires de gran señor apuntó a un aldeano con el dedo y le dijo que fuera a casa del soldado Reiter y lo trajera a la taberna, cosa que el aldeano hizo de inmediato, pero cuando reapareció, quince minutos después, informó a todos los allí reunidos de que el soldado Reiter no había querido ir y que las razones blandidas por éste eran que no tenía la ropa adecuada para ser presentado a viajeros tan ilustres como los que integraban la comitiva, además de que estaba solo con su hija, puesto que la tuerta aún no había regresado de su trabajo, y que su hija, como era lógico, no podía quedarse sola en casa, un argumento que a los de la comitiva (que eran unos cerdos) conmovió casi hasta las lágrimas, pues no sólo eran unos cerdos sino también unos hombres sentimentales, y la suerte de ese veterano y mutilado de guerra les llegó a lo más profundo de sus corazones, no así al tipo que se daba aires de gran señor, el cual se levantó y tras decir, como prueba de cultura, que si Mahoma no iba a la montaña, la montaña iría a Mahoma, le indicó al aldeano que lo guiara hasta la casa del cojo, adonde no permitió que lo acompañara ninguno de la comitiva, sólo él y el aldeano, y así este miembro del partido nacionalsocialista se manchó las botas con el fango de las calles de la aldea y siguió al aldeano hasta casi llegar al borde del bosque, en donde estaba la casa de la familia Reiter, que contempló con ojo de entendido durante un instante antes de entrar, como si calibrara el carácter del páter familias por la armonía o por la fortaleza de las líneas de la casa, o como si le interesaran sobremanera las construcciones rústicas de esa parte de Prusia, y después entraron en la casa y efectivamente en una cuna de madera dormía una niña de tres años y efectivamente el cojo vestía harapos, pues su capote militar y su único par de pantalones decentes aquel día estaban en el barreño o colgando húmedos en el patio, lo cual no fue óbice para que el recibimiento fuera amable, seguramente el cojo, al principio, se sintió orgulloso, privilegiado, por el hecho de que un miembro de la comitiva lo fuera a saludar expresamente a su casa, aunque después las cosas se torcieron o pareció que se torcían, pues las preguntas del tipo que se daba aires de gran señor paulatinamente empezaron a no gustarle y las afirmaciones, que más que afirmaciones eran profecías, también empezaron a no gustarle, y entonces a cada pregunta el cojo respondía con una afirmación, generalmente peregrina o extravagante, y a cada afirmación del otro el cojo le añadía una pregunta que, en cierta forma, desmontaba la afirmación en sí o la ponía en entredicho o la hacía aparecer como una afirmación pueril, totalmente carente de significado práctico, lo que a su vez empezó a exasperar al tipo que se daba aires de gran señor, el cual le confesó al cojo que él había sido piloto durante la guerra y que había derribado doce aviones franceses y ocho ingleses y que sabía muy bien los sufrimientos que uno experimentaba en el frente, en un vano esfuerzo por hallar un territorio común, a lo que el cojo respondió que sus mayores sufrimientos no habían sido en el frente sino en el maldito hospital militar cercano a Düren, en donde sus compatriotas no sólo robaban cigarrillos sino cualquier cosa que se pudiera robar, hasta las almas robaban para comerciar con ellas, puesto que era muy probable que en los hospitales militares alemanes existiera una cifra elevada de satanistas, algo que por otra parte, dijo el cojo, era comprensible, pues una temporada larga en un hospital militar empujaba a la gente hacia el satanismo, afirmación que exasperó al autorrevelado aviador, el cual también había estado internado tres semanas en un hospital militar, ¿en Düren?, preguntó el cojo, no, en Bélgica, dijo el tipo que se daba aires de gran señor, y el trato que había recibido cumplía y no en raras ocasiones excedía todos los requisitos no sólo del sacrificio sino también de la amabilidad y la comprensión, unos médicos varoniles y maravillosos, unas enfermeras guapas y eficientes, una atmósfera de solidaridad y resistencia y valor, incluso hasta un grupo de monjas belgas había mostrado un alto sentido del deber, en fin, que todos habían contribuido para que la estancia de los heridos fuera óptima, dentro de las circunstancias que cabe esperar, claro, porque un hospital no es ciertamente un cabaret o un burdel, y luego pasaron a otros temas, como la creación de la Gran Alemania, la construcción de un Hinterland, la limpieza de las instituciones del Estado a la que debía seguir la limpieza de toda la nación, la creación de nuevos puestos de trabajo, la lucha por la modernización, y mientras el ex piloto hablaba el padre de Hans Reiter se fue poniendo cada vez más nervioso, como si temiera que la pequeña Lotte se pusiera a llorar de un momento a otro, o como si se diera cuenta de golpe y porrazo de que él no era un interlocutor válido para ese tipo con aires de gran señor, y que acaso lo mejor que podía hacer era arrojarse a los pies de ese soñador, de ese centurión de los aires, y acusarse a sí mismo de lo que ya era obvio, de su ignorancia y de su pobreza y del valor que había perdido, pero no hizo nada de esto sino que a cada palabra del otro movía la cabeza, como si no estuviera convencido (en realidad estaba aterrorizado), como si le costara comprender del todo el alcance de sus sueños (que en realidad no comprendía en absoluto), hasta que de pronto ambos, el ex piloto con aires de gran señor y él, vieron entrar al joven Hans Reiter en la casa, el cual sin dirigirles la palabra sacó de la cuna a su hermana y se la llevó al patio.

–¿Y ése quién es? –dijo el ex piloto.

–Es mi hijo mayor –dijo el cojo.

–Parece un pez jirafa –dijo el ex piloto, y se echó a reír.

Así pues, en 1933 Hans Reiter abandonó la escuela porque sus profesores lo acusaron de falta de interés y absentismo, lo cual era rigurosamente cierto, y sus padres y parientes le consiguieron un trabajo en un bote de pesca, de donde el patrón lo echó al cabo de tres meses, porque al joven Reiter le interesaba más mirar el fondo del mar que ayudarlo a echar las redes, y luego se puso a trabajar como peón de campo, de donde también lo echaron al poco tiempo por gandul, y de recogedor de turba y de aprendiz en una tienda de ferretería en el Pueblo de los Gordos y de ayudante de un campesino que iba a vender sus verduras hasta Stettin, de donde también lo despidieron, pues resultaba más una carga que una ayuda, hasta que finalmente lo pusieron a trabajar en la casa de campo de un barón prusiano, una casa que quedaba en medio de un bosque, junto a un lago de aguas negras, en donde también trabajaba la tuerta, quitando el polvo de los muebles y de los cuadros y de las enormes cortinas y de los gobelinos y de las diferentes salas, cada una con su nombre misterioso que evocaba etapas de una secta secreta, en donde el polvo se acumulaba irremediablemente, salas que, por otra parte, había que ventilar para que perdieran el olor a humedad y abandono que cada cierto tiempo se adueñaba de ellas, y también sacando el polvo de los libros de la inmensa biblioteca del barón, el cual rara vez leía alguno de sus ejemplares, libros antiguos que había preservado el padre del barón y que a éste le había legado el abuelo del barón, al parecer el único de aquella vasta familia que leía libros y que había inculcado en sus descendientes el amor por los libros, un amor que no se traducía en la lectura de éstos pero sí en la conservación de la biblioteca, que estaba exactamente igual, ni más grande ni más pequeña, a como la había dejado el abuelo del barón.

Y Hans Reiter, que no había visto en su vida tantos libros juntos, les quitaba el polvo, uno por uno, los trataba con cuidado, pero tampoco los leía, en parte porque con su libro de la vida marina ya tenía suficiente y en parte porque temía la aparición repentina del barón, que rara vez visitaba la casa de campo, ocupado como estaba con los asuntos de Berlín y de París, aunque de tanto en tanto aparecía por allí su sobrino, hijo de la hermana menor del barón prematuramente fallecida y de un pintor que se había instalado en el sur de Francia y al que el barón odiaba, un muchacho de unos veinte años que solía pasar una semana en la casa de campo, completamente solo, sin apenas importunar a nadie, y que se encerraba en la biblioteca sin límite de tiempo, leyendo y bebiendo coñac hasta que se quedaba dormido sobre el sillón.

Otras veces la que aparecía era la hija del barón, pero sus visitas eran más cortas, no duraban más de un fin de semana, aunque para la servidumbre ese fin de semana equivalía a un mes pues la hija del barón nunca llegaba sola sino con un séquito de amigos, en ocasiones más de diez, todos despreocupados, todos voraces, todos desordenados, que convertían la casa en algo caótico y ruidoso, pues sus fiestas diarias se prolongaban hasta la madrugada.

En ocasiones la llegada de la hija del barón coincidía con una estancia en la casa del sobrino del barón y entonces el sobrino del barón, pese a los ruegos de su prima, se marchaba casi de inmediato, a veces sin siquiera esperar la carretela tirada por un percherón que en casos así solía acompañarlo hasta la estación de trenes del Pueblo de las Chicas Habladoras.

La llegada de su prima provocaba en el sobrino del barón, de por sí tímido, un estado de envaramiento y de torpeza tal que la servidumbre, cuando comentaba los sucesos del día, no podía sino ser unánime en su juicio: él la amaba o él la quería o él desfallecía por ella o él sufría por ella, opiniones que el joven Hans Reiter escuchaba, comiéndose un pan con mantequilla, con las piernas cruzadas, y sin decir ni añadir una palabra, aunque la verdad era que él conocía mucho mejor al sobrino del barón, que se llamaba Hugo Halder, que el resto de los sirvientes, los cuales parecían ciegos ante la realidad o sólo veían lo que querían ver, es decir a un joven huérfano enamorado y agonizante y a una joven huérfana (aunque la hija del barón tenía padre y madre, como bien sabían todos) descocada y a la espera de una vaga, densa redención.

Una redención que olía a humo de turba, a sopa de col, a viento enredado en la espesura del bosque. Una redención que olía a espejo, pensó el joven Reiter, a punto de atragantarse con el pan.

¿Y por qué el joven Reiter conocía mejor al veinteañero Hugo Halder que el resto de la servidumbre? Pues por una razón muy sencilla. O por dos razones muy sencillas que, entrelazadas o combinadas, daban un retrato más completo y también más complicado del sobrino del barón.

Primera razón: él lo había visto en la biblioteca, mientras pasaba el plumero por los libros, él había visto, desde lo alto de la escalera móvil de la biblioteca, al sobrino del barón dormido, resoplando o roncando, hablando solo, pero no frases enteras como solía hacerlo la dulce Lotte sino monosílabos, jirones de palabras, partículas de insultos, a la defensiva, como si en el sueño estuvieran a punto de matarlo. Él había, también, leído los títulos de los libros que leía el sobrino del barón. La mayoría eran libros de historia, lo que quería decir que el sobrino del barón amaba o se interesaba por la historia, algo que al joven Hans Reiter, a primera vista, le parecía repulsivo. Pasarse toda la noche bebiendo coñac y fumando y leyendo libros de historia. Repulsivo. Lo que lo llevaba a preguntarse: ¿y para eso tanto silencio? Y también había escuchado sus palabras cuando, por un ruido cualquiera, el ruido de un ratón o el suave raspado que hace un libro de lomo de cuero al ser devuelto a su lugar entre otros dos libros, se despertaba, palabras de desconcierto total, como si el mundo hubiera mudado de eje, palabras de desconcierto total y no de enamorado, palabras de sufriente, palabras que emanaban de una trampa.

La segunda razón tenía más peso aún. El joven Hans Reiter había acompañado, portándole las maletas, a Hugo Halder en una de las tantas ocasiones en que éste había decidido abandonar de prisa la casa de campo ante la repentina irrupción de su prima. Para llegar de la casa de campo a la estación de trenes del Pueblo de las Chicas Habladoras había dos caminos. Uno, el más largo, pasaba por la aldea Cerdo y por la Aldea Huevo y bordeaba en ocasiones los roqueríos y el mar. El otro, mucho más corto, transcurría a través de un sendero que partía en dos un inmenso bosque de robles y hayas y álamos para reaparecer en los alrededores del Pueblo de las Chicas Habladoras, junto a una fábrica abandonada de encurtidos, muy cerca de la estación.

La imagen es la siguiente: Hugo Halder camina por delante de Hans Reiter con el sombrero en la mano y observando con atención el techo del bosque, un vientre oscuro por el que se mueven sigilosos animales y aves que no acierta a reconocer. Diez metros por detrás camina Hans Reiter con la maleta del sobrino del barón, que pesa demasiado y que por lo tanto se pasa, cada cierto tiempo, de una mano a la otra. De pronto ambos oyen el gruñido de un jabalí o de lo que ellos creen que es un jabalí. Tal vez sólo se trate de un perro. Tal vez lo que han oído sea el motor lejano de un coche a punto de averiarse. Estas dos últimas opciones son altamente improbables pero no imposibles. Lo cierto es que ambos, sin decirse nada, aceleran el paso y de pronto Hans Reiter tropieza y cae y también cae la maleta y ésta se abre y su contenido se desparrama por la senda oscura que atraviesa el bosque oscuro. Y junto con la ropa de Hugo Halder, que no se ha dado cuenta de la caída y que cada vez se aleja más, el joven y exhausto Hans Reiter distingue cubiertos de plata, candelabros, cajitas de madera lacada, medallones olvidados en los muchos aposentos de la casa de campo, que el sobrino del barón seguramente empeñará o malvenderá en Berlín.

Por supuesto, Hugo Halder supo que Hans Reiter lo había descubierto y este hecho contribuyó a aproximarlo al joven sirviente. La primera señal se produjo la misma tarde en que Hans Reiter le llevó la maleta a la estación de trenes. Al despedirse, Halder le depositó en la mano unas cuantas monedas de propina (era la primera vez que le daba dinero y también era la primera vez que Hans Reiter recibía dinero que no fuera el correspondiente a su exiguo salario). En la siguiente visita que hizo a la casa de campo le regaló un jersey. Dijo que era suyo y que ya no le cabía porque había engordado un poco, lo que a simple vista no era cierto. En una palabra, Hans Reiter dejó de ser invisible y su presencia se hizo acreedora de una que otra atención.

En ocasiones, mientras estaba en la biblioteca leyendo o haciendo como que leía sus libros de historia, Halder mandaba llamar a Reiter, con quien sostenía cada vez más largas conversaciones. Al principio le preguntaba por el resto del servicio. Quería saber qué pensaban de él, si su presencia no los importunaba, si lo soportaban bien, si alguien sentía por él algún rencor. Después pasaron a los monólogos. Halder hablaba de su vida, de su madre muerta, de su tío el barón, de su única prima, esa muchacha inalcanzable y descocada, de las tentaciones que ofrecía Berlín, ciudad que amaba pero que le producía al mismo tiempo sufrimientos sin cuento, en ocasiones de una agudeza inaguantable, del estado de sus nervios, siempre a punto de romperse.

Después quiso que el joven Hans Reiter le contara, a su vez, cosas sobre su vida, ¿qué hacía?, ¿qué quería hacer?, ¿cuáles eran sus sueños?, ¿qué pensaba que le deparaba el futuro?

Sobre el futuro, como no podía ser menos, Halder tenía sus propias ideas. Creía que pronto se inventaría y se pondría a la venta una especie de estómago artificial. La idea era tan disparatada que él mismo era el primero en reírse de ella (fue la primera vez que Hans Reiter lo vio reír y la risa de Halder le desagradó profundamente). Sobre su padre, el pintor que vivía en Francia, no hablaba nunca, pero en cambio le gustaba saber cosas acerca de los padres de las demás personas. Le divirtió la respuesta que a este respecto le dio el joven Reiter. Dijo que sobre su padre no sabía nada.

–Es verdad –dijo Halder–, uno nunca sabe nada de su padre.

Un padre, dijo, es una galería sumida en la más profunda oscuridad, en la que caminamos a ciegas buscando la puerta de salida. Sin embargo insistió en que el joven sirviente le dijera al menos el aspecto físico que tenía su padre, a lo que el joven Hans Reiter contestó que sinceramente no lo sabía. En este punto Halder quiso saber si vivía con él o no. Siempre he vivido con él, contestó Hans Reiter.

–¿Y qué aspecto físico tiene? ¿No eres capaz de describirlo?

–No soy capaz porque no lo sé –respondió Hans Reiter.

Durante unos segundos ambos permanecieron en silencio, uno mirándose las uñas y el otro mirando el alto cielo raso de la biblioteca. Parecía difícil de creer, pero Halder le creyó.

Se podría decir, estirando mucho el término, que Halder fue el primer amigo que tuvo Hans Reiter. Cada vez que iba a la casa de campo se pasaba más tiempo con él, bien encerrados en la biblioteca, bien caminando y charlando por el parque que rodeaba la posesión.

Halder, además, fue el primero que le hizo leer algo que no fuera el libro *Algunos animales y plantas del litoral europeo.* No le resultó fácil. Primero le preguntó si sabía leer. Hans Reiter dijo que sí. Después le preguntó si había leído algún buen libro. Recalcó la última parte de la frase. Hans Reiter dijo que sí. Que tenía un buen libro. Halder le preguntó qué libro era ése. Hans Reiter dijo que era *Algunos animales y plantas del litoral europeo.* Halder dijo que ése seguramente era un libro divulgativo y que él se refería a un buen libro literario. Hans Reiter dijo que no sabía cuál era la diferencia entre un buen libro ditivo (divulgativo) y un buen libro liario (literario). Halder le dijo que la diferencia consistía en la belleza, en la belleza de la historia que se contaba y en la belleza de las palabras con que se contaba esa historia. Acto seguido comenzó a ponerle ejemplos. Le habló de Goethe y de Schiller, le habló de Hölderlin y de Kleist, le habló maravillas de Novalis. Le dijo que él había leído a todos esos autores y que cada vez que los releía volvía a llorar.

–A llorar –dijo–, a llorar, ¿lo comprendes, Hans?

A lo que Hans Reiter dijo que él nunca lo había visto con un libro de esos autores, sino con libros de historia. La respuesta de Halder lo pilló por sorpresa. Halder dijo:

–Es que no estoy bien de historia y debo ponerme al día.

–¿Para qué? –dijo Hans Reiter.

–Para rellenar una laguna.

–Las lagunas no se rellenan –dijo Hans Reiter.

–Sí se rellenan –dijo Halder–, con un poco de esfuerzo todo se rellena en este mundo. Cuando yo tenía tu edad –dijo Halder, una exageración evidente–, leí a Goethe hasta el hartazgo, aunque Goethe, por supuesto, es infinito, en fin, leí a Goethe, a Eichendorff, a Hoffman, y descuidé mis estudios de historia, que también son necesarios, como quien dice, para afilar el cuchillo por ambos lados.

Luego, mientras atardecía y oían crepitar el fuego en la chimenea, ambos intentaron ponerse de acuerdo en qué libro sería el primero que Hans Reiter leería y no llegaron a ningún acuerdo. Al anochecer, finalmente, Halder le dijo que cogiera el libro que quisiera y que se lo devolviera al cabo de una semana. El joven sirviente estuvo de acuerdo en que esa solución era la mejor.

Al cabo de poco tiempo las pequeñas sustracciones que el sobrino del barón realizaba en la casa de campo aumentaron debido, según él, a deudas de juego y a compromisos ineludibles con ciertas damas a las que no podía dejar abandonadas. La torpeza de Halder en disimular sus hurtos era mayúscula y el joven Hans Reiter se decidió a ayudarle. A fin de que los objetos sustraídos no fueran echados en falta le sugirió a Halder que ordenara al resto de la servidumbre traslados arbitrarios, hacer vaciar habitaciones so pretexto de airearlas, subir de los sótanos viejos baúles y luego volverlos a bajar. En una palabra: cambiar las cosas de sitio.

También le sugirió, y en esto además colaboró activamente, dedicarse a las rarezas, a la rapiña de las antigüedades verdaderamente antiguas y por lo tanto olvidadas, diademas aparentemente sin ningún valor que habían pertenecido a su bisabuela o tatarabuela, bastones de maderas preciosas con empuñadura de plata, las espadas que sus antepasados habían utilizado en las guerras napoleónicas o contra los daneses o contra los austriacos.

Halder, por lo demás, siempre fue generoso con él. A cada nueva visita le entregaba lo que llamaba su parte del botín, que en realidad no pasaba de ser una propina un poco desmesurada, pero que para Hans Reiter constituía una fortuna. Esa fortuna, por supuesto, no se la enseñó a sus padres, pues éstos no hubieran tardado en acusarlo de ladrón. Tampoco se compró nada para él. Consiguió una lata de galletas, en donde introdujo los pocos billetes y las muchas monedas, escribió en un papel «este dinero pertenece a Lotte Reiter», y la enterró en el bosque.

El azar o el demonio quiso que el libro que Hans Reiter escogió para leer fuera el *Parsifal*, de Wolfram von Eschenbach. Cuando Halder lo vio con el libro se sonrió y le dijo que no lo iba a entender, pero también le dijo que no le causaba extrañeza que hubiera escogido aquel libro y no otro, de hecho, le dijo que ese libro, aunque no lo entendiera jamás, era el más indicado para él, de la misma forma que Wolfram von Eschenbach era el autor en el que encontraría una más clara semejanza con él mismo o con su espíritu o con lo que él deseaba ser y, lamentablemente, no sería jamás, aunque sólo le faltara un poquito así, dijo Halder casi pegando las yemas de los dedos pulgar e índice.

Wolfram, descubrió Hans, dijo sobre sí mismo: yo huía de las letras. Wolfram, descubrió Hans, rompe con el arquetipo del caballero cortesano y le es negado (o él se lo niega a sí mismo) el aprendizaje, la escuela de los clérigos. Wolfram, descubrió Hans, al contrario que los trovadores y los *minnesinger*, rechaza el servicio a la dama. Wolfram, descubrió Hans, declara no poseer artes, pero no para ser tomado como un inculto, sino como una forma de decir que está liberado de la carga de los latines y que él es un caballero laico e independiente. Laico e independiente.

Por supuesto, hubo poetas medievales alemanes más importantes que Wolfram von Eschenbach. Friedrich von Hausen es uno de ellos, Walther von der Vogelweide es otro. Pero la soberbia de Wolfram *(yo huía de las letras, yo no poseía artes)*, una soberbia que da la espalda, una soberbia que dice *moríos, yo viviré*, le confiere un halo de misterio vertiginoso, de indiferencia atroz, que atrajo al joven Hans como un gigantesco imán atrae a un delgado clavo.

Wolfram no poseía hacienda. Wolfram por lo tanto estaba sometido al servicio de vasallaje. Wolfram tuvo algunos protectores, condes que concedían la visibilidad a sus vasallos o al menos a algunos de sus vasallos. Wolfram dijo: *mi estilo es la profesión del escudo.* Y mientras Halder le contaba todas estas cosas de Wolfram, como si dijéramos para situarlo en el lugar del crimen, Hans leyó de principio a final el *Parsifal,* a veces en voz alta, mientras estaba en el campo o mientras recorría el camino que lo llevaba de su casa al trabajo, y no sólo lo entendió, sino que también le gustó. Y lo que más le gustó, lo que lo hizo llorar y retorcerse de risa, tirado sobre la hierba, fue que Parsifal en ocasiones cabalgaba *(mi estilo es la profesión del escudo)* llevando bajo su armadura su vestimenta de loco.

Los años que pasó en compañía de Hugo Halder fueron provechosos para él. Las rapiñas continuaron, a veces con un ritmo alto, otras veces a un ritmo decreciente, en parte esto último porque ya poco quedaba por robar en la casa de campo sin que lo notara la prima de Hugo o el resto de la servidumbre. Sólo en una ocasión apareció el barón por sus dominios. Llegó en un coche negro, con las cortinas bajadas, y pernoctó una noche.

Hans creyó que lo vería, que tal vez el barón se dirigiría a él, pero nada de esto ocurrió. El barón sólo pasó una noche en la casa de campo, recorriendo las alas de la casa que estaban más abandonadas, en una permanente movilidad (y en un permanente silencio), sin molestar a los sirvientes, como si estuviera soñando y no pudiera comunicarse verbalmente con nadie. Por la noche cenó pan negro y queso y él mismo bajó a la bodega y eligió la botella de vino que abrió para acompañar su frugal comida. A la mañana siguiente desapareció antes de que clareara el día.

A la hija del barón, por el contrario, la vio muchas veces. Siempre acompañada por sus amigos. En tres ocasiones, durante el tiempo que Hans trabajó allí, coincidió su llegada con una estancia de Halder, y las tres veces Halder, profundamente cohibido ante la presencia de su prima, hizo de inmediato su maleta y se marchó. La última vez, mientras cruzaban el bosque que había sellado, de alguna manera, su complicidad, Hans le preguntó qué era lo que lo ponía tan nervioso. La respuesta de Halder fue escueta y malhumorada. Le dijo que él no lo entendería y siguió caminando bajo el techo del bosque.

En 1936 el barón cerró la casa de campo y despidió a los sirvientes, dejando allí sólo al guardabosques. Durante un tiempo Hans estuvo sin hacer nada y luego pasó a engrosar las filas de los ejércitos de trabajadores que construían carreteras en el Reich. Cada mes le mandaba a su familia el salario casi completo, pues sus necesidades eran frugales, aunque los días de descanso bajaba con otros compañeros a las tabernas de los pueblos más cercanos en donde bebían cerveza hasta quedar tirados en el suelo. Entre los jóvenes peones sin duda era el que mejor aguantaba la bebida, y en un par de ocasiones participó en concursos organizados espontáneamente para dilucidar quién bebía más en menos tiempo. Pero la bebida no le gustaba, o no le gustaba más que la comida, y el día en que su brigada estaba trabajando cerca de Berlín se dio de baja y se largó.

No le costó encontrar en la gran ciudad la dirección de Halder, en cuya casa se presentó en busca de ayuda. Halder le consiguió trabajo de dependiente en una papelería. Vivía por entonces en un cuarto de una casa de obreros, en donde le alquilaron una cama. La habitación la compartía con un tipo de unos cuarenta años que trabajaba de vigilante nocturno de una fábrica. El tipo se llamaba Füchler y tenía una enfermedad, posiblemente de origen nervioso, como él admitía, que unas noches se manifestaba en forma de reuma y otras noches como enfermedad cardiaca o como imprevistos ataques de asma.

Con Füchler se veían poco, pues uno trabajaba de noche y el otro de día, pero cuando coincidían el trato era excelente. Según le confesó este tal Füchler, hacía mucho tiempo había estado casado y había tenido un hijo. Cuando su hijo tenía cinco años había enfermado y al poco tiempo había muerto. Füchler no pudo soportar la muerte del niño y al cabo de tres meses de duelo, encerrado en el sótano de su casa, llenó una mochila con lo que encontró y se largó sin decirle nada a nadie. Durante un tiempo vagabundeó por los caminos de Alemania viviendo de la caridad o de lo que el azar tuviera a bien ofrecerle. Al cabo de los años llegó a Berlín, en donde un amigo lo reconoció en la calle y le ofreció trabajo. Este amigo, que ya estaba muerto, trabajaba de supervisor en la fábrica en donde Füchler cumplía actualmente sus labores de vigilante. La fábrica no era demasiado grande y durante mucho tiempo se dedicó a producir armas de caza, pero últimamente se había reconvertido y ahora se dedicaba a producir fusiles.

Una noche, al volver del trabajo, Hans Reiter encontró al vigilante Füchler acostado en la cama. La mujer que les alquilaba la habitación le había subido un plato de sopa. El aprendiz de la tienda de papelería se dio cuenta de inmediato de que su compañero de habitación se iba a morir.

La gente sana rehúye el trato con la gente enferma. Esta regla es aplicable a casi todo el mundo. Hans Reiter era una excepción. No les temía a los sanos ni tampoco a los enfermos. No se aburría nunca. Era servicial y tenía en alta estima la noción, esa noción tan vaga, tan maleable, tan desfigurada, de la amistad. Los enfermos, por lo demás, siempre son más interesantes que los sanos. Las palabras de los enfermos, incluso de aquellos que sólo son capaces de balbucear, siempre son más importantes que las palabras de los sanos. Por lo demás, toda persona sana es una futura persona enferma. La noción del tiempo, ah, la noción del tiempo de los enfermos, qué tesoro escondido en una cueva en el desierto. Los enfermos, por lo demás, muerden de verdad, mientras que las personas sanas hacen como que muerden pero en realidad sólo mastican aire. Por lo demás, por lo demás, por lo demás.

Antes de morir Füchler le propuso a Hans que, si quería, podía quedarse con su trabajo. Le preguntó cuánto ganaba en la papelería. Hans se lo dijo. Una miseria. Le escribió una carta de presentación para el nuevo supervisor, en donde se hacía responsable del comportamiento del joven Reiter, a quien, dijo, conocía desde siempre. Hans se lo pensó durante todo el día, mientras descargaba cajas de lápices y cajas de gomas de borrar y cajas de libretas y barría la acera de la papelería. Cuando volvió a casa le dijo a Füchler que le parecía bien, que cambiaría de trabajo. Esa misma noche se presentó en la fábrica de fusiles, que quedaba en las afueras, y tras una breve conversación con el supervisor llegaron a un acuerdo por el cual estaría a prueba durante quince días. Poco después murió Füchler. Como no tenía a nadie a quien entregarle sus pertenencias, se las quedó él. Un abrigo, dos pares de zapatos, una bufanda de lana, cuatro camisas, varias camisetas, siete pares de calcetines. La navaja de afeitar de Füchler se la regaló al dueño de la casa. Debajo de la cama, en una caja de cartón, encontró varias novelas de vaqueros. Se las quedó él.

A partir de entonces el tiempo libre de Hans Reiter se multiplicó. Por la noche trabajaba recorriendo el patio de adoquines de la fábrica y los pasillos fríos de las salas alargadas con grandes ventanales de vidrio para aprovechar al máximo la luz solar, y por las mañanas, después de desayunar junto a algún puesto ambulante del barrio obrero donde vivía, dormía entre cuatro y seis horas y luego tenía las tardes libres para desplazarse al centro de Berlín en tranvía, en donde se presentaba en casa de Hugo Halder con el cual salía a pasear o a visitar cafeterías y restaurantes en donde el sobrino del barón invariablemente solía encontrar a algunos conocidos a los que les proponía negocios que nunca nadie aceptaba.

Por aquella época Hugo Halder vivía en uno de los callejones que hay junto a la Himmelstrasse, en un piso pequeño abarrotado de muebles antiguos y pinturas polvorientas que colgaban de la pared y su mejor amigo, aparte de Hans, era un japonés que trabajaba de secretario del encargado de asuntos agrícolas en la legación del Japón. El japonés se llamaba Noburo Nisamata pero Halder y también Hans lo llamaban Nisa. Tenía veintiocho años y era de carácter afable, dado a celebrar los chistes más inocentes y dispuesto a escuchar las ideas más disparatadas. Generalmente se juntaban en el café La Virgen de Piedra, a pocos pasos de la Alexanderplatz, adonde solían llegar Halder y Hans primero y comer cualquier cosa, una salchicha con un poco de chucrut, hasta que llegaba el japonés, una o dos horas más tarde, perfectamente vestido, y ya allí apenas se bebía un vaso de whisky sin agua ni hielo, antes de abandonar a la carrera el local y perderse en la noche berlinesa.

Entonces Halder asumía la dirección. En taxi se desplazaban hasta el cabaret Eclipse, en donde actuaban las peores cabareteras de Berlín, un grupo de mujeres viejas y sin talento que había encontrado el éxito en la exhibición sin tapujos de su fracaso, y en donde, pese a las carcajadas y a los silbidos, si uno tenía la suficiente familiaridad con un camarero como para que éste le consiguiera una mesa apartada, se podía conversar sin mayores problemas. El Eclipse era, además, un sitio barato, aunque durante esas noches de extravío berlinés el dinero no le importaba a Halder, entre otras razones porque siempre pagaba el japonés. Después, ya entonados, solían irse al Café de los Artistas, en donde no había variedades pero en donde se podía ver a algunos pintores del Reich y, cosa que a Nisa le producía un gran placer, uno podía compartir mesa con una de estas celebridades, a muchos de los cuales Halder conocía desde hacía tiempo y a algunos incluso tuteaba.

Del Café de los Artistas generalmente se iban a las tres de la mañana rumbo al Danubio, un cabaret de lujo, en donde las bailarinas eran muy altas y muy hermosas y en donde en más de una ocasión tuvieron problemas con el portero o con el jefe de camareros para que pudiera entrar Hans, puesto que la vestimenta de éste, pobre de solemnidad, no se ajustaba a la etiqueta exigida. En los días de semana, por otra parte, Hans abandonaba a sus amigos a las diez de la noche para dirigirse corriendo a la parada del tranvía y llegar a la hora justa a su trabajo de vigilante nocturno. Durante aquellos días, si hacía buen tiempo, se pasaban las horas sentados en la terraza de un restaurante de moda, hablando de los inventos que se le ocurrían a Halder. Éste juraba que algún día, cuando tuviera tiempo, los patentaría y se haría rico, lo que causaba extraños ataques de hilaridad al japonés. La risa de Nisa tenía algo de histérico: se reía no sólo con los labios y con los ojos y con la garganta sino también con las manos y con el cuello y con los pies, que daban pequeños zapatazos contra el suelo.

En cierta ocasión, después de explicarles la utilidad de una máquina que produciría nubes artificiales, Halder de improviso le preguntó a Nisa si su cometido en Alemania era el que él decía o bien cumplía funciones de agente secreto. La pregunta, de sopetón, pilló a Nisa desprevenido y al principio no la entendió del todo. Después, cuando Halder le explicó seriamente el cometido de un agente secreto, Nisa estalló en un ataque de risa como Hans no había visto en su vida, a tal grado que de repente cayó desmayado sobre la mesa y él y Halder tuvieron que llevarlo en volandas al baño, en donde le echaron agua en la cara y consiguieron reanimarlo.

Nisa, por su parte, no hablaba mucho, ya fuera por discreción o porque no deseaba ofenderlos a ellos con su mala pronunciación del alemán. De vez en cuando, sin embargo, decía cosas interesantes. Decía, por ejemplo, que el zen era una montaña que se muerde la cola. Decía que el idioma que había estudiado era el inglés y que estaba destinado a Berlín por una de las tantas equivocaciones del ministerio. Decía que los samuráis eran como peces en una cascada pero que el mejor samurái de la historia fue una mujer. Decía que su padre había conocido a un monje cristiano que vivió quince años sin salir jamás del islote de Endo, a pocas millas de Okinawa, y que la isla era de roca volcánica y que carecía de agua.

Cuando decía estas cosas solía acompañarlas con una sonrisa. Halder, a su vez, lo contradecía afirmando que Nisa era sintoísta, que sólo le gustaban las putas alemanas, que además de alemán e inglés sabía hablar y escribir correctamente el finlandés, el sueco, el noruego, el danés, el neerlandés y el ruso. Cuando Halder decía estas cosas, Nisa reía despacito, ji ji ji, y le enseñaba a Hans sus dientes y le brillaban los ojos.

En ocasiones, sin embargo, sentado en las terrazas o alrededor de una oscura mesa de cabaret, el trío se instalaba sin que viniera a cuento en un silencio obstinado. Parecían petrificarse de repente, olvidar el tiempo y volverse del todo hacia dentro, como si dejaran de lado el abismo de la vida diaria, el abismo de la gente, el abismo de la conversación y decidieran asomarse a una región como lacustre, una región romántica tardía, en donde las fronteras se cronometraban de crepúsculo a crepúsculo, diez, quince, veinte minutos que duraban una eternidad, como los minutos de los condenados a muerte, como los minutos de las parturientas condenadas a muerte que comprenden que más tiempo no es más eternidad y que sin embargo desean con toda su alma más tiempo, y esos vagidos eran los pájaros que cruzaban de vez en cuando y con cuánta serenidad el doble paisaje lacustre, como excrecencias lujosas o como latidos del corazón. Después, como es natural, salían acalambrados del silencio y volvían a hablar de inventos, de mujeres, de filología finlandesa, de la construcción de carreteras en la geografía del Reich.

En no pocas ocasiones acababan sus correrías nocturnas en el piso de una tal Grete von Joachimsthaler, vieja amiga de Halder y con quien éste mantenía una relación llena de subterfugios y malentendidos.

A casa de Grete solían acudir músicos, incluso un director de orquesta que afirmaba que la música era la cuarta dimensión y a quien Halder estimaba mucho. El director de orquesta tenía treintaicinco años y era admirado (las mujeres desfallecían por él) como si tuviera veinticinco y respetado como si tuviera ochenta. Por regla general cuando acudía a terminar las veladas al piso de Grete se sentaba junto al piano, que no tocaba ni con la punta del meñique, y de inmediato era rodeado por una corte de amigos y seguidores embobados, hasta que decidía levantarse y emerger como un apicultor de un enjambre de abejas, sólo que este apicultor no iba protegido por un traje de malla ni por un casco y ay de la abeja que se atreviera a picarle, aunque sólo fuera de pensamiento.

La cuarta dimensión, decía, contiene a las tres dimensiones y les adjudica, de paso, su valor real, es decir anula la dictadura de las tres dimensiones, y anula, por lo tanto, el mundo tridimensional que conocemos y en el que vivimos. La cuarta dimensión, decía, es la riqueza absoluta de los sentidos y del Espíritu (con mayúscula), es el ojo (con mayúscula), es decir el Ojo, que se abre y anula los ojos, que comparados con el Ojo son apenas unos pobres orificios de fango, fijos en la contemplación o en la ecuación nacimiento-aprendizaje-trabajo-muerte, mientras el Ojo se remonta por el río de la filosofía, por el río de la existencia, por el río (rápido) del destino.

La cuarta dimensión, decía, sólo era expresable mediante la música. Bach, Mozart, Beethoven.

Era difícil acercarse al director de orquesta. Es decir, no era difícil acercarse físicamente, pero era difícil que él, cegado por los focos, separado de los demás por el foso, consiguiera verte. Una noche, sin embargo, el trío pintoresco que componían Halder, el japonés y Hans captó su atención y le preguntó a la anfitriona quiénes eran. Ésta le dijo que Halder era un amigo, hijo de un pintor que en otros tiempos prometía, sobrino del barón Von Zumpe, y que el japonés trabajaba en la embajada japonesa y que el joven alto y desgarbado y mal vestido era sin duda un artista, un pintor, posiblemente, al que Halder protegía.

El director de orquesta, entonces, quiso conocerlos y la anfitriona, exquisita, llamó al sorprendido trío con el dedo índice y los condujo a un lugar apartado del piso. Durante un rato, como es natural, no supieron qué decirse. El director les habló, una vez más, pues por entonces ése era su tema favorito, de la música o de la cuarta dimensión, no quedaba muy claro dónde acababa una y empezaba la otra, tal vez el punto de unión entre ambas, a juzgar por ciertas palabras misteriosas del director, fuera el director mismo, en quien confluían de forma espontánea los misterios y las respuestas. Halder y Nisa a todo asentían, no así Hans. Según el director, la vida –tal cual– en la cuarta dimensión era de una riqueza inimaginable, etc., etc., pero lo verdaderamente importante era la distancia con que uno, inmerso en esa armonía, podía contemplar los humanos asuntos, con ecuanimidad, en una palabra, sin losas artificiales que oprimieran el espíritu entregado al trabajo y a la creación, a la única verdad trascendente de la vida, aquella verdad que crea más vida y luego más vida y más vida, un caudal inagotable de vida y alegría y luminosidad.

El director de orquesta hablaba y hablaba, de la cuarta dimensión y de algunas sinfonías que había dirigido o que pensaba dirigir próximamente, sin quitarles la vista de encima. Sus ojos eran como los ojos de un halcón que vuela y al mismo tiempo se complace en su vuelo, pero que también mantiene la mirada vigilante, la mirada capaz de discernir hasta el más mínimo movimiento allá abajo, en el dibujo confuso de la tierra.

Tal vez el director estaba algo borracho. Tal vez el director estaba cansado y pensaba en otras cosas. Tal vez las palabras que el director decía no expresaban en modo alguno su estado de ánimo, su talante, su disposición temblorosa ante el fenómeno artístico.

Esa noche, sin embargo, Hans le preguntó o se preguntó a sí mismo en voz alta (era la primera vez que hablaba) qué pensarían aquellos que vivían o frecuentaban la quinta dimensión. Al principio el director no le entendió del todo, pese a que el alemán de Hans había mejorado mucho desde que se fue con las brigadas camineras y más aún desde que vivía en Berlín. Luego captó la idea y dejó de mirar a Halder y a Nisa para concentrar su mirada de halcón o de águila o de buitre carroñero en los ojos grises y tranquilos del joven prusiano, que ya estaba formulando otra pregunta: ¿qué pensarían los que tenían acceso libre a la sexta dimensión de aquellos que se instalaban en la quinta o en la cuarta dimensión? ¿Qué pensarían los que vivían en la décima dimensión, es decir los que percibían diez dimensiones, de la música, por ejemplo? ¿Qué era para ellos Beethoven? ¿Qué era para ellos Mozart? ¿Qué era para ellos Bach? Probablemente, se contestó a sí mismo el joven Reiter, sólo ruido, ruido como de hojas arrugadas, ruido como de libros quemados.

En ese momento el director de orquesta levantó una mano en el aire y dijo o más bien susurró confidencialmente:

–No hable de libros quemados, querido joven.

A lo que Hans respondió:

–Todo es un libro quemado, querido director. La música, la décima dimensión, la cuarta dimensión, las cunas, la producción de balas y fusiles, las novelas del oeste: todo libros quemados.

–¿De qué habla? –dijo el director.

–Sólo daba mi opinión –dijo Hans.

–Una opinión como cualquier otra –dijo Halder que intentó, por si acaso, poner un punto final jocoso, que no lo enemistara con el director ni que enemistara a éste con su amigo–, una típica intervención de adolescente.

–No, no, no –dijo el director–, ¿a qué se refiere cuando habla de novelas del oeste?

–A novelas de vaqueros –dijo Hans.

Esta declaración pareció quitarle un peso de encima al director, que tras cruzar unas cuantas palabras amables con ellos no tardó en dejarlos. Más tarde, el director le diría a la anfitriona que Halder y el japonés parecían buenas personas, pero que el adolescente amigo de Halder funcionaba, sin ningún género de dudas, como una bomba de relojería: una mente burda y poderosa, irracional, ilógica, capaz de explotar en el momento menos indicado. Lo que no era cierto.

Por lo demás, las noches en el piso de Grete von Joachimsthaler solían acabar, cuando los músicos ya se habían ido, en la cama o en la bañera, una bañera como había pocas en Berlín, una bañera de dos metros y medio de largo por un metro y medio de ancho, esmaltada en negro y con patas de león, en donde Halder y luego Nisa masajeaban interminablemente a Grete, desde las sienes hasta los dedos de los pies, ambos perfectamente vestidos, incluso en ocasiones con el abrigo puesto (por expreso deseo de Grete), mientras ésta adoptaba aires de sirena, unas veces cara arriba, otras cara abajo, ¡otras sumergida!, su desnudez cubierta únicamente por la espuma.

Durante estas veladas amorosas Hans esperaba en la cocina, en donde se preparaba un tentempié y se bebía una cerveza, y luego caminaba, con el vaso de cerveza en una mano y el tentempié en la otra, por los amplios corredores del piso o se asomaba a las grandes ventanas de la sala desde las que se contemplaba el amanecer que se deslizaba como una ola por la ciudad ahogándolos a todos.

A veces Hans se sentía afiebrado y creía que era la necesidad de sexo lo que hacía arder su piel, pero se equivocaba. A veces Hans dejaba las ventanas abiertas para que se disipara el olor a humo de la sala y apagaba las luces y se sentaba en un sillón arrebujado en su abrigo. Entonces notaba el frío y sentía sueño y cerraba los ojos. Una hora después, cuando ya había amanecido del todo, sentía las manos de Halder y Nisa que lo removían y le decían que había que marcharse.

La señora Von Joachimsthaler nunca aparecía a aquellas horas. Sólo Halder y Nisa. Y Halder siempre con un envoltorio que trataba de disimular bajo el abrigo. Ya en la calle, aún adormilado, veía que las perneras de los pantalones de sus amigos estaban mojadas y también las mangas de sus trajes, y que las perneras y las mangas despedían un vaho tibio al entrar en contacto con el aire frío de la calle, un vaho sólo un poco menos denso del que salía por las bocas de Nisa y Halder, que a esa hora de la mañana se encaminaban, rechazando los taxis, al café más cercano para desayunar fuerte, y por la suya propia.

En 1939 Hans Reiter fue llamado a filas. Tras unos meses de entrenamiento lo destinaron al regimiento 310 de infantería hipomóvil, cuya base estaba a treinta kilómetros de la frontera polaca. El regimiento 310, más el regimiento 311 y el 312, pertenecía a la división de infantería hipomóvil 79, comandada entonces por el general Kruger, que a su vez pertenecía al décimo cuerpo de infantería, comandado por el general Von Bohle, uno de los principales filatelistas del Reich. El regimiento 310 estaba comandado por el coronel Von Berenberg, y constaba de tres batallones. En el tercer batallón quedó encuadrado el recluta Hans Reiter, destinado primero como ayudante de ametralladorista y después como miembro de una compañía de asalto.

El capitán responsable de este último destino era un esteta llamado Paul Gercke, el cual creyó que la altura de Reiter era la indicada para infundir respeto e incluso temor en, digamos, una carga de ejercicio o un desfile militar de las compañías de asalto, pero que sabía que en caso de combate real y no simulado la misma altura que lo había llevado a ese puesto iba a ser, a la larga, su perdición, pues en la práctica el mejor soldado de asalto es aquel que mide poco y es delgado como un espárrago y se mueve con la velocidad de una ardilla. Por supuesto, antes de convertirse en soldado de infantería del regimiento 310, de la división 79, Hans Reiter, puesto en la disyuntiva de elegir, intentó que lo enviaran al servicio de submarinos. Esta pretensión, avalada por Halder, que movió o dijo que había movido a todas sus amistades militares y funcionariales, la mayoría de las cuales, según sospechaba Hans, eran más imaginarias que reales, sólo provocó ataques de risa en los marinos que controlaban las listas de enganche de la marina alemana, en especial de aquellos que conocían las condiciones de vida de los submarinos y las medidas reales de los submarinos, en donde un tipo que medía un metro noventa terminaría con toda seguridad por convertirse en una maldición para el resto de sus compañeros.

Lo cierto es que, pese a sus influencias, imaginarias o no, Hans fue rechazado de la manera más indigna de la marina alemana (en donde le recomendaron, jocosamente, que se hiciera tanquista) y se tuvo que contentar con su primer destino, la infantería hipomóvil.

Una semana antes de partir al campo de entrenamiento Halder y Nisa le dieron una cena de despedida que acabó en un burdel, en donde le rogaron que perdiera su virginidad de una buena vez por todas, en honor a la amistad que los unía. La puta que le tocó (elegida por Halder y probablemente amiga de Halder y probablemente, también, socia frustrada en alguno de los múltiples negocios de Halder) era una campesina de Baviera, muy dulce y callada, aunque cuando se ponía a hablar, lo que no hacía a menudo diríase por economía, aparecía una mujer práctica en todos los sentidos, incluido el sexual, e incluso con unos rasgos de avaricia que a Hans repelieron profundamente. Por supuesto, esa noche no hizo el amor, aunque a sus amigos les dijo que sí, pero al día siguiente volvió a visitar a la puta, que se llamaba Anita. Durante la segunda visita Hans perdió la virginidad, y aún hubo dos visitas más, las suficientes para que Anita se decidiera a explayarse sobre su vida y sobre la filosofía que regía su vida.

Cuando llegó la hora de marcharse lo hizo solo. Notó que resultaba extraño que nadie lo acompañara a la estación de tren. De Anita se había despedido la noche anterior. De Halder y Nisa no sabía nada desde la primera visita al burdel, como si ambos amigos hubieran dado por sentado que a la mañana siguiente él se iría, lo que no era cierto. Desde hace una semana, pensó, Halder vive en Berlín como si yo ya me hubiera ido. De la única persona que se despidió el día de su marcha fue de su casera, quien le dijo que era un honor servir a la patria. En su nuevo petate de soldado sólo llevaba unas cuantas prendas de vestir y el libro *Algunos animales y plantas del litoral europeo.*

En septiembre empezó la guerra. La división de Reiter avanzó hasta la frontera y la cruzó después de que lo hubieran hecho las divisiones panzer y las divisiones de infantería motorizada que abrían el camino. A marchas forzadas se internaron en el territorio polaco, sin combatir y sin tomar demasiadas precauciones: los tres regimientos se desplazaban casi juntos en una atmósfera general de romería, como si aquellos hombres avanzaran hacia un santuario religioso y no hacia una guerra en la que inevitablemente algunos de ellos encontrarían la muerte.

Atravesaron varios pueblos, sin saquearlos, en perfecto orden, pero sin ningún tipo de envaramiento, sonriéndoles a los niños y a las mujeres jóvenes, y de vez en cuando se cruzaban con soldados en moto que volaban por la carretera, en ocasiones en dirección este y en ocasiones en dirección oeste, trayendo órdenes para la división o trayendo órdenes para el estado mayor del cuerpo. Dejaron la artillería atrás. A veces, al coronar una loma, miraban hacia el este, hacia donde ellos suponían que estaba el frente, y no veían nada, sólo un paisaje adormilado con los últimos esplendores del verano. Hacia el oeste, por el contrario, podían divisar la polvareda de la artillería regimental y divisionaria que se esforzaba por darles alcance.

Al tercer día de viaje el regimiento de Hans se desvió por otra carretera de tierra. Poco antes del anochecer llegaron a un río. Detrás del río se erguía un bosque de pinos y álamos y detrás del bosque, les dijeron, había una aldea en donde un grupo de polacos se había hecho fuerte. Montaron las ametralladoras y los morteros y lanzaron bengalas, pero nadie contestó. Dos compañías de asalto cruzaron el río después de medianoche. En el bosque Hans y sus compañeros oyeron ulular a un búho. Cuando salieron al otro lado descubrieron, como un bulto negro incrustado o empotrado en la oscuridad, la aldea. Las dos compañías se dividieron en varios grupos y prosiguieron su avance. A cincuenta metros de la primera casa el capitán dio la orden y todos echaron a correr en dirección a la aldea y alguno incluso pareció sorprendido cuando se dieron cuenta de que estaba vacía. Al día siguiente el regimiento prosiguió el avance hacia el este, por tres caminos distintos, en paralelo a la ruta principal que seguía el grueso de la división.

El batallón de Reiter encontró un destacamento de polacos que ocupaba un puente. Los intimaron a rendirse. Los polacos se negaron y entablaron fuego. Un compañero de Reiter, tras el combate, que apenas duró diez minutos, apareció con la nariz rota de la que manaba abundante sangre. Según contó, al cruzar el puente se dirigió en compañía de unos diez soldados hasta llegar al lindero de un bosque. En ese momento, de la rama de un árbol se descolgó un polaco que la emprendió a puñetazos con él. Por supuesto, el compañero de Reiter no supo qué hacer pues en el peor de los casos o en el mejor de los casos, es decir en el caso más extremo, él se había imaginado siendo víctima de un ataque con cuchillo o de un ataque a la bayoneta, cuando no de un ataque con arma de fuego, pero nunca de un ataque a puñetazos. En el momento en que recibió los golpes del polaco en la cara, por descontado, sintió rabia, pero más fuerte que la rabia fue la sorpresa, la impresión recibida, la cual lo dejó incapacitado para responder, ya fuera a puñetazos, como su agresor, o utilizando su fusil. Simplemente recibió un golpe en el estómago, que no le dolió, y luego un gancho en la nariz, que lo dejó medio atontado, y luego, mientras caía al suelo, vio al polaco, la sombra que era el polaco en ese momento, que en vez de robarle su arma como hubiera hecho alguien más listo, intentaba volver al bosque, y la sombra de uno de sus compañeros que le disparaba, y luego más disparos y la sombra del polaco que caía cosido a balazos. Cuando Hans y el resto del batallón cruzó el puente no había cadáveres enemigos tirados a un lado de la carretera y las únicas bajas del batallón eran dos heridos leves.

Fue durante aquellos días, mientras caminaban bajo el sol o bajo las primeras nubes grises, enormes, interminables nubes grises que anunciaban un otoño memorable, y su batallón dejaba atrás aldea tras aldea, cuando Hans pensó que bajo su uniforme de soldado de la Werhmacht él llevaba puesta una vestimenta de loco o un pijama de loco.

Una tarde su batallón se cruzó con un grupo de oficiales del estado mayor. ¿De qué estado mayor? Lo ignoraba, pero eran oficiales de estado mayor. Mientras ellos caminaban por la carretera, los oficiales se habían reunido sobre una loma muy cerca del camino y miraban el cielo, atravesado en ese momento por una escuadrilla de aviones que se dirigía hacia el este, tal vez Stukas, tal vez cazas, algunos de los oficiales los señalaban con el dedo índice o con toda la mano, como si le dijeran *heil Hitler* a los aviones, mientras otro oficial observaba, un poco apartado, en actitud de ensimismamiento total, las viandas que en ese momento un ordenanza depositaba cuidadosamente sobre una mesa portátil, viandas que sacaba de una caja de considerables proporciones, de color negro, como si se tratara de una caja especial de alguna industria farmacéutica, esas cajas donde se depositan los medicamentos peligrosos o que aún no están suficientemente probados, o peor aún, como si se tratara de una caja de un centro de investigaciones científicas en donde los científicos alemanes depositaban, provistos de guantes, aquello que podía destruir el mundo y también destruir Alemania.

Cerca del ordenanza y del oficial que miraba la disposición que el ordenanza daba a las viandas sobre la mesa se encontraba, de espaldas a todos, otro oficial, éste con el uniforme de la Luftwaffe, aburrido de ver pasar a los aviones, que sostenía en una mano un largo cigarrillo y en la otra un libro, una operación sencilla pero que a este oficial de la Luftwaffe parecía costarle ímprobos esfuerzos pues la brisa que soplaba sobre la loma en donde estaban todos le levantaba constantemente las hojas del libro, impidiéndole la lectura, lo que llevaba al oficial de la Luftwaffe a utilizar la mano con que sostenía el largo cigarrillo para mantener fijas (o inmóviles o quietas) las hojas del libro levantadas por la brisa, cosa que no conseguía sino empeorar la situación pues el cigarrillo o la brasa del cigarrillo tendía indefectiblemente a quemar las hojas del libro o la brisa desparramaba sobre las hojas la ceniza del cigarrillo, lo que molestaba mucho al oficial, que entonces inclinaba la cabeza y soplaba, con mucho cuidado, pues se encontraba de cara al viento y al soplar la ceniza corría el riesgo de que ésta terminara alojada en sus ojos.

Junto a este oficial de la Luftwaffe, pero sentados en dos sillas plegables, había una pareja de viejos soldados. Uno de ellos parecía general del ejército de tierra. El otro parecía disfrazado de lancero o de húsar. Ambos se miraban y reían, primero el general y luego el lancero, y así sucesivamente, como si no comprendieran nada o como si comprendieran algo que ninguno de los oficiales de estado mayor estacionados en aquella loma supiera. Debajo de la loma estaban estacionados tres coches. Junto a los coches, de pie y fumando, estaban los choferes y en el interior de uno de los coches había una mujer, muy hermosa y elegantemente vestida, la cual se parecía muchísimo, o eso le pareció a Reiter, a la hija del barón Von Zumpe, el tío de Hugo Halder.

El primer combate propiamente dicho en que participó Reiter fue en las cercanías de Kutno, en donde los polacos eran pocos y estaban mal armados pero no mostraban ningún deseo de rendirse. El encuentro duró poco, pues al final resultó que los polacos sí que tenían deseos de rendirse y lo que pasaba era que no sabían cómo hacerlo. El grupo de asalto de Reiter atacó una granja y un bosque en donde el enemigo había concentrado los restos de su artillería. Cuando los vio partir el capitán Gercke pensó que Reiter probablemente moriría. Para el capitán fue como ver partir a una jirafa en un pelotón de lobos, coyotes y hienas. Reiter era tan alto que cualquier conscripto polaco, el más torpe de todos, sin dudarlo lo elegiría a él como blanco.

En el ataque a la granja murieron dos soldados alemanes y resultaron heridos otros cinco. En el ataque al bosque murió otro soldado alemán y tres más fueron heridos. A Reiter no le sucedió nada. El sargento que comandaba el grupo le dijo esa noche al capitán que Reiter, lejos de servir como blanco fácil, había asustado de alguna manera a los defensores. ¿De qué manera?, preguntó el capitán, ¿dando gritos?, ¿profiriendo insultos?, ¿siendo implacable?, ¿los había asustado, acaso, porque en el combate se transfiguraba en otro?, ¿en un guerrero germánico ajeno al miedo y la compasión?, ¿o tal vez se transfiguraba en un cazador, el cazador esencial, el que todos llevamos en nuestro interior, astuto, rápido, siempre un paso por delante de la presa?

A lo que el sargento, tras pensárselo, respondió que no, que no era precisamente eso. Reiter, dijo, era distinto, pero en realidad era el mismo de siempre, el que todos conocían, lo que ocurría era que había entrado en combate como si no hubiera entrado en combate, como si no estuviera allí o como si la cosa no fuera con él, lo que no significaba que no cumpliera o desobedeciera las órdenes, eso no, por cierto, ni que estuviera en trance, algunos soldados, agarrotados por el miedo, entran en trance, pero no es trance, es sólo miedo, en fin, que él, el sargento, no lo sabía, pero que Reiter tenía algo y eso lo percibían hasta los enemigos, que le dispararon varias veces sin alcanzarlo nunca, lo que los ponía cada vez más nerviosos.

La división 79 siguió combatiendo en los alrededores de Kutno, pero Reiter ya no volvió a participar en ningún otro enfrentamiento. Antes de que acabara septiembre la división entera fue trasladada, esta vez en tren, hasta el frente occidental, en donde ya estaba el resto del décimo cuerpo de infantería.

Desde octubre de 1939 hasta junio de 1940 no se moverían. Enfrente estaba la Línea Maginot, aunque ellos, ocultos entre bosques y vergeles, no podían verla. La vida se hizo plácida: los soldados escuchaban la radio, comían, bebían cerveza, escribían cartas, dormían. Algunos hablaban del día en que tuvieran que dirigirse directos hacia las defensas de hormigón de los franceses. Los que escuchaban reían nerviosos, hacían chistes, se contaban historias familiares.

Una noche alguien les dijo que Dinamarca y Noruega se habían rendido. Esa noche Hans soñó con su padre. Vio al cojo, embutido en su viejo capote militar, contemplando el Báltico y preguntándose en dónde se había ocultado la isla de Prusia.

El capitán Gercke a veces se le acercaba para hablar durante un rato. El capitán le preguntó si tenía miedo a morir. Qué preguntas me hace, capitán, dijo Reiter, claro que tengo miedo. Cuando le respondía de esta manera el capitán se lo quedaba mirando largo rato y luego decía en voz baja, como si hablara consigo mismo:

–Maldito embustero, a mí no me mientas, a mí no me puedes engañar. ¡Tú no tienes miedo de nada!

Después el capitán se iba a hablar con otros soldados y su actitud cambiaba según el soldado con quien hablaba. Por esas mismas fechas a su sargento le dieron la cruz de hierro de segunda clase por méritos obtenidos durante los combates en Polonia. Lo celebraron bebiendo cerveza. Por las noches Hans salía del barracón y se tiraba de espaldas sobre la tierra fría del campo a mirar las estrellas. Las bajas temperaturas no parecían afectarlo demasiado. Solía pensar en su familia, en la pequeña Lotte que ya por entonces tenía diez años, en la escuela. A veces, sin pena, lamentaba haber dejado tan pronto los estudios pues vagamente intuía que la vida le hubiera ido mejor de haberlos proseguido.

Por otra parte, no se hallaba a disgusto en la ocupación de soldado y no sentía necesidad, o tal vez era incapaz, de pensar seriamente en el futuro. En ocasiones, cuando estaba solo o con sus compañeros, fingía que era un buzo y que estaba otra vez paseando por el fondo del mar. Nadie, por supuesto, se daba cuenta, aunque si hubieran observado con mayor detenimiento los movimientos de Reiter algo, una ligera variación en su forma de caminar, en su forma de respirar, en su forma de mirar, habrían notado. Una cierta prudencia, una premeditación en cada paso, una economía pulmonar, una vidriosidad en las retinas, como si se le hincharan los ojos por efecto de un bombeo de oxígeno deficiente o como si, sólo en aquellos momentos, toda su sangre fría lo abandonara y se viera de pronto incapaz de controlar el llanto, que por otra parte no acababa nunca de llegar.

Por esas mismas fechas, mientras esperaban, un soldado del batallón de Reiter se volvió loco. Decía que oía todas las transmisiones radiales, las alemanas y también, cosa más sorprendente, las francesas. Este soldado se llamaba Gustav y tenía veinte años, los mismos que Reiter, y nunca había estado destinado en el equipo de transmisiones del batallón. El médico que lo examinó, un muniqués de aire cansado, dijo que Gustav tenía un brote de esquizofrenia auditiva, que consiste en oír voces dentro de la cabeza, y le recetó baños fríos y tranquilizantes. El caso de Gustav, sin embargo, se diferenciaba en un punto esencial de la mayor parte de los casos de esquizofrenia auditiva: en ésta las voces que oye el paciente se dirigen a él, le hablan o lo increpan a él, mientras que en el caso de Gustav las voces que oía simplemente se limitaban a cursar órdenes, eran voces de soldados, de exploradores, de tenientes dando el parte diario, de coroneles hablando por teléfono con sus generales, de capitanes de intendencia reclamando cincuenta kilos de harina, de pilotos dando el parte atmosférico. La primera semana de tratamiento pareció mejorar al soldado Gustav. Andaba un poco atontado y se resistía a los baños fríos, pero ya no gritaba ni decía que estaban envenenando su alma. La segunda semana se escapó del hospital de campaña y se colgó de un árbol.

Para la división de infantería 79 la guerra en el frente occidental no estuvo revestida de carácter épico. En junio, casi sin sobresaltos, cruzaron la Línea Maginot, después de la ofensiva del Somme, y participaron en el cerco de algunos miles de soldados franceses en la zona de Nancy. Después la división fue acuartelada en Normandía.

Durante el viaje en tren Hans escuchó una historia curiosa acerca de un soldado de la 79 que se había perdido en los túneles de la Línea Maginot. El sector en que el soldado se perdió, según éste pudo comprobar, se llamaba sector Charles. El soldado, por descontado, tenía los nervios de acero, o eso se decía, y siguió buscando una salida a la superficie. Tras caminar unos quinientos metros bajo tierra llegó al sector Catherine. El sector Catherine, de más está decirlo, no se diferenciaba en nada del sector Charles, salvo en los letreros. Tras caminar mil metros llegó al sector Jules. En ese momento el soldado empezó a ponerse nervioso y a dar rienda suelta a su imaginación. Se imaginó aprisionado para siempre en aquellos pasillos subterráneos, sin que viniera en su auxilio ningún camarada. Deseó gritar y aunque al principio se contuvo, por temor a poner sobreaviso a los franceses que pudieran haberse quedado escondidos, al final cedió al deseo y se puso a chillar a todo lo que daban sus pulmones. Pero nadie le contestó y siguió caminando, con la esperanza de que en algún momento encontraría la salida. Dejó atrás el sector Jules y entró en el sector Claudine. Después vino el sector Émile, el sector Marie, el sector Jean-Pierre, el sector Berenice, el sector André, el sector Silvia. Llegado a éste, el soldado hizo un descubrimiento (que otro hubiera hecho mucho antes) y que consistía en constatar lo extraño que resultaba el orden casi inmaculado de los pasillos. Después se puso a pensar en la utilidad de éstos, es decir en la utilidad militar, y llegó a la conclusión de que carecían de toda utilidad y de que probablemente allí no había habido soldados nunca.

En este punto el soldado creyó que se había vuelto loco o, aún peor, que había muerto y que aquello era su infierno particular. Cansado y sin esperanzas, se tiró al suelo y se durmió. Soñó con Dios en persona. Él estaba dormido bajo un manzano, en la campiña alsaciana, y un caballero rural se le acercó y lo despertó de un suave bastonazo en las piernas. Soy Dios, le dijo, si me vendes tu alma, que por otra parte ya me pertenece, te sacaré de los túneles. Déjame dormir, le dijo el soldado y trató de seguir durmiendo. He dicho que tu alma ya me pertenece, oyó que decía la voz de Dios, así que, por favor, no seas más patán de lo que naturalmente eres y acepta mi oferta.

El soldado entonces se despertó y miró a Dios y le dijo que dónde había que firmar. Aquí, dijo Dios sacando un papel del aire. El soldado intentó leer el contrato, pero éste estaba escrito en otra lengua, ni en alemán ni en inglés ni en francés, de eso estaba seguro. ¿Y con qué firmo?, dijo el soldado. Con tu sangre, como corresponde, le contestó Dios. Acto seguido el soldado sacó su cortaplumas mil usos y se hizo una herida en la palma de la mano izquierda, luego untó la yema del índice en la sangre y firmó.

–Bien, ahora puedes seguir durmiendo –le dijo Dios.

–Quisiera salir pronto de los túneles –le pidió el soldado.

–Todo llegará conforme está planeado –dijo Dios, y le dio la espalda y empezó a descender por el caminito de tierra en dirección a un valle en donde había una aldea cuyas casas estaban pintadas de color verde y blanco y marrón claro.

El soldado creyó conveniente rezar una oración. Juntó las manos y elevó los ojos al cielo. Entonces se dio cuenta de que todas las manzanas del manzano se habían secado. Ahora parecían uvas pasas o, mejor dicho, ciruelas pasas. Al mismo tiempo oyó un ruido que le sonó vagamente metálico.

–¿Qué pasa? –exclamó.

Del valle surgían largos penachos de humo negro que al llegar a cierta altura quedaban suspendidos. Una mano lo cogió de un hombro y lo remeció. Eran soldados de su compañía que habían descendido al túnel por el sector Berenice. El soldado se puso a llorar de felicidad, no mucho, pero sí lo suficiente como para desfogarse.

Esa noche, mientras comía, le contó el sueño que había tenido dentro de los túneles a su mejor amigo. Éste le dijo que era normal soñar estupideces cuando uno se encuentra en una situación así.

–No era una estupidez –le contestó–, vi a Dios en sueños, me rescataron, una vez más estoy entre los míos, y sin embargo no consigo estar tranquilo del todo.

Luego, con voz más calmada, rectificó:

–No consigo estar seguro del todo.

A lo que su amigo le respondió que en una guerra nadie podía sentirse seguro del todo. Y allí acabó la charla. El soldado se fue a dormir. Su amigo se fue a dormir. Se hizo el silencio en el pueblo. Los centinelas se pusieron a fumar. Cuatro días después, el soldado que le vendió su alma a Dios iba caminando por la calle y un coche alemán lo atropelló y lo mató.

Durante la estancia de su regimiento en Normandía Reiter solía bañarse, hiciera el tiempo que hiciera, en los roqueríos de Portbail, cerca del Ollonde, o en los del norte de Carteret. Su batallón estaba concentrado en el pueblo de Besneville. Por las mañanas salía, con sus armas y un morral en donde llevaba queso, pan y media botella de vino, y caminaba hasta la costa.

Allí elegía una roca, fuera de la vista de cualquiera, y, tras nadar y bucear desnudo durante horas, se extendía en su roca y comía y bebía y releía su libro *Algunos animales y plantas del litoral europeo.*

A veces encontraba estrellas de mar, que se quedaba mirando todo lo que aguantaban sus pulmones, hasta que finalmente se decidía a tocarlas justo antes de emerger. Una vez vio a una pareja de peces óseos, *Gobius paganellus*, perdidos en una selva de algas, a quienes siguió durante un rato (la selva de algas era como la cabellera de un gigante muerto), hasta que una angustia extraña, poderosa, se apropió de él y tuvo que salir rápidamente, pues si se hubiera quedado un rato más sumergido la angustia lo habría arrastrado al fondo.

En ocasiones se sentía tan bien, dormitando sobre su laja húmeda, que no se hubiera reincorporado al batallón nunca más. Y en más de una ocasión lo pensó en serio, desertar, vivir como un vagabundo en Normandía, encontrar una cueva, comer de la caridad de los campesinos o de pequeños hurtos que iría realizando y que nadie denunciaría. Tendría ojos de nictálope, pensó. Con el tiempo mis ropas quedarían reducidas a unos cuantos harapos y finalmente viviría desnudo. Nunca más regresaría a Alemania. Un día moriría ahogado y radiante de felicidad.

Por aquellas fechas la compañía de Reiter tuvo visita médica. El médico que lo atendió lo encontró, dentro de lo que cabía, completamente sano, excepción hecha de sus ojos, que exhibían un enrojecimiento nada natural y cuya causa el mismo Reiter sabía sin posibilidad de error: las largas horas de buceo a cara descubierta en aguas saladas. Pero no se lo dijo al médico por temor a que le cayera un castigo o a que le prohibieran volver al mar. En ese tiempo a Reiter le hubiera parecido un sacrilegio bucear con gafas de buceo. Escafandra sí, gafas de buceo rotundamente no. El médico le recetó unas gotas y le dijo que cursara con su superior un parte para ser atendido por el oftalmólogo. Al irse el médico pensó que aquel muchacho larguirucho probablemente era un drogadicto y así lo escribió en su diario de vida: ¿cómo es posible encontrar a jóvenes morfinómanos, heroinómanos, tal vez politoxicómanos en las filas de nuestro ejército? ¿Qué representan? ¿Son un síntoma o son una nueva enfermedad social? ¿Son el espejo de nuestro destino o son el martillo que hará añicos nuestro espejo y también nuestro destino?

En lugar de morir ahogado y radiante de felicidad, un día, sin previo aviso, se suspendieron las salidas y el batallón de Reiter, que estaba en el pueblo de Besneville, se unió a los otros dos batallones del regimiento 310 que estaban estacionados en St-Sauveur-le-Vicomte y Bricquebec y todos montaron en un tren militar que se dirigió hacia el este y que en París se unió con otro tren en donde venía el regimiento 311, y aunque faltaba el tercer regimiento de la división, el cual por lo visto jamás se reintegraría a ésta, empezaron a recorrer Europa en dirección oeste-este, y así pasaron por Alemania y Hungría y finalmente la división 79 llegó a Rumanía, su nuevo destino.

Algunas tropas se instalaron cerca de la frontera con la Unión Soviética, otras cerca de la nueva frontera con Hungría. El batallón de Hans quedó instalado en los Cárpatos. El cuartel de la división, que ya no pertenecía al décimo cuerpo, sino a uno nuevo, el 49, que acababa de formarse y que por el momento sólo tenía a su mando una división, se situó en Bucarest, aunque de vez en cuando el general Kruger, nuevo jefe del cuerpo, acompañado por el antiguo coronel Von Berenberg, ahora general Von Berenberg, nuevo jefe de la 79, visitaba a las tropas y se interesaba por su grado de preparación.

Ahora Reiter vivía lejos del mar, entre montañas, y abandonó por el momento cualquier idea de deserción. Durante las primeras semanas de su estancia en Rumanía no vio más que a soldados de su propio batallón. Después vio campesinos, los cuales se movían constantemente, como si tuvieran hormigas en las piernas y en la espalda, que iban de un lado a otro con hatillos en donde guardaban sus pertenencias y que sólo hablaban con sus niños que los seguían como ovejas o como cabritos. Los atardeceres de los Cárpatos eran interminables, pero el cielo daba la impresión de estar demasiado bajo, sólo unos metros por encima de sus cabezas, lo que contribuía a proporcionar una sensación de asfixia en los soldados o de inquietud. La cotidianidad, pese a todo, volvía a ser apacible, imperceptible.

Una noche levantaron a algunos soldados de su batallón antes de que amaneciera y tras montar en dos camiones partieron hacia las montañas.

Los soldados, no bien se instalaron en los bancos de madera de la parte posterior del camión, volvieron a conciliar el sueño. Reiter no pudo. Sentado justo al lado de la salida, apartó la lona que hacía las veces de techo y se dedicó a contemplar el paisaje. Sus ojos de nictálope, permanentemente enrojecidos pese a las gotas que se ponía cada mañana, vislumbraron una serie de pequeños valles oscuros entre dos cadenas montañosas. De tanto en tanto los camiones pasaban junto a pinares enormes, que se acercaban al camino de forma amenazante. A lo lejos, en una montaña más baja, descubrió la silueta de un castillo o de una fortaleza. Al amanecer se dio cuenta de que sólo era un bosque. Vio cerros o formaciones rocosas que parecían barcos a punto de hundirse, con la proa levantada, como un caballo enfurecido y casi vertical. Vio sendas oscuras, entre montañas, que no llevaban a ninguna parte, pero que sobrevolaban a gran altura unos pájaros negros que no podían ser sino aves carroñeras.

A mitad de la mañana llegaron a un castillo. En el castillo sólo encontraron a tres rumanos y a un oficial de las SS que hacía las veces de mayordomo y que los puso a trabajar enseguida, después de darles a desayunar un vaso de leche fría y un mendrugo de pan que algunos soldados dejaron de lado con gestos de asco. Las armas, salvo cuatro de ellos que montaron guardia, uno de los cuales fue Reiter, a quien el oficial de las SS juzgó poco apto para las labores de adecentamiento del castillo, las dejaron en la cocina y se pusieron a barrer, a fregar, a quitar el polvo de las lámparas, a poner sábanas limpias en las habitaciones.

A eso de las tres de la tarde llegaron los invitados. Uno de ellos era el general Von Berenberg, el jefe de la división. Junto a él venía el escritor del Reich Herman Hoensch y dos oficiales del estado mayor de la 79. En el otro coche venía el general rumano Eugenio Entrescu, que entonces tenía treintaicinco años y era la estrella ascendente del ejército de su país, acompañado del joven erudito Pablo Popescu, de veintitrés años, y de la baronesa Von Zumpe, a quien los rumanos acababan de conocer la noche anterior en una recepción en la embajada alemana y que en principio debía haber viajado en el coche del general Von Berenberg, pero que ante las galanterías de Entrescu y el carácter divertido y jocoso de Popescu finalmente había terminado por claudicar ante el ofrecimiento de éstos, que se basaba razonablemente en el mayor espacio de que dispondría la baronesa en el coche rumano, con menos pasajeros que el coche alemán.

La sorpresa de Reiter, cuando vio descender a la baronesa Von Zumpe, fue mayúscula. Pero lo más extraño de todo fue que esta vez la joven baronesa se detuvo delante de él y le preguntó, auténticamente interesada, si la conocía, porque el rostro de él, dijo la baronesa, le resultaba familiar. Reiter (sin abandonar la posición de firmes, manteniendo una expresión estólida y mirando hacia el horizonte en actitud marcial o tal vez mirando hacia ninguna parte) le contestó que por supuesto él la conocía pues había servido en casa de su padre, el barón, desde temprana edad, lo mismo que su madre, la señora Reiter, a quien tal vez la baronesa recordara.

–Es verdad –dijo la baronesa, y se echó a reír–, tú eras el niño larguirucho que andaba por todas partes.

–Ése era yo –dijo Reiter.

–El confidente de mi primo –dijo la baronesa.

–Amigo de su primo –dijo Reiter–, el señor Hugo Halder.

–¿Y qué haces aquí, en el castillo de Drácula? –dijo la baronesa.

–Sirvo al Reich –dijo Reiter, y por primera vez la miró.

Le pareció hermosísima, mucho más que cuando la conoció. A unos pasos de ellos, esperando, estaban el general Entrescu, que no podía dejar de sonreír, y el joven erudito Popescu, que en varias ocasiones había exclamado: fantástico, fantástico, la espada del destino le corta una vez más la cabeza a la hidra del azar.

Los invitados hicieron una comida ligera y luego salieron a explorar los alrededores del castillo. El general Von Berenberg, inicialmente entusiasta de esta exploración, pronto se sintió cansado y se retiró, por lo que el paseo de allí en adelante fue encabezado por el general Entrescu, que marchaba con la baronesa del brazo y con el joven erudito Popescu a la izquierda, quien se ocupaba en desgranar y pesar un cúmulo de informaciones la mayor parte de las veces contradictorias. Junto a Popescu iba el oficial de las SS, y más rezagados el escritor del Reich Hoensch y los dos oficiales de estado mayor. Cerrando la marcha iba Reiter, a quien la baronesa insistió en tener a su lado alegando que antes de servir al Reich había servido a su familia, petición que Von Berenberg concedió de inmediato.

Pronto llegaron a una cripta excavada en la roca. Una puerta de barrotes de hierro, con un escudo de armas roído por el tiempo, impedía la entrada. El oficial de las SS, que parecía comportarse como si fuera el dueño de la propiedad, extrajo una llave de uno de sus bolsillos y franqueó la entrada. Después encendió una linterna y todos procedieron a introducirse en la cripta, menos Reiter, a quien uno de los oficiales le indicó por señas que permaneciera de guardia en la puerta.

Así que Reiter se quedó allí plantado, contemplando la escalinata de piedra que descendía hacia la oscuridad y el jardín yermo por el que habían llegado y las torres del castillo que desde allí se veían y que se asemejaban a dos velas grises en un altar abandonado. Después extrajo un cigarrillo de su guerrera, lo encendió y se puso a mirar el cielo gris, los valles lejanos, y también se puso a pensar en el rostro de la baronesa Von Zumpe mientras la ceniza del cigarrillo caía al suelo y él, reclinado sobre la piedra, poco a poco se iba durmiendo. Entonces soñó con el interior de la cripta. La escalinata bajaba hacia un anfiteatro que la linterna del oficial de las SS iluminaba sólo en parte. Soñó que los visitantes se reían. Todos, menos uno de los oficiales de estado mayor, que buscaba sin dejar de llorar un sitio donde esconderse. Soñó que Hoensch recitaba un poema de Wolfram von Eschenbach y que luego escupía sangre. Soñó que entre todos se disponían a comerse a la baronesa Von Zumpe.

Despertó sobresaltado y a punto estuvo de echar a correr escalinata abajo para comprobar con sus propios ojos que nada de lo soñado era real.

Cuando los visitantes volvieron a la superficie, cualquiera, hasta el observador más torpe, hubiera podido percibir que estaban divididos en dos grupos, los que emergían con el rostro empalidecido, como si hubieran visto algo trascendental allá abajo, y los que aparecían con una semisonrisa dibujada en la cara, como si acabaran de recibir una lección más sobre la ingenuidad de la raza humana.

Esa noche, durante la cena, hablaron de la cripta, pero también hablaron de otras cosas. Hablaron de la muerte. Hoensch dijo que la muerte en sí sólo era un espejismo en constante construcción, pero que en la *realidad* no existía. El oficial de las SS dijo que la muerte era una necesidad: nadie en su sano juicio, dijo, admitiría un mundo lleno de tortugas o lleno de jirafas. La muerte, concluyó, era la reguladora. El joven erudito Popescu dijo que la muerte, según la sabiduría oriental, sólo era un tránsito. Lo que no estaba claro, dijo, o al menos a él no le quedaba claro, era hacia qué *lugar*, hacia qué realidad conducía ese tránsito.

–La pregunta –dijo– es adónde. La respuesta –se respondió a sí mismo– es hacia donde mis méritos me lleven.

El general Entrescu opinó que eso era lo de menos, que lo importante era moverse, la dinámica del movimiento, lo que equiparaba a los hombres y a todos los seres vivos, incluidas las cucarachas, a las grandes estrellas. La baronesa Von Zumpe dijo, y tal vez fue la única que habló con franqueza, que la muerte era un engorro. El general Von Berenberg prefirió no expresar su opinión, lo mismo que los dos oficiales de estado mayor.

Después hablaron del asesinato. El oficial de las SS dijo que la palabra asesinato era una palabra ambigua, equívoca, imprecisa, vaga, indeterminada, que se prestaba a retruécanos. Hoensch estuvo de acuerdo. El general Von Berenberg dijo que él prefería dejar las leyes a los jueces y a los tribunales penales y que si un juez decía que tal acto era un asesinato, pues era un asesinato, y que si el juez y el tribunal dictaminaban que no lo era, pues no lo era y no se hable más del asunto. Los dos oficiales de estado mayor opinaron lo mismo que su jefe.

El general Entrescu confesó que sus héroes infantiles eran siempre asesinos y malhechores, por los que sentía, dijo, un gran respeto. El joven erudito Popescu recordó que un asesino y un héroe se asemejan en la soledad y en la, al menos inicial, incomprensión.

La baronesa Von Zumpe, por su parte, dijo que nunca en su vida, como es natural, había conocido a un asesino, pero sí a un malhechor, si es que se le podía llamar así, un ser aborrecible pero nimbado con un aura misteriosa que lo hacía atractivo a las mujeres, de hecho, dijo, una tía suya, la única hermana de su padre, el barón Von Zumpe, se enamoró de él, algo que casi vuelve loco a su padre, quien desafió a batirse en duelo al conquistador del corazón de su hermana, el cual, para sorpresa de todo el mundo, aceptó el desafío, que tuvo lugar en el bosque del Corazón de Otoño, en las afueras de Postdam, un lugar que ella, la baronesa Von Zumpe, había visitado muchos años después para ver con sus propios ojos el bosque de grandes árboles grises y el claro, un desnivel de terreno de una extensión de cincuenta metros, en donde su padre se había batido con aquel hombre inesperado, quien había llegado allí, a las siete de la mañana, con dos mendigos en lugar de padrinos, dos mendigos, por supuesto, completamente borrachos, mientras los padrinos de su padre eran el barón de X y el conde de Y, en fin, una vergüenza tan grande que el mismo barón de X, rojo de ira, estuvo a punto de matar, con su propia arma, a los padrinos del enamorado de la hermana del barón Von Zumpe, el cual se llamaba Conrad Halder, como sin duda el general Von Berenberg recordará (éste asintió con la cabeza aunque no sabía de lo que estaba hablando la baronesa Von Zumpe), el caso fue muy sonado en aquella época, antes de que yo naciera, por supuesto, de hecho el barón Von Zumpe en aquellos años aún era soltero, en fin, en aquel bosquecillo de nombre tan romántico se realizó el duelo, con armas de fuego, naturalmente, y aunque ignoro qué reglas se utilizaron supongo que ambos apuntaron y dispararon al mismo tiempo: la bala del barón, mi padre, pasó a pocos centímetros del hombro izquierdo de Halder, mientras el disparo de éste, que evidentemente tampoco había dado en el blanco, nadie lo oyó, convencidos como estaban de que mi padre tenía mucho mejor puntería que él y de que si alguien tenía que caer éste era Halder y no mi padre, pero entonces, oh sorpresa, todos, incluido mi padre, vieron que Halder, lejos de bajar el brazo, seguía apuntando y entonces comprendieron que éste no había disparado y que el duelo, por lo tanto, no se había acabado, y aquí ocurrió lo más sorprendente de todo, sobre todo si tenemos en cuenta la fama que arrastraba el pretendiente de la hermana de mi padre, quien, lejos de dispararle a éste, escogió una parte de su anatomía, creo que el brazo izquierdo, y se disparó a sí mismo a quemarropa.

Lo que sucedió a continuación lo desconozco. Supongo que llevaron a Halder a un médico. O tal vez el propio Halder se dirigió por su propio pie, en compañía de sus padrinos-mendigos, a que un médico le curara la herida, mientras mi padre se quedaba inmóvil en el bosque del Corazón del Otoño, hirviendo de rabia o tal vez lívido por lo que acababa de presenciar, mientras sus padrinos acudían a consolarlo y le decían que no se preocupara, que de personajes como aquél se podía uno esperar cualquier ridiculez.

Poco después Halder se fugó con la hermana de mi padre. Durante una época vivieron en París y luego en el sur de Francia, en donde Halder, que era pintor, aunque yo nunca vi un cuadro suyo, solía pasar largas temporadas. Después, según supe, se casaron y pusieron casa en Berlín. La vida no les fue bien y la hermana de mi padre enfermó gravemente. El día de su muerte mi padre recibió un telegrama y aquella noche vio por segunda vez a Halder. Lo encontró borracho y semidesnudo, mientras su hijo, mi primo, que entonces tenía tres años, vagaba por la casa, que al mismo tiempo era el estudio de Halder, desnudo del todo y embadurnado de pintura.

Esa noche hablaron por primera vez y posiblemente llegaron a un acuerdo. Mi padre se hizo cargo de su sobrino y Conrad Halder se marchó de Berlín para siempre. De vez en cuando llegaban noticias de él, todas precedidas por algún pequeño escándalo. Sus cuadros berlineses quedaron en poder de mi padre, quien no tuvo fuerzas para quemarlos. Una vez le pregunté dónde los guardaba. No quiso decírmelo. Le pregunté cómo eran. Mi padre me miró y dijo que sólo eran mujeres muertas. ¿Retratos de mi tía? No, dijo mi padre, otras mujeres, todas muertas.

Nadie en aquella cena, por descontado, había visto nunca un cuadro de Conrad Halder, excepto el oficial de las SS, que definió al pintor como artista degenerado, una desgracia, sin duda, para la familia Von Zumpe. Luego hablaron de arte, de lo heroico en el arte, de naturalezas muertas, de supersticiones y de símbolos.

Hoensch dijo que la cultura era una cadena formada por eslabones de arte heroico y de interpretaciones supersticiosas. El joven erudito Popescu dijo que la cultura era un símbolo y que ese símbolo tenía la imagen de un salvavidas. La baronesa Von Zumpe dijo que la cultura era, básicamente, el placer, lo que proporcionaba y daba placer, y el resto sólo era charlatanería. El oficial de las SS dijo que la cultura era la llamada de la sangre, una llamada que se oía mejor de noche que de día, y además, dijo, era un descodificador del destino. El general Von Berenberg dijo que la cultura, para él, era Bach, y que con eso le bastaba. Uno de sus oficiales de estado mayor dijo que para él era Wagner y que a él también con eso le bastaba. El otro oficial de estado mayor dijo que para él la cultura era Goethe y que a él también, en coincidencia con lo expresado por su general, con eso le bastaba y en ocasiones le sobraba. La vida de un hombre sólo es comparable a la vida de otro hombre. La vida de un hombre, dijo, sólo alcanza para disfrutar a conciencia de la obra de otro hombre.

El general Entrescu, a quien le pareció muy divertido lo que acababa de decir el oficial de estado mayor, dijo que para él, por el contrario, la cultura era la vida, no la vida de un solo hombre ni la obra de un solo hombre, sino la vida en general, cualquier manifestación de ésta, hasta la más vulgar, y luego se puso a hablar de los paisajes de fondo de algunos pintores renacentistas y dijo que esos paisajes podía uno verlos en cualquier lugar de Rumanía, y se puso a hablar de madonnas y dijo que en ese preciso momento él estaba viendo el rostro de una madonna más hermosa que las de cualquier pintor renacentista italiano (la baronesa Von Zumpe se sonrojó), y finalmente se puso a hablar de cubismo y de pintura moderna y dijo que cualquier pared abandonada o cualquier pared bombardeada era más interesante que la más famosa obra cubista, por no hablar del surrealismo, dijo, que cae rendido delante del sueño de cualquier campesino analfabeto de Rumanía. Dicho lo cual se produjo un corto silencio, corto pero expectante, como si el general Entrescu hubiera pronunciado una mala palabra o una palabra malsonante o de pésimo gusto o hubiera insultado a sus invitados alemanes, pues de él (de él y de Popescu) había sido la idea de visitar aquel lóbrego castillo. Un silencio que sin embargo rompió la baronesa Von Zumpe al preguntarle, con un tono de voz cuyo diapasón iba desde lo cándido hasta lo mundano, qué era lo que soñaban los campesinos de Rumanía y cómo sabía él lo que soñaban esos campesinos tan peculiares. A lo que el general Entrescu respondió con una risa franca, una risa abierta y cristalina, una risa que en los círculos elegantes de Bucarest definían, no sin añadirle un matiz ambiguo, como la risa inconfundible de un superhombre, y luego, mirando a la baronesa Von Zumpe a los ojos, dijo que nada de lo que les ocurría a sus hombres (en referencia a sus soldados, la mayoría campesinos) le era extraño.

–Me introduzco en sus sueños –dijo–, me introduzco en sus pensamientos más vergonzosos, estoy en cada temblor, en cada espasmo de sus almas, me meto en sus corazones, escudriño sus ideas más primarias, oteo en sus impulsos irracionales, en sus emociones inexpresables, duermo en sus pulmones durante el verano y en sus músculos durante el invierno, y todo esto lo hago sin el menor esfuerzo, sin pretenderlo, sin pedirlo ni buscarlo, sin coerción ninguna, impelido sólo por la devoción y el amor.

Cuando llegó la hora de dormir o de pasar a otra sala ornada con armaduras y espadas y trofeos de caza, en donde los aguardaban licores y pastelitos y cigarrillos turcos, el general Von Berenberg se excusó y poco después se retiró a su aposento. Uno de sus oficiales, el seguidor de Wagner, lo imitó mientras el otro, el seguidor de Goethe, prefirió dilatar aún más la velada. La baronesa Von Zumpe, por su parte, dijo que no tenía sueño. El escritor Hoensch y el oficial de las SS encabezaron la marcha hacia la sala. El general Entrescu se sentó junto a la baronesa. El intelectual Popescu permaneció de pie, junto a la chimenea, mientras observaba con curiosidad al oficial de las SS.

Dos soldados, uno de ellos era Reiter, hicieron las veces de camareros. El otro era un tipo grueso, de pelo colorado, llamado Kruse, que parecía a punto de dormirse.

Primero alabaron la batería de pastelitos y luego, sin mediar pausa, se pusieron a hablar del conde Drácula, como si hubieran esperado toda la noche ese instante para hacerlo. No tardaron en formarse dos bandos, los que creían en el conde y los que no creían en él. Entre estos últimos estaban el oficial de estado mayor, el general Entrescu y la baronesa Von Zumpe, entre los primeros estaban el intelectual Popescu, el escritor Hoensch y el oficial de las SS, si bien Popescu afirmaba que Drácula, cuyo nombre verdadero era Vlad Tepes, llamado el Empalador, era rumano, y Hoensch y el oficial de las SS afirmaban que Drácula era un noble germánico, que había abandonado Alemania acusado de una traición o de una deslealtad imaginaria, y que se había instalado con algunos de sus fieles en Transilvania mucho tiempo antes de que naciera Vlad Tepes, a quien no negaban una existencia histórica ni un origen transilvano, pero cuyos métodos, delatados en su alias o sobrenombre, poco o nada tenían que ver con los métodos de Drácula, que más que empalador era estrangulador, en ocasiones degollador, y cuya vida en el, llamémosle así, extranjero había sido un constante vértigo, una constante penitencia abismal.

Para Popescu, en cambio, Drácula sólo era un patriota rumano que había opuesto resistencia a los turcos, hecho por el cual todas las naciones europeas, en cierta medida, debían estar agradecidas. La historia es cruel, dijo Popescu, cruel y paradójica: el hombre que frena el impulso conquistador de los turcos se transforma, gracias a un escritor inglés de segunda fila, en un monstruo, en un crápula interesado únicamente por la sangre humana, cuando la verdad es que la única sangre que a Tepes le interesaba derramar era la turca.

Llegado a este punto, Entrescu, quien pese a la bebida que había tomado en abundancia durante la cena y que seguía ingiriendo en abundancia en lo que restaba de sobremesa no parecía borracho –de hecho daba la impresión de ser, junto con el remilgado oficial de las SS, que apenas se mojaba los labios en el alcohol, el más sobrio del grupo–, dijo que no era extraño, si uno contemplaba desapasionadamente los grandes hechos de la historia (incluso los hechos en blanco de la historia, aunque esto último, por supuesto, nadie lo entendió), que un héroe se transformara en un monstruo o en un villano de la peor especie o que accediera, sin pretenderlo, a la invisibilidad, de la misma manera que un villano o un ser anodino o un mediocre de alma buena se convirtiera, con el paso de los siglos, en un faro de sabiduría, un faro magnético capaz de hechizar a millones de seres humanos, sin haber hecho nada que justificara tal adoración, vaya, sin siquiera haberlo pretendido o deseado (aunque todo hombre, incluso los rufianes de la peor especie, en algún segundo de su vida se sueña reinando sobre los hombres y sobre el tiempo). ¿Es que Jesucristo –se preguntó– sospechaba que algún día su iglesia se alzaría hasta en los más ignotos rincones del orbe? ¿Es que Jesucristo –se preguntó– tuvo alguna vez lo que hoy llamamos una idea del mundo? ¿Es que Jesucristo, que aparentemente todo lo sabía, supo que la tierra era redonda y que en el este vivían los chinos (esta última frase la escupió, como si le costara gran esfuerzo pronunciarla) y hacia el oeste los pueblos primitivos de América? Y se respondió a sí mismo que no, aunque, claro, tener una idea del mundo, en cierta manera, es cosa fácil, todo el mundo la tiene, generalmente una idea circunscrita a su aldea, ceñida al terruño, a las cosas tangibles y mediocres que cada uno tiene frente a los ojos, y esa idea del mundo, mezquina, limitada, llena de mugre familiar, suele pervivir y adquirir, con el paso del tiempo, autoridad y elocuencia.

Y entonces, dando un giro inesperado, el general Entrescu se puso a hablar de Flavio Josefo, ese hombre inteligente, cobarde, prudente, adulador, jugador de ventaja, cuya idea del mundo era mucho más compleja y sutil, si uno la observaba con atención, que la idea del mundo de Cristo, pero mucho menos sutil que la idea del mundo de aquellos que, según se dice, le ayudaron a traducir su *Historia* al griego, es decir de los filósofos menores griegos, asalariados por un tiempo del gran asalariado, que dieron forma a sus escritos informes, elegancia a lo vulgar, que convirtieron los balbuceos de pánico y muerte de Flavio Josefo en algo distinguido, gentil y gallardo.

Y después Entrescu se puso a imaginar en voz alta a esos filósofos asalariados, los vio vagabundear por las calles de Roma y por los caminos que conducen al mar, los vio sentados a la orilla de esos caminos, envueltos en sus capas, construyendo mentalmente una idea del mundo, los vio comiendo en tabernas portuarias, locales oscuros y olorosos a mariscos y especias, a vino y a frituras, hasta que por fin se fueron desvaneciendo, de la misma manera que Drácula se desvanecía, con su armadura tinta en sangre y su ropa tinta en sangre, un Drácula estoico, un Drácula que leía a Séneca o que se complacía en oír a los *Minnesänger* alemanes y cuyas hazañas en el este de Europa sólo tenían parangón con las gestas descritas en *La chanson de Roland.* Tanto desde el punto de vista histórico, es decir político, suspiró Entrescu, como desde el punto de vista simbólico, es decir poético.

Y llegado a este punto Entrescu pidió disculpas por haberse dejado llevar por el entusiasmo y se calló, instante que aprovechó Popescu para hablar de un matemático rumano nacido en 1865 y muerto en 1936, que durante los últimos veinte años de su vida se había dedicado a buscar «unos números misteriosos», que están ocultos en alguna parte del vasto paisaje visible para el hombre, pero que no son visibles, y que pueden vivir entre las rocas o entre una habitación y otra e incluso entre un número y otro, como quien dice una matemática alternativa camuflada entre el siete y el ocho a la espera de que un hombre sea capaz de verla y descifrarla. El único problema era que para descifrarla había que verla y que para verla había que descifrarla.

Cuando el matemático, explicó Popescu, hablaba de descifrar, en realidad se refería a comprender, y cuando hablaba de ver, explicó Popescu, en realidad se refería a aplicar, o eso creía él. Igual no, dijo tras titubear. Igual sus discípulos, entre los que me cuento, nos equivocamos al escuchar sus palabras. En cualquier caso el matemático, como por otra parte era inevitable, una noche se trastornó y tuvieron que enviarlo a un manicomio. Popescu y otros dos jóvenes de Bucarest lo visitaron allí. Al principio no los reconoció, pero al cabo de los días, cuando su semblante ya no era de loco furioso sino tan sólo el de un hombre viejo y derrotado, los recordó o fingió recordarlos y les sonrió. Sin embargo, a instancias de la familia, no abandonó el manicomio. Sus continuas recaídas aconsejaron a los médicos, por otra parte, un internamiento sin límite de tiempo. Un día Popescu lo fue a ver. Los médicos le habían proporcionado una libretita en la que el matemático dibujaba los árboles que rodeaban el hospital, retratos de los otros pacientes y esbozos arquitectónicos de las casas que se veían desde el parque. Durante mucho rato estuvieron en silencio, hasta que Popescu se decidió a hablar con franqueza. Abordó, con la típica imprudencia de un joven, la locura o la supuesta locura de su maestro. El matemático se rió. La locura no existe, le dijo. Pero usted está aquí, constató Popescu, y esto es una casa de locos. El matemático no pareció escucharle: la única locura que existe, si es que podemos llamarle así, dijo, es una descompensación química, que se puede curar fácilmente administrando productos químicos.

–Pero usted está aquí, querido profesor, está aquí, está aquí –gritó Popescu.

–Por mi propia seguridad –dijo el matemático.

Popescu no le entendió. Pensó que hablaba con un loco de atar, con un loco sin remedio. Se llevó las manos a la cara y permaneció así un rato indeterminado. En un momento creyó que se estaba durmiendo. Entonces abrió los ojos, se los refregó y vio al matemático sentado delante de él, observándolo, la espalda erguida, las piernas cruzadas. Le preguntó si había ocurrido algo. He visto lo que no debía ver, dijo el matemático. Popescu le pidió que se explicara mejor. Si lo hiciera, respondió el matemático, volvería a enloquecer y posiblemente me moriría. Pero estar aquí, dijo Popescu, para un hombre de su genio, es como estar enterrado en vida. El matemático le sonrió bondadosamente. Se equivoca, le dijo, aquí tengo, precisamente, todo lo que necesito para no morirme: medicamentos, tiempo, enfermeras y médicos, una libreta para poder dibujar, un parque.

Poco después, sin embargo, el matemático murió. Popescu asistió al entierro. Al finalizar éste, se marchó junto con otros discípulos del fallecido a un restaurante, en donde comieron y alargaron la velada hasta el atardecer. Se contaron anécdotas del matemático, se habló de la posteridad, alguien comparó el destino del hombre con el destino de una puta vieja, uno que apenas debía de haber cumplido los dieciocho años y que acababa de volver de un viaje a la India con sus padres recitó un poema.

Dos años después, por pura casualidad, Popescu coincidió en una fiesta con uno de los médicos que trató al matemático durante su internamiento en el manicomio. Se trataba de un tipo joven y sincero, con un corazón rumano, es decir con un corazón sin dobleces de ninguna clase. Además, estaba un poco borracho, lo que hizo más fácil las confidencias.

Según este médico, el matemático, al ser ingresado, presentaba un cuadro agudo de esquizofrenia, que evolucionó favorablemente a los pocos días de tratamiento. Una noche en que estaba de guardia acudió a su habitación para charlar un poco, pues el matemático, incluso con somníferos, apenas dormía y la dirección del hospital le permitía mantener la luz encendida hasta que él lo considerara conveniente. Su primera sorpresa fue al abrir la puerta. No estaba en la cama. Por un segundo pensó en la posibilidad de una fuga pero al cabo de un rato lo encontró acurrucado en un rincón en penumbra. Se agachó junto a él y tras comprobar que se hallaba en perfecto estado físico le preguntó qué ocurría. Entonces el matemático dijo: nada, y lo miró a los ojos, y el médico vio una mirada de miedo absoluto como no había visto jamás en su vida, ni siquiera en su trato diario con tantos y tan variados dementes.

–¿Y cómo es la mirada de miedo absoluto? –le preguntó Popescu.

El médico eructó un par de veces, se revolvió en el sillón y contestó que era una mirada como de piedad, pero piedad vacía, como si a la piedad le quedara, después de un periplo misterioso, tan sólo el pellejo, como si la piedad fuera un pellejo lleno de agua, por ejemplo, en manos de un jinete tártaro que se interna en la estepa al galope y nosotros lo vemos empequeñecerse hasta desaparecer, y luego el jinete regresa, o el fantasma del jinete regresa, o su sombra, o su idea, y trae consigo el pellejo vacío, ya sin agua, pues durante su viaje la ha bebido toda, o él y su caballo la han bebido toda, y el pellejo ahora está vacío, es un pellejo normal, un pellejo vacío, de hecho lo anormal es un pellejo hinchado de agua, pero el pellejo hinchado de agua, el pellejo monstruoso hinchado de agua no concita el miedo, no lo despierta, ni mucho menos lo aísla, en cambio el pellejo vacío sí, y eso es lo que él vio en la cara del matemático, el miedo absoluto.

Pero lo más interesante, le dijo el médico a Popescu, fue que al cabo de un rato el matemático ya se había sobrepuesto y la expresión alienada de su rostro se esfumó sin dejar rastros, y, que él supiera, nunca más retornó. Y ésa era la historia que tenía que contar Popescu, quien, como antes hizo Entrescu, se excusó por haberse excedido y probablemente por haberlos aburrido, lo que los otros se apresuraron a negar, aunque sus voces carecían de convicción. A partir de ese momento la velada comenzó a languidecer y poco tiempo después todos se retiraron a sus habitaciones.

Pero para el soldado Reiter las sorpresas aún no habían acabado. De madrugada sintió que alguien lo removía. Abrió los ojos. Era Kruse. Sin descifrar sus palabras, las palabras que Kruse le susurraba al oído, lo cogió del cuello y apretó. Otra mano se posó en su hombro. Era el soldado Neitzke.

–No le hagas daño, imbécil –dijo Neitzke.

Reiter soltó el cuello de Kruse y escuchó la propuesta. Después se vistió aprisa y los siguió. Salieron del sótano que hacía las veces de barracón y cruzaron un largo pasillo en donde los esperaba el soldado Wilke. Wilke era un tipo pequeño, de no más de un metro cincuentaiocho, de rostro enjuto y mirada inteligente. Al llegar junto a él todos lo saludaron con un apretón de manos, pues Wilke era así, ceremonioso, y sus compañeros sabían que con él había que seguir un protocolo. Luego ascendieron una escalera y abrieron una puerta. La habitación a la que llegaron estaba vacía y hacía frío, como si Drácula se acabara de marchar. Sólo había un viejo espejo que Wilke descolgó de la pared de piedra dejando al descubierto un pasadizo secreto. Neitzke sacó una linterna y se la pasó a Wilke.

Caminaron durante más de diez minutos, subiendo y bajando escaleras de piedra, hasta no tener idea de si estaban en lo más alto del castillo o habían regresado al sótano por una senda alternativa. El pasadizo se bifurcaba cada diez metros y Wilke, que encabezaba la marcha, se perdió varias veces. Mientras caminaban Kruse susurró que en los pasillos había algo extraño. Le preguntaron qué era lo que le parecía extraño y Kruse contestó que no había ratas. Mejor, dijo Wilke, odio las ratas. Reiter y Neitzke estuvieron de acuerdo. Tampoco a mí me gustan las ratas, dijo Kruse, pero en los pasillos de un castillo, sobre todo si el castillo es antiguo, siempre hay ratas, y aquí no nos hemos topado con ninguna. Los otros meditaron en silencio la observación de Kruse y al cabo de un rato dijeron que no carecía de perspicacia. Verdaderamente era extraño no haber visto ni una sola rata. Finalmente se detuvieron y enfocaron con la linterna hacia atrás y hacia adelante, el techo del pasadizo y el suelo que se extendía serpenteando como una sombra. Ni una sola rata. Mejor. Encendieron cuatro cigarrillos y cada uno expresó cómo le haría el amor a la baronesa Von Zumpe. Después siguieron dando vueltas en silencio hasta que empezaron a sudar y Neitzke dijo que el aire estaba viciado.

Ensayaron entonces el camino de vuelta, con Kruse encabezando la marcha, y no tardaron en llegar a la habitación del espejo, en donde Neitzke y Kruse les dijeron adiós. Después de despedirse de sus amigos, se internaron otra vez en el laberinto, pero ahora sin hablar para que el sonido de sus murmullos no los volviera a confundir. Wilke creyó escuchar pasos, pasos que se deslizaban detrás de él. Reiter caminó durante un rato con los ojos cerrados. Cuando más desesperaban encontraron lo que estaban buscando: un pasillo lateral, estrechísimo, que se deslizaba a través de las aparentemente gruesas paredes de piedra, todas huecas, por lo visto, y en donde había aberturas o diminutas troneras que permitían una visión casi perfecta de las habitaciones espiadas.

Vieron así el aposento del oficial de las SS, iluminado por tres velas, y vieron al oficial de las SS levantado, envuelto en una bata, escribiendo algo en una mesa junto a la chimenea. Su expresión era de abandono. Y aunque eso era todo lo que había que ver, Wilke y Reiter se palmearon mutuamente la espalda, pues sólo entonces se dieron cuenta de que iban por el buen camino. Siguieron avanzando.

Por el tacto descubrieron otras aberturas. Habitaciones iluminadas por la luz de la luna o en penumbra, en donde, si pegaban la oreja a la piedra horadada, podían oír los ronquidos o los suspiros de un durmiente. La siguiente habitación iluminada era la del general Von Berenberg. Sólo una vela, colocada en una palmatoria sobre la mesilla de noche, cuya llama se movía como si alguien hubiera dejado abierta la enorme ventana del aposento, creando sombras y fantasmas que al principio camuflaron el lugar donde se hallaba el general, a los pies de la gran cama con dosel, de rodillas, rezando. El rostro de Von Berenberg estaba contraído, advirtió Reiter, como si sobre sus espaldas tuviera que soportar un peso enorme, no la vida de sus soldados, en modo alguno, ni la vida de su familia, ni siquiera su propia vida, sino el peso de su conciencia, algo que Reiter y Wilke percibieron antes de retirarse de aquella abertura, y que a ambos dejó profundamente admirados u horrorizados.

Finalmente, tras cruzar otros puntos de vigilancia sumidos en la oscuridad y el sueño, llegaron a donde en verdad querían llegar, a la habitación iluminada por nueve velas de la baronesa Von Zumpe, una habitación presidida por el retrato de un soldado monje o un guerrero que tenía la actitud reconcentrada y atormentada de un eremita, en cuyo rostro, que colgaba a un metro del lecho, se podían observar todos los sinsabores de la abstinencia y de la penitencia y de la renuncia.

Cubierta por un hombre desnudo con abundancia de vello en la parte superior de la espalda y en las piernas, descubrieron a la baronesa Von Zumpe, cuyos rizos rubios y parte de la frente albísima sobresalían ocasionalmente por debajo del hombro izquierdo de quien la estaba embistiendo. Los gritos de la baronesa al principio alarmaron a Reiter, que tardó en comprender que eran gritos de placer y no de dolor. Cuando el apareamiento terminó el general Entrescu se levantó de la cama y lo vieron caminar hasta una mesa en donde descansaba una botella de vodka. Su pene, del que colgaba una nada despreciable cantidad de secreción seminal, aún estaba erecto o semierecto y debía de medir unos treinta centímetros, reflexionó después Wilke, sin errar en el cálculo hecho a ojo.

Más que un hombre, les contó Wilke a sus compañeros, parecía un caballo. Y era, asimismo, incansable como un equino, pues tras beber un vaso de vodka volvió al lecho en donde la baronesa Von Zumpe dormitaba y, tras cambiarla de posición, empezó a follársela de nuevo, al principio con movimientos imperceptibles, pero después con violencia tal que la baronesa, de espaldas, para no chillar se mordió la palma de la mano hasta hacerse sangre. A esas alturas Wilke se había desabrochado la bragueta y se masturbaba apoyado en el muro. Reiter lo oyó gemir a su lado. Primero pensó que era una rata que agonizaba, casualmente, junto a ellos. Un cachorro de rata. Pero cuando vio el pene de Wilke y la mano de Wilke que se movía para adelante y para atrás sintió asco y le dio un codazo en el pecho. Wilke no le prestó la menor atención y siguió masturbándose. Reiter lo miró a la cara: el perfil de Wilke le pareció curiosísimo. Semejaba el grabado de un obrero o de un artesano, un peatón inocente a quien de pronto deja ciego un rayo de luna. Parecía estar soñando o, mejor dicho, estar rompiendo por un instante los enormes muros negros que separan la vigilia del sueño. Así que lo dejó en paz y al cabo de un rato él también empezó a tocarse, primero con discreción, por encima, después abiertamente, sacándose el pene y acomodándolo al ritmo del general Entrescu y de la baronesa Von Zumpe, que ahora ya no se mordía la mano (una mancha de sangre había crecido en la sábana, junto a sus mejillas sudorosas) sino que lloraba y decía palabras que ni el general ni ellos entendían, palabras que iban más allá de Rumanía, incluso más allá de Alemania y Europa, más allá de una posesión en el campo, más allá de unas amistades borrosas, más allá de lo que ellos, Wilke y Reiter, tal vez no el general Entrescu, entendían por amor, por deseo, por sexualidad.

Después Wilke se corrió sobre el muro y susurró, él también, su oración de soldado, y poco después Reiter se corrió sobre el muro y se mordió los labios sin decir una palabra. Y después Entrescu se levantó, y ellos vieron, o creyeron ver, gotas de sangre en su pene reluciente de semen y flujo vaginal, y después la baronesa Von Zumpe pidió un vaso de vodka, y después vieron a Entrescu y a la baronesa abrazados, de pie, cada uno sosteniendo con aire absorto sus respectivos vasos, y después Entrescu recitó un poema en su lengua, que la baronesa no entendió pero cuya musicalidad alabó, y después Entrescu cerró los ojos y fingió que escuchaba algo, la música de las esferas, y luego abrió los ojos y se sentó junto a la mesa y puso a la baronesa encima de su verga otra vez erecta (la famosa verga de treinta centímetros, orgullo del ejército rumano), y recomenzaron los gritos y los gemidos y los llantos, y mientras la baronesa descendía por la verga de Entrescu o mientras la verga de Entrescu ascendía por el interior de la baronesa Von Zumpe, el general rumano emprendió un nuevo recitado, recitado que acompañaba con el movimiento de ambos brazos (la baronesa agarrada a su cuello), un poema que una vez más ninguno de ellos entendió, a excepción de la palabra Drácula, que se repetía cada cuatro versos, un poema que podía ser marcial o podía ser satírico o podía ser metafísico o podía ser marmóreo o podía ser, incluso, antialemán, pero cuyo ritmo se acomodaba que ni hecho a propósito para tal ocasión, poema que la joven baronesa, sentada a horcajadas sobre las piernas de Entrescu, celebraba cimbrándose hacia atrás y hacia adelante, como una pastorcilla enloquecida en las vastedades de Asia, clavándole las uñas en el cuello a su amante, refregando la sangre que aún manaba de su mano derecha en la cara de su amante, untando de sangre las comisuras de sus labios, sin que por ello Entrescu dejara de recitar ese poema en el que cada cuatro versos resonaba la palabra Drácula, un poema que seguramente era satírico, decidió Reiter (con una alegría infinita) mientras el soldado Wilke volvía a hacerse una paja.

Cuando todo acabó, aunque para el inagotable Entrescu y la inagotable baronesa todo distaba mucho de haber acabado, desanduvieron en silencio los pasadizos secretos, colocaron en silencio el espejo móvil en su lugar, bajaron en silencio hasta el improvisado barracón subterráneo y se acostaron en silencio junto a sus respectivas armas y petates.

A la mañana siguiente el destacamento abandonó el castillo después de que lo hicieran los dos coches con los invitados. Sólo el oficial de las SS permaneció junto a ellos mientras se dedicaban a barrer, a lavar y a ordenarlo todo. Después el mismo oficial, tras encontrar el trabajo a su entera satisfacción, les ordenó partir y el destacamento subió al camión y comenzaron a bajar hacia la planicie. En el castillo sólo quedó el coche, sin chofer, lo que no dejaba de ser curioso, del oficial de las SS. Mientras se alejaban de allí Reiter lo vio: se había subido a una almena y contemplaba la marcha del destacamento, estirando cada vez más el cuello, poniéndose de puntillas, hasta que el castillo, por un lado, y el camión, por el otro, desaparecieron del todo.

Durante su servicio en Rumanía Reiter solicitó y obtuvo dos permisos que utilizó para visitar a sus padres. Allí, en su aldea, pasaba el día recostado en los roqueríos mirando el mar, pero sin ganas de nadar y mucho menos de bucear, o bien daba largos paseos por el campo que invariablemente terminaban en la casa solariega del barón Von Zumpe, vacía y empequeñecida, que ahora vigilaba el antiguo guardabosques, con el cual en ocasiones se detenía a conversar, aunque las conversaciones, si es que se las podía llamar así, eran más bien frustrantes. El guardabosques preguntaba cómo iba la guerra y Reiter se encogía de hombros. Reiter, a su vez, preguntaba por la baronesa (en realidad preguntaba por la baronesita, que era como la conocían los del lugar) y el guardabosques se encogía de hombros. Los encogimientos de hombros podían significar que uno no sabía nada o bien que la realidad era cada vez más vaga, más parecida a un sueño, o bien que todo iba mal y que lo mejor era no preguntar nada y armarse de paciencia.

También pasaba mucho rato con su hermana Lotte, que por entonces tenía más de diez años y que adoraba a su hermano. A Reiter esta devoción le daba risa y al mismo tiempo lo entristecía hasta sumergirlo en pensamientos fatales en los que nada tenía sentido, pero se cuidaba de tomar una determinación pues estaba seguro de que una bala acabaría matándolo. Nadie se suicida en una guerra, pensaba mientras estaba en la cama oyendo roncar a su madre y a su padre. ¿Por qué? Pues por comodidad, por dilatar el momento, porque el ser humano tiende a dejar en manos de otro su responsabilidad. La verdad es que durante una guerra es cuando más se suicida la gente, pero Reiter entonces era muy joven (aunque ya no se podía decir poco instruido) para saberlo. También, en ambos permisos, visitó Berlín (de paso hacia su aldea) y trató vanamente de encontrar a Hugo Halder.

No lo halló. En su anterior piso vivía una familia de funcionarios con cuatro hijas adolescentes. Cuando les preguntó si el anterior inquilino había dejado sus nuevas señas, el padre de familia, miembro del partido, le contestó secamente que no lo sabía, pero antes de que Reiter se marchara, en la escalera, una de las hijas, la mayor, la más guapa, alcanzó a Reiter y le dijo que ella sabía dónde vivía Halder en ese momento. Después siguió bajando la escalera y Reiter la siguió. La muchacha lo arrastró hasta un parque público. Allí, en un rincón a salvo de miradas indiscretas, se volvió, como si lo viera por primera vez, y saltó sobre él estampándole un beso en la boca. Reiter la apartó y le preguntó a santo de qué lo besaba. La muchacha le dijo que se sentía feliz de verlo. Reiter observó sus ojos, de un azul desvaído, como los ojos de una ciega, y se dio cuenta de que estaba hablando con una loca.

Aun así, quiso saber qué información poseía la muchacha sobre Halder. Ésta le dijo que si no la dejaba besarlo no se lo diría. Volvieron a besarse: la lengua de la muchacha al principio estaba muy seca y Reiter la acarició con su lengua hasta humedecerla del todo. ¿Dónde vive ahora Hugo Halder?, le preguntó. La muchacha le sonrió como si Reiter fuera un niño un tanto obtuso. ¿No lo adivinas?, dijo. Reiter movió la cabeza negativamente. La muchacha, que no debía de tener más de dieciséis años, se echó a reír tan fuerte que Reiter pensó que si continuaba riéndose así no tardaría en aparecer la policía, y no se le ocurrió mejor forma de callarla que besándola otra vez en la boca.

–Me llamo Ingeborg –dijo la muchacha cuando Reiter quitó sus labios de los suyos.

–Yo me llamo Hans Reiter –dijo él.

Ella miró entonces el suelo de arena y piedrecillas y empalideció visiblemente, como si estuviera en un tris de desmayarse.

–Mi nombre –repitió– es Ingeborg Bauer, espero que no te olvides de mí.

A partir de ese momento hablaron en susurros cada vez más débiles.

–No lo haré –dijo Reiter.

–Júramelo –dijo la muchacha.

–Te lo juro –dijo Reiter.

–¿Por quién me lo juras, por tu madre, por tu padre, por Dios? –dijo la muchacha.

–Te lo juro por Dios –dijo Reiter.

–Yo no creo en Dios –dijo la muchacha.

–Entonces te lo juro por mi madre y por mi padre –dijo Reiter.

–Esos juramentos no valen –dijo la muchacha–, los padres no valen, uno siempre está tratando de olvidar que tiene padres.

–Yo no –dijo Reiter.

–Tú también –dijo la muchacha–, y yo, y todo el mundo.

–Entonces te lo juro por lo que tú quieras –dijo Reiter.

–¿Me lo juras por tu división? –dijo la muchacha.

–Te lo juro por mi división y por mi regimiento y por mi batallón –dijo Reiter, y después agregó que también se lo juraba por su cuerpo y por su ejército.

–La verdad, no se lo digas a nadie –dijo la muchacha–, es que yo no creo en el ejército.

–¿En qué crees? –dijo Reiter.

–En pocas cosas –dijo la muchacha después de meditar un segundo su respuesta–. A veces incluso me olvido de las cosas en que creo. Son muy pocas, muy pocas, y las cosas en las que no creo son muchas, muchísimas, tantas que consiguen ocultar las cosas en que sí creo. En este momento, por ejemplo, no me acuerdo de ninguna.

–¿Crees en el amor? –dijo Reiter.

–No, francamente no –dijo la muchacha.

–¿Y en la honestidad? –dijo Reiter.

–Uf, menos que en el amor –dijo la muchacha.

–¿Crees en las puestas de sol –dijo Reiter–, en las noches estrelladas, en los amaneceres diáfanos?

–No, no, no –dijo la muchacha con un gesto de evidente asco–, no creo en ninguna cosa ridícula.

–Tienes razón –dijo Reiter–. ¿Y en los libros?

–Menos todavía –dijo la muchacha–, además en mi casa sólo hay libros nazis, política nazi, historia nazi, economía nazi, mitología nazi, poesía nazi, novelas nazis, obras de teatro nazi.

–No tenía idea de que los nazis hubieran escrito tanto –dijo Reiter.

–Tú, por lo que veo, tienes idea de muy pocas cosas, Hans –dijo la muchacha–, salvo de besarme.

–Es verdad –dijo Reiter, que siempre estaba bien dispuesto a admitir su ignorancia.

Para entonces ambos paseaban por el parque tomados de la mano y de vez en cuando Ingeborg se detenía y besaba a Reiter en la boca y quienquiera que los hubiera visto habría pensado que sólo eran un joven soldado y su novia y que no tenían dinero para ir a otro lugar y que estaban muy enamorados y que tenían muchas cosas que contarse. No obstante si ese observador hipotético se hubiera acercado a la pareja y los hubiera mirado a los ojos se habría dado cuenta de que la joven estaba loca y de que el joven soldado lo sabía y sin embargo no le importaba. En realidad, a Reiter, a esas alturas del encuentro, ya no sólo no le importaba que la joven esuviera loca ni mucho menos la dirección de su amigo Hugo Halder, sino enterarse de una vez por todas de cuáles eran las pocas cosas que a Ingeborg le parecían dignas de un juramento. Así que preguntó y preguntó y nombró tentativamente a las hermanas de la muchacha y la ciudad de Berlín y la paz en el mundo y los niños del mundo y los pájaros del mundo y la ópera y los ríos de Europa y las imágenes, ay, de antiguos novios, y su propia vida (la de Ingeborg), y la amistad y el humor y todo cuanto se le ocurrió, recibiendo una respuesta negativa tras otra, hasta que por fin, después de dar vueltas por todos los recovecos del parque, la muchacha recordó dos cosas por las que ella daba por bueno un juramento.

–¿Quieres saber cuáles son?

–¡Naturalmente que quiero saberlo! –dijo Reiter.

–Espero que no te rías cuando te lo diga.

–No me reiré –dijo Reiter.

–¿Te diga lo que te diga no te reirás?

–No me reiré –dijo Reiter.

–La primera son las tormentas –dijo la muchacha.

–¿Las tormentas? –dijo Reiter extrañadísimo.

–Sólo las grandes tormentas, cuando el cielo se vuelve negro y el aire se vuelve gris. Truenos, rayos y relámpagos y campesinos muertos al cruzar un potrero –dijo la muchacha.

–Ya te entiendo –dijo Reiter, que francamente no amaba las tormentas–. ¿Y cuál es la segunda cosa?

–Los aztecas –dijo la muchacha.

–¿Los aztecas? –dijo Reiter, más perplejo que con las tormentas.

–Sí, sí, los aztecas –dijo la muchacha–, los que vivían en México antes de que llegara Cortés, los de las pirámides.

–Así que los aztecas, esos aztecas –dijo Reiter.

–Son los únicos aztecas –dijo la muchacha–, los que vivían en Tenochtitlán y Tlatelolco y hacían sacrificios humanos y habitaban en dos ciudades lacustres.

–Así que vivían en dos ciudades lacustres –dijo Reiter.

–Sí –dijo la muchacha.

Durante un rato pasearon en silencio. Después la muchacha dijo: yo imagino esas ciudades como si fueran Ginebra y Montreaux. Una vez estuve con mi familia de vacaciones en Suiza. Tomamos un barco de Ginebra a Montreaux. El lago Leman es maravilloso en verano, aunque tal vez haya demasiados mosquitos. Pasamos la noche en una posada de Montreaux y al día siguiente volvimos en otro barco a Ginebra. ¿Has estado en el lago Leman?

–No –dijo Reiter.

–Es muy hermoso y no sólo existen esas dos ciudades, hay muchos pueblos a la orilla del lago, como Lausanne, que es más grande que Montreaux, o Vevey, o Evian. En realidad hay más de veinte pueblos, algunos diminutos. ¿Te haces una idea?

–Vagamente –dijo Reiter.

–Mira, éste es el lago –la muchacha con la punta del zapato dibujó el lago en el suelo–, aquí está Ginebra, aquí, en el otro extremo, Montreaux, y el resto son otros pueblos. ¿Te haces una idea, ahora?

–Sí –dijo Reiter.

–Pues así imagino yo –dijo la muchacha mientras borraba con el zapato el mapa– el lago de los aztecas. Sólo que mucho más bonito. Sin mosquitos, con una temperatura agradable todo el año, con multitud de pirámides, tantas y tan grandes que es imposible contarlas, pirámides superpuestas, pirámides que ocultan otras pirámides, todas teñidas de rojo con la sangre de la gente sacrificada cada día. Y luego imagino a los aztecas, pero eso tal vez no te interese –dijo la muchacha.

–Sí, me interesa –dijo Reiter, quien nunca antes había pensado en los aztecas.

–Son gente muy extraña –dijo la muchacha–, si los miras a los ojos, con atención, te das cuenta al cabo de poco tiempo de que están locos. Pero no están encerrados en un manicomio. O tal vez sí. Pero aparentemente no. Los aztecas visten con suma elegancia, son muy cuidadosos al elegir los vestidos que se ponen cada día, uno diría que se pasan horas en el vestidor, eligiendo la ropa más apropiada, y luego se encasquetan unos sombreros emplumados de gran valor, y joyas en los brazos y en los pies, además de collares y anillos, y tanto los hombres como las mujeres se pintan la cara, y luego salen a pasear por las orillas del lago, sin hablar entre ellos, contemplando absortos los botes que navegan y cuyos tripulantes, si no son aztecas, prefieren bajar la mirada y seguir pescando o alejarse rápidamente de allí, pues algunos aztecas tienen caprichos crueles, y después de pasear como filósofos entran en las pirámides, que son todas huecas, con el interior semejante al de las catedrales, y cuya única iluminación es una luz cenital, una luz filtrada por una gran piedra de obsidiana, es decir una luz oscura y brillante. A propósito, ¿has visto alguna vez una piedra de obsidiana? –dijo la muchacha.

–No, nunca –dijo Reiter–, o tal vez sí y no me he dado cuenta.

–Te habrías dado cuenta en el acto –dijo la muchacha–. Una obsidiana es un feldespato negro o de un verde oscurísimo, cosa de por sí curiosa porque los feldespatos suelen ser de color blanco o amarillento. Los feldespatos más importantes son la ortosa, la albita y la labradorita, para que lo sepas. Pero mi feldespato preferido es la obsidiana. Bueno, sigamos con las pirámides. En lo más alto de éstas está la piedra de los sacrificios. ¿Adivinas de qué material está hecha?

–De obsidiana –dijo Reiter.

–Exacto –dijo la muchacha–, una piedra semejante a la mesa de un quirófano, en donde los sacerdotes o médicos aztecas extendían a sus víctimas antes de arrancarles el corazón. Pero, ahora viene lo que de verdad te sorprenderá, estas camas de piedra eran ¡transparentes! Estaban pulidas de tal manera o elegidas de tal manera que eran unas piedras de sacrificio transparentes. Y los aztecas que estaban dentro de la pirámide contemplaban el sacrificio, como si dijéramos, desde el interior, porque, como ya habrás adivinado, la luz cenital que iluminaba las entrañas de las pirámides provenía de una abertura justo por debajo de la piedra de sacrificios. De tal manera que al principio la luz es negra o gris, una luz atenuada que sólo deja ver las siluetas de los aztecas que están, hieráticos, en el interior de las pirámides, pero luego, al extenderse la sangre de la nueva víctima sobre la claraboya de obsidiana transparente, la luz se hace roja y negra, de un rojo muy vivo y de un negro muy vivo, de modo tal que ya no sólo se distinguen las siluetas de los aztecas sino también sus facciones, unas facciones transfiguradas por la luz roja y por la luz negra, como si la luz ejerciera el poder de personalizarlos a cada uno de ellos, y eso, en resumen, es todo, pero *eso* puede durar mucho tiempo, *eso* escapa del tiempo o se instala en otro tiempo, regido por otras leyes. Cuando los aztecas abandonan el interior de las pirámides la luz del sol no les hace daño. Se comportan como si hubiera un eclipse de sol. Y vuelven a sus quehaceres diarios, que consisten básicamente en pasear y bañarse y luego volver a pasear y quedarse mucho tiempo quietos contemplando cosas indiscernibles o estudiando los dibujos que hacen los insectos en la tierra y en comer acompañados de sus amigos, pero todos en silencio, que es casi lo mismo que comer solos, y de vez en cuando en hacer la guerra. Y sobre el cielo siempre hay un eclipse que los acompaña –dijo la muchacha.

–Vaya, vaya, vaya –dijo Reiter, que estaba impresionado con los conocimientos de su nueva amiga.

Durante un rato, sin proponérselo, ambos pasearon en silencio por aquel parque, como si fueran aztecas, hasta que la muchacha le preguntó por quién iba a jurar, si por los aztecas o por las tormentas.

–No lo sé –dijo Reiter, que ya había olvidado a santo de qué tenía que jurar.

–Escoge –dijo la muchacha–, y piénsatelo bien porque es mucho más importante de lo que crees.

–¿Qué es importante? –dijo Reiter.

–Tu juramento –dijo la muchacha.

–¿Y por qué es importante? –dijo Reiter.

–Para ti no lo sé –dijo la muchacha–, pero para mí es importante porque marcará mi destino.

En ese momento Reiter recordó que tenía que jurar que nunca la olvidaría y sintió una enorme pena. Por un momento le costó respirar y luego sintió que las palabras se le atoraban en la garganta. Decidió que juraría por los aztecas, ya que las tormentas no le gustaban.

–Te lo juro por los aztecas –dijo–, nunca te olvidaré.

–Gracias –dijo la muchacha y siguieron paseando.

Al cabo de un rato, aunque ya sin interés, Reiter le preguntó la dirección de Halder.

–Vive en París –dijo la muchacha con un suspiro–, la dirección no la sé.

–Ah –dijo Reiter.

–Es normal que viva en París –dijo la muchacha.

Reiter pensó que tal vez tenía razón y que lo más normal del mundo era que Halder se hubiese mudado a París. Cuando empezó a anochecer Reiter acompañó a la muchacha hasta la puerta de su casa y luego se fue corriendo hacia la estación.

El ataque a la Unión Soviética empezó el día 22 de junio de 1941. La división 79 estaba encuadrada en el 11 Ejército alemán y pocos días después las vanguardias de la división cruzaron el río Prut y entraron en combate, hombro con hombro, con los cuerpos de ejército rumanos, que se mostraron mucho más animosos de lo que los alemanes esperaban. El avance, sin embargo, no fue tan rápido como el que experimentaron las unidades del Grupo de Ejército Sur, compuesto por el 6 Ejército, el 17 Ejército y el entonces así llamado 1.º Grupo pánzer, que con el correr de la guerra cambiaría su denominación, junto con el 2.º Grupo pánzer y el 3.º Grupo pánzer y el 4.º Grupo pánzer, por la más intimidante de Ejército pánzer. Los medios materiales y humanos del 11 Ejército eran, como cabe deducir, infinitamente menores, sin contar con la orografía de la región y la escasez de carreteras. El ataque, además, no contó con el factor sorpresa que había favorecido al Grupo de Ejército Sur, Centro y Norte. Pero la división de Reiter dio de sí lo que de ella esperaban sus mandos y cruzaron el Prut y combatieron y luego siguieron combatiendo por las llanuras y las colinas de Besarabia y luego cruzaron el Dniester y llegaron a los arrabales de Odessa y luego avanzaron, mientras los rumanos se detenían, y combatieron con tropas rusas en retirada y luego cruzaron el río Bug y siguieron avanzando, dejando tras de sí una estela de aldeas ucranianas incendiadas y graneros incendiados y bosques que de pronto echaban a arder, como por efecto de una combustión misteriosa, bosques que parecían islas oscuras en medio de interminables campos de trigo.

¿Quién prende fuego a esos bosques?, le preguntaba a veces Reiter a Wilke y Wilke se encogía de hombros y lo mismo hacían Neitzke y Kruse y el sargento Lemke, agotados de tanto caminar, pues la división 79 era una división hipomóvil, es decir una división que se movía por tracción animal, y allí los únicos animales eran las mulas y los soldados, y las mulas servían para arrastrar el material pesado y los soldados servían para caminar y combatir, como si la guerra relámpago jamás hubiera asomado su ojo blanco en el organigrama de la división, como en los tiempos napoleónicos, decía Wilke, marchas y contramarchas y marchas forzadas, más bien siempre marchas forzadas, decía Wilke, y luego decía, sin levantarse del suelo, como el resto de sus compañeros, no sé quién demonios incendia los bosques, nosotros seguro que no hemos sido, ¿verdad, muchachos?, y Neitzke decía no, nosotros no, y Kruse y Barz decían lo mismo, y hasta el sargento Lemke decía que no, nosotros hemos quemado esa aldea de allá o hemos bombardeado esa aldea de la izquierda o de la derecha, pero el bosque no, y sus hombres asentían y nadie decía una palabra más, sólo se quedaban mirando el fuego del bosque, cómo el fuego iba convirtiendo la isla oscura en isla roja anaranjada, tal vez ha sido el batallón del capitán Ladenthin, decía uno, ellos venían por allí, han debido encontrar resistencia en el bosque, tal vez ha sido la compañía de zapadores, decía otro, pero la verdad es que no habían visto nada, ni soldados alemanes en los alrededores ni soldados soviéticos resistiendo en ese sector, sólo el bosque negro en medio de un mar amarillo y bajo un cielo celeste brillante, y de pronto, sin previo aviso, como si estuvieran en un gran teatro de trigo y el bosque fuera el escenario y el proscenio de ese teatro circular, el fuego que lo devoraba todo y que era hermoso.

Después de cruzar el Bug la división cruzó el Dniéper y penetró en la península de Crimea. Reiter combatió en Perekop y en varias aldeas cercanas a Perekop cuyo nombre nunca supo pero por cuyas calles de tierra anduvo, apartando cadáveres, ordenando a los viejos, a las mujeres y a los niños que entraran en sus casas y no salieran. A veces se sentía mareado. A veces notaba que al levantarse bruscamente la visión se le nublaba, se le volvía negra, llena de puntitos granulados semejantes a una lluvia de meteoritos. Pero los meteoritos se movían de una manera muy extraña. O no se movían. Eran meteoritos inmóviles. A veces se lanzaba, junto con sus compañeros, a la conquista de una posición enemiga sin tomar la más mínima precaución, lo que le acarreó fama de temerario y valiente, aunque él sólo buscaba una bala que pusiera paz en su corazón. Una noche, sin proponérselo, habló del suicidio con Wilke.

–Los cristianos nos masturbamos pero no nos suicidamos –le dijo Wilke y Reiter, antes de dormirse, se quedó pensando en sus palabras, pues sospechaba que tras la broma de Wilke tal vez se escondía una verdad.

Sin embargo no por ello cambió de parecer. Durante la batalla por la toma de Chornomorske, en donde tuvo un papel destacado el regimiento 310 y en especial el batallón de Reiter, éste expuso su vida al menos en tres ocasiones, la primera al asaltar una casamata hecha con ladrillos en las afueras de Kirovske, en el empalme entre Chernishove, Kirovske y Chornomorske, una casamata que no hubiera resistido ni una sola andanada de artillería, una casamata que a Reiter lo emocionó nada más verla porque revelaba pobreza e inocencia, como si hubiera sido construida por niños y estuviera defendida por otros niños. La compañía carecía de munición de morteros y decidieron tomarla al asalto. Pidieron voluntarios. Reiter fue el primero en dar un paso al frente. Se le unió casi enseguida el soldado Voss, que también era un valiente o un suicida en potencia, y otros tres soldados más. El asalto fue rápido: Reiter y Voss avanzaron por el flanco izquierdo de la casamata, los otros tres por el derecho. Cuando estaban a veinte metros unos disparos de fusilería salieron del interior de la casamata. Los tres que iban por el flanco derecho se echaron a tierra. Voss dudó. Reiter siguió corriendo. Oyó el zumbido de una bala que le pasó a pocos centímetros de la cabeza pero no se agachó. Por el contrario, su cuerpo pareció empinarse en un vano afán de ver los rostros de los adolescentes que iban a acabar con su vida, pero no pudo ver nada. Otra bala le rozó el brazo derecho. Sintió que alguien lo empujaba por la espalda y lo derribaba. Era Voss, que aunque temerario aún conservaba algo de sentido común.

Durante un rato vio cómo su compañero, tras haberlo arrojado al suelo, se ponía a reptar en dirección a la casamata. Vio piedras, yerbajos, flores silvestres y las suelas herradas de Voss que lo dejaba atrás, levantando una diminuta nube de polvo, diminuta para él, se dijo, pero no para las caravanas de hormigas que cruzaban la tierra de norte a sur mientras Voss reptaba de este a oeste. Luego se levantó y se puso a disparar hacia la casamata, por encima del cuerpo de Voss, y volvió a oír las balas que silbaban cerca de su cuerpo, mientras él disparaba y caminaba, como si estuviera paseando y tomando fotos, hasta que la casamata explotó alcanzada por una granada y luego por otra y otra, arrojadas por los soldados del flanco derecho.

La segunda ocasión en la que estuvo a punto de morir fue en la toma de Chornomorske. Los dos principales regimientos de la división 79 comenzaron el ataque después de que toda la artillería divisionaria se concentrara en el sector de los muelles, una zona desde la que partía la carretera que unía Chornomorske con Evpatoria, Frunze, Inkerman y Sebastopol, y que carecía de accidentes geográficos de consideración. El primer ataque fue rechazado. El batallón de Reiter, que se mantenía en la reserva, salió con la segunda oleada. Los soldados echaron a correr por encima de las alambradas mientras la artillería corregía el tiro y machacaba los nidos de ametralladora soviéticos que habían sido localizados. Mientras corría, Reiter empezó a sudar como si de pronto, en una fracción de segundo, hubiera enfermado. Pensó que esta vez sí que moriría y la cercanía del mar contribuyó a reafirmar esta idea. Primero atravesaron un descampado y luego salieron por un huerto, con una casita desde una de cuyas ventanas, una ventana diminuta, asimétrica, los miró un viejo de barba blanca. A Reiter le pareció que el viejo estaba comiendo algo porque movía los carrillos.

Al otro lado del huerto había un camino de tierra y poco más allá vieron a cinco soldados soviéticos arrastrando con dificultad un cañón. Los mataron a los cinco y siguieron corriendo. Unos continuaron por el camino y otros se metieron en un bosquecillo de pinos.

En el bosque Reiter vio una figura entre la hojarasca y se detuvo. Era la estatua de una diosa griega o eso creyó. Tenía el pelo recogido y era alta y la expresión era impasible. Bañado en transpiración Reiter se puso a temblar y alargó el brazo. El mármol o la piedra, fue incapaz de precisarlo, estaba frío. La ubicación de la estatua no carecía de cierto sinsentido, pues aquel lugar oculto por las ramas de los árboles no era el sitio más idóneo para colocar una escultura. Durante un instante, breve y doloroso, Reiter pensó que debía preguntarle algo a la estatua, pero no se le ocurrió ninguna pregunta y su rostro se deformó en una mueca de sufrimiento. Luego echó a correr.

El bosque terminaba en una quebrada desde la que se veía el mar y el puerto y una especie de paseo marítimo bordeado de árboles y bancos para sentarse y casas blancas y edificios de tres pisos que parecían hoteles o clínicas de salud. Los árboles eran grandes y oscuros. Entre las colinas se distinguía alguna casa en llamas y en el puerto, empequeñecidas, un grupo de personas se agolpaban para subir a un barco. El cielo era muy azul y el mar parecía calmo, sin una ola. Por la izquierda, siguiendo un camino que descendía zigzagueante, aparecieron los primeros hombres de su regimiento mientras unos pocos rusos huían y otros levantaban los brazos y salían de unos almacenes de pescado cuyas paredes estaban ennegrecidas. Los hombres que iban con Reiter bajaron por la colina en dirección a una plaza alrededor de la cual se levantaban dos edificios nuevos, de cinco pisos, pintados de blanco. Al llegar a la plaza, desde varias ventanas, les dispararon. Los soldados se pusieron a cubierto detrás de los árboles, menos Reiter, que siguió caminando como si no hubiera oído nada hasta alcanzar la puerta de uno de los edificios. Una de las paredes estaba decorada con un mural en el que se veía a un viejo marinero leyendo una carta. Algunas líneas de ésta eran perfectamente visibles para el espectador, pero estaban escritas en alfabeto cirílico y Reiter no entendió nada. Las baldosas del suelo eran grandes y de color verde. No había ascensor por lo que Reiter empezó a subir por las escaleras. Al llegar al primer rellano le dispararon. Vio una sombra que se asomaba y luego sintió un aguijón en el brazo derecho. Siguió subiendo. Le volvieron a disparar. Se quedó quieto. La herida casi no sangraba y el dolor era perfectamente soportable. Tal vez ya esté muerto, pensó. Luego pensó que no lo estaba y que no debía desmayarse, no hasta recibir un balazo en la cabeza. Se dirigió a uno de los pisos y abrió la puerta de una patada. Vio una mesa, cuatro sillas, un aparador de cristal lleno de platos y con algunos libros encima. En la habitación encontró a una mujer y a dos niños de corta edad. La mujer era muy joven y lo miró aterrorizada. No te haré nada, le dijo, y trató de sonreír mientras retrocedía. Luego entró en otro piso y dos milicianos con el pelo cortado al rape levantaron las manos y se rindieron. Reiter ni siquiera los miró. De los otros pisos fue saliendo gente con traza de hambrientos o de reclusos de reformatorio. En una habitación, junto a una ventana abierta, encontró dos viejos fusiles que arrojó hacia la calle al tiempo que hacía señas a sus compañeros para que dejaran de disparar.

La tercera ocasión en que estuvo a punto de morir fue semanas después, durante el ataque a Sebastopol. El avance esta vez fue contenido. Cada vez que las tropas alemanas intentaban tomar una línea de defensa la artillería de la ciudad descargaba sobre ellos una lluvia de proyectiles. En las inmediaciones de la ciudad, junto a las trincheras rusas, se hacinaban los cuerpos destrozados de los soldados alemanes y rumanos. En más de una ocasión la lucha fue cuerpo a cuerpo. Los batallones de asalto llegaban a una trinchera en donde encontraban a marineros rusos y combatían durante cinco minutos, al cabo de los cuales uno de los dos bandos retrocedía. Pero luego volvían a aparecer más marineros rusos gritando hurra y la pelea recomenzaba. Para Reiter la presencia de los marineros en aquellas trincheras polvorientas estaba cargada de presagios funestos y liberadores. Uno de ellos, seguramente, lo mataría y entonces él volvería a sumergirse en las profundidades del Báltico o del Atlántico o del Mar Negro, pues todos los mares, finalmente, eran un único mar y en el fondo del mar lo aguardaba un bosque de algas. O simplemente desaparecería, sin más.

Según Wilke aquello era cosa de locos, ¿de dónde salían los marineros rusos?, ¿qué hacían los marineros rusos allí, a varios kilómetros de su elemento natural, el mar y los barcos? A menos que los Stukas hubieran hundido todos los barcos de la flota rusa, fantaseaba Wilke, y que el Mar Negro se hubiera secado, cosa que él, evidentemente, no creía. Pero esto sólo se lo decía a Reiter, pues los demás aceptaban todo lo que veían o les sucedía como algo normal. En uno de los ataques murió Neitzke y varios más de su compañía. Una noche, en las trincheras, Reiter se irguió en toda su estatura y se puso a contemplar las estrellas pero su atención, inevitablemente, se vio desviada hacia Sebastopol. La ciudad, a lo lejos, era una mole negra con bocas rojas que se abrían y se cerraban. Los soldados la llamaban la trituradora de huesos, pero esa noche a Reiter no le pareció una máquina sino la reencarnación de un ser mitológico, un animal vivo a quien le costaba respirar. El sargento Lemke le ordenó que se agachara. Reiter lo contempló desde lo alto, se sacó el casco, se rascó la cabeza y antes de que pudiera ponerse de nuevo el casco una bala lo tumbó. Mientras caía sintió cómo otra bala penetraba en su tórax. Miró al sargento Lemke con ojos apagados: le pareció similar a una hormiga que paulatinamente se iba haciendo más y más grande. A unos quinientos metros de allí cayeron varios proyectiles de artillería.

Dos semanas después recibió la cruz de hierro. Un coronel se la entregó en el hospital de campaña de Novoselivske, le dio la mano, le dijo que había estupendos informes sobre su actuación en Chornomorske y Mykolaivka y luego se marchó. Reiter no podía hablar pues una bala le había atravesado la garganta. La herida en el tórax ya no revestía gravedad y poco después fue trasladado de la península de Crimea hacia Krivoi Rog, en Ucrania, en donde había un hospital más grande y en donde volvieron a operarlo de la garganta. Tras la operación volvió a comer con normalidad, a mover el cuello como antes, pero siguió sin poder hablar.

Los médicos que lo trataban no sabían si darle un permiso para que volviera a Alemania o si reenviarlo hacia su división, que por entonces seguía sitiando Sebastopol y Kerch. La llegada del invierno y el contraataque soviético que consiguió desmoronar en parte las líneas alemanas pospuso la decisión y finalmente Reiter ni fue enviado a Alemania ni se reincorporó a su unidad.

Pero como tampoco podía permanecer en el hospital fue enviado, con otros tres heridos de la división 79, a la aldea de Kostekino, a orillas del Dniéper, que algunos llamaban por el nombre de Granja Modelo Budienny y otros por el nombre de Arroyo Dulce, debido a un arroyo, afluente del Dniéper, cuyas aguas eran de una dulzura y pureza inusuales en la comarca. Kostekino, por lo demás, no llegaba ni siquiera a ser una aldea. Unas cuantas casas desperdigadas bajo las colinas, cercas de madera que se caían de viejas, dos graneros podridos, una carretera de tierra que en invierno se volvía intransitable por la nieve y el barro que comunicaba la aldea con un pueblo por donde pasaba el tren. En las afueras había un *sovjoz* abandonado que cinco alemanes intentaban volver a poner en marcha. La mayor parte de las casas estaban abandonadas, según algunos porque los aldeanos habían huido ante la irrupción del ejército alemán, según otros porque el ejército rojo los había enrolado a la fuerza.

Los primeros días Reiter durmió en lo que debía de haber sido una oficina agrónoma o tal vez la sede del Partido Comunista, el único edificio de ladrillos y cemento del pueblo, pero la convivencia con los pocos alemanes que vivían en Kostekino, los técnicos y los convalecientes, no tardó en resultarle intolerable. Así que decidió instalarse en una de las muchas isbas vacías. Todas parecían, a primera vista, iguales. Una noche, mientras tomaba café en la casa de ladrillos, Reiter escuchó una versión distinta: los aldeanos ni habían sido enrolados a la fuerza ni habían huido. El despoblamiento era consecuencia directa del paso por Kostekino de un destacamento del Einsatzgruppe C, los cuales procedieron a eliminar físicamente a todos los judíos de la aldea. Como no podía hablar no hizo ninguna pregunta, pero al día siguiente se dedicó a estudiar con mayor atención todas las casas.

En ninguna de ellas encontró rastro alguno que indicara el origen o la religión de sus antiguos moradores. Finalmente se instaló en una que estaba cerca del Arroyo Dulce. La primera noche que pasó allí tuvo pesadillas que lo despertaron varias veces. Era incapaz, sin embargo, de recordar con qué estaba soñando. La cama en la que dormía era una cama estrecha y muy mullida, junto a la chimenea, en el primer piso de la casa. El segundo piso era una especie de buhardilla en donde había otra cama y una ventana redonda y mínima, como el ojo de buey de un barco. En un arcón encontró varios libros, la mayoría en ruso, pero algunos, para su sorpresa, en alemán. Como sabía que muchos de los judíos del este conocían la lengua alemana supuso que la casa, en efecto, había pertenecido a un judío. A veces, en medio de la noche, tras despertar gritando de una pesadilla y encender la vela que siempre dejaba a un lado de la cama, se quedaba quieto durante mucho rato, sentado con las piernas fuera de las mantas, contemplando los objetos que danzaban con la luz de la vela, sintiendo que nada tenía remedio, mientras el frío lo iba helando paulatinamente. A veces, por la mañana, al despertar, volvía a quedarse quieto mirando el techo de barro y paja y pensaba que aquella casa tenía un no sé qué de femenino.

Cerca de allí vivían unos ucranianos que no eran de Kostekino y que habían llegado hacía poco para trabajar en el antiguo *sovjoz*. Cuando salía de casa los ucranianos lo saludaban quitándose los gorros e inclinándose levemente. Reiter, los primeros días, ni siquiera contestaba a los saludos. Pero después, tímidamente, levantaba la mano y los saludaba como si les dijera adiós. Cada mañana iba al Arroyo Dulce. Con el cuchillo hacía un agujero y luego metía un cazo y sacaba algo de agua que bebía allí mismo sin importarle lo fría que estuviera.

Con la llegada del invierno todos los alemanes se recluyeron en el edificio de ladrillo y a veces celebraban fiestas que duraban hasta el amanecer. Nadie se acordaba de ellos, como si el colapso del frente los hubiera hecho desaparecer. A veces, los soldados salían en busca de mujeres. Otras veces hacían el amor entre ellos y nadie decía nada. Esto es el paraíso congelado, le dijo a Reiter uno de sus antiguos compañeros de la 79. Reiter lo miró como si no entendiera nada y el compañero le palmeó la espalda y dijo pobre Reiter, pobre Reiter.

En cierta ocasión, después de mucho sin hacerlo, Reiter se miró en un espejo encontrado en un rincón de su isba y le costó reconocerse. Tenía una barba rubia y enmarañada, el pelo largo y sucio, los ojos secos y vacíos. Mierda, pensó. Luego se quitó la venda de la garganta: la herida cicatrizaba aparentemente sin mayores problemas, pero la venda estaba sucia y las costras de sangre le daban un tacto acartonado, por lo que decidió arrojarla a la chimenea. Después se puso a buscar por toda la casa algo que le sirviera para reemplazar la venda y así encontró los papeles de Borís Abramovich Ansky y el escondite detrás de la chimenea.

El escondite era extremadamente simple pero también extremadamente ingenioso. La chimenea, que también servía de cocina, tenía la boca lo suficientemente ancha y el tiro lo suficientemente alargado como para que una persona, agachada, pudiera introducirse en ella. Si la anchura era perceptible a simple vista, la profundidad de la chimenea, vista desde fuera, resultaba indescifrable, pues las paredes tiznadas ejercían aquí la función del más sutil camuflaje. El ojo no podía apreciar la hendidura que se formaba al final de la bocana, hendidura escasa pero suficiente para que una persona, sentada y con las rodillas bien levantadas, permaneciera allí protegida por la oscuridad. Aunque para que el escondite funcionara a la perfección, meditó Reiter en la soledad de su isba, era necesario que hubiera dos personas: el que se escondía y alguien que se quedaba afuera y ponía una olla con sopa a calentar y luego encendía el fuego de la chimenea y lo atizaba una y otra vez.

Durante muchos días este problema ocupó su mente, pues creía que su resolución lo llevaría a conocer mejor la vida o la forma de pensar o el grado de desesperación que alguna vez aquejó a Borís Ansky o a alguien a quien Borís Ansky conocía muy bien. En varias ocasiones intentó encender el fuego desde dentro. Sólo una vez lo logró. Colgar una olla de agua o poner el samovar junto a los tizones resultaba una tarea imposible, por lo que finalmente decidió que quien había construido el escondrijo lo hizo pensando en que alguien, algún día, se escondería y otra persona lo ayudaría a esconderse. El que se salva, pensó Reiter, y el que lo salva. El que vivirá y el que morirá. El que huirá cuando caiga la noche y el que se quedará y se convertirá en víctima. A veces, por las tardes, se metía dentro del escondite, armado sólo con los papeles de Borís Ansky y una vela, y se estaba allí hasta bien avanzada la noche, hasta que se le acalambraban los músculos y se le helaba el cuerpo, leyendo, leyendo.

Borís Abramovich Ansky había nacido en el año 1909, en Kostekino, en aquella misma casa que ahora ocupaba el soldado Reiter. Sus padres eran judíos, como casi todos los habitantes de la aldea, y se ganaban la vida con el comercio de blusas, que el padre compraba al por mayor en Dnepropetrovsk y en ocasiones en Odessa y luego revendía por todas las aldeas de la comarca. La madre criaba gallinas y vendía huevos y no necesitaban comprar verduras pues poseían un huerto pequeño pero muy bien aprovechado. Sólo tuvieron un hijo, Borís, ya a avanzada edad, como el Abraham y la Sara bíblicos, algo que los llenó de alegría.

En ocasiones, cuando Abraham Ansky se reunía con sus amigos, solía bromear al respecto y decía, hablando de lo consentido que era su hijo, que a veces pensaba que hubiera debido sacrificarlo cuando aún era pequeño. Los ortodoxos de la aldea se escandalizaban o hacían como que se escandalizaban y los demás se reían abiertamente cuando Abraham Ansky concluía: ¡pero en vez de sacrificarlo a él sacrifiqué una gallina! ¡Una gallina!, ¡una gallina!, ¡no un cordero ni a mi primogénito sino una gallina!, ¡la gallina de los huevos de oro!

A los catorce años Borís Ansky se alistó en el ejército rojo. La despedida de sus padres fue conmovedora. Primero se puso a llorar desconsoladamente el padre, luego la madre y finalmente Borís se lanzó a sus brazos y también se puso a llorar. El viaje hasta Moscú fue inolvidable. En el camino vio rostros increíbles, oyó conversaciones o monólogos increíbles, leyó en las paredes proclamas increíbles que anunciaban el principio del paraíso, y todo lo que encontró, ya fuera caminando o en tren, lo afectó vivamente pues aquélla era la primera vez que salía de su aldea, si se exceptúan dos viajes en los que acompañó a su padre vendiendo blusas por la comarca. En Moscú se dirigió a una oficina de reclutamiento y al alistarse para combatir a Wrangel le dijeron que Wrangel ya había sido derrotado. Entonces Ansky dijo que quería alistarse para combatir a los polacos y le dijeron que los polacos ya habían sido derrotados. Entonces Ansky gritó que quería alistarse para combatir a Krasnov o a Denikin y le dijeron que Denikin y Krasnov ya habían sido derrotados. Entonces Ansky dijo que, bueno, él se quería alistar para combatir a los cosacos blancos o a los checos o a Koltschak o a Yudenitsch o a las tropas aliadas y le dijeron que todos ellos ya habían sido derrotados. Las noticias llegan tarde a tu pueblo, le dijeron. Y también le dijeron: ¿de dónde eres, muchacho? Y Ansky dijo de Kostekino, junto al Dniéper. Y entonces un soldado viejo que fumaba en pipa le preguntó su nombre y luego le preguntó si era judío. Y Ansky dijo que sí, que era judío, y miró al viejo soldado a los ojos y sólo entonces se dio cuenta de que era tuerto y además le faltaba un brazo.

–Tuve un camarada judío, en la campaña contra los polacos –dijo el viejo echando una bocanada de humo por la boca.

–Cómo se llama –preguntó Ansky–, tal vez lo conozca.

–¿Es que conoces a todos los judíos del país de los sóviets, muchacho? –le preguntó el soldado tuerto y manco.

–No, claro que no –dijo Ansky poniéndose colorado.

–Se llamaba Dimitri Verbitsky –dijo el tuerto desde su rincón– y murió a cien kilómetros de Varsovia.

Luego el tuerto se removió, se tapó con una manta hasta el cogote y dijo: nuestro comandante se llamaba Korolenko y también murió aquel mismo día. Entonces, a una velocidad supersónica, Ansky imaginó a Verbitsky y a Korolenko, vio a Korolenko burlándose de Verbitsky, escuchó las palabras que Korolenko decía a espaldas de Verbitsky, entró en los pensamientos nocturnos de Verbitsky, en los deseos de Korolenko, en las vagas y cambiantes esperanzas de ambos, en sus convicciones y en sus cabalgatas, en los bosques que dejaban atrás y en las tierras inundadas que cruzaban, en los ruidos de las noches al raso y en las conversaciones ininteligibles de los soldados por las mañanas, antes de volver a montar. Vio aldeas y tierras de labranza, vio iglesias y humaredas inciertas que se levantaban en el horizonte, hasta llegar al día en que ambos murieron, Verbitsky y Korolenko, un día perfectamente gris, totalmente gris, absolutamente gris, como si una nube de mil kilómetros de largo hubiera pasado por aquellas tierras, sin detenerse, interminable.

En ese momento, que no alcanzó a durar ni un segundo,

Ansky decidió que no quería ser soldado, pero también en ese momento el suboficial de la oficina del ejército le extendió un papel y le dijo que firmara. Ya era un soldado.

Los siguientes tres años se los pasó viajando. Estuvo en Siberia y en las minas de plomo de Norilsk y recorrió la cuenca del Tunguska escoltando a técnicos de Omsk que buscaban yacimientos de carbón y estuvo en Yakutsk y ascendió por el Lena hasta el océano Glacial Ártico, más allá del círculo polar, y acompañó a un grupo de ingenieros y a un médico neurólogo hasta las islas de Nueva Siberia en donde dos de los ingenieros se volvieron locos, uno de ellos en la variante de loco pacífico, pero el otro en la variante de loco peligroso, a quien tuvieron que liquidar allí mismo por indicación del neurólogo, que explicó que esa clase de locos no tenía remedio, menos aún en medio de la blancura de aquel paisaje que enceguecía o disturbaba la mente, y luego estuvo en el mar de Ojotsk con un destacamento de intendencia que llevaba suministros a un destacamento de exploradores perdidos, pero el destacamento de intendencia, al cabo de pocos días, también se perdió y terminaron comiéndose ellos las provisiones de los exploradores y luego estuvo en un hospital de Vladivostok y luego en Amur y luego conoció las riberas del lago Baikal, adonde llegaban miles de pájaros, y la ciudad de Irkutsk y finalmente estuvo persiguiendo bandidos en Kazajastán, antes de volver a Moscú y dedicarse a otros asuntos.

Y estos asuntos fueron la lectura y la visita a museos, la lectura y los paseos por el parque, la lectura y la asistencia casi maniática a toda clase de conciertos, veladas teatrales, conferencias literarias y políticas, de las que extrajo muchas y muy buenas enseñanzas, y que supo aplicar al bagaje de cosas vividas que tenía acumuladas. Y también por aquel tiempo conoció a Efraim Ivánov, el escritor de ciencia ficción, lo conoció en un café de literatos, el mejor café de literatos de Moscú, en realidad en la terraza del café, en donde Ivánov bebía vodka en una mesa apartada, bajo las ramas de un roble enorme que llegaba hasta el tercer piso de la casa, y se hicieron amigos, en parte porque a Ivánov le interesaron las ideas peregrinas de Ansky y en parte porque éste demostraba, al menos en aquel tiempo, una admiración sin reservas ni resquicios por la obra del escritor científico, como gustaba llamarse Ivánov en lugar de escritor fantástico, que era la denominación oficial y popular para clasificar el tipo de obras que hacía. Por esos años Ansky pensaba que la revolución no tardaría en extenderse por todo el mundo, pues sólo un imbécil o un nihilista no podía ver en ella o intuir en ella el potencial de progreso y felicidad que traía. La revolución, pensaba Ansky, terminará aboliendo la muerte.

Cuando Ivánov le decía que eso era imposible, que la muerte estaba junto al hombre desde tiempos inmemoriales, contestaba que de eso precisamente se trataba, justo de eso, incluso *exclusivamente* de eso, abolir la muerte, abolirla para siempre, sumergirnos todos en lo desconocido hasta encontrar otra cosa. La abolición, la abolición, la abolición.

Ivánov era miembro del partido desde 1902. En aquella época había intentado escribir cuentos a la manera de Tolstói, Chéjov, Gorki, es decir había intentado plagiarlos sin demasiado éxito, por lo que, tras una larga reflexión (toda una noche de verano), decidió astutamente escribir a la manera de Odoevski y Lazhéchnikov. Cincuenta por ciento de Odoevski y cincuenta por ciento de Lazhéchnikov. No le fue mal, en parte porque los lectores habían olvidado, con esa falta de memoria característica de los lectores, al pobre Odoevski (nacido en 1803 y muerto en 1869) y al pobre Lazhéchnikov (nacido en 1792 y muerto, como Odoevski, en 1869), y en parte porque la crítica literaria, tan aguda como siempre, ni extrapoló ni ató cabos ni se dio cuenta de nada.

En 1910 Ivánov era lo que se suele llamar un escritor prometedor, del que se esperaban grandes cosas, pero Odoevski y Lazhéchnikov, como moldes a imitar, ya no daban para más y la producción artística de Ivánov sufrió un parón o, depende de la óptica, un hundimiento, del que no lo pudo sacar ni siquiera la nueva mezcla que intentó in extremis: mezclar al hoffmaniano Odoevski y al fan de Walter Scott Lazhéchnikov con la estrella ascendente de Gorki. Sus relatos, tuvo que aceptarlo, ya no interesaban, y su economía, pero más su orgullo, se resintió por ello. Hasta la revolución de octubre Ivánov trabajó esporádicamente en revistas científicas, en revistas agrícolas, como corrector de pruebas, como vendedor de bombillas eléctricas, como ayudante en un bufete de abogados, sin descuidar sus trabajos en el partido, en donde hacía prácticamente todo lo que hiciera falta, desde redactar e imprimir panfletos hasta conseguir papel y servir de enlace con los escritores afines y con algunos compañeros de viaje. Y todo lo hizo sin quejarse ni abandonar sus inveteradas costumbres: la visita diaria a los locales donde se reunía la bohemia moscovita y el vodka.

El triunfo de la revolución no mejoró sus expectativas literarias ni laborales, más bien al contrario, el trabajo se duplicó y en no pocas ocasiones se triplicó y a veces hasta se cuadruplicó, pero Ivánov cumplió con su deber sin quejarse. Un día le pidieron un relato cuyo tema debía versar sobre la vida en Rusia en el año 1940. En tres horas Ivánov escribió su primer cuento de ciencia ficción. Se titulaba *El tren de los Urales* y un niño, que viajaba en un tren cuya media de velocidad era de doscientos kilómetros, contaba con su propia voz aquello que pasaba ante sus ojos: fábricas relucientes, campos bien trabajados, aldeas nuevas y modélicas constituidas por dos o tres edificios de más de diez pisos, visitadas por alegres delegaciones extranjeras que tomaban buena nota de los progresos logrados para aplicarlos después en sus respectivos países. El niño que viajaba en *El tren de los Urales* iba a visitar a su abuelo, un excombatiente del ejército rojo que tras haber conseguido un título universitario a una edad impropia para el estudio dirigía un laboratorio dedicado a complicadas investigaciones envueltas en el mayor de los misterios. Mientras salían de la estación tomados de la mano, el abuelo, un tipo enérgico que no aparentaba más de cuarenta años aunque era obvio que tenía muchos más, le contaba al niño algunos de los avances logrados últimamente, pero el nieto, un niño al fin y al cabo, lo obligaba a contarle historias de la revolución y de la guerra contra los blancos y contra la intervención extranjera, algo a lo que el abuelo, un viejo al fin y al cabo, accedía con gusto. Y eso era todo. Su recepción por parte de los lectores fue un acontecimiento.

El primer sorprendido, hay que decirlo, fue el propio escritor. El segundo sorprendido fue el jefe de redacción, que había leído el cuento con un lápiz, para corregir las erratas, y al que no le pareció gran cosa. A la redacción de la revista llegaron cartas pidiendo más colaboraciones de ese «desconocido Ivánov», de ese «esperanzador Ivánov», «un escritor que cree en el mañana», «un autor que infunde fe en el futuro por el que estamos luchando», y las cartas venían de Moscú y de Petrogrado, pero también llegaron cartas de combatientes y activistas políticos de los rincones más lejanos que se habían sentido identificados con la figura del abuelo, lo que provocó el insomnio del jefe de redacción, un marxista dialéctico y metódico y materialista y nada dogmático, un marxista que como buen marxista no sólo había estudiado a Marx sino también a Hegel y a Feuerbach (e incluso a Kant) y que se reía de buena gana cuando releía a Lichtenberg y que había leído a Montaigne y a Pascal y que conocía bastante bien los escritos de Fourier, que no podía dar crédito a que entre tantas cosas buenas (o, sin exagerar, entre algunas cosas buenas) que había publicado la revista, fuera este cuento, sentimentaloide y sin agarradero científico, el que más hubiera emocionado a los ciudadanos de la tierra de los sóviets.

Algo va mal, pensó. Naturalmente, a la noche de insomnio del jefe de redacción se añadió la noche de gloria y vodka de Ivánov, que decidió celebrar su éxito primero en los peores tugurios de Moscú y luego en la Casa del Escritor, en donde cenó con cuatro amigos que parecían los cuatro jinetes del Apocalipsis. A partir de este momento a Ivánov sólo le pidieron cuentos de ciencia ficción y éste, fijándose muy bien en el primero, que había escrito como si dijéramos al descuido, repitió la fórmula con variantes que fue extrayendo del hondo caudal de la literatura rusa y de algunas publicaciones de química, biología, medicina, astronomía, que acumulaba en su cuarto como el usurero acumula los impagos, las letras de crédito, los cheques vencidos. De esta manera su nombre se hizo conocido en todos los rincones de la Unión Soviética y no tardó en establecerse como un escritor profesional, un hombre que vivía únicamente de lo que le proporcionaban sus libros y que acudía a congresos y conferencias en universidades y fábricas y cuyos trabajos se disputaban las revistas y periódicos literarios.

Pero todo envejece y la fórmula del futuro radiante más el héroe que en el pasado había contribuido a crear ese futuro radiante más el niño (o la niña) que en el futuro, que en sus relatos era presente, disfrutaba de toda esa cornucopia y de la inventiva comunista, también envejeció. Para cuando Ansky conoció a Ivánov éste ya no era un éxito de ventas y sus novelas y cuentos, que muchos consideraban cursis o insufribles, ya no despertaban el entusiasmo que despertaron en otra época. Pero Ivánov seguía escribiendo y lo seguían publicando y seguía cobrando cada mes un sueldo por sus visiones arcádicas. Era, todavía, miembro del partido. Pertenecía a la Asociación de Escritores Revolucionarios. Su nombre figuraba en las listas oficiales de creadores soviéticos. Exteriormente era un hombre feliz, soltero, que tenía una habitación grande y confortable en una casa de un buen barrio de Moscú, que se acostaba de vez en cuando con prostitutas ya no tan jóvenes con las que terminaba cantando y llorando, que comía al menos cuatro veces a la semana en el restaurante de los escritores y poetas.

En su fuero interno, sin embargo, Ivánov sentía que le faltaba algo. El paso decisivo, el golpe de audacia. El momento en que la larva, con una sonrisa de abandono, se convierte en mariposa. Entonces apareció el joven judío Ansky y sus ideas disparatadas, sus visiones siberianas, sus incursiones en tierras malditas, el caudal de experiencia salvaje que sólo puede tener un joven de dieciocho años. Pero Ivánov también había tenido dieciocho años y ni por asomo experimentó jamás algo parecido a lo que contaba Ansky. Tal vez, pensó, se deba a que él es judío y yo no. Pronto desechó esta idea. Tal vez se deba a su ignorancia, pensó. A su carácter impulsivo. A su desprecio por las normas que rigen una vida, incluso una vida burguesa, pensó. Y luego se puso a pensar en lo repulsivos que resultaban, vistos de cerca, los artistas o seudoartistas adolescentes. Pensó en Maiakovski, a quien conocía personalmente, con quien había hablado en una ocasión, tal vez en dos, y en su vanidad enorme, una vanidad que escondía, probablemente, su falta de amor por el prójimo, su desinterés por el prójimo, su ansia desmedida de fama. Y después pensó en Lérmontov y en Pushkin, inflados como estrellas de cine o cantantes de ópera. Nijinski. Gúrov. Nadson. Blok (a quien conoció personalmente y que era insoportable). Rémoras para el arte, pensó. Se creen soles y todo lo queman, pero no son soles, sólo son meteoritos errantes y nadie, en el fondo, les presta atención. Humillan, pero no queman. Y finalmente siempre son ellos los humillados, pero humillados de verdad, pateados y escupidos, execrados y mutilados, humillados de verdad, para que aprendan, bien humillados.

Para Ivánov un escritor de verdad, un artista y un creador de verdad era básicamente una persona responsable y con cierto grado de madurez. Un escritor de verdad tenía que saber escuchar y saber actuar en el momento justo. Tenía que ser razonablemente oportunista y razonablemente culto. La cultura excesiva despierta recelos y rencores. El oportunismo excesivo despierta sospechas. Un escritor de verdad tenía que ser alguien razonablemente tranquilo, un hombre con sentido común. Ni hablar demasiado alto ni provocar polémicas. Tenía que ser razonablemente simpático y tenía que saber no granjearse enemigos gratuitos. Sobre todo, no alzar la voz, a menos que todos los demás la alzaran. Un escritor de verdad tenía que saber que detrás de él está la Asociación de Escritores, el Sindicato de Artistas, la Confederación de Trabajadores de la Literatura, la Casa del Poeta. ¿Qué es lo primero que hace uno cuando entra en una iglesia?, se preguntaba Efraim Ivánov. Se quita el sombrero. Admitamos que no se santigüe. De acuerdo, que no se santigüe. Somos modernos. ¡Pero lo menos que puede hacer es descubrirse la cabeza! Los escritores adolescentes, por el contrario, entraban en una iglesia y no se quitaban el sombrero ni aunque los molieran a palos, que era, lamentablemente, lo que al final pasaba. Y no sólo no se quitaban el sombrero: se reían, bostezaban, hacían mariconadas, se tiraban flatulencias. Algunos incluso aplaudían.

Lo que tenía que ofrecer Ansky, sin embargo, era demasiado tentador para que Ivánov, pese a sus reservas, no lo aceptara. El pacto, parece ser, se cerró en la habitación del escritor de ciencia ficción.

Un mes después, Ansky entró a militar en el partido. Su padrino fue Ivánov y una antigua amante de éste, Margarita Afanasievna, que trabajaba como bióloga en un instituto de Moscú. En los papeles de Ansky aquel día es comparado al de una boda. Lo celebraron en el restaurante de los escritores y luego anduvieron vagando por diversos tugurios de Moscú, llevando a rastras a Afanasievna, que bebía como una condenada y que aquella noche estuvo muy cerca del coma etílico. En uno de los tugurios, mientras Ivánov y dos escritores que se les habían unido cantaban canciones de amores perdidos, de miradas que uno ya no volvería a ver, de palabras de terciopelo que uno ya no volvería a escuchar, Afanasievna despertó y agarró con su mano pequeñísima, por encima del pantalón, el pene y los testículos de Ansky.

–Ahora que eres un comunista –le dijo sin mirarlo a los ojos, la vista clavada en un lugar indeterminado entre su ombligo y su cuello–, necesitarás tenerlos de acero.

–¿De verdad? –dijo Ansky.

–De mí no te burles –dijo la voz estropajosa de Afanasievna–. Te identifiqué. A primera vista me di cuenta de quién eres.

–¿Y quién soy? –dijo Ansky.

–Un mocoso judío que confunde la realidad con sus deseos.

–La realidad –murmuró Ansky– en ocasiones es el puro deseo.

Afanasievna se rió.

–¿Y eso cómo se cocina? –dijo.

–Sin quitar la vista del fuego, camarada –murmuró Ansky–. Fíjate, por ejemplo, en algunas personas.

–¿En quiénes? –dijo Afanasievna.

–En los enfermos –dijo Ansky–. En los tuberculosos, por ejemplo. Para sus médicos ellos se están muriendo y sobre esto no hay discusión posible. Pero para los tuberculosos, sobre todo algunas noches, algunos atardeceres particularmente largos, el deseo es la realidad y viceversa. O fíjate en los impotentes.

–¿En qué clase de impotentes? –dijo Afanasievna sin soltar los genitales de Ansky.

–En los impotentes sexuales, por supuesto –murmuró Ansky.

–Ah –exclamó Afanasievna, y soltó una risita sarcástica.

–Los impotentes sufren –murmuró Ansky– más o menos como los tuberculosos, y *sienten* deseo. Un deseo que con el tiempo no sólo suplanta la realidad sino que se impone sobre ésta.

–¿Tú crees –preguntó Afanasievna– que los muertos sienten deseo sexual?

–Los muertos no –dijo Ansky–, pero los muertos vivientes sí. Cuando fui soldado en Siberia conocí a un cazador al que le habían arrancado sus órganos sexuales.

–¡Órganos sexuales! –se burló Afanasievna.

–El pene y los testículos –dijo Ansky–. Meaba mediante una pajita, sentado o arrodillado, como a horcajadas.

–Ha quedado claro –dijo Afanasievna.

–Pues bien, este hombre, que además no era joven, una vez a la semana, hiciera el tiempo que hiciera, se iba al bosque a buscar su pene y sus testículos. Todos pensaban que algún día moriría, atrapado por la nieve, pero el tipo siempre regresaba a la aldea, a veces tras una ausencia de meses, y siempre con la misma noticia: no los había encontrado. Un día decidió no salir más. Pareció envejecer de golpe: debía andar por los cincuenta pero de la noche a la mañana aparentaba unos ochenta años. Mi destacamento se marchó de la aldea. Al cabo de cuatro meses volvimos a pasar por allí y preguntamos qué había sido del hombre sin atributos. Nos dijeron que se había casado y que llevaba una vida feliz. Uno de mis camaradas y yo quisimos verlo: lo encontramos mientras preparaba los avíos para otra larga estancia en el bosque. Ya no aparentaba ochenta años sino cincuenta. O tal vez ni siquiera aparentaba cincuenta sino, en ciertas partes de su rostro, en los ojos, en los labios, en las mandíbulas, cuarenta. Cuando nos marchamos, al cabo de dos días, pensé que el cazador había logrado imponer su deseo a la realidad, que, a su manera, había transformado su entorno, la aldea, a los aldeanos, el bosque, la nieve, el pene y los testículos perdidos. Lo imaginé orinando de rodillas, con las piernas bien abiertas en medio de la taiga helada, caminando hacia el norte, hacia los desiertos blancos y hacia las ventiscas blancas, con la mochila cargada de trampas y con una absoluta inconsciencia de aquello que nosotros llamamos destino.

–Es una bonita historia –dijo Afanasievna mientras retiraba su mano de los genitales de Ansky–. Lástima que yo sea una mujer demasiado vieja y que ha visto demasiadas cosas como para creerla.

–No se trata de creer –dijo Ansky–, se trata de comprender y después de cambiar.

A partir de ese momento, la vida de Ansky y de Ivánov siguió, al menos en apariencia, derroteros distintos.

La actividad del joven judío se volvió frenética. En 1929, por ejemplo, a la edad de veinte años, participó en la creación de revistas, en las que nunca apareció nada suyo, en Moscú, Leningrado, Smolensk, Kiev, Rostov. Fue miembro fundador del Teatro de las Voces Imaginarias. Intentó que alguna editorial publicara unos escritos póstumos de Khlebnikov. Entrevistó, como periodista de un periódico que jamás vio la luz, a los generales Tujachevski y Blucher. Tuvo una amante, la doctora en medicina María Zamiatina, diez años mayor que él y casada con un alto dirigente del partido. Hizo amistad con Grigori Yakovin, gran conocedor de historia contemporánea alemana, con quien mantuvo largas conversaciones callejeras sobre la lengua alemana y sobre yiddish. Conoció a Zinoviev. Escribió en alemán un curioso poema sobre la deportación de Trotski. También escribió en alemán una serie de aforismos titulados *Consideraciones sobre la muerte de Evguenia Bosch*, seudónimo de la dirigente bolchevique Evguenia Gotlibovna (1879-1924), de la que Pierre Broue dice: «Se afilia al partido en 1900, bolchevique en 1903. Detenida en 1913, deportada, evadida en 1915, refugiada en los Estados Unidos, milita con Piatakov y Bujarin y se opone a Lenin en lo referente a la cuestión nacional. A su vuelta, tras la revolución de febrero, desempeña un papel dirigente en el alzamiento de Kiev y en la guerra civil. Firmante de la declaración de los 46. Se suicida en 1924 en un gesto de protesta.» Y escribió un poema en yiddish, celebratorio, barriobajero, lleno de barbarismos, sobre Ivan Rajia (1887-1920), uno de los fundadores del partido finlandés, asesinado probablemente por sus propios compañeros en un conflicto entre dirigentes. Leyó a los futuristas, a los del grupo Centrífuga, a los imaginistas. Leyó a Babel, los primeros relatos de Platonov, a Borís Pilniak (que no le gustó nada de nada), a Andréi Biely, cuya novela *Petersburgo* lo mantuvo insomne durante cuatro días. Escribió un ensayo sobre el futuro de la literatura, cuya primera palabra era «nada» y cuya última palabra era «nada». Al mismo tiempo sufre por su relación con María Zamiatina, que tiene, aparte de él, otro amante, un médico especialista en enfermedades pulmonares, un hombre que sana ¡a tuberculosos! y que vive la mayor parte del tiempo en Crimea y a quien María Zamiatina describe como si se tratara de un Jesucristo reencarnado, sin barba y con bata blanca, una bata blanca que reaparecerá en los sueños de Ansky de 1929. Y no dejó de trabajar duramente en la Biblioteca de Moscú. Y a veces, cuando se acordaba, les escribió cartas a sus padres, que éstos responden con cariño y nostalgia y valor, pues no le hablan del hambre ni de la escasez que campea por las otrora fértiles tierras del Dniéper. Y también tuvo tiempo para escribir una extraña pieza humorística titulada *Landauer*, basada en los últimos días del escritor alemán Gustav Landauer, que en 1918 escribió el *Discurso para escritores* y que en 1919 fue ejecutado por su participación en la república de los sóviets de Munich. Y también en 1929 leyó una novela recién publicada, *Berlín Alexanderplatz*, de Alfred Döblin, que le pareció notable y memorable y eminente y que lo impelió a buscar más libros de Döblin, encontrando en la Biblioteca de Moscú *Los tres saltos de Wang-lun*, de 1915, *La guerra de Wadzek a la turbina de vapor*, de 1918, *Wallenstein*, de 1920, y *Montañas, mares y gigantes*, de 1924.

Y mientras Ansky leía a Döblin o entrevistaba a Tujachevski o hacía el amor en su habitación de la calle Petrov de Moscú con María Zamiatina, Efraim Ivánov publicaba su primera gran novela, la que le abriría las puertas del cielo, recuperando, por una parte, la devoción de los lectores y por la otra granjeándose, por primera vez, el respeto de aquellos a los que consideraba sus iguales, los escritores, los escritores de talento, aquellos que guardaban el fuego de Tolstói y Chéjov, aquellos que guardaban el fuego de Pushkin, el fuego de Gógol, que de pronto se fijaron en él, que lo vieron, de hecho, por primera vez, y que lo aceptaron.

Gorki, que por entonces aún no había reestablecido su residencia definitiva en Moscú, le escribió una carta con matasellos italiano en donde se veía el dedo admonitor del padre fundador, pero en donde también se percibía un caudal de simpatía y de gratitud lectora.

Su novela, decía, me ha hecho pasar momentos... muy divertidos. En sus páginas es discernible... una fe, una esperanza. De su imaginación no se puede decir que esté... anquilosada. No, en modo alguno se puede decir... eso. Ya hay quienes hablan del... Julio Verne soviético. Tras reflexionar largamente, sin embargo, yo creo que es usted... mejor que Julio Verne. Una pluma más... madura. Una pluma guiada por intuiciones... revolucionarias. Una pluma... grande. Como no se podía esperar menos tratándose de un... comunista. Pero hablemos francamente... como soviéticos. La literatura proletaria habla al hombre... de hoy. Expone problemas que tal vez sólo se solucionarán... mañana. Pero se dirige... al obrero actual, no al obrero... futuro. En sus próximos libros tal vez usted debería tener esto... en cuenta.

Si Stendhal, como se dice, bailó al leer la crítica que Balzac hizo sobre *La Cartuja de Parma*, Ivánov derramó incontables lágrimas de felicidad al recibir la carta de Gorki.

La novela, tan unánimemente celebrada, se llamaba *El ocaso* y su argumento era muy simple: un joven de catorce años abandona a su familia para sumarse a las filas de la revolución. Pronto está luchando contra las tropas de Wrangel. En medio de un combate resulta herido y sus compañeros lo dan por muerto. Pero antes de que las aves carroñeras se ceben con los cadáveres una nave extraterrestre desciende sobre el campo de batalla y se lo lleva, junto a otros heridos de muerte. Luego la nave entra en la estratosfera y se pone a orbitar alrededor de la Tierra. Todos los heridos sanan rápidamente de sus heridas. Después un ser muy delgado y altísimo, más parecido a un alga que a un ser humano, les realiza una serie de preguntas del tipo: ¿cómo se crearon las estrellas?, ¿dónde termina el universo?, ¿dónde empieza? Por supuesto, nadie sabe responderlas. Uno dice que Dios creó a las estrellas y que el universo empieza y termina allí donde Dios quiere. A ése lo echan al espacio. Al resto los duermen. Al despertar el adolescente de catorce se encuentra en una habitación pobre, con una cama pobre y un ropero pobre en donde cuelgan sus ropas de pobre. Al asomarse a la ventana contempla extasiado el paisaje urbano de Nueva York. Las aventuras del joven en la gran ciudad, no obstante, son desgraciadas. Conoce a un músico de jazz que le habla de pollos parlantes y probablemente pensantes.

–Lo peor de todo –le dice el músico– es que los gobiernos del planeta lo saben y por eso hay tantos criaderos de pollos.

El joven objeta que los pollos son criados para que ellos mismos se los coman. El músico contesta que eso es lo que quieren los pollos. Y termina diciendo:

–Putos pollos masoquistas, tienen a nuestros dirigentes cogidos por los huevos.

También conoce a una muchacha que trabaja como hipnotizadora en un burlesque y de la que se enamora. La muchacha tiene diez años más que el joven, es decir veinticuatro, y no quiere enamorarse de nadie, aunque tiene varios amantes, entre ellos el joven, pues cree que el amor consumirá sus poderes de hipnotizadora. Un día la muchacha desaparece y el joven, tras buscarla vanamente, decide contratar los servicios de un detective mexicano que ha sido soldado de Pancho Villa. El detective tiene una extraña teoría: cree en la existencia de numerosas Tierras en universos paralelos. Tierras a las que uno puede acceder mediante la hipnosis. El joven cree que el detective le está estafando su dinero y decide acompañarlo en sus pesquisas. Una noche encuentran a un mendigo ruso que está gritando en un callejón. El mendigo grita en ruso y sólo el joven entiende sus palabras. El mendigo dice: yo fui un soldado de Wrangel, un poco de respeto, por favor, yo combatí en Crimea y me evacuó un barco inglés en Sebastopol. Entonces el joven le pregunta si estuvo en la batalla en donde él cayó malherido. El mendigo lo mira y dice que sí. Yo también, dice el joven. No puede ser, responde el mendigo, eso fue hace veinte años y tú entonces no habías nacido.

Después el joven y el detective mexicano marchan hacia el oeste en busca de la hipnotizadora. La encuentran en Kansas City. El joven le pide que lo hipnotice y lo vuelva a enviar al campo de batalla en donde debía haber muerto o bien que acepte su amor y no huya más. La hipnotizadora le responde que no puede hacer ni una cosa ni otra. El detective mexicano se interesa por el arte de la hipnosis. Mientras el detective comienza a contarle una historia a la hipnotizadora, el joven abandona el bar de carretera y echa a andar bajo la noche. Al cabo de un rato deja de llorar.

Camina durante horas. Cuando ya está lejos de todo ve una silueta a un lado de la carretera. Es el extraterrestre con forma de alga. Se saludan. Conversan. La conversación es, a menudo, ininteligible. Los temas que tratan son diversos: lenguas extranjeras, monumentos nacionales, los últimos días de Karl Marx, la solidaridad obrera, el tiempo del cambio medido en años terrestres y en años estelares, el descubrimiento de América como una puesta en escena teatral, un hueco abisal –como pintado por Doré– de máscaras. Después el muchacho sigue al extraterrestre que abandona la carretera y ambos caminan por un trigal, cruzan un riachuelo, una colina, otro campo sembrado, hasta llegar a un potrero humeante.

El siguiente capítulo muestra al adolescente, que ya no es un adolescente sino un joven de veinticinco años, trabajando en un periódico de Moscú en donde se ha convertido en el reportero estrella. El joven recibe el encargo de entrevistar a un líder comunista en algún lugar de China. El viaje, le advierten, es extremadamente duro y las condiciones, una vez llegue a Pekín, pueden ser peligrosas, ya que hay mucha gente que no quiere que ninguna declaración del líder chino salga al exterior. El joven, pese a las advertencias, acepta el trabajo. Cuando, tras muchas penurias, por fin accede al sótano en donde se oculta el chino, el joven decide que no sólo lo entrevistará sino que también lo ayudará a escapar del país. El rostro del chino, iluminado por una vela, tiene un notable parecido con el detective mexicano ex soldado de Pancho Villa. El chino y el joven ruso, por otra parte, no tardan en contraer la misma enfermedad, producida por la pestilencia del sótano. Tienen fiebre, sudan, hablan, deliran, el chino dice ver dragones volando a baja altura por las calles de Pekín, el joven dice ver una batalla, tal vez sólo una escaramuza, y grita hurra y llama a sus compañeros para que no detengan la embestida. Después ambos se quedan largo rato inmóviles, como muertos, y aguantan hasta que llega el día de la fuga.

Con 39 grados de fiebre el chino y el ruso cruzan Pekín y escapan. En el campo les aguardan dos caballos y algunas provisiones. El chino nunca ha montado. El joven le enseña cómo hay que hacerlo. Durante el viaje atraviesan un bosque y luego unas montañas enormes. El fulgor de las estrellas en el cielo parece sobrenatural. El chino se pregunta a sí mismo: ¿cómo se crearon las estrellas?, ¿en dónde termina el universo?, ¿en dónde empieza? El joven lo oye y vagamente recuerda una herida en el costado cuya cicatriz aún le duele, la oscuridad, un viaje. También recuerda los ojos de una hipnotizadora, aunque los rasgos de la mujer permanecen ocultos, cambiantes. Si cierro los ojos, piensa el joven, la volveré a encontrar. Pero no los cierra. Penetran en un vasto campo nevado. Los caballos hunden sus patas en la nieve. El chino canta. ¿Cómo se crearon las estrellas? ¿Qué somos en medio del insondable universo? ¿Qué memoria nuestra pervivirá?

De pronto el chino se cae del caballo. El joven ruso lo examina. El chino es como un muñeco de fuego. El joven ruso toca la frente del chino y luego su propia frente y comprueba que la fiebre los está devorando a ambos. No sin esfuerzo ata al chino a su cabalgadura y reemprende la marcha. El silencio en aquel campo nevado es absoluto. La noche y el paso de las estrellas por la bóveda del cielo no tiene trazas de acabar nunca. A lo lejos una enorme sombra negra parece superponerse a la oscuridad. Es una cadena montañosa. En la mente del ruso toma forma la posibilidad cierta de morir en las próximas horas en el campo nevado o durante el paso por las montañas. Una voz en su interior le suplica que cierre los ojos, que si los cierra verá los ojos y luego el rostro adorado de la hipnotizadora. Le dice que si los cierra volverá a las calles de Nueva York, volverá a caminar hacia la casa de la hipnotizadora, en donde ésta, sentada en un sillón, en penumbra, lo espera. Pero el ruso no cierra los ojos y sigue cabalgando.

No sólo Gorki leyó *El ocaso.* Otra gente famosa también lo hizo, y aunque éstos no enviaron cartas expresándole su admiración al autor, no olvidaron, sin embargo, su nombre, pues no sólo eran gente famosa sino también memoriosa.

Ansky cita a cuatro, en una especie de ascensión vertiginosa. El profesor Stanislaw Strumilin la leyó. Le pareció confusa. El escritor Alexéi Tolstói la leyó. Le pareció caótica. Andréi Zhdanov la leyó. La dejó a la mitad. Y Stalin la leyó. Le pareció sospechosa. Por supuesto, nada de esto llegó a oídos del buen Ivánov, que enmarcó la carta de Gorki y luego la colgó de la pared, bien a la vista de sus cada día más numerosos visitantes.

Su vida, por lo demás, experimentó cambios notables. Le fue concedida una dacha en las afueras de Moscú. Algunas veces le pedían autógrafos en el metro. Tenía una mesa reservada cada noche en el restaurante de los escritores. Pasaba sus vacaciones en Yalta, junto a otros colegas igualmente famosos. Ah, las veladas del Hotel Octubre Rojo de Yalta (antiguo hotel de Inglaterra y Francia), en la enorme terraza junto al Mar Negro, oyendo los acordes lejanos de la orquesta Volga Azul, en noches cálidas con miles de estrellas titilando allá a lo lejos, mientras el dramaturgo de moda lanzaba una frase ingeniosa y el novelista metalúrgico se la retrucaba con una sentencia inapelable, las noches de Yalta, con mujeres extraordinarias que sabían beber vodka sin desmayo hasta las seis de la mañana y con jóvenes sudorosos de la Asociación de Escritores Proletarios de Crimea que acudían a pedir consejos literarios a las cuatro de la tarde.

A veces, cuando estaba a solas, más a menudo cuando estaba solo y *delante* de un espejo, el pobre Ivánov se pellizcaba para convencerse de que no soñaba, de que todo era real. Y, en efecto, todo era real, al menos en apariencia. Negros nubarrones se cernían sobre él, pero él sólo percibía la brisa largamente anhelada, el vientecillo oloroso que limpiaba su cara de tantas miserias y miedos.

¿A qué tenía miedo Ivánov?, se preguntaba Ansky en sus cuadernos. No al peligro físico, puesto que como antiguo bolchevique muchas veces estuvo próximo a la detención, la cárcel y la deportación, y aunque no se podía decir de él que fuera un tipo valiente, tampoco se podía afirmar, sin faltar a la verdad, que fuera una persona cobarde y sin agallas. El miedo de Ivánov era de índole literaria. Es decir, su miedo era el miedo que sufren la mayor parte de aquellos ciudadanos que un buen (o mal) día deciden convertir el ejercicio de las letras y, sobre todo, el ejercicio de la ficción en parte integrante de sus vidas. Miedo a ser malos. También, miedo a no ser reconocidos. Pero, sobre todo, miedo a ser malos. Miedo a que sus esfuerzos y afanes caigan en el olvido. Miedo a la pisada que no deja huella. Miedo a los elementos del azar y de la naturaleza que borran las huellas poco profundas. Miedo a cenar solos y a que nadie repare en tu presencia. Miedo a no ser apreciados. Miedo al fracaso y al ridículo. Pero sobre todo miedo a ser malos. Miedo a habitar, para siempre jamás, en el infierno de los malos escritores. Miedos irracionales, pensaba Ansky, sobre todo si los miedosos contrarrestaban sus miedos con *apariencias.* Lo que venía a ser lo mismo que decir que el paraíso de los buenos escritores, según los malos, estaba habitado por apariencias. Y que la bondad (o la excelencia) de una obra giraba alrededor de una apariencia. Una apariencia que variaba, por supuesto, según la época y los países, pero que siempre se mantenía como tal, apariencia, cosa que parece y no es, superficie y no fondo, puro gesto, e incluso el gesto era confundido con la voluntad, pelos y ojos y labios de Tolstói y verstas recorridas a caballo por Tolstói y mujeres desvirgadas por Tolstói en un tapiz quemado por el fuego de la apariencia.

En cualquier caso los nubarrones se cernían sobre Ivánov, aunque éste no los viera ni en sueños, pues Ivánov, a estas alturas de su vida, sólo veía a Ivánov, llegando incluso al ridículo más espantoso durante una entrevista realizada por dos jóvenes del *Periódico Literario de los Komsomoles de la Federación Rusa,* quienes le hicieron, entre muchas otras, las siguientes preguntas:

Jóvenes komsomoles: ¿Por qué cree que su primera gran obra, la que logra el favor de las masas obreras y campesinas, la escribe usted ya cerca de los sesenta años? ¿Cuántos años tardó en meditar la trama de El ocaso? *¿Es la obra de su madurez?*

Efraim Ivánov: Tengo sólo cincuentainueve años. Aún me queda tiempo antes de cumplir los sesenta. Y me gustaría recordar que El Quijote *la escribió el español Cervantes más o menos a mi misma edad.*

Jóvenes komsomoles: ¿Cree usted que su obra es como El Quijote *de la novela científica soviética?*

Efraim Ivánov: Algo de eso hay, sin duda, algo de eso hay.

Así que Ivánov se consideraba el Cervantes de la literatura fantástica. Veía nubes con forma de guillotina, veía nubes con forma de tiro en la nuca, pero en realidad sólo se veía a sí mismo cabalgando junto a un Sancho misterioso y útil por las estepas de la gloria literaria.

Peligro, peligro, decían los mujiks, peligro, peligro, decían los kulaks, peligro, peligro, decían los firmantes de la *Declaración de los 46*, peligro, peligro, decían los popes muertos, peligro, peligro, decía el fantasma de Inés Armand, pero Ivánov nunca se distinguió por su buen oído ni por discernir con antelación la proximidad de nubarrones ni la cercanía de las tormentas, y tras un periplo más bien mediocre como articulista y conferenciante, resuelto con brillantez pues no se le pedía más que ser mediocre, volvió a encerrarse en su habitación moscovita y acumuló resmas de papel y le cambió la cinta a su máquina de escribir, y luego empezó a buscar a Ansky, pues quería entregar a su editor, a más tardar en cuatro meses, una nueva novela.

Por esas fechas Ansky trabajaba en un proyecto radiofónico que debía cubrir toda Europa y llegar también hasta el último rincón de Siberia. En 1930, decían los cuadernos, Trotski fue expulsado de la Unión Soviética (aunque en realidad fue expulsado en 1929, error atribuible a la transparencia informativa rusa) y el ánimo de Ansky empezaba a flaquear. En 1930 se suicidó Maiakovski. En 1930, por más ingenuo o imbécil que uno fuera, ya se veía que la revolución de octubre había sido derrotada.

Pero Ivánov quería otra novela y buscó a Ansky.

En 1932 publicó su nueva novela, titulada *El mediodía.* En 1934 apareció otra, titulada *El amanecer.* En ambas abundaban los extraterrestres, los vuelos interplanetarios, el tiempo dislocado, la existencia de dos o más civilizaciones avanzadas que visitaban periódicamente la Tierra, las luchas, a menudo trapaceras y violentas, de estas civilizaciones, los personajes errabundos.

En 1935 retiraron las obras de Ivánov de las librerías. Pocos días después, mediante una circular oficial, le comunicaron su expulsión del partido. Según Ansky, Ivánov se pasó tres días sin poder levantarse de la cama. Sobre ésta tenía sus tres novelas y constantemente las releía buscando algo que justificara su expulsión. Gemía y lanzaba ayes lastimeros y procuraba sin éxito refugiarse en los recuerdos de su primera infancia. Acariciaba los lomos de sus libros con una melancolía que rompía el corazón. A veces se levantaba y se acercaba a la ventana y se pasaba horas mirando la calle.

En 1936, con el inicio de la primera gran purga, fue detenido. Pasó cuatro meses en un calabozo y firmó todos los papeles que le pusieron delante. Al salir, y ante el trato de apestado que recibió de sus antiguos amigos literatos, intentó escribirle a Gorki para que intercediera por él, pero Gorki, gravemente enfermo, no contestó su carta. Después Gorki murió e Ivánov acudió al entierro. Cuando lo vieron allí, un poeta y un novelista, ambos jóvenes y del círculo de Gorki, se dirigieron a él y le preguntaron si no tenía vergüenza, si se había vuelto loco, si no comprendía que su sola presencia era un insulto para la memoria del maestro.

–Gorki me escribió –contestó Ivánov–. A Gorki le gustó mi novela. Es lo menos que puedo hacer por él.

–Lo menos que puedes hacer por él, camarada –dijo el poeta–, es suicidarte.

–Sí, no es mala idea –dijo el novelista–, arrójate por una ventana de tu casa y asunto solucionado.

–¿Pero qué decís, camaradas? –sollozó Ivánov.

Una muchacha que vestía una chaqueta de cuero que le llegaba casi hasta las rodillas se acercó a ellos y preguntó qué pasaba.

–Es Efraim Ivánov –contestó el poeta.

–Ah, entonces ni hablar –dijo la muchacha–, haced que se marche.

–No puedo –dijo Ivánov, la cara mojada en llanto.

–¿Por qué no puedes, camarada? –dijo la muchacha.

–Porque las piernas ya no me responden, soy incapaz de dar un paso.

Durante unos segundos la muchacha lo miró a los ojos. Ivánov, sostenido de cada brazo por los dos jóvenes escritores, no podía dar una imagen de mayor desamparo, lo que decidió finalmente a la muchacha a acompañarlo fuera del cementerio. Pero una vez en la calle Ivánov seguía sin poder valerse por sí solo, así que la muchacha lo acompañó hasta la estación del tranvía y luego decidió (Ivánov no paraba de llorar y daba la impresión de que iba a sufrir una lipotimia en cualquier instante) subir al tranvía con él y de esta manera, posponiendo cada cierto trecho la despedida, lo ayudó a subir las escaleras de su casa y lo ayudó a abrir la puerta de su habitación y lo ayudó a tirarse en la cama y mientras Ivánov seguía deshaciéndose en lágrimas y palabras incoherentes la muchacha se puso a examinar su biblioteca, bastante pobre, por otra parte, hasta que la puerta se abrió y entró Ansky.

Se llamaba Nadja Yurenieva y tenía diecinueve años. Esa misma noche hizo el amor con Ansky, después de que Ivánov consiguiera dormirse tras varios vasos de vodka. Lo hicieron en la habitación de Ansky y cualquiera que los hubiera visto habría dicho que follaban como si al cabo de unas horas se fueran a morir. En realidad Nadja Yurenieva follaba como lo hacía una gran parte de las moscovitas durante aquel año de 1936 y Borús Ansky follaba como si de pronto, y perdida ya toda esperanza, hubiera encontrado a su único y verdadero amor. Ninguno de los dos pensaba (o quería pensar) en la muerte, pero ambos se movían, o se trenzaban, o dialogaban, como si estuvieran al borde del abismo.

Al amanecer se durmieron y cuando Ansky despertó, poco

después del mediodía, Nadja Yurenieva ya no estaba. Al principio, lo que Ansky sintió fue desesperación y luego miedo, y tras vestirse salió corriendo hacia la casa de Ivánov para que éste le diera alguna pista que le permitiera encontrar a la muchacha. Encontró a Ivánov ocupado escribiendo cartas. Debo aclarar este asunto, decía, debo deshacer este embrollo y sólo así me salvaré. Ansky le preguntó a qué embrollo se refería. A las malditas novelas de ciencia ficción, gritó Ivánov con todas sus fuerzas. El grito fue desgarrador, como una zarpa, pero no una zarpa que hiriera a Ansky o a los adversarios reales de Ivánov, sino más bien fue similar a una zarpa que tras ser lanzada quedara colgando en medio de la habitación, como un globo de helio, una zarpa con conciencia de sí misma, un animal-zarpa que se preguntaba qué demonios hacía en esa habitación más bien desordenada, quién era ese viejo sentado a la mesa, quién el joven de pie y con el pelo alborotado, antes de caer al suelo, desinflada, devuelta una vez más a la nada.

–Dios mío, qué grito he pegado –dijo Ivánov.

Luego se pusieron a hablar de la joven Nadja, Nadesha, Nadiushka, Nadiushkina, e Ivánov, antes de soltar prenda, quiso saber si habían hecho el amor. Y luego quiso saber cuántas horas lo habían hecho. Y luego si Nadiushka era experimentada o no. Y luego las posturas. Y como Ansky satisfacía sin reparo todas sus preguntas Ivánov se fue yendo por el lado sentimental. Jodidos jóvenes, decía. Jodidísimos jóvenes. Ah, puerquita. Vaya con el par de marranos. Ay, el amor. Y el lado sentimental, ese lado que sólo podía ver pero no tocar, le hizo recordar que estaba desnudo, no allí, sentado a la mesa, al contrario, bien embutido en una bata roja estaba, una bata o batín, para ser más precisos, con las siglas del Partido Comunista de la Federación Rusa bordadas en la solapa, y un pañuelo de seda en el cuello, regalo de un escritor francés medio marica a quien conoció en un congreso y del que nunca leyó nada, sino desnudo en sentido figurado, desnudo en todos los otros frentes, el político, el literario, el económico, y esta certidumbre lo hizo recaer en la melancolía.

–Nadja Yurenieva es, creo, una estudiante o una aprendiz de poeta –dijo–, y me odia profundamente. La conocí en el entierro de Gorki. Ella y otros dos matones me echaron de allí. No es mala persona. Tampoco los otros. Seguramente son buenos comunistas, de buen corazón, unos soviéticos cabales. Entiéndeme: yo los comprendo.

Después Ivánov le hizo un gesto a Ansky para que se acercara.

–Si de ellos dependiese –le murmuró al oído–, me hubieran pegado un balazo allí mismo, los hijos de puta, y luego habrían arrastrado mi cuerpo hasta el agujero de la fosa común.

El aliento de Ivánov olía a vodka y a cloaca, era un aliento ácido y espeso, de cosa en descomposición, que recordaba casas vacías junto a pantanos, un anochecer a las cuatro de la tarde, el vaho que subía por la hierba enferma hasta cubrir las ventanas oscuras. Una película de terror, pensó Ansky. En donde todo está detenido, y está detenido porque se sabe perdido.

Pero Ivánov dijo ay, el amor, y Ansky, a su manera, también dijo ay, el amor. Así que durante los días que siguieron se puso a buscar, sin desmayo, a Nadja Yurenieva, y al final la encontró, vestida con su larga chaqueta de cuero, sentada en uno de los paraninfos de la Universidad de Moscú, con pinta de huérfana, de huérfana voluntariosa, escuchando las arengas o los poemas o las naderías rimadas de un cursi (¡o lo que fuera!) que recitaba mirando a su auditorio mientras en la mano izquierda sostenía su manuscrito bobo al que de vez en cuando le echaba una mirada con gesto teatral e innecesario, pues a la vista estaba que poseía una buena memoria.

Y Nadja Yurenieva vio a Ansky y se levantó discretamente y salió del paraninfo en donde el mal poeta soviético (tan inconsciente y necio y remilgado y timorato y melindroso como un poeta lírico mexicano, en realidad como un poeta lírico latinoamericano, esos pobres fenómenos raquíticos e hinchados) desgranaba sus rimas sobre la producción de acero (con la misma supina ignorancia arrogante con que los poetas latinoamericanos hablan de su yo, de su edad, de su otredad), y salió a las calles de Moscú, seguida por Ansky, que no se acercaba a ella sino que permanecía a la zaga, a unos cinco metros, una distancia que se fue acortando a medida que el tiempo pasaba y el paseo se prolongaba. Nunca como entonces Ansky entendió mejor –y con mayor alegría– el suprematismo, creado por Kasimir Malévich, ni el primer punto de aquella declaración de independencia firmada en Vitebsk el 15 de noviembre de 1920, y que dice así: «Queda establecida la quinta dimensión.»

En 1937 detuvieron a Ivánov.

Lo volvieron a interrogar largamente y luego lo metieron en una celda sin luz y se olvidaron de él. Su interrogador no tenía ni la más mínima idea de literatura y su principal interés era saber si Ivánov había mantenido reuniones con miembros de la oposición trotskista.

Durante el tiempo en que permaneció en su celda Ivánov se hizo amigo de una rata a la que puso el nombre de Nikita. Por las noches, cuando la rata aparecía, Ivánov sostenía largas conversaciones con ella. No hablaban, como pudiera suponerse, de literatura ni mucho menos de política sino de sus respectivas infancias. Ivánov le contaba a la rata cosas de su madre, en la que solía pensar a menudo, y cosas de sus hermanos, pero evitaba hablar de su padre. La rata, en un ruso apenas susurrado, le hablaba a su vez de las alcantarillas de Moscú, del cielo de las alcantarillas en donde, debido al florecimiento de ciertos detritus o a un proceso de fosforescencia inexplicable, siempre hay estrellas. Le hablaba también de la tibieza de su madre, de las travesuras sin sentido de sus hermanas y de la enorme risa que estas travesuras solían provocarle y que aún hoy, en el recuerdo, le dibujaban una sonrisa en su escuálida cara de rata. A veces Ivánov se dejaba llevar por el abatimiento, apoyaba una mejilla en la palma de la mano y le preguntaba a Nikita qué sería de ellos.

La rata entonces lo miraba con unos ojos tristes y perplejos a partes iguales y esa mirada hacía comprender a Ivánov que la pobre rata era aún más inocente que él. Una semana después de haberlo metido en la celda (aunque para Ivánov más que una semana había pasado un año) lo volvieron a interrogar y sin necesidad de golpearle lo hicieron firmar varios papeles y documentos. No volvió a su celda. Lo sacaron directamente a un patio, alguien le pegó un tiro en la nuca y luego metieron su cadáver en la parte de atrás de un camión.

A partir de la muerte de Ivánov el cuaderno de Ansky se vuelve caótico, aparentemente inconexo, aunque en medio del caos Reiter encontró una estructura y cierto orden. Habla de los escritores. Dice que los únicos escritores viables (aunque no explica a qué se refiere con la palabra viable) son los que provienen del lumpen y de la aristocracia. El escritor proletario y el escritor burgués, dice, son sólo figuras decorativas. Habla sobre el sexo. Recuerda a Sade y a una misteriosa figura rusa, el monje Lapishin, que vivió en el siglo XVII y que dejó varios escritos (acompañados de sus correspondientes dibujos) sobre prácticas sexuales grupales en la región comprendida entre el río Dvina y el Pechora.

¿Sólo el sexo?, ¿sólo el sexo?, se pregunta repetidamente Ansky en notas escritas en los márgenes. Habla sobre sus padres. Habla sobre Döblin. Habla sobre la homosexualidad y la impotencia. El continente americano del sexo, dice. Bromea sobre la sexualidad de Lenin. Habla sobre los drogadictos de Moscú. Sobre los enfermos. Sobre los asesinos de niños. Habla sobre Flavio Josefo. Sus palabras sobre el historiador están teñidas de melancolía, pero puede que esa melancolía sea fingida. ¿Sin embargo ante quién finge Ansky si él sabe que nadie leerá su cuaderno? (Si es ante Dios, entonces Ansky trata a Dios con cierta condescendencia, tal vez porque Dios no ha estado perdido en la península de Kamchatka, pasando frío y hambre, y él sí.) Habla sobre los jóvenes judíos rusos que hicieron la revolución y que ahora (esto está escrito probablemente en 1939) están cayendo como moscas. Habla sobre Yuri Piatakov, asesinado en 1937, después del segundo proceso de Moscú. Menciona nombres que Reiter lee por primera vez en su vida. Luego, unas páginas más adelante, vuelve a mencionarlos. Como si él mismo temiera olvidarlos. Nombres, nombres, nombres. Los que hicieron la revolución, los que caerían devorados por esa misma revolución, que no era la misma sino otra, no el sueño sino la pesadilla que se esconde tras los párpados del sueño.

Habla de Lev Kamenev. Lo nombra junto a muchos otros nombres que Reiter también ignora. Y habla sobre sus andanzas en diversas casas de Moscú, gente amiga que presumiblemente lo ayuda y a la que Ansky, por precaución, nombra con números, por ejemplo: hoy estuve en casa de 5, tomamos té y hablamos hasta pasada la medianoche, luego me marché caminando, las aceras estaban nevadas. O bien: hoy he estado con 9, me habló de 7 y luego se puso a divagar sobre la enfermedad, la conveniencia o no de encontrar una cura contra el cáncer. O bien: esta tarde, en el metro, vi a 13, sin que él advirtiera mi presencia, yo dormitaba, sentado, y dejaba que los trenes pasaran, y 13 leía un libro en el banco vecino, un libro sobre hombres invisibles, hasta que apareció su tren y entonces se levantó, se subió, sin cerrar el libro, pese a que el tren venía lleno. Y también dice: nuestros ojos se encontraron. Follar con una serpiente.

Y no siente ninguna piedad por sí mismo.

En el cuaderno de Ansky aparece, y es la primera vez que Reiter lee algo sobre él, mucho antes de ver una pintura suya, el pintor italiano Arcimboldo, Giuseppe o Joseph o Josepho o Josephus Arcimboldo o Arcimboldi o Arcimboldus, nacido en 1527 y muerto en 1593. Cuando estoy triste o aburrido, dice Ansky en el cuaderno, aunque es difícil imaginar a Ansky aburrido, ocupado en huir las veinticuatro horas del día, pienso en Giuseppe Arcimboldo y la tristeza y el tedio se evaporan como en una mañana de primavera, junto a un pantano, el paso imperceptible de la mañana que va disipando las emanaciones que suben de la ribera, de los cañaverales. También hay anotaciones sobre Courbet, a quien Ansky considera el paradigma del artista revolucionario. Se burla, por ejemplo, de la concepción maniquea que de Courbet tienen algunos pintores soviéticos. Intenta imaginar el cuadro de Courbet *Regreso de la Conferencia*, en donde aparece un conjunto de curas y dignidades eclesiásticas completamente borrachas y que fue rechazado por el Salón Oficial y por el Salón des Refusés, lo que hunde en la ignominia, a juicio de Ansky, a los rechazados rechazadores. El destino del *Regreso de la Conferencia* le parece no sólo ejemplar y poético sino también clarividente: un rico católico compra el cuadro y nada más llegar a su casa procede a quemarlo.

Las cenizas del *Regreso de la Conferencia* sobrevuelan no sólo el cielo de París, lee el joven soldado Reiter con lágrimas en los ojos, lágrimas que le duelen y que lo *despiertan*, sino también el cielo de Moscú y el cielo de Roma y el cielo de Berlín. Habla de *El taller del artista*. Habla de la figura de Baudelaire que aparece en un extremo del cuadro, leyendo, y que representa a la Poesía. Habla de la amistad de Courbet con Baudelaire, con Daumier, con Jules Vallès. Habla de la amistad de Courbet (el Artista) con Proudhon (el Político) y equipara las sensatas opiniones de éste con las de una perdiz. Todo político con poder, en materia de arte es como una perdiz monstruosa, gigantesca, capaz de aplastar montañas con sus saltitos, mientras que todo político sin poder es sólo como un cura de pueblo, una perdiz de tamaño natural.

Imagina a Courbet en la revolución de 1848 y luego lo ve en la Comuna de París, en donde la inmensa mayoría de los artistas y literatos brillaron (literalmente) por su ausencia. Courbet no. Courbet participa activamente y tras la represión es arrestado y encarcelado en Sainte-Pélagie, en donde se dedica a dibujar naturalezas muertas. Uno de los cargos que contra él levanta el Estado es el de haber incitado a la multitud a derruir la columna de la plaza Vendôme, aunque a este respecto Ansky no está muy seguro o la memoria le falla o habla de oídas. El monumento a Napoleón de la plaza Vendôme, el monumento a secas de la plaza Vendôme, la columna Vendôme de la plaza Vendôme.

En cualquier caso el cargo público que ostentaba Courbet tras la caída de Napoleón III lo capacitaba para proteger los monumentos de París, lo que sin duda, y a la vista de los acontecimientos posteriores, hay que tomárselo como una broma monumental. Francia, sin embargo, no está para bromas y le embarga todos sus bienes. Courbet marcha a Suiza. Allí, en 1877, muere a la edad de cincuentaiocho años. Luego vienen unas líneas escritas en yiddish que Reiter apenas entiende. Supone que son de dolor o amargura. Después divaga sobre algunos cuadros de Courbet. El llamado *¡Buenos días, señor Courbet!* le sugiere el principio de una película, una que empezaría de forma bucólica y que poco a poco se iría convirtiendo en una película de horror. *Las señoritas a orillas del Sena* evoca en Ansky el breve descanso de los espías o de los náufragos, y también dice: espías de otro planeta, y también: cuerpos que se desgastan más rápido que otros cuerpos, y también: enfermedades, transmisión de enfermedades, y también: disposición a resistir, y también: ¿dónde se aprende a resistir?, ¿en qué clase de escuela o de universidad?, y también: fábricas, calles desoladas, burdeles, cárceles, y también: la Universidad Desconocida, y también: mientras el Sena fluye y fluye y fluye, y esos rostros espantosos de rameras contienen más belleza que la más bella dama o aparición surgida del pincel de Ingres o Delacroix.

Después hay anotaciones caóticas, horarios de trenes que salen de Moscú, la luz de un mediodía gris cayendo vertical sobre el Kremlin, las últimas palabras de un cadáver, el envés de una trilogía novelística cuyos títulos apunta: *El verdadero amanecer*, *El verdadero atardecer*, *El temblor del ocaso*, cuya estructura y argumentos hubieran podido adecentar, tal vez dignificar un poco más las últimas tres novelas, el haz de hielo del tapiz, firmadas por Ivánov, pero a las que éste difícilmente se hubiera avenido a concederles la tutoría, o quizás no, a Ivánov tal vez lo juzgué mal, puesto que, por todas las informaciones que poseo, no me delató, cuando lo más fácil hubiera sido delatarme, lo más fácil hubiera sido decir que él no era el autor de estas tres novelas, piensa y escribe Ansky, y sin embargo *eso* no lo hizo, delató a todos aquellos que sus torturadores querían que delatara, viejos y nuevos amigos, dramaturgos, poetas y novelistas, pero de mí no dijo una palabra. Cómplices en la impostura hasta el final.

Qué buena pareja hubiéramos hecho en Borneo, dice con ironía Ansky. Y luego recuerda un chiste que Ivánov le contó tiempo atrás y que a éste le contaron durante una fiesta en la redacción de la revista en la que por entonces trabajaba. Fue en un homenaje informal a un grupo de antropólogos soviéticos que acababan de regresar a Moscú. El chiste, mitad verdad, mitad leyenda, transcurría en Borneo, en una región selvática y montañosa en donde se internaba un grupo de científicos franceses. Tras varios días de camino, los franceses llegaban a la fuente de un río y después de cruzar el río encontraban en la zona de mayor espesura del bosque a un grupo de indígenas que vivían prácticamente en la edad de piedra. Lo primero que pensaron los franceses, naturalmente, explicó uno de los antropólogos soviéticos, un tipo gordo y grande y de grandes mostachos meridionales, fue que los indígenas eran o podían ser caníbales, y, por seguridad y para deshacer cualquier tipo de equívoco desde el principio, les preguntaron, utilizando para ello las diversas lenguas de los indígenas costeños y acompañando las preguntas con gestos bastante explícitos, si comían carne humana o no.

Los indígenas los entendieron y respondieron, con rotundidad, que no. Los franceses entonces se interesaron por lo que comían, pues a juicio de éstos una dieta carente de proteínas animales era un desastre. Preguntados al respecto, los indígenas respondieron que cazaban, en efecto, pero poco, pues en los bosques altos no había demasiados animales, pero que en cambio comían, y cocinada de múltiples formas, la pulpa de un árbol que tras ser examinado por los escépticos franceses resultó ser un excelente sucedáneo para paliar el déficit proteínico. El resto de su dieta lo constituía una amplia gama de frutas del bosque, raíces, tubérculos. Los indígenas no plantaban nada. Lo que el bosque quisiera darles ya se lo daría y lo que no quisiera darles les estaría vedado para siempre. Su simbiosis con el ecosistema en el que vivían era total. Cuando cortaban las cortezas de algunos árboles para utilizarlas de suelo de las cabañitas que construían, en realidad estaban contribuyendo a que los árboles no enfermaran. Su vida era similar a la de los basureros. Ellos eran los basureros del bosque. Su lenguaje, sin embargo, no era soez como el de los basureros de Moscú o de París, ni ellos eran grandes como aquéllos ni exhibían una musculatura considerable ni tenían la mirada de éstos, una mirada de locatarios de la mierda, sino que eran bajitos y delicados, y hablaban como a media voz, como pájaros, y procuraban no tocar a los extranjeros y su concepción del tiempo no tenía nada que ver con la concepción del tiempo de los franceses. Y debido a esto, probablemente, dijo el antropólogo soviético de grandes mostachos, se fraguó la catástrofe, debido a la concepción del tiempo, pues al cabo de cinco días de estar con ellos los antropólogos franceses pensaron que ya había confianza, que ya eran como compadres, como compis, buenos amigos, y decidieron meterse con el idioma de los indígenas y con las costumbres, y entonces descubrieron que los indígenas, cuando tocaban a alguien, no lo miraban a los ojos, fuese ese alguien un francés o fuese uno de la misma tribu, por ejemplo, si un padre acariciaba a su hijo procuraba siempre mirar hacia otra parte, y si una niña se acurrucaba en el regazo de su madre, la madre miraba hacia los lados o hacia el cielo y la niña, si ya tenía juicio, miraba hacia el suelo, y los amigos que salían juntos a recoger tubérculos se miraban a la cara, es decir a los ojos, pero si tras una jornada afortunada se tocaban con las manos los hombros, ambos desviaban la mirada, y también notaron y apuntaron en sus libretas los antropólogos que cuando daban la mano se ponían de lado y si eran diestros pasaban la mano derecha por debajo de la axila del brazo izquierdo y la dejaban laxa o apretaban sólo un poco, y si eran zurdos, pues pasaban la mano izquierda por debajo de la axila del brazo derecho, y entonces uno de los antropólogos, contaba riéndose a mandíbula batiente el antropólogo soviético, decidió enseñarles cómo saludaban ellos, los que venían de más allá de las zonas bajas, de más allá del mar, de más allá de donde se pone el sol, y mediante gestos o utilizando a otro de los antropólogos franceses como partenaire les indicó la manera de saludar que tenían en París, dos manos que se aprietan y que se mueven o se cimbran mientras los rostros se mantienen impertérritos o expresan afecto o sorpresa y los ojos se enfocan, francos, en los ojos del otro, al tiempo que los labios se abren y dicen bonjour, monsieur Jouffroy o bonjour, monsieur Delhorme o bonjour, monsieur Courbet (aunque era evidente, pensó Reiter leyendo el cuaderno de Ansky, que allí no había, y si lo hubiera habido sería una casualidad perturbadora, ningún monsieur Courbet), pantomima que los indígenas miraban con buena voluntad, algunos con una sonrisa en los labios y otros como sumidos en un pozo de compasión, pacientes y a su manera bien educados y discretos, en todo caso, hasta que el antropólogo intentó probar el saludo con ellos.

Según el del mostacho esto sucedió en la pequeña aldea, si es que se puede llamar aldea a un conjunto de chozas camufladas al azar del bosque. El francés se acercó a un indígena e hizo como que le iba a dar la mano. El indígena, mansamente, apartó la mirada, y asomó su mano derecha por debajo de la axila de su brazo izquierdo. Pero entonces el francés lo sorprendió y tiró de su mano y por ende de su cuerpo y le dio un buen apretón y sacudió su brazo y fingió sorpresa y alegría y dijo:

–Bonjour, monsieur le indigène.

Y no le soltó la mano y trató de mirarlo a los ojos y le sonrió y le mostró la blancura de su sonrisa y no le soltó la mano sino que incluso con la izquierda le palmeó el hombro, bonjour, monsieur le indigène, como si de verdad se sintiera muy feliz, hasta que el indígena lanzó un grito aterrador, y tras el grito pronunció una palabra, incomprensible para los franceses y para el guía de los franceses, y tras esta palabra otro indígena se abalanzó sobre el antropólogo pedagogo que aún no soltaba la mano del primer indígena, y con una piedra le abrió el cráneo, y entonces el antropólogo soltó la mano.

Resultado: los indígenas se revolvieron y los franceses apresuradamente tuvieron que retirarse al otro lado del río dejando tras de sí a un compatriota muerto y causando a su vez una baja mortal en el bando de los indígenas en las escaramuzas de la fuga. Durante muchos días, en la montaña y luego en el bar de un pueblo costero de Borneo los antropólogos se devanaron los sesos para dar con el motivo que había transformado súbitamente a una tribu pacífica en otra violenta y aterrada. Tras muchas vueltas creyeron haber encontrado la clave en la palabra que pronunció el indígena «agredido» o «envilecido» con el saludable y por demás inocente apretón de manos. La palabra en cuestión era dayiyi, que significa caníbal o imposibilidad, pero que también tenía otras acepciones, una de ellas «el que me violenta», y que expresada después de un alarido significaba o podía significar «el que me violenta por el culo», es decir «el caníbal que me folla por el culo y después se come mi cuerpo», aunque también podía significar «el que me toca (o me viola) y me mira a los ojos (para comerse mi alma)». Lo cierto es que los antropólogos franceses subieron nuevamente a la montaña después de un descanso en la costa, pero no volvieron a ver a los indígenas.

Cuando ya no podía más, Ansky volvía a Arcimboldo. Le gustaba recordar las pinturas de Arcimboldo, de cuya vida ignoraba o fingía que lo ignoraba casi todo, y que ciertamente no era una vida inmersa en el temblor permanente de Courbet, pero en cuyos lienzos encontraba algo que a falta de una palabra mejor Ansky definía como sencillez, un calificativo que a muchos eruditos y exégetas de la obra arcimboldiana no les hubiera gustado.

La técnica del milanés le parecía la alegría personificada. El fin de las apariencias. Arcadia antes del hombre. No todas, ciertamente, pues por ejemplo *El asado*, un cuadro invertido que colgado de una manera es, efectivamente, un gran plato metálico de piezas asadas, entre las que se distingue un lechoncillo y un conejo, y unas manos, probablemente de mujer o de adolescente, que intentan tapar la carne para que no se enfríe, y que colgado al revés nos muestra el busto de un soldado, con casco y armadura, y una sonrisa satisfecha y temeraria a la que le faltan algunos dientes, la sonrisa atroz de un viejo mercenario que te mira, y su mirada es aún más atroz que su sonrisa, como si supiera cosas de ti, escribe Ansky, que tú ni siquiera sospechas, le parecía un cuadro de terror. *El jurista* (un juez o un alto funcionario con la cabeza hecha de piezas de caza menor y el cuerpo de libros) también le parecía un cuadro de terror. Pero los cuadros de las cuatro estaciones eran alegría pura. Todo dentro de todo, escribe Ansky. Como si Arcimboldo hubiera aprendido una sola lección, pero ésta hubiera sido de la mayor importancia.

Y aquí Ansky desmiente su falta de interés por la vida del pintor y escribe que cuando Leonardo da Vinci deja Milán en 1516 lega a su discípulo Bernardino Luini sus libros de notas y algunos dibujos, los cuales, pasado el tiempo, el joven Arcimboldo, amigo del hijo de Luini, habría tal vez consultado y estudiado. Cuando estoy triste o abatido, escribe Ansky, cierro los ojos y revivo los cuadros de Arcimboldo y la tristeza y el abatimiento se deshacen, como si un viento superior a ellos, un viento *mentolado*, soplara de pronto por las calles de Moscú.

Después vienen los apuntes, desordenados, sobre su huida. Hay unos amigos que conversan durante toda una noche sobre las ventajas y las inconveniencias del suicidio. Dos hombres y una mujer que, en los intervalos o en los tiempos muertos que les deja su conversación sobre el suicidio, también conversan sobre la vida sexual de un conocido poeta desaparecido (en realidad ya asesinado) y sobre su mujer. Un poeta acmeísta y su mujer reducidos a la miseria y a la indignidad sin reposo. Una pareja que desde la pobreza y la marginación construye un juego muy simple. El juego del sexo. La mujer del poeta folla con otros. No con otros poetas, pues el poeta y por ende su mujer están en la lista negra y los demás poetas huyen de ellos como si fueran leprosos. La mujer es muy hermosa. Los tres amigos que conversan en los cuadernos de Ansky durante toda la noche, asienten. Los tres la conocen o en alguna ocasión consiguieron verla. Hermosísima. Una mujer imponente. Profundamente enamorada. El poeta también folla con otras mujeres. No con poetisas ni con las mujeres o las hermanas de otros poetas, pues el acmeísta en cuestión es veneno ambulante y todas lo rehúyen. Además, no puede decirse que sea hermoso. No, no. Más bien feo. El poeta, sin embargo, folla con obreras a las que conoce en el metro o haciendo cola en alguna tienda. Feo, feo, pero de trato dulce y una lengua de terciopelo.

Los amigos se ríen. En efecto, el poeta puede recitar, pues su memoria es buena, las poesías más tristes, y las jóvenes y no tan jóvenes obreras derraman lágrimas cuando lo escuchan. Después se van a la cama. La mujer del poeta, cuya belleza la exime de tener buena memoria, pero cuya memoria es aún más prodigiosa que la del poeta, infinitamente más prodigiosa, se va a la cama con obreros o con marineros de permiso o con inmensos capataces viudos que ya no saben qué hacer con su vida y con su fuerza y a quienes la irrupción de esta mujer maravillosa les parece un milagro. También hacen el amor en grupo. El poeta, su mujer y otra mujer. El poeta, su mujer y otro hombre. Generalmente son tríos, pero en ocasiones son cuartetos y quintetos. A veces, guiados por un presentimiento, presentan con pompa y gran protocolo a sus respectivos amantes, quienes al cabo de una semana se enamoran entre sí y nunca más vuelven a verlos, nunca más vuelven a participar en esas pequeñas orgías proletarias, o tal vez sí, eso nunca se sabe. En cualquier caso todo esto acaba cuando el poeta cae preso y ya nadie sabe nada de él, porque lo asesinan.

Después, los amigos vuelven a hablar sobre el suicidio, sobre sus inconvenientes y sus ventajas, hasta que amanece y entonces uno de ellos, Ansky, abandona la casa y abandona Moscú, sin papeles, a merced de cualquier delator. Entonces hay paisajes, paisajes vistos a través del cristal y cristales de paisajes, y caminos de tierra y apeaderos sin nombre en donde se juntan los jóvenes vagabundos escapados de un libro de Makarenko, y hay adolescentes jorobados y adolescentes resfriados a los que les baja un hilo de agua por la nariz, y arroyos y pan duro y un intento de robo que Ansky evita, pero no dice cómo lo evita. Finalmente aparece la aldea de Kostekino. Y la noche. Y el rumor del viento que lo reconoce. Y la madre de Ansky que abre la puerta y no lo reconoce.

Las últimas anotaciones del cuaderno son escuetas. A los pocos meses de llegar a la aldea murió su padre, como si sólo lo hubiera estado esperando a él para lanzarse de cabeza hacia el otro mundo. Su madre se ocupó del funeral y por la noche, cuando todos dormían, Ansky se deslizó hasta el cementerio y estuvo mucho rato junto a la tumba, pensando en vaguedades. Por el día solía dormir en la buhardilla, tapado hasta la cabeza, en una oscuridad total. Por la noche bajaba al primer piso y leía a la luz de la chimenea, junto a la cama donde su madre dormía. En una de sus últimas anotaciones menciona el desorden del universo y dice que sólo en ese desorden somos concebibles. En otra, se pregunta qué quedará cuando el universo muera y el tiempo y el espacio mueran con él. Cero, nada. Esta idea, sin embargo, le da risa. Detrás de toda respuesta se esconde una pregunta, recuerda Ansky que dicen los campesinos de Kostekino. Detrás de toda respuesta inapelable se esconde una pregunta aún más compleja. La complejidad, no obstante, le da risa, y a veces su madre lo oye reírse en la buhardilla, como cuando tenía diez años. Ansky piensa en universos paralelos. Por aquellos días Hitler invade Polonia y empieza la Segunda Guerra Mundial. Caída de Varsovia, caída de París, ataque a la Unión Soviética. Sólo en el desorden somos concebibles. Una noche Ansky sueña que el cielo es un gran océano de sangre. En la última página del cuaderno traza una ruta para unirse a los guerrilleros.

Quedaba por dilucidar el escondite para una sola persona en el interior de la chimenea. ¿Quién lo hizo? ¿Quién se escondió allí?

Tras mucho cavilar, Reiter decidió que el constructor había

sido el padre de Ansky. Probablemente el escondite fue hecho antes de que Ansky volviera a la aldea. También cabía la posibilidad de que el padre lo construyera tras el regreso del hijo, lo que ciertamente era más lógico, pues sólo entonces los padres supieron que Ansky era un enemigo del Estado. Pero Reiter intuyó que el escondite, cuya obra imaginó lenta, artesanal, sin prisas, había sido concebido mucho antes de que Ansky volviera, lo que confería al padre una aureola de adivino o de demente. También llegó a la conclusión de que nadie había usado el escondite.

No descartó, por supuesto, la obligada visita de los funcionarios del partido, que habrían husmeado en el interior de la isba buscando algún rastro de Ansky, y que durante esas visitas éste se metiera en el interior de la chimenea le pareció probable, casi seguro. Pero a la hora de la verdad nadie se había escondido allí, ni siquiera la madre de Ansky cuando llegó el destacamento del Einsatzgruppe C. Imaginó, eso sí, a la madre de Ansky poniendo a salvo el cuaderno de su hijo y luego, en sueños, la vio salir y dirigirse junto con los otros judíos de Kostekino hacia donde la aguardaba la disciplina alemana, nosotros, la muerte.

También vio a Ansky en sueños. Lo vio caminar por el campo, de noche, convertido en una persona sin nombre, que dirigía sus pasos hacia el oeste, y también lo vio morir a balazos.

Durante varios días Reiter pensó que había sido él quien le había disparado a Ansky. Por las noches tenía pesadillas horribles que lo despertaban y lo hacían llorar. A veces se quedaba quieto, ovillado en la cama, escuchando cómo caía la nieve sobre la aldea. Ya no pensaba en el suicidio, porque se creía muerto. Por las mañanas lo primero que hacía era leer el cuaderno de Ansky, que abría por cualquier página. Otras veces daba largos paseos por el bosque nevado, hasta llegar al viejo *sovjoz* en donde los ucranianos trabajaban a las órdenes de dos desganados alemanes.

Cuando iba al edificio principal de la aldea a buscar su comida se sentía como si estuviera en otro planeta. Allí siempre estaba encendida la chimenea y dos enormes ollas de campaña llenas de sopa inundaban de vapor el primer piso. Olía a col y a tabaco y sus compañeros iban en mangas de camisa o desnudos. Prefería, con mucho, el bosque en donde se sentaba sobre la nieve hasta que el culo empezaba a helársele. Prefería la isba en donde encendía fuego y se instalaba delante de la chimenea a releer el cuaderno de Ansky. De tanto en tanto levantaba la vista y contemplaba el interior de la chimenea, como si desde allí una sombra que irradiaba timidez y simpatía lo estuviera mirando. Un escalofrío de placer recorría entonces su cuerpo. A veces se imaginaba que vivía con la familia Ansky. Veía a la madre y al padre y al joven Ansky recorriendo los caminos de Siberia y terminaba tapándose los ojos. Cuando el fuego de la chimenea quedaba reducido a pequeñas ascuas brillantes en la oscuridad, con sumo cuidado, se introducía en el escondite, que estaba cálido, y se quedaba allí largo rato, hasta que el frío del amanecer lo despertaba.

Una noche soñó que volvía a estar en Crimea. No recordaba en qué parte, pero era Crimea. Disparaba su fusil en medio de múltiples humaredas que brotaban aquí y allá como géiyseres. Después se ponía a caminar y encontraba a un soldado del ejército rojo muerto, boca abajo, con un arma todavía en la mano. Al inclinarse para darle la vuelta y verle el rostro temía, como tantas otras veces había temido, que aquel cadáver tuviera el rostro de Ansky. Al coger el cadáver por la guerrera, pensaba: no, no, no, no quiero cargar con este peso, quiero que Ansky viva, no quiero que muera, no quiero ser yo el asesino, aunque haya sido sin querer, aunque haya sido accidentalmente, aunque haya sido sin darme cuenta. Entonces, sin sorpresa, más bien con alivio, descubría que el cadáver tenía su propio rostro, el rostro de Reiter. Al despertar de ese sueño, por la mañana, recuperó la voz. Lo primero que dijo fue:

–No he sido yo, qué alegría.

Recién en el verano de 1942 se acordaron de los soldados de Kostekino y Reiter fue devuelto a su división. Estuvo en Crimea. Estuvo en Kerch. Estuvo en las riberas del Kuban y en las calles de Krasnodar. Recorrió el Cáucaso hasta Budenovsk y viajó junto a su batallón por la estepa Kalmuka, siempre con el cuaderno de Ansky bajo la guerrera, entre su ropa de loco y su uniforme de soldado. Tragó polvo y no vio soldados enemigos, pero vio a Wilke y a Kruse y al sargento Lemke, aunque no fue fácil reconocerlos pues habían cambiado, no sólo su fisonomía sino también sus voces, ahora Wilke, por ejemplo, hablaba sólo en dialecto y casi nadie le entendía excepto Reiter, y a Kruse la voz le había cambiado, hablaba como si le hubieran extirpado los testículos hacía mucho tiempo, y el sargento Lemke ya no gritaba sino en muy raras ocasiones, la mayor parte de las veces se dirigía a sus hombres con una especie de murmullo, como si estuviera cansado o como si las largas distancias recorridas lo hubieran adormecido. En cualquier caso el sargento Lemke fue herido de gravedad mientras intentaban vanamente abrirse camino en dirección a Tuapse y en su lugar pusieron al sargento Bublitz. Luego llegó el otoño, el barro, el viento, y después del otoño los rusos contraatacaron.

La división de Reiter, que ya no pertenecía al 11 Ejército sino al 17, se retiró de Elista a Proletarskaya y después subieron bordeando el río Manych hasta Rostov. Y luego siguieron retrocediendo hacia el oeste, hasta el río Mius, en donde se restableció el frente. Llegó el verano de 1943 y los rusos volvieron a atacar y la división de Reiter volvió a retroceder. Y cada vez que retrocedían eran menos los que quedaban vivos. Kruse murió. El sargento Bublitz murió. A Voss, que era valiente, primero lo ascendieron a sargento y luego a teniente, y con Voss el número de bajas se duplicó en menos de una semana.

Reiter adquirió la costumbre de contemplar a los muertos como quien contempla una parcela en venta o una finca o una casa de campo y luego registrar sus bolsillos por si tenían algo de comida guardada. Wilke hacía lo mismo, pero en lugar de hacerlo en silencio canturreaba: los soldados de Prusia se masturban, pero no se suicidan. En el batallón algunos compañeros los bautizaron como los vampiros. A Reiter le daba igual. En los ratos de descanso sacaba un pedazo de pan y el cuaderno de Ansky de debajo de la guerrera y se ponía a leer. A veces Wilke se sentaba junto a él y al poco rato se dormía. Una vez le preguntó si el cuaderno lo había escrito él. Reiter lo miró como si la pregunta fuera tan estúpida que no hiciera falta contestarla. Wilke volvió a preguntarle si lo había escrito él. A Reiter le pareció que Wilke estaba dormido y hablando en sueños. Tenía los ojos semicerrados y la barba sin afeitar y los pómulos y la mandíbula parecían querer salírsele de la cara.

–Lo escribió un amigo –dijo.

–Un amigo muerto –dijo la voz dormida de Wilke.

–Más o menos –dijo Reiter, y siguió leyendo.

A Reiter le gustaba quedarse dormido escuchando el ruido de la artillería. Wilke tampoco podía soportar un silencio demasiado prolongado y antes de cerrar los ojos canturreaba. El teniente Voss, por el contrario, solía taponarse los oídos al dormir y le costaba despertar o readaptarse a la vigilia y a la guerra. A veces había que sacudirlo y entonces él decía qué demonios ocurre y lanzaba puñetazos en la oscuridad. Pero ganaba medallas y una vez Reiter y Wilke lo acompañaron hasta el cuartel divisionario para que el general Von Berenberg en persona le colgara en el pecho la más alta distinción que podía obtener un soldado de la Wehrmacht. Ése fue un día feliz para Voss pero no para la división 79, que para entonces tenía menos efectivos que un regimiento, pues por la tarde, mientras Reiter y Wilke comían salchichas junto a un camión, los rusos se lanzaron sobre sus posiciones, por lo que Voss y ellos dos tuvieron que volver de inmediato a la primera línea. La resistencia fue breve y volvieron a retroceder. En la retirada la división quedó reducida al tamaño de un batallón y buena parte de los soldados parecían locos huidos de un manicomio.

Durante varios días marcharon hacia el oeste como pudieron, manteniendo el orden de las compañías o en grupos que el azar iba juntando o disgregando.

Reiter se fue solo. A veces veía pasar escuadrones de aviones soviéticos y a veces el cielo, un minuto antes de un azul cegador, se nublaba y se desataba de improviso una tormenta que duraba horas. Desde una colina vio pasar una columna de tanques alemanes hacia el este. Parecían ataúdes de una civilización exraterrestre.

Caminaba de noche. Por el día se refugiaba como mejor podía y se dedicaba a leer el cuaderno de Ansky y a dormir y a mirar lo que crecía o se quemaba a su alrededor. A veces recordaba las algas del Báltico y sonreía. A veces se ponía a pensar en su hermanita y también sonreía. Hacía tiempo que no tenía noticias de ellos. Su padre nunca le había escrito y Reiter sospechaba que era porque no sabía escribir muy bien. Su madre sí le había escrito. ¿Qué le decía en sus cartas? Reiter lo había olvidado, no eran cartas muy largas pero las había olvidado por completo, sólo recordaba su caligrafía, una letra grande y temblorosa, sus faltas gramaticales, su desnudez. Las madres no deberían escribir nunca cartas, pensaba. Las de su hermana, por el contrario, las recordaba a la perfección y eso lo hacía sonreír, boca abajo, oculto por la hierba, mientras el sueño lo iba ganando. Eran cartas en las que su hermana le hablaba de sus cosas y de la aldea, de la escuela, de los vestidos que usaba, de él.

Tú eres un gigante, decía la pequeña Lotte. Al principio a Reiter lo desconcertó esta afirmación. Pero luego pensó que para una niña, una niña, además, tan dulce e impresionable como Lotte, su estatura era lo más parecido que había visto a la de un gigante. Tus pasos resuenan en el bosque, decía Lotte en sus cartas. Los pájaros del bosque oyen el sonido de tus pisadas y dejan de cantar. Los que están trabajando en el campo te oyen. Los que están ocultos en habitaciones oscuras te oyen. Los jóvenes de las Juventudes Hitlerianas te oyen y acuden a esperarte a la entrada del pueblo. Todo es alegría. Estás vivo. Alemania está viva. Etcétera.

Un día, sin saber cómo, Reiter volvió a Kostekino. En la aldea ya no quedaban alemanes. El *sovjoz* estaba vacío y sólo de unas pocas isbas se asomaron las cabezas de viejos desnutridos y temblorosos que le informaron, mediante señas, de que los alemanes habían evacuado a los técnicos y a todos los ucranianos jóvenes que tenían trabajando en la aldea. Reiter durmió aquel día en la isba de Ansky y se sintió más cómodo que si hubiera vuelto a su casa. Encendió fuego en la chimenea y se tiró vestido encima de la cama. Pero no pudo dormirse enseguida. Se puso a pensar en las apariencias de las que hablaba Ansky en su cuaderno y se puso a pensar en sí mismo. Se sentía libre, como nunca antes lo había sido en su vida, y aunque mal alimentado y por ende débil, también se sentía con fuerzas para prolongar ese impulso de libertad, de soberanía, hasta donde fuera posible. La posibilidad, no obstante, de que todo aquello no fuera otra cosa que apariencia lo preocupaba. La apariencia era una fuerza de ocupación de la realidad, se dijo, incluso de la realidad más extrema y limítrofe. Vivía en las almas de la gente y también en sus gestos, en la voluntad y en el dolor, en la forma en que uno ordena los recuerdos y en la forma en que uno ordena las prioridades. La apariencia proliferaba en los salones de los industriales y en el hampa. Dictaba normas, se revolvía contra sus propias normas (en revueltas que podían ser sangrientas, pero que no por eso dejaban de ser aparentes), dictaba nuevas normas.

El nacionalsocialismo era el reino absoluto de la apariencia. Amar, reflexionó, por regla general es otra apariencia. Mi amor por Lotte no es apariencia. Lotte es mi hermana y es pequeña y cree que soy un gigante. Pero el amor, el amor común y corriente, el amor de pareja, con desayunos y cenas, con celos y dinero y tristeza, es teatro, es decir es apariencia. La juventud es la apariencia de la fuerza, el amor es la apariencia de la paz. Ni juventud ni fuerza ni amor ni paz pueden serme otorgadas, se dijo con un suspiro, ni yo puedo aceptar un regalo semejante. Sólo el vagabundeo de Ansky no es apariencia, pensó, sólo los catorce años de Ansky no son apariencia. Ansky vivió toda su vida en una inmadurez rabiosa porque la revolución, la verdadera y única, también es inmadura. Después se durmió y no tuvo sueños y al día siguiente fue al bosque a buscar ramas para la chimenea y cuando volvía a la aldea entró, por curiosidad, en el edificio en donde habían vivido los alemanes durante el invierno del 42, y encontró el interior abandonado y ruinoso, sin ollas ni sacos de arroz, sin mantas ni fuego en las salamandras, los vidrios rotos y las contraventanas desclavadas, el suelo sucio y con grandes manchas de barro o de mierda que se pegaban a la suela de las botas si uno cometía el desliz de pisarlas. En una pared un soldado había escrito con carbón Viva Hitler, en otra había una especie de carta de amor. En el piso de arriba alguien se había entretenido dibujando en las paredes y ¡en el techo! escenas cotidianas de los alemanes que habían vivido en Kostekino. Así, en una esquina estaba dibujado el bosque y cinco alemanes, reconocibles por sus gorras, acarreaban madera o cazaban pájaros. En otra esquina dos alemanes hacían el amor mientras un tercero, con ambos brazos vendados, los observaba escondido tras un árbol. En otra cuatro alemanes yacían dormidos después de cenar y junto a ellos se adivinaba el esqueleto de un perro. En la última esquina aparecía el propio Reiter, con una larga barba rubia, asomado a la ventana de la isba de los Ansky, mientras fuera de la casa desfilaba un elefante, una jirafa, un rinoceronte y un pato. En el centro del fresco, por llamarlo de alguna manera, se erguía una plaza adoquinada, una plaza imaginaria que Kostekino jamás tuvo, llena de mujeres o de fantasmas de mujeres con los pelos erizados, que iban de un lado a otro dando alaridos, mientras dos soldados alemanes vigilaban el trabajo de una cuadrilla de jóvenes ucranianos que levantaban un monumento de piedra cuya forma resultaba todavía indiscernible.

Los dibujos eran toscos e infantiloides y la perspectiva era prerrenacentista, pero la disposición de cada elemento dejaba adivinar una ironía y por lo tanto una maestría secreta mucho mayor que la que al primer golpe de vista se ofrecía. Al volver a su isba Reiter pensó que el pintor tenía talento, pero que se había vuelto loco como el resto de los alemanes que pasaron el invierno del 42 en Kostekino. También pensó en su sorpresiva aparición en el mural. El pintor seguramente creía que era él quien se había vuelto loco, concluyó. La figura del pato, cerrando la marcha que encabezaba el elefante, así lo dejaba suponer. Recordó que por aquellos días aún no recuperaba la voz. También recordó que por aquellos días leía y releía sin tregua el cuaderno de Ansky, memorizando cada palabra, y sintiendo algo muy extraño y que a veces se parecía a la felicidad y otras veces a una culpa vasta como el cielo. Y que él aceptaba la culpa y la felicidad y que incluso, algunas noches, las sumaba, y que el resultado de esa suma sui géneris era felicidad, pero una felicidad distinta que lo desgarraba sin miramientos y que para Reiter no era la felicidad sino que era Reiter.

Una noche, tres días después de llegar a Kostekino, soñó que irrumpían los rusos en la aldea y que para escapar de ellos se arrojaba al arroyo, al Arroyo Dulce, y que tras nadar por el Arroyo Dulce llegaba al Dniéper, y que el Dniéper, las riberas del Dniéper, estaban llenas de rusos, tanto en la orilla izquierda como en la orilla derecha, y que unos y otros se reían al verlo aparecer en medio del río y le disparaban, y soñó que ante los disparos se sumergía en el río y que se dejaba arrastrar por la corriente, saliendo a la superficie sólo para tomar un poco de aire y volver a sumergirse, y que de esta guisa recorría kilómetros y kilómetros de río, a veces aguantando la respiración tres minutos o cuatro o cinco, el récord mundial, hasta que la corriente lo alejaba de donde estaban los rusos, pero incluso entonces Reiter no dejaba de sumergirse, salía, respiraba y se sumergía, y el fondo del río era como una calzada de piedras, de vez en cuando veía cardúmenes de peces pequeños y blancos y de vez en cuando se topaba con un cadáver ya sin carne, sólo los huesos mondos, y esos esqueletos que jalonaban el paso del río podían ser alemanes o soviéticos, no se sabía, pues las ropas se habían podrido y la corriente las había arrastrado río abajo, y en el sueño de Reiter a él también la corriente lo arrastraba río abajo, y a veces, sobre todo por las noches, salía a la superficie y se hacía el muerto, para poder descansar o tal vez dormir cinco minutos mientras el río se desplazaba incesante hacia el sur con él en los brazos, y cuando salía el sol Reiter volvía a sumergirse y a bucear, volvía al fondo gelatinoso del Dniéper, y así transcurrían los días, a veces pasaba cerca de una ciudad y veía sus luces o, si no había luces, oía un rumor vago, como de ajetreo de muebles, como si unas personas enfermas estuvieran cambiando muebles de sitio, y a veces pasaba debajo de pontones militares y veía las sombras ateridas de los soldados en la noche, sombras que se proyectaban sobre la superficie erizada de las aguas, y una mañana, por fin, el Dniéper desembocó en el Mar Negro, donde moría o se transformaba, y Reiter se acercó a la orilla del río o del mar, con pasos temblorosos, como si fuera un estudiante, el estudiante que nunca fue, que regresa a tumbarse en la arena después de nadar hasta el agotamiento, atontado, en el cenit de las vacaciones, sólo para descubrir con horror, mientras se sentaba en la playa mirando la inmensidad del Mar Negro, que el cuaderno de Ansky, que llevaba bajo la guerrera, había quedado reducido a una especie de pulpa de papel, la tinta borrada para siempre, la mitad del cuaderno pegado a su ropa o a su pellejo y la otra mitad reducida a partículas que flotaban por debajo de las suaves olas.

En ese momento Reiter despertó y decidió que debía abandonar Kostekino lo más aprisa posible. Se vistió en silencio y preparó sus escasas pertenencias. No encendió ninguna luz ni atizó el fuego. Pensó en todo lo que iba a tener que andar ese día. Antes de salir de la isba volvió a colocar cuidadosamente el cuaderno de Ansky en el escondrijo de la chimenea. Que ahora lo encuentre otro, pensó. Luego abrió la puerta, la cerró con mucho cuidado y se alejó de la aldea con grandes zancadas.

Varios días después encontró una columna de su división y volvió a la monotonía de aguantar y retirarse, hasta que los soviéticos los destrozaron en el Bug, al oeste de Pervomaysk, y los restos de la 79 pasaron a formar parte de la división 303. En 1944, mientras se dirigían a Jassy con una brigada motorizada rusa pisándoles los talones, Reiter y otros soldados de su batallón vieron una polvareda azul que subía hacia el cielo del mediodía. Luego escucharon gritos y cantos muy apagados y al poco rato Reiter vio a través de sus prismáticos a un grupo de soldados rumanos que cruzaba un huerto a toda carrera, como poseídos por un demonio o por el miedo, y se internaba en un camino de tierra que corría paralelo a la carretera por donde se retiraba su división.

No tenían mucho tiempo, pues los rusos iban a llegar de un momento a otro, sin embargo Reiter y algunos de sus compañeros decidieron ir a ver qué había ocurrido. Bajaron de la colina que usaban de observatorio y atravesaron, a bordo de un vehículo armado con una ametralladora, los breñales que separaban ambos caminos. Vieron una especie de castillo rural rumano, desierto, con las ventanas cerradas y un patio adoquinado que se prolongaba hasta los establos. Luego salieron a una explanada en donde aún había soldados rumanos rezagados que jugaban a los dados o que cargaban en carretas (que luego tiraban ellos mismos) cuadros y muebles del castillo. Al final de la explanada había una gran cruz hecha con grandes trozos de madera barnizada en tonos oscuros probablemente arrancados del gran salón de la propiedad rural. En la cruz, enterrada sobre tierra amarilla, había un hombre desnudo. Los rumanos que sabían algo de alemán les preguntaron qué hacían allí. Los alemanes respondieron que huían de los rusos. No tardarán en llegar, dijeron algunos rumanos.

–¿Y eso qué significa? –dijo un alemán indicando al hombre crucificado.

–El general de nuestro cuerpo de ejército –dijeron los rumanos mientras se daban prisa en colocar sobre las carretas su botín.

–¿Es que vais a desertar? –les preguntó un alemán.

–Así es –respondió un rumano–, ayer por la noche el tercer cuerpo de ejército decidió desertar.

Los alemanes se miraron entre sí, como si no supieran si ponerse a disparar contra los rumanos o desertar con ellos.

–¿Y adónde vais a ir ahora? –les preguntaron.

–Hacia el oeste, hacia nuestras casas –dijeron algunos rumanos.

–¿Lo habéis pensado bien?

–Mataremos a quien nos lo impida –dijeron los rumanos.

La mayoría, como para reafirmar sus palabras, cogió sus fusiles y hubo alguno que incluso se puso a apuntarles sin el más mínimo recato. Por un instante pareció que ambos grupos se iban a poner a disparar. Justo en ese momento Reiter se bajó del vehículo y haciendo caso omiso de la actitud de los rumanos y de los alemanes se puso a caminar en dirección a la cruz y al crucificado. Éste tenía sangre seca sobre el rostro, como si le hubieran roto la nariz a culatazos la noche anterior, y sus ojos estaban amoratados y los labios hinchados, pero aun así lo reconoció en el acto. Era el general Entrescu, el hombre que se había acostado con la baronesita Von Zumpe en el castillo de los Cárpatos y a quien él y Wilke espiaron desde el pasillo secreto. Le habían arrancado la ropa a jirones, probablemente cuando aún estaba vivo, dejándolo completamente desnudo a excepción de sus botas de montar. El pene de Entrescu, una verga soberbia que en erección medía, según los cálculos que Wilke y él hicieron en su momento, unos treinta centímetros, era mecido cansinamente por el viento del atardecer. A los pies de la cruz había una caja de fuegos artificiales, con los que el general Entrescu entretenía a sus invitados. La pólvora debía de estar mojada o los artefactos caducados puesto que lo único que hacían al estallar era provocar una nubecilla de humo azul que no tardaba en subir al cielo y desaparecer. Uno de los alemanes, detrás de Reiter, hizo un comentario sobre el miembro viril del general Entrescu. Algunos rumanos se rieron y todos, unos más rápido que otros, se acercaron a la cruz como si de improviso ésta se hubiera vuelto a imantar.

Los rifles ya no apuntaban a nadie y los soldados los sostenían como si se tratara de herramientas del campo y ellos campesinos cansados desfilando siempre al borde del abismo. Sabían que los rusos estaban por llegar y les temían, pero ninguno se resistió a acercarse por última vez a la cruz del general Entrescu.

–¿Qué tal tipo era? –dijo un alemán, a sabiendas de que daba lo mismo la respuesta.

–No era una mala persona –dijo un rumano.

Luego todos permanecieron en recogimiento, algunos con las cabezas gachas y otros mirando al general con ojos de alucinados. A nadie se le ocurrió preguntar cómo lo habían matado. Probablemente le dieron una paliza, luego lo tiraron al suelo y le siguieron pegando. El palo de la cruz estaba oscurecido por la sangre y la costra llegaba, oscura como una araña, hasta la tierra amarilla. A nadie se le ocurrió decir que lo descolgaran.

–Tardaréis en encontrar otro ejemplar como éste –dijo un alemán.

Los rumanos no le entendieron. Reiter contempló el rostro de Entrescu: tenía los ojos cerrados pero la impresión que daba era la de tener los ojos muy abiertos. Las manos estaban fijadas a la madera con grandes clavos de color plata. Tres por cada mano. Los pies estaban remachados con gruesos clavos de herrero. A la izquierda de Reiter un rumano jovencito, de no más de quince años, a quien el uniforme le venía demasiado grande, rezaba. Preguntó si había alguien más en la propiedad. Le contestaron que sólo ellos, que el tercer cuerpo o lo que quedaba del tercer cuerpo había llegado hacía tres días a la estación de Litacz y que el general, en lugar de buscar un lugar más seguro al oeste, decidió ir a visitar su castillo, que encontraron vacío. No había servidumbre ni ningún animal vivo que pudieran comerse. Durante dos días el general se encerró en su habitación y no quiso salir. Los soldados se dedicaron a vagar por la casa, hasta que hallaron la bodega, cuya puerta echaron abajo. Pese a las reservas de algunos oficiales, todos empezaron a emborracharse. Esa noche desertó la mitad del tercer cuerpo. Los que se quedaron lo hicieron por propia voluntad, no coaccionados por nadie, lo hicieron porque querían al general Entrescu. O algo parecido. Algunos salieron a robar en las poblaciones vecinas y no regresaron. Otros le gritaron al general, desde el patio, que volviera a asumir el mando y decidiera qué hacer. Pero el general seguía encerrado en la habitación y no le abría la puerta a nadie. Una noche de borrachera los soldados echaron la puerta abajo. El general Entrescu estaba sentado en un sillón, rodeado de candelabros y cirios, contemplando un álbum de fotos. Entonces pasó lo que pasó. Al principio Entrescu se defendió propinándoles fuetazos con su vara de montar. Pero los soldados estaban locos de hambre y de miedo y lo mataron y luego lo clavaron a la cruz.

–Os costaría mucho hacer esta cruz tan grande –dijo Reiter.

–La hicimos antes de matar al general –dijo un rumano–. No sé por qué la hicimos, pero la hicimos antes incluso de emborracharnos.

Después los rumanos volvieron a cargar su botín y algunos alemanes les ayudaron y otros decidieron ir a dar una vuelta hasta la casa, a ver si quedaba algo de alcohol en las bodegas, y el crucificado una vez más se quedó solo. Antes de irse, Reiter les preguntó si conocían a un tal Popescu, uno que siempre iba con el general y que probablemente trabajaba como secretario suyo.

–Ah, el capitán Popescu –dijo un rumano moviendo la cabeza afirmativamente y con el mismo tono de voz que hubiera empleado en decir el capitán Ornitorrinco–. Ése ya debe estar en Bucarest.

Mientras se alejaban, en dirección a los breñales, levantando una nubecilla de polvo por el camino, Reiter creyó distinguir unos pájaros negros sobrevolando la explanada desde donde vigilaba el curso de la guerra el general Entrescu. Uno de los alemanes, el que iba junto a la ametralladora, comentó, riéndose, qué iban a pensar los rusos cuando vieran a aquel crucificado. Nadie le contestó.

De derrota en derrota, Reiter volvió finalmente a Alemania. En mayo de 1945, a la edad de veinticinco años, después de pasar dos meses oculto en un bosque, se rindió a unos soldados norteamericanos y fue internado en un campo de prisioneros en las afueras de Ansbach. Allí se duchó por primera vez en muchos días y la comida era buena.

La mitad de los prisioneros de guerra dormían en barracones que habían construido unos soldados negros norteamericanos y la otra mitad dormía en grandes tiendas de campaña. Cada dos días aparecían por el campo visitantes que revisaban, siguiendo un estricto orden alfabético, los papeles de los prisioneros. Al principio ponían una mesa al aire libre y los prisioneros iban pasando y respondiendo de uno en uno a sus preguntas. Después los soldados negros, ayudados por unos cuantos alemanes, instalaron un barracón especial, de tres habitaciones, y las colas ahora se hacían delante de este barracón. Reiter no conocía a nadie en el campo. Sus compañeros de la 79 y luego de la 303 habían muerto o caído prisioneros de los rusos o desertado, como él mismo había hecho. Lo que quedaba de la división se dirigía a Pilsen, en el Protectorado, cuando Reiter, en medio de la confusión, se marchó por su cuenta. En el campo de prisioneros de Ansbach procuraba no relacionarse con nadie. Había soldados que por las tardes cantaban. Desde sus puestos de vigilancia los negros los miraban y se reían, pero como nadie, aparentemente, entendía la letra de las canciones, los dejaban cantar hasta que llegaba la hora de dormir. Otros solían dar paseos de un extremo a otro del campo, cogidos del brazo y conversando sobre los temas más peregrinos. Se decía que pronto comenzarían las hostilidades entre soviéticos y aliados. Se especulaba sobre las condiciones de la muerte de Hitler. Se hablaba del hambre y de cómo la cosecha de patatas, una vez más, salvaría a Alemania del desastre.

Al lado del catre de campaña de Reiter dormía un tipo de unos cincuenta años, un combatiente de la Volkssturm. El tipo se había dejado crecer la barba y su alemán era dulce y bajito, como si nada de lo que sucedía a su alrededor le pudiera afectar. Por el día solía hablar con otros dos excombatientes de la Volkssturm, que lo acompañaban durante los paseos y las comidas. A veces, sin embago, Reiter lo veía solo, escribiendo con un lápiz de mina sobre papeles de todo tipo que sacaba de sus bolsillos y que luego guardaba con extremo cuidado. Una vez, antes de dormirse, le preguntó qué escribía y el tipo le dijo que intentaba poner por escrito sus pensamientos. Algo que, añadió, no resultaba nada fácil. Reiter no le preguntó nada más, pero a partir de ese momento el excombatiente de la Volkssturm, siempre por la noche, siempre antes de dormirse, encontraba un pretexto para cruzar unas palabras con él. Según le contó, su mujer había muerto cuando los rusos entraron en Küstrin, de donde eran, pero él no guardaba rencor a nadie, la guerra era la guerra, decía, y cuando la guerra terminaba lo mejor era perdonarse los unos a los otros y empezar de nuevo.

¿Empezar cómo?, quiso saber Reiter. Empezar desde cero, susurró con su alemán pausado, con alegría y también con imaginación. El tipo se llamaba Zeller y era flaco y retraído. Al verlo pasear por el campo, siempre en compañía de los otros dos excombatientes de la Volkssturm, su figura, tal vez por contraste con la de sus acompañantes, irradiaba una gran dignidad. Una noche Reiter le preguntó si tenía familia.

–Mi mujer –le respondió Zeller.

–Pero su mujer está muerta –dijo Reiter.

–También tuve un hijo y una hija –lo oyó susurrar–, pero ellos también murieron. Mi hijo en la batalla del saliente de Kursk y mi hija durante un bombardeo en la ciudad de Hamburgo.

–¿Y no hay más parientes? –dijo Reiter.

–Dos nietecitos, gemelos, una niña y un niño, pero ellos también murieron en el bombardeo en que murió mi hija.

–Vaya por Dios –dijo Reiter.

–También murió mi yerno, pero no en el bombardeo, sino días después, de pena por la muerte de sus hijos y de su mujer.

–Es terrible –dijo Reiter.

–Se suicidó tomando veneno para ratas –susurró Zeller en la oscuridad–. Agonizó durante tres días en medio de los más horribles suplicios.

Reiter ya no supo qué decir, en parte porque el sueño lo iba ganando, y lo último que oyó fue la voz de Zeller que decía que la guerra era la guerra y que más valía olvidarlo todo, todo, todo. La verdad es que Zeller tenía una serenidad envidiable.

Esta serenidad, por otra parte, se veía perturbada únicamente cuando aparecían más prisioneros o cuando volvían los visitantes que los interrogaban uno por uno en el interior de los barracones. Al cabo de tres meses les tocó el turno a aquellos cuyos apellidos empezaban por la Q, la R y la S, y Reiter pudo hablar con los soldados y con algunos tipos vestidos de civil que le pidieron cortésmente que se pusiera de frente y de perfil y que luego rebuscaron un par de fichas en un dossier que probablemente estaba lleno de fotografías. Luego uno de los civiles le preguntó qué había hecho durante la guerra y Reiter tuvo que contarles que había estado en Rumanía con la 79 y después en Rusia, en donde había sido herido varias veces.

Los soldados y los civiles quisieron ver sus heridas y se tuvo que desnudar y enseñárselas. Uno de los civiles, uno que hablaba un alemán con acento berlinés, le preguntó si comía bien en el campo de prisioneros. Reiter dijo que comía como un rey y cuando el que había hecho la pregunta la tradujo para los demás todos se rieron.

–¿Te gusta la comida americana? –dijo uno de los soldados.

El civil tradujo la pregunta y Reiter dijo:

–La carne americana es la mejor carne del mundo.

Todos volvieron a reírse.

–Tienes razón –dijo el soldado–, pero eso que comes no es carne americana sino comida para perros.

Esta vez la risa hizo que el traductor (que prefirió no traducir la respuesta) y algunos de los soldados se cayeran al suelo. Un soldado negro apareció en la puerta con el semblante preocupado y les preguntó si tenían problemas con el prisionero. Le ordenaron que cerrara la puerta y se marchara, que no había problemas, que estaban contándose chistes. Luego uno de ellos sacó un paquete de cigarrillos y le ofreció uno a Reiter. Me lo fumaré más tarde, dijo Reiter, y se lo guardó detrás de la oreja. Después los soldados se pusieron serios de repente y comenzaron a anotar los datos que Reiter les fue proporcionando: año y lugar de nacimiento, nombres de los padres, dirección de los padres y de al menos dos familiares o amigos, etcétera.

Esa noche Zeller le preguntó qué le había pasado durante el interrogatorio y Reiter se lo contó todo. ¿Te preguntaron en qué año y mes entraste en el ejército? Sí. ¿Te preguntaron dónde estaba tu oficina de reclutamiento? Sí. ¿Te preguntaron en qué división habías servido? Sí. ¿Había fotos? Sí. ¿Las viste? No. Cuando terminó su interrogatorio particular Zeller se tapó la cara con la manta y pareció dormirse pero al cabo de poco rato Reiter lo oyó mascullar en la oscuridad.

En la siguiente visita, que ocurrió una semana después, sólo vinieron al campo dos interrogadores y no hubo colas ni interrogatorios. Hicieron formar a los prisioneros y los soldados negros fueron repasando las filas y separando de éstas a un total de diez hombres, aproximadamente, a los que condujeron a dos furgones, en donde fueron introducidos después de esposarlos. El comandante del campo les dijo que esos prisioneros eran sospechosos de ser criminales de guerra y luego ordenó deshacer las filas y que la vida siguiera su curso normal. Cuando los visitantes regresaron, pasada una semana, se dedicaron a las letras T, U y V y Zeller esta vez se puso nervioso de verdad. Su acento dulce no sufrió mengua alguna, pero su discurso y su forma de hablar cambió: las palabras le salían a borbotones de los labios, su murmullo nocturno se volvió incontenible. Hablaba de prisa y como impelido por una razón que escapaba de su control y que él apenas comprendía. Alargaba el cuello en dirección a Reiter y se apoyaba en un codo y empezaba a susurrar y a lamentarse y a imaginar escenas de esplendor que formaban, todo junto, un cuadro caótico de cubos oscuros que se sobreponían unos sobre otros.

Por el día las cosas cambiaban, la figura de Zeller volvía a irradiar dignidad y decoro, y aunque no se relacionaba con nadie excepto con sus antiguos camaradas de la Volkssturm, casi todo el mundo lo respetaba y lo consideraba una persona decente. Para Reiter, sin embargo, que tenía que soportar sus disquisiciones nocturnas, el semblante de Zeller mostraba un deterioro progresivo, como si en su interior se desarrollara una lucha sin cuartel entre fuerzas diametralmente opuestas.

¿Qué fuerzas eran éstas? Reiter lo ignoraba, sólo intuía que ambas fuerzas provenían de una única fuente, que era la locura. Una noche Zeller le dijo que él no se llamaba Zeller sino Sammer y que en buena lógica no tenía obligación de presentarse a los interrogadores alfabéticos en su próxima visita.

Aquella noche Reiter no tenía sueño y la luna llena se filtraba por la tela de la tienda de campaña como el café hirviente por un colador hecho con un calcetín.

–Me llamo Leo Sammer y algunas de las cosas que te he dicho son ciertas y otras no –dijo el falso Zeller moviéndose en el catre como si le picara todo el cuerpo–. ¿Te suena mi nombre?

–No –dijo Reiter.

–No te tiene por qué sonar, hijo mío, no soy ni he sido un hombre famoso, aunque durante el tiempo que tú has estado lejos de casa mi nombre ha crecido como un tumor canceroso y ahora aparece escrito en los papeles más insospechados –dijo Sammer con su alemán dulce y cada vez más veloz–. Por supuesto, nunca estuve en la Volkssturm. Combatí, no quiero que creas que no combatí, lo hice, como cualquier alemán bien nacido, pero yo serví en otros teatros, no en el campo de batalla militar sino en el campo de batalla económico y político. Mi mujer, gracias a Dios, no ha muerto –añadió después de un largo silencio en el cual Reiter y él se dedicaron a contemplar la luz que envolvía la tienda de campaña como el ala de un pájaro o una garra–. Mi hijo murió, eso es cierto. Mi pobre hijo. Un joven inteligente al que le gustaba el deporte y la lectura. Qué más se puede pedir de un hijo. Serio, un atleta, un buen lector. Murió en Kursk. Yo por entonces era subdirector de un organismo encargado de proporcionar trabajadores al Reich, cuyas oficinas principales estaban instaladas en un pueblo polaco a escasos kilómetros del Gobierno General.

Cuando me dieron la noticia dejé de creer en la guerra. Mi mujer, para colmo, dio señales de insanidad mental. No le deseo a nadie mi situación. ¡Ni a mi peor enemigo! Un hijo muerto en la flor de la edad, una mujer con jaquecas constantes y un trabajo agotador que requería el máximo esfuerzo y concentración por mi parte. Pero salí adelante gracias a mi talante metódico y a mi tenacidad. En realidad, trabajaba para olvidar mis desgracias. El resultado, en cualquier caso, fue que me hicieron director del organismo estatal en el que prestaba mis servicios. De un día para otro, el trabajo se triplicó. Ya no sólo tenía que enviar mano de obra a las fábricas alemanas sino que también tenía que ocuparme de mantener en funcionamiento la burocracia de aquella región polaca en la que siempre llovía, un triste territorio provinciano que intentábamos germanizar, en donde todos los días eran grises y la tierra parecía cubierta por una mancha gigantesca de hollín y nadie se divertía de manera civilizada, con el resultado de que hasta los niños de diez años eran alcohólicos, figúrese usted, pobres niños, unos niños salvajes, por otra parte, a los que sólo les gustaba el alcohol, como ya le he dicho, y el fútbol.

A veces los veía desde la ventana de mi despacho: jugaban en la calle con una pelota de trapo y sus carreras y saltos eran verdaderamente lamentables, pues el alcohol ingerido los hacía caerse a cada rato o fallar goles cantados. En fin, no quiero abrumarlo, eran partidos de fútbol que solían acabar a puñetazo limpio. O a patadas. O rompiendo botellas de cerveza vacías en la crisma de los rivales. Y yo lo miraba todo desde la ventana y no sabía qué hacer, Dios mío, cómo acabar con esa epidemia, cómo mejorar la situación de esos inocentes.

Lo confieso: me sentía solo, muy solo, muy solo. Con mi mujer no podía contar, la pobre no salía de su habitación a oscuras como no fuera para pedirme de rodillas que le permitiera regresar a Alemania, a Baviera, en donde se reuniría con su hermana. Mi hijo había muerto. Mi hija vivía en Munich felizmente casada y ajena a mis problemas. El trabajo se acumulaba y mis colaboradores perdían los nervios cada vez con mayor asiduidad. La guerra no iba bien y además había dejado de interesarme. ¿Cómo le puede interesar la guerra a quien ha perdido un hijo? Mi vida, en una palabra, se desarrollaba bajo permanentes nubarrones negros.

Entonces me llegó una nueva orden: tenía que hacerme cargo de un grupo de judíos que venían de Grecia. Creo que venían de Grecia. Puede que fueran judíos húngaros o judíos croatas. No lo creo, los croatas mataban ellos mismos a sus propios judíos. Tal vez fueran judíos serbios. Supongamos que eran griegos. Me enviaban un tren lleno de judíos griegos. ¡A mí! Y yo no tenía nada preparado para acogerlos. Fue una orden que me llegó de pronto, sin previo aviso. Mi organismo era civil, no militar ni de las SS. Yo no tenía expertos en la materia, yo sólo enviaba trabajadores extranjeros a las fábricas del Reich, ¿pero qué iba a hacer con estos judíos? En fin, resignación, me dije, y una mañana fui a la estación a esperarlos. Me llevé conmigo al jefe de la policía local y a todos los policías que pude conseguir en el último minuto. El tren que venía de Grecia se detuvo en una vía muerta. Un oficial me hizo firmar unos papeles conforme me hacía entrega de quinientos judíos, entre hombres, mujeres y niños. Firmé. Luego me acerqué a los vagones y el olor era insoportable. Prohibí que los abrieran todos. Aquello podía convertirse en un foco de infección, me dije. Luego telefoneé a un amigo, que me puso en contacto con un tipo que dirigía un campo de judíos cerca de Chelmno. Le expliqué mi problema, le pregunté qué podía hacer con mis judíos. Debo decirle que en aquel pueblo polaco ya no había judíos, sólo niños borrachos y mujeres borrachas y viejos que se dedicaban todo el día a perseguir los escuálidos rayos de sol. El tipo de Chelmno me dijo que lo llamara al cabo de dos días, que él también, aunque yo no me lo creyera, tenía problemas diarios que resolver.

Le di las gracias y colgué. Volví a la vía muerta. El oficial y el maquinista del tren me esperaban. Los invité a desayunar. Café y salchichas y huevos fritos y pan caliente. Comieron como cerdos. Yo no. Yo tenía la cabeza en otra parte. Me dijeron que tenía que desocupar el tren, que sus órdenes eran regresar al sur de Europa esa misma noche. Los miré a la cara y dije que eso haría. El oficial dijo que podía contar con él y con su escolta para vaciar los vagones a cambio de que los empleados de la estación le dieran luego una mano en la limpieza. Dije que estaba de acuerdo.

Procedimos. El olor que exhalaron los vagones al ser abiertos hizo fruncir la nariz hasta a la mujer encargada de los lavabos de la estación. En el viaje murieron ocho judíos. El oficial hizo formar a los sobrevivientes. No tenían buen aspecto. Ordené que los llevaran a una curtiduría abandonada. Dije a uno de mis empleados que se dirigiera a la panadería y que comprara todo el pan disponible para repartirlo entre los judíos. Que lo pongan a mi cuenta, dije, pero hágalo rápido. Luego me fui a la oficina a despachar otros asuntos urgentes. A mediodía me avisaron que el tren de Grecia se marchaba del pueblo. Desde la ventana de mi oficina veía jugar al fútbol a esos niños borrachos y por un instante me pareció que yo también había bebido en exceso.

Dediqué el resto de la mañana a buscarles un acomodo menos provisional a los judíos. Uno de mis secretarios me sugirió que los pusiera a trabajar. ¿En Alemania?, dije. Aquí, dijo él. No era una mala idea. Ordené que les dieran escobas a unos cincuenta judíos, divididos en brigadas de diez, y que barrieran mi pueblo fantasma. Luego volví a los asuntos principales: de varias fábricas del Reich me pedían, al menos, dos mil trabajadores, del Gobierno General también tenía misivas solicitándome mano de obra disponible. Hice varias llamadas telefónicas: dije que tenía quinientos judíos disponibles, pero ellos querían polacos o prisioneros de guerra italianos.

¿Prisioneros de guerra italianos? ¡En mi vida había visto un prisionero de guerra italiano! Y todos los hombres polacos disponibles ya los había mandado. Sólo me había quedado con lo estrictamente necesario. Así que volví a llamar a Chelmno y les pregunté otra vez si les interesaban o no mis judíos griegos.

–Si se los enviaron a usted, por algo será –me contestó una voz metálica–. Hágase usted cargo de ellos.

–Pero yo no gestiono un campo de judíos –dije–, ni tengo la experiencia debida.

–Usted es el responsable de ellos –me contestó la voz–, si tiene alguna duda pregunte a quien se los haya enviado.

–Muy señor mío –respondí–, quien me los ha enviado está, supongo, en Grecia.

–Pues pregunte a Asuntos Griegos, en Berlín –dijo la voz.

Sabia respuesta. Le di las gracias y colgué. Durante unos segundos estuve pensando en la conveniencia o no de llamar a Berlín. En la calle, de pronto, apareció una brigada de barrenderos judíos. Los niños borrachos dejaron de jugar al fútbol y se subieron a la acera, desde donde los miraron como si se tratara de animales. Los judíos, al principio, miraban el suelo y barrían a conciencia, vigilados por un policía del pueblo, pero luego uno de ellos levantó la cabeza, no era más que un adolescente, y miró a los niños y a la pelota que permanecía quieta bajo la bota de uno de esos pillastres. Durante unos segundos pensé que se pondrían a jugar. Barrenderos contra borrachines. Pero el policía hacía bien su trabajo y al cabo de un rato la brigada de judíos había desaparecido y los niños volvieron a ocupar la calle con su remedo de fútbol.

Volví a sumergirme en mis papeles. Trabajé sobre una partida de patatas que se había perdido en alguna parte entre la región que yo controlaba y la ciudad de Leipzig, que era su destino final. Ordené que se investigara el asunto. Nunca me he fiado de los camioneros. Trabajé también en un asunto de remolachas. En un asunto de zanahorias. En un asunto de símil café. Mandé llamar al alcalde. Uno de mis secretarios llegó con un papel en el que se aseguraba que las patatas habían salido de mi región en transporte ferroviario, no en camiones. Las patatas llegaron a la estación en carros tirados por bueyes o caballos o burros, que de todo hay, pero no en camiones. Había una copia del albarán de carga, pero se había perdido. Encuentre esa copia, le ordené. Otro de mis secretarios llegó con la noticia de que el alcalde estaba enfermo, guardando cama.

–¿Es grave? –pregunté.

–Un resfriado –dijo mi secretario.

–Pues que se levante y venga –le dije.

Cuando me quedé solo me puse a pensar en mi pobre mujer, postrada en cama, con las cortinas corridas, y ese pensamiento me puso tan nervioso que empecé a recorrer mi oficina de lado a lado, pues si me quedaba quieto corría el peligro de sufrir una embolia cerebral. Entonces volví a ver a la brigada de barrenderos aparecer por la calle razonablemente limpia y la sensación de que el tiempo se repetía me dejó paralizado de golpe.

Pero, gracias a Dios, no eran los mismos barrenderos sino otros. El problema era que se parecían demasiado. El policía que los vigilaba, sin embargo, era distinto. El primer policía era flaco y alto y caminaba muy erguido. El segundo policía era gordo y de baja estatura y además tenía unos sesenta años, pero aparentaba diez más. Los niños polacos que jugaban al fútbol sin duda sintieron lo mismo que yo y volvieron a subirse a la acera para dejar paso a los judíos. Uno de los niños les dijo algo. Supuse, pegado al cristal de la ventana, que estaba insultando a los judíos. Abrí la ventana y llamé al policía.

–Señor Mehnert –lo llamé desde arriba–, señor Mehnert.

El policía, al principio, no sabía quién lo llamaba y giraba su cabeza a un lado y otro, desorientado, lo que provocó la risa de los niños borrachos.

–Aquí arriba, señor Mehnert, aquí arriba.

Finalmente me vio y se cuadró. Los judíos dejaron de trabajar y esperaron. Todos los niños borrachos miraban mi ventana.

–Si alguno de esos arrapiezos insulta a mis trabajadores, dispáreles, señor Mehnert –le dije bien alto para que todo el mundo me oyera.

–No hay ningún problema, excelencia –dijo el señor Mehnert.

–¿Me ha oído usted bien? –le pregunté a gritos.

–Perfectamente, excelencia.

–Dispare a discreción, a discreción, ¿está claro, señor Mehnert?

–Claro como el agua, excelencia.

Después cerré la ventana y volví a mis asuntos. No llevaba ni cinco minutos estudiando una circular del Ministerio de

Propaganda, cuando me interrumpió uno de mis secretarios para decirme que el pan había sido entregado a los judíos, pero que no había alcanzado para todos. Por otra parte, al supervisar la entrega, descubrió que dos de ellos habían muerto. ¿Dos judíos muertos?, repetí alelado. ¡Pero si todos los que bajaron del tren lo hicieron por su propio pie! Mi secretario se encogió de hombros. Murieron, dijo.

–Bueno, bueno, bueno, vivimos en tiempos extraños, ¿no le parece? –dije.

–Eran dos viejos –dijo mi secretario–. Para ser más exactos, un viejo y una vieja.

–¿Y el pan? –dije.

–No alcanzó para todos –dijo mi secretario.

–Habrá que remediarlo –dije yo.

–Lo intentaremos –dijo mi secretario–, pero hoy ya es imposible, tendrá que ser mañana.

El tono de su voz me desagradó profundamente. Con un gesto le indiqué que se retirara. Intenté volver a concentrarme en el trabajo, pero no pude. Me acerqué a la ventana. Los niños borrachos se habían marchado. Decidí salir a dar una vuelta, el aire frío calma los nervios y fortalece la salud, aunque de buena gana me hubiera marchado a mi casa, en donde me esperaba la chimenea encendida y un buen libro para dejar pasar las horas. Antes de salir le dije a mi secretaria que si había algo urgente se me podía localizar en el bar de la estación. Ya en la calle, al doblar una esquina, me encontré con el alcalde, el señor Tippelkirsch, que se dirigía a visitarme. Iba vestido con abrigo, bufanda que le tapaba hasta la nariz y varios suéters que ensanchaban sobremanera su figura. Me explicó que no había podido venir antes porque estaba con cuarenta grados de fiebre.

No exageremos, le dije sin dejar de caminar. Pregúntele al doctor, dijo él detrás de mí. Al llegar a la estación encontré a varios campesinos que esperaban la llegada de un tren regional procedente del este, de la zona del Gobierno General. El tren, me informaron, llevaba una hora de retraso. Todo eran malas noticias. Me tomé un café con el señor Tippelkirsch y estuvimos hablando de los judíos. Estoy enterado, dijo el señor Tippelkirsch cogiendo con ambas manos su taza de café. Tenía las manos muy blancas y finas, cruzadas de venas.

Por un momento pensé en las manos de Cristo. Unas manos dignas de ser pintadas. Luego le pregunté qué podíamos hacer. Devolverlos, dijo el señor Tippelkirsch. De la nariz le corría un hililllo de agua. Se lo indiqué con el dedo. No pareció entenderme. Suénese los mocos, le dije. Ah, perdón, dijo, y tras buscar en los bolsillos de su abrigo extrajo un pañuelo blanco, muy grande y no muy limpio.

–¿Cómo vamos a devolverlos? –dije–. ¿Tengo acaso un tren a mi disposición? ¿Y en caso de tenerlo: no debería ocuparlo en algo más productivo?

El alcalde sufrió una especie de espasmo y se encogió de hombros.

–Póngalos a trabajar –dijo.

–¿Y quién los alimenta? ¿La administración? No, señor Tippelkirsch, he repasado todas las posibilidades y sólo hay una viable: delegarlos a otro organismo.

–¿Y si, de forma provisional, le prestáramos a cada campesino de nuestra región un par de judíos, no sería una buena idea? –dijo el señor Tippelkirsch–. Al menos hasta que se nos ocurriera qué hacer con ellos.

Lo miré a los ojos y bajé la voz:

–Eso va contra la ley y usted lo sabe –le dije.

–Bien –dijo él–, yo lo sé, usted también lo sabe, sin embargo nuestra situación no es buena y no nos vendría mal un poco de ayuda, no creo que los campesinos protestaran –dijo.

–No, ni pensarlo –dije yo.

Pero lo pensé y estos pensamientos me sumergieron en un pozo muy hondo y oscuro donde sólo veía, iluminado por chispas que venían de no sé dónde, el rostro ora vivo, ora muerto de mi hijo.

Me despertó el castañeteo de dientes del señor Tippelkirsch. ¿Se encuentra mal?, le dije. Hizo el ademán de responderme pero no pudo y poco después se desmayó. Desde el bar llamé a mi oficina y dije que mandaran un coche. Uno de mis secretarios me dijo que había logrado ponerse en contacto con Asuntos Griegos, de Berlín, y que éstos declinaban toda responsabilidad. Cuando apareció el coche, entre el dueño del bar, un campesino y yo logramos introducir en él al señor Tippelkirsch. Le dije al chofer que lo dejara en su casa y que luego volviera a la estación. Mientras tanto me dediqué a jugar una partida de dados junto a la chimenea. Un campesino que había emigrado de Estonia ganó todas las partidas. Tenía a sus tres hijos en el frente y cada vez que ganaba pronunciaba una frase que a mí me parecía si no misteriosa, sí muy extraña. La suerte está aliada con la muerte, decía. Y ponía ojos de carnero degollado, como si los demás nos tuviéramos que compadecer de él.

Creo que era un tipo muy popular en el pueblo, sobre todo entre las polacas, que nada tenían que temer de un viudo con tres hijos ya mayores y ausentes, un viejo, por lo que sé, bastante vulgar, pero no tan avaro como suelen ser los campesinos, que de vez en cuando les regalaba algo de comida o una prenda de vestir a cambio de que ellas fueran a pasar alguna noche a su granja. Todo un donjuán. Al cabo de un rato, cuando acabó la partida, me despedí de los allí presentes y volví a mis oficinas.

Volví a llamar a Chelmno, pero esta vez no obtuve comunicación. Uno de mis secretarios me dijo que el funcionario de Asuntos Griegos de Berlín le había sugerido que llamara al cuartel de las SS en el Gobierno General. Un consejo bastante torpe, pues aunque nuestro pueblo y nuestra región, con aldeas y granjas incluidas, se hallaba a pocos kilómetros del Gobierno General, en realidad administrativamente pertenecíamos a un Gau alemán. ¿Qué hacer, entonces? Decidí que por ese día ya había tenido bastante y me concentré en otros asuntos.

Antes de marcharme a casa me llamaron desde la estación. El tren aún no había llegado. Paciencia, dije. En mi fuero interno yo sabía que no iba a llegar nunca. Camino de casa empezó a nevar.

Al día siguiente me levanté temprano y fui a desayunar al casino del pueblo. Todas las mesas estaban vacías. Al cabo de un rato, perfectamente vestidos, peinados y afeitados, se presentaron dos de mis secretarios con la nueva de que aquella noche otros dos judíos habían muerto. ¿De qué?, les pregunté. Lo ignoraban. Simplemente estaban muertos. Y esta vez no se trataba de dos viejos sino de una mujer joven y su hijo de ocho meses, aproximadamente.

Abatido, agaché la cabeza y me contemplé durante unos segundos en la superficie oscura y mansa de mi café. Tal vez han muerto de frío, dije. Esta noche ha nevado. Es una posibilidad, dijeron mis secretarios. Sentí que todo giraba alrededor de mí.

–Vamos a ver ese alojamiento –dije.

–¿Qué alojamiento? –se sobresaltaron mis secretarios.

–El de los judíos –dije ya de pie y encaminándome hacia la salida.

Tal como me imaginaba, el estado de la antigua curtiduría no podía ser peor. Hasta los propios policías que estaban de vigilancia se quejaban. Uno de mis secretarios me dijo que por las noches pasaban frío y que los turnos no eran respetados escrupulosamente. Le dije que arreglara con el jefe de la policía el asunto de los turnos y que les llevaran mantas. Incluidos los judíos, naturalmente. El secretario me susurró que iba a ser difícil encontrar mantas para todos. Le dije que lo intentara, que por lo menos quería ver a la mitad de los judíos con una manta.

–¿Y la otra mitad? –dijo el secretario.

–Si son solidarios, cada judío compartirá su manta con otro, si no, es asunto suyo, yo más no puedo hacer –dije.

Cuando volví a mi oficina noté que las calles del pueblo lucían más limpias que nunca. El resto del día transcurrió de manera normal, hasta que por la noche recibí una llamada de Varsovia, de la Oficina de Asuntos Judíos, un organismo cuya existencia, hasta ese momento, desconocía. Una voz que tenía un marcado tono adolescente me preguntó si era verdad que yo tenía a los quinientos judíos griegos. Le dije que sí y añadí que no sabía qué hacer con ellos, pues nadie me había avisado de su llegada.

–Parece que ha habido un error –dijo la voz.

–Eso parece –dije yo, y me quedé en silencio.

El silencio se prolongó un buen rato.

–Ese tren tenía que descargar en Auschwitz –dijo la voz de adolescente–, o eso creo, no lo sé muy bien. Espere un momento.

Durante diez minutos me mantuve con el aparato pegado a la oreja. En ese intervalo de tiempo apareció mi secretaria con unos papeles para que yo los firmara y uno de mis secretarios con un memorándum sobre la pobre producción de leche de nuestra región y el otro secretario, que quiso decirme algo pero yo lo mandé a callar y que escribió en un papel lo que tenía que decirme: patatas robadas a Leipzig por sus propios cultivadores. Lo que me sorprendió mucho, pues esas patatas habían sido cultivadas en granjas alemanas, por gente que se acababa de establecer en la región y que procuraba mantener un comportamiento ejemplar.

¿Cómo?, escribí en el mismo papel. No lo sé, escribió el secretario debajo de mi pregunta, posiblemente falsificando hojas de embarque.

Sí, no sería la primera vez, pensé, pero no mis campesinos. E incluso si fueran ellos los culpables, ¿qué podía hacer? ¿Meterlos a todos en la prisión? ¿Y qué iba a ganar con ello? ¿Dejar que las tierras quedaran abandonadas? ¿Ponerles una multa y empobrecerlos aún más de lo que ya estaban? Decidí que no podía hacer eso. Investigue más, escribí bajo su mensaje. Y luego escribí: buen trabajo.

El secretario me sonrió, levantó la mano, movió los labios como si dijera *Heil Hitler* y se marchó de puntillas. En ese momento la voz adolescente me preguntó:

–¿Sigue usted ahí?

–Aquí estoy –dije.

–Mire, tal como está la situación no disponemos de transporte para ir a buscar a los judíos. Administrativamente pertenecen a la Alta Silesia. He hablado con mis superiores y estamos de acuerdo en que lo mejor y más conveniente es que usted mismo se deshaga de ellos.

No respondí.

–¿Me ha entendido? –dijo la voz desde Varsovia.

–Sí, le he entendido –dije.

–Pues entonces todo está aclarado, ¿no es así?

–Así es –dije yo–. Pero me gustaría recibir esta orden por escrito –añadí. Escuché una risa cantarina al otro lado del teléfono. Podía ser la risa de mi hijo, pensé, una risa que evocaba tardes de campo, ríos azules llenos de truchas y olor a flores y pasto arrancado con las manos.

–No sea usted ingenuo –dijo la voz sin la más mínima arrogancia–, estas órdenes nunca se dan por escrito.

Esa noche no pude dormir. Comprendí que lo que me pedían era que eliminara a los judíos griegos por mi cuenta y riesgo. A la mañana siguiente, desde mi oficina, llamé al alcalde, al jefe de bomberos, al jefe de policía y al presidente de la Asociación de Veteranos de Guerra, y los cité en el casino del pueblo. El jefe de bomberos me dijo que no podía ir porque tenía una yegua a punto de parir, pero le dije que no se trataba de una partida de dados sino de algo mucho más urgente. Quiso saber de qué iba el asunto. Lo sabrás cuando nos veamos, le dije.

Cuando llegué al casino todos estaban allí, alrededor de una mesa, escuchando los chistes de un viejo camarero. Sobre la mesa había pan caliente recién salido del horno y mantequilla y mermelada. Al verme, el camarero se calló. Era un hombre viejo, de corta estatura y extremadamente delgado. Tomé asiento en una silla vacía y le dije que me sirviera una taza de café. Cuando lo hubo hecho le pedí que se marchara. Después, en pocas palabras, les expliqué a los demás la situación en que nos encontrábamos.

El jefe de bomberos dijo que había que llamar de inmediato a las autoridades de algún campo de prisioneros donde aceptaran a los judíos. Dije que ya había hablado con un tipo de Chelmno, pero él me interrumpió y dijo que debíamos ponernos en contacto con un campo de Alta Silesia. La discusión se fue por esos derroteros. Todos tenían amigos que conocían a alguien que a su vez era amigo de, etcétera. Los dejé hablar, tomé mi café tranquilamente, partí un pan por la mitad y lo unté con mantequilla y me lo comí. Después le puse mermelada a la otra mitad y me la comí. El café era bueno. No era como el café de antes de la guerra, pero era bueno. Cuando terminé les dije que todas las posibilidades habían sido tenidas en cuenta y que la orden de deshacerse de los judíos griegos era tajante. El problema es cómo, les dije. ¿Se les ocurre a ustedes alguna manera?

Mis comensales se miraron los unos a los otros y nadie dijo una palabra. Más que nada para romper el incómodo silencio le pregunté al alcalde qué tal seguía de su resfriado. No creo que sobreviva a este invierno, dijo. Todos nos reímos, pensando que el alcalde bromeaba, pero en realidad lo había dicho en serio. Después estuvimos hablando sobre cosas del campo, unos problemas de lindes que tenían dos granjeros a causa de un riachuelo que, sin que nadie pudiera dar una explicación convincente acerca del fenómeno, de la noche a la mañana había cambiado de cauce, unos diez metros inexplicables y caprichosos, que incidían en los títulos de propiedad de dos granjas vecinas cuya frontera la marcaba el dichoso riachuelo. También fui preguntado por la investigación sobre el cargamento de patatas desaparecidas. Le quité importancia al asunto. Ya aparecerán, dije.

A media mañana volví a mi oficina y los niños polacos ya estaban borrachos y jugando al fútbol.

Dejé pasar dos días más sin tomar ninguna determinación. No se me murió ningún judío y uno de mis secretarios organizó con éstos tres brigadas de jardinería, además de las cinco brigadas de barrenderos. Cada brigada estaba compuesta por diez judíos y, aparte de adecentar las plazas del pueblo, se dedicaron a desbrozar algunos terrenos aledaños a la carretera, terrenos que los polacos jamás habían cultivado y que nosotros, por falta de tiempo y mano de obra, tampoco. Poco más hice, que yo recuerde.

Una enorme sensación de aburrimiento se fue apoderando de mí. Por las noches, al llegar a casa, cenaba solo en la cocina, helado de frío, con la vista fija en algún punto impreciso de las paredes blancas. Ya ni siquiera pensaba en mi hijo muerto en Kursk, ni ponía la radio para escuchar las noticias o para oír música ligera. Por las mañanas jugaba a los dados en el bar de la estación y oía, sin comprenderlos del todo, los chistes procaces de los campesinos que se reunían allí para matar el tiempo. Así pasaron dos días de inactividad que fueron como un sueño y que decidí prolongar otros dos días más.

El trabajo, sin embargo, se acumulaba y una mañana comprendí que ya no podía seguir sustrayéndome de los problemas. Llamé a mis secretarios. Llamé al jefe de policía. Le pregunté de cuántos hombres armados podía disponer para solucionar el problema. Me dijo que eso dependía, pero que llegado el momento podía disponer de ocho.

–¿Y qué hacemos luego con ellos? –dijo uno de mis secretarios.

–Eso lo vamos a solucionar ahora mismo –dije yo.

Le ordené al jefe de policía que se marchara pero que procurara mantenerse en contacto permanente con mi oficina. Después, seguido por mis secretarios, alcancé la calle y todos nos metimos en mi coche. El chofer nos condujo hacia las afueras del pueblo. Durante una hora estuvimos dando vueltas por carreteras comarcales y antiguos senderos de carromatos. En algunas partes aún había algo de nieve. Me detuve en un par de granjas que me parecieron idóneas y hablé con los granjeros, pero todos inventaban excusas y ponían objeciones.

He sido demasiado bueno con esta gente, me decía mentalmente a mí mismo, ya va siendo hora de mostrarme duro. La dureza, sin embargo, va reñida con mi carácter. A unos quince kilómetros del pueblo había una hondonada que conocía uno de mis secretarios. La fuimos a ver. No estaba mal. Era un sitio apartado, lleno de pinos, de tierra oscura. La parte baja de la hondonada estaba cubierta de matojos de hojas carnosas. Según mi secretario, en primavera había gente que iba allí a cazar conejos. El sitio no estaba alejado de la carretera. Cuando volvimos a la ciudad ya había decidido lo que se tenía que hacer.

A la mañana siguiente fui personalmente a buscar al jefe de policía a su casa. En la acera, frente a mi oficina, se concentraron ocho policías, a los que se añadieron cuatro de mis hombres (uno de mis secretarios, mi chofer y dos administrativos) y dos granjeros voluntarios que estaban allí porque simplemente deseaban participar. Les dije que actuaran con eficiencia y que regresaran a mi oficina para informarme de lo acontecido. Aún no había salido el sol cuando se marcharon.

A las cinco de la tarde volvió el jefe de policía y mi secretario. Parecían cansados. Dijeron que todo había salido según lo planeado. Fueron a la antigua curtiduría y salieron del pueblo con dos brigadas de barrenderos. Caminaron quince kilómetros. Salieron de la carretera y se dirigieron con paso cansino a la hondonada. Y allí había sucedido lo que tenía que suceder. ¿Hubo caos? ¿Reinó el caos? ¿Imperó el caos?, les pregunté. Un poco, contestaron ambos con actitud mohína, y preferí no profundizar en ese asunto.

A la mañana siguiente se repitió la misma operación, sólo que con algunos cambios: en vez de dos voluntarios contamos con cinco, y tres policías fueron sustituidos por otros tres que no habían participado en las tareas del día anterior. Entre mis hombres también hubo cambios: envié al otro secretario y no mandé a ningún administrativo, aunque siguió en la comitiva el chofer.

A media tarde desaparecieron otras dos brigadas de barrenderos y por la noche envié al secretario que no había estado en la hondonada y al jefe de bomberos a organizar cuatro nuevas brigadas de barrenderos entre los judíos griegos. Antes de que anocheciera fui a dar una vuelta por la hondonada. Tuvimos un accidente o un cuasiaccidente y nos salimos de la carretera. Mi chofer, lo noté rápidamente, estaba más nervioso de lo usual. Le pregunté qué le ocurría. Puedes hablarme con franqueza, le dije.

–No lo sé, excelencia –respondió–. Me siento raro, debe ser por la falta de sueño.

–¿Es que no duermes? –le dije.

–Me cuesta, excelencia, me cuesta, sabe Dios que lo intento, pero me cuesta.

Le aseguré que no tenía nada de que preocuparse. Después volvió a meter el coche en la carretera y seguimos el viaje. Cuando llegamos cogí una linterna y me interné por aquel camino fantasmal. Los animales parecían haberse retirado de pronto del área que circundaba la hondonada. Pensé que a partir de ese momento aquél era el reino de los insectos. Mi chofer, un poco renuente, iba detrás de mí. Lo oí silbar y le dije que se callara. La hondonada a simple vista estaba igual que como la vi por primera vez.

–¿Y el agujero? –pregunté.

–Hacia allá –dijo el chofer indicando con un dedo uno de los extremos del terreno..

No quise realizar una inspección más minuciosa y volví a casa. Al día siguiente mi pelotón de voluntarios, con las variantes de rigor que yo, por cuestión de higiene mental, había impuesto, volvió al trabajo. Al final de la semana habían desaparecido ocho brigadas de barrenderos, lo que hacía un total de ochenta judíos griegos, pero tras el descanso dominical surgió un nuevo problema. Los hombres empezaron a resentir la dureza del trabajo. Los voluntarios de las granjas, que en algún momento alcanzaron la cifra de seis hombres, se redujeron a uno. Los policías del pueblo alegaron problemas nerviosos y cuando traté de arengarlos efectivamente me di cuenta de que el estado de sus nervios ya no daba para mucho más. La gente de mi oficina se mostró renuente a seguir siendo parte activa de las operaciones o cayeron de improviso enfermos. Mi propia salud, lo descubrí una mañana mientras me afeitaba, colgaba de un hilo.

Les pedí, no obstante, un último esfuerzo, y aquella mañana, con notable retraso, sacaron a otras dos brigadas de barrenderos rumbo a la hondonada. Mientras los esperaba me fue imposible trabajar. Lo intenté, pero no pude. A las seis de la tarde, cuando ya estaba oscuro, regresaron. Los oí cantar por las calles, los oí despedirse, comprendí que la mayoría estaban borrachos. No los culpé.

El jefe de policía, uno de mis secretarios y mi chofer subieron a la oficina donde los aguardaba envuelto en los más oscuros presagios. Recuerdo que se sentaron (el chofer permaneció de pie, junto a la puerta) y que no fue necesario que dijeran nada para que yo comprendiera cuánto y en qué medida los erosionaba la tarea encomendada. Habrá que hacer algo, dije.

Esa noche no dormí en casa. Di un paseo por el pueblo, en silencio, mientras mi chofer conducía fumando un cigarrillo que yo mismo le había obsequiado. En algún momento me quedé dormido en el asiento trasero de mi coche, envuelto en una manta, y soñé que mi hijo gritaba adelante, ¡adelante!, ¡siempre hacia adelante!

Me desperté entumecido. Eran las tres de la mañana cuando me presenté en la casa del alcalde. Al principio nadie me abrió y casi eché la puerta abajo a patadas. Luego oí unos pasitos vacilantes. Era el alcalde. ¿Quién es?, dijo con voz que yo figuré era la de una comadreja. Esa noche hablamos hasta que amaneció. El lunes siguiente, en vez de salir con las brigadas de barrenderos fuera del pueblo, los policías se dedicaron a esperar la aparición de los niños futbolistas. En total, me trajeron quince niños.

Hice que los introdujeran en la sala de actos de la alcaldía y hacia allá me dirigí acompañado de mis secretarios y de mi chofer. Cuando los vi, tan sumamente pálidos, tan sumamente flacos, tan sumamente necesitados de fútbol y de alcohol, sentí piedad por ellos. Más que niños parecían, allí, inmóviles, esqueletos de niños, esbozos abandonados, voluntad y huesos.

Les dije que habría vino para todos ellos y también pan y salchichas. No reaccionaron. Les repetí lo del vino y la comida y añadí que probablemente algo habría también para que pudieran llevar a sus familias. Interpreté su silencio como una respuesta afirmativa y los envié a la hondonada a bordo de un camión, acompañados por cinco policías y un cargamento de diez fusiles y una ametralladora que, según me habían informado, se encasquillaba a las primeras de cambio. Luego ordené que el resto de la policía, acompañada por cuatro campesinos armados a quienes obligué a participar so pena de denunciar sus estafas continuadas al Estado, trasladara a la hondonada a tres brigadas completas de barrenderos. También di órdenes de que aquel día no saliera de la antigua curtiduría ningún judío, bajo ningún pretexto.

A las dos de la tarde regresaron los policías que habían conducido a los judíos a la hondonada. Comieron todos en el bar de la estación y a las tres ya iban otra vez camino a la hondonada escoltando a otros treinta judíos. A las diez de la noche volvieron todos, los escoltas y los niños borrachos y los policías que a su vez habían escoltado e instruido en el manejo de armas a los niños.

Todo había ido bien, me contó uno de mis secretarios, los niños trabajaban a destajo, y los que querían mirar miraban y los que no querían mirar se apartaban y volvían cuando ya todo había terminado. Al día siguiente, hice correr la voz entre los judíos de que estaba trasladándolos a todos, en pequeños grupos debido a nuestra falta de medios, a un campo de trabajo habilitado para su estancia. Luego hablé con un grupo de madres polacas, a quienes no me costó mucho tranquilizar, y supervisé desde mi oficina dos nuevos envíos de judíos rumbo a la hondonada, cada grupo compuesto por veinte personas.

Pero los problemas resurgieron cuando volvió a nevar. Según uno de mis secretarios resultaba imposible cavar nuevas fosas en la hondonada. Le dije que eso me parecía imposible. Al final, el quid de la cuestión radicaba en la manera en que habían sido cavadas las fosas, horizontales y no verticales, a lo ancho de la hondonada y no en profundidad. Organicé un grupo y decidí remediar el asunto aquel mismo día. La nieve había borrado el más mínimo rastro de los judíos. Empezamos a cavar. Al cabo de poco rato, oí que un viejo granjero llamado Barz gritaba que allí había algo. Fui a verlo. Sí, allí había algo.

–¿Sigo cavando? –dijo Barz.

–No sea estúpido –le contesté–, vuelva a taparlo todo, déjelo tal como estaba.

Cada vez que uno encontraba algo le repetía lo mismo. Déjelo. Tápelo. Váyase a cavar a otro lugar. Recuerde que no se trata de encontrar sino de *no* encontrar. Pero todos mis hombres, uno detrás de otro, iban encontrando algo y efectivamente, tal como había dicho mi secretario, parecía que en el fondo de la hondonada ya no había sitio para nada más.

Sin embargo al final mi tenacidad obtuvo la victoria. Encontramos un lugar *vacío* y allí puse a trabajar a todos mis hombres. Les dije que cavaran hondo, siempre hacia abajo, más abajo todavía, como si quisiéramos llegar al infierno, y también me ocupé de que la fosa fuera ancha como una piscina. De noche, iluminados por linternas, pudimos dar por terminado el trabajo y nos marchamos. Al día siguiente, debido al mal tiempo, sólo pudimos llevar a la hondonada a veinte judíos. Los niños se emborracharon como nunca. Algunos no podían mantenerse en pie, otros vomitaron en el viaje de vuelta. El camión que los traía los dejó en la plaza principal del pueblo, no lejos de mis oficinas, y muchos se quedaron allí, bajo la marquesina de la glorieta, abrazados unos con otros mientras la nieve no dejaba de caer y ellos soñaban con partidos de fútbol etílicos.

A la mañana siguiente cinco de los niños presentaban un cuadro típico de pulmonía y el resto, quien más, quien menos, se hallaba en un estado lamentable que les impedía ir a trabajar. Cuando le ordené al jefe de policía que sustituyera a los niños con hombres nuestros, al principio se mostró renuente, pero luego acabó por acatar. Aquella tarde se deshizo de ocho judíos. Me pareció una cifra insignificante y así se lo hice saber. Fueron ocho, me contestó, pero parecía que fueran ochocientos. Lo miré a los ojos y comprendí.

Le dije que íbamos a esperar a que los niños polacos se recuperaran. La mala racha que nos perseguía, sin embargo, no parecía dispuesta a dejarnos, por más esfuerzos que pusiéramos en conjurarla. Dos niños polacos murieron de pulmonía, debatiéndose en una fiebre que, según el médico del pueblo, estaba poblada por partidos de fútbol bajo la nieve y por agujeros blancos en donde desaparecían las pelotas y los jugadores. En señal de duelo envié a sus madres algo de tocino ahumado y una cesta con patatas y zanahorias. Luego esperé. Dejé que cayera la nieve. Dejé que mi cuerpo se helara. Una mañana fui a la hondonada. Allí la nieve era blanda, incluso excesivamente blanda. Durante unos segundos me pareció que caminaba sobre un gran plato de nata. Cuando llegué al borde y miré hacia abajo me di cuenta de que la naturaleza había hecho su trabajo. Magnífico. No vi rastros de nada, sólo nieve. Después, cuando el tiempo mejoró, la brigada de los niños borrachos volvió a trabajar.

Los arengué. Les dije que estaban haciéndolo bien y que sus familias ahora tenían más comida, más posibilidades. Ellos me miraron y no dijeron nada. En sus gestos, sin embargo, se percibía la flojera y el desgano que todo aquello les producía. Bien sé que hubieran preferido estar en la calle bebiendo y jugando al fútbol. Por otra parte, en el bar de la estación sólo se hablaba de la cercanía de los rusos. Algunos decían que Varsovia caería en cualquier momento. Lo susurraban. Pero yo oía los susurros y también, a mi vez, susurraba. Malos presagios.

Una tarde me dijeron que los niños borrachos habían bebido tanto que se derrumbaron uno detrás de otro sobre la nieve. Los regañé. Ellos no parecieron entender mis palabras. Daba igual. Un día pregunté cuántos judíos griegos nos quedaban. Al cabo de media hora uno de mis secretarios me entregó un papel con un cuadro en el que se detallaba todo, los quinientos judíos llegados en tren del sur, los que murieron durante el viaje, los que murieron durante su estancia en la antigua curtiduría, aquellos de los que nos encargamos nosotros, aquellos de los que se encargaron los niños borrachos, etcétera. Aún me quedaban más de cien judíos y todos estábamos exhaustos, mis policías, mis voluntarios y los niños polacos.

¿Qué hacer? El trabajo nos había excedido. El hombre, me dije contemplando el horizonte mitad rosa y mitad cloaca desde la ventana de mi oficina, no soporta demasiado tiempo algunos quehaceres. Yo, al menos, no lo soportaba. Trataba, pero no podía. Y mis policías tampoco. Quince, está bien. Treinta, también. Pero cuando uno llega a los cincuenta el estómago se revuelve y la cabeza se pone boca abajo y empiezan los insomnios y las pesadillas.

Suspendí los trabajos. Los niños volvieron a jugar al fútbol en la calle. Los policías volvieron a sus labores. Los campesinos se reintegraron a sus granjas. Nadie del exterior se interesaba por los judíos, por lo que los puse a trabajar en las brigadas de barrenderos y dejé que unos cuantos, no más de veinte, hicieran trabajos en el campo, responsabilizando a los granjeros de su seguridad.

Una noche me sacaron de la cama y me dijeron que había una llamada urgente. Era un funcionario de la Alta Galitzia, con quien nunca antes había hablado. Me dijo que preparara la evacuación de los alemanes de mi región.

–No hay trenes –le dije–, ¿cómo puedo evacuarlos a todos?

–Ése es su problema –dijo el funcionario.

Antes de que colgara le dije que tenía a un grupo de judíos en mi poder, ¿qué hago con ellos? No me respondió. Las líneas se habían cortado o tenía que llamar a otros como yo o el caso de los judíos no le interesaba. Eran las cuatro de la mañana. Ya no pude volver a la cama. Le dije a mi mujer que nos marchábamos y luego mandé a buscar al alcalde y al jefe de policía. Cuando llegué a mi oficina los encontré con caras de haber dormido poco y mal. Ambos tenían miedo.

Los tranquilicé, les dije que si actuábamos con rapidez nadie correría peligro. Pusimos a nuestra gente a trabajar. Antes de que clareara el alba los primeros evacuados ya habían emprendido el camino hacia el oeste. Yo me quedé hasta el final. Pasé un día más y una noche más en la aldea. A lo lejos se oía el ruido de los cañones. Fui a ver a los judíos, el jefe de policía es testigo, y les dije que se marcharan. Después me llevé a los dos policías que tenía de guardia y dejé a los judíos abandonados a su suerte en la antigua curtiduría. Supongo que eso es la libertad.

Mi chofer me dijo que había visto pasar a algunos soldados de la Wehrmacht sin detenerse. Subí a mi oficina sin saber muy bien qué buscaba allí. La noche anterior había dormido en el sofá unas pocas horas y ya había quemado todo lo que se tenía que quemar. Las calles del pueblo estaban vacías, aunque detrás de algunas ventanas se adivinaban las cabezas de las polacas. Después bajé, me subí al coche y partimos, dijo Sammer a Reiter.

Fui un administrador justo. Hice cosas buenas, guiado por mi carácter, y cosas malas, obligado por el azar de la guerra. Ahora, sin embargo, los niños borrachos polacos abren la boca y dicen que yo les arruiné su infancia, le dijo Sammer a Reiter. ¿Yo? ¿Yo les arruiné su infancia? ¡El alcohol les arruinó su infancia! ¡El fútbol les arruinó su infancia! ¡Esas madres holgazanas y descriteriadas les arruinaron su infancia! No yo.

–Otro en mi lugar –le dijo Sammer a Reiter– hubiera matado con sus propias manos a todos los judíos. Yo no lo hice. No está en mi carácter.

Uno de los hombres con los que Sammer solía dar largas caminatas por el campo de prisioneros era el jefe de policía. El otro era el jefe de bomberos. El alcalde, le dijo Sammer una noche, había muerto de pulmonía poco después de acabar la guerra. El chofer había desaparecido en un cruce de caminos, después de que el coche dejara definitivamente de funcionar.

A veces, por las tardes, Reiter contemplaba desde lejos a Sammer y se daba cuenta de que éste a su vez también lo observaba a él, una mirada de reojo en la que se traslucían la desesperación, los nervios, y también el miedo y la desconfianza.

–Hacemos cosas, decimos cosas, de las que luego nos arrepentimos con toda el alma –le dijo Sammer un día, mientras hacían cola para el desayuno.

Y otro día le dijo:

–Cuando vuelvan los policías americanos y me interroguen, estoy seguro de que me detendrán y seré sometido al escarnio público.

Cuando Sammer hablaba con Reiter el jefe de policía y el jefe de bomberos se quedaban a un lado, a unos metros de ellos, como si no quisieran inmiscuirse en las cuitas que tenía su antiguo jefe. Una mañana encontraron el cadáver de Sammer a medio camino entre la tienda de campaña y las letrinas. Alguien lo había estrangulado. Los norteamericanos interrogaron a unos diez prisioneros, entre ellos Reiter, que dijo no haber oído nada fuera de lo común aquella noche, y luego se llevaron el cuerpo y lo enterraron en la fosa común del cementerio de Ansbach.

Cuando Reiter pudo abandonar el campo de prisioneros se marchó a Colonia. Allí vivió en unos barracones cercanos a la estación y luego en un sótano que compartía con un veterano de una división blindada, un tipo silencioso que tenía la mitad del rostro quemado y que podía pasarse días enteros sin comer nada, y otro tipo que decía haber trabajado en un periódico y que, al contrario que su compañero, era amable y locuaz.

El veterano tanquista debía de tener unos treinta años o treintaicinco, el antiguo periodista rondaba los sesenta, aunque ambos, a veces, parecían niños. Durante la guerra el periodista había escrito una serie de artículos en los que se describía la vida heroica en algunas divisiones panzer tanto en el este como en el oeste, cuyos recortes conservaba y que el ensimismado tanquista había tenido ocasión de leer con aprobación. A veces abría la boca y le decía:

–Otto, tú has captado la esencia de lo que es la vida de un tanquista.

El periodista, haciendo un gesto de modestia, le contestaba:

–Gustav, mi mayor premio es que seas precisamente tú, un tanquista veterano, el que me asegure que no me he equivocado del todo.

–No te has equivocado en nada, Otto –replicaba el tanquista.

–Te agradezco tus palabras, Gustav –decía el periodista.

Los dos trabajaban ocasionalmente haciendo faenas de descombro para el municipio o vendiendo lo que a veces encontraban debajo de los cascotes. Cuando hacía buen tiempo se iban al campo y Reiter tenía durante una o dos semanas el sótano para él solo. Los primeros días en Colonia los dedicó a conseguir un billete de tren para volver a su aldea. Después encontró trabajo como portero en un bar que atendía a una clientela de soldados norteamericanos e ingleses que daban buenas propinas y para quienes en ocasiones realizaba trabajillos extra, como buscarles un piso en un barrio determinado o presentarles chicas o ponerlos en contacto con gente que se dedicaba al mercado negro. Así que se quedó en Colonia.

Durante el día escribía y leía. Escribir era fácil, pues sólo necesitaba un cuaderno y un lápiz. Leer era un poco más difícil, pues las bibliotecas públicas aún estaban cerradas y las pocas librerías (la mayoría ambulantes) que uno podía encontrar tenían los precios de los libros por las nubes. Aun así, Reiter leía y no sólo era él quien leía: a veces levantaba la mirada de su libro y toda la gente a su alrededor estaba a su vez leyendo. Como si los alemanes sólo se preocuparan de la lectura y de la comida, lo cual era falso pero a veces, sobre todo en Colonia, parecía verdadero.

Por contra, el interés por el sexo, notaba Reiter, había descendido notablemente, como si la guerra hubiera acabado con las reservas de testosterona en los hombres, de feromonas, de deseo, y ya nadie quisiera hacer el amor. Sólo follaban, a juicio de Reiter, las putas, pues ése era su oficio, y algunas mujeres que salían con las fuerzas de ocupación, pero incluso en estas últimas el deseo en realidad encubría otra cosa: un teatro de inocencia, un matadero congelado, una calle solitaria y un cine. Las mujeres que veía parecían niñas recién despertadas de una pesadilla horrible.

Una noche, mientras vigilaba la puerta del bar en la Spenglerstrasse, una voz femenina que surgió de la oscuridad pronunció su nombre. Reiter miró, no vio a nadie y pensó que se trataba de una de las putas, quienes hacían gala de un humor extraño, en ocasiones incomprensible. Cuando lo volvieron a llamar, sin embargo, reconoció que aquella voz no pertenecía a ninguna de las mujeres que frecuentaban el bar y le preguntó a la voz qué quería.

–Sólo quería saludarte –dijo la voz.

Luego vio una sombra y en dos zancadas se plantó en la acera de enfrente y alcanzó a cogerla del brazo y arrastrarla hacia la luz. La chica que lo había llamado por su nombre era muy joven. Cuando le preguntó qué quería de él, la chica contestó que era su novia y que resultaba francamente triste el hecho de que no la reconociera.

–Debo de estar muy fea –dijo–, pero si aún fueras un soldado alemán, procurarías dismularlo.

Reiter la miró con atención y por más esfuerzos que hizo no pudo recordarla.

–La guerra tiene mucho que ver con la amnesia –dijo la chica.

Después dijo:

–Amnesia es cuando uno pierde la memoria y no recuerda nada, ni su nombre ni el nombre de su novia.

Y añadió:

–También existe una amnesia selectiva, que es cuando uno recuerda todo o cree que recuerda todo y sólo ha olvidado una cosa, la única cosa importante de su vida.

Yo a esta tipa la conozco, pensó Reiter al oírla hablar, pero le fue imposible recordar en dónde y bajo qué circunstancias la había conocido. Así que decidió proceder con calma y le preguntó si quería tomar algo. La chica miró la puerta del bar y tras reflexionar un momento aceptó. Se tomaron un té sentados a una mesa cercana al pasillo de entrada. La mujer que les sirvió le preguntó a Reiter quién era esa pollita.

–Mi novia –dijo Reiter.

La desconocida le sonrió a la mujer y movió la cabeza afirmativamente.

–Es una chica muy simpática –dijo la mujer.

–Y muy trabajadora, además –dijo la desconocida.

La mujer hizo un gesto con la boca, torciendo las comisuras de los labios hacia abajo, como si dijera: una chica con iniciativa. Después dijo: ya veremos, y se marchó. Al cabo de un rato Reiter se levantó el cuello de su chaqueta de cuero negro y volvió a la puerta, pues ya empezaba a llegar gente, y la desconocida permaneció sentada a la mesa, leyendo de tanto en tanto las páginas de un libro y mirando la mayor parte de las veces a las mujeres y a los hombres que iban llenando el local. Al cabo de un rato la mujer que le había servido la taza de té la cogió de un brazo y con la excusa de que esa mesa hacía falta para los clientes la llevó a la calle. La desconocida se despidió amablemente de la mujer, pero ésta no le contestó. Reiter hablaba con dos soldados norteamericanos y la chica prefirió no acercársele. En vez de eso cruzó la calle, se acomodó en el zaguán de la casa vecina y desde allí estuvo un rato observando el movimiento constante en la puerta del bar.

Mientras trabajaba, de reojo, Reiter miraba el umbral de la casa vecina y a veces creía ver un par de ojos de gato, brillantes, que lo contemplaban desde la oscuridad. Cuando el trabajo amainó penetró en el zaguán y quiso llamarla, pero se dio cuenta de que no sabía su nombre. Ayudado por una cerilla la encontró durmiendo en un rincón. De rodillas, mientras la cerilla se consumía entre sus dedos, estuvo unos segundos observando su rostro dormido. Entonces la recordó.

Cuando ella despertó Reiter aún estaba a su lado, pero el zaguán se había transformado en una habitación con un ligero aire femenino, con fotos de artistas pegadas en las paredes y una colección de muñecas y osos de peluche sobre una cómoda. En el suelo, por el contrario, se apilaban cajas de whisky y botellas de vino. Una colcha de color verde la cubría hasta el cuello. Alguien la había descalzado. Se sintió tan bien que volvió a cerrar los ojos. Pero entonces escuchó la voz de Reiter que le decía: tú eres la chica que vivía en el antiguo piso de Hugo Halder. Sin abrir los ojos, asintió.

–No recuerdo tu nombre –dijo Reiter.

Se puso de lado, dándole la espalda, y dijo:

–Tu memoria es lamentable, me llamo Ingeborg Bauer.

–Ingeborg Bauer –repitió Reiter, como si en esas dos palabras se cifrara el destino.

Luego se durmió otra vez y cuando despertó estaba sola.

Aquella mañana, mientras paseaba con Reiter por la ciudad destruida, Ingeborg Bauer le dijo que vivía, junto a unos desconocidos, en un edificio cercano a la estación de tren. Su padre había muerto durante un bombardeo. Su madre y sus hermanas huyeron de Berlín antes de que la ciudad quedara cercada por los rusos. Primero estuvieron en el campo, en casa de un hermano de su madre, pero en el campo, contra lo que ellas creían, no había nada que comer y las niñas solían ser violadas por sus tíos y sus primos. Según Ingeborg Bauer los bosques estaban llenos de fosas en donde los lugareños enterraban a los que venían de la ciudad, después de robarles, violarlos y matarlos.

–¿A ti también te violaron? –le preguntó Reiter.

No, a ella no la violaron, pero a una de sus hermanas pequeñas la violó uno de sus primos, un chico de trece años que quería entrar en las Juventudes Hitlerianas y morir como un héroe. Así que su madre decidió seguir huyendo y se marcharon hacia una ciudad pequeña del Westerwald, en Hesse, de donde su madre era originaria. Allí la vida era aburrida y al mismo tiempo muy extraña, le dijo Ingeborg Bauer a Reiter, pues los habitantes de esa ciudad vivían como si no existiera la guerra, aunque muchos hombres habían marchado al frente con el ejército y la ciudad misma había sufrido tres bombardeos aéreos, ninguno devastador, pero bombardeos al fin y al cabo. Su madre se puso a trabajar en una cervecería y las hijas hicieron trabajos esporádicos, ayudando en oficinas o cubriendo bajas en un taller o haciendo de recaderas, y de vez en cuando incluso tenían tiempo, las más pequeñas, de acudir a la escuela.

Pese al trasiego constante, la vida era aburrida y cuando llegó la paz Ingeborg no lo soportó más y una mañana, mientras su madre y sus hermanas estaban fuera, se marchó a Colonia.

–Estaba segura –le dijo a Reiter– de que aquí te encontraría o encontraría a alguien muy parecido a ti.

Y eso era todo lo que había pasado, a grandes rasgos, desde que se besaron en el parque, cuando Reiter buscaba a Hugo Halder y ella a cambio le contó la historia de los aztecas. Por supuesto, Reiter no tardó en darse cuenta de que Ingeborg se había vuelto loca, si no lo estaba ya cuando la conoció, y también se dio cuenta de que estaba enferma o tal vez sólo fuera hambre lo que tenía.

Se la llevó a vivir con él al sótano, pero como Ingeborg tosía mucho y no parecía estar bien de los pulmones, buscó un nuevo alojamiento. Lo encontró en una buhardilla de un edificio semiderruido. No había ascensor y algunos tramos de la escalera eran inseguros, con escalones que cedían gradualmente al peso de los usuarios, cuando no con agujeros que se abrían al vacío, un vacío hecho de materiales de construcción donde aún era dable ver o adivinar las esquirlas de las bombas. Pero ellos no tuvieron problemas en vivir allí: Ingeborg apenas pesaba cuarentainueve kilos y Reiter, aunque muy alto, era delgado y huesudo y los escalones soportaron perfectamente bien su peso. No sucedió lo mismo con otros inquilinos. Un brandenburgués pequeño y simpático que trabajaba para las tropas de ocupación se cayó por el agujero que había entre el segundo y el tercer piso y se desnucó. El brandenburgués, cada vez que veía a Ingeborg, la saludaba con interés y afecto e indefectiblemente le regalaba en cada ocasión la flor que llevaba prendida en el ojal.

Por las noches, antes de irse a trabajar, Reiter se cercioraba de que a Ingeborg no le faltara nada para que no tuviera que bajar a la calle iluminando las escaleras tan sólo con una vela, aunque en el fondo Reiter sabía que a Ingeborg (y a él también) le faltaban tantas cosas que hacía que sus precauciones se tornaran, en el mismo momento de tomarlas, completamente inútiles. Al principio su relación excluyó el sexo. Ingeborg estaba muy débil y lo único que tenía ganas de hacer era hablar y, cuando estaba sola y las velas no escaseaban, leer. Reiter, en ocasiones, solía follar con las chicas que trabajaban en el bar. No eran sesiones excesivamente apasionadas sino más bien todo lo contrario. Hacían el amor como si hablaran de fútbol, a veces incluso sin dejar de fumar o sin dejar de mascar chicle americano, que empezaba a estar de moda y era bueno para los nervios, el chicle y el follar de esta manera, impersonalmente, aunque el acto estaba lejos de ser impersonal sino más bien objetivo, como si alcanzada la desnudez del matadero lo demás fuera de una teatralidad inaceptable.

Antes de entrar a trabajar en el bar Reiter se había acostado con otras chicas, en la estación de Colonia o en Solingen o en Remscheid o en Wuppertal, obreras y campesinas a quienes les gustaba que los hombres (siempre que tuvieran un aspecto sano) se corrieran en sus bocas. Algunas tardes Ingeborg le pedía a Reiter que le contara esas aventuras, así las llamaba, y Reiter, encendiendo un cigarrillo, se las contaba.

–Esas chicas de Solingen creían que el semen contiene vitaminas –decía Ingeborg–, igual que las chicas que te follaste en la estación de Colonia. Las entiendo perfectamente –decía Ingeborg–, yo también durante un tiempo estuve vagando por la estación de Colonia y hablé con ellas y me comporté como ellas.

–¿Tú también se la mamaste a desconocidos creyendo que el semen te iba a alimentar? –preguntó Reiter.

–Yo también –dijo Ingeborg–. Siempre que tuvieran un aspecto sano, siempre que no dieran la impresión de estar corroídos por el cáncer o por la sífilis –dijo Ingeborg–. Las campesinas que vagaban por la estación, las obreras, las locas que se habían perdido o huido de sus casas, todas creíamos que el semen era un alimento precioso, un extracto de todo tipo de vitaminas, el mejor método para no coger la gripe –dijo Ingeborg–. Algunas noches, antes de dormirme, encogida en un rincón de la estación de Colonia, pensaba en la primera chica campesina que tuvo esta idea, una idea absurda, aunque ciertos médicos prestigiosos dicen que la anemia se puede curar bebiendo semen a diario –dijo Ingeborg–. Pero yo pensaba en la chica campesina, en la chica desesperada que llegó por deducción empírica a esta misma idea. La imaginaba deslumbrada en la ciudad silenciosa contemplando las ruinas de todo y diciéndose a sí misma que ésa era la imagen que siempre había tenido de la ciudad. La imaginaba laboriosa, con una sonrisa en la cara, ayudando a todo aquel que se lo pidiera, y curiosa, también, recorriendo las calles y las plazas y reconstruyendo el perfil de la ciudad en la que siempre, en el fondo, había querido vivir. También, durante aquellas noches, la imaginaba muerta, de cualquier enfermedad, una enfermedad que no le proporcionara una agonía excesivamente lenta ni excesivamente rápida. Una agonía razonable, el tiempo suficiente para dejar de chupar vergas y envolverse en su propia crisálida, en sus propias penas.

–¿Y por qué crees que esa idea se le ocurrió a una chica y no a muchas al mismo tiempo? –le preguntó Reiter–. ¿Por qué crees que esa idea se le ocurrió a una chica, a una campesina, precisamente, y no a un listillo que de esa forma consiguió una mamada gratis?

Una mañana Reiter e Ingeborg hicieron el amor. La muchacha estaba afiebrada y sus piernas, debajo del camisón, le parecieron a Reiter las piernas más hermosas que había visto en su vida. Ingeborg acababa de cumplir veinte años y Reiter tenía veintiséis. A partir de entonces empezaron a follar a diario. A Reiter le gustaba hacerlo sentado junto a la ventana y que Ingeborg se sentara encima de él y hacer el amor mirándose a los ojos o mirando las ruinas de Colonia. A Ingeborg le gustaba hacerlo en la cama, en donde lloraba y se revolvía y se corría seis o siete veces, con las piernas encima de los hombros huesudos de Reiter, a quien llamaba cariño, mi amante, mi hombre, dulzura mía, palabras que a Reiter lo sonrojaban, pues esas expresiones le parecían más bien cursis y por aquella época le había declarado la guerra a la cursilería y al sentimentalismo y a la blandenguería y a lo afectado y a lo recargado y a lo artificioso y a lo ñoño, pero no decía nada, ya que el desconsuelo que adivinaba en los ojos de Ingeborg, y que el placer no podía borrar del todo, lo inmovilizaba como si él, Reiter, fuera un ratón y acabara de caer en una trampa.

Por supuesto, solían reírse, aunque no siempre de lo mismo. A Reiter, por ejemplo, le hacía mucha gracia el vecino brandenburgués cayendo por el hueco de la escalera. Ingeborg decía que el brandenburgués era una buena persona, siempre con una palabra amable en los labios, y además no podía olvidar las flores que le regalaba. Reiter entonces le advertía que no había que fiarse de las buenas personas. La mayoría de ellos, decía, son criminales de guerra que merecían ser colgados en la vía pública, una imagen que a Ingeborg le causaba escalofríos. ¿Cómo podía una persona que cada día conseguía una flor para ponerse en el ojal ser un criminal de guerra?

Lo que suscitaba la hilaridad de Ingeborg, por el contrario, eran cosas o situaciones de apariencia más abstracta. A veces Ingeborg se reía de los dibujos que la humedad trazaba en las paredes de la buhardilla. Sobre el yeso o el revoque veía largas hileras de camiones salir de una especie de túnel, al que ella llamaba, sin ningún motivo, el túnel del tiempo. Otras veces se reía de las cucarachas que cada cierto tiempo entraban en la casa. O de los pájaros que observaban Colonia posados en los artesonados ennegrecidos de los edificios más altos. A veces incluso se reía de su propia enfermedad, una enfermedad sin nombre (eso le causaba mucha risa), que los dos médicos a los que había ido, uno de ellos cliente del bar donde trabajaba Reiter y el otro un viejo de pelo blanco y barba blanca y voz enérgica y teatral, al que Reiter pagaba las visitas con botellas de whisky, una por visita, y que probablemente, según Reiter, era criminal de guerra, diagnosticaron de forma vaga, a medio camino entre una enfermedad nerviosa y una pulmonar.

Por lo demás, pasaban muchas horas juntos, a veces hablando de los temas más peregrinos, a veces Reiter sentado a la mesa escribiendo en un cuaderno de tapas de color caña su primera novela e Ingeborg estirada en la cama, leyendo. El aseo de la casa lo solía hacer Reiter, así como también las compras, e Ingeborg se ocupaba de cocinar, algo que se le daba bastante bien. Las conversaciones de sobremesa eran extrañas y en ocasiones se convertían en largos monólogos o en soliloquios o en confesiones.

Hablaban de libros, de poesía (Ingeborg le preguntaba a Reiter por qué no escribía poesía y Reiter le contestaba que toda la poesía, en cualquiera de sus múltiples disciplinas, estaba contenida o podía estar contenida, en una novela), de sexo (habían hecho el amor de todas las maneras posibles, o eso creían, y teorizaban sobre nuevas maneras pero sólo hallaban la muerte), y de la muerte. Cuando la vieja dama hacía su aparición, generalmente ya habían acabado de comer y la conversación languidecía, mientras Reiter, con aires de gran señor prusiano, había encendido un cigarrillo e Ingeborg pelaba, con un cuchillo de hoja corta y mango de madera, una manzana.

También: el diapasón de sus voces bajaba entonces hasta convertirse en un murmullo. En cierta ocasión Ingeborg le preguntó si él había matado a alguien. Tras pensárselo un momento, Reiter contestó afirmativamente. Durante unos segundos, que se prolongaron más de lo debido, Ingeborg lo miró fijamente: los labios descarnados, el humo que subía por el saliente de sus pómulos, los ojos azules, el pelo rubio y no muy limpio y tal vez necesitado de un corte, las orejas de adolescente campesino, la nariz que, en contraposición a las orejas, era prominente y noble, la frente de Reiter por la que parecía desplazarse una araña. Unos segundos antes ella hubiera podido creer que Reiter había matado a alguien, a cualquiera, durante la guerra, pero tras mirarlo tuvo la certeza de que él se refería a otra cosa. Le preguntó a quién había matado.

–A un alemán –dijo Reiter.

En la mente fantasiosa y siempre presta al desvarío de Ingeborg la víctima no podía ser otra que aquel Hugo Halder, el antiguo inquilino de su casa berlinesa. Al preguntárselo, Reiter se rió. No, no, Hugo Halder era su amigo. Luego se quedaron callados largo rato y los restos de comida parecieron congelarse sobre la mesa. Finalmente Ingeborg le preguntó si estaba arrepentido y Reiter hizo una señal con la mano que podía significar cualquier cosa. Después dijo:

–No.

Y añadió tras un largo intervalo: a veces sí y a veces no.

–¿Lo conocías? –susurró Ingeborg.

–¿A quién? –dijo Reiter como si lo despertaran.

–A la persona que mataste.

–Sí –dijo Reiter–, vaya si lo conocía, dormía a mi lado, muchas noches, y no paraba de hablar.

–¿Era una mujer? –susurró Ingeborg.

–No, no era una mujer –dijo Reiter, y se rió–, era un hombre.

Ingeborg también se rió. Después se puso a hablar sobre la atracción que sienten algunas mujeres por los asesinos de mujeres. El prestigio de los asesinos de mujeres entre las putas, por ejemplo, o entre las mujeres dispuestas a amar hasta los límites. Para Reiter esas mujeres eran unas histéricas. Para Ingeborg, por el contrario, esas mujeres, que decía conocer, sólo eran jugadoras, más o menos como los jugadores de cartas que acaban suicidándose de madrugada o como los asiduos a los hipódromos que acaban suicidándose en cuartos de pensiones baratas u hoteles perdidos en callejones frecuentados únicamente por gángsters o por chinos.

–En ocasiones –dijo Ingeborg–, cuando estamos haciendo el amor y tú me coges del cuello, he llegado a pensar que eras un asesino de mujeres.

–Nunca he matado a una mujer –dijo Reiter–. Ni se me ha pasado por la cabeza.

No volvieron a hablar del asunto hasta una semana después.

Reiter le dijo que era posible que la policía norteamericana y también la policía alemana lo estuvieran buscando o que su nombre figurara en una lista de sospechosos. El tipo al que había matado, le dijo, se llamaba Sammer y era un asesino de judíos. Entonces tú no has cometido ningún crimen, quiso decirle ella, pero Reiter no la dejó.

–Todo esto ocurrió en un campo de prisioneros –dijo Reiter–. No sé quién se pensó Sammer que yo era, pero no paraba de contarme cosas. Estaba nervioso porque la policía norteamericana lo iba a interrogar. Por precaución, se había cambiado el nombre. Se hacía llamar Zeller. Pero yo no creo que la policía norteamericana buscara a Sammer. Tampoco buscaba a Zeller. Para los norteamericanos Zeller y Sammer eran dos ciudadanos alemanes fuera de toda sospecha. Los norteamericanos buscaban criminales de guerra con un cierto prestigio, gente de los campos de exterminio, oficiales de las SS, peces gordos del partido. Y Sammer sólo era un funcionario sin mayor importancia. A mí me interrogaron. Me preguntaron qué sabía de él, si él me había hablado de enemigos entre los otros prisioneros. Yo dije que no sabía nada, que Sammer sólo hablaba de su hijo muerto en Kursk y de las jaquecas que padecía su mujer. Me miraron las manos. Eran policías jóvenes y no tenían demasiado tiempo que perder en un campo de prisioneros. Pero no quedaron muy convencidos. Anotaron mi nombre en sus cuadernos y volvieron a interrogarme. Me preguntaron si había sido miembro del Partido Nacionalsocialista, si conocía a muchos nazis, a qué se dedicaba mi familia y dónde vivían. Intenté ser sincero y di respuestas claras. Les pedí que me ayudaran a encontrar a mis padres. Después el campo de prisioneros empezó a vaciarse a medida que llegaban nuevos huéspedes. Pero yo seguía adentro. Un compañero me dijo que la vigilancia era sólo nominal. Los soldados negros tenían otras cosas en la cabeza y no se preocupaban mayormente de nosotros. Una mañana, durante un trasvase de prisioneros, me colé y salí sin ningún problema.

Durante un tiempo estuve vagando por diversas ciudades. Estuve en Coblenza. Trabajé en las minas que comenzaban a reabrir. Pasé hambre. Tenía la impresión de que el fantasma de

Sammer estaba pegado a mi sombra. Pensé en cambiar yo también de nombre. Finalmente llegué a Colonia y pensé que cualquier cosa que a partir de entonces me pudiera pasar ya me había pasado antes y que era inútil seguir arrastrando la sombra infecta de Sammer. Una vez me detuvieron. Fue después de una trifulca en el bar. Llegaron los PM y nos llevaron a unos cuantos a la comisaría. Buscaron mi nombre en un dossier, pero no encontraron nada y me dejaron ir.

Por aquellos días conocí a una vieja que vendía cigarrillos y flores en el bar. Yo a veces le compraba uno o dos cigarrillos y nunca le puse problemas para que entrara. La vieja me dijo que durante la guerra había sido adivina. Una noche me pidió que la acompañara a su casa. Vivía en la Reginastrasse, en un piso grande pero tan lleno de objetos que apenas se podía caminar. Una de las habitaciones parecía el almacén de una tienda de ropa. Ahora te diré por qué. Cuando llegamos sirvió dos vasos de aguardiente y se sentó a la mesa y sacó unas cartas. Te voy a echar las cartas, me dijo. En unas cajas encontré muchos libros. Recuerdo que cogí las obras completas de Novalis y la *Judith* de Friedrich Hebbel, y mientras hojeaba estos libros la vieja me dijo que yo había matado a un hombre, etcétera. La misma historia.

–Fui soldado –le dije.

–En la guerra estuvieron a punto de matarte varias veces, aquí está escrito, pero tú no mataste a nadie, lo cual tiene mérito –dijo la vieja.

¿Tanto se me nota?, pensé. ¿Tanto se me nota que soy un asesino? Por supuesto, yo no me sentía un asesino.

–Te recomiendo que te cambies de nombre –dijo la vieja–. Hazme caso. Yo fui la adivina de muchos jefazos de las SS y sé lo que digo. No cometas la estupidez típica de las novelas policiacas inglesas.

–¿A qué te refieres? –le dije.

–A las novelas policiacas inglesas –dijo la vieja–, al imán de las novelas policiacas inglesas que primero infectó a las novelas policiacas norteamericanas y luego a las novelas policiacas francesas y alemanas y suizas.

–¿Y cuál es esa estupidez? –le pregunté.

–Un dogma –dijo la vieja–, un dogma que se puede resumir con estas palabras: el asesino siempre vuelve al lugar del crimen.

Me reí.

–No te rías –dijo la vieja–, hazme caso a mí, que soy de las pocas personas de Colonia que verdaderamente te aprecian.

Dejé de reírme. Le dije que me vendiera la *Judith* y las obras de Novalis.

–Te los puedes quedar, cada vez que vengas a verme te puedes quedar con dos libros –dijo–, pero ahora presta atención a algo mucho más importante que la literatura. Es necesario que te cambies de nombre. Es necesario que no vuelvas nunca más al lugar del crimen. Es necesario que rompas la cadena. ¿Me entiendes?

–Algo entiendo –le dije, aunque en realidad sólo había entendido, y muy gozosamente, la oferta de los libros.

Después la vieja me dijo que mi madre vivía y que cada noche pensaba en mí y que mi hermana vivía y que cada mañana y cada tarde y cada noche soñaba conmigo y que mis zancadas, como las zancadas de un gigante, resonaban en la bóveda craneal de mi hermana. De mi padre no dijo nada.

Y luego empezó a amanecer y la vieja dijo:

–He oído cantar a un ruiseñor.

Y luego me pidió que la siguiera hasta una habitación, la que estaba llena de ropa, como la habitación de un ropavejero, y hurgó entre los montones de ropa hasta volver a aparecer, victoriosa, con una chaqueta de cuero negro, y me dijo:

–Esta chaqueta es para ti, te ha estado esperando todo este tiempo, desde que murió su anterior dueño.

Y yo cogí la chaqueta y me la probé y efectivamente parecía hecha expresamente para mí.

Posteriormente Reiter le preguntó a la vieja quién había sido el anterior propietario de la chaqueta, pero sobre este punto las respuestas de la vieja eran contradictorias y vagas.

Una vez le dijo que había pertenecido a un esbirro de la Gestapo y otra vez le dijo que había sido de un novio suyo, un comunista muerto en un campo de concentración, e incluso en cierta ocasión le dijo que el anterior dueño de la chaqueta fue un espía inglés, el primero (y el único) espía inglés que había saltado en paracaídas en las cercanías de Colonia durante el año de 1941, para hacer una exploración sobre el terreno para una futura sublevación de los ciudadanos de Colonia, algo que a los propios ciudadanos de Colonia que tuvieron la oportunidad de escucharlo les pareció una barbaridad, pues Inglaterra por entonces estaba perdida, a juicio de los ciudadanos de Colonia y de los ciudadanos de toda Europa, y aunque este espía, según la vieja, no era inglés sino escocés, nadie se lo tomó en serio, más aún cuando los pocos que tuvieron oportunidad de conocerlo lo vieron beber (lo hacía como un cosaco aunque su aguante ante el alcohol era admirable, se le ponían los ojos turbios y miraba de reojo las piernas de las mujeres, pero mantenía cierta coherencia verbal y una especie de elegancia fría que a los honrados y antifascistas ciudadanos de Colonia que lo trataron les parecía un rasgo propio de un carácter temerario y audaz, sin por ello resultar menos encantador), en fin, que en 1941 no estaba el horno para bollos.

A este espía inglés la vieja adivina lo vio, según le contó a Reiter, en sólo dos ocasiones. En la primera le dio alojamiento en su casa y le tiró las cartas. Tenía la suerte de su lado. En la segunda y última le proporcionó ropa y documentos, pues el inglés (o escocés) volvía a Inglaterra. Fue entonces cuando el espía se deshizo de su chaqueta de cuero. Otras veces, sin embargo, la vieja no quería ni oír hablar del espía. Sueños, decía, ensoñaciones, representaciones carentes de sustancia, espejismos de vieja razonablemente desesperada. Y entonces volvía a decir que la chaqueta de cuero había sido de un esbirro de la Gestapo, uno de los que se encargaron de localizar y reprimir a los desertores que a finales del 44 y principios del 45 se hicieron fuertes (fuertes es un decir) en la noble ciudad de Colonia.

Después la salud de Ingeborg empeoró y un médico inglés le dijo a Reiter que la muchacha, esa muchacha guapa y encantadora, probablemente no iba a vivir más de dos o tres meses y luego se quedó mirando a Reiter, que se puso a llorar sin decir palabra, aunque en realidad más que mirar a Reiter el médico inglés se quedó mirando y apreciando con ojos de peletero o de marroquinero su preciosa chaqueta de cuero negro, y finalmente, mientras Reiter seguía llorando, le preguntó dónde la había comprado, ¿dónde he comprado qué?, la chaqueta, ah, en Berlín, mintió Reiter, antes de la guerra, en un establecimiento llamado Hahn & Förster, dijo, y entonces el médico le dijo que los peleteros Hahn y Förster o sus herederos probablemente se habían inspirado en las chaquetas de cuero de Mason & Cooper, los fabricantes de chaquetas de cuero de Manchester, que también tenían sucursal en Londres, y que en 1938 sacaron una chaqueta exactamente igual a la que llevaba Reiter, con las mangas idénticas y el cuello idéntico y el mismo número de botones, a lo que Reiter respondió encogiéndose de hombros y secándose con la manga de la chaqueta las lágrimas que corrían por sus mejillas, y entonces el médico, conmovido, avanzó un paso y le puso una mano en el hombro y dijo que él también tenía una chaqueta de cuero así, como la de Reiter, sólo que la de él era de Mason & Cooper y la de Reiter de Hahn & Förster, aunque al tacto, y Reiter podía creer en su palabra pues él era un entendido, un aficionado a las chaquetas de cuero negro, ambas eran iguales, ambas parecían provenir de la misma partida de cuero que Mason & Cooper utilizaron en 1938 para hacer esas chaquetas que eran auténticas obras de arte, obras de arte, por otra parte, irrepetibles, pues aunque la casa Mason & Cooper seguía en pie, durante la guerra, según sabía, el señor Mason había muerto durante un bombardeo, no por culpa de las bombas, se apresuró a aclarar, sino por culpa de su delicado corazón que no pudo soportar una carrera hacia el refugio o que no pudo soportar el silbido del ataque, el ruido de los destrozos y de las detonaciones o que tal vez no pudo soportar el ulular de las sirenas, vaya uno a saber, lo cierto es que al señor Mason le sobrevino un ataque al corazón y desde ese momento la casa Mason & Cooper experimentó una ligera caída no en la producción sino en la calidad, aunque tal vez decir calidad sea un poco exagerado, sea un poco purista, dijo el médico, pues la calidad de la casa Mason & Cooper era y seguiría siendo incuestionable, si no en el detalle, en la disposición mental, si esta expresión era lícita o permisible, de los nuevos modelos de chaquetas de cuero, en aquello intangible que hacía que una chaqueta de cuero fuera una pieza de artesanía, una prenda artística que caminaba con la historia pero que también caminaba contra la historia, no sé si me explico, dijo el médico, y Reiter entonces se sacó la chaqueta y la puso en sus manos, obsérvela cuanto quiera, dijo al tiempo que se sentaba en una de las dos sillas que había en la consulta y seguía llorando, y el médico se quedó con la chaqueta colgando de las manos y sólo entonces pareció despertar del sueño de las chaquetas de cuero y pudo decir unas palabras de aliento o unas palabras que intentaron componer una frase de aliento, aun a sabiendas de que nada podía mitigar el dolor de Reiter, y luego procedió a ponerle la chaqueta por encima de los hombros, y volvió a pensar que esa chaqueta, la chaqueta de un portero de un bar de putas de Colonia, era exactamente igual que la suya, e incluso por un momento pensó que *era* la suya, sólo que un poco más gastada, como si su propia chaqueta hubiera salido de su armario en una calle de Londres y hubiera cruzado el Canal y el norte de Francia con el solo propósito de volverlo a ver, a él, a su propietario, un médico militar inglés de vida licenciosa, un médico que atendía gratis a los indigentes, siempre y cuando los indigentes fueran sus amigos o, a lo sumo, amigos de sus amigos, e incluso por un momento pensó que el joven alemán que lloraba le había mentido, que no había comprado la chaqueta en Hahn & Förster, sino que aquella chaqueta de cuero negro era una Mason & Cooper auténtica, adquirida en Londres, en la casa Mason & Cooper, pero, en fin, se dijo el médico mientras ayudaba al lloroso Reiter a ponerse la chaqueta (tan peculiar al tacto, tan placentera, tan familiar), la vida es básicamente un misterio.

Durante los tres meses que siguieron Reiter se las arregló para pasar la mayor parte de su tiempo junto a Ingeborg. Consiguió frutas y verduras en el mercado negro. Consiguió libros para que ella leyera. Cocinó e hizo el aseo de la buhardilla que compartían. Leyó libros de medicina y buscó remedios de todo tipo. Una mañana aparecieron por la casa las dos hermanas y la madre de Ingeborg. La madre hablaba poco y tenía un trato correcto, pero las hermanas, una de dieciocho años y la otra de dieciséis, sólo pensaban en salir y en conocer los lugares más interesantes de la ciudad. Un día Reiter les dijo que el lugar más interesante de Colonia, precisamente, era su buhardilla y las hermanas de Ingeborg se rieron. Reiter, que sólo reía cuando estaba con Ingeborg, también se rió. Una noche se las llevó al trabajo. Hilde, la de dieciocho, miraba a las putas que recalaban en el bar con un aire de superioridad, pero aquella noche se marchó con dos jóvenes tenientes americanos y no volvió hasta bien entrado el día siguiente, ante la alarma de su madre que acusó a Reiter de trabajar de alcahuete.

La enfermedad, por otra parte, había agudizado la apetencia sexual de Ingeborg pero la buhardilla era pequeña y todos dormían en la misma habitación, lo que cohibía a Reiter cuando volvía de su trabajo a las cinco o las seis de la mañana e Ingeborg le exigía que le hiciera el amor. Cuando trataba de explicarle que con casi total seguridad su madre los oiría, pues no estaba sorda, Ingeborg se enfadaba y decía que ya no la deseaba. Una tarde la hermana menor, Grete, la de dieciséis, se llevó a Reiter a dar un paseo por las manzanas destruidas del barrio y le dijo que su hermana había sido visitada por varios psiquiatras y neurólogos en Berlín y que todos terminaron dando un diagnóstico de locura.

Reiter la miró: se parecía a Ingeborg pero estaba más rellenita y era más alta. De hecho, era tan alta y tenía una pinta tan atlética que parecía una lanzadora de jabalina.

–Nuestro padre fue nazi –le dijo la hermana–, e Ingeborg también, durante aquel tiempo, era nazi. Pregúntaselo. Estuvo con las Juventudes Hitlerianas.

–¿Así que, según tú, está loca? –dijo Reiter.

–Loca de atar –dijo la hermana.

Poco después, Hilde le dijo a Reiter que Grete estaba empezando a enamorarse de él.

–¿Así que, según tú, Grete está enamorada de mí?

–Enamorada hasta el delirio –dijo Hilde poniendo los ojos en blanco.

–Qué interesante –dijo Reiter.

Un amanecer, después de llegar silenciosamente a casa procurando no despertar a ninguna de las cuatro mujeres que dormían, Reiter se metió en la cama y se pegó al cuerpo caliente de Ingeborg y se dio cuenta en el acto de que Ingeborg tenía fiebre y los ojos se le llenaron de lágrimas y sintió que se mareaba, pero tan paulatinamente que la sensación no era del todo desagradable.

Luego notó que la mano de Ingeborg cogía su verga y lo masturbaba y con su mano levantó el camisón de Ingeborg hasta la cintura y buscó su clítoris y comenzó a su vez a masturbarla, pensando en otras cosas, en su novela, que avanzaba, en los mares de Prusia y en los ríos de Rusia y en los monstruos benéficos que moraban en las profundidades de la costa de Crimea, hasta que junto a su mano sintió la mano de Ingeborg que se introducía dos dedos en la vagina y luego untaba con esos dedos la entrada de su culo y le pedía, no, le ordenaba, que la penetrara, que la sodomizara, pero ya, en el acto, sin mayor dilación, cosa que Reiter hizo sin pensárselo dos veces ni medir las consecuencias de lo que hacía, pues bien sabía él cómo reaccionaba Ingeborg cuando la enculaba, pero aquella noche su voluntad funcionaba como la voluntad de un hombre dormido, incapaz de prever nada y sólo atento al instante, y así, mientras follaban e Ingeborg gemía, vio levantarse de un rincón no una sombra sino un par de ojos de gato, y los ojos se alzaron y quedaron flotando en la oscuridad, y luego otro par de ojos se alzó y se instaló en la penumbra, y escuchó que Ingeborg les ordenaba a los ojos, con la voz enronquecida, que se acostaran, y entonces Reiter notó que el cuerpo de su mujer se ponía a sudar y él también se puso a sudar y pensó que eso era bueno para la fiebre, y cerró los ojos y siguió acariciando con la mano izquierda el sexo de Ingeborg y cuando abrió los ojos vio cinco pares de ojos de gato flotando en la oscuridad, y aquello sí que le pareció una señal inequívoca de que estaba soñando, pues tres pares de ojos, los de las hermanas y los de la madre de Ingeborg, tenían cierta lógica, pero cinco pares de ojos escapaban de cualquier coherencia espacio temporal, a no ser que cada una de las hermanas hubiera invitado aquella noche a un respectivo amante, lo que tampoco entraba dentro de sus previsiones ni era factible o creíble.

Al día siguiente Ingeborg estaba malhumorada y todo lo que hacían o decían sus hermanas y su madre le parecía hecho o dicho contra ella. La situación, a partir de entonces, se volvió tan tensa que ni ella podía leer ni él podía escribir. A veces Reiter tenía la impresión de que Ingeborg estaba celosa de Hilde, cuando en buena lid de quien debía estar celosa era de Grete. A veces, antes de marcharse a trabajar, Reiter veía desde la ventana de la buhardilla a los dos oficiales con los que salía Hilde, que se ponían a gritar su nombre y a silbar desde la acera de enfrente. En más de una ocasión bajó con ella las escaleras y le aconsejó que tuviera cuidado. Despreocupada, Hilde le contestaba:

–¿Qué me pueden hacer?, ¿bombardearme?

Y luego se reía y Reiter también se reía con sus respuestas.

–A lo sumo me harán lo que tú le haces a Ingeborg –le dijo una vez, y Reiter estuvo durante mucho rato repitiéndose esa contestación.

Lo que yo le hago a Ingeborg. ¿Pero qué le hacía él a Ingeborg sino amarla?

Por fin, un día la madre y las hermanas decidieron volver al pueblo del Westerwald, en donde se había establecido la familia, y Reiter e Ingeborg volvieron a quedarse solos. Ahora podemos amarnos con tranquilidad, le dijo Ingeborg. Reiter la miró: Ingeborg se había levantado y estaba poniendo un poco de orden en la casa. El camisón era de color marfil y los pies de ella eran huesudos y alargados y casi del mismo color. A partir de ese día la salud de ella mejoró notablemente y cuando llegó la fecha fatídica anunciada por el médico inglés se encontraba mejor que nunca.

Poco después se puso a trabajar en un taller de costura que transformaba los vestidos antiguos en vestidos nuevos, los vestidos pasados de moda en vestidos a la moda. En el taller tenían tres máquinas de coser, pero gracias a la iniciativa de la dueña, una mujer emprendedora y pesimista que no tenía la menor duda de que la Tercera Guerra Mundial empezaría a más tardar en 1950, el negocio prosperó. Al principio el trabajo de Ingeborg estribaba en coser trozos de tela conforme a los patrones que preparaba la señora Raab, pero al poco tiempo y debido al trabajo ingente del pequeño negocio, su labor consistió en visitar tiendas de moda femenina y tomar pedidos que luego ella misma se encargaba de entregar.

Por aquellas fechas Reiter terminó de escribir su primera novela. La tituló *Lüdicke* y tuvo que recorrer callejones perdidos de Colonia en busca de alguien que alquilara una máquina de escribir, pues decidió que no se la iba a pedir prestada ni a alquilar a ningún conocido, es decir a nadie que supiera que él se llamaba Hans Reiter. Finalmente encontró a un viejo que poseía una vieja máquina francesa y que, aunque no se dedicaba a alquilarla, hacía una excepción con los escritores.

La cifra que le pidió el viejo era alta y al principio Reiter pensó que lo mejor era seguir buscando, pero cuando vio la máquina, perfectamente conservada, sin una mota de polvo, con todas las letras dispuestas a dejar su impronta en el papel, decidió que bien podía darse el lujo de pagarle. El viejo pedía el dinero por adelantado y aquella misma noche, en el bar, Reiter pidió y obtuvo varios préstamos de las chicas. Al día siguiente volvió y le mostró el dinero, pero entonces el viejo sacó una libreta de un escritorio y quiso saber su nombre. Reiter dijo lo primero que se le pasó por la cabeza.

–Me llamo Benno von Archimboldi.

El viejo entonces lo miró a los ojos y le dijo que no se pasara de listo, que cuál era su nombre verdadero.

–Mi nombre es Benno von Archimboldi, señor –dijo Reiter–, y si usted cree que estoy bromeando lo mejor será que me vaya.

Durante unos instantes ambos permanecieron en silencio. Los ojos del viejo eran de color marrón oscuro, aunque bajo la débil luz de su estudio semejaban ser de color negro. Los ojos de Archimboldi eran azules y al viejo le parecieron los ojos de un joven poeta, unos ojos cansados, maltratados, enrojecidos, pero jóvenes y en cierto sentido puros, aunque el viejo hacía mucho que había dejado de creer en la pureza.

–Este país –le dijo a Reiter, que aquella tarde se convirtió, tal vez, en Archimboldi– ha intentado arrojar al abismo a varios países en nombre de la pureza y de la voluntad. Para mí, como usted comprenderá, la pureza y la voluntad son puro mariconeo. Gracias a la pureza y a la voluntad nos hemos convertido todos, entiéndalo bien, todos, todos, en un país de cobardes y de matones, que al fin y al cabo son lo mismo. Ahora lloramos y nos afligimos y decimos ¡no lo sabíamos!, ¡lo ignorábamos!, ¡fueron los nazis!, ¡nosotros hubiéramos actuado de otra manera! Sabemos gemir. Sabemos provocar lástima y pena. No nos importa que se burlen de nosotros, mientras nos compadezcan y nos perdonen. Ya habrá tiempo para que inauguremos un largo puente de amnesia. ¿Comprende usted lo que quiero decir?

–Lo comprendo –dijo Archimboldi.

–Yo fui escritor –dijo el viejo.

–Pero lo dejé. Esta máquina de escribir me la regaló mi padre. Un padre cariñoso y culto que llegó a vivir hasta los noventaitrés años de edad. Un hombre básicamente bueno. Un hombre que creía, de más está decirlo, en el progreso. Pobre mi padre. Creía en el progreso y por supuesto creía en la bondad intrínseca del ser humano. Yo también creo en la bondad intrínseca del ser humano, pero eso no significa nada. Un asesino, en el fondo, es bueno. Los alemanes eso lo sabemos bien. ¿Y qué? Puedo pasar una noche bebiendo con un asesino y tal vez, al contemplar ambos la aurora, nos pongamos a cantar o a tararear una pieza de Beethoven. ¿Y qué? Puede el asesino llorar en mi hombro. Normal. Ser asesino no es fácil. Eso lo sabemos bien usted y yo. No es nada fácil. Exige pureza y voluntad, voluntad y pureza. La pureza del cristal y una voluntad de hierro. E incluso puedo yo ponerme a llorar en el hombro del asesino y susurrarle palabras dulces como «hermano», «camarada», «compañero de infortunios». En ese momento el asesino es bueno, puesto que es intrínsecamente bueno, y yo soy un idiota, puesto que soy intrínsecamente un idiota, y ambos somos sentimentales, puesto que nuestra cultura tiende irrefrenablemente a la sentimentalidad. Pero cuando la obra se acaba y yo estoy solo, el asesino abrirá la ventana de mi cuarto y entrará con sus pasitos de enfermero y me degollará hasta que no quede una gota de mi sangre.

Pobre mi padre mío. Fui escritor, fui escritor, pero mi indolente cerebro voraz me comía las entrañas. Buitre de mi propio Prometeo o Prometeo de mi propio buitre, un día me di cuenta de que podía llegar a publicar excelentes artículos en las revistas y en los periódicos, e incluso libros que no desmerecían el papel en que estaban impresos. Pero también supe que jamás lograría acercarme o internarme en aquello que llamamos una obra maestra. Me dirá usted que la literatura no consiste únicamente en obras maestras sino que está poblada de obras, así llamadas, menores. Yo también creía eso. La literatura es un vasto bosque y las obras maestras son los lagos, los árboles inmensos o extrañísimos, las elocuentes flores preciosas o las escondidas grutas, pero un bosque también está compuesto por árboles comunes y corrientes, por yerbazales, por charcos, por plantas parásitas, por hongos y por florecillas silvestres. Me equivocaba. Las obras menores, en realidad, no existen. Quiero decir: el autor de una obra menor no se llama fulanito o zutanito. Fulanito y zutanito existen, de eso no cabe duda, y sufren y trabajan y publican en periódicos y revistas y de vez en cuando incluso publican un libro que no desmerece el papel en el que está impreso, pero esos libros o esos artículos, si usted se fija con atención, *no están escritos por ellos.*

Toda obra menor tiene un autor secreto y todo autor secreto es, por definición, un escritor de obras maestras. ¿Quién ha escrito tal obra menor? Aparentemente un escritor menor. La mujer de este pobre escritor lo puede atestiguar, ella lo ha visto sentado a la mesa, inclinado sobre las páginas en blanco, retorciéndose y deslizando su pluma sobre el papel. Parece un testigo irrebatible. Pero lo que ha visto es sólo la parte exterior. El cascarón de la literatura. Una apariencia –le dijo el viejo ex escritor a Archimboldi y Archimboldi recordó a Ansky–. Quien en verdad está escribiendo esa obra menor es un escritor secreto que sólo acepta los dictados de una obra maestra.

Nuestro buen artesano escribe. Está ensimismado en aquello que va plasmando bien o mal en el papel. Su mujer, sin que él lo sepa, lo observa. Efectivamente, es él quien escribe. Pero si su mujer tuviera una vista de rayos X se daría cuenta de que no asiste propiamente a un ejercicio de creación literaria sino más bien a una sesión de hipnotismo. En el interior del hombre que está sentado escribiendo *no hay nada.* Nada que sea él, quiero decir. Cuánto mejor haría ese pobre hombre dedicándose a la lectura. La lectura es placer y alegría de estar vivo o tristeza de estar vivo y sobre todo es conocimiento y preguntas. La escritura, en cambio, suele ser vacío. En las entrañas del hombre que escribe *no hay nada.* Nada, quiero decir, que su mujer, en un momento dado, pueda reconocer. Escribe al dictado. Su novela o poemario, decentes, decentitos, salen no por un ejercicio de estilo o voluntad, como el pobre desgraciado cree, sino gracias a un ejercicio de *ocultamiento.* ¡Es necesario que haya muchos libros, muchos pinos encantadores, para que velen de miradas aviesas el libro que realmente importa, la jodida gruta de nuestra desgracia, la flor mágica del invierno!

Disculpe las metáforas. A veces me excito y me pongo romántico. Pero escuche. Toda obra que no sea una obra maestra es, cómo se lo diría, una pieza de un vasto camuflaje. Usted ha sido soldado, me imagino, y ya sabe a lo que me refiero. Todo libro que no sea una obra maestra es carne de cañón, esforzada infantería, pieza sacrificable dado que reproduce, de múltiples maneras, el esquema de la obra maestra. Cuando comprendí esta verdad dejé de escribir. Mi mente, sin embargo, no dejó de funcionar. Al contrario, al no escribir funcionaba mejor. Me pregunté: ¿por qué una obra maestra necesita estar oculta?, ¿qué extrañas fuerzas la arrastran hacia el secreto y el misterio?

Ya sabía que escribir era inútil. O que sólo merecía la pena si uno está dispuesto a escribir una obra maestra. La mayor parte de los escritores se equivocan o juegan. Tal vez equivocarse y jugar sea lo mismo, las dos caras de la misma moneda. En realidad nunca dejamos de ser niños, niños monstruosos llenos de pupas y de varices y de tumores y de manchas en la piel, pero niños al fin y al cabo, es decir nunca dejamos de aferrarnos a la vida puesto que somos vida. También se podría decir: somos teatro, somos música. De igual manera, pocos son los escritores que renuncian. Jugamos a creernos inmortales. Nos equivocamos en el juicio de nuestras propias obras y en el juicio siempre impreciso de las obras de los demás. Nos vemos en el Nobel, dicen los escritores, como quien dice: nos vemos en el infierno.

Una vez vi una película de gángsters norteamericana. En una escena un detective mata a un malhechor y antes de disparar el balazo mortal le dice: nos vemos en el infierno. Está jugando. El detective está jugando y equivocándose. El malhechor, que lo mira y lo insulta poco antes de morir, también está jugando y equivocándose, aunque su campo de juegos y su campo de equívocos se ha reducido casi hasta el cero absoluto, puesto que en el siguiente plano va a morir. El director de la película también juega. El guionista, lo mismo. Nos vemos en el Nobel. Hemos hecho historia. El pueblo alemán nos lo agradece. Una batalla heroica que será recordada por las generaciones venideras. Un amor inmortal. Un nombre escrito en el mármol. La hora de las musas. Incluso una frase aparentemente tan inocente como decir: ecos de una prosa griega no contiene más que juego y equivocación.

El juego y la equivocación son la venda y son el impulso de los escritores menores. También: son la promesa de su felicidad futura. Un bosque que crece a una velocidad vertiginosa, un bosque al que nadie le pone freno, ni siquiera las Academias, al contrario, las Academias se encargan de que crezca sin problemas, y los empresarios y las universidades (criaderos de atorrantes), y las oficinas estatales y los mecenas y las asociaciones culturales y las declamadoras de poesía, todos contribuyen a que el bosque crezca y oculte lo que tiene que ocultar, todos contribuyen a que el bosque reproduzca lo que tiene que reproducir, puesto que es inevitable que así lo haga, pero sin revelar nunca qué es aquello que reproduce, aquello que mansamente refleja.

¿Un plagio, se dirá usted? Sí, un plagio, en el sentido en que toda obra menor, toda obra salida de la pluma de un escritor menor, no puede ser sino un plagio de cualquier obra maestra. La pequeña diferencia es que aquí hablamos de un plagio *consentido.* Un plagio que es un camuflaje que es una pieza en un escenario abigarrado que es una charada que probablemente nos conduzca al vacío.

En una palabra: lo mejor es la experiencia. No le diré que la experiencia no se obtenga en el trato constante con una biblioteca, pero por encima de la biblioteca prevalece la experiencia. La experiencia es la madre de la ciencia, se suele decir. Cuando yo era joven y aún pensaba que haría carrera en el mundo de las letras, conocí a un gran escritor. Un gran escritor que probablemente había escrito una obra maestra, si bien a juicio mío toda su producción era una obra maestra.

No le voy a decir su nombre. Ni a usted le conviene que yo se lo diga ni a efectos de la historia es indispensable saberlo. Confórmese con saber que era alemán y que un día vino a Colonia a dar unas conferencias. Por supuesto, yo no me perdí ni una sola de las tres charlas que dio en la universidad de nuestra ciudad. En la última conseguí un asiento en primera fila y me dediqué, más que a escucharlo (en realidad repetía cosas que ya había dicho en la primera y la segunda conferencia), a observarlo en detalle, sus manos, por ejemplo, unas manos enérgicas y huesudas, su cuello de hombre viejo similar al cuello de un pavo o de un gallo sin plumas, sus pómulos ligeramente eslavos, sus labios exangües, unos labios que uno podía tajear con una navaja y de los cuales podía tener la seguridad de que no saldría ni una gota de sangre, sus sienes grises como un mar revuelto, y sobre todo sus ojos, unos ojos profundos y que, dependiendo de ligeros movimientos de su cabeza, en ocasiones semejaban dos túneles sin fondo, dos túneles abandonados y a punto de derrumbarse.

Por supuesto, terminada la conferencia su persona fue acaparada por los notables de la ciudad y yo no pude ni siquiera estrechar su mano y decirle cuánto lo admiraba. Pasó el tiempo. Este escritor murió y yo seguí, como es lógico, leyéndolo y releyéndolo. Llegó el día en que decidí dejar la literatura. La dejé. No hay trauma en este paso sino liberación. Entre nosotros le confesaré que es como dejar de ser virgen. ¡Un alivio, dejar la literatura, es decir dejar de escribir y limitarse a leer!

Pero ése es otro tema. Ya hablaremos de eso cuando me devuelva mi máquina. El recuerdo de la visita de este gran escritor a mi ciudad, sin embargo, no me abandonaba. Entretanto comencé a trabajar en una fábrica de instrumental óptico. Me ganaba bien la vida. Era soltero, tenía dinero, acudía semanalmente al cine, al teatro, a exposiciones, y además estudiaba inglés y francés, y visitaba librerías donde compraba los libros que se me antojaban.

Una vida muelle. Pero el recuerdo de la visita del gran escritor no me abandonaba y, lo que es peor, de repente caí en la cuenta de que sólo recordaba la tercera conferencia, y que mis recuerdos se circunscribían a su rostro, como si ese rostro hubiera pretendido decirme algo que finalmente no me dijo. ¿Pero qué? Un día, por motivos que no vienen al caso, acompañé a un amigo médico al depósito de cadáveres de la universidad. No creo que usted haya estado allí. El depósito está en los sótanos y es una larga galería con paredes de baldosas blancas y techo de madera. En medio hay un anfiteatro en donde se realizan autopsias, disecciones y demás monstruosidades científicas. Después hay dos pequeñas oficinas, la del decano de los estudios forenses y la de otro profesor. En los extremos se encuentran las salas refrigeradas en donde se hallan los cadáveres, cuerpos de indigentes o de personas sin papeles a quienes la muerte visitó en hoteles de paso.

En aquella época demostré un interés sin duda morboso por estas instalaciones y mi amigo médico se encargó amablemente de enseñármelas con todo lujo de explicaciones e incluso asistimos a la última autopsia del día. Luego mi amigo se encerró con el decano en su despacho y yo me quedé solo en el pasillo, aguardándolo, mientras los estudiantes se marchaban y una especie de letargo crepuscular se filtraba por debajo de las puertas como gas venenoso. A los diez minutos de estar esperando oí un ruido que me sobresaltó proveniente de uno de los depósitos. Le aseguro que en aquella época eso bastaba para asustar a cualquiera, pero yo nunca he sido excesivamente cobarde y me dirigí hacia allí.

Al abrir la puerta un soplo de aire frío me dio de lleno en el rostro. En el fondo del depósito, junto a una camilla, un hombre intentaba abrir uno de los nichos para depositar en él un cadáver, pero por más que forcejeaba el nicho o la celdilla en cuestión no cedía. Sin moverme de al lado de la puerta le pregunté si necesitaba ayuda. El hombre se irguió, era muy alto, y me miró de una forma que a mí, entonces, me pareció desconsolada. Tal vez esa impresión de desconsuelo en su mirada me animó a acercarme a él. Mientras lo hacía, franqueado por cadáveres, encendí un cigarrillo para templar mis nervios y, al llegar junto a él, lo primero que hice fue ofrecerle otro cigarrillo, tal vez forzando una camaradería que no existía.

El empleado de la morgue sólo entonces me miró y a mí me pareció haber retrocedido en el tiempo. Sus ojos eran exactamente iguales que los ojos del gran escritor a cuyas conferencias en Colonia yo había asistido como un peregrino. Le confieso que incluso por unos segundos pensé que me estaba, en ese preciso momento, volviendo loco. Me sacó del apuro la voz del empleado de la morgue, en nada parecida a la voz entrañable del gran escritor. Dijo: aquí no se permite fumar.

No supe qué contestarle. Añadió: el humo perjudica a los muertos. Me reí. Dio una nota explicativa: el humo perjudica su conservación. Hice un gesto que en nada me comprometía. Él lo intentó por última vez: habló de unos filtros, habló de la humedad, pronunció la palabra pureza. Volví a ofrecerle un cigarrillo y resignadamente anunció que no fumaba. Le pregunté si llevaba mucho tiempo trabajando allí. Con un tono impersonal y una voz levemente chillona, dijo que trabajaba en la universidad desde mucho antes de la guerra del catorce.

–¿Siempre en la morgue? –le pregunté.

–No he conocido otro lugar –me contestó.

–Es curioso –le dije–, pero su rostro, sobre todo sus ojos, me recuerdan los ojos de un gran escritor alemán. –Aquí dije el nombre del escritor.

–No he oído hablar de él –fue su respuesta.

En otra época esta respuesta me habría soliviantado, pero a Dios gracias yo vivía una nueva vida. Le comenté que trabajar en la morgue sin duda lo llevaría a reflexiones atinadas o por lo menos originales acerca del destino humano. Me miró como si me estuviera burlando de él o hablando en francés. Insistí. Aquel marco, dije extendiendo los brazos y abarcando todo el depósito, era en cierta manera el lugar ideal para pensar en la brevedad de la vida, en lo insondable que resulta el destino de los hombres, en la futilidad de los empeños mundanos.

Con un sobrecogimiento de horror, de golpe me di cuenta de que estaba hablándole como si él fuera el gran escritor alemán y aquélla nuestra charla que jamás se produjo. No tengo mucho tiempo, me dijo. Volví a mirar sus ojos. No me cupo la menor duda: eran los ojos de mi ídolo. Y su respuesta: *no tengo mucho tiempo.* ¡Cuántas puertas abría esa respuesta! ¡Cuántos caminos quedaban de pronto despejados, visibles, tras esa respuesta!

No tengo mucho tiempo, he de acarrear cadáveres de arriba abajo. No tengo mucho tiempo, he de respirar, comer, beber, dormir. No tengo mucho tiempo, he de moverme al compás del engranaje. No tengo mucho tiempo, estoy viviendo. No tengo mucho tiempo, me estoy muriendo. Como usted comprenderá, ya no hubo más preguntas. Lo ayudé a abrir el nicho. Quise ayudarlo a meter el cadáver pero mi torpeza en tales lides hizo que la sábana que lo cubría se corriera y entonces vi el rostro del cadáver y cerré los ojos y agaché la cabeza y lo dejé trabajar en paz.

Cuando salí mi amigo me observaba en silencio desde la puerta del depósito. ¿Todo bien?, me preguntó. No pude o no supe responderle. Tal vez dije: todo mal. Pero no era eso lo que quería decir.

Antes de que Archimboldi se despidiera de él, después de beber una taza de té, el hombre que le alquiló la máquina de escribir le dijo:

–Jesús es la obra maestra. Los ladrones son las obras menores. ¿Por qué están allí? No para realzar la crucifixión, como algunas almas cándidas creen, sino para ocultarla.

En una de las tantas travesías que Archimboldi hizo por la ciudad en busca de alguien que le alquilara una máquina de escribir volvió a encontrar a los dos vagabundos con los que había compartido sótano antes de trasladarse a la buhardilla.

Aparentemente pocas cosas habían cambiado en sus antiguos compañeros de infortunio. El viejo periodista había intentado conseguir trabajo en el nuevo periódico de Colonia, en donde no lo aceptaron por su pasado nazi. Su carácter jovial y bonachón fue desapareciendo conforme se prolongaba el período de adversidades y comenzaban a manifestarse los achaques propios de la edad. El veterano tanquista, por el contrario, trabajaba ahora en un taller de reparación de motores y había ingresado en el Partido Comunista.

Cuando ambos estaban juntos en el sótano, no paraban de

pelearse. El tanquista le reprochaba al viejo periodista su militancia nazi y su cobardía. El viejo periodista se ponía de rodillas y juraba a voz en cuello que sí, que era un cobarde, pero que nazi, lo que se dice nazi, no lo había sido nunca. Escribíamos al dictado. Si no queríamos ser despedidos, teníamos que escribir al dictado, gemía ante la indiferencia del tanquista, que añadía a sus reproches el hecho irrefutable de que mientras él y otros como él combatían dentro de tanques que se averiaban y se quemaban, el periodista y otros como él se resignaban a escribir mentiras propagandísticas, pasando por encima de los sentimientos de los tanquistas y de las madres de los tanquistas e incluso de las novias de los tanquistas.

–Esto –le decía– no te lo perdonaré nunca, Otto.

–Pero si no es mi culpa –gemía el periodista.

–Llora, llora –le decía el tanquista.

–Intentábamos hacer poesía –decía el periodista–, intentábamos dejar que pasara el tiempo y mantenernos vivos para ver qué vendría después.

–Pues ya has visto, cerdo asqueroso, lo que vino después –replicaba el tanquista.

A veces, el periodista hablaba del suicidio.

–No veo otra solución –le dijo a Archimboldi cuando los fue a visitar–. Como periodista estoy liquidado. Como obrero no tengo ni la más mínima posibilidad. Como empleado de alguna administración local, siempre estaré marcado por mi pasado. Como trabajador independiente, no sé hacer nada a derechas. ¿Para qué prolongar, entonces, mi sufrimiento?

–Para pagar tu deuda con la sociedad, para expiar tus mentiras –le gritó el tanquista, que permanecía sentado a la mesa, fingiendo estar enfrascado en la lectura de un periódico, pero en realidad escuchándolo.

–No sabes lo que dices, Gustav –le respondió el periodista–. Mi único pecado, te lo he dicho cien mil veces, ha sido el de la cobardía, y lo estoy pagando caro.

–Aún más caro lo tienes que pagar, Otto, aún más caro.

Durante esa visita Archimboldi le sugirió al periodista que

tal vez su suerte cambiara si se iba a otra ciudad, una ciudad menos castigada que Colonia, una ciudad más pequeña en donde no lo conociera nadie, una posibilidad que al periodista no se le había pasado por la cabeza y que a partir de ese momento comenzó a sopesar seriamente.

Veinte días tardó Archimboldi en pasar a máquina su novela. Hizo una copia con papel carbón y luego buscó, en la biblioteca pública que acababa de reabrir sus puertas, los nombres de dos editoriales a las que enviar el manuscrito. Al cabo de un largo escrutinio se dio cuenta de que las editoriales de muchos de sus libros favoritos hacía tiempo que habían dejado de existir, algunas por problemas económicos o por desidia o desinterés de sus propietarios, otras porque los nazis las habían cerrado o habían encarcelado a sus editores y algunas porque habían sido borradas por los bombardeos aliados.

Una de las bibliotecarias, que lo conocía y sabía que escribía, le preguntó si tenía un problema y Archimboldi le contó que buscaba editoriales literarias que aún permanecieran en activo. La bibliotecaria le dijo que ella lo podía ayudar. Durante un rato estuvo mirando unos papeles y luego hizo una llamada telefónica. Cuando volvió le entregó a Archimboldi una lista de veinte editoriales, el mismo número de días que había invertido en mecanografiar su novela, lo que sin duda constituía un buen presagio. Pero el problema era que sólo tenía el original y una copia y que por lo tanto debía escoger únicamente dos. Esa noche, de pie en la puerta del bar, de tanto en tanto sacaba el papel y lo estudiaba. Nunca como entonces los nombres de las editoriales le parecieron tan hermosos, tan distinguidos, tan llenos de promesas y de sueños. Decidió, empero, ser prudente y no dejarse llevar por el entusiasmo. El original lo fue a dejar personalmente a una editorial de Colonia. Ésta tenía la ventaja de que si se lo rechazaban el mismo Archimboldi podía ir a recuperar el manuscrito para enviarlo, acto seguido, a otra editorial. La copia en papel carbón la envió a una casa de Hamburgo que había publicado libros de la izquierda alemana hasta 1933, cuando el gobierno nazi no sólo cerró la empresa sino que también pretendió enviar a un campo de prisioneros a su editor, el señor Jacob Bubis, cosa que hubiera hecho si el señor Bubis no se les hubiera adelantado tomando el camino del exilio.

Al cabo de un mes de hacer ambos envíos la editorial de Colonia le respondió que su novela *Lüdicke*, pese a los innegables méritos que poseía, no entraba, lamentablemente, en sus planes de edición, pero que no dejara de enviarle su próxima novela. No quiso decirle a Ingeborg lo que había pasado y ese mismo día Archimboldi fue a recuperar su manuscrito, lo que le llevó algunas horas, pues en la editorial nadie parecía saber dónde se hallaba y Archimboldi no se mostró en modo alguno dispuesto a marcharse sin él. Al día siguiente lo llevó personalmente a otra editorial de Colonia, quienes lo rechazaron al cabo de un mes y medio más o menos con las mismas palabras que la primera editorial, tal vez añadiendo más adjetivos, tal vez deseándole una mejor fortuna en su próximo intento.

Ya sólo quedaba una editorial en Colonia, una editorial que de vez en cuando publicaba alguna novela o algún libro de poesía o algún libro de historia, pero el grueso de cuyo catálogo estaba compuesto por manuales prácticos de uso cotidiano que lo mismo instruían a mantener adecuadamente un jardín como a la correcta administración de los primeros auxilios o a la reutilización de los cascotes de las casas destruidas. La editorial se llamaba El Consejero y, al contrario que en las dos tentativas anteriores, esta vez salió a recibir el manuscrito el editor en persona. Y no fue por falta de empleados, como le hizo notar a Archimboldi, pues en la editorial trabajaban por lo menos cinco personas, sino porque al editor le gustaba ver la cara que tenían los escritores que pretendían publicar en su casa. La conversación que tuvieron fue, tal como la recordaba Archimboldi, extraña. El editor tenía cara de gángster. Era un tipo joven, sólo un poco mayor que él, vestido con un traje de excelente corte que le quedaba, sin embargo, un poco estrecho, como si subrepticiamente, de la noche a la mañana, hubiera engordado diez kilos.

Durante la guerra había servido en una unidad de paracaidistas, aunque nunca, se apresuró a aclarar, saltó en paracaídas, pese a que ganas no le faltaron. En su historial militar se contaba la participación en varias batallas, en diferentes teatros de operaciones, sobre todo en Italia y en Normandía. Aseguraba haber experimentado un bombardeo en alfombra de la aviación norteamericana. Y decía conocer la fórmula para soportarlo. Como Archimboldi había hecho toda la guerra en el este no tenía idea de qué significaba un bombardeo en alfombra y así lo expresó. El editor, que se llamaba Michael Bittner pero al que le gustaba o le complacía que sus amigos lo llamaran Mickey, como el ratoncito, le explicó que un bombardeo en alfombra era cuando un montón de aviones enemigos, pero un montón grande, enorme, superlativo, dejaba caer sus bombas sobre un terreno limitado del frente, un trozo de campo previamente acotado, hasta que de él no quedaba ni una brizna de hierba.

–No sé si me he explicado con claridad, Benno –dijo mirando a Archimboldi fijamente a los ojos.

–Se ha explicado usted con claridad meridiana, Mickey –dijo Archimboldi al tiempo que pensaba que el tipo en cuestión no sólo era pesado sino también ridículo, con esa ridiculez que sólo tienen los histriones y los pobres diablos convencidos de haber participado en un momento determinante de la historia, cuando es bien sabido, pensó Archimboldi, que la historia, que es una puta sencilla, no tiene momentos determinantes sino que es una proliferación de instantes, de brevedades que compiten entre sí en monstruosidad.

Pero Mickey Bittner lo que quería, el pobre infeliz embutido en su estrecho traje de tan buen corte, era explicarle el efecto que causaba en los soldados el bombardeo en alfombra y el sistema que él ideó para combatirlo. El ruido. Lo primero es el ruido. El soldado está en su trinchera o en su posición mal fortificada y de pronto oye el ruido. Ruido de aviones. Pero no ruido de cazas o de cazabombarderos, que es un ruido rápido, si se me permite hablar así, un ruido de vuelo bajo, sino un ruido que llega de lo más alto del cielo, un ruido ronco y bronco que no presagia nada bueno, como si se acercara una tormenta y las nubes chocaran entre sí, pero el problema es que no hay nubes ni tormenta. Por supuesto, el soldado alza la vista. Al principio no ve nada. El artillero alza la vista. No ve nada. El ametralladorista, el servidor de una pieza de mortero, el explorador de avanzada alzan la vista y no ven nada. El conductor de un vehículo blindado o de un cañón de asalto alza la vista. Tampoco ve nada. Por precaución, sin embargo, el conductor saca su vehículo de la carretera. Lo estaciona debajo de un árbol o lo cubre con una malla de camuflaje. Justo después aparecen los primeros aviones.

Los soldados los miran. Son muchos, pero los soldados creen que se dirigen a bombardear alguna ciudad en la retaguardia. Ciudad o puentes o líneas férreas. Son muchos, tantos que ennegrecen el cielo, pero sus objetivos seguramente están en alguna zona industrial de Alemania. Para sorpresa general los aviones sueltan sus bombas y las bombas caen en un área limitada. Y después de la primera oleada llega una segunda oleada. El ruido entonces se hace ensordecedor. Las bombas caen y abren cráteres en la tierra. Los bosquecillos se incendian. El boscaje, la principal trinchera de Normandía, empieza a desaparecer. Todos los setos saltan. Las terrazas se desmoronan. Muchos soldados se quedan sordos momentáneamente. Unos pocos no pueden soportarlo y echan a correr. En ese momento ya está sobre el campo acotado la tercera oleada de aviones descargando sus bombas. El ruido, algo que parecía imposible, se hace mayor. Más vale decirle ruido. Se le podría llamar estruendo, rugido, fragor, martilleo, suma estridencia, mugido de los dioses, pero ruido es una palabra sencilla que designa igual de mal aquello que no tiene nombre. El ametralladorista muere. Sobre su cuerpo muerto cae de lleno otra bomba. Sus huesos y los jirones de carne se esparcen por lugares que treinta segundos después serán batidos por otras bombas. El servidor de la pieza de morteros es volatilizado. El conductor del vehículo blindado pone en marcha su vehículo e intenta buscar un refugio mejor pero en el camino recibe el impacto de una bomba y luego otras dos bombas convierten el vehículo y al conductor en una sola cosa informe a mitad de camino entre la chatarra y la lava. Después viene la cuarta y la quinta oleada. Todo arde. Eso no parece Normandía sino la luna. Cuando los bombarderos han terminado de descargar sobre el terreno previamente acotado no se oye ni un solo pájaro. De hecho, en las áreas vecinas, tanto a la izquierda como a la derecha de las divisiones que han sido castigadas, donde no ha caído ni una sola bomba, tampoco se oye ni un solo pájaro.

Entonces aparecen las tropas enemigas. Para ellos, adentrarse en ese territorio gris acero, humeante, lleno de cráteres, es una experiencia que no carece de cierto horror. De entre la tierra ferozmente removida se alza de tanto en tanto un soldado alemán con ojos de loco. Algunos se rinden llorando. Otros, los paracaidistas, los veteranos de la Wehrmacht, algunos batallones de infantería SS, abren fuego, intentan restablecer la línea de mando, retrasar el avance enemigo. Unos pocos de esos soldados, los más indómitos, muestran claros signos de haber bebido. Entre éstos sin duda está el paracaidista Mickey Bittner, pues su receta para aguantar cualquier tipo de bombardeo es precisamente ésta: beber schnaps, beber coñac, beber aguardiente, beber grappa, beber whisky, beber cualquier bebida fuerte, incluso vino si no hay más remedio, para de esta manera evadirse de los ruidos, o para confundir los ruidos con las pulsaciones y circunvoluciones del cerebro.

Después Mickey Bittner quiso saber de qué iba la novela de Archimboldi y si se trataba de su primera novela o ya tenía una obra literaria a sus espaldas. Archimboldi le dijo que era su primera novela y le contó a grandes trazos su argumento. Le veo posibilidades, dijo Bittner. Acto seguido añadió: pero este año no se la podremos publicar. Y luego dijo: por supuesto, ni hablar de anticipo. Y más tarde aclaró: le daremos el cinco por ciento del precio de venta, un trato más que justo. Y luego confesó: en Alemania ya no se lee como antes, ahora hay cosas más prácticas en las que pensar. Y entonces Archimboldi tuvo la certeza de que ese tipo hablaba por hablar y que probablemente todos los mierdas de paracaidistas, los perros de Student, hablaban por hablar, sólo para escuchar su voz y comprobar que nadie, todavía, los había colgado.

Durante unos días Archimboldi estuvo pensando que lo que Alemania realmente necesitaba era una guerra civil.

No tenía ninguna fe en que Bittner, que seguramente no sabía nada de literatura, le fuera a publicar la novela. Se sentía nervioso y se le fueron las ganas de comer. Casi no leía y lo poco que leía lo turbaba tanto que nada más empezar un libro tenía que cerrar las páginas, pues se ponía a temblar y experimentaba unos deseos irrefrenables de salir a la calle y caminar. Hacer el amor sí que lo hacía, aunque en ocasiones, en mitad del acto, se iba a otro planeta, un planeta nevado en donde él memorizaba el cuaderno de Ansky.

–¿Dónde estás? –le decía Ingeborg cuando esto sucedía.

Hasta la voz de la mujer que amaba le llegaba como desde muy lejos. Al cabo de dos meses de no recibir respuesta, ni negativa ni afirmativa, Archimboldi se presentó en la editorial y pidió hablar con Mickey Bittner. La secretaria le dijo que el señor Bittner ahora se dedicaba al negocio de importación-exportación de bienes de primera necesidad y que muy raramente se le podía hallar en la editorial, que seguía siendo suya, naturalmente, aunque él casi no apareciera por allí. Tras insistir, Archimboldi obtuvo la dirección de la nueva oficina de Bittner, instalada en el extrarradio de Colonia. En un barrio de viejas fábricas del siglo XIX, encima de un almacén en donde se acumulaban grandes embalajes, estaba la oficina del nuevo negocio de Bittner, aunque a éste tampoco lo encontró allí.

En su lugar había tres veteranos paracaidistas y una secretaria con el pelo teñido de color plateado. Los paracaidistas le informaron de que Mickey Bittner se hallaba en aquel momento en Amberes cerrando un trato de una partida de plátanos. Luego todos se pusieron a reír y Archimboldi tardó en darse cuenta de que se reían de los plátanos y no de él. Después los paracaidistas se pusieron a hablar de cine, al que eran muy aficionados, al igual que la secretaria, y le preguntaron a Archimboldi en qué frente había estado y en qué arma servido, a lo que Archimboldi contestó que en el este, siempre en el este, y en la infantería hipomóvil, aunque en los últimos años no había visto un mulo o un caballo ni por casualidad. Los paracaidistas, por el contrario, habían combatido siempre en el oeste, en Italia, Francia y alguno en Creta, y tenían ese aire cosmopolita de los veteranos del frente del oeste, un aire de jugadores de ruleta, de trasnochadores, de catadores de buenos vinos, de gente que entraba en los burdeles y saludaba a las putas por su nombre, un aire que se contraponía al que solían exhibir los veteranos del frente del este, que más bien parecían muertos vivientes, zombis, habitantes de cementerios, soldados sin ojos y sin bocas, pero con penes, pensó Archimboldi, porque el pene, el deseo sexual, lamentablemente es lo último que el hombre pierde, cuando debería ser lo primero, pero no, el ser humano sigue follando, follando o follándose, que viene a ser lo mismo, hasta el último suspiro, como el soldado que quedó atrapado bajo un montón de cadáveres y allí, bajo los cadáveres y la nieve, se construyó con su pala reglamentaria una cuevita, y para pasar el tiempo se metía mano a sí mismo, cada vez con mayor atrevimiento, pues una vez desaparecidos el susto y la sorpresa de los primeros instantes, ya sólo quedaban el miedo a la muerte y el aburrimiento, y para matar el aburrimiento empezó a masturbarse, primero con timidez, como si estuviera en el proceso de seducción de una jardinerita o de una pastorcita, luego cada vez con mayor decisión, hasta que consiguió forzarse a su entera satisfacción, y así estuvo quince días, encerrado en su cuevita de cadáveres y nieve, racionando la comida y dando rienda suelta a sus deseos, los cuales no lo debilitaban, al contrario, parecían retroalimentarse, como si el soldado en cuestión se bebiera su propio semen o como si tras volverse loco hubiera encontrado la salida olvidada hacia una nueva cordura, hasta que las tropas alemanas contraatacaron y lo encontraron, y aquí había un dato curioso, pensó Archimboldi, pues uno de los soldados que lo libró del montón de cadáveres malolientes y de la nieve que se había ido acumulando, dijo que el tipo en cuestión olía a algo extraño es decir no olía a suciedad ni a mierda ni a orines, tampoco olía a podredumbre ni a gusanera, vaya, el sobreviviente olía *bien*, un olor fuerte, si acaso, pero *bueno*, como a perfume barato, perfume húngaro o perfume de gitanos, con un ligero aroma a yogur, tal vez, con un ligero aroma a raíces, tal vez, pero lo que predominaba no era, ciertamente, el olor a yogur o a raíces sino otra cosa, una cosa que sorprendió a todos los que estaban allí, sacando a paladas los cadáveres para enviarlos tras las líneas o darles cristiana sepultura, un olor que *apartaba las aguas*, como hizo Moisés en el Mar Rojo, para que el soldado en cuestión, que apenas podía tenerse de pie, pudiera pasar, ¿pero pasar adónde?, cualquiera lo sabía, a retaguardia, a un manicomio en la patria, seguramente.

Los paracaidistas, que no eran malas personas, invitaron a Archimboldi a tomar parte en un negocio que tenían que solventar aquella misma noche. Archimboldi les preguntó a qué hora acabaría el negocio, pues no deseaba perder su trabajo en el bar, y los paracaidistas le aseguraron que a las once de la noche todo habría concluido. Quedaron en reunirse a las ocho en un bar cercano a la estación y antes de despedirse la secretaria le guiñó un ojo.

El bar se llamaba El Ruiseñor Amarillo y lo primero que le llamó la atención a Archimboldi cuando aparecieron los paracaidistas fue que todos iban vestidos con chaquetas de cuero negro, muy parecidas a la de él. El trabajo consistía en vaciar parte de un vagón de tren de una carga de cocinillas portátiles del ejército norteamericano. Junto al vagón, en una vía apartada, encontraron a un norteamericano que primero les exigió una cantidad de dinero, que contó hasta el último billete, y luego les advirtió, como quien repite una prohibición ya sabida a unos niños cortos de entendederas, que sólo podían vaciar aquel vagón y no otro, y que de aquel vagón sólo podían vaciar las cajas que llevaban la marca PK.

Hablaba en inglés y uno de los paracaidistas le contestó en inglés diciéndole que no se preocupara. Después el norteamericano desapareció en la oscuridad y otro de los paracaidistas apareció con un camioncito de carga, con las luces apagadas, y tras descerrajar el candado del vagón empezaron a trabajar. Al cabo de una hora ya habían concluido y dos paracaidistas se metieron en la cabina y Archimboldi y el otro paracaidista se acomodaron detrás, en el reducido espacio que dejaban las cajas. Condujeron por calles apartadas, algunas carentes de alumbrado público, hasta la oficina que Mickey Bittner tenía en el extrarradio. Allí los esperaba la secretaria, con un termo de café caliente y una botella de whisky. Cuando hubieron descargado todo subieron a la oficina y se pusieron a hablar del general Udet. Los paracaidistas, mientras mezclaban whisky con el café, dieron cabida a los recuerdos históricos, que en este caso también eran recuerdos varoniles pespunteados por risas de desencanto, como si dijeran yo ya estoy de vuelta de todo, a mí no me la dan con queso, yo conozco la naturaleza humana, el choque incesante de las voluntades, mis recuerdos históricos están escritos con letras de fuego y son mi único capital, y así se pusieron a evocar la figura de Udet, el general Udet, el as de la aviación que se había suicidado por las calumnias vertidas por Goering.

Archimboldi no sabía muy bien quién era Udet y tampoco lo preguntó. Su nombre le sonaba, como le sonaban otros nombres, pero nada más. Dos de los paracaidistas habían visto a Udet en cierta ocasión y hablaban de él en los mejores términos.

–Uno de los mejores hombres de la Luftwaffe.

El tercer paracaidista los escuchaba y movía la cabeza, no muy seguro de lo que afirmaban sus compañeros, pero en modo alguno dispuesto a llevarles la contraria, y Archimboldi escuchaba espantado, pues si de algo estaba seguro era de que durante la Segunda Guerra Mundial había motivos más que sobrados para suicidarse, pero evidentemente no por los dimes y diretes de un tipejo como Goering.

–¿Así que ese Udet se suicidó por las intrigas de salón de Goering? –dijo–. ¿Así que ese Udet no se suicidó por los campos de exterminio ni por las carnicerías en el frente ni por las ciudades en llamas, sino porque Goering afirmó que era un inepto?

Los tres paracaidistas lo miraron como si lo vieran por primera vez, aunque no demostraron demasiada sorpresa.

–Tal vez Goering tenía razón –dijo Archimboldi sirviéndose un poco más de whisky y tapando la taza con el dorso de la mano cuando la secretaria pretendió llenársela de café–. Tal vez ese Udet en el fondo era inepto –dijo–. Tal vez ese Udet, realmente, era un manojo de nervios torpes y deshilachados –dijo–. Tal vez ese Udet era un maricón, como casi todos los alemanes que se dejaron sodomizar por Hitler –dijo.

–¿Es que tú eres austriaco? –preguntó uno de los paracaidistas.

–No, soy alemán, yo también –dijo Archimboldi.

Durante un rato los tres paracaidistas se quedaron en silencio, como preguntándose a sí mismos si lo mataban o si se contentaban con molerlo a palos. La seguridad de Archimboldi, que de tanto en tanto les lanzaba miradas de rabia en las que se podían leer muchas cosas menos miedo, los disuadió de una respuesta agresiva.

–Págale –dijo uno de ellos a la secretaria.

Ésta se levantó y abrió un armario metálico en cuya parte baja había una pequeña caja fuerte. El dinero que puso en las manos de Archimboldi equivalía a la mitad de su sueldo mensual en el bar de la Spenglerstrasse. Archimboldi se guardó el dinero en un bolsillo interior de la chaqueta ante la mirada nerviosa de los paracaidistas (que estaban seguros de que guardaba allí una pistola o por lo menos una navaja) y luego buscó la botella de whisky y no la halló. Preguntó por ella. La he guardado, dijo la secretaria, ya has bebido bastante, pequeñín. La palabra pequeñín le gustó a Archimboldi, pero aun así pidió más.

–Tómate un último trago y luego lárgate que tenemos cosas que hacer –dijo uno de los paracaidistas.

Archimboldi asintió con la cabeza. La secretaria le sirvió dos dedos de whisky. Archimboldi bebió con lentitud, saboreando la bebida, que supuso también era de contrabando. Luego se levantó y dos de los paracaidistas lo acompañaron hasta la puerta de calle. Afuera estaba a oscuras y aunque él sabía perfectamente hacia dónde tenía que ir, no pudo evitar meter los pies en los agujeros y baches que jalonaban aquel barrio.

Dos días después Archimboldi volvió a presentarse en la editorial de Mickey Bittner y la misma secretaria de la vez anterior, que lo reconoció, le dijo que habían encontrado su manuscrito. El señor Bittner estaba en su oficina. La secretaria le preguntó si deseaba verlo.

–¿Él desea verme a mí? –preguntó Archimboldi.

–Creo que sí –dijo la secretaria.

Durante unos segundos se le pasó por la cabeza que tal vez Bittner ahora deseara publicarle su novela. También podía querer verlo para ofrecerle otro trabajo en su negocio de importación-exportación. Pensó, sin embargo, que si lo veía probablemente le rompería la nariz y dijo que no.

–Buena suerte, entonces –dijo la secretaria.

–Gracias –dijo Archimboldi.

El manuscrito recuperado lo envió a una editorial de Munich. Después de ponerlo en el correo, al volver a casa, de golpe se dio cuenta de que durante todo ese tiempo apenas había escrito nada. Lo comentó con Ingeborg tras hacer el amor.

–Qué pérdida de tiempo –dijo ella.

–No sé cómo me ha podido pasar –dijo él.

Esa noche, mientras trabajaba en la puerta del bar, se entretuvo en pensar en un tiempo de dos velocidades, uno era muy lento y las personas y los objetos se movían en este tiempo de forma casi imperceptible, el otro era muy rápido y todo, hasta las cosas inertes, centellaban de velocidad. El primero se llamaba Paraíso, el segundo Infierno, y lo único que deseaba Archimboldi era no vivir jamás en ninguno de los dos.

Una mañana recibió una carta de Hamburgo. La carta estaba firmada por el señor Bubis, el gran editor, y en ella decía palabras halagadoras, aunque sin exagerar, digamos cosas halagadoras entre líneas, sobre *Lüdicke*, una obra que estaría interesado en editar, si es que el señor Benno von Archimboldi, por supuesto, no tenía ya editor, en cuyo caso lo sentiría mucho, pues su novela no carecía de méritos y era, en cierta manera, novedosa, en fin, un libro que él, el señor Bubis, había leído con sumo interés y por cuya impresión, sin duda, apostaría, aunque tal como estaba el negocio de la edición en Alemania lo más que podía ofrecer de anticipo era tanto y tanto, una cifra ridícula, bien lo sabía él, una cifra que hace quince años no la habría mencionado jamás, pero que en cambio le garantizaba una edición cuidadosa y la distribución del libro en todas las buenas librerías, no sólo de Alemania sino también de Austria y Suiza en donde el sello Bubis era recordado y respetado por los libreros democráticos, un símbolo de la edición independiente y rigurosa.

Después el señor Bubis se despedía amablemente, rogándole que si algún día pasaba por Hamburgo no dudara en visitarle, y adjuntaba a la carta un pequeño boletín de la editorial, impreso en papel barato pero con hermosos caracteres, en donde se anunciaba la próxima salida al mercado de dos libros «magníficos», una de las primeras obras de Döblin y un volumen de ensayos de Heinrich Mann.

Cuando Archimboldi le enseñó la carta a Ingeborg ésta se mostró sorprendida porque ignoraba quién era ese tal Benno von Archimboldi.

–Soy yo, por supuesto –le dijo Archimboldi.

–¿Y por qué te has cambiado de nombre? –quiso saber.

Tras pensárselo un momento Archimboldi respondió que por seguridad.

–Tal vez los americanos me están buscando –dijo–. Tal vez los policías americanos y alemanes hayan atado cabos sueltos.

–¿Cabos sueltos por un criminal de guerra? –dijo Ingeborg.

–La justicia es ciega –le recordó Archimboldi.

–Ciega cuando le conviene –dijo Ingeborg–, ¿y a quién le conviene que salgan a relucir los trapos sucios de Sammer? ¡A nadie!

–Nunca se sabe –dijo Archimboldi–. En cualquier caso lo más seguro para mí es que se olviden de Reiter.

Ingeborg lo miró sorprendida:

–Estás mintiendo –dijo.

–No, no miento –dijo Archimboldi e Ingeborg le creyó, pero más tarde, antes de que él se marchara a trabajar, le dijo con una enorme sonrisa:

–¡Tú estás seguro de que vas a ser famoso!

Hasta ese momento Archimboldi nunca había pensado en la fama. Hitler era famoso. Goering era famoso. La gente que él amaba o que recordaba con nostalgia no era famosa, sino que cubría ciertas necesidades. Döblin era su consuelo. Ansky era su fuerza. Ingeborg era su alegría. El desaparecido Hugo Halder era la levedad de su vida. Su hermana, de la que no sabía nada, era su propia inocencia. Por supuesto, también eran otras cosas. Incluso, a veces, eran todas las cosas juntas, pero no la fama, que cuando no se cimentaba en el arribismo, lo hacía en el equívoco y en la mentira. Además, la fama era reductora. Todo lo que iba a parar en la fama y todo lo que procedía de la fama inevitablemente se reducía. Los mensajes de la fama eran primarios. La fama y la literatura eran enemigas irreconciliables.

Durante todo aquel día estuvo pensando en por qué se había cambiado el nombre. En el bar todos sabían que se llamaba Hans Reiter. La gente que conocía en Colonia sabía que se llamaba Hans Reiter. Si la policía finalmente decidía perseguirlo por el asesinato de Sammer, pistas a nombre de Reiter no le iban a faltar. ¿Por qué entonces adoptar un *nom de plume?* Tal vez Ingeborg tiene razón, pensó Archimboldi, tal vez en el fondo estoy seguro de que me voy a hacer famoso y con el cambio de nombre tomo las primeras disposiciones de cara a mi seguridad futura. Pero tal vez todo esto significa otra cosa. Tal vez, tal vez, tal vez, tal vez...

Al día siguiente de recibir la carta del señor Bubis, Archimboldi le escribió asegurándole que su novela no estaba comprometida con ninguna otra editorial y que el anticipo que el señor Bubis había prometido darle le parecía satisfactorio.

Poco después le llegó una carta del señor Bubis en donde lo invitaba a Hamburgo, para conocerlo personalmente y de paso proceder a la firma del contrato. En los tiempos que corren, decía el señor Bubis, no me fío del correo alemán ni de su proverbial puntualidad e infalibilidad. Y últimamente, sobre todo desde que volví de Inglaterra, he adquirido la manía de conocer personalmente a todos mis autores.

Antes del 33 publiqué, le explicaba, a muchas promesas de la literatura alemana y en 1940, en la soledad de un hotel londinense, comencé a matar el aburrimiento haciendo un cálculo de cuántos escritores de los que yo había publicado por primera vez se habían convertido en miembros del partido nazi, en cuántos se habían hecho SS, en cuántos habían publicado en periódicos violentamente antisemitas, en cuántos habían hecho carrera en la burocracia nazi. El resultado casi me llevó al suicidio, escribía el señor Bubis.

En vez de suicidarme me limité a abofetearme. De pronto se apagaron las luces del hotel. Yo seguí renegando y abofeteándome. Cualquiera que me hubiera visto habría creído que estaba loco. De pronto me faltó el aire y abrí la ventana. Entonces se desplegó ante mí el gran teatro nocturno de la guerra: contemplé cómo bombardeaban Londres. Las bombas estaban cayendo cerca del río, pero en la noche parecían caer a pocos metros del hotel. El haz de luz de los reflectores cruzaba el cielo. El ruido de las bombas era cada vez mayor. De vez en cuando una pequeña explosión, un fogonazo por encima de los globos protectores daba a entender, aunque tal vez no fuera así, que un avión de la Luftwaffe había sido alcanzado. Pese al horror que me rodeaba yo seguí abofeteándome e insultándome. Cabrón, cretino, mequetrefe, imbécil, patán, estúpido, ya ve, insultos más bien pueriles o seniles.

Después alguien llamó a mi puerta. Era un jovencísimo camarero irlandés. En un acceso de locura creí ver en sus facciones las facciones de James Joyce. Qué risa.

–Tié que cerrar los postigones, abue –me dijo.

–¿Los qué? –dije yo rojo como la grana.

–La contrapuerta, viejo, y bajar volando al subsuelo.

Entendí que me ordenaba que bajara al sótano.

–Espere un momento, joven –le dije, y le alcancé un billete de propina.

–Su excelencia es un manirroto –me dijo antes de largarse–, pero ahora volando a las catacumbas.

–Vaya usted primero –le contesté–, ahora lo alcanzo.

Cuando se marchó volví a abrir la ventana y me puse a contemplar los incendios en los *docks* del río y luego me puse a llorar por lo que entonces creí una vida perdida y en un minuto salvada por los pelos.

• Así que Archimboldi pidió permiso en el trabajo y viajó en tren a Hamburgo.

La editorial del señor Bubis estaba en el mismo edificio en que había estado hasta 1933. Los dos edificios vecinos se habían venido abajo por los bombardeos, así como varios edificios de la acera de enfrente. Algunos de los empleados de la editorial decían, a espaldas del señor Bubis, por supuesto, que éste había dirigido personalmente los raids aéreos sobre la ciudad. O al menos sobre ese barrio en concreto. Cuando Archimboldi lo conoció el señor Bubis tenía setentaicuatro años y a veces daba la impresión de ser un hombre achacoso, de mal genio, avaro, desconfiado, un comerciante al que poco o nada le importaba la literatura, aunque por regla general su talante era muy distinto: el señor Bubis gozaba o hacía como que gozaba de una salud envidiable, nunca enfermaba, siempre estaba dispuesto a sonreír con cualquier cosa, solía mostrarse confiado como un niño y no era avaro aunque tampoco podía afirmarse que pagara a sus empleados con largueza.

En la editorial, además del señor Bubis, que hacía de todo, trabajaba una correctora, una administrativa, que llevaba asimismo las relaciones con la prensa, una secretaria, que solía ayudar a la correctora y a la administrativa, y un encargado de almacén, que raras veces estaba en el almacén, en el sótano del edificio, un sótano en el que el señor Bubis tenía que hacer constantes reformas pues el agua de la lluvia, en ocasiones, lo inundaba, y a veces hasta el agua de la capa freática, como explicaba el encargado del almacén, subía y se instalaba en el sótano en forma de grandes manchas de humedad, muy perjudiciales para los libros y para la salud de quien trabajara allí.

Además de estos cuatro empleados en la editorial solía encontrarse una señora de aspecto respetable, más o menos de la edad del señor Bubis, si no algo mayor, que había trabajado para éste hasta 1933, la señora Marianne Gottlieb, la empleada más fiel de la editorial, tanto que, según se decía, ella había sido la conductora del coche que había llevado a Bubis y a su mujer hasta la frontera holandesa, en donde tras ser registrado el vehículo por los policías de frontera, sin encontrar nada, habían seguido camino hasta Amsterdam.

¿Cómo habían logrado burlar Bubis y su mujer el control? No se sabía, pero el mérito, en todas las versiones de la historia, siempre era achacado a la señora Gottlieb.

Cuando Bubis volvió a Hamburgo, en septiembre de 1945, la señora Gottlieb vivía en la pobreza más absoluta y Bubis, que para entonces ya había enviudado, se la llevó a vivir con él a su casa. Poco a poco la señora Gottlieb se fue recuperando. Primero recobró la razón. Una mañana vio a Bubis y lo reconoció como su antiguo patrón, pero no dijo nada. Por la noche, cuando Bubis volvió del ayuntamiento, pues entonces trabajaba en asuntos políticos, se encontró con la cena hecha y con la señora Gottlieb, de pie junto a la mesa, esperándolo.

Aquélla fue una noche feliz para el señor Bubis y para la señora Gottlieb, aunque la cena terminase con la evocación del exilio y la muerte de la señora Bubis, y con un río de lágrimas por su tumba solitaria en el cementerio judío de Londres.

Después la señora Gottlieb recuperó algo de salud, que aprovechó para trasladarse a un pequeño departamento desde donde podía ver un parque destruido pero que en primavera reverdecía con la fuerza de la naturaleza, la mayor parte de las veces indiferente a los actos humanos, o no, según decía escéptico el señor Bubis, que acataba pero no compartía ese afán de independencia de la señora Gottlieb. Poco después ella le pidió ayuda para encontrar un trabajo, pues la señora Gottlieb era incapaz de estar sin hacer nada. Entonces Bubis la convirtió en su secretaria. Pero la señora Gottlieb, que nunca hablaba de ello, había recibido también su dosis de pesadilla e infierno y a veces, sin causa aparente, se le quebraba la salud y se ponía enferma con la misma velocidad con que luego se recuperaba. Otras veces lo que se resentía era su equilibrio mental. En ocasiones Bubis tenía que entrevistarse con las autoridades inglesas en un sitio determinado y la señora Gottlieb lo enviaba hasta la otra punta de la ciudad. O le concertaba citas con nazis hipócritas e irredentos que pretendían ofrecer sus servicios al ayuntamiento de Hamburgo. O se ponía a dormir, como picada por la mosca del sueño, sentada en su oficina, con la sien apoyada sobre el secante de la mesa.

Motivos por los cuales el señor Bubis la sacó de allí y la puso a trabajar en el archivo de Hamburgo, en donde la señora Gottlieb tendría que lidiar con libros y legajos, en suma, papeles, algo a lo que ella, según supuso el señor Bubis, estaba más acostumbrada. De todas maneras, y aunque en el archivo eran más permisivos con las conductas extravagantes, la señora Gottlieb siguió manteniendo su actitud a veces errática y a veces de un ejemplar sentido común. Y también siguió visitando al señor Bubis, en horas que robaba al descanso, por si su presencia pudiera ser de alguna utilidad. Hasta que el señor Bubis se aburrió de la política y de los intereses municipales y decidió enfo-

car su actividad hacia lo que en el fondo lo había traído de regreso a Alemania: reabrir la editorial.

A menudo, cuando le preguntaban por qué había vuelto, citaba a Tácito: *Aparte del peligro de un mar temible y desconocido, ¿quién va a dejar Asia, África o Italia para marchar a Germania, con un terreno difícil, un clima duro, triste de habitar y contemplar si no es su patria?* Quienes lo escuchaban asentían o sonreían y luego comentaban entre ellos: Bubis es de los nuestros. Bubis no nos ha olvidado. Bubis no nos guarda rencor. Algunos le palmeaban la espalda y no comprendían nada. Otros ponían caras compungidas y decían cuánta verdad encierra esa frase. Grande era Tácito y grande también, ¡a otra escala, ciertamente!, nuestro buen Bubis.

Lo cierto es que Bubis, cuando citaba al latino, se ceñía literalmente a lo escrito. La travesía por el Canal era algo que siempre lo había horrorizado. Bubis se mareaba en los barcos y vomitaba y generalmente se mostraba incapaz de salir del camarote, así que cuando Tácito hablaba de un mar terrible y desconocido, aunque se refiriera a otro mar, al Báltico o al Mar del Norte, Bubis siempre pensaba en la travesía del Canal y en lo funesto que tal travesía resultaba para su estómago revuelto y, en general, para su salud. Del mismo modo, cuando Tácito hablaba de dejar Italia Bubis pensaba en los Estados Unidos, en Nueva York concretamente, de donde había recibido varias ofertas nada desdeñables para trabajar en la industria editorial de la gran manzana, y cuando Tácito mencionaba Asia y África por la cabeza de Bubis pasaba el inminente estado de Israel, en donde estaba seguro de que él podía hacer muchas cosas, en el campo editorial, claro está, aparte de que era un sitio donde vivían muchos de sus viejos amigos, a los cuales le hubiera gustado volver a ver.

Sin embargo había escogido *Germania, triste de habitar y contemplar*. ¿Por qué? No ciertamente porque fuera su patria, pues el señor Bubis, aunque se sentía alemán, abominaba de las patrias, una de las causas por las que, según él, habían muerto más de cincuenta millones de personas, sino porque en Alema-

nia estaba su editorial o el concepto que él tenía de editorial, una editorial alemana, una editorial con sede en Hamburgo y cuyas redes, en forma de pedidos de libros, se extendían por las viejas librerías de toda Alemania, algunos de cuyos libreros él conocía personalmente y con quienes, cuando hacía una gira de negocios, tomaba té o café, sentados en un rincón de la librería, quejándose permanentemente de los malos tiempos, gimoteando por el desdén del público hacia los libros, doliéndose de los intermediarios y de los vendedores de papel, plañendo por el futuro de un país que no leía, en una palabra pasándoselo superbién mientras mordisqueaban unas galletitas o unos trocitos de *Kuchen* hasta que finalmente el señor Bubis se levantaba y le daba un apretón de manos al viejo librero de, por ejemplo, Iserlohn, y luego se marchaba a Bochum, a visitar al viejo librero de Bochum que conservaba como reliquias, reliquias en venta, eso sí, libros con el sello de Bubis publicados en 1930 o en 1927 y que, según la ley, la ley de la Selva Negra, claro está, hubiera debido quemar a más tardar en 1935, pero que el viejo librero había preferido ocultar, por puro amor, cosa que Bubis entendía (y poca gente más, incluido el autor del libro, hubiera podido entenderlo) y agradecía con un gesto que estaba más allá o más acá de la literatura, un gesto, por llamarlo así, de comerciantes honrados, de comerciantes en posesión de un secreto que acaso se remontaba hasta los orígenes de Europa, un gesto que era una mitología o que abría la puerta a una mitología cuyas dos columnas principales eran el librero y el editor, no el escritor, de derrotero caprichoso o sujeto a imponderables fantasmales, sino el librero, el editor y un largo camino zigzagueante dibujado por un pintor de la escuela flamenca.

Por lo que no resultó demasiado extraño que el señor Bubis se aburriera rápidamente de la política y decidiera reabrir su editorial, pues en el fondo lo único que le interesaba de verdad era la aventura de imprimir libros y venderlos.

Por aquellas fechas, sin embargo, poco antes de volver a abrir el edificio que la justicia le había devuelto, el señor Bubis conoció en Mannheim, en la zona americana, a una joven refugiada de poco más de treinta años, de buena familia y notable belleza, y, sin que se sepa cómo, pues el señor Bubis no tenía fama de donjuán, se hicieron amantes. El cambio que experimentó a raíz de esta relación fue notorio. Su energía, ya de por sí portentosa teniendo en cuenta su edad, se triplicó. Sus ganas de vivir se hicieron arrolladoras. Su convencimiento en el éxito de su nueva empresa editorial (aunque Bubis solía corregir a quien le hablaba de «nueva empresa», ya que para él era la misma vieja empresa editora de siempre que volvía a la superficie tras una pausa prolongada y no deseada) se hizo contagioso.

En la inauguración de la editorial, con todas las autoridades y artistas y políticos de Hamburgo invitados, además de una delegación de oficiales ingleses aficionados a la novela (aunque lamentablemente más bien a la novela policiaca, o a la variante georgiana de la novela de caballos, o a la novela filatélica), y prensa no sólo alemana sino también francesa, inglesa, holandesa, suiza y hasta norteamericana, su novia, como la llamaba con cariño, fue presentada públicamente y las muestras de respeto corrieron parejas a la perplejidad que despertó semejante hallazgo, pues todos esperaban a una mujer de cuarenta o cincuenta años, más bien de tipo intelectual, algunos creían que se trataba, como era tradición en la familia Bubis, de una judía, y otros pensaron, guiados por la experiencia, que sólo iba a ser una broma más del señor Bubis, gran aficionado a estas chanzas. Pero la cosa iba en serio, como quedó claro durante la fiesta. La mujer no era judía sino ciento por ciento aria, tampoco tenía cuarenta años sino treinta y pocos, aunque aparentaba veintisiete a lo sumo, y dos meses después la chanza o la bromita de Bubis se convirtió en un hecho consumado al casarse, con todos los honores y flanqueado por el who is who de la ciudad, en el vetusto y en proceso de reconstrucción ayuntamiento, en una ceremonia civil inolvidable oficiada para la ocasión por el mismísimo alcalde de Hamburgo, quien aprovechando la ocasión y en el colmo de la zalamería lo declaró hijo pródigo y ciudadano ejemplar.

Cuando Archimboldi llegó a Hamburgo la editorial, aunque aún no había alcanzado la altura que el señor Bubis se había fijado como segunda meta (la primera era no tener escasez de papel y mantener una distribución por toda Alemania, las ocho restantes sólo el señor Bubis las conocía), marchaba a un ritmo aceptable y su dueño y señor se sentía satisfecho y estaba cansado.

Empezaban a aparecer escritores en Alemania que al señor Bubis le interesaban, no mucho, la verdad, es decir no tanto, ni de lejos tanto como le interesaban los escritores en lengua alemana de su primera etapa y hacia quienes mantenía una lealtad encomiable, pero algunos de los nuevos no estaban mal, si bien entre éstos no se vislumbraba (o el señor Bubis era incapaz de vislumbrar, como él mismo reconocía) un nuevo Döblin, un nuevo Musil, un nuevo Kafka (aunque si apareciera un nuevo Kafka, decía el señor Bubis riéndose pero con los ojos profundamente entristecidos, yo me echaría a temblar), un nuevo Thomas Mann. El grueso del catálogo seguía siendo, por llamarlo así, el fondo inagotable de la editorial, pero también empezaban a asomar sus narices los escritores nuevos, la cantera inagotable de la literatura alemana, además de las traducciones de literatura francesa y literatura anglosajona, que por aquellos tiempos y tras la prolongada sequía nazi consiguieron hacerse con unos lectores fieles que garantizaban el éxito o al menos el que no hubiera pérdidas en la edición.

El ritmo de trabajo, en cualquier caso, era si no frenético sí sostenido, y cuando Archimboldi apareció en la editorial lo primero que pensó fue que el señor Bubis, atareado como aparentaba estar, no lo recibiría. Pero el señor Bubis, tras hacerlo esperar diez minutos, lo hizo pasar a su oficina, una oficina que Archimboldi no iba a olvidar jamás, pues los libros y los manuscritos, agotados los espacios de las estanterías, se acumulaban en el suelo formando pilas y torres, algunas de forma tan inestable que a su vez formaban arcadas, un caos que reflejaba el mundo, rico y portentoso pese a las guerras y a las injusticias, una biblioteca de libros magníficos que Archimboldi hubiera deseado con toda su alma leer, primeras ediciones de grandes autores dedicadas de su puño y letra al señor Bubis, libros de arte degenerado que otras editoriales volvían a hacer circular por Alemania, libros publicados en Francia y libros publicados en Inglaterra, ediciones rústicas aparecidas en Nueva York y en Boston y en San Francisco, además de revistas norteamericanas de nombres míticos que para un escritor joven y pobre constituían un tesoro, el máximo alarde de la riqueza, y que convertían la oficina de Bubis en algo similar a la cueva de Alí-Babá.

Tampoco olvidaría Archimboldi la primera pregunta que le hizo Bubis tras las presentaciones de rigor:

–¿Cuál es su verdadero nombre, porque usted, por supuesto, no se llama así?

–Ése es mi nombre –contestó Archimboldi.

A lo que Bubis respondió:

–¿Cree usted que los años en Inglaterra o los años en general me han convertido en un estúpido? Nadie se llama así. Benno von Archimboldi. Llamarse Benno, en principio, resulta sospechoso.

–¿Por qué? –quiso saber Archimboldi.

–¿No lo sabe? ¿De verdad?

–Le prometo que no lo sé –aseguró Archimboldi.

–¡Pues por Benito Mussolini, hombre de Dios! ¿Dónde tiene usted la cabeza?

En ese momento Archimboldi pensó que había perdido tiempo y dinero viajando a Hamburgo y se vio a sí mismo viajando esa misma noche en el nocturno Hamburgo-Colonia. Con suerte, a la mañana siguiente estaría en su casa.

–Me pusieron Benno por Benito Juárez –dijo Archimboldi–, supongo que usted sabe quién era Benito Juárez.

Bubis sonrió.

–Benito Juárez –masculló, y siguió sonriendo–. Conque Benito Juárez, ¿eh? –dijo con un tono de voz algo más alto.

Archimboldi asintió con la cabeza.

–Pensé que me diría que en homenaje a San Benito.

–No conozco a ese santo –dijo Archimboldi.

–Yo, por el contrario, conozco a tres –dijo Bubis–. San Benito de Aniano, que reorganizó la orden de los benedictinos en el siglo nueve. San Benito de Nursia, que fundó la orden que lleva su nombre en el siglo sexto y a quien se le conoce como «Padre de Europa», un título peligrosísimo, ¿no le parece? Y San Benito el Moro, que era negro, de raza negra, quiero decir, nacido y muerto en Sicilia en el siglo dieciséis y perteneciente a la orden franciscana. ¿Cuál de los tres prefiere?

–Benito Juárez –dijo Archimboldi.

–¿Y el apellido, Archimboldi, no querrá que me crea que en su familia todos se llaman así?

–Yo me llamo así –dijo Archimboldi a punto de dejar con la palabra en los labios a ese hombre pequeñito y malhumorado y salir sin despedirse.

–Nadie se llama así –le respondió Bubis con desgana–. Supongo que en este caso se trata de un homenaje a Giuseppe Archimboldo. ¿Y a santo de qué ese von? ¿Benno no se conforma con ser Benno Archimboldi? ¿Benno quiere dejar patente su pertenencia germánica? ¿De qué lugar de Alemania es usted?

–Soy prusiano –dijo Archimboldi mientras se levantaba dispuesto a irse.

–Espere un momento –refunfuñó Bubis–, antes de que se marche a su hotel quiero que vaya a ver a mi mujer.

–No me marcho a ningún hotel –dijo Archimboldi–, me vuelvo a Colonia. Le ruego que me entregue mi manuscrito.

Bubis volvió a sonreír.

–Ya habrá tiempo para eso –dijo.

Luego tocó un timbre y antes de que la puerta se abriera le preguntó por última vez:

–¿De verdad no prefiere decirme su verdadero nombre?

–Benno *von* Archimboldi –dijo Archimboldi mirándolo a los ojos.

Bubis abrió las manos y las juntó, como si aplaudiera, pero sin ningún sonido, y luego la cabeza de su secretaria asomó en la puerta.

–Lleve al señor a la oficina de la señora Bubis –dijo.

Archimboldi miró a la secretaria, una chica rubia y con tirabuzones en el pelo, y cuando volvió a mirar a Bubis éste ya estaba enfrascado en la lectura de un manuscrito. Siguió a la secretaria. La oficina de la señora Bubis estaba al final de un largo pasillo. La secretaria llamó con los nudillos y luego, sin esperar respuesta, abrió la puerta y dijo: Anna, el señor Archimboldi está aquí. Una voz le ordenó que pasara. La secretaria lo cogió de un brazo y lo empujó hacia dentro. Después, tras dedicarle una sonrisa, se marchó. La señora Anna Bubis estaba sentada tras un escritorio virtualmente vacío (sobre todo en comparación con el escritorio del señor Bubis) en donde sólo había un cenicero, un paquete de cigarrillos ingleses, un encendedor de oro y un libro escrito en francés. Archimboldi, pese a los años transcurridos, la reconoció de inmediato. Era la baronesa Von Zumpe. Se quedó, sin embargo, quieto y decidido a no decir, al menos de momento, nada. La baronesa se quitó las gafas, antes, según recordaba Archimboldi, no usaba, y lo contempló con una mirada suavísima, como si le costara salir de aquello que estaba leyendo o pensando, o tal vez ésa era su mirada de siempre.

–¿Benno von Archimboldi? –dijo.

Archimboldi asintió con la cabeza. Durante unos segundos la baronesa no dijo nada y se limitó a estudiar sus facciones.

–Estoy cansada –dijo–. ¿Le parece bien si salimos a pasear un rato, tal vez a tomarnos una taza de café?

–Me parece bien –dijo Archimboldi.

Mientras bajaban por las oscuras escaleras del edificio la baronesa le dijo, tuteándolo, que lo había reconocido y que estaba segura de que él también la había reconocido a ella.

–De inmediato, baronesa –dijo Archimboldi.

–Pero ha pasado mucho tiempo –dijo la baronesa Von Zumpe– y yo he cambiado.

–No en el aspecto físico, baronesa –dijo detrás de ella Archimboldi.

–Tu nombre, sin embargo, no lo recuerdo –dijo la baronesa–, eras el hijo de una de nuestras empleadas, eso sí lo recuerdo, tu madre trabajaba en la casa del bosque, pero tu nombre no lo recuerdo.

A Archimboldi le pareció divertida la manera que tenía la baronesa de nombrar a su antigua mansión solariega. La casa del bosque evocaba una casa de juguete, una cabaña, un refugio, algo que estaba lejos del correr del tiempo y que permanecía empotrado en una infancia voluntariosa y ficticia, pero seguramente amable e indemne.

–Ahora me llamo Benno von Archimboldi, baronesa –dijo Archimboldi.

–Bueno –dijo la baronesa–, has elegido un nombre muy elegante. Un poco disonante, pero con una cierta elegancia, sin duda.

Algunas calles de Hamburgo, como pudo apreciar Archimboldi mientras paseaban, estaban en peor estado que algunas de las calles más castigadas de Colonia, aunque en Hamburgo tuvo la impresión de que se esforzaban un poco más en los trabajos de reconstrucción. Mientras caminaban, la baronesa ligera como una colegiala que ha hecho novillos y Archimboldi llevando al hombro su bolsa de viaje, se contaron algunas de las cosas que a ambos les había sucedido después de su último encuentro en los Cárpatos. Archimboldi le habló de la guerra, aunque sin entrar en detalles, le habló de Crimea, del Kubán y de los grandes ríos de la Unión Soviética, le habló del invierno y de los meses que estuvo sin poder hablar, y de alguna forma, oblicuamente, evocó a Ansky, aunque sin mencionar su nombre.

La baronesa, por su parte, y como para contrapesar los viajes obligados de Archimboldi, le habló de sus propios viajes, todos voluntarios y buscados y por lo tanto felices, viajes exóticos a Bulgaria y Turquía y Montenegro y recepciones en las embajadas alemanas de Italia, España y Portugal, y le confesó que a veces intentaba arrepentirse del goce que había experimentado durante aquellos años, pero que por más que intelectualmente, o tal vez sería más apropiado decir moralmente, rechazaba esa actitud hedonista, la verdad era que su memoria, al evocarlos, aún se estremecía de placer.

–¿Tú lo entiendes? ¿Tú puedes entenderme? –le preguntó mientras tomaban capuchinos y bizcochos en una cafetería que parecía salida de un cuento de hadas, al lado de un gran ventanal con vistas al río y a las suaves colinas verdes.

Entonces Archimboldi, en vez de decirle que la entendía o que no la entendía, le preguntó si sabía qué había ocurrido con el general rumano Entrescu. No tengo ni idea, dijo la baronesa.

–Yo sí –dijo Archimboldi–, si usted quiere se lo puedo contar.

–Adivino que nada bueno me dirás de él –dijo la baronesa–. ¿Me equivoco?

–No lo sé –admitió Archimboldi–, según cómo se mire es muy malo y según cómo no es tan malo.

–¿Lo viste, tú lo viste? –susurró la baronesa mirando el río, donde en aquel momento se cruzaban dos embarcaciones, una rumbo al mar, la otra hacia el interior.

–Sí, lo vi –dijo Archimboldi.

–Entonces todavía no me lo cuentes –dijo la baronesa–, ya habrá tiempo para eso.

Uno de los camareros de la cafetería le pidió un taxi. La baronesa mencionó el nombre de un hotel. En la recepción tenían una reserva a nombre de Benno von Archimboldi. Ambos siguieron al botones hasta una habitación individual. Con sorpresa, Archimboldi descubrió sobre uno de los muebles un aparato de radio.

–Deshaz tu maleta –dijo la baronesa– y arréglate un poco, esta noche cenamos con mi marido.

Mientras Archimboldi procedía a depositar en el interior de una cómoda un par de calcetines, una camisa y un calzoncillo, la baronesa se encargó de sintonizar una emisora de música de jazz. Archimboldi entró en el baño y se afeitó y se echó agua en el pelo y luego se peinó. Cuando salió las luces de la habitación, salvo la lámpara de la mesita de noche, estaban apagadas y la baronesa le ordenó que se desnudara y metiera en la cama.

Desde allí, tapado con las mantas hasta el cuello y con una agradable sensación de cansancio, observó a la baronesa, de pie, vestida tan sólo con unas bragas negras, cambiar de emisora hasta encontrar una de música clásica.

En total permaneció tres días en Hamburgo. En dos ocasiones cenó con el señor Bubis. En una habló de sí mismo y en la otra conoció a algunos de los amigos del famoso editor y casi no abrió la boca, por miedo a cometer alguna imprudencia. En el círculo íntimo del señor Bubis, al menos en Hamburgo, no había escritores. Un banquero, un noble arruinado, un pintor que ya sólo escribía monografías sobre pintores del siglo XVII y una traductora de francés, todos muy preocupados por la cultura, todos inteligentes, pero ninguno escritor.

Aun así, apenas abrió la boca.

La actitud del señor Bubis hacia él había experimentado una transformación notable, que Archimboldi achacaba a los buenos oficios de la baronesa, a quien había terminado por decirle su verdadero nombre. Se lo dijo en la cama, mientras hacían el amor, y la baronesa no necesitó preguntárselo dos veces. La actitud de ésta, por otra parte, cuando le exigió que le dijera qué había ocurrido con el general Entrescu, fue extraña y en cierta manera iluminadora. Tras contarle que el rumano había muerto a manos de sus propios soldados en desbandada, que lo apalearon y después lo crucificaron, a la baronesa lo único que se le ocurrió preguntarle a Archimboldi, como si morir crucificado durante la Segunda Guerra Mundial fuera algo que se veía cada día, fue si el cuerpo en la cruz que él había contemplado estaba desnudo o vestido con su uniforme. La respuesta de Archimboldi fue que, a todos los efectos prácticos, estaba desnudo, pero que en realidad conservaba jirones de uniforme, los suficientes como para que los rusos que venían pisándoles los talones, al llegar a aquel lugar, se dieran cuenta de que el regalo que los soldados rumanos les dejaban tras de sí era un general. Pero que también estaba lo suficientemente desnudo como para que los rusos pudieran verificar con sus propios ojos el tamaño descomunal de los miembros viriles rumanos, que en este caso, dijo Archimboldi, sin duda constituía un ejemplo tramposo, pues él había visto a algunos soldados rumanos desnudos y sus atributos en nada se diferenciaban, digamos, de la media alemana, mientras que el pene del general Entrescu, fláccido y amoratado como corresponde a un apaleado posteriormente crucificado, medía el doble y el triple de una verga común, ya fuera ésta rumana o alemana o, por poner un ejemplo cualquiera, francesa.

Dicho lo cual Archimboldi se quedó callado y la baronesa dijo que esa muerte no le hubiera desagradado al bravo general. Y añadió que Entrescu, pese a los éxitos que se le atribuían en el campo militar, como táctico y como estratega siempre fue un desastre. Pero que como amante, por el contrario, era el mejor que había tenido jamás.

–No por el tamaño de su verga –aclaró la baronesa para despejar cualquier equívoco que Archimboldi, a su lado en la cama, pudiera hacerse–, sino por una especie de virtud zoomórfica: charlando era más divertido que un cuervo y en la cama se convertía en una mantarraya.

A lo que Archimboldi opinó que, por lo poco que había podido observar durante la corta visita que Entrescu y su séquito realizaron al castillo de los Cárpatos, él creía que el cuervo era, precisamente, su secretario, el tal Popescu, opinión que fue desechada de inmediato por la baronesa, para quien Popescu sólo era una cacatúa, una cacatúa que volaba detrás de un león. Sólo que el león no tenía garras o si las tenía no estaba dispuesto a usarlas, ni colmillos para desgarrar a nadie, únicamente un sentido un tanto ridículo de su propio destino, un destino y una noción de destino que en cierta manera era el eco del destino y la noción de destino de Byron, poeta al que Archimboldi, por esas casualidades que se dan en las bibliotecas públicas, había leído y que en modo alguno le parecía posible equiparar, ni siquiera disfrazado de eco, con el execrable general Entrescu, añadiendo de paso que la noción de destino no era algo que se pudiera separar del destino de un individuo (de un pobre individuo), sino que eran la misma cosa en sí: el destino, materia inasible hasta hacerse irremediable, era la noción de destino que cada uno tenía de sí mismo.

A lo que la baronesa respondió diciendo con una sonrisa que cómo se notaba que Archimboldi no había follado nunca con Entrescu. Lo que propició que Archimboldi le confesara a la baronesa que era cierto, que él nunca se metió en la cama con Entrescu, pero que en cambio fue testigo ocular de una de las famosas encamadas del general.

–La mía, supongo –dijo la baronesa.

–Supones bien –dijo Archimboldi, tuteándola por primera vez.

–¿Y tú dónde estabas? –dijo la baronesa.

–En una cámara secreta –dijo Archimboldi.

Entonces a la baronesa le entró una risa incontenible y entre hipidos dijo que no le extrañaba que se hubiera puesto como seudónimo el nombre de Benno von Archimboldi. Observación que Archimboldi no entendió pero que aceptó de buena gana, poniéndose acto seguido a reír con ella.

Así que Archimboldi, al cabo de tres días muy instructivos, regresó a Colonia en un tren nocturno en donde la gente dormía hasta en los pasillos, y pronto estuvo otra vez en su buhardilla comunicándole a Ingeborg las excelentes noticias que traía de Hambugo, noticias que, al compartir, los embargaron de alegría, tanta que de repente se pusieron a cantar y luego a bailar, sin temer que el suelo cediera bajo sus saltos. Después hicieron el amor y Archimboldi le contó cómo era la editorial, el señor Bubis, la señora Bubis, la correctora que se llamaba Uta y que era capaz de enmendarle las faltas gramaticales a Lessing, a quien despreciaba con un fervor hanseático, pero no a Lichtenberg, a quien amaba, la administrativa o jefa de prensa que se llamaba Anita y que prácticamente conocía a todos los escritores de Alemania pero a quien sólo le gustaba la literatura francesa, la secretaria que se llamaba Martha y que era filóloga y que le había regalado algunos libros de la editorial que a él le interesaban, el almacenero que se llamaba Rainer Maria y que, pese a su juventud, había sido ya poeta expresionista, simbolista y decadente.

También le habló de los amigos del señor Bubis y del catálogo del señor Bubis. Y cada vez que Archimboldi concluía una oración Ingeborg y él se reían, como si se estuvieran contando una historia irresistiblemente cómica. Después Archimboldi se puso a trabajar en serio en su segundo libro y en menos de tres meses lo terminó.

Aún no había salido de la imprenta *Lüdicke* cuando el señor Bubis recibió el manuscrito de *La rosa ilimitada*, que leyó en dos noches, al cabo de las cuales, profundamente alterado, despertó a su mujer y le dijo que iban a tener que publicar el nuevo libro de ese Archimboldi.

–¿Es bueno? –le preguntó la baronesa, medio dormida y sin levantarse.

–Es mejor que bueno –dijo Bubis dando vueltas por la habitación.

Luego se puso a hablar, sin dejar de moverse, sobre Europa, sobre mitología griega y sobre algo que vagamente se asemejaba a una investigación policial, pero la baronesa se durmió otra vez y no lo escuchó.

Durante el resto de la noche Bubis, quien solía sufrir insomnios a los cuales sabía sacarles el máximo provecho, intentó leer otros manuscritos, intentó repasar las cuentas de su contable, intentó escribir cartas a sus distribuidores, todo en vano. Con las primeras luces del día volvió a despertar a su mujer y le hizo prometer que cuando él ya no estuviera al frente de la editorial, eufemismo con que designaba su muerte, ella no abandonaría a ese Archimboldi.

–¿Abandonarlo en qué sentido? –le preguntó la baronesa, aún medio dormida.

Bubis tardó en contestar.

–Protégelo –dijo.

Tras unos segundos, añadió:

–Protégelo en la medida de nuestras posibilidades como editores.

Estas últimas palabras la baronesa Von Zumpe no las oyó, pues había vuelto a quedarse dormida. Durante un rato Bubis estuvo contemplando su rostro, similar al de una pintura prerrafaelita. Después se levantó de los pies de la cama y se dirigió en bata hacia la cocina, en donde se preparó un sándwich de queso con picles, una receta que le había enseñado en Inglaterra un escritor austriaco exiliado.

–Qué sencillo es preparar una cosa así y qué reparador es –le había dicho el austriaco.

Sencillo, sin duda. Y apetitoso, de un sabor extraño. Pero reparador en modo alguno, pensó el señor Bubis, para soportar una dieta de esta naturaleza hay que tener un estómago de acero. Más tarde se dirigió a la sala y abrió las cortinas para que entrara la luz grisácea de la mañana. Reparador, reparador, reparador, pensaba el señor Bubis mientras mordisqueaba distraídamente su sándwich. Necesitamos algo más reparador que un bocadillo de queso con cebollitas en vinagre. ¿Pero dónde buscarlo, dónde encontrarlo y qué hacer con él cuando lo hayamos encontrado? En ese momento oyó que la puerta de servicio se abría y escuchó, con los ojos cerrados, los pasitos menudos de la criada que venía cada mañana. Se hubiera quedado así durante muchas horas. Una estatua. En lugar de eso dejó el sándwich en la mesa y se dirigió hacia su habitación, en donde procedió a vestirse para empezar otro día de trabajo.

Lüdicke se hizo acreedor de dos recensiones favorables y una desfavorable y en total se vendieron trescientos cincuenta ejemplares de la primera edición. *La rosa ilimitada*, que salió al cabo de cinco meses, obtuvo una reseña favorable y tres reseñas desfavorables y se vendieron doscientos cinco ejemplares. Ningún otro editor se hubiera atrevido a publicarle un tercer libro a Archimboldi, pero Bubis no sólo estaba dispuesto a publicarle el tercer libro sino también el cuarto, el quinto y todos los que hiciera falta publicar y Archimboldi tuviera a bien confiarle a él.

Durante ese tiempo, por lo que respecta a la cuestión económica, las entradas de dinero de Archimboldi se hicieron un poco, sólo un poco, mayores. La Casa de la Cultura de Colonia le pagó por dos lecturas públicas en sendas librerías de la ciudad, cuyos libreros, no está de más decirlo, conocían personalmente al señor Bubis, lecturas que por otra parte no suscitaron un interés demasiado notorio. A la primera de ellas, en donde el autor leyó páginas escogidas de su novela *Lüdicke,* asistieron quince personas, contando a Ingeborg, y sólo tres, al finalizar, se atrevieron a comprar el libro. A la segunda de las lecturas, páginas escogidas de *La rosa ilimitada*, asistieron nueve, contando otra vez a Ingeborg, y al finalizar ésta quedaban en la sala, cuyas pequeñas dimensiones mitigaron en parte la ofensa, sólo tres personas, entre las que se hallaba, por supuesto, Ingeborg, quien horas después le confesaría a Archimboldi que ella también, en determinado momento, había pensado en abandonar la sala.

También la Casa de Cultura de Colonia, en colaboración con las recién constituidas y algo despistadas autoridades culturales de Baja Sajonia, le organizó una serie de conferencias y lecturas que empezaron en Oldenburgo con algo de pompa y boato, para proseguir de inmediato en una serie de pueblos y aldeas, cada vez más pequeños, cada vez más dejados de la mano de Dios, adonde ningún escritor había aceptado acudir, gira que terminó en villorrios pesqueros de Frisia en los cuales Archimboldi, imprevisiblemente, encontró los auditorios más nutridos y en donde muy poca gente se fue antes de que terminara la función.

La escritura de Archimboldi, el proceso de creación o la cotidianidad en que se desarrollaba apaciblemente este proceso, adquirió robustez y algo que, a falta de una palabra mejor, llamaremos confianza. Esta «confianza» no significaba, ciertamente, la abolición de la duda, ni mucho menos que el escritor creyera que su obra tuviera algún valor, pues Archimboldi tenía una visión de la literatura (y la palabra visión también es demasiado rimbombante) en tres compartimientos que sólo de una manera muy sutil se comunicaban entre sí: en el primero estaban los libros que él leía y releía y que consideraba portentosos y a veces monstruosos, como las obras de Döblin, que seguía siendo uno de sus autores favoritos, o como la obra completa de Kafka. En el segundo compartimiento estaban los libros de los autores epigonales y de aquellos a quienes llamaba la Horda, a quienes veía básicamente como sus enemigos. En el tercer compartimiento estaban sus propios libros y sus proyectos de libros futuros, que veía como un juego y que también veía como un negocio, un juego en la medida del placer que experimentaba al escribir, un placer semejante al del detective antes de descubrir al asesino, y un negocio en la medida en que la publicación de sus obras contribuía a engordar, aunque fuese modestamente, su salario como portero de bar.

Un trabajo, el de portero de bar, que, por supuesto, no abandonó, en parte porque se había acostumbrado a él y en parte porque la mecánica del trabajo se había acoplado perfectamente a la mecánica de la escritura. Cuando terminó su tercera novela, *La máscara de cuero*, el viejo que le alquilaba la máquina de escribir y a quien Archimboldi le había regalado un ejemplar de *La rosa ilimitada* le ofreció venderle la máquina a un precio razonable. El precio, sin duda, era *razonable* para el antiguo escritor, sobre todo si uno tenía en cuenta que ya casi nadie le alquilaba la máquina, pero para Archimboldi todavía constituía, además de una tentación, un lujo. Así que, tras pensárselo durante algunos días y hacer cuentas, le escribió a Bubis pidiéndole, por primera vez, un adelanto sobre un libro que aún no había empezado. Naturalmente, le explicaba en la carta para qué necesitaba el dinero y le prometía solemnemente que le entregaría su próximo libro en un lapso no menor de seis meses.

La respuesta de Bubis no se hizo esperar. Una mañana unos repartidores de la sucursal de Olivetti en Colonia le hicieron entrega de una espléndida maquina de escribir nueva y Archimboldi sólo tuvo que firmar unos papeles de conformidad. Dos días después le llegó una carta de la secretaria de la editorial en donde le comunicaba que, por orden del jefe, había sido cursada una orden de compra de una máquina de escribir a su nombre. La máquina, decía la secretaria, es un obsequio de la editorial. Durante algunos días Archimboldi anduvo como mareado de felicidad. En la editorial *creen* en mí, se repetía en voz alta, mientras la gente pasaba a su lado, en silencio o, como él, hablando sola, una imagen usual en Colonia durante aquel invierno.

De *La máscara de cuero* se vendieron noventa y seis ejemplares, lo que no era mucho, se dijo con resignación Bubis al revisar las cuentas, pero no por ello el apoyo que la editorial le brindaba a Archimboldi decayó. Al contrario, por aquellos días Bubis tuvo que viajar a Frankfurt y aprovechando su estancia se desplazó por el día a Maguncia a visitar al crítico literario Lothar Junge, que vivía en una casita en las afueras, junto a un bosque y una colina, una casita en la que se oía cantar a los pájaros, algo que a Bubis le pareció increíble, mira, si se oye hasta el canto de los pájaros, le dijo a la baronesa Von Zumpe, con los ojos muy abiertos y una sonrisa de oreja a oreja, como si lo último que hubiera esperado encontrar en aquella parte de Maguncia fuera un bosque y una población de pájaros cantores y una casita de dos pisos, con los muros encalados y de dimensiones de cuento de hadas, es decir, una casita pequeña, una casita de chocolate blanco con travesaños de madera a la vista como trozos de chocolate negro, y rodeada por un jardincito en donde las flores parecían recortes de papel, y un césped cuidado con manía matemática, y un senderito de grava que hacía ruido, un ruido que ponía los nervios o los nerviecitos de punta cuando uno caminaba por él, todo trazado con tiralíneas, con escuadra y compás, como le hizo notar a media voz Bubis a la baronesa poco antes de golpear con la aldaba (que tenía la forma de la cabeza de un cerdo) en la puerta de madera maciza.

El crítico literario Lothar Junge en persona les franqueó el paso. Por supuesto, la visita era aguardada y sobre la mesa el señor Bubis y la baronesa encontraron galletitas con carne ahumada, típicas de la zona, y dos botellas de licor. El crítico medía por lo menos un metro noventa y caminaba por su casa como si temiera darse un golpe en la cabeza. No era gordo, pero tampoco era delgado, y vestía a la usanza de los profesores de Heidelberg, que no se quitaban la corbata salvo en situaciones de verdadera intimidad. Durante un rato, mientras daban cuenta de los aperitivos, hablaron del panorama actual de la literatura alemana, territorio en el que Lothar Junge se movía con la cautela de un desactivador de bombas o de minas no explotadas. Después llegó un joven escritor de Maguncia acompañado por su mujer y otro crítico literario del mismo periódico de Frankfurt en donde publicaba sus reseñas Junge. Comieron estofado de conejo. La mujer del escritor de Maguncia sólo abrió la boca una vez durante la comida y fue para preguntarle a la baronesa dónde había comprado el vestido que llevaba. En París, contestó la baronesa, y la mujer del escritor ya no dijo nada más. Su rostro, sin embargo, se convirtió a partir de entonces en un discurso o memorándum de agravios sufridos por la ciudad de Maguncia desde su fundación hasta aquel día. La suma de sus visajes o morisquetas, que recorrían a la velocidad de la luz la distancia que media entre el resentimiento puro y el odio larvado hacia su marido, en el que veía representadas a todas las personas, a su juicio innobles, que estaban sentadas a la mesa, no pasó desapercibida a nadie, exceptuando al otro crítico literario, de nombre Willy, cuya especialidad era la filosofía y por ende escribía sobre libros de filosofía y cuya esperanza era publicar algún día un libro de filosofía, tres ocupaciones, por llamarlo así, que lo hacían particularmente insensible a la hora de darse cuenta de lo que pasaba en el rostro (o en el alma) de una comensal.

Terminada la comida volvieron a la sala a tomar café o té, y Bubis, con la plena aquiescencia de Junge, aprovechó ese momento, pues tampoco estaba en sus planes quedarse más tiempo en aquella casita de juguete que lo enervaba, para arrastrar al crítico al jardín trasero, tan cuidado como la parte delantera, pero con la ventaja de ser más amplio y desde el cual se tenía una visión más ajustada, si cabe, del bosque que abrazaba aquella barriada de extramuros. Hablaron, antes que nada, de los escritos del crítico, el cual se moría de ganas de publicar con Bubis. Éste mencionó, de forma vaga, la posibilidad, que le rondaba desde hacía meses por la cabeza, de crear una colección nueva, guardándose, eso sí, de mencionar de qué naturaleza iba a ser esta colección. Luego pasaron a hablar, una vez más, de la nueva literatura, la que publicaba Bubis y la que publicaban los colegas de Bubis en Munich y en Colonia y en Frankfurt y en Berlín, sin olvidar a las editoriales firmemente establecidas en Zurich o Berna y a las que resurgían en Viena. Acto seguido, Bubis le preguntó, procurando ser casual, qué le parecía, por ejemplo, Archimboldi. Lothar Junge, que en el jardín caminaba con la misma precaución que mostraba bajo su propio techo, al principio sólo se encogió de hombros.

–¿Lo ha leído? –preguntó Bubis.

Junge no contestó. Rumiaba su respuesta con la cabeza baja, absorto en la contemplación o en la admiración del césped que, a medida que se acercaban al linde del bosque, se hacía más descuidado, menos despojado de hojas caídas y palitos e incluso, diríase, de insectos.

–Si no lo ha leído, dígamelo, que haré que le envíen ejemplares de todos sus libros –dijo Bubis.

–Lo he leído –admitió Junge.

–¿Y qué le parece? –preguntó el viejo editor deteniéndose junto a una encina cuya sola presencia parecía anunciar con voz amenazante: aquí se acaba el reino de Junge y empieza la república hiperbórea. Junge también se detuvo, aunque unos pasos más allá, con la cabeza semiinclinada, como si temiera que una rama le fuera a alborotar el escaso pelo.

–No sé, no sé –murmuró.

Luego, incomprensiblemente, se puso a hacer visajes que de alguna manera lo hermanaban con la mujer del escritor de Maguncia, a tal grado que Bubis pensó que en efecto debían de ser hermanos y que sólo así se comprendía cabalmente la presencia del escritor y su mujer durante la comida. También cabía la posibilidad, pensó Bubis, de que fueran amantes, pues es bien sabido que a menudo los amantes adoptaban los gestos del otro, generalmente las sonrisas, las opiniones, los puntos de vista, en fin, la parafernalia superficial que todo ser humano está obligado a cargar hasta su muerte, como la piedra de Sísifo, considerado el más listo de los hombres, Sísifo, sí, Sísifo, el hijo de Éolo y Enáreta, el fundador de la ciudad de Éfira, que es el nombre antiguo de Corinto, una ciudad que el buen Sísifo convirtió en guarida de sus alegres fechorías, pues con esa soltura de cuerpo que lo caracterizaba y con esa disposición intelectual que en todo giro del destino ve un problema de ajedrez o una trama policiaca a clarificar y con esa querencia por la risa y la broma y la chanza y la chacota y la chunga y el ludibrio y el pitorreo y la chuscada y la chirigota y el choteo y la pulla y el remedo y la ingeniosidad y la burla y la cuchufleta, se dedicó a robar, es decir a despojar de sus bienes a cuantos viajeros pasaban por allí, llegando incluso a robar a su vecino Autólico, que también robaba, tal vez con la improbable esperanza de que quien roba a un ladrón tiene cien años de perdón, y de cuya hija, Anticlea, se sintió prendado, pues Anticlea era muy hermosa, un bombón, pero la tal Anticlea tenía novio formal, es decir estaba comprometida con un tal Laertes, posteriormente famoso, lo que no hizo retroceder a Sísifo, el cual contaba además con la complicidad del padre de la muchacha, el ladrón Autólico, cuya admiración por Sísifo había crecido como crece la estima que un artista objetivo y honrado siente por otro artista de dotes superiores, así que digamos que Autólico se mantuvo fiel, pues era hombre de honor, a la palabra dada a Laertes, pero tampoco veía con malos ojos o como burla y escarnio hacia su futuro yerno los escarceos amorosos que Sísifo prodigaba a su hija, la cual finalmente, según se dice, se casó con Laertes pero después de entregarse a Sísifo una o dos veces, cinco o siete veces, es posible que diez o quince veces, siempre con la connivencia de Autólico que deseaba que su vecino fecundara a su hija para así tener un nieto tan astuto como aquél, y en una dc ésas Anticlea quedó preñada y nueve meses después, ya siendo la mujer de Laertes, nacería su hijo, el hijo de Sísifo, que fue llamado Odiseo o Ulises y que en efecto demostró ser tan astuto como su padre, el cual jamás se preocupó por él y siguió haciendo su vida, una vida de excesos y de fiestas y de placer, durante la cual se casó con Mérope, la estrella que menos brilla en la constelación de las Pléyades, precisamente por haberse casado con un mortal, un jodido mortal, un jodido ladrón, un jodido gángster dedicado a los excesos, cegado por los excesos, entre los cuales, y aunque no era el menor, se contaba la seducción de Tiro, la hija de su hermano Salmoneo, no porque Tiro le gustara, no porque Tiro fuera particularmente sexy, sino porque Sísifo odiaba a su propio hermano y deseaba causarle daño, y por este hecho, tras su muerte, fue condenado a empujar en los Infiernos una roca hasta lo alto de una colina, desde donde caía nuevamente hasta la base, desde donde Sísifo volvía a empujarla nuevamente hasta lo alto de la colina, desde donde caía nuevamente hasta la base, y así eternamente, un castigo feroz que no se correspondía con los crímenes o pecados de Sísifo y que más bien era una venganza de Zeus, pues en cierta ocasión, según se cuenta, pasó Zeus por Corinto con una ninfa a la que había raptado y Sísifo, que era más inteligente que el hambre, se quedó con la jugada, y luego pasó por allí Asopo, el padre de la muchacha, buscando a su hija como un desesperado, y viéndolo Sísifo se ofreció a darle el nombre del raptor de su hija, eso sí, a cambio de que Asopo hiciera brotar una fuente en la ciudad de Corinto, lo que demuestra que Sísifo no era un mal ciudadano o bien que tenía sed, a lo cual Asopo accedió y brotó la fuente de aguas cristalinas y Sísifo delató a Zeus, el cual, enfadadísimo, le envió ipso facto a Tánato, la muerte, que sin embargo no pudo con Sísifo, pues éste, con una jugada de maestro que no se contradecía con su humor ni con su inteligencia especulativa, capturó y encadenó a Tánato, hazaña al alcance de muy pocos, verdaderamente al alcance de muy pocos, y durante mucho tiempo tuvo a Tánato encadenado y durante todo ese tiempo no murió ser humano sobre la faz de la tierra, una época dorada en la que los hombres, sin dejar de ser hombres, vivían sin el agobio de la muerte, es decir, sin el agobio del tiempo, pues tiempo era lo que sobraba, que es acaso lo que distingue a una democracia, el tiempo sobrante, la plusvalía de tiempo, tiempo para leer y tiempo para pensar, hasta que Zeus tuvo que intervenir personalmente y Tánato fue liberado, y entonces Sísifo murió.

Pero los visajes que hacía Junge no tenían nada que ver con Sísifo, pensó Bubis, sino más bien con un tic facial desagradable, bueno, no *muy* desagradable, pero tampoco, evidentemente, agradable, y que él, Bubis, ya había visto en otros intelectuales alemanes, como si tras la guerra algunos de estos intelectuales hubieran sufrido un shock nervioso que se manifestaba de esta manera, o como si durante la guerra hubieran estado sometidos a una tensión insoportable que, una vez acabada la contienda, dejaba esta curiosa e inofensiva secuela.

–¿Qué le parece Archimboldi? –repitió Bubis.

El rostro de Junge se puso rojo como el atardecer que crecía detrás de la colina y luego verde como las hojas perennes de los árboles del bosque.

–Hum –dijo–, hum. –Y luego sus ojos se dirigieron hacia la casita, como si de allí esperara la llegada de la inspiración o de la elocuencia o alguna ayuda de cualquier tipo–. Para serle franco –dijo. Y luego–: Sinceramente, mi opinión no es... –Y finalmente–: ¿Qué le puedo decir?

–Cualquier cosa –dijo Bubis–, su opinión como lector, su opinión como crítico.

–Bien –dijo Junge–. Lo he leído, eso es un hecho.

Ambos sonrieron.

–Pero no me parece –añadió– un autor... Es decir, es alemán, eso es innegable, su prosodia es alemana, vulgar, pero alemana, lo que quiero decir es que no me parece un autor europeo.

–¿Americano, tal vez? –dijo Bubis, que por aquellos días acariciaba la idea de comprar los derechos de tres novelas de Faulkner.

–No, tampoco americano, más bien africano –dijo Junge, y volvió a hacer visajes bajo las ramas de los árboles–. Más propiamente: asiático –murmuró el crítico.

–¿De qué parte de Asia? –quiso saber Bubis.

–Yo qué sé –dijo Junge–, indochino, malayo, en sus mejores momentos parece persa.

–Ah, la literatura persa –dijo Bubis, que en realidad no conocía ni sabía nada de la literatura persa.

–Malayo, malayo –dijo Junge.

Después pasaron a hablar de otros autores de la editorial, por quienes el crítico mostraba más aprecio o interés, y regresaron al jardín desde donde se contemplaba el cielo arrebolado. Poco más tarde Bubis y la baronesa se despidieron con risas y palabras amables de los allí presentes, que no sólo los acompañaron hasta el coche sino que se quedaron en la calle haciendo adiós con la mano hasta que el vehículo de Bubis desapareció en la primera curva.

Esa noche, después de comentar con fingida sorpresa la desproporción que había entre Junge y su casita, poco antes de meterse en la cama de su hotel de Frankfurt, Bubis le comunicó a la baronesa que al crítico no le gustaban los libros de Archimboldi.

–¿Eso tiene importancia? –preguntó la baronesa que, a su manera y conservando toda su independencia, quería al editor y tenía en alta estima sus opiniones.

–Depende –dijo Bubis en calzoncillos, junto a la ventana, mientras miraba la oscuridad exterior por un espacio mínimo de la cortina–. Para nosotros, en realidad, no tiene ninguna importancia. Para Archimboldi, en cambio, tiene mucha.

Algo respondió la baronesa. Algo que el señor Bubis ya no escuchó. Afuera todo era oscuro, pensó, y descorrió ligeramente, sólo un poco más, la cortina. No vio nada. Sólo su rostro, el rostro del señor Bubis cada vez más arrugado y pronunciado y más y más oscuridad.

El cuarto libro de Archimboldi no tardó en llegar a la editorial. Se llamaba *Ríos de Europa*, aunque en él básicamente se hablaba de un solo río, el Dniéper. Digamos que el Dniéper era el protagonista del libro y los demás ríos nombrados formaban parte del coro. El señor Bubis lo leyó de un tirón, en su oficina, y las risas que le provocó la lectura se oyeron por toda la editorial. Esta vez el anticipo que le envió a Archimboldi fue mayor que todos los anticipos anteriores, a tal grado que Martha, la secretaria, antes de cursar el cheque a Colonia, entró en la oficina del señor Bubis y mostrándole el cheque le preguntó (no una sino dos veces) si era la cifra correcta, a lo que el señor Bubis respondió que sí, que era la cifra correcta, o incorrecta, qué más daba, una cifra, pensó cuando volvió a quedarse solo, siempre es aproximativa, no existe la cifra correcta, sólo los nazis creían en la cifra correcta y los profesores de matemática elemental, sólo los sectarios, los locos de las pirámides, los recaudadores de impuestos (Dios acabe con ellos), los numerólogos que leían el destino por cuatro perras creían en la cifra correcta. Los científicos, por el contrario, sabían que toda cifra es sólo aproximativa. Los grandes físicos, los grandes matemáticos, los grandes químicos y los editores sabían que uno siempre transita por la oscuridad.

Por aquellas mismas fechas y durante un examen médico rutinario a Ingeborg se le detectó una afección pulmonar. Al principio Ingeborg no le dijo nada a Archimboldi limitándose a tomar de forma irregular las pastillas que le recetó un médico no demasiado avispado. Cuando empezó a toser sangre Archimboldi la arrastró a la consulta del médico inglés, el cual la envió de inmediato a un especialista alemán en pulmones. Éste le dijo que tenía tuberculosis, una enfermedad bastante común en la Alemania de posguerra.

Con el dinero obtenido por *Ríos de Europa* Archimboldi, por indicación del especialista, se trasladó a Kempten, una localidad de los Alpes Bávaros, cuyo clima frío y seco contribuiría a mejorar la salud de su mujer. Ingeborg obtuvo una baja laboral a causa de su salud y Archimboldi dejó su trabajo de portero en el bar. La salud de Ingeborg, sin embargo, no experimentó cambios sustanciales, aunque los días que pasaron juntos en Kempten fueron felices.

Ingeborg no le temía a la tuberculosis pues tenía la seguridad de que no iba a morir a causa de esta enfermedad. Archimboldi se llevó su máquina de escribir y en un mes, escribiendo ocho páginas diarias, terminó su quinto libro, que tituló *Bifurcaria bifurcata*, cuyo argumento, como su nombre claramente indicaba, iba de algas. De este libro, al que Archimboldi dedicaba no más de tres horas diarias, a veces cuatro, lo que más sorprendió a Ingeborg fue la velocidad con que fue escrito, o mejor dicho la destreza que Archimboldi mostraba en el manejo de la máquina de escribir, una familiaridad de mecanógrafa veterana, como si Archimboldi fuera la reencarnación de la señora Dorothea, una secretaria que Ingeborg había conocido siendo aún una niña, una vez que acompañó a su padre, por razones que ya no recordaba, a las oficinas berlinesas donde éste trabajaba.

En dichas oficinas, le dijo Ingeborg a Archimboldi, había hileras interminables de secretarias que no paraban de escribir a máquina en una galería algo estrecha pero muy larga, recorrida permanentemente por una brigada de chicos auxiliares, vestidos con camisas verdes y pantalones cortos de color marrón, que constantemente iban de aquí para allá llevando papeles o retirando documentos ya previamente pasados en limpio de las bandejas de metal plateado que cada secretaria tenía junto a sí. Y aunque cada secretaria escribía un documento distinto, le dijo Ingeborg a Archimboldi, el sonido que producían todas esas máquinas de escribir era más bien uniforme, como si todas estuvieran escribiendo lo mismo, o todas fueran igual de rápidas. Salvo una.

Entonces Ingeborg le explicó que había cuatro filas de mesas con sus respectivas secretarias. Y que presidiendo las cuatro filas, enfrente de éstas, había una mesa solitaria, como si dijéramos la mesa de la directora, aunque la secretaria que se sentaba en esa mesa no era directora de nada, simplemente era la más vieja, la que llevaba más tiempo en aquellas oficinas o en aquel ministerio público adonde la había llevado su padre y donde éste probablemente prestaba sus servicios.

Y cuando ella y su padre llegaron a la galería, atraída ella por el ruido y su padre por el deseo de complacer su curiosidad o tal vez por el deseo de sorprenderla, la mesa principal, la mesa soberana (aunque no era una mesa soberana, que eso quede claro, puntualizó Ingeborg) estaba vacía y en la galería sólo estaban las secretarias tecleando a buena velocidad y esos adolescentes de pantalones cortos y calcetines hasta la rodilla trotando por los pasillos entre fila y fila, y también un gran cuadro que colgaba del alto techo, en el otro extremo, a espaldas de las secretarias, y que representaba a Hitler contemplando un paisaje bucólico, un Hitler que tenía algo de futurista, el mentón, la oreja, el mechón de pelo, pero que por encima de todo era un Hitler prerrafaelita, y las luces que colgaban del techo y que, según su padre, permanecían las veinticuatro horas encendidas, y los cristales sucios de los tragaluces que recorrían la galería de una punta a la otra y cuya luz no sólo no servía para escribir a máquina sino que tampoco servía para otras cosas, en realidad no servía para *nada*, sólo para estar allí y para indicar que fuera de esa galería y de ese edificio había un cielo y probablemente gente y casas, y precisamente en ese momento, tras recorrer Ingeborg y su padre una fila hasta el fondo y cuando ya habían dado la vuelta y se volvían, por la puerta principal, entró la señora Dorothea, una viejita minúscula, vestida de negro y con zapatos planos de rendija no muy adecuados para el frío que hacía afuera, una viejita de pelo blanco recogido en un moño, una viejita que se sentó a su mesa e inclinó la cabeza, como si nada existiera salvo ella y las mecanógrafas, las cuales, justo en ese momento y todas a una, dijeron buenos días, señora Dorothea, todas al mismo tiempo, pero sin mirar a la señora Dorothea y sin dejar de teclear en ningún momento, algo que a Ingeborg le pareció increíble, no sabía si increíblemente bello o increíblemente atroz, lo cierto es que tras el saludo coral ella, la niña Ingeborg, se quedó quieta, como fulminada por un rayo o como si estuviera, por fin, en una iglesia de verdad en donde la liturgia y los sacramentos y la pompa eran reales, y dolían y latían como el corazón arrancado de una víctima de los aztecas, a tal grado que ella, la niña Ingeborg, no sólo se quedó quieta sino que también se llevó una mano al corazón, como si se lo hubieran arrancado, y entonces, precisamente entonces, la señora Dorothea se despojó de sus guantes de tela, tensó, sin mirárselas, sus manos translúcidas, y con la vista clavada en un documento o en un manuscrito que tenía a un lado se puso a escribir.

En ese instante, le dijo Ingeborg a Archimboldi, comprendí que la música podía estar en cualquier cosa. El teclear de la señora Dorothea era tan rápido, tan particular, había tanto de la señora Dorothea en su mecanografía, que pese al ruido o al sonido o a las notas acompasadas de más de sesenta mecanógrafas trabajando a la vez, la música que salía de la máquina de la secretaria más vieja se elevaba muy por encima de la composición colectiva de sus colegas, sin imponerse a éstas, sino acoplándose, ordenándolas, jugando con ellas. A veces parecía llegar hasta los tragaluces, otras veces zigzagueaba a ras del suelo, acariciando los tobillos de los muchachos de pantalón corto y de los visitantes. En ocasiones incluso se daba el lujo de aminorar la marcha y entonces la máquina de escribir de la señora Dorothea parecía un corazón, un enorme corazón latiendo en medio de la niebla y del caos. Pero estos momentos no abundaban. A la señora Dorothea le gustaba la velocidad y su tecleo usualmente iba por delante de todos los demás tecleos, como si abriera camino en medio de una selva muy oscura, dijo Ingeborg, muy oscura, muy oscura...

Bifurcaria bifurcata no le gustó al señor Bubis, tanto que de hecho ni siquiera la terminó de leer, aunque por supuesto decidió publicar la novela pensando que tal vez a ese imbécil de Lothar Junge sí le gustaría.

Antes de llevarla a imprenta, sin embargo, se la pasó a la baronesa y le pidió que le diera su más sincera opinión. Dos días después la baronesa le dijo que se había quedado dormida y que no había podido pasar de la página cuatro, lo que no arredró al señor Bubis, que por lo demás no confiaba demasiado en los juicios literarios de su bella mujer. Poco después de enviarle el contrato por *Bifurcaria bifurcata* recibió una carta de Archimboldi en la que éste no se mostraba en absoluto de acuerdo con el anticipo que el señor Bubis pretendía pagarle. Durante una hora, mientras comía solo en un restaurante con vistas al estuario, estuvo pensando en cómo contestar a la carta de Archimboldi. Su primera reacción al leerla fue de indignación. Después la carta le produjo risa. Finalmente se entristeció, a lo que contribuyó el río, que a esa hora adquiría una tonalidad de dorado viejo, de pan de oro, y todo parecía desmigajarse, el río, los botes, las colinas, los bosquecillos, y partir cada cosa por su lado, hacia diferentes tiempos y diferentes espacios.

Nada permanece, murmuró Bubis. Nada está mucho tiempo con uno. En la carta Archimboldi le decía que esperaba recibir un anticipo *al menos* de la misma cuantía que el que había recibido por *Ríos de Europa.* Bien mirado, tiene razón, pensó el señor Bubis: el que yo me aburra con una novela no significa que esa novela sea mala, sólo significa que no la voy a poder vender y que por tanto ocupará un sitio precioso en mi almacén. Al día siguiente le envió a Archimboldi una cantidad un poco mayor que la que éste había recibido por *Ríos de Europa.*

Ocho meses después de haber estado en Kempten Ingeborg y Archimboldi volvieron, pero esta vez el pueblo no les pareció tan hermoso como la primera vez, por lo que al cabo de dos días, y encontrándose ambos muy nerviosos, lo abandonaron a bordo de una carreta que se dirigía a una aldea en el interior de la montaña.

La aldea tenía menos de veinte habitantes y estaba muy cerca de la frontera austriaca. Allí alquilaron una habitación a un campesino que tenía una lechería y que vivía solo, pues durante la guerra había perdido a sus dos hijos, uno en Rusia y el otro en Hungría, y su mujer había muerto, según decía, de pena, aunque los aldeanos afirmaban que el campesino en cuestión la había arrojado desde un barranco.

El campesino se llamaba Fritz Leube y parecía contento de tener huéspedes aunque cuando se dio cuenta de que Ingeborg tosía sangre se preocupó mucho, pues pensaba que la tuberculosis era una enfermedad de fácil contagio. De todas maneras, no se veían demasiado. Por la noche, cuando volvía con las vacas, Leube preparaba una enorme olla con sopa, que duraba un par de días y de la que comían él y sus dos huéspedes. Si tenían hambre, tanto en la bodega de la casa como en la cocina había una gran variedad de quesos y encurtidos de los que se podía disponer a discreción. El pan, grandes hogazas redondas de dos y tres kilos, se lo compraba a una de las aldeanas o lo traía él personalmente si pasaba por alguna otra aldea o bajaba a Kempten.

A veces el campesino destapaba una botella de aguardiente y se quedaba hasta tarde hablando con Ingeborg y Archimboldi, haciendo preguntas sobre la gran ciudad (para él cualquier ciudad que tuviera más de treinta mil habitantes) y frunciendo el ceño ante las respuestas, a menudo malintencionadas, que solía darle Ingeborg. Al final de estas veladas Leube introducía el corcho en la botella, recogía la mesa y antes de marcharse a dormir decía que nada era comparable a la vida en el campo. Por aquellos días Ingeborg y Archimboldi, como si presintieran algo, no paraban de hacer el amor. Lo hacían en la habitación oscura que le alquilaban a Leube y lo hacían en la sala, delante de la chimenea, cuando Leube se había ido a trabajar. Los pocos días que estuvieron en Kempten los emplearon básicamente en follar. En la aldea, una noche, lo hicieron en el establo, entre las vacas, mientras Leube y los aldeanos dormían. Por las mañanas, al levantarse, parecían recién llegados de un combate. Ambos tenían moretones en diferentes partes del cuerpo y ambos exhibían unas ojeras enormes que Leube decía que eran las ojeras de la gente que malvivía en las ciudades.

Para reponerse comían pan negro con mantequilla y bebían grandes tazones de leche caliente. Una noche Ingeborg, tras toser durante mucho rato, le preguntó al campesino de qué había muerto su mujer. De pena, contestó Leube, tal como lo hacía siempre.

–Es extraño –dijo Ingeborg–, en el pueblo he oído decir que usted la mató.

Leube no pareció sorprendido, puesto que estaba al tanto de las habladurías.

–Si yo la hubiera matado ahora estaría preso –dijo–. Todos los asesinos, incluso los que matan por un buen motivo, van tarde o temprano a la cárcel.

–No lo creo –dijo Ingeborg–, hay mucha gente que mata, sobre todo que mata a sus mujeres, y que nunca va a parar a la cárcel.

Leube se rió.

–Eso sólo se ve en las novelas –dijo.

–No sabía que usted leyera novelas –contestó Ingeborg.

–Cuando era joven las leí –dijo Leube–, entonces podía perder el tiempo sin ningún problema, mis padres estaban vivos. ¿Y cómo se supone que maté a mi mujer? –preguntó Leube tras un largo silencio en el que sólo se oía el crepitar del fuego.

–Dicen que la arrojó a un barranco –dijo Ingeborg.

–¿A qué barranco? –preguntó Leube, a quien la conversación divertía cada vez más.

–No lo sé –dijo Ingeborg.

–Aquí hay muchos barrancos, señora –dijo Leube–, está el barranco de la Oveja Perdida y el barranco de las Flores, el barranco de la Sombra (que se llama así porque siempre está envuelto en sombras) y el barranco de los Niños de Kreuze, está el barranco del Diablo y el barranco de la Virgen, el barranco de San Bernardo y el barranco de las Lajas, desde aquí hasta el puesto fronterizo hay más de cien barrancos.

–No lo sé –dijo Ingeborg–, en cualquiera de ellos.

–No, en cualquiera no, tiene que ser en uno, uno en concreto, porque si yo maté a mi mujer arrojándola a cualquier barranco es lo mismo que si no la hubiera matado. Tiene que ser uno, no cualquiera –repitió Leube–. Sobre todo –dijo después de otro largo silencio–, porque hay barrancos que se convierten en cauces de río durante el deshielo de primavera y arrastran hacia el valle todo cuanto uno ha tirado allí o se ha caído o todo cuanto uno ha intentado ocultar. Perros despeñados, terneros perdidos, trozos de madera –dijo Leube con la voz casi apagada–. ¿Y qué más dicen mis vecinos? –preguntó Leube al cabo de un rato.

–Nada más –dijo Ingeborg mirándole a los ojos.

–Mienten –dijo Leube–, callan y mienten, podrían decir muchas cosas más, pero callan y mienten. Son como los animales, ¿no le parece?

–No, a mí no me ha dado esa impresión –dijo Ingeborg, que en realidad apenas había conversado con unos pocos aldeanos, todos demasiado ocupados en sus trabajos como para perder el tiempo con una extraña.

–Pero, sin embargo –dijo Leube–, sí que han tenido tiempo para informarle acerca de mi vida.

–Muy superficialmente –dijo Ingeborg, y luego soltó una sonora y amarga carcajada que la hizo toser una vez más.

Mientras la oía toser Leube cerró los ojos.

Cuando retiró el pañuelo de su boca la mancha de sangre era como una enorme rosa con los pétalos totalmente abiertos.

Esa noche, después de hacer el amor, Ingeborg salió de la aldea y tomó el camino de la montaña. La nieve parecía refractar la luz de la luna llena. No había viento y el frío era soportable, aunque Ingeborg llevaba su jersey más grueso y una chaqueta y botas y un gorro de lana. A la primera curva la aldea desapareció de la vista y sólo quedó una hilera de pinos y las montañas que se duplicaban en la noche, todas blancas, como monjas que nada esperan del mundo.

Diez minutos después Archimboldi se despertó con un sobresalto y se dio cuenta de que Ingeborg no estaba en la cama. Se vistió, la buscó en el baño, en la cocina y en la sala y luego fue a despertar a Leube. Éste dormía como un tronco y Archimboldi lo tuvo que remecer varias veces, hasta que el campesino abrió un ojo y lo miró muerto de miedo.

–Soy yo –dijo Archimboldi–, mi mujer ha desaparecido.

–Salga a buscarla –dijo Leube.

El tirón que le dio casi rompió el camisón del campesino.

–No sé por dónde empezar –dijo Archimboldi.

Después volvió a subir a su habitación, se puso las botas y la chaqueta y cuando bajó encontró a Leube despeinado pero vestido para salir. Al llegar al centro de la aldea Leube le dio una linterna y le dijo que era mejor que se separaran. Archimboldi tomó el camino de la montaña y Leube empezó a descender hacia el valle.

Al llegar al recodo del camino Archimboldi creyó oír un grito. Se detuvo. El grito volvió a repetirse, parecía proceder del fondo de las quebradas, pero Archimboldi comprendió que era Leube, que mientras caminaba hacia el valle se había puesto a gritar el nombre de Ingeborg. No la volveré a ver nunca más, pensó Archimboldi temblando de frío. Con las prisas se había olvidado de ponerse guantes y bufanda y a medida que ascendía rumbo al puesto fronterizo las manos y la cara se le helaron tanto que ya no las sentía, por lo que de vez cuando se detenía y se echaba el aliento en las manos o se las frotaba, y se pellizcaba la cara sin ningún resultado.

Los gritos de Leube se fueron espaciando cada vez más hasta desaparecer del todo. Por momentos se confundía y creía ver a Ingeborg sentada a la orilla del camino, mirando los precipicios que se abrían a los lados, pero cuando se acercaba descubría que sólo se trataba de una roca o de un pequeño pino derribado por la ventisca. A medio camino la linterna se le estropeó y la guardó en uno de los bolsillos de la chaqueta, aunque de buena gana la hubiera arrojado sobre las laderas nevadas. Por otra parte la luna iluminaba el camino de forma tal que hacía innecesario el uso de la linterna. Por su cabeza pasó la idea del suicidio y del accidente. Se salió del camino y comprobó la solidez de la nieve. En algunas partes se hundió hasta las rodillas. En otras, las más cercanas a los desfiladeros, se hundió hasta la cintura. Imaginó a Ingeborg caminando sin fijarse en nada. La vio acercarse a uno de los barrancos. Dar un traspié. Caer. Hizo lo mismo. La luz lunar, sin embargo, sólo iluminaba el camino: el fondo de las quebradas seguía siendo negro, de un negro informe, en donde se podían adivinar volúmenes y siluetas indiscernibles.

Volvió al camino y siguió ascendiendo. En determinado momento se dio cuenta de que estaba sudando. Una transpiración que salía caliente de sus poros y que de golpe se convertía en una película fría que a su vez era eliminada por más transpiración caliente... En cualquier caso dejó de tener frío. Cuando ya faltaba poco para llegar al puesto fronterizo vio a Ingeborg, de pie junto a un árbol, con la mirada fija en el cielo. El cuello de Ingeborg, su barbilla, los pómulos, relucían como tocados por una locura blanca. Se acercó corriendo y la abrazó.

–¿Qué haces aquí? –le preguntó Ingeborg.

–Tenía miedo –dijo Archimboldi.

El rostro de Ingeborg estaba frío como un pedazo de hielo. La besó en las mejillas hasta que ella se deshizo del abrazo.

–Mira las estrellas, Hans –le dijo.

Archimboldi obedeció. El cielo estaba lleno de estrellas, muchas más de las que se veían en las noches de Kempten y muchísimas más de las que era posible ver en la noche más despejada de Colonia. Es un cielo muy bonito, querida, dijo Archimboldi y luego trató de tomarla de una mano y arrastrarla hacia la aldea, pero Ingeborg se agarró de una rama del árbol, como si estuvieran jugando, y no quiso irse.

–¿Te das cuenta de dónde estamos, Hans? –dijo riéndose con una risa que a Archimboldi le pareció una cascada de hielo.

–En la montaña, querida –dijo sin soltarle la mano e intentando vanamente abrazarla otra vez.

–Estamos en la montaña –dijo Ingeborg–, pero también estamos en un lugar rodeado de pasado. Todas esas estrellas –dijo–, ¿es posible que no lo comprendas, tú que eres tan listo?

–¿Qué hay que comprender? –dijo Archimboldi.

–Mira las estrellas –dijo Ingeborg.

Levantó la vista: en efecto, había muchas estrellas, luego volvió a mirar a Ingeborg y se encogió de hombros.

–No soy tan listo –dijo–, tú lo sabes.

–Toda esa luz está muerta –dijo Ingeborg–. Toda esa luz fue emitida hace miles y millones de años. Es el pasado, ¿lo entiendes? Cuando la luz de esas estrellas fue emitida nosotros no existíamos, ni existía vida en la tierra, ni siquiera la tierra existía. Esa luz fue emitida hace mucho tiempo, ¿lo entiendes?, es el pasado, estamos rodeados por el pasado, lo que ya no existe o sólo existe en el recuerdo o en las conjeturas ahora está allí, encima de nosotros, iluminando las montañas y la nieve y no podemos hacer nada para evitarlo.

–Un libro viejo también es el pasado –dijo Archimboldi–, un libro escrito y publicado en 1789 es el pasado, su autor ya no existe, tampoco existe su impresor ni sus primeros lectores ni la época en la que el libro fue escrito, pero el libro, la primera edición de ese libro, aún está aquí. Como las pirámides de los aztecas –dijo Archimboldi.

–Odio las primeras ediciones y las pirámides y también odio a esos aztecas sanguinarios –dijo Ingeborg–. Pero la luz de las estrellas me marea. Me dan ganas de llorar –dijo Ingeborg con los ojos húmedos de locura.

Después, haciendo un gesto para que Archimboldi no le pusiera una mano encima, echó a caminar hacia el puesto fronterizo, que consistía en una pequeña cabaña de madera de dos pisos, de cuya chimenea surgía una delgada voluta de humo negro que se deshacía en el cielo nocturno, con un cartel que colgaba de un asta en donde se anunciaba que aquélla era la frontera.

Junto a la cabaña había un galpón sin paredes en donde estaba estacionado un pequeño vehículo de carga. No había ninguna luz, salvo el débil resplandor de una vela que se filtraba por la mampara mal cerrada de una ventana en el segundo piso.

–Vamos a ver si tienen algo caliente para darnos –dijo Archimboldi, y golpeó la puerta.

Nadie les contestó. Volvió a golpear, esta vez con más fuerza. El puesto fronterizo parecía vacío. Ingeborg, que lo esperaba fuera del porche, había cruzado las manos sobre el pecho y su rostro había empalidecido hasta adquirir la misma tonalidad de la nieve. Archimboldi dio la vuelta a la cabaña. En la parte de atrás, junto a la leñera, encontró una caseta de perro de dimensiones considerables pero no vio a ningún perro. Cuando regresó al porche delantero Ingeborg seguía de pie, mirando las estrellas.

–Creo que los guardas fronterizos se han marchado –dijo Archimboldi.

–Hay luz –contestó Ingeborg sin mirarlo, y Archimboldi no supo si se refería a la luz de las estrellas o a la que se veía en el segundo piso.

–Voy a romper una ventana –dijo.

Buscó en el suelo algo sólido y no halló nada, por lo que, tras apartar la contraventana de madera, rompió uno de los cristales dándole un golpe con el codo. Luego, utilizando las manos con cuidado, terminó de apartar los trozos de vidrio y abrió la ventana.

Un olor denso, pesado, le golpeó la cara mientras se deslizaba hacia dentro. En el interior de la cabaña todo estaba a oscuras, salvo un resplandor apagado que salía de la chimenea. Junto a ésta, en un sillón, vio a un guardafrontera con la chaqueta desabrochada y los ojos cerrados, como si estuviera durmiendo, aunque no estaba durmiendo sino muerto. En una habitación del primer piso, acostado en una litera, encontró a otro, un tipo con el pelo blanco y vestido con una camiseta blanca y calzoncillos largos del mismo color.

En el segundo piso, en la habitación donde se consumía la vela cuya luz vieron desde el camino, no había nadie. Sólo era una habitación, con una cama, una mesa, una silla y con una pequeña estantería en la que se alineaban varios libros, la mayoría de aventuras del oeste. Con algo de prisa pero midiendo sus pasos, Archimboldi buscó una escoba y un periódico y luego barrió los cristales que previamente había roto, los puso sobre el periódico y acto seguido los dejó caer por el hueco de la ventana hacia afuera, como si alguno de los dos muertos –desde el interior de la cabaña y no desde afuera– hubiera sido el causante del estropicio. Después salió sin tocar nada y abrazó a Ingeborg y así, abrazados, volvieron a la aldea mientras todo el pasado del universo caía sobre sus cabezas.

Al día siguiente Ingeborg no pudo levantarse de la cama. Tenía cuarenta grados de fiebre y por la tarde se puso a delirar. A mediodía, mientras ella dormía, Archimboldi vio desde la ventana de su cuarto pasar una ambulancia en dirección al puesto fronterizo. Poco después pasó un coche de la policía y unas tres horas después la ambulancia bajó en dirección a Kempten con su cargamento de cadáveres, pero el coche no volvió hasta las seis, cuando ya era de noche, y al entrar en la aldea se detuvo y los policías hablaron con algunos de los habitantes.

A ellos, posiblemente gracias a la intercesión de Leube, no los molestaron. Por la tarde Ingeborg empezó a delirar y esa misma noche se la llevaron al hospital de Kempten. Leube no los acompañó pero a la mañana siguiente, mientras fumaba en el pasillo junto a la puerta de entrada del hospital, Archimboldi lo vio aparecer, vestido con una chaqueta de paño muy vieja y usada aunque no carente de cierto empaque, con corbata y unos botines rústicos que parecían hechos a mano.

Hablaron durante algunos minutos. Leube le dijo que nadie en la aldea sabía lo de la fuga nocturna de Ingeborg y que era mejor que Archimboldi, si alguien se lo preguntaba, no dijera nada. Luego preguntó si el trato que recibía la paciente (lo dijo así: la paciente) era bueno, aunque por el tono con que hizo la pregunta daba por sentado que no podía ser de otra manera, por la comida del hospital, por las medicinas que le administraban, y luego abruptamente se marchó. Antes de irse, sin decir una palabra, dejó entre las manos de Archimboldi un paquete envuelto en papel barato, que contenía un buen trozo de queso, pan, y dos clases de embutido, del mismo tipo que comían cada noche en su casa.

Archimboldi no tenía hambre y cuando vio el queso y los embutidos sintió un irresistible deseo de vomitar. Pero no quiso tirar la comida y terminó guardándola en el cajón del velador de Ingeborg. Por la noche ésta volvió a delirar y no reconoció a Archimboldi. Al amanecer vomitó sangre y cuando se la llevaron a hacerle unas radiografías le gritó que no la dejara sola, que no permitiera que muriera en un hospital miserable como aquél. No lo haré, le prometió Archimboldi en el pasillo, mientras las enfermeras se alejaban con la camilla donde se debatía Ingeborg. Tres días después la fiebre empezó a remitir, aunque los cambios de humor de Ingeborg se hicieron más pronunciados.

Casi no le hablaba a Archimboldi y cuando lo hacía era para exigirle que la sacara de allí. En la misma habitación había otras dos enfermas del pulmón que pronto se hicieron enemigas irreconciliables de Ingeborg. Según ésta, la envidiaban por ser berlinesa. Al cabo de cuatro días las enfermeras estaban hartas de Ingeborg y algún médico la miraba como si, sentada muy quieta en su cama, con el pelo lacio cayéndole por debajo de los hombros, se hubiera convertido en una encarnación de la Némesis. Un día antes de que le dieran el alta, Leube apareció otra vez por el hospital.

Entró en la habitación, le hizo un par de preguntas a Ingeborg y luego le entregó un paquetito idéntico al que días antes le había dado a Archimboldi. El resto del tiempo permaneció callado, sentado muy tieso en una silla y echando de tanto en tanto miradas curiosas a las otras enfermas y a las visitas que éstas recibían. Al marcharse le dijo a Archimboldi que quería hablar con él a solas, pero Archimboldi no tenía ganas de hablar con Leube, así que en lugar de dirigirse al restaurante del hospital se quedó con él en el pasillo, ante el azoro de Leube, que esperaba poder charlar en un sitio más privado.

–Sólo quería decirle –dijo el campesino– que la señora tenía razón. Yo maté a mi mujer. La arrojé a un barranco. Al barranco de la Virgen. En realidad ya no lo recuerdo. Tal vez fuera el barranco de las Flores. Pero yo la arrojé al barranco y vi caer su cuerpo, destrozado por los salientes y por las piedras. Luego abrí los ojos y la busqué. Allá abajo estaba. Una mancha de color entre las lajas. Durante mucho rato estuve mirándola. Luego bajé y me la eché a los hombros y subí con ella encima, pero ya no pesaba nada, era como subir con un hato de ramas. Entré en mi casa por la parte de atrás. Nadie me vio. La lavé con cuidado, le puse ropa nueva, la acosté. ¿Cómo no se dieron cuenta de que tenía todos los huesos rotos? Dije que había muerto. ¿De qué murió?, me preguntaron. De pena, dije yo. Cuando uno muere de pena es como si tuviera los huesos rotos y magulladuras en todas partes y el cráneo reventado. Eso es la pena. Yo mismo hice el ataúd durante una noche de trabajo y al día siguiente la enterré. Luego arreglé los papeles en Kempten. No le voy a decir que a los funcionarios les pareció normal. Algo se extrañaron. Yo vi sus caras de extrañeza. Pero no dijeron nada y me inscribieron a la muerta. Luego volví a la aldea y seguí viviendo. Solo para siempre –murmuró tras una larga pausa–. Tal como debe ser.

–¿Por qué me cuenta esto? –dijo Archimboldi.

–Para que se lo cuente a la señora Ingeborg. Quiero que la señora lo sepa. Es por ella que yo se lo cuento a usted, para que ella lo sepa. ¿Estamos?

–De acuerdo –dijo Archimboldi–, se lo contaré.

Cuando salieron del hospital volvieron en tren a Colonia, pero apenas pudieron estar allí tres días. Archimboldi le preguntó a Ingeborg si quería ir a visitar a su madre. Ingeborg contestó que entre sus planes ya no estaba volver a ver nunca más a su madre ni a sus hermanas. Deseo viajar, dijo. Al día siguiente Ingeborg tramitó su pasaporte y Archimboldi consiguió dinero entre sus amigos. Primero estuvieron en Austria y luego en Suiza y de Suiza pasaron a Italia. Visitaron, como dos vagabundos, Venecia y Milán, y entre ambas ciudades se detuvieron en Verona y durmieron en la pensión donde durmió Shakespeare y comieron en la trattoria donde comió Shakespeare, y que ahora se llamaba Trattoria Shakespeare, y también fueron a la iglesia adonde solía ir Shakespeare a meditar o a jugar al ajedrez con el cura párroco, puesto que Shakespeare, al igual que ellos, no hablaba italiano, aunque para jugar al ajedrez no era necesario hablar italiano ni inglés ni alemán ni siquiera ruso.

Y como en Verona poco más es lo que había que ver recorrieron Brescia y Padua y Vicenza y otras ciudades a lo largo de la línea ferroviaria que une Milán con Venecia, y luego estuvieron en Mantua y en Bolonia y vivieron tres días en Pisa haciendo el amor como desesperados, y se bañaron en Cecina y en Piombino, enfrente de la isla de Elba, y luego visitaron Florencia y entraron en Roma.

¿De qué vivieron? Probablemente Archimboldi, que había aprendido mucho de su trabajo de portero en el bar de la Spenglerstrasse, se dedicó a los pequeños hurtos. Robar a los turistas americanos era fácil. Robar a los italianos sólo era un poco más difícil. Tal vez Archimboldi pidió otro anticipo a la editorial y se lo enviaron o quizás fue la propia baronesa Von Zumpe a entregárselo en mano, picada por la curiosidad de conocer a la mujer de su antiguo empleado.

El encuentro, en cualquier caso, fue en un sitio público y sólo apareció Archimboldi, que se tomó una cerveza, cogió el dinero, dio las gracias y se marchó. O así se lo explicó la baronesa a su marido en una larga carta escrita desde un castillo de Senigallia en donde pasó quince días tostando su piel al sol y tomando largos baños de mar. Baños de mar que Ingeborg y Archimboldi no tomaron o que pospusieron para otra reencarnación, pues la salud de Ingeborg, con el paso del verano, se hizo cada vez más débil y la posibilidad de volver a la montaña o de internarse en un hospital quedaba descartada sin discusión posible. El comienzo de septiembre los encontró en Roma, vestidos ambos con pantalones cortos de color amarillo arena del desierto o amarillo duna, como si fueran fantasmas del Afrika Korps perdidos en las catacumbas de los primeros cristianos, catacumbas desoladas en donde sólo se oía el goteo impreciso de alguna cloaca vecina y la tos de Ingeborg.

Pronto, sin embargo, emigraron hacia Florencia y desde allí, caminando o haciendo autoestop, se dirigieron al Adriático. Para entonces la baronesa Von Zumpe se hallaba en Milán, como huésped de unos editores milaneses, y desde una cafetería semejante en todo a una catedral románica le escribió una carta a Bubis en la que le informaba sobre la salud de sus anfitriones, que hubieran deseado que Bubis estuviera allí, y sobre unos editores de Turín que acababa de conocer, uno viejo y muy alegre que siempre que se refería a Bubis lo llamaba mi hermano, y el otro joven, izquierdista, muy guapo, que decía que los editores también, por qué no, debían contribuir a cambiar el mundo. También, por aquellos días, entre fiesta y fiesta la baronesa conoció a algunos escritores italianos, algunos de los cuales tenían libros que tal vez resultaran interesantes de traducir. Por supuesto, la baronesa podía leer en italiano aunque sus actividades diarias le vedaban, de alguna manera, la lectura.

Todas las noches había una fiesta a la que asistir. Y cuando no había fiesta sus anfitriones se la inventaban. A veces abandonaban Milán en una caravana de cuatro o cinco coches y se iban a un pueblo a orillas del lago de Garda llamado Bardolino, en donde alguno tenía una villa, y a menudo el amanecer los encontraba a todos, exhaustos y alegres, bailando en una trattoria cualquiera de Desenzano, ante la mirada curiosa de los lugareños que habían trasnochado (o que se acababan de levantar) atraídos por la algarabía.

Una mañana, sin embargo, recibió un telegrama de Bubis en el que le comunicaba que la mujer de Archimboldi había muerto en un pueblo perdido del Adriático. Sin saber a ciencia cierta por qué, la baronesa se echó a llorar como si se le hubiera muerto una hermana y ese mismo día comunicó a sus anfitriones que se iba de Milán rumbo a este pueblo perdido, sin saber muy bien si tenía que tomar un tren o un autobús o un taxi, puesto que el pueblo en cuestión no aparecía en su guía del viajero en Italia. El joven editor turinés de izquierdas se ofreció a llevarla en su coche y la baronesa, que había tenido algunos escarceos con él, se lo agradeció con palabras tan sentidas que el turinés, de golpe, no supo a qué atenerse.

El viaje fue un treno o un epicedio, dependiendo del paisaje que cruzaran, recitado en un italiano cada vez más macarrónico y contagioso. Al final, llegaron al pueblo misterioso agotados después de haber repasado una lista interminable de familiares muertos (tanto de la baronesa como del turinés) y amigos desaparecidos, algunos de los cuales estaban muertos sin que ellos lo supieran. Pero aún tuvieron fuerzas para preguntar por un alemán al que se le había muerto la mujer. Los aldeanos, hoscos y atareados en la reparación de redes y en el calafateado de los botes, les dijeron que en efecto, hacía unos días, había llegado una pareja de alemanes y que hacía unos pocos días el hombre se había marchado solo, puesto que la mujer había muerto ahogada.

¿Adónde había ido el hombre? No lo sabían. La baronesa y el editor le preguntaron al cura, pero éste tampoco sabía nada. También le preguntaron al sepulturero y éste les repitió lo que ya habían oído como una letanía: que el alemán se había marchado hacía poco tiempo y que la alemana no estaba enterrada en aquel cementerio, puesto que había muerto ahogada y su cadáver no se encontró jamás.

Por la tarde, antes de abandonar el pueblo, la baronesa insistió en subir a una montaña desde la que se dominaba toda la región. Vio senderos zigzagueantes, de tonalidades amarillo oscuro, que se perdían en medio de pequeños bosques de color plomizo, como si los bosques fueran globos hinchados de lluvia, vio colinas cubiertas de olivos y manchas que se desplazaban con una lentitud y extrañeza que aunque le parecieron de este mundo no le parecieron soportables.

Durante mucho tiempo de Archimboldi no se supo nada. *Ríos de Europa*, sin que nadie lo esperara, siguió vendiéndose y se hizo una segunda edición. Poco después ocurrió lo mismo con *La máscara de cuero*. Su nombre apareció en dos ensayos sobre nueva narrativa alemana, si bien siempre en una posición discreta, como si el autor del ensayo nunca estuviera del todo seguro de que no era víctima de una broma. Algunos jóvenes lo leían. Una lectura marginal, un capricho de universitarios.

Cuando habían transcurrido cuatro años de su desaparición, Bubis recibió en Hamburgo el voluminoso manuscrito de *Herencia*, una novela de más de quinientas páginas, llena de tachaduras y añadidos y prolijas y a menudo ilegibles anotaciones a pie de página.

El envío procedía de Venecia, en donde Archimboldi, según decía en una breve carta adjunta al manuscrito, había estado trabajando de jardinero, algo que a Bubis le pareció una broma, porque de jardinero, según pensaba, uno puede, con cierta dificultad, encontrar trabajo en cualquier ciudad italiana menos en Venecia. La respuesta del editor, de todas formas, fue rapidísima. Ese mismo día le escribió preguntándole qué anticipo quería y solicitándole una dirección más o menos segura para hacerle el envío del dinero, de *su* dinero, que durante aquellos cuatro años se había ido, muy poquito a poco, acumulando. La respuesta de Archimboldi fue aún más escueta. Daba una dirección en el Cannaregio y se despedía con las palabras de rigor deseándole un buen año, pues se acercaba el final de diciembre, a Bubis y a su señora esposa.

Durante aquellos días, días muy fríos en toda Europa, Bubis leyó el manuscrito de *Herencia* y pese a que el texto era caótico su impresión final fue de una gran satisfacción, pues Archimboldi respondía a todas las expectativas que en él tenía depositadas. ¿Qué expectativas eran éstas? Bubis no lo sabía, ni le importaba saberlo. Ciertamente no eran expectativas sobre su buen quehacer literario, algo que puede aprender a hacer cualquier escritorzuelo, ni sobre su capacidad de fabulación, de la que no tenía dudas desde que apareciera *La rosa ilimitada*, ni sobre su capacidad de inyectar sangre nueva en la aterida lengua alemana, algo que, a juicio de Bubis, estaban haciendo dos poetas y tres o cuatro narradores, entre los que él contaba a Archimboldi. Pero no era eso. ¿Qué era, entonces? Bubis no lo sabía aunque lo presentía, y el no saberlo no le producía el más mínimo problema, entre otras cosas porque tal vez los problemas empezaban *al saberlo*, y él era editor y los caminos de Dios de cierto sólo eran inextricables.

Puesto que la baronesa se encontraba por aquellos días en Italia, donde tenía un amante, Bubis le telefoneó y le pidió que fuera a visitar a Archimboldi.

De buena gana hubiera ido él personalmente, pero los años no pasaban en balde y Bubis ya no era capaz de viajar como lo había hecho durante tanto tiempo. Así pues, fue la baronesa la que apareció una mañana por Venecia acompañada por un ingeniero romano algo menor que ella, un tipo guapo y delgado y de piel bronceada al que en ocasiones la gente llamaba arquitecto y en ocasiones doctor, aunque sólo era ingeniero, ingeniero de caminos y lector apasionado de Moravia, cuya casa había visitado en compañía de la baronesa, para que ésta tuviera la oportunidad de conocer al novelista durante una velada que Moravia daba en su amplio departamento desde donde se contemplaba, al caer la noche llena de reflectores, las ruinas de un circo, o tal vez fuera un templo, túmulos funerarios y piedras iluminadas que la misma luz contribuía a confundir y a velar y que los invitados de Moravia contemplaban riéndose o al borde de las lágrimas desde la amplia terraza del novelista. Un novelista que no impresionó a la baronesa o que al menos no la impresionó tanto como esperaba su amante, para quien Moravia escribía con letras de oro, pero en quien la baronesa no dejaría de pensar durante los días siguientes, sobre todo después de haber recibido la carta de su marido y de viajar, acompañada por el ingeniero moraviano, a la invernal Venecia, en donde tomaron habitación en el Danieli, de donde poco después, tras ducharse y cambiarse de ropa, pero sin desayunar, la baronesa saldría sola, con su hermosa cabellera despeinada y una premura inexplicable.

La dirección de Archimboldi estaba en la calle Turlona, en el Cannaregio, y la baronesa supuso, con buen sentido, que esa calle no podía quedar demasiado lejos de la estación de ferrocarriles o, si no fuera así, demasiado lejos de la iglesia de la Madonna del Orto, en la que había trabajado toda su vida el Tintoretto. Así que tomó un vaporetto en San Zaccaria y se dejó llevar, ensimismada, por el Gran Canal y luego se bajó enfrente de la estación y empezó a caminar y a preguntar, y mientras tanto iba pensando en los ojos de Moravia, que eran atractivos, y en los ojos de Archimboldi, que de golpe descubrió que ya no recordaba, y también pensó en lo disímiles que eran ambas vidas, la de Moravia y la de Archimboldi, uno burgués y sensato y que marchaba con su tiempo y que no se privaba, sin embargo, de propiciar (pero no para él sino para sus espectadores) ciertas bromas delicadas e intemporales, el otro, sobre todo comparado con el primero, esencialmente un lumpen, un *bárbaro germánico*, un artista en permanente incandescencia, como decía Bubis, alguien que no vería jamás las ruinas envueltas en estolas de luz que se apreciaban desde la terraza de Moravia ni oiría los discos de Moravia ni saldría de noche a pasear por Roma con sus amigos, poetas y cineastas, traductores y estudiantes, aristócratas y marxistas, como hacía Moravia con sus amigos, siempre una palabra amable, una observación inteligente, un comentario oportuno, mientras Archimboldi mantenía largos soliloquios con él mismo, pensó la baronesa al tiempo que recorría Lista de Spagna hasta el Campo San Geremia y luego atravesaba el puente Guglie y bajaba unos escalones hasta la Fondamenta Pescaria, ininteligibles soliloquios de niño de servicio o de soldado descalzo vagabundo en tierras rusas, un infierno poblado de súcubos, pensó la baronesa, y recordó entonces, sin que viniera a cuento, que a los pederastas, en el Berlín de su adolescencia, algunas personas, sobre todo las criadas que venían del campo, los llamaban súcubos, las criadas, las doncellas que abrían los ojos muy grandes y con falsa expresión de susto, las doncellitas que dejaban a la familia para ir a las enormes casas de los barrios de los ricos y que mantenían largos soliloquios que les permitían asegurar un día más su supervivencia.

¿Pero Archimboldi mantenía en realidad soliloquios con él mismo?, pensó la baronesa mientras se internaba por la calle del Ghetto Vecchio, ¿o monologaba en presencia de otra persona? ¿Y si era así, quién era esa otra persona? ¿Un muerto? ¿Un demonio alemán? ¿Un monstruo que él había descubierto cuando trabajaba en su casa solariega de Prusia? ¿Un monstruo que se encontraba en los sótanos de su casa cuando el niño Archimboldi iba a trabajar acompañado de su madre? ¿Un monstruo que se escondía en el bosque propiedad de los barones Von Zumpe? ¿El fantasma de los campos de turba? ¿El espíritu de los roqueríos a un lado de la accidentada carretera que unía las aldeas de pescadores?

Pura palabrería, pensó la baronesa, que nunca había creído en los fantasmas ni en ideologías, sólo en su cuerpo y en los cuerpos de otros, mientras atravesaba la plaza del Ghetto Nuovo y luego cruzaba el puente hasta la Fondamenta degli Ormesini, y giraba a la izquierda y llegaba a la calle Turlona, sólo casas viejas, edificios que se sostenían unos a otros como viejitos enfermos de Alzheimer, un batiburrillo de casas y pasillos laberínticos en donde se oían voces lejanas, voces preocupadas que preguntaban y respondían con gran dignidad, hasta llegar a la puerta de Archimboldi, en una casa que ni desde la calle ni desde el interior se sabía muy bien en qué piso estaba, si en el tercero o en el cuarto, tal vez en el tercero y medio.

Abrió la puerta Archimboldi. Tenía el pelo largo y enmarañado y la barba le cubría todo el cuello. Iba vestido con un suéter de lana y unos pantalones anchos y con manchas de tierra, algo nada usual en Venecia, donde sólo hay agua y piedras. La reconoció de inmediato y al pasar la baronesa notó que las fosas nasales de su antiguo criado se dilataban, como si intentara olerla. La casa se componía de dos habitaciones pequeñas, separadas por un tabique de yeso, y un baño, también minúsculo, de construcción reciente. En la habitación que servía de comedor y cocina estaba la única ventana de la casa, que daba a un canal que desembocaba en el Rio della Sensa. El color de la casa era de un malva oscuro que, ya en la segunda habitación, en donde estaba la cama y la ropa de Archimboldi, se transmutaba en negro, un negro de provincias, pensó la baronesa.

¿Qué hicieron durante aquel día y el día siguiente? Probablemente hablaron y follaron, más de lo último que de lo primero, lo cierto es que por la noche la baronesa no volvió al Danieli, ante la angustia de su ingeniero, que había leído novelas que hablaban de misteriosas desapariciones en Venecia, sobre todo de turistas del sexo débil, mujeres sojuzgadas carnalmente, mujeres sedadas por la libido de macrós venecianos, mujeres esclavas que convivían, pared con pared, con las esposas legítimas de sus esclavizadores, gordas bigotudas que hablaban en dialecto y que sólo salían de sus cuevas a comprar verduras y pescado, mujeres de Cromagnon casadas con hombres de Neanderthal y siervas educadas en Oxford o en internados de Suiza atadas a una pata de la cama en espera de la Sombra.

Pero lo cierto es que la baronesa no volvió aquella noche y el ingeniero se emborrachó discretamente en el bar del Danieli y no acudió a la policía, en parte por miedo a hacer el ridículo y en parte porque intuía que su amante alemana era de esos espíritus que siempre se salen con la suya, sin pedir ni preguntar nada. Y aquella noche no hubo Sombra alguna, aunque la baronesa hizo preguntas, no muchas, y se mostró dispuesta a contestar las que Archimboldi tuviera a bien hacerle.

Hablaron del trabajo de jardinero, que era cierto, y que se hacía o bien a cuenta del municipio de Venecia en los pocos pero bien conservados jardines públicos o bien a cuenta de particulares (o abogados) que poseían jardines interiores, algunos espléndidos, tras los muros de sus palacios. Luego volvieron a hacer el amor. Luego hablaron del frío que hacía y que Archimboldi conjuraba envolviéndose en mantas. Luego se besaron largamente y la baronesa no quiso preguntarle cuánto tiempo llevaba sin acostarse con una mujer. Luego hablaron de algunos escritores norteamericanos que Bubis publicaba y que visitaban Venecia con asiduidad, aunque Archimboldi no conocía ni había leído a ninguno. Y luego hablaron del desaparecido primo de la baronesa, el malaventurado Hugo Halder, y de la familia de Archimboldi, a quien éste, por fin, había encontrado.

Y cuando la baronesa se disponía a preguntarle dónde había encontrado a su familia y bajo qué circunstancias y cómo, Archimboldi se levantó de la cama y le dijo: escucha. Y la baronesa trató de escuchar, pero no oyó nada, sólo silencio, un silencio completo. Y entonces Archimboldi le dijo: de eso se trata, del silencio, ¿lo oyes? Y la baronesa estuvo a punto de decirle que el silencio no se podía oír, que sólo se oía el sonido, pero le pareció una pedantería y no dijo nada. Y Archimboldi, desnudo, se acercó a la ventana y la abrió y sacó medio cuerpo afuera, como si pretendiera arrojarse al canal, pero no era ésa su intención. Y cuando volvió a meter el torso le dijo a la baronesa que se acercara y mirara. Y la baronesa se levantó, desnuda como él, y se acercó a la ventana y vio cómo nevaba sobre Venecia.

La última visita que realizó Archimboldi a su editorial fue para revisar junto con la correctora las pruebas de imprenta de *Herencia* y añadir alrededor de cien páginas al manuscrito original. Aquélla fue la última vez que vio a Bubis, el cual moriría unos años más tarde, no sin haber publicado antes otras cuatro novelas de Archimboldi, y también fue la última vez que vio a la baronesa, al menos en Hamburgo.

Por aquellos días Bubis se hallaba inmerso en las grandes y a menudo ociosas discusiones que mantenían los escritores alemanes de la República Federal y de la República Democrática y por su oficina pasaban intelectuales y llegaban cartas y telegramas y por las noches, para variar, llamadas telefónicas urgentes que generalmente no conducían a nada. La atmósfera que se respiraba en la editorial era de una actividad febril. A veces, sin embargo, todo se paraba, la correctora hacía café para ella y para Archimboldi y té para una chica nueva que se ocupaba del diseño gráfico de los libros, pues la editorial en este tiempo había crecido y la nómina de empleados aumentado, y a veces, en una mesa vecina, había un corrector suizo, un muchacho que nadie sabía muy bien a santo de qué vivía en Hamburgo, y la baronesa abandonaba su oficina y lo mismo hacía la jefa de prensa y en ocasiones la secretaria, y todos se ponían a hablar de cualquier cosa, de la última película que habían visto o del actor Dirk Bogarde, y luego aparecía la administrativa e incluso la señora Marianne Gottlieb se dejaba caer con una sonrisa en la amplia sala donde trabajaban los correctores, y si las risas eran muy sonoras, hasta Bubis en persona aparecía por allí, con su taza de té en la mano, y no sólo hablaban de Dirk Bogarde, también hablaban de política y de las trapacerías que eran capaces de cometer las nuevas autoridades de Hamburgo o hablaban de algunos escritores que desconocían lo que era la ética, plagiarios confesos y sonrientes y con una máscara bonachona que encubría un rostro en donde se mezclaban el miedo y la ofensa, escritores dispuestos a usurpar *cualquier* reputación, con la certeza de que esto les proporcionaría una posteridad, *cualquier* posteridad, lo que provocaba la risa de las correctoras y de los demás empleados de la editorial e incluso la sonrisa resignada de Bubis, pues nadie mejor que ellos sabía que la posteridad era un chiste de vodevil que sólo escuchaban los que estaban sentados en primera fila, y luego se ponían a hablar de los lapsus cálami, muchos de ellos recogidos en un libro publicado en París, de esto hacía ya mucho tiempo, titulado acertadamente *Museo de errores*, y otros seleccionados por Max Sengen, buscador de erratas. Y, del dicho al hecho, no tardaron mucho las correctoras en coger el libro (que no era el *Museo de errores* francés ni el de Sengen), cuyo título Archimboldi no pudo ver, y se pusieron a leer en voz alta una selección de perlas cultivadas:

–«¡Pobre María! Cada vez que percibe el ruido de un caballo que se acerca, está segura de que soy yo.» *El duque de Monbazon*, Chateaubriand.

–«La tripulación del buque tragado por las olas estaba formada por veinticinco hombres, que dejaron centenares de viudas condenadas a la miseria.» *Dramas marítimos*, Gaston Leroux.

–«Con la ayuda de Dios, el sol lucirá de nuevo sobre Polonia.» *El diluvio,* Sinkiewicz.

–«¡Vámonos!, dijo Peter buscando su sombrero para enjugarse las lágrimas.» *Lourdes,* Zola.

–«El duque apareció seguido de su séquito, que iba delante.» *Cartas desde mi molino,* Alfonso Daudet.

–«Con las manos cruzadas sobre la espalda paseábase Enrique por el jardín, leyendo la novela de su amigo.» *El día fatal,* Rosny.

–«Con un ojo leía, con el otro escribía.» *A orillas del Rhin,* Auback.

–«El cadáver esperaba, silencioso, la autopsia.» *El favorito de la suerte,* Octavio Feuillet.

–«Guillermo no pensaba que el corazón pudiera servir para algo más que para la respiración.» *La muerte,* Argibachev.

–«Esta espada de honor es el día más hermoso de mi vida.» *El honor,* Octavio Feuillet.

–«Empiezo a ver mal, dijo la pobre ciega.» *Beatriz,* Balzac.

–«Después de cortarle la cabeza, lo enterraron vivo.» *La muerte de Mongomer,* Henri Zvedan.

–«Tenía la mano fría como la de una serpiente.» Ponson du Terrail–. Y aquí no se especificaba a qué obra pertenecía el lapsus cálami.

De la colección de Max Sengen destacaban los siguientes, sin especificar obra ni autor:

–«El cadáver miraba con reproche a los que le rodeaban.»

–«¿Qué puede hacer un hombre muerto por una bala mortífera?»

–«En las cercanías de la ciudad hubo rebaños enteros de osos que andaban siempre solos.»

–«Por desgracia, la boda se retrasó quince días, durante los cuales la novia huyó con el capitán y dio a luz ocho hijos.»

–«Excursiones de tres o cuatro días eran para ellos cosa diaria.»

Y después venían los comentarios. El suizo, por ejemplo, declaró que era del todo *inesperada* la frase de Chateaubriand, sobre todo porque en ella se percibía un trasfondo de carácter sexual.

–Altamente sexual –dijo la baronesa.

–Cosa difícil de creer tratándose de Chateaubriand –acotó la correctora.

–Bueno, la alusión a los caballos es clara –dictaminó el suizo.

–¡Pobre María! –terminó diciendo la jefa de prensa.

Después hablaron de Enrique, de *El día fatal*, de Rosny, un texto cubista, según Bubis. O la expresión más ajustada del nerviosismo y del acto de leer, según la diseñadora gráfica, pues Enrique no sólo leía con las manos cruzadas sobre la espalda sino que también lo hacía paseándose por el jardín. Lo cual a veces era muy grato, según el suizo, que resultó ser el único de los presentes que en ocasiones leía caminando.

–También cabía la posibilidad –dijo la correctora– de que este Enrique hubiera inventado un artefacto que le permitiera leer sin sostener el libro con las manos.

–¿Pero de qué manera –preguntó la baronesa– pasaba las páginas?

–Muy simple –dijo el suizo–, con una pajita o varilla metálica que se maneja con la boca y que, por supuesto, forma parte del artefacto de lectura, el cual seguramente tiene la forma de una bandeja-mochila. También hay que tener en cuenta que Enrique, que es inventor, es decir, que pertenece a la categoría de los hombres objetivos, está leyendo la novela *de un amigo*, lo cual entraña una enorme responsabilidad, pues ese amigo querrá saber si la novela le gustó o no, y si le gustó querrá saber si le gustó mucho o no, y si le gustó mucho querrá saber si Enrique considera su novela una obra maestra o no, y si Enrique admite que le parece una obra maestra querrá saber si ha escrito una obra cumbre de las letras francesas o no, y así hasta agotar la paciencia del pobre Enrique, quien seguramente tiene otras cosas mejores que hacer, además de colgarse ese aparatito ridículo sobre el pecho y pasear arriba y abajo por el jardín.

–La frase, de todas maneras –dijo la jefa de prensa–, nos indica que a Enrique *no* le gusta lo que está leyendo. Está preocupado, teme que el libro de su amigo no remonte el vuelo, se resiste a admitir lo obvio: que su amigo ha escrito una porquería.

–¿Y eso cómo lo deduces? –quiso saber la correctora.

–Por la forma en que nos lo presenta Rosny. Las manos cruzadas a la espalda: preocupación, concentración. Lee de pie y sin dejar de caminar: resistencia ante un hecho consumado, nerviosismo.

–Pero el acto de haber usado la máquina de lectura –dijo la diseñadora gráfica– lo salva.

Después hablaron del texto de Daudet, el cual, según Bubis, no era un ejemplo de lapsus cálami sino del humor del escritor, y de *El favorito de la suerte*, de Octavio Feuillet (Saint-Lô 1821-París 1890), autor de gran éxito en su época, enemigo de la novela realista y naturalista, cuyas obras han caído en el más *espantoso* olvido, en el más *horroroso* olvido, en el más *merecido* olvido, y cuyo lapsus, «el cadáver esperaba, silencioso, la autopsia», de alguna manera prefigura el destino de sus propio libros, dijo el suizo.

–¿No tiene nada que ver ese Feuillet con la palabra francesa feuilleton? –preguntó la anciana Marianne Gottlieb–. Creo recordar que ese término indicaba tanto el suplemento literario del periódico en cuestión como la novela por entregas publicada en el mismo.

–Probablemente son la misma cosa –dijo enigmáticamente el suizo.

–La palabra folletín, ciertamente, viene del nombre de Feuillet, el delfín de las novelas por entregas –lanzó un farol Bubis, que no estaba del todo seguro.

–Aunque a mí la frase que me gusta más es la de Auback –opinó la correctora.

–Ése seguro que es alemán –dijo la secretaria.

–Sí, la frase es buena: «con un ojo leía, con el otro escribía» no desentonaría en una biografía de Goethe –dijo el suizo.

–Con Goethe no te metas –dijo la jefa de prensa.

–Ese Auback también podría ser francés –dijo la correctora, que había vivido una larga temporada en Francia.

–O suizo –dijo la baronesa.

–¿Y qué os parece «Tenía la mano fría como la de una serpiente»? –preguntó la administrativa.

–Prefiero el de Henri Zvedan: «Después de cortarle la cabeza, lo enterraron vivo» –dijo el suizo.

–Tiene cierta lógica –dijo la correctora–. Primero le cortan la cabeza. Quienes así actúan piensan que la víctima ha muerto, pero es urgente deshacerse del cadáver. Cavan una tumba, tiran el cuerpo dentro de ella, lo cubren de tierra. Pero la víctima no ha muerto. La víctima no ha sido guillotinada. Le han cortado la cabeza, en este caso puede significar que lo han o la han degollado. Supongamos que es un hombre. Lo intentan degollar. Sale mucha sangre. La víctima pierde el sentido. Sus agresores lo dan por muerto. Al cabo de un rato, la víctima despierta. La tierra ha parado la hemorragia. Está enterrado vivo. Ya está. Eso es todo –dijo la correctora–. ¿Tiene sentido?

–No, no tiene sentido –dijo la jefa de prensa.

–Es verdad, no tiene sentido –admitió la correctora.

–Algo de sentido sí que tiene, querida –dijo Marianne Gottlieb–, hay casos extraordinarios en la historia.

–Pero éste no tiene sentido –dijo la correctora–. No trate de darme ánimos, señora Marianne.

–Yo creo que algo de sentido sí que tiene –dijo Archimboldi, que no había parado de reírse–, aunque mi favorito no es ése.

–¿Cuál es tu favorito? –dijo Bubis.

–El de Balzac –dijo Archimboldi.

–Ah, ése es fantástico –dijo la correctora.

Y el suizo recitó:

–«Empiezo a ver mal, dijo la pobre ciega.»

Después de *Herencia*, el siguiente manuscrito que entregó a Bubis fue el de *Santo Tomás*, la biografía apócrifa de un biógrafo cuyo biografiado es un gran escritor del régimen nazi, en donde algunos críticos quisieron ver retratado a Ernst Jünger, aunque evidentemente no se trataba de Jünger sino de un personaje de ficción, por llamarlo de alguna manera. En aquel tiempo aún vivía en Venecia, según le constaba a Bubis, y probablemente seguía trabajando de jardinero, aunque los anticipos y los cheques que cada cierto tiempo le enviaba su editor le hubieran permitido dedicarse exclusivamente a la literatura.

El siguiente manuscrito, sin embargo, llegó desde una isla griega, la isla de Icaria, en donde Archimboldi había alquilado una casita en medio de unas colinas rocosas, detrás de las cuales estaba el mar. Como el paisaje final de Sísifo, pensó Bubis, y así se lo hizo saber en una carta en la que le notificaba, como era usual, la llegada del texto, su consiguiente lectura, y en donde le sugería tres formas de pago, para que Archimboldi escogiera la que más le conviniera.

La respuesta de Archimboldi sorprendió a Bubis. En ella le decía que Sísifo, una vez muerto, se había escapado del Infierno mediante una estratagema de orden legal. Antes de que Zeus liberara a Tánato, y sabiendo Sísifo que lo primero que haría la muerte sería ir a por él, le pidió a su mujer que no cumpliera con los requisitos fúnebres establecidos. Así pues, al llegar a los Infiernos Hades se lo reprochó y todas las potestades infernales pusieron, como es normal, el grito en el cielo o en la bóveda del Infierno y se tiraron de los pelos y se sintieron ofendidos. Sísifo, no obstante, dijo que la culpa no era suya sino de su mujer y pidió, digamos, un permiso penal para subir a la tierra y castigarla.

Hades se lo pensó: la propuesta de Sísifo era razonable y le fue concedida la libertad bajo fianza, valedera únicamente para tres jornadas o cuatro, las suficientes para que se tomara justa venganza y pusiera en marcha, aunque fuera un poco tarde, los requisitos fúnebres de rigor. Por descontado, Sísifo no esperó a que se lo repitieran y volvió a la tierra, en donde vivió felizmente hasta que fue muy viejo, no por nada era el hombre más astuto del orbe, y sólo regresó a los Infiernos cuando su cuerpo ya no dio más de sí.

Según algunos, el castigo de la roca sólo tenía una finalidad: la de mantener a Sísifo ocupado y no permitir que su mente inventara nuevas argucias. Pero el día menos pensado a Sísifo se le va a ocurrir algo y va a volver a subir a la tierra, concluía su carta Archimboldi.

La novela que le envió a Bubis desde Icaria se llamaba *La ciega*. Tal como cabía esperar, esta novela trataba sobre una ciega que no sabía que era ciega y sobre unos detectives videntes que no sabían que eran videntes. Desde las islas no tardaron en llegar a Hamburgo otros libros. *El Mar Negro*, una pieza teatral o una novela escrita en parlamentos dramáticos, en la que el Mar Negro dialoga, una hora antes del amanecer, con el océano Atlántico. *Letea*, su novela más explícitamente sexual, en la que traslada a la Alemania del Tercer Reich la historia de Letea, que se creía más bella que las diosas, y que finalmente fue transformada, junto con Óleno, su marido, en una estatua de piedra (esta novela fue tachada de pornográfica y tras ganar un juicio se convirtió en el primer libro de Archimboldi que agotó cinco ediciones). *El vendedor de lotería*, la vida de un lisiado alemán que vende lotería en Nueva York. Y *El padre*, en la que un hijo rememora las actividades de su padre como psicópata asesino, que empiezan en 1938, cuando el hijo tiene veinte años, y terminan, de forma por demás enigmática, en 1948.

En Icaria vivió algún tiempo. Luego vivió en Amargos. Luego en Santorín. Luego en Sifnos, en Siros y en Miconos. Luego vivió en un islote pequeñísimo, al que llamaba Hecatombe o Superego, cerca de la isla de Naxos, pero en Naxos no vivió nunca. Luego se marchó de las islas y volvió al continente. En aquella época comía uvas y olivas, grandes olivas secas cuyo sabor y consistencia eran similares a los terrones. Comía queso blanco y queso curado de cabra que vendían envuelto en hojas de parra y cuyo olor podía esparcirse en un radio de trescientos metros. Comía pan negro muy duro que había que reblandecer con vino. Comía pescados y tomates. Higos. Agua. El agua la sacaba de un pozo. Tenía un balde y un bidón como los que usan en el ejército, que llenaba de agua. Nadaba, pero el niño alga había muerto. Nadaba bien, no obstante. A veces buceaba. Otras veces se quedaba solo, sentado en las laderas de las colinas de matojos bajos, hasta que anochecía o hasta que amanecía, él decía que pensando pero en realidad sin pensar en nada.

Cuando ya vivía en el continente se enteró, leyendo un periódico alemán en una terraza de Missolonghi, de la muerte de Bubis.

Tánato había llegado a Hamburgo, ciudad que conocía al dedillo, mientras Bubis estaba en su oficina leyendo un libro de un joven escritor de Dresde, un libro ferozmente humorístico que lo hacía sacudirse de risa. Sus carcajadas, según la jefa de prensa de la editorial, se escuchaban en la sala de espera y en la oficina de los administrativos y también en la oficina de los correctores y en la sala de juntas y en el cuarto de los lectores y en el baño y en la habitación que hacía las veces de cocina y repostero y hasta llegaban a la oficina de la mujer del jefe, que era la más alejada de todas.

De pronto, las carcajadas cesaron. Todo el mundo en la editorial, por una causa o por otra, recordaba la hora, las once veinticinco de la mañana. Al cabo de un rato, la secretaria golpeó la puerta de la oficina de Bubis. Nadie le respondió. Temerosa de molestarlo decidió no insistir. Poco después intentó pasarle una llamada telefónica. Nadie levantó el teléfono en la oficina de Bubis. Esta vez la llamada era urgente y la secretaria, tras golpear varias veces, abrió la puerta. Bubis estaba agachado, entre sus libros artísticamente esparcidos por el suelo, y estaba muerto aunque su cara daba impresión de contento.

Su cuerpo fue quemado y esparcido en las aguas del Alster. Su viuda, la baronesa, se puso al frente de la editorial y declaró su nula intención de poner ésta en venta. Nada se decía sobre el manuscrito del joven autor de Dresde, el cual, por otra parte, ya había tenido problemas con la censura en la República Democrática.

Cuando terminó de leer, Archimboldi volvió a leer toda la noticia un vez más y luego la volvió a leer por tercera vez y luego se levantó temblando y se fue a caminar por Missolonghi, que estaba lleno de recuerdos de Byron, como si Byron no hubiera hecho otra cosa en Missolonghi que caminar de un lado a otro, de una posada a una taberna, de callejón en plazuela, cuando era bien sabido que la fiebre no le permitía moverse y que el que caminó y vio y reconoció fue Tánato, que además de venir a buscar a Byron hizo turismo, pues Tánato es el más grande turista que hay sobre la tierra.

Y luego Archimboldi pensó si convendría enviar una tarjeta a la editorial con el pésame. E incluso imaginó las palabras que en esa tarjeta escribiría. Pero luego le pareció que nada de aquello tenía sentido, y no escribió nada ni mandó nada.

Más de un año después de la muerte de Bubis, cuando Archimboldi había vuelto a vivir en Italia, llegó a la editorial el manuscrito de su última novela, titulada *El regreso*. La baronesa Von Zumpe no la quiso leer. Se la dio a la correctora y le dijo que la preparara para publicarla al cabo de tres meses.

Luego envió un telegrama al remitente que venía en el sobre que contenía el manuscrito y al día siguiente tomó un avión con destino a Milán. Del aeropuerto se fue a la estación con el tiempo justo para coger un tren a Venecia. Por la tarde, en una trattoria del Cannaregio, vio a Archimboldi y le entregó un cheque que sumaba el anticipo por su última novela y los derechos de autor generados por sus antiguos libros.

La cantidad era respetable, pero Archimboldi se guardó el cheque en un bolsillo y no dijo nada. Luego se pusieron a hablar. Comieron sardinas a la veneciana con rodajas de sémola dura y bebieron una botella de vino blanco. Se levantaron y caminaron por una Venecia muy diferente de la Venecia invernal y nevada que habían disfrutado en su último encuentro. La baronesa le confesó que desde entonces no había vuelto.

–Yo llegué no hace mucho –dijo Archimboldi.

Parecían dos viejos amigos a los cuales no les hace falta hablar demasiado. El otoño, benigno, recién empezaba y para conjurar el frío sólo era necesario un suéter ligero. La baronesa quiso saber si Archimboldi aún vivía en el Cannaregio. Así era, respondió Archimboldi, pero ya no en la calle Turlona.

Entre sus planes estaba el marcharse al sur.

Durante muchos años la casa de Archimboldi, sus únicas posesiones, fueron su maleta, que contenía ropa y quinientas hojas en blanco y los dos o tres libros que estuviera leyendo en ese momento, y la máquina de escribir que le regalara Bubis. La maleta la cargaba con la mano derecha. La máquina la cargaba con la mano izquierda. Cuando la ropa se hacía un poco vieja, la tiraba. Cuando terminaba de leer un libro, lo regalaba o lo abandonaba en una mesa cualquiera. Durante mucho tiempo se negó a comprar un ordenador. A veces se acercaba a las tiendas que vendían ordenadores y les preguntaba a los vendedores cómo funcionaban. Pero siempre, en el último minuto, se echaba atrás, como un campesino receloso con sus ahorros. Hasta que aparecieron los ordenadores portátiles. Entonces sí que compró uno y al cabo de poco tiempo lo manejaba con destreza. Cuando a los ordenadores portátiles se les incorporó un módem, Archimboldi cambió su ordenador viejo por uno nuevo y a veces se pasaba horas conectado a Internet, buscando noticias raras, nombres que ya nadie recordaba, sucesos olvidados. ¿Qué hizo con la máquina de escribir que le regaló Bubis? ¡Se acercó a un desfiladero y la arrojó entre las rocas!

Un día, mientras viajaba por Internet, encontró una noticia referida a un tal Hermes Popescu, a quien no tardó en identificar como el secretario del general Entrescu cuyo cadáver crucificado había tenido ocasión de contemplar en 1944, cuando el ejército alemán se batía en retirada de la frontera rumana. En un buscador norteamericano encontró su biografía. Popescu había emigrado a Francia tras la guerra. En París frecuentó los círculos de exiliados rumanos, en especial a los intelectuales que por una u otra causa vivían en la orilla izquierda del Sena. Poco a poco, sin embargo, Popescu se dio cuenta de que todo aquello, según sus propias palabras, era un absurdo. Los rumanos eran visceralmente anticomunistas y escribían en rumano y sus vidas estaban destinadas a un fracaso apenas mitigado por unos débiles rayos de luz de orden religioso o de orden sexual.

No tardó Popescu en encontrar una solución práctica. Mediante movimientos hábiles (movimientos dominados por el absurdo) se introdujo en negocios turbulentos en los que se mezclaba el hampa, el espionaje, la Iglesia y las licencias de obra. Llegó el dinero. Dinero a manos llenas. Pero siguió trabajando. Manejaba cuadrillas de rumanos en situación irregular. Luego húngaros y checos. Después magrebíes. A veces, vestido con un abrigo de pieles, como un fantasma, iba a verlos a sus cuchitriles. El olor de los negros lo mareaba, pero le gustaba. Estos cabrones son hombres de verdad, solía decir. En su fuero interno esperaba que ese olor impregnara su abrigo, su bufanda de satén. Sonreía como un padre. A veces hasta lloraba. En sus tratos con los gángsters era distinto. La sobriedad lo caracterizaba. Ni un anillo, ni un colgante, nada que refulgiera, ni la más mínima señal de oro.

Hizo dinero y luego hizo más dinero. Los intelectuales rumanos iban a verlo para que les prestara dinero, tenían gastos, la leche de los niños, el alquiler, una operación de cataratas de la señora. Popescu los escuchaba como si estuviera dormido y soñando. Todo lo concedía, pero con una condición, que dejaran de escribir sus odiosidades en rumano y lo hicieran en francés. Una vez fue a verlo un capitán mutilado del 4.° cuerpo de ejército rumano, que había estado bajo las órdenes de Entrescu.

Al verlo llegar Popescu saltó como un niño de sillón en sillón. Se subió encima de la mesa y bailó una danza folclórica de la región de los Cárpatos. Hizo como que orinaba en una esquina y se le escaparon unas cuantas gotas. ¡Sólo le faltó retozar en la alfombra! El capitán mutilado trató de imitarlo, pero su minusvalía física (le faltaba una pierna y un brazo) y su debilidad (estaba anémico) se lo impidieron.

–Ay, las noches de Bucarest –decía Popescu–. Ay, las mañanas de Piteshti. Ay, los cielos de Cluj recuperada. Ay, las oficinas vacías de Turnu-Severin. Ay, las ordeñadoras de Bacau. Ay, las viudas de Constantza.

Después se fueron tomados del brazo al apartamento de Popescu, en la rue de Verneuil, muy cerca de la Escuela Nacional Superior de Bellas Artes, en donde siguieron hablando y bebiendo y el capitán mutilado tuvo ocasión de hacerle un resumen pormenorizado de su vida, heroica, sí, pero repleta de adversidades. Hasta que Popescu, secándose una lágrima, lo interrumpió y le preguntó si él, también, había sido testigo de la crucifixión de Entrescu.

–Estaba allí –dijo el capitán mutilado–, huíamos de los tanques rusos, habíamos perdido toda la artillería, faltaba munición.

–Así que faltaba munición –dijo Popescu–, ¿y estaba allí?

–Allí estaba yo –dijo el capitán mutilado–, luchando en el sagrado suelo de la patria, al mando de unos pocos desharrapados, cuando el cuarto cuerpo de ejército se había reducido al tamaño de una división, y no había intendencia ni exploradores ni médicos ni enfermeras ni nada que evocara una guerra civilizada, sólo hombres cansados y un contingente de locos que cada día iba creciendo más y más.

–Así que un contingente de locos –dijo Popescu–, ¿y estaba allí?

–Allí mismo –dijo el capitán mutilado–, y todos seguíamos a nuestro general Entrescu, todos esperábamos una idea, un sermón, una montaña, una gruta resplandeciente, un relámpago en el cielo azul y sin nubes, un relámpago improvisado, una palabra caritativa.

–Así que una palabra caritativa –dijo Popescu–, ¿y estaba allí esperando esa palabra caritativa?

–Como agua de mayo –dijo el capitán mutilado–, yo esperaba y los coroneles esperaban y los generales que aún seguían con nosotros esperaban y los tenientes imberbes la esperaban y también los locos, los sargentos y los locos, los que iban a desertar al cabo de media hora y los que ya se marchaban arrastrando sus fusiles por la tierra seca, los que se iban sin saber muy bien si se iban rumbo al oeste o al este, rumbo al norte o al sur, y los que se quedaban escribiendo poemas póstumos en buen rumano, cartas a la madrecita, esquelas mojadas en lágrimas para las novias que ya no iban a ver más.

–Así que cartas y esquelas, esquelas y cartas –dijo Popescu–, ¿y también le dio la vena lírica?

–No, yo no tenía papel ni pluma –dijo el capitán mutilado–, yo tenía obligaciones, yo tenía hombres bajo mi mando y tenía que hacer algo aunque no sabía muy bien qué hacer. El cuarto cuerpo de ejército se había detenido alrededor de una propiedad rural. Más que una propiedad, un palacio. Yo tenía que acomodar a los soldados sanos en los establos y a los soldados enfermos en las caballerizas. En el granero acomodé a los locos y tomé las medidas oportunas para prenderle fuego si la locura de los locos sobrepasaba la locura misma. Yo tenía que hablar con mi coronel e informarle de que en aquella gran propiedad rural no había alimento alguno. Y mi coronel tenía que hablar con mi general y mi general, que estaba enfermo, tenía que subir las escaleras hasta el segundo piso del palacio para informar a mi general Entrescu de que la situación no daba para más, que ya se olía a podredumbre, que lo mejor era levantar el campo y dirigirnos hacia el oeste a marchas forzadas. Pero mi general Entrescu a veces abría la puerta y otras veces no contestaba.

–Así que a veces contestaba y a veces no contestaba –dijo Popescu–, ¿y él fue testigo presencial de todo esto?

–Más que presencial, fui testigo auditivo –dijo el capitán mutilado–, yo y el resto de los oficiales de lo que quedaba de las tres divisiones del cuarto cuerpo de ejército, estupefactos, asombrados, perplejos, algunos llorando y otros comiéndose los mocos, algunos lamentándose del cruel destino de Rumanía que por sacrificios y méritos debería ser el faro del mundo y otros comiéndose las uñas, todos desanimados, desanimados, desanimados, hasta que finalmente ocurrió lo que se presagiaba. Yo no lo vi. Los locos superaron en número a los cuerdos. Salieron del granero. Algunos suboficiales se pusieron a construir una cruz. Mi general Danilescu ya se había ido, apoyado en su bastón, y acompañado de ocho hombres había emprendido al alba la marcha hacia el norte, sin decir una palabra a nadie. Yo no estaba en el palacio cuando sucedió todo. Me hallaba en los alrededores junto con algunos soldados preparando unas defensas que nunca se usaron. Recuerdo que cavamos trincheras y encontramos huesos. Son vacas infectadas, dijo uno de los soldados. Son cuerpos humanos, dijo otro. Son terneros sacrificados, dijo el primero. No, son cuerpos humanos. Sigan cavando, dije yo, olvídenlo, sigan cavando. Pero allá donde cavábamos aparecían huesos. Qué mierdas pasa, bramé. Qué tierra más extraña es ésta, comenté a gritos. Los soldados dejaron de cavar trincheras en el perímetro del palacio. Oímos una algarabía, pero estábamos sin fuerzas para ir a ver qué pasaba. Uno de los soldados dijo que tal vez nuestros compañeros habían encontrado comida y lo estaban celebrando. O vino. Era vino. La bodega había sido vaciada y había suficiente vino para todos. Luego, sentado junto a una de las trincheras, mientras examinaba una calavera, vi la cruz. Una cruz inmensa que un grupo de locos paseaba por el patio del palacio. Cuando volvimos, con la novedad de que no se podían cavar trincheras porque aquello parecía y tal vez era un camposanto, ya estaba todo consumado.

–Así que todo estaba consumado –dijo Popescu–, ¿y vio el cuerpo del general en la cruz?

–Lo vi –dijo el capitán mutilado–, todos lo vimos, y luego todos empezaron a marcharse de allí, como si el general Entrescu fuera a resucitar de un momento a otro y a afearles su actitud. Antes de que me marchara llegó una patrulla de alemanes que también huían. Nos dijeron que los rusos estaban a sólo dos aldeas de distancia y que no hacían prisioneros. Luego los alemanes se marcharon y poco después nosotros también seguimos nuestro camino.

Popescu esta vez no dijo nada.

Ambos permanecieron en silencio durante un rato y luego Popescu se fue a la cocina y preparó un entrecot para el capitán mutilado, preguntándole, desde la cocina, cómo prefería la carne, ¿poco hecha o muy hecha?

–Término medio –dijo el capitán mutilado que seguía inmerso en sus recuerdos de aquel infausto día.

Después Popescu le sirvió un gran entrecot, con algo de salsa picante, y se ofreció a cortarle la carne en pedacitos, cosa que el capitán mutilado agradeció con un aire ausente. Mientras duró la comida nadie dijo nada. Popescu se retiró unos segundos, pues dijo que tenía que hacer una llamada telefónica, y al volver el capitán masticaba su último trozo de entrecot. Popescu sonrió satisfecho. El capitán se llevó una mano a la frente, como si quisiera recordar o algo le doliera.

–Eructe, eructe si se lo pide el cuerpo, mi buen amigo –dijo Popescu.

El capitán mutilado eructó.

–¿Cuánto hace que no se comía un entrecot como éste, eh? –dijo Popescu.

–Años –dijo el capitán mutilado.

–¿Y le ha sabido a gloria?

–Seguramente –dijo el capitán mutilado–, aunque hablar de mi general Entrescu ha sido como si abriera una puerta que llevaba mucho tiempo atrancada.

–Desahóguese –dijo Popescu–, está entre compatriotas.

El uso del plural hizo que el capitán mutilado se sobresaltara y mirara hacia la puerta, pero era evidente que en la habitación sólo estaban ellos dos.

–Voy a poner un disco –dijo Popescu–, ¿le parece bien algo de Gluck?

–No conozco a ese músico –dijo el capitán mutilado.

–¿Algo de Bach?

–Sí, Bach me gusta –dijo el capitán mutilado entrecerrando los ojos.

Cuando volvió a su lado Popescu le sirvió una copa de coñac Napoleón.

–¿Hay algo que lo inquiete, capitán, hay algo que lo moleste, tiene ganas de contarme una historia, lo puedo ayudar en algo?

El capitán entreabrió los labios pero luego los cerró y negó con la cabeza.

–No necesito nada.

–Nada, nada, nada –repitió Popescu arrellanado en su sillón.

–Los huesos, los huesos –murmuró el capitán mutilado–, ¿por qué el general Entrescu nos hizo detenernos en un palacio cuyos alrededores estaban plagados de huesos?

Silencio.

–Tal vez porque sabía que iba a morir y quería hacerlo en su casa –dijo Popescu.

–Dondequiera que caváramos encontrábamos huesos –dijo el capitán mutilado–. Los alrededores del palacio rebosaban huesos humanos. No había manera de cavar una trinchera sin encontrar los huesecillos de una mano, un brazo, una calavera. ¿Qué tierra era ésa? ¿Qué había pasado allí? ¿Y por qué la cruz de los locos, vista desde allí, ondeaba como una bandera?

–Un efecto óptico, seguramente –dijo Popescu.

–No lo sé –dijo el capitán mutilado–. Estoy cansado.

–En efecto, está usted muy cansado, capitán, cierre los ojos –dijo Popescu, pero el capitán ya había cerrado los ojos desde hacía bastante rato.

–Estoy cansado –repitió.

–Está entre amigos –dijo Popescu.

–Ha sido un largo camino.

Popescu asintió en silencio.

La puerta se abrió y aparecieron dos húngaros. Popescu ni los miró. Con tres dedos, el pulgar, el índice y el medio, muy cerca de la boca y de la nariz, seguía los compases de Bach. Los húngaros se quedaron quietos mirando la escena y esperando una señal. El capitán se quedó dormido. Cuando el disco terminó de sonar Popescu se levantó y se acercó de puntillas al capitán.

–Hijo de un turco y de una puta –dijo en rumano, aunque su tono no era violento sino reflexivo.

Con un gesto indicó a los húngaros que se acercaran. Uno a cada lado, éstos levantaron al capitán mutilado y lo arrastraron hasta la puerta. El capitán se puso a roncar con más fuerza y su pierna ortopédica se desprendió sobre la alfombra. Los húngaros lo dejaron caer en el suelo y se afanaron vanamente en atornillársela de nuevo.

–Ay, qué torpes sois –dijo Popescu–, dejadme a mí.

En un minuto, como si en toda su vida no hubiera hecho otra cosa, Popescu le puso la pierna en su sitio y luego, envalentonado, le revisó de paso el brazo ortopédico.

–Procurad que no pierda nada en el camino –dijo.

–Descuide, jefe –dijo uno de los húngaros.

–¿Lo llevamos al lugar de costumbre?

–No –dijo Popescu–, a éste mejor arrojadlo al Sena. ¡Y aseguraos de que no sale!

–Eso está hecho, jefe –dijo el húngaro que había hablado antes.

En ese momento el capitán mutilado abrió el ojo derecho y dijo con voz enronquecida:

–Los huesos, la cruz, los huesos.

El otro húngaro le cerró el párpado con suavidad.

–No os preocupéis –se rió Popescu–, está dormido.

Muchos años después, cuando su fortuna era más que considerable, Popescu se enamoró de una actriz centroamericana llamada Asunción Reyes, una mujer de una belleza extraordinaria, con la que se casó. La carrera de Asunción Reyes en el cine europeo (tanto en el francés como en el italiano y en el español) fue breve, pero las fiestas que dio y a las que asistió fueron, literalmente, innumerables. Un día Asunción Reyes le pidió que, ya que tenía tanto dinero, hiciera algo por su patria. Al principio Popescu creyó que Asunción se refería a Rumanía pero luego se dio cuenta de que hablaba de Honduras. Así que aquel año, por navidades, viajó con su mujer a Tegucigalpa, una ciudad que a Popescu, admirador de lo bizarro y de los contrastes, le pareció dividida en tres grupos o clanes bien diferenciados: los indios y los enfermos, que constituían la mayoría de la población, y los así llamados blancos, en realidad mestizos, que era la minoría que ostentaba el poder.

Todos gente simpática y degenerada, afectados por el calor y por la dieta alimenticia o por la falta de dieta alimenticia, gente abocada a la pesadilla.

Posibilidades de negocio había, de eso se dio cuenta en el acto, pero la naturaleza de los hondureños, incluso de los educados en Harvard, tendía al robo, a ser posible el robo con violencia, por lo que trató de olvidar su idea inicial. Pero Asunción Reyes insistió tanto que en el segundo viaje navideño que realizó se puso en contacto con las autoridades eclesiásticas del país, las únicas en las que confiaba. Una vez hecho el contacto y después de hablar con varios obispos y con el arzobispo de Tegucigalpa, Popescu estuvo meditando en qué ramo de la economía invertir el capital. Allí lo único que funcionaba y daba ganancias ya estaba en manos de los norteamericanos. Una tarde, sin embargo, durante una velada con el presidente y con la mujer del presidente, Asunción Reyes tuvo una idea genial. Se le ocurrió, sencillamente, que sería bonito que Tegucigalpa tuviera un metro como el de París. Popescu, que no se arredraba ante nada y que era capaz de ver los beneficios en la idea más peregrina, miró al presidente de Honduras a los ojos y le dijo que él podía construirlo. Todo el mundo se entusiasmó con el proyecto. Popescu se puso manos a la obra y ganó dinero. También ganó dinero el presidente y algunos ministros y secretarios. Económicamente tampoco quedó mal parada la Iglesia. Hubo inauguraciones de fábricas de cemento y contratos con empresas francesas y norteamericanas. Hubo algunos muertos y varios desaparecidos. Los prolegómenos duraron más de quince años. Con Asunción Reyes Popescu encontró la felicidad, pero luego la perdió y se divorciaron. Olvidó el metro de Tegucigalpa. La muerte lo sorprendió en un hospital de París, durmiendo sobre un lecho de rosas.

Archimboldi casi no tuvo relación con escritores alemanes, entre otras razones porque los hoteles donde se alojaban los escritores alemanes cuando salían al extranjero no eran los hoteles que él frecuentaba. Conoció, eso sí, a un prestigioso escritor francés, un escritor más viejo que él, cuyos ensayos literarios le habían granjeado fama y reconocimiento, que le habló de una casa en donde se refugiaban todos los escritores desaparecidos de Europa. Este escritor francés también era un escritor que había desaparecido, así que sabía de lo que hablaba, por lo que Archimboldi aceptó visitar la casa.

Llegaron de noche, en un destartalado taxi conducido por un taxista que hablaba solo. El taxista se repetía, decía barbaridades, volvía a repetirse, se enfadaba consigo mismo, hasta que Archimboldi perdió la paciencia y le dijo que se concentrara en conducir y se callara. El viejo ensayista, a quien parecía no molestarle el monólogo del taxista, le lanzó a Archimboldi una mirada de ligero reproche, como si éste hubiera ofendido al taxista, el único, por otra parte, que había en el pueblo.

La casa donde vivían los escritores desaparecidos estaba rodeada por un inmenso jardín lleno de árboles y flores, con una piscina flanqueada por mesas de hierro pintadas de blanco y parasoles y tumbonas. En la parte de atrás, a la sombra de unos robles centenarios, había un espacio para jugar a la petanca, y más allá empezaba el bosque. Cuando llegaron, los escritores desaparecidos estaban en el comedor, cenando y mirando la tele, que a esa hora transmitía las noticias. Eran muchos y casi todos eran franceses, algo que sorprendió a Archimboldi, que nunca hubiera imaginado que existieran tantos escritores desaparecidos en Francia. Pero lo que más le llamó la atención fue el número de mujeres. Había muchas, todas de edad avanzada, algunas vestidas con esmero, incluso con elegancia, y otras en evidente estado de abandono, seguramente poetas, pensó Archimboldi, vestidas con batas sucias y pantuflas, calcetines hasta la rodilla, sin maquillar, el pelo cano embutido a veces en gorros de lana que seguramente ellas mismas tejían.

Las mesas eran servidas, al menos teóricamente, por dos criadas vestidas de blanco, aunque en realidad el comedor funcionaba como buffet libre y cada escritor, llevando consigo su bandeja, se servía lo que le apetecía. ¿Qué le parece nuestra pequeña comunidad?, le preguntó el ensayista riéndose por lo bajo pues en ese momento, en el fondo del comedor, uno de los escritores había caído desmayado o fulminado por un ataque de algo y las dos criadas se esforzaban en reanimarlo. Archimboldi respondió que aún era pronto para formarse una idea. Luego buscaron una mesa vacía y llenaron sus platos con algo que parecía puré de patatas y espinaca, que acompañaron con un huevo duro y un bistec de ternera a la plancha. Para beber se sirvieron un vasito de vino de la región, un vino espeso y que sabía a tierra.

En el fondo del comedor, junto al escritor desmayado, había ahora un par de hombres jóvenes, ambos vestidos de blanco, además de las dos criadas y de un corro de cinco escritores desaparecidos que contemplaban la reanimación de su compañero. Después de comer el ensayista se llevó a Archimboldi a la recepción para formalizar su estancia en la casa, pero como no había nadie que los atendiera se fueron a la sala de la televisión, donde varios escritores desaparecidos dormitaban delante de un locutor que hablaba de moda y de líos sentimentales entre gente famosa del cine y de la televisión francesa, de muchos de los cuales Archimboldi era la primera vez que oía hablar. Luego el ensayista le mostró su dormitorio, una habitación ascética, con una cama pequeña, una mesa, una silla, una tele, un armario, un refrigerador de dimensiones reducidas y un cuarto de baño con ducha.

La ventana daba al jardín, que aún permanecía iluminado. Un aroma de flores y de pasto mojado entró a la habitación. A lo lejos oyó el ladrido de un perro. El ensayista, que se había mantenido sin pasar del umbral mientras Archimboldi examinaba su habitación, le entregó las llaves de ésta asegurándole que allí, si no la felicidad, en la que no creía, sí que encontraría paz y quietud. Después Archimboldi bajó con él hasta su habitación, que quedaba en el primer piso y que parecía una copia exacta de la habitación que le había sido asignada a él, no tanto por el mobiliario y las dimensiones, sino por la desnudez. Cualquiera diría, pensó Archimboldi, que él también acaba de llegar. No había libros, no había ropa tirada, no había basura ni objetos personales, no había nada que la diferenciara de la suya, a excepción de una manzana colocada sobre un plato blanco encima de la mesilla de noche.

Como si leyera sus pensamientos, el ensayista lo miró a los ojos. La mirada era de perplejidad. Sabe lo que pienso y ahora él piensa lo mismo y no lo acaba de comprender, de la misma manera que yo no lo comprendo, pensó Archimboldi. En realidad, más que de perplejidad, la mirada de ambos era de tristeza. Pero está la manzana sobre el plato blanco, pensó Archimboldi.

–Esa manzana huele por las noches –dijo el ensayista–. Cuando apago la luz. Huele tanto como el poema de las vocales. Pero todo se hunde, finalmente –dijo el ensayista–. Se hunde en el dolor. Toda la elocuencia es del dolor.

Lo entiendo, dijo Archimboldi, aunque no entendía nada. Luego ambos se dieron la mano y el ensayista cerró la puerta. Como no tenía sueño todavía (Archimboldi dormía poco aunque a veces podía dormir dieciséis horas seguidas), se fue a pasear por las diversas dependencias de la casa.

En la sala de la televisión ya sólo quedaban tres escritores desaparecidos, los tres dormidos profundamente, y un hombre en la tele al que al parecer pronto iban a asesinar. Durante un rato Archimboldi estuvo viendo la película, pero luego se aburrió y fue al comedor, desierto, y luego recorrió varios pasillos hasta llegar a una especie de gimnasio o sala de masajes, en donde un tipo joven con una camiseta blanca y pantalón blanco hacía pesas mientras hablaba con un viejo en pijama, los cuales lo miraron de reojo al verlo aparecer y luego siguieron hablando, como si él no estuviera allí. El tipo de las pesas parecía un empleado de la casa y el viejo en pijama tenía pinta de novelista justamente olvidado, más que desaparecido, el típico novelista francés malo y con mala suerte, probablemente nacido a deshora.

Al salir de la casa por la puerta trasera, sentadas juntas en un sofá-mecedora en un extremo de un porche iluminado, encontró a dos viejitas. Una hablaba con voz cantarina y dulce, como agua de arroyo que corre por un cauce de lajas, y la otra permanecía muda mirando la oscuridad del bosque que se extendía más allá de las canchas de petanca. La que hablaba le pareció una poeta lírica, llena de cosas que contar que no había podido contar en sus poemas, y la que permanecía callada le pareció una novelista de fuste, harta de frases sin sentido y de palabras sin significado. La primera vestía con ropa de aire juvenil, cuando no infantil. La segunda llevaba una bata barata, zapatillas de gimnasia y pantalones vaqueros.

Les dio las buenas noches en francés y las viejas lo miraron y le sonrieron, como invitándolo a sentarse junto a ellas, a lo que Archimboldi no se hizo de rogar.

–¿Es su primera noche en nuestra casa? –le preguntó la viejita adolescente.

Antes de que pudiera contestar, la viejita silenciosa dijo que el tiempo estaba mejorando y que pronto tendrían que ir todos en mangas de camisa. Archimboldi dijo que sí. La viejita adolescente se rió, tal vez pensando en su guardarropa, y luego le preguntó en qué trabajaba.

–Soy novelista –dijo Archimboldi.

–Pero usted no es francés –dijo la viejita silenciosa.

–En efecto, soy alemán.

–¿De Baviera? –quiso saber la viejita adolescente–. En cierta ocasión estuve en Baviera y me encantó. Es tan romántico todo –dijo la viejita adolescente.

–No, soy del norte –dijo Archimboldi.

La viejita adolescente fingió un escalofrío.

–También he estado en Hannover –dijo–, ¿es usted de allí?

–Más o menos –dijo Archimboldi.

–Tienen una comida imposible –dijo la viejita adolescente.

Más tarde Archimboldi quiso saber qué hacían ellas y la viejita adolescente le dijo que había sido peluquera, en Rodez, hasta que se casó y entonces su marido y los niños no le permitieron seguir trabajando. La otra dijo que era costurera, pero que odiaba hablar de su trabajo. Qué mujeres más extrañas, pensó Archimboldi. Cuando se despidió de ellas se internó en el jardín, alejándose cada vez más de la casa, que seguía parcialmente iluminada como si aún se esperara la llegada de otro visitante. Sin saber qué hacer, pero disfrutando de la noche y del olor del campo, llegó hasta la puerta de entrada, un portón de madera que no cerraba bien y que cualquiera hubiera podido franquear. A un lado descubrió un cartel que al llegar con el ensayista no había visto. El cartel decía, en letras oscuras y no demasiado grandes: *Clínica Mercier. Casa de reposo-Centro neurológico.* Sin sorpresa comprendió de inmediato que el ensayista lo había llevado a un manicomio. Al cabo de un rato volvió a la casa y subió las escaleras hasta su habitación, donde recogió su maleta y su máquina de escribir. Antes de marcharse quiso ver al ensayista. Tras golpear y sin que nadie le contestara, entró en la habitación.

El ensayista dormía profundamente, con todas las luces apagadas, aunque por la ventana con las cortinas descorridas se filtraba la luz del porche delantero. La cama apenas estaba deshecha. Parecía un cigarrillo cubierto por un pañuelo. Qué viejo está, pensó Archimboldi. Luego se marchó sin hacer ruido y al volver a cruzar el jardín le pareció ver a un tipo vestido de blanco que se desplazaba a toda carrera, ocultándose detrás de los troncos de los árboles, por un costado de la propiedad, en la linde del bosque.

Sólo cuando estuvo fuera de la clínica, en la carretera, aminoró el paso y trató de que su respiración se normalizara. La carretera, de tierra, discurría a través de bosques y colinas de suaves pendientes. De tanto en tanto una ráfaga de viento movía las ramas de los árboles y le alborotaba el pelo. El viento era cálido. En una ocasión atravesó un puente. Cuando llegó a las afueras del pueblo los perros se pusieron a ladrar. Junto a la plaza de la estación descubrió el taxi que lo había llevado a la clínica. El taxista no estaba, pero al pasar junto al coche Archimboldi vio un bulto en el asiento trasero que se movía y de vez en cuando gritaba. Las puertas de la estación estaban abiertas, pero las taquillas aún no abrían al público. Sentados en una banca vio a tres magrebíes que hablaban y bebían vino. Se saludaron con un movimiento de cabeza, y luego Archimboldi salió a las vías. Había dos trenes detenidos junto a unos almacenes. Cuando volvió a entrar en la sala de espera uno de los magrebíes se había marchado. Se sentó en el extremo opuesto y esperó a que abrieran las taquillas. Luego compró un billete para cualquier lugar y se marchó del pueblo.

La vida sexual de Archimboldi se limitaba a su trato con las putas de las diversas ciudades donde vivía. Algunas putas no le cobraban. Le cobraban al principio, pero luego, cuando la figura de Archimboldi empezaba a formar parte del paisaje, dejaban de cobrarle, o no le cobraban siempre, lo que a menudo llevaba a equívocos que se resolvían de forma violenta.

Durante todos estos años la única persona con la que Archimboldi mantuvo una relación más o menos permanente fue la baronesa Von Zumpe. Generalmente el contacto era epistolar, aunque en ocasiones la baronesa aparecía por las ciudades o pueblos donde paraba Archimboldi y realizaban largas caminatas, cogidos del brazo como dos ex amantes que ya no tienen muchas confidencias que hacerse. Después Archimboldi acompañaba a la baronesa al hotel, el mejor de la ciudad o del pueblo donde estuvieran, y se despedían con un beso en la mejilla o, si el día había sido particularmente melancólico, con un abrazo. A la mañana siguiente la baronesa se marchaba a primera hora, mucho antes de que Archimboldi despertara y fuera al hotel a buscarla.

En las cartas las cosas eran diferentes. La baronesa hablaba de sexo, que practicó hasta muy avanzada edad, de amantes cada vez más patéticos o deleznables, de fiestas en las que solía reírse como cuando tenía dieciocho años, de nombres que Archimboldi no había oído nombrar nunca aunque según la baronesa eran las personalidades del momento en Alemania y Europa. Por supuesto, Archimboldi no veía la tele, ni oía la radio ni leía la prensa. Se enteró de la caída del Muro gracias a una carta de la baronesa que estuvo aquella noche en Berlín. A veces, cediendo al sentimentalismo, la baronesa le pedía que volviera a Alemania. He vuelto, le respondía Archimboldi. Me gustaría que volvieras definitivamente, le contestaba la baronesa. Que te quedaras más tiempo. Ahora eres famoso. Una rueda de prensa no estaría mal. Tal vez un poco excesivo para ti. Pero al menos una entrevista en exclusiva con algún periodista cultural de prestigio. Sólo en mis peores pesadillas, le escribía Archimboldi.

A veces hablaban de los santos, pues la baronesa, como algunas mujeres de vida sexual intensa, tenía una veta mística, aunque esta veta, bastante inocente, se resolvía estéticamente o a través de una pulsión de coleccionista de retablos y tallas medievales. Hablaban de Eduardo el Confesor, muerto en 1066, que da como limosna su anillo regio al mismísimo San Juan Evangelista, el cual, naturalmente, se lo devuelve al cabo de los años a través de un peregrino que viene de Tierra Santa. Hablaban de Pelagia o Pelaya, actriz de teatro de Antioquía, la cual, en su aprendizaje de Cristo, se cambia de nombre varias veces y se hace pasar por hombre y adopta incontables personalidades, como si en un rapto de lucidez o locura hubiera decidido que su teatro era todo el Mediterráneo y su única y laberíntica obra el cristianismo.

Con los años, la letra de la baronesa, que siempre escribía a mano, se hizo cada vez más vacilante. A veces llegaban cartas suyas incomprensibles. Archimboldi sólo podía descifrar algunas palabras. Premios, honores, distinciones, candidaturas. ¿Premios de quién, de él, de la baronesa? Seguramente de él, pues a su manera la baronesa era de una modestia extrema. También podía descifrar: trabajo, ediciones, la luz de la editorial, que era la luz de Hamburgo, cuando ya todos se han ido y sólo quedaba ella y su secretaria, que la ayudaba a bajar por las escaleras hasta la calle en donde la esperaba un coche parecido a un coche fúnebre. Pero la baronesa siempre se reponía y después de esas cartas agónicas le llegaban postales desde Jamaica o desde Indonesia, en donde la baronesa, con una letra más firme, le preguntaba si alguna vez había estado en América o en Asia, a sabiendas de que Archimboldi jamás se había movido del Mediterráneo.

En ocasiones, las cartas se espaciaban. Si Archimboldi, como hacía a menudo, se cambiaba de domicilio, le enviaba una carta con el nuevo remitente. A veces, por las noches, se despertaba de pronto pensando en la muerte, pero en sus cartas evitaba mencionarla. La baronesa, por el contrario, y tal vez porque tenía más años que él, hablaba de la muerte a menudo, de los muertos que había conocido, de los muertos que había amado y que ya sólo eran un montón de huesos o ceniza, de los niños muertos que no había conocido y que hubiera deseado tanto conocer y acunar y criar. En momentos así uno podía tener la impresión de que se estaba volviendo loca, pero Archimboldi sabía que ella siempre mantenía el equilibrio y que era honesta y sincera. En efecto, rara vez la baronesa dijo alguna mentira. Todo estaba claro desde la época en que ella acudía a la casa solariega de su familia, levantando una nube de polvo por el camino de tierra, en compañía de sus amigos, la juventud dorada berlinesa, ignorante y soberbia, a la que Archimboldi veía desde lejos, desde una de las ventanas de la casa, cuando descendían de sus coches riendo.

En alguna ocasión, recordando aquellos días, le preguntó si alguna vez había sabido algo de su primo Hugo Halder. La baronesa le contestó que no, que después de la guerra nunca más se supo nada de Hugo Halder, y durante un tiempo, tal vez sólo unas horas, Archimboldi fantaseó con la idea de que él era, en realidad, Hugo Halder. En otra ocasión, hablando de sus libros, la baronesa le confesó que nunca se molestó en leer ninguno de ellos, pues rara vez leía novelas «difíciles» u «oscuras», como las que él escribía. Con los años, además, esta costumbre se había acentuado y después de cumplir los setenta años el ámbito de sus lecturas se restringió a las revistas de moda o actualidad. Cuando Archimboldi quiso saber por qué seguía publicándolo si no lo leía, pregunta más bien retórica cuya respuesta conocía, la baronesa le contestó que a) porque sabía que era bueno, b) porque Bubis así se lo había indicado, c) porque pocos editores leían a los autores que publicaban.

Llegados a este punto hay que decir que muy pocos creyeron que, a la muerte de Bubis, la baronesa fuera a seguir al frente de la editorial. Esperaban que vendiera el negocio y se dedicara a sus amantes y a sus viajes, que eran sus aficiones más conocidas. Sin embargo la baronesa tomó las riendas de la editorial y la calidad de ésta no decayó un ápice, pues se supo rodear de buenos lectores y en el aspecto puramente empresarial mostró un temple que nadie, hasta entonces, había visto en ella. En una palabra: el negocio de Bubis siguió creciendo. A veces, medio en broma medio en serio, la baronesa le decía a Archimboldi que si él fuera más joven lo nombraría su heredero.

Cuando la baronesa cumplió ochenta años, en los círculos literarios de Hamburgo esta pregunta se la hacían completamente en serio. ¿Quién se haría cargo de la editorial de Bubis a la muerte de ella? ¿Quién sería nombrado oficialmente su heredero? ¿Había hecho testamento la baronesa? ¿A quién legaba la fortuna de Bubis? Parientes no había. La última Von Zumpe era la baronesa. Por parte de Bubis, sin contar a su primera mujer que había muerto en Inglaterra, el resto de su familia había desaparecido en los campos de exterminio. Ninguno de los dos había tenido hijos. No había hermanos ni primos (salvo Hugo Halder que a esas alturas probablemente ya estaba muerto). No había sobrinos (a menos que Hugo Halder hubiera tenido un hijo). Se decía que la baronesa pensaba legar su fortuna, salvo la editorial, a obras benéficas y que algunos pintorescos representantes de ONG visitaban su despacho como quien visita el Vaticano o el Banco Alemán. Para herederos de la editorial no faltaban candidatos. Del que más se hablaba era de un joven de veinticinco años, de rostro parecido a Tadzio y cuerpo de nadador, poeta y profesor ayudante en Göttingen, a quien la baronesa había puesto al frente de la colección de poesía de la editorial. Pero todo, finalmente, se quedaba en el plano fantasmal de los rumores.

–Yo no me moriré nunca –le dijo en una ocasión la baronesa a Archimboldi–. O me moriré a los noventaicinco años, que es lo mismo que no morirse nunca.

La última vez que se vieron fue en una espectral ciudad italiana. La baronesa Von Zumpe llevaba un sombrero blanco y usaba bastón. Hablaba del Premio Nobel y también hablaba pestes de los escritores desaparecidos, una costumbre o hábito o broma que juzgaba más americana que europea. Archimboldi llevaba una camisa de manga corta y la escuchaba con atención, porque se estaba quedando sordo, y se reía.

Y llegamos, finalmente, a la hermana de Archimboldi, Lotte Reiter.

Lotte nació en 1930 y era rubia y tenía los ojos azules, como su hermano, pero no creció tanto como él. Cuando Archimboldi se fue a la guerra Lotte tenía nueve años y lo que más deseaba era que le dieran permiso y volviera a casa con el pecho lleno de medallas. A veces lo oía en sueños. Los pasos de un gigante. Pies grandes calzados con las botas más grandes de la Wehrmacht, tan grandes que se las habían tenido que hacer especialmente para él, hollando el campo, sin fijarse en las charcas ni en las ortigas, en línea recta hacia la casa en donde sus padres y ella dormían.

Cuando despertaba experimentaba una tristeza tan grande que tenía que esforzarse para no llorar. Otras veces soñaba que ella también iba a la guerra, sólo para encontrar el cuerpo de su hermano acribillado en el campo de batalla. En ocasiones, les contaba estos sueños a sus padres.

–Sólo son sueños –decía la tuerta–, no sueñes esos sueños, gatita mía.

El cojo, por el contrario, le preguntaba por ciertos detalles, como por ejemplo el rostro de los soldados muertos, ¿cómo eran?, ¿cómo estaban?, ¿como si durmieran?, a lo que Lotte respondía que sí, exactamente como si durmieran, y entonces su padre movía la cabeza negativamente y decía: entonces no estaban muertos, pequeña Lotte, los rostros de los soldados muertos, cómo explicártelo, siempre están sucios, como si hubieran trabajado duramente todo el día y al acabar la jornada no hubieran tenido tiempo de lavarse la cara.

En el sueño, sin embargo, su hermano siempre tenía la cara perfectamente limpia y una expresión triste pero decidida, como si pese a estar muerto aún fuera capaz de hacer muchas cosas. En el fondo, Lotte creía que su hermano era capaz de hacer *cualquier* cosa. Y siempre estaba atenta a oír sus pisadas, las pisadas de un gigante que un día se acercaría a la aldea, se acercaría a la casa, se acercaría al huerto donde estaría ella esperándolo y le diría que la guerra había terminado y que volvía a casa para siempre y que a partir de ese momento todo iba a cambiar. ¿Pero qué cosas iban a cambiar? No lo sabía.

La guerra, por otra parte, no terminaba nunca y las visitas de su hermano se espaciaron hasta hacerse inexistentes. Una noche su madre y su padre se pusieron a hablar de él, sin saber que ella, en la cama, tapada hasta la nariz con una manta parduzca, estaba despierta y los escuchaba, y hablaban de él como si ya hubiera muerto. Pero Lotte sabía que su hermano no había muerto, pues los gigantes no mueren nunca, pensaba, o mueren sólo cuando ya están muy viejos, tan viejos que ni siquiera uno se da cuenta de que han muerto, simplemente se sientan a la puerta de sus casas o bajo un árbol y se ponen a dormir y entonces están muertos.

Un día tuvieron que irse de su aldea. Según sus padres era eso lo único que podían hacer pues la guerra se acercaba. Lotte pensó que si la guerra se acercaba también se acercaba su hermano, que vivía en el interior de la guerra como un feto vive en el interior de una mujer gorda, y se escondió para que no se la llevaran pues estaba segura de que Hans aparecería por allí. Durante varias horas la estuvieron buscando y al atardecer el cojo la encontró oculta en el bosque, le dio una bofetada y la arrastró consigo.

Mientras se alejaban hacia el oeste, bordeando el mar, se cruzaron con dos columnas de soldados a los que Lotte preguntó a gritos si conocían a su hermano. La primera columna estaba compuesta por gente de todas las edades, tipos mayores como su padre y chicos de quince años, algunos sólo con la mitad del uniforme, y ninguno parecía muy entusiasmado de ir hacia el lugar adonde iban, aunque todos contestaron educadamente a la pregunta de Lotte diciéndole que no conocían ni habían visto a su hermano.

La segunda columna estaba compuesta por fantasmas, cadáveres salidos recientemente de un camposanto, espectros vestidos con uniformes grises o verdigrises y cascos de acero, invisibles a los ojos de todos salvo a los de Lotte, que volvió a repetir su pregunta, a la que algunos espantajos se dignaron contestar diciéndole que sí, que lo habían visto en tierras soviéticas, huyendo como un cobarde, o que lo habían visto nadando en el Dniéper y luego muriendo ahogado, y que bien merecido se lo tenía, o que lo habían visto en la estepa calmuca, bebiendo agua como si se estuviera muriendo de sed, o que lo habían visto agazapado en un bosque de Hungría, pensando en cómo pegarse un tiro con su propio fusil, o que lo habían visto en las afueras de un cementerio, el muy cabrón, sin atreverse a entrar, dando vueltas y vueltas hasta que caía la noche y el cementerio se vaciaba de deudos y sólo entonces, el muy mariquita, dejaba de caminar en círculos y se asomaba a los muros, clavando sus botas claveteadas en los ladrillos rojos y desconchados y asomando su nariz y sus ojos azules al otro lado, el lado de los muertos, donde yacían los Grote y los Kruse, los Neitzke y los Kunze, los Barz y los Wilke, los Lemke y los Noack, el lado en donde estaba el discreto Ladenthin y el valiente Voss, y luego, envalentonado, trepaba al muro y se quedaba un rato allí, con sus largas piernas colgando, y luego les sacaba la lengua a los muertos, y luego se quitaba el casco y se apretaba con las dos manos las sienes, y luego cerraba los ojos y chillaba, eso le decían los espectros a Lotte, mientras se reían y marchaban detrás de la columna de los vivos.

Después los padres de Lotte se instalaron en Lübeck, junto con otros muchos de su aldea, pero el cojo dijo que los rusos iban a llegar hasta allí y cogió a su familia y siguió caminando hacia el oeste, y entonces Lotte olvidó el paso del tiempo, los días parecían noches y las noches días, y a veces los días y las noches no se parecían a nada, todo era un contínuum de luminosidad cegadora y de fogonazos.

Una noche Lotte vio a unas sombras escuchando la radio. Una de las sombras era su padre. Otra sombra era su madre. Otras sombras tenían ojos y narices y bocas que ella no conocía. Bocas como zanahorias, con los labios pelados, y narices como patatas mojadas. Todos se cubrían la cabeza y las orejas con pañuelos y mantas y en la radio la voz de un hombre decía que Hitler ya no existía, es decir que había muerto. Pero no existir y morir eran cosas distintas, pensó Lotte. Hasta entonces su primera menstruación se había retrasado. Aquel día, sin embargo, por la mañana, había comenzado a sangrar y no se sentía bien. La tuerta le había dicho que era normal, que eso les pasaba tarde o temprano a todas las mujeres. Mi hermano el gigante no existe, pensó Lotte, pero eso no significa que esté muerto. Las sombras no se dieron cuenta de su presencia. Algunos suspiraron. Otros se pusieron a llorar.

–Mi führer, mi führer –clamaban sin alzar la voz, como mujeres que aún no hubieran tenido la menstruación.

Su padre no lloraba. Su madre sí lloraba y las lágrimas le salían únicamente por el ojo bueno.

–Ya no existe –dijeron las sombras–, ya está muerto.

–Ha muerto como un soldado –dijo una de las sombras.

–Ya no existe.

Después marcharon a Paderborn, donde vivía un hermano de la tuerta, pero cuando llegaron la casa estaba ocupada por refugiados y ellos se instalaron allí. Del hermano de la tuerta ni rastro. Un vecino les dijo que, o mucho se equivocaba, o a ése no lo iban a volver a ver nunca más. Durante un tiempo vivieron de la caridad, de lo que los ingleses les regalaban. Después el cojo enfermó y murió. Su último deseo fue que lo enterraran en su aldea con honores militares y la tuerta y Lotte le dijeron que eso harían, sí, sí, eso haremos, aunque sus restos fueron arrojados a la fosa común del cementerio de Paderborn. No había tiempo para delicadezas, aunque Lotte sospechaba que *precisamente* aquél era el tiempo de las delicadezas, de los detalles, de las atenciones exquisitas.

Los refugiados se marcharon y la tuerta se quedó con la casa de su hermano. Lotte encontró trabajo. Más tarde estudió. No mucho. Volvió al trabajo. Lo dejó. Estudió un poco más. Encontró otro trabajo, bastante mejor. Dejó los estudios para siempre. La tuerta encontró un novio, un viejo que había sido funcionario en la época del Kaiser y durante los años del nazismo y que volvía a serlo en la Alemania de posguerra.

–Un funcionario alemán –decía el viejo– es algo que no se encuentra fácilmente, ni siquiera en Alemania.

A eso se reducía todo su ingenio, toda su inteligencia, toda su agudeza de pensamiento. Ciertamente, para él era suficiente. Para entonces la tuerta ya no quería volver a la aldea, que había quedado en la zona soviética. Ni quería volver a ver el mar. Ni mostraba un interés excesivo por conocer el destino de su hijo perdido en la guerra. Estará enterrado en Rusia, decía con gesto resignado y duro. Lotte empezó a salir de casa. Primero salió con un soldado inglés. Luego, cuando el soldado fue destinado a otro lugar, salió con un chico de Paderborn, un chico cuya familia, de clase media, no veía con buenos ojos sus escarceos con aquella chica rubia y descocada, pues Lotte, en esos años, sabía bailar todos los bailes de moda del mundo. A ella le importaba ser feliz y también le importaba el muchacho, no su familia, y siguieron juntos hasta que él se marchó a estudiar a la universidad y a partir de entonces la relación se acabó.

Una noche apareció su hermano. Lotte estaba en la cocina, planchando un vestido, y sintió sus pisadas. Es Hans, pensó. Cuando llamaron a la puerta corrió a abrir. Él no la reconoció, pues ya era una mujer, según le dijo más tarde, pero ella no tuvo necesidad de preguntarle nada y se abrazó a él durante mucho rato. Esa noche hablaron hasta que amaneció y Lotte no sólo tuvo tiempo de planchar su vestido sino toda la ropa limpia. Al cabo de unas horas Archimboldi se quedó dormido, con la cabeza apoyada sobre la mesa, y sólo se despertó cuando su madre le tocó un hombro.

Dos días después se marchó y todo volvió a la normalidad. Por entonces la tuerta ya no tenía de novio al funcionario sino a un mecánico, un tipo jovial y con negocio propio, al que le iba muy bien reparando los vehículos de las tropas de ocupación y los camiones de los campesinos y de los industriales de Paderborn. Tal como él decía, hubiera podido encontrar una mujer más joven y más guapa, pero prefería una mujer honrada y trabajadora, que no le chupara la sangre como un vampiro. El taller del mecánico era grande y a petición de la tuerta encontró allí un trabajo para Lotte, pero ésta no lo aceptó. Poco antes de que su madre se casara con el mecánico conoció en el taller a un empleado, un tal Werner Haas, y como ambos se gustaban y jamás discutían entre sí empezaron a salir juntos, primero al cine, luego a las salas de baile.

Una noche Lotte soñó que aparecía su hermano al otro lado de la ventana de su cuarto y le preguntaba por qué se iba a casar mamá. No lo sé, le contestaba Lotte desde la cama. Tú no te cases nunca, le decía su hermano. Lotte movía la cabeza afirmativamente y luego la cabeza de su hermano desaparecía y sólo quedaba la ventana empañada y un eco de pisadas de gigante. Pero cuando Archimboldi fue a Paderborn, después del matrimonio de su madre, Lotte le presentó a Werner Haas y ambos parecieron simpatizar.

Cuando su madre se casó las dos se fueron a vivir a casa del mecánico. Según opinaba éste, Archimboldi seguramente era un maleante que vivía del timo o del robo o del contrabando.

–Huelo a los contrabandistas a cien metros de distancia –decía el mecánico.

La tuerta no decía nada. Lotte y Werner Haas hablaron de ello. El contrabandista, según Werner, era el mecánico, que pasaba piezas de recambio por la frontera y que muchas veces decía que un automóvil estaba reparado cuando en realidad no lo estaba. Werner, pensaba Lotte, era una buena persona y siempre tenía una palabra amable para cualquiera. Por aquellos días a Lotte se le ocurrió pensar que tanto Werner como ella y todos los jóvenes nacidos alrededor del año 30 o 31 estaban condenados a no ser felices nunca.

Werner, que era su confidente, la escuchaba sin decir nada, y luego se iban juntos al cine, a ver películas americanas o inglesas, o bien salían a bailar. Algunos fines de semana salían al campo, sobre todo después de que Werner comprara una moto, medio inútil, que él mismo reparó en sus ratos libres. Para estos picnics Lotte preparaba bocadillos de pan negro y pan blanco, un poco de *Kuchen* y nunca más de tres botellas de cerveza. Werner por su parte llenaba una cantimplora de agua y en ocasiones llevaba dulces y chocolatinas. A veces, después de caminar y comer en medio de un bosque, extendían una manta en el suelo, se tomaban de la mano y se quedaban dormidos.

Los sueños que Lotte tenía en el campo eran inquietantes. Soñaba con ardillas muertas y con ciervos muertos y conejos muertos, y a veces, en la espesura, creía ver un jabalí y se acercaba muy lentamente a él, y cuando apartaba las ramas veía un enorme jabalí hembra tumbado en la tierra, agonizando, y a su lado cientos de lechones de jabalí muertos. Cuando esto sucedía se levantaba de un salto y sólo la visión de Werner, a su lado, durmiendo plácidamente, conseguía tranquilizarla. Durante un tiempo estuvo pensando en volverse vegetariana. En lugar de eso, adquirió el hábito de fumar.

Por aquel entonces, en Paderborn, como en el resto de Alemania, era usual que las mujeres fumaran, pero pocas, al menos en Paderborn, lo hacían en la calle, mientras paseaban o se dirigían a sus trabajos. Lotte era una de las que fumaba en la calle, pues el primer cigarrillo lo encendía a primera hora de la mañana y cuando caminaba hasta la parada del autobús ya estaba fumando su segundo cigarrillo del día. Werner, por el contrario, no fumaba, y aunque Lotte insistió en que lo hiciera, a lo más que llegó, por no llevarle la contraria, fue a chupar un par de veces el cigarrillo de ella y a medio ahogarse con el humo.

Cuando Lotte empezó a fumar Werner le pidió que se casaran.

–Lo tengo que pensar –dijo Lotte–, pero no uno ni dos días, sino semanas y meses.

Werner le dijo que se tomara todo el tiempo que necesitara, pues él quería casarse con ella para toda la vida y sabía que la decisión que uno tomara sobre un asunto así era importante. A partir de ese momento las salidas de Lotte con Werner se espaciaron. Cuando éste se dio cuenta le preguntó si ya no lo quería y cuando Lotte le contestó que estaba pensando si casarse con él o no, lamentó habérselo pedido. Ya no hacían excursiones con la misma asiduidad de antes, ni iban al cine ni salían a bailar. En esos días Lotte conoció a un hombre que trabajaba en una empresa de fabricación de tubos que se acababa de instalar en la ciudad y empezó a salir con este hombre, que era ingeniero y se llamaba Heinrich y que vivía en una pensión del centro, pues su verdadera casa estaba en Duisburg, que era donde estaba la planta principal de la fábrica.

Poco después de empezar a salir con él, Heinrich le confesó que estaba casado y que tenía un hijo, pero que no amaba a su mujer y que pensaba divorciarse. A Lotte no le importó que estuviera casado, pero sí le importó que tuviera un hijo, pues ella amaba a los niños y la idea de dañar a un niño, aunque fuera indirectamente, le parecía monstruosa. Aun así, estuvieron saliendo juntos cerca de dos meses, y a veces Lotte hablaba con Werner y Werner le preguntaba qué tal le iba con su nuevo novio y Lotte decía que muy bien, normal, como a todo el mundo. Al final, sin embargo, se dio cuenta de que Heinrich no se iba a divorciar jamás de su mujer y rompió con él, aunque de tanto en tanto iban al cine y luego salían a cenar juntos.

Un día, al salir del trabajo, encontró a Werner en la calle, montado en su moto, esperándola. Esta vez Werner no le habló de matrimonio ni de amor sino que se limitó a invitarla a un café y luego a llevarla a su casa. Paulatinamente volvieron a salir juntos, algo que alegró a la tuerta y al mecánico, que no tenía hijos y que apreciaba a Werner porque era serio y trabajador. Las pesadillas que Lotte había sufrido desde su infancia disminuyeron considerablemente, hasta que finalmente ya no tuvo más pesadillas ni tampoco sueños.

–Seguramente sueño –decía–, como todas las personas, pero tengo la suerte de no acordarme de nada cuando me despierto.

Cuando le dijo a Werner que ya había pensado bastante en su proposición y que aceptaba casarse con él, éste se puso a llorar y tartamudeando le confesó que nunca se había sentido más feliz que en aquel instante. Dos meses después se casaron y durante la fiesta, que se celebró en el patio de un restaurante, Lotte se acordó de su hermano y no supo en ese momento, tal vez porque había bebido demasiado, si lo habían invitado a la boda o no.

La luna de miel la pasaron en un pequeño balneario a orillas del Rin y luego ambos volvieron a sus respectivos trabajos y la vida siguió exactamente igual que antes. Vivir con Werner, incluso en una casa de una sola habitación, era fácil, pues todo lo que hacía su marido lo hacía para complacerla. Los sábados iban al cine, los domingos solían marchar al campo en la moto o ir a bailar. Durante la semana, y pese a que trabajaba duro, Werner se las arreglaba para ayudarla en todas las cosas de la casa. Lo único que Werner no sabía hacer era cocinar. A final de mes, solía comprarle un regalo o llevarla al centro de Paderborn para que ella eligiera un par de zapatos o una blusa o un pañuelo. Para que no le faltara dinero Werner solía hacer horas extra en el taller o a veces trabajaba por su cuenta, a espaldas del mecánico, arreglando los tractores o las cosechadoras de los campesinos, que no le pagaban mucho pero que a cambio le regalaban embutidos y carne y hasta sacos de harina que hacían que la cocina de Lotte pareciera un almacén o que ambos se estuvieran preparando para otra guerra.

Un día, sin haber dado muestras de enfermedad alguna, murió el mecánico y Werner se puso al frente del taller. Aparecieron algunos familiares, primos lejanos que exigieron su parte de la herencia, pero la tuerta y sus abogados lo arreglaron todo y al final los paletos se marcharon con algo de dinero y poca cosa más. Para entonces Werner había engordado y empezaba a perder pelo, y aunque el trabajo físico disminuyó, las responsabilidades se acrecentaron, lo que lo volvió más silencioso que de costumbre. Los dos se trasladaron a la casa del mecánico, que era grande, pero que estaba justo encima del taller, difuminando así la frontera entre trabajo y casa, lo que producía en Werner el efecto de que siempre estaba trabajando.

En el fondo hubiera preferido que el mecánico no se hubiera muerto o que la tuerta hubiera colocado en la dirección del taller a otro cualquiera. Por supuesto, el cambio de trabajo también tenía sus compensaciones. Aquel verano Lotte y Werner pasaron una semana en París. Y por navidades fueron con la tuerta al lago Constanza, pues a Lotte le encantaba viajar. De vuelta a Paderborn, además, ocurrió algo nuevo: por primera vez hablaron sobre la posibilidad de tener un hijo, algo a lo que ninguno de los dos se mostraba proclive debido a la guerra fría y al peligro de confrontación nuclear, si bien por otra parte nunca su situación económica había sido mejor.

Durante dos meses discutieron, de forma más bien lánguida, sobre la responsabilidad que acarreaba dar semejante paso, hasta que una mañana, mientras desayunaban, Lotte le dijo que estaba embarazada y que ya no había nada más que discutir. Antes de que naciera el niño se compraron un coche y se tomaron unas vacaciones de más de una semana. Estuvieron en el sur de Francia y en España y en Portugal. De vuelta a casa Lotte quiso pasar por Colonia y buscaron la única dirección que ella tenía de su hermano.

En la buhardilla donde antes viviera Archimboldi con Ingeborg se levantaba un edificio nuevo de apartamentos y nadie de los que vivía allí recordaba a un joven con las características de Archimboldi, alto y rubio, huesudo, ex soldado, un gigante.

Durante la mitad del camino de vuelta a casa Lotte permaneció en silencio, como enfurruñada, pero luego pararon a comer en un restaurante de carretera y se pusieron a hablar de las ciudades que habían conocido y el ánimo le mejoró notablemente. Tres meses antes de que naciera su hijo Lotte dejó de trabajar. El parto fue normal y rápido, aunque el niño pesó más de cuatro kilos y según los médicos estaba mal puesto. Pero parece ser que en el último minuto el pequeño se puso de cabeza y todo salió bien.

Le pusieron Klaus, por el padre de la tuerta, aunque Lotte en algún momento pensó en llamarlo Hans, como su hermano. En realidad el nombre, pensó Lotte, no importaba gran cosa, lo que importaba era la persona. Desde el principio Klaus se convirtió en el favorito de su abuela y de su padre, pero el pequeño a quien más quería era a Lotte. Ésta a veces lo miraba y lo encontraba parecido a su hermano, como si fuera la reencarnación de su hermano, pero en miniatura, algo que le resultaba agradable pues hasta entonces la figura de su hermano siempre había estado revestida con los atributos de lo grande y lo desmesurado.

Cuando Klaus tenía dos años Lotte volvió a quedarse embarazada, pero a los cuatro meses abortó y algo fue mal pues ya no pudo tener más hijos. La infancia de Klaus fue como la de cualquier niño de clase media de Paderborn. Le gustaba jugar con otros niños al fútbol, pero en el colegio practicaba el baloncesto. Una sola vez llegó con un ojo amoratado a casa. Según explicó, un compañero se había burlado del ojo tuerto de su abuela y se habían peleado. En los estudios no era muy brillante, pero tenía una gran afición por las máquinas, fueran éstas de la clase que fueran, y se podía pasar horas en el taller observando trabajar a los mecánicos de su padre. Casi nunca enfermaba, aunque las pocas veces que lo hacía tenía grandes subidas de temperatura que lo hacían delirar y ver cosas que nadie más veía.

Cuando tenía doce años su abuela murió de cáncer en el hospital de Paderborn. Le suministraban constantemente morfina y cuando Klaus la iba a ver lo confundía con Archimboldi y lo llamaba hijo mío o hablaba con él en el dialecto de su aldea natal prusiana. A veces le contaba cosas de su abuelo, del cojo, de los años en que el cojo sirvió fielmente a las órdenes del Kaiser, y de la pena que lo acompañó siempre de ser bajito y no haber pertenecido al regimiento de élite de la guardia de Prusia, en donde sólo admitían a los que medían más de un metro noventa.

–Bajito de estatura, pero alto de valor, ése era tu padre –decía su abuela con una sonrisa de morfinómana satisfecha.

Hasta entonces a Klaus nunca le habían dicho nada de su tío. Después de la muerte de su abuela, le preguntó a Lotte por él. En realidad, no es que tuviera mucho interés, pero se sentía tan triste que pensó que eso lo distraería de su pena. Lotte hacía mucho que no pensaba en su hermano y la pregunta de Klaus, en cierto sentido, fue una sorpresa. Por aquel tiempo Lotte y Werner se habían metido en negocios inmobiliarios, negocios de los que nada sabían, y tenían miedo de perder dinero. Por lo que la respuesta de Lotte fue imprecisa: le dijo que su tío tenía diez años más que ella, o algo así, y que su manera de ganarse la vida no era precisamente un modelo para los jóvenes, o algo así, y que hacía mucho tiempo que la familia no sabía nada de él, pues había desaparecido de la faz de la tierra, o algo así.

Más adelante le contó a Klaus que cuando ella era pequeña creía que su hermano era un gigante, pero que esas cosas suelen ocurrirles a las niñas.

En otra ocasión Klaus habló de su tío con Werner y éste le dijo que era un tipo simpático, muy observador y más bien silencioso, aunque según Lotte su hermano no había sido siempre así, sino que los cañones, los morteros, las ráfagas de ametralladora de la guerra lo habían vuelto silencioso. Cuando Klaus le preguntó si se parecía a su tío, Lotte le contestó que sí, se parecían, los dos eran altos y delgados, pero Klaus tenía el pelo mucho más rubio que su hermano y posiblemente el azul de los ojos mucho más claro. Después Klaus dejó de hacer preguntas y la vida continuó como antes de la muerte de la tuerta.

Los nuevos negocios de Lotte y Werner no salieron todo lo bien que esperaban, pero tampoco perdieron dinero, al contrario, algo de dinero ganaron, aunque no se hicieron ricos. El taller mecánico seguía funcionando a pleno rendimiento y nadie hubiera podido decir que las cosas les iban mal.

A los diecisiete años Klaus se metió en problemas con la policía. No era un buen estudiante y sus padres se habían resignado a que no fuera a la universidad, pero a los diecisiete se vio envuelto, junto con otros dos amigos, en el robo de un coche y en un posterior incidente de abusos deshonestos cometidos contra una joven de origen italiano que trabajaba como obrera en una pequeña fábrica de servicios sanitarios. Los dos amigos de Klaus se pasaron una temporada en la cárcel, pues eran mayores de edad. Klaus estuvo internado en un correccional durante cuatro meses y luego volvió a casa de sus padres. En el tiempo que estuvo en el correccional trabajó en el taller de reparaciones y aprendió a arreglar todo tipo de electrodomésticos, desde un refrigerador hasta una batidora. Cuando regresó a casa comenzó a trabajar en el taller mecánico de su padre y durante un tiempo estuvo sin meterse en problemas.

Lotte y Werner se intentaron convencer el uno al otro de que su hijo ya estaba encarrilado por la senda correcta. A los dieciocho años Klaus empezó a salir con una muchacha que trabajaba en una panadería, pero la relación apenas duró tres meses, debido a que la chica, en apreciación de Lotte, no era precisamente una belleza. A partir de entonces no volvieron a conocer a ninguna otra novia de Klaus y llegaron a la conclusión de que no las tenía o bien evitaba, por motivos que ellos ignoraban, llevarlas a la casa. Por aquellos días Klaus se aficionó a la bebida y al terminar la jornada de trabajo solía irse a las cervecerías de Paderborn a beber con algunos trabajadores jóvenes del taller mecánico.

En más de una ocasión, un viernes o un sábado por la noche, se metió en problemas, nada del otro mundo, peleas con otros jóvenes y destrozos en locales públicos, y Werner tenía que ir a pagar la multa y a sacarlo de la comisaría. Un día se le ocurrió que Paderborn era demasiado pequeña para él y se marchó a Munich. A veces llamaba a su madre por teléfono, a cobro revertido, y sostenían conversaciones intrascendentes y forzadas que dejaban a Lotte, paradójicamente, más tranquila.

Pasaron algunos meses hasta que Lotte lo volvió a ver. Según Klaus, no había futuro en Alemania ni en Europa y ya sólo le quedaba probar suerte en América, adonde pensaba irse apenas reuniera un poco de dinero. Después de trabajar unos meses en el taller embarcó en Kiel en un barco alemán cuyo destino final era Nueva York. Cuando se marchó de Paderborn Lotte se puso a llorar: su hijo era muy alto y no parecía un hombre débil, pero ella igual se puso a llorar porque presentía que no iba a ser feliz en el nuevo continente, en donde los hombres no eran tan altos ni tenían el pelo tan rubio, pero eran astutos y más bien de mala índole, lo peor de cada casa, gente en la que no se podía confiar.

Werner lo llevó en coche hasta Kiel y cuando regresó a Paderborn le dijo a Lotte que el barco era bueno, firme, que no se hundiría, y que el trabajo de Klaus, camarero y ocasionalmente lavaplatos, no entrañaba peligro alguno. Pero sus palabras no tranquilizaron a Lotte, que había rechazado ir hasta Kiel «para no prolongar la agonía».

Cuando Klaus desembarcó en Nueva York le mandó una postal a su madre en la que aparecía la Estatua de la Libertad. Esta señora es mi aliada, escribió en el dorso. Luego pasaron meses sin saber nada de él. Y luego más de un año. Hasta que recibieron otra postal en la que les comunicaba que estaba tramitando la nacionalidad estadounidense y que tenía un buen trabajo. El remite era de Macon, en el estado de Georgia, y Lotte y Werner le escribieron sendas cartas llenas de preguntas acerca de su salud, de su economía, de sus planes futuros, que Klaus jamás contestó.

Con el paso del tiempo Lotte y Werner se fueron haciendo

a la idea de que Klaus había volado del nido y que estaba bien. A veces Lotte lo imaginaba casado con una americana, viviendo en una soleada casa americana, y llevando una vida similar a las vidas que uno podía contemplar en las películas americanas que pasaban por la televisión. En los sueños de Lotte, sin embargo, la mujer americana de Klaus no tenía rostro, siempre la veía de espaldas, es decir veía su pelo, sólo un poco menos rubio que el de Klaus, sus hombros bronceados y su talle delgado pero firme. Veía el rostro de Klaus, lo veía serio o expectante, pero el rostro de su mujer no lo veía nunca, y el rostro de sus hijos, cuando lo imaginaba con hijos, tampoco. De hecho, a los niños de Klaus ni siquiera los veía de espaldas. *Sabía* que estaban allí, en alguna de las habitaciones, pero no los veía nunca, ni tampoco los oía, lo que era aún más raro pues los niños casi nunca permanecen en silencio demasiado rato.

Algunas noches, Lotte, de tanto pensar e imaginar una supuesta vida de Klaus, se quedaba dormida y se ponía a soñar con su hijo. Veía entonces una casa, una casa americana pero que ella no identificaba como casa americana. Al acercarse a la casa sentía un olor penetrante que al principio le desagradaba, pero luego pensaba: la mujer de Klaus debe de estar cocinando una comida india. Y así, a los pocos segundos, el olor se convertía en un olor exótico y, pese a todo, agradable. Después se veía a sí misma sentada a una mesa. En la mesa había un jarrón, un plato vacío, un vaso de plástico y un tenedor, nada más, pero a ella lo que más la preocupaba era saber quién le había abierto la puerta. Por más esfuerzos que hacía no lo recordaba y eso la hacía sufrir.

Su sufrimiento era como el rechinar de la tiza sobre una pizarra. Como si un niño hiciera rechinar adrede una tiza sobre una pizarra. O tal vez no fuera una tiza sino sus uñas, o tal vez no fueran sus uñas sino sus dientes. Con el tiempo, esta pesadilla, la pesadilla de la casa de Klaus, como la llamaba, se convirtió en una pesadilla recurrente. A veces, por las mañanas, mientras ayudaba a Werner a prepararse el desayuno, le decía:

–He tenido una pesadilla.

–¿La pesadilla de la casa de Klaus? –preguntaba Werner.

Y Lotte, sin mirarlo, con expresión distraída, movía la cabeza afirmativamente. En el fondo, tanto ella como Werner esperaban que Klaus, en algún momento, recurriera a ellos pidiéndoles dinero, pero los años fueron pasando y Klaus parecía irremediablemente perdido en los Estados Unidos.

–Tal como es Klaus –decía Werner– no me extrañaría que ahora estuviera viviendo en Alaska.

Un día Werner enfermó y los médicos le dijeron que tenía que dejar de trabajar. Como no tenía problemas económicos puso a uno de los mecánicos más veteranos al frente del taller y él y Lotte se dedicaron a hacer turismo. Estuvieron en un crucero por el Nilo, visitaron Jerusalén, viajaron en un coche alquilado por el sur de España, recorrieron Florencia y Roma y Venecia. El primer destino que escogieron, sin embargo, fue Estados Unidos. Visitaron Nueva York y luego estuvieron en Macon, Georgia, y descubrieron con pesadumbre que la casa donde había vivido Klaus era un piso en un viejo edificio junto al gueto negro.

Durante ese viaje, y tal vez debido a las muchas películas americanas que habían visto juntos, se les ocurrió que lo mejor, acaso, sería contratar a un detective. Visitaron a uno en Atlanta y le expusieron su problema. Werner sabía algo de inglés y el detective era un tipo nada remilgado, un ex policía de Atlanta capaz de salir a comprar, dejándolos a ellos sentados en su oficina, un diccionario inglés-alemán, y volver corriendo y seguir la conversación como si nada hubiera pasado. Además, no era un estafador, pues de entrada les advirtió que buscar, después de tanto tiempo, a un alemán nacionalizado americano era como buscar una aguja en un pajar.

–Posiblemente hasta se ha cambiado de nombre –dijo.

Pero ellos querían probar y le pagaron los honorarios de un mes y el detective quedó en enviarles al cabo de este tiempo el resultado de sus pesquisas a Alemania. Pasado el mes les llegó un sobre grande a Paderborn en donde el detective les desglosaba los gastos y daba cuenta de la investigación.

Total: nada.

Había conseguido dar con un tipo que había conocido a Klaus (el casero del edificio donde vivía), a través del cual llegó a otro tipo que le había dado empleo, pero cuando Klaus se fue de Atlanta a ninguno de los dos les dijo adónde pensaba ir. El detective sugería otras líneas de investigación, pero para eso necesitaba más dinero, y Werner y Lotte decidieron contestarle agradeciéndole las molestias y dando por concluido, al menos de momento, el trato.

Unos años después Werner murió de una afección cardíaca y Lotte se quedó sola. Cualquier otra mujer en su situación probablemente hubiera sido incapaz de levantar cabeza, pero Lotte no se dejó arredrar por el destino y en vez de quedarse cruzada de brazos multiplicó y triplicó su actividad diaria. Y no sólo mantuvo productivas las inversiones y en funcionamiento el taller sino que, con un remanente de capital, se metió en otros negocios y le fue bien.

El trabajo, el exceso de trabajo, parecía rejuvenecerla. Siempre estaba metiendo la nariz en todo, nunca permanecía quieta, algunos de sus empleados llegaron a odiarla, aunque eso la traía sin cuidado. Durante las vacaciones, que nunca excedían los siete o nueve días, buscaba el clima cálido de Italia o España y se dedicaba a tomar el sol en la playa y a leer best-sellers. Algunas veces iba con amigas ocasionales, pero por regla general salía del hotel sola, atravesaba una calle y ya estaba en la playa, en donde le pagaba a un muchacho para que le instalara una tumbona y un parasol. Allí se quitaba la parte superior del bikini, sin importarle que sus pechos ya no fueran los de antes, o se bajaba el traje de baño por debajo de la barriga y se dormía al sol. Cuando despertaba giraba el parasol para tener sombra y la reemprendía con el libro. De vez en cuando el muchacho que alquilaba las tumbonas y los parasoles se le acercaba y Lotte le daba dinero para que le trajera del hotel un cubalibre o una jarrita de sangría con mucho hielo. A veces, por las noches, iba a la terraza del hotel o a la discoteca, que estaba en el primer piso y en donde la clientela estaba formada por alemanes, ingleses y holandeses más o menos de su misma edad, y se quedaba un ratito mirando a las parejas bailar o escuchando a la orquesta que en ocasiones interpretaba canciones de principios de los años sesenta. Vista desde lejos parecía una señora de bonitas facciones, algo entrada en carnes, distante y con un toque de elegancia y un no sé qué de tristeza. De cerca, cuando un viudo o un divorciado la invitaban a bailar o a dar un paseo a orillas del mar y Lotte sonreía y decía que no, gracias, volvía a ser una niña campesina y la distinción se evaporaba y sólo quedaba la tristeza.

En 1995 recibió un telegrama de México, de un lugar llamado Santa Teresa, en donde le comunicaban que Klaus estaba preso. El telegrama estaba firmado por una tal Victoria Santolaya, la abogada de Klaus. La conmoción que sufrió Lotte fue tan grande que tuvo que dejar su despacho, subir a su casa y meterse en la cama, aunque por supuesto fue incapaz de dormir. Klaus estaba vivo. Eso era todo lo que le importaba. Contestó el telegrama y adjuntó su número de teléfono y al cabo de cuatro días, en medio de un diálogo entre telefonistas que querían saber si aceptaba la llamada a cobro revertido, escuchó la voz de una mujer que le hablaba en inglés, muy despacio, pronunciando cada sílaba, aunque igual ella no le entendió nada pues desconocía ese idioma. Al final la voz de la mujer dijo, en una especie de alemán: «Klaus bien.» Y: «Traductor.» Y algo más que sonaba a alemán o que a Victoria Santolaya le sonaba a alemán y que ella no entendió. Y un número de teléfono, que se lo dictó en inglés, varias veces, y que ella anotó en un papel, pues saber los números en inglés no era una empresa difícil.

Aquel día Lotte no trabajó. Llamó a una escuela de secretarias y dijo que quería contratar a una chica que supiera perfectamente inglés y español, aunque en el taller trabajaba más de un mecánico que sabía inglés y que hubiera podido ayudarla. En la escuela de secretarias le dijeron que tenían a la chica que ella buscaba y le preguntaron para cuándo la quería. Lotte les explicó que la necesitaba de inmediato. Al cabo de tres horas apareció por el taller una chica de unos veinticinco años, con el pelo lacio y de color marrón claro, vestida con vaqueros, que estuvo bromeando con los mecánicos antes de subir al despacho de Lotte.

La chica se llamaba Ingrid y Lotte le explicó que su hijo estaba preso en México y que tenía que hablar con su abogada mexicana, pero que ésta sólo hablaba inglés y español. Después de hablar Lotte creyó que iba a tener que explicárselo todo otra vez, pero Ingrid era una chica lista y no fue necesario. Cogió el teléfono y llamó a un número de información pública para informarse de la diferencia horaria con México. Después llamó a la abogada y estuvo cerca de quince minutos hablando con ella en español, aunque de vez en cuando se pasaba al inglés para aclarar ciertos términos, y no dejaba de tomar notas en una libreta. Al final dijo: la volveremos a llamar, y colgó.

Lotte estaba sentada a la mesa y cuando Ingrid colgó se preparó para lo peor.

–Klaus está preso en Santa Teresa, que es una ciudad del norte de México, en la frontera con los Estados Unidos –dijo–, pero está bien de salud y no ha sufrido daños físicos.

Antes de que Lotte preguntara por qué estaba preso Ingrid sugirió tomar un té o un café. Lotte preparó dos tazas de té y mientras se movía por la cocina observaba a Ingrid que repasaba sus notas.

–Lo acusan de haber matado a varias mujeres –dijo la chica tras beber dos sorbos de té.

–Klaus no haría eso jamás –dijo Lotte.

Ingrid movió la cabeza afirmativamente y luego dijo que la abogada, la tal Victoria Santolaya, necesitaba dinero.

Esa noche Lotte soñó por primera vez después de mucho tiempo con su hermano. Veía a Archimboldi caminando por el desierto, vestido con pantalones cortos y un sombrerito de paja, y alrededor todo era arena, dunas que se sucedían hasta la línea del horizonte. Ella le gritaba algo, le decía deja de moverte, por aquí no se va a ningún sitio, pero Archimboldi se alejaba cada vez más, como si quisiera perderse para siempre en esa tierra incomprensible y hostil.

–Es incomprensible y *además* es hostil –le decía ella, y sólo en ese momento se daba cuenta de que nuevamente era una niña, una niña que vivía en una aldea prusiana entre el bosque y el mar.

–No –le decía Archimboldi, pero se lo decía como al oído–, esta tierra es sobre todo aburrida, aburrida, aburrida...

Cuando despertó supo que tenía que ir a México sin perder ni un solo minuto más. Al mediodía Ingrid apareció en el taller. Lotte la vio desde los cristales de su despacho. Como siempre, antes de subir, Ingrid estuvo bromeando con un par de mecánicos. Su risa, atenuada por los cristales, le pareció fresca y despreocupada. Cuando estaba delante de ella, sin embargo, Ingrid se comportaba de forma mucho más seria. Antes de llamar a la abogada tomaron té con galletitas. Desde hacía veinticuatro horas Lotte no probaba bocado y las galletitas le sentaron bien. La presencia de Ingrid, además, le resultaba reconfortante: era una muchacha juiciosa y sencilla, que sabía gastar bromas en su momento y sabía ponerse seria cuando había que ponerse seria.

Cuando llamaron a la abogada Lotte le indicó a Ingrid que le dijera que iría personalmente a Santa Teresa a solucionar todo lo que se tuviera que solucionar. La abogada, que parecía soñolienta, como si la acabaran de sacar de la cama, le dio a Ingrid un par de direcciones y luego cortaron. Esa tarde Lotte visitó a su abogado y le expuso el caso. Su abogado hizo un par de llamadas y luego le dijo que tuviera cuidado, que en los abogados mexicanos no se podía confiar.

–Eso ya lo sé –dijo Lotte con seguridad.

También le aconsejó sobre la mejor manera de hacer transacciones bancarias. Por la noche llamó a Ingrid a su casa y le preguntó si le apetecía acompañarla a México.

–Por supuesto, le pagaré –dijo.

–¿Como traductora? –preguntó Ingrid.

–Como traductora, como intérprete, como dama de compañía, como lo que sea –dijo Lotte de malhumor.

–Acepto –dijo Ingrid.

Al cabo de cuatro días salieron en un vuelo con destino a Los Ángeles. Allí enlazaron con otro avión que iba a Tucson y desde Tucson se fueron a Santa Teresa en un coche alquilado. Cuando pudo ver a Klaus lo primero que éste le dijo fue que había envejecido, lo que avergonzó a Lotte.

Los años no pasan en balde, hubiera deseado responderle, pero las lágrimas se lo impidieron. Estaban los cuatro, la abogada, Ingrid, ella y Klaus, en una habitación con suelo y paredes de cemento con manchas de humedad, y una mesa de material plástico que imitaba la madera atornillada al suelo y dos bancos de listones de madera, también atornillados al suelo. Ingrid, la abogada y ella estaban sentadas en un banco y Klaus en el otro. No lo trajeron esposado ni con señales de malos tratos. Lotte notó que había engordado desde la última vez que lo vio, pero de eso ya hacía muchos años y Klaus entonces sólo era un muchacho. Cuando la abogada le enumeró todos los asesinatos que le imputaban, Lotte pensó que aquella gente se había vuelto loca. Nadie en su sano juicio es capaz de matar a tantas mujeres, le dijo.

La abogada le sonrió y dijo que en Santa Teresa había alguien, probablemente no en su sano juicio, que lo hacía.

El despacho de la abogada estaba en la zona alta de la ciudad, en el mismo departamento donde estaba su vivienda. Había dos puertas de entrada pero el departamento era el mismo, con tres o cuatro paredes de revoque extra.

–Yo también vivo en un lugar así –dijo Lotte, y la abogada no entendió, de manera que Ingrid tuvo que explicarle por su cuenta lo del taller de mecánica y el piso que había encima del taller.

En Santa Teresa, por recomendación de la abogada, se alojaron en el mejor hotel de la ciudad, el Hotel Las Dunas, aunque en Santa Teresa no había dunas de ninguna especie, según le informó Ingrid, ni en los alrededores ni en cien kilómetros a la redonda. Al principio Lotte estaba dispuesta a tomar dos habitaciones, pero Ingrid la convenció para que sólo tomara una, que era más barato. Hacía mucho tiempo que Lotte no compartía una habitación con nadie y las primeras noches tardaba en dormirse. Para distraerse encendía la televisión, sin sonido, y la miraba desde la cama: gente hablando y gesticulando y tratando de convencer a otra gente de algo probablemente importante.

Por las noches había muchos programas de telepredicadores. A los telepredicadores mexicanos era fácil distinguirlos: eran morenos y sudaban mucho y los trajes y corbatas que usaban parecían adquiridos en tiendas de segunda mano, aunque probablemente eran nuevos. También: sus sermones resultaban más dramáticos, más espectaculares, con mayor participación del público, un público, por otra parte, que parecía drogado y profundamente infeliz, al revés de lo que sucedía con el público de los telepredicadores norteamericanos, que iban igual de mal vestidos pero que al menos parecían tener un trabajo fijo.

Tal vez pienso esto, pensaba Lotte en la noche de la frontera mexicana, sólo porque son blancos, algunos tal vez descendientes de alemanes u holandeses, y por lo tanto más cercanos a mí.

Cuando por fin se quedaba dormida, sin apagar la tele, solía soñar con Archimboldi. Lo veía sentado sobre una enorme laja volcánica, vestido con harapos y con un hacha en la mano, mirándola tristemente. Tal vez mi hermano ha muerto, pensaba Lotte en el sueño, pero mi hijo está vivo.

El segundo día que vio a Klaus le contó, procurando no ser brusca, que Werner hacía tiempo que había fallecido. Klaus la escuchó y asintió sin variar la expresión. Fue un buen hombre, dijo, pero lo dijo con la misma distancia que si se refiriera a un compañero de cárcel.

El tercer día, mientras Ingrid discretamente leía un libro en un rincón de la sala, Klaus le preguntó por su tío. No sé qué se habrá hecho de él, dijo Lotte. La pregunta de Klaus, sin embargo, la sorprendió y no pudo evitar contarle que, desde que había llegado a Santa Teresa, soñaba con él. Klaus le pidió que le contara un sueño. Después de que Lotte lo hiciera le confesó que él, durante mucho tiempo, también solía soñar con Archimboldi y que los sueños no eran buenos.

–¿Qué clase de sueños tenías? –le preguntó Lotte.

–Malos sueños –dijo Klaus.

Luego sonrió y pasaron a hablar de otras cosas.

Cuando las visitas se acababan Lotte e Ingrid daban una vuelta en coche por la ciudad y una vez fueron al mercado y compraron artesanías indias. Según Lotte, las artesanías indias seguramente habían sido fabricadas en China o en Tailandia, pero a Ingrid le gustaban y compró tres figuritas de barro cocido, sin barnizar ni pintar, tres figuritas muy toscas y muy fuertes que representaban a un padre, a una madre y a un hijo, y se las regaló a Lotte diciéndole que esas figuritas le traerían buena suerte. Una mañana fueron a Tijuana, al consulado alemán. Pensaban hacer el viaje en coche, pero la abogada les aconsejó que tomaran el avión que unía ambas ciudades y que salía una vez al día. En Tijuana se alojaron en un hotel del centro turístico, ruidoso y lleno de gente que no parecían turistas, en opinión de Lotte, y esa misma mañana pudo hablar con el cónsul y explicarle el caso de su hijo. El cónsul, contra lo que Lotte creía, ya estaba al tanto de todo y, según les explicó, un funcionario del consulado había ido a visitar a Klaus, extremo éste que la abogada había negado con rotundidad.

Es posible, dijo el cónsul, que la abogada no se hubiera enterado de la visita o que aún no fuera abogada de Klaus o que Klaus hubiera preferido no decirle nada. Además, Klaus era, a todos los efectos, ciudadano norteamericano y eso planteaba una serie de problemas. En este caso hay que ir con pies de plomo, concluyó el cónsul, y de nada sirvió que Lotte le asegurara que su hijo era inocente. De cualquier manera el consulado había tomado cartas en el asunto y Lotte e Ingrid volvieron a Santa Teresa más tranquilas.

Los dos últimos días no pudieron visitar a Klaus ni llamarlo por teléfono. La abogada dijo que el reglamento interno de la cárcel no lo permitía, aunque Lotte sabía que Klaus tenía un teléfono móvil y que a veces se pasaba el día hablando con el exterior. Sin embargo, no tenía ganas de armar un escándalo ni de ponerse en contra de la abogada y dedicó esos días a dar vueltas por la ciudad, que le pareció más abigarrada que nunca y de escaso interés. Antes de partir a Tucson se encerró en la habitación de su hotel y le escribió una larga carta a su hijo que la abogada le entregaría cuando ella ya se hubiera marchado. Con Ingrid fue a ver por fuera la casa donde Klaus había vivido en Santa Teresa, como quien visita un monumento, y le pareció aceptable, una casa de estilo californiano, agradable de ver. Después fue a la tienda de informática y aparatos electrónicos que tenía Klaus en el centro y la encontró cerrada, tal como le advirtió la abogada, pues la tienda era propiedad de Klaus y éste no había querido alquilarla ya que confiaba en ser liberado antes del juicio.

De vuelta en Alemania se dio cuenta de golpe de que el viaje la había cansado mucho más de lo que ella misma suponía. Estuvo varios días en cama, sin aparecer por su despacho, pero cada vez que el teléfono sonaba se apresuraba a contestar, por si la llamada era de México. En uno de los sueños que tuvo por aquellos días una voz muy cálida y cariñosa le susurraba al oído la posibilidad de que su hijo fuera realmente el asesino de mujeres de Santa Teresa.

–Eso es ridículo –gritaba ella, y acto seguido se despertaba.

A veces quien la llamaba por teléfono era Ingrid. No hablaban demasiado, la joven le preguntaba por su salud y se interesaba por las últimas novedades en el caso de Klaus. El problema del idioma se había solucionado mediante el envío de e-mails, que Lotte se hacía traducir por uno de sus mecánicos. Una tarde Ingrid apareció por su casa con un regalo: un diccionario alemán-español que Lotte le agradeció efusivamente aunque en el fondo estaba segura de que se trataba de un obsequio absolutamente inútil. Poco después, sin embargo, mientras miraba las fotografías que aparecían en el dossier del caso de Klaus que le había dado la abogada, cogió el diccionario de Ingrid y se puso a buscar algunas palabras. Al cabo de los días, y con no poco asombro, se dio cuenta de que tenía una facilidad innata para los idiomas.

En 1996 volvió a Santa Teresa y le pidió a Ingrid que la

acompañara. Ingrid salía entonces con un chico que trabajaba en un estudio de arquitectura, aunque no era arquitecto, y una noche ambos la invitaron a cenar. El chico estaba muy interesado en lo que ocurría en Santa Teresa y por un momento Lotte sospechó que Ingrid quería viajar con su novio, pero Ingrid le dijo que no era, todavía, su novio, y que estaba dispuesta a acompañarla.

El juicio, que debía celebrarse en 1996, finalmente se aplazó y Lotte e Ingrid permanecieron nueve días en Santa Teresa visitando a Klaus cada vez que podían, paseando en coche por la ciudad y encerradas en la habitación del hotel viendo televisión. A veces, por la noche, Ingrid le avisaba que se iba a tomar una copa al bar del hotel o que se iba a bailar a la discoteca del hotel y Lotte se quedaba sola y entonces cambiaba de canal, pues Ingrid siempre ponía programas en inglés, y ella prefería ver programas mexicanos, que era una manera, pensaba ella, de acercarse a su hijo.

En dos ocasiones Ingrid no regresó a la habitación hasta pasadas las cinco de la mañana y siempre encontró a Lotte despierta, sentada a los pies de la cama o en un sillón y con la tele encendida. Una noche en que Ingrid no estaba la llamó Klaus por teléfono y a Lotte lo primero que se le vino a la cabeza fue que Klaus se había fugado de aquella horrible cárcel a orillas del desierto. Klaus le preguntó, con un tono de voz normal, más bien relajado, qué tal estaba y Lotte le respondió que bien y ya no supo decir nada más. Cuando recuperó el control de sí misma le preguntó desde dónde la llamaba.

–Desde la cárcel –dijo Klaus.

Lotte miró su reloj.

–¿Cómo es que te permiten hacer una llamada a esta hora? –dijo.

–Nadie me permite nada –dijo Klaus, y se rió–, te llamo desde mi móvil.

Entonces Lotte recordó que la abogada le había dicho que Klaus tenía un móvil y luego siguieron hablando de otras cosas, hasta que Klaus le dijo que había tenido un sueño y la voz le cambió, ya no era una voz serena, casual, sino una voz de tonos profundos, que le recordó a Lotte la vez que había visto a un actor, en Alemania, recitar un poema. El poema no lo recordaba, un poema clásico, seguramente, pero la voz del actor era como para no olvidarla jamás.

–¿Qué has soñado? –dijo Lotte.

–¿No lo sabes? –dijo Klaus.

–No sé –dijo Lotte.

–Entonces es mejor que no te lo diga –dijo Klaus, y cortó la comunicación.

El primer impulso de Lotte fue llamarlo de inmediato y seguir hablando con él, pero no tardó en darse cuenta de que no sabía su número, así que, tras dudar unos minutos, llamó a Victoria Santolaya, la abogada, aun a sabiendas de que llamar a esa hora era de mala educación, y cuando la abogada por fin se puso al teléfono Lotte le explicó, en una mezcla de alemán, español e inglés, que necesitaba saber el número del móvil de Klaus. Tras un largo silencio la abogada le deletreó los números hasta asegurarse de que Lotte los había escrito correctamente y luego colgó.

Ese «largo silencio», por otra parte, a Lotte le pareció cargado de interrogantes, pues la abogada no dejó el teléfono para ir a buscar la agenda en donde tenía anotado el número de Klaus, sino que se *mantuvo* en silencio, al otro lado del aparato, posiblemente en una actitud pensativa, mientras decidía si se lo daba o no se lo daba. En cualquier caso Lotte la oyó *respirar* en medio de ese «largo silencio», se podría decir que la oyó *debatirse* entre dos posibilidades. Luego Lotte llamó al móvil de Klaus, pero la línea daba ocupado. Esperó diez minutos y volvió a llamar y seguía dando ocupado. ¿Con quién hablará Klaus a estas horas de la noche?, pensó.

Cuando al día siguiente lo fue a visitar prefirió no sacar a colación este asunto ni preguntarle nada. La actitud de Klaus, por otra parte, era la misma de siempre, distante, frío, como si no fuera él quien estaba preso.

Durante esta segunda visita a México Lotte, pese a todo,

no se sintió tan perdida como la primera vez. En ocasiones, mientras esperaba en la cárcel, hablaba con las mujeres que iban a visitar a los presos. Aprendió a decir: bonito niño o lindo chamaco, cuando las mujeres llevaban un niño o una niña a la rastra, o: buena viejita o simpática viejita, cuando veía a las madres o abuelas de los presos, envueltas en rebozos, que aguardaban en la cola la hora de entrada con gestos impertérritos o resignados. Ella misma, al tercer día de estancia, se compró un rebozo, y a veces, mientras caminaba detrás de Ingrid y de la abogada, no podía evitar las lágrimas y entonces el rebozo le servía para cubrirse la cara y tener un poco de intimidad.

En 1997 volvió a México, pero esta vez lo hizo sola porque Ingrid había conseguido un buen trabajo y no pudo acompañarla. El español de Lotte, que se había aplicado en su aprendizaje, era mucho mejor y ya podía hablar por teléfono con la abogada. El viaje transcurrió sin ningún incidente, aunque nada más llegar a Santa Teresa, por la cara que puso Victoria Santolaya cuando la vio y luego por el abrazo excesivamente largo en que se fundió con ella, comprendió que pasaba algo raro. El juicio, que transcurrió como en un sueño, duró veinte días y al final declararon a Klaus culpable de cuatro asesinatos.

Esa noche la abogada la acompañó al hotel y como no hacía ningún ademán de marcharse Lotte creyó que quería decirle algo y no sabía cómo, así que la invitó a tomar una copa al bar, pese a que se encontraba cansada y lo que más deseaba era meterse en la cama y dormir. Mientras bebían junto a un ventanal desde el que se observaban los faros de los coches que pasaban por una gran avenida bordeada de árboles, la abogada, que parecía tan cansada como ella, empezó a maldecir en español, o eso creyó Lotte, y luego se puso a llorar sin ningún recato. Esta mujer está enamorada de mi hijo, pensó. Antes de marcharse de Santa Teresa Victoria Santolaya le dijo que el juicio había estado viciado de irregularidades y que probablemente lo declararían nulo. En cualquier caso, aseguró, yo voy a recurrir. Durante el viaje de vuelta en coche, mientras conducía por el desierto, Lotte estuvo pensando en su hijo, al que la sentencia no había afectado en lo más mínimo, y en la abogada, y pensó que ambos, de una manera muy extraña pero también muy natural, hacían una buena pareja.

En 1998 el juicio se declaró nulo y se fijó fecha para un segundo juicio. Una noche, mientras hablaba por teléfono desde Paderborn con Victoria Santolaya, le preguntó a bocajarro si había algo más entre ella y su hijo.

–Sí, hay algo más –dijo la abogada.

–¿Y no sufre usted demasiado? –dijo Lotte.

–No más que usted –dijo Victoria Santolaya.

–No lo entiendo –dijo Lotte–, yo soy su madre pero usted tenía libertad de elegir.

–En el amor nadie elige –dijo Victoria Santolaya.

–¿Y Klaus le corresponde? –dijo Lotte.

–Soy yo la que se acuesta con él –dijo con brusquedad Victoria Santolaya.

Lotte no entendió a qué se refería. Pero luego recordó que en México, al igual que en Alemania, todo preso tenía derecho a una visita conyugal o visita de pareja. Ella había visto un programa de televisión sobre eso. Los cuartos donde los presos estaban con sus mujeres eran tristísimos, recordó. Las mujeres se esmeraban en arreglarlos pero sólo conseguían convertir, con flores y pañuelos, los tristes cuartos despersonalizados en tristes cuartos de prostíbulos baratos. Y eso era en buenas cárceles alemanas, pensó Lotte, cárceles sin sobrepoblación, limpias, funcionales, no quería ni pensar cómo sería una visita conyugal en la cárcel de Santa Teresa.

–Me parece admirable lo que usted hace por mi hijo –dijo Lotte.

–No es nada –dijo la abogada–, lo que recibo de Klaus no tiene precio.

Esa noche, antes de dormirse, pensó en Victoria Santolaya y en Klaus y los imaginó a ambos en Alemania o en cualquier lugar de Europa y vio a Victoria Santolaya con la barriga inflada esperando un hijo de Klaus y luego se quedó dormida como un bebé.

En 1998 Lotte viajó dos veces a México y estuvo en total cuarentaicinco días en Santa Teresa. El juicio se postergó hasta 1999. Cuando llegó a Tucson en el vuelo procedente de Los Ángeles tuvo problemas con los de la agencia de alquiler de coches, que se negaban a alquilarle uno debido a su edad.

–Soy vieja pero sé conducir –dijo Lotte en español– y jamás he tenido un pinche accidente.

Tras perder media mañana discutiendo Lotte llamó a un taxi y se marchó en taxi a Santa Teresa. El taxista se llamaba Steve Hernández y hablaba español y mientras atravesaban el desierto le preguntó qué era lo que la llevaba a México.

–Voy a ver a mi hijo –dijo Lotte.

–La próxima vez que venga –dijo el taxista–, dígale a su hijo que la vaya a buscar a Tucson, porque el viaje no le va a salir barato.

–Qué más quisiera yo –dijo Lotte.

En 1999 volvió a México y esta vez la abogada fue a esperarla a Tucson. Aquél no fue un buen año para Lotte. Los negocios en Paderborn no iban bien y estaba pensando seriamente en vender el taller y el edificio, incluida su propia casa. Su salud no era buena. Los médicos que la vieron no le encontraron nada, pero Lotte a veces se sentía incapaz de hacer la tarea más sencilla. Cada vez que hacía mal tiempo se resfriaba y tenía que pasarse varios días en cama, a veces con fiebre alta.

El año 2000 no pudo ir a México pero hablaba cada semana con la abogada y ésta la mantenía informada sobre las últimas novedades referentes a Klaus. Cuando no hablaban por teléfono se comunicaban mediante e-mails e incluso se hizo instalar un fax en su casa para recibir los documentos nuevos que fueran apareciendo en torno al caso de las mujeres asesinadas. Durante aquel año que no fue a México Lotte se preparó concienzudamente para estar bien de salud y poder viajar al año siguiente. Tomó vitaminas, contrató a un fisioterapeuta, visitó una vez a la semana a un chino que practicaba la acupuntura. Siguió una dieta especial con mucha fruta fresca y ensaladas. Dejó de comer carne, que sustituyó por pescado.

Cuando llegó el año 2001 se encontraba dispuesta para emprender otro viaje a México, aunque su salud, pese a todos los cuidados que tomaba, ya no era la de antes. Y sus nervios, como se verá a continuación, tampoco.

Mientras esperaba en el aeropuerto de Frankfurt el vuelo que la llevaría a Los Ángeles entró en una librería y compró un libro y un par de revistas. Lotte no era una buena lectora, signifique eso lo que signifique, y si de tanto en tanto compraba un libro generalmente era de esos que escriben los actores cuando se jubilan o cuando pasan mucho tiempo sin hacer una película, o biografías de gente famosa, o esos libros que escriben los presentadores televisivos y que aparentemente están llenos de anécdotas interesantes pero en donde en realidad ni siquiera hay una sola anécdota.

Esta vez, sin embargo, por un descuido o por las prisas para no perder la conexión, compró un libro titulado *El rey de la selva*, cuyo autor era un tal Benno von Archimboldi. El libro, que no tenía más de ciento cincuenta páginas, hablaba de un cojo y de una tuerta y de sus dos hijos, un chico al que le gustaba nadar y una niña que seguía a su hermano hasta los acantilados. Mientras el avión cruzaba el océano Atlántico Lotte se dio cuenta, con estupor, de que estaba leyendo una parte de su infancia.

El estilo era extraño, la escritura era clara y en ocasiones incluso transparente pero la manera en que se sucedían las historias no llevaba a ninguna parte: sólo quedaban los niños, sus padres, los animales, algunos vecinos y al final, en realidad, lo único que quedaba era la naturaleza, una naturaleza que poco a poco se iba deshaciendo en un caldero hirviendo hasta desaparecer del todo.

Mientras los pasajeros dormían Lotte empezó a leer por segunda vez la novela, saltándose las partes que no hablaban de su familia o de su casa o de sus vecinos o de su patio, y al final no le cupo ninguna duda de que el autor, ese tal Benno von Archimboldi, era su hermano, aunque también cabía la posibilidad de que el autor hubiera hablado con su hermano, posibilidad que Lotte rechazó en el acto porque a su juicio había cosas en el libro que su hermano jamás le habría contado a nadie, sin parar mientes en que escribiéndolo se lo contaba a todos.

En la solapa no había foto del autor, aunque sí una fecha de nacimiento, 1920, el mismo año en que nació su hermano, y una larga lista de títulos, todos publicados por la misma editorial. También se informaba de que Benno von Archimboldi había sido traducido a una docena de idiomas y que, desde hacía algunos años, era candidato al Premio Nobel. Mientras esperaba en Los Ángeles la combinación a Tucson se dedicó a buscar más libros de Archimboldi, pero en las librerías del aeropuerto sólo había libros de extraterrestres, gente que había sido abducida, encuentros en la tercera fase y avistamientos de platillos voladores.

En Tucson la esperaba la abogada y durante el trayecto hasta Santa Teresa se dedicaron a hablar del caso, que según la abogada estaba desde hacía mucho tiempo en punto muerto, lo cual era bueno, aunque eso Lotte no lo entendió, pues para ella estar en punto muerto era más bien malo. Sin embargo, prefirió no llevarle la contraria y se dedicó a admirar el paisaje. Las ventanas del coche estaban bajadas y el aire del desierto, un aire dulzón y cálido, era todo cuanto Lotte necesitaba después del viaje en avión.

Ese mismo día fue a la cárcel y se sintió feliz cuando una viejita la reconoció.

–Felices los ojos que la ven, seño –dijo la viejita.

–Ay, Monchita, ¿cómo está usted? –dijo Lotte mientras la abrazaba largamente.

–Pues aquí donde me ve, güerita, en el calvario de siempre –le respondió la viejita.

–Un hijo es un hijo –sentenció Lotte, y se volvieron a abrazar.

A Klaus lo encontró igual que siempre, distante, frío, un poco más delgado, pero igual de fuerte, con el mismo gesto casi imperceptible de desagrado que tenía desde los diecisiete años.

Hablaron de cosas intrascendentes, de Alemania (aunque a Klaus todo lo que tuviera que ver con Alemania no parecía interesarle en lo más mínimo), del viaje, de la situación del taller mecánico, y cuando la abogada se marchó porque tenía que hablar con un funcionario de la prisión Lotte le contó lo del libro de Archimboldi que había leído durante el viaje. Al principio Klaus no pareció interesado, pero cuando Lotte sacó el libro del bolso y empezó a leer las partes que había subrayado el semblante de Klaus cambió.

–Si quieres te dejaré el libro –dijo Lotte.

Klaus asintió y quiso coger el libro de inmediato, pero Lotte no lo soltó.

–Antes déjame anotar algo –dijo mientras sacaba su agenda y escribía las señas de la editorial en ella. Luego le entregó el libro.

Esa noche, mientras Lotte estaba en el hotel bebiendo zumo de naranja y comiendo galletitas y viendo los programas nocturnos de algunos canales de televisión mexicanos, ya de madrugada, realizó una llamada de larga distancia a las oficinas de la editorial de Bubis en Hamburgo. Pidió hablar con el editor.

–Editora –dijo la secretaria–, la señora Bubis, pero aún no ha llegado, llame más tarde, por favor.

–De acuerdo –dijo Lotte–, llamaré más tarde. –Y tras dudar un momento añadió–: Dígale que ha llamado Lotte Haas, la hermana de Benno von Archimboldi.

Luego colgó y llamó a la recepción y pidió que la despertaran al cabo de tres horas. Sin desvestirse se puso a dormir. Oyó ruidos en el pasillo. La tele seguía encendida pero sin sonido. Soñó con un cementerio en donde estaba la tumba de un gigante. La losa se partía y el gigante asomaba una mano, luego otra, luego la cabeza, una cabeza ornada con una larga cabellera rubia llena de tierra. Se despertó antes de que la llamaran desde la recepción. Volvió a poner el sonido a la tele y se pasó un rato dando vueltas por la habitación y mirando de reojo un programa de cantantes aficionados.

Cuando sonó el teléfono le dio las gracias al recepcionista y volvió a llamar a Hamburgo. La misma secretaria le contestó y le dijo que la editora ya había llegado. Lotte esperó unos segundos hasta que escuchó la voz bien timbrada de una mujer que había recibido, eso le pareció, una educación superior.

–¿Es usted la editora? –dijo Lotte–. Yo soy la hermana de Benno von Archimboldi, es decir, de Hans Reiter –declaró, y luego se quedó callada porque no se le ocurrió qué más podía decir.

–¿Se siente usted bien? ¿Puedo hacer algo por usted? Me ha dicho mi secretaria que llama desde México.

–Sí, llamo desde México –dijo Lotte a punto de ponerse a llorar.

–¿Vive usted en México? ¿Desde qué lugar de México telefonea?

–Yo vivo en Alemania, señora, en Paderborn, y tengo un taller de mecánica y algunas propiedades.

–Ah, muy bien –dijo la editora.

Sólo entonces Lotte se dio cuenta, sin saber muy bien por qué, tal vez por la forma de exclamar que tenía la editora, o por la forma de preguntar, de que se trataba de una mujer mayor que ella, es decir de una mujer muy vieja.

Entonces se abrió la esclusa y Lotte le dijo que hacía mucho que no veía a su hermano, que su hijo estaba preso en México, que su marido había muerto, que ella no se había vuelto a casar, que la necesidad y la desesperación la habían hecho aprender español, que aún se enredaba con este idioma, que su madre había muerto y que probablemente su hermano aún no lo sabía, que pensaba vender su taller mecánico, que había leído un libro de su hermano en el avión, que casi se muere de sorpresa, que mientras cruzaba el desierto lo único que había hecho era pensar en él.

Después Lotte pidió perdón y en ese momento se dio cuenta de que estaba llorando.

–¿Cuándo piensa estar de vuelta en Paderborn? –oyó que le preguntaba la editora.

Y luego:

–Déme su dirección.

Y luego:

–Usted era una niña muy rubia y muy pálida y a veces su madre la llevaba cuando iba a trabajar a la casa.

Lotte pensó: ¿a qué casa se refiere?, y: ¿cómo podría yo acordarme de eso? Pero luego pensó en la única casa adonde iban a trabajar algunas personas de la aldea, la casa solariega del barón Von Zumpe, y entonces recordó la casa y los días en que iba con su madre y la ayudaba a quitar el polvo, a barrer, a bruñir los candelabros, a encerar el piso. Pero antes de que pudiera decir nada, la editora dijo:

–Espero que pronto tenga noticias de su hermano. Ha sido un placer hablar con usted. Hasta la vista.

Y colgó. En México Lotte aún permaneció un rato más con el teléfono pegado a su oreja. Los ruidos que oía eran como los ruidos del abismo. Los ruidos que oye una persona cuando se desploma por el abismo.

Una noche, tres meses después de haber vuelto a Alemania, apareció Archimboldi.

Lotte estaba a punto de acostarse, llevaba puesto el camisón de dormir y entonces sonó el timbre. Preguntó por el interfono quién era.

–Soy yo –dijo Archimboldi–, tu hermano.

Esa noche se quedaron hablando hasta que amaneció. Lotte habló de Klaus y de las muertes de mujeres en Santa Teresa. También habló de los sueños de Klaus, esos sueños en donde aparecía un gigante que lo iba a rescatar de la cárcel, aunque tú, le dijo a Archimboldi, ya no pareces un gigante.

–Nunca lo he sido –dijo Archimboldi mientras daba una vuelta por la sala y el comedor de la casa de Lotte y se detenía junto a una repisa en donde se alineaban más de una docena de libros suyos.

–Ya no sé qué hacer –dijo Lotte después de un largo silencio–. Ya no tengo fuerzas. No entiendo nada y lo poco que entiendo me da miedo. Nada tiene sentido –dijo Lotte.

–Sólo estás cansada –dijo su hermano.

–Vieja y cansada. Me hace falta tener nietos –dijo Lotte–. Tú sí que estás viejo –dijo Lotte–. ¿Cuántos años tienes?

–Más de ochenta –dijo Archimboldi.

–Tengo miedo de enfermarme –dijo Lotte–. ¿Es verdad que puedes ganar el Premio Nobel? –dijo Lotte–. Tengo miedo de que Klaus muera. Es orgulloso, no sé a quién habrá salido. Werner no era así –dijo Lotte–. Papá y tú tampoco. ¿Por qué cuando hablas de papá lo llamas el cojo? ¿Por qué a mamá la tuerta?

–Porque lo eran –dijo Archimboldi–, ¿lo has olvidado?

–A veces sí –dijo Lotte–. La cárcel es horrible, horrible –dijo Lotte–, aunque poco a poco te acostumbras. Es como contraer una enfermedad –dijo Lotte–. La señora Bubis se mostró muy amable conmigo, hablamos poco pero fue muy amable –dijo Lotte–. ¿La conozco? ¿La he visto alguna vez?

–Sí –dijo Archimboldi–, pero eras pequeña y ya no te acuerdas.

Después tocó con la punta de los dedos sus libros. Los había de todas las clases: de tapa dura, edición rústica, ediciones de bolsillo.

–Hay tantas cosas de las que ya no me acuerdo –dijo Lotte–. Buenas, malas, peores. Pero de la gente amable nunca me olvido. Y la señora editora era muy amable –dijo Lotte–, aunque mi hijo se pudre en una cárcel mexicana. ¿Y quién se va a preocupar por él? ¿Quién lo va a recordar cuando yo me muera? –dijo Lotte–. Mi hijo no tiene hijos, no tiene amigos, no tiene nada –dijo Lotte–. Mira, ha empezado a amanecer. ¿Quieres un té, un café, un vaso de agua?

Archimboldi se sentó y estiró las piernas. Los huesos le crujieron.

–¿Tú te ocuparás de todo?

–Una cerveza –dijo.

–No tengo cerveza –dijo Lotte–. ¿Tú te ocuparás de todo?

Fürst Pückler.

Si te quieres tomar un buen helado de chocolate, vainilla y

fresa, puedes pedir un fürst Pückler. Te traerán un helado de tres sabores, pero no tres sabores cualquiera sino exactamente de chocolate, vainilla y fresa. Eso es lo que es un fürst Pückler.

Cuando Archimboldi dejó a su hermana se marchó a Hamburgo, donde pensaba coger un vuelo directo a México. Como el vuelo no salía hasta la mañana del día siguiente se fue a dar una vuelta por un parque que no conocía, un parque muy grande y lleno de árboles y caminitos adoquinados por donde paseaban mujeres con sus hijos y jóvenes patinadores y de vez en cuando estudiantes en bicicleta, y se sentó en la terraza de un bar, una terraza bastante alejada del bar propiamente dicho, como si dijéramos una terraza en medio del bosque, y se puso a leer y luego pidió un sándwich y una cerveza y los pagó, y luego pidió un fürst Pückler y lo pagó porque en la terraza había que pagar de inmediato todas las consumiciones.

En esa misma terraza, por otra parte, sólo estaba él y a tres mesas de distancia (mesas de hierro forjado, macizo, elegantes y diríase difíciles de robar) había un caballero de edad avanzada aunque no tan avanzada como Archimboldi, que leía una revista y se tomaba un capuchino. Cuando Archimboldi estaba a punto de terminar su helado el caballero le preguntó si le había gustado.

–Sí, me ha gustado –dijo Archimboldi y luego sonrió.

El caballero, impelido o animado por esta sonrisa amistosa, se levantó de su silla y se sentó a una mesa de distancia.

–Permítame que me presente –dijo–. Me llamo Alexander fürst Pückler. El, ¿cómo llamarlo?, creador de este helado –dijo– fue un antepasado mío, un fürst Pückler muy brillante, gran viajero, hombre ilustrado, cuyas principales aficiones eran la botánica y la jardinería. Por supuesto, él pensaba, si alguna vez pensó en esto, que pasaría a la, ¿cómo llamarlo?, historia por alguno de los muchos opúsculos que escribió y publicó, crónicas de viaje mayormente, pero no necesariamente crónicas de viaje al uso, sino libritos que aún hoy resultan encantadores, y muy, ¿cómo llamarlo?, lúcidos, en fin, lúcidos dentro de lo que cabe, libritos en donde pareciera que el fin último de cada uno de sus viajes fuera examinar un determinado jardín, en ocasiones jardines olvidados, dejados de la mano de Dios, abandonados a su suerte, y cuya gracia mi ilustre antepasado sabía encontrar en medio de tanta maleza y tanta desidia. Sus libritos, pese a su, ¿cómo llamarlo?, revestimiento botánico, están llenos de observaciones ingeniosas y a través de ellos uno puede hacerse una idea bastante aproximada de la Europa de su tiempo, una Europa a menudo convulsa, cuyas tempestades en ocasiones llegaban hasta las orillas del castillo de la familia, ubicado, como usted sabrá, en las cercanías de Görlitz. Por supuesto, mi antepasado no era ajeno a las tempestades, del mismo modo que no era ajeno a las vicisitudes de la, ¿cómo llamarlo?, condición humana. Y por lo tanto escribía y publicaba y a su manera, humilde pero con buena prosa alemana, alzaba su voz contra la injusticia. Creo que no le interesaba saber adónde va el alma cuando el cuerpo muere, aunque algunas páginas sobre eso también escribió. Le interesaba la dignidad y le interesaban las plantas. Sobre la felicidad no dijo una palabra, supongo que porque la consideraba algo estrictamente privado y acaso, ¿cómo llamarlo?, pantanoso o movedizo. Tenía un gran sentido del humor, aunque algunas de sus páginas podrían contradecirme con facilidad. Y probablemente, puesto que no era un santo y ni siquiera un hombre valiente, sí pensó en la posteridad. En el busto, en la estatua ecuestre, en los infolios guardados para siempre en una biblioteca. Lo que no pensó jamás fue que pasaría a la historia por darle el nombre a una combinación de helados de tres sabores. Eso se lo puedo asegurar. Y bien, ¿qué le parece?

–No sé qué pensar –dijo Archimboldi.

–Ya nadie recuerda al fürst Pückler botánico, nadie recuerda al jardinero ejemplar, nadie ha leído al escritor. Pero todos, en algún momento de su vida, han saboreado un fürst Pückler, que son especialmente atractivos y buenos en primavera y en otoño.

–¿Por qué no en verano? –dijo Archimboldi.

–Porque en verano resultan algo empalagosos. Para el verano lo mejor son los helados de agua, no los de leche.

De pronto se encendieron las luces del parque, aunque hubo un segundo de oscuridad total, como si alguien hubiera arrojado una manta negra sobre algunos barrios de Hamburgo.

El caballero suspiró, debía de rondar los setenta años, y luego dijo:

–Vaya legado más misterioso, ¿no cree usted?

–Sí, sí, en efecto, así lo creo –dijo Archimboldi mientras se levantaba y se despedía del descendiente de fürst Pückler.

Poco después salió del parque y a la mañana siguiente se marchó a México.

NOTA A LA PRIMERA EDICIÓN

2666 se publica por vez primera póstumamente, más de un año después de la muerte de su autor. Es razonable, pues, preguntarse en qué medida el texto que se ofrece al lector se corresponde con el que Roberto Bolaño hubiera dado a la luz de haber vivido lo suficiente. La respuesta es tranquilizadora: en el estado en que quedó a la muerte de Bolaño, la novela se aproxima mucho al objetivo que él se trazó. No cabe duda de que Bolaño hubiera seguido trabajando más tiempo en ella; pero sólo unos pocos meses más: él mismo declaraba estar cerca del final, ya sobrepasado ampliamente el plazo que se había fijado para terminarla. De cualquier modo el edificio entero de la novela, y no sólo sus cimientos, ya estaba levantado; sus contornos, sus dimensiones, su contenido general no hubieran sido, en ningún caso, muy distintos de los que tiene finalmente.

A la muerte de Roberto Bolaño se dijo que el magno proyecto de *2666* había sido transformado en una serie de cinco novelas, que se corresponderían con las cinco partes en que la obra está dividida. Lo cierto es que los últimos meses de su vida Bolaño insistió en esta idea, cada vez menos confiado como estaba en poder culminar su proyecto inicial. Conviene advertir, sin embargo, que en esta intención se interpusieron consideraciones de orden práctico (en las que, dicho sea de paso, Bolaño no era muy ducho): ante la cada vez más probable eventualidad de una muerte inminente, a Bolaño le parecía más llevadero y más rentable, para sus editores tanto como para sus herederos, habérselas con cinco novelas independientes, de corta o mediana extensión, antes que con una sola descomunal, vastísima, y para colmo no completamente concluida.

Tras la lectura del texto, sin embargo, parece preferible retornar la novela en su conjunto. Aunque toleran una lectura independiente, las cinco partes que integran *2666*, aparte los muchos elementos que comparten (un tejido sutil de motivos recurrentes), participan inequívocamente de un designio común. No vale la pena empeñarse en justificar la estructura relativamente «abierta» que las abarca, tanto menos cuando se cuenta con el precedente de *Los detectives salvajes*. Si esta novela se hubiera publicado póstumamente, ¿no hubiera dado pie a todo tipo de especulaciones acerca de su inacabamiento?

Hay además una consideración que avala la decisión de publicar reunidas –y sin detrimento de que, una vez establecido el marco íntegro de su lectura, se publiquen luego sueltas, permitiendo combinaciones que la estructura abierta de la novela autoriza, incluso recomienda– las cinco partes de *2666*. Bolaño, él mismo excelente cuentista y autor de varias *nouvelles* magistrales, se jactó siempre, una vez embarcado en la redacción de *2666*, de habérselas con un proyecto de dimensiones colosales, que dejaba muy atrás, en ambición tanto como en extensión, a *Los detectives salvajes*. La envergadura de *2666* es indisociable de la concepción de original de todas sus partes, también de la voluntad de riesgo que la anima, y de su insensata aspiración de totalidad. En este punto, no viene de más recordar el pasaje de *2666* en el que, tras su conversación con un farmacéutico aficionado a la lectura, Amalfitano, uno de los protagonistas de la novela, reflexiona con indisimulada decepción sobre el prestigio creciente de las novelas breves, redondas (en el pasaje se citan títulos como *Bartleby, el escribiente*, de Melville, o *La metamorfosis*, de Kafka), en perjuicio de las más extensas, ambiciosas y atrevidas (como *Moby Dick*, como *El proceso)*. «Qué triste paradoja, pensó Amalfitano. Ya ni los farmacéuticos ilustrados se atreven con las grandes obras, imperfectas, torrenciales, las que abren camino en lo desconocido. Escogen los ejercicios perfectos de los grandes maestros. O lo que es lo mismo: quieren ver a los grandes maestros en sesiones de esgrima de entrenamiento, pero no quieren saber nada de los combates de verdad, en donde los grandes maestros luchan contra aquello, ese aquello que nos atemoriza a todos, ese aquello que acoquina y encacha, y hay sangre y heridas mortales y fetidez» (pp. 289-290).

Y está luego el título. Esa cifra enigmática, 2666 –una fecha, en realidad–, que actúa como punto de fuga en el que se ordenan las diferentes partes de la novela. Sin este punto de fuga, la perspectiva del conjunto quedaría coja, irresuelta, suspendida en la nada.

En una de sus abundantes notas relativas a *2666* Bolaño señala la existencia en la obra de un «centro oculto» que se escondería debajo de lo que cabe considerar, por así decirlo, su «centro físico». Hay razones para pensar que ese centro físico sería la ciudad de Santa Teresa, fiel trasunto de Ciudad Juárez, en la frontera de México con Estados Unidos. Allí convergen, al cabo, las cinco partes de la novela; allí tienen lugar los crímenes que configuran su impresionante telón de fondo (y de los que, en un pasaje de la novela, dice un personaje que «en ellos se esconde el secreto del mundo»). En cuanto al «centro oculto»..., ¿no lo estaría indicando precisamente esa fecha, 2666, que ampara la novela entera?

La escritura de *2666* ocupó a Bolaño los últimos años de su vida. Pero la concepción y el diseño de la novela son muy anteriores, y retrospectivamente cabe reconocer sus latidos en este y aquel libro de Bolaño, más en particular entre los que fue publicando a partir de la conclusión de *Los detectives salvajes* (1998), que no por casualidad concluye en el desierto de Sonora. El momento llegará de rastrear detenidamente esos latidos. Por ahora, baste señalar uno muy elocuente, que resuena en *Amuleto*, de 1999. Su relectura ofrece una pista inequívoca del sentido al que apunta la fecha de 2666. La protagonista de *Amuleto*, Auxilio Lacouture (personaje prefigurado, a su vez, en

Los detectives salvajes), cuenta cómo una noche siguió a Arturo Belano y a Ernesto San Epifanio en su caminata rumbo a la colonia Guerrero, en Ciudad de México, adonde los dos se dirigen en busca del llamado Rey de los Putos. Esto es lo que dice:

«Y los seguí: los vi caminar a paso ligero por Bucareli hasta Reforma y luego los vi cruzar Reforma sin esperar la luz verde, ambos con el pelo largo y arremolinado porque a esa hora por Reforma corre el viento nocturno que le sobra a la noche, la avenida Reforma se transforma en un tubo transparente, en un pulmón de forma cuneiforme por donde pasan las exhalaciones imaginarias de la ciudad, y luego empezamos a caminar por la avenida Guerrero, ellos un poco más despacio que antes, yo un poco más deprimida que antes, la Guerrero, a esa hora, se parece sobre todas las cosas a un cementerio, pero no a un cementerio de 1974, ni a un cementerio de 1968, ni a un cementerio de 1975 [fecha en la que se dicta el relato de Auxilio Lacouture], sino a un cementerio de 2666, un cementerio olvidado debajo de un párpado muerto o nonato, las acuosidades desapasionadas de un ojo que por querer olvidar algo ha terminado por olvidarlo todo» (pp. 76-77).

El texto que aquí se sirve al lector se corresponde con el de la última versión de las distintas «partes» de la novela. Bolaño señaló muy claramente cuáles, entre sus archivos de trabajo, debían considerarse definitivos. Pese a ello, se han revisado borradores anteriores, a fin de enmendar posibles saltos o errores, a fin también de detectar posibles pistas acerca de las intenciones últimas de Bolaño. El resultado de las pesquisas realizadas no ha arrojado mayores luces sobre el texto, y deja muy poco margen a las dudas sobre su carácter definitivo.

Bolaño era un escritor concienzudo. Solía hacer varios borradores de sus textos, que por lo común redactaba de un tirón pero que pulía luego con cuidado. La última versión de *2666* ofrece en este sentido, a salvo de excepciones, un nivel muy satisfactorio de claridad y de limpieza: de deliberación, pues. Apenas ha habido ocasión de introducir enmiendas mínimas y corregir algunos errores evidentes, con la seguridad que proporciona a los editores su trato asiduo y experto –pero sobre todo cómplice– de las «debilidades» y de las «manías» del escritor.

Una última observación, que acaso no esté de más añadir. Entre las anotaciones de Bolaño relativas a *2666* se lee, en un apunte aislado: «El narrador de *2666* es Arturo Belano». Y en otro lugar añade, con la indicación «para el final de *2666*»: «Y esto es todo, amigos. Todo lo he hecho, todo lo he vivido. Si tuviera fuerzas, me pondría a llorar. Se despide de ustedes, Arturo Belano».

Adiós, pues.

IGNACIO ECHEVARRÍA
Septiembre de 2004